新版 角川 季寄せ

角川書店 編

角川書店

目次

凡例 二

《春》
時候 六
天文 一五
地理 三一
生活 六六
行事 七七
動物 八〇
植物 九五

《夏》
時候 一二六
天文 一三三
地理 一四一
生活 一四五
行事 一八八
動物 二一四
植物 二三五

《秋》
時候 二七六
天文 二八四
地理 二九三
生活 二九五
行事 三一七
動物 三五二
植物 三六五

《冬》
時候 三九八
天文 四〇七
地理 四一四
生活 四一七
行事 四五九
動物 四七九
植物 四八八

《新年》
時候 五〇〇
天文 五〇三
地理 五〇五
生活 五〇六
行事 五三八
動物 五五九
植物 五六〇

《付録》
総索引 五六四

凡例

○本書は、俳句の季語（傍題を含む）を四季・新年別に分類し、必要に応じて簡潔な解説と例句を付したものである。

○季語は、令和四年（二〇二二）小社刊の『新版　角川俳句大歳時記』全五巻の収録季語および配列に準拠し、適宜、追加・削除を行った。

○収録季語の範囲は、春の部は立春より立夏の前日まで、夏の部は立夏より立秋の前日まで、秋の部は立秋より立冬の前日まで、冬の部は立冬より立春の前日までとした。新年の部は正月に関係のある季語とした。旧暦一月の忌日の季語は新年の部に収めた。

○収録季語は、時候・天文・地理・生活・行事・動物・植物の七分類に分け、同一系統のものをまとめて配列した。

○季語の漢字表記は、常用漢字を用い、新旧のあるものは新字体を用いた。ただし、人名、行事名など固有名詞はその限りではない。

○見出し季語の表記は、原則として歴史的仮名遣いとした。漢字には、その下に歴史的仮名遣いによる読みを示した。

○傍題は、見出し季語の下に原則として歴史的仮名遣いで示し、漢字にはすべてルビを付した。紙幅の都合で現代仮名遣いの読みは省いた。

○季語の推移に従い、春の部の季語は「初春」「仲春」「晩春」「三春」、夏の部の季語は「初夏」「仲夏」「晩夏」「三夏」、秋の部の季語は「初秋」「仲秋」「晩秋」「三秋」、冬の部の季語は、「初冬」「仲冬」「晩冬」「三冬」と四区分し、(初)(仲)(晩)㊂の略号で示した。なお、㊂の略号はひとつの季節全体にわたる季語を示す。また、冬の部において、新年につながるとおもわれる季語には(暮)の略号を付した。

○新年の部の季語は、正月を「上旬」「中旬」「下旬」「三旬」の四区分とし、㊤㊥㊦(全)の略号で示した。

○七十二候は中国のものを見出し季語に、同じ時期の日本のものは傍題として扱った。

○忌日の季語で、旧暦の日付のものは、実際にその人物が没した年のグレゴリオ暦の日付を新暦として掲出した。

○解説中の年号は和暦を用い、必要に応じて西暦年を（　）内に示した。

○数量表記は、原則としてメートル法を用いた。

○関連する季語がある場合は、↓を付して示した。他の季節の季語を参照させるときには、（　）内にその季節を示した。

○例句は、『新版　角川俳句大歳時記』より近現代の作品を中心に選んだが、近世の作品や、最新の作品も視野に入れ、広く秀句の収載に努めた。
○例句の漢字表記は、常用漢字を用い、新旧あるものは主として新字体を用いた。近世句については、読みやすくするために一部表記を変更したものもある。作者名は原則として姓号を掲げたが、近世および明治期の旧派俳人は号のみで示した。
○総索引は、本書に収録したすべての季語・傍題を現代仮名遣いの五十音順に配列した。

令和六年（二〇二四）一月

『新版　角川季寄せ』編集部

春

時候

春《はる》 ㊂ **芳春**《はうしゆん》・**陽春**《やうしゆん》・**東帝**《とうてい》・**青帝**《せいてい》・**蒼帝**《さうてい》・**三春**《さんしゆん》・**九春**《きうしゆん》　四季の一つ。二十四節気の立春（二月四日頃）から立夏（五月五日頃）前日までの期間。旧暦では一月・二月・三月、新暦では二月・三月・四月に当たる。〈春ひとり槍投げて槍に歩み寄る　能村登四郎〉〈バスを待ち大路の春をうたがはず　石田波郷〉

初春《しよしゆん》 (初) **孟春**《まうしゆん》・**上春**《じやうしゆん》・**春初**《はるはじ》**め**　春を三分した初春・仲春・晩春の最初。春の初め。二十四節気の立春（二月四日頃）から啓蟄《けいちつ》（三月六日頃）の前日まで。ほぼ新暦の二月に当たる。「はつはる」と読むと新年一月をさす。↓仲春・晩春

睦月《むつき》 (初)　旧暦一月の異称。〈一族をつつむひかりも睦月かな　保坂敏子〉

二月《にぐわつ》 (初)　↓如月〈竹林の月の奥より二月来る　飯田龍太〉

旧正月《きうしやうぐわつ》 (初) **旧正**《きうしやう》　旧暦の正月のこと。旧正はその略。↓正月（新年）〈道ばたに旧正月の人立てる　中村草田男〉

春節《しゆんせつ》 (初)　中国を中心に東南アジア圏における正月のこと。旧暦で祝う。元日と同じ意味。〈春節の人ごみどこか魚臭あり　中尾杏子〉

寒明《かんあけ》 (初) **寒明**《かんあ》**く**・**寒**《かん》**の明**《あけ》・**寒過**《かんす》**ぐ**　小寒（一月五日頃）から大寒（一月二〇日頃）を経て節分までの約三〇日間を寒といい、それが終わる日。↓立春・余寒・寒（冬）・寒の入（冬）〈片膝

をつき寒明けの水を汲む　宇多喜代子〉

年内立春《ねんないりつしゆん》 ㊞ 年《とし》の内《うち》の春《はる》・年《とし》の春《はる》・冬《ふゆ》の春《はる》・除日立春《ぢよじつりつしゆん》 旧暦時代、立春（二月四日頃）が正月（旧正月）より先、一二月中に巡ってくること。〈としのうちに春は来にけり茎の味　大魯〉

立春《りつしゆん》 ㊞ 春立《はるた》つ・春来《はるきた》る・春来《はるく》・春《はる》さる・立春大吉《りつしゆんだいきち》 二十四節気のうち春の最初の節気。二月四日頃。節分の翌日。↓寒明〈立春の米こぼれをり葛西橋　石田波郷〉

東風凍を解く《とうふうこほりをとく》 ㊞ 東風《はるかぜ》氷《こほり》を解《と》く 七十二候（中国）のうち立春の初候（二月四日頃から八日頃まで）。東風が吹いて氷を解くという意味。

蟄虫始めて振ふ《ちつちゆうはじめてふるふ》 ㊞ 黄鶯《くわうあう》睍睆《けんくわん》す 七十二候（中国）のうち立春の二候（二月九日頃から一三日頃まで）。冬眠していた虫が動き始めるという意味。

魚氷に上る《うをひにのぼる》 ㊞ 魚氷《うをこほり》に上《のぼ》る・魚氷《うをこほり》を上《いづ》る 七十二候（中国）のうち立春の三候（二月一四日頃から一八日頃まで）。魚が氷の上に躍り出るという意味。

早春《さうしゆん》 ㊞ 立春以後、二月末頃までをいう。「春浅し」と時期はほぼ同じ。↓春浅し〈早春やすみれの色の砂糖菓子　草間時彦〉

春浅し《はるあさし》 ㊞ 浅春《せんしゆん》 立春以後の春とは名のみの頃をいう。↓早春〈春浅し空また月をそだてそめ　久保田万太郎〉

冴返る《さえかへる》 ㊞ しみ返《かへ》る・寒返《かんかへ》る・寒戻《かんもど》り・寒戻《かんもど》る 立春を過ぎてようやく春めいた頃、再び寒気がぶり返すこと。↓余寒・春寒・冴ゆ（冬）〈冴えかへるもののひとつに夜の鼻　加藤楸

郎〉〈冴え返るとは取り落すものの音　石田勝彦〉

余寒《よかん》 初 **残**《のこ》**る寒**《さむ》**さ**　暦の上では寒が明けて、春を迎えてはいるものの、まだ残る寒さ。↓春寒・寒明・冴返る〈鎌倉を驚かしたる余寒あり　高浜虚子〉

春寒《はるさむ》 初 **春寒**《はるさむ》**し・春寒**《しゆんかん》**・寒**《さむ》**き春**《はる》**・料峭**《れうせう》　早春の寒さのこと。↓余寒・冴返る〈春寒や一人に長き駅の椅子　若井新一〉

遅春《ちしゆん》 初 **春遅**《はるおそ》**し・春遅**《はるち》**遅**《ち》**・遅**《おそ》**き春**《はる》**・おそ春**《はる》　暦の上では春に入っているが、実際の気候はまだ肌寒く、花の開花も遅れていて、なかなか実感としてやってこない状態。〈ひといろに海暮れてゆく遅春かな　永方裕子〉

春めく《はるめく》 初 **春動**《はるうご》**く・春**《はる》**きざす**　より春らしくなってきたと感じられる頃をいう。二月よりは三月初め頃。〈春めきてものの果てなる空の色　飯田蛇笏〉

うりずん 初 **おれづみ・うりずん南風**《べー》　沖縄の古語で旧暦二月から三月（新暦三月から四月）の時候をいう。↓若夏（夏）〈うりずんの海人《うみんちゅ》海へ出払ひぬ　眞榮城いさを〉

春まく《はるまく》 初 **春**《はる》**かたまく**　季節が春になっての意味。「春かたまけて」の言い方もある。

雨水《うすい》 初 二十四節気のうち春の二番目の節気。二月一九日頃。〈大楠に諸鳥こぞる雨水かな　木村蕪城〉

獺魚を祭る《かはうそうをまつる》 初 **獺魚祭**《だつうをまつ》**る・獺**《をそ》**の祭**《まつり》**・獺祭魚**《だつさいぎよ》**・獺祭**（だつさい／をそまつり）**・土脉**《つちのしやう》 **潤**《うるほ》**ひ起**《お》**こる**　七十二候（中国）のうち雨水の初候（二月一九日頃から二三日頃まで）。獺が捕らえた魚を岸辺に並べておくという意味。〈獺の祭見て来よ瀬田のおく　芭蕉〉

鴻雁来たる《こうがんきたる》 (初) **霞《かすみ》始《はじ》めて靆《たなび》く** 七十二候（中国）のうち雨水の二候（二月二四日頃から二八日頃まで）。雁がやってくるという意味。鴻は菱喰《ひしくい》などの大形の雁をあらわし、鴈は真雁などの小形の雁をあらわす。

草木萌動く《さうもくきざしうごく》 (初) **草木萌動《さうもくめばえいづ》る** 七十二候（中国）のうち雨水の三候（三月一日頃から五日頃まで）。草木が芽生え始めるという意味。

二月尽《にぐわつじん》 (初) **二月果《にぐわつは》つ・二月尽《にぐわつつ》く・二月逝《にぐわつゆ》く** 二月の尽きること。ようやく寒気もゆるみ、春の訪れを肌で感じ始める頃。〈二月尽く墓の頭を撫でながら　高柳重信〉

仲春《ちゆうしゆん》 (仲) **春《はる》なかば** 春を三分した初春・仲春・晩春の二番目。二十四節気の啓蟄《けいちつ》（三月六日頃）から清明（四月五日頃）の前日まで。ほぼ新暦の三月に当たる。↓初春・晩春〈仲春や庭の撩乱古机　松根東洋城〉

三月《さんぐわつ》 (仲) ↓弥生《やよい》〈三月やモナリザを売る石畳　秋元不死男〉

如月《きさらぎ》 (仲) **衣《き》更着《さらぎ》・梅見《うめみ》月《づき》・初花月《はつはなづき》・雪解《ゆきげ》月《づき》・小《を》草生月《ぐさおひづき》・梅《うめ》つ五月《さつき》** 旧暦二月の異称。↓二月〈きさらぎが眉のあたりに来る如し　細見綾子〉

啓蟄《けいちつ》 (仲) 二十四節気のうち春の三番目の節気。三月六日頃。↓蛇穴を出づ・地虫穴を出づ〈啓蟄の蚯蚓の紅のすきとほる　山口青邨〉

桃始めて華さく《ももはじめてはなさく》 (仲) **蟄 虫 戸《すごもりむしと》を啓《ひら》く** 七十二候（中国）のうち啓蟄《けいちつ》の初候（三月六日頃から一〇日頃まで）。桃の蕾《つぼみ》がほころんで初花を開くという意味。

倉庚鳴く《さうかうなく》 (仲) **桃《もも》始《はじ》めて笑《さ》く** 七十二候（中国）のうち啓蟄《けいちつ》の二候（三月一一日頃から一五日

頃まで）。倉庚は鶯の異称。鶯が鳴くという意味。

鷹化して鳩と為る《たかくわしてはととなる》 ㊥ **菜虫蝶と化る**《なむしてふとなる》 七十二候（中国）のうち啓蟄《けいちつ》の三候（三月一六日頃から二〇日頃まで）。獰猛《どうもう》な鷹が穏やかな鳩になるという意味。〈鷹化して鳩となるとや塔に鳩　石崎素秋〉

竜天に登る《りゆうてんにのぼる》 ㊥ 春も半ばを過ぎると、その精気に乗じて竜が昇天するという伝承から生まれた。〈竜天に登るはなしを二度三度　宇多喜代子〉

春分《しゆんぶん》 ㊥ **中日**《ちゆうにち》**・時正**《じしやう》 二十四節気のうち春の四番目の節気。三月二一日頃。↓彼岸・春分の日・彼岸会・秋分（秋）〈春分や手を吸ひにくる鯉の口　宇佐美魚目〉

玄鳥至る《げんてういたる》 ㊥ **雀**《すずめ》 **始**《はじ》**めて巣**《す》**くふ** 七十二候（中国）のうち春分の初候（三月二一日頃から二四日頃まで）。冬の間は南方で過ごしていた燕《つばめ》が海を渡って日本にやってくるという意味。

雷乃ち声を発す《かみなりすなはちこゑをはつす》 ㊥ **桜**《さくら》 **始**《はじ》**めて開**《ひら》**く** 七十二候（中国）のうち春分の二候（三月二五日頃から二九日頃まで）。恵みの雨をもたらす雷が遠くの空で鳴り始めるという意味。

始めて電す《はじめていなびかりす》 ㊥ **雷**《かみなりすなは》 **乃ち声**《こゑ》**を発**《はつ》**す** 七十二候（中国）のうち春分の三候（三月三〇日頃から四月三日頃まで）。雷鳴ではなく目に見える雷光が捉えられていて、暖気と寒気のせめぎ合う春がいよいよ深まってきたことを示す。

彼岸《ひがん》 ㊥ **彼岸中日**《ひがんちゆうにち》**・彼岸太郎**《ひがんたらう》**・入彼岸**《いりひがん》**・さき彼岸**《ひがん》**・初手彼岸**《そでひがん》**・終ひ彼岸**《しまひがん》**・彼岸**《ひがん》**ばらひ・彼**《ひ》**岸前**《がんまへ》**・彼岸過**《ひがんすぎ》**・彼岸講**《ひがんかう》**・万灯日**《まんとうび》 春分を中日《なかび》として、その前後三日間ずつ、計七日間をいう。俳句の上では「彼岸」は春の彼岸をいう。↓春分・彼岸会・秋彼岸（秋）〈東京の寺に詣づる彼

岸かな　永井龍男〉〈毎年よ彼岸の入に寒いのは　正岡子規〉

春社《しゆんしや》 (仲) **社日**《しやにち》・**社日様**《しやにちさま》・**社日参**《しやにちまゐり》・**社日詣**《しやにちまうで》・**社日潮斎**《しやにちしほい》・**社翁**《しやをう》**の雨**《あめ》・**社燕**《しやえん》　春の社日。立春から第五の戊《つちのえ》の日。この日には治聾《じろう》酒を飲むとよいとされる。→治聾酒・秋社（秋）〈種供へ春社の天地ほの湿る　松浦敬親〉

晩春《ばんしゆん》 (晩) **季春**《きしゆん》・**春終る**《はるをはる》　春を三分した初春・仲春・晩春の三番目。二十四節気の清明（四月五日頃）から立夏（五月五日頃）の前日まで。ほぼ新暦の四月に当たる。→初春・仲春〈晩春の旅よりもどる壺かかへ　青柳志解樹〉

四月《しぐわつ》 (晩) **四月来る**《しぐわつく》 →卯月（夏）〈鳥瞰図広げて四月始まりぬ　藤本美和子〉

弥生《やよひ》 (晩) **花見月**《はなみづき》・**桜月**《さくらづき》・**花咲月**《はなさきづき》・**春惜月**《はるをしみづき》・**夢見月**《ゆめみづき》・**姑洗**《こせん》　旧暦三月の異称。→三月〈近づいて声なつかしき弥生かな　廣瀬直人〉

清明《せいめい》 (晩) **清明節**《せいめいせつ》　二十四節気のうち春の五番目の節気。四月五日頃。天地が清らかで明るい季節という意味。〈清明や街道の松高く立つ　桂信子〉

桐始めて華さく《きりはじめてはなさく》 (晩) **玄鳥至る**《つばめきたる》　七十二候（中国）のうち清明の初候（四月四日頃から八日頃まで）。桐の花が咲き始めるという意味。

田鼠化して鴽と為る《でんそくわしてうづらとなる》 (晩) **田鼠**《でんそ》**鴽**《うづら》**と化**《くわ》**す**・**鴻雁北る**《こうがんかへる》　七十二候（中国）のうち清明の二候（四月九日頃から一三日頃まで）。田鼠はモグラ、鴽はフナシウズラ。陽気に誘われて地中の生き物が地上へ出る頃になったことを、モグラもウズラに姿を変えるようだとたとえたもの。〈地霾立つ田鼠うづらとなる日なり　藤田湘子〉

虹始めて見る《にじはじめてあらはる》 ㊐晩 七十二候（中国）のうち清明の三候（四月一四日頃から一八日頃まで）。雨あがりの空にはじめて虹がかかるという意味。

春暁《しゅんげう》 ㊂ 春《はる》の暁《あかつき》・春《はる》の曙《あけぼの》・春曙（しゅんしよ／はるあけぼの）・春《はる》の夜明《よあけ》・春《はる》の朝明《あさけ》・春暁《はるあかつき》 春の夜明けの、東の空が白みかける頃をいう。〈春暁や人こそ知らね木々の雨　日野草城〉

春の日《はるのひ》 ㊂ 春日（しゅんじつ／はるひ） 春の一日をいう。→春日（天文）〈春の日やあやとりのあと縄電車　鷹羽狩行〉

春の朝《はるのあさ》 ㊂ 春朝《しゅんてう》・春《はる》あした 〈新聞に肘ついて読む春の朝　小川軽舟〉

春昼《しゅんちう》 ㊂ 春《はる》の昼《ひる》 →炎昼（夏）〈春昼の背後に誰か来て祈る　横山房子〉

春の夕《はるのゆふべ》 ㊂ 春夕《はるゆふ》べ・春夕《しゅんせき》・春《はる》の夕《ゆふ》・春薄暮《はるはくぼ》 〈ふる雨のおのづから春夕かな　久保田万太郎〉

春の暮《はるのくれ》 ㊂ 春暮《しゅんぼ》 →春の宵・暮の春 〈しろがねのやがてむらさき春の暮　草間時彦〉

春の宵《はるのよひ》 ㊂ 春宵《しゅんせう》・宵《よひ》の春《はる》 →春の暮・春の夜 〈春宵の母にも妻にもあらぬ刻　西村和子〉

春の夜《はるのよ》 ㊂ 春夜《しゅんや》・夜半《よは》の春《はる》 →春の暮・春の宵・朧月夜 〈時計屋の時計春の夜どれがほんと　久保田万太郎〉

暖か《あたたか》 ㊂ ぬくし・ぬくとし・春暖《しゅんだん》・あたたかし・あたたけし 気温がほどよく、心地よい温暖な気候のこと。→春暑し 〈あたたかや鳩の中なる乳母車　野見山朱鳥〉

麗か《うららか》 ㊂ うらら・うららけし・うららに・うらうら・麗日《れいじつ》 →長閑・秋麗（秋）・冬麗（冬）〈麗かや松を離るる鳶の笛　川端茅舎〉

長閑《のどか》 ㊂ のどけし・のどけさ・のどやか・のどかさ・のんどり・駘蕩《たいたう》 →麗か・日永 〈何

といふことはなけれど長閑かな　稲畑汀子〉

日永《ひなが》 ㊂ **永日**《えいじつ》**・永**《なが》**き日**《ひ》**・日**《ひ》**永**《なが》**し**　昼間の時間が長いことをいう。↓長閑《のどか》・遅日　〈犬の仔を見せあつてゐる日永かな　石田郷子〉〈永き日のにはとり柵を越えにけり　芝不器男〉

遅日《ちじつ》 ㊂ **遅**《おそ》**き日**《ひ》**・暮遅**《くれおそ》**し・暮**《く》**れかぬ・夕永**《ゆふなが》**し・春日遅々**《しゅんじつちち》　「日永」と同じく春の昼の長さをいうが、日没時間の遅くなったことに比重を置いた言い方である。↓日永・日脚伸ぶ（冬）〈この庭の遅日の石のいつまでも　高浜虚子〉〈揚げ船に波の這ひ寄る遅日かな　黛執〉

花冷《はなびえ》 (晩) 桜が咲く頃、思いがけない寒さが戻ってくること。〈生誕も死も花冷えの寝間ひとつ　福田甲子雄〉

木の芽時《このめどき》 ㊂ **木**《こ》**の芽**《め》**雨**《あめ》**・木**《こ》**の芽**《め》**晴**《ばれ》**・木**《こ》**の芽**《め》**風**《かぜ》**・木**《こ》**の芽**《め》**山**《やま》**・芽**《め》**立前**《だちまへ》**・木**《こ》**の芽**《め》**冷**《びえ》**・芽**《め》**起**《お》**こし・芽**《め》**立時**《だちどき》　春の初め、様々な木の芽吹く時節のこと。三月か四月の初め頃。↓木の芽　〈古傷がおのれ苛む木の芽どき　稲垣きくの〉

花時《はなどき》 (晩) **桜時**《さくらどき》**・花**《はな》**のころ・花過**《はなす》**ぎ**　桜の咲く頃のこと。〈硝子器を清潔にしてさくら時　細見綾子〉

蛙の目借時《かはづのめかりどき》 (晩) **めかり時**《どき》**・めかる蛙**《かはづ》**・目**《め》**借時**《かりどき》　春も深まり、人は眠くてたまらなくなる頃のこと。蛙が人の目を借りてゆくからという俗説に基づいたもの。↓蛙　〈謀りごといくつ蛙の目借時　吉田未灰〉

苗代時《なはしろどき》 (晩) **苗代寒**《なはしろざむ》　早春の田を打ち、水を引く苗代の準備から、種籾《たねもみ》を浸し選んで蒔《ま》く苗代仕立てを経て、初夏の田植えに至る長い期間をさす。〈君が代や苗代時の物しづか　正岡子規〉

穀雨《こくう》 ㊙晩 二十四節気のうち春の最後、六番目の節気。四月二〇日頃。穀物の種子が雨に潤って芽を出すという意味。〈窓を打つ穀雨の雨に眠りけり　坂本宮尾〉

萍始めて生ず《うきくさはじめてしやうず》 ㊙晩 **葭始**《あしはじ》**めて生**《しやう》**ず** 七十二候（中国）のうち穀雨の初候（四月一九日頃から二四日頃まで）。池の温度が高くなり、浮き草が生じ始めるという意味。

鳴鳩其羽を払ふ《めいきうそのはねをはらふ》 ㊙晩 **霜止**《しもや》**んで苗**《なへ》**出づる** 七十二候（中国）のうち穀雨の二候（四月二五日頃から二九日頃まで）。「鳴鳩」は一説にはイカルを指すといい、イカルが羽をふるって飛ぶ準備をするという意味。

戴勝桑に降る《たいしようくはにくだる》 ㊙晩 **牡丹華**《ぼたんはな》**さく** 七十二候（中国）のうち穀雨の三候（四月三〇日頃から五月四日頃まで）。「戴勝」すなわち野鳥のヤツガシラが桑の木にやってくるという意味。

春深し《はるふかし》 ㊙晩 **春闌**《はるたけなは》**・春更**《はるふ》**く・春闌**《はるた》**く** 桜の季節を過ぎ春が深まった頃のこと。〈長き橋渡りて町の春深し　高橋睦郎〉

八十八夜《はちじふはちや》 ㊙晩 立春から数えて八八日目のこと。五月二日頃に当たる。〈草も木も水も八十八夜の香　黒田杏子〉

春暑し《はるあつし》 ㊙晩 **春**《はる》**の汗**《あせ》 四月の後半頃の夏のような暑さ。↓暖か 〈遺作展春の暑さに耐へざりき　石田波郷〉

暮の春《くれのはる》 ㊙晩 **暮春**《ぼしゆん》**・末**《すゑ》**の春**《はる》**・春暮**《はるく》**る・暮**《く》**れゆく春**《はる》 暮れてゆく春、春の終わりのこと。↓行く春・春惜しむ・晩春 〈暮の春木曽路にまはり暮れにけり　清水基吉〉〈声なくて唇うごく暮春かな　綾部仁喜〉

行く春《ゆくはる》　(晩)　逝《ゆ》く春《はる》・春《はる》の名残《なごり》・春《はる》のかたみ・春《はる》の行方《ゆくへ》・春《はる》の別《わか》れ・春《はる》の果《はて》・春《はる》の湊《みなと》・春《はる》の泊《とまり》・春行《はるゆ》く・春尽《はるつ》く・春尽《しゅんじん》・徂春《そしゅん》　過ぎ去ろうとする春を旅人になぞらえていう。↓春惜しむ　〈行春を近江の人とおしみける　芭蕉〉〈行く春を死でしめくくる人ひとり　能村登四郎〉

春惜しむ《はるをしむ》　(晩)　惜春《せきしゅん》　過ぎゆく春を惜しむこと。〈窓あけて見ゆる限りの春惜しむ　高田蝶衣〉〈春惜むおんすがたこそとこしなへ　水原秋櫻子〉

夏近し《なつちかし》　(晩)　夏隣《なつとな》る・夏隣《なつどなり》　〈葡萄作りは皆若者よ夏近し　瀧春一〉

弥生尽《やよひじん》　(晩)　三月終《さんぐわつをは》る・三月尽《さんぐわつつ》く・三月尽《さんぐわつじん》・四月尽《しぐわつじん》・四月終《しぐわつをは》る・四月尽《しぐわつつ》く・翌《あす》なき春《はる》　〈弥生尽書架にもどらぬ中也の詩　矢地由紀子〉

天　文

春日《はるひ》　㊂　春《はる》の日《ひ》・春日《しゅんじつ》・春日影《はるひかげ》・春《はる》の朝日《あさひ》・春入日《はるいりひ》・春《はる》の入日《いりひ》・春陽（しゅんやう／はるひ）・春日向《はるひなた》・春日差《はるひざし》　春の太陽をいう。↓春の日（時候）〈大いなる春日の翼垂れてあり　鈴木花蓑〉〈美しき春日こぼるる手をかざし　中村汀女〉

春日和《はるびより》　㊂　長閑《のどか》に晴れた春の天気。〈未死なぬ糊うり婆々や春日和　嘯山〉

春光《しゅんくわう》　㊂　春《はる》の光《ひかり》・春色《しゅんしょく》・春《はる》の色《いろ》・春望《しゅんばう》・春景色《はるげしき》・春景《しゅんけい》　〈門を出る人春光の包み去る　高浜虚子〉

春の空《はるのそら》　㊂　春空《はるぞら》・春天《しゅんてん》　〈首長きりんの上の春の空　後藤比奈夫〉

春の雲《はるのくも》 ㊂ **春雲**《しゅんうん》 〈春の雲人に行方を聴くごとし　飯田龍太〉

春の月《はるのつき》 ㊂ **春月**《しゅんげつ》・**春満月**《はるまんげつ》・**春月夜**《はるづきよ》 ↓朧月・月（秋）〈外《と》にも出よ触るるばかりに春の月　中村汀女〉〈紺絣春月重く出でしかな　飯田龍太〉

春三日月《はるみかづき》 ㊂ ↓三日月（秋）〈春三日月近江は大き闇を持つ　鍵和田秞子〉

朧月《おぼろづき》 ㊂ **月朧**《つきおぼろ》・**淡月**《たんげつ》 春月のなかでも特に朧に滲《にじ》む月をいう。↓春の月・朧〈海に入り生まれ替はらう朧月　高浜虚子〉

朧月夜《おぼろづきよ》 ㊂ **朧夜**《おぼろよ》 ぼんやりと霞《かす》んだ春の月の夜のこと。〈おぼろ夜のかたまりとしてものおもふ　加藤楸邨〉

朧《おぼろ》 ㊂ **草朧**《くさおぼろ》・**岩朧**《いはおぼろ》・**谷朧**《たにおぼろ》・**灯朧**《ひおぼろ》・**庭朧**《にはおぼろ》・**家朧**《いへおぼろ》・**海朧**《うみおぼろ》・**朧**《おぼろ》**めく**・**鐘朧**《かねおぼろ》・**朧影**《おぼろかげ》 春になって気温が上がると、上昇気流が活発になり、微細な水滴や埃《ほこり》が上昇して大気の見通しが悪くなる。それを昼は霞《かすみ》、夜は朧という。↓朧月・春の月・霞〈洛中をすぎゆく風も朧にて　長谷川双魚〉〈長生きの朧のなかの眼玉かな　金子兜太〉

春の星《はるのほし》 ㊂ **春星**《しゅんせい》・**星朧**《ほしおぼろ》 〈春の星またたきあひて近よらず　成瀬櫻桃子〉

春北斗《はるほくと》 ㊂ **船星**《ふなぼし》 北斗七星のこと。春には、宵に見える位置が最も高くなる。↓冬北斗（冬）〈無冠なる父へ瞬く春北斗　櫂未知子〉

酒星《さかぼし》 (仲) **酒星**《しゅせい》 獅子《しし》座の右下、海蛇座の頭の上に一文字に立つ三つの星を、酒店の旗に見立てたもの。

春の闇《はるのやみ》 ㊂ 〈めつむりてひらきておなじ春の闇　森澄雄〉

春風《はるかぜ》 (三) **春風**《しゅんぷう》**・春**《はる》**の風**《かぜ》 →東風《こち》・春疾風《はやて》・風光る・春一番 〈古稀といふ春風にをる齢かな　富安風生〉

東風《こち》 (三) **朝東風**《あさごち》**・夕東風**《ゆふごち》**・強東風**《つよごち》**・荒東風**《あらごち》**・雲雀東風**《ひばりごち》**・あめ東風**《ごち》**・いなだ東風**《ごち》**・鰆東**《さはらご》**風**《ち》**・梅東風**《うめごち》**・桜東風**《さくらごち》**・こち風**《かぜ》**・正東風**《まごち》**・あゆの風**《かぜ》 春に東から吹く風。→春風 〈東風吹くや耳現はるゝうなゐ髪　杉田久女〉

貝寄風《かひよせ》 (仲) **貝寄**《かひよせ》 旧暦二月二〇日頃、難波《なにわ》の浦に吹きつける強い西風のこと。→春風・聖霊会 〈貝寄風に乗りて帰郷の船迅し　中村草田男〉

涅槃西風《ねはんにし》 (仲) **涅槃吹**《ねはんぶき》**・涅槃嵐**《ねはんあらし》 釈迦《しやか》が入滅したとされる旧暦二月一五日頃に吹く西風のこと。→春風 〈杉の間に杉横たへて涅槃西風　今瀬剛一〉

彼岸西風《ひがんにし》 (仲) 春の彼岸の頃に吹く寒気を含んだ西風。〈芋銭河童に踵《かかと》のありて彼岸西風　神蔵器〉

比良八荒《ひらはっくわう》 (仲) **比良**《ひら》**の八荒**《はつくわう》**・はつかう・八講**《はつかう》**の荒**《あ》**れ** 比良八講が営まれる三月下旬、まだ雪を頂く比良山（滋賀県）から琵琶湖に吹き下ろす冷たい強風。→比良八講 〈比良八荒沖へ押し出す雲厚し　羽田岳水〉

春一番《はるいちばん》 (仲) **春一**《はるいち》**・春二番**《はるにばん》**・春三番**《はるさんばん》**・春四番**《はるよばん》 立春後、最初に吹き荒れる強い南風のこと。→春風 〈春一番灯台守を眠らせず　吉年虹二〉

桜まじ《さくらまじ》 (晩) 桜の咲く頃に吹く南風。〈干網にのこる銀鱗桜まじ　蘭草慶子〉

油まじ《あぶらまじ》 (晩) **油風**《あぶらかぜ》**・油**《あぶら》**まぜ** 東海道・近畿・中国地方、瀬戸内海一帯の船乗りが古くから使っていた風の名。暖かな湿気を帯び、長閑《のどか》な日和に吹く晩春四月の南風。油を流したように海面が黒くなめらかに見えることから。〈島陰に舟を眠らせ油まじ　松浦敬親〉

ようず ㊂ 近畿・中国・四国地方、瀬戸内海一帯で昔から使われている風の名。雨催いの生温《なまぬる》い春の南風。〈通し土間ようず湿りをして光る　上村佳与〉

二月風廻《にんぐわちかじまーい》 (晩) 沖縄で、春荒れの強風をいう。〈信天翁殖ゆるや二月風廻《ニンガチカジマーイ》り　渡嘉敷皓駄〉

風光る《かぜひかる》 ㊂ 光風《くわうふう》 麗らかな春の日に風がきらきらと輝いているように見えること。↓春風・風薫る（夏）〈国生みの神の二神や風光る　大橋敦子〉

春疾風《はるはやて》 ㊂ 春荒《はるあれ》・春嵐《はるあらし》・春《はる》はやち・春颷《はるはやて》 春に吹く強い風。↓春風・春一番・春塵《しゅんじん》〈春疾風吹つ飛んで来る一老女　山田みづえ〉

春北風《はるきた》 ㊂ 黒北風《くろぎた》・春北風《はるならひ》 東北地方などで吹き荒れる、雪まじりの北西風。〈馬の背に陽光滑る春北風　藤木倶子〉

春塵《しゅんぢん》 ㊂ 春埃《はるぼこり》・黄塵《くわうぢん》・春《はる》の塵《ちり》・砂《すな》あらし 春のもろもろの風に吹かれて舞い上がり、降り積もる小さな塵や埃。↓春疾風〈春塵や荷役の肩に厚き布　大串章〉

霾《つちふる》 ㊂ 霾《ばい》・霾晦《よなぐもり》・霾風《ばいふう》・霾天《ばいてん》・黄沙《くわうさ》・黄塵万丈《くわうぢんばんぢやう》・蒙古風《もうこかぜ》・つちかぜ・つちぐもり・よなぼこり・胡沙来《こさきた》る・胡沙荒《こさあ》る・赤雪《あかゆき》 中国大陸の微細な黄砂が上空の風に乗って海を越え、日本列島に降りしきること。仲春三月から晩春四月にかけて、しばしば起こる。〈殷亡ぶ日の如く天霾れり　有馬朗人〉〈黄沙いまかの楼蘭を発つらむか　藤田湘子〉

春の雨《はるのあめ》 ㊂ 暖雨《だんう》〈春の雨誰からとなく目覚めけり　阿部みどり女〉

春雨《はるさめ》 ㊂ **膏雨**《かうう》 〈春雨のあがるともなき明るさに　星野立子〉

春時雨《はるしぐれ》 ㊂ →時雨（冬）〈晴れぎはのはらりきらりと春時雨　川崎展宏〉

春霖《しゅんりん》 ㊂ **春霖雨**《はるりんう》 仲春から晩春にかけて降る長雨。「霖」は長雨の意。〈つくばひに青竹の杓春霖雨　関成美〉

梅若の涙雨《うめわかのなみだあめ》 ㊣晩 旧暦三月一五日の梅若忌に降る雨。→梅若忌〈梅若のなみだの雨や敷松葉　加藤郁乎〉

菜種梅雨《なたねづゆ》 ㊣晩 三月から四月にかけて、菜の花が咲く頃降り続く長雨。→筍《たけのこ》流し（夏）〈昼汽車のひと日の空費菜種梅雨　桂信子〉

花の雨《はなのあめ》 ㊣晩 **花時**《はなどき》**の雨**《あめ》 桜の花に降りそそいでいる雨、または桜の咲いている頃に降る雨。〈二歩三歩そして傘さす花の雨　上野章子〉

春驟雨《はるしうう》 ㊣晩 **春夕立**《はるゆふだち》 春の激しいにわか雨。〈大仏の忽ちに濡れ春驟雨　上野泰〉

春の雪《はるのゆき》 ㊂ **春雪**《しゅんせつ》・**春吹雪**《はるふぶき》・**牡丹雪**《ぼたんゆき》 →桜隠し・斑雪《はだれ》・雪の果・雪（冬）〈春雪の暫く降るや海の上　前田普羅〉

桜隠し《さくらかくし》 ㊂ **蛙**《かへる》**の目**《め》**隠**《かく》**し**・**雁**《かり》**の目**《め》**隠**《かく》**し** 桜の花の咲いたときに降る雪のこと。雪により、桜の花が隠されてしまうことから。→春の雪〈可惜夜《あたらよ》の桜かくしとなりにけり　齊藤美規〉

淡雪《あはゆき》 ㊂ **あは雪**《ゆき》・**泡雪**《あわゆき》・**沫雪**《あわゆき》・**綿雪**《わたゆき》・**かたびら雪**《ゆき》・**たびら雪**《ゆき》・**だんびら雪**《ゆき》 春の雪は解けやすく、冬より地表の温度も高いため、降ってもたちまちに消えてゆく。→春の雪〈淡雪やかりそめにさす女傘　日野草城〉

斑雪《はだれ》 (三) **はだら・はだれ雪《ゆき》・斑雪《はだれゆき》・はだら雪《ゆき》・まだら雪《ゆき》・はだれ野《の》・斑雪山《はだれやま》**　まだらに積もった春の雪景色のこと。↓春の雪　〈木版画めけり斑雪の伊吹山　太田嗟〉

雪の果《ゆきのはて》 (仲) **雪《ゆき》の名残《なごり》・雪《ゆき》の別《わか》れ・名残《なごり》の雪《ゆき》・別《わか》れ雪《ゆき》・忘《わす》れ雪《ゆき》・雪《ゆき》の終《をはり》・雪涅槃《ゆきねはん》・涅槃雪《ねはんゆき》**　降りじまいの雪、春になって降る最後の雪をいう。旧暦二月一五日の涅槃会の頃となるので、涅槃雪とも。↓春の雪・淡雪　〈発心の小机作る雪の果　石田波郷〉

春の霙《はるのみぞれ》 (三) **春霙《はるみぞれ》**　↓霙（冬）　〈もろ〱の木に降る春の霙かな　原石鼎〉

春の霰《はるのあられ》 (三) **春霰《しゅんさん》**　↓霰（冬）　〈津の国の春の霰ぞ聞きに来よ　大石悦子〉

春の雹《はるのひよう》 (三)　↓雹（夏）　〈拝めとやゆふべたばしる春の雹　宗田安正〉

春の霜《はるのしも》 (三) **春霜《しゅんさう》・春霜《はるしも》**　↓別れ霜・霜（冬）　〈つかの間の春の霜置き浅間燃ゆ　前田普羅〉

別れ霜《わかれじも》 (晩) **忘《わす》れ霜《じも》・霜《しも》の名残《なごり》・晩霜《ばんさう》・終霜《しゅうさう》・名残《なごり》の霜《しも》・霜《しも》の別《わか》れ・霜《しも》の果《はて》・霜害《さうがい》**　春もようやくたけなわとなった後に降りる霜、またはその春最終の霜のこと。↓春の霜　〈別れ霜あるべし夜の鯉しづか　早崎明〉

春の露《はるのつゆ》 (晩)　↓露（秋）

春の虹《はるのにじ》 (晩) **初虹《はつにじ》**　その春初めて見る虹。または、立春以後に現れる虹のこと。↓虹（夏）　〈奥伊豆の花ある嶺に春の虹　飯田龍太〉

初稲妻《はついなづま》 (仲) **初稲光《はついなびかり》・初電**（はついなづま／はついなびかり）　立春後、初めて見る稲妻のこと。↓初雷

初雷《はつらい》 (仲) **虫出《むしだ》しの雷《らい》・虫出《むしだ》し**　立春後、初めて聞く雷のこと。↓初稲妻　〈初雷に混る木のこゑ草のこゑ　宮坂静生〉

春雷《しゅんらい》 ㊂ **春**《はる》**の雷**《らい》 →雷（夏）・秋の雷（秋）〈春雷のこだまぞきそふ甲斐の国　多田裕計〉

佐保姫《さほひめ》 ㊂ 奈良・平城京の東にある佐保山の神で、春の天地自然を司《つかさど》る女神。秋の竜田姫と対をなす。→竜田姫（秋）〈佐保姫の裳裾の沖を遠眺め　佐藤鬼房〉

霞《かすみ》 ㊂ **薄霞**《うすがすみ》**・遠霞**《とほがすみ》**・八**《や》**重霞**《へがすみ》**・横霞**《よこがすみ》**・叢霞**《むらがすみ》**・朝霞**《あさがすみ》**・昼霞**《ひるがすみ》**・夕霞**《ゆふがすみ》**・春霞**《はるがすみ》**・棚霞**《たながすみ》**・霞**《かすみ》**の海**《うみ》**・霞**《かすみ》**の波**《なみ》**・霞**《かすみ》**の衣**《ころも》**・霞**《かすみ》**の帯**《おび》**・霞**《かすみ》**の袖**《そで》**・霞**《かすみ》**の網**《あみ》**・霞**《かすみ》**の棚**《たな》**・霞**《かすみ》**の谷**《たに》**・草霞**《くさかす》**む・有明霞**《ありあけがすみ》**・晩霞**《ばんか》**・霞**《かすみ》**の袂**《たもと》**・霞隠**《かすみがく》**れ・霞棚引**《かすみたなび》**く・霞立**《かすみた》**つ・霞**《かす》**む** 微小な水滴が空中に浮遊して視界がさえぎられ、物がぼんやりと見える現象。→夏霞（夏）・秋霞（秋）〈春なれや名もなき山の薄霞　芭蕉〉〈比叡より横川へ下る霞かな　加倉井秋を〉

鐘霞む《かねかすむ》 ㊂ 春の鐘の音は、のどかな気分から、遠くくぐもって聞こえてくるようだ。〈夕暮や嵯峨をうしろに鐘霞む　子鳳〉

陽炎《かげろふ》 ㊂ **野馬**《かげろふ》**・糸遊**《いとゆふ》**・遊糸**《ゆふし》**・陽炎燃**《かげろふも》**ゆ・陽焔**《やうえん》**・かげろひ・かぎろひ** 春、地面から立ちのぼる上昇気流で向こうの物が揺らいで見える現象。〈かげろふや棟も沈める茅の屋根　芥川龍之介〉〈よるべなき遠景ばかり陽炎へり　馬場移公子〉

春陰《しゅんいん》 ㊂ 春の曇り空。→花曇〈春陰の畳つめたく踏みゆけり　柴田白葉女〉

花曇《はなぐもり》 (晩) **養花天**《やうくわてん》 桜が咲く頃の曇り空。→春陰〈ゆで玉子むけばかがやく花曇　中村汀女〉

鳥曇《とりぐもり》 (晩) **鳥雲**《とりくも》**・鳥風**《とりかぜ》 秋に日本へ渡って来た雁《かり》や鴨《かも》などの渡り鳥が、春になり再び北へ帰る頃の曇り空のこと。→鳥雲に入る〈敦煌を地図に探すや鳥曇　竹中碧水史〉

鰊曇《にしんぐもり》 (晩) **鰊空**《にしんぞら》 春の終わり、北海道の日本海側へ鰊の群れが押し寄せる頃の曇り空のこと。

〈故里へ近づく鰊ぐもりかな　高岸藤渓〉

蜃気楼《しんきろう》 (晩) 蜃楼《しんろう》・蜃楼《かひやぐら》・海市《かいし》・山市《さんし》・蜃市《しんし》・喜見城《きけんじやう》・幻氷《げんぴよう》・かひやぐら・きつねだな　晩春、海面や地表近くの空気の温度差による光の屈折異常によって、遠くの船や景色が空中に浮かび上がって見えたり、ふだんは見えないものが見えたりする現象。〈蜃気楼将棋倒しに消えにけり　三村純也〉

逃水《にげみづ》 (晩) 晴天の路上に水溜まりのようなものが見え、水だと思って近づくと、遠ざかってしまうという一種の蜃気楼現象。〈逃水に驢馬の荷車浮き沈む　蟇目良雨〉

春霧《はるぎり》 ㊂ 春《はる》の霧《きり》　↓夏霧（夏）・霧（秋）・冬霧（冬）

春夕焼《はるゆふやけ》 ㊂ 春《はる》の夕焼《ゆふやけ》・春茜《はるあかね》　↓夕焼（夏）〈春夕焼街の向うに街があり　大木あまり〉

風炎《ふうえん》 (晩) フェーン・風焔《ふうえん》　春に強い南風（春一番など）が吹くと、日本海側でよく起こる「颪《おろし》」の一種。〈立山に明日は雨呼ぶフェーン吹く　中坪達哉〉

地　理

春の山《はるのやま》 ㊂ 春山《はるやま》・春嶺《しゆんれい》　↓山笑ふ〈春の山たたいてここへ坐れよと　石田郷子〉

山笑ふ《やまわらふ》 ㊂ 笑《わら》ふ山《やま》　冬の間、眠っていた山が目を覚まし、朗らかに笑いはじめるように見えることから。↓春の山・山滴る（夏）・山粧ふ（秋）・山眠る（冬）〈故郷やどちらを見ても山笑ふ　正岡子規〉

焼山《やけやま》 (初) 早春、山焼きのあとの黒焦げの山のこと。〈焼山の夕暮淋し知らぬ鳥　高浜虚子〉

弥生山《やよひやま》 (晩) 春たけなわの山のこと。弥生（旧暦三月）は桜の花見月。新暦では四月に当たる。〈鐘一つ洛外の弥生山暮るる　大野洒竹〉

春の野《はるのの》 (三) **春野**《はるの》**・はるぬ・弥生野**《やよひの》**・春郊**《しゅんかう》 〈吾も春の野に下り立てば紫に　星野立子〉

焼野《やけの》 (初) **焼原**《やけはら》**・焼野**《やけの》**原**《はら》**・末黒野**《すぐろの》**・末黒**《すぐろ》 野焼きをしたあとの野。↓山焼く・野焼く 〈旧道や焼野の匂ひ笠の雨　夏目漱石〉

荻の焼原《をぎのやけはら》 (初) **荻焼原**《をぎやけはら》**・荻**《をぎ》**の末黒**《すぐろ》 野火で焼けたあとの荻の原とする説、荻の新芽が黒いことからこれを焼原にたとえたもので、「荻の末黒」に同じとする説がある。

春の水《はるのみづ》 (三) **春水**《しゅんすい》**・水**《みづ》**の春**《はる》 ↓水温《ぬる》む 〈春の水とは濡れてゐるみづのこと　長谷川櫂〉

水温む《みづぬるむ》 (仲) **温**《ぬる》**む水**《みづ》**・温**《ぬる》**む沼**《ぬま》**・温**《ぬる》**む池**《いけ》**・温**《ぬる》**む川**《かは》 寒さが去って、河川や湖沼の水が温かくなること。↓春の水 〈長靴はどこへもゆけて水温む　茨木和生〉

春の川《はるのかは》 (三) **春川**《はるかは》**・春江**《しゅんかう》**・春**《はる》**の江**《え》 〈春の川水が水押し流れゆく　古屋秀雄〉

春の湖《はるのうみ》 (三) **春**《はる》**の湖**《みづうみ》 〈春の湖山脈西を楽しくす　飯田龍太〉

春の海《はるのうみ》 (三) **春**《はる》**の浜**《はま》**・春**《はる》**の渚**《なぎさ》**・春**《はる》**の岬**《みさき》**・春**《はる》**の磯**《いそ》 〈春の海終日《ひねもす》のたりのたりかな　蕪村〉

春の波《はるのなみ》 (三) **春濤**《しゅんたう》**・春**《はる》**の浪**《なみ》**・春怒**《はるど》**濤**《たう》 ↓春潮 〈晩学や絶えず沖より春の波　鍵和田秞子〉

春潮《しゅんてう》 (三) **春**《はる》**の潮**《しほ》 ↓春の波 〈春潮といへば必ず門司を思ふ　高浜虚子〉

彼岸潮《ひがんじほ》 (仲) **春分潮**《しゅんぶんじほ》 彼岸の頃（春分、三月二一日頃）の大潮。干満の差が大きく潮流も激しい。〈暈《かさ》のまま日は傾けり彼岸潮　宮津昭彦〉

潮干潟《しほひがた》 (晩) **潮干**《しほひ》**・干**《ひ》**潟**《がた》**・大干**《おほひ》**潟**《がた》**・干**《ひ》**潟人**《がたびと》**・忘**《わす》**れ潮**《じほ》　沖合はるかまで潮の引いた砂地や泥地の海底のこと。↓潮干狩　〈照り止まずつぶやき止まず潮干潟　行方克巳〉

春田《はるた》 (三) **春**《はる》**の田**《た》**・花田**《はなだ》　↓冬田（冬）・田打　〈みちのくの伊達の郡の春田かな　富安風生〉

苗代《なはしろ》 (晩) **苗田**《なへだ》**・親田**《おやだ》**・苗代田**《なはしろた》**・苗間**《なへま》**・のしろ・岡苗代**《をかなはしろ》**・苗代水**《なはしろみづ》**・苗代粥**《なはしろがゆ》**・苗代道**《なはしろみち》　種籾《たねもみ》を蒔《ま》いて稲の苗を育てる水田のこと。↓種蒔　〈苗代を見てゐる森の烏かな　支考〉

春園《しゆんゑん》 (三) **春苑**《しゆんゑん》　〈春園のホースむく〳〵水通る　西東三鬼〉

春の堤《はるのつつみ》 (三) **春**《はる》**の土**《ど》**手**《て》　春光がみなぎって水面が輝き、瀬音も軽やかに聞こえる川や湖の堤のこと。

春の土《はるのつち》 (三) **土恋**《つちこひ》**し・土現**《つちあらは》**る・土匂**《つちにほ》**ふ・土**《つち》**の春**《はる》　〈つばさあるものゝあゆめり春の土　軽部烏頭子〉

春泥《しゆんでい》 (三) **春**《はる》**の泥**《どろ》　春のぬかるみのこと。〈春泥のふかき轍となり暮るる　金子麒麟草〉

凍返る《いてかへる》 (仲) **冱返**《いてかへ》**る・凍戻**《いてもど》**る**　立春を過ぎ、そろそろ暖かくなりはじめた頃に、いったん緩んだ地上の凍てが戻ること。〈凍返る養魚池の風日もすがら　塚原麦生〉

堅雪《かたゆき》 (初) **雪垢**《ゆきあか》**・雪泥**《せつでい》**・凍渡**《しみわたり》　春の暖かさで解けかかった雪が、夜の寒さなどで堅く凍りついた状態。〈堅雪の明るみに入り子を呼ぶ母　成田千空〉

残雪《ざんせつ》 (仲) **雪残**《ゆきのこ》**る・残**《のこ》**る雪**《ゆき》**・陰雪**《かげゆき》**・去年**《こぞ》**の雪**《ゆき》**・雪形**《ゆきがた》　春になっても、まだ解けずに残っている雪。↓雪間・雪崩《なだれ》・雪解　〈一枚の餅のごとくに雪残る　川端茅舎〉

雪間《ゆきま》 (仲) **雪**《ゆき》**のひま・雪**《ゆき》**の絶間**《たえま》　冬の間に降り積もった雪が、春になって解けてところどころ斑《まだら》

に地肌が顕《あらわ》になったところ。↓残雪・雪間草〈たもとほる万葉の野の雪間かな　富安風生〉

木の根明く《きのねあく》 ㊥ **根開き**（ねあき／ねびらき）・**根**《ね》**明**《あ》**き**・**雪根**《ゆきね》**開**《あ》**き**　春先、樹木の周りの雪解けが始まり、ドーナツ状にぽっかりと地面が見えるようになること。〈木の根明くいづこの木より水こだま　成田智世子〉

雪崩《なだれ》 ㊥ **雪**《ゆき》**なだれ**・**雪**《ゆき》**くづれ**・**なだれ雪**《ゆき》・**底雪崩**《そこなだれ》・**風雪崩**《かざなだれ》　春、雪解けの頃に山の雪が崩れ落ちること。↓残雪・雪解〈青天に音を消したる雪崩かな　京極杞陽〉

雪解《ゆきどけ》 ㊥ **雪解**《ゆきげ》・**雪消**《ゆきげ》・**雪解**《ゆきげ》**水**《みづ》・**雪解**《ゆきげ》**川**《かは》・**雪解雫**《ゆきげしづく》・**雪雫**《ゆきしづく》・**雪解**《ゆきげ》**野**《の》・**山雪解**《やまゆきげ》・**雪解**《ゆきげ》**田**《た》・**雪解**《ゆきげ》**風**《かぜ》・**雪解**《ゆきげ》**靄**《もや》・**雪解光**《ゆきげくわう》・**雪解**《ゆきげ》**道**《みち》・**雪**《ゆき》**ねぶり**　春になって雪が解けること、また、その時期をいう。↓残雪・雪しろ・雪崩《なだれ》〈雪解の飯田の町の長さかな　野村泊月〉〈光堂より一筋の雪解水　有馬朗人〉

雪しろ《ゆきしろ》 ㊥ **雪汁**《ゆきじる》・**雪濁**《ゆきにご》**り**・**雪**《ゆき》**しろ水**《みづ》　春の暖気で解けた野山の積雪が流れ出ること。↓雪解〈雪しろの溢るるごとく去りにけり　沢木欣一〉

春出水《はるでみづ》 ㊥ **春**《はる》**の洪水**《こうずい》　春の、主に雪解けに伴う洪水のこと。↓出水（夏）・秋出水（秋）〈春出水中洲の柳ひたりたる　高浜虚子〉

薄氷《うすらひ》 ㊞初 **薄氷**《うすらい》・**うすらひ**・**薄氷**《うすごほり》・**春氷**《はるごほり》・**春**《はる》**の氷**《こほり》　春先になって張る、ごく薄い氷のこと。↓浮氷・氷（冬）〈薄氷の吹かれて端の重なれる　深見けん二〉〈うすらひは深山へかへる花の如　藤田湘子〉

氷解く《こほりとく》 ㊥ **氷解**《こほりどけ》・**解氷**《かいひよう》・**氷消**《こほりき》**ゆ**　春になって氷が解けだすこと。↓凍解《いてどけ》・流氷〈湖の氷解

くるを聞きにこよ　小澤實〉

凍解《いてどけ》 （仲） **凍解く**《いてと》**・凍**《いて》**ゆるむ** 冬の間凍てついていた大地が春になって解けゆるむこと。↓氷解く〈凍てゆるむどの道もいま帰る人　大野林火〉

浮氷《うきごほり》 （仲） **残**《のこ》**る氷**《こほり》 春になっても水辺に解け残っている氷。断片に分かれ、水に漂い浮かんでいるものをいう。↓薄氷〈うたたねのわれも浮きたし浮氷　永島靖子〉

流氷《りうひよう》 （仲） **氷流**《こほりなが》**る・流氷期**《りうひようき》**・流氷盤**《りうひようばん》**・海明**《うみあけ》 海面の氷が割れて、海を漂流する現象。〈流氷や宗谷の門波荒れやまず　山口誓子〉

生活

鳴鳥狩《ないとがり》 （初） **朝鳥**《あさと》**狩**《がり》**・覚狩**《おぼえがり》**・朝鷹**《あさたか》**・朝鷹狩**《あさたかがり》**・聞**《きき》**する鳥**《どり》**・見**《み》**する鳥**《どり》**・泊**《とま》**り山**《やま》**・泊**《とま》**り狩**《かり》**・鈴**《すず》**子**《こ》**・鈴子**《すずこ》**挿**《さ》**す鷹**《たか》**・継尾**《つぎを》**の鷹**《たか》**・白尾**《しらを》**の鷹**《たか》**・白斑**《しらふ》**の鷹**《たか》 春の鷹狩りのこと。↓小鷹狩（秋）・鷹狩（冬）〈朝鷹の眼に有明のうつりかな　正岡子規〉

絵踏《ゑぶみ》 （初） **踏絵**《ふみゑ》**・寺請証文**《てらうけしようもん》 江戸時代のキリスト教が弾圧されていた頃、信者でない証拠を得ようと、キリストやキリストを抱く聖母マリアが描かれた絵や木板・銅板などを踏ませた。毎年旧暦一月四日頃から三月頃に行われた。〈絵ぶみして生きのこりたる女かな　高浜虚子〉

初午《はつうま》 （初） **午祭**《うままつり》**・初午詣**《はつうままゐり》**・福参**《ふくまゐり》**・一**《いち》**の午**《うま》**・稲荷講**《いなりかう》**・初午団子**《はつうまだんご》**・験**《しるし》**の杉**《すぎ》 二月最初の午の日に、全国各地の稲荷神社や稲荷の祠《ほこら》で行われる祭礼。〈初午の雪洞の絵の狐さま　清崎敏郎〉

二の午《にのうま》 初 **三の午**《さんのうま》 二月第二の午の日。初午に準ずる稲荷《いなり》の縁日。〈二の午や幟の外に何もなし　今井つる女〉

一日正月《ひとひしやうぐわつ》 仲 **重ね正月**《かさねしやうぐわつ》・**二月正月**《にぐわつしやうぐわつ》 旧暦二月一日に行われる、正月と同じような祝いを行う日のこと。

二月礼者《にぐわつれいじや》 初 正月に年始の挨拶ができなかった人が、二月一日に回礼に歩く風習。↓礼者（新年）〈鎌倉へはる〴〵二月礼者かな　大場白水郎〉

二日灸《ふつかきう》 仲 **二日灸**《ふつかやいと》・**やいと日**《び》・**春**《はる》**の灸**《きう》 旧暦二月二日に灸をすえる風習。↓後の二日灸（秋）〈撫肩のさびしかりけり二日灸　日野草城〉

事始《ことはじめ》 仲 **おこと・お事汁**《ことじる》・**むしつ汁**《じる》・**従兄煮**《いとこに》・**事八日**《ことやうか》 旧暦二月八日。一年の祭事・農事を始める日のことで、旧暦一二月八日の事納《ことおさめ》に対していう。↓事納（冬）・事始（冬）

春ごと《はるごと》 仲 **事日**《ことび》・**事祭**《ことまつり》 旧暦二月、三月から四月にかけて行われる春の事祭。〈春ごとの存分に田を走りけり　上島清子〉

出替《でがはり》 仲 **出代**《でがはり》・**新参**《しんざん》・**古参**《こさん》・**御目見得**《おめみえ》・**居重ね**《ゐがさね》・**居なり**《ゐなり》・**重年**《ちようねん》 奉公人の年季を更改し、入れ替わる日。江戸では二月と八月、大坂では三月と九月に行われた。↓後の出替（秋）〈出代りの畳へ落す涙かな　太祇〉

針供養《はりくやう》 初 **針祭る**《はりまつる》・**針祭**《はりまつり》・**針納**《はりをさめ》・**針納む**《はりをさむ》・**納め針**《をさめばり》・**供養針**《くやうばり》 二月八日、一年間に使って、折れた針を供養する日。西日本では一二月八日に行うことが多い。↓針供養（冬）〈針供養女の齢《よはひ》くるぶしに　石川桂郎〉

春聯《しゅんれん》 （初） 中国で、正月を祝うために、門柱や家の入り口の両側に、赤い紙にめでたい対句を書いて貼る細長い紙のこと。〈春聯の戸に鼻当てて驢馬鳴けり　下村非文〉

寒食《かんしよく》 （晩） 寒食《かんじき》・冷烟節《れいえんせつ》・杏《からもも》の粥《かゆ》・桃花粥《たうくわじゆく》・楊花粥《やうくわしゆく》・寒食節《かんしよくせつ》・百五節《ひやくごせつ》・熟食節《じゆくしよくせつ》・禁火《きんくわ》 中国の昔の風習で、冬至から一〇五日目（清明節の前日）を寒食節といい、火を断ち、用意しておいた冷たいものを食べること。〈寒食や寂然として鍋の蓋　佐藤紅緑〉

桃の節句《もものせつく》 （仲） 桃《もも》の節供《せつく》・三月節句《さんぐわつせつく》・弥生《やよひ》の節句《せつく》・雛《ひな》の節句《せつく》・桃《もも》の日《ひ》・桃花《たうくわ》の節《せつ》 江戸幕府が制定した式日の一つで、現在の雛祭りとほぼ同じ。災厄を払うとされた桃の花にちなむ節句。〈しめやかな雨も女の節供かな　蝶夢〉

雛市《ひないち》 （仲） 雛《ひな》の市《いち》・雛見世《ひなみせ》・雛売場《ひなうりば》・雛《ひな》の店《みせ》 三月の節句の前に雛人形や雛壇に飾る調度類を売る市。〈遠方をみてゐし雛買はれけり　五十嵐研三〉

雛祭《ひなまつり》 （仲） 雛《ひな》・ひひな・雛事《ひひなごと》・雛飾《ひなかざり》・雛人形《ひなにんぎやう》・雛《ひな》の調度《てうど》・雛道具《ひなだうぐ》・雛屏風《ひなびやうぶ》・雛壇《ひなだん》・雛《ひな》の膳《ぜん》・雛《ひな》の酒《さけ》・雛《ひな》の盃《さかづき》・雛料理《ひなれうり》・紙雛《かみびな》・立雛《たちびな》・土雛《つちびな》・内裏雛《だいりびな》・御所雛《ごしよびな》・親王雛《しんわうびな》・女夫雛《めうとびな》・享保雛《きやうほうびな》・変《かは》り雛《びな》・糸雛《いとびな》・吉野雛《よしのびな》・菜《な》の花雛《はなびな》・京雛《きやうびな》・奈良雛《ならびな》・押絵雛《おしゑびな》・きめこみ雛《びな》・こけし雛《びな》・木彫雛《きぼりびな》・官女雛（くわんぢよびな／くわんによびな）・随臣《ずいしん》・五人囃子《ごにんばやし》・男雛《をびな》・女雛《めびな》・雛《ひな》の箱《はこ》・雛《ひな》の日《ひ》・雛《ひな》の夜《よる》・宵節句《よひせつく》・雛飾《ひなかざ》る・初雛《はつびな》・古雛《ふるびな》・雛《ひな》の燭《しよく》・雛《ひな》の灯《ひ》・雛《ひな》の間《ま》・雛《ひな》の宴《えん》・雛《ひな》の家《いへ》・雛《ひな》の宿《やど》・雛《ひな》の客《きやく》・雛椀《ひなわん》 三月三日、上巳《じようし》の節句に、女児の成長を願い、雛壇に雛人形や調度を飾り桃の花や白酒などを供える行事。↓上巳・雛遊・雛の使・菱餅・白酒・雛あられ・後の雛（秋）〈天平のをとめぞ立てる雛かな　水原秋櫻子〉〈雛飾りつゝふと命惜しきかな　星野立子〉

雛遊《ひなあそび》 (仲) **ひひな遊**《あそび》**・雛合**《ひなあはせ》 →雛祭 〈乳母去《い》なす今年ばかりや雛遊び　許六〉

雛の使《ひなのつかひ》 (仲) **雛**《ひな》**の駕籠**《かご》 三月の雛の節句の際、雛人形を駕籠に乗せ、白酒や餅などの祝い物を添えて親類縁者に挨拶して回る習慣。〈ひなの駕《かご》花のかげよりみえそめぬ　士朗〉

吊るし雛《つるしひな》 (仲) **さげもん・笠福**《かさふく》 雛祭りに飾られる飾り物の一種。竹ひごで輪を作り、ちりめんなどの端切れで作った縁起物を数多く垂らして吊るす。

雛流し《ひなながし》 (仲) **雛送**《ひなおく》**り・流**《なが》**し雛**《びな》**・捨雛**《すてびな》**・雛**《ひな》**の舟**《ふね》 災厄を払うために、雛を海や川に流すこと。〈野の花を手向け雛を流しけり　山田佳乃〉〈明るくてまだ冷たくて流し雛　森澄雄〉

雛納め《ひなをさめ》 (仲) **雛**《ひな》**しまふ** 雛祭りが終わった後、雛人形や道具を片づけること。→雛祭 〈まず目鼻塞ぎ雛を納めたり　宇多喜代子〉

柳の鬘《やなぎのかづら》 (晩) **柳鬘**《やなぎかづら》 三月の節句に柳の若い枝を髪に挿した風習のこと。また、その枝。〈肩過ぎてたるる柳の鬘かな　富木〉

闘牛《とうぎう》 (晩) **牛角力**《うしずまふ》**・牛合**《うしあ》**はせ・牛**《うし》**の角突**《つのつ》**き** 牛が角を突き合わせて強さを競うこと。各地で春先から晩秋まで何回も催される。〈闘牛の横綱を曳く女かな　豊川湘風〉

鶏合《とりあはせ》 (晩) **闘鶏**《とうけい》**・鶏の蹴合**（とりのけあひ／とりのけりあひ）**・勝鶏**《かちどり》**・負鶏**《まけどり》**・賭鶏**《かけどり》**・闘鶏師**《とうけいし》 雄鶏を闘わせ勝負を競う遊び。室町時代には、朝廷・幕府における三月上巳《じようし》の節句の遊興の一つとされた。現在、賭博《とばく》としての闘鶏は禁じられている。〈鶏合せ雨に勝負の見えきたる　林徹〉

雁風呂《がんぶろ》 (仲) **雁供養**《かりくやう》 青森県津軽外ヶ浜で、雁が北へ帰ったあと海岸に落ちている木片を拾い集めて風呂を焚《た》き、村人が入浴する風習があるという言い伝え。〈雁風呂に海のつづきの波がたつ

澁谷道〉

彼岸会《ひがんゑ》 (仲) **お彼岸《ひがん》・彼岸詣《ひがんまうで》・彼岸参《ひがんまゐり》・お中日《ちゆうにち》・彼岸団子《ひがんだんご》・讃仏会《さんぶつゑ》・彼岸寺《ひがんでら》・彼岸餅《ひがんもち》・彼《ひ》岸道《がんみち》**　春分を中日とする彼岸の間に仏教寺院で行われる仏事供養。↓彼岸・春分　〈彼岸会や浮世話の縁者たち　清水基吉〉

日迎《ひむかへ》 (仲) **日送**《ひおくり》　彼岸の中日《ちゆうにち》あるいは一日を選んで、女性や子供が東に向かって歩き、各寺を巡拝したり野山を歩き回ること。午前に行うのが日迎、午後は日送といい西に向かって歩く。〈日迎への終日かぶる帽子かな　岡田史乃〉

遍路《へんろ》 (三) **お遍路《へんろ》・遍路宿《へんろやど》・善根宿《ぜんこんやど》・遍路道《へんろみち》・遍路笠《へんろがさ》・遍路杖《へんろづゑ》・四国巡《しこくめぐり》・一国巡《いっこくめぐり》・島四《しまし》国《こく》・花遍路《はなへんろ》**　弘法大師が巡錫《じゆんしやく》した四国地方の八十八か所の霊場を巡拝すること。また、その人。↓秋遍路（秋）〈道のべに阿波の遍路の墓あはれ　高浜虚子〉

伊勢参《いせまゐり》 (三) **伊勢参宮《いせさんぐう》・お蔭参《かげまゐり》・抜参《ぬけまゐり》・坂迎へ《さかむか》・伊勢講《いせかう》・参宮講《さんぐうかう》・太々講《だいだいかう》**　伊勢神宮（三重県）に参拝する行事。〈伊勢参海の青さに驚きぬ　沢木欣一〉

水口祭《みなくちまつり》 (晩) **苗代祭《なはしろまつり》・田祭《たまつり》・水口《みなくち》の幣《ぬさ》・水口《みなくち》まつる・みと祭《まつり》・種祭《たねまつり》・鍬下《くはおろ》し**　苗代に種を蒔《ま》く際に田の神を祀《まつ》り豊作を祈る祭り。苗代に使う田の水口で行われる。〈絹糸の雨に水口まつりけり　大峯あきら〉

渡り漁夫《わたりぎよふ》 (初) **漁夫《ぎよふ》募《つの》る・漁夫《ぎよふ》来《きた》る・ヤン衆来《しゆうきた》る**　かつて鰊《にしん》漁が始まる春先に網元に雇われ北海道へ渡る漁師をさした。↓漁夫帰る（夏）〈渡り漁夫荷に一冊の文庫本　近藤一鴻〉

四月馬鹿《しぐわつばか》 (仲) **万愚節《ばんぐせつ》・エープリルフール**　この日に限り、嘘をついて人に無駄足を踏ませ

たり、罪のないいたずらをしてもかまわないという西洋の風習。〈四月馬鹿ローマにありて遊びけり　山口青邨〉

竿躑躅《さをつつじ》 ㊗晩 **奠頭花**《てんとうばな》 四月八日（もとは旧暦四月八日）に、長い竿に躑躅の花などを括《くく》って挟み、軒先に掲げる民俗行事。〈竿つゝじ山ふところの城下かな　高田蝶衣〉

河豚供養《ふぐくやう》 ㊥ **河豚放生**《ふぐはうじやう》 四月二九日、河豚の本場として知られる山口県下関市で行われる河豚の供養。→河豚（冬）〈片すみにわらひごゑあり河豚供養　岩永佐保〉

入学試験《にふがくしけん》 ㊥ **受験**《じゆけん》・**受験生**《じゆけんせい》・**受験子**《じゆけんし》・**受験期**《じゆけんき》・**合格**《がふかく》 〈入学試験子ら消ゴムをあらくつかふ　長谷川素逝〉

大試験《だいしけん》 ㊥ **学年試験**《がくねんしけん》・**進級試験**《しんきふしけん》・**卒業試験**《そつげふしけん》・**及第**《きふだい》 卒業や進級に際しての試験。〈一秒は使へる時間大試験　松本誠司〉

落第《らくだい》 ㊥ 試験や審査に不合格となり、卒業や進級ができなくなること。〈落第の子もゐて言葉選びをり　森岡正作〉

卒業《そつげふ》 ㊥ **卒業生**《そつげふせい》・**卒業式**《そつげふしき》・**卒業期**《そつげふき》・**卒業証書**《そつげふしようしよ》・**卒業歌**《そつげふか》・**卒園**《そつゑん》 学校の課程をすべて修めること。〈寄せ書にちらりと本音卒業す　江川虹村〉〈卒業の涙を笑ひ合ひにけり　加藤かな文〉

春休《はるやすみ》 ㊥ 学年末の試験などが終わる三月中下旬から四月初中旬にかけての休暇。→夏休（夏）・冬休（冬）〈電車から海を見てゐる春休　しなだしん〉

進級《しんきふ》 ㊥ 所属する学校の学年が上がること。〈制服の少女の手足進級す　金久美智子〉

入学《にふがく》 ㊗晩 **入学式**《にふがくしき》・**新入生**《しんにふせい》・**入学児**《にふがくじ》・**進学**《しんがく》・**一年生**《いちねんせい》・**入園**《にふゑん》 学校に入ること。〈入学の子のな

にもかも釘に吊る　森賀まり〉

新社員《しんしやゐん》 (晩) **入社試験**《にふしやしけん》**・就職**《しうしよく》**・新入社員**《しんにふしやゐん》**・初出社**《はつしゆつしや》**・入社式**《にふしやしき》 〈相寄りしとき声高に新社員　山崎ひさを〉

春闘《しゆんとう》 (三) **春季闘争**《しゆんきとうさう》　春季に集中して行われる賃上げ闘争のこと。〈汽車止めて春闘といふ誰が為ぞ　石塚友二〉

メーデー (晩) **労働祭**《らうどうさい》**・労働節**《らうどうせつ》**・五月祭**《ごぐわつさい》**・メーデー歌**《か》**・労働歌**《らうどうか》　五月一日に行われる国際的な労働者の祭典。〈雨にまきつくメーデーの旗振りひらけ　古沢太穂〉

ゴールデン・ウィーク (晩) **黄金週間**《わうごんしうかん》　毎年四月末から五月上旬にかけての祝休日の多い期間のこと。〈寝袋をかつぎ黄金週間へ　滝沢伊代次〉

遠足《ゑんそく》 (晩) 学校の校外授業として郊外など遠くへ出かけること。〈遠足の列とゞまりてかたまりて　高浜虚子〉

菫の衣《すみれのころも》 (仲) 襲《かさね》の色目の「すみれかさね」の衣のこと。表が紫、裏が淡紫。

花衣《はなごろも》 (晩) **花見衣**《はなみごろも》**・花**《はな》**の袖**《そで》**・花見**《はなみ》**小袖**《こそで》**・花**《はな》**の袂**《たもと》**・花見**《はなみ》**衣裳**《いしやう》　花見に行くときに女性が着る晴れ着のこと。→花見・桜〈花衣ぬぐやまつはる紐いろ〳〵　杉田久女〉

鶯衣《うぐひすごろも》 (晩) **鶯**《うぐひす》**の袖**《そで》　近世初頭に流行した、若い男女が着る衣の袖の一種。

柳重《やなぎがさね》 (晩) **柳衣**《やなぎごろも》**・花柳衣**《はなやぎごろも》**・青柳衣**《あをやぎごろも》**・柳**《やなぎ》**のきぬ**　襲《かさね》の色目の「やなぎがさね」の衣のこと。表が白、裏が青。

躑躅の衣《つつじのころも》 (晩) **もち躑躅**《つつじ》**・岩躑躅**《いはつつじ》**・白躑躅**《しろつつじ》　襲《かさね》の色目の「つつじがさね」の衣のこと。表が蘇芳《すおう》、裏が萌黄《もえぎ》。

桜衣《さくらごろも》 ㊐晩 桜《さくら》がさね　襲《かさね》の色目の「さくらがさね」の衣のこと。表が白、裏が赤花（紅花色）。

山吹衣《やまぶきごろも》 ㊐晩 花山吹《はなやまぶき》・青山吹《あをやまぶき》　襲《かさね》の色目の「やまぶきがさね」の衣のこと。表が淡朽葉《うすくちば》、裏が黄。別説に表が朽葉、裏が黄などがある。〈橋守《はしもり》も山吹衣着たりけり　一茶〉

小袖納《こそでをさめ》 ㊐晩 花衣《はなごろも》を蔵《しま》ふ　花見に着た晴れやかな着物を、過ぎゆく花の季節を惜しみつつ箪笥《たんす》に収めること。

捨頭巾《すてづきん》 ㊥仲 頭巾《づきん》脱《ぬ》ぐ　春、暖かくなってきて頭巾を用いなくなること。〈頭巾脱ぐ時自ら到りけり　大橋越央子〉

外套脱ぐ《ぐわいたうぬぐ》 ㊥仲 角巻《かくまき》脱《ぬ》ぐ・マント脱《ぬ》ぐ　春になり、防寒用の厚手の外套やマントを脱いで、軽装になること。〈マント脱ぐ川幅歩幅さだまりて　新谷ひろし〉

胴着脱ぐ《どうぎぬぐ》 ㊥仲 胴着は和服の上着と襦袢《じゆばん》の間に着る防寒用の短い衣服。春、暖かくなり、それを用いなくなること。〈松の秀に昼月高き胴着脱ぐ　富安風生〉

春の服《はるのふく》 ㊂ 春服《しゆんぷく》・春装《しゆんさう》　春になって身に着ける衣服のこと。男女、洋装、和装を問わないが、主に女性の春らしく軽やかな服装をいう。→春着（新年）〈気に入りの春服を出す心当て　能村登四郎〉

春袷《はるあはせ》 ㊂ 春に着る袷。→袷（夏）〈着て立つや藍のにほひの春袷　片山鶏頭子〉

春外套《はるぐわいたう》 ㊂ 春《はる》コート・スプリングコート・合《あひ》オーバー　冬の厚手のオーバーを脱いだ後に着る春用の軽いコート。〈臀《ゐしき》皺付けたる春のコートかな　不破博〉

春セーター《はるセーター》（三）軽い風合いの春用のセーター。〈今度会ふ時はこの色春セーター　小原澄江〉

春ショール《はるショール》（三）**春**《はる》**マフラー**　春に女性が用いる肩掛け。〈妻に買ふ紅き絞りの春ショール　栗田やすし〉

春帽子《はるぼうし》（三）**イースターハット・イースターボンネット**　春になってかぶる帽子。〈春帽子母に向つて冠り来る　中村汀女〉

春手袋《はるてぶくろ》（三）**春手套**《はるしゅとう》　春にはめる手袋。〈春手套よりあらわれし手を握る　小宅容義〉

春日傘《はるひがさ》（晩）**春**《はる》**の日**《ひ》**傘**《がさ》　晩春、日差しの強い日に、日除けのために用いる日傘。↓日傘（夏）〈春日傘たたむ小さき眩暈かな　岡本眸〉

山葵漬《わさびづけ》（仲）若い山葵の根や茎・葉を刻み、塩漬けのあと酒粕《さけかす》に漬けたもの。〈ほろ〳〵と泣き合ふ尼や山葵漬　高浜虚子〉

木の芽漬《きのめづけ》（仲）**あけびの芽**《め》**漬**《づけ》**・萌**《も》**え漬**《づけ》**・木**《き》**の芽**《め》**煮**《だき》　山椒《さんしょう》の新芽と昆布を醤油で長時間煮たもの。〈蓋とれば去年の香もあり木芽漬　宣石〉

花菜漬《はなづけ》（晩）**菜**《な》**の花漬**《はなづけ》　開ききらない菜の花を茎や葉とともに塩漬けにしたもの。〈人の世をやさしと思ふ花菜漬　後藤比奈夫〉

桜漬《さくらづけ》（晩）**花漬**《はなづけ》**・桜湯**《さくらゆ》**・塩桜**《しほざくら》　八重桜の蕾《つぼみ》や七分咲きの花を摘み取り、塩漬けにしたもの。〈止みさうな雨あがらずよ桜漬　岸田稚魚〉

蕗味噌《ふきみそ》（初）**蕗**《ふき》**の薹**《たう》**味**《み》**噌**《そ》　蕗の薹のまだ開ききらないものを刻んですりつぶし、味噌・砂糖・味《み》醂《りん》・酒を加えて混ぜ、火にかけて練ったもの。〈蕗味噌や音なくひらく月の暈　神尾久美子〉

木の芽味噌《きのめみそ》 ㊂ **山椒味噌**《さんせうみそ》 山椒の芽を細かく刻むか、すりこぎですりつぶしたものに味噌・味醂《みりん》などを加えたもの。〈ばあちゃんの味てふ山椒味噌辛し　古賀まり子〉

木の芽和《きのめあへ》 ㊂ 山椒和《さんせうあへ》 山椒のやわらかい芽をすりこぎですりつぶし、味噌・味醂《みりん》・砂糖などを混ぜた山椒味噌で旬のものを和えたもの。〈木の芽和山河は夜もかぐはしき　井沢正江〉

田楽《でんがく》 ㊂ 田楽豆腐《でんがくどうふ》・田楽焼《でんがくやき》・田楽刺《でんがくざし》・木《き》の芽《め》田楽《でんがく》 串刺しにした豆腐やこんにゃくの料理。↓木の芽味噌　〈雨だれを聴く田楽の焼けるまで　伊藤伊那男〉

青饅《あをぬた》 ㊂ 春先の青野菜である分葱《わけぎ》、胡葱《あさつき》、芥菜《からしな》などをさっと茹《ゆ》で、酢・砂糖・酒の入った酢味《すみ》噌《そ》で和《あ》えたもの。〈青ぬたやまだ見えてゐる伊賀の国　岡井省二〉

独活和《うどあへ》 (晩) 独活を乱切りにして茹《ゆ》でて酢水にさらし、灰汁《あく》をとり、酢味噌《すみそ》や山椒《さんしよう》味噌で和えたもの。〈独活和や山の泊りも三日なり　大石悦子〉

胡葱膾《あさつきなます》 ㊂ あさつきぬた　胡葱をさっと茹《ゆ》で、浅蜊《あさり》の剝《む》き身を同様に茹でたものを加え、甘めの酢味噌《すみそ》をからめたもの。〈忘れめやあさつきなます浦小鯛　牧笛〉

鮒膾《ふななます》 ㊂ 山吹膾《やまぶきなます》・叩《たた》き膾《なます》・子守膾《こもりなます》・鮒《ふな》の子《こ》まぶし・子持膾《こもちなます》 鮒の頭を落としたものを三枚におろし、薄く削《そ》ぎ切りにし、つけ酢やからしをきかせた酢味噌《すみそ》で和《あ》えたもの。〈船人の近江言葉よ鮒膾　高浜虚子〉

田螺和《たにしあへ》 ㊂ つぶ和《あへ》 田螺を味噌《みそ》などと和えたもの。〈老たのしいつまでかんで田螺和　本田あふひ〉

若布和《わかめあへ》 ㊂ 春に刈り取られた新若布を酢味噌《すみそ》で和えたもの。

蜆汁《しじみじる》 (三) 蜆を水から煮てうまみを引き出した味噌汁《みそしる》。〈蜆汁はや子も揃ふことまれに　中村汀女〉

蒸鰈《むしがれひ》 (仲) **やなぎむし・柳**《やなぎ》**むしがれひ**　鰈をいったん塩で蒸してから陰干しにしたもの。〈若狭には仏多くて蒸鰈　森澄雄〉

干鰈《ほしがれひ》 (仲) 鰈の腹をしぼって腸《はらわた》を出し、薄塩をして天日に干したもの。〈路地多し到るところに鰈干す　森田峠〉

白子干《しらすぼし》 (三) **しらす・ちりめんじゃこ・ちりめん**　鰯《いわし》の稚魚をさっと塩茹《しおゆ》でにして干したもの。〈昨日今日波音のなし白子干　清崎敏郎〉

目刺《めざし》 (三) **目刺鰯**《めざしいわし》**・頰刺**《ほほざし》**・ほほざし・ほざし**　鰯の目のところを藁《わら》や竹串に通し、ひとまとめにして干したもの。〈重なりて同じ反りなる目刺かな　篠原温亭〉

干鱈《ひだら》 (三) **乾鱈**《ほしだら》**・棒鱈**《ぼうだら》**・芋棒**《いもぼう》　鱈の身を開いて干したもの。〈塩の香のまづ立つ干鱈あぶりをり　草間時彦〉

洲蛤《すはまぐり》 (三) **醋蛤**《すはまぐり》**・酢蛤**《すはまぐり》　大阪市住吉区の住吉大社付近では、戦前まで蛤が採れた。この剝《む》き身を膾《なます》にしたもの。〈住吉の角にすずめやすはまぐり　才麿〉

壺焼《つぼやき》 (三) **焼栄螺**《やきさざえ》**・栄螺**《さざえ》**の壺焼**《つぼやき》　巻き貝、特に栄螺の貝殻を鍋に見立てて、そのまま火にかけて焼くこと。〈壺焼の煮ゆるに角《つの》も炎立つ　皆吉爽雨〉

聞茶《ききちゃ》 (晩) **茶**《ちゃ》**の試**《こころ》**み・嗅茶**《かぎちゃ》**・利茶**《ききちゃ》　その年に摘んだ茶葉の香味・風味を鑑別すること。〈茶を嗅ぐや耳に黄鐘調をなす　高浜虚子〉

枸杞茶《くこちや》 (仲) 春に枸杞の若い葉を摘んで陰干しにしたものを、とろ火でゆっくり煮つめたもの。

山椒の皮《さんせうのかは》 (初) **からかは・辛皮煮**《からかはに》**・山椒**《さんせう》**の皮剝**《かはは》**ぐ** 〈山椒のからく皮はぐ浮世かな　路通〉

鶯餅《うぐひすもち》 (初) たっぷりの餡《あん》を求肥《ぎゆうひ》または軟らかな餅で薄く包み、青大豆の黄粉《きなこ》をまぶした餅菓子。〈街の雨鶯餅がもう出たか　富安風生〉

蕨餅《わらびもち》 (初) 蕨餅粉をよく混ぜながら透明になるまで煮て、冷水に取って水気を拭《ふ》き取り、黄粉《きなこ》と黒蜜などを掛けて食す餅菓子。〈一日を余さず使ひわらび餅　神蔵器〉

草餅《くさもち》 (晩) **蓬餅**《よもぎもち》**・草**《くさ》**の餅**《もち》**・母子餅**《ははこもち》**・草団子**《くさだんご》 薬草とされる蓬を搗《つ》きこんだ餅。〈草餅や二つ並べて東山　角田竹冷〉〈草餅を焼く天平の色に焼く　有馬朗人〉

桜餅《さくらもち》 (晩) 桜の葉で餅菓子を包んだもの。〈雨かしら雪かしらなど桜餅　深見けん二〉

白酒《しろざけ》 (仲) **白酒売**《しろざけうり》**・山川酒**《やまかはざけ》 蒸した米に麴《こうじ》・味醂《みりん》などを混ぜ、熟成させた酒。雛祭《ひなまつ》りの際に供える酒。→雛祭 〈白酒の紐の如くにつがれけり　高浜虚子〉

菱餅《ひしもち》 (晩) **雛**《ひな》**の餅**《もち》**・菱形餅**《ひしがたもち》 雛壇に供える菱形の餅。→雛祭 〈ひし餅のひし形は誰が思ひなる　細見綾子〉

雛あられ《ひなあられ》 (仲) **豆炒**《まめいり》**・雛菓子**《ひなぐわし》 雛壇に供えるあられ菓子。→雛祭 〈雛あられ両手にうけてこぼしけり　久保田万太郎〉

椿餅《つばきもち》 (三) 道明寺粉を蒸して作る菓子。〈妻在らず盗むに似たる椿餅　石田波郷〉

五加飯《うこぎめし》 (仲) **五加摘**《うこぎつ》**む** 五加の新葉を塩茹《しおゆ》でにして冷水にさらし細かく刻んだものを、酒と塩を加えて炊きあげた飯に混ぜて蒸らしたもの。〈西行に御宿申さんうこぎ飯　一茶〉

枸杞飯《くこめし》 ㊥ 枸杞の若葉を摘み取って飯に炊き込んだもの。〈枸杞飯やわれに養生訓はなく　山口青邨〉

菜飯《なめし》 ㊂ **菜飯茶屋**《なめしぢやや》 刻んだ菜っ葉を混ぜ込んだ飯。〈大盛りの秀衡椀の菜飯かな　皆川盤水〉

嫁菜飯《よめなめし》 ㊥ 嫁菜の若葉を細かく刻んで下味をつけ、飯に混ぜたもの。〈この旅は酒色うとめる嫁菜飯　上田五千石〉

白魚飯《しらうをめし》 (初) **白魚**《しらを》**飯**《めし》・**白魚鍋**（しらうをなべ／しらをなべ）・**白魚汁**（しらうをじる／しらをじる）・**白魚**《しらを》**和**《あへ》 白魚を炊き込んだ飯。〈一亭の網代天井白魚飯　石田勝彦〉

薇飯《ぜんまいめし》 ㊥ 薇を炊き込んだ飯。↓薇

蕨飯《わらびめし》 ㊥ **蕨汁**《わらびじる》・**煮蕨**《にわらび》 蕨を炊き込んだ飯。↓蕨〈蕨飯出来るといふを待つことに　星野立子〉

土筆飯《つくしめし》 ㊥ 土筆を炊き込んだ飯。↓土筆〈忌の膳のあえかないろに土筆飯　山本つぼみ〉

干蕨《ほしわらび》 ㊂ **蕨干**《わらびほ》**す** 蕨を干したもの。↓蕨〈干蕨かたづけしあと塵もなし　小川軽舟〉

干薇《ほしぜんまい》 ㊂ 薇を干したもの。↓薇〈薇の干し上がりたる一筵　藤本美和子〉

ほつき鍋《ほつきなべ》 ㊂ **ほつき飯**《めし》・**蒸**《むし》**ほつき** ほっき貝を入れた鍋料理。

蛤つゆ《はまぐりつゆ》 ㊂ **蛤**《はま》**つゆ**・**蛤汁**《はまぐりじる》・**蛤鍋**《はまぐりなべ》・**焼蛤**《やきはまぐり》・**蒸蛤**《むしはまぐり》 蛤を入れた汁物。↓蛤〈蛤に蓋おちつかぬ澄まし汁　鷹羽狩行〉

和布汁《わかめじる》 ㊂ 和布を入れた汁物。↓若布〈この浦の赤人芭蕉若布汁　百合山羽公〉

浅蜊汁《あさりじる》 ㊂ **浅利**《あさり》**汁**《じる》 浅蜊を入れた汁物。↓浅蜊〈浅蜊椀無数の過去が口ひらく　加藤楸邨〉

浅蜊飯《あさりめし》 ㊂ **浅利**《あさり》**飯**《めし》 浅蜊を材料にした飯。↓浅蜊〈浅蜊飯妻の薄口醤油かな　綾部仁喜〉

土筆和《つくしあへ》 (仲) **土筆汁**《つくしじる》 土筆を茹《ゆ》でて和え物にした料理。↓土筆 〈おつくうの文を書き得し土筆和 上田五千石〉

しもつかれ (初) **しもつかり・しみつかり・しみつかれ・すみつかれ・すみつかり** 栃木県を中心に、東北や関東の一部で、初午《はつうま》の日に作り、赤飯とともに稲荷《いなり》神社に供える郷土料理。〈しもつかれ鮭の目玉を嚙みあてし 大貫鬼山〉

木蜜とり《きみつとり》 (三) **ニワッカ採**《と》**り** 春先、北海道で楓やコクワの木から蜜を採り、メープルシロップを製すること。〈山肌の明らむ頃の木蜜とり 西牧千恵子〉

治聾酒《ぢろうしゆ》 (仲) 立春から第五の戊《つちのえ》の日に飲む酒。この日に酒を飲むと耳がよくなる（聾が治る）という言い伝えがある。↓春社 〈治聾酒の酔ふほどもなくさめにけり 村上鬼城〉

桃の酒《もものさけ》 (仲) **桃花酒**《たうくわしゆ》 桃の花を浸した酒で、桃の節句に飲む。〈薄赤き顔並びけり桃の酒 正岡子規〉

味噌豆煮る《みそまめにる》 (初) **味噌**《みそ》**踏**《ふ》**みつまご・味噌玉**《みそだま》 味噌を作るために大豆を煮ること。〈味噌玉の面魂を吊すかな 大石悦子〉

数の子製す《かずのこせいす》 (晩) **数**《かず》**の子**《こ》**作**《つく》**る・数**《かず》**の子**《こ》**干**《ほ》**す・新**《しん》**数**《かず》**の子**《こ》 〈ぼうぼうと数の子干しの浜の跡 福田甲子雄〉

小水葱摘む《こなぎつむ》 (仲) 小水葱の若葉を摘むこと。

嫁菜摘む《よめなつむ》 (仲) 嫁菜の若葉を摘むこと。〈長けたるは風に残して嫁菜摘む 朝妻力〉

春窮《しゆんきゆう》 (晩) 晩春、前年秋に収穫した穀物をはじめ食糧が欠乏してくること。〈春窮のあまり剃刀

研ぎにけり　石川桂郎〉

春灯《しゅんとう》 ㊂ **春燈**《しゅんとう》**・春**《はる》**の灯**《ひ》**・春**《はる》**ともし・春**《はる》**の燭**《しょく》　春の夜に灯す灯火。〈春の燈や女は持たぬのどぼとけ　日野草城〉

春障子《はるしやうじ》 ㊂ →障子貼る（秋）・障子（冬）〈み仏のほかゐたまはず春障子　市村究一郎〉

春の炉《はるのろ》 ㊂ **春炉**《はるろ》 →炉塞・炉（冬）〈熊撃のはにかんでゐる春炉かな　茨木和生〉

春炬燵《はるごたつ》 ㊂ →炬燵（冬）〈春炬燵みんな出かけてしまひけり　黛執〉

春暖炉《はるだんろ》 ㊂ 〈春暖炉わが患者らは癒えゆくも　相馬遷子〉

春火鉢《はるひばち》 ㊂ **春火桶**《はるひをけ》 →火鉢（冬）〈向ひ合ふ人なくて抱く春火鉢　松山足羽〉

炬燵塞ぐ《こたつふさぐ》 （晩） **炬燵**《こたつ》**の名残**《なごり》　春炬燵として残されていたものを、暖かくなって片づけること。→春炬燵・炬燵（冬）

暖炉納む《だんろをさむ》 （晩） **暖炉**《だんろ》**外**《はず》**す・ストーブ除**《のぞ》**く**　春もいよいよ深まり、不要になった暖炉や暖房器具を片づけること。

釣釜《つりがま》 （仲） 自在鉤《かぎ》などに吊《つ》り下げて使われる釜。茶道では、陽春の気配が漂いはじめると、炉に据えた五徳を除き天井から吊るした自在鉤に釜を掛ける。〈釣釜の環大いなる供養かな　神尾久美子〉

炉塞《ろふさぎ》 （晩） **炉**《ろ》**の名残**《なごり》**・炉蓋**《ろぶた》**・炉**《ろ》**の別**《わか》**れ**　冬の間、薪や炭を使っていた炉や炬燵《こたつ》を春に塞ぎ、そのあとに畳を入れたり、炉蓋をはめること。→炉（冬）・炉開（冬）〈炉ふさぎや招隠の詩を口ずさむ　召波〉

厩出し《うまやだし》 (仲) **まやだし**　春になり、牛馬を厩から野に放つこと。〈頂につらなる雪に厩出し　前田普羅〉

北窓開く《きたまどひらく》 (仲) 冬の間閉めきってあった北側の窓を、春の気配の感じられるのを待って開け放つこと。↓北窓塞ぐ（冬）〈北窓をひらく誰かに会ふやうに　今井杏太郎〉

目貼剝ぐ《めばりはぐ》 (仲) 冷たい風や吹雪が、吹き込んでくるのを防ぐために貼った目貼りを剝ぐこと。↓目貼（冬）〈張合ひのありし暮しの目貼はぐ　高浜虚子〉

雪割《ゆきわり》 (仲) **雪割夫**《ゆきわりふ》**・雪切夫**《ゆききりふ》**・雪消**《ゆきけ》**し**　凍結した雪を割って雪解けを促すこと。〈雪割の雪燦爛と町さびし　岸田稚魚〉

雪囲とる《ゆきがこひとる》 (仲) **雪垣解**《ゆきがきと》**く・雪除**《ゆきよけ》**とる・冬構解**《ふゆがまへと》**く・冬囲**《ふゆがこひ》**とる・雪吊解**《ゆきつりと》**く**　雪や寒気を防ぐために囲っていた覆いを取ること。↓雪囲（冬）・雪吊（冬）・冬構（冬）〈雪囲解き月山を振り仰ぐ　松本旭〉

霜除とる《しもよけとる》 (晩) **霜除解**《しもよけと》**く・霜囲**《しもがこひ》**とる**　庭木や草花を霜から防ぐために施した藁《わら》や菰《こも》巻きを取ること。↓霜除（冬）〈霜除をとりし牡丹のうひうひし　高浜虚子〉

風除解く《かざよけとく》 (晩) **風垣解**《かざがきと》**く・風囲解**《かざがこひと》**く**　冬の間、季節風を防ぐために家の北側に設けていた板や藁《わら》を取り除くこと。↓風除（冬）〈風垣を解きたる夜の風狂ふ　千田一路〉

橇しまふ《そりしまふ》 (仲) **捨橇**《すてぞり》　物置や納屋に橇をしまうこと。↓橇（冬）〈橇しまふ整へおきし暗がりへ　柏原眠雨〉

車組む《くるまくむ》 (仲) **車出**《くるまだ》**す**　冬の間保管しておいた大八車・猫車・馬車などを組み立てること。↓車

蔵《かこ》ふ（冬）〈開拓の世よりの重き車組む　西田誠〉

屋根替《やねかへ》 (仲) **葺替**《ふきかへ》・**屋根**《やね》**葺**《ふ》**く**・**屋根**《やね》**繕**《つくろ》**ふ**　雨漏りや美観を損ねないように、雪などで傷んだ屋根を替えたり繕ったりすること。〈屋根替の竹を大きく宙に振り　森田峠〉

垣繕ふ《かきつくろふ》 (仲) **垣手**《かきて》**入**《いれ》　冬期の風雪で傷んだ垣を、雪解けが終わる頃に修理すること。〈古竹に添へて青竹垣繕ふ　高浜虚子〉

松の緑摘む《まつのみどりつむ》 (晩) **緑**《みどり》**摘む**・**若緑**《わかみどり》**摘む**　三月から四月頃、松の新芽を摘みとること。〈かつてなき男ごころ松の緑摘み　鷹羽狩行〉

麦踏《むぎふみ》 (初) **麦**《むぎ》**を踏**《ふ》**む**　麦の芽が伸び過ぎないように、また、霜で浮き上がった根を押さえ根張りをよくするために、麦の芽やその根を踏むこと。〈歩み来し人麦踏をはじめけり　高野素十〉

野焼く《のやく》 (初) **野焼**《のやき》・**堤焼**《つつみや》**く**・**野火**《のび》・**草焼**《くさや》**く**　早春の晴れた穏やかな日に、土地を肥やし、害虫を駆除するため、野や土手などを焼き払うこと。〈古き世の火の色うごく野焼かな　飯田蛇笏〉〈青空の塞がつてゆく野焼かな　対中いずみ〉

山焼く《やまやく》 (初) **山焼**《やまやき》・**山火**《やまび》　春先、村里に近い野山を焼くこと。〈山焼の火が我が顔も照らし出す　右城暮石〉

鵜殿の蘆焼《うどののあしやき》 (初)　毎年二月頃、大阪府高槻市の淀川にて蘆を焼く作業。〈茫々と野焼を待てり鵜殿葭　能村登四郎〉

畑焼く《はたやく》 (初) **畑焼**《はたやき》・**畦焼**《あぜや》**く**・**畦焼**《あぜやき》・**やけばた**・**畦火**《あぜび》　野焼きや山焼きと同じ目的で、田畑や畦の枯れ残りの作物や枯れ草を焼くこと。〈三輪山を隠さふべしや畦を焼く　阿波野青畝〉

芝焼く《しばやく》 (初) **芝焼**《しばやき》**・芝火**《しばび》 早春に山や土手、庭園などの枯れ芝を焼くこと。〈芝焼いて旧居のままのたたずまひ　高浜虚子〉

焼肥《やつこえ》 (初) 春先、田畑に溜まった落ち葉や藁《わら》くずなどを焚《た》き、肥料とすること。〈焼肥の日暮れ鶏出てすぐ汚る　上村忠郎〉

農具市《のうぐいち》 (仲) 一月から四月までの農閑期に寺社の祭礼・縁日などに伴って開かれる、主に農作業に使われる道具を売る市。〈にはとりが叱られてゐる農具市　小笠原和男〉

耕《たがやし》 (三) **耕**《たがへし》**・耕す**《たがやす》**・春耕**《しゅんかう》**・耕人**《かうじん》**・耕馬**《かうば》**・耕牛**《かうぎう》**・馬耕**《ばかう》 作物・野菜の種を蒔《ま》く前や苗を植えつける前に、田や畑の土を鋤《す》き返し、柔らかくほぐす作業。↓秋耕（秋）・冬耕（冬）〈耕して大きな月を連れ戻る　本宮哲郎〉

田打《たうち》 (仲) **春田打**《はるたうち》**・田**《た》**を打**《う》**つ・田**《た》**を返**《かへ》**す・田返**《たがへ》**し・田**《た》**を鋤**《す》**く・田起**《たおこ》**し・田鋤牛**《たすきうし》**・田鋤馬**《たすきうま》**・田打機**《たうちき》 早苗が育っている間に、田植えができる状態にするため田を打ち返すこと。〈生きかはり死にかはりして打つ田かな　村上鬼城〉

畑打《はたうち》 (三) **畑打**《はたう》**つ・畑鋤**《はたす》**く・畑返**《はたかへ》**す** 彼岸を過ぎてから春蒔《ま》きの様々な作物のために、畑の土を起こすこと。〈海を見て十歩に足りぬ畑を打つ　夏目漱石〉

畦塗《あぜぬり》 (晩) **畔塗**《くろぬり》**・塗畦**《ぬりあぜ》**・畦塗**《あぜぬ》**る** 田の漏水と肥料の流出を防ぐことと堅牢《けんろう》な畦道を保つために、畦を田んぼの泥土でしっかりと塗り固めること。〈畦塗つて海の没日《いりひ》を大きくす　本宮哲郎〉

種池浚ひ《たないけさらひ》 (仲) **種池**《たないけ》**ばらひ・種井**《たなゐ》**ばらひ・種井替**《たなゐがへ》 種籾《たねもみ》を池に浸す前に、種池の中に沈んで積もっている落ち葉や泥を浚い取ること。

種物《たねもの》 (仲) 物種《ものだね》・花種《はなたね》・種売《たねうり》・種袋《たねぶくろ》・種物屋《たねものや》　稲を除いた穀類・蔬菜《そさい》・草花の種のこと。〈ものの種にぎればいのちひしめける　日野草城〉

種選《たねえらび》 (仲) 種選《たねより》　苗代に蒔《ま》く種籾《たねもみ》を選ぶこと。〈指先の水にしびれし種選み　若井新一〉

種井《たなゐ》 (仲) 種池《たないけ》・種桶《たねをけ》・種井戸《たなゐど》　種籾《たねもみ》を二、三週間ほど、池や小川や井戸などに浸しておくこと。〈ふつふつと泡の出て来る種井かな　正岡子規〉

種俵《たねだはら》 (三) すぢ俵《だはら》　種籾《たねもみ》を入れる俵のこと。〈水切りに半日かけて種俵　木内彰志〉

種浸し《たねひたし》 (晩) 種《たね》かし・種浸《たねつ》ける・種浸《たねつ》け・種《たね》ふせる・籾《もみ》つける　塩水で選別された種籾を再び種俵か袋に入れて池沼・小川・井戸などに二、三週間ほど浸けておくこと。〈種浸しひと桶にして澄みわたり　斎藤夏風〉

種蒔《たねまき》 (晩) 種下《たねおろ》し・播種《はしゅ》・すぢ蒔《まき》・籾蒔《もみま》く・籾《もみ》おろす・種蒔《たねまき》おつこ・種蒔桜《たねまきざくら》・斎種《ゆだね》まく　種籾を苗代に蒔くこと。〈指先を流るゝ如し種を蒔く　野村泊月〉

種案山子《たねかかし》 (晩) 種案山子《たねかがし》　種籾《たねもみ》を守るために立てる案山子。〈子が書きて目鼻大きや種案山子　宮田正和〉

苗床《なへどこ》 (仲) 種床《たねどこ》・播床《まきどこ》・温床《をんしやう》・冷床《れいしやう》・苗障子《なへしやうじ》・苗圃《べうほ》　苗を育成するために植えておく仮床。〈苗床にをる子にどこの子かときく　高野素十〉

苗札《なへふだ》 (仲) 植物の種を蒔き、苗を植え替え、あるいは根分けなどをするさいに、添えておく小さな札のこと。〈苗札も挿したる土もあたらしき　綾部仁喜〉

苗木市《なへぎいち》 (仲) 苗市《なへいち》・苗木売《なへぎうり》　〈くくられしところに蕾苗木市　倉田紘文〉

苗売《なへうり》（晩） 晩春、野菜や草花の苗を携えて町を売り歩く人。〈苗売や千葉の人なりよく笑ふ　岩田由美〉

植木市《うゑきいち》（仲） 〈植木市当て字ばかりの名札付く　右城暮石〉

物種蒔く《ものだねまく》（仲） 野菜や秋咲きの草花の種を蒔くこと。〈庭に出でて物種まくや病み上り　正岡子規〉

花種蒔く《はなだねまく》（仲） 草花の種を蒔くこと。〈花種を蒔き常の日を新たにす　岡本眸〉

夕顔蒔く《ゆふがほまく》（仲） 〈夕顔を蒔くくれなゐのこころかな　遠山陽子〉

朝顔蒔く《あさがほまく》（晩） 〈朝顔を蒔きて人待つ心あり　中村汀女〉

鶏頭蒔く《けいとうまく》（仲） 〈子規のため鶏頭を蒔く今年かな　藤田湘子〉

牛蒡蒔く《ごばうまく》（仲） 〈牛蒡蒔く膝より高き畝を立て　石垣幸子〉

甜瓜蒔く《まくはまく》（仲） 〈まくわ瓜蒔き一坪を菜園《さえん》とす　上林松代〉

西瓜蒔く《すいくわまく》（晩） 西瓜《すいくわ》植《う》う 〈弧を描いて天日めぐり西瓜蒔く　安住敦〉

胡瓜蒔く《きうりまく》（仲） 胡瓜《きうり》植《う》う 〈残生を空費のみかは胡瓜蒔く　河合輝子〉

糸瓜蒔く《へちままく》（仲） 〈年々や子規忌のための糸瓜蒔く　山本村家〉

南瓜蒔く《かぼちやまく》（仲） 南瓜《たうなす》蒔《ま》く・ぼうぶら蒔《ま》く・南瓜《かぼちや》植《う》う 〈南瓜蒔く書斎の窓はここに開く　山口青邨〉

瓢簞蒔く《へうたんまく》（仲） 瓢《ふくべ》蒔《ま》く 〈簷に吊る瓢の種も蒔かばやな　杉田久女〉

茄子蒔く《なすまく》（仲） 茄子《なすび》蒔《ま》く・茄子《なす》床《どこ》 〈茄子の種紫ならず蒔きにけり　今井千鶴子〉

藍蒔く《あゐまく》 ㊞初 〈大安でなくてはならじ藍を蒔く　平山八十子〉

麻蒔く《あさまく》 ㊞仲 〈麻まくや湖へ傾く四五ケ村　永田青嵐〉

藍植う《あゐうう》 ㊞晩 〈藍植うや孀《やもめ》ながらも一長者　吉岡禅寺洞〉

蓮植う《はすうう》 ㊞晩 〈蓮を植う軽き田舟を引き寄せて　大坪景章〉

睡蓮植う《すいれんうう》 ㊞仲 〈睡蓮を植えて眩《まば》ゆき雲ばかり　廣瀬町子〉

蒟蒻植う《こんにやくうう》 ㊞晩 〈蒟蒻植う昼さへ暗き芽をさぐり　新井盛治〉

芋植う《いもうう》 ㊞仲 里芋《さといも》植《う》う・田芋《たいも》植《う》う・田芋《たいも》穫《と》る・田芋《たいも》掘《ほ》る 〈段々畑浮石のなし薯を植う　太田土男〉

馬鈴薯植う《ばれいしようう》 ㊞仲 馬鈴薯《じやがいも》植《う》う・馬鈴薯《ばれいしよ》の種《たね》おろし 〈馬鈴薯を植う汝が生れし日の如く　石田波郷〉

甘藷苗作る《いもなへつくる》 ㊞晩 甘藷苗《かんしよなへ》 ↓種芋

甘蔗植う《かんしようう》 ㊞初 〈甘蔗植ゑて肥担ふことためらはず　神野三巴女〉

木の実植う《このみうう》 ㊞仲 〈根の鬚の絡まる土や木の実植う　西山泊雲〉

球根植う《きうこんうう》 ㊞晩 ダリア植《う》う・百合《ゆり》植《う》う 〈みなどこかゆがむ球根植ゑにけり　片山由美子〉

果樹植う《くわじゆうう》 ㊞晩 桃《もも》植《う》う・柿《かき》植《う》う 〈桃植うや晩婚の子の汝が為に　杉山岳陽〉

苗木植う《なへぎうう》 ㊞仲 植林《しよくりん》・杉苗《すぎなへ》 〈つちくれに語りかけつつ苗木植う　福永みち子〉

桑植う《くはうう》 ㊞初 〈のばせどもちぢむ細根や桑植うる　桜井土音〉

剪定《せんてい》 ㊞初 庭木や花樹の枝を切ること。〈剪定に夕星ともる梨畠　石田勝彦〉

接木《つぎき》 (仲) **接穂**《つぎほ》**・砧木**《だいぎ》**・接木苗**《つぎきなへ》**・芽**《め》**接**《つぎ》**・切接**《きりつぎ》**・根接**《ねつぎ》 樹種を改良し、結実をよくするため、木の枝や芽などを他の木に接いで生育させること。〈接木して彦根林檎の三代目　尾池和夫〉

取木《とりき》 (仲) 樹木の枝に傷をつけ、土に押しつけて埋め、あるいは土で覆って油紙、竹の皮などで包み、根が出たところで苗木に取ること。〈取木して庭に躓くものばかり　宮本美恵子〉

挿木《さしき》 (仲) **挿穂**《さしほ》**・挿芽**《さしめ》**・挿葉**《さしば》**・挿床**《さしどこ》 木の枝を切って、じかに土中に挿して根を生じさせ、苗木を作ること。〈挿木せしゆゑ日に一度ここに来る　山口波津女〉

根分《ねわけ》 (仲) **株分**《かぶわけ》 植物の根を分けて移し植えること。〈根分せるもの何々ぞ百花園　高浜虚子〉

菊根分《きくねわけ》 (仲) **菊分**《きくわか》**つ・菊**《きく》**の根分**《ねわけ》 〈相似たる夫婦となつて菊根分　渡辺純枝〉

菊植う《きくうう》 (晩) 〈植ゑ終へて菊見えぬまで暮れにけり　長谷川零余子〉

萩根分《はぎねわけ》 (仲) **萩**《はぎ》**の根分**《ねわけ》**・萩植**《はぎう》**う** 〈萩根分なりし鍬音寺門より　皆吉爽雨〉

菖蒲根分《しやうぶねわけ》 (仲) **菖蒲**《しやうぶ》**の根分**《ねわけ》 〈菖蒲根分水をやさしう使ひけり　草間時彦〉

野老掘る《ところほる》 (初) 〈野老掘るかはたれどきの力かな　柿本多映〉

慈姑掘る《くわゐほる》 (三) 〈勾玉の慈姑泥より掘り出せり　林徹〉

若布刈る《わかめかる》 (三) **若布**《わかめ》**刈**《かり》**・若布**《わかめ》**採**《と》**る・めかり・若布**《め》**刈舟**《かりぶね》**・若布**《め》**刈鎌**《かりがま》**・若布**《め》**刈竿**《かりざを》**・若布**《わかめ》**干**《ほ》**す** 〈加太の海の波のり舟ぞ若布刈り　藤後左右〉

海苔搔《のりかき》 (初) **海苔**《のり》**採**《と》**る・海苔**《のり》**粗朶**《そだ》**・海苔**《のり》**篊**《ひび》**・海苔**《のり》**簀**《す》**・海苔**《のり》**籠**《かご》**・海苔**《のり》**舟**《ぶね》**・海苔**《のり》**砧**《きぬた》**・海苔**《のり》**干**《ほ》**す・海苔**《のり》**採**《とり》**・海苔**《のり》**搔**《か》**く** 海苔を採取すること。〈海苔搔は他は見ず岩を見て去りぬ　渡辺水巴〉

牧開《まきびらき》 (仲) 春になり、牛や馬を放牧地に放つこと。↓牧閉す（秋）〈牧開く馬は小さきほどは

ねて　加藤憲曠〉

羊の毛刈る《ひつじのけかる》 ㊙晩 **羊毛剪る**《やうもうきる》・**羊剪毛**《ひつじせんもう》・**剪毛期**《せんもうき》・**山羊**《やぎ》**の毛刈**《けか》**る** 〈毛を刈る間羊に言葉かけとほす　橋本多佳子〉

桑解く《くはとく》 ㊥ **桑**《くは》**ほどく** 冬の間、藁縄《わらなわ》で括《くく》っておいた桑の枝を、春になって解き放ち、枝を自由に張らせること。〈桑解くや利根は海まで三十里　火村卓造〉

霜くすべ《しもくすべ》 ㊙晩 **くぐし** 桑の霜害を防ぐために行われる作業。晩春、畑に籾殻《もみがら》や青柴・松葉などを焚《た》いて煙を出し、畑を覆って霜害を防いだ。〈霜くすべ古城の十里十方へ　飯田龍太〉

桑摘《くはつみ》 ㊙晩 **桑摘女**《くはつみめ》・**桑摘唄**《くはつみうた》・**桑籠**《くはかご》・**桑車**《くはぐるま》・**桑倉**《くはぐら》・**夜桑摘**《よぐはつ》**む** 蚕を育てるための桑の葉を摘むこと。〈桑摘むや桑に隠れて妙義の頭《づ》　松根東洋城〉

桑売《くはうり》 ㊙晩 蚕を育てるための桑を売ること。また、その人。

蚕飼《こがひ》 ㊙晩 **養蚕**《やうさん》・**蚕種**《こだね》・**催青**《さいせい》・**掃立**《はきたて》・**蚕座**《こざ》・**眠蚕**《いこ》・**蚕**《こ》**の眠**《ねむ》**り**・**蚕時**（かひこどき／こどき）・**飼屋**《かひや》・**蚕屋**《こや》・**蚕棚**（かひこだな／こだな）・**蚕室**《さんしつ》・**蚕籠**《こかご》・**捨蚕**《すてご》・**蚕飼時**《こがひどき》・**蚕**《こ》**ざかり** 蚕を飼い育てること。また、その人。絹糸を取るために年に数回飼育する。↓蚕・繭（夏）・糸取（夏）〈高嶺星蚕飼の村は寝しづまり　水原秋櫻子〉

蚕卵紙《たねがみ》 ㊙晩 **種紙**《たねがみ》・**さんらんし** 蚕蛾《かいこが》に卵を産みつけさせた紙。

春挽糸《はるひきいと》 ㊂ 新繭が出回る六月から七月までの間、前年の繭を利用し、春に糸を引くこと。〈しごき検《み》る春挽生糸の細さ太さ　栗栖浩誉〉

雪晒《ゆきざらし》 ㊥ **布晒**《ぬのざらし》 雪国で三月頃、雪の上に物品、主に布を晒すこと。〈青天の緩びてゐたり雪晒

若井新一〉

茶摘《ちやつみ》 (晩) **一番茶**《いちばんちや》**・二番茶**《にばんちや》**・三番茶**《さんばんちや》**・四番茶**《よばんちや》**・茶摘時**《ちやつみどき》**・茶摘女**《ちやつみめ》**・茶摘唄**《ちやつみうた》**・茶摘籠**《ちやつみかご》**・茶山**《ちややま》**・茶園**《ちやゑん》**・茶畑**《ちやばたけ》**・手始**《てはじめ》**・茶覆**《ちやおほひ》**・茶摘笠**《ちやつみがさ》　茶の木の芽や葉を摘みとること。また、その人。茶の新芽の摘み始めは、早いところで四月上旬、ふつう八十八夜を挟んで二、三週間が最盛期。〈はらからのもれなく揃ふ茶摘どき　水田光雄〉

製茶《せいちや》 (晩) **茶**《ちや》**づくり・茶揉**《ちやも》**み・焙炉**《ほいろ》**・焙炉師**《ほいろし》**・焙炉場**《ほいろば》**・茶**《ちや》**の葉選**《はえり》　茶の葉を加工・製成すること。また、その茶。〈製茶場の茶の葉ふぶきて窓に見ゆ　皆吉爽雨〉

蜆取《しじみとり》 (三) **蜆掻**《しじみかき》**・蜆掘**《しじみほり》**・蜆舟**《しじみぶね》　〈蜆舟少しかたぶき戻りけり　安住敦〉

馬蛤突《まてつき》 (三) **馬刀**《まて》**掘**《ほり》　馬蛤貝を突いて取ること。〈馬刀突の子の上手なりたかり見る　高浜虚子〉

春鱚釣《はるきすつり》 (晩) 春に鱚釣りに出かけること。〈本日の春を名のるや尺のきす　雪花〉

鮎汲《あゆくみ》 (仲) **稚**《ち》**鮎汲**《あゆくみ》**・汲鮎**《くみあゆ》**・子**《こ》**鮎汲**《あゆくみ》**・小**《こ》**鮎汲**《あゆくみ》**・鮎苗**《あゆなへ》　孵化《ふか》した子鮎は川を下り、冬の間海で過ごしたあと、三月から四月頃再び川に戻ってくる。それを網や杓《しやく》で掬《すく》い上げること。〈薄絹の水のおぼろや小鮎汲　西山泊雲〉

魞挿す《えりさす》 (初) 魞を水中に設置すること。魞は河川、湖沼などで用いられる定置漁法の漁具の一つ。二月上旬から三月中旬までに行われる。〈魞を挿す声の届かぬ遠さかな　西村和子〉

上り簗《のぼりやな》 (三) **春**《はる》**の簗**《やな》　鮎《あゆ》・鮭《さけ》・鱒《ます》などが産卵のため溯上《そじよう》する習性を利用した、魚を捕るための仕掛け。↓簗（夏）・下り簗（秋）〈淀川や舟みちよけて上り簗　田中王城〉

鯛網《たひあみ》 (晩) **鯛葛網**《たひかつらあみ》**・鯛地**《たひぢ》**漕網**《こぎあみ》**・鯛縛網**《たひしばりあみ》**・吾智網**《ごちあみ》　鯛を捕る漁法の総称。鯛葛網、鯛縛網、吾智

網などがある。〈鯛網のしぼらるゝ間の日衰ふ　菅裸馬〉

鳥持網代《とりもちあじろ》 ㊰ 鯛を捕る漁法の一つ。瀬戸内海の豊島《てしま》、斎島《いつきしま》などで古くから行われていた。現在は行われていない。

磯竈《いそかまど》 ㊒ **磯焚火**《いそたきび》 春寒の時期、海女が暖をとるための竈。〈磯かまど乾かす髪も汐いたみ　石川星水女〉

磯開《いそびらき》 ㊰ **海下**《うみおり》**・口明祭**《くちあけまつり》**・磯**《いそ》**の口開**《くちあけ》**・浜**《はま》**の口開**《くちあけ》 一定期間禁止していた海藻や貝類の採取を解禁すること。〈磯開大きな月の昇りけり　宮坂静生〉

磯菜摘《いそなつみ》 ㊂ 〈遠見には鴉とまぎれ磯菜摘　福永耕二〉

海女《あま》 ㊰ **蜑**《あま》**・磯海女**《いそあま》**・沖海女**《おきあま》**・磯人**《いそど》**・かつぎ・もぐり・海女**《あま》**の笛**《ふえ》**・磯**《いそ》**なげき** 海にもぐり鮑《あわび》・栄螺《さざえ》などの貝類、天草などの海藻類を採る女性。〈命綱たるみて海女の自在境　津田清子〉

木流し《きながし》 ㊥ **管流**《くだなが》**し・堰流**《せきなが》**し・修羅**《しゆら》**落**《おと》**し・鉄砲堰**《てっぽうぜき》 筏《いかだ》を組む網場まで材木を出すこと。〈笠一つ荷が一つ木を流しくる　山口青邨〉

初筏《はついかだ》 ㊥ **初筏式**《しょばつしき》**・筏祭**《いかだまつり》 春になってから、その年初めて筏を組むこと。

団扇作る《うちはつくる》 ㊂ **団扇干**《うちはほ》**す・団扇貼**《うちはは》**る** 春に団扇を作り始めること。↓団扇（夏）〈むき〳〵に団扇つくりの人居りぬ　田村寿子〉

小弓引《こゆみひき》 ㊰ **雀小弓**《すずめこゆみ》 平安時代から鎌倉時代にかけて流行した公家風の遊戯。小形の弓で的を射て勝負を争う。〈小弓引的を桜にうつしけり　高浜虚子〉

磯遊《いそあそび》 ㊰ **磯祭**《いそまつり》**・花散**《はなち》**らし** 春、潮の引いた磯に出て、貝を掘ったり、潮溜《しおだ》まりの海老《えび》・蟹《かに》な

どを採ったりして遊ぶこと。旧暦三月三日を、磯遊びの日と定めている地域も多い。〈掌に揃ふ石の五色や磯遊び　加倉井秋を〉

潮干狩《しほひがり》 (晩) **潮干貝《しほひがい》・潮干籠《しほひかご》・潮干船《しほひぶね》** 潮が引いた浜で、浅蜊《あさり》・蛤《はまぐり》などの貝類や海草・藻などを採ること。〈蓋だけの貝も拾ひて汐干狩　後藤比奈夫〉

観潮《くわんてう》 (仲) **観潮船《くわんてうせん》・渦潮《うづしほ》・渦潮見《うづしほみ》・渦見《うづみ》・渦見船《うづみぶね》** 渦潮を見物すること。春の彼岸の頃の大潮は干満の差が一年の中でも最も大きい。〈観潮船天井に潮映しけり　矢島渚男〉

春鮒釣《はるぶなつり》 (仲) 〈道濡れて春鮒釣りがひそと居り　石田勝彦〉

踏青《たふせい》 (晩) **青《あを》き踏《ふ》む** 春、芽生えた青草を踏みながら、野山を散策すること。〈踏青や野守の鏡これかとよ　松本たかし〉〈みづうみのふくらむひかり青き踏む　鍵和田秞子〉

野遊《のあそび》 (晩) **山遊《やまあそび》・野《の》がけ・春遊《はるあそび》** 春、山野に出かけ、一日を楽しみ過ごすこと。↓秋の野遊(秋)〈野遊びの靴脱ぐ帰らざるごとく　井上弘美〉

摘草《つみくさ》 (三) **草摘《くさつ》む・蓬摘《よもぎつ》む・蓬籠《よもぎかご》・土筆摘《つくしつ》む・芹摘《せりつ》む** 春、野に出かけ、新しく萌《も》え出た若草を摘むこと。〈摘草の人また立ちて歩きけり　高野素十〉〈生国はここかもしれず蓬摘む　宇多喜代子〉

蕨狩《わらびがり》 (仲) **蕨採《わらびとり》・蕨摘《わらびつみ》・山菜採《さんさいとり》** ↓蕨　〈山寺を本陣とする蕨狩　山口青邨〉

梅見《うめみ》 (初) **観梅《くわんばい》・梅見茶屋《うめみちやや》** ↓梅　〈青ぞらのいつみえそめし梅見かな　久保田万太郎〉

花見《はなみ》 (晩) **お花見《はなみ》・花巡《はなめぐ》り・花見客《はなみきやく》・花見衆《はなみしゆう》・花見船《はなみぶね》・花《はな》の茶屋《ちやや》・花《はな》の幕《まく》・花見酒《はなみざけ》・花見《はなみ》樽《だる》・花《はな》の酔《よひ》・花床几《はなしやうぎ》・花見手拭《はなみてぬぐひ》・花見扇《はなみあふぎ》・花見笠《はなみがさ》・花見戻《はなみもどり》・花戻《はなもどり》・花見八日《はなみやうか》・花《はな》の客《きやく》**

↓桜〈みな袖を胸にかさねし花見かな　中村草田男〉

桜狩《さくらがり》 (晩) **桜見**《さくらみ》**・観桜**《くわんあう》 桜花を尋ねて山野を逍遥《しようよう》し、眺め歩くこと。〈桜狩桜の声を聞きながら長谷川櫂〉

桜人《さくらびと》 (晩) **花人**《はなびと》**・花見人**《はなみびと》 〈花人に神の帳の垂れてあり　高浜虚子〉

花の宴《はなのえん》 (晩) **花**《はな》**の踊**《をどり》 花を愛《め》でながら催す酒宴のこと。特に、桜花を愛でる宮廷行事としての宴をいう。〈見歩行《あるき》て本の座敷や花の宴　随古〉

花筵《はなむしろ》 (晩) **花毛氈**《はなもうせん》**・花見**《はなみ》**茣蓙**《ござ》**・花見**《はなみ》**の席**《せき》 花見の宴席に使う筵をいう。また、宴席そのものをもさす。〈花筵よそにかゝはりなく和して　星野立子〉

花篝《はなかがり》 (晩) **花雪洞**《はなぼんぼり》 夜桜の趣を引き立たせるために花下に設ける篝火。〈花篝火の色今や得つゝあり　鈴鹿野風呂〉

花守《はなもり》 (晩) **花の主**（はなのぬし／はなのあるじ）**・桜守**《さくらもり》 桜花を守る人。花の世話をし、見張りをする花の番人。〈花守の僧行きずりに合掌す　角川源義〉

花の都《はなのみやこ》 (晩) **花洛**《くわらく》 華やかに栄える都の美称。また、桜花の盛りの都。〈傘さして駕舁く花の都かな　蓼太〉

花の宿《はなのやど》 (晩) **花**《はな》**の窓**《まど》**・花**《はな》**の扉**《とびら》**・花**《はな》**の戸**《と》 桜花の咲いている家や桜花のある宿所。〈みよし野のこたびは花の宿りかな　稲畑汀子〉

花車《はなぐるま》 (晩) **花見車**《はなみぐるま》 桜花で飾りつけをしたり、積み重ねたりした車のこと。また、桜のあるところへ乗って行く花見の車をいう。〈めぐり来る笠や踊りの花車　楮林〉

花軍《はないくさ》 (晩) **花合**《はなあはせ》**・花比**《はなくら》**べ** 桜の花の枝などで打ち合う遊び。

花の鈴《はなのすず》 (晩) **護花鈴**《ごくわれい》 紅色の糸で編んだ綱や縄に鈴を多く結びつけ、花の梢に引き渡して小鳥を追うように仕掛けたもの。〈花の鈴稀に音しぬ太政官　松瀬青々〉

花盗人《はなぬすびと》 (晩) 花の美しさに心惹《ひ》かれて枝を折り盗む人のこと。〈問ひたきは花盗人のこゝろかな　士朗〉

花疲《はなづかれ》 (晩) **花見疲**《はなみづかれ》 花見に行って心身が疲れること。〈坐りたるまゝ帯とくや花疲れ　鈴木真砂女〉

吉原の夜桜《よしはらのよざくら》 (晩) 吉原遊郭仲の町で寛延二年（一七四九）頃から始まった行事。毎年三月一日より行われた。

島原の太夫の道中《しまばらのたいふのだうちゆう》 (晩) **傘止太夫**《かさどめたいふ》 もと四月二一日、京都島原で行われた太夫の道中。〈道中や角屋《すみや》の前は道せばく　中田余瓶〉

浪花をどり《なにはをどり》 (晩) 大阪の芸妓による春の踊りをいう。昭和三一年（一九五六）、四つの花街の春の行事として発足。現在、定期的には行われていない。〈舞ひの手や浪花をどりは前へ出る　藤後左右〉

都をどり《みやこをどり》 (晩) **都踊**《みやこをどり》 四月一日より三〇日まで、祇園《ぎおん》甲部歌舞練場で催される春の踊り。〈都踊はヨーイヤサほゝゑまし　京極杞陽〉

鴨川をどり《かもがはをどり》 (晩) **鴨川踊**《かもがはをどり》 五月一日より二四日まで、京都の先斗町《ぽんとちよう》で催される芸妓による踊り。〈水打つて鴨川踊の夜となりぬ　岸風三樓〉

蘆辺踊《あしべをどり》 (晩) あしべ踊《をどり》・芦辺踊《あしべをどり》　明治二一年（一八八八）一一月に発足した大阪花街行事の一つ。難波新地（南地）の南演舞場で、四月から五月頃催された。〈かんばせに蘆辺踊のはねの雨　後藤夜半〉

東をどり《あづまをどり》 (晩) 東踊《あづまをどり》　東京都の新橋演舞場で行われる新橋芸妓の舞踊。〈遅き妓は東をどりの出番とや　高浜虚子〉

初午芝居《はつうましばゐ》 (仲) 初午狂言《はつうまきやうげん》　江戸時代の習わしで初午の日に、下回りの役者や裏方が中心となって余興の芝居を演ずること。

三の替《さんのかはり》 (晩) 三月狂言《さんぐわつきやうげん》・弥生狂言《やよひきやうげん》　三月に上演される歌舞伎芝居。〈何を着て行かむ三月狂言に　森田峠〉

春場所《はるばしよ》 (仲) 三月場所《さんぐわつばしよ》・大阪場所《おほさかばしよ》　日本の国技である大相撲の場所の一つ。現在、春場所は三月に大阪で行われる。〈春場所や浪花言葉の嬌声が　山田土偶〉

ボートレース (晩) 競漕《きやうさう》・競漕会《きやうさうくわい》・レガッタ・お花見《はなみ》レガッタ　〈競漕やはがねの四肢が屈伸す　伊東肇〉

猟期終る《れふきをはる》 (初) 猟名残《れふなごり》・名残《なごり》の猟《れふ》・銃猟停止《じゆうれふていし》・猟期果《れふきは》つ　春になり猟期の終わりが近づき、最後の猟に出ること。狩猟期間は一一月一五日から翌年二月一五日までと定められている。↓初猟（冬）〈この山を知り尽したる猟名残　岡安仁義〉

凧《たこ》 ㊂ いかのぼり・いか・はた・紙鳶《しえん》・落《おち》たこ・凧《たこ》の糸《いと》・凧《たこ》の尾《を》・絵凧《ゑだこ》・字凧《じだこ》・鳶凧《とびだこ》・烏凧《からすだこ》・いかだこ・扇凧《あふぎだこ》・奴凧《やつこだこ》・人形凧《にんぎやうだこ》・六角凧《ろくかくだこ》・飛行凧《ひかうだこ》・うなり凧《だこ》・連凧《れんだこ》・凧合戦《たこがつせん》・軍《ぐん》

配凧《ばいだこ》・ばらもん凧《だこ》・凧日和《たこびより》・切《き》れ凧《だこ》・懸凧《かかりだこ》・凧《たこ》の陣《ぢん》・洋凧《やうだこ》・カイト　↓正月の凧（新年）〈凧《いかのぼり》きのふの空のありどころ　蕪村〉〈やはらかき凧の骨格引き降す　櫻井博道〉

長崎の凧揚げ《ながさきのたこあげ》 (晩) **ハタ揚《あ》げ**　長崎三大行事の一つで、三月から五月に金比羅山《こんぴらさん》や唐八景《とうはっけい》などで行われる。〈凧揚ぐる廃墟の子等のなかをゆく　八木原祐計〉

風船《ふうせん》 (三) **風船売《ふうせんうり》・紙風船《かみふうせん》・ゴム風船《ふうせん》**　紙風船とゴム風船のこと。〈置きどころなくて風船持ち歩く　中村苑子〉〈紙風船息吹入れてかへしやる　西村和子〉

風車《かざぐるま》 (三) **風車売**《かざぐるまうり》　子供の玩具の一種。色紙や経木、セルロイドなどで作った車輪形の羽根に柄をつけ、風の力で回して遊ぶ。〈風車持ちかへてよく廻りけり　今井杏太郎〉

石鹼玉《しやぼんだま》 (三) **たまや**　石鹼《せつけん》を溶かした液に、麦藁《むぎわら》、葭《よし》などの細い管の一方の端を浸してから吹く遊び。今では管はプラスチックのストローなども使われている。〈しやぼん玉独りが好きな子なりけり　成瀬櫻桃子〉〈しやぼん玉夕日の路地を溢れ出す　三村純也〉

鶯笛《うぐひすぶえ》 (初) 青竹を切って作った笛。鶯の囀《さえず》るような音を出す。〈鶯笛竹のにほひの鮮しき　市川葉〉

雲雀笛《ひばりぶえ》 (三) 篠竹《しのだけ》や土焼きで作った笛。雲雀の囀《さえず》るような音を出す。〈雲雀笛吹けど野面は事もなし　満田春日〉

駒鳥笛《こまぶえ》 (三) 駒鳥《こまどり》を鳴かせるために、その声に似せて作られた笛。〈両神山中駒鳥笛の聞こえけり　鈴木五鈴〉

雉笛《きじぶえ》 (三) 雉をおびき寄せ、捕らえるための笛。〈雉笛や邑《まち》川光る雲の下　角川源義〉

鞦韆《しうせん》 ㊂ 秋千《しうせん》・ぶらんこ・ふらここ・ふらんど・ゆさはり・半仙戯《はんせんぎ》　ぶらんこのこと。元はアジアで見られる儀礼の道具で、紀元前七世紀、中国北方の異民族から中国に輸入されたものという。〈鞦韆は漕ぐべし愛は奪ふべし　三橋鷹女〉〈遠き日が見ゆぶらんこの高きとき　有馬朗人〉

春の風邪《はるのかぜ》 ㊂ ↓風邪（冬）〈すぐれぬといふはこのこと春の風邪　今井つる女〉

雁瘡癒ゆ《がんがさいゆ》 ㊂ 春になって雁瘡が癒えること。↓雁瘡（秋）〈雁瘡の癒えし石切詣かな　辻田克巳〉

種痘《しゆとう》 ㊗ 植疱瘡《うゑばうさう》　天然痘（痘瘡《とうそう》）の予防注射。〈いとけなき腕に種痘の華四つ　福田蓼汀〉

麻疹《ましん》 ㊂ はしか　麻疹ウイルスによる全身感染症。〈陽の山河ひろびろとして麻疹癒ゆ　飯田龍太〉

花粉症《くわふんしやう》 ㊂ 杉花粉症《すぎくわふんしやう》　花粉を吸ったために起こる一種のアレルギー反応。〈気の毒に君気の毒な花粉症　佐藤鬼房〉

朝寝《あさね》 ㊂ 朝の遅い時間まで寝ていること。〈美しき眉をひそめて朝寝かな　高浜虚子〉

春眠《しゆんみん》 ㊂ 春睡《しゆんすい》・春眠《はるねむ》し　唐の孟浩然の詩「春眠暁を覚えず　処々啼鳥《ていちよう》を聴く」に基づく季語。暖かな春は誰でもが、どの時刻でも眠い。〈春眠をむさぼりて悔なかりけり　久保田万太郎〉

春の夢《はるのゆめ》 ㊂ 〈春の夢みてゐて瞼ぬれにけり　三橋鷹女〉

春興《しゆんきよう》 ㊂ 春嬉《しゆんき》・春遊《しゆんいう》・春愉《はるたの》し　春の季節を楽しむこと、春の遊びの面白さなどをいう。〈春興や頬杖ついて海の上　岸田稚魚〉

春意《しゆんい》　（三）　**春心**《はるごころ》・**春融**《しゆんいう》・**春情**《しゆんじやう》　春ののどかな心持ち。春になって心の底から湧き上がってくるのびやかな感情、明るい気分をいう。〈窓の枝揺るるは春意動くなり　富安風生〉

春愁《しゆんしう》　（三）　**春**《はる》**かなし**・**春怨**《しゆんゑん》・**春愁**《はるうれひ》・**春思**《しゆんし》　春に感じる物憂い思い。〈春愁や平目の顔に眼がふたつ　草間時彦〉

行　事

列見《れつけん》　（仲）　**列見**《れけん》　平安時代、旧暦二月一一・一二日、太政官正庁で行われた高官による面接。〈列見の六芸班を分ちけり　島田五空〉

御燈《ごとう》　（晩）　平安時代、旧暦三月三日、宮中で北辰権現《ほくしんごんげん》へ灯火を奉った行事。↓秋の御燈（秋）
〈岩肌のいくすじ凍る御燈かな　杉浦圭祐〉

曲水《きよくすい》　（晩）　**曲水**《きよくすい》**の宴**《えん》・**曲水**《ごくすい》・**流觴**《りうしやう》・**盃流**《さかづきなが》**し**　旧暦三月上巳《じようし》の日（最初の巳《み》の日）、または三月三日に、宮中で行われた風流の行事。〈曲水や木洩日を酌む小盃　山田弘子〉

建国記念の日《けんこくきねんのひ》　（初）　**紀元節**《きげんせつ》・**梅花節**《ばいくわせつ》・**梅佳節**《ばいかせつ》・**建国記**《けんこくき》**念日**《ねんび》・**建国**《けんこく》**の日**《ひ》・**建国祭**《けんこくさい》　二月一一日。国民の祝日の一つ。明治五年（一八七二）、紀元節として祝日に定められた。〈建国日渋谷にかつて水奔り　大牧広〉

天皇誕生日《てんわうたんじやうび》　（仲）　二月二三日。国民の祝日の一つ。

春分の日《しゆんぶんのひ》　（仲）　三月二一日頃。国民の祝日の一つ。日にちは年によって違う。春の彼岸の中日にあたり、祖先をまつり、墓参や寺社参拝も行われる。かつては春季皇霊祭という祭日であった。↓彼岸　〈春分の日の縁側にものの影　宇多喜代子〉

阿蘭陀渡る《おらんだわたる》 (仲) **紅毛渡**《こうもうわた》**る・オランダ渡**《わた》**り・オランダ下**《くだ》**り・甲比丹**《かぴたん》**渡**《わた》**る**　江戸時代、毎春長崎出島のオランダ商館長（甲比丹）は江戸に参府し、将軍に謁見する行事。〈阿蘭陀が灘を渡るか雲もなし　坪内稔典〉

みどりの月間《みどりのげつかん》 (仲) **植樹祭**《しよくじゆさい》**・緑**《みどり》**の羽根**《はね》**・緑化週間**《りよくくわしうかん》**・植樹式**《しよくじゆしき》　四月一五日から五月一四日。昭和二五年（一九五〇）に、戦争で荒れた国土を緑で包もうという運動として始まった。〈をりからの雨を称へて植樹祭　小原啄葉〉

憲法記念日《けんぱふきねんび》 (晩) 五月三日。国民の祝日の一つ。日本国憲法が施行された昭和二二年（一九四七）の当日を記念して設けられた。〈憲法記念日をひた走る快速車　楠本憲吉〉

藁馬曳き《わらうまひき》 (初) **藁馬曳**《わらうまひ》**く・道祖神祭**《だうそじんまつり》　二月八日、長野県上田市戸沢地区で行われる道祖神祭りの習わし。〈藁馬曳き一駄の餅もゆれて来る　佐々木真砂夫〉

上巳《じやうし》 (晩) **重三**《ちようさん》**・上巳**《じやうみ》　旧暦三月は辰《たつ》の月、その辰に縁の深い巳の日に災厄を払う祓《はらえ》を行ったことに由来するという。↓雛祭・雛流し　〈眼覚めけり上巳の餅を搗く音に　相生垣瓜人〉

ビキニデー (仲) **ビキニ忌**《き》　三月一日。昭和二九年（一九五四）、太平洋マーシャル諸島ビキニ環礁で、アメリカが水爆実験を行った日。〈ビキニデー以後磯松の黒すぎる　宮坂静生〉

三月十日《さんぐわつとをか》 (仲) **東京大空襲忌**《とうきやうだいくうしふき》　第二次世界大戦中の昭和二〇年（一九四五）、東京が大空襲を受けた日。〈若かりし叔父叔母三月十日の忌　染谷佳之子〉

東日本大震災の日《ひがしにほんだいしんさいのひ》 仲⃝ **東日本大震災忌**《ひがしにほんだいしんさいき》**・三月十一日**《さんぐわつじふいちにち》　三月一一日。平成二三年（二〇一一）のこの日、三陸沖を震源とする大地震が発生。地震の規模マグニチュード九・〇は日本の観測史上最大規模。〈東日本大震災忌狼声す　高野ムツオ〉

十三詣《じふさんまゐり》 晩⃝ **智恵詣**《ちゑまうで》**・智恵貰**《ちゑもら》**ひ**　京都で、旧暦三月一三日（新暦の四月一三日）に干支が一巡する一三歳の少年・少女が盛装して、知恵・福徳などを授かるために、嵯峨《さが》法輪寺の虚空蔵菩《こくうぞうぼ》薩《さつ》に参詣する行事。〈人の子の花の十三参かな　松根東洋城〉

義士祭《ぎしさい》 晩⃝ **義士**《ぎし》**まつり・泉岳寺**《せんがくじ》**義士**《ぎし》**大祭**《たいさい》　四月一日から七日まで、東京高輪《たかなわ》の泉岳寺で行われる赤穂《あこう》義士の御霊祭。→義士会（冬）〈義士祭香煙帰り来ても匂ふ　石田波郷〉

昭和の日《せうわのひ》 晩⃝　四月二九日。国民の祝日の一つ。当初は「天皇誕生日」であったが、平成元年（一九八九）に「みどりの日」に改称。平成一九年に「昭和の日」となった。〈新聞紙敷いて昼飯昭和の日　加藤静夫〉

みどりの日《みどりのひ》 晩⃝ **緑**《みどり》**の日**《ひ》　五月四日。国民の祝日の一つ。平成元年（一九八九）、それまでの四月二九日「天皇誕生日」は「みどりの日」と改称。同一九年に同日を「昭和の日」とするに際し、「みどりの日」は五月四日に変更された。〈体内の水の流れやみどりの日　和田悟朗〉

どんたく 晩⃝ **どんたく囃子**《ばやし》**・松囃子**《まつばやし》　五月三・四日、騎馬に乗った福神や、稚児行列などの松囃子が出て福岡市の護国神社で能を奉納する行事。〈どんたくは囃しながらにあるくなり　橋本鶏二〉

春祭《はるまつり》 ㊂　→祭（夏）・秋祭（秋）〈祝詞すぐ田の風に乗り春祭　鍵和田秞子〉

御燈祭《おとうまつり》 ㊀初 **御灯祭**《おとうまつり》 二月六日の夜、和歌山県新宮市神倉神社において行われる例大祭。〈のぼり子の腰の荒縄お燈祭　木津あき子〉

豊橋鬼祭《とよはしおにまつり》 ㊀初 **吉田**《よしだ》**の鬼祭**《おにまつり》**・鬼**《おに》**の飴**《あめ》**・赤祭**《あかまつり》 二月一〇・一一日、愛知県豊橋市安久美《あくみ》神戸《かんべ》神明社で行われる神事。〈菜飯田楽食べにもきたる鬼祭　百合山羽公〉

橿原祭《かしはらまつり》 ㊀初 二月一一日、奈良県橿原市の南東麓にある橿原神宮の祭り。

雪中花水祝《せつちゅうはなみづいはひ》 ㊀初 **花水祝**《はなみづいはひ》 二月一一日、新潟県魚沼市堀之内町宇賀地地区および藪上《やぶかみ》神社（八幡宮《はちまんぐう》）で行われる祭り。

園韓神祭《そのからかみまつり》 ㊀仲 **園神祭**《そのかみまつり》**・韓神祭**《からかみまつり》

八幡初卯神楽《やはたはつうのかぐら》 ㊀仲 旧暦二月初卯の日、男山の石清水《いわしみず》八幡宮《はちまんぐう》（京都府八幡《やわた》市）で行われる祭典行事。

鳥羽火祭《とばひまつり》 ㊀初 二月第二日曜日（もとは旧暦一月七日）、愛知県西尾市鳥羽町の鳥羽神明社で行われる神事。〈鳥羽火祭幟の裂のネコ衣装　石河義介〉

鞆八幡の御弓神事《ともはちまんのおゆみしんじ》 ㊀初 二月第二日曜日（もとは旧暦一月七日）、広島県福山市の沼名前《ぬなくま》神社鞆八幡宮で行われる弓神事。

祈年祭《きねんさい》 ㊀初 **年祈**《としご》**ひの祭**《まつり》 その年の稲の豊作を祈る祭儀。旧暦二月四日に行われる。〈祈年祭森にあめんぼ生れけり　大島民郎〉

えんぶり ㊀仲 **えぶり・御前**《ごぜん》**えんぶり・ながえんぶり・どうさいえんぶり・えんぶり宿**《やど》 青森県南部から岩手県北部の地方で、小正月に行われていた豊作を祈る田植え踊りの行事。現在は二

月一七日から二〇日、青森県八戸《はちのへ》市周辺で行われている。↓田遊（新年）〈えんぶりや雪の鍛冶町大工町　藤木倶子〉

雄勝法印神楽《をがつほふいんかぐら》 (初) 旧暦二月一八日、宮城県石巻市の旧雄勝町の船魂神社はじめ九ヶ所の神社に奉納される民俗芸能の神楽。〈雄勝法印神楽海鳴り背にし　高野ムツオ〉

一夜官女《いちやくわんぢよ》 (初) **一時上臈**《いつときじやうらふ》 二月二〇日（かつては一月一九日夜）、大阪市西淀川区の野里《のざと》住吉神社で行われる祭礼に奉仕する少女。〈洟かんでもらうて一夜官女たり　西野文代〉

北野菜種御供《きたのなたねごく》 (初) **北野**《きたの》**御忌日**《おんきにち》**・梅花祭**《ばいくわさい》**・菜種**《なたね》**の神事**《しんじ》**・菜種御供**《なたねごく》**・梅花御供**《ばいくわごく》**・天神御**《てんじんおん》**忌**《き》**・道真忌**《みちざねき》 二月二五日、菅原道真の忌日に京都の北野天満宮で行われる祭祀《さいし》。〈ともしびの洩れくる菜種御供の森　加藤三七子〉

巳の日の祓《みのひのはらへ》 (晩) **上巳**《じやうし》**の祓**《はらへ》 旧暦三月上巳の日（最初の巳の日）、体の穢《けが》れを人形《ひとがた》に移し、海や川に流して災厄を払った行事。〈小短冊巳の日の祓かき流す　岡野知十〉

須磨の御禊《すまのみそぎ》 (晩) 旧暦三月上巳《じやうし》の日（最初の巳《み》の日）、『源氏物語』の主人公光源氏が須磨の浜辺で禊を行ったことをいう。〈桃ちりて人かた浮くや須磨の浦　松瀬青々〉

淡嶋神社雛祭《あはしまじんじやひなまつり》 (仲) **淡嶋神社雛流し**《あはしまじんじやひなながし》 三月三日、和歌山市加太《かだ》の淡嶋神社（粟島《あはしま》は俗称）で行われる祭礼。〈鳶の輪も一会よ加太の流し雛　嶺治雄〉

祭頭祭《さいとうさい》 (仲) **鹿島祭頭祭**《かしまさいとうさい》 三月九日、茨城県鹿嶋市の鹿島神宮で行われる祭礼。〈童神先だて鹿島の祭頭祭　角川源義〉

帆手祭《ほてまつり》 (仲) 三月一〇日、宮城県塩竈《しおがま》市の鹽竈《しおがま》神社で行われる祭り。〈帆手祭しんしんとねむ

り贄の魚　佐藤鬼房〉

春日祭《かすがまつり》（仲）**申祭**《さるまつり》　三月一三日、奈良市春日野町の春日大社で行われる例祭。〈申祭むべ山風の冷えに冷え　村上麓人〉

春日御田植祭《かすがのおたうゑまつり》（仲）　三月一五日、奈良の春日大社で行われる五穀豊穣を祈る田遊びの祭事。

どろめ祭《どろめまつり》（仲）　毎年四月の最終日曜日、高知県香南市赤岡の浜にて行われる祭り。〈大杯に海飲み干されどろめ祭　樫谷雅道〉

麦穂祭《むぎほまつり》（仲）**二月**《にぐわつ》**ウマチー**　琉球《りゅうきゅう》王朝時代より行われている稲麦の豊穣祈願と収穫祭。四回行われるが、その中で旧暦二月一五日の麦の初穂祝い、豊穣祈願が麦穂祭である。

石清水臨時祭《いはしみづりんじさい》（晩）**南祭**《みなみまつり》　京都府八幡《やわた》市男山の石清水八幡宮の祭礼。現在は廃絶している。

気多平国祭《けたへいこくさい》（仲）**気多平国祭**《けたくにむけまつり》・**平国祭**《くにむけまつり》・**御出祭**《おいでまつり》・**平国祭**《へいこくさい》　三月一八日から二三日、石川県羽咋《はくい》市で行われる気多大社の神幸祭。〈雉子走るおい出祭の畦の辺を　泊康夫〉

阿蘇火振り神事《あそひふりしんじ》（仲）　熊本県阿蘇市阿蘇神社の火祭りの神事。〈すんすんと回せや回せ阿蘇火振り　米村恒憲〉

湯祈禱《ゆぎたう》（仲）**道後温泉祭**《だうごをんせんまつり》　三月一九日、愛媛県松山市の道後温泉で行われる温泉祭り。

湯立獅子《ゆだてじし》（仲）　三月二七日、神奈川県足柄下郡箱根町仙石原の諏訪《すわ》神社で行われる祭事。〈湯立獅子神の湯を揉む笹の幣　角川源義〉

大和神幸祭《おほやまとしんかうさい》（晩）**ちゃんちゃん祭**《まつり》　四月一日、奈良県天理市新泉の大和神社で行われる祭礼。

浅間祭《せんげんまつり》 ㊙晩 **廿日会祭**《はつかゑさい》**・静岡祭**《しづをかまつり》　四月一日から五日、静岡県静岡市葵《あおい》区の静岡浅間神社で行われる例祭。〈城址へ二十日会祭の遠囃子　有馬節〉

龍田祭《たつたまつり》 ㊙晩 **龍田**《たつた》**風**《かぜ》**の神祭**《かみまつり》**・瀧祭**《たきまつり》　四月四日、奈良県生駒《いこま》郡三郷町立野南の龍田大社で行われる例大祭。

大原野祭《おほはらのまつり》 ㊙晩 **大原祭**《おほはらまつり》　四月八日、京都市西京区大原野の大原野神社で行われる例祭。

犬山祭《いぬやままつり》 ㊙晩　四月の第一土曜日と日曜日に、愛知県犬山市の針綱《はりつな》神社で行われる祭礼。

安良居祭《やすらゐまつり》 ㊙晩 **やすらひ祭**《まつり》**・安良居**《やすらゐ》**・夜須礼**《やすらい》**・安良居花**《やすらゐばな》　四月第二日曜日、京都紫野《むらさきの》の今宮神社で行われる神事。〈安良居の鬼飛びあがり羯鼓《かつこ》打つ　宮下翠舟〉

桜花祭《あうくわさい》 ㊙晩　四月一〇日、香川県仲多度郡琴平町の金刀比羅宮《ことひらぐう》で行われる優雅な神事。

花換まつり《はなかへまつり》 ㊙晩　福井県敦賀《つるが》市の金崎宮《かねがさきぐう》で、四月中の桜の盛りの日を選んで行われる祭り。〈花換や港にねむる亡命船　川上季石〉

榊伐《さかききり》 ㊙晩 **榊取**《さかきとり》**・大榊神事**《おほさかきしんじ》　四月一日頃、滋賀県大津市坂本の日吉《ひよし》大社で、祭祀《さいし》に用いる大榊を境内の山中から伐《き》り出す神事のこと。

山王祭《さんわうまつり》 ㊙晩 **日吉祭**《ひえまつり》**・申祭**《さるまつり》**・午**《うま》**の神事**《しんじ》**・未**《ひつじ》**の御供**《ごく》**・猿**《さる》**の神供**《じんく》　四月一四日、滋賀県大津市坂本の日吉《ひよし》大社で行われる例祭。湖国三大祭の一つ。もとは旧暦四月中の申の日を中心とし、申祭とよばれた。〈やまんばを横に鈴振る山王祭　春田淳子〉

高山祭《たかやままつり》 ㊙晩 **山王祭**《さんわうまつり》**・高山春祭**《たかやまはるまつり》　四月一四・一五日、岐阜県高山市の日枝《ひえ》神社で行われる祭礼。〈嶺の雪の照り合ふ高山祭かな　金尾梅の門〉

御頭祭《おんとうさい》 ㊙晩 **酉**《とり》**の祭**《まつり》 四月一五日、長野県諏訪《すわ》市の諏訪大社上社《かみしや》で行われる祭り。〈神饌の雉子またたく御頭祭　小口理市〉

鎮花祭《はなしづめのまつり》 ㊙晩 **鎮花祭**《ちんくわさい》**・花鎮**《はなしづ》**め** 四月一八日、奈良県桜井市の大神《おおみわ》神社とその摂社の狭井《さい》神社で行われる祭礼。〈花しづめ祭の巫女の花簪　下村梅子〉

糸崎の仏舞《いとざきのほとけまひ》 ㊙晩 **糸崎**《いとざき》**の仏舞**《ほとけのまひ》 一年おき（西暦の奇数年）の四月一八日、福井県福井市糸崎町の糸崎寺観音堂で行われる舞楽の奉納。〈仏舞この世ならねばゆるやかに　本多静江〉

稲荷祭《いなりまつり》 ㊙晩 **稲荷祭御**《いなりまつりお》**出**《いで》**・稲荷**《いなり》**のお出**《いで》**・稲荷神幸祭**《いなりしんかうさい》 四月二〇日に最も近い日曜日、京都市伏見区の稲荷大社で行われる祭礼。神幸祭を「お出《いで》」という。〈稲荷お出も塩小路あたりものめきぬ　松根東洋城〉

松尾祭御出《まつのをまつりおいで》 ㊙晩 **松尾神幸祭**《まつのをしんかうさい》 四月二〇日以降の第一日曜日、京都市右京区嵐山近くの松尾大社で行われる祭礼。

靖国祭《やすくにまつり》 ㊙晩 **招魂祭**《せうこんさい》 四月二一日から二三日、東京都千代田区九段の靖国神社で行われる祭り。↓靖国神社秋季大祭（秋）〈王氏歌ふ招魂祭の花火鳴れば　西東三鬼〉

比良祭《ひらまつり》 ㊙晩 『年浪草』などに「江州比良村の祭。三月十五日」として所出するが、現在は比良祭の名称は残っていない。

先帝祭《せんていさい》 ㊙晩 **先帝会**《せんていゑ》 五月二日から四日、山口県下関市の赤間神宮で行われる神事。〈裃は揚羽の紋や先帝祭　林徹〉

季御読経《きみどきやう》 ㊙仲 **引茶**《ひきちや》 旧暦二月と八月に紫宸殿《ししんでん》などに僧侶（通例一〇〇人）を召して、四日間、

『大般若経』を転読させ、国家の安泰、天皇の静安を祈願した行事。

東福寺懺法《とうふくじせんぼふ》（初）二月初午《はつうま》の日、京都市東山区の東福寺で行われる懺法会。

水間祭《みづままつり》（仲）**水間**《みづま》**の貸銭**《かしせん》　旧暦二月初午《はつうま》の日、大阪府貝塚市水間の天台宗の竜谷山水間寺で行われる祭り。

祇園御八講《ぎをんごはつかう》（仲）旧暦二月八日、京都市東山区祇園町の八坂神社でかつて行われた法華八講のこと。

長谷のだだおし《はせのだだおし》（初）二月一四日、奈良県桜井市長谷寺で行われる追儺《ついな》行事。かつては旧正月一四日に行われていた。〈だだ押しの鬼のあはれは胸の痣　川北斜陽〉

涅槃会《ねはんゑ》（初）**涅槃**《ねはん》**・お涅槃**《ねはん》**・涅槃**《ねはん》**の日・涅槃忌**《ねはんき》**・仏忌**《ぶつき》**・涅槃像**《ねはんざう》**・寝釈迦**《ねしやか》**・仏**《ほとけ》**の別**《わか》**れ・二月**《にぐわつ》**の別**《わか》**れ・去**《さ》**りし仏**《ほとけ》**・鶴**《つる》**の林**《はやし》**・涅槃寺**《ねはんでら》**・涅槃講**《ねはんかう》**・涅槃粥**《ねはんがゆ》**・涅槃変**《ねはんへん》**・団子撒**《だんごま》**き・涅槃絵**《ねはんゑ》**・涅槃図**《ねはんづ》**・涅槃仏**《ねはんぶつ》　釈迦の入滅の日とされる旧暦二月一五日にその遺徳追善のために行う法会。〈涅槃会の竹藪を洩る竹のこゑ　須賀一恵〉〈土不踏ゆたかに涅槃し給へり　川端茅舎〉〈なつかしの濁世の雨や涅槃像　阿波野青畝〉

餅花煎る《もちばないる》（初）**餅花煎**《もちばないり》**・釈迦**《しやか》**の鼻糞**《はなくそ》　蓄えておいた餅花を、旧暦二月一五日の涅槃会《ねはんゑ》の日に煎って供物とするもの。

常楽会《じやうらくゑ》（初）旧暦二月一五日の釈迦《しやか》入滅の日、真言宗の各寺院で営まれる法会。〈常楽会あづまの旅に出て会へり　飯田蛇笏〉

遺教経会《ゆいけうぎやうゑ》（仲）**遺教会**《ゆいけうゑ》**・訓読会**《くんどくゑ》**・千本釈迦念仏**《せんぼんしやかねんぶつ》　三月二二日、京都市上京区の大報恩寺（千

本釈迦堂）で行われる涅槃会《ねはんえ》の異称。〈ものに恋ひさめぬ寝耳や遺教経　松瀬青々〉

積塔会《しやくたふゑ》 (仲) **石塔会**《しやくたふゑ》・**積塔**《しやくたふ》・**石塔**《しやくたふ》・**座頭積塔**《ざとうしやくたふ》　旧暦二月一六日、京都の清聚庵《せいじゆあん》に盲人が集い、盲人の守護神雨夜皇子《あまよのおうじ》を祀《まつ》った法会のこと。〈梅ケ香に検校座しぬ積塔会　島田五空〉

会陽《ゑやう》 (初) **西大寺参**《さいだいじまゐり》・**裸押**《はだかおし》・**修正会**《しゆしやうゑ》　二月第三土曜日、岡山市西大寺にある西大寺観音院の修正会結願《けちがん》の日の夜に行われる裸祭り。〈裸押し弾き出さるる色男　檜紀代〉

太子会《たいしゑ》 (仲)　旧暦二月二二日、聖徳太子の忌日として京都市右京区の広隆寺で行われた法要。

聖霊会《しやうりやうゑ》 (晩) **貝**《かひ》**の華**《はな》　聖徳太子の忌日（旧暦二月二二日）の法要。奈良の法隆寺では三月二二日から三日間、大阪の四天王寺では四月二二日に行われる。〈聖霊会風に押されて舞ひ始む　西村和子〉

仁王会《にんわうゑ》 (初) **仁王講**《にんわうかう》・**仁王供**《にんわうぐ》　奈良・平安時代に流行した法会。京都市伏見区の醍醐寺《だいごじ》では現在も二月二三日に、五大力尊《ごだいりきそん》仁王会を行う。

修二会《しゆにゑ》 (仲) **二月堂**《にぐわつだう》**の行**《おこなひ》・**お松明**《たいまつ》・**修二月会**《しゆにぐわつゑ》・**達陀**《だつたん》**の行法**《ぎやうぼふ》　三月一日から（もとは旧暦二月一日から）一四日間、日本の仏教寺院で行われる悔過《けか》法会《ほうえ》。奈良市の東大寺では練行衆《れんぎようしゆう》が二月堂に籠もり、本尊の十一面観音に過去の罪を懺悔《さんげ》し、世界平和や人類の繁栄、五穀豊穣を祈る。〈修二会いま走りの行や床鳴らし　村沢夏風〉

竹送り《たけおくり》 (初)　東大寺二月堂で行われる修二会で使用する竹を寄進する行事。〈竹送る住持副住声揃へ　朝妻力〉

若狭のお水送り《わかさのおみづおくり》 (仲) **お水**《みづ》**送**《おく》**り**・**送水会**《そうすいゑ》　三月二日、福井県小浜《おばま》市の神宮寺境内から汲《く》み

上げられた水（香水《こうずい》）を遠敷川鵜《おにゆうがわう》の瀬《せ》から奈良へと送る神事。〈貝を吹き若狭の水を送りけり　加藤三七子〉

お水取《おみずとり》　(仲) 水取《みずとり》・若狭《わかさ》の井《ゐ》　奈良東大寺二月堂の修二会《しゆにえ》の行の一つ。修二会の行の圧巻は、三月一二日夜の籠松明《かごたいまつ》と午前二時頃から行われるお水取である。→修二会　〈水取の桶を覆へる榊かな　中岡毅雄〉

経供養《きやうくやう》　(晩) 一切経会《いつさいきやうゑ》・開題供養《かいだいくやう》・夢殿《ゆめどの》の経供養《きやうくやう》・縁《えん》の下《した》の舞《まひ》・宇治《うぢ》一《いつ》切経会《さいきやうゑ》・石清水《いはしみづ》一切経会・如法経会《によほふきやうゑ》　新しく経文を書写して仏に供え、法会を営むこと。旧暦三月二日（現在は新暦一〇月二二日）、大阪の四天王寺では太子殿経堂前で法会を行う。

浦佐の堂押《うらさのだうおし》　(仲) 押合祭《おしあひまつり》　三月三日（かつては旧暦正月三日）、新潟県南魚沼市浦佐の普光寺《ふこうじ》境内毘沙門《びしやもん》堂で行われる裸押し合い祭り。〈堂押祭はてて蠟の香町に充つ　森山暁湖〉

勧学会《くわんがくゑ》　(晩) 諸宗諸大寺で行われた学問を奨励する会。

嵯峨の柱炬《さがのはしらたいまつ》　(仲) 嵯峨御松明《さがおたいまつ》・柱松明《はしらたいまつ》・御松明《おたいまつ》　三月一五日、京都市右京区の清凉寺《せいりようじ》（嵯峨釈迦《しやか》堂）で行われる火祭りの行事。〈高張りへ火の粉はねたり御松明　野上智恵子〉

御影供《みえいく》　(仲) みえく・御影講《みえいかう》・大師忌《だいしき》・空海忌《くうかいき》・正御影供《しやうみえいく》・御衣替《おころもがへ》・御衣井《おころもゐ》・三弘法詣《さんこうぼふまゐり》・弘法忌《こうぼふき》・高雄山女詣《たかをさんをんなまうで》　旧暦三月二一日に真言宗寺院で空海（弘法大師）入定《にゆうじやう》の日に営む法要のこと。京都の東寺（教王護国寺）は毎月二一日を御影供、四月二一日を正御影供とする。〈御影供の槙の秀こぞる深空かな　中原道夫〉

六阿弥陀詣《ろくあみだまうで》　(仲) 六阿弥陀《ろくあみだ》・六阿弥陀参《ろくあみだまゐり》　彼岸のうちの一日に、六か所の阿弥陀如来を巡拝

する行事。〈野の道や梅から梅へ六阿弥陀　正岡子規〉

踊念仏《をどりねんぶつ》 (仲) **念仏踊**《ねんぶつをどり》 鼓・鉦《かね》などの拍子に合わせて、踊りながら念仏を唱えること。〈嬉しいか念仏をどりの柄杓ふり　嵐雪〉

摩耶詣《まやまうで》 (仲) **摩耶参**《まやまゐり》・**摩**《ま》**耶**《や》**昆布**《こんぶ》 神戸六甲山系の西方の摩耶山にある摩耶夫人《ぶにん》を祀《まつ》る仏母摩耶山天上寺《てんじようじ》に詣でること。〈摩耶詣筒の賽米鳴らしけり　吉田冬葉〉

比良八講《ひらはつかう》 (仲) 旧暦二月二四日から四日間、近江《おうみ》の比良明神（滋賀県高島市の白鬚《しらひげ》神社）で修される法華八講。〈杉山の杉擲つ風や比良八講　梶山千鶴子〉

開帳《かいちやう》 (三) **お開帳**《かいちやう》・**開龕**《かいがん》・**出開帳**《でかいちやう》・**開帳寺**《かいちやうでら》・**居開帳**《ゐかいちやう》・**啓龕**《けいがん》 春先の時候のよい頃、仏教寺院において厨子《ずし》の扉を開けて秘仏を拝観させること。〈開帳や大きな頰の観世音　阿波野青畝〉

お札流し《おふだながし》 (晩) 旧暦三月二八日、四国八十八か所の札所のうち、十か寺に遍路たちが納めたお札を護摩焚《た》きしたあと、船に積み高浜沖に流す行事。

薬師寺造華会《やくしじざうくわゑ》 (仲) **花会式**《はなゑしき》・**西京**《さいきやう》**の造**《つく》**り花**《ばな》 三月二五日から三一日、奈良市西ノ京町の法《ほつ》相《そう》宗大本山薬師寺で行われる法会。〈花会式造花にいのちありて褪せ　橋本多佳子〉

行基詣《ぎやうきまうで》 (晩) **行基菩薩忌**《ぎやうきぼさつき》・**行基忌**《ぎやうきき》 行基の忌日の旧暦二月二日（現在は四月二日）に崑崙山《こんろんさん》昆陽寺《こやでら》（兵庫県伊丹《いたみ》市寺本）に詣でること。〈行基忌や昆陽にはいまも池多く　大橋桜坡子〉

日光強飯式《につくわうがうはんしき》 (晩) **輪王寺**《りんわうじ》**強飯式**《がうはんしき》・**天狗**《てんぐ》**の強飯**《がうはん》・**日光責**《につくわうぜめ》・**強飯式**《がうはんしき》 四月二日、日光山輪王寺（栃木県）において午前と午後の二回行われる儀式。〈雪冷えの膝を正して強飯式　木内彰志〉

嵯峨大念仏《さがだいねんぶつ》 (晩) **嵯**《さ》**峨**《が》**念仏**《ねんぶつ》・**融通念仏**《ゆうづうねんぶつ》・**花念仏**《はなねんぶつ》・**嵯**《さ》**峨大念仏狂言**《がだいねんぶつきやうげん》 四月上旬、京都市右京

区の清涼寺《せいりようじ》（嵯峨釈迦《しやか》堂）で行われる嵯峨大念仏狂言。〈嵯峨念仏鬼の早鉦山に消ゆ　永方裕子〉

水屋の能《みづやののう》（晩）**水谷神楽**《みづやかぐら》　四月五日、春日《かすが》大社の摂社水谷神社（奈良市春日野町）で行われる社殿神楽。

仏生会《ぶつしやうゑ》（晩）**釈尊降誕会**《しやくそんかうたんゑ》・**仏誕会**《ぶつたんゑ》・**誕生会**《たんじやうゑ》・**降誕会**《かうたんゑ》・**浴仏節**《よくぶつせつ》・**浴仏会**《よくぶつゑ》・**浴化斎**《よくくわさい》・**灌仏**《くわんぶつ》・**浴**《よく》**仏**《ぶつ》・**お灌仏**《くわんぶつ》・**誕生仏**《たんじやうぶつ》・**竜華会**《りゆうげゑ》・**灌仏盆**《くわんぶつぼん》・**灌仏会**《くわんぶつゑ》・**高花**《たかばな》・**天道花**《てんたうばな》・**花**《はな》**の塔**《たふ》　四月八日の釈迦《しやか》の誕生日に各寺院で行われる釈迦降誕を祝う法会。〈ぬかづけばわれも善女や仏生会　杉田久女〉

花祭《はなまつり》（晩）　四月八日に行われる釈迦《しやか》の生誕を祝う仏生会のこと。近世に浄土宗が花祭りと称してから、この名が一般に用いられるようになった。〈信心の母に雨降る花まつり　西嶋あさ子〉

甘茶《あまちや》（晩）**五香水**《ごかうずい》・**五色水**《ごしきすい》・**五色**《ごしき》**の水**《みづ》・**仏**《ほとけ》**の産湯**《うぶゆ》・**甘茶仏**《あまちやぶつ》・**甘茶寺**《あまちやでら》　四月八日、仏生会の折、花御堂《はなみどう》に祀《まつ》られた誕生仏にそそぐお茶。〈甘茶仏杓にぎはしくこけたまふ　川端茅舎〉

花御堂《はなみだう》（晩）**花亭**《くわてい》　釈迦《しやか》の生誕を祝う灌仏《かんぶつ》を行うために作られる小さな御堂。〈門前にあをあをと海花御堂　高野素十〉

吉野の花会式《よしののはなゑしき》（晩）**吉野**《よしの》**の会式**《ゑしき》・**鬼踊**《おにをどり》・**花会式**《はなゑしき》　四月一一・一二日、奈良県吉野町の金峯《きんぷ》山寺《せんじ》蔵王《ざおう》堂で行われる修験道の最大の法会。〈花会式かへりは国栖《くず》に宿らんか　原石鼎〉

吉野の餅配《よしののもちくばり》（晩）　四月一一・一二日、奈良県吉野町の金峯《きんぷ》山寺《せんじ》蔵王《ざおう》堂で行われる吉野花会式《はなえしき》に関連する行事。〈はつしと胸で受けて吉野の餅配　坂本宮尾〉

西大寺大茶盛《さいだいじおほちやもり》（晩）**大茶盛**《おほちやもり》　四月第二土・日曜日、奈良市西大寺芝町の西大寺で行われる茶儀。

東大寺授戒《とうだいじじゆかい》 (晩) 奈良市雑司町の華厳宗大本山東大寺で行われる授戒の儀式。かつては、四月一五日以前の日に授戒日を定めることになっていたが、現在は六月に一般の人々を対象に「結縁授戒」、一〇月に僧侶の「授戒」を行う。

鞍馬の花供養《くらまのはなくやう》 (晩) 鞍馬《くらま》花会《はなゑ》式《しき》・花供養《はなくやう》・花供懺法《はなくせんぼふ》 四月中旬の一五日間、京都市左京区の鞍馬寺で行われる花供懺法会のこと。〈咲き残る花にかしづき花供養　西村和子〉

御忌《ぎよき》 (晩) 法然忌《ほふねんき》・円光忌《ゑんくわうき》・御忌詣《ぎよきまうで》・御忌参《ぎよきまゐり》・御忌《ぎよき》の寺《てら》・御忌《ぎよき》の鐘《かね》・弁当始《べんたうはじめ》・衣裳競《いしやうくら》べ・経《きやう》の紐解《ひもとき》・御忌《ぎよき》小《こ》袖《そで》 浄土宗の開祖法然（円光大師）の命日に行われる法要。命日は旧暦一月二五日（新暦三月七日）だが、明治一〇年（一八七七）からは四月に行われるようになった。〈着だふれの京を見に出よ御忌詣　几董〉

御身拭《おみぬぐひ》 (晩) 四月一九日、京都市右京区の清凉寺《せいりようじ》（嵯峨《さが》釈迦《しやか》堂）で行われる法要。苔寺《こけでら》（西芳《さいほう》寺《じ》）から運んできた香水《こうずい》にひたした白布で、本尊の釈迦如来を拭う。〈食うて寝て牛になりけり御身拭　高浜虚子〉

壬生念仏《みぶねんぶつ》 (晩) 壬生念仏《みぶねぶつ》・壬生狂言《みぶきやうげん》・壬生祭《みぶさい》・壬生踊《みぶをどり》・壬生《みぶ》の鉦《かね》・壬生《みぶ》の面《めん》 四月二九日から五月五日、京都市中京区の壬生寺で行われる大念仏法要のこと。〈子を食ひし口をぬぐへり壬生の面　井上弘美〉

興福寺文殊会《こうふくじもんじゆゑ》 (晩) 四月二五日、奈良市登大路町《のぼりおおじちよう》にある法相宗《ほつそう》大本山興福寺で行われる行事。

般若寺文殊会《はんにやじもんじゆゑ》 (晩) 奈良市般若寺町の般若寺で、四月二五日に行われる行事。もとは旧暦三月二五日に行われていた。

鐘供養《かねくやう》 (晩) 本来は、新しく鐘を鋳造したときに行う撞《つ》き初《ぞ》めの式のことだが、現在では晩春に年中撞かれている鐘を慰める梵鐘《ぼんしよう》供養のためのものをいう。〈大蛇いま山門潜る鐘供養　平松三平〉

峰入《みねいり》 (晩) **大峰入**《おほみねいり》・**順**《じゆん》**の峰入**《みねいり》・**順**《じゆん》**の峰**《みね》・**入峰**《にふぶ》 京都市左京区にある天台宗聖護院《しようごいん》派（本山派）の山伏が奥駈《おくが》け修行を重ねながら、大峰山を経て金峯山寺《きんぶせんじ》蔵王《ざおう》堂に詣で、葛城《かつらぎ》山に至る修行をいう。〈峯入の笠を伝へる雨しづく　三村純也〉

千本念仏《せんぼんねんぶつ》 (晩) 五月一日から四日、京都市上京区の引接寺《いんじようじ》（千本閻魔《えんま》堂）で行われる大念仏狂言のこと。

藤原祭《ふぢはらまつり》 (晩) 五月一日から五日、岩手県平泉町の中尊寺・毛越寺《もうつうじ》間で行われる藤原氏と源義経《よしつね》にまつわる供養の祭り。〈みちのくの晴れの藤原祭かな　村山古郷〉

聖武祭《しやうむさい》 (晩) 五月二日、奈良市雑司町《ぞうしちよう》にある東大寺大仏殿で行われる聖武天皇の大法要。

薬師寺最勝会《やくしじさいしようゑ》 (晩) 四月第三日曜日、奈良市の薬師寺で行われる法会。

品川寺鐘供養《ほんせんじかねくやう》 (晩) 五月五日、東京都品川区の品川寺で行われる行事。

清明祭《せいめいさい》 (晩) **清明参**《せいめいまゐり》・**御清明**《ウシーミー》・**シーミー** 旧暦三月の清明節に、沖縄で行われる先祖祭り。〈墓の裏まで日当りて清明祭　大城幸子〉

釈奠《せきてん》 (晩) **おきまつり**・**釈菜**《せきさい》・**孔子祭**《こうしさい》・**聖廟忌**《せいべうき》 中国で孔子をはじめ先聖導師の霊を祀《まつ》ること。孔子を祀る湯島聖堂（東京都文京区）では四月第四日曜日に行われる。↓秋の釈奠（秋）〈釈奠や祀るに鯉の尾を曲げて　片山由美子〉

二十六聖人祭《にじふろくせいじんさい》 (初) **致命祭**《ちめいさい》　二月五日。日本最初の殉教者二六名が長崎で処刑されたことを記念する。〈きりきりと月光蒼し致命祭　古賀まり子〉

バレンタインの日《バレンタインのひ》 (初) **バレンタインデー**　二月一四日。ローマ司教の聖ウァレンティヌス（バレンタイン）が西暦二七〇年に殉教した日。〈いつ渡そバレンタインのチョコレート　田畑美穂女〉

聖ヨゼフ祭《せいヨゼフさい》 (仲) **浄配祭**《じやうはいさい》**・守護者祭**《しゆごしやさい》　三月一九日。キリストの母マリアの夫、すなわちキリストの養父ヨゼフの没した日。

御告祭《おつげさい》 (仲) **告知祭**《こくちさい》**・お告**《つ》**げの祝日**《しゆくじつ》**・受胎告知日**《じゆたいこくちび》**・神**《かみ》**のお告**《つ》**げ・聖胎告知日**《せいたいこくちび》　三月二五日。神の使者大天使ガブリエルが処女マリアにキリスト受胎を告知した日。〈浅間けふ雪うつすらと告知祭　井上閑子〉

謝肉祭《しやにくさい》 (初) **カーニバル・カルナヴァル**　ローマカトリックの文化圏で行われる祝祭、肉食を断つ習慣の四旬節の前に肉食を許された日のこと。〈ヴァイオリン弾食卓に来る謝肉祭　古賀まり子〉

灰の水曜日《はひのすいえうび》 (仲) **聖灰水曜日**《せいくわいすいえうび》**・聖灰祭**《せいくわいさい》**・大斎始日**（だいさいしじつ／だいさいはじめび）　四旬節の始まる水曜日。信者の額に聖灰で十字架を描く。〈灰の水曜額のほてりにみぞれけり　内田哀而〉

四旬節《しじゆんせつ》 (仲) **レント・大斎節**《だいさいせつ》**・四旬祭**《しじゆんさい》**・四旬斎**《しじゆんさい》　灰の水曜日より復活祭の前日までの期間で日曜日を除いた四〇日間。〈尖塔へ葛のぼりゆく四旬節　大島民郎〉

受難節《じゆなんせつ》 (晩) **受苦節**《じゆくせつ》　復活の日の前の六聖日を除いた四〇日間。〈地に群るる嘴鋭き鳥や受難節

馬場駿吉〉

棕櫚の日曜日《しゆろのにちえうび》 晩 **棕櫚**《しゆろ》**の聖日**《せいじつ》**・枝**《えだ》**の聖日**《せいじつ》**・パームサンデー** 復活祭（年によって日が移動する）の一週間前の日曜日。〈リリアナは船の名棕櫚の日曜日　今井杏太郎〉

聖週間《せいしうかん》 晩 **聖週期**《せいしうき》**・大週間**《だいしうかん》**・受難週**《じゆなんしう》 復活祭（年によって日が移動する）前の一週間のこと。〈長老の法衣の襞や聖週期　原月舟〉

聖木曜日《せいもくえうび》 晩 **聖木曜**《せいもくえう》**・最後**《さいご》**の晩餐**《ばんさん》**・洗足木曜日**《せんそくもくえうび》 聖週間の木曜日。最後の晩餐の日。〈聖木曜日大河に白き鳥一羽　市村栄理〉

聖金曜日《せいきんえうび》 晩 **聖金曜**《せいきんえう》**・グッドフライデー・受難日**《じゆなんび》**・用意日**《よういび》**の金曜**《きんえう》 聖週間の金曜日。イエスが十字架にかけられて死んだ日。〈薔薇よりも青年匂う聖金曜日　楠本憲吉〉

聖土曜日《せいどえうび》 晩 **聖土曜**《せいどえう》 聖週間の土曜日。墓の中のイエスのことを思い、イエスの復活とそれに寄せる希望をあらたにする日。〈青を以《も》て聖土曜日の切通　柚木紀子〉

復活祭《ふくくわつさい》 晩 **イースター・イースターホリデー・イースターリリー・イースターエッグ・イースター兎**《うさぎ》**・パスカ・復活節**《ふくくわつせつ》**・復活**《ふくくわつ》**の祭日**《さいじつ》**・過越祭**《すぎこしのまつり》**・染卵**《そめたまご》**・彩卵**《いろたまご》 春分後の最初の満月の次の日曜日にイエスの復活を記念して行う祭事。〈胸に享く復活祭の染卵　石田波郷〉

白き日曜日《しろきにちえうび》 晩 **白衣**《びやくい》**の主日**《しゆじつ》**・低**《ひく》**き主日**《しゆじつ》**・白衣**《びやくい》**の土曜**《どえう》 復活祭後の最初の日曜日。復活祭の洗礼式で司祭から与えられた白衣（恩寵《おんちよう》を意味する）を脱ぐ日。〈タンゴ踊るきままな白き日曜日　赤尾恵以〉

句仏忌《くぶつき》 初 二月六日。浄土真宗大谷派第二三世管長・俳人、大谷句仏（本名・光演）の忌日。

昭和一八年（一九四三）入寂。六七歳。

節忌《たかしき》 ㊓ 二月八日。歌人・小説家、長塚節の忌日。大正四年（一九一五）没。三五歳。〈積藁の崩れて腐つ節の忌　高木良多〉

友二忌《ともじき》 ㊓ 二月八日。俳人・小説家、石塚友二の忌日。昭和六一年（一九八六）没。七九歳。〈友二忌の昼いちまいの蕎麦せいろ　星野麥丘人〉

菜の花忌《なのはなき》 ㊓ 二月一二日。小説家、司馬遼太郎《しばりょうたろう》の忌日。平成五年に文化勲章。同八年（一九九六）没。七二歳。〈指で追ふ古地図の山河菜の花忌　前田攝子〉

安吾忌《あんごき》 ㊓ 二月一七日。小説家・評論家、坂口安吾の忌日。昭和三〇年（一九五五）没。四八歳。〈安吾忌の蒲田駅前戦後のやう　大牧広〉

かの子忌《かのこき》 ㊓ 二月一八日。小説家・歌人・仏教研究家、岡本かの子の忌日。昭和一四年（一九三九）没。四九歳。〈かの子忌や耳飾りして耳の古り　鷹羽狩行〉

鳴雪忌《めいせつき》 ㊓ 老梅忌《らうばいき》 二月二〇日。俳人、内藤鳴雪の忌日。大正一五年（一九二六）没。七八歳。〈白梅の白きに堪へず鳴雪忌　佐藤紅緑〉

多喜二忌《たきじき》 ㊓ 二月二〇日。プロレタリア文学の小説家、小林多喜二の忌日。昭和八年（一九三三）没。二九歳。〈多喜二忌や糸きりきりとハムの腕　秋元不死男〉

兜太忌《とうたき》 ㊓ 二月二〇日。俳人、金子兜太の忌日。平成三〇年（二〇一八）没。九八歳。〈兜太忌の谷間朝日子あふれ出す　高野ムツオ〉

風生忌《ふうせいき》 ㊓ 艸魚忌《さうぎよき》 二月二二日。俳人、富安風生の忌日。昭和五四年（一九七九）没。九

三歳。〈老梅のくれなゐの艶風生忌　鈴木貞雄〉

不器男忌《ふきをき》　(初)　二月二四日。俳人、芝不器男の忌日。昭和五年（一九三〇）没。二六歳。〈山墓にはとり遊ぶ不器男の忌　池内けい吾〉

茂吉忌《もきちき》　(初)　二月二五日。歌人・精神科医、斎藤茂吉の忌日。昭和二六年（一九五一）に文化勲章。同二八年（一九五三）没。七〇歳。〈茂吉忌の渚をゆけば波の舌　石田勝彦〉

龍太忌《りゅうたき》　(初)　二月二五日。俳人、飯田龍太の忌日。平成一九年（二〇〇七）没。八六歳。〈全景の村の月の出龍太の忌　廣瀬直人〉

逍遥忌《せうえうき》　(初)　二月二八日。劇作家・評論家、坪内逍遥の忌日。昭和一〇年（一九三五）没。七五歳。〈学窓に糸の一すぢ逍遥忌　伊藤敬子〉

三汀忌《さんていき》　(初)　**海棠忌**《かいだうき》**・微**《び》**苦**《く》**笑忌**《せうき》　二月二九日（ただし新暦の閏日《うるうび》に当たるので通常年は三月一日に修忌される）。小説家・劇作家、久米正雄の忌日。俳号は三汀。昭和二七年（一九五二）没。六〇歳。〈その微笑紅にじませて三汀忌　長谷川かな女〉

立子忌《たつこき》　(初)　**雛**《ひな》**の忌**《き》　三月三日。俳人、星野立子の忌日。昭和五九年（一九八四）没。八〇歳。〈立子忌の風に囁きある如し　星野高士〉

赤黄男忌《かきをき》　(晩)　三月七日。俳人、富沢赤黄男の忌日。昭和三七年（一九六二）没。五九歳。〈赤黄男忌の汐入川を雲の鰭　高野ムツオ〉

井月忌《せいげつき》　(晩)　三月一〇日。俳人、井上井月の忌日。明治二〇年（一八八七）没。六六歳。〈来し方を霞がくれに井月忌　武田禪次〉

みすゞ忌《みすずき》 (晩) 三月一〇日。詩人、金子みすゞの忌日。昭和五年（一九三〇）没。二六歳。〈昨日より明日なつかしきみすゞの忌　木割大雄〉

真砂女忌《まさぢよき》 (晩) 三月一四日。俳人、鈴木真砂女の忌日。平成一五年（二〇〇三）没。九六歳。〈海見えて風音高し真砂女の忌　西嶋あさ子〉

紅花忌《こうくわき》 (晩) 三月一六日。国文学者・俳人、村松紅花の忌日。平成二一年（二〇〇九）没。八八歳。〈紅花忌や永き一日を使い切り　山元土十〉

竹冷忌《ちくれいき》 (仲) 三月二〇日。俳人、角田《つのだ》竹冷（本名・真平）の忌日。大正八年（一九一九）没。六一歳。〈野の端に風のうちあふ竹冷忌　三田きえ子〉

犀星忌《さいせいき》 (仲) 三月二六日。詩人・小説家、室生《むろう》犀星の忌日。昭和三七年（一九六二）没。七二歳。〈蕗の薹を黄の蝶とみし犀星忌　井上雪〉

誓子忌《せいしき》 (仲) 三月二六日。俳人、山口誓子の忌日。平成六年（一九九四）没。九二歳。〈誓子忌の夜は万蕾の星となれ　鷹羽狩行〉

赤彦忌《あかひこき》 (仲) 三月二七日。歌人、島木赤彦の忌日。大正一五年（一九二六）没。四九歳。〈頬白のまだ群れ解かず赤彦忌　古田紀一〉

三鬼忌《さんきき》 (晩) **西東忌**《さいとうき》 四月一日。俳人、西東三鬼の忌日。昭和三七年（一九六二）没。六一歳。〈三鬼忌の山傾けて霰かな　角川源義〉

光太郎忌《くわうたらうき》 (晩) **連翹忌**《れんげうき》 四月二日。詩人・彫刻家、高村光太郎の忌日。昭和三一年（一九五六）没。七三歳。〈千万の雨滴さざめく連翹忌　飯田龍太〉

達治忌《たつじき》 ㊑ **三好忌**《みよしき》・**鷗忌**《かもめき》 四月五日。詩人、三好達治の忌日。昭和三九年（一九六四）没。六三歳。〈達治忌や太郎次郎は常童《とこわらべ》 文挾夫佐恵〉

放哉忌《はうさいき》 ㊑ 四月七日。俳人、尾崎放哉の忌日。大正一五年（一九二六）没。四一歳。〈浮雲の夕べとどまる放哉忌 秋元不死男〉

虚子忌《きよしき》 ㊑ **椿寿忌**《ちんじゆき》・**惜春忌**《せきしゆんき》 四月八日。俳人、高浜虚子の忌日。昭和三四年（一九五九）没。八五歳。〈又花の雨の虚子忌となりしかな 高浜年尾〉〈花待てば花咲けば来る虚子忌かな 深見けん二〉

啄木忌《たくぼくき》 ㊑ 四月一三日。歌人、石川啄木の忌日。明治四五年（一九一二）没。二六歳。〈啄木忌いくたび職を替へてもや 安住敦〉

お国忌《おくにき》 ㊑ **阿国忌**《おくにき》 歌舞伎の創始者とされる出雲《いずも》のお国（生没年不詳）の忌日。〈お国忌や旅に果つべき下座あはれ 吉田狂草〉

康成忌《やすなりき》 ㊑ 四月一六日。作家、川端康成の忌日。文化勲章また、日本人初のノーベル文学賞を受賞。昭和四七年（一九七二）没。七二歳。〈雨に散る花や川端康成忌 石塚友二〉

百閒忌《ひやくけんき》 ㊑ **百鬼園忌**《ひやくきゑんき》・**木蓮忌**《もくれんき》 四月二〇日。小説家・随筆家・俳人、内田百閒の忌日。昭和四六年（一九七一）没。八一歳。〈浄書して原稿渡す百閒忌 森田公司〉

荷風忌《かふうき》 ㊑ 四月三〇日。小説家・随筆家、永井荷風の忌日。昭和三四年（一九五九）没。七九歳。〈色町のなくなりてけふ荷風の忌 森澄雄〉

修司忌《しうじき》 ㊑ 五月四日。劇作家、寺山修司の忌日。昭和五八年（一九八三）没。四七歳。〈修司

忌の五月の森の暗さかな　遠藤若狭男〉

良寛忌《りやうくわんき》 初 旧暦一月六日（新暦二月一八日）。江戸時代後期の僧・歌人、良寛の忌日。天保二年（一八三一）没。七三歳。〈ぬば玉の黒飴さはに良寛忌　能村登四郎〉

義仲忌《よしなかき》 初 **義仲忌**《ぎちゆうき》 旧暦一月二〇日（新暦三月一一日）。平安後期の武将、源義仲の忌日。寿永三年（一一八四）没。三一歳。〈義仲忌熊笹に雨錐のごと　飯田龍太〉

実朝忌《さねともき》 初 **金槐忌**《きんくわいき》 旧暦一月二七日（新暦二月二〇日）。鎌倉幕府第三代将軍、源実朝の忌日。建保七年（一二一九）没。二八歳。〈鎌倉右大臣実朝の忌なりけり　尾崎迷堂〉

光悦忌《くわうえつき》 仲 旧暦二月三日（新暦二月二七日）。江戸初期の古典復興運動を先導した総合芸術家、本阿弥光悦の忌日。寛永一四年（一六三七）没。八〇歳。〈貝の名に鳥やさくらや光悦忌　上田五千石〉

大石忌《おほいしき》 仲 旧暦二月四日（新暦三月二〇日）。赤穂《あこう》藩家老、大石内蔵助良雄《くらのすけよしお》の忌日。元禄一六年（一七〇三）没。四五歳。〈笛に名をとどめし老妓大石忌　大橋櫻坡子〉

妓王忌《ぎわうき》 仲 **祇王忌**《ぎわうき》 旧暦二月一四日。平清盛に寵愛《ちようあい》された白拍子、妓王（祇王、義王とも。生没年不詳）の忌日。〈祇王忌や有髪ながらに弟子の尼　森桂樹楼〉

西行忌《さいぎやうき》 仲 **円位忌**《ゑんゐき》 平安末期から鎌倉初期の源平争乱時代の代表的歌人、西行の忌日。実際に没したのは旧暦二月一六日（新暦三月三〇日）だが、詠んだ歌〈願はくは花の下にて春死なむそのきさらぎの望月の頃〉にちなみ望月の二月一五日を忌日とする。文治六年（一一九〇）没。七三歳。〈栞して山家集あり西行忌　高浜虚子〉

兼好忌《けんかうき》 (仲) 『徒然草』の作者、兼好法師の忌日。かつては旧暦二月一五日とされたが、忌日は定まっていない。〈兼好忌傘を目深にさすことも　神尾久美子〉

元政忌《げんせいき》 (仲) 旧暦二月一八日（新暦三月一八日）。江戸前期の日蓮宗の高僧で、京都深草の元政の忌日。寛文八年（一六六八）入寂。四六歳。〈京の花今年いかがや元政忌　島谷征良〉

丈草忌《ぢやうさうき》 (仲) 旧暦二月二四日（新暦三月二九日）。蕉門俳人、内藤丈草の忌日。元禄一七年（一七〇四）没。四三歳。〈水の闇たかむらの闇丈草忌　藤田湘子〉

利休忌《りきうき》 (仲) **宗易忌**《そうえきき》**・利**《り》**久忌**《きうき》 旧暦二月二八日（新暦四月二一日）。茶の湯の大成者、千利休の忌日。天正一九年（一五九一）没。七〇歳。〈利休忌の白一徹の障子かな　伊藤伊那男〉

其角忌《きかくき》 (仲) **晋子**《しんし》**忌**《き》**・晋翁忌**《しんをうき》 旧暦二月三〇日（新暦四月二日。一説に旧暦二月二九日、新暦四月一日）。蕉門俳人、榎下《えのもと》其角の忌日。宝永四年（一七〇七）没。四七歳。〈其角忌や立並ぶべき花もなし　松瀬青々〉

俊寛忌《しゆんくわんき》 (晩) 旧暦三月二日（新暦四月一七日）とされる。平安後期の僧、俊寛の忌日。治承三年（一一七九）没。〈火の山の火の燃ゆる夜の俊寛忌　有馬朗人〉

泉涌寺開山忌《せんゆうじかいさんき》 (晩) **俊芿忌**《しゆんじようき》 旧暦三月八日（新暦四月二日）、京都泉涌寺で行われる同寺開山の月輪大師《がちりんたいし》俊芿の忌日法要。

善導忌《ぜんだうき》 (晩) 旧暦三月一四日（新暦四月一〇日）。浄土宗の唐僧、善導の忌日に浄土宗諸派で営まれる法要をいう。永隆二年（六八一）入寂。六九歳。〈青柳に游ぶ糸あり善導忌　松瀬青々〉

梅若忌《うめわかき》 (晩) **梅若祭**《うめわかまつり》**・梅若参**《うめわかまゐり》**・木母寺**《もくぼじ》**大念仏**《だいねんぶつ》**・梅若様**《うめわかさま》**・梅若**《うめわか》**ごと** 旧暦三月一五日（現在は

四月一五日)。謡曲「隅田川」などで名高い梅若丸の忌日。〈梅若忌日もくれがちの鼓かな　飯田蛇笏〉

人麻呂忌《ひとまろき》 (晩) **人麿忌**《ひとまろき》**・人丸忌**《ひとまるき》**・人丸祭**《ひとまるまつり》 『万葉集』最大の歌人、柿本人麻呂の忌日。生没年は不詳だが、小野小町、和泉《いずみ》式部と同じく旧暦三月一八日を忌日とする。〈人丸忌わが俳諧をもて修す　富安風生〉

小町忌《こまちき》 (晩) **小野小町忌**《をののこまちき》 絶世の美女と伝えられる平安初期九世紀の歌人、小野小町の忌日。生没年は不詳だが、柿本人麻呂、和泉《いずみ》式部と同じく旧暦三月一八日を忌日とする。〈小町忌の歌膝ゆゆし九十九髪　高橋睦郎〉

蓮如忌《れんにょき》 (晩) **中宗会**《ちゅうそえ》**・吉崎詣**《よしざきまうで》**・蓮如輿**《れんにょごし》 旧暦三月二五日(新暦五月一四日)。浄土真宗中興の祖、蓮如上人の忌日。明応八年(一四九九)入寂。八五歳。〈なつかしき鐘の蓮如忌曇りかな　大谷句仏〉

宗因忌《そういんき》 (晩) **西翁忌**《さいをうき》**・梅翁忌**《ばいをうき》 旧暦三月二八日(新暦五月五日)。連歌師、談林俳諧の盟主、西山宗因の忌日。天和二年(一六八二)没。七八歳。〈杉谷を灯がすすみゆく宗因忌　土岐錬太郎〉

動物

獣交む《けものつるむ》 ㊂ **獣交る**《けものさかる》**・種**《たね》**つけ・種**《たね》**かけ・種馬**《たねうま》**・種牛**《たねうし》**・かまひ時**《どき》 狐、狸、鼬《いたち》、栗鼠《りす》など、獣が発情し交尾すること。〈種馬の胴かがやきて曳かれけり　黛執〉

熊穴を出づ《くまあなをいづ》 ㊥ 春になって熊が穴から出てくること。↓熊穴に入る（冬）〈熊穴を出づと村中触れのビラ　内海良太〉

春駒《はるごま》 ⓑ晩 **春**《はる》**の馬**《うま》**・若駒**《わかごま》**・春**《はる》**の駒**《こま》 〈春駒の遠く遊べり南部富士　山口青邨〉

馬の子《うまのこ》 ⓑ晩 **子**《こ》**馬**《うま》**・馬**《うま》**の子**《こ》**生**《うま》**る・孕馬**《はらみうま》 〈馬の仔に母馬が目で力貸す　木附沢麦青〉

春の鹿《はるのしか》 ㊂ **春鹿**《はるしか》 ↓落し角・鹿の子（夏）・鹿（秋）〈双眸の濡れて立ちゐる春の鹿　石嶌岳〉

孕鹿《はらみじか》 ㊂ 子を宿した鹿のこと。〈孕鹿とぼ〳〵雨にぬれて行く　高浜虚子〉

落し角《おとしづの》 ⓑ晩 **鹿**《しか》**の角落**《つのお》**つ・落**《お》**ち角**《づの》**・忘**《わす》**れ角**《づの》 春になり鹿の角が落ちること。また、その角。鹿の角は四月上旬から七月上旬にかけて落ち、老齢の鹿ほど早い。その後新しい角が再生する。↓春の鹿・袋角（夏）・鹿（秋）〈さを鹿はからんと角を落しけん　長谷川櫂〉

猫の恋《ねこのこひ》 ⓑ初 **猫**《ねこ》**の妻恋**《つまこひ》**・恋猫**《こひねこ》**・猫交**《ねこさか》**る・うかれ猫**《ねこ》**・猫**《ねこ》**の夫**《つま》**・猫**《ねこ》**の妻**《つま》**・猫**《ねこ》**の契**《ちぎり》**・春の猫**《ねこ》**・戯**《たは》**れ猫**《ねこ》**・通**《かよ》**ふ猫**《ねこ》 猫の繁殖期は年に数回あるが、特に早春の盛りのついた猫の行動をさしていう。↓猫の子〈恋猫の恋する猫で押し通す　永田耕衣〉〈恋猫や世界を敵にまはしても　大木あまり〉

猫の子《ねこのこ》 ⓑ晩 **子猫**《こねこ》**・猫生**《ねこう》**まる・猫**《ねこ》**の親**《おや》**・親猫**《おやねこ》**・孕猫**《はらみねこ》**・子持猫**《こもちねこ》**・猫**《ねこ》**の産**《さん》 〈百代の過客しんがりに猫の子も　加藤楸邨〉

亀鳴く《かめなく》 ㊂ **亀**《かめ》**の看経**《かんきん》 亀は古来鳴くものとされるが、亀には声帯など鳴くための器官はない。遊び心と想像力による季語。〈亀鳴くを聞きたくて長生きをせり　桂信子〉

蟇穴を出づ《ひきあなをいづ》 ㊥ **蟇出**《ひきい》**づ** 三月中旬過ぎ、冬眠から覚めた蟇が地上に出ること。↓蟇（夏）

〈蟇穴を出て京大を志す　辻田克巳〉

蛇穴を出づ《へびあなをいづ》 ㊥ **蛇出《へびい》づ**　三月下旬から四月頃冬眠していた蛇が地上に姿を見せること。↓啓蟄・地虫穴を出づ・蛇（夏）・蛇穴に入る（秋）〈蛇穴を出て水音をききにけり　三橋鷹女〉

蜥蜴穴を出づ《とかげあなをいづ》 ㊥ **蜥蜴出《とかげい》づ**　土中で一冬を過ごした蜥蜴が、春になり暖かくなる頃、地上に姿を現すこと。〈とかげ出て腹温めをり座禅石　邊見京子〉

蝌蚪《くわと》 ㊙ **お玉杓子《たまじやくし》・蛙《かへる》の子《こ》・蛙子《かへるご》・蛙生《かへるう》まる・蝌蚪《くわと》生《う》まる・蝌蚪《くわと》の紐《ひも》・数珠子《じゆずこ》・蝌蚪《くわと》の水《みづ》**　蛙の幼生。一般にはお玉杓子の名で親しまれている。↓蛙・蛙の目借時〈川底に蝌蚪の大国ありにけり　村上鬼城〉〈大仏の水を濁さず蝌蚪生まる　山尾玉藻〉

蛙《かはづ》 ㊂ **蛙《かへる》・殿様蛙《とのさまがへる》・赤蛙《あかがへる》・土蛙《つちがへる》・糞蛙《くそがへる》・初蛙《はつかはづ》・昼蛙《ひるかはづ》・夕蛙《ゆふかはづ》・夜蛙《よかはづ》・遠蛙《とほかはづ》・山蛙《やまかはづ》・泥蛙《どろかはづ》・筒《つつ》井《ゐ》の蛙《かはづ》・井手《ゐで》の蛙《かはづ》・蛙合戦《かはづがつせん》・鳴《な》く蛙《かはづ》・苗代蛙《なはしろかはづ》・田蛙《たかはづ》・蛙田《かはづだ》**　↓蝌蚪・雨蛙（夏）・河鹿（夏）・蟇（夏）〈昼蛙どの畦のどこ曲らうか　石川桂郎〉

春の鳥《はるのとり》 ㊂ **春禽《しゆんきん》**〈わが墓を止り木とせよ春の鳥　中村苑子〉

貌鳥《かほどり》 ㊂ **貌《かほ》よ鳥《どり》・容鳥《かほどり》・杲鳥《はこどり》・貌佳鳥《かほよどり》・箱鳥《はこどり》**　何の鳥か明確ではないが、貌よき美しい春の鳥の総称と捉えるのが一般的。〈貌鳥やインドの絹をひろげてをり　飯島晴子〉

花鳥《はなどり》 ㊂　花と鳥を結びつけた言葉で、春らしい華やかなものを感ずる季語。〈花に入る鳥や招かん須磨の縁　惟然〉

呼子鳥《よぶこどり》 ㊙　古今伝授三鳥の一つ。古来、諸説あって何をさすのか判然としない。〈思はざれば外海は無し呼子鳥　三橋敏雄〉

百千鳥《ももちどり》 ㊂ 古今伝授三鳥の一つ。春の朝など山野で多種類の小鳥が鳴き交わすさまをさすという。〈入り乱れ入り乱れつつ百千鳥　正岡子規〉

鶯《うぐひす》 ㊂ **黄鳥**《うぐひす》**・匂鳥**《にほひどり》**・歌**《うた》**よみ鳥**《どり》**・経**《きやう》**よみ鳥**《どり》**・花見**《はなみ》**鳥**《どり》**・春告鳥**《はるつげどり》**・黄粉**《きなこ》**鳥**《どり》**・人来**《ひとく》**鳥**《どり》**・飼鶯**《かひうぐひす》**・初**《はつ》**音**《ね》**・鶯**《うぐひす》**の初音**《はつね》**・鶯**《うぐひす》**の谷渡**《たにわた》**り・流鶯**《りうあう》 →老鶯（夏）・冬の鶯（冬）・笹鳴（冬）〈鶯の身をさかさまに初音かな　其角〉〈鶯のこゑ前方に後円に　鷹羽狩行〉

松毟鳥《まつむしり》 ㊂ **まつくぐり**　菊戴《きくいただき》の異称。キクイタダキ科の小鳥。日本最小で全長一〇センチほどの大きさ。→菊戴（秋）〈箒目を立ててありしへ松毟鳥　殿村菟絲子〉

藪雨《やぶさめ》 晩 ウグイス科の全長一〇・五センチほどの小鳥。〈やぶさめや峠を左右に越ゆる霧　水原秋櫻子〉

仙台虫喰《せんだいむしくひ》 晩 ムシクイ科の鳥。木の芽の萌《も》えはじめた山道でチョチョビーと囀《さえず》る。〈仙台虫食聴きいづこへか独行者　岡田日郎〉

雉《きじ》 ㊂ **雉子**《きじ》　**きぎす・きぎし・雉子**《きじ》**の声**《こゑ》**・雉**《きじ》**のほろろ・焼野**《やけの》**の雉子**《きぎす》　キジ科の鳥。日本の国鳥。春先、ケーンケンという勇ましい声のあと草地から赤い貌《かほ》がのぞく。これは雄で全長は八〇センチほど、光沢のある暗緑色で尾が長い。〈ちちははのしきりにこひし雉の声　芭蕉〉〈雉子の眸のかうかうとして売られけり　加藤楸邨〉

山鳥《やまどり》 ㊂ キジ科の鳥。日本の特産種。〈辰雄の地山鳥の羽ちらばれり　土屋未知〉

小綬鶏《こじゅけい》 ㊂ キジ科の鳥。鶉《うずら》をひとまわり大きくしたぐらいの大きさ。〈小綬鶏が啼く竹林の夜明けかな　青柳志解樹〉

雲雀《ひばり》　㊂　姫雛鳥《ひめひなどり》・告天子《こくてんし》・叫天子《けうてんし》・天鷚《ひばり》・天雀《ひばり》・初雲雀《はつひばり》・揚雲雀《あげひばり》・落雲雀《おちひばり》・朝雲雀《あさひばり》・夕《ゆふ》雲雀《ひばり》・諸雲雀《もろひばり》・友雲雀《ともひばり》・雲雀野《ひばりの》・雲雀《ひばり》の床《とこ》・雲雀籠《ひばりかご》・舞雲雀《まひひばり》　ヒバリ科の全長一七センチほどの鳥。日本各地の麦畑や草原などの地上に巣を作る。↓冬雲雀（冬）〈日輪にきえ入りてなくひばりかな　飯田蛇笏〉〈揚雲雀空のまん中ここよここよ　正木ゆう子〉

麦鶉《むぎうづら》　(晩)　合生《あひふ》・ひひ鳴《なき》　麦が伸びる三月から四月頃の鶉のこと。〈麦鶉畦をよぎりぬ庵の前　鈴木花蓑〉

鷽《うそ》　㊂　鷽鳥《うそどり》・琴弾鳥《ことひきどり》・鷽《うそ》の琴《こと》・鷽姫《うそひめ》・照鷽《てりうそ》・雨鷽《あまうそ》　アトリ科。雀より少しふっくらとした大きさの鳥。〈鷽の来てあけぼのゝ庭に胸赤し　水原秋櫻子〉

河原鶸《かはらひは》　㊂　小河原鶸《こかはらひは》　アトリ科の小鳥。茶緑色で雀ほどの大きさ。〈河原鶸青唐松の折れし秀に　木津柳芽〉

頬白《ほほじろ》　(晩)　画眉鳥《ぐわびてう》・深山頬白《みやまほほじろ》　ホオジロ科の鳥。疎林の陽だまりの高枝で囀《さえず》る。〈頬白や下枝下枝の芽ぐむ間を　中村汀女〉

赤鬚《あかひげ》　㊂　ヒタキ科の亜熱帯林に棲《す》む留鳥。国の天然記念物で、特殊鳥類に指定、保護されている。

山椒喰《さんせうくひ》　(晩)　サンショウクイ科。ヒリヒリーなどと鳴き、「山椒は小粒でもぴりりと辛い」を連想させることからこの名がついた。〈山椒喰峠田の水あまりたり　皆川盤水〉

春の鵙《はるのもず》　㊂　春《はる》の百舌鳥《もず》　〈情絶ちてをんな生きよと春の鵙　稲垣きくの〉

河烏《かはがらす》　㊂　カワガラス科の鳥。鵯《ひよ》を小さくした大きさ。〈川烏ひそかなる時潜りけり　八木林之

助〉

岩燕《いはつばめ》 (晩) **だけつばめ**　ツバメ科の鳥。普通の燕より小ぶり。〈岩燕泥濘たぎち火口なり　橋本多佳子〉

燕《つばめ》 (仲) **乙鳥**(おつどり/つばめ)・**玄鳥**(げんてう/つばめ)・**つばくら**・**つばくらめ**・**つばくろ**・**飛**《ひ》**燕**《えん》・**濡燕**《ぬれつばめ》・**川燕**《かはつばめ》・**里燕**《さとつばめ》・**群燕**《むらつばめ》・**諸燕**《もろつばめ》・**朝燕**《あさつばめ》・**夕燕**《ゆふつばめ》・**燕来**《つばめく》**る**・**初燕**《はつつばめ》　↓燕の子（夏）・夏燕（夏）〈つばめつばめ泥の好きなる燕かな　細見綾子〉〈来ることの嬉しき燕きたりけり　石田郷子〉

引鶴《ひきづる》 (仲) **鶴引**《つるひ》**く**・**鶴帰**《つるかへ》**る**・**帰**《かへ》**る鶴**《つる》・**鶴去**《つるさ》**る**・**去**《さ》**る鶴**《つる》・**去**《さ》**る田鶴**《たづ》・**残**《のこ》**る鶴**《つる》　二月から三月頃に、冬鳥として飛来した鶴が北方へ帰ること。↓鶴来る（秋）・鶴（冬）〈引鶴の声ひきしぼる虚空かな　鈴木貞雄〉

白鳥帰る《はくてうかへる》 (仲) **白鳥引**《はくてうひ》**く**・**残**《のこ》**る白鳥**《はくてう》　〈大白鳥引きし渚の羽根拾ふ　藤木倶子〉

戻り鴫《もどりしぎ》 (晩) **帰**《かへ》**り鴫**《しぎ》　↓鴫（秋）〈谷かくれ木かくれ鴫の帰るなり　富取芳河士〉

春の雁《はるのかり》 (晩) **残**《のこ》**る雁**《かり》　↓帰る雁・雁（秋）〈風塵に羽搏ち連れたり春の雁　石田波郷〉

帰る雁《かへるかり》 (仲) **雁帰**《かりかへ》**る**・**帰**《き》**雁**《がん》・**行**《ゆ》**く雁**《かり》・**去**《さ》**る雁**《かり》・**去**《い》**ぬ雁**《かり》・**雁**《かり》**の名残**《なごり》・**名残**《なごり》**の雁**《かり》・**雁**《かり》**の別**《わか》**れ**・**いまはの雁**《かり》　秋に日本に渡ってきた真《ま》雁《がん》や菱喰《ひしくい》などの雁が、三月から四月頃にかけて北方の繁殖地に帰ってゆくこと。↓春の雁・雁（秋）〈みちのくはわがふるさとよ帰る雁　山口青邨〉〈雁ゆきてまた夕空をしたたらす　藤田湘子〉

引鴨《ひきがも》 (仲) **鴨引**《かもひ》**く**・**鴨帰**《かもかへ》**る**・**帰**《かへ》**る鴨**《かも》・**行**《ゆ》**く鴨**《かも》　秋に渡ってきて日本で越冬した鴨たちが、三月頃から五月にかけて北方へ帰ってゆくこと。↓春の鴨・初鴨（秋）・鴨（冬）〈ひかり捨てひか

り捨て鴨引きゆけり　中戸川朝人〉

春の鴨《はるのかも》 (晩) **残**《のこ》**る鴨**《かも》**・引残**《ひきのこ》**る鴨**《かも》 ↓引鴨・初鴨（秋）・鴨（冬）〈残りしか残されゐしか春の鴨　岡本眸〉

海猫渡る《うみねこわたる》 (仲) **海猫**《ごめ》**渡**《わた》**る** 海猫が春先に、それぞれの越冬地から繁殖地である近海の島などに渡ること。↓海猫（夏）・海猫帰る（秋）〈海を見るひとりの午後を海猫わたる　きくちつねこ〉

鳥帰る《とりかへる》 (仲) **帰**《かへ》**る鳥**《とり》**・小**《こ》**鳥帰**《とりかへ》**る・小**《こ》**鳥引**《とりひ》**く・鳥引**《とりひ》**く・引鳥**《ひきどり》 北から渡ってきて日本で越冬した渡り鳥（いわゆる冬鳥）が、春に北方の繁殖地に帰ること。↓渡り鳥（秋）〈鳥帰るいづこの空もさびしからむに　安住敦〉

鳥雲に入る《とりくもにいる》 (仲) **鳥雲**《とりくも》**に・雲**《くも》**に入**《い》**る鳥**《とり》 日本で越冬した冬鳥が、北方の繁殖地へ帰ってゆくときのさま。↓鳥雲〈鳥雲に入るここよりは日本海　福永耕二〉〈鳥雲に湖をはなるる湖西線　片山由美子〉

囀《さへづり》 (三) **囀**《さへづ》**る・鳥囀**《とりさへづ》**る** 小鳥たちが繁殖期を迎える頃の鳴き声。求愛や縄張りを知らせるといわれている。〈囀りをこぼさじと抱く大樹かな　星野立子〉〈囀に色あらば今瑠璃色に　西村和子〉

鳥交る《とりさかる》 (三) **鳥**《とり》**つるむ・雀交**《すずめさか》**る・鳥**《とり》**つがふ・鳥**《とり》**の妻恋**《つまごひ》**・鶴**《つる》**の舞**《まひ》**・鳥**《とり》**の恋**《こひ》**・恋雀**《こひすずめ》 雄鳥が雌鳥を誘って交尾すること。↓孕雀《はらみすずめ》〈鳥交るしきりと喉の渇く日ぞ　石川桂郎〉

孕雀《はらみすずめ》 (仲) **孕鳥**《はらみどり》**・子持雀**《こもちすずめ》**・子**《こ》**持鳥**《もちどり》 ↓鳥交る・雀の子〈古庭を歩いて孕雀かな　村上鬼城〉

鳥の卵《とりのたまご》 (晩) **小**《こ》**鳥**《とり》**の卵**《たまご》**・雀**《すずめ》**の卵**《たまご》**・抱卵季**《はうらんき》〈梯子して雀の卵盗るところ　山口誓子〉

雀の子《すずめのこ》 (晩) **黄雀**《きすずめ》**・子雀**《こすずめ》**・雀**《すずめ》**の雛**《ひな》**・親雀**《おやすずめ》**・雀子**《すずめこ》 ↓孕雀《はらみすずめ》・寒雀（冬）・初雀（新年）〈雀の子

そこのけそこのけ御馬が通る　一茶〉

鳥の巣《とりのす》 ㊂ **巣籠**《すごもり》**・巣隠**《すがくれ》**・巣鳥**《すどり》**・巣組**《すぐ》**み・巣構**《すがま》**へ・小鳥**《ことり》**の巣**《す》**・巣**《す》**づくり・抱卵期**《はうらんき》　→巣立

鳥・燕の巣・雀の巣・鴉の巣　〈鳥の巣に鳥が入つてゆくところ　波多野爽波〉

巣箱《すばこ》 ㊂ 〈少年の巣箱に鳥のきてをりぬ　中谷五秋〉

古巣《ふるす》 ㊂ 〈ふるすただあはれなるべき隣かな　芭蕉〉

巣立鳥《すだちどり》 (晩) **巣立**《すだち》**・親鳥**《おやどり》**・子鳥**《ことり》**・鳥巣立**《とりすだ》**つ**　雛鳥《ひなどり》が成長し、巣から離れていくこと。また、その鳥。→鳥の巣　〈つまさきに力をこめて巣立ちけり　野中亮介〉

鷲の巣《わしのす》 ㊂ 〈鷲の巣の樟の枯枝に日は入りぬ　凡兆〉

鷹の巣《たかのす》 ㊂ 〈鷹の巣や大虚に澄める日一つ　橋本鶏二〉

鶴の巣《つるのす》 ㊂ **鶴**《つる》**の巣**《す》**ごもり**　〈鶴の巣のごとく鶴見の町に住む　水原秋櫻子〉

雉の巣《きじのす》 (晩) 〈雉子の巣や驚破翔ち出づる羽の音　細木芒角星〉

鳶の巣《とびのす》 ㊂ 〈鳶の巣の下に渦巻く吉野川　大峯あきら〉

鶯の巣《うぐひすのす》 (晩) 〈卵ある鶯の巣の見つかりし　右城暮石〉

燕の巣《つばめのす》 ㊂ **巣燕**《すつばめ》**・巣乙鳥**《すつばめ》　→燕・燕の子（夏）〈白樺の雨につばめの巣がにほふ　飯田龍太〉

雀の巣《すずめのす》 ㊂ **巣引雀**《すびきすずめ》**・巣藁雀**《すわらすずめ》　→孕雀《はらみすずめ》・雀の子　〈人も来ず神殿古りて雀の巣　正岡子規〉

雲雀の巣《ひばりのす》 ㊂ 〈いきいきと醜草長し雲雀の巣　大木あまり〉

千鳥の巣《ちどりのす》 ㊂ 〈日々青みましゆく卵千鳥の巣　光谷一寒子〉

鳩の巣《はとのす》 ㊂ 〈土鳩の巣不器用な子が家を継ぐ　田村陽子〉

鴉の巣《からすのす》　㊂　烏《からす》の巣《す》・巣鴉《すがらす》　〈淀川を見わたす高さ鴉の巣　森田峠〉

鵲の巣《かささぎのす》　㊂　〈こつこつと鵲が巣を作る音　日原傳〉

鷺の巣《さぎのす》　㊂　〈鷺の巣に見覚えぬ木はなかりけり　凫石〉

浮鯛《うきだひ》　(晩)　泳ぐ環境の変化に浮き袋のガス調整が間に合わず、浮き上がる鯛のこと。↓魚島　〈浮き鯛の名やさくら散る三四月　支考〉

桜鯛《さくらだひ》　(晩)　花見《はなみ》鯛《だひ》・乗込鯛《のつこみだひ》・烏賊《いか》鯛《だひ》・姿見《すがたみ》の鯛《たひ》　真鯛は春の産卵時期になると特に雄の腹部が性ホルモンの影響で赤みを帯び、いわゆる婚姻色を呈する。これが桜の時期と重なるために付いた俗名。↓魚島　〈よこたへて金ほのめくや桜鯛　阿波野青畝〉

魚島《うおじま》　(晩)　魚島時《うをじまどき》　産卵のためたくさんの鯛が群れて海面が盛り上がり、時には小さな島があるように感じられること。↓浮鯛・桜鯛　〈魚島の大鯛得たり旅路来て　水原秋櫻子〉

眼張《めばる》　㊂　めばる・黒眼《くろめ》張《ばる》・赤眼《あかめ》張《ばる》・金眼《きんめ》張《ばる》・とごつとめばる　〈めばる煮てこころをわかつ皿二つ　古舘曹人〉

鰊《にしん》　(晩)　鯡《にしん》・青魚《にしん》・黄魚《にしん》・春告魚（にしん／はるつげうを）・かど・かどいわし・高麗鰯《かうらいいわし》・走《はし》り鰊《にしん》・初鰊《はつにしん》・中《ちゆう》鰊《にしん》・後鰊《あとにしん》・鰊群来《にしんくき》・鰊漁《にしんれふ》・鰊舟《にしんぶね》・鰊場《にしんば》・鰊釜《にしんがま》・鰊焚《にしんた》く　↓夏鰊（夏）　〈妻も吾もみちのくびとや鯡食ふ　山口青邨〉

鰆《さはら》　(晩)　馬鮫魚《さはら》・狭腰《さごし》・いぬさはら・たいわんさはら・鰆網《さはらあみ》・鰆船《さはらぶね》　〈歯並びのよき須磨浦の鰆かな　蓑目良雨〉

鱵《さより》　㊂　針嘴魚《さより》・竹魚《さより》・細魚《さより》・水針魚《さより》・針魚（さより／はりを）・さいより・長《なが》いわし・鱵舟《さよりぶね》　〈列なして

鱵入り来る浦日和　柚口満〉

めじ ㊂ 小《こ》めじ・めじまぐろ・くろめじ　主に関東で体長三〇～六〇センチほどの黒鮪《くろまぐろ》（サバ科）の幼魚をさす。

子持鯊《こもちはぜ》 (仲) 春《はる》の鯊《はぜ》 →鯊釣（秋）・鯊（秋）〈鉤呑んで宙に躍りし子持鯊　須並一衛〉

鯥五郎《むつごらう》 (晩) むつ・本《ほん》むつ・むつ飛《と》ぶ・鯥掘《むつほ》る・鯥掛《むつかけ》・鯥曳網《むつひきあみ》・鯥袋網《むつふくろあみ》〈大変といふ目付なり鯥五郎　茨木和生〉

鮊子《いかなご》 (晩) 玉筋魚《いかなご》・小女子《こうなご》・叺子《かますご》・かますじやこ・しわ鮊子《いかなご》・鮊子干《いかなごほ》す・鮊子舟《いかなごぶね》〈いかなごにまづ箸おろし母恋し　高浜虚子〉

ぎんぽ (晩) 銀宝《ぎんぽ》・かみそり・なきり・かみそりうを・うみどぢやう　ニシキギンポ科の海産の硬骨魚。体長約二〇センチで細長く扁平《へんぺい》。〈隔たりをぎんぽが埋めてくれにけり　水内慶太〉

ごんずい ㊂ 権瑞《ごんずい》・ぐぐ　ゴンズイ科の海産の硬骨魚で体長二〇センチ前後。本州中部以南の浅海で群泳する。〈ごんずいのわれから乾きそめにけり　石田勝彦〉

白魚《しらうを》 (初) しらを・しろを・鱠残魚《しらうを》・王余魚《しらうを》・銀魚《しらうを》・白魚網《しらをあみ》・白魚漁《しらをれふ》・白魚舟《しらをぶね》・白魚捕《しらをと》り・白魚汲《しらをく》む・白魚火《しらをび》〈明ぼのやしら魚しろきこと一寸　芭蕉〉〈白魚に会ひ酒にあふひと日かな　石川桂郎〉

黄鯝魚《こわた》 ㊂ 黄鯝子《わたこ》・わたか・わだか・わたうを・うまうを　コイ科に属する琵琶湖特産の魚。

鱒《ます》 (晩) あかめ・はらあか・本鱒《ほんます》・ますのすけ・紅鱒《べにます》・桜鱒《さくらます》・海鱒《うみます》・背張鱒《せつぱります》・駱駝鱒《らくだます》・樺太《からふと》鱒《ます》・あめ鱒《ます》・上《のぼ》り鱒《ます》・鱒上《ますのぼ》る・鱒釣《ますつり》〈鱒群れて水にさからふ紅させり　山上樹実雄〉

諸子《もろこ》 (三) 諸子魚《もろこ》・諸子鮠《もろこはえ》・初諸子《はつもろこ》・柳諸子《やなぎもろこ》・本諸子《ほんもろこ》・田諸子《たもろこ》・諸子釣《もろこつ》る・諸子舟《もろこぶね》　コイ科の淡水魚。琵琶湖産の本諸子や柳諸子が知られる。〈湖の昃りやすくて初諸子　三村純也〉

公魚《わかさぎ》 (初) 鰙《わかさぎ》・桜魚《さくらうを》・ちか・あまさぎ・雀魚《すずめうを》・公魚釣《わかさぎつり》・公魚漁《わかさぎれふ》・公魚舟《わかさぎぶね》　〈公魚をさみしき顔となりて喰ふ　草間時彦〉

桜鯎《さくらうぐひ》 (晩) 桜石斑魚《さくらうぐひ》・花《はな》うぐひ・赤魚《あかうを》・赤《あか》つ腹《ばら》・あぶらはや・石斑魚《うぐひ》　コイ科の淡水の硬骨魚。春の産卵時に著しい婚姻色が出る。〈水を染め桜うぐひの渦を巻く　森田峠〉

柳鮠《やなぎはえ》 (三) 鮠《はえ》・はや　正式な魚種のことではなく、小形でコイ科の鯎《うぐい》や追河《おいかわ》などが、さながら柳の葉に似るところからこうよぶ。〈瀬の色に紛れまぎれず柳鮠　大橋敦子〉

鮒の巣離れ《ふなのすばなれ》 (初) 鮒《ふな》の巣立《すだ》ち　長い冬眠から覚めた鮒が、春になると、巣の粗朶《そだ》を離れ動き始めること。

初鮒《はつぶな》 (晩) 〈初鮒や昨日の雨の山の色　視山〉

乗込鮒《のつこみぶな》 (晩) 乗《の》つ込《こ》み　冬眠していた鮒が、水が温かくなる三月末から四月初めにかけて、産卵のため浅瀬に寄ること。↓濁り鮒（夏）〈しぶきして乗込鮒の瀬音かな　斎藤夏風〉

子持鮒《こもちぶな》 (晩) 春《はる》の鮒《ふな》・春鮒《はるぶな》　三月から四月頃の、卵を抱いた鮒。〈春鮒を還す篠つく雨の中　友岡子郷〉

鰉《ひがひ》 (晩) さくらばえ・ほやる　コイ科の淡水魚。焼いて食することが多い。

若鮎《わかあゆ》 (晩) 小鮎《こあゆ》・鮎《あゆ》の子《こ》・稚鮎《ちあゆ》・上《のぼ》り鮎《あゆ》・鮎《あゆ》のぼる　春になって成長し、川へ溯《さかのぼ》ってくる鮎。↓鮎汲・鮎（夏）・落鮎（秋）〈若鮎の二手になりて上りけり　正岡子規〉

雪代山女《ゆきしろやまめ》（仲）**雪代岩魚**《ゆきしろいはな》**・雪代鱒**《ゆきしろます》　雪解け水の迸《ほとばし》る渓流で獲《と》れる山女。〈幼くて雪代山女反りにけり　黒田杏子〉

彼岸河豚《ひがんふぐ》（仲）**名古屋河豚**《なごやふぐ》　俗に名古屋河豚ともよばれ、春の彼岸の頃に産卵するためこの名がある。〈死に残りたる人ばかり彼岸河豚　桑原三郎〉

菜種河豚《なたねふぐ》（晩）　河豚の種名ではなく、菜の花の咲く頃の河豚は食うなという一種の禁忌。〈人中に嘲られをり菜種河豚　小林康治〉

蛍烏賊《ほたるいか》（晩）**まついか・こいか**〈蛍烏賊汐たるゝまゝ食うべけり　高木晴子〉

花烏賊《はないか》（晩）**桜烏賊**《さくらいか》**・甲烏賊**《かふいか》　動物学上で分類されるハナイカではなく、桜の咲く頃に獲《と》れる烏賊一般のことをいう。〈洗ひたる花烏賊墨をすこし吐き　高浜虚子〉

飯蛸《いひだこ》（初）**望潮魚**《いひだこ》**・高砂飯蛸**《たかさごいひだこ》**・いしだこ**〈飯蛸の一かたまりや皿の藍　夏目漱石〉

栄螺《さざえ》（三）**拳螺**《さざえ》**・栄螺子**《さざえ》　→壺焼〈はるばると海よりころげきし栄螺　秋元不死男〉

蛤《はまぐり》（三）〈蛤のぶつかり合つて沈みけり　石田勝彦〉

浅蜊《あさり》（三）**鬼浅蜊**《おにあさり》**・姫浅蜊**《ひめあさり》**・殻浅蜊**《からあさり》**・浅蜊売**《あさりうり》**・浅蜊舟**《あさりぶね》**・浅蜊取**《あさりとり》〈浅蜊に水いつぱい張つて熟睡す　菖蒲あや〉

簾貝《すだれがひ》（三）　マルスダレガイ科の二枚貝。太い成長肋《ろく》と褐色の四本の放射斑があり、それが簾に似ていることからこの名がある。

板屋貝《いたやがひ》（三）**半辺蚶**《いたやがひ》**・杓子貝**《しやくしがひ》　イタヤガイ科の二枚貝。形が似ているので、帆立貝によく間違えられる。

月日貝《つきひがひ》 ㊂ イタヤガイ科の二枚貝。左殻は濃赤色、右殻は白色。これをそれぞれ日と月に見立ててこの名がある。〈日月の彩を享けたる月日貝　辻田克巳〉

赤貝《あかがひ》 ㊂ 蚶《きさ》・血貝《ちがひ》 〈赤貝をよく嚙みのちのつれづれや　津森延世〉

常節《とこぶし》 ㊂ 小鮑《とこぶし》・鰒節《とこぶし》・ながしこ・流《なが》れ子《こ》・万年鮑《まんねんあはび》・万年貝《まんねんがひ》・千年貝《せんねんがひ》 〈常節の貝に小穴や七つほど　滝沢伊代次〉

馬蛤貝《まてがひ》 ㊂ 馬刀《まて》・竹蟶《まて》・馬刀貝《まてがひ》・剃刀貝《かみそりがひ》・あかまて・蟶貝《まてがひ》 〈馬刀貝の穴を崩さず潮引けり　浅井陽子〉

貽貝《いがひ》 ㊂ 淡菜《たんさい》・貽《い》の貝《かひ》・黒貝《くろがひ》・玄貝《くろがひ》・姫貝《ひめがひ》・にたり貝《がひ》・瀬戸貝《せとがひ》 〈花屋去つて瀬戸貝売や午の町　泰洋〉

馬珂貝《ばかがひ》 ㊂ 馬鹿貝《ばかがひ》・青柳《あをやぎ》 〈馬鹿貝の逃げも得せずに掘られけり　村上鬼城〉

海松食《みるくひ》 ㊂ 西施舌《みるくひ》・海松貝《みるがひ》 バカガイ科の二枚貝。後端から伸びる太い水管を食用とする。

潮吹《しほふき》 ㊂ 潮吹貝《しほふきがひ》 〈次の世は潮吹貝にでもなるか　能村登四郎〉

鳥貝《とりがひ》 ㊂ ザルガイ科の二枚貝。名の由来は、食用とする足の形が鳥の頭部に似ているからとも、味が鶏肉に似ているからともいわれる。

子安貝《こやすがひ》 ㊂ 貝子《ばいし》・宝貝《たからがひ》・八丈宝貝《はちぢやうたからがひ》 〈磯波のしとどに得たる子安貝　戸邊喜久雄〉

細螺《きさご》 ㊂ 喜佐古《きさご》・きしやご・ぜぜ貝《がひ》・いぼきさご 〈よその子の泊つてゆきし細螺かな　千葉皓史〉

桜貝《さくらがひ》 ㊂ 花貝《はながひ》・紅貝《べにがひ》 〈眼にあてて海が透くなり桜貝　松本たかし〉

蜆《しじみ》 ㊂ 蜆貝《しじみがひ》・紫《むらさき》 蜆《しじみ》・大蜆《おほしじみ》・大和蜆《やまとしじみ》・瀬《せ》田蜆《たしじみ》・蜆売《しじみうり》・蜆川《しじみがは》 ↓蜆汁・土用蜆（夏）〈水替へてひと日蜆を飼ふごとし　大石悦子〉

蜷《にな》 ㊂ みな・河貝子《かばいし》・海蜷《うみにな》・川蜷《かはにな》・磯蜷《いそにな》・蜷《にな》の道《みち》〈悉くこれ一日の蜷の道　高野素十〉

北寄貝《ほくきがひ》 ㊂ ほつき・ほつき曳《ひ》く・姥貝《うばがひ》・ほつき売《うり》 ↓ほつき鍋〈北寄貝寄る夜は海鳴の戸に近し　法師浜桜白〉

田螺《たにし》 ㊂ 丸田《まるた》螺《にし》・大田《おほた》螺《にし》・角田《かくた》螺《にし》・長田《ながた》螺《にし》・姫田《ひめた》螺《にし》・山田《やまた》螺《にし》・豆田《まめた》螺《にし》・つぶ・たつび・田《た》螺鳴《にしな》く・田《た》螺取《にしとり》・田《た》螺売《にしうり》〈田螺鳴く二条御門の裏手かな　河東碧梧桐〉

烏貝《からすがひ》 ㊂〈埋木と共に掘られぬ烏貝　高田蝶衣〉

桜蝦《さくらえび》 (晩) ひかり蝦《えび》〈ゆふぐれが一つ古びるさくら蝦　八田木枯〉

望潮《しほまねき》 ㊂ 潮《しほ》まねき・潮招《うしほまねき》・田《た》打蟹《うちがに》・てんぽ蟹《がに》　スナガニ科の小さな蟹。〈汐まねきといううれしそうなるもの　阿部完市〉

寄居虫《やどかり》 ㊂ 宿借《やどか》り・がうな・本《ほん》やどかり・がうな売《うり》・やどかり売《うり》〈やどかりは海を知らざる子に這へり　木村蕪城〉

磯巾着《いそぎんちやく》 ㊂ 磯巾著《いそぎんちやく》・いしぼたん〈波が来ていそぎんちやくのひらくなり　今井杏太郎〉

海胆《うに》 (晩) 海栗《うに》・雲丹《うに》〈海胆割つてゐる銀鼠《ぎんねず》の雨の中　友岡子郷〉

雪虫《ゆきむし》 (初) 雪解けの始まる二月頃、雪の上に姿を現す黒い小さな虫の俗称。初冬の季語である「綿虫」とは別物。↓綿虫（冬）〈安達太良《あたたら》や雪虫を野に遊ばせて　藤田湘子〉

地虫穴を出づ《ぢむしあなをいづ》 (仲) 地虫出《ぢむしい》づ　土中に冬眠していた虫が穴から出てくること。地虫とは、か

なぶんなどのコガネムシ科の幼虫をさす。↓啓蟄・蛇穴を出づ〈耳裏に風こそばゆし地虫出づ　福永耕二〉

蟻穴を出づ《ありあなをいづ》 (仲) 蟻出《ありい》づ　↓蟻（夏）〈蟻穴を出づ二三回頭を振つて　水田光雄〉

初蝶《はつてふ》 (仲) 春になって、その年初めて見かける蝶のこと。〈初蝶来何色と問ふ黄と答ふ　高浜虚子〉〈初蝶やわが三十の袖袂　石田波郷〉

蝶《てふ》 ㊂ 蝶々《てふてふ》・胡蝶《こてふ》・蝶生《てふうま》る・眠《ねむ》る蝶《てふ》・小灰蝶《しじみてふ》・白蝶《しろてふ》・黄蝶《きてふ》・紋白蝶《もんしろてふ》・蜆蝶《しじみてふ》・紋黄蝶《もんきてふ》・蛺蝶《たてはてふ》・胡蝶《こてふ》の夢《ゆめ》・だんだら蝶《てふ》・岐阜蝶《ぎふてふ》・赤蛺蝶《あかたてはてふ》・瑠璃蛺蝶《るりたてはてふ》・緋縅蝶《ひをどしてふ》・双蝶《さうてふ》・蝶《てふ》の昼《ひる》　↓夏の蝶（夏）・秋の蝶（秋）・冬の蝶（冬）〈山国の蝶を荒しと思はずや　高浜虚子〉〈方丈の大庇より春の蝶　高野素十〉

菜花蝶に化す《なのはなてふにくわす》 (晩) 〈菜の花の化したる蝶や法隆寺　松瀬青々〉

蜂《はち》 ㊂ 足長蜂《あしながばち》・熊蜂《くまばち》・地蜂《ぢばち》・土蜂《つちばち》・穴蜂《あなばち》・似我蜂《じがばち》・山蜂《やまばち》・花蜂《はなばち》・蜜蜂《みつばち》・徳利蜂《とつくりばち》・鼈甲蜂《べつかふばち》・姫蜂《ひめばち》・黄蜂《きばち》・小花蜂《こはなばち》・雀蜂《すずめばち》・黒雀蜂《くろすずめばち》・女王蜂《ぢよわうばち》・雄蜂《をばち》・働蜂《はたらきばち》・蜂飼《はちか》ふ・蜂《はち》の子《こ》・蜂《はち》の剣《けん》・蜂《はち》の針《はり》　↓秋の蜂（秋）・冬の蜂（冬）〈蜂の尻ふわふわと針をさめけり　川端茅舎〉

蜂の巣《はちのす》 ㊂ 蜂《はち》の窩《す》・蜂《はち》の箱《はこ》・巣蜂《すばち》〈蜂の巣に蜜のあふれる日のおもたさ　富沢赤黄男〉

虻《あぶ》 ㊂ 姫虻《ひめあぶ》・獐虻《のろあぶ》・牛虻《うしあぶ》・赤牛虻《あかうしあぶ》・花虻《はなあぶ》・青虻《あをあぶ》・黄虻《きあぶ》・青目虻《あをめあぶ》・塩屋虻《しほやあぶ》・後架虻《こうかあぶ》　↓冬の虻（冬）〈一身に虻引受けて樹下の牛　右城暮石〉

春の蚊《はるのか》 (晩) 春蚊《はるか》・初蚊《はつか》　↓蚊（夏）〈ともしびにうすみどりなる春蚊かな　山口青邨〉

花見虱《はなみじらみ》 (晩) 花見の季節に姿を現した虱。〈うつるとも花見虱ぞよしの山　一茶〉

春の蠅《はるのはへ》 ㊂ →蠅（夏）・秋の蠅（秋）・冬の蠅（冬）〈地獄絵の鬼に止れり春の蠅　栗田やすし〉

蠅生る《はへうまる》 ㊙晩 蠅《はへ》の子《こ》 〈蠅生れ早や遁走の翅使ふ　秋元不死男〉

蚕《かひこ》 ㊙晩 蚕《こ》・桑子《くはご》・春蚕《はるご》・毛蚕《けご》・蟻蚕《ぎさん》・透蚕《すきこ》・野蚕《くはご》 →蚕飼・蚕の上蔟（夏）・夏蚕（夏）・秋蚕（秋）〈ふるさとは框《かまち》這ひゆく春蚕かな　石寒太〉

春蟬《はるぜみ》 ㊙晩 春《はる》の蟬《せみ》・春蟬《しゆんぜん》・蝦夷春蟬《えぞはるぜみ》 〈春蟬や多摩の横山ふかからず　篠田悌二郎〉

植物

梅《うめ》 ㊙初 梅《うめ》の花《はな》・好文木《かうぶんぼく》・花《はな》の兄《え》・春告草《はるつげぐさ》・匂草《におひぐさ》・風待草《かぜまちぐさ》・初名草《はつなぐさ》・野梅《やばい》・白梅《はくばい》・臥竜梅《ぐわりようばい》・青竜梅《せいりゆうばい》・残雪梅《ざんせつばい》・残月梅《ざんげつばい》・枝垂梅《しだれうめ》・豊後梅《ぶんごうめ》・飛梅《とびうめ》・鶯宿梅《あうしゆくばい》・箙《えびら》の梅《うめ》・老梅《らうばい》・梅《うめ》が香《か》・梅暦《うめごよみ》・梅園《ばいえん》・梅《うめ》の宿《やど》・梅《うめ》の主《あるじ》・梅林《ばいりん》・梅《うめ》の里《さと》・夜《よる》の梅《うめ》・梅月夜《うめづきよ》・梅日和《うめびより》・梅二月《うめにぐわつ》 →梅見・探梅（冬）〈二もとの梅に遅速を愛すかな　蕪村〉〈勇気こそ地の塩なれや梅真白　中村草田男〉

紅梅《こうばい》 ㊙初 薄紅梅《うすこうばい》 〈白梅のあと紅梅の深空あり　飯田龍太〉

盆梅《ぼんばい》 ㊙初 鉢《はち》の梅《うめ》 盆栽の梅。〈盆梅やこはぜ取れたる足袋干して　柳生正名〉

椿《つばき》 ㊂ 山茶《つばき》・山椿《やまつばき》・乙女椿《をとめつばき》・白椿《しろつばき》・紅椿《べにつばき》・赤椿《あかつばき》・一重椿《ひとへつばき》・八重椿《やへつばき》・玉椿《たまつばき》・千代椿《ちよつばき》・花椿《はなつばき》・椿林《つばきばやし》・つらつら椿《つばき》・落椿《おちつばき》・散椿《ちりつばき》・藪椿《やぶつばき》・雪椿《ゆきつばき》 →寒椿（冬）〈ゆらぎ見ゆ百の椿が三百に　高浜虚子〉〈赤い椿白い椿と落ちにけり　河東碧梧桐〉

初桜《はつざくら》 (仲) →初花 〈人はみななにかにはげみ初桜　深見けん二〉

初花《はつはな》 (仲) →初桜

彼岸桜《ひがんざくら》 (仲) 枝垂彼岸《しだれひがん》・江戸彼岸《えどひがん》・姥彼岸《うばひがん》 〈尼寺や彼岸桜は散りやすき　夏目漱石〉

枝垂桜《しだれざくら》 (仲) 糸桜《いとざくら》・しだり桜《ざくら》・紅枝垂《べにしだれ》 〈まさをなる空よりしだれざくらかな　富安風生〉

桜《さくら》 (晩) 若桜《わかざくら》・老桜《おいざくら》・朝桜《あさざくら》・夕桜《ゆふざくら》・千本桜《せんぼんざくら》・嶺桜《みねざくら》・庭桜《にはざくら》・門桜《かどざくら》・家桜《いへざくら》・一重桜《ひとへざくら》・御所桜《ごしよざくら》・姥《うば》桜《ざくら》・楊貴妃桜《やうきひざくら》・薄墨桜《うすずみざくら》・雲珠桜《うずざくら》・江戸桜《えどざくら》・緋桜《ひざくら》・秋色桜《しうしきざくら》・左近《さこん》の桜《さくら》・深山桜《みやまざくら》・染井吉野《そめゐよしの》・里桜《さとざくら》・茶碗桜《ちやわんざくら》・南殿《なでん》・丁字桜《ちやうじざくら》・目白桜《めじろざくら》・豆桜《まめざくら》・富士桜《ふじざくら》・上溝桜《うはみずざくら》・金剛桜《こんがうざくら》・しをり桜《ざくら》・桜月《さくらづき》夜《よ》・桜山《さくらやま》・桜《さくら》の園《その》・大島桜《おほしまざくら》・大山桜《おほやまざくら》 →彼岸桜・枝垂桜・夜桜・花・山桜・遅桜・八重桜 〈さま〴〵の事おもひ出す桜かな　芭蕉〉〈朝ざくら家族の数の卵割り　片山由美子〉

夜桜《よざくら》 (晩) 〈夜桜やうらわかき月本郷に　石田波郷〉

花《はな》 (晩) 花房《はなぶさ》・花《はな》の輪《わ》・花片《はなびら》・花盛《はなざか》り・花《はな》の錦《にしき》・徒花《あだばな》・花《はな》の陰《かげ》・花影（くわえい／はなかげ）・花《はな》の奥《おく》・花《はな》の雲《くも》・花明《はなあか》り・花《はな》の姿《すがた》・花《はな》の香《か》・花《はな》の名残《なごり》・花《はな》を惜《を》しむ・花朧《はなおぼろ》・花《はな》の露《つゆ》・花《はな》の山《やま》・花《はな》の昼《ひる》・花《はな》の庭《には》・花《はな》の門《もん》・花便《はなだよ》り・春花《はるばな》・花笠《はながさ》・花《はな》の粧《よそほひ》・花月夜《はなづきよ》　俳句をはじめ詩歌で花といえば桜の花のこと。→桜・花時・花冷・花見・花篝《かがり》・花衣・花守 〈咲き満ちてこぼるゝ花もなかりけり　高浜虚子〉〈青空や花は咲くことのみ思ひ　桂信子〉

山桜《やまざくら》 (晩) 犬桜《いぬざくら》・吉野桜《よしのざくら》 〈山又山山桜又山桜　阿波野青畝〉

八重桜《やへざくら》 (晩) 牡丹桜《ぼたんざくら》 〈奈良七重七堂伽藍八重ざくら　芭蕉〉

遅桜《おそざくら》 (晩) →残花・余花（夏）〈一もとの姥子の宿の遅桜　富安風生〉

落花《らくくわ》 (晩) 散《ち》る桜《さくら》・花吹雪《はなふぶき》・桜吹雪《さくらふぶき》・飛花《ひくわ》・花埃《はなぼこり》・散《ち》る花《はな》・花《はな》の滝《たき》・花散《はなち》る・花屑《はなくづ》・花《はな》の塵《ちり》 〈ちるさくら海あをければ海へちる　高屋窓秋〉〈空をゆく一とかたまりの花吹雪　高野素十〉

花筏《はないかだ》 (晩) 水面に散った桜の花びらが組んではすぐ解ける程度に連なり流れるさまを筏に見立てていう。別に花筏という名のミズキ科の植物がある。→花筏（別名ままつこ）〈花筏水に遅れて曲りけり　ながさく清江〉

残花《ざんくわ》 (晩) 残《のこ》る花《はな》・名残《なごり》の花《はな》・残《のこ》る桜《さくら》・残桜《ざんあう》 花時も過ぎた晩春の頃、散り残っている桜のこと。→遅桜・余花（夏）〈いつせいに残花といへどふぶきけり　黒田杏子〉

桜蕊降る《さくらしべふる》 (晩) 〈さくら蘂ふる教師猫背の調べもの　能村登四郎〉

牡丹の芽《ぼたんのめ》 (初) →牡丹（夏）・寒牡丹（冬）〈牡丹の芽当麻の塔の影とありぬ　水原秋櫻子〉

薔薇の芽《ばらのめ》 (初) 茨《いばら》の芽《め》 →薔薇（夏）〈薔薇の芽やつつましき灯の修道院　櫻井博道〉

山茱萸の花《さんしゆゆのはな》 (初) 春黄金花《はるこがねばな》 →山茱萸の実（秋）〈さんしゆゆの花のこまかさ相ふれず　長谷川素逝〉

黄梅《わうばい》 (初) 迎春花《げいしゆんくわ》 〈黄梅や鎌倉山に風出でぬ　嶋田麻紀〉

紫荊《はなずはう》 (晩) 花蘇枋《はなずはう》・蘇枋《すはう》の花《はな》 →蘇枋の実（秋）〈花蘇枋大きく開けし寺障子　皆川盤水〉

辛夷《こぶし》 (仲) 木筆《こぶし》・山木蘭《やまもくれん》・幣辛夷《しでこぶし》・姫辛夷《ひめこぶし》・やまあららぎ・こぶしはじかみ・田打桜《たうちざくら》・種《たね》まき桜《ざくら》・苗代桜《なはしろざくら》 〈辛夷咲き会津に白き山いくつ　岡田日郎〉

花水木《はなみづき》 (晩) アメリカ山法師《やまぼふし》 〈家裏に廻る夕日や花みづき　草間時彦〉

三椏の花《みつまたのはな》 (仲) 結香《むすびき》の花《はな》 〈三椏の花三三が九三三が九　稲畑汀子〉

ミモザ (初) 銀葉《ぎんえふ》アカシア・花《はな》ミモザ 〈すすり泣くやうな雨降り花ミモザ　後藤比奈夫〉

沈丁花《ぢんちやうげ》 (仲) ちやうじぐさ・瑞香《ずいかう》・沈丁《ぢんちやう》・丁字《ちやうじ》 〈沈丁の香の石階に佇みぬ　高浜虚子〉

連翹《れんげう》 (仲) いたちぐさ・いたちはぜ 〈連翹や雨の堅田の蓮如みち　星野麦丘人〉

土佐水木《とさみづき》 (仲) 蠟弁花（とさみづき／らふべんくわ）・しろむら 〈夕空のすこし傾く土佐みづき　大嶽青児〉

海棠《かいだう》 (晩) 眠《ねむ》れる花《はな》・睡花《ねむりばな》・垂糸《すいし》海棠《かいだう》・海紅《かいこう》・花海棠《はなかいだう》 〈海棠の雨に愁眉をひらきたる　行方克巳〉

ライラック (晩) 紫丁香花《むらさきはしどい》・リラ・リラの花《はな》・リラ冷《びえ》 〈舞姫はリラの花よりも濃くにほふ　山口青邨〉

長春花《ちやうしゆんくわ》 (晩) 月季花《げつきくわ》・庚申薔薇《かうしんばら》・四季咲薔薇《しきざきばら》　薔薇の原種といわれている常緑低木。中国原産で、花は一重または八重の中輪。〈長春花胸に抱へて別れけり　斉藤萌〉

山桜桃の花《ゆすらのはな》 (晩) 山桜梅《ゆすらうめ》の花《はな》・梅桃《ゆすらうめ》の花《はな》・英桃《ゆすらうめ》の花《はな》・花《はな》ゆすら　↓山桜桃の実（夏）〈一人居の時の長さよゆすらうめ　細見綾子〉

郁李の花《にはうめのはな》 (晩) 庭梅《にはうめ》の花《はな》・こうめの花《はな》・にはざくら 〈曙や郁李の匂ふ家の前　青木月斗〉

桜桃の花《あうたうのはな》 (晩) チェリー・スイートチェリー・西洋実桜《せいやうみざくら》　↓さくらんぼ（夏）〈桜桃の花純白を通しけり　福田甲子雄〉

青木の花《あをきのはな》 (晩) ↓青木の実（冬）〈青木咲きしづかに妻の日曜日　大屋達治〉

馬酔木の花《あしびのはな》 (晩) 馬酔木《あせび》の花《はな》・花馬酔木（はなあしび／はなあせび）・あしび・あせび・あせぼ・あせみ・あしぶ 〈馥郁と房垂れ馬酔木咲かむとす　林翔〉

満天星の花《どうだんのはな》 (晩) 満天星躑躅《どうだんつつじ》 〈我に聞えて満天星の花の鈴　大井戸辿〉

躑躅《つつじ》 (晩) 山躑躅《やまつつじ》・羊躑躅《もちつつじ》・米躑躅《こめつつじ》・雲仙躑躅《うんぜんつつじ》・霧島躑躅《きりしまつつじ》・蓮華躑躅《れんげつつじ》・琉球躑躅《りうきうつつじ》・ねばつつじ・曙躑躅《あけぼのつつじ》・三葉躑躅《みつばつつじ》・八塩躑躅《やしほつつじ》・大紫《おほむらさき》・岩躑躅《いはつつじ》・アザレア・深山霧島《みやまきりしま》・五葉躑躅《ごえふつつじ》 〈つつじ燃ゆ土から色を吹き上げて　上野章子〉

山査子の花《さんざしのはな》 (晩) 山樝子《さんざし》の花《はな》・メイフラワー・西洋山樝子《せいやうさんざし》 〈山樝子の花巫女になる髪結うて　今野福子〉

こでまりの花《こでまりのはな》 (晩) 小粉団《こでまり》の花《はな》・小手毬《こでまり》の花《はな》・小手鞠《こでまり》の花《はな》・こでまり・団子花《だんごばな》 〈小でまりの愁ふる雨となりにけり　安住敦〉

雪柳《ゆきやなぎ》 (仲) 小米花《こごめばな》・小米桜《こごめざくら》・こめやなぎ・ゐくぼ花《ばな》・噴雪花《ふんせつくわ》 〈朝《あした》より夕《ゆふべ》が白し雪柳　五十嵐播水〉

木蓮《もくれん》 (仲) 木蘭《もくれん》・もくれんげ・紫木蓮《しもくれん》・更沙木蓮《さらさもくれん》・もくらに・白木蓮《はくもくれん》・はくれん・唐木蓮《たうもくれん》 〈白木蓮の萼の数の落着かず　櫻井博道〉

藤《ふぢ》 (晩) 山藤《やまふぢ》・野藤《のふぢ》・白藤《しろふぢ》・八重藤《やへふぢ》・野田藤《のだふぢ》・赤花藤《あかばなふぢ》・南蛮藤《なんばんふぢ》・藤《ふぢ》の花《はな》・白花藤《しろばなふぢ》・藤浪《ふぢなみ》・藤《ふぢ》棚《だな》・藤見《ふぢみ》・藤房《ふぢふさ》・藤《ふぢ》の昼《ひる》 〈草臥て宿かる比や藤の花　芭蕉〉〈白藤や揺りやみしかばうすみどり　芝不器男〉

山吹《やまぶき》 (晩) 面影草《おもかげぐさ》・かがみ草《ぐさ》・八重山吹《やへやまぶき》・濃山吹《こやまぶき》・葉山吹《はやまぶき》・白山吹《しろやまぶき》　↓枯山吹（冬） 〈山吹の一重の花の重なりぬ　高野素十〉

桃の花《もものはな》 (晩) 三千世草《みちよぐさ》・三千歳草《みちとせぐさ》・白桃（しろもも／しらもも）・緋桃《ひもも》・源平桃《げんぺいもも》・枝垂桃《しだれもも》・西王母《せいわうぼ》・桃畑《ももばたけ》・

桃林《たうりん》・桃園《ももぞの》・桃《もも》の宿《やど》・桃見《ももみ》・桃《もも》の村《むら》　↓桃（秋）〈葛飾や桃の籬も水田べり　水原秋櫻子〉〈ふだん着でふだんの心桃の花　細見綾子〉

夏蜜柑《なつみかん》　晩　**サマーオレンジ・夏柑《なつかん》・甘夏《あまなつ》**　↓蜜柑（冬）〈夏蜜柑いづこも遠く思はるる　永田耕衣〉

李の花《すもものはな》　晩　**花李《はなすもも》・李咲《すももさ》く・李散《すももち》る・李花《りくわ》**　↓李（夏）〈隙間なく風吹いてゐる花李　廣瀬直人〉

梨の花《なしのはな》　晩　**梨花《りくわ》・梨咲《なしさ》く・梨散《なしち》る**　↓梨（秋）〈梨咲くと葛飾の野はとのぐもり　水原秋櫻子〉

杏の花《あんずのはな》　晩　**唐桃《からもも》の花《はな》・杏咲《あんずさ》く・杏散《あんずち》る・花杏《はなあんず》・杏花村《きやうくわそん》**　↓杏（夏）〈一村は杏の花に眠るなり　星野立子〉

巴旦杏の花《はたんきやうのはな》　晩　**ぼたんきやうの花《はな》**　巴旦杏はバラ科の落葉高木。李《すもも》の日本在来種。↓巴旦杏（夏）〈巴旦杏の花とこたへてふり向かず　飯倉八重子〉

林檎の花《りんごのはな》　晩　**花林檎《はなりんご》**　↓林檎（秋）〈白雲や林檎の花に日のぬくみ　大野林火〉

榠樝の花《くわりんのはな》　晩　**からぼけの花《はな》・西洋榠樝《せいやうくわりん》・メドラー・花梨《くわりん》**　↓榠樝の実（秋）〈榠樝咲くと見て眠りたり霽れてをり　臼田亜浪〉

榲桲の花《まるめろのはな》　晩　↓榲桲（秋）〈マルメロの花咲き遠く吾は来し　山口青邨〉

木瓜の花《ぼけのはな》　晩　**緋木瓜《ひぼけ》・白木瓜《しろぼけ》・更紗木瓜《さらさぼけ》・蜀木瓜《しよくぼけ》・広東木瓜《カントンぼけ》・唐木瓜《からぼけ》・花木瓜《はなぼけ》・後天木《こうてんぼ》瓜《け》**　↓木瓜の実（秋）・寒木瓜（冬）〈土近くまでひしひしと木瓜の花　高浜虚子〉

伊予柑《いよかん》 (初) **伊予蜜柑**《いよみかん》 〈伊予柑を供へて永遠に秘仏かな　岸本尚毅〉

ネーブル (三) **臍蜜柑**《へそみかん》**・甘橙**《あまだいだい》 〈ネーブルに爪立て蒼き闇匂ふ　萩庭一幹〉

八朔柑《はつさくかん》 (三) **八朔**《はつさく》 〈八朔の香にまばたけば昼の海　飯田龍太〉

三宝柑《さんぼうかん》 (三) **達磨柑**《だるまかん》**・達磨蜜柑**《だるまみかん》**・蓬萊柑**《ほうらいかん》 〈生国に住みしことなし三宝柑　佐藤文子〉

木の芽《このめ》 (三) 木《こ》の芽《め》張《は》る・木《こ》の芽《め》垣《がき》・名《な》の木《き》の芽《め》・雑木《ざふき》の芽《め》・櫟《くぬぎ》の芽《め》・楢《なら》の芽《め》・欅《けやき》の芽《め》・山毛欅《ぶな》の芽《め》・槻《つき》の芽《め》・楠《くす》の芽《め》・楡《にれ》の芽《め》・樅《もみ》の芽《め》・朴《ほほ》の芽《め》・栃《とち》の芽《め》・胡桃《くるみ》の芽《め》・落葉松《からまつ》の芽《め》・銀杏《いちやう》の芽《め》・桐《きり》の芽《め》・桜《さくら》の芽《め》・柿《かき》の芽《め》・漆《うるし》の芽《め》・無花果《いちじく》の芽《め》・鈴懸《すずかけ》の芽《め》・接骨木《にはとこ》の芽《め》・街路樹《がいろじゅ》の芽《め》 ↓木の芽時 〈あけぼのゝ白き雨ふる木の芽かな　日野草城〉

芽立ち《めだち》 (仲) 芽吹《めぶ》く・芽組《めぐ》む 〈澎湃と富士の前山芽ぶくなり　石田波郷〉

春林《しゅんりん》 (三) 〈春林に犬の男名乙女呼ぶ　飯田龍太〉

蘖《ひこばえ》 (仲) **蘖**《ひこば》**ゆ** 〈蘖のうちかたまりて吹き靡き　高野素十〉

若緑《わかみどり》 (晩) **緑立**《みどりた》**つ・若松**《わかまつ》**・初緑**《はつみどり》**・松**《まつ》**の芯**《しん》**・松**《まつ》**の緑**《みどり》 松の新芽のこと。↓松の緑摘む 〈雨の香に立ちまさりけり松の芯　渡辺水巴〉

柳の芽《やなぎのめ》 (仲) **芽柳**《めやなぎ》**・芽**《め》**ばり柳**《やなぎ》 ↓柳 〈白山のまだ眠りをる柳の芽　細川加賀〉

山椒の芽《さんせうのめ》 (仲) **芽**《め》**山椒**《ざんせう》**・木**《き》**の芽**《め》 ↓山椒の実（秋） 〈山椒の芽を摘みに出て門灯す　西村和子〉

楓の芽《かへでのめ》 (仲) ↓若楓（夏）・楓（秋） 〈楓の芽朝の音楽つづきをり　村沢夏風〉

楤の芽《たらのめ》 (仲) **多羅**《たら》**の芽**《め》**・うどもどき・うどめ・たらめ・楤摘**《たらつ》**む・たらうど** ↓楤の花（秋） 〈楤の芽の道あるかぎり摘まれをり　岡安仁義〉

枸杞《くこ》　仲⃝　枸杞《くこ》の芽《め》・枸杞摘《くこつ》む　↓枸杞の実（秋）　〈枸杞を摘む人来て堰のかがやける　宮下翠舟〉

五加木《うこぎ》　仲⃝　むこぎ・五加《うこぎ》・五加木垣《うこぎがき》・五加摘《うこぎつ》む・姫五加《ひめうこぎ》・山五加《やまうこぎ》　↓五加飯　〈羚羊の出るといふ谿五加木摘む　三村純也〉

令法《りやうぶ》　仲⃝　はたつもり・令法摘《りやうぶつ》む・令法飯《りやうぶめし》・令法茶《りやうぶちや》　〈令法つみかかる山路にあき俵　鴻水〉

桑《くは》　仲⃝　桑《くは》の芽《め》・芽桑《めくは》・山桑《やまぐは》・桑畑《くはばたけ》　↓桑の花・夏桑（夏）・桑の実（夏）・桑括る（秋）・秋桑（秋）・枯桑（冬）　〈山鳥の羽音つつぬけ桑畑　皆川盤水〉

柳《やなぎ》　晩⃝　風見草《かざみぐさ》・枝垂柳《しだれやなぎ》・糸柳《いとやなぎ》・白楊（しろやなぎ／はこやなぎ）・行李柳《こりやなぎ》・やまならし・水楊《すいやう》・杞楊《きやう》・春柳《はるやなぎ》・青柳《あをやぎ》・嫋柳《たをやなぎ》・玉柳《たまやなぎ》・若柳（わかやぎ／わかやなぎ）・姥柳《うばやなぎ》・遠柳《とほやなぎ》・川柳《かはやなぎ》・門柳《かどやなぎ》・柳陰《やなぎかげ》・柳影《やなぎかげ》・柳《やなぎ》の糸《いと》・柳《やなぎ》の雨《あめ》・柳《やなぎ》の月《つき》・柳《やなぎ》の風《かぜ》・柳原《やなぎはら》・川端柳《かはばたやなぎ》・川添柳《かはぞひやなぎ》・楊柳《やうりう》　↓柳の芽・葉柳（夏）・柳散る（秋）・枯柳（冬）　〈柳よりやはらかきもの見当らず　後藤比奈夫〉

山梨の花《やまなしのはな》　晩⃝　棠梨《やまなし》の花《はな》・聖霊梨《しやうりやうなし》の花《はな》・鹿梨《しかなし》の花《はな》　〈山梨の花まづ白く峡夜明　福田蓼汀〉

金縷梅《まんさく》　初⃝　金縷梅《まんさく》の花《はな》・金縷梅《きんろばい》・銀縷梅《ぎんろばい》・満作《まんさく》　〈まんさくの黄のもぢやもぢやの世界かな　原田喬〉

樝子の花《しどみのはな》　晩⃝　草木瓜《くさぼけ》の花《はな》・地梨《ぢなし》の花《はな》　↓樝子の実（秋）　〈草木瓜の花山国の緋を極め　飯田龍太〉

松の花《まつのはな》　晩⃝　松《まつ》の花粉《くわふん》・松花粉《まつくわふん》・十返《とかへ》りの花《はな》　↓若緑・松落葉（夏）・新松子《しんちぢり》（秋）　〈松の花野点の傘にこぼれけり　野村喜舟〉

杉の花《すぎのはな》　㊙晩 杉《すぎ》の花粉《くわふん》・杉花粉《すぎくわふん》　↓花粉症・杉落葉（夏）・杉の実（秋）〈ただよへるものをふちどり杉の花　富安風生〉

柃の花《ひさかきのはな》　㊙晩 〈風がこぼす柃の花日当れば　山田みづえ〉

銀杏の花《いちやうのはな》　㊙晩 公孫樹の花（いちやうのはな／こうそんじゆのはな）・銀杏《ぎんなん》の花《はな》・花銀杏《はないちやう》　↓銀杏《ぎんなん》（秋）・銀杏黄葉（秋）・銀杏散る（秋）・銀杏落葉（冬）〈月けぶる銀杏の花の匂ふ夜は　大竹孤悠〉

楓の花《かへでのはな》　㊙晩 花楓《はなかへで》・もみぢ咲《さ》く　↓楓の芽〈花楓紺紙金泥経くらきかも　水原秋櫻子〉

榧の花《かやのはな》　㊙晩 ↓榧の実（秋）〈榧の花遠の沼波たゆたひて　志摩芳次郎〉

榛の花《はんのはな》　㊙初 はりの木《き》の花《はな》・榛《はり》の花《はな》・赤楊《はんのき》の花《はな》〈空ふかく夜風わたりて榛の花　飯田龍太〉

はしばみの花《はしばみのはな》　㊙仲 ↓榛の実（秋）

白樺の花《しらかばのはな》　㊙晩 樺《かば》の花《はな》・かんばの花《はな》・花《はな》かんば〈白樺の花のこぼるる丸木橋　福田甲子雄〉

梓の花《あづさのはな》　㊙晩 よぐそみねばりの花《はな》・花梓《はなあづさ》〈梓咲く野に羞らいのありにけり　金子皆子〉

樫の花《かしのはな》　㊙晩 ↓樫の実（秋）〈大学の時計が灯る樫の花　辻桃子〉

木五倍子の花《きぶしのはな》　㊙仲 花木《はなき》五倍《ぶ》子《し》〈くもりともたそがれかともきぶし咲く　加藤三七子〉

黒文字の花《くろもじのはな》　㊙初 〈くろもじの花虔しき山の風　山田みづえ〉

猫柳《ねこやなぎ》　㊙初 ゑのころやなぎ〈ときをりの水のささやき猫柳　中村汀女〉

柳絮《りうじよ》　㊙晩 柳《やなぎ》の絮《わた》・柳《やなぎ》の花《はな》・柳絮飛《りうじよと》ぶ・柳絨《りうじゆう》　柳の雌花が結実し、白い綿毛で覆われた種子が散るさま、またその種子。〈なかぞらにほぐれわかれし柳絮かな　軽部烏頭子〉

楊梅の花《やまもものはな》　㊙仲 山桃《やまもも》の花《はな》　↓楊梅（夏）〈楊梅のひつそり咲いて海の音　山口黄石〉

木苺の花《きいちごのはな》 晩 もみぢ苺《いちご》・粟苺《あはいちご》・下《さが》り苺《いちご》 →木苺（夏） 〈木苺の花の盛りも疎らなる　蓬田紀枝子〉

苗代茱萸《なはしろぐみ》 仲 苗代《なはしろ》胡頽子《ぐみ》・春茱萸《はるぐみ》 〈人声が苗代茱萸に集まれる　宮田正和〉

枸橘の花《からたちのはな》 晩 枳殻《からたち》の花《はな》 〈墨東や花からたちに雨あがる　角川源義〉

山椒の花《さんせうのはな》 晩 花山椒《はなざんせう》 →山椒の芽・山椒の実（秋） 〈死が見ゆるとはなにごとぞ花山椒　斎藤玄〉

黄楊の花《つげのはな》 晩 あさま黄楊《つげ》の花《はな》・姫黄楊《ひめつげ》 〈閑かさにひとりこぼれぬ黄楊の花　阿波野青畝〉

岩梨の花《いはなしのはな》 晩 いばなし 〈岩梨の花やザックの上に坐す　山田真砂年〉

接骨木の花《にはとこのはな》 晩 接骨木《たづ》の花《はな》・みやつこぎ 〈ひそやかに老ゆ接骨木の花や葉や　向笠和子〉

桑の花《くはのはな》 晩 山桑《やまぐは》の花《はな》 →桑の実（夏） 〈桑の花雲のかがやく出羽の国　皆川盤水〉

楮の花《かうぞのはな》 晩 かぞの花《はな》・かずの花《はな》・こぞの木《き》の花《はな》・かみの木《き》の花《はな》 →楮（夏） 〈楮さく花のゆかりや国栖の里　鳥波〉

一位の花《いちゐのはな》 晩 あららぎの花《はな》・おんこの花《はな》 →一位の実（秋） 〈一位咲く蝦夷もはづれの監獄に　菖蒲あや〉

樒の花《しきみのはな》 晩 莽草《しきさう》の花《はな》・かうしばの花《はな》・かうの木《き》の花《はな》・はなしば・はなの木《き》・花樒《はなしきみ》 〈村人の見ざる樒の花を見る　相生垣瓜人〉

鈴懸の花《すずかけのはな》 晩 篠懸《すずかけ》の花《はな》・プラタナスの花《はな》・釦《ぼたん》の木《き》の花《はな》 〈すずかけの花咲く母校師も老いて　河野南畦〉

花筏《はないかだ》 （晩） ままつこ 〈ままつこや櫟ざわざわ鳴るばかり　廣瀬直人〉

蚊母樹の花《いすのきのはな》 （晩） むしくさの花《はな》・まさかきの花《はな》・瓢木《ひよんのき》の花《はな》・ゆすのきの花《はな》 →瓢の実（秋） 〈白峰はいまも雲棲む蚊母樹の花　三嶋隆英〉

黄心樹の花《をがたまのはな》 （晩） 小賀玉《をがたま》の花《はな》・黄心樹《をがたま》・黄心樹木蓮《をがたまもくれん》 〈黄心樹の花へと母を連れてゆく　雨宮きぬよ〉

通草の花《あけびのはな》 （晩） 木通《あけび》の花《はな》・花通草《はなあけび》・山女《あけび》の花《はな》・山姫《やまひめ》の花《はな》・あけびかづら・三葉通草《みつばあけび》・丁翁《あけび》の花《はな》 →通草（秋） 〈先端は空にをどりて通草咲く　林徹〉

郁子の花《むべのはな》 （晩） うべの花《はな》・野木瓜《むべ》の花《はな》・常磐通草《ときはあけび》の花《はな》 →郁子（秋） 〈井の水の闇湛へたる郁子の花　六本和子〉

山帰来の花《さんきらいのはな》 （晩） がめの木《き》の花《はな》・さるとりいばらの花《はな》 〈歳月のささやき山帰来の花　鷹羽狩行〉

へご ㊂ 蛇木《じやぼく》 ヘゴ科の常緑木生羊歯《もくせいしだ》。九州、八丈島、沖縄などに産する。

竹の秋《たけのあき》 （晩） 竹秋《ちくしう》 三月から四月に地中の筍を育てるため、一時葉が枯れたように黄ばんだ竹のこと。→竹落葉（夏）・竹の春（秋） 〈草木みな日暮れやさしき竹の秋　飯田龍太〉

春の筍《はるのたけのこ》 （晩） 春筍《はるたけのこ》・春筍《しゆんじゆん》・春笋《しゆんじゆん》 →筍（夏） 〈春筍は犀の角ほど曲がりをり　福田甲子雄〉

春落葉《はるおちば》 （晩） 常磐木《ときわぎ》、たとえば松・檜《ひのき》・椎・樫《かし》などの落ち葉をさしていう。春、新しい葉が芽吹いてくるのと交替するように落葉する。→常磐木落葉（夏）・落葉（冬） 〈春落葉西行塚をすべり落つ　右城暮石〉

三色菫《さんしきすみれ》 (晩) **パンジー・遊蝶花**《いうてふか》**・胡蝶花**《こてふか》**・胡蝶菫**《こてふすみれ》 〈こちら向く三色菫もてあます　宇多喜代子〉

香菫《にほひすみれ》 ㊂ **バイオレット** 〈匂ひ菫こちたく咲ける洽《あまね》しや　新谷ひろし〉

捩菖蒲《ねぢあやめ》 (晩) **馬藺**《ばりん》**・ばれん・ねぢばれん** 〈ねぢあやめ咲けり曠野に旅をすゝむ　藤谷望鳥〉

黄水仙《きずいせん》 (仲) ↓水仙（冬） 〈黄水仙人の声にも揺れゐたる　村沢夏風〉

喇叭水仙《らつぱずいせん》 (仲) **ダッフォディル・桃色水仙**《ももいろすいせん》 ↓水仙（冬） 〈喇叭水仙黄なり少年兵の墓　山崎ひさを〉

房咲水仙《ふさざきすいせん》 (仲) 五から八個の花を房状につける水仙。

口紅水仙《くちべにずいせん》 (晩) **早生口紅**《わせくちべに》 水仙の一種。副花冠の縁の紅色が、口紅をつけているように見えるところからこの名がある。

花簪《はなかんざし》 (仲) **ローダンセ・ヘリプテラム** キク科の一年草。三月頃から銀桃色の小さな花を房状につける。

浜簪《はまかんざし》 (晩) **アルメリア・まつばかんざし** イソマツ科の多年草。晩春に花茎を伸ばし、頂に小さな花が簪のように密集して咲く。〈艀待つ郵袋ひとつ浜かんざし　久保千鶴子〉

鹿子草《かのこさう》 (晩) **纈草**《かのこさう》**・はるをみなへし** 〈鹿子草こたびも手術寧からむ　石田波郷〉

ストック (晩) **紫羅欄花**《あらせいとう》**・あらせいとう・こあらせいとう・ひめあらせいとう・にほひあらせいとう** 〈ストックの吹かれざまとはしどけなく　行方克巳〉

諸葛菜《しよかつさい》 (仲) **むらさきはなな・おほあらせいとう・菲息菜**《ひそくさい》**・花大根**《はなだいこん》 〈東京を一日歩き諸葛

菜　和田悟朗〉

華鬘草《けまんさう》 (晩) 華鬘牡丹《けまんぼたん》・けまん・瓔珞牡丹《やうらくぼたん》・藤牡丹《ふぢぼたん》・鯛釣草《たひつりさう》・黄華鬘《きけまん》・紫華鬘《むらさきけまん》　〈姥捨の山みち険し華鬘草　高木良多〉

雛菊《ひなぎく》 (三) デージー・延命菊《えんめいぎく》・長命菊《ちやうめいぎく》　〈ひなぎくや革の表紙の新句帖　大石悦子〉

東菊《あづまぎく》 (晩) 吾妻菊《あづまぎく》　〈東菊関趾に遠き海見えて　大竹孤悠〉

金盞花《きんせんくわ》 (晩) 常春花《じやうしゆんくわ》・長春花《ちやうしゆんくわ》・ときしらず・唐金盞《たうきんせん》・金盞草《きんせんさう》・カレンデュラ　〈海上を高く日がゆく金盞花　和知喜八〉

勿忘草《わすれなぐさ》 (晩) ミオソティス・わするな草《ぐさ》・藍微塵《あゐみぢん》　〈花よりも勿忘草といふ名摘む　粟津松彩子〉

貝母の花《ばいものはな》 (仲) 網笠百合《あみがさゆり》・母栗《ははくり》・春百合《はるゆり》・初百合《はつゆり》　〈靡きつつ縺れあひつつ貝母かな　山西雅子〉

シネラリア (晩) 蕗菊《ふきぎく》・菊蕗《きくぶき》・蕗桜《ふきざくら》・白妙菊《しろたへぎく》・富貴菊《ふうきぎく》・春菫菊《しゆんとうぎく》・サイネリア　〈サイネリア咲くかしら咲くかしら水をやる　正木ゆう子〉

アネモネ (晩) 紅花翁草《べにばなおきなぐさ》・花一華《はないちげ》・牡丹一華《ぼたんいちげ》　〈アネモネの花にはじまる一講話　京極杞陽〉

フリージア (晩) フリージヤ・香雪蘭《かうせつらん》・浅黄水仙《あさぎずいせん》　〈フリージヤのあるかなきかの香に病みぬ　阿部みどり女〉

チューリップ (晩) 牡丹百合《ぼたんゆり》・鬱金香《うこんかう》　〈チューリップ喜びだけを持つてゐる　細見綾子〉

ムスカリ (三) 〈かたまりてムスカリ古代の色放つ　青柳照葉〉

ロベリア (晩) 瑠璃蝶々《るりてふてふ》
〈ロベリアを覗くに誰も腰を折る　日原輝子〉

イキシア (晩) 槍水仙《やりずいせん》
〈イキシアの花空に咲く黄のかげり　石原八束〉

ヘリオトロープ (晩) 香水木《かうすいぼく》・にほひむらさき
〈ヘリオトロープ葉巻きのけむり触れて消ゆ　大野雑草子〉

スノーフレーク (晩) 大松雪草《おほまつゆきさう》・鈴蘭水仙《すずらんすいせん》
〈スノーフレーク子とその子らを迎へけり　市村究一郎〉

エリカ (晩) 蛇《じや》の目《め》エリカ・ヒース
〈エリカ咲くひとかたまりの濃むらさき　草間時彦〉

クロッカス (初) 春咲《はるさ》きサフラン
アヤメ科の多年草。雌蕊《めしべ》を薬用・香草として使う物は秋咲きでサフランと呼ばれる。↓サフラン（秋）
〈日が射してもうクロッカス咲く時分　高野素十〉

シクラメン (三) 篝火草《かがりびさう》・篝火花《かがりびばな》・豚《ぶた》の饅頭《まんぢゆう》
〈シクラメン花のうれひを葉にわかち　久保田万太郎〉

ヒヤシンス (晩) 風信子《ふうしんし》・夜香蘭《やかうらん》・錦百合《にしきゆり》
〈みごもりてさびしき妻やヒヤシンス　瀧春一〉

オキザリス (晩) 花酸漿草《はなかたばみ》
〈幸福といふ不幸ありオキザリス　石寒太〉

松雪草《まつゆきさう》 (初) ゆきのはな・スノードロップ
〈スノードロップ春告ぐ花として白し　山崎ひさを〉

君子蘭《くんしらん》 (仲) 大花君子蘭《おほはなくんしらん》
〈ひまひまに眠りの国へ君子蘭　市川葉〉

芝桜《しばざくら》 (晩) 花爪草《はなつめぐさ》・モスフロックス
〈芝ざくら好天あますところなし　石原舟月〉

群雀《むれすずめ》 (晩) 錦鶏児《きんけいじ》
〈群雀ひねもす風とたはむるる　角谷昌子〉

苧環の花《をだまきのはな》 (晩) **苧環**《をだまき》**・いとくり・糸繰草**《いとくりさう》〈をだまきの花やみやげに有馬筆　森澄雄〉

霞草《かすみさう》 (晩) **群撫子**《むれなでしこ》**・こごめなでしこ**〈霞草紙人形も二重帯　花谷和子〉

都忘れ《みやこわすれ》 (晩) **のしゅんぎく・あづまぎく**〈紫の厚きを都忘れとて　後藤夜半〉

花韮《はなにら》 ㊂ 食用の「韮」とは別種なので、夏の季語である「韮の花」と混同しないようにしたい。〈花にらやダヴィデの星を敷きつめる　有馬朗人〉

菊の苗《きくのなへ》 (仲) **菊苗**《きくなへ》**・菊**《きく》**の芽**《め》〈菊苗に水やる土の乾きかな　正岡子規〉

菊若葉《きくわかば》 (仲) **菊**《きく》**の若葉**《わかば》 →菊（秋）〈神前に声改まる菊若葉　木村蕪城〉

罌粟の若葉《けしのわかば》 (仲) →罌粟の花（夏）〈はかなさやわきすてらるゝ芥子若葉　正岡子規〉

スイートピー (晩) **麝香連理草**《じやかうれんりさう》**・麝香豌豆**《じやかうゑんどう》**・にほひ豌豆**《ゑんどう》〈スヰートピー指先をもて愛さるる　岸風三樓〉

菜の花《なのはな》 (晩) **花菜**《はなな》**・菜種**《なたね》**の花**《はな》**・油菜**《あぶらな》**・油菜**《あぶらな》**の花**《はな》**・花菜雨**《はななあめ》**・花菜風**《はななかぜ》〈菜の花や月は東に日は西に　蕪村〉〈菜の花に昔ながらの近江富士　山口波津女〉

大根の花《だいこんのはな》 (晩) **花大根**（はなだいこん/はなだいこ）**・菜大根**《なだいこん》**の花**《はな》**・種大根**《たねだいこん》〈大根の花紫野大徳寺　高浜虚子〉

豆の花《まめのはな》 (晩) 主に蚕豆《そらまめ》と豌豆《えんどう》の花をさす。小豆・隠元・豇豆《ささげ》などその他の豆類の花は、夏に咲く。→蚕豆の花・豌豆の花〈豆の花海にいろなき日なりけり　久保田万太郎〉

蚕豆の花《そらまめのはな》 (晩) 〈そら豆の花の黒き目数知れず　中村草田男〉

豌豆の花《ゑんどうのはな》 (晩) 〈豌豆の花の飛ばんと風の中　勝又一透〉

葱坊主《ねぎばうず》 (晩) **葱**《ねぎ》**の花**《はな》**・葱**《ねぎ》**の擬宝**《ぎぼ》 →葱（冬）〈葱坊主風にひとりで遊ぶらし　村越化石〉

苺の花《いちごのはな》 晩⃝ **阿蘭陀苺**《おらんだいちご》**の花**《はな》**・西洋苺**《せいやういちご》**の花**《はな》**・草苺**《くさいちご》**の花**《はな》**・蛇苺**《へびいちご》**の花**《はな》**・苗代苺**《なはしろいちご》**の花**《はな》**・花苺**《はないちご》　↓春

苺・苺（夏）・冬苺（冬）　〈満月のゆたかに近し花いちご　飯田龍太〉

春菜《はるな》 三⃝ **青菜**《あをな》　〈春菜青し尼と泊りし伊豆の寺　長谷川かな女〉

萵苣《ちしや》 三⃝ **苣**《ちさ》**・搔**《かき》**ぢしや・玉**《たま》**ぢしや・レタス・立**《たち》**ぢしや・サラダ菜**《な》　〈日の暈の下に萵苣かく奥吉野　大峯あきら〉

菠薐草《はうれんさう》 初⃝ **法蓮草**《はふれんさう》**・鳳蓮草**《ほうれんさう》　〈夫愛すはうれん草の紅愛す　岡本眸〉

鶯菜《うぐひすな》 仲⃝ **黄鳥菜**《うぐひすな》**・小松菜**《こまつな》　小松菜の一〇センチくらいに伸びたもの。黄色を帯びた浅い緑色が鶯の色を連想させるため、また鶯の声を聞く頃に出る菜であるためという説がある。〈筑波嶺へ光を増やす鶯菜　名取思郷〉

如月菜《きさらぎな》 初⃝ **二月菜**《きさらぎな》　アブラナ科で広東白菜の変種。中華料理で使うタァツァイのこと。二月から三月に収穫したものが最も美味なことからこうよばれる。〈二月菜母を誘ひて母に随き　岸田稚魚〉

水菜《みづな》 初⃝ **京菜**《きやうな》　〈一束の水菜うつくし旅の町　鳥羽とほる〉

壬生菜《みぶな》 初⃝ **糸菜**《いとな》　〈母とほく姉なつかしき壬生菜かな　大石悦子〉

水灌菜《みづかけな》 初⃝ **水掛菜**《みづかけな》　〈水灌菜水の甘さをぞんぶんに　戸邊喜久雄〉

茎立《くくたち》 三⃝ **くくだち・くきだち**　三月から四月頃、大根・蕪・菜類が蕾《つぼみ》をつけた茎を高く伸び立たせることをいう。〈茎立や当麻の塔に日が当り　斎藤夏風〉

芥菜《からしな》 三⃝ **芥子菜**《からしな》**・青芥**《あをからし》**・菜芥**《ながらし》**・辛菜**《からしな》**・からしなの花**《はな》　〈からし菜を買うや福銭のこし置き　長

〈谷川かな女〉

三月菜《さんぐわつな》 ㊥ 早春に種を蒔《ま》き、旧暦三月頃に食べる菜の総称。〈せせらぎにこごみて洗ふ三月菜　伊藤トキノ〉

茎立菜《くきたちな》 (晩) くくたち菜《な》・晩菜《おくな》・折菜《をりな》 アブラナ科の変種。岐阜、富山、福島会津地方、新潟から北海道の寒冷地で栽培される。茎立ちした菜のことではない。〈曇り日は犬吠え易く茎立菜　守屋明俊〉

三葉芹《みつばぜり》 ㊂ みつば 〈三葉芹摘みその白き根を揃ふ　加倉井秋を〉

明日葉《あしたば》 (晩) 八丈草《はちじやうさう》・明日草《あしたぐさ》 〈明日葉や境界線のなき暮し　井越芳子〉

クレソン ㊂ オランダ芥子《がらし》・川菜《かはな》・川高菜《かはたかな》・みづがらし 〈女児誕生クレソンに水ゆきわたり　山口都茂女〉

玉巻く甘藍《たままくかんらん》 ㊥ 玉巻《たまま》くキャベツ・春《はる》キャベツ　↓キャベツ（夏）〈胸に抱く春のキャベツも赤ちゃんも　坪内稔典〉

春大根《はるだいこん》 ㊥ 二《に》年子《ねんご》大根《だいこん》・春福大根《はるふくだいこん》・春若大根《はるわかだいこん》・苗代大根《なはしろだいこん》・秦野《はたの》大根《だいこん》　↓大根（冬）〈春大根くぐもり育つ風の峡　有働亨〉

三月大根《さんぐわつだいこん》 ㊥ 〈まかり出て花の三月大根かな　一茶〉

野大根《のだいこん》 (晩) 細根《ほそね》大根《だいこん》・弘法大根《こうぼふだいこん》・浜大根《はまだいこん》・野良《のら》大根《だいこん》 〈野大根も花咲きにけり鳴く雲雀　一茶〉

四月大根《しぐわつだいこん》 (晩) 春四月頃に収穫する大根のこと。

桜島大根《さくらじまだいこん》 (初) 〈身を載せて桜島大根切りにけり　朝倉和枝〉

独活《うど》 (晩) 芽独活《めうど》・山独活《やまうど》・もやし独活《うど》・独活《うど》掘《ほ》る 〈昼ながらこの真暗闇独活育つ　森田峠〉

アスパラガス (晩) 松葉独活《まつばうど》・西洋独活《せいやううど》・おらんだきじかくし 〈蝦夷の意気詰めてアスパラガス出荷　稲畑廣太郎〉

春菊《しゆんぎく》 (三) しんぎく・菊菜《きくな》・高麗菊《かうらいぎく》 〈春菊の香や癒えてゆく朝すがし　古賀まり子〉

韮《にら》 (仲) かみら・みら・ふたもじ 〈むさし野に住みつく韮の苗育て　沢木欣一〉

蒜《にんにく》 (仲) 葫《にんにく》・ひる・大蒜《おほびる》・忍辱《にんにく》 〈蔵王背に蒜洗ふ夕まぐれ　蓬田紀枝子〉

胡葱《あさつき》 (仲) 浅葱《あさつき》・糸葱《いとねぎ》・千本分葱《せんぼんわけぎ》・せんぶき 〈あさつきやどう結びても女文字　蓼太〉

分葱《わけぎ》 (仲) 〈分葱萌ゆ白砂混じりの島の畑　中島真理〉

防風《ばうふう》 (三) 浜防風《はまばうふう》・はまにがな・防風《ばうふう》の花《はな》・防風摘《ばうふうつみ》・防風掘《ばうふうほ》る・防風採《ばうふうと》る　セリ科の多年草。一般に海岸の砂地に自生している浜防風のこと。〈こよなきは浜防風の茎のいろ　岸原清行〉

山葵《わさび》 (晩) 土山葵《つちわさび》・葉山葵《はわさび》・畑山葵《はたわさび》・白山葵《しろわさび》・山山葵《やまわさび》・青茎山葵《あをくきわさび》・赤茎山葵《あかくきわさび》・山葵田《わさびだ》・山葵《わさび》掘《ほり》・山葵沢《わさびざは》　↓山葵の花（夏） 〈山葵田の水音といふ音のあり　後藤比奈夫〉

茗荷竹《めうがだけ》 (晩) ↓茗荷の子（夏）・茗荷の花（秋） 〈茗荷竹普請《ふしん》も今や音こまか　中村汀女〉

慈姑《くわゐ》 (仲) 白慈姑《しろぐわゐ》・青慈姑《あをぐわゐ》・吹田慈姑《すいたくわゐ》・壬生慈姑《みぶくわゐ》 〈慈姑煮て寒き暇を思ひけり　百合山羽公〉

烏芋《くろぐわゐ》 (初) 大黒慈姑《おほくろぐわゐ》　カヤツリグサ科の多年草。早春、塊茎を掘り取って食用にする。

春苺《はるいちご》 (三) ↓苺の花・苺（夏）・冬苺（冬） 〈春苺ふたり嫁ぎてふたりきり　友岡子郷〉

青麦《あをむぎ》 (三) 麦青《むぎあを》む　↓麦（夏）・麦の芽（冬） 〈青麦野一路ふるさとびととなる　篠原梵〉

種芋たねいも》 (三) **芋種《いもだね》・芋《いも》の芽《め》・藷苗《いもなへ》・種藷《たねいも》** 秋に収穫し、冬の間貯蔵しておいた芋のこと。〈天日干しして種芋を地におろす　本宮哲郎〉

春の草《はるのくさ》 (三) **春草《しゆんさう》・芳草《はうさう》・草芳し**（くさかぐはし／くさかんばし） 〈やはらかき山羊の頭突きや春の草　中嶋鬼谷〉

下萌《したもえ》 (初) **萌《もえ》・草萌《くさもえ》・土手《どて》青《あを》む** 「草萌」と同じ意味で、早春、大地から草の芽が萌え出ること。また、その芽。〈下萌えぬ人間それに従ひぬ　星野立子〉

草青む《くさあをむ》 (仲) 春になって草が青々と地上に萌《も》え出てくること。〈草青むとて還らざる人の数　文挾夫佐恵〉

駒返る草《こまがへるくさ》 (初) **草駒返《くさこまがへ》る・若返《わかがへ》る草《くさ》** 春になって、冬の間枯れていたように見えた草が、再び青々とよみがえってくること。〈こまがへる草秘かにも確かにも　下村志津子〉

草の芽《くさのめ》 (仲) **名草《なぐさ》の芽《め》・菖蒲《しやうぶ》の芽《め》・紫陽花《あぢさゐ》の芽《め》・渓蓀《あやめ》の芽《め》・山葵《わさび》の芽《め》・萩《はぎ》の芽《め》・百合《ゆり》の芽《め》・紫苑《しをん》の芽《め》・芍薬《しやくやく》の芽《め》・蓮《はす》の芽《め》・萱《かや》の芽《め》** 芽生えの形が「下萌《したもえ》」よりもはっきりしてきた草の芽をいう。〈甘草の芽のとびとびのひとならび　高野素十〉

ものの芽《もののめ》 (仲) 特定の木や草の芽ではなく、木の芽も草の芽も引っくるめて、春になって芽吹き萌《も》え出るいろいろな芽の総称。〈ものの芽に呼びとめられしごとく立つ　片山由美子〉

末黒の芒《すぐろのすすき》 (初) **黒生《くろふ》の芒《すすき》・焼野《やけの》の芒《すすき》・芒《すすき》の芽《め》** 早春、堤や畦《あぜ》の枯れ草を焼いたあとの、黒々となった野。焼け残り、新しい葉芽を出している芒。既に萌《も》え出た葉先が焼かれて黒く焦げていたりもする。→焼野　〈暁の雨やすぐろの薄はら　蕪村〉

桔梗の芽《ききやうのめ》 (初) 〈庭土にひびを入れたり桔梗の芽　長谷川櫂〉

蔦の芽《つたのめ》 (仲) →青蔦（夏）・蔦（秋）〈図書館の蔦の芽紅し復学す　奈良文夫〉

雪間草《ゆきまぐさ》 (仲) 雪間に芽吹き、萌《も》え出た草々のこと。→雪間〈雪間草ここもたれかの生地にて　友岡子郷〉

双葉《ふたば》 (仲) 二葉《ふたば》 →貝割菜（秋）〈豆双葉犇き合うて穴を出でず　高野素十〉

若草《わかくさ》 (仲) 嫩草《わかくさ》・初草《はつくさ》・若草野《わかくさの》・新草《にひくさ》・草若《くさわか》し →草若葉・春の草〈若草に養蜂箱をどかと置く　酒井土子〉

雀隠れ《すずめがくれ》 (晩) 春になって萌《も》え出た草が生長して、ようやく雀の姿を隠すほどに伸びたさま。〈くるぶしを雀がくれに浸し行く　神蔵器〉

古草《ふるくさ》 (初) 冬を生き抜いたのち再び春を迎えた草。〈不忍の古草にして高かりし　下坂速穂〉

畦青む《あぜあをむ》 (晩) 〈雲垂れてつひに触れたる畦青む　水原秋櫻子〉

若芝《わかしば》 (晩) 春の芝《はるのしば》・芝萌《しばも》ゆ・芝の芽《しばのめ》・芝青《しばあを》む 〈若芝に手を置きて手の湿りくる　有働亨〉

草若葉《くさわかば》 (晩) 草の若葉《くさのわかば》・菰の若葉《こものわかば》・芒の若葉《すすきのわかば》 春、萌《も》え出た草の新芽が、晩春にかけて若葉になること。→若葉（夏）〈草若葉眠たくなれば眠りけり　星野麦丘人〉

萩若葉《はぎわかば》 (晩) 若萩《わかはぎ》 →夏萩（夏）・萩（秋）〈一燭を伐折羅《ばさら》に献じ萩若葉　深見けん二〉

蔦若葉《つたわかば》 (晩) 蔦の若葉《つたのわかば》 →青蔦（夏）・蔦（秋）〈蔦若葉風の去来の新しく　稲畑汀子〉

葎若葉《むぐらわかば》 (晩) →葎（夏）・枯葎（冬）〈むぐらさへ若葉はやさし破れ家　芭蕉〉

菫《すみれ》 ㊂ 紫花地丁《すみれ》・菫草《すみれぐさ》・花菫《はなすみれ》・相撲取草《すまふとりぐさ》・相撲花《すまふばな》・一夜草《ひとよぐさ》・一葉草《ひとはぐさ》・ふたば草《ぐさ》・壺菫《つぼすみれ》・姫菫《ひめすみれ》・茜菫《あかねすみれ》・野路菫《のぢすみれ》・藤菫《ふぢすみれ》・桜菫《さくらすみれ》・小菫《こすみれ》・叡山菫《えいざんすみれ》・肥後菫《ひごすみれ》・白菫《しろすみれ》・磯菫《いそすみれ》・菫野《すみれの》・菫摘《すみれつ》む

〈菫ほどな小さき人に生れたし　夏目漱石〉〈かたまつて薄き光の菫かな　渡辺水巴〉

紫雲英《げんげ》 ㊥ げんげん・げんげばな・五形花《げげばな》・蓮華草《れんげさう》・れんげ・げんげ摘《つ》む・げんげ刈《か》る・げんげ田《だ》〈鋤き込みし紫雲英に満たす山の水　斎藤夏風〉

苜蓿の花《うまごやしのはな》 ㊙ 苜蓿《うまごやし》・苜蓿《もくしゆく》・紫《むらさき》うまごやし・クローバー・白詰草《しろつめくさ》・オランダげんげ〈誰が編みししろつめくさの花冠　髙田正子〉

薺の花《なづなのはな》 ㊂ 花薺《はななづな》・三味線草《しやみせんぐさ》・ぺんぺん草《ぐさ》・庭薺《にはなづな》→薺（新年）〈よくみれば薺花さく垣ねかな　芭蕉〉

蒲公英《たんぽぽ》 ㊂ たんぽ・鼓草《つづみぐさ》・藤菜《ふぢな》・白花《しろばな》たんぽぽ・桃色《ももいろ》たんぽぽ・蒲公英《たんぽぽ》の絮《わた》・西洋《せいやう》たんぽぽ→冬蒲公英（冬）〈たんぽぽや長江濁るとこしなへ　山口青邨〉〈たんぽぽや日はいつまでも大空に　中村汀女〉

土筆《つくし》 ㊥ つくづくし・つくしんぼ・筆《ふで》の花《はな》・筆頭菜《ひつとうさい》・土筆野《つくしの》・土筆摘《つくしつみ》→土筆和・土筆飯〈まゝ事の飯もおさいも土筆かな　星野立子〉

杉菜《すぎな》 ㊙ 接《つ》ぎ松《まつ》・犬杉菜《いぬすぎな》〈母とゆく産土道の杉菜かな　小林康治〉

蘩蔞《はこべ》 ㊂ はこべ・鶏腸《はこべ》・百磁草《はこべぐさ》・はこべら・はくべら・みきくさ・うしはこべ・あさしらげ・こはこべ・深山《みやま》はこべ〈はこべらや焦土の色の雀ども　石田波郷〉

耳菜草《みみなぐさ》 ㊙ オランダ耳菜草《みみなぐさ》〈山風の中のひとすぢ耳菜草　秋山夢〉

蚤の衾《のみのふすま》 ㊙ 天蓬草《てんぽうさう》　ナデシコ科ハコベ属の二年草。小さな葉を蚤の夜具に見立てて、この名がついたとされる。

桜草《さくらさう》 (晩) プリムラ・常磐桜《ときはざくら》・乙女桜《をとめざくら》・雛桜《ひなざくら》・化粧桜《けしやうざくら》・一花桜《いちげざくら》・楼桜《やぐらざくら》 〈花びらにかくるゝ蕾桜草　倉田紘文〉

若紫《わかむらさき》 (仲) ↓紫草（夏） 〈振る袖の若紫の陰になり　三輪初子〉

節分草《せつぶんさう》 (初) いへにれ 〈ふたり棲む節分草をふやしつゝ　黒田杏子〉

州浜草《すはまさう》 (初) 洲《す》浜草《はまさう》・三《み》角草《すみさう》・雪割草《ゆきわりさう》・洲《す》浜細辛《はまさいしん》・洲《す》浜菊《はまぎく》 〈みんな夢雪割草が咲いたのね　三橋鷹女〉

姫烏頭《ひめうづ》 (晩) 蜻蛉草《とんぼぐさ》 キンポウゲ科の多年草。姫烏頭の和名は烏頭、すなわち鳥兜《とりかぶと》の根茎に似ていて、鳥兜よりも小さいためについた名といわれる。

翁草《おきなぐさ》 (晩) 白頭翁《はくとうをう》・うばがしら・しやぐまさいこ・ぜがいさう・ねこぐさ 〈ほつほつと咲いてひなたの翁草　今井杏太郎〉

田芥子《たがらし》 (晩) 鬼《おに》の田芥《たがらし》・おにぜり・うまぜり・たたらび キンポウゲ科の二年草。有毒植物。

一輪草《いちりんさう》 (晩) 裏紅一花《うらべにいちげ》・一花《いちげ》草《さう》 〈一輪草一つといふは潔よし　山崎ひさを〉

二輪草《にりんさう》 (晩) 鵝掌草《がしやうさう》 〈膝折ればわれも優しや二輪草　草間時彦〉

虎杖《いたどり》 (仲) さいたづま・みやまいたどり ↓虎杖の花（夏） 〈幼な日の酸味かなしき虎杖よ　中村苑子〉

酸葉《すいば》 (仲) すいすい・あかぎしぎし・すし・酸模《すかんぽ》 〈酸葉嚙んで故山悉くはろかなり　石塚友二〉

羊蹄《ぎしぎし》 (仲) ぎしぎし・陸《りく》じゆんさい ↓羊蹄の花（夏） 〈羊蹄を鳴らして風の遊ぶ日も　後藤

比奈夫〉

春蓼《はるたで》　㊣晩　タデ科イヌタデ属の一年草。犬蓼によく似ているが、春から花を咲かせるのでこの名がある。

しだ萌ゆ《しだもゆ》　㊣初　〈鎌倉の羊歯の萌ゆるという日かな　武田伸一〉

蕨《わらび》　㊣仲　岩根草《いはがねさう》・山根草《やまねぐさ》・蕨手《わらびで》・鍵蕨《かぎわらび》・早蕨《さわらび》・老蕨《おいわらび》・初蕨《はつわらび》・蕨長《わらびた》く・蕨山《わらびやま》　↓蕨飯・干蕨・蕨狩・蕨餅・夏蕨（夏）　〈早蕨や若狭を出でぬ仏たち　上田五千石〉

薇《ぜんまい》　㊣仲　狗脊《ぜんまい》・紫萁《ぜんまい》・紫蕨《むらさきわらび》・おに蕨《わらび》・いぬ蕨《わらび》・ぜんまい蕨《わらび》・ぜんまい採《と》り　↓干薇・薇飯　〈ぜんまいののの字ばかりの寂光土　川端茅舎〉

芹《せり》　㊂　つみまし草《ぐさ》・根芹《ねぜり》・田芹《たぜり》・白芹《しろぜり》・畑芹《はたぜり》・水芹《みづぜり》・毒芹《どくぜり》・婆芹《おばぜり》・益斎芹《えきさいぜり》・沢芹《さはぜり》・沼芹《ぬまぜり》・大《おほ》芹《ぜり》・芹田《せりた》・芹《せり》の水《みづ》　↓芹の花（夏）　〈手首まで濡らす流れの芹を摘む　亀田虎童子〉

野蒜《のびる》　㊣仲　山蒜《やまびる》・根蒜《ねびる》・沢蒜《さはびる》・小蒜《こびる》・野蒜摘《のびるつ》む　〈野蒜掘る今宵の酒をたのしみて　上村占魚〉

蟒草《うはばみさう》　㊣晩　みづな　イラクサ科の多年草。晩春、黄白色の小さな花を咲かせる。水菜（京菜）とはまったく別である。　〈森淋しうはばみ草に花咲きて　松尾隆信〉

犬ふぐり《いぬふぐり》　㊣初　へうたんぐさ・いぬのふぐり・おほいぬのふぐり　〈小名木川水の高さにいぬふぐり　石川桂郎〉

水苦蕒《かはぢしや》　㊣晩　川萵《かはぢ》苣《しや》　オオバコ科の越年草。川岸や水田などの湿地に見られる。

山吹草《やまぶきさう》　㊣晩　草山吹《くさやまぶき》　〈籔中や日の斑とゆらぐ山吹草　金尾梅の門〉

錨草《いかりさう》　㊣晩　碇草《いかりさう》　〈いかり草むかしもいまも水祀り　佐藤鬼房〉

姫萩《ひめはぎ》 （晩） 野《の》茶《ちや》　ヒメハギ科の常緑多年草。紫の花が萩に似ていて、萩よりも小さいところからこの名がある。

仙台萩《せんだいはぎ》 （晩） 千代萩《せんだいはぎ》・先代萩《せんだいはぎ》　〈仙台萩大宮人はいかにいふ　跨山〉

羅生門蔓《らしやうもんかづら》 （晩） 〈羅生門蔓踏み入る隙のなく　森田君子〉

扇葛《あふぎかづら》 （晩） 扇　蔓《あふぎかづら》　シソ科の多年草。葉の形が扇に見えるところからの名。

垣通《かきどほし》 （晩） 馬蹄草《ばていさう》・疳取草《かんとりさう》・連銭草《れんせんさう》　〈垣通と覚えてよりの垣通　井越芳子〉

十二単《じふにひとへ》 （晩） 〈うちかけし広さに十二単濃し　橋田憲明〉

金瘡小草《きらんさう》 （晩） 地獄《ぢごく》の釜《かま》の蓋《ふた》　〈きらん草古代紫展げけり　後藤比奈夫〉

春蘭《しゆんらん》 （仲） ほくり・ほくろ・えくり・はくり・ちぢばば　〈春蘭や実生の松にかこまれて　星野立子〉

化偸草《えびね》 （仲） 海老根《えびね》・蝦根《えびね》・えびね蘭《らん》・藪《やぶ》えびね・ししのくびすの木《き》・山《やま》うばら・鈴《すず》ふり草《さう》・黄《き》えびね　〈めぐる忌にえびねは株を増やしけり　須賀一惠〉

熊谷草《くまがいさう》 （晩） 布袋草《ほていさう》・ほろかけぐさ・おほぶくろばな・くまがえさう　〈熊谷草を見せよと仰せありしとか　高浜虚子〉

金蘭《きんらん》 （晩） 〈金蘭の霧の底ゆく人の声　角川源義〉

銀蘭《ぎんらん》 （晩） 笹葉銀蘭《ささばぎんらん》　〈銀蘭や汝も黙せる明るさに　花谷和子〉

金鳳花《きんぽうげ》 （晩） 金鳳華《きんぽうげ》・うまのあしがたの花《はな》・こまのあしがた・おこりおとし　〈きんぽうげ川波霧を押し開く　飯田龍太〉

蛙の傘《ひきのかさ》　(晩)　小金鳳花《こきんぽうげ》　キンポウゲ科の多年草。蟇《ひきがえる》の棲《す》んでいそうな湿地に好んで咲くため、花を傘に見立ててこの名がある。〈みづうみの水辺にありし蛙の傘　今井杏太郎〉

狐の牡丹《きつねのぼたん》　(晩)　毛茛《もうこん》・山狐の牡丹《やまぎつねのぼたん》　〈畦道の消えて狐の牡丹かな　佐々木六戈〉

一人静《ひとりしづか》　(仲)　吉野静《よしのしづか》・眉掃草《まゆはきさう》　〈山祇も一人静も雨の中　木村蕪城〉

二人静《ふたりしづか》　(晩)　狐草《きつねぐさ》・早乙女花《さをとめばな》　〈身の丈を揃へて二人静かな　倉田紘文〉

母子草《ははこぐさ》　(晩)　鼠麴草《はうこぐさ》・ははこ・はうこ・御形蓬《ごぎやうよもぎ》　↓御形（新年）〈佐保姫のゆかりの色か母子ぐさ　鳳朗〉

父子草《ちちこぐさ》　(晩)　〈父子草風は黙つて吹くばかり　大牧広〉

座禅草《ざぜんさう》　(晩)　達磨草《だるまさう》　〈うしろより水のささやき座禅草　堤高嶺〉

薊《あざみ》　(晩)　薊の花《あざみのはな》・花薊《はなあざみ》・眉《まゆ》はき・眉《まゆ》つくり・野薊《のあざみ》　↓夏薊（夏）〈薊濃し磐余の道と聞きしより　八木林之助〉

狐薊《きつねあざみ》　(晩)　キク科キツネアザミ属の二年草。アザミ属と違う点は、葉や茎に鋭い刺《とげ》のないこと。

蕗の薹《ふきのたう》　(初)　蕗《ふき》の芽《め》・蕗《ふき》の花《はな》・蕗《ふき》のしうとめ　〈蕗の薹おもひおもひの夕汽笛　中村汀女〉

春の蕗《はるのふき》　(三)　↓蕗（夏）〈鯰獲てわらべが濡らす春の蕗　大島民郎〉

蓬《よもぎ》　(三)　餅草《もちぐさ》・艾草《もぐさ》・やき草《ぐさ》・さしも草《ぐさ》・蓬生《よもぎふ》・蓬萌《よもぎも》ゆ　↓夏蓬（夏）〈日蝕の風吹いてゐる蓬かな　大峯あきら〉

牡蒿《をとこよもぎ》　(三)　キク科の多年草。蓬《よもぎ》の葉のような白い毛はみられない。

嫁菜《よめな》　(仲)　莵芽木《うはぎ》・薺蒿《おはぎ》・よめがはぎ・萩菜《はぎな》　〈みちのくの摘んでつめたき嫁菜かな　細川加

賀〉

茅花《つばな》 仲 **針茅**《つばな》・**浅茅**《あさぢ》**が花**《はな》・**茅花野**《つばなの》・**白茅**《ちがや》**の花**《はな》・**茅萱**《ちがや》**の花**《はな》・**ちばな**・**しらはぐさ**・**茅花**《つばな》**ぬく**
イネ科の多年草茅萱の花穂のこと。→茅花流し（夏）〈大伽藍跡は茅花の銀の波　小路紫峡〉

髢草《かもじぐさ》 晩 **雛草**《ひなくさ》・**鬘草**《かつらぐさ》〈髢草結ひて人形つくれる子　滝沢伊代次〉

雀の鉄砲《すずめのてつぱう》 晩 **雀**《すずめ》**の槍**《やり》・**雀**《すずめ》**の枕**《まくら》・**槍草**《やりくさ》〈すずめのてつぽう搦手へ搦手へ　西野文代〉

雀の帷子《すずめのかたびら》 晩 〈見放され雀の帷子照り翳る　新谷ひろし〉

松菜《まつな》 仲 ヒユ科の一年草。葉は鮮やかな緑色で、松の葉に似ているのでこの名がある。

甘菜《あまな》 仲 **山慈姑**《やまくわゐ》**の花**《はな》〈甘菜掘る草野球から目を逸らし　守屋明俊〉

片栗の花《かたくりのはな》 初 **かたかごの花**《はな》・**ぶんだいゆり**・**かたばなうばゆり**・**かたばな**・**はつゆり**
〈かたくりの花の韋駄天走りかな　綾部仁喜〉

稚児百合《ちごゆり》 晩 イヌサフラン科の多年草。可憐《かれん》で小形の花から、稚児の名がついた。

猩々袴《しやうじやうばかま》 晩 〈近寄れば猩々袴紅潮す　棚山波朗〉

富貴草《ふつきさう》 晩 **吉字**《きちじ》**草**《さう》〈掃いてきし富貴草咲くところまで　いさ桜子〉

筆竜胆《ふでりんだう》 晩 〈わらんべの寿詞《よごと》はかなし筆竜胆　富安風生〉

苔竜胆《こけりんだう》 晩 〈木道に苔竜胆の凭れをり　横田はるみ〉

春竜胆《はるりんだう》 晩 →竜胆（秋）〈息つめて春りんだうの咲くといふ　岸田稚魚〉

蝮蛇草《まむしぐさ》 晩 **蝮草**《まむしぐさ》・**蛇**《へび》**の大八**《だいはち》・**山蒟蒻**《やまこんにやく》〈つややかに首立ててをり蝮蛇草　青柳志解樹〉

猫の眼草《ねこのめさう》 初 **山猫眼**《やまねこめ》**草**《さう》・**花猫眼**《はなねこめ》**草**《さう》・**蔓猫眼**《つるねこめ》**草**《さう》・**深山猫眼**《みやまねこめ》**草**《さう》〈自らの光発して猫の目草

大橋敦子〉

雉蓆《きじむしろ》 (仲) 〈畦道を好き放題に雉筵　髙田正子〉

旗竿の花《はたざをのはな》 (晩) 旗竿はアブラナ科の越年草。直立する全体の様子から名づけられた。

種漬花《たねつけばな》 (晩) **田芥**《たがらし》 〈峡深し種漬花に捨てたる田　古田紀一〉

ていれぎ (仲) **大葉種漬花**《おほばたねつけばな》 〈ていれぎに近づく渦の向きをかへ　佐々木六戈〉

浜大根の花《はまだいこんのはな》 (晩) 〈浜大根の花の盛りの造船所　九鬼あきゑ〉

灯台草《とうだいぐさ》 (晩) **鈴振花**《すずふりばな》 〈母なくて逸れし思ひ灯台草　三品よしみ〉

野漆《のうるし》 (晩) **乳草**《ちぐさ》 〈野漆の細き項や佐久郡　市川葉〉

鷺苔《さぎごけ》 (晩) **紫鷺苔**《むらさきさぎごけ》・**鷺芝**《さぎしば》 〈鷺苔の花のむらさき四人踏みつ　和地清〉

イペー (三) 〈転勤の新しき道花イペー　玉城一香〉

マンゴーの花《マンゴーのはな》 (三) マンゴーはウルシ科の常緑高木。三月頃、枝先の総状花序に萌黄《もえぎ》色の小花を密集させる。

聖紫花《せいしか》 (三) ツツジ科の常緑小高木。三月から四月、枝先に三〜五個の白っぽい淡紅色の花をつける。

想思樹の花《そうしじゆのはな》 (三) 想思樹はマメ科の常緑高木。鮮やかな黄色の小球状の花が、樹を覆いつくすほどに咲く。

谷地蕗《やちぶき》 (三) **蝦夷立金花**《えぞりふきんくわ》 キンポウゲ科の多年草。立金花の変種。

鶴頂蘭《かくちやうらん》 (三) ラン科の多年草。下向きに咲く花を斜めから見ると、鶴が飛んでいるように見えることから、この名でよばれる。

牛尾菜《しおで》 (三) **しゅうで・山**《やま》**アスパラ・フデコ・ヒデコ・タチシオデ**　シオデ科の蔓《つる》性多年草。春に葉が開く前の若い茎を折り、食用とする。

谷地坊主《やちばうず》 (三) **野地坊主**《やちばうず》　北海道の湿原に群生するカヤツリグサ科の多年草の菅《すげ》が大株となったもの。春先に人間の立ち姿に似た形となる。〈湿原に座して思案の谷地坊主　畠山昌子〉

水草生ふ《みくさおふ》 (仲) **水草生**《みづくさお》**ふ・水草生**《みづくさお》**ひ初**《そ》**む・藻**《も》**草生**《ぐさお》**ふ**　三月から四月、池や沼が「水温《ぬる》む」季節を迎えると、様々な水草が生えてくること。〈ゆふぐれのしづかな雨や水草生ふ　日野草城〉

萍生ひ初む《うきくさおひそむ》 (仲) **萍　生**《うきくさお》**ふ**　〈水泡より小さく萍生ひ初めし　片山由美子〉

蓴生ふ《ぬなはおふ》 (仲) **蓴菜生**《じゅんさいお》**ふ**　↓蓴菜（夏）〈蓴生ふ沼のひかりに漕ぎにけり　西島麦南〉

小水葱《こなぎ》 (仲) **細水葱**《ささなぎ》　〈葛飾の瑞江に雨の小水葱かな　林香耀子〉

蘆の角《あしのつの》 (仲) **蘆**《あし》**の芽**《め》**・蘆牙**《あしかび》**・角組**《つのぐ》**む蘆**《あし》**・蘆**《あし》**の錐**《きり》　蘆はイネ科の宿根草本で水辺に群生する。春、いっせいに芽を出し、角のように細くとがっていることからこの名がある。↓青蘆（夏）〈日の当る水底にして蘆の角　高浜虚子〉

蘆の若葉《あしのわかば》 (晩) **蘆若葉**《あしわかば》**・若蘆**《わかあし》　↓蘆の角　〈物の名をまづ問ふ蘆の若葉かな　芭蕉〉

角組む荻《つのぐむをぎ》 (仲) **荻**《をぎ》**の角**《つの》**・荻**《をぎ》**の芽**《め》　〈水音の耳うち荻の角組まれ　和久田隆子〉

荻の若葉《をぎのわかば》 (晩) **荻若葉**《をぎわかば》**・若荻**《わかをぎ》**・荻**《をぎ》**の二葉**《ふたば》　〈膝抱けば淋しくはなし荻若葉　鍵和田秞子〉

若菰《わかこも》 (晩) **菰筍**《こじゅん》**・菰角**《こもづの》**・茭白**《こもづの》**・菰菜**《こさい》　〈若菰に漣を立てやまぬ風　辻田克巳〉

真菰の芽《まこものめ》 (仲) **真**《ま》**菰生**《こもお》**ふ・かつみの芽**《め》**・芽張**《めば》**るかつみ**　〈朝市や盛嵩高の真菰の芽　阿波野青

畝〉

春椎茸《はるしひたけ》 ㊂ 春子《はるご》 →椎茸（秋） 〈ながらへて春の椎茸薄味に　角川照子〉

松露《しようろ》 (晩) 松露搔《しようろか》く・松露掘《しようろほ》る 〈小風呂敷粋にかぶりて松露掘る　大橋桜坡子〉

若布《わかめ》 ㊂ 和布《わかめ》・新若布《しんわかめ》・布《め》株《かぶ》・めかぶとろろ・鳴戸《なると》若布《わかめ》・南部《なんぶ》若布《わかめ》・若布《わかめ》売《う》り →若布刈る 〈みちのくの淋代の浜若布寄す　山口青邨〉

搗布《かぢめ》 ㊂ 搗布《かぢめ》刈《か》る・搗布《かぢめ》干《ほ》す 〈沖かけてものものしきぞかじめ舟　石塚友二〉

黒布《くろめ》 ㊂ 黒海布《くろめ》 〈黒菜《くろめ》あり青きひかりの魚族あり　山口誓子〉

鹿尾菜《ひじき》 ㊂ 鹿角菜《ひじき》・羊栖菜《ひじき》・ひじき藻《も》・ふくろひじき・ひじき釜《がま》・ひじき干《ほ》す・ひじき刈《がり》・ひじき刈《か》る 〈次にくる波に浮かせて鹿尾菜採る　藤本美和子〉

角叉《つのまた》 ㊂ おほば角叉《つのまた》・こまた・角叉干《つのまたほ》す 〈突出して見ゆ角叉の岩踵　萩原麦草〉

海雲《もづく》 ㊂ 水雲《もづく》・海蘊《もづく》・もぞく・もぞこ・もくづ・ものはな・くさもづく・ふともづく・海雲汁《もづくじる》・海雲採《もづくとり》・海雲桶《もづくをけ》 〈塗箸へつゝと寄りくる海雲和　神崎忠〉

海松《みる》 ㊂ みるめ・海松房《みるぶさ》・みるめ刈《か》る 〈海松《みるめ》刈る君が姿ぞなつかしき　正岡子規〉

石蓴《あをさ》 ㊂ 川菜《かはな》・坂東青《ばんどうあを》・石蓴採《あをさとり》 〈神の島ゆたかに石蓴つけにけり　林徹〉

漆草《うるしぐさ》 ㊂ めころし・わかめころし・たばこぐさ・けうるしぐさ　褐藻類ウルシグサ科の海藻。漆のようなつやのある濃褐色をしているのでこの名がある。

海苔《のり》 (初) 篊菜《のり》・紫海苔《むらさきのり》・甘海苔《あまのり》・篊海苔《ひびのり》・浅草海苔《あさくさのり》・葛西海苔《かさいのり》・十六島海苔《うつぷるいのり》 →新海苔（新年） 〈衰《おとろひ》や歯に喰あてし海苔の砂　芭蕉〉

鶏冠菜《とさかのり》 ㊂ 鶏冠海苔《とさかのり》・ばばとさか・あけぼのとさか・青《あを》とさか・大《おほ》とさか　紅藻類トサカノリ属の海藻。表面の褐色の斑紋やこぶが鶏冠に似ているためこの名がある。

海髪《うご》 ㊂ おご・江籬《おごのり》・うごのり・なごや・おごのり　〈海髪抱くその貝殻も数知れず　中村汀女〉

白藻《しらも》 ㊂ 蔓白藻《つるしらも》・おほおごのり　紅藻類オゴノリ科の海藻。海髪《うご》より少し深めの海の岩石に生える。

青海苔《あをのり》 ㊂ 長青海苔《ながあをのり》・笹海苔《ささのり》・薄葉青海苔《うすばあをのり》・ひとへぐさ・いとあをさ・筋青海苔《すぢあをのり》　〈青海苔や水にさしこむ日の光　正岡子規〉

黒海苔《くろのり》 ㊂ 雪海苔《ゆきのり》　ウシケノリ科アマノリ類（アサクサノリ）の一種。古くは「雪海苔」とよばれ、冬の季語とされていた。〈海苔の名やただうち見には雪と墨　丈草〉

岩海苔《いはのり》 (初) 海府海苔《かいふのり》・岩海苔掻《いはのりか》き・岩海苔摘《いはのりつ》み・岩海苔干《いはのりほ》し　〈毟り採る岩海苔減りしとも見えず　右城暮石〉

樺海苔《かばのり》 ㊂ みぞおごのり　紅藻類オゴノリ科の海藻。鶏冠菜《とさかのり》に似ているが、色は黄紅色。

桜海苔《さくらのり》 ㊂ むかで海苔《のり》・米海苔《こめのり》・興津海苔《おきつのり》　紅藻類のムカデノリ科の米海苔と、オキツノリ科の興津海苔がある。〈水の江やよし野見に行桜苔　西鶴〉

夏

時候

夏《なつ》 ㊂ **朱夏**《しゅか》**・炎夏**《えんか》**・三夏**《さんか》**・九夏**《きうか》**・夏場**《なつば》**・炎帝**《えんてい》 四季の一つ。二十四節気の立夏（五月五日頃）から立秋（八月七日頃）前日までの期間。旧暦では四月・五月・六月、新暦では五月・六月・七月に当たる。〈算術の少年しのび泣けり夏　西東三鬼〉〈樹々そよぐ颯々の夏いさぎよし　森澄雄〉

初夏《しょか》 （初） **初夏**《はつなつ》**・夏初**《なつはじ》**め・首夏**《しゅか》**・孟夏**《まうか》 夏を三分した初夏・仲夏・晩夏の最初。夏の初め。二十四節気の立夏（五月五日頃）から芒種《ぼうしゅ》（六月六日頃）の前日まで。ほぼ新暦の五月に当たる。↓仲夏・晩夏〈初夏に開く郵便切手ほどの窓　有馬朗人〉

卯月《うづき》 （初） **卯**《う》**の花月**《はなづき》**・花残月**《はなのこりづき》**・夏初月**《なつはづき》 旧暦四月の異称。↓四月（春）〈思ふこと多し卯月の日暮どき　清水基吉〉

五月《ごぐわつ》 （初） **五月来**《ごぐわつく》**る** ↓皐月《さつき》〈目つむりていても吾を統ぶ五月の鷹　寺山修司〉

聖五月《せいごぐわつ》 （初） カトリックでは五月を聖母マリアの月、聖母月とする考え方がある。↓聖母月〈聖五月港に船の眠りに来　大牧広〉

清和《せいわ》 （初） **和清**《わせい》**の天**《てん》 初夏の気候が清らかで穏やかなこと。〈竹林の闇のあをさも清和かな　古賀まり子〉

立夏《りっか》 （初） **夏立**《なつた》**つ・夏**《なつ》**に入**《い》**る・夏来**《なつきた》**る・夏来**《なつく》**・今朝**《けさ》**の夏**《なつ》 二十四節気のうち夏の最初の節気。

五月五日頃。〈プラタナス夜もみどりなる夏は来ぬ　石田波郷〉

螻蟈鳴く　螻蟈鳴く《ろうこくなく》　(初)　**鼃《かはづ》始《はじ》めて鳴《な》く**　七十二候（中国）のうち立夏の初候（五月五日頃から九日頃まで）。蟇《ひきがえる》が鳴くという意味。

蚯蚓出づ　蚯蚓出づ《きういんいづ》　(初)　七十二候（中国）のうち立夏の二候（五月一〇日頃から一四日頃まで）。蚯蚓が出るという意味。

王瓜生ず　王瓜生ず《わうくわしやうず》　(初)　**竹笋《たけのこ》生《しやう》ず**　七十二候（中国）のうち立夏の三候（五月一五日頃から二〇日頃まで）。烏瓜《からすうり》が生えるという意味。王瓜は烏瓜のこと。

夏浅し　夏浅し《なつあさし》　(初)　**浅《あさ》き夏《なつ》**　〈寺の鶏鳴いて漁港の夏浅し　木村蕪城〉

夏めく　夏めく《なつめく》　(初)　**夏《なつ》きざす**　〈夏めくや庭を貫く滑川　松本たかし〉

若夏　若夏《わかなつ》　(初)　**夏口《なつぐち》**　沖縄の古語で、旧暦四月から五月（新暦五月から六月）の稲の穂の出る頃をいう。→うりずん（春）

薄暑　薄暑《はくしよ》　(初)　**軽暖《けいだん》・薄暑光《はくしよくわう》**　初夏の頃、やや暑さを覚えるようになった気候をいう。→暑し　〈人々に四つ角ひろき薄暑かな　中村草田男〉

麦の秋　麦の秋《むぎのあき》　(初)　**麦秋《ばくしう》・むぎあき**　五月下旬頃、麦が黄熟し刈り入れ間近の頃をいう。→麦秋至る・麦刈・麦　〈観音を守る四五戸や麦の秋　秋篠光広〉

小満　小満《せうまん》　(初)　二十四節気のうち夏の二番目の節気。五月二一日頃。草木が生い茂ってあたりに満ち始めるという意味。〈小満のみるみる涙湧く子かな　山西雅子〉

苦菜秀づ　苦菜秀づ《くさいひいづ》　(初)　**蚕《かひこ》起《おき》て桑《くは》を食《く》らふ**　七十二候（中国）のうち小満の初候（五月二一日頃から

二五日頃まで）。苦菜《にがな》がよく育つという意味。

靡草死る《びさうかる》　(初)　紅花栄《べにばなさか》ふ　七十二候（中国）のうち小満の二候（五月二六日頃から三〇日頃まで）。薺《なずな》など田畑に生えている草が枯れるという意味。

麦秋至る《ばくしういたる》　(初)　麦秋《むぎのとき》至《いた》る　七十二候（中国）のうち小満の三候（五月三一日頃から六月四日頃まで）。麦が刈り入れ時を迎えているという意味。↓麦の秋

仲夏《ちゆうか》　(仲)　夏を三分した、初夏・仲夏・晩夏の二番目。二十四節気の芒種《ぼうしゆ》（六月五日頃）から小暑（七月七日頃）の前日まで。ほぼ新暦の六月に当たる。↓初夏・晩夏　〈飛ぶ雲や仲夏の夜半の薄明り　長谷川春草〉

皐月《さつき》　(仲)　早苗月《さなへづき》・橘月《たちばなづき》・五月雨月《さみだれづき》・五月《さつき》・月見《つきみ》ず月《つき》・たぐさ月《づき》　旧暦五月の異称。新暦ではほぼ六月に当たる。↓五月　〈井戸底に木桶のひびく早苗月　野中亮介〉

六月《ろくぐわつ》　(仲)　↓水無月《みなづき》　〈六月を奇麗な風の吹くことよ　正岡子規〉

芒種《ばうしゆ》　(仲)　芒種《ばうしゆ》の節《せつ》　二十四節気のうち夏の三番目の節気。六月五日頃。稲の種を蒔《ま》く頃という意味。〈芒種とふこころに播かん種子もがな　能村登四郎〉

蟷螂生ず《たうらうしやうず》　(仲)　七十二候（中国）のうち芒種《ぼうしゆ》の初候（六月五日頃から九日頃まで）。蟷螂《かまきり》が生まれるという意味。

鵙始めて鳴く《もずはじめてなく》　(仲)　腐《ふ》草蛍《さうほたる》と為《な》る　七十二候（中国）のうち芒種《ぼうしゆ》の二候（六月一〇日頃から一四日頃まで）。鵙が鳴き始めるという意味。

反舌声無し《はんぜつこゑなし》　(仲)　梅子黄《うめのみき》ばむ　七十二候（中国）のうち芒種《ぼうしゆ》の三候（六月一五日頃から二〇

日頃まで）。反舌の鳴き声がしないという意味。反舌は鵙《もず》とも鶯《うぐいす》ともいわれる。

入梅《にふばい》 (仲) 暦の上で梅雨に入る日。↓梅雨 〈入梅や蟹かけ歩く大座敷　一茶〉

梅雨に入る《つゆにいる》 (仲) **梅雨**《つゆ》**の入**《い》**り・梅雨**《つゆ》**入**《いり》**・梅雨**《つ》**入**《いり》**・梅雨**《つゆ》**きざす・梅雨**《つゆ》**始**《はじ》**まる・梅雨**《つゆ》**めく**　梅雨に入ること。〈吹く風に花の色ある梅雨入りかな　井上康明〉

梅雨寒《つゆざむ》 (仲) **梅雨**《つゆ》**寒**《さむ》**・梅雨**《つゆ》**寒**《さむ》**し・梅雨**《つゆ》**冷**《びえ》 〈梅雨寒やかくもかぼそき翁杖　栗田やすし〉

夏至《げし》 (仲) 二十四節気のうち夏の四番目の節気。六月二一日頃。〈夏至ゆうべ地軸の軋む音すこし　和田悟朗〉

鹿の角解つ《しかのつのおつ》 (仲) **乃東枯**《なつかれくさか》**る** 七十二候（中国）のうち夏至の初候（六月二一日頃から二五日頃まで）。鹿が角を落とすという意味。

蟬始めて鳴く《せみはじめてなく》 (仲) **菖蒲華**《あやめはな》**さく** 七十二候（中国）のうち夏至の二候（六月二六日頃から三〇日頃まで）。蟬が鳴き始めるという意味。

半夏生《はんげしやう》 (仲) **半夏**《はんげ》**・半夏**《はんげ》**水**《みづ》**・半夏**《はんげ》**雨**《あめ》**・半夏**《はんげ》**生**《しやう》**ず** 七十二候（中国）のうち夏至の三候（七月一日頃から六日頃まで）。「半夏」すなわちカラスビシャクが生えはじめるという意味。↓半夏生〈植物〉〈平凡な雨の一日半夏生　宇多喜代子〉

晩夏《ばんか》 (晩) **季**《き》**夏**《か》**・晩夏光**《ばんかくわう》 夏を三分した初夏・仲夏・晩夏の三番目。二十四節気の小暑（七月七日頃）から立秋（八月七日頃）の前日まで。ほぼ新暦の七月に当たる。↓初夏・仲夏 〈どれも口美し晩夏のジャズ一団　金子兜太〉

水無月《みなづき》 (晩) **風待月**《かぜまちづき》**・常夏月**《とこなつづき》**・青**《あを》**水**《み》**無**《な》**月**《づき》 旧暦六月の異称。新暦ではおおむね七月に当たる。

↓六月〈水無月や風に吹かれに古里へ　鬼貫〉

七月《しちぐわつ》 晩 ↓文月（秋）〈七月や雨脚を見て門司にあり　藤田湘子〉

小暑《せうしよ》 晩 二十四節気のうち夏の五番目の節気。七月七日頃。〈掘り起こす土器の手触り小暑かな　三森鉄治〉

温風至る《をんぷういたる》 晩 温風《あつかぜ》至《いた》る 七十二候（中国）のうち小暑の初候（七月七日頃から一一日頃まで）。熱気を孕《はら》んだ夏の風が吹くという意味。

蟋蟀壁に居る《しつしゆつかべにをる》 晩 蓮《はす》始《はじ》めて開《ひら》く 七十二候（中国）のうち小暑の二候（七月一二日頃から一六日頃まで）。コオロギが壁に棲《す》みつくという意味。

鷹乃ち学習す《たかすなはちがくしふす》 晩 七十二候（中国）のうち小暑の三候（七月一七日頃から二二日頃まで）。鷹の雛《ひな》が飛び方を覚えるという意味。

大暑《たいしよ》 晩 大暑《たいしよ》の日《ひ》 二十四節気のうち夏の最後、六番目の節気。七月二三日頃。最も暑い時期を大小に分けて、その終わりのほうという意味である。〈玉の緒にすがりて耐ふる大暑かな　富安風生〉

腐草蛍と為る《ふさうほたるとなる》 晩 桐《きり》始《はじ》めて花《はな》を結《むす》ぶ 七十二候（中国）のうち大暑の初候（七月二三日頃から二七日頃まで）。夏草が腐って蛍になるという意味。〈腐草蛍となる音のなき夕かな　西村和子〉

土潤ひて溽暑す《つちうるほひてじよくしよす》 晩 土潤《つちうるほ》ひて溽暑《むしあつ》し 七十二候（中国）のうち大暑の二候（七月二八日頃から八月一日頃まで）。土が湿って蒸し暑くなるという意味。

大雨時行ふ《たいうときどきおこなふ》 (晩) 大雨《たいう》 時《ときどき》に行《ふ》る 七十二候（中国）のうち大暑の三候（八月二日頃から六日頃まで）。夏の雨が時に激しく降るという意味。

梅雨明《つゆあけ》 (晩) 梅雨《つゆ》明《あ》く・つゆの明《あけ》・梅雨《つゆ》あがる・梅雨《つゆ》の後《あと》 梅雨が終わること。↓梅雨 〈梅雨明けぬ猫が先づ木に駈け登る 相生垣瓜人〉

夏の日《なつのひ》 (三) 夏日《なつび》 夏の一日のこと。↓夏日（天文） 〈夏の日を或る児は泣いてばかりかな 中村汀女〉

冷夏《れいか》 (晩) 夏寒《なつさむ》し・みどりの冬《ふゆ》 夏期に低温の日が長く続く異常な気候をいう。〈夏さむしここより奥に山の霊 宇多喜代子〉

夏の暁《なつのあかつき》 (三) 夏暁（なつあけ／なつあかつき）・夏《なつ》の夜《よ》明《あけ》・夏末《なつみ》明《めい》 〈山雀の一番鳴きや夏の暁 長谷川かな女〉

夏の朝《なつのあさ》 (三) 〈夏の朝病児によべの灯を消しぬ 星野立子〉

炎昼《えんちう》 (晩) 真夏の灼《や》けつくような暑い昼のこと。〈炎昼へ製氷の角《かく》おどり出る 秋元不死男〉

夏夕べ《なつゆふべ》 (三) 夏《なつ》の暮《くれ》・夏《なつ》の夕《ゆふ》べ 〈鯉痩せて指吸ひにくる夏ゆふべ 大石悦子〉

夏の宵《なつのよひ》 (三) 宵《よひ》の夏《なつ》 〈疲れ来てうすき膝なり夏の宵 長谷川かな女〉

緑の夜《みどりのよ》 (初) 緑夜《りよくや》 初夏（新暦五月頃）の新緑の夜のこと。〈子の皿に塩ふる音もみどりの夜 飯田龍太〉

夏の夜《なつのよ》 (三) 夜《よ》半《は》の夏《なつ》 ↓短夜 〈夏の夜のふくるすべなくあけにけり 久保田万太郎〉

熱帯夜《ねつたいや》 (晩) 〈別々の部屋別々の熱帯夜 横山悠子〉

短夜《みじかよ》 (三) 短夜《たんや》・明易《あけやす》し・明易《あけやす》・明早《あけはや》し・明急《あけいそ》ぐ 短い夏の夜をいう。春分の日から夜は昼より短くなり、夏至は最も短い。↓日永（春）・遅日（春）・夏の夜・短日（冬）〈短夜や乳ぜり泣く児を須可捨焉乎《すてつちまをか》　竹下しづの女〉〈明易や雲が渦巻く駒ケ岳　前田普羅〉

白夜《はくや》 (仲) **白夜**《びやくや》 〈消せる灯は消して白夜の山ホテル　竹中碧水史〉

土用《どよう》 (晩) **土用前**《どようまへ》・**土用入**《どよういり》・**土用の入**《い》**り**・**土用中**《どようなか》・**土用太郎**《どようたらう》・**土用二郎**《どようじらう》・**土用三郎**《どようさぶらう》・**土用明**《どようあけ》 土用は各季節の終わりに一八日間存在したが、通常、夏の土用（七月二〇日から八月七日頃）をいう。↓秋土用（秋）・寒土用（冬）〈すつぽんに身を養はん土用かな　松根東洋城〉

盛夏《せいか》 (晩) **夏旺**《なつさか》**ん**・**真**《ま》**夏**《なつ》・**真**《ま》**夏日**《なつび》 〈真夏日の鳥は骨まで見せて飛ぶ　柿本多映〉

三伏《さんぷく》 (晩) **初伏**《しよふく》・**中伏**《ちゆうふく》・**末伏**《まつぷく》 晩夏（新暦七月中旬）から初秋（八月中旬）のもっとも暑い時期。夏至の後の第三庚《かのえ》（金《かね》の兄《え》）の日が初伏、第四庚が中伏、立秋後の最初の庚の日が末伏で、合わせて三伏とする。〈三伏の闇はるかより露のこゑ　飯田龍太〉

暑し《あつし》 (三) **暑**《あつ》**さ**・**暑**《しよ》・**暑気**《しよき》・**暑熱**《しよねつ》 ↓薄暑・極暑・溽暑・炎暑〈病んで死ぬ人を感ずる暑さかな　太祇〉〈蝶の舌ゼンマイに似る暑さかな　芥川龍之介〉

暑き日《あつきひ》 (三) **暑**《あつ》**き夜**《よ》 夏の暑い一日。〈暑き日を海にいれたり最上川　芭蕉〉

極暑《ごくしよ》 (晩) **酷暑**《こくしよ》・**劫暑**《ごふしよ》・**猛暑**《まうしよ》 夏の最も厳しい暑さ。〈蓋あけし如く極暑の来りけり　星野立子〉

溽暑《じよくしよ》 (晩) **蒸暑**《むしあつ》**し** じっとしていても汗が噴き出てくる、絡みつくような蒸し暑さのこと。↓暑し〈椰子の葉のざんばら髪の溽暑かな　鷹羽狩行〉

炎暑《えんしよ》 (晩) **炎熱**《えんねつ》 真夏の燃えるような暑さ。↓暑し〈つよき火を焚きて炎暑の道なほす　桂信子〉

炎ゆ《もゆ》 (晩) 〈これよりの炎ゆる百日セロリ噛む　野澤節子〉

灼く《やく》 (晩) **灼岩**《やけいは》**・日焼岩**《ひやけいは》 〈ただ石として灼くるのみ野の仏　千代田葛彦〉

涼し《すずし》 ㊂ **涼**《りやう》**・涼気**《りやうき》**・涼味**《りやうみ》**・涼意**《りやうい》**・朝涼**《あさすず》**・夕涼**《ゆふすず》**・晩涼**《ばんりやう》**・夜涼**《やりやう》**・宵涼**《よひすず》**し・涼夜**《りやうや》 ↓新涼（秋） 〈涼しさを我が宿にしてねまる也　芭蕉〉〈風生と死の話して涼しさよ　高浜虚子〉〈どの子にも涼しく風の吹く日かな　飯田龍太〉

夏深し《なつふかし》 (晩) 〈夏深し万岳すでに蒼を帯び　福田蓼汀〉

夏の果《なつのはて》 (晩) **夏果**《なつはて》**・夏果**《なつは》**つ・暮**《くれ》**の夏**《なつ》**・夏終**《なつをは》**る・夏**《なつ》**の別**《わか》**れ・夏**《なつ》**の名残**《なごり》**・ゆく夏**《なつ》**・夏行**《なつい》**く・夏**《なつ》**逝**《い》**く・夏惜**《なつを》**しむ・夏**《なつ》**を追**《お》**ふ** 〈泉の底に一本の匙夏了る　飯島晴子〉

秋近し《あきちかし》 (晩) **秋隣**《あきどなり》**・秋隣**《あきとな》**る・秋**《あき》**の隣**《となり》**・来**《こ》**ぬ秋**《あき》**・秋迫**《あきせま》**る・秋風近**《あきかぜちか》**し** 〈秋ちかき心の寄や四畳半　芭蕉〉

秋を待つ《あきをまつ》 (晩) **秋待**《あきま》**つ** 〈秋を待つ行燈はるや宿の妻　高田蝶衣〉

夜の秋《よるのあき》 (晩) **夜**《よ》**の秋**《あき》 夏の終わり、夜更けなどにひやりと秋の気配を感じること。〈西鶴の女みな死ぬ夜の秋　長谷川かな女〉

みなづき尽《みなづきじん》 (晩) **六月**《ろくぐわつ》**の限**《かぎ》**り・翌**《あす》**は秋**《あき》**・翌来**《あすく》**る秋**《あき》 旧暦六月の尽きること。暦の上で夏が終わること。〈水無月の限りを風の吹く夜かな　闌更〉

天　文

夏日《なつび》 ㊂ **夏**《なつ》**の日**《ひ》**・夏日**《かじつ》**・夏日影**《なつひかげ》**・夏日向**《なつひなた》**・日**《ひ》**の夏**《なつ》 夏の太陽。↓夏の日（時候） 〈火噴くと

き夏日を天に失へり　橋本多佳子〉

夏の空《なつのそら》　㊂　夏空《なつぞら》・夏《なつ》の天《てん》・夏天《かてん》　〈どこまでが父の戦記の夏の空　宇多喜代子〉

梅雨空《つゆぞら》　（仲）　梅天《ばいてん》・梅雨《つゆ》の空《そら》・皐月空《さつきぞら》　〈梅天の垂りて大きな鉄の町　石原舟月〉

夏の雲《なつのくも》　㊂　夏雲《なつぐも》　〈父のごとき夏雲立てり津山なり　西東三鬼〉

雲の峰《くものみね》　㊂　入道雲《にふだうぐも》・積乱雲《せきらんうん》・雷雲《らいうん》・鉄鉆雲《かなとこぐも》・峰雲《みねぐも》・坂東太郎《ばんどうたらう》・丹波太郎《たんばたらう》・信濃太郎《しなのたらう》・石見太郎《いはみたらう》・安達太郎《あだちたらう》・立《た》ち雲《ぐも》　聳《そび》え立つ入道雲の威容を山並みにたとえていう。〈雲の峰一人の家を一人発ち　岡本眸〉

夏の月《なつのつき》　㊂　月涼《つきすず》し・夏《なつ》の霜《しも》　→月（秋）　〈夏の月いま上りたるばかりかな　久保田万太郎〉

梅雨の月《つゆのつき》　（仲）　〈寺の子にむさゝび鳴いて梅雨の月　田村木国〉

夏の星《なつのほし》　㊂　星涼《ほしすず》し　〈夏星に海も日暮れの音展く　飯田龍太〉

梅雨の星《つゆのほし》　（仲）　麦星《むぎぼし》・麦熟《むぎう》れ星《ぼし》　〈むささびや杉にともれる梅雨の星　水原秋櫻子〉

旱星《ひでりぼし》　（晩）　〈鶏小屋に鶏をさめて旱星　今瀬剛一〉

南十字星《みなみじふじせい》　（初）　サザンクロス　〈月の空南に南十字星　高野素十〉

夏の風《なつのかぜ》　㊂　夏風《なつかぜ》・夏嵐《なつあらし》・御祭風《ごさいかぜ》　〈夏風や竹をほぐるゝ黄領蛇《さとめぐり》　飯田蛇笏〉

南風《みなみ》　㊂　大南風《おほみなみ》・南吹《みなみふ》く・正南風《まみなみ》・南風《みなみかぜ》・南風《なんぷう》・海南風《かいなんぷう》　〈笠の紐むすびなほせば南風吹く　加藤三七子〉

南風《はえ》　㊂　はえ・正南風《まはえ》・南東風《はえごち》・南西風《はえにし》　南風の呼び名。主に西日本で用いられ、「まじ」より古い言葉という。〈母の死や南風の雪山きほひたつ　金尾梅の門〉

まじ (三) **まぜ**　南または南西の穏やかな風。〈古松一樹一碑と頒つ瀬戸の南風《まぜ》　貞弘衛〉

くだり (三) 主に日本海沿岸、北陸以北で用いられる南寄りの風。

ひかた (三) **しかた**　「日のある方《かた》」から吹く風の意味。

あいの風《あいのかぜ》 (三) **あえの風《かぜ》・あい**　日本海沿岸に四月頃から八月頃まで吹くそよ風の名。〈能登人があい吹くといふ日和かな　村山古郷〉

だし (三) **七日《なぬか》だし・だし雲《ぐも》**　「出《だ》し風」のことで、海岸から沖に向かって吹く夏の風。〈だし雲や海のまほろば大和堆《やまとたい》　松浦敬親〉

やませ (三) **山瀬風《やませかぜ》・山背風《やませかぜ》・長瀬風《ながせかぜ》・梅雨《つゆ》やませ**　オホーツク海高気圧が発達して三陸沖まで広がり、北海道や東北地方に吹き込む冷湿の北東風、ないし東風のこと。〈やませ来るいたちのやうにしなやかに　佐藤鬼房〉

いなさ (仲) 南東から吹く風で、特に台風の時期の強風をいう。〈いなさ吹く一人のためのおろし金　井上信子〉

黒南風《くろはえ》 (仲) **黒《くろ》ばえ・荒《あら》はえ**　梅雨の初めに吹く南風。〈黒南風や島山かけてうち暗み　高浜虚子〉

白南風《しろはえ》 (晩) **しろばえ・しらはえ**　梅雨が明ける頃、夏空が明るく晴れ渡り、南東方向から吹いてくる爽やかな季節風のこと。〈白南風の神戸に選りて軽き靴　坂本宮尾〉

ながしはえ (仲) **ながし南風《はえ》・ながし・ながし雨《あめ》**　梅雨の長雨の時期に吹く南風。

茅花流し《つばなながし》 (初) 茅花の穂綿がほころびる頃に吹く南風で、雨を伴うことが多い。〈遅れゆくひ

とりに茅花ながしかな　片山由美子〉

筍流し《たけのこながし》 (初) **筍梅雨**《たけのこづゆ》・**筍黴雨**《たけのこづゆ》 筍の出る頃に吹く雨の気配を伴った南風。〈若狭井のしばらく筍流しかな　七田谷まりうす〉

麦嵐《むぎあらし》 (初) **麦**《むぎ》**の秋風**《あきかぜ》・**麦**《むぎ》**の風**《かぜ》 熟れた麦の穂をざわざわ鳴らしながら吹きわたる風のこと。〈麦嵐朱雀大路は畦にのこる　米沢吾亦紅〉

黄雀風《くわうじやくふう》 (仲) 梅雨から盛夏にかかる六、七月（旧暦五、六月）に吹く南東の風のこと。〈猫眠る黄雀風の吹く窓辺　日原傳〉

土用あい《どようあい》 (晩) 夏の土用（七月二〇日から八月七日頃）のさなかに吹く涼味のある北の風。〈細やかな潮目の彩や土用あい　荒井千佐代〉

土用東風《どようこち》 (晩) **青東風**《あをごち》 土用のさなかに吹く東風。〈笠の下吹いてくれけり土用東風　一茶〉

青嵐《あをあらし》 (三) **風青し**《かぜあをし》 夏の緑の草木を激しく揺らしながら吹き抜ける南風。〈山高く働く人に青嵐　茨木和生〉

風薫る《かぜかをる》 (三) **薫風**《くんぷう》・**薫**《かを》**る風**《かぜ》・**風**《かぜ》**の香**《か》・**南薫**《なんくん》 夏に吹きわたる柔らかな南風を「薫る」と捉えて美しい夏を讃美する。↓風光る（春）〈十の椅子丸く並べて風薫る　山﨑千枝子〉

温風《をんぷう》 (晩) **温風**《うんぷう》 〈温風の樹に添うて女語りゐる　島道素石〉

熱風《ねつぷう》 (晩) **乾風**《かんぷう》・**炎風**《えんぷう》 〈熱風の黒衣がつつむ修道女　中島斌雄〉

涼風《すずかぜ》 (晩) **涼風**《りやうふう》・**風涼**《かぜすず》**し** 〈涼風の曲りくねつて来たりけり　一茶〉

朝凪《あさなぎ》 (晩) **朝凪**《あさな》**ぐ** 海岸地方で夏の晴れた朝、陸風から海風に入れ替わるときの無風状態をいう。

〈朝凪を来て拾ひけりますほ貝　高木良多〉

夕凪《ゆふなぎ》 (晩) **夕凪**《ゆふな》**ぐ** 夏の夕方、海辺で起こる無風状態のこと。〈夕凪を詫び遠来の客迎ふ　鷹羽狩行〉

土用凪《どようなぎ》 (晩) 夏の土用中に起こる凪のこと。〈浮かばせて丸太乾かす土用凪　今瀬一博〉

風死す《かぜしす》 (晩) 夏の盛りに、吹いていた風がぴたっと止むこと。〈風死んでしまへり六波羅珍皇寺　大石悦子〉

夏の雨《なつのあめ》 (三) **緑雨**《りよくう》 〈夏の雨きらりきらりと降りはじむ　日野草城〉

卯の花腐し《うのはなくたし》 (初) **卯**《う》**の花降**《はなくだ》**し・卯**《う》**の花**《はな》**くだし** 白い卯の花の咲く新暦五月（旧暦四月、卯月）に降り続く長雨。↓卯の花〈来し方をいへば卯の花腐しかな　岸田稚魚〉

走り梅雨《はしりづゆ》 (初) **梅雨**《つゆ》**の走**《はし》**り・前**《まへ》**梅雨**《づゆ》**・迎**《むか》**へ梅雨**《づゆ》 本格的な梅雨に入る前の頃に降り続く雨のこと。〈馬糞茸はびこる島の走り梅雨　中瀬喜陽〉

梅雨《つゆ》 (仲) **梅雨**《ばいう》**・黴雨**《ばいう》**・墜栗花**《ついり》**雨**《あめ》**・梅**《うめ》**の雨**《あめ》**・梅霖**《ばいりん》**・青梅雨**《あをつゆ》**・荒梅雨**《あらづゆ》**・男梅雨**《をとこづゆ》**・女梅雨**《をんなづゆ》**・長梅**《ながつ》**雨**《ゆ》**・梅雨**《つゆ》**湿**《じめ》**り・梅雨**《ばいう》**前線**《ぜんせん》**・梅雨**《つゆ》**時**《どき》**・ついり・五月曇**《さつきぐもり》 ↓入梅・梅雨明〈梅雨ふかし戦没の子や恋もせで　及川貞〉〈ふところに乳房ある憂さ梅雨ながき　桂信子〉

空梅雨《からつゆ》 (仲) **涸**《かれ》**梅雨**《つゆ》**・旱**《ひでり》**梅雨**《づゆ》**・照**《て》**り梅雨**《つゆ》 〈空梅雨の塔のほとりの鳥の数　宇佐美魚目〉

五月雨《さみだれ》 (仲) **さつき雨**《あめ》**・さみだる・五月雨雲**《さみだれぐも》 〈五月雨をあつめて早し最上川　芭蕉〉〈五月雨や上野の山も見あきたり　正岡子規〉

送り梅雨《おくりづゆ》 (晩) **送梅雨**《そうばいう》**・送**《おく》**り梅雨**《ばいう》**・返**《かへ》**り梅雨**《づゆ》**・戻**《もど》**り梅雨**《づゆ》 梅雨明けの頃に降るまとまった雨

のこと。これでやっと梅雨も終わりかという安心をこめてこうよぶ。〈鐘撞いて僧が傘さす送り梅雨　森澄雄〉

夏ぐれ《なつぐれ》 ㊀仲 夏のにわか雨を沖縄では夏ぐれという。〈夏ぐれの天水桶へ水伝ひ　沢木欣一〉

薬降る《くすりふる》 ㊀仲 旧暦五月五日（新暦六月上旬頃）を薬日《くすりび》といい、この日の午《うま》の時（正午）に降る雨をいう。〈薬降る魚板の口に玉一つ　長谷川久々子〉

虎が雨《とらがあめ》 ㊀仲 **虎《とら》が涙《なみだ》・虎《とら》が涙雨《なみだあめ》・曽我《そが》の雨《あめ》**　旧暦五月二八日（新暦六月下旬頃）、曽我十郎祐《すけ》成《なり》と五郎時宗《ときむね》の兄弟が討ち取られた。この日は毎年雨になることが多く、十郎祐成の愛人で大磯の遊女虎御前《とらごぜん》の涙が雨になったという言い伝えがある。〈虎が雨情の深きは恨みに似　西村和子〉

夕立《ゆふだち》 ㊂ **ゆだち・よだち・驟雨《しうう》・夕立雲《ゆふだちぐも》・夕立晴《ゆふだちばれ》・初夕立《はつゆふだち》・村雨《むらさめ》・白雨（しらさめ／はくう）・夕立風《ゆふだちかぜ》・スコール・片降《かたふり》・片降い《かたぶい》**〈祖母山《そぼさん》も傾山《かたむくさん》も夕立かな　山口青邨〉〈さつきから夕立の端にゐるらしき　飯島晴子〉

喜雨《きう》 ㊀晩 **雨喜び（あまよろこび／あめよろこび）**　日照りが長く続いて、田畑の農作物にも被害が出ようとする際、ようやく降り出す雨。↓旱・雨乞　〈つまだちて見るふるさとは喜雨の中　加藤楸邨〉

夏の露《なつのつゆ》 ㊂ **露涼し**《つゆすずし》　夏の朝、草むらなどに結ぶ涼しげな露。↓露（秋）〈明けてゆく沙漠の町や夏の露　三溝沙美〉

夏霧《なつぎり》 ㊂ **夏《なつ》の霧《きり》**　↓霧（秋）〈夏霧へ発つ岳人の群しづか　堤高嶺〉

海霧《じり》 ㊂ **海霧（うみぎり／かいむ）・ガス**　太平洋上を吹く南寄りの風にのった暖かく湿った空気が、親潮寒流で下から冷やされて生じる濃霧のこと。移流霧《いりゆうむ》ともよばれる。〈三陸の海霧怨怨と怨怨と　高

野ムツオ〉

夏霞《なつがすみ》 ㊂ →霞（春）・秋霞（秋）〈夏がすみ北よりの潮強ければ　大屋達治〉

雲海《うんかい》 (晩) 晴天で風のない早朝などに、山の頂上付近から見下ろしたとき、雲が海原のように広がって見える現象。〈雲海に朱を押入るる没日かな　八木林之助〉

御来迎《ごらいがう》 (晩) **御来光**《ごらいくわう》・**円虹**《ゑんこう》 早朝高い山の頂上付近で太陽を背にして立つと、眼下の霧に自分の影が大きく映り、周りに虹色の光輪が浮かび上がる現象。〈生涯にこの朝あり御来迎　野村泊月〉

虹《にじ》 ㊂ **朝虹**《あさにじ》・**夕虹**《ゆふにじ》・**虹立**《にじた》**つ**・**虹**《にじ》**の帯**《おび》・**虹**《にじ》**の梁**《はり》・**虹**《にじ》**の橋**《はし》・**二重虹**《ふたへにじ》・**白虹**《びやくこう》・**虹**《にじ》**の輪**《わ》 →春の虹（春）・秋の虹（秋）〈虹二重神も恋愛したまへり　津田清子〉

雹《ひよう》 ㊂ **氷雨**《ひさめ》 →春の雹（春）〈雹降りし桑の信濃に入りにけり　吉岡禅寺洞〉

雷《かみなり》 ㊂ **神鳴**《かみなり》・**いかづち**・**はたた神**《がみ》・**鳴神**《なるかみ》・**雷**《らい》・**遠雷**《ゑんらい》・**落雷**《らくらい》・**雷火**《らいくわ》・**雷鳴**《らいめい》・**迅雷**《じんらい》・**雷声**《らいせい》・**雷**《らい》**響**《きやう》・**雷霆**《らいてい》・**軽雷**《けいらい》・**日雷**《ひがみなり》・**雷雨**《らいう》 〈かみなりに耳をもかさず本読む子　京極杞陽〉〈大雷雨鬱王と会ふあさの夢　赤尾兜子〉

梅雨雷《つゆかみなり》 (仲) **梅雨**《つゆ》**の雷**《らい》 〈僧が来て死は定まりぬ梅雨の雷　仁尾正文〉

卯月曇《うづきぐもり》 (初) **卯**《う》**の花曇**《はなぐもり》 〈牛蒡たく匂ひに卯月曇かな　青木月斗〉

梅雨曇《つゆぐもり》 (仲) **ついり曇**《ぐもり》・**梅雨雲**《つゆぐも》 梅雨時の曇り空をいう。〈荒海も今日は静かに梅雨ぐもり　池内たけし〉

五月闇《さつきやみ》 (仲) **梅雨闇**《つゆやみ》・**梅雨**《つゆ》**の闇**《やみ》・**夏闇**《なつやみ》 六月（旧暦五月）、梅雨の暗闇をいう。〈やはらかきも

のはくちびる五月闇　日野草城〉

梅雨晴《つゆばれ》 (仲) **梅雨晴間**《つゆはれま》**・梅雨晴**《つゆは》**る・梅雨**《つゆ》**の晴**《はれ》 梅雨の最中に、数刻あるいは一、二日見られる晴れ間。〈梅雨晴や屋根に移れる群雀　大野鵠士〉

朝曇《あさぐもり》 (晩) 真夏の朝の靄《もや》のかかったような曇りのこと。〈朝曇島は見えねど通ひ舟　星野椿〉

五月晴《さつきばれ》 (仲) 〈後山に葛引きあそぶ五月晴　飯田蛇笏〉

朝焼《あさやけ》 (晩) **朝焼雲**《あさやけぐも》 〈朝焼の雲海尾根を溢れ落つ　石橋辰之助〉

夕焼《ゆふやけ》 (晩) **ゆやけ・夕焼雲**《ゆふやけぐも》**・梅雨夕焼**《つゆゆふやけ》**・夕焼空**《ゆふやけぞら》 →春夕焼（春）・秋の夕焼（秋）〈遠き日のことのごとしや夕焼けて　加藤楸邨〉〈暗くなるまで夕焼を見てゐたり　仁平勝〉

日盛《ひざかり》 (晩) **日**《ひ》**の盛**《さかり》 →炎昼 〈日盛りに蝶のふれ合ふ音すなり　松瀬青々〉

西日《にしび》 (晩) **大西日**《おほにしび》 〈西日中電車のどこか摑みて居り　石田波郷〉

炎天《えんてん》 (晩) **炎気**《えんき》**・炎日**《えんじつ》**・炎天下**《えんてんか》 〈炎天へ打つて出るべく茶漬飯　川崎展宏〉

油照《あぶらでり》 (晩) **脂照**《あぶらでり》 じっとしていても脂汗の出るような暑さのこと。〈大阪や埃の中の油照　青木月斗〉

片蔭《かたかげ》 (晩) **片陰**《かたかげ》**・片**《かた》**かげり・夏陰**《なつかげ》 夏の午後、建物や塀などに沿って、道の片側にできるくっきりとした日陰。〈片蔭を行き遠き日のわれに逢ふ　木村蕪城〉

旱《ひでり》 (晩) **旱魃**《かんばつ》**・旱害**《かんがい》**・旱空**《ひでりぞら》**・旱天**《かんてん》**・夏旱**《なつひでり》**・大旱**（たいかん／おほひでり）**・旱年**《ひでりどし》**・旱川**《ひでりがは》**・旱草**《ひでりぐさ》**・旱雲**《ひでりぐも》 →喜雨・雨乞〈暗き家に暗く人ゐる旱かな　福田甲子雄〉

地理

夏の山《なつのやま》 （三） **夏山**《なつやま》**・夏嶺**《なつね》**・夏**《なつ》**の嶺**《みね》**・青嶺**《あをね》**・青山河**《あをさんが》**・夏山路**《なつやまぢ》**・青**《あを》**き嶺**《みね》**・翠巒**《すいらん》　→山滴る　〈夏山を洗ひ上げたる雨上る　今井つる女〉

山滴る《やましたたる》 （三） みずみずしく生気あふれる夏山を「山滴る」と讃《たた》える表現。→山笑ふ（春）・夏の山・山粧ふ（秋）・山眠る（冬）〈頂きに神を祀りて山滴る　高橋悦男〉

五月山《さつきやま》 （仲） **茂**《しげ》**る山**《やま》　青々と茂る皐月《さつき》（旧暦五月）の山。〈日輪の午に入るあそび五月山　飯田蛇笏〉

梅雨の山《つゆのやま》 （仲） 梅雨時の山。

夏富士《なつふじ》 （三） **夏**《なつ》**の富士**《ふじ》　〈呆然としてさはやかに夏の富士　飯田龍太〉

五月富士《さつきふじ》 （仲） **皐月富士**《さつきふじ》　〈一条の煤煙のもと皐月富士　中村汀女〉

富士の雪解《ふじのゆきげ》 （仲） **雪解富士**《ゆきげふじ》**・富士**《ふじ》**雪解**《ゆきげ》**・富士**《ふじ》**の農男**《のうをとこ》　富士山の雪解けは六月（旧暦五月）。春の季語の「雪解」と区別して仲夏六月の季語とした。〈北斎の犬目富士いま雪解富士　飯島晴子〉

赤富士《あかふじ》 （晩） 山梨県側から眺める夏の裏富士が朝日を浴びて真っ赤に染まる現象。〈赤富士に露滂沱たる四辺かな　富安風生〉

雪渓《せつけい》 （晩） **クレバス**　高山の谿谷《けいこく》に積もった雪が、夏になってもなお広く残っている所をいう。〈雪渓の水汲みに出る星の中　岡田日郎〉

氷河《ひようが》 ㊂ 高山や緯度の高い地域で、万年雪が積雪の重さで圧縮されて氷塊となり、低地へ流れ下るようになったもの。〈太陽をＯＨ！と迎へて老氷河　鷹羽狩行〉

お花畑《おはなばたけ》 （晩） お花畠《はなばたけ》・お花畑《はなばた》 高山の頂上付近に開けた場所で、色とりどりの高山植物が一斉に花を開く所。→花畑（秋）〈しばらくは雲の中なりお花畑　片山由美子〉

夏野《なつの》 ㊂ 夏野原《なつのはら》・夏《なつ》の原《はら》・青野《あをの》・卯月野《うづきの》・五月野《さつきの》 〈たてよこに富士伸びてゐる夏野かな　桂信子〉

梅雨穴《つゆあな》 （仲） 梅雨《つ》入穴《いりあな》・梅雨《つゆ》の井《ゐ》 梅雨期、降り続く雨のために生じる陥没のこと。〈墜栗花《ついり》穴星の百個も入りおらん　高野ムツオ〉

旱畑《ひでりばた》 ㊂ 夏畑《なつばたけ》 水が涸れてしまった畑のこと。〈夏畑に折々うごく岡穂かな　嵐雪〉

濁り井《にごりゐ》 （仲） 井水増《ゐみづま》す 長梅雨のために井戸水が増し、濁ること。

夏の川《なつのかは》 ㊂ 夏川《なつがは》・夏河原《なつがはら》 〈夏河を越すうれしさよ手に草履《ざうり》　蕪村〉

五月川《さつきがは》 （仲） 梅雨《つゆ》の川《かは》 旧暦五月（新暦六月）、梅雨の頃の河川をいう。

出水《でみづ》 （仲） 夏出水《なつでみづ》・梅雨出水《つゆでみづ》・水害《すいがい》・水禍《すいくわ》・出水川《でみづがは》 梅雨の豪雨により、河川の氾濫《はんらん》すること。→春出水（春）・秋出水（秋）〈一夜さに出水一湾濁したり　千田一路〉

夏の湖《なつのみづうみ》 ㊂ 夏《なつ》の湖《うみ》・夏《なつ》の沼《ぬま》・夏《なつ》の池《いけ》 〈老かなし夏の湖たゞ広く　高野素十〉

夏の海《なつのうみ》 ㊂ なつうみ・夏《なつ》の浜《はま》・夏《なつ》の岬《みさき》・青岬《あをみさき》 〈遠くより風来て夏の海となる　飯田龍太〉

夏怒濤《なつどたう》 ㊂ 夏濤《なつなみ》・夏《なつ》の波《なみ》 〈乳母車夏の怒濤によこむきに　橋本多佳子〉

卯波《うなみ》 （初） 卯浪《うなみ》・卯月波《うづきなみ》 卯月（旧暦四月、新暦五月）の頃、海に立つ波のこと。〈あるときは

船より高き卯浪かな　鈴木真砂女〉

皐月波《さつきなみ》（仲）**皐月浪**《さつきなみ》**・さなみ**　皐月（旧暦五月、新暦六月）の頃、海に立つ波のこと。〈船腹に五月の波の響きかな　島田五空〉

土用波《どようなみ》（晩）**土**《ど》**用浪**《ようなみ》　晩夏（新暦七月）の海の大波のこと。夏の土用の頃に多く見られる。〈土用波わが立つ崖は進むなり　目迫秩父〉

夏の潮《なつのしほ》（三）**夏潮**《なつじほ》**・苦潮**《にがしほ》　〈夏の潮青く船首は垂直に　山口誓子〉

青葉潮《あをばじほ》（初）**青潮**《あをじほ》**・青山潮**《あをやまじほ》**・鰹潮**《かつをじほ》　夏の黒潮のこと。青葉の頃なので青葉潮という。〈青葉潮さし入る伊根の舟屋口　栗田やすし〉

赤潮《あかしほ》（三）**くされ潮**《じほ》　夏、水中のプランクトンが異常増殖することにより、海水が赤くなる現象。〈赤潮の帯突き切つて船すすむ　右城暮石〉

熱砂《ねつさ》（晩）**灼**《や》**け砂**《すな》**・砂炎**《すなも》**ゆ**　〈針・刃物・鏡・ひかがみ熱沙越ゆ　小檜山繁子〉

代田《しろた》（初）**水田**《みづた》　代掻《しろか》きが終わり、いつでも田植えができる状態になった田。↓代掻く・田水張る　〈風鳴れり代田に月の出ぬ夜は　黛執〉

植田《うゑた》（仲）**早苗田**《さなへだ》**・五月田**《さつきだ》　田植えが終わったばかりの田。↓田植　〈しろがねの水躍り込む植田かな　若井新一〉

青田《あをた》（晩）**青田風**《あをたかぜ》**・青田波**《あをたなみ》**・青田道**《あをたみち》**・青田面**《あをたのも》**・青田時**《あをたどき》　稲が青々と生長して、まだ穂が出ない状態の田。↓青稲　〈これぞ加賀百万石の青田かな　渋沢渋亭〉

日焼田《ひやけだ》（晩）**旱田**《ひでりだ》**・涸田**《かれた》**・焼**《や》**け田**《た》**・乾割**《ひわ》**れ田**《だ》**・旱魃田**《かんばつだ》　日照りで水が涸《か》れて、出穂前の青稲が

傷んだ田。〈抱え来し縄あまた棄つ早魃田　石黒一憲〉

田水沸く《たみづわく》 (晩) 梅雨も上がる頃、強い日射しを受けて田の水は温度が上がり、ぬるま湯のような状態になること。土の中からは、刈敷《かりしき》などの藁《わら》が腐りガスが発生して泡がぽかりぽかりと浮かび上がる。↓刈敷　〈土握り土を語りぬ田水沸く　太田土男〉

噴井《ふけゐ》 ㊂ 噴井《ふきゐ》 地下にある水脈が絶えず地上に噴き出ている場所のこと。〈森の中噴井は夜もかくあらむ　山口青邨〉

泉《いづみ》 ㊂ 泉川《いづみがは》・やり水《みづ》 〈泉への道後れゆく安けさよ　石田波郷〉

清水《しみづ》 ㊂ 真《ま》清水《しみづ》・山《やま》清水《しみづ》・岩《いは》清水《しみづ》・底《そこ》清水《しみづ》・苔《こけ》清水《しみづ》・磯《いそ》清水《しみづ》・門《かど》清水《しみづ》・家《いへ》清水《しみづ》・庭《には》清水《しみづ》・浅《あさ》清水《しみづ》・涸《かれ》清水《しみづ》・寺《てら》清水《しみづ》・草《くさ》清水《しみづ》・清水《しみづ》陰《かげ》・清水《しみづ》堰《せ》く・清水《しみづ》汲《く》む・清水《しみづ》掬《むす》ぶ・清水《しみづ》茶屋《ぢやや》 地中から湧き出る清らかに澄んだ水。〈絶壁に眉つけてのむ清水かな　松根東洋城〉〈真清水にたくさんの手の記憶あり　村上鞆彦〉

滴り《したたり》 ㊂ 滴《したた》る・岩滴《いはしたた》る・崖滴《がけしたた》る 山の崖や岩膚《いははだ》の裂け目から滴々とこぼれ落ちたり、あるいは苔をつたって落ちる清冽《せいれつ》な水滴のこと。〈したゝりの音の夕べとなりにけり　安住敦〉

滝《たき》 ㊂ 瀑《たき》・瀑布《ばくふ》・飛瀑《ひばく》・滝壺《たきつぼ》・滝《たき》しぶき・滝風《たきかぜ》・滝《たき》の音《おと》・男滝《をだき》・女滝《めだき》・夫婦滝《めをとだき》・滝道《たきみち》・滝《たき》見茶屋《みぢやや》・滝見《たきみ》・滝涼《たきすず》し 〈滝の上に水現れて落ちにけり　後藤夜半〉〈千年の杉や欅や滝の音　草間時彦〉

生　活

賑給《しんきふ》 (仲) しんごふ　高齢者・被災者などに、米・塩などを支給すること。天災発生時、また、即位・立太子などの慶事に行われたが、平安時代に年中行事化した。

着鈦政《ちやくだのまつりごと》 (仲) 着鈦政《ちやくだのまつりごと》　平安時代、検非違使《けびいし》が拘束していた未決囚を、平安京の東西の市に引き出し、鈦（首かせ）を着した上で、獄舎に送ったこと。

菖蒲の枕《あやめのまくら》 (仲) 端午の節句の夜、邪気を祓《はら》うまじないとして、菖蒲を短く切って薄紙に包んだ枕を敷いて寝る風習。〈きぬ〴〵にとくる菖蒲の枕かな　松瀬青々〉

菖蒲の鬘《あやめのかづら》 (仲) あやめのかざし・あやめかづく　邪気を祓《はら》う菖蒲を髪に添えること。旧暦五月五日の端午の節句に朝廷の節会《せちえ》に参列する群臣は、花橘《はなたちばな》や蓬《よもぎ》などとともに菖蒲を鬘（花や草木の皮を髪や冠に飾ること）にして着用することになっていた。

水合の祓《みづあはせのはらへ》 (晩) 水合《みづあはせ》　江戸時代、毎年夏の土用の入りになると陰陽師《おんようじ》の大黒民部《だいこくみんぶ》が行っていた祓い清めの儀式。

氷室《ひむろ》 (晩) 氷室守《ひむろもり》・氷室《ひむろ》の山《やま》・氷室《ひむろ》の雪《ゆき》　冬にとった氷雪を夏まで貯蔵しておくための室、または山陰に掘った穴をいう。〈氷室守清き草履の裏を干す　前田普羅〉

嘉定喰《かぢやうぐひ》 (晩) かつう・かつうの祝《いはひ》・嘉定銭《かぢやうせん》・嘉定菓子《かぢやうぐわし》・嘉定頂戴《かぢやうちやうだい》・嘉定縫《かぢやうぬひ》・袖止《そでどめ》　旧暦六月一六日嘉定（嘉祥）喰と称して、餅あるいは一六個の菓子を神に供えて食すると疫病を祓《はら》うと

して、宮中から民間まで広く行われた行事。〈十六の餅持てあます嘉定食　藤村克明〉

愛鳥週間《あいてうしうかん》 (初) **バード・ウィーク・バード・デー・愛鳥日**《あいてうび》**・鳥**《とり》**の日**《ひ》　五月一〇日から一六日までの一週間。〈爪切つてバードウィーク始まりぬ　大野鵠士〉

時の記念日《ときのきねんび》 (仲) **時**《とき》**の日**《ひ》　六月一〇日。〈時の日の時をゆるやか明治村　遠藤若狭男〉

幟市《のぼりいち》 (初) **幟売**《のぼりうり》**・幟店**《のぼりみせ》　端午の節句の飾り物を売る市。↓端午　〈いさましや風まで添うて幟売り　来山〉

幟《のぼり》 (初) **五月幟**《さつきのぼり》**・菖蒲幟**《あやめのぼり》**・鍾馗幟**《しようきのぼり》**・紙幟**《かみのぼり》**・絵幟**《ゑのぼり》**・初幟**《はつのぼり》**・外幟**《そとのぼり》**・内幟**《うちのぼり》**・座敷幟**《ざしきのぼり》**・幟竿**《のぼりざを》**・幟杭**《のぼりくひ》**・幟飾**《のぼりかざ》**る**　端午の節句に男子の出生を祝って立てる幟のこと。↓端午・鯉幟　〈江戸住みや二階の窓の初のぼり　一茶〉

鯉幟《こひのぼり》 (初) **五月鯉**《さつきごひ》　↓端午・幟・吹流　〈鯉幟ゆらりと白き腹を見せ　深見けん二〉

吹流《ふきながし》 (初) **吹貫**《ふきぬき》　輪に紅白や五色の長い布をいくつも付けたもの。現在は鯉幟の上部に付けられる。↓端午・幟・鯉幟　〈雀らも海かけて飛べ吹流し　石田波郷〉

矢車《やぐるま》 (初)　端午の節句に飾る幟《のぼり》の竿の先につける飾り。↓端午・幟　〈止りたる矢車雲に矢を正す　皆吉爽雨〉

武者人形《むしやにんぎやう》 (初) **かぶと人形**《にんぎやう》**・五月人形**《ごぐわつにんぎやう》**・あやめ人形**《にんぎやう》**・武具**《ぶぐ》**飾**《かざ》**る**　↓端午　〈出陣の稚き眉目武者人形　橋本多佳子〉

削掛の甲《けづりかけのかぶと》 (仲) **けづり甲**《かぶと》　端午の節句の飾り物の一つ。↓端午

菖蒲人形《しやうぶにんぎやう》 (仲) **蒲人**《ほじん》**・艾人**《がいじん》　五月五日の端午の節句に飾る人形。↓端午　〈かくやあらぬ作る

菖蒲の小人形　松瀬青々〉

菖蒲引く《しやうぶひく》 (仲) **あやめ引《ひ》く・菖蒲刈る**（あやめかる／しやうぶかる）**・菖蒲売**《あやめうり》**・艾採《よもぎと》る**　端午の節句に用いるため、沼辺などに赴いて菖蒲を刈ること。↓端午　〈長々と肱にかけたり菖蒲売り　白雄〉

菖蒲葺く《しやうぶふく》 (仲) **あやめ葺《ふ》く・菖蒲挿《しやうぶさ》す・軒菖蒲《のきしやうぶ》・蓬葺《よもぎふ》く・樗葺《あふちふ》く・かつみ葺《ふ》く**　五月四日の夜、軒に菖蒲を葺く風習。↓端午　〈色町にかくれ住みつつ菖蒲葺く　松本たかし〉

菖蒲湯《しやうぶゆ》 (初) **菖蒲風呂**《しやうぶぶろ》　五月五日、端午の節句に、菖蒲の葉を湯船に浸して入浴すること。↓端午・蘭湯　〈日のさして菖蒲片寄る湯槽かな　内藤鳴雪〉

蘭湯《らんたう》 (仲)　五月五日、端午の節句に、蘭の葉を湯船に浸して湯浴みすること。↓端午・菖蒲湯　〈蘭湯や衣桁に侍る女あり　渡辺水巴〉

菖蒲酒《しやうぶざけ》 (仲) **あやめ酒《ざけ》・菖蒲《あやめ》の盃《さかづき》**　↓端午　〈あをによし奈良の一夜の菖蒲酒　深見けん二〉

菖蒲の帷子《あやめのかたびら》 (仲) **菖蒲帷子《しやうぶかたびら》・菖蒲浴衣《しやうぶゆかた》・菖蒲帯《しやうぶおび》**　江戸時代において、端午の節句以降、五月中は着ていた帷子で、晒布《さらし》を紺地に染めたもの。↓端午

菖蒲の鉢巻《しやうぶのはちまき》 (仲)　頭に巻いた布の鉢巻きに菖蒲を挿したもの。↓端午　〈おかつぱに菖蒲はちまきして来たり　安田孔甫〉

菖蒲冑《しやうぶかぶと》 (仲) **甲《かぶと》飾《かざ》る・飾冑《かざりかぶと》**　↓端午　〈緒の弛むべからず飾り兜とて　江川虹村〉

菖蒲刀《しやうぶがたな》 (仲) **菖蒲太刀《しやうぶだち》・あやめ刀《がたな》**　〈なつかしきものの一つぞ菖蒲太刀　石塚友二〉

菖蒲打《しやうぶうち》 (仲) **菖蒲切《しやうぶきり》・菖蒲縄《しやうぶなは》・菖蒲《しやうぶ》たたき**　端午の節句に、菖蒲を平たく編んで縄状にしたもので地を打って音の大きさを競う子供の遊び。↓端午　〈菖蒲敲おまけの音のいや高く　鳥海む

ねき〉

印地打《いんぢうち》 ㊥ いんぢ・菖蒲印地《あやめいんぢ》・印地切《いんぢきり》・石戦《せきせん》の戯《たはむ》れ　端午の節句に行われた石合戦。↓端午〈おもふ人にあたれ印地のそら礫　嵐雪〉

菖蒲の根合《あやめのねあはせ》 ㊥ 菖蒲根合《あやめねあはせ》・根合《ねあは》せ・菖蒲《あやめ》の占《うら》　平安時代、端午の節句に宮中で行われた物合わせの遊戯。↓端午〈こゑひそめゆびほそめたりあやめ占　大木孝子〉

百草を闘はす《ひやくさうをたたかはす》 ㊥ 草合《くさあはせ》・闘草《とうさう》・薬草闘《やくさうとう》ず　五月五日、端午の節句に野に出て草を摘み、その種々の草を比べ合って優劣を競った物合わせの一つ。↓端午〈君が手の扇の影や草合　石井露月〉

薬玉《くすだま》 ㊥ 長命縷《ちやうめいる》・続命縷《しよくめいる》・五月玉《さつきだま》　端午の節句に、邪気を祓《はら》い魔除けになるとして柱に掛けたり身に帯びたりしたもの。麝香《じやこう》・沈香《じんこう》・丁子《ちようじ》など種々の香料を錦の袋に入れて玉にし、菖蒲や蓬《よもぎ》などを飾り、長い五色の糸を垂らした。↓端午〈朱の紐のいささか褪めて長命縷　寺井谷子〉

神水《しんすい》 ㊥ しんずい・神水取《しんずいと》る・竹《たけ》の神水《たまりみづ》　端午の日の霊威ある雨水のこと。

六日の菖蒲《むいかのあやめ》 ㊥ 六日《むいか》しやうぶ　旧暦五月五日の夜の露を受けた菖蒲《しやうぶ》。菖蒲湯を作る風習から、京都に限って六日の菖蒲を珍重した。〈遺愛寺にのこる六日の菖蒲かな　松瀬青々〉

薬狩《くすりがり》 ㊥ 薬《くすり》の日《ひ》・薬草摘《やくさうつみ》・薬猟《くすりがり》・百草摘《ひやくさうつみ》・きそひがり・百草取《ひやくさうとり》・薬草刈《やくさうか》る　薬草および鹿の袋角《ふくろづの》（鹿茸《ろくじよう》）を採取すること。〈胴乱の中むせかへる薬狩　中原道夫〉

艾虎《がいこ》 ㊥ 艾虎《がいこ》を戴《いただ》く　災いを祓《はら》うため、艾《よもぎ》で作られた虎。

樗を佩ぶ《あふちをおぶ》 ㊥ 樗《あふち》の佩《おびもの》・艾《よもぎ》を佩《お》ぶ　中国では五月を悪月《あくげつ》としたため、端午に菖蒲《しやうぶ》や艾を挿して災いを祓《はら》った。

桃印符《たういんふ》 ㊥ 新年に桃の木の板に門神を描いたり、聯語《れんご》を書き（「春聯」という）門に飾ったもの。中国では桃の木は悪鬼を祓《はら》うとされた。日本では端午の行事として扱われている。

天師を画く《てんしをゑがく》 ㊥ 中国では五月を悪月《あくげつ》としたため、端午に黄色の紙に朱印を押し天師や鍾馗《しようき》の像を描き、家の中門に貼って災いを祓《はら》う慣習が近代まで続いた。

儀方を書く《ぎはうをかく》 ㊥ **儀方**《ぎはう》**を書**《しよ》**す** 中国では五月を悪月《あくげつ》としたため、端午に「儀方」の二字を書き、逆さまに柱に貼ると蛇や蝮《まむし》を防ぐという邪を祓《はら》う風習があった。日本の歳時記では蚊を避ける呪《まじな》いといわれている。〈妹が子に宿の儀方を書せけり　松瀬青々〉

梟の羹《ふくろふのあつもの》 ㊥ **梟**《ふくろふ》**の炙**《あぶりもの》**・鳧**《けり》**の羹**《あつもの》 梟は成長して母鳥を食べる悪鳥とされ、これを絶滅するために梟の羹を食べるという。〈口拭ふ梟の羹旨かつし　松瀬青々〉

井守を搗く《ゐもりをつく》 ㊥ **井**《ゐ》**守**《もり》**の印**《しるし》**・守宮**《やもり》**搗**《つ》**く** 守宮に丹砂《たんさ》を与えて飼うと赤くなり、これを搗いて人膚に塗ると一生消えることがない。しかし淫行を行うと消えるとされ、宮女の貞操を守るという意味で守宮と名づけられた。日本に伝わった際、守宮が井守に変わり、さらに端午の日の井守に限るようになった。〈のちのよは守宮搗女《つきめ》になりたしや　大石悦子〉

神麯製す《しんきくせいす》 ㊥ 麯は麹《こうじ》であり、神を付するのは諸神衆会《しゆえ》の日（旧暦五月五日、六月六日、三伏の日）に作り、薬効を高からしめるためという。

五月の鏡《さつきのかがみ》 ㊥ **百錬**《ひやくれん》**の鏡**《かがみ》**・天子**《てんし》**の鏡**《かがみ》**・水心鏡**《すいしんきやう》 中国の伝説。龍の化身の老人の勧めに従い、鋳炉を船中に置き、五月五日、揚子江《ようすこう》で鏡を鋳ると、出来上がった鏡は日を受けて輝き、背面の盤竜は生けるがごとくであったという。

五月忌《さつきいみ》 (仲) 『荊楚《けいそ》歳時記』に「五月は俗に悪月《あくげつ》と称し禁多し」といい、日本でも万葉時代から長雨の五月は忌まれていた。

さんばい降し《さんばいおろし》 (初) **おさばい降《おろ》し・そうとく降《おろ》し** 田植え始めに行われる行事。「さんばい」とは、中国地方西部、および四国で田植えに田の神をよぶ名称。

漁夫帰る《ぎよふかへる》 (仲) かつて北海道などでは、鰊《にしん》漁が終わると渡り漁夫たちが東北地方など故郷へと帰って行ったことをいう。↓渡り漁夫（春）〈岬端にただよふ夕日漁夫帰る　山内遊糸〉

掛鯛下す《かけだひおろす》 (晩) 元旦に乾鯛《ほしだい》を藁縄《わらなわ》でしばり、山草を挿して竈《かまど》の上に吊るしておいたものを、旧暦六月一日に下ろして羹《あつもの》にして食する風習。夏病みをしないといういわれがある。

氷餅を祝ふ《ひもちをいはふ》 (晩) **氷室《ひむろ》の節供《せつく》・氷《こほり》の朔日《ついたち》** 旧暦六月一日、宮中で臣下が氷室の氷を賜った古例にならって、民間でもこの日、氷の代わりに氷餅を祝って食したことをいう。〈落こぼれ蠅もいはふや氷もち　西奴〉

湯餅を進む《たうへいをすすむ》 (晩) 中国古代の風俗で、六月の伏日《ふくじつ》に湯餅（うどん）を祝食すること。

川止《かはどめ》 (晩) **川《かは》づかへ・川《かは》どまり** 梅雨時の急な増水により河川の渡渉が危険である場合、川越しを禁止する処置。〈川止や浪花にひとを待たせゐて　荒井八雪〉

青祈禱《あをぎたう》 (晩) 七月一五日、和歌山県東牟婁《ひがしむろ》郡で行われる農村行事の一つ。

土用灸《どようきう》 (晩) **土用艾《どようもぐさ》・焙烙灸《はうろくきう》** 夏の土用の期間にすえる灸。特効があるという俗信がある。〈大叔母は崋山の妻や土用灸　辻桃子〉

夏期手当《かきてあて》 (晩) **夏期賞与**《かきしやうよ》**・夏期**《かき》**ボーナス** 六月末から七月上旬にかけて、公務員・会社員などに支給される臨時手当。

暑中見舞《しよちゆうみまひ》 (晩) **土用見舞**《どようみまひ》**・夏見舞**《なつみまひ》 夏の間、親しい間柄で涼味のあるものを贈ったり、安否を問う見舞い状を送ったりするならわし。↓寒見舞（冬）〈来はじめし暑中見舞の二三枚　遠藤梧逸〉

夏休《なつやすみ》 (晩) **暑中休暇**《しよちゆうきうか》**・暑中休**《しよちゆうやす》**み・夏期休暇**《かききうか》 ↓春休（春）・休暇明（秋）・冬休（冬）〈大きな木大きな木蔭夏休み　宇多喜代子〉

帰省《きせい》 (晩) **帰省子**《きせいし》 ↓盆帰省（秋）〈ぐんぐんと山が濃くなる帰省かな　黛執〉

夏期講座《かきかうざ》 (晩) **夏季講座**《かきかうざ》**・夏期講習会**《かきかうしふくわい》**・夏季講習会**《かきかうしふくわい》**・夏期大学**《かきだいがく》 〈学生の健やかな肘夏期講座　津田清子〉

林間学校《りんかんがくかう》 (晩) **林間学舎**《りんかんがくしや》**・林間学園**《りんかんがくゑん》**・臨海学園**《りんかいがくゑん》**・臨海学校**《りんかいがくかう》 〈林間学校山羊の子に囲まるる　井上弘美〉

更衣《ころもがへ》 (初) **更衣**《ころもか》**ふ・衣更**《ころもか》**ふ** 衣服を涼しい夏物に改めること。現行の新暦では五月から六月にかけて行われる。かつては旧暦四月一日に綿入れの綿を抜き、袷《あはせ》にすることをいった。↓後の更衣（秋）・冬の更衣（冬）〈一つぬひで後に負ぬ衣がへ　芭蕉〉〈板書せる腕長々と更衣　佐藤郁良〉

白重《しらがさね》 (初) **白襲**《しらがさね》**・白衣**《しらえ》 王朝時代の「襲《かさね》の色目《いろめ》」のうち、白に白を重ねたもの。旧暦四月（新暦五月）一日の更衣《ころもがえ》以降、夏に着用した。〈白重涙のしみのなかりけり　野村喜舟〉

夏衣《なつごろも》 ㊂ **夏着**《なつぎ》**・夏衣**《なつぎぬ》**・夏物**《なつもの》**・麻衣**（あさぎぬ／あさごろも） 夏向きの生地で仕立てた着物。〈朝風に衣桁すべりぬ夏衣　青木月斗〉

夏服《なつふく》 ㊂ **麻服**《あさふく》 夏用に涼しく仕立てた洋服。〈夏服となり帆柱の心持ち　土肥あき子〉

白服《しろふく》 (晩) **白装**《はくさう》 夏に着る白い服のこと。〈白服や海を見たりし釦はめ　加藤楸邨〉

袷《あはせ》 (初) **綿抜**《わたぬき》**・初袷**《はつあはせ》**・古袷**《ふるあはせ》**・素袷**《すあはせ》**・袷衣**《あはせころも》**・絹袷**《きぬあはせ》 表地と裏地の二枚の布で仕立てた着物のこと。かつては綿入れの綿を抜いて、袷とした。↓春袷（春）・更衣・秋袷（秋）〈袷着て袂に何もなかりけり　高浜虚子〉

ネル (初) 軽く柔らかな毛織物。英語などのフランネルの略。〈なほ童心セルでかくせしネル寝巻　香西照雄〉

セル (初) 薄く軽やかな毛織物。オランダ語セルジを日本人がセル地と書き、略してセルとなった。〈セルを着て手足さみしき一日かな　大野林火〉

単衣《ひとへ》 ㊂ **単物**《ひとへもの》**・ひとへの袖**《そで》 裏地をつけない夏の着物。〈松籟に単衣の衿をかき合はす　阿部みどり女〉

帷子《かたびら》 (晩) **白帷子**《しろかたびら》**・染帷子**《そめかたびら》**・絵**《ゑ》**帷子**《かたびら》**・黄帷子**（きかたびら／きびら）**・辻**《つじ》**が花**《はな》 麻または苧麻《からむし》で織った布で仕立てた単衣《ひとえ》。〈帷子の洗ひ洗ひし紺の色　松本たかし〉

羅《うすもの》 (晩) **軽羅**《けいら》**・絽**《ろ》**・紗**《しや》**・透綾**《すきや》**・綾羅**《りようら》**・薄衣**（うすぎぬ／うすごろも）**・蟬**《せみ》**の羽衣**《はごろも》**・蟬衣**《せみごろも》 盛夏用の絽、紗、明石《あかし》、透綾などの薄絹で作った上質の単衣《ひとえ》。〈羅をゆるやかに着て崩れざる　松本たかし〉

晒布《さらし》 ㊂ **晒**《さらし》**・晒川**《さらしがは》**・さらし布**《ぬの》**・奈良晒**《ならざらし》**・晒売**《さらしうり》 晒して白くした綿布または麻布。現在は白木

綿のことをいう。〈川風に水打ち流すさらしかな　太祇〉

生布《きぬの》 ㊂ 麻布《あさふ》・木布《きぬの》・生平《きびら》・科布《しなぬの》・葛布《くずふ》・太布《たふ》・藤布《ふぢふ》　草木の皮の繊維で織った、晒《さら》さない布。

縮《ちぢみ》 ㊂ 縮布《ちぢみふ》・白縮《しろちぢみ》・縞縮《しまちぢみ》・藍縮《あゐちぢみ》・縮木綿《ちぢみもめん》・縮帷子《ちぢみかたびら》・越後縮《ゑちごちぢみ》・明石縮《あかしちぢみ》　緯糸《よこいと》に撚糸《よりいと》を使って織り、後から皺寄《しわよ》せをして布全体を縮ませた布地。〈縮着て一日家を離れざる　九鬼あきゑ〉

上布《じやうふ》 ㊂ 越後上布《ゑちごじやうふ》・薩摩上布《さつまじやうふ》・宮古上布《みやこじやうふ》　麻織物の一種。細い麻糸を平織りにしたもので、涼しげな夏の単衣《ひとえ》の着物に用いる。〈白上布むかし時間のゆつくりと　永方裕子〉

芭蕉布《ばせうふ》 ㊂ 芭蕉の皮の繊維で織った布。〈芭蕉布の誰の形見と申さねど　黒田杏子〉

夏羽織《なつばおり》 ㊂ 単羽織《ひとへばおり》・薄羽織《うすばおり》・麻羽織《あさばおり》・絽羽織《ろばおり》〈夏羽織われをはなれて飛ばんとす　正岡子規〉

夏袴《なつばかま》 ㊂ 麻袴《あさばかま》・絽袴《ろばかま》〈夏袴島に伝はる武家茶道　上野一孝〉

甚平《じんべい》 (晩) じんべ・袖無《そでな》し・甚兵衛《じんべゑ》〈甚平を着て今にして見ゆるもの　能村登四郎〉

すててこ (晩)〈俗もまためでたしすててこを身に　山上樹実雄〉

浴衣《ゆかた》 ㊂ 湯帷子《ゆかたびら》・浴衣掛《ゆかたがけ》・浴衣地《ゆかたぢ》・染浴衣《そめゆかた》・貸浴衣《かしゆかた》・古浴衣《ふるゆかた》・初浴衣《はつゆかた》・白浴衣《しろゆかた》・藍浴衣《あゐゆかた》・糊浴衣《のりゆかた》〈老が身の着かへて白き浴衣かな　村上鬼城〉

着茣蓙《きござ》 (晩) 合羽《かつぱ》のように背中に羽織る一枚茣蓙。〈粟の草取るや着茣蓙に風もなく　篠原温亭〉

汗衫《あせとり》 ㊂ 汗取《あせとり》・紙縒襦袢《こよりじゆばん》・網襦袢《あみじゆばん》・夏襦袢《なつじゆばん》・ガーゼ襦袢《じゆばん》・管襦袢《くだじゆばん》・竹襦袢《たけじゆばん》　酷暑の頃、肌に衣類がべたつかないように、また汗が着物にしみ出るのを防ぐために着る肌着。〈汗に朽ちば風すすぐべし竹襦袢　嵐雪〉

白絣《しろがすり》 (晩) **白地**《しろぢ》**・白飛白**《しろがすり》 木綿・麻の白地に黒や紺などで絣模様を織りだしたり、染めたりしたもの。〈白絣着て飛魚の眼のごとし　飯田龍太〉

レース ㊂ **レース編**《あ》**む** 〈風来ては綴る木洩れ日レース編む　鍵和田秞子〉

半ズボン《はんズボン》 ㊂ **ショートパンツ** 〈通訳をつとめ幼き半ズボン　大島民郎〉

夏シャツ《なつシャツ》 ㊂ **網**《あみ》**シャツ・クレープシャツ・白**《しろ》**シャツ** 〈海を見に行く白シャツの帆となつて　浅井民子〉

開襟シャツ《かいきんシャツ》 ㊂ **開襟**《かいきん》 〈逢ひに行く開襟の背に風溜めて　草間時彦〉

アロハシャツ ㊂ **アロハ** 〈船旅や買つてすぐ着るアロハシャツ　山崎ひさを〉

サマードレス (晩) **サマーコート・サマーウエア・簡単服**《かんたんふく》**・あつぱつぱ** 〈背の開くサマードレスの前が海　蜂谷一人〉

サンドレス (晩) 〈金魚飼ふほどのポケットサンドレス　坂本宮尾〉

水着《みずぎ》 (晩) **海水着**《かいすいぎ》**・海水帽**《かいすいぼう》**・水泳帽**《すいえいぼう》 〈貝殻を預けに来たり水着の子　榎本享〉

サングラス (晩) 〈サングラス掛けて妻にも行くところ　後藤比奈夫〉

夏襟《なつえり》 ㊂ 夏用の半襟で、襦袢《じゅばん》の襟に掛ける飾り襟のこと。

夏帯《なつおび》 ㊂ **単帯**《ひとえおび》 〈夏帯や一途といふは美しく　鈴木真砂女〉

腹当《はらあて》 ㊂ **腹掛**《はらかけ》**・腹巻**《はらまき》**・寝冷知**《ねびえし》**らず** 夏、寝冷えを防ぐために腹に当てたり巻いたりするもの。〈腹当や男のやうな女の子　景山筍吉〉

夏頭巾《なつずきん》 ㊂ **麻頭巾**《あさずきん》 〈一宿して立去る君や麻頭巾　石井露月〉

編笠《あみがさ》 ㊂ **台笠**《だいがさ》**・菅笠**《すげがさ》**・藺笠**《ゐがさ》**・檜笠**《ひのきがさ》**・簭笠**《たけのこがさ》**・熊谷笠**《くまがいがさ》**・網代笠**《あじろがさ》**・市女笠**《いちめがさ》 〈あみ笠や彦根の城は眉の上　島田五空〉

夏帽子《なつぼうし》 ㊂ **夏帽**《なつぼう》**・麦稈帽子**《むぎわらぼうし》**・麦藁帽子**《むぎわらぼうし》**・カンカン帽**《ぼう》**・経木帽**《きやうぎぼう》**・パナマ帽**《ぼう》 ↓冬帽子（冬） 〈人生の輝いてゐる夏帽子　深見けん二〉

夏手袋《なつてぶくろ》 ㊂ **夏手套**《なつしゆたう》 ↓手袋（冬） 〈押印のたびに脱ぎたる夏手套　藤田直子〉

夏足袋《なつたび》 ㊂ **単足袋**《ひとへたび》**・麻足袋**《あさたび》**・縮足袋**《ちぢみたび》 ↓足袋（冬） 〈畳踏む夏足袋映る鏡かな　阿波野青畝〉

白靴《しろぐつ》 ㊂ 〈白靴ときめ快晴の日なりけり　岩津厚子〉

サンダル ㊂ 〈サンダルを脱ぐや金星見届けて　櫂未知子〉

汗手貫《あせてぬき》 ㊂ 袖口が汗で汚れるのを防ぎ、汗で腕がべとつかないように手首にはめる筒状のもの。〈汗手貫老僧も汗をかゝるゝ歟　青木月斗〉

衣紋竹《えもんだけ》 ㊂ **衣紋竿**《えもんざを》**・衣桁**《いかう》 衣桁は衣服を掛けておく家具で、衝立《ついたて》式のものと屛風《びやうぶ》式の折りたたむものがある。衣紋竹は衣桁の簡易なもの。〈衣紋竹の喪服に今日の夜は来ぬ　阿部みどり女〉

ハンカチ ㊂ **ハンカチーフ・ハンケチ・汗拭**《あせぬぐ》**ひ・汗**《あせ》**ふき・汗手拭**《あせてぬぐひ》**・汗**《あせ》**のごひ** 〈ハンカチを小さく使ふ人なりけり　櫂未知子〉

粽《ちまき》 (初) **茅巻**《ちまき》**・粽結**《ちまきゆ》**ふ・粽解**《ちまきと》**く・菰粽**《こもちまき》**・笹粽**《ささちまき》**・飾粽**《かざりちまき》**・筒粽**《つつちまき》**・飴粽**《あめちまき》**・粽笹**《ちまきささ》**・巻笹**《まきささ》**・巻笹売**《まきささう》**り** ↓端午 〈粽結う死後の長さを思いつつ　宇多喜代子〉

柏餅《かしはもち》 (初) ↓端午 〈てのひらにのせてくださる柏餅　後藤夜半〉

夏料理《なつれうり》 ㊂ 蒸し暑い日本の夏向きに考えられた料理。〈美しき緑走れり夏料理　星野立子〉

筍飯《たけのこめし》 (初) 〈松風に筍飯をさましけり　長谷川かな女〉

豆飯《まめめし》 (初) **豆御飯**《まめごはん》 〈豆めしや娘夫婦を客として　安住敦〉

麦飯《むぎめし》 (初) **すむぎ** 〈大盛であり麦飯でありにけり　山田弘子〉

鮓《すし》 (三) **鮨**《すし》**・すもじ・握**《にぎ》**り鮓**《ずし》**・押鮓**《おしずし》**・ちらし鮓**《ずし》**・五目鮓**《ごもくずし》**・稲荷鮓**《いなりずし》**・巻鮓**《まきずし》**・馴鮓**《なれずし》**・飯鮓**《いひずし》**・早**《はや》**鮓**《ずし》**・一夜鮓**《いちやずし》**・柿鮓**《こけらずし》**・鮎鮓**《あゆずし》**・釣瓶鮓**《つるべずし》**・雀鮓**《すずめずし》**・はたはた鮓**《ずし》**・箱鮓**《はこずし》**・笹巻鮓**《ささまきずし》**・鮒鮓**《ふなずし》**・鯖鮓**《さばずし》**・鯛**《たひ》**鮓**《ずし》**・笹鮓**《ささずし》**・柿**《かき》**の葉鮓**《はずし》**・朴葉鮓**《ほほばずし》**・蛇**《じゃ》**の鮓**《すし》**・宇治**《うぢ》**丸鮓**《まるずし》**・鮓圧**《すしお》**す・鮓漬**《すしつ》**ける・鮓熟**《すしな》**る・鮓桶**《すしをけ》**・鮓**《すし》**の石**《いし》**・鮓売**《すしう》**り** 〈鮒ずしや彦根が城に雲かかる　蕪村〉

水飯《すいはん》 (晩) **水飯**《みづめし》**・水漬**《みづづけ》**・洗**《あら》**ひ飯**《めし》 乾飯《ほしいい》を冷水に漬け食用としたもの。〈水飯を顎かつ〳〵と食うべけり　高浜虚子〉

乾飯《ほしいひ》 (晩) **糒**《ほしいひ》**・道明寺**《だうみやうじ》**・引飯**《ひきいひ》**・干飯**《ほしいひ》**・乾飯**《かれいひ》 天日で乾燥させ携帯用とした飯。〈糒を掌に豊かとも貧しとも　江川虹村〉

飯笊《めしざる》 (三) **飯籠**《めしかご》 竹製の飯櫃《めしびつ》のこと。〈母がりの飯笊も亦なつかしき　高野素十〉

飯饐える《めしすえる》 (三) **飯饐**《めしす》**ゆ・饐飯**《すえめし》**・煮物饐**《にものす》**える・汗**《あせ》**の飯**《めし》**・飯**《めし》**の汗**《あせ》 夏に飯櫃《めしびつ》のご飯が早く饐えること。〈飯饐る畳のくらさ夜の如し　宇佐美魚目〉

冷汁《ひやじる》 (三) **冷**《ひや》**し汁**《じる》**・煮冷し**（にざまし／にびやし） 〈怖いもの知らずに生きて冷汁　鈴木真砂女〉

集汁《あつめじる》 (仲) **むじつ汁**《じる》 大根・牛蒡《ごぼう》・芋などの野菜や豆腐・干魚・いりこなどを一緒に煮込んだ味噌汁、またはすまし汁。〈巻昆布の中に魚頭やあつめ汁　安斎桜磈子〉

ごり汁《ごりじる》 (初) **鮔汁**《ごりじる》**・ごりの汁**《しる》 ↓鮔 〈鮴《ごり》汁の椀も金箔加賀泊　山口峰玉〉

冷麦《ひやむぎ》 ㊂ **切麦**《きりむぎ》〈冷麦に氷残りて鳴りにけり　篠原温亭〉

冷索麺《ひやさうめん》 ㊂ **冷素麺**《ひやさうめん》・**冷麺**《ひやめん》・**索麺冷**《さうめんひ》**やす**・**索麺流**《さうめんなが》**し**・**流**《なが》**し索麺**《さうめん》〈うまうまと独り暮しや冷索麺　山田みづえ〉

冷し中華《ひやしちゆうくわ》 ㊂〈七彩の冷し中華やひとりの夜　加瀬美代子〉

冷奴《ひややつこ》 ㊂ **冷豆腐**《ひやどうふ》・**水豆腐**《みづどうふ》 →湯豆腐（冬）〈屋久杉の箸の香ほのと冷奴　山田佳乃〉

胡瓜揉《きうりもみ》 ㊂ **瓜揉**《うりもみ》・**瓜揉**《うりも》**む**・**揉瓜**《もみうり》・**瓜膾**《うりなます》・**瓜**《うり》**きざむ**〈鍵ひとつ恃むくらしの瓜をもむ　稲垣きくの〉

瓜漬《うりづけ》 ㊂ **胡瓜**《きうり》**づけ**・**白瓜**《しろうり》**づけ**・**漬瓜**《つけうり》〈瓜漬けて風の機嫌の良き日かな　円城寺順子〉

冷し瓜《ひやしうり》 ㊂ **瓜冷**《うりひや》**す**〈冷し瓜回して水の流れ去る　大串章〉

冷し西瓜《ひやしすいくわ》 （晩） **氷西瓜**《こほりすいくわ》〈冷し西瓜縞目ゆたかに浮びをり　浅井よし子〉

乾瓜《ほしうり》 ㊂ **雷干**《かみなりぼし》・**干瓜**《ほしうり》〈乾瓜や嫁して薄味覚えたる　西村和子〉

茄子漬《なすづけ》 ㊂ **なすび漬**《づけ》・**浅漬茄子**《あさづけなす》・**茄子漬**《なすつ》**ける**〈茄子漬や雲ゆたかにて噴火湾　加藤楸邨〉

鴫焼《しぎやき》 ㊂ **茄子**《なす》**の鴫焼**《しぎやき》・**茄子田楽**《なすでんがく》・**焼茄子**《やきなす》 茄子を皮つきのまま二つに割り、串にさして軽く焼き、味噌だれをつけたもの。〈しぎ焼に爺婆の箸出合ひけり　大木あまり〉

新茄子和《しんきあへ》 （仲） **糝和**《しんこあへ》 茄子の皮をむいて縦切りにし、さらに蒸して胡麻《ごま》醤油で和えたもの。

梅干す《うめほす》 （晩） **干梅**《ほしうめ》・**梅干**《うめぼし》・**梅漬**《うめづけ》・**梅干漬**《うめぼしづけ》・**梅漬**《うめつ》**ける**・**夜干**《よぼし》**の梅**《うめ》・**梅筵**《うめむしろ》〈梅干して人は日陰にかくれけり　中村汀女〉

煮梅《にうめ》 （仲） **青梅煮**《あをうめに》**る**〈留主の間にさがしあたりし煮梅かな　麒道〉

伽羅蕗《きやらぶき》 ㊂ 野蕗を醤油《しようゆ》で煮つけたもの。〈伽羅蕗を煮返す妻や今日も雨　増田龍雨〉

蒜の根《にんにくのね》 (晩) 蒜《ひる》の根《ね》　土用に小豆とともに食すと疫病を除くといわれる。

煮酒《にざけ》 ㊂ 新酒《しんしゆ》火《ひ》入《い》れ・酒煮《さけに》る・酒煮《さけに》　寒中に仕込んだ酒を、貯蔵を目的として加熱すること。〈酒を煮る匂ひが川のむかうより　今井杏太郎〉

麦酒《ビール》 ㊂ ビール・生《なま》ビール・黒《くろ》ビール・地《ぢ》ビール・ビヤホール・ビヤガーデン・缶《くわん》ビール〈麦酒つぐ水平線の高さまで　伊藤伊那男〉

梅酒《うめしゆ》 (晩) 梅酒《うめざけ》・梅焼酎《うめせうちう》〈歳月も梅酒の甕も古りしかな　安住敦〉

焼酎《せうちう》 ㊂ 泡盛《あわもり》・粕取焼酎《かすとりせうちう》・甘藷《いも》焼酎《ぜうちう》・蕎麦《そば》焼酎《ぜうちう》・麦焼酎《むぎぜうちう》・黍焼酎《きびぜうちう》〈静かなる闇焼酎にありにけり　岡井省二〉

麻地酒《あさぢざけ》 (晩) 浅茅《あさぢ》酒《ざけ》・朝生《あさぢ》酒《ざけ》・土《つち》かぶり　粳米《うるちまい》と糯米《もちごめ》を等分に用い、寒の水で仕込み、土中に埋めておいた酒。〈目覚ましに試みるなり麻地酒　井月〉

冷酒《ひやざけ》 (晩) 冷《ひや》し酒《ざけ》・冷酒《れいしゆ》　↓熱燗（冬）〈青笹の一片沈む冷し酒　綾部仁喜〉

甘酒《あまざけ》 ㊂ 一夜《ひとよ》酒《ざけ》・醴《こざけ》・醴酒《れいしゆ》・甘酒売《あまざけうり》・甘酒屋《あまざけや》〈甘酒啜る一時代をば過去となし　原子公平〉

新茶《しんちや》 (初) 走《はし》り茶《ちや》・古《こ》茶《ちや》・陳茶《ひねちや》・茶詰《ちやつめ》・試《こころ》みの茶《ちや》〈二滴一滴そして一滴新茶かな　鷹羽狩行〉

夏切茶《なつぎりちや》 (晩) 夏切《なつぎり》の茶《ちや》・夏切壺《なつぎりつぼ》・夏切《なつきり》　暑中に使うため、本来「炉開き」にする「口切」（ともに初冬）を待たずに茶詰の封を切った新茶のこと。〈夏切や細川殿の八重むぐら　才麿〉

麦茶《むぎちや》 ㊂ 麦湯《むぎゆ》・冷《ひや》し麦茶《むぎちや》〈帰らんとすれば麦茶を注ぎ足され　鶴岡加苗〉

葛水《くずみづ》 ㊂ 葛粉に砂糖を入れて少量のぬるま湯で溶かし、冷水を加えた飲み物。〈葛水に松風塵

を落すなり　高浜虚子〉

砂糖水《さたうみづ》 ㊂ 蜜水《みつすい》・白玉水《しらたますい》 〈休日は老後に似たり砂糖水　草間時彦〉

アイスティー ㊂ 冷《ひや》し紅茶《こうちや》 〈語らひのいつか過去形アイスティ　鞠絵由布子〉

アイスコーヒー ㊂ 冷《ひや》し珈琲《コーヒー》・コールコーヒー 〈冷し珈琲飲みて一と日の句読点　三輪温子〉

肉桂水《にくけいすい》 ㊂ につき水《すい》・薄荷水《はくかすい》 ニッキ、シナモンといわれる肉桂の樹皮（桂皮《けいひ》）を蒸留する際得られる水溶液を水で薄めて甘味を足したもの。

レモン水《レモンすい》 ㊂ レモンスカッシュ 〈レモンスカッシュのんで砂漠にゐたりけり　多田薙石〉

ソーダ水《ソーダすい》 ㊂ 曹達水《ソーダすい》・炭酸水《たんさんすい》・沸騰酸《ふつとうさん》・レモンソーダ・オレンジソーダ・クリームソーダ 〈一生の楽しきころのソーダ水　富安風生〉

サイダー ㊂ 冷《ひや》しサイダー・シトロン 〈サイダーや泡のあはひに泡生まれ　柳生正名〉

ラムネ ㊂ 冷《ひや》しラムネ・平野水《ひらのすい》 〈唇にラムネの壜のいかめしき　相生垣瓜人〉

ミルクセーキ ㊂ 牛乳に卵黄・砂糖を加えてミキサーで掻《か》き混ぜたり、卵と砂糖の代わりにアイスクリームを使って混ぜた飲み物。

氷水《こほりみづ》 ㊂ 夏氷《なつごほり》・かき氷《ごほり》・甘露水《かんろすい》・氷小豆《こほりあづき》・氷苺《こほりいちご》・氷金時《こほりきんとき》・氷《こほり》レモン・氷宇治《こほりうぢ》・みぞれ・削氷《けづりひ》・氷店《こほりみせ》 〈浅草や昔のいろの氷水　鷹羽狩行〉

氷菓《ひようくわ》 ㊂ 氷菓子《こほりぐわし》・アイスキャンデー・シャーベット 〈六月の氷菓一盞の別れかな　中村草田男〉

アイスクリーム ㊂ ソフトクリーム・ジェラート 〈アイスクリームおいしくポプラうつくし

く　京極杞陽〉

振舞水《ふるまひみづ》 (晩) **接待水**《せったいみづ》**・水接待**《みづせったい》**・水振舞**《みづふるまひ》 夏の暑い日に、通りかかる人のために桶《おけ》や樽《たる》などに冷たい水を汲《く》み、柄杓《ひしやく》や茶碗を添えて、自由に飲めるように道端や木陰に出して置かれたもの。〈慇懃に振舞水に人寄りし　池内たけし〉

葛餅《くずもち》 (三) **葛練**《くずねり》 〈葛餅の三角といふよきかたち　片山由美子〉

葛饅頭《くずまんぢゆう》 (三) **葛桜**《くずざくら》**・水饅頭**《みづまんぢゆう》 〈宵は灯の美しきとき葛桜　森澄雄〉

葛切《くずきり》 (三) **葛麵**《くずめん》 〈くずきりのこのつめたさをこのまれし　黒田杏子〉

土用餅《どようもち》 (晩) 土用の節物《せつぶつ》として搗《つ》いた餅。〈みちのくの土用餅とて豆入れて　斎藤夏風〉

心太《ところてん》 (三) **心天**《ところてん》**・こころぶと・こころてん・心太突**《ところてんつ》**き** 〈ところてん煙の如く沈み居り　日野草城〉

ゼリー (三) 〈好き嫌ひ多くてゼリー揺らしけり　大木あまり〉

金玉糖《きんぎよくたう》 (三) **錦玉糖**《きんぎよくたう》**・金玉羹**《きんぎよくかん》 煮溶かした寒天に砂糖を入れて煮詰めたあと、冷やして固めたもの。〈金玉糖桃色の餡あからさま　小川春休〉

水羊羹《みづやうかん》 (三) 〈青年は膝を崩さず水羊羹　川崎展宏〉

白玉《しらたま》 (三) **氷白玉**《こほりしらたま》**・白玉**《しらたま》**ぜんざい** 〈白玉は何処へも行かぬ母と食ぶ　轡田進〉

茹小豆《ゆであづき》 (三) **冷**《ひや》**し汁粉**《しるこ》**・煮小豆**《にあづき》 〈葭簀越し白波寄する茹小豆　戸川稲村〉

蜜豆《みつまめ》 (三) **餡蜜**《あんみつ》**・フルーツ蜜豆**《みつまめ》**・フルーツ餡蜜**《あんみつ》**・クリーム蜜豆**《みつまめ》 〈蜜豆や四囲の山なみ明智領　波多野爽波〉

飴湯《あめゆ》 ㊂ **飴湯売**《あめゆうり》**・冷**《ひや》**し飴**《あめ》 〈文弱の手足萎えたる飴湯かな　七田谷まりうす〉

麨《はつたい》 ㊂ **麨粉**《はつたいこ》**・麦炒粉**《むぎいりこ》**・麦**《むぎ》**こがし・麦焦**《むぎいり》**・麦**《むぎ》**の粉**《こ》**・麦香煎**《むぎかうせん》**・こがし・水**《みづ》**の粉**《こ》**・練**《ね》**りこがし・はつたい茶**《ちや》**・麦落雁**《むぎらくがん》　大麦の粉を炒《い》って挽《ひ》いて粉にしたものを、水やお湯で練って食べる食べ物。〈麨や生き生きと死の話など　古賀まり子〉

青挿《あをざし》 (初) 青麦を煎って臼で碾《ひ》き、糸のように縒《よ》った菓子という。現在では見られない。〈青さしや清少納言有りてより　正岡子規〉

洗膾《あらひ》 ㊂ **洗**《あら》**ひ・洗鱸**《あらひすずき》**・洗鯛**《あらひだひ》**・洗鯉**《あらひごひ》**・活**《い》**き作**《づく》**り** 〈山国の水匂ひ立つ洗膾かな　西山睦〉

土用鰻《どよううなぎ》 (晩) **土**《ど》**用丑**《ようし》**の日**《ひ》**の鰻**《うなぎ》**・鰻**《うなぎ》**の日**《ひ》 ↓土用 〈土用鰻息子を呼んで食はせけり　草間時彦〉

土用蜆《どようしじみ》 (晩) ↓蜆（春）・土用 〈振り声も土用蜆や明石町　小坂順子〉

泥鰌鍋《どぢやうなべ》 ㊂ **泥鰌汁**《どぢやうじる》**・柳川鍋**《やながはなべ》 〈川越せば川の匂ひやどぜう鍋　村山古郷〉

穴子鮨《あなごずし》 ㊂ ↓穴子 〈穴子鮨父が帰らぬ夜の母と　今井聖〉

焼穴子《やきあなご》 ㊂ ↓穴子 〈七輪の醤油膨らみ焼穴子　末岡桂一〉

沖膾《おきなます》 ㊂ **背越膾**《せごしなます》**・鯵**《あぢ》**の背越**《せごし》　釣り舟を使った舟遊び。鯵・鱵《さより》・いさきなどの魚を釣り、それを舟の上で刺身に料理して食べる。〈沖膾海上に酢の匂ふまで　野村喜舟〉

新節《しんぶし》 ㊂ 初夏に獲《と》れた、やや小ぶりの鰹《かつお》から作ったやわらかめの鰹節のこと。〈新節の硬き血色を削りけり　岡田四庵〉

生節《なまぶし》 ㊂ **なまり・なまり節**《ぶし》　鰹《かつお》を三枚におろし骨を捨て、二枚の身を蒸して生干しにしたもの。〈生ぶしや黒木の御所の台所　嘯山〉

身欠鰊《みがきにしん》 (初) かきわり・厄身《やくみ》欠《がき》　鰊の頭と尾を取り除き、干してから二枚におろし、骨のついている側をさらに乾燥させたもの。〈虫つかぬみがきにしんを哀れがる　清水径子〉

鱧ちり《はもちり》 (三) 落《おと》し鱧《はも》・干《ひ》鱧《はも》・鱧《はも》の落《お》とし・湯《ゆ》びき鱧《はも》・鱧《はも》ぼたん・五寸《ごん》切《きり》・鱧《はも》ざく・鱧《はも》の皮《かは》・鱧鮨《はもずし》・鱧茶漬《はもちやづけ》・鱧料理《はもれうり》　捌《さば》いた鱧を湯引きして氷水で冷やし、梅肉や酢味噌を付けて食す料理。↓鱧・水鱧〈僧ひとり料亭に待つ湯びき鱧　岩下四十雀〉

干河豚《ほしふぐ》 (三) 乾河豚《ほしふぐ》・塩河豚《しほふぐ》・さくら干《ぼ》し・のし河豚《ふぐ》　河豚の皮を剝ぎ、骨を抜いて干したもの。〈汲置の水にもどせし干ふぐかな　東甫〉

晒鯨《さらしくぢら》 (三) 皮鯨《かはくぢら》・塩鯨《しほくぢら》　鯨の肉と皮との間にある脂肪を薄切りにして熱湯で茹《ゆ》でて冷水に晒し、真っ白にしたもの。〈さらし鯨酒慎しみてゐたりけり　山崎ひさを〉

塩烏賊《しほいか》 (三) 烏賊を塩漬けにしたり、干してするめにしたりしたもの。

蟹胥《かにびしこ》 (三) 蟹醬《かにびしほ》・蟹漬《かにづけ》　蟹の塩辛のこと。

水貝《みづがひ》 (三) 水介《みづがい》・生貝《なまがひ》　生の鮑《あわび》を塩で磨いて洗い、二センチ角程度の賽《さい》の目に切り、薄い塩水を入れた深鉢に浮かべたもの。〈水貝やすなはち匂ふ安房の海　石塚友二〉

納豆造る《なつとうつくる》 (晩) 一休納豆《いつきうなつとう》・大徳寺納豆《だいとくじなつとう》・塩辛納豆《しほからなつとう》・京納豆《きやうなつとう》・寺納豆《てらなつとう》　〈松風の納豆仕込む精舎かな　尾崎紅葉〉

奈良漬製す《ならづけせいす》 (晩) 〈仏具屋のむかひ奈良漬製しをり　山崎崇世〉

酢造る《すつくる》 (晩) 菖蒲酢《しやうぶす》　〈酢造るや細々として落る花　松瀬青々〉

醬油造る《しやうゆつくる》 (晩) 〈塩浮いて醬油造りの梁太く　島田鈴子〉

醤造る《ひしほつくる》 ㊉晩 〈書閑に醤造るや山の寺　佐藤紅緑〉

夏館《なつやかた》 ㊂ 夏邸《なつやしき》 和・洋を問わず夏の暑さをやわらげる配慮のなされた館。↓冬館（冬）〈中の間に蔵あり古き夏邸　高浜虚子〉

夏の灯《なつのひ》 ㊂ 灯《ひ》涼《すず》し・夏灯《なつともし》 〈夏の灯にひらくや浪花名所図会　鷲谷七菜子〉

夏炉《なつろ》 ㊂ 夏《なつ》の炉《ろ》・夏火鉢《なつひばち》 夏でも塞がずにおく囲炉裏や暖炉のこと。北国や山間部などでは夏でも急に気温の低くなることがある。↓春の炉（春）・炉（冬）〈夏炉の火燃えてをらねば淋しくて　高浜虚子〉

夏座敷《なつざしき》 ㊂ ↓冬座敷（冬）〈雨音を野の音として夏座敷　廣瀬直人〉

露台《ろだい》 ㊂ バルコニー・バルコン・ベランダ 〈人偲ぶこととなりたる露台かな　対中いずみ〉

泉殿《いづみどの》 ㊂ 釣殿《つりどの》・水殿《みづどの》・水亭《すいてい》・泉の屋《いづみや》 納涼や観月のために泉や池の上に張り出して造られた水亭をいう。〈よりかゝる柱映れり泉殿　池内たけし〉

滝殿《たきどの》 ㊂ 涼をよぶ滝を観るために、滝の傍に建てられた建物。〈滝殿や玉の響の珊々と　島田五空〉

噴水《ふんすい》 ㊂ 吹上《ふきあげ》・噴泉《ふんせん》 〈噴水のしぶけり四方に風の街　石田波郷〉

夏蒲団《なつぶとん》 ㊂ 夏衾《なつぶすま》・麻蒲団《あさぶとん》・夏掛《なつがけ》 ↓蒲団（冬）〈寝くたれの股にはさまり夏布団　矢島渚男〉

夏座蒲団《なつざぶとん》 ㊂ 麻座蒲団《あさざぶとん》・藺座蒲団《ゐざぶとん》 〈五枚づゝ夏座布団の十五枚　下田実花〉

革蒲団《かはぶとん》 ㊂ 革座蒲団《かはざぶとん》 〈革布団青き畳に浮みけり　高浜虚子〉

花茣蓙《はなござ》 ㊂ 絵筵《ゑむしろ》・綾筵《あやむしろ》・絵茣蓙《ゑござ》 花柄や山水柄を編みこんだ夏用の茣蓙。〈花茣蓙の花の暮色

を座して待つ　福永耕二〉

寝茣蓙《ねござ》 ㊂ **寝筵**《ねむしろ》　夏の夜の寝苦しさをやわらげるために、敷蒲団《しきぶとん》の上に敷く一畳ほどの茣蓙。〈奥能登の一夜の宿の寝茣蓙かな　大橋越央子〉

籐筵《とうむしろ》 ㊂ **とむしろ**　籐を細く裂いて編んだ筵。〈川風の転がつて来し籐筵　平石和美〉

蒲筵《がまむしろ》 ㊂ **蒲茣蓙**《がまござ》　蒲の茎を編んだ筵。〈虫聴くや素足に痛き蒲筵　小泉迂外〉

簟《たかむしろ》 ㊂ **竹席**《ちくせき》**・竹筵**《たけむしろ》　籐や細く割った竹などで、筵のように編んだ夏用の敷物。〈浴《ゆあみ》して且うれしさよたかむしろ　召波〉

円座《ゑんざ》 ㊂ 菅《すげ》・藺草《いぐさ》・藁《わら》・菰《こも》などの茎葉《けいよう》を束ね、渦巻き状に平らに編んだ円形の敷物。〈萬福寺さまの小さな円座かな　山口千枝子〉

敷紙《しきがみ》 ㊂ 和紙を厚く貼り合わせ、渋を塗った敷物。〈敷紙や黒き板戸もあけ放ち　上川井梨葉〉

油団《ゆとん》 ㊂ 和紙を厚く貼り合わせ、桐油《きりあぶら》や荏胡麻《えごま》油または漆・柿渋などをひいた敷物。〈柱影映りもぞする油団かな　高浜虚子〉

籠枕《かごまくら》 ㊂ **籐枕**《とうまくら》　竹や籐を籠目で円柱形に編んだ枕。〈雨やむを待ちて仮寝の籠枕　鈴木花蓑〉

陶枕《たうちん》 ㊂ **磁枕**《じちん》**・青磁枕**《せいじちん》**・白磁枕**《はくじちん》**・陶磁枕**《たうじちん》**・石枕**《いしまくら》**・金枕**《かねまくら》**・竹枕**《たけまくら》**・木枕**《きまくら》**・瓦枕**《かはらまくら》　陶器でできた枕で、もともとは中国から伝えられたもの。〈陶枕の青き山河に睡りけり　綾部仁喜〉

竹婦人《ちくふじん》 ㊂ **竹夫人**《ちくふじん》**・抱籠**《だきかご》**・添寝籠**《そひねかご》**・竹奴**《ちくど》　竹や籐を円筒形に編んだ籠。夏の夜、寝るときに抱きかかえたり、あるいは足をもたせたりなどして涼をとる。〈くびれたるところがかたし竹婦人　小原啄葉〉

網戸《あみど》 ㊂ **網窓**《あみまど》 〈網戸して世をはばかれるこころもち　福永鳴風〉

日除《ひよけ》 ㊂ **日覆**（ひおひ／ひおほひ） 〈三日月にたたむ日除のほてりかな　渡辺水巴〉

簾《すだれ》 ㊂ **簾戸**《すだれど》・**掛簾**《かけすだれ》・**絵簾**《ゑすだれ》・**御簾**《みす》・**簾衝立**《すだれついたて》・**古簾**《ふるすだれ》・**玉簾**《たますだれ》・**葭簾**《よしすだれ》・**玻璃簾**《はりすだれ》　↓秋簾（秋）〈いちまいの簾の奥の暮しかな　鈴木貞雄〉

青簾《あをすだれ》 ㊂ **竹簾**《たけすだれ》・**管簾**《くだすだれ》・**板簾**《いたすだれ》・**伊予簾**《いよすだれ》・**半簾**《はんすだれ》・**簾売**《すだれうり》　青竹を細く割って編んだ簾。↓秋簾（秋）〈病臥して向うが見ゆる青簾　柿本多映〉

夏暖簾《なつのれん》 ㊂ **麻暖簾**《あさのれん》 〈夏暖簾垂れて静かに紋所　高浜虚子〉

葭簀《よしず》 ㊂ **葭簀張**《よしずばり》・**葭簀掛**《よしずがけ》・**葭簀茶屋**《よしずぢやや》・**葭屏風**《よしびやうぶ》　乾燥させた葭の茎を並べて、糸で粗く編んで作った簀。〈朝の海葭簀に青き縞なせり　内藤吐天〉

葭戸《よしど》 ㊂ **葭障子**《よししやうじ》・**簀戸**《すど》　葭簀をはめこんだ戸。〈簀戸はめて空の光をいとひけり　阿波野青畝〉

綟障子《もぢしやうじ》 ㊂ **綟屏風**《もぢびやうぶ》・**網障子**《あみしやうじ》　障子の骨の代わりに細竹を菱形に組んだ簀戸《すど》に、綟（麻糸をよじって織った目の粗い布）を張ったもの。

籐椅子《とういす》 ㊂ **籐寝椅子**《とうねいす》　籐の茎や皮を編んで作った椅子。〈籐椅子に躰を沈め溶けてゆく　久保純夫〉

竹床几《たけしやうぎ》 ㊂ **竹牀几**《たけしやうぎ》　竹で作った腰掛け。〈門川のあり竹牀几出してあり　武藤紀子〉

ハンモック ㊂ **吊床**《つりどこ》・**寝網**《ねあみ》　〈ハンモック沖高ければ高く吊る　原田青児〉

錫の鉢《すずのはち》 ㊂ **錫**《すず》**の皿**《さら》　錫製の鉢や皿などの食器のこと。錆《さ》びにくく毒性がないので古代から世界各地で鉢・皿・壺などの食器に使われてきた。

水盤《すいばん》 ㊂ 水を張る浅く平らな器（盤）。〈母の月日ありぬ青磁の水盤に　大橋敦子〉

ギヤマン ㊂ 切子《きりこ》・ビードロ・カットグラス　ガラスまたはガラス細工の古称。ダイヤモンドを意味するオランダ語ギアマント（diamante）が日本風に訛《なま》ったもの。〈水の如し古ぎやまんのうす明かり　大木孝子〉

蠅除《はへよけ》 ㊂ 蠅入《はへい》らず・蠅帳《はへちやう》・蠅覆《はへおほひ》　蠅が止まらないようにするための道具。↓蠅（夏）〈蠅除の四隅の一ついつも浮く　後藤比奈夫〉

蠅取《はへとり》 ㊂ 蠅打《はへうち》・蠅叩《はへたたき》　蠅を打ち殺すために用いる道具。↓蠅（夏）〈隠れ住むところなどなし蠅叩　清水基吉〉

蠅捕器《はへとりき》 ㊂ 蠅捕紙《はへとりがみ》・蠅捕《はへとり》リボン・蠅取《はへとり》リボン・蠅捕瓶《はへとりびん》・蠅捕管《はへとりくわん》〈営々と蠅を捕りをり蠅捕器　高浜虚子〉

蚊帳《かや》 ㊂ 幮《かや》・蚊屋《かや》・蚊帳《かちやう》・枕蚊帳《まくらがや》・母衣蚊帳《ほろがや》・古蚊帳《ふるがや》・麻蚊帳《あさがや》・青蚊帳《あをがや》・白蚊帳《しろかや》・蚊帳《かや》売《うり》・初蚊帳《はつかや》・蚊帳初《かやはじめ》　夜寝るとき、蚊を防ぐため部屋に吊るもの。近年、蚊帳を吊る家庭はほとんどなくなった。↓蚊・秋の蚊帳（秋）〈水に入るごとくに蚊帳をくぐりけり　三好達治〉

紙帳《しちやう》 ㊂ 紙帳売《しちやううり》　和紙を張り合わせて作った蚊帳のこと。〈風入れて揺ぎ出でたる紙帳かな　内藤鳴雪〉

蚊遣火《かやりび》 ㊂ 蚊遣《かやり》・蚊遣香《かやりかう》・蚊火《かび》・蚊《か》いぶし・蚊遣草《かやりぐさ》・蚊遣木《かやりき》・蚊遣粉《かやりこ》・蚊取線香《かとりせんかう》・蚊除香《かよけかう》水《すい》　木片や青葉などをいぶして煙を立て、蚊を寄せつけないようにするもので、蚊を追い遣る火という意味。↓蚊（夏）〈家中に蚊遣火の紅ただ一点　山口誓子〉

掛香《かけかう》 ㊂ **匂袋**《にほひぶくろ》**・誰袖**《たがそで》 香料を入れた絹の小袋（匂い袋）。〈母がせし掛香とかやなつかしき　高浜虚子〉

薫衣香《くのえかう》 ㊂ **薫衣香**《くんえかう》**・百歩香**《ひやつぽかう》**・黒方**《こくはう》**・くぬえかう** 衣服を香らせるために用いる薫《た》き物《もの》。〈よそめなる窓の別れや薫衣香　富安風生〉

香水《かうすい》 ㊂ **オーデコロン・オードトワレ・香水瓶**《かうすいびん》 香料をアルコール類に溶かした液体。〈香水は「毒薬《ポアゾン》」誰に逢はむとて　文挾夫佐恵〉

暑気払《しよきばらひ》 晩 **暑気**《しよき》**下**《くだ》**し** 猛暑に疲れた体を癒やしたり、それをしのぐために薬を飲むこと。〈残生をおろそかにせじ暑気払　富安風生〉

香薷散《かうじゆさん》 晩 夏負けして元気の出ないときや下痢・嘔吐《おうと》・腹痛などの症状に効果がある漢方薬。〈何くれと母が思ひや香薷散　高浜虚子〉

桃葉湯《たうえふたう》 晩 桃の葉を入れた風呂。〈桃葉湯をんな長寿の家系なり　細谷喨々〉

枇杷葉湯《びはえふたう》 晩 **枇杷葉湯売**《びはえふたううり》 枇杷の葉を乾燥させたものに肉桂《につけい》や甘草《かんざう》などを混ぜて煎じ出した汁。〈枇杷葉湯摂待の風よく通る　内田哀而〉

蚤取粉《のみとりこ》 ㊂ 除虫菊の花や茎・葉を乾燥して粉末にした、黄色でかすかな匂いのする殺虫剤。〈老犬の死してのこりし蚤取粉　後藤比奈夫〉

天瓜粉《てんくわふん》 ㊂ **天花粉**《てんくわふん》**・汗**《あせ》**しらず** 黄烏瓜《きからすうり》（天瓜）の根から精製したでんぷんで、純白の粉末。吸湿鎮炎作用がある。〈天瓜粉しんじつ吾子は無一物　鷹羽狩行〉

冷房《れいばう》 晩 **冷房装置**《れいばうさうち》**・ルームクーラー・クーラー・冷房車**《れいばうしや》 〈冷房にゐて水母めくわが影よ

草間時彦〉

花氷《はなごほり》 (晩) 氷柱《こほりばしら》・氷中花《ひようちゆうくわ》 劇場やホテルのロビーに装飾として使われる氷の柱のことで、中に色とりどりの美しい草花が閉じ込められている。〈花氷人のいのちのかたはらに　田村木国〉

冷蔵庫《れいざうこ》 ㊂ 氷冷蔵庫《こほりれいざうこ》・電気冷蔵庫《でんきれいざうこ》・ガス冷蔵庫《れいざうこ》 〈妻留守の冷蔵庫さて何も無し　岡本圭岳〉

扇《あふぎ》 ㊂ 扇子《せんす》・絵扇《ゑあふぎ》・絹扇《きぬあふぎ》・白扇《はくせん》・小扇《こあふぎ》・古扇《ふるあふぎ》・扇売《あふぎうり》 ↓扇置く（秋）・秋扇（秋） 〈応へねばならぬ扇をつかひけり　山尾玉藻〉

団扇《うちは》 ㊂ 団《うちは》・白団扇《しろうちは》・絵団扇《ゑうちは》・絹団扇《きぬうちは》・渋団扇《しぶうちは》・水団扇《みづうちは》・京団扇《きやううちは》・古団扇《ふるうちは》・団扇売《うちはうり》・団扇《うちは》掛《がけ》 ↓団扇作る（春） 〈このところ働き過ぎの団扇かな　草間時彦〉

扇風機《せんぷうき》 ㊂ 〈扇風器大き翼をやすめたり　山口誓子〉

風鈴《ふうりん》 ㊂ 風鈴売《ふうりんうり》・江戸《えど》風鈴《ふうりん》・南部《なんぶ》風鈴《ふうりん》・貝風鈴《かひふうりん》 〈風鈴の鳴らねば淋し鳴れば憂し　赤星水竹居〉〈鳴り始めたる風鈴の鳴り止まず　岩田由美〉

釣忍《つりしのぶ》 ㊂ 吊忍《つりしのぶ》・釣葱《つりしのぶ》・軒忍《のきしのぶ》 忍は岩や樹幹などに生えるシノブ科の羊歯《しだ》。その長い根茎を束ねて巻きつけ「しのぶ玉」を作り、夏、軒下などに下げて葉の緑を楽しむもの。↓忍 〈つりしのぶまろき水玉垂らしけり　木下夕爾〉

走馬灯《そうまとう》 ㊂ 回《まは》り灯籠《どうろう》・廻《まは》り灯籠《どうろう》 〈ひとところゆつくり見せて走馬灯　片山由美子〉

岐阜提灯《ぎふぢやうちん》 ㊂ 岐阜地方名産の卵形の提灯。〈岐阜提灯庭の萩より淡きかな　阿部みどり女〉

日傘《ひがさ》 ㊂ 絵日傘《ゑひがさ》・白日傘《しろひがさ》・ひからかさ・パラソル ↓春日傘（春）・秋日傘（秋）〈飛火野の

一人が日傘ひらきけり　田畑美穂女〉

風炉茶《ふろちや》 ㊂ **風炉点前**《ふろてまへ》**・初風炉**（しよぶろ／はつぶろ）**・風炉**《ふろ》　かつて茶家で、旧暦三月晦日《みそか》に炉を塞ぎ、一○月朔日《ついたち》または一○月の亥《い》の日に炉を開くまで風炉に湯釜を仕かけて点《た》てた茶。現在、各流では四月に炉を塞ぎ、五月から一○月までを風炉の時期としている。↓風炉の名残（秋）・炉開（冬）・炉（冬）〈香合は堆朱を出して風炉支度　及川貞〉

夏点前《なつてまへ》 ㊂ **夏茶**《なつちや》**の湯**《ゆ》**・朝茶**《あさちや》**の湯**《ゆ》**・朝茶**《あさちや》**・名水点**《めいすいだて》**・洗**《あら》**ひ茶巾**《ちやきん》**・夏茶碗**《なつぢやわん》〈胸元にみどり射し込む夏茶碗　殿村菟絲子〉

蒼朮を焚く《さうじゆつをたく》 (仲) **をけらたく・蒼朮**《さうじゆつ》**を焼**《や》**く・うけら焼**《や》**く・をけら焼**《や》**く**　朮《おけら》（ウケラは異名）は山野に自生するキク科の多年草で薬草。梅雨どきにその根を乾燥したものを焚くと室内の湿気や黴《かび》を除くという。〈鬱々と蒼朮を焚くいとまかな　飯田蛇笏〉

虫干《むしぼし》 (晩) **虫払**《むしばらひ》**・土用干**《どようぼし》**・曝書**《ばくしよ》**・書**《しよ》**を曝**《さら》**す・曝涼**《ばくりやう》**・風入**《かぜいれ》　黴《かび》や虫の害を防ぐために、夏の土用の晴天の日、衣類や書籍・書画などを陰干しすること。〈虫干や太子ゆかりの寺々も　原田暹〉

晒井《さらしゐ》 (晩) **井浚**《ゐざらへ》**・井戸浚**《ゐどさらへ》**・井戸替**《ゐどかへ》　井戸水を清潔に保つために、年一回井戸の掃除をすること。〈晒井の夜の賑へる山家かな　茨木和生〉

芝刈《しばかり》 (仲) **芝刈機**《しばかりき》　夏になって青々と伸びてきた芝を健全に、また見た目を美しく保つため、高さを揃えて刈り込むこと。↓青芝〈芝刈機海のぎりぎりまで押しぬ　山崎ひさを〉

日向水《ひなたみづ》 (晩) 夏の強い日差しを受けて、夕方には生ぬるくなった盥《たらひ》や桶《おけ》に入れた水。〈日向水それも捨てずにつゝましく　池内たけし〉

膳に露打つ《ぜんにつゆうつ》 (晩) 涼しさを演出するために、懐石料理の椀《わん》の蓋や膳に茶筅《ちゃせん》で水滴をふりかけること。〈露うちし膳に切子の器かな　青木月斗〉

打水《うちみづ》 ㊂ 水撒《みづまき》・水打《みづう》つ 夏の暑さ、埃《ほこり》っぽさをしずめるために、昼や夕に門前や庭・路地・店先などへ、バケツに柄杓《ひしゃく》、またはホースなどで水を撒くこと。〈立山のかぶさる町や水を打つ　前田普羅〉

撒水車《さんすいしや》 ㊂ 〈撒水車おのが濡らせし道かへる　富田木荘〉

行水《ぎやうずい》 (晩) 夏の夕方、戸外で盥《たらい》などに湯水を張り、体の汗を洗い流すこと。↓行水名残（秋）〈行水や昔々の大盥　瀧春一〉

シャワー ㊂ 〈シャワー浴び真あたらしさの天を負ふ　能村登四郎〉

夜濯《よすすぎ》 (晩) 日中汗まみれになった衣類を、夜涼のなかで洗濯すること。〈夜濯にありあふものをまとひけり　森川暁水〉

水売《みづうり》 ㊂ 冷水売《ひやみづうり》・砂《さ》糖水売《たうみづうり》・水屋《みづや》 〈月かげや夜も水売る日本橋　一茶〉

氷売《こほりうり》 ㊂ 〈氷売や北海道の水の味　正岡子規〉

毒消売《どくけしうり》 ㊂ 毒消《どくけし》 紺絣《こんがすり》の筒袖に紺の手甲脚絆《てっこうきゃはん》、黒木綿の大風呂敷を背負った二人連れの娘の行商が、一戸一戸訪ねて「毒消」と称する解毒剤を売った。近年その姿を見ることはなくなった。〈曲ることなき毒消売の道　加倉井秋を〉

定斎売《ぢやうさいうり》 ㊂ 定斎屋《ぢやうさいや》 定斎（夏負けなど夏季の諸病に効果があったとされる煎じ薬）を売る商人。簞笥《たんす》形の薬櫃《くすりびつ》に入れて天秤棒《てんびんぼう》で担い、市中を行商して歩いた。〈定斎売記憶の底に音残り

進藤幸子〉

麦刈《むぎかり》 (初) **麦刈**《むぎか》**る・麦車**《むぎぐるま》 →麦の秋 〈生駒より峰山高し麦刈れば　阿波野青畝〉

麦扱《むぎこき》 (初) **麦扱機**《むぎこきき》 麦の穂を落とす作業。〈僧の頭に麦扱の音絶間なし　飯田龍太〉

麦打《むぎうち》 (初) **麦叩**《むぎたたき》**・麦つき・麦搗**《むぎかち》**・麦**《むぎ》**の殻竿**《からさを》**・麦埃**《むぎぼこり》**・麦打歌**《むぎうちうた》**・麦焼**《むぎや》**き・麦殻焼**《むぎがらやき》 麦扱《むぎこ》きした麦の穂を殻竿で打って芒《のぎ》をとり、実を落とすこと。〈麦打の掃き浄めたる一ところ　軽部烏頭子〉

新麦《しんむぎ》 (初) **今年麦**《ことしむぎ》 〈新麦かさらばこぼれをほつほつと　惟然〉

麦藁《むぎわら》 (初) **麦稈**（むぎから／むぎがら） 麦の穂を取り除いた茎のこと。〈麦藁の今日の日のいろ日の匂ひ　木下夕爾〉

牛冷す《うしひやす》 (晩) **馬冷**《うまひや》**す・牛馬洗**《ぎうばあら》**ふ・冷**《ひや》**し牛**《うし》**・冷**《ひや》**し馬**《うま》**・牛洗**《うしあら》**ふ・馬洗**《うまあら》**ふ** 夏に、農耕用の牛や馬を夕暮れ時の川や湖沼に連れて行き、体に水をかけ藁《わら》で丹念に洗うこと。〈冷されて牛の貫禄しづかなり　秋元不死男〉

溝浚へ《みぞさらへ》 (初) **溝浚**《みぞさら》**ひ・堰浚**《せきさら》**へ・堰普請**《せきぶしん》**・どぶさらへ・どぶさらひ** 水の流れをよくするために用水路・溝・排水路などの清掃をすること。〈溝浚ひなども手伝ひ住みつきぬ　福田蓼汀〉

刈敷《かりしき》 (初) **草肥**《くさごえ》**・青葉肥**《あをばごえ》**・緑肥**《りよくひ》 田植えに先立ち、草や木の葉などを田に鋤《す》き込んで肥料とすること。→田水沸く

代掻く《しろかく》 (初) **代掻**《しろかき》**・田掻**《たか》**く・田掻馬**《たかきうま》**・田掻牛**《たかきうし》**・代馬**《しろうま》**・代牛**《しろうし》 すでに耕してある田に水を張り、耕土と肥料を混ぜながら土を泥状にする作業。→代田・田水張る 〈代掻いてをるや一人の手力男　京極杞陽〉

田水張る《たみづはる》 (初) **田水引く**《たみづひく》 田植え前に田に水を張ること。→代田・代掻く・田水落す（秋）
〈田水張り湖の近江をひろげたり　吉原一暁〉

苗取《なへとり》 (仲) **稲取**《いねとり》・**早苗取**《さなへとり》 「早苗取」の略で、苗代から苗を抜いて、根元の泥を濯《すす》ぎ準備してある藁《わら》で束ねる作業。〈小山田に早苗とるなり只一人　正岡子規〉

田植《たうゑ》 (仲) **囃田**《はやしだ》・**田植笠**《たうゑがさ》・**大田植**《おほたうゑ》・**田植時**《たうゑどき》・**田植機**《たうゑき》・**花田植**《はなたうゑ》・**花田牛**《はなたうし》 苗代で育てた稲の苗を水田に植えること。→植田・早苗〈田を植ゑて空も近江の水ぐもり　森澄雄〉

早乙女《さをとめ》 (仲) **さうとめ**・**五月女**《さつきめ》・**月乙女**《つきをとめ》・**五月乙女**《さつきをとめ》・**早女房**《さによう ばう》・**田植女**《たうゑめ》・**植女**《うゑめ》 苗取りや田植えをする女性。〈早乙女の一枚の田に下りそろふ　後藤夜半〉

田植歌《たうゑうた》 (仲) **田唄**《たうた》・**早乙女唄**《さをとめうた》 田植えの時にうたわれる歌。〈風流の初《はじめ》やおくの田植うた　芭蕉〉

田植布子《たうゑぬのこ》 (仲) 田植えの頃、急に冷えることがあり、いったんしまった布子を取り出して着ること。また、その布子。〈田植布子にしめる莨や笠の中　青木月斗〉

田下駄《たげた》 (仲) **大足**《おほあし》・**代踏み下駄**《しろふげた》・**水下駄**《みづげた》 地盤のゆるい湿地田で、泥で腰まで埋まるのを防ぐために履く板製などの大形の下駄。

田舟《たぶね》 (仲) **苗舟**《なへぶね》・**田押舟**《たおしぶね》・**田植舟**《たうゑぶね》 田の脇の用水路を利用して、堆肥・草肥《くさごえ》を運んだり、田植えには苗運びなどに使用する舟。〈つまなしがさす手ひく手や田植舟　暁台〉

雨乞《あまごひ》 (仲) **祈雨**《きう》・**祈雨経**《きうきやう》・**雨の祈**《あめのいのり》 →喜雨・旱〈雨乞ひに曇る国司のなみだかな　蕪村〉

水喧嘩《みづげんくわ》 (仲) **水論**《すいろん》・**水争**《みづあらそひ》・**水敵**《みづがたき》 旱魃《かんばつ》で水飢饉《みずききん》となり、隣接集落間に争いが起こること。〈田

の水を叩いて怒る水喧嘩　石井いさお〉

水盗む《みづぬすむ》 仲 水番《みづばん》・堰守《せきもり》・夜《よ》水番《みづばん》・水番小屋《みづばんごや》・水盗人《みづぬすびと》・水守《みづまも》る 〈水番の片手しばらく樹をたたく　桂信子〉

雨休み《あめやすみ》 仲 雨祝《あめいはひ》・喜雨《きう》休《やす》み・雨《あめ》降《ふ》り盆《ぼん》 日照りが続いたあとに降る雨を喜び、畑仕事を休むこと。集落ごとに早朝から法螺《ほら》貝を吹いたり、太鼓を鳴らしたりして雨休みをする。〈顔役の先に潰れて雨祝　野中亮介〉

早苗饗《さなぶり》 仲 さのぼり・さなぼり・うまさなぶり・代《しろ》みて・わさのぼる・田植仕舞《たうゑじまひ》 田植えが終わって田の神を送る祭り。〈早苗饗のあいやあいやと津軽唄　成田千空〉

補植《ほしよく》 仲 穴植《あなうゑ》 田植え後に、植えた苗が倒れていたり、浮き上がっていたり、抜けていたりしたところを補うこと。

田草取《たくさとり》 晩 田《た》草取《ぐさとり》・田草引く（たくさひく／たぐさひく）・一番草《いちばんぐさ》・二《に》番草《ばんぐさ》・三番草《さんばんぐさ》・留草《とめくさ》 田植え後に雑草を取り除くこと。〈田草取立ち上らねば忘れられ　野見山ひふみ〉

雁爪《がんづめ》 晩 雁爪打《がんづめうち》 鉄製の熊手状のもので、三～五本の曲がった爪のついた農具。

草取《くさとり》 晩 草引《くさひ》く・草《くさ》むしり・除草《ぢよさう》・除草機《ぢよさうき》 雑草を取り除くこと。〈草取や雨の匂ひは地より来る　星野高士〉

豆蒔く《まめまく》 初 豆《まめ》植《う》う・大豆《だいづ》蒔《ま》く・小豆《あづき》蒔《ま》く 〈豆を蒔くひとり往き来の没日なる　村上しゆら〉

茄子植う《なすうう》 初 茄子《なす》苗《なへ》植《う》う 〈茄子植うやうらわかき日の雨合羽　石田波郷〉

甘藷植う《かんしようう》 初 藷《いも》挿《さ》す 〈甘藷植ゑて島人灼くる雲にめげず　大野林火〉

粟蒔《あはまき》（仲）**粟蒔**《あはま》**く**　粟の種を蒔くこと。〈粟蒔くや日のさす上に朝鴉　岡本癖三酔〉

胡麻蒔《ごままき》（仲）**胡麻**《ごま》**蒔**《ま》**く**　胡麻の種を蒔くこと。

黍蒔《きびまき》（仲）**黍蒔**《きびま》**く**　黍の種を蒔くこと。

稗蒔《ひえまき》（三）**稗植**《ひえう》**う**　稗の種を蒔くこと。〈稗蒔の蒔き疲れたり谿の空　村上しゆら〉

棉蒔《わたまき》（初）**棉蒔**《わたま》**く**　棉（綿）の種を蒔くこと。〈開墾の鍬のあとより棉蒔きぬ　高浜虚子〉

椿挿す《つばきさす》（仲）**挿椿**《さしつばき》　椿を挿し木で育てること。

菊挿す《きくさす》（仲）**挿菊**《さしぎく》**・菊**《きく》**の挿芽**《さしめ》　菊を挿し木で育てること。〈菊挿して父の愚直に近づけり　宮田正和〉

蕗伐《ふききり》（初）**蕗刈**《ふきか》**る**　山蕗を収穫すること。〈山蕗も摘み長湯治をはりとす　太田土男〉

菜種刈《なたねかり》（初）**菜**《な》**種刈**《たねか》**る・菜**《な》**種干**《たねほ》**す・菜**《な》**種打**《たねう》**つ・菜**《な》**種殻**《たねがら》**・菜**《な》**殻**《がら》**・菜**《な》**殻焚**《がらたき》**・菜**《な》**殻焚**《がらた》**く・菜**《な》**殻火**《がらび》　熟した菜種を刈ること。〈麓より暮れて信濃路菜殻焚く　宮坂静生〉

麻刈《あさかり》（晩）**麻刈**《あさか》**る・麻引**《あさひき》**・夏麻引**《なつそひ》**く**　麻を刈り取ること。↓麻蒔く（春）〈麻刈つて渺たる月の渡しかな　飯田蛇笏〉

亜麻引《あまひき》（晩）**亜麻引**《あまひ》**く**　亜麻を刈り取ること。

茴麻刈《いちびかり》（晩）**白麻刈**《いちびかり》　茴麻を刈ること。↓茴麻

薄荷刈《はくかかり》（仲）**薄荷**《はくか》**刈**《か》**る**　薄荷を刈ること。

藺刈《ゐかり》（晩）**藺草刈**《ゐぐさかり》**・藺刈**《ゐか》**る・藺干**《ゐほ》**す・藺車**《ゐぐるま》　藺を刈ること。↓藺植う（冬）〈鎌の音しづかに藺草刈りすすむ　林徹〉

藍刈《あゐかり》 (晩) **一番藍**《いちばんあゐ》**・二番藍**《にばんあゐ》**・藍玉**《あゐだま》**・藍刈**《あゐか》**る・藍搗**《あゐつき》 藍を刈ること。↓藍植う（春）〈藍玉や阿波の藍屋の蔵匂ふ　青木月斗〉

菅刈《すげかり》 (晩) **菅刈**《すげか》**る・菅干**《すげほ》**す** 菅を刈ること。

真菰刈《まこもかり》 (晩) **真菰刈**《まこもか》**る・菰船**《こもぶね》**・真菰舟**《まこもぶね》 真菰を刈ること。〈水深く利き鎌鳴らす真菰刈り　蕪村〉

藻刈《もかり》 (三) **藻刈**《もか》**る・刈藻**《かるも》**・藻刈棹**《もかりざを》**・藻刈鎌**《もかりがま》**・藻刈舟**《もかりぶね》**・藻刈衣**《もかりごろも》**・刈藻屑**《かりもくづ》 藻を刈り取ること。↓藻の花〈林泉の藻刈の濁りゆきわたり　高浜年尾〉

昆布刈《こんぶかり》 (三) **昆布刈**《こんぶか》**る・昆布採**《こんぶと》**る・昆布干**《こんぶほ》**す・昆布舟**《こんぶぶね》 昆布を刈り取ること。↓昆布〈両の目に余る昆布を刈りにけり　櫂未知子〉

天草採《てんぐさとり》 (三) **天草採**《てんぐさと》**る・石花菜採**《てんぐさと》**る・心太草採**《ところてんぐさと》**る・天草干**《てんぐさほ》**す・天草海女**《てんぐさあま》 ↓天草・寒天造る（冬）〈天草桶抛りし波に身を抛り　村松紅花〉

海蘿干《ふのりほし》 (晩) **海蘿干**《ふのりほ》**す** 〈ふのり干す日和や海も乾くかと　六尺〉

漆搔《うるしかき》 (仲) **漆搔**《うるしか》**く・漆取**《うるしと》**る** 漆の樹を傷つけ、沁《し》み出した樹液を採取すること。〈谷深うまこと一人や漆搔　河東碧梧桐〉

干瓢剝く《かんぺううむく》 (晩) **新干瓢**《しんかんぺう》**・干瓢剝**《かんぺうは》**ぐ・干瓢干**《かんぺうほ》**す** 夕顔の実の皮を除き、丸い実を薄く紐《ひも》状に剝くこと。〈息しづかに干瓢長く長く剝く　津田清子〉

袋掛《ふくろかけ》 (三) **果物**《くだもの》**の袋掛**《ふくろかけ》 果実を鳥や病虫害、風や雹《ひよう》から守るため、紙の袋を掛けること。〈まだ形なさざるものへ袋掛　片山由美子〉

瓜番《うりばん》 (晩) **瓜守**《うりもり》**・瓜小屋**《うりごや》**・瓜番小屋**《うりばんごや》**・瓜盗人**《うりぬすっと》 甜瓜《まくわうり》や西瓜《すいか》の熟する頃、夜陰に乗じて盗みに来る者を防ぐため、畑の傍らで番をすること。また、その番人。〈瓜番の亡者の顔をして戻る　菊田一平〉

竹植う《たけうう》 (仲) **竹移**《たけうつ》**す・竹酔日**《ちくすいじつ》**・竹迷日**《ちくめいじつ》**・竹誕日**《ちくたんじつ》**・竹養日**《ちくやうじつ》**・竹植**《たけう》**うる日**《ひ》 竹を移植すること。中国では、旧暦五月一三日に竹を植えると枯れないで根づくという俗信があった。↓竹伐《き》る（秋）〈竹植うる日を鎌倉の尼寺に　小野淳子〉

木の枝払ふ《きのえだはらふ》 (三) **枝下**《えだおろ》**す** 〈大枝を払ひし夜の蕁麻疹　伊沢恵〉

草刈《くさかり》 (三) **草刈**《くさか》**る・下刈**《したかり》**・朝草刈**《あさくさかり》**・草刈女**《くさかりめ》**・草刈籠**《くさかりかご》**・草刈鎌**《くさかりがま》**・草刈機**《くさかりき》**・牧草刈**《ぼくさうか》**る** 〈草刈の草に隠れてすすみけり　山本一歩〉

干草《ほしくさ》 (晩) **草干**《くさほ》**す・刈干**《かりぼし》**・乾草**《ほしくさ》 〈身を埋めて揺籃のごと乾草は　大野林火〉

鳥黐搗く《とりもちつく》 (晩) とりもちを練りこしらえること。

虫篝《むしかがり》 (晩) 田畑や果樹園に繁殖した害虫を、篝火を焚《た》いて焼き殺すこと。また、その火。〈虫焦げし火花美し虫篝　高浜虚子〉

誘蛾灯《いうがとう》 (晩) 昆虫が光に集まる習性を利用して、おびき寄せ、捕らえるための装置。↓火取虫
〈翼あるもの先んじて誘蛾燈　西東三鬼〉

冷害《れいがい》 (晩) 冷夏のため、稲の生育に悪影響が出ること。

水見舞《みづみまひ》 (仲) 出水や台風による水害を気遣って、親戚や知人を見舞うこと。〈水見舞屋根の上より応へあり　山崎ひさを〉

蛇籠編む《じやかごあむ》 ㊥ 竹を割って編み、中に一抱えほどの石をいくつも詰めんだ大きな竹籠。夏の出水の害を防ぐため、堤防や川の中に置いた。

松前渡る《まつまへわたる》 （初） 産物の交易のため、津軽の商人たちが北海道の松前へ渡ったこと。↓松前帰る（秋）〈松前渡り旗立てゝ貝鳴らしけり　大須賀乙字〉

蚕の上蔟《かひこのあがり》 （初） **上蔟**《じやうぞく》・**上蔟団子**《あがりだんご》・**蚕簿**《まぶし》・**蚕**《こ》**の上蔟**《あがり》・**上蔟祝**《あがりいはひ》 蚕は四回眠り四回脱皮した後、桑を食べるのをやめ、体が透き通ってくる。この状態の蚕（熟蚕《じゆくさん》）を手で拾って繭をつくらせる場所である蔟《まぶし》へ入れること。↓蚕（春）・繭〈浮かれ蚕も上簇近く透きにけり　加藤三七子〉

繭《まゆ》 （初） **繭掻**《まゆかき》・**繭買**《まゆかひ》・**繭市**《まゆいち》・**繭問屋**《まゆどんや》・**繭相場**《まゆさうば》・**繭干**《まゆほ》**す**・**繭籠**《まゆかご》・**白繭**《しろまゆ》・**黄**《き》**繭**《まゆ》・**玉繭**《たままゆ》・**屑繭**《くづまゆ》・**新**《しん》**繭**《まゆ》 蚕（カイコガの幼虫）の繭のこと。↓蚕飼《こがい》（春）・糸取〈てのひらにころがす繭の白さかな　遠藤若狭男〉

糸取《いととり》 ㊥ **糸引**《いとひき》・**糸取女**《いととりめ》・**糸取歌**《いととりうた》・**糸引歌**《いとひきうた》・**糸取鍋**《いととりなべ》・**糸取車**《いととりぐるま》・**繭煮**《まゆに》**る** 繭から糸を取る作業のこと。↓蚕飼《こがい》（春）・繭〈糸取りの繭たちあがりたちあがり　鈴木厚子〉

夏引の糸《なつひきのいと》 ㊥ **夏蚕**《なつご》**の糸**《いと》・**新糸**《しんいと》・**新生**《しんき》**糸**《いと》 その年の新しい繭から取れる糸のこと。〈夏ひきのいとしき母の手業かな　有朗〉

新真綿《しんまわた》 ㊥ **真**《ま》**綿取**《わたとり》 その夏の新繭から作った真綿。〈小馬ゐて家ぬち冷やかに真綿取り　相馬遷子〉

照射《ともし》 ㊂ **火串**《ほぐし》・**ねらひ狩**《がり》・**鹿**《か》**の子**《こ》**狩**《がり》・**照射**《ともし》**する**・**火串**《ほぐし》**振**《ふ》**る** 古い時代の夏の鹿狩りの方法。〈武士の子の眠さも堪へる照射かな　太祇〉

川狩《かはがり》 ㊂ **瀬**《せ》**干**《ぼし》**・川干**《かはぼし》**・毒流**《どくなが》**し・投**《と》**網**《あみ》**・換掘**《かへぼり》**・かへぼり・搔掘**《かいぼり》 夏季の川で、いろいろな方法で一度に大量の魚を捕ること。〈川狩の雑魚の力の魚籠鳴れり　米澤吾亦紅〉

鮎釣《あゆつり》 ㊂ **鮎狩**《あゆがり》**・鮎釣解禁**《あゆつりかいきん》**・鮎漁**《あゆれふ》**・鮎掛**《あゆかけ》**・囮鮎**《をとりあゆ》**・鮎**《あゆ》**の宿**《やど》**・川明**《かはあ》**き** 鮎を捕ること。↓鮎 〈激流を鮎釣竿で撫でてをり　阿波野青畝〉

鵜飼《うかひ》 ㊂ **鵜**《う》**川**《かは》**・鵜匠**《うしやう》**・鵜遣**《うつかひ》**・荒鵜**《あらう》**・疲**《つか》**れ鵜**《う》**・放**《はな》**れ鵜**《う》**・鵜**《う》**縄**《なは》**・鵜**《う》**籠**《かご》**・鵜篝**《うかがり》**・鵜**《う》**飼火**《かひび》**・鵜**《う》**舟**《ぶね》**・鵜松明**《うたいまつ》**・徒歩**《かち》**鵜**《う》 飼い馴らした鵜を使い鮎などを捕る伝統的な漁法。↓鵜・鮎・秋の鵜飼(秋) 〈おもしろうてやがて悲しき鵜舟かな　芭蕉〉〈水中の鵜にも鵜匠の目がとどく　長田等〉

夜振《よぶり》 ㊂ **火**《ひ》**振**《ぶり》**・夜**《よ》**振火**《ぶりび》**・夜**《よ》**振人**《ぶりびと》**・川灯**《かはともし》 夏の夜、松明《たいまつ》・カンテラ・電灯などを灯して川魚を捕ること。〈国栖人の面をこがす夜振かな　後藤夜半〉

夜焚《よたき》 ㊂ **夜**《よ》**焚釣**《たきつり》**・夜**《よ》**焚舟**《たきぶね》 船を沖に停泊させ、明るい照明に集まる魚を釣ったり網で掬《すく》いとる漁法。〈まつさをな魚の逃げゆく夜焚かな　橋本多佳子〉

箱眼鏡《はこめがね》 ㊂ **硝子箱**《ガラスばこ》**・覗眼鏡**《のぞきめがね》 水面上から水中を透視するために、防水した箱の底部にガラスをはめ込んだもの。↓水中眼鏡 〈この世よりおもしろきかな箱眼鏡　藤本安騎生〉

水中眼鏡《すいちゅうめがね》 ㊂ **水眼鏡**《みづめがね》 ↓箱眼鏡 〈水中眼鏡この世の音の途切れたり　黒澤秀子〉

簗《やな》 ㊂ **魚**《や》**簗**《な》**・簗打**《やなう》**つ・簗**《やな》**さす・簗**《やな》**かく・簗瀬**《やなせ》**・簗番**《やなばん》**・簗簀**《やなす》**・簗守**《やなもり》 石を積んで狭めた川瀬に杭を打ち、流れを受ける形に竹の簀を張った設備。↓上り簗(春)・下り簗(秋) 〈手に足に逆まく水や簗つくる　西村泊雲〉

網舟《あみぶね》 ㊂ **夜**《よ》**網舟**《あみぶね》**・夜**《よ》**網**《あみ》 川・海・湖沼などに小舟で漕《こ》ぎ出し、投網を打って魚を捕ること。〈夜

網舟女さみしく坐りけり　大野林火〉

小鰡網《をぼこあみ》 (晩) **こぼら網**《あみ》　鰡《ぼら》の幼魚を掬《すく》う網。

鱚釣《きすつり》 (三) **鱚舟**《きすぶね》 〈潮迅し鱚釣舟の流さるる　右城暮石〉

べら釣《べらつり》 (三) 〈べら釣の波乗小舟島端に　松本たかし〉

烏賊釣《いかつり》 (三) **烏賊釣火**《いかつりび》**・烏賊釣舟**《いかつりぶね》**・烏賊火**《いかび》 〈烏賊釣りの火が真鶴の灯につづく　篠原梵〉

海扇曳《ほたてひき》 (晩) **海扇猟る**《ほたてとる》**・帆立塚**《ほたてづか》　砂地に潜む帆立を掘り起こし、袋網に送り込む曳網《ひきあみ》漁法。現在は養殖の直播《じかま》き法で船による曳網漁が行われる。

鰹釣《かつをつり》 (三) **鰹船**《かつをぶね》 〈鰹釣撒餌に海の気色立つ　齋藤朗笛〉

鰹節製す《かつをぶしせいす》 (三) **鰹骨抜**《ばらぬき》**・鰹骨抜唄**《ばらぬきうた》**・鰹節煮釜**《ふしにがま》**・鰹節煮小屋**《ふしにごや》**・鰹節干場**《ふしほしば》　鰹を煮た後、乾燥させて鰹節を製造すること。

夕河岸《ゆふがし》 (晩) **昼市**《ひるいち》**・昼網**《ひるあみ》**・夕鰺**《ゆふあぢ》　魚河岸の市は朝に開かれるが、夏季に午後に上がった魚が腐らないうちに開かれる夕方の市のこと。〈夕河岸の柳屋は大戸おろしたり　大場白水郎〉

番屋閉づ《ばんやとづ》 (初)　北海道の鰊《にしん》や鮭《さけ》漁に携わった漁船員たちが寝泊まりした小屋が閉鎖されること。

囲ひ船《かこひぶね》 (初) **船囲**《ふねかこ》**ひ・船囲**《ふねかこ》**ふ**　かつて北海道では、鰊《にしん》の漁期が終わったときに船を陸に引き上げ、苫《とま》（菅《すげ》や萱《かや》で編んだ船を覆うもの）をかけて囲っておいた。

避暑《ひしよ》 (晩) **避暑地**《ひしよち》**・避暑**《ひしよ》**の宿**《やど》**・避暑客**《ひしよきやく》**・避暑期**《ひしよき》**・銷夏**《せうか》**・消夏**《せうか》**・避暑**《ひしよ》**の旅**《たび》**・避暑便**《ひしよだよ》**り・避暑**《ひしよ》**名残**《なごり》　→避寒（冬） 〈避暑の子や白き枕を一つづつ　岸本尚毅〉

納涼《すずみ》 (晩) **涼**《すず》**む・門涼**《かどすず》**み・橋涼**《はしすず》**み・縁涼**《えんすず》**み・磯涼**《いそすず》**み・夕涼**《ゆふすず》**み・宵涼**《よひすず》**み・夜涼**《よすず》**み・涼**《すず》**み茶屋**《ちやや》**・**

涼《すず》み台《だい》・舟涼《ふねすず》み・涼《すず》み舟《ぶね》・納涼船《なふりやうせん》・納涼《なふりやう》　夏の暑さを逃れて、屋外や水の近くなどに涼を求めること。〈夕すゞみあぶなき石にのぼりけり　野坡〉〈こころいま世になきごとく涼みゐる　飯田龍太〉

四条河原の納涼《しでうがはらのすずみ》　(晩)　河原《かはら》の納涼《すずみ》・四条涼《しでうすず》み　江戸時代、旧暦六月七日から一八日まで、京都の四条河原では、茶店が灯をともして床几《しようぎ》を並べ、納涼客をもてなした。現在は鴨川納涼床《ゆか》として五月から九月まで鴨川西岸に、京料理などの店が、川床《ゆか》を並べる。

川床《ゆか》　(晩)　川床《かはどこ》・床《ゆか》・床涼《ゆかすず》み・納涼川床《すずみゆか》・川床座敷《ゆかざしき》・川床料理《ゆかれうり》　涼をとるために川に突き出して作られる桟敷。〈川床つづくぽつかり開いてまたつづく　波多野爽波〉

船遊《ふなあそび》　㊂　船遊山《ふなゆさん》・遊船《いうせん》・遊《あそ》び船《ぶね》・遊山船《ゆさんぶね》　納涼のため、海・湖・川などに船を出して楽しむこと。〈老一人のせて静かに遊び舟　富安風生〉

ボート　㊂　貸《かし》ボート・ボート小屋《ごや》・ボート番《ばん》　〈若人らボートに岸に日を謳ふ　石田波郷〉

ヨット　㊂　快走艇《くわいそうてい》・ヨットレース　〈帆を上げしヨット逡巡なかりけり　西村和子〉

スカール　㊂　カヌー　〈かかへくるカヌーの丈とすれちがふ　藤本美和子〉

船料理《ふなれうり》　㊂　船生洲《ふないけす》・生簀船《いけすぶね》・生洲料理《いけすれうり》・磯料理《いそれうり》　大阪の堂島川や道頓堀で、大型の船を区切って座敷を作り、納涼客を迎えて船中で夏料理を出すもの。〈立ち上る一人に揺れて船料理　高浜年尾〉

登山《とざん》　(晩)　山登《やまのぼ》り・登山道《とざんだう》・登山宿《とざんやど》・登山小屋《とざんごや》・山小屋《やまごや》・登山口《とざんぐち》・登山杖《とざんづゑ》・登山笠《とざんがさ》・登山《とざん》馬《うま》・登山電車《とざんでんしや》・登山地図《とざんちづ》・ザイル・寝袋《ねぶくろ》・歩荷《ぼつか》・登山帽《とざんぼう》・登山靴《とざんぐつ》　〈霧をゆき父子同紺の登

山帽　能村登四郎〉

キャンプ　(晩)　天幕生活《てんとせいくわつ》・キャンプ小屋《ごや》・キャンプ場《ぢやう》・キャンプ村《むら》・オートキャンプ・バーベキュー　〈キャンプ張る男言葉を投げ合ひて　岡本眸〉

サマーハウス　㊂　ビーチハウス・海《うみ》の家《いへ》・山《やま》の家《いへ》　〈運びこむ氷一貫海の家　水田光雄〉

バンガロー　㊂　〈バンガロー紐一本を干場とす　森田峠〉

ケルン　(晩)　積石《つみいし》　登山路や山頂に石を積み上げたもの。〈誰がためとあらねど溶岩《ラバ》のケルン積む　藤木倶子〉

海開き《うみびらき》　(晩)　水泳場開始《すいえいばかいし》　〈日本に太郎と花子海開　加藤静夫〉

泳ぎ《およぎ》　(晩)　泳《およ》ぐ・水練《すいれん》・遊泳《いうえい》・競泳《きやうえい》・遠泳《ゑんえい》・水泳《すいえい》・泳《およ》ぎ船《ぶね》・浮袋《うきぶくろ》・浮輪《うきわ》・浮板《うきいた》・ビーチボール・抜手《ぬきて》・横泳《よこおよ》ぎ・のし・立泳《たちおよ》ぎ・犬掻《いぬかき》・背泳《せおよ》ぎ・平泳《ひらおよ》ぎ・バタフライ・クロール・川浴《かはあび》・水浴《みづあび》・水潜《みづくぐ》り・潜《もぐ》り　〈点となり線となりつつ泳ぎくる　大谷弘至〉〈愛されずして沖遠く泳ぐなり　藤田湘子〉

プール　(晩)　プールサイド　〈プールサイドの鋭利な彼へ近づき行く　中嶋秀子〉

高飛び込み《たかとびこみ》　(晩)　飛込台《とびこみだい》・跳躍台《てうやくだい》・ダイビング・ダイバー・飛《と》び込《こ》み　〈飛込みの途中たましひ遅れけり　中原道夫〉

水球《すいきう》　(晩)　ウォーターボール・ウォーターポロ　〈灯蛾降れり水球渦となりたゝかふ　藤田湘子〉

海水浴《かいすいよく》　(晩)　潮浴《しほあび》・水上《すいじやう》スキー・ビーチサンダル　〈歩き行く地が砂になり海水浴　古屋秀

雄〉

サーフィン　(晩)　**波乗《なみのり》・波《なみ》のり・サーフィン・サーファー**　〈サーフィンのあるとき濤と息合はず　山崎ひさを〉

砂日傘《すなひがさ》　(晩)　**浜日傘《はまひがさ》・海岸日傘《かいがんひがさ》・ビーチパラソル**　海水浴の時、日陰を作るために砂浜に挿し込んで用いる大きな日傘。〈ビーチパラソルの私室に入れて貰ふ　鷹羽狩行〉

滝浴《たきあび》　(晩)　**瀑浴《たきあび》・滝垢離《たきごり》・滝行者《たきぎやうじや》**　涼をとるために滝の水を浴びること。〈滝浴びの童子の言葉谿に澄む　河野南畦〉

夜釣《よづり》　(三)　**夜釣火《よづりび》・夜釣舟《よづりぶね》・夜釣人《よづりびと》**　夏の夜、涼みを兼ねながら魚を釣ること。〈夜釣の灯消えしところに又灯る　今井つる女〉

釣堀《つりぼり》　(三)　〈釣堀の四隅の水の疲れたる　波多野爽波〉

箱釣《はこつり》　(三)　〈箱釣の肘の尖つてきたりけり　野中亮介〉

夜店《よみせ》　(三)　**夜見世《よみせ》・干見世《ほしみせ》**　〈さみしさに夜店見てゆくひとつひとつ　篠崎圭介〉

ながし　(仲)　**舟《ふね》ながし・新内《しんない》ながし・声色《こわいろ》ながし**　〈亡き人を偲ぶ新内流しかな　山崎ひさを〉

金魚売《きんぎようり》　(三)　**金魚屋《きんぎよや》**　→金魚　〈足止めて水休ませる金魚売　神蔵器〉

蛍売《ほたるうり》　(仲)　→蛍　〈女出て蛍売よぶ軒浅き　富田木歩〉

作り滝《つくりたき》　(三)　**庭滝《にはたき》・滝石組《たきいしぐみ》**　水を様々な意匠で落として滝のように見せる人工的な仕掛け。〈作り滝ながらかすかに風も呼び　本井英〉

西瓜割り《すいくわわり》　(晩)　目隠しをして、西瓜を棒などで打ち割る遊興。海水浴の行われる海岸などでよく見られる。

西瓜提灯《すいくわぢやうちん》 晩 **瓜提灯**《うりぢやうちん》 西瓜を丸い形のまま中身を取り出し、皮に穴を開けたものの中に、蠟燭《らうそく》を立てて灯をともす子供の遊び道具。

花火《はなび》 晩 **煙火**《はなび》・**玉火**《たまび》・**揚花火**《あげはなび》・**打揚花火**《うちあげはなび》・**仕掛花火**《しかけはなび》・**遠花火**《とほはなび》・**昼花火**《ひるはなび》・**花火舟**《はなびぶね》・**花火見**《はなびみ》・**癇癪花火**《かんしやくはなび》・**金魚花火**《きんぎよはなび》・**花火大会**《はなびたいくわい》・**花火師**《はなびし》 〈暗く暑く大群集と花火待つ　西東三鬼〉〈ねむりても旅の花火の胸にひらく　大野林火〉

線香花火《せんかうはなび》 晩 **花火線香**《はなびせんかう》・**手花火**《てはなび》・**庭花火**《にははなび》・**ねずみ花火**《はなび》 〈手花火を命継ぐごと燃やすなり　石田波郷〉

夏場所《なつばしよ》 初 **五月場所**《ごぐわつばしよ》 大相撲の本場所の一つ。↓初場所（新年）〈両国は川風の中五月場所　蟇目良雨〉

五月狂言《さつききやうげん》 仲 **皐月狂言**《さつききやうげん》・**曽**《そ》**我祭**《がまつり》 五月、六月の歌舞伎の出し物。曽我兄弟が討たれた旧暦五月二八日にちなんで、曽我物のほか、仇討ち物が多い。〈二人交す楽屋鏡や曽我祭　伊藤松宇〉

夏芝居《なつしばゐ》 晩 **夏狂言**《なつきやうげん》 〈夏芝居監物《けんもつ》某《なにがし》出てすぐ死　小澤實〉

土用芝居《どようしばゐ》 晩 江戸時代、旧暦六月から一、二か月を「土用休み」として劇場が休場する間は、若手の役者やふだん役に恵まれない中堅の役者などが舞台に立った。〈安役者土用休みもなかりけり　一茶〉

水狂言《みづきやうげん》 晩 **水芸**《みづげい》 夏芝居の演目の一つ。涼しさの演出として本物の水を使う。〈水狂言五悪の限り尽くしける　波戸岡旭〉

涼み浄瑠璃《すずみじやうるり》 晩 人形浄瑠璃が人気を集める大坂では義太夫を習う人も多く、夏の夕方そうした素人が集まって芸を聞かせあった。

夜能《よのう》 (晩) 例外的に夜間に演じた能のこと。

袴能《はかまのう》 (晩) 装束や面をつけずに紋付袴で演ずる夏の能のこと。〈親子して親子の役や袴能　梅村好文〉

住吉踊《すみよしをどり》 (晩) 六月一四日、大阪市住吉区住吉大社の御田植神事の際に踊られるもの。

野外演奏《やぐわいえんそう》 (晩) 野外映画《やぐわいえいぐわ》・納涼映画《なふりやうえいぐわ》・野外劇《やぐわいげき》・野外《やぐわい》オペラ 〈野外演奏林檎集荷の箱が椅子　一志貴美子〉

ダービー (初) 日本《にほん》ダービー 〈ダービーに行く人前後左右占む　岡明子〉

ナイター (晩) 〈ナイターのまだ残る灯をかへりみる　井出野浩貴〉

水遊《みづあそび》 (三) 水掛合《みづかけあひ》・水合戦《みづがつせん》・水戦《みづいくさ》・水試合《みづじあひ》 〈水遊とはだんだんに濡れること　後藤比奈夫〉

水鉄砲《みづでつぱう》 (三) 水を飛ばし合う子供の玩具。〈水鉄砲古稀となりても面白く　有馬朗人〉

浮人形《うきにんぎやう》 (三) 浮《う》いて来《こ》い・浮島《うきしま》 夏、行水の水や風呂の湯に浮かべて遊ぶ玩具。〈浮いてこい浮いてこいとて沈ませて　京極杞陽〉

水機関《みづからくり》 (三) 水《みづ》からくり サイフォンの原理などを利用して、水に縁のないようなところから水を噴水させる見世物やそれを模した遊戯。〈水足して水からくりの動き出す　山崎ひさを〉

水中花《すいちゆうくわ》 (三) 酒中花《しゆちゆうくわ》 涼を求め、水中に花を咲かせて観賞する遊具。〈いきいきと死んでゐるなり水中花　櫂未知子〉

樟脳舟《しやうなうぶね》 (三) 活動船《くわつどうせん》 天然樟脳を、紙やセルロイドで作った小舟に付けて水面を走らせる玩具。

〈樟脳舟脳の端つこ走りけり　飯島晴子〉

水玉《みづたま》 ㊂ 色水を入れたガラス製の玉。かんざしにしたり、金魚鉢などに沈めて涼感を楽しんだりする。〈水玉や一夜にくだく挿し忘れ　岡崎ゑん女〉

金魚玉《きんぎよだま》 ㊂ **金魚鉢**《きんぎよばち》 金魚を運び、軒などに吊るして観賞するためのガラス製の丸い容器。↓金魚〈金魚玉とり落としなば舗道の花　波多野爽波〉

稗蒔売《ひえまきうり》 ㊂ 稗蒔きは、鉢に稗や粟などを芽生えさせて青田に見せた盆栽の一種。それを売る人物、あるいは商売自体をいう。〈稗蒔や絹布に毛描きしてをられ　茨木和生〉

箱庭《はこには》 ㊂ **盆山**《ぼんやま》 箱や鉢に土を盛り、庭園などを再現したもの。〈箱庭の人に古りゆく月日かな　高浜虚子〉

捕虫網《ほちうあみ》 (晩) **昆虫採集**《こんちうさいしふ》・**捕虫器**《ほちうき》・**毒瓶**《どくびん》〈捕虫網持たせておけば歩く子よ　後藤比奈夫〉

蛍狩《ほたるがり》 (仲) **蛍見**《ほたるみ》・**蛍見物**《ほたるけんぶつ》・**蛍舟**《ほたるぶね》 夏の夜、水辺で蛍を採る遊び。↓蛍〈蛍狩うしろの闇へ寄りかかり　正木ゆう子〉

蓮見《はすみ》 (晩) **蓮見舟**《はすみぶね》 夏の早朝、池や沼、蓮田などに咲く蓮の花を見に行くこと。↓蓮の花〈花一つ二つにて足る蓮見かな　辻恵美子〉

草矢《くさや》 ㊂ 青々とした萱《かや》・芒《すすき》・葦《あし》などの葉を縦に裂いて矢の形を作り、指にはさんで飛ばすもの。また、その遊び。〈大空に草矢放ちて恋もなし　高浜虚子〉

草笛《くさぶえ》 ㊂ 草の葉や木の葉を笛のように吹き鳴らす玩具。〈故郷にゐて草笛の良く鳴るよ　今瀬剛一〉

麦笛《むぎぶえ》 （初） **麦藁笛**《むぎわらぶえ》**・麦稈笛**《むぎがらぶえ》 麦の茎で作られた笛。〈麦笛を吹く子に雲の美しき　原石鼎〉

麦藁籠《むぎわらかご》 （仲） **麦稈籠**《むぎがらかご》 収穫を終え、穂を落とした麦藁で編んだ籠。〈ねぢれつつ麦藁籠や太り行く　篠原温亭〉

蛍籠《ほたるかご》 （仲） 蛍を入れて飼う籠。↓蛍 〈蛍籠昏ければ揺り炎えたたす　橋本多佳子〉

起し絵《おこしゑ》 （三） **立《た》て絵《ゑ》・組絵《くみゑ》・切《き》り抜《ぬ》き灯籠《とうろう》・組立灯籠《くみたてとうろう》・立版古《たてばんこ》** 絵を切り抜いて枠の中に立体的に組み立て、舞台や名所の風景などを再現して楽しむ玩具。〈起し絵の男をころす女かな　中村草田男〉

肝だめし《きもだめし》 （三） 夏の夜などに、暗くて怖い場所を歩かせて、度胸があるかないかを試す遊び。

裸《はだか》 （晩） **素裸《すはだか》・丸裸《まるはだか》・赤裸《あかはだか》・真裸《まつぱだか》・裸身《らしん》・裸子《はだかご》** 〈裸子をひつさげ歩く温泉《ゆ》の廊下　高浜虚子〉

跣足《はだし》 （三） **跣《はだし》・素足《すあし》** 履物や靴下などをはいていない足。むきだしの足。素足は足そのものをさし、素足のまま履物をはかずに地面に下りることを跣足という。〈はればれと佐渡の暮れゆく跣足かな　藤本美和子〉

肌脱《はだぬぎ》 （晩） **片肌脱《かたはだぬぎ》・諸肌脱《もろはだぬぎ》** 炎暑の折、暑さをしのぐため、または汗を拭うために着物の上半身を脱いでくつろぐこと。〈いつも二階に肌ぬぎの祖母ゐるからは　飯島晴子〉

端居《はしゐ》 （三） **夕端居《ゆふはしゐ》・縁台《えんだい》** 夏の夕方など、室内の暑さを避け涼をもとめて縁側や窓辺近くに出てくつろぐこと。〈端居してただ居る父の恐ろしき　高野素十〉

髪洗ふ《かみあらふ》 （三） **洗《あら》ひ髪《がみ》** 〈せつせつと眼まで濡らして髪洗ふ　野澤節子〉

汗《あせ》 （三） **玉《たま》の汗《あせ》・汗《あせ》ばむ・汗《あせ》みづく・汗《あせ》みどろ・汗水《あせみづ》・汗匂《あせにほ》ふ・汗《あせ》の香《か》・油汗《あぶらあせ》** 〈今生の汗が

消えゆくお母さん　古賀まり子〉〈汗拭いて身を帆船とおもふかな　岡本眸〉

日焼《ひやけ》 ㊂ 潮焼《しほやけ》・日《ひ》焼止《やけど》め〈少年にすこし間のある日焼の子　尾池葉子〉

昼寝《ひるね》 ㊂ 午睡《ごすい》・昼寝覚《ひるねざめ》・昼寝起《ひるねおき》・昼寝人《ひるねびと》・三尺寝《さんじやくね》〈はるかまで旅してゐたり昼寝覚　森澄雄〉

外寝《そとね》 (晩) 縁側や庭、また木陰など風が来る涼しい場所で寝ること。〈外寝して星の運行司る　上田五千石〉

寝冷《ねびえ》 ㊂ 寝冷子《ねびえご》〈寝冷子の大きな瞳に見送られ　橋本多佳子〉

赤痢《せきり》 (晩) 疫痢《えきり》・颶風病《はやて》〈河底まで乾いて赤痢流行り出す　滝沢伊代次〉

夏の風邪《なつのかぜ》 ㊂ 夏風邪《なつかぜ》 →春の風邪（春）・風邪（冬）〈夏風邪はなかなか老に重かりき　高浜虚子〉

暑気中《しよきあたり》 (晩) 暑《あつ》さあたり・暑《あつ》さ負《ま》け〈一晩にかほのかはりぬ暑気中り　森川暁水〉

水中《みづあたり》 ㊂ 生水を飲んだことが原因となって、腹の具合に変調をきたし、腹痛・下痢が起こること。〈にんげんは管でありけり水中り　中原道夫〉

夏痩《なつやせ》 ㊂ 夏負《なつま》け〈夏痩せて嫌ひなものは嫌ひなり　三橋鷹女〉

日射病《につしやびやう》 (晩) 暍病《えつびやう》・暍《えつ》・熱射病《ねつしやびやう》・熱中症《ねつちゆうしやう》〈日射病戸板にのせて運ばれぬ　滝沢伊代次〉

汗疹《あせも》 ㊂ あせぼ・汗疣《あせも》・汗疹《かんしん》・汗瘡《かんさう》・熱沸瘡《あせも》〈なく声の大いなるかな汗疹の児　高浜虚子〉

霍乱《くわくらん》 (晩) 漢方で用いられてきた病名。激しく吐き、下痢もひどく、身もだえして手足をバタバタさせるほどの苦しさがあるとされる。〈霍乱や一糸もつけず大男　村上鬼城〉

夏沸瘡《なつぼし》 ㊂ **夏**《なつ》**むし・夏**《なつ》**ぶし**　子供の頭にできた汗疹《あせも》に化膿菌感染が合併して赤く腫れ、膿《うみ》をもち、かさぶたができたもの。〈山の子の夏沸瘡白粉はたきたる　滝沢伊代次〉

コレラ (晩) **虎列剌**《これら》**・ころり・コレラ船**《せん》　〈コレラ出て佃祭も終りけり　松本たかし〉

水虫《みづむし》 ㊂　〈水虫を掻きて教祖の汽車旅行　古屋秀雄〉

恙病《つつが》 ㊂ **恙虫病**《つつがむしびやう》　従来、新潟・山形・秋田三県の河川地帯（信濃川《しなのがわ》、阿賀野川、最上川《もがみがわ》、雄物《おもの》川《がわ》）で夏に流行するきわめて死亡率の高い感染症で、急性発疹性熱病として知られていた。

瘧《おこり》 ㊂ **わらはやみ・おこり・マラリア**　マラリアの古名。

脚気《かくけ》 ㊂ **はれ脚気**《かくけ》**・しびれ脚気**《かくけ》**・乳児脚気**《にゆうじかくけ》**・衝心脚気**《しようしんかくけ》**・江戸煩**《えどわづらひ》　ビタミンB_1、すなわちチアミン（サイアミン）の欠乏症。〈年々にそれとも言はず脚気かな　皆吉爽雨〉

行　事

孟夏の旬《まうかのしゆん》 (初) **扇**《あふぎ》**を賜**《たま》**ふ・給**《たま》**ふ扇**《あふぎ》**・扇**《あふぎ》**の拝**《はい》　平安時代の宮廷行事で、旧暦四月（孟夏。「孟」は初めの意）一日、天皇が紫宸殿《ししんでん》に出御し、参列の群臣と饗宴《きようえん》の後、柳の筥《はこ》に入れた扇が下賜された。これを懐古趣味的な季題として取り上げたもので、行事そのものは早くに絶えた。〈庭の余花扇の拝に罷り出づ　青木月斗〉

青葉の簾《あをばのすだれ》 (初) **翠簾**《すいれん》**・四月一日**《しぐわついちじつ》**の青簾**《あをすだれ》　旧暦四月一日、王朝時代以来、宮中・公家の間で行われた更衣《ころもがえ》の行事の際に、内裏の南の隅にある二本の柳にかける簾のこと。

氷を供ず《こほりをくうず》 （初） **氷室《ひむろ》の使《つかひ》・氷《ひ》の貢《みつぎ》・氷《ひ》の御物《おもの》** 山城・大和などに設けられていた氷室から、宮廷へ氷を献上したことをいう。〈氷を供ず草履素足の刺青師　友永佳津朗〉

擬階の奏《ぎかいのそう》 （初） 平安時代、旧暦四月七日、列見《れつけん》を経た六位以下の官人の初叙《しよじよ》、昇叙《しようじよ》について、太政官《だいじようかん》が擬階簿（短冊）を奏上し、天皇がこれを裁可した行事。↓列見（春）

駒牽《こまびき》 （初） **夏《なつ》の駒牽《こまびき》** 奈良・平安朝の端午節に行われた騎射《うまゆみ》・走馬に出場する馬を、旧暦四月二八日、武徳殿に出御した天皇の前で引き回した行事。

早瓜を供ず《わさうりをくうず》 （仲） 平安時代、旧暦五月五日、内膳司が山科《やましな》の御園で栽培した早瓜を進上したこと。

騎射《うまゆみ》 （仲） **馬弓《うまゆみ》・騎《き》射《しや》・流鏑馬《やぶさめ》・笠懸《かさがけ》・犬追物《いぬおふもの》** 旧暦五月五日、天皇が武徳殿に出御し、あらかじめ選ばれた左右近衛府《このえふ》、左右兵衛府《ひようえふ》の射手が、馬上から的を射るのを天覧した行事。〈流鏑馬の鎧に濡れて昨《きぞ》の花　野中亮介〉

左右近の馬場の騎射《さうこんのばばのうまゆみ》 （仲） **手番《てつがひ》・手結《てつがひ》** 安和元年（九六八）、村上天皇の国忌を理由に騎射が廃止された代わりに、旧暦五月三日から六日に行われた近衛府《このえふ》の騎射手結のこと。

菖蒲を献ず《あやめをけんず》 （仲） **菖蒲《しやうぶ》を献《たてまつ》る・菖蒲《あやめ》の輿《こし》・菖蒲《あやめ》の車《くるま》** 旧暦五月五日、武徳殿に出御した天皇に、中務省《なかつかさしよう》の内薬司《ないやくし》と宮内省の典薬寮《てんやくりよう》から、菖蒲を進上した宮廷行事。

雷鳴の陣《かみなりのぢん》 （晩） **雷鳴《かんなり》の壺《つぼ》・雷《らい》の壺《つぼ》** 平安時代に宮廷で行われた雷鳴の折の儀式。

賜氷の節《しひようのせつ》 （晩） 各地の氷室より宮中に献上された氷を、旧暦六月一日に天皇が清涼殿に渡御し、臣下に氷を賜る儀式。

忌火の御飯《いんびのごはん》 晩 忌火《いむび》の御飯《ごはん》・忌日の御飯（いみびのごはん／いむびのごはん） 旧暦六月一日と一二月一日に宮中で行われた古い神事。穢《けが》れを避けて清めた火で炊かれた御飯を天皇が口にする神事潔斎の儀式。

俳諧では六月一日の神事がことに重んじられた。

御体の御卜《ごたいのみうら》 晩 古代、神祇官《じんぎかん》が旧暦の六月と一二月の一〇日に天皇の御体に関して占い、慎むべき日を奏した儀式。年二回行われたが、最初である六月が重んじられた。

解斎の御粥《げさいのおかゆ》 晩 解斎《げさい》の御粥《おんかゆ》・解斎粥《げさいかゆ》 古代、宮中において旧暦の六月と一二月の一一日に神今食《じんごんじき》という神事が行われた。翌一二日にはこの神事の斎戒を解かれて、天皇は解斎の御粥を召し上がり、日常に復された。新嘗祭《にいなめのまつり》の翌日にも行われたが、六月を主とした。

施米《せまい》 晩 平安時代、旧暦六月のうちに、都郊外の山寺の僧に米・塩を施した行事。〈草の戸のふくべに満ちし施米かな　高田蝶衣〉

鎮火の祭《ひしづめのまつり》 晩 鎮火祭《ちんくわさい》 火災を防ぐための祭儀。

道饗の祭《みちあへのまつり》 晩 古代宮廷祭祀《さいし》の一つで、疫神《えきじん》よけの祭り。近世歳時記では旧暦六月三〇日の行事とする。

大祓《おほはらへ》 晩 宮中《きゆうちゆう》の六月祓《みなづきはらへ》 天皇および百官の犯した、罪や穢《けが》れを祓うために行われた宮廷行事。旧暦の六月と一二月の晦日《みそか》に行われた。

こどもの日《こどものひ》 初 子供《こども》の日《ひ》 五月五日。子供の人格を尊重し、その幸福を図る日。〈子供の日小さくなりし靴いくつ　林翔〉

母の日《ははのひ》 初 五月の第二日曜日。母の愛に感謝を捧げる日として、一九〇八年にアメリカで始ま

つた。〈母の日や大きな星がやや下位に　中村草田男〉

父の日《ちちのひ》 (仲) 六月の第三日曜日。父親の日頃の労苦をねぎらい、感謝を捧げる日。〈父の日やライカに触れし冷たさも　広渡敬雄〉

沖縄慰霊の日《おきなはゐれいのひ》 (仲) **沖縄忌**《おきなはき》**・慰霊**《ゐれい》**の日**《ひ》**・沖縄慰霊**《おきなはゐれい》**の忌**《き》 六月二三日。昭和二〇年のこの日、日米最後の地上戦が行われた沖縄で沖縄守備軍が壊滅。↓終戦記念日（秋）〈艦といふ大きな棺沖縄忌　文挾夫佐恵〉

海の日《うみのひ》 (晩) **海**《うみ》**の記念日**《きねんび》 七月の第三月曜日。海洋・貿易などに関する知識の啓発普及のための記念日。〈海の日の富士玲瓏と海の上　高橋悦男〉

原爆の日《げんばくのひ》 (晩) **原爆忌**《げんばくき》**・広島忌**《ひろしまき》**・長崎忌**《ながさきき》**・浦上忌**《うらかみき》**・平和祭**《へいわさい》**・爆心地**《ばくしんち》 第二次世界大戦末期の昭和二〇年（一九四五）八月六日、広島市に、続いて九日、長崎市にアメリカ軍により原子爆弾が投下された。暦の上では、原爆投下の日は広島は夏、長崎は秋となるが、立項としては夏に統一した。↓終戦記念日（秋）〈原爆忌乾けば棘をもつタオル　横山房子〉〈手がありて鉄棒つかむ原爆忌　奥坂まや〉

端午《たんご》 (初) **端午**《たんご》**の節句**《せつく》**・重五**《ちようご》**・五月**《ごぐわつ》**の節句**《せつく》**・菖蒲**《あやめ》**の節句**《せつく》**・菖蒲**《あやめ》**の節会**《せちゑ》**・菖蒲**《あやめ》**の日**《ひ》**・初節句**《はつせつく》**・旧端午**《きうたんご》 五月五日の節句。↓幟市・幟・鯉幟・菖蒲湯・粽・柏餅・こどもの日〈孫六が太刀の銘きる端午かな　鳳朗〉

ペーロン (仲) **競渡**《けいと》**・キャロン・爬竜船**《はりゆうせん》**・競渡船**《けいとせん》**・ペーロン船**《せん》 中国由来のボートレース。毎年、旧暦五月五日に行われた。〈ペーロンに関りもなく巨船出づ　下村ひろし〉

薪能《たきぎのう》 (初) **若宮能《わかみやのう》・芝能《しばのう》・興福寺《こうふくじ》の薪能《たきぎのう》・薪猿楽《たきぎさるがく》**　野外能。もともとは奈良の興福寺および春日《かすが》大社で「修二会《しゆにえ》」の前行事として行われた演能をいう。興福寺では「薪御能《たきぎおのう》」として、現在、五月の第三金・土曜日に行っている。〈薪能もつとも老いし脇師かな　高浜虚子〉

黒船祭《くろふねまつり》 (初) **下田黒船祭《しもだくろふねまつり》・久里浜黒船祭《くりはまくろふねまつり》・ペリー祭《さい》**　嘉永七年（一八五四）、ペリー提督率いる米国海軍が来航し、日本は鎖国を解いた。これを記念し、昭和九年（一九三四）に静岡県下田市で始まった祭り。現在は五月の第三金・土・日曜日に行われる。〈高潮に黒船祭ユッカ咲く　石原舟月〉

大矢数《おほやかず》 (初) **矢数《やかず》・通《とほ》し矢《や》・弓《ゆみ》の天下《てんか》・総一《そういち》**　江戸時代に京都の東山三十三間堂で、旧暦四月から五月の頃の吉日を選んで行われた通し矢の数を競う行事。〈朝日子をそびらに負うて矢数かな　石井露月〉

曾我の笠焼《そがのかさやき》 (仲) **曾我《そが》どんの笠焼《かさやき》**　建久四年（一一九三）五月二八日、曾我十郎と五郎の兄弟が傘を焼いて松明《たいまつ》とし、富士の裾野で父の仇《かたき》工藤祐経《すけつね》を討ち取ったという故事が由来。〈曾我の傘焼約せるごとく雨降れり　島谷征良〉

六月朔日《むけついたち》 (晩) **むけ節供《せつく》・むけかへり朔日《ついたち》・むくれ朔日《ついたち》**　茨城県の一部に残る、六月一日の風習。

ハーリー (晩)　旧暦五月四日、沖縄各地の漁港で行われる手漕《てこ》ぎのレース。数名乗りの爬竜船《はりゆうせん》や、小さなサバニという船で、一年間の航海の安全や豊漁を祈願して行う。〈ハーリーへ赤き領巾《ひれ》振る蜑乙女　沢木欣一〉

つぶろさし (晩)　新潟県佐渡市の伝統神楽《かぐら》。

蜘蛛合戦《くもがつせん》 (晩)　中国の闘蟋《とうしつ》などと同様に昆虫同士を闘わせる遊びの一種。〈蜘蛛嫌ひ蜘蛛合戦を見てをりぬ　弘田幸子〉

山開《やまびらき》 (晩)　**開山祭**《かいざんさい》**・御戸開**《みとびらき》**・卯月八日**《うづきやうか》**・ウェストン祭**《さい》　その年に初めて登山を許すこと。〈神官の背を雲這へり山開き　岡田日郎〉

独立祭《どくりつさい》 (晩)　**米国独立祭**《べいこくどくりつさい》　七月四日のアメリカ合衆国の独立記念日のこと。〈独立祭金魚は玻璃を占め泳ぐ　大野林火〉

パリ祭《パリさい》 (晩)　**巴里祭**《パリさい》**・パリー祭**《さい》　七月一四日のフランスの革命記念日のこと。〈汝が胸の谷間の汗や巴里祭　楠本憲吉〉

川開《かはびらき》 (晩)　**両国《りやうごく》の花火《はなび》・両国《りやうごく》の川開**《かはびらき》　七月下旬から八月にかけて行われる、河畔の納涼期間の幕開け。川開きとよぶのは川で禊《みそぎ》のために泳ぐ風習があったことによるもの。〈満ち汐にすでに灯つらね川開　原石鼎〉

祭《まつり》 ㊂　**夏祭**《なつまつり》**・神祭**《かみまつり》**・神輿**《みこし》**・渡御**《とぎよ》**・舟渡御**《ふなとぎよ》**・祭舟**《まつりぶね》**・御旅所**《おたびしよ》**・祭太鼓**《まつりだいこ》**・祭笛**《まつりぶえ》**・祭鉦**《まつりがね》**・祭獅子**《まつりじし》**・祭囃子**《まつりばやし》**・祭笠**《まつりがさ》**・祭衣**《まつりごろも》**・祭髪**《まつりがみ》**・山車**《だし》**・祭提灯**《まつりちやうちん》**・夜宮**《よみや》**・宵宮**《よひみや》**・宵祭**《よひまつり》**・本祭**《ほんまつり》**・祭前**《まつりまへ》**・祭後**《まつりあと》**・陰祭**《かげまつり》　王朝時代、「祭」とは賀茂《かも》神社（上賀茂神社、下鴨神社）の葵祭《あおいまつり》（賀茂祭）だった。葵祭はかつては四月の中酉《ちゆうゆう》の日（新暦五月下旬）、新暦になってからは五月一五日に行われる。室町末期以降、俳句では葵祭にかぎらず夏祭り全般をさすようになった。夏祭りは夏に流行する疫病祓《ばら》いや怨霊鎮魂の祭りが多い。→春祭（春）・秋祭（秋）〈神田川祭の中をながれけり　久保田万

太郎〉〈祭笛吹くとき男佳かりける　橋本多佳子〉

大原志《おばらざし》 初 **春志**《はるざし》**・秋志**《あきざし》**・大原**《おばら》**の春志**《はるざし》**・甘酒祭**《あまざけまつり》 京都府福知山市三和町《みわちょう》の大原《おおばら》神社の祭礼に参詣すること。現在は五月三日に行われるが、もとは旧暦三月二三日で、この日に参るのを春志、秋九月二三日に参るのを秋志といった。〈春志の石を鳴らして戻りけり　茨木和生〉

高岡御車山祭《たかをかみくるまやままつり》 初 **高岡祭**《たかをかまつり》**・御車山祭**《みくるまやままつり》**・御車山**《みくるまやま》 五月一日、富山県高岡市の関野神社で行われる祭礼。

神泉苑祭《しんせんゑんまつり》 初 五月二日から四日に行われる京都市中京区の神泉苑の祭礼。

青柏祭《あをがしはまつり》 初 **青柏祭**《せいはくさい》 五月三日から五日にかけて三日間行われる石川県七尾市の大地主《おおとこぬし》神社の例大祭。

沖端水天宮祭《おきのはたすいてんぐうまつり》 初 **舟舞台**《ふなぶたい》**・柳川水天宮祭**《やながはすいてんぐうまつり》 五月三日から五日の三日間、福岡県柳川市の沖端水天宮で行われる祭礼。

坂本両社祭《さかもとりやうしやまつり》 初 **両社祭**《りやうしやまつり》 五月三日、滋賀県大津市下坂本《しもさかもと》の両社権現社で行われる祭礼。

御柱祭《おんばしらまつり》 初 **諏訪**《すは》**の御柱祭**《おんばしらまつり》**・御柱**《おんばしら》**・木落**《きおと》**し・里曳**《さとひ》**き・諏訪祭**《すはまつり》 長野県諏訪大社の大祭。「日本三大奇祭」の一つ。〈御柱全長擦ってすすむなり　小澤實〉

競馬《くらべうま》 初 **賀茂**《かも》**の競馬**《くらべうま》**・きそひ馬**《うま》**・空走**《むだばし》**り・勝馬**《かちうま》**・負馬**《まけうま》**・足揃**《あしぞろへ》 五月五日、京都市北区の賀《か》茂別雷《もわけいかづち》神社（上賀茂神社）で行われる神事。〈競べ馬一騎遊びてはじまらず　高浜虚子〉

土安天神祭《てやすてんじんまつり》 初 五月五日（もとは旧暦四月の上午の日）に、滋賀県野洲《やす》市の菅原《すがわら》神社で行われる祭礼。

長刀踊《なぎなたをどり》 (初) **小津祭**《をづまつり》**・長刀祭**《なぎなたまつり》**・菅宮祭**《すげのみやまつり》 五月五日（もとは旧暦四月の中午の日）に行われる、滋賀県守山市杉江町の小津神社で行われる祭礼。

くらやみ祭《くらやみまつり》 (初) **府中祭**《ふちゆうまつり》**・暗闇祭**《くらやみまつり》**・府中喧嘩祭**《ふちゆうけんくわまつり》 四月三〇日から五月六日まで、東京都府中市の大国魂《おおくにたま》神社で行われる祭礼。〈くらやみ祭神馬走れば星さわぐ　松村多美〉

松本祭《まつもとまつり》 (初) 五月五日（もと五月一日）、滋賀県大津市松本の平野神社で行われる祭礼。

今宮祭《いまみやまつり》 (初) **今宮祭御出**《いまみやまつりおいで》 五月五日から一五日（現在はこれに近い日曜日）まで、京都市北区紫野今宮町の今宮神社で行われる祭礼。

山崎祭《やまざきまつり》 (初) 五月三日から四日、京都府大山崎町の天王山山腹にある酒解《さかとけ》神社で行われる祭礼。

藤森祭《ふぢのもりまつり》 (初) **屋形**《やかた》**の稚児**《ちご》 五月一日から五日、京都市伏見区深草の藤森神社で行われる祭礼。〈下手乗せて馬も遊ぶや藤の森　太祇〉

筑摩祭《つくままつり》 (初) **鍋祭**《なべまつり》**・鍋冠祭**《なべかんむりまつり》**・鍋被**《なべかぶり》**・筑摩鍋**《つくまなべ》**・鍋乙女**《なべをとめ》**・鍋釜**《なべかま》 五月三日（もとは旧暦四月の朔日《ついたち》、または上午の日）、滋賀県米原市の筑摩神社で行われる祭礼。〈みめよくて浅くかむりぬ鍋祭　本田一杉〉

宇治祭《うぢまつり》 (初) **宇治神社還幸祭**《うぢじんじやくわんかうさい》**・離宮祭**《りきゆうまつり》**・大幣神事**《たいへいしんじ》**・傘鉾**《かさぼこ》**・傘御幣**《からかさごへい》 六月第二日曜日、京都府宇治市宇治神社で行われる祭礼。

花の撓《はなのたう》 (初) **花**《はな》**の頭**《とう》**・花**《はな》**の撓神事**《たうしんじ》 愛知県内を中心に、主に旧暦四月八日に行われてきた作占い行事。〈花の撓天に田の神畑の神　菊井稔子〉

八瀬祭《やせまつり》 (初) **さんやれ祭**《まつり》 五月五日（もとは旧暦四月上辰の日、五月九日）、京都市左京区八瀬

の八瀬天満宮で行われる祭礼。〈数珠かけた直衣姿や八瀬祭　嘯山〉

伊勢神御衣祭《いせかんみそのまつり》 (初) **御衣祭**《みそのまつり》・**神衣祭**《かんそまつり》・**神宮神御衣祭**《じんぐうかんみそのまつり》　伊勢の皇大神宮（内宮）と荒祭宮《あらまつりのみや》で絹布の和栲《にぎたえ》と麻布の荒栲《あらたえ》を奉納する祭り。五月と一〇月の一四日の正午に行われる。

関帝祭《くわんていさい》 (初) 中国三国時代の蜀《しょく》の名将、関羽を祀《まつ》る行事。関羽の誕生日の旧暦五月一三日（旧暦六月二四日とも）に行われるが、場所によって異なる。

出雲祭《いづもまつり》 (初) **大社祭**《たいしやさい》・**出雲大祭礼**《いづもだいさいれい》　毎年五月一四日に行われる出雲大社（島根県出雲市大社町）の例祭。

神田祭《かんだまつり》 (初) **神田明神祭**《かんだみやうじんまつり》・**天下祭**《てんかまつり》　東京の神田明神の祭礼で、二年に一度、五月の第二木曜日から翌水曜日までの七日間行われる。〈ちちははも神田の生れ神輿舁く　深見けん二〉

卯之葉神事《うのはしんじ》 (初) **住吉卯祭**《すみよしうのまつり》　大阪市住吉区住吉大社の鎮座の神事。

向日明神祭《むかひのみやうじんまつり》 (初) 京都府向日《むこう》市の向日明神社の祭りで、五月半ばの日曜日に行われた。今は行われていない。

嵯峨祭《さがまつり》 (初) 京都市右京区嵯峨で行われる愛宕《あたご》神社と野宮《ののみや》神社合同の祭礼。〈愛宕下りて通る祭の小店中　松瀬青々〉

賀茂御蔭祭《かものみかげまつり》 (初) **御蔭祭**《みかげまつり》・**御生木**《みあれぎ》・**切芝神事**《きりしばしんじ》　五月一二日（古くは旧暦四月の中午の日）、葵祭《あおいまつり》の前儀として、京都の賀茂下上両社の社殿に神霊を迎える祭事。

賀茂祭《かもまつり》 (初) **加茂祭**《かもまつり》・**北祭**《きたのまつり》・**葵祭**《あふひまつり》・**懸葵**《かけあふひ》・**加茂葵**《かものあふひ》・**双葉葵**《もろはあふひ》・**葵鬘**《あふひかづら》・**諸鬘**《もろかづら》・**御生祭**《みあれまつり》・**かざしぐさ**　五月一五日（もとは旧暦四月の中酉の日）、京都の上賀茂・下鴨両社で行われる祭礼。

〈くれなゐの奉白文や賀茂祭　中田余瓶〉

三社祭《さんじゃまつり》 (初) **三社祭**《さんじやさい》・**浅草祭**《あさくさまつり》・**びんざさら踊**《をどり》　東京都台東《たいとう》区の浅草神社の祭礼。〈浅草の祭へかかる橋いくつ　岩崎健一〉

御霊祭《ごりやうまつり》 (初) **御霊**《ごりやう》**の神事**《しんじ》・**御霊会**《ごりやうゑ》・**御霊**《ごりやう》**の御出**《おいで》　かつての御霊神社は京都御所の火災によって、上御霊神社（上京区）と下御霊神社（中京区）に分断された。両社の祭礼は五月一日から一八日まで。

和歌祭《わかまつり》 (初) **和歌浦祭**《わかのうらまつり》・**雑賀祭**《さひがまつり》・**雑賀踊**《さひがをどり》　和歌山市和歌浦の東照宮で行われる祭礼。旧暦四月一七日、現在は五月中旬の日曜日に行われる。

日光東照宮祭《につくわうとうせうぐうさい》 (初) **日光祭**《につくわうさい》・**東照宮祭**《とうせうぐうさい》　栃木県日光市の日光東照宮の例祭。五月一七・一八日に行われる。〈渡御の列青二荒《あおふたあら》を出でにけり　西本一都〉

婆利女祭《はりぢよまつり》 (初) **婆利女祭**《はんぢよまつり》・**繁昌祭**《はんじやうまつり》・**半女祭**《はんぢよまつり》　五月二〇日頃、京都市下京区の繁昌神社で行われる例祭。

三船祭《みふねまつり》 (初) **舟遊祭**《しういうさい》・**管弦祭**《くわんげんさい》・**西祭**《にしまつり》・**扇流し**《あふぎながし》　京都市右京区の車折《くるまざき》神社の祭礼。五月第三日曜日に嵐山の大堰川《おおいがわ》で行われる。〈三船祭龍頭鷁首つらねたる　羽田岳水〉

楠公祭《なんこうさい》 (初) 五月二五日、神戸市中央区の湊川《みなとがわ》神社で行われる祭礼。〈瓦煎餅反《そり》うつくしや楠公祭　山口青邨〉

化物祭《ばけものまつり》 (初) **鶴岡天神祭**《つるをかてんじんさい》・**鶴岡天満宮祭**《つるをかてんまんぐうさい》　五月二五日、山形県鶴岡市神明町の鶴岡天満宮で行われる祭礼。〈化物の祭襦袢《じゆばん》を端折《はしよ》りけり　阿部月山子〉

御田植《おたうゑ》 ㊞初 **御田植祭**《おたうゑまつり》**・御田祭**《おんだまつり》**・神植**《かみうゑ》　田植えを模した所作を行い、豊年を祈願する神事。大阪市の住吉神社、三重県の伊雑宮《いざわのみや》、千葉県の香取《かとり》神宮をはじめとして、全国各地の神社で行われる。〈御田植に囃子鎮めのささら摺　桂樟蹊子〉

伊勢の御田植《いせのおたうゑ》 ㊞仲 **御田祭**《おんだまつり》**・山田**《やまだ》**の御田植**《おたうゑ》**・御田扇**《おたあふぎ》　伊勢の皇大神宮（内宮）は、三重県伊勢市楠部町《くすべちょう》と志摩市磯部町に神田がある。前者では五月上旬に、後者では六月二四日にそれぞれ御田植祭を行う。

貴船祭《きふねまつり》 ㊞仲 **貴船神事**《きふねしんじ》**・御更祭**《ごかうまつり》**・虎杖祭**《いたどりまつり》**・虎杖競**《いたどりくらべ》　六月一日、京都市左京区鞍馬《くらま》の貴船神社で行われる例祭。〈廃兵と犬に貴船の祭あり　有馬朗人〉

江戸浅間祭《えどせんげんまつり》 ㊞仲 **浅草富士詣**《あさくさふじまうで》　富士山の裏鬼門に位置する東京浅草の浅草寺《せんそうじ》の北方、浅草のお富士さんとして知られる浅間神社の祭礼。もとは旧暦六月一日。現在、例祭日は七月一日。

富士垢離《ふじごり》 ㊞仲 **富士行**《ふじぎやう》**・富士小屋**《ふじごや》　富士山の山伏《やまぶし》が富士禅定《ぜんじやう》（富士山に登り修行をすること）を行う前に水垢離《みずごり》をとって身を清める行《ぎやう》をいう。〈富士垢離のほそ〴〵たつる煙りかな　飯田蛇笏〉

富士詣《ふじまうで》 ㊞仲 **富士道者**《ふじだうじや》**・富士行者**《ふじぎやうじや》**・富士禅定**《ふじぜんぢやう》**・山上詣**《さんじやうまうで》**・富士講**《ふじかう》**・浅間講**《せんげんかう》**・富士の山開**《やまびらき》**・篠**《しの》**小屋**《ごや》**・お頂上**《ちやうじやう》　富士登山を行い、富士権現の奥の院に参詣すること。〈焼土にずりこむ杖や富士詣　赤木格堂〉

丹生川上祭《にふかはかみまつり》 ㊞仲 **水神祭**《すいじんさい》　六月一日、奈良県東吉野村の丹生川上神社で行われる祭礼。〈国栖の鮎とどきし丹生の祭宿　本田一杉〉

熱田祭《あつたまつり》 (仲) **尚武会**《しやうぶゑ》**・尚武祭**《しやうぶさい》 六月五日、熱田神宮で行われる熱田神宮例祭の通称。〈幼きの手を曳きし日も尚武祭　伊藤敬子〉

県祭《あがたまつり》 (仲) 六月五日深夜から翌六日まで、京都府宇治市の県神社で行われる暗闇の奇祭。〈針さしに県祭の案内札　松瀬青々〉

品川祭《しながはまつり》 (仲) **品川天王祭**《しながはてんわうまつり》**・品川河童祭**《しながはかつぱまつり》 東京の、荏原《えばら》神社と品川神社の二つの天王祭を合わせていう。六月七日に近い日曜日を含む三日間、同時に行われる。〈品川の祭海より晴れて来る　本間稔〉

北野の九度参《きたののくどまゐり》 (仲) **九度詣**《くどまうで》 旧暦六月九日、京都市上京区の北野天満宮の本殿へ、隣接する観音寺から、あるいは天満宮の境内にある末社伴氏社《ともうじしや》から往復して九度参れば、平日の百度参りにあたるといわれ、参詣人で賑《にぎ》わった。

住吉の御田植《すみよしのおたうゑ》 (仲) **御田**《おんだ》**・御田植祭**《おたうゑまつり》**・八乙女**《やをとめ》**の田舞**《たまひ》 六月一四日、大阪市住吉区の住吉大社で行われる、神饌田《みけだ》を植える神事。〈植女美し笑みをふゝみて丈くらべ　仲岡楽南〉

尾山祭《をやままつり》 (仲) **百万石祭**《ひやくまんごくさい》**・封国祭**《ほうこくまつり》**・百万石行列**《ひやくまんごくぎやうれつ》 加賀藩祖の前田利家《としいえ》が金沢城に入城したのを記念して、毎年六月の第二土曜日を含む前後三日間開かれる金沢市の祭り。

チャグチャグ馬コ《チヤグチヤグうまつこ》 (仲) 旧暦五月五日、岩手県滝沢村の鬼越蒼前《おにこしそうぜん》神社で行われる祭礼。〈チャグチャグ馬コ婆の切火にたぢろげる　小原啄葉〉

江戸山王祭《えどさんわうまつり》 (仲) **日枝祭**《ひえまつり》**・天下祭**《てんかまつり》**・山王祭**《さんわうまつり》 東京都千代田区永田町にある日枝神社の祭礼。六月一五日の例祭と二年に一度の神幸祭、その付祭《つけまつり》を山王祭といい、六月中旬に行われる。〈我

等迄天下祭や土ぐるま　其角〉

札幌まつり《さっぽろまつり》 (仲) 六月一四日から一六日にかけて、札幌市の北海道神宮で行われる祭礼。

三枝祭《さいくさのまつり》 (仲) **みくさ祭**《さい》・**率川祭**《いさがはまつり》・**百合祭**《ゆりまつり》 六月一六日から一八日、奈良市本子守町《ほんこもりちょう》の率川神社で行われる祭礼。〈三笠山まさをなりしよ百合祭　加藤三七子〉

厳島管絃祭《いつくしまくわんげんさい》 (晩) **管絃祭**《くわんげんさい》・**厳島　祭**《いつくしままつり》 旧暦六月一七日、広島県廿日《はつか》市《いち》市の宮島にある厳島神社で行われる祭礼。〈舟べりに酔ひ寝の漁夫や管絃祭　林徹〉

御祓《みそぎ》 (晩) **禊**《みそぎ》・**御祓川**《みそぎがは》 旧暦六月晦日《みそか》、人々の罪・穢《けが》れを祓《はら》うために、全国の諸社で行われる神事。〈夕闇は加茂にとく濃き御祓かな　岸風三樓〉

名越の祓《なごしのはらへ》 (晩) **夏越**《なごし》・**夏祓**《なつはらへ》・**水無月祓**《みなづきはらへ》・**荒和**《あらにこ》**の祓**《はらへ》・**川祓**《かははらへ》・**夕祓**《ゆふばらへ》・**七瀬**《ななせ》**の祓**《はらへ》・**たかみそぎ**・**祓**《はらへ》・**川社**《かはやしろ》 旧暦六月晦日《みそか》に行われた、祓の行事。茅萱《ちがや》で作った輪を参詣の人々にくぐらせたり、撫物《なでもの》という人形《ひとかた》で体を撫で、穢《けが》れを移した後、それを水辺に持ち出し、斎串《いぐし》を立て、祝詞を唱えて流し去ったりする。↓年越の祓（冬）〈闇美し泉美し夏祓　高野素十〉

形代《かたしろ》 (晩) **人形**《ひとかた》・**贖物**《あがもの》・**祓草**《はらへぐさ》・**祓物**《はらへもの》・**撫物**《なでもの》・**形代流**《かたしろなが》**す**・**麻**《あさ》**の葉**《は》**流**《なが》**す** 名越《なごし》の祓の時に用いる、薄い白紙を人の形に切ったもの。〈遠く来て形代に息かけにけり　綾部仁喜〉

茅の輪《ちのわ》 (晩) **ちなわ**・**菅貫**《すがぬき》・**茅**《ち》**の輪**《わ》**潜**《くぐ》**り**・**輪越**《わごえ》**の祓**《はらへ》 名越《なごし》の祓に用いる、茅萱《ちがや》を束ねて大きな輪としたもの。これを鳥居や社殿の前に立て、参詣の人々はこれをくぐって、無病息災、厄除けの祓とする。↓住吉祭〈まつすぐに汐風とほる茅の輪かな　名取里美〉

夏神楽《なつかぐら》 (晩) **名越**《なごし》**の神楽**《かぐら》 名越の祓《はらえ》に際して、川社《かわやしろ》の前で奏される神楽。〈夏神楽雨を祓ひて

はじまりぬ　星野麥丘人〉

五月蠅なす神《さばへなすかみ》　㊐晩　小《さ》蠅《ばへ》なす神《かみ》　旧暦五月頃の蠅のように騒がしく煩わしいさまを、邪神の形容に用いたもの。〈さばへなす神のかまひの熱発と　茨木和生〉

賀茂の水無月祓《かものみなづきのはらへ》　㊐晩　水《み》無《な》月《づき》能《のう》　六月三〇日、京都の上賀茂神社（賀茂別雷神社《かもわけいかづちじんじや》）で行われる夏越《なごし》の祓の神事。

駒込富士詣《こまごめふじまうで》　㊐晩　麦藁《むぎわら》の蛇《へび》・富士《ふじ》団扇《うちは》　六月三〇日から七月二日まで、東京駒込の富士神社で行われる山開き。〈麦藁蛇じやになる藁に承知させ　鈴木榮子〉

祇園祭《ぎをんまつり》　㊐晩　祇園会《ぎをんゑ》・祇園御霊会《ぎをんごりやうゑ》・山鉾《やまほこ》・七日《なのか》の鉾《ほこ》・七日《なのか》の山《やま》・十四日《じふよつか》山《やま》・祇園囃子《ぎをんばやし》・二《に》階囃子《かいばやし》・屏風祭《びやうぶまつり》・神輿洗《みこしあらひ》・宵山《よひやま》・宵飾《よひかざり》・鉾《ほこ》の粽《ちまき》・無言詣《むごんまうで》・鉾《ほこ》・鉾立《ほこだて》・鉾町《ほこまち》・鉾祭《ほこまつり》・鉾《ほこ》の稚《ち》児《ご》・長刀鉾《なぎなたほこ》・月鉾《つきほこ》・船鉾《ふなほこ》・絃召《つるめそ》・祇園太鼓《ぎをんだいこ》・祇園山笠《ぎをんやまかさ》　七月一日から三一日まで、京都市東山区八坂神社で行われる祭礼。大阪の天満祭、東京の神田祭とともに日本三大祭の一つ。〈祇園会や真葛が原の風かほる　蕪村〉〈東山回して鉾を回しけり　後藤比奈夫〉

塩竈祭《しほがままつり》　㊐晩　塩竈《しほがま》みなと祭《まつり》・水替神事《みづかへしんじ》・藻《も》塩焼神事《しほやきしんじ》　七月一〇日、宮城県塩竈市の奥州一之宮塩竈神社で行われる例祭。〈藻塩焼く白装の黙暑からん　佐藤鬼房〉

野馬追《のまおひ》　㊐晩　相馬《さうま》野《の》馬追祭《まおひまつり》・相馬《さうま》野《の》馬《ま》追《おひ》・野《の》馬追祭《まおひまつり》・野《の》馬《ま》駈《が》け　福島県相馬地方の太田神社・中村神社・小高神社の三社合同の祭事。現在は七月の最終土・日・月曜日の三日間行われている。〈野馬追へ具足着け合ふ兄弟　松崎鉄之介〉

博多祇園山笠《はかたぎをんやまかさ》　㊐晩　博多《はかた》の祇園祭《ぎをんまつり》・博多祭《はかたまつり》・山笠《やまかさ》・追山《おひやま》笠　七月一日から一五日まで、博

多（福岡市）の櫛田《くしだ》神社で行われる夏の例大祭。〈山笠《やま》を舁く脚に力が入り揃ふ　岡部六弥太〉

那智火祭《なちひまつり》 (晩) 扇祭《あふぎまつり》 七月一四日、和歌山県東牟婁《むろ》郡那智勝浦町の熊野那智大社で行われる例大祭。

出羽三山祭《ではさんざんまつり》 (晩) 羽黒花祭《はぐろはなまつり》 七月一五日、山形県鶴岡市羽黒町の出羽三山神社の三神合祭殿《さんじんごうさいでん》で行われる例大祭。

湯殿詣《ゆどのまうで》 ㊂ 湯殿行《ゆどのぎやう》・湯殿垢離《ゆどのごり》 古くから修験道の霊地として知られている湯殿山に詣でること。〈語られぬ湯殿にぬらす袂かな　芭蕉〉

恐山大祭《おそれざんたいさい》 ㊂ 七月二〇日から二四日まで、青森県むつ市の恐山菩提寺《ぼだいじ》で行われる祭礼。〈百の供華はや萎れ恐山大祭　檜紀代〉

座摩祭《ざままつり》 (晩) 座《ざ》摩《ま》の御祓《おはらへ》 七月二一日から二三日まで、大阪市中央区久太郎町の坐摩神社で行われる祭礼。〈横堀は舗装路となり座摩祭　角光雄〉

弥彦灯籠祭《やひことうろうまつり》 (晩) 七月二五日夜を中心に、新潟県西蒲原《にしかんばら》郡弥彦村の弥彦神社で行われる祭礼。〈灯籠祭神杉《しんさん》に雨上りたる　本宮哲郎〉

津島祭《つしままつり》 (晩) 津島天王祭《つしまてんわうまつり》・提灯祭《ちやうちんまつり》・川船祭《かはぶねまつり》・蘆《あし》の御輿《みこし》・神葭流《みよしなが》し・津島笛《つしまぶえ》 七月の第四土・日曜日、愛知県津島市の津島神社で行われる祭礼。〈船に組む櫓より吹く津島笛　久保武〉

天神祭《てんじんまつり》 (晩) 天満祭《てんままつり》・天満《てんま》の御祓《おはらへ》・船祭《ふなまつり》・鉾流《ほこながし》の神事《しんじ》・川渡御《かはとぎよ》・船渡御《ふなとぎよ》・神輿舟《みこしぶね》・御迎《おむかへ》人《にん》形《ぎやう》・どんどこ舟《ぶね》・献茶舟《けんちやぶね》 七月二五日、大阪市北区の天満宮で行われる夏祭り。日本三大祭りの一つ。〈弁慶の乗り込んでゐる祭船　前田攝子〉

大山祭《おほやままつり》　(晩)　大山詣《おほやままうで》・石尊詣《せきそんまうで》・納太刀《をさめだち》・大山臼《おほやまうす》　神奈川県伊勢原市の大山（別名、雨降山《あめふりやま》）山上にある大山阿夫利《あふり》神社の夏祭り。現在は、七月二七日から八月一七日までが夏季大祭で夏山祭ともいう。

津和野の鷺舞《つわののさぎまひ》　(晩)　七月二〇日、二七日に島根県鹿足《かのあし》郡津和野町の弥栄《やさか》神社祇園祭《ぎおんまつり》に神輿《みこし》に供奉して行われる舞。

阿蘇の御田祭《あそのおんだまつり》　(晩)　御《お》田《た》植《うゑ》神幸《しんかう》式《しき》・阿蘇祭《あそまつり》　七月二八日、熊本県阿蘇市一の宮町の阿蘇神社で行われる祭礼。

唐崎参《からさきまゐり》　(晩)　唐崎祭《からさきまつり》・唐崎千日参《からさきせんにちまゐり》・唐崎《からさき》の祓《はらへ》　七月二八日（もとは旧暦六月三〇日）に、滋賀県大津市唐崎の唐崎神社に参詣することをいう。俗に「みたらし祭」とも呼ばれる夏越《なごし》の祓《はらえ》である。

愛宕の千日詣《あたごのせんにちまうで》　(晩)　千日詣《せんにちまうで》　七月三一日深夜から八月一日未明にかけて、京都市右京区にある愛宕山山頂の愛宕神社に参詣すること。〈石階に仮寝す愛宕お千日　浅井陽子〉

住吉神輿洗神事《すみよしみこしあらひのしんじ》　(晩)　住吉《すみよし》の潮湯《しほゆ》・おゆ祭《まつり》　大阪市住吉区の住吉大社の住吉祭に先立つ神事。

住吉祭《すみよしまつり》　(晩)　住吉《すみよし》の御祓《おはらひ》・住吉夏越《すみよしなごし》の大祓《おほはらひ》・住吉南祭《すみよしなんさい》・住吉《すみよし》の火替《ひがはり》　大阪市住吉区の住吉大社で行われる祭礼。地元の人は「おはらい」とも呼ぶ。七月三一日に夏越の大祓（茅《ち》の輪くぐり）の神事を、八月一日に堺の宿院頓宮に神幸の上、荒和大祓《あらにごのおおはらい》を行う。↓茅の輪

御手洗詣《みたらしまうで》　(晩)　御《み》手《た》洗《らし》団子《だんご》・糺《ただす》の納涼《すずみ》　土用の丑《うし》の日、京都市左京区の下鴨神社（糺宮《ただすのみや》）の

東側を流れる御手洗川で修する行事に詣でること。〈足漬けて御手洗詣とは言へり　後藤比奈夫〉

早池峰神楽《はやちねかぐら》 (晩) **岳神楽**《たけかぐら》 岩手県花巻市大迫町《おおはさままち》の岳《たけ》地区と大償《おおつぐない》とに伝わる神楽。八月一日の早池峰神社、九月中旬の大償神社の例祭などで演じられる。〈岳神楽見えぬ大蛇をめつた切り　小林貴子〉

下賀茂の御祓《しもがものみそぎ》 (晩) **矢取**《やとり》**の神事**《しんじ》・**五十串**《いぐし》 八月立秋の前日（八月六日頃）、下鴨神社境内にある御手洗池《みたらしいけ》で行われる夏越《なごし》の祓《はらえ》の神事。

佃祭《つくだまつり》 (晩) **佃島**《つくだじま》　**住吉祭**《すみよしまつり》 東京中央区佃の住吉神社の祭礼。本祭りは三年に一度、八月六日に近い金曜日から月曜日までの四日間行われる。

桑名祭《くはなまつり》 (晩) **石採神事**《いしとりしんじ》・**石取祭**《いしとりまつり》・**比与利祭**《ひよりまつり》 八月第一日曜日とその前日の土曜日に、三重県桑名市にある桑名宗社（通称・春日《かすが》神社）で行われる祭礼。〈石取祭鉦と太鼓の鳴りづめに　藤田直子〉

安居《あんご》 ㊂ **夏安居**《げあんご》・**雨安居**《うあんご》・**夏**《げ》・**一夏**《いちげ》・**夏行**《げぎやう》・**夏籠**《げごもり》・**夏勤**《げづとめ》・**結夏**《けつげ》・**結制**《けつせい》・**解夏**《げげ》・**夏入**《げいり》・**夏**《げ》**の始**《はじめ》・**一夏九旬**《いちげくじゆん》・**夏百日**《げひやくにち》・**百日**《ひやくにち》**の行**《ぎやう》・**前安居**《ぜんあんご》・**中安居**《ちゆうあんご》・**後安居**《ごあんご》・**夏**《げ》**の終**《をはり》 仏教寺院などで夏期の一定期間、僧侶を集めて講経や座禅に専念させること。旧暦四月一六日に始まり七月一五日に終わる寺院が多い。↓解夏《げげ》（秋）・冬安居（冬）〈夏籠や種々に聞なす鐘の声　嘯山〉

夏断《げだち》 ㊂ 夏安居《げあんご》九〇日の間、志あるものが飲酒・魚肉を断ち、あるいは煙草を断ったりして仏に仕えること。〈夏断ちして山脈闇へ帰りゆく　鈴木慶子〉

夏書《げがき》 ㊂ **夏経**《げぎやう》 夏安居《げあんご》九〇日の間、写経をすること。〈たもとして払ふ夏書の机かな　蕪村〉

夏花《げばな》 (三) **夏花摘**《げばなつみ》　夏安居《げあんご》九〇日の間、仏家で仏に花を供えること。〈小流れにひととき浸す夏花かな　伊藤康江〉

夏念仏《なつねんぶつ》 (三) **夏**《なつ》**ねぶつ**　夏季、山村で麦の初穂を寺に納める際に行った法要・念仏。〈夏念仏ひと夜に草の立直る　国見敏子〉

地主祭《ぢしゆまつり》 (初) **清水地主祭**《きよみづぢしゆまつり》　五月五日（もとは旧暦四月九日）、京都の清水寺にある地主神社（地《じ》主権現《しゆごんげん》）で行われる祭礼。〈景清は地主祭にも七兵衛　太祇〉

練供養《ねりくやう》 (初) **当麻練供養**《たいまのねりくやう》**・当麻法事**《たいまのほふじ》**・当麻法会**《たいまのほふゑ》**・来迎会**《らいがうゑ》**・迎接会**《げいせつゑ》**・曼荼羅会**《まんだらゑ》　観音菩薩《ぼさつ》・勢至菩薩と二十五菩薩の来迎のさまを演じるもの。奈良県では橿原《かしはら》市の久米寺、大和郡山《やまとこおりやま》市の矢田寺でも練供養が行われるが、中将姫《ちゆうじようひめ》の忌日、四月一四日、葛城《かつらぎ》市の当麻寺《たいまでら》で行われる練供養が有名。〈附き人が菩薩を煽ぐ練供養　右城暮石〉

千団子《せんだんご》 (初) **千団子祭**《せんだんごまつり》**・千団子詣**《せんだんごまうで》**・栴檀講**《せんだんかう》**・千団講**《せんだんかう》**・鬼子母神参**《きしぼじんまゐり》　五月中頃の土・日曜日（もと旧暦四月一六日）に、滋賀県大津市の園城寺《おんじようじ》（通称三井寺）で行われる鬼子母神の縁日の祭り。〈三井寺に栴檀講や産湯井戸　高橋睦郎〉

団扇撒《うちはまき》 (初) **梵網会**《ぼんまうゑ》　五月一九日、奈良市五条町の律宗総本山唐招提寺《とうしようだいじ》で行われる行事。〈歓声に僧のたぢろぐ団扇撒　須賀一恵〉

礼拝講《らいはいかう》 (初) **山王礼拝講**《さんわうらいはいこう》**・天台礼拝講**《てんだいらいはいかう》**・本礼拝講**《ほんらいはいかう》**・新礼拝講**《しんらいはいかう》　五月二六日、大津市坂本町の日吉《ひよし》大社で行われる法華八講。

閻魔堂狂言《えんまだうきやうげん》 (初) **千本大念仏**《せんぼんだいねんぶつ》**・閻魔堂大念仏**《えんまだうだいねんぶつ》　五月一日から四日まで、京都市上京区の千

本閻魔堂（引接寺《いんじようじ》）で営まれる大念仏法要。〈からくりの鉦うつ僧や閻魔堂　川端茅舎〉

伝教会《でんげうゑ》 (仲) **伝教大師忌**《でんげうだいしき》・**延暦寺六月会**《えんりやくじみなづきゑ》・**六月会**《みなづきゑ》・**山家会**《さんげゑ》・**長講会**《ちやうかうゑ》・**最澄忌**《さいちようき》　六月四日、比《ひ》叡山《えいざん》延暦寺で行われる伝教大師の忌日会。〈首と肘左に黒子《ほくろ》伝教会　森澄雄〉

相国寺懺法《しやうこくじせんぼふ》 (仲)　六月一七日、京都市上京区の相国寺で行われる法会。

涼み積塔《すずみしやくたふ》 (晩) **座頭**《ざとう》**の納涼**《すずみ》・**涼**《すず》**みの塔**《たふ》・**涼**《すず》**みの積塔**《しやくたふ》　旧暦六月一九日、京都の清聚庵《せいじゆあん》で盲人が行った法会のこと。

鞍馬の竹伐《くらまのたけきり》 (仲) **竹伐会**《たけきりゑ》・**竹伐**《たけきり》・**鞍馬**《くらま》**の蓮華会**《れんげゑ》　六月二〇日、京都市左京区の鞍馬寺で行われる竹伐会《え》式《しき》。〈日を弾く鉈の一振り竹伐会　都合ナルミ〉

愛染祭《あいぜんまつり》 (仲) **愛染参**《あいぜんまゐり》・**勝鬘参**《しようまんまゐり》・**勝鬘会**《しようまんゑ》　六月三〇日から七月二日まで、大阪市天王寺区の勝鬘院（愛染堂）で行われる会《え》式《しき》。〈浴衣着を愛染さんの喜ぶ日　後藤比奈夫〉

朝顔市《あさがほいち》 (仲) **入谷朝顔市**《いりやあさがほいち》　七月六日から八日まで、東京入谷の鬼子母神《きしもじん》の境内で行われる朝顔を売る市。→朝顔（秋）〈子を連れて朝顔市の端に立つ　小島健〉

吉野の蛙飛《よしののかはづとび》 (晩) **蛙飛**《かはづとび》・**蔵王堂蛙飛**《ざわうだうかはづとび》・**蓮華会**《れんげゑ》　七月七日、奈良県吉野山、金峯山寺《きんぷせんじ》蔵王堂で行われる行事。〈蛙飛法螺もて首尾を言祝げり　朝妻力〉

四万六千日《しまんろくせんにち》 (晩) **十日詣**《とをかまゐり》・**六千日**《ろくせんにち》**さま**　七月一〇日、観世音菩薩《ぼさつ》の結縁日《けちえんび》。この日に参詣すると四万六千日詣でた分と同じ功徳があるといわれる。〈吐いて吸ふ息も四万六千日　清水基吉〉

鬼灯市《ほほづきいち》 (晩) **酸漿市**《ほほづきいち》　七月九・一〇日、東京の浅草寺《せんそうじ》の境内で行われる鉢植えの鬼灯を売る市。

↓鬼灯（秋）〈鬼灯市夕風のたつところかな　岸田稚魚〉

閻魔参《えんままゐり》 (晩) **閻魔詣**《えんままうで》・**十王詣**《じふわうまうで》・**大斎日**《だいさいにち》・**閻魔**《えんま》**の斎日**《さいにち》・**閻王**《えんわう》　旧暦七月一六日の閻魔王の縁日。〈熱き茶のうまくて閻魔詣かな　綾部仁喜〉

三井寺の札焼《みゐでらのふだやき》 (晩) 七月の第二土曜日（もと旧暦六月一七日）に、滋賀県大津市の園城寺《おんじやうじ》（通称三井寺）南院の観音堂で行われるお札焼き。

志度寺祭《しどでらまつり》 (晩) **志度寺八講**《しどでらはつかう》・**十六度会**《じふろくどゑ》・**十六度市**《じふろくどいち》・**志度詣**《しどまうで》　旧暦六月一七日、香川県さぬき市の補陀落山《ふだらくさん》志度寺で行われた法会。現在は十六度市と呼ばれ、七月一六日、ご本尊が開帳されるが志度寺祭とはよばれていない。

橋立祭《はしだてまつり》 (晩) **天**《あま》**の橋立祭**《はしだてまつり》　七月二四日、京都府宮津市切戸《きりど》の智恩寺《ちおんじ》で行われる例祭。

聖母月《せいぼづき》 (初) **マリアの月**《つき》・**聖母祭**《せいぼさい》　キリスト教でいう五月のこと。↓聖五月〈夜の雲白くやすらひ聖母月　横澤放川〉

昇天祭《しようてんさい》 (初) **昇天日**《しようてんび》・**御昇天**《ごしようてん》　キリスト教の復活祭から四〇日目（復活節第六週）の木曜日に行う祭り。〈真水のむ咽喉やはらかき昇天祭　有馬朗人〉

花の日《はなのひ》 (仲) **花**《はな》**の日曜**《にちえう》　六月の第二日曜日。子供を花にたとえて「花の日」とよばれ、一八八一年にメソジスト教会が六月の第二日曜日を「こどもの日」と定めてから広まった。

洗者聖ヨハネ祭《せんじやせいヨハネさい》 (仲) **聖**《せい》**ヨハネ祭**《さい》・**聖**《せい》**ヨハネ誕生日**《たんじやうび》　六月二四日、ヨルダン川でイエスに洗礼（バプテスマ）を施した洗礼者（略して洗者）ヨハネ（福音書を書いたヨハネは別人）の誕生日を祝うキリスト教の祭り。〈聖ヨハネ祭金星いよいよ大粒に　永方裕子〉

聖ペテロ・パウロ祭《せいペテロ・パウロさい》 (仲) 六月二九日、キリスト教でキリストの弟子ペテロとパウロがローマで殉教（ペテロは二九日、パウロは三〇日）したのを記念する日。〈聖ペテロ祭の鶏鳴正機成す　松浦敬親〉

聖霊降臨祭《せいれいかうりんさい》 (仲) **聖霊祭**《せいれいさい》**・五旬節**《ごじゅんせつ》**・ペンテコステ**　キリストの復活祭から七番目の日曜日。すなわち五〇日目に信徒たちに聖霊が下った記念の日。〈ペンテコステ灯の入る丘の聖学院　古賀まり子〉

三位祭《さんゐさい》 (仲) **聖三位祭**《せいさんゐさい》**・至聖祭**《しせいさい》　キリスト教の聖霊降臨祭の次の日曜日。父なる神、子なる神、聖霊の三位《さんみ》一体《いったい》を礼拝する祝日。

聖体祭《せいたいさい》 (仲) キリスト教で、聖霊降臨祭後、二番目の日曜日。信者の熱意を喚起するための祝日。〈聖体祭島中の鐘鳴り出せり　三枝正子〉

聖心祭《せいしんさい》 (仲) **みこころ祭**《さい》　聖霊降臨祭後、二番目の金曜日。キリストの聖心に対して罪深い自分たちが信仰心を固め、償いをなして聖心の求めである善行に励む祝日。〈みちのくのバラの盛りの聖心祭　金沢朝子〉

万太郎忌《まんたらうき》 (初) **傘雨**《さんう》**忌**《き》　五月六日。小説家・俳人、久保田万太郎の忌日。昭和三八年（一九六三）没。七三歳。〈死はある日忽然と来よ傘雨の忌　安住敦〉

春夫忌《はるをき》 (初) 五月六日。小説家・詩人、佐藤春夫の忌日。昭和三九年（一九六四）没。七二歳。〈春夫の忌眼鏡の奥の目やいかに　宇多喜代子〉

健吉忌《けんきちき》 (初) 五月七日。評論家、山本健吉の忌日。昭和六三年（一九八八）没。八一歳。〈紫

蘇の香に暮れたり山本健吉忌　吉田鴻司〉

四迷忌《しめいき》 (初) 五月一〇日。小説家、二葉《ふたば》亭《てい》四迷の忌日。明治四二年（一九〇九）没。四五歳。〈四迷忌や借りて重ねし書少し　石田波郷〉

朔太郎忌《さくたらうき》 (初) 五月一一日。詩人、萩原朔太郎の忌日。昭和一七年（一九四二）没。五五歳。〈深かぶる朔太郎忌の帽子なり　井上弘美〉

たかし忌《たかしき》 (初) **牡丹忌**《ぼたんき》 五月一一日。俳人、松本たかしの忌日。昭和三一年（一九五六）没。五〇歳。〈遅れ咲く牡丹白したかしの忌　下村非文〉

四方太忌《しはうだき》 (初) 五月一六日。俳人、坂本四方太の忌日。大正六年（一九一七）没。四四歳。〈四方太忌その声耳にのこりある　松瀬青々〉

らいてう忌《らいてうき》 (初) 五月二四日。評論家、婦人運動の先駆者、平塚らいてうの忌日。昭和四六年（一九七一）没。八五歳。

登四郎忌《としらうき》 (初) **朴花忌**《ほほばなき》 五月二四日。俳人、能村登四郎の忌日。平成一三年（二〇〇一）没。九〇歳。〈登四郎忌宝珠のごとき朴一花　能村研三〉

辰雄忌《たつをき》 (初) 五月二八日。小説家、堀辰雄の忌日。昭和二八年（一九五三）没。四八歳。〈辰雄忌の卓に若葉の山葡萄　倉橋羊村〉

晶子忌《あきこき》 (初) **白桜忌**《はくあうき》 五月二九日。歌人、与謝野《よさの》晶子の忌日。昭和一七年（一九四二）没。六三歳。〈人怖れず世に阿らず晶子の忌　大橋敦子〉

多佳子忌《たかこき》 (初) 五月二九日。俳人、橋本多佳子の忌日。昭和三八年（一九六三）没。六四歳。

〈百合伐つて崖を荒せり多佳子の忌　橋本美代子〉

紅緑忌《こうろくき》 (仲) 六月三日。俳人・小説家、佐藤紅緑の忌日。昭和二四年（一九四九）没。七四歳。

桜桃忌《あうたうき》 (仲) **太宰忌**《だざいき》 六月一九日。作家、太宰治の忌日。昭和二三年（一九四八）没。三九歳。〈桜桃忌雨傘切目なく駅へ　永島靖子〉

独歩忌《どくほき》 (仲) 六月二三日。詩人・小説家、国木田独歩の忌日。明治四一年（一九〇八）没。三六歳。〈泉まで木々の影ふむ独歩の忌　三田きえ子〉

楸邨忌《しうそんき》 (仲) **達谷忌**《たつこくき》 七月三日。俳人、加藤楸邨の忌日。平成五年（一九九三）没。八八歳。〈楸邨忌六根青むまであるく　江中真弓〉

重信忌《しげのぶき》 (晩) 七月八日。俳人、高柳重信の忌日。昭和五八年（一九八三）没。六〇歳。〈重信忌いまも瑞々しき未完　中村苑子〉

敦忌《あつしき》 (晩) 七月八日。俳人、安住敦の忌日。昭和六三年（一九八八）没。八一歳。〈敦忌や向日葵の立つ東口　鷹羽狩行〉

鷗外忌《おうぐわいき》 (晩) 七月九日。軍医・小説家・翻訳家・評論家・詩人、森鷗外の忌日。大正一一年（一九二二）没。六〇歳。〈ボールペン嫌ひを通し鷗外忌　片山由美子〉

茅舎忌《ばうしやき》 (晩) 七月一七日。俳人、川端茅舎の忌日。昭和一六年（一九四一）没。四三歳。〈心身を方形にして茅舎の忌　宇多喜代子〉

秋櫻子忌《しうあうしき》 (晩) **喜雨亭忌**《きうていき》・**群青忌**《ぐんじやうき》・**紫陽花忌**《あぢさゐき》 七月一七日。俳人、水原秋櫻子の忌日。昭和五六年（一九八一）没。八八歳。〈朝顔の紺いさぎよし喜雨亭忌　水原春郎〉

河童忌《かつぱき》 (晩) **我鬼忌**《がきき》・**芥川忌**《あくたがはき》・**龍之介忌**《りゆうのすけき》・**澄江堂忌**《ちようかうだうき》 七月二四日。小説家、芥川龍之介の忌日。昭和二年（一九二七）没。三五歳。〈病者来て隠れ顔なる我鬼忌かな　石田波郷〉

不死男忌《ふじをき》 (晩) **甘露忌**《かんろき》・**万座忌**《まんざき》 七月二五日。俳人、秋元不死男（もと別号、東京三《ひがしきようぞう》）の忌日。昭和五二年（一九七七）没。七五歳。〈不死男忌の雷火まみれの髪膚なり　越高飛驒男〉

左千夫忌《さちをき》 (晩) 七月三〇日。歌人・小説家、伊藤左千夫の忌日。大正二年（一九一三）没。四八歳。〈左千夫忌を昨日に矢切の渡しかな　大井戸千代〉

露伴忌《ろはんき》 (晩) **蝸牛忌**《くわぎうき》 七月三〇日。小説家、幸田露伴の忌日。昭和二二年（一九四七）没。八〇歳。〈片減りの墨の歳月露伴の忌　成瀬櫻桃子〉

谷崎忌《たにざきき》 (晩) **潤一郎忌**《じゆんいちらうき》 七月三〇日。小説家、谷崎潤一郎の忌日。昭和四〇年（一九六五）没。七九歳。〈傘《からかさ》のねばり開きや谷崎忌　山上樹実雄〉

しづの女忌《しづのぢよき》 (晩) 八月三日。俳人、竹下しづの女の忌日。昭和二六年（一九五一）没。六四歳。

夕爾忌《ゆふじき》 (晩) 八月四日。詩人・俳人、木下夕爾の忌日。昭和四〇年（一九六五）没。五〇歳。〈丸善に本探しをり夕爾の忌　安住敦〉

草田男忌《くさたをき》 (晩) **炎熱忌**《えんねつき》 八月五日。俳人、中村草田男の忌日。昭和五八年（一九八三）没。八二歳。〈炎天こそすなはち永遠の草田男忌　鍵和田秞子〉

隠元忌《いんげんき》 (初) **黄檗山開山忌**《わうばくさんかいざんき》 旧暦四月三日（新暦五月一九日）。中国明《みん》代の禅僧で日本黄檗宗の開祖、隠元隆琦《りゆうき》の忌日。寛文一三年（一六七三）入寂。八二歳。〈隠元忌藤房の先地について　菊地一雄〉

肖柏忌《せうはくき》 (初) **牡丹花忌**《ぼたんくわき》 旧暦四月四日（新暦五月一四日）。連歌作者、牡丹花肖柏の忌日。大永七年（一五二七）没。八五歳。

義経忌《よしつねき》 (初) **義経忌**《ぎけいき》 旧暦 閏《うるう》四月三〇日（新暦六月一五日）。武将、源義経の忌日。文治五年（一一八九）没。三〇歳。〈杉山の奥も杉山義経忌　高野ムツオ〉

鑑真忌《がんじんき》 (仲) 旧暦五月六日（新暦六月二五日）。中国唐代の僧で日本律宗の開祖、鑑真和上《わじょう》の忌日。天平宝字七年（七六三）入寂。七六歳。〈もろどりの山深くゐて鑑真忌　矢島渚男〉

道頓忌《だうとんき》 (仲) 旧暦五月八日（新暦六月四日）。安土桃山時代の土木家、安井道頓の忌日。慶長二〇年（一六一五）戦死。八二歳。〈道頓に泥川見せよ道頓忌　青木月斗〉

北枝忌《ほくしき》 (仲) **趙子忌**《てうしき》 旧暦五月一二日（新暦六月一〇日）。蕉門十哲の一人、立花北枝の忌日。享保三年（一七一八）没。〈北国の涼しき夏や北枝が忌　青木月斗〉

士朗忌《しらうき》 (仲) **枇杷園忌**《びはゑんき》 旧暦五月一六日（新暦六月二四日）。名古屋の俳人、井上士朗の忌日。文化九年（一八一二）没。七一歳。

丈山忌《ぢやうざんき》 (仲) 旧暦五月二三日（新暦六月一八日）。江戸初期の漢詩人、石川丈山の忌日。寛文一二年（一六七二）没。九〇歳。〈香墨にうすき黴あり丈山忌　平畑静塔〉

蟬丸忌《せみまるき》 (仲) **蟬丸祭**《せみまるまつり》**・関明神祭**《せきのみやうじんさい》 旧暦五月二四日（また月遅れの新暦六月二四日）。平安時代の歌人、蟬丸の忌日。〈蟬丸忌半日鈍く京にをり　藤田湘子〉

有無日《ありなしび》 (仲) **ありなしの日**《ひ》 旧暦五月二五日（新暦七月一〇日）。康保四年（九六七）に没した第六二代村上天皇の忌日。〈有無の日がな沙汰まつ上達部　伊藤松宇〉

頼政忌《よりまさき》 (仲) **源三位忌**《げんざんゐき》 旧暦五月二六日（新暦六月二七日）。平安末期の武将、源三位《げんざんみ》頼政の忌日。治承四年（一一八〇）没。七七歳。〈蔭ふかき昔座敷や頼政忌　松瀬青々〉

業平忌《なりひらき》 (仲) **在五忌**《ざいごき》 旧暦五月二八日（新暦七月一三日）。平安初期の歌人で、六歌仙・三十六歌仙の一人、在原《ありわらの》業平の忌日。元慶四年（八八〇）没。五六歳。〈流れ藻のからみからまる業平忌　橋閒石〉

光琳忌《くわうりんき》 (晩) 旧暦六月二日（新暦七月二〇日）。江戸中期の画家、尾形光琳の忌日。正徳六年（一七一六）没。五九歳。〈群青をゆたかに溶かし光琳忌　高浜虚子〉

源信忌《げんしんき》 (晩) **恵心忌**《ゑしんき》 旧暦六月一〇日（新暦七月一二日）。平安中期の天台宗の僧、源信の忌日。寛仁元年（一〇一七）入寂。七六歳。〈涼しげにたつる蓮華や源信忌　松瀬青々〉

杉風忌《さんぷうき》 (晩) **鯉屋忌**《こひやき》 旧暦六月一三日（新暦八月三日）。蕉門の俳人、杉山杉風の忌日。享保一七年（一七三二）没。八六歳。〈江戸地図の川太くあり杉風忌　三田穣治〉

季吟忌《きぎんき》 (晩) **拾穂軒忌**《しふすいけんき》 旧暦六月一五日（新暦八月四日）。貞門俳人で歌人・歌学者、北村季吟の忌日。宝永二年（一七〇五）没。八二歳。〈夕涼やかへす忌日の湖月抄　松瀬青々〉

青蘿忌《せいらき》 (晩) **幽松庵忌**《いうしようあんき》 旧暦六月一七日（新暦七月一七日）。江戸中期の俳諧師、松岡青蘿の忌日。寛政三年（一七九一）没。五二歳。

李由忌《りいうき》 (晩) **亮隅忌**《りやうぐうき》 旧暦六月二二日（新暦八月一一日）。蕉門の俳人、河野《こうの》李由の忌日。宝永二年（一七〇五）没。四四歳。

動物

夏野の鹿《なつののしか》 ㊂ **親鹿**《おやじか》 〈夏鹿の角をみんながさはりたがる　飯島晴子〉

鹿の子《しかのこ》 ㊂ **鹿**《か》**の子**《こ》・**鹿子**《かご》・**子鹿**《こじか》・**鹿**《か》**の子斑**《こまだら》 ↓春の鹿（春）・鹿（秋）〈鹿の子のひとりあるきに草の雨　鷲谷七菜子〉

袋角《ふくろづの》 （初） **鹿**《しか》**の袋角**《ふくろづの》・**鹿**《しか》**の若角**《わかづの》・**鹿茸**《ろくじょう》 鹿の角は毎年、春に根元の部分から落ち、すぐに角座という部分から新しい角が発育を始める、その角のこと。ビロードのような細毛の生えた皮膚に覆われた内部はカルシウムに富んだ血液が満ちており柔らかい。↓落し角（春）〈潤ひて産毛に満ちて袋角　林徹〉

蝙蝠《かうもり》 ㊂ **かはほり**・**蚊喰鳥**《かくひどり》・**家蝙蝠**《いへかうもり》・**大蝙蝠**《おほかうもり》 〈蝙蝠のたどたどしくも飛びはじむ　島谷征良〉

海亀《うみがめ》 ㊂ **赤海亀**《あかうみがめ》・**青海亀**《あをうみがめ》 〈海亀の涙の照らし出されたる　日原傳〉

亀の子《かめのこ》 ㊂ **銭亀**《ぜにがめ》 〈亀の子のすつかり浮いてから泳ぐ　高田正子〉

夏蛙《なつがへる》 ㊂ 特定の種類ではなく、夏期における蛙の生態をいう。

青蛙《あをがへる》 ㊂ **森青蛙**《もりあをがへる》 本州・四国・九州の丘陵や平野の水辺に棲《す》む緑色の蛙。雨蛙に似ているが、体長は四～五センチ程度とやや大きい。〈青蛙おのれもペンキぬりたてか　芥川龍之介〉

雨蛙《あまがへる》 ㊂ **枝蛙**《えだかはづ》 日本固有種はニホンアマガエルとハロウエルアマガエルの二種がある。梅雨の

季節などに雨が近づいたり降ったりすると、けたたましく鳴きだす。↓蛙（春）〈雨蛙嘘いつはりのなきこゑか　飯田龍太〉

河鹿《かじか》 ㊂ **河鹿蛙**《かじかがへる》**・河鹿笛**《かじかぶえ》　アオガエル科の扁平のやせた蛙。石の下に卵を産みつける習性をもち、平瀬が続く上流部で繁殖できる数少ない蛙。〈河鹿鳴く中に瀬音はゆくばかり　皆吉爽雨〉

牛蛙《うしがへる》 (仲) **うしかはづ**　アカガエル科の大形の蛙。暗緑色で斑紋があり、牛のような大きな声で鳴く。〈飛騨の夜を大きくしたる牛蛙　森澄雄〉

蟇《ひきがへる》 ㊂ **蟾蜍**《ひきがへる》**・蟾**《ひき》**・蝦蟇**《がま》**・がまがへる**　↓蟇穴を出づ（春）・蛙（春）〈蟇誰かものいへ声かぎり　加藤楸邨〉

山椒魚《さんせううを》 ㊂ **半裂**《はんざき》**・はんざき・箱根山椒魚**《はこねさんせううを》**・富士山椒魚**《ふじさんせううを》　〈山椒魚声は持たねば裏返り　林翔〉

蠑螈《ゐもり》 ㊂ **井守**《ゐもり》**・赤腹**《あかはら》　〈沈みゆくときのゐもりの楽しげや　本井英〉

守宮《やもり》 ㊂ **屋守**《やもり》**・壁虎**《やもり》**・家守**《やもり》　〈帰り来てまづは守宮に灯しけり　尾池葉子〉

蜥蜴《とかげ》 ㊂ **青蜥蜴**《あをとかげ》**・瑠璃蜥蜴**《るりとかげ》**・縞蜥蜴**《しまとかげ》　〈歯朶にゐて太古顔なる蜥蜴かな　野村喜舟〉

蛇《へび》 ㊂ **くちなは・ながむし・へみ・青大将**《あをだいしやう》**・赤楝蛇**《やまかがし》**・山楝蛇**《やまかがし》**・熇尾蛇**《ひばかり》**・縞蛇**《しまへび》**・烏蛇**《からすへび》**・ぢむぐり**　↓蛇穴を出づ（春）・蛇穴に入る（秋）〈水尾ひかず蛇対岸に達したり　鷹羽狩行〉

蛇衣を脱ぐ《へびきぬをぬぐ》 (仲) **蛇**《へび》**の衣**《きぬ》**・蛇**《へび》**の殻**《から》**・蛇**《へび》**の蛻**《もぬけ》**・蛇皮**《へびかは》**を脱**《ぬ》**ぐ・蛇**《へび》**の脱**《ぬ》**け殻**《がら》　蛇が脱皮して抜け殻を残すこと。〈眼の玉のところ破れて蛇の衣　大木あまり〉

蝮《まむし》 ㊂ **蝮蛇**《まむし》**・赤蝮**《あかまむし》**・蝮捕**《まむしとり》**・蝮酒**《まむしざけ》　〈捕らへたる蝮口よりふたつに裂く　小澤實〉

飯匙倩《はぶ》 ㊂ ハブ・波布《はぶ》・ひめはぶ

〈ハブの子の目の黒々と雨期となる　岸本マチ子〉

鷹の塒入《たかのとやいり》 (初) 鷹《たか》の塒籠《とやごもり》・塒鷹《とやだか》・鳥《と》屋籠《やごもり》・毛《け》を替《か》ふる鷹《たか》・はし鷹《たか》

鷹は初夏から晩夏にかけて換羽期を迎え、鷹狩り用の鷹は、塒に入ってあまり餌を食べなくなる。塒（鳥屋）とは、鷹部屋、あるいは鷹が羽替え近くなって塒に籠もることをいう。

〈鷹に声なし雨にたれたる塒筵　白雄〉

鷹羽遣ひを習ふ《たかはねづかひをならふ》 (晩) 鷹羽《たかはね》を習《なら》ふ・鷹羽《たかは》遣《づか》ひを学《まな》ぶ

鷹狩りの鷹は、初夏から晩夏にかけて塒《とや》に放し飼いにして羽替《はが》えさせるが、この換羽期も終わりに近い鷹の羽遣いの練習をいう。

羽抜鳥《はぬけどり》 (晩) 羽抜鶏《はぬけどり》・羽抜鴨《はぬけがも》・羽脱鶏《はぬけどり》・鳥《とり》の換羽《かへば》

鳥類の羽は、六月から晩夏にかけて冬羽から夏羽へと抜け替わる。この頃の羽の調わない鳥を羽抜鳥といい、新しい羽の生え揃うまではみすぼらしい姿となる。

〈羽抜鳥風狂の徒の如く立つ　大串章〉

時鳥《ほととぎす》 ㊂ 郭公《ほととぎす》・杜鵑《ほととぎす》・子規《ほととぎす》・不如帰《ほととぎす》・蜀魂《ほととぎす》・杜宇《ほととぎす》・沓手鳥《くつてどり》・橘鳥《たちばなどり》・賤鳥《しづどり》・田長鳥《たをさどり》・妹背鳥《いもせどり》・卯月鳥《うづきどり》

〈ほととぎす平安城を筋違に　蕪村〉〈谺して山ほととぎすほしいまゝ　杉田久女〉

郭公《くわくこう》 ㊂ 閑古鳥《かんこどり》

〈郭公や何処までゆかば人に逢はむ　臼田亜浪〉

筒鳥《つつどり》 ㊂

〈筒鳥や山に居て身を山に向け　村越化石〉

慈悲心鳥《じひしんてう》 ㊂ 十一《じふいち》

カッコウ科の夏鳥。鳴き声がジュウイチと聞こえるのでジュウイチ（十一）の名がある。慈悲心鳥は古名。

〈慈悲心鳥鳴きわたり来て霧と去る　水原秋櫻子〉

仏法僧《ぶつぽふそう》 ㊂ 三宝鳥《さんぼうてう》・木葉木菟《このはづく》

〈仏法僧鳴くべき月の明るさよ　中川宋淵〉

夜鷹《よたか》 ㊂ 怪鴟《よたか》・蚊吸鳥《かすひどり》

〈まぎれなく夜鷹と聴きて寝そびれし　千代田葛彦〉

練雲雀《ねりひばり》 (晩) **夏雲雀**《なつひばり》 〈練雲雀草の白花咥へたる　大石香代子〉

青葉木菟《あをばづく》 ㊂ フクロウ科の夏鳥。木菟はふつう耳羽《じう》が立っているが、青葉木菟にはそれがなく、丸い頭をしている。→木菟（冬）〈夫《つま》恋へば吾に死ねよと青葉木菟　橋本多佳子〉

老鶯《らうあう》 ㊂ **夏鶯**《なつうぐひす》・**老鶯**《おいうぐひす》・**乱鶯**《らんあう》・**残鶯**《ざんあう》・**晩鶯**《ばんあう》 夏の鶯のこと。もともとは漢詩に使われた言葉。→鶯（春）・冬の鶯（冬）・笹鳴（冬）〈老鶯の奥へ奥へと仏みち　神蔵器〉

鶯の付子《うぐひすのつけこ》 (仲) 鶯の雄の雛《ひな》を捕らえて、特に声の美しい鶯の成鳥のそばにおいてその囀《さえず》りを聞かせ、覚えさせること。

鶯音を入る《うぐひすねをいる》 (晩) 晩夏に鶯が囀《さえず》りをやめること。〈惜しまれて死ぬや鶯音を入るる　佐野鬼人〉

雷鳥《らいてう》 ㊂ **雷鶏**《らいけい》 〈雷鳥の霧より翔ちて視界なし　福田蓼汀〉

燕の子《つばめのこ》 ㊂ **子燕**《こつばめ》・**親燕**《おやつばめ》 →燕（春）・燕の巣（春）・夏燕・燕帰る（秋）〈つばめの子ひるがへること覚えけり　阿部みどり女〉

鶉の巣《うづらのす》 ㊂ 〈取あげてそつと戻すや鶉の巣　桃隣〉

鴉の子《からすのこ》 ㊂ **烏**《からす》**の子**《こ》・**子烏**《こがらす》・**親烏**《おやがらす》 〈鴉の子舌に力を籠めて鳴く　たむらちせい〉

葭切《よしきり》 ㊂ **行々子**《ぎやうぎやうし》・**葭雀**《よしすずめ》・**大葭切**《おほよしきり》・**小**《こ》**葭切**《よしきり》・**蘆雀**《あしすずめ》・**麦熟**《むぎう》**らし** 〈月やさし葭切葭に寝しづまり　松本たかし〉

翡翠《かはせみ》 ㊂ **川蟬**《かはせみ》・**かはせび**・**せうびん**・**翡翠**《ひすい》 〈翡翠に忘れかねたる都かな　長谷川零余子〉

山翡翠《やませみ》 ㊂ 〈山霊に呼ばれ山翡翠一直線　高野ムツオ〉

赤翡翠《あかしようびん》 ㊂ 深山翡翠《みやましようびん》・水恋鳥《みづごひどり》・雨乞鳥《あまごひどり》・きょうろろ 〈瀬濯ぎに赤翡翠の遡る　友岡子郷〉

鷭《ばん》 ㊂ 大鷭《おほばん》・小鷭《こばん》・誰首鶏《ばんしゆけい》 〈鷭鳴いて瞼の重き日なりけり　三田きえ子〉

水鳥の巣《みづとりのす》 ㊂ 鴨《かも》の巣《す》・水鶏《くひな》の巣《す》・鴛鴦《をし》の巣《す》・鷭《ばん》の浮巣《うきす》 葦《あし》や真菰《まこも》などの茂る湿地に巣を作る水鳥類の巣の総称。→水鳥（冬）

鳰の子《にほのこ》 ㊂ →鳰《かひつぶり》（冬） 〈鳰の子に夕さざなみの万遍なく　岡本眸〉

鳰の浮巣《にほのうきす》 ㊂ 鳰《にほ》の巣《す》・浮巣《うきす》 〈つゝがなく浮巣に卵ならびをり　阿波野青畝〉

夏の鴛鴦《なつのをし》 ㊂ 鴛鴦《をし》涼《すず》し カモ科の留鳥または漂鳥。東アジア特産の水鳥。雌は暗褐色で、雄は秋から春の繁殖期は美しい羽だが、夏は地味な羽となる。

通し鴨《とほしがも》 ㊂ 秋に渡来し、翌春北方へ帰ってゆく鴨のうち、稀《まれ》に残って営巣し、子を育てる鴨のこと。→鴨（冬） 〈水暗きところにをりぬ通し鴨　星野麥丘人〉

夏鴨《なつがも》 ㊂ 軽鴨《かるがも》・黒鴨《くろがも》・夏《なつ》の鴨《かも》・鴨涼《かもすず》し 〈刎頸の友のごとくに夏の鴨　佐藤鬼房〉

鴨の子《かものこ》 ㊂ 子《こ》鴨《がも》・鴨《かも》の雛《ひな》 →鴨（冬） 〈鴨の子のきのふの数を減らしけり　島谷征良〉

軽鳧の子《かるのこ》 ㊂ 軽鴨《かるがも》の子《こ》 〈軽鳧の子が飛ぶなり旅の能登の海　田村木国〉

鳧《けり》 ㊂ 鳧《けり》の子《こ》 チドリ科に属する鳥。千鳥に似て足が著しく長い。〈鳧の鳴くあをき時間をもらひけり　榎本好宏〉

鵜《う》 ㊂ 海鵜《うみう》・河鵜《かはう》 →鵜飼 〈昼寝鵜のさめたるまるき目なりけり　細川加賀〉

水鶏《くひな》 ㊂ 緋水鶏《ひくひな》・姫水鶏《ひめくひな》・水鶏笛《くひなぶえ》・水鶏叩《くひなたた》く 〈叩けども叩けども水鶏許されず　高浜虚子〉

青鷺《あをさぎ》 ㊂ 〈青鷺と青嶺動かず千曲川　堀口星眠〉

白鷺《しらさぎ》 ㊂ **大鷺《だいさぎ》・小鷺《こさぎ》** 〈白鷺のいつもはるかに一羽かな　黛執〉

葭五位《よしごゐ》 ㊂ **葦五位《あしごゐ》・大葭五位《おほよしごゐ》** サギ科の小形の鳥。体色はおおむね黄褐色。

笹五位《ささごゐ》 ㊂ サギ科の夏鳥。五位鷺《ごいさぎ》より小形。

溝五位《みぞごゐ》 ㊂ サギ科の夏鳥。他の鷺《さぎ》類と異なり、低い山地に営巣する。

鯵刺《あぢさし》 ㊂ **小鯵刺《こあぢさし》・鮎刺《あゆさし》・鮎鷹《あゆたか》** カモメ科の鳥。春と秋に沿岸部などを通過して行く旅鳥。〈鯵刺や空に断崖あるごとし　林翔〉

水薙鳥《みづなぎどり》 ㊂ **水凪鳥《みづなぎどり》・大水薙鳥《おほみづなぎどり》** ミズナギドリ科の海鳥。体の上面が灰黒色、下面は白色のものが多い。

青鳩《あをばと》 ㊂ ハト科の鳥。雄は顔から胸が一面の明るい緑黄色で、美しい。

星鴉《ほしがらす》 ㊂ **岳鴉《たけがらす》** カラス科の鳥。北海道・本州・四国の亜高山・高山の針葉樹林に生息する。〈星鴉落石の音一度ならず　市川葉〉

大瑠璃《おほるり》 ㊂ **瑠璃《るり》・瑠璃鳥《るりてう》** 〈大瑠璃のこゑや入江の村しづか　森田かずを〉

小瑠璃《こるり》 ㊂ 〈羊歯くらし小瑠璃のこゑのまろびくる　水原秋櫻子〉

三光鳥《さんくわうてう》 ㊂ 〈三光鳥鳴くよ梢《うれ》越す朝風に　伊東月草〉

黄鶲《きびたき》 ㊂ ヒタキ科の夏鳥。ほぼ全国に渡来する鳥で、広葉樹林で繁殖する。〈黄鶲や妙義一角雲うすれ　松澤白楊子〉

鮫鶲《さめびたき》 ㊂ **小鮫鶲《こさめびたき》** ヒタキ科の夏鳥。本州中部以北に渡来し、亜高山帯の針葉樹林で繁殖する。

野鶲《のびたき》 ㊂ ヒタキ科の夏鳥。本州中部以北の高原や北海道の草原で繁殖する。

瑠璃鶲《るりびたき》 ㊂ ヒタキ科の夏鳥。北海道・本州・四国の亜高山帯の針葉樹林で繁殖し、冬は暖かいところへ移動する。

眼細《めぼそ》 ㊂ **目細**《めぼそ》**・目細虫喰**《めぼそむしくひ》 〈目細鳴き雲中の火の燃え難し　望月たかし〉

夏燕《なつつばめ》 ㊂ →燕（春）・燕の子 〈滑空の翼の張りや夏燕　深見けん二〉

雨燕《あまつばめ》 ㊂ 〈あまつばめ仰ぎ梅天低からぬ　相馬遷子〉

駒鳥《こまどり》 ㊂ **こま**　ヒタキ科の夏鳥。日本やサハリンで繁殖する。〈駒鳥のひゞけば歯朶の葉もふるふ　山谷春潮〉

虎鶫《とらつぐみ》 ㊂ **ぬえつぐみ・鵺**《ぬえ》　ヒタキ科の中で最大級の鳥（体長約三〇センチ）。〈山の夜は耳聡くをり虎鶫　松林朝蒼〉

黒鶫《くろつぐみ》 ㊂ ヒタキ科の夏鳥。鶫の中で最も小形の鳥。〈黒つぐみあけぼのの富士雲払ふ　篠田悌二郎〉

赤腹《あかはら》 ㊂ ヒタキ科の夏鳥。腹部は白色で、両脇腹の橙色《だいだいいろ》が目立つのでこの名がある。〈赤腹に波立ち暮るる湖白し　原柯城〉

眉白《まみじろ》 ㊂ ヒタキ科の夏鳥。雄が全体に黒い色をしているなか、眼の上の一線の白が際立つのでこの名がある。

桑鳲《いかる》 ㊂ **鵤**《いかる》**・斑鳩**《いかる》**・豆回し**《まめまはし》 〈甘橿《あまかし》の胸突八丁桑鳲鳴く　山田春生〉

蒿雀《あをじ》 ㊂ **青鵐**《あをしとど》　ホオジロ科の小鳥で、大きさも頬白大。〈チッといふ声に蒿雀と決まりたり　多田裕計〉

野鵐《のじこ》 ㊂ 野路子《のぢこ》　ホオジロ科の小鳥。蒿雀《あおじ》に似るが、さらに小さい。

頬赤《ほほあか》 ㊂ ほあか　ホオジロ科の小鳥。頬白に似るが、体色はやや淡い。

目白《めじろ》 ㊂ 眼白《めじろ》・目白籠《めじろかご》・目白捕《めじろと》り　〈つつと来てつんと去りたる目白かな　蓼目良雨〉

五十雀《ごじふから》 ㊂ 〈ざわざわし女組やら五十雀　一茶〉

四十雀《しじふから》 ㊂ 〈手をあげし人にこぼるる四十雀　高浜虚子〉

山雀《やまがら》 ㊂ 〈人を見て山雀鳴くや籠の中　松根東洋城〉

日雀《ひがら》 ㊂ 〈山へ行く日雀の囮子は提げて　木村蕪城〉

小雀《こがら》 ㊂ 〈妻の手の小雀わが手に移り来し　中川忠治〉

柄長《えなが》 ㊂ 〈枯蔓に縋り夕日の柄長啼き　小林黒石礁〉

雪加《せつか》 ㊂ 雪下《せつか》　〈うつむきて聴くに雪加は母の声　福永耕二〉

蝦夷虫喰《えぞむしくひ》 ㊂ メボソムシクイ科の夏鳥。繁殖期の雄は澄んだ金属的な声で囀《さえず》る。

岩鷚《いはひばり》 ㊂ 岩雲雀《いはひばり》・岳雀《だけすずめ》　〈日暮れつつなほ天涯に岩ひばり　岡田日郎〉

茅潜《かやくぐり》 ㊂ やぶもぐり　〈這松に飛び込み鳴けり茅潜　田上悦子〉

便追《びんづい》 ㊂ 〈また揚がる便追をまた仰ぐかな　正木ゆう子〉

雷鴫《かみなりしぎ》 ㊂ 大地鴫《おほぢしぎ》　シギ科の夏鳥。雄は空中高く舞い上がり、尾羽を広げてウゴゴゴゴーとすさまじい風切り音をさせながら急降下を繰り返す。

玉鴫《たましぎ》 ㊂ タマシギ科の留鳥、または漂鳥。繁殖期の夏、鳴くのは雌の方で声はホンホンホンホン、またコーンコーンと聞こえる。

磯鵯《いそひよどり》 ㊂ ヒタキ科の留鳥、または漂鳥。夏の繁殖期によく鳴く。〈磯鵯がとび絶壁に蜑の墓　久保武〉

海猫《うみねこ》 ㊂ **ごめ** カモメ科の留鳥、または漂鳥。鳴き声が猫の声に似ているのでこの名がある。↓海猫渡る（春）・海猫帰る（秋）〈海猫の揃いとびする病気かな　大口元通〉

緋鯉《ひごひ》 ㊂ 色鯉《いろごひ》・白鯉《しろごひ》・斑鯉《まだらごひ》・錦鯉《にしきごひ》 ↓寒鯉（冬）〈ここ周防緋鯉の水に指ぬらし　飯島晴子〉

源五郎鮒《げんごらうぶな》 ㊂ 堅田鮒《かただぶな》 琵琶湖《びわこ》原産の大形のコイ科の鮒の一亜種。一説に堅田の漁師、錦織源五郎が琵琶湖で捕らえ、安土城主に献上したことからこの名を得たという。

濁り鮒《にごりぶな》 (仲) 産卵のために雨で水かさの増した川を遡《さかのぼ》っていく鮒のこと。↓乗込鮒（春）・寒鮒（冬）〈濁り鮒水をにごして走りけり　奥田杏牛〉

鯰《なまづ》 (仲) **梅雨鯰**《つゆなまづ》**・ごみ鯰**《なまづ》 〈大鯰じたばたせずに釣られけり　成瀬櫻桃子〉

鮎《あゆ》 ㊂ **香魚**《かうぎよ》**・年魚**《ねんぎよ》**・鮎生簀**《あゆいけす》 ↓若鮎（春）・鮎釣・鵜飼・落鮎（秋）・氷魚《ひうお》（冬）・通し鮎（冬）〈新月の光めく鮎寂びしけれ　渡辺水巴〉

岩魚《いはな》 ㊂ **巌魚**《いはな》**・嘉魚**《かぎよ》**・岩魚釣**《いはなつり》 〈岩魚焼くうすくれなゐの炭火かな　佐川広治〉

山女《やまめ》 ㊂ **山女魚**《やまめ》**・山女釣**《やまめつり》**・あまご** 〈人住まず山女の水を通すのみ　木村蕪城〉

追川魚《おひかは》 ㊂ 追河《おひかは》 コイ科の淡水魚。関東ではヤマベ、関西ではハエなどとよび、異称が多い。↓やまべ

鯆《はす》 ㊂ コイ科の淡水魚。琵琶湖水系や鯆川がそそぐ福井県の三方湖水系などに分布。鯆という名はこの川名による。

金魚《きんぎよ》 ㊂ **和金**《わきん》**・蘭鋳**《らんちう》**・琉金**《りうきん》**・丸子**《まるこ》**・出目金**《でめきん》**・獅子頭**《ししがしら》**・錦蘭子**《きんらんし》**・和蘭陀獅子頭**《おらんだししがしら》**・銀魚**《ぎんぎよ》**・金魚**《きんぎよ》**田**《た》　↓金魚売・金魚玉　〈いきいきと灯を身のいろに夜の金魚　渡辺恭子〉〈浮いているだけで大きな金魚かな　宇多喜代子〉

熱帯魚《ねつたいぎよ》 ㊂ **闘魚**《とうぎよ》**・天使魚**《てんしうを》　〈昼も灯に照らされ通し熱帯魚　右城暮石〉

縞泥鰌《しまどぢやう》 ㊂　ドジョウ科の淡水魚。ふつうの泥鰌より小形で、主に観賞用。

目高《めだか》 ㊂ **緋目高**《ひめだか》**・白目高**《しろめだか》　〈水底の明るさ目高みごもれり　橋本多佳子〉

だぼ鯊《だぼはぜ》 ㊂　〈だぼ鯊の釣れすぎて夢了りけり　小池英行〉

鮖《ごり》 ㊂ **鮴**《ごり》**・石伏魚**《いしぶし》　↓ごり汁　〈門川は鮖の生簀を経てはしる　阿波野青畝〉

夏魚《なつさかな》 ㊂ **夏肴**《なつさかな》　夏場に獲《と》れる魚のこと。鰹《かつお》・鱰《しいら》・カンパチなど、豪快で勢いのある魚が多い。〈門売りも声自由なり夏ざかな　去来〉

夏鰊《なつにしん》 ㊂　二～三年魚で若く、餌を追って宮城県の金華山沖から北海道の太平洋側へ来たもの。↓鰊（春）

城下鰈《しろしたがれひ》 ㊂　大分県別府湾の日出《ひじ》の海岸で獲《と》れる真子鰈《まこがれい》のこと。〈薫風に盛られて城下鰈これ　能村登四郎〉

麦藁鯊《むぎわらはぜ》 ㊥　茨城県水戸市外の涸沼川《ひぬまがわ》で、六月から七月頃に釣れる大物の鯊。

麦藁鯛《むぎわらだひ》 ㊥　麦の熟れる六月から七月、産卵を終えた鯛は脂肪が少なく風味が落ちる。〈草の戸に麦藁鯛の奢りかな　吉田冬葉〉

黒鯛《くろだひ》 ㊂ **ちぬ・茅海**《ちぬ》**・本**《ほん》**ちぬ・海鯽**《かいず》**・ちぬ釣**《つり》　〈黒鯛釣るや与謝の入海あをあをと　深見けん

二〉

疣鯛《いぼだひ》 ㊂ イボダイ科の海水魚。脂ののる夏が美味。

石鯛《いしだひ》 ㊂ 縞鯛《しまだひ》 〈石鯛の縦縞沖の波の縞　阿部月山子〉

伊佐木《いさき》 ㊂ いさぎ・いせぎ 〈靄あげて紺の帆掛の伊佐木漁　永方裕子〉

たかべ ㊂ 〈撒餌に寄る雑魚の中よりたかべ釣れ　田中英子〉

初鰹《はつがつを》 (初) 初松魚《はつがつを》・餅鰹《もちがつを》 ↓鰹 〈目には青葉山郭公はつ鰹　素堂〉

鰹《かつを》 ㊂ 松魚《かつを》・えぼし魚《うを》・鰹時《かつをどき》・鰹売《かつをうり》 ↓初鰹・秋鰹（秋） 〈出刃の背を叩く拳や鰹切る　松本たかし〉

鯖《さば》 ㊂ 鯖火《さばび》・鯖釣《さばつり》・鯖船《さばぶね》 ↓秋鯖（秋） 〈男一匹鯖一匹の青さかな　古舘曹人〉

鰺《あぢ》 ㊂ 真鰺《まあぢ》・室鰺《むろあぢ》・小鰺《こあぢ》・鰺釣《あぢつり》・鰺売《あぢうり》 〈鰺くふや夜はうごかぬ雲ばかり　加藤楸邨〉

鱚《きす》 ㊂ 白鱚《しろぎす》・青鱚《あをぎす》・きすご・川鱚《かはぎす》・虎鱚《とらぎす》・沖鱚《おきぎす》 〈手に軽く握りて鱚といふ魚　波多野爽波〉

飛魚《とびうを》 ㊂ とびを・とびら・つばめ魚《うを》・あご 〈飛魚《あご》とんで玄海の紺したたらす　片山由美子〉

べら ㊂ 赤《あか》べら・青《あを》べら 〈潮離るゝ寸前ベラのなまめきて　横山白虹〉

皮剥《かははぎ》 ㊂ 〈抜きし肝皮剥よりも大いなる　小澤實〉

舌鮃《したびらめ》 ㊂ 牛《うし》の舌《した》・いしわり・赤舌鮃《あかしたびらめ》 ウシノシタ科の海水魚の総称。姿形が牛の舌に似ているところから、こうよばれる。夏から秋が美味。

虎魚《をこぜ》 ㊂ 鬼虎魚《おにをこぜ》 〈面構へ魚にもある虎魚かな　高田風人子〉

鰭《はた》 ㊂ 羽太《はた》 ハタ科の海水魚の総称。赤羽太・青羽太・真羽太、雉《きじ》羽太など種類が多いが、真羽太を単にハタとよぶ場合もある。

いしなぎ ㊂ **石投**《いしなぎ》 ハタに近いイシナギ科の海水魚。五、六月の産卵期に水深一〇〇メートルほどまで上がるため、この時期が漁期。

石首魚《いしもち》 ㊂ **ぐち・にべ・しろぐち** ニベ科の海水魚。名称は頭の中に耳石《じせき》（炭酸カルシウムでできた組織）を二つもっていることに由来する。〈いしもちのほぐれ易かり宿の雨　阿部筲人〉

鮎並《あいなめ》 ㊂ **あぶなめ・ほっけ** アイナメ科の海水魚。白身の淡白な味。

津走《つばす》 (仲) **わかし・ふくらぎ** 鰤《ぶり》の幼魚で、体長一五センチほどのものをいう。関西地方や九州地方などでの呼び名。

いなだ ㊂ **魬**《いなだ》**・はまち** 体長四〇～五〇センチの大きさの鰤《ぶり》のこと。いわゆる出世魚で、成魚の鰤は冬季に分類される。↓鰤（冬）〈ほどほどの出世を祝ふはまちかな　松浦敬親〉

かんぱち ㊂ **間八**《かんぱち》**・赤鰤**《あかぶり》 アジ科の海水魚。日本近海では夏季に漁獲される。刺身や鮨種《すしだね》として喜ばれる。

平鰤《ひらまさ》 ㊂ **平政**《ひらまさ》 アジ科の海水魚。鰤《ぶり》によく似ていて見分けがつきにくいが、体の黄色い線が鰤より濃く鮮やか。

鯒《こち》 ㊂ コチ科の海水魚。上下に押しつぶされたような体形だが、姿に似ず美味で、洗膾《あらい》・煮付けなどにして食べる。〈鯒釣るや濤声四方に日は滾る　飯田蛇笏〉

めごち ㊂ **雌鯒**《めごち》 コチ科の海水魚。姿は鯒に似るがそれより小形。夏が旬で、天ぷらにするとおいしい。

赤鱏《あかえひ》 ㊂ 鱏《えひ》・鱝《えひ》 〈赤鱝の眼のひとつある切身かな　茨木和生〉

鱰《しいら》 ㊂ 鬼頭魚《しいら》・しいら 〈遥か来る藍の肌見せわが勒魚《しいら》　安井浩司〉

姫鱒《ひめます》 ㊂ べにざけ　サケ科の淡水魚。ベニザケの陸封型をいう。

虹鱒《にじます》 ㊂ サケ科の淡水魚。鮭と同じ溯河《そか》回遊魚で、体の両側に虹のような模様がある。〈虹鱒の斑をこぼさずに焼かれけり　渡辺恭子〉

川鱒《かはます》 ㊂ サケ科の淡水魚。渓流では暗い場所を好み、日中は岩陰や倒木の下などに潜むことが多い。

やまべ ㊂ 鮠《はえ》・白鮠《しらはえ》 ↓追川魚《おいかわ》 〈ながれつゝやまべの渦のさかのぼる　軽部烏頭子〉

ブラックバス ㊂ サンフィッシュ科の淡水魚。ブラックバスは和製英語。釣魚として人気が高い。

鱧《はも》 ㊂ 生鱧《いきはも》・祭鱧《まつりはも》・小鱧《こはも》 ↓鱧ちり 〈宵闇のざつと濡れたる祭鱧　井上弘美〉

水鱧《みづはも》 ㊂ 水鱧《みづはむ》 大阪湾や瀬戸内海で獲《と》れる小ぶりの鱧。↓鱧ちり 〈水鱧のこがねびかりをしてゐたり　茨木和生〉

ぐるくん ㊂ 高砂魚《たかさごうを》・高砂《たかさご》 タカサゴ科の海水魚タカサゴの方言。沖縄の大衆魚で、盛漁期は五月。

穴子《あなご》 ㊂ 海鰻《あなご》・真穴子《まあなご》・うみうなぎ・銀穴子《ぎんあなご》・穴子釣《あなごつり》 ↓焼穴子・穴子鮨 〈犇いて口中しろき穴子かな　山西雅子〉

鰻《うなぎ》 ㊂ 大鰻《おほうなぎ》・鰻掻《うなぎかき》・鰻筒《うなぎづつ》・真《ま》蒸《む》し ↓土用鰻 〈鰻裂く目打まつすぐ打たれけり　小原啄葉〉

章魚《たこ》 ㊂ 蛸《たこ》・蛸壺《たこつぼ》 〈章魚沈むそのとき海の色をして　上村占魚〉

麦藁章魚《むぎわらだこ》 ㊥ 麦藁蛸《むぎわらだこ》 〈海水を打つて麦藁蛸覚ます　友岡子郷〉

烏賊《いか》 ㊂ 真烏賊《まいか》・やり烏賊《いか》・するめ烏賊《いか》・烏賊《いか》の墨《すみ》・烏賊《いか》の甲《かふ》 ↓烏賊釣・烏賊干す（秋）・寒烏賊（冬）

〈槍烏賊の直進水を強く吐き　小澤實〉

鮑《あはび》 ㊂ 鰒《あはび》・鮑取《あはびとり》・鮑海女《あはびあま》 〈口中に鮑すべるよ月の潟　野澤節子〉

長辛螺《ながにし》 ㊂ さかさほほづき　イトマキボラ科に属する巻き貝。七月頃が産卵期で漁期も同じである。

海酸漿《うみほほづき》 ㊂ 長刀酸漿《なぎなたほほづき》・軍配酸漿《ぐんばいほほづき》・南京酸漿《なんきんほほづき》 〈海の町うみほゝづきは美しき　山口青邨〉

帆立貝《ほたてがひ》 ㊂ 〈貝殻のままの帆立を提げて来い　坪内稔典〉

手長蝦《てながえび》 ㊂ 杖突蝦《つゑつきえび》・草蝦《くさえび》・たなかせ・川蝦《かはえび》 〈悠然として鋏かな手長鰕　松根東洋城〉

蝦蛄《しやこ》 ㊂ 〈蝦蛄といふ禍々しくて旨きもの　長谷川櫂〉

蟹《かに》 ㊂ 山蟹《やまがに》・沢蟹《さはがに》・川蟹《かはがに》・磯蟹《いそがに》・蟹《かに》の子《こ》・小蟹《こがに》・蟹《かに》の穴《あな》・ざりがに ↓ずわい蟹（冬） 〈代る代る蟹来て何か言ひては去る　富安風生〉

蝤蛑《がざみ》 ㊂ 蝤蛑《がざみ》の子《こ》・わたり蟹《がに》・海蟹《うみがに》・がざめ 〈蝤蛑汁被曝の海の試し漁　田邊富子〉

舟虫《ふなむし》 ㊂ 船虫《ふなむし》 〈船虫の顔がうごいてゐてあはれ　今井杏太郎〉

がんがぜ ㊂ ガンガゼ科の棘皮《きよくひ》動物。ウニの一種で、針状の棘《とげ》は有毒。

海月《くらげ》 ㊂ 水母《くらげ》・海折《かいせつ》・石鏡《せききやう》・備前海月《びぜんくらげ》・幽霊海月《いうれいくらげ》・水海月《みづくらげ》・行燈海月《あんどんくらげ》・越前水母《ゑちぜんくらげ》・天草《あまくさ》水母《くらげ》 〈裏返るさびしさ海月くり返す　能村登四郎〉

海鞘《ほや》 ㊂ 保夜《ほや》・まぼや・あかぼや 〈海鞘食べて縄文貌をとり戻す　伊藤白潮〉

夏の蝶《なつのてふ》 ㊂ 夏蝶《なつてふ》・梅雨《つゆ》の蝶《てふ》・挵蝶《せせりてふ》・斑蝶《まだらてふ》・浅黄斑《あさぎまだら》・蛇目蝶《じやのめてふ》・おほむらさき ↓蝶（春）・

秋の蝶（秋）・冬の蝶（冬）〈つまみたる夏蝶トランプの厚さ　髙柳克弘〉

鳳蝶《あげはてふ》 ㊂ **揚羽**《あげは》**蝶**《てふ》**・黒揚羽**《くろあげは》**・烏揚羽**《からすあげは》**・烏蝶**《からすてふ》**・青筋揚羽**《あをすぢあげは》**・青条揚羽**《あをすぢあげは》**・帝揚羽**《みかどあげは》 〈揚羽より速し吉野の女学生　藤田湘子〉

木の葉蝶《このはてふ》 ㊂ 〈木の葉蝶書棚の本が動き出す　高野ムツオ〉

夏蚕《なつご》 ㊥ **二番蚕**《にばんこ》 春に飼育した蚕の卵の孵ったもの。糸の量が少なく、質も落ちる。↓蚕飼（春）・蚕（春）・秋蚕（秋）〈母屋より高く夏蚕の部屋灯る　蓬田紀枝子〉

蚕蛾《さんが》 ㊥ **蚕**《かひこ》**の蝶**《てふ》**・繭**《まゆ》**の蝶**《てふ》**・繭**《まゆ》**の蛾**《が》**・繭蝶**《まゆてふ》**・蚕**《かひこ》**の蛾**《が》 繭の中で蛹《さなぎ》を経て羽化し、繭の端を破って出てくる蛾。

夏虫《なつむし》 ㊂ **夏**《なつ》**の虫**《むし》 〈夏虫や寝ねがての灯を悲しうす　佐藤紅緑〉

火取虫《ひとりむし》 ㊂ **灯**《ひ》**取虫**《とりむし》**・火**《ひ》**入虫**《いりむし》**・灯**《ひ》**虫**《むし》**・火**《ひ》**虫**《むし》 夏の夜の灯火に吸い寄せられるように飛び来る虫。↓誘蛾灯〈掃きよせて嵩なき昨夜の灯取虫　原柯城〉

蛾《が》 ㊂ **火**《ひ》**蛾**《が》**・灯蛾**（ひが／とうが）**・燭蛾**《しょくが》**・火**《ひ》**取蛾**《とりが》**・刺蛾**《いらが》**・蓑蛾**《みのが》 〈金粉をこぼして火蛾やすさまじき　松本たかし〉

天蚕《やままゆ》 ㊣ **山繭**《やままゆ》**・山蚕**《やまがひこ》**・山蚕蛾**《やままゆが》 黄褐色あるいは暗紫褐色をしたヤママユガ科の大形の蛾。〈懸想して天蚕《やままゆ》蛾となるほかはなし　大石悦子〉

樟蚕《くすさん》 ㊣ **てぐすむし・白髪**《しらが》**太郎**《たらう》**・透**《すか》**し俵**《だはら》 ヤママユガ科の大きな蛾。太い糸で作る粗い繭は、透かして見えるので「透し俵」ともいう。〈べうべうと吹かれて白髪太郎の眼　佐々木六戈〉

山叺《やまかます》 ㊣ ヤママユガ科の薄手《うすた》火蛾《びが》の幼虫が作る繭。鮮やかな緑色をしている。

夕顔別当《ゆふがほべつたう》 (晩) せすぢすずめ・えびがらすずめ　スズメガ科のセスジスズメ、エビガラスズメなどの蛾。

内雀《うちすずめ》 (晩) 天蛾《すずめが》　スズメガ科の一種。色合いが雀に似て、飛び立つと雀が飛ぶように見える。〈天蛾のかしらの鬼符も能の里　鈴木明〉

雀の担桶《すずめのたご》 ㊂ 雀《すずめ》の小便担桶《せうべんたご》　刺蛾《いらが》の幼虫のイラムシが作る一種の繭。柿の木あるいは桜の枝などに楕円形《だえんけい》の小さい玉を作る。〈教会の雀の担桶に覚えあり　市川葉〉

毛虫《けむし》 ㊂ 毛《け》虫焼《むしや》く・毛《け》虫這《むしは》ふ　〈葉を食める音して毛虫成長す　山下美典〉

尺蠖《しやくとり》 ㊂ 尺取虫《しやくとりむし》・寸取虫《すんとりむし》・杖突虫《つゑつきむし》・屈伸虫《くつしんむし》・土壜割《どびんわり》・招虫《をぎむし》　〈しやくとりのとりにがしたる虚空かな　加藤楸邨〉

夜盗虫《よたう》 ㊂ よたうむし・やたう　〈徹夜の目天地に夜盗虫見のがさず　北山河〉

葉捲虫《はまきむし》 ㊂ 茶《ちや》の葉《は》捲虫《まきむし》　植物の葉を巻いてその中に棲《す》み、これを食害する昆虫の幼虫のこと。

常山木虫《くさぎのむし》 ㊂ 臭木《くさぎ》の虫《むし》・くさぎ虫《むし》　コウモリガ科の蝙蝠蛾《こうもりが》の幼虫。

木食虫《きくひむし》 ㊂ 鉄砲虫《てつぱうむし》　木蠹蛾《ぼくとうが》や紙切虫などの仲間の幼虫で樹木の中に食い入って材質を食べて大きくなる害虫。〈薪割れば鉄砲虫の飛び出せり　滝沢伊代次〉

根切虫《ねきりむし》 ㊂ 〈根切虫にも言ひ分はありぬべし　高田風人子〉

蛍《ほたる》 (仲) 大蛍《おほぼたる》・初蛍《はつほたる》・蛍火《ほたるび》・朝《あさ》の蛍《ほたる》・昼《ひる》の蛍《ほたる》・夕蛍《ゆふぼたる》・宵蛍《よひぼたる》・雨《あめ》の蛍《ほたる》・蛍合戦《ほたるがつせん》・平家蛍《へいけぼたる》・源氏《げんじ》蛍《ぼたる》・姫蛍《ひめぼたる》・草蛍《くさぼたる》・流蛍《りうけい》・ほうたる　↓蛍売・蛍狩・蛍籠　〈うつす手に光る蛍や指のまた　太祇〉〈ゆるやかに着てひとと逢ふ蛍の夜　桂信子〉〈おおかみに蛍が一つ付いていた　金子兜太〉

兜虫《かぶとむし》 ㊂ **甲虫**《かぶとむし》**・さいかち虫**《むし》**・鬼虫**《おにむし》**・源氏虫**《げんじむし》 〈ひっぱれる糸まっすぐや甲虫　高野素十〉

鍬形虫《くはがたむし》 ㊂ 〈夜の櫟より鍬形虫《くはがた》をひっぺがす　谷口智行〉

天牛《かみきり》 (晩) **髪切虫**《かみきりむし》**・かみきり・桑天牛**《くはかみきり》**・ごまだら天牛**《かみきり》**・白条天牛**《しろすぢかみきり》**・虎斑天牛**《とらふかみきり》**・瑠璃星天牛**《るりぼしかみきり》

〈風に鳴き風に声消ゆ髪切虫　相馬遷子〉

玉虫《たまむし》 (晩) **吉丁虫**《きつちやうむし》 〈離宮跡とは玉虫の飛ぶところ　大峯あきら〉

金亀子《こがねむし》 ㊂ **金亀虫**《こがねむし》**・黄金虫**《こがねむし》**・かなぶん・ぶんぶん** 〈金亀子擲《なげう》つ闇の深さかな　高浜虚子〉

花潜《はなむぐり》 ㊂ 〈握りしめくすぐつたいぞ花潜　島谷征良〉

天道虫《てんたうむし》 ㊂ **瓢虫**《てんたうむし》**・てんとむし・ひさごむし** 〈てんと虫一兵われの死なざりし　安住敦〉

穀象《こくざう》 ㊂ **穀象虫**《こくざうむし》**・象鼻虫**《ざうはなむし》**・米**《こめ》**の虫**《むし》**・米虫**《こめむし》**・よなむし** 〈穀象やわれに貧しき戦後あり　岡部六弥太〉

瓜蠅《うりばへ》 ㊂ **守瓜**《うりばへ》**・瓜葉虫**《うりはむし》**・瓜虫**《うりむし》 〈瓜蠅の早や憑く苗を選りにけり　水口祭〉

斑猫《はんめう》 ㊂ **道**《みち》**をしへ・みちしるべ**　ハンミョウ科の甲虫の総称。人が近づくと飛んで一メートルほど先に着地し、後ろを振り返るような仕種《しぐさ》をする。〈此方へと法の御山のみちをしへ　高浜虚子〉

落し文《おとしぶみ》 ㊂ **時鳥**《ほととぎす》**の落**《おと》**し文**《ぶみ》**・鶯**《うぐひす》**の落**《おと》**し文**《ぶみ》　オトシブミ科の甲虫の総称。幼虫の揺り籠である葉の筒を落とし文と見立てて名づけられた。〈音たてて落ちてみどりや落し文　原石鼎〉

米搗虫《こめつきむし》 ㊂ **叩頭虫**《こめつきむし》**・ぬかづきむし** 〈鼻先に米搗虫や来て搗ける　石塚友二〉

源五郎《げんごらう》 ㊂ **源五郎虫**《げんごらうむし》 〈水口の幣汚したる源五郎　美柑みつはる〉

鼓虫《まひまひ》 ㊂ 水澄《みずすまし》・渦虫《うづむし》・まひまひ虫《むし》 〈まひ〳〵や己が天地に遊びをり　高田風人子〉

水馬《あめんぼ》 ㊂ 水馬《あめんぼう》・川蜘蛛《かはぐも》・水蜘蛛《みづぐも》・みづすまし 〈激流の一隅にゐる水馬　橋本鶏二〉

田亀《たがめ》 ㊂ 河童虫《かつぱむし》・高野聖《かうやひじり》・どんがめ 〈田亀とび果して天気崩れたる　高橋春灯〉

風船虫《ふうせんむし》 ㊂ みづむし 〈風船虫飼へるコップに田の匂ひ　小島國夫〉

松藻虫《まつもむし》 ㊂ 〈松藻虫水面は昼の色失せて　石田由美枝〉

子負虫《こおひむし》 ㊂ 〈子負虫母たちもけふ野に遊ぶ　篠田悌二郎〉

蟬生る《せみうまる》 (仲) 蟬《せみ》の穴《あな》 〈生まれたる蟬にみどりの橡世界　田畑美穂女〉

蟬《せみ》 (晩) 初蟬《はつぜみ》・蟬時雨《せみしぐれ》・朝蟬《あさぜみ》・夕蟬《ゆふぜみ》・夜蟬《よぜみ》・にいにい蟬《ぜみ》・油蟬《あぶらぜみ》・みんみん蟬《ぜみ》・みんみん・深《み》山蟬《やまぜみ》・熊蟬《くまぜみ》・蝦夷蟬《えぞぜみ》・蟬捕《せみと》り ↓秋の蟬（秋）・蜩（秋）・法師蟬（秋） 〈閑さや岩にしみ入《いる》蟬の声　芭蕉〉〈蟬時雨子は担送車に追ひつけず　石橋秀野〉

松蟬《まつぜみ》 (初) 体長三〇～三七ミリの小形の蟬で、松林などに多く見られる。暖かいところでは四月のうちに鳴き始め春蟬とよばれる。↓春蟬（春） 〈松蟬や二つ三つづつ鳴き揃ふ　高野素十〉

空蟬《うつせみ》 (晩) 蟬《せみ》の殻《から》・蟬《せみ》の脱殻《ぬけがら》・蟬《せみ》のもぬけ　蟬の抜け殻のこと。〈空蟬のいづれも力抜かずゐる　阿部みどり女〉

蜻蛉生る《とんぼうまる》 (仲) やご・やまめ・太鼓虫《たいこむし》・蜻蛉《とんぼ》の子《こ》 ↓蜻蛉（秋） 〈尾を上げてふるへてとんぼ生まれけり　落合水尾〉

糸蜻蛉《いととんぼ》 ㊂ 灯心蜻蛉《とうしんとんぼ》・とうすみ蜻蛉《とんぼ》・とうすみ・とうしみ蜻蛉《とんぼ》・とうしみ 〈糸蜻蛉長き一日と思ひをらむ　有馬朗人〉

川蜻蛉《かはとんぼ》 ㊂ 鉄漿蜻蛉《おはぐろとんぼ》・おはぐろ・かねつけ蜻蛉《とんぼ》 〈木洩日が翅をくすぐる川蜻蛉　松浦敬親〉

夏茜《なつあかね》 (晩) 中形の赤蜻蛉《あかとんぼ》のこと。〈電線はくらきを走り夏茜　飯田龍太〉

早苗蜻蛉《さなへとんぼ》 (仲) サナエトンボ科の蜻蛉の総称。早苗を植える頃から出現する種類が多いので、この名がある。

蟷螂生る《たうらううまる》 (仲) 蟷螂生る《かまきりうま》・蟷螂《たうらう》の子《こ》・子《こ》かまきり　↓蟷螂（秋）・蟷螂枯る（冬）〈蟷螂や生れてすぐにちりぢりに　軽部烏頭子〉

蠅《はへ》 ㊂ 家蠅《いへばへ》・姫家蠅《ひめいへばへ》・縞蠅《しまばへ》・肉蠅《にくばへ》・金蠅《きんばへ》・黒蠅《くろばへ》・鼈甲蠅《べつかふばへ》・糞蠅《くそばへ》・青蠅《あをばへ》・馬蠅《うまばへ》・牛蠅《うしばへ》・五月蠅《さつきばへ》・銀蠅《ぎんばへ》・螫蠅《さしばへ》・はひ・蠅の声《はへのこゑ》　↓春の蠅（春）・蠅除《はえよけ》・蠅取・秋の蠅（秋）・冬の蠅（冬）〈蠅とんでくるや箪笥の角よけて　京極杞陽〉

蛆《うじ》 ㊂ 蛆虫《うじむし》・さし〈蛆虫のちむまちむまと急ぐかな　松藤夏山〉

猩々蠅《しやうじやうばへ》 ㊂ 蠁子《さし》・猩々《しやうじやう》・酒蠅《さかばへ》〈蠁子とんで糊桶の底腐りけり　蘆田秋双〉

蚊《か》 ㊂ 藪蚊《やぶか》・縞蚊《しまか》・赤家蚊《あかいへか》・蚊粒《かつぶ》・蚊柱《かばしら》・昼の蚊《ひるのか》・蚊《か》の声《こゑ》・蚊《か》の唸《うな》り・蚊《か》を打《う》つ・蚊《か》を焼《や》く　↓蚊帳・蚊遣火《かやりび》〈叩かれて昼の蚊を吐く木魚かな　夏目漱石〉

孑孑《ぼうふら》 ㊂ 孑孑《ぼうふら》・ぼうふり・棒振虫《ばうふりむし》〈孑孑や日にいく度のうきしづみ　一茶〉

ががんぼ ㊂ 蚊蜻蛉《かとんぼ》・かがんぼ・蚊姥《かのうば》〈ががんぼの脚あまた持ち地をふまず　長谷川双魚〉

蚋《ぶよ》 ㊂ 蟆子《ぶと》・ぶゆ・ぶよ〈蚋殖やす象の形の登り窯　野木桃花〉

蠛蠓《まくなぎ》 ㊂ めまとひ・めまはり・めたたき・糠蚊《ぬかか》・蠓《なまぐさ》・揺蚊《ゆすりか》〈蠛蠓といふ厄介なものに逢ふ　藤崎久を〉

草蜉蝣《くさかげろふ》 ㊂晩 **臭蜉蝣**《くさかげろふ》 →優曇華 〈草かげろふ草の色して吹かれけり　茂惠一郎〉

優曇華《うどんげ》 ㊂晩 草蜉蝣《くさかげろう》の卵。→草蜉蝣 〈優曇華やおもしろかりし母との世　西嶋あさ子〉

薄翅蜉蝣《うすばかげろふ》 ㊂晩 →蟻地獄 〈父よ父よとうすばかげろう来て激《たぎ》つ　中村苑子〉

蟻地獄《ありぢごく》 ㊂三 **擂鉢虫**《すりばちむし》**・あとずさり・あとさり虫**《むし》 薄翅蜉蝣《うすばかげろう》の幼虫、また幼虫の作る擂り鉢状の穴のこと。→薄翅蜉蝣 〈蟻地獄松風を聞くばかりなり　高野素十〉

ごきぶり ㊂三 **油虫**《あぶらむし》**・御器齧**《ごきかぶり》**・あまめ** 〈ごきぶりを打ち損じたる余力かな　能村登四郎〉

鋏虫《はさみむし》 ㊂三 **挟虫**《はさみむし》**・しりはさみ** 〈仏相の岩にかくろふ鋏虫　三田きえ子〉

蚤《のみ》 ㊂三 **蚤**《のみ》**の跡**《あと》 〈見事なる蚤の跳躍わが家にあり　西東三鬼〉

虱《しらみ》 ㊂三 **半風子**《はんぷうし》 カジリムシ目の昆虫の総称。嚙《か》まれると激しい痒《かゆ》みや痛みを覚える。

南京虫《なんきんむし》 ㊂三 **床虱**《とこじらみ》 〈古る母子寮南京虫とイエスが棲む　藤森しん〉

紙魚《しみ》 ㊂晩 **衣魚**《しみ》**・きらら・雲母虫**《きららむし》 〈三代の紙魚の更科日記かな　景山筍吉〉

蟻《あり》 ㊂三 **山蟻**《やまあり》**・黒蟻**《くろあり》**・赤蟻**《あかあり》**・女王蟻**《ぢよわうあり》**・雄蟻**《をすあり》**・大蟻**《おほあり》**・蟻**《あり》**の道**《みち》**・蟻**《あり》**の列**《れつ》**・蟻**《あり》**の門渡**《とわた》**り・蟻**《あり》**の塔**《たふ》**・蟻塚**《ありづか》**・蟻**《あり》**の巣**《す》**・蟻**《あり》**の国**《くに》 →蟻穴を出づ（春） 〈蟻の道雲の峰よりつづきけん　一茶〉

羽蟻《はあり》 ㊂三 **飛蟻**《はあり》 〈羽蟻の夜死後のあれこれ指図して　草間時彦〉

蚜虫《ありまき》 ㊂三 **蟻巻**《ありまき》**・油虫**《あぶらむし》 〈ありまきの中より薔薇の蕾かな　篠原喜々〉

白蟻《しろあり》 ㊂三 シロアリ目の昆虫の総称。木材に巣くう害虫で、家屋に大きな被害を与える。

雪渓虫《せつけいむし》 ㊂三 日本アルプスなどの雪渓の上に、夏、姿を現す黒い虫。早春、雪の上に出てくる「雪虫」と同じものだが、冬の「雪虫」（綿虫）とは別種。

螻蛄《けら》 ㊂ おけら　→螻蛄鳴く（秋）〈螻蛄の闇闇の力といふがあり　佐藤鬼房〉

水蠟虫《いぼた》 ㊂ いぼたのむし・いぼたらうむし〈うしろからいぼたのむしと教へらる　飯島晴子〉

孫太郎虫《まごたらうむし》 ㊂〈筒袖のまごたらうむし探しかな　三橋敏雄〉

蓼食ふ虫《たでくふむし》 ㊂ 独特の強い辛みをもつ蓼の葉を食べる蛾の幼虫などをいう。

蟭螟《せうめい》 ㊂ 焦螟《せうめい》 想像上の微小な虫。蚊のまつげに巣を作り、そこで子を生ずる小さな虫、と古書には記されている。〈焦螟のその睫毛にもさらに虫　辻田克巳〉

蜘蛛《くも》 ㊂ 女郎蜘蛛《ぢよらうぐも》〈蜘蛛に生れ網をかけねばならぬかな　高浜虚子〉

蠅虎《はへとりぐも》 ㊂ 蠅捕蜘蛛《はへとりぐも》〈経櫃に蠅虎のとりつきぬ　大石悦子〉

蜘蛛の囲《くものゐ》 ㊂ 蜘蛛《くも》の巣《す》・蜘蛛《くも》の網《あみ》・蜘蛛《くも》の糸《いと》〈蜘蛛の囲の全きなかに蜘蛛の飢ゑ　鷹羽狩行〉

袋蜘蛛《ふくろぐも》 ㊂ 蜘蛛《くも》の太鼓《たいこ》・蜘蛛《くも》の袋《ふくろ》〈蜘蛛掃けば太鼓落して悲しけれ　高浜虚子〉

蜘蛛の子《くものこ》 ㊂〈蜘の子はみなちりぢりの身すぎかな　一茶〉

蝨《だに》 ㊂ 壁蝨《だに》・蜱《だに》・家蜱《いへだに》・牛蝨《うしだに》・葉蜱《はだに》〈壁蝨の口肉に喰い込み根づきおり　北山河〉

蠍《さそり》 ㊂ 蝎《かつ》〈蠍棲める城壁に沿ひ露天市　長谷川浪々子〉

馬陸《やすで》 ㊂ 臭虫《くさむし》・円座虫《ゑんざむし》・筬虫《をさむし》・雨彦《あまびこ》・銭虫《ぜにむし》〈下見洗ふ水に流るる馬陸かな　上川井梨葉〉

蜈蚣《むかで》 ㊂ 百足虫《むかで》・百足《むかで》・赤蜈蚣《あかむかで》・赤頭蜈蚣《あかづむかで》・青頭蜈蚣《あをづむかで》〈殺さんとすれば百足も慟顚す　百合山羽公〉

蚰蜒《げぢげぢ》 ㊂ **げぢ・大蚰蜒**《おほげぢ》 〈げぢげぢを躓き追ふや子と共に　石田波郷〉

蛞蝓《なめくぢ》 ㊂ **なめくぢり・なめくぢら** 〈蛞蝓といふ字どこやら動き出す　後藤比奈夫〉

蝸牛《かたつむり》 ㊂ **蝸牛**《くわぎう》**・かたつぶり・ででむし・でんでんむし・まひまひ** 〈かたつむり甲斐も信濃も雨のなか　飯田龍太〉〈でで虫に雨が好きかと訊いてみる　星野麥丘人〉

蛭《ひる》 ㊂ **馬蛭**《うまびる》**・山蛭**《やまびる》**・血吸蛭**《ちすひびる》**・扁蛭**《ひらびる》 〈頭やら口やら蛭の伸びゆくは　岸本尚毅〉

蚯蚓《みみず》 ㊂ **縞蚯蚓**《しまみみず》**・蚯蚓出**《みみずい》**づ** ↓蚯蚓鳴く（秋）〈前世は竜でありしと蚯蚓言ふ　高田風人子〉

赤子《あかご》 ㊂ **糸蚯蚓**《いとみみず》 水生の蚯蚓で、人家に近い用水路などに群生する。

夜光虫《やくわうちう》 ㊂ **ひき・しき** 〈夜光虫掬ひし指を漏りて光る　殿村菟絲子〉

植　物

余花《よくわ》 （初） **若葉**《わかば》**の花**《はな》**・青葉**《あをば》**の花**《はな》**・夏桜**《なつざくら》 夏に入ってなお咲いている桜のこと。↓遅桜（春）・残花（春）〈余花に逢ふ再び逢ひし人のごと　高浜虚子〉

葉桜《はざくら》 （初） **花**《はな》**は葉**《は》**に** 桜の若葉。〈葉桜の中の無数の空さわぐ　篠原梵〉

桜の実《さくらのみ》 （仲） **実桜**《みざくら》**・桜実**《さくらみ》**となる** 〈桜の実わが八十の手を染めし　細見綾子〉

薔薇《ばら》 （初） **西洋薔薇**《せいやうばら》**・しやうび・薔薇**《さうび》**・紅薔薇**《べにばら》**・白薔薇**《しろばら》**・薔薇園**《ばらゑん》**・薔薇垣**《ばらがき》 ↓薔薇の芽（春）・秋の薔薇（秋）・冬薔薇（冬）〈薔薇剪るや深きところに鋏入れ　島谷征良〉

茨の花《いばらのはな》 （初） **花茨**《はないばら》**・野薔薇**《のばら》**・茨**《いばら》**・花**《はな》**うばら・野茨**《のいばら》**・野茨**《のいばら》**の花**《はな》 ↓茨の実（秋）・枯茨（冬）

〈愁ひつつ岡にのぼれば花いばら　蕪村〉

利休梅《りきうばい》 ㊚ やなぎざくら 〈利休梅五十はつねの齢ならず　石田波郷〉

蔓手毬《つるでまり》 ㊣ 蔓紫陽花《つるあぢさゐ》・ごとう蔓《づる》 〈見下しにロシヤ教会つるでまり　川澄祐勝〉

牡丹《ぼたん》 ㊚ ぼうたん・深見草《ふかみぐさ》・富貴草《ふうきさう》・白牡丹《はくぼたん》・緋牡丹《ひぼたん》・牡丹園《ぼたんゑん》 ↓牡丹の芽（春）・寒牡丹（冬）〈ぼうたんの百のゆるるは湯のやうに　森澄雄〉〈白牡丹といふといへども紅ほのか　高浜虚子〉

紫陽花《あぢさゐ》 ㊥ 四葩《よひら》・四葩《よひら》の花《はな》・七変化《しちへんげ》・刺繡花《ししうばな》・瓊花《たまばな》 ↓額の花 〈あぢさゐの藍をつくして了りけり　安住敦〉

額の花《がくのはな》 ㊥ 額紫陽花《がくあぢさゐ》 ↓紫陽花 〈鎌倉は雨またよけれ額の花　加藤耕子〉

橘の花《たちばなのはな》 ㊥ 花《はな》橘《たちばな》・常世花《とこよばな》 ↓橘（秋）〈人にあふも花たちばなの香にあふも　山口青邨〉

石楠花《しやくなげ》 ㊚ 石南花《しやくなげ》・しやくなぎ・せきなん 〈石楠花の女人高野に雨のすぢ　鍵和田秞子〉

百日紅《さるすべり》 ㊥ 百日紅《ひやくじつこう》・紫薇《しび》・くすぐりの木《き》・白《しろ》さるすべり・百日白《ひやくじつはく》 〈さるすべりしろばなちらす夢違ひ　飯島晴子〉

梔子の花《くちなしのはな》 ㊥ ↓梔子の実（秋）〈今朝咲きしくちなしの又白きこと　星野立子〉

杜鵑花《さつき》 ㊥ 五月躑躅《さつきつつじ》 〈満開のさつき水面に照るごとし　杉田久女〉

白丁花《はくちやうげ》 ㊚ 満天星《まんてんせい》・ばんていし 〈奥ふかく砂しく門や白丁花　無徳〉

繡線菊《しもつけ》 ㊚ 繡線菊《しもつけ》の花《はな》 〈繡線菊の花雨粒を支へゐる　正木ゆう子〉

未央柳《びやうやなぎ》 ㊥ 美容柳《びようやなぎ》・金糸桃《きんしたう》・美女柳《びぢよやなぎ》 〈咲き出でぬびえうの柳たよ〳〵と　蛇足〉

箱根空木の花《はこねうつぎのはな》 (仲) 箱根《はこね》卯《う》の花《はな》・錦《にしき》うつぎ　箱根空木はスイカズラ科の落葉低木。箱根に多く産したという誤認からついた名で、実際は北海道南部から九州にかけての海岸付近に分布する。〈はこねうつぎらし霧よりも白く見ゆ　五木田告水〉

繡毬花《てまりばな》 (初) 手毬花《てまりばな》・粉団花《てまりばな》・おほでまり・手毬《てまり》の花《はな》　〈大でまり小でまり佐渡は美しき　高浜虚子〉

頳桐の花《ひぎりのはな》 (晩) 緋桐《ひぎり》・唐桐《たうぎり》　頳桐はシソ科の落葉小低木。七月から九月、円錐《えんすい》状に花が咲く。

金雀枝《えにしだ》 (初) 金雀花《えにしだ》・金枝花《えにしだ》・金雀児《えにしだ》　〈金雀枝の咲きあふれ色あふれけり　藤松遊子〉

泰山木の花《たいさんぼくのはな》 (初) 大山木《たいさんぼく》の花《はな》・泰山木蓮《たいさんもくれん》　〈ロダンの首泰山木は花得たり　角川源義〉

夾竹桃《けふちくたう》 (仲) 〈夾竹桃白を激しき色とせり　正木浩一〉

マロニエの花《マロニエのはな》 (初) 〈マロニエが咲きぬ珈琲でも飲むか　矢島渚男〉

橡の花《とちのはな》 (初) 栃《とち》の花《はな》・とちの木《き》の花《はな》　↓橡の実（秋）　〈橡の花きつと最後の夕日さす　飯島晴子〉

南天の花《なんてんのはな》 (仲) 花南天《はななんてん》　↓南天の実（秋）　〈つつましき白を豊かに花南天　三森鉄治〉

夏藤《なつふぢ》 (晩) 土《ど》用藤《ようふぢ》　〈夏藤に面輪くらべの山越しよ　飯島晴子〉

凌霄花《のうぜんかづら》 (晩) 凌霄《のうぜん》・凌霄花《のうぜん》・のうぜんかづら　〈のうぜんの花は遠くに見ゆるなり　今井杏太郎〉

仏桑花《ぶつさうげ》 (晩) ぼさつばな・琉球木槿《りうきうむくげ》・扶桑花《ふさうくわ》・ハイビスカス　〈家よりも墓ひろびろと仏桑花　深見けん二〉

時計草《とけいさう》 ㊂ **ぼろんかづら** 〈どの国の時計に似たる時計草　後藤比奈夫〉

金糸梅《きんしばい》 ㊂ オトギリソウ科の半落葉低木。六月から七月につややかな黄色の五弁の梅に似た花を開く。

猩々草《しやうじやうさう》 ㊂ トウダイグサ科の一年草。葉の形が多様で、赤味を帯び、赤白の斑紋がある。毛が赤い想像上の怪獣猩々にちなんで、名づけられた。

茉莉花《まつりくわ》 ㊂ **素馨**《そけい》**・ジャスミン** 〈ひと鉢は茉莉花にしてにおひぬる　石塚友二〉

フクシア （晩） アカバナ科の落葉低木。熱帯アメリカ原産。ツリウキソウとフクシア属植物の交配から作られた園芸種。

柑子の花《かうじのはな》 （初） **花柑子**《はなかうじ》 〈雲の上にのぞく富士あり花柑子　籾山梓月〉

蜜柑の花《みかんのはな》 （初） **花蜜柑**《はなみかん》 →早生蜜柑（秋）・青蜜柑（秋）・蜜柑（冬） 〈蜜柑咲く伊予路の旅を三日ほど　草間時彦〉

柚子の花《ゆずのはな》 （初） **柚**《ゆ》**の花**《はな》**・花柚子**《はなゆず》**・花柚**《はなゆ》 〈叱られて姉は二階へ柚子の花　鷹羽狩行〉

橙の花《だいだいのはな》 （初） 〈橙の花ぽってりと開きけり　武藤紀子〉

九年母の花《くねんぼのはな》 （初） **香橙**《かうたう》**の花**《はな》 九年母はミカン科の常緑低木。初夏に香り高い五弁の白い小花をつける。

金柑の花《きんかんのはな》 （仲） 金柑はミカン科の常緑低木。七月と九月、一〇月頃の二〜三回花を開くが、季語としては夏。

仏手柑の花《ぶしゆかんのはな》 （初） 仏手柑はミカン科の常緑低木。初夏に五弁の花をつける。

夏蜜柑の花《なつみかんのはな》 (初) 夏蜜柑はミカン科の常緑小高木。他の柑橘類よりやや大きめの芳香のある白い五弁の花を開く。

朱欒の花《ざぼんのはな》 (初) **文旦**《ぶんたん》**の花**《はな》**・花朱欒**《はなざぼん》 〈朱欒咲く島に姥捨ありしとか　軒口敏之〉

オリーブの花《オリーブのはな》 (仲) 〈おりいぶの花の上なる屋島かな　滝沢伊代次〉

栗の花《くりのはな》 (仲) **花栗**《はなぐり》**・栗咲**《くりさ》**く** 〈花栗のちからかぎりに夜もにほふ　飯田龍太〉

柿の花《かきのはな》 (仲) **柿**《かき》**の蔕**《たう》 ↓青柿・柿（秋） 〈おほかたは道にこぼれて柿の花　大峯あきら〉

石榴の花《ざくろのはな》 (仲) **花石榴**《はなざくろ》**・姫石榴**《ひめざくろ》 〈墓碑銘はアリョーシャと読め花柘榴　西村和子〉

棗の花《なつめのはな》 (初) 〈屋根石にしめりて旭あり花棗　杉田久女〉

葡萄の花《ぶだうのはな》 (初) ↓葡萄（秋） 〈訥々と語り葡萄の花を指す　廣瀬直人〉

柿若葉《かきわかば》 (初) ↓柿紅葉《かきもみじ》（秋）・柿落葉（冬） 〈柿若葉重なりもして透くみどり　富安風生〉

青梅《あをうめ》 (仲) **梅**《うめ》**の実**《み》**・実梅**《みうめ》**・実梅**《みうめ》**もぐ** ↓梅（春） 〈青梅の臀うつくしくそろひけり　室生犀星〉

小梅《こうめ》 (仲) 梅の栽培品種の一つ。梅の実でも、小ぶりの種類のものをいう。

青柿《あをがき》 (晩) ↓柿の花・柿（秋） 〈どこに落ちても青柿はひそかな音　保坂敏子〉

青柚《あをゆ》 (晩) **青柚子**《あをゆず》 〈まだ小さき青柚なりしがもたらしぬ　池内たけし〉

青胡桃《あをくるみ》 (晩) **生胡桃**《なまくるみ》 ↓胡桃（秋） 〈青胡桃しなのの空のかたさかな　上田五千石〉

木苺《きいちご》 (初) ↓木苺の花（春） 〈木苺の熟れしあはれをまのあたり　後藤夜半〉

早桃《さもも》 (仲) **夏桃**《なつもも》 ↓桃（秋） 〈早桃剝かれ昏るる海光沁み入りぬ　中島斌雄〉

青葡萄《あをぶだう》 (晩) ↓葡萄（秋） 〈日ざらしの袋に透けて青葡萄　三森鉄治〉

青林檎《あをりんご》 （晩） 早生林檎《わせりんご》　→林檎（秋）〈青林檎よき歯を母にもらひけり　西嶋あさ子〉

楊梅《やまもも》 （仲） やまうめ・ももかは・楊梅《やうばい》・樹梅《じゆばい》・山桃《やまもも》　→楊梅の花（春）〈やまももの落ちてしきりや力士塚　榎本好宏〉

さくらんぼ （仲） 桜桃の実《あうたうのみ》・桜桃《あうたう》　西洋実桜の実。→桜桃の花（春）〈茎右往左往菓子器のさくらんぼ　高浜虚子〉

山桜桃の実《ゆすらのみ》 （仲） 山桜桃《ゆすらうめ》・英桃《ゆすらうめ》・ゆすら　→山桜桃の花（春）〈胡床居《あぐらゐ》の童女の茣蓙にゆすらうめ　秋元不死男〉

李《すもも》 （仲） 李子《すもも》・牡丹杏《ぼたんきやう》　→李の花（春）〈雨つのる伊賀の李の昔かな　加藤楸邨〉

杏《あんず》 （仲） 杏子《あんず》・からもも・唐桃《からもも》・杏の実《あんずのみ》　→杏の花（春）〈杏落つ喪のかさなりし妻の肩　細川加賀〉

巴旦杏《はたんきやう》 （仲） →巴旦杏の花（春）〈簀にあげてしづかな雫巴旦杏　斎藤夏風〉

枇杷の実《びはのみ》 （仲） 枇杷《びは》　→枇杷の花（冬）〈やはらかな紙につつまれ枇杷のあり　篠原梵〉

鳴門柑《なるとかん》 （仲） 鳴門蜜柑《なるとみかん》・阿波蜜柑《あはみかん》　ミカン科の常緑小高木、またその果実。兵庫県淡路島または徳島県鳴門市の原産。

須具利の実《すぐりのみ》 （初） 〈すぐり熟る水禍の日高思ふとき　福田甲子雄〉

パイナップル （晩） 鳳梨《ほうり》・アナナス〈鳳梨《あななす》の皮の緑や那覇の夜　岡野ひさの〉

パパイヤ （三） パパイア・パパヤ〈パパイアに行先のこる地図濡らす　鷹羽狩行〉

バナナ （三） 実芭蕉《みばせう》〈川を見るバナナの皮は手より落ち　高浜虚子〉

マンゴー ㊂ 〈午からの風は海よりマンゴ熟る　下里美恵子〉

夏木立《なつこだち》 ㊂ **夏木**《なつき》**・夏木蔭**《なつこかげ》 〈先《まづ》たのむ椎の木も有《あり》夏木立　芭蕉〉

新樹《しんじゆ》 (初) みずみずしい若葉をつけた初夏の木々。↓若葉・新緑 〈新樹ならびなさい写真撮りますよ　藤後左右〉

若葉《わかば》 (初) **朴若葉**《ほほわかば》**・藤若葉**《ふぢわかば》**・山若葉**《やまわかば》**・谷若葉**《たにわかば》**・里若葉**《さとわかば》**・若葉時**《わかばどき》**・若葉寒**《わかばさむ》**・若葉冷**《わかばひえ》**・若葉風**《わかばかぜ》**・若葉雨**《わかばあめ》**・若葉山**《わかばやま》 ↓草若葉（春）・新樹・青葉・新緑・万緑 〈若葉して御めの雫ぬぐはばや　芭蕉〉

青葉《あをば》 ㊂ **青葉山**《あをばやま》**・青葉闇**《あをばやみ》**・青葉時雨**《あをばしぐれ》**・青時雨**《あをしぐれ》**・青葉風**《あをばかぜ》 初夏の若葉が青々とした生気を漲《みなぎ》らせていよいよ生い繁っているさま。↓若葉 〈心よき青葉の風や旅姿　正岡子規〉

新緑《しんりよく》 (初) **緑**《みどり》**さす** ↓新樹・若葉 〈摩天楼より新緑がパセリほど　鷹羽狩行〉

茂《しげり》 ㊂ **茂**《しげ》**る・野山**《のやま》**の茂**《しげ》**り・茂**《しげ》**り葉**《ば》 ↓万緑・草茂る 〈光り合ふ二つの山の茂りかな　去来〉

万緑《ばんりよく》 ㊂ 見渡す限りすべて緑、真夏の草木の盛んなさま。↓若葉・茂 〈万緑の中や吾子の歯生え初むる　中村草田男〉

木下闇《こしたやみ》 ㊂ **木**《こ》**の下闇**《したやみ》**・下闇**《したやみ》**・木**《こ》**の晩**《くれ》**・木**《こ》**暮**《ぐれ》 夏の木立が茂って、昼でも暗いさま。〈秀次の墓へ径あり木下闇　稲畑汀子〉

緑蔭《りよくいん》 ㊂ **翠蔭**《すいいん》 〈緑蔭に三人の老婆わらへりき　西東三鬼〉

結葉《むすびば》 (初) 茂った樹木の若葉が重なり合い、結ばれたような状態に見えること。〈結び葉の解くるに有間の皇子哀し　長谷川かな女〉

氷室の桜《ひむろのさくら》 晩 **氷室**《ひむろ》**の花**《はな》 夏になっても雪が残っているような山中に咲く桜。〈月読のひかり氷室の桜咲く　茨木和生〉

常磐木の若葉《ときはぎのわかば》 初 常緑樹の新葉の総称。↓椎若葉・樫若葉・樟若葉・常磐木落葉

椎若葉《しひわかば》 初 〈椎若葉一重瞼を母系とし　石田波郷〉

樫若葉《かしわかば》 初 樫茂る《かししげる》 〈樫若葉橘寺のいらか見ゆ　高木良多〉

樟若葉《くすわかば》 初 楠若葉《くすわかば》 〈樟若葉大きな雨の木となりぬ　森賀まり〉

若楓《わかかへで》 初 若葉《わかば》の楓《かへで》・楓若葉《かへでわかば》・青楓《あをかへで》 ↓楓の芽（春）・楓（秋）〈弟子達の弓の稽古や若楓　中村吉右衛門〉

土用芽《どようめ》 晩 土用《どよう》の芽《め》 夏の土用の頃に萌《も》え出る新芽のこと。〈土用芽の丈一寸にして赤し　伊藤晴子〉

病葉《わくらば》 三 青葉の頃、褐色や黄白色に変色した木の葉のこと。〈病葉の水になじまぬまゝ流れ　上野章子〉

常磐木落葉《ときはぎおちば》 初 柊落葉《ひひらぎおちば》・木斛落葉《もくこくおちば》・冬青落葉《もちおちば》・樅落葉《もみおちば》・檜落葉《ひのきおちば》・夏落葉《なつおちば》 松や杉・樫《かし》・椎《しい》・樟《くすのき》などの常緑樹が、初夏、新しい葉ができると徐々に古い葉を落とすこと。↓春落葉（春）・常磐木の若葉・落葉（冬）〈掃き集め常磐木落葉ばかりなる　高浜年尾〉

柏落葉《かしはおちば》 初 柏散《かしはち》る・柏若葉《かしはわかば》 ↓柏黄葉《かしはもみじ》（秋）〈陵の埴輪に柏落葉かな　森無黄〉

松落葉《まつおちば》 初 松《まつ》の落葉《おちば》・散松葉《ちりまつば》・松葉《まつば》散《ち》る ↓松の花（春）〈杜国の墓絶えず潮風松落葉　橋本美代子〉

樫落葉《かしおちば》 (初) 〈樫落葉つぎつぎ降つて関の石　斎藤夏風〉

椎落葉《しひおちば》 (初) 〈三十の髪の衰へ椎落葉　栗原米作〉

樟落葉《くすおちば》 (初) 楠落葉《くすおちば》 〈いつまでも樟落葉掃く音つづく　山口青邨〉

杉落葉《すぎおちば》 (初) ↓杉の花（春）・杉の実（秋） 〈方角は鬼門といへり杉落葉　齊藤美規〉

卯の花《うのはな》 (初) 空木《うつぎ》の花《はな》・花卯木《はなうつぎ》・花《はな》うつぎ・初卯《はつう》の花《はな》・卯《う》の花月夜《はなづきよ》・姫《ひめ》うつぎ・山《やま》うつぎ・卯《う》の花垣《はながき》 ↓卯の花腐《くた》し 〈卯の花をかざしに関の晴着かな　曾良〉〈卯の花や家をめぐれば小さき橋　泉鏡花〉

桐の花《きりのはな》 (初) 花桐《はなぎり》 〈あを空を時の過ぎゆく桐の花　林徹〉〈みちのくのいつも遠くに桐の花　渡辺誠一郎〉

油桐の花《あぶらぎりのはな》 (初) 山桐《やまぎり》 油桐はトウダイグサ科の落葉高木。初夏の頃、枝の先にたくさんの白い五弁の花をつける。

胡桃の花《くるみのはな》 (初) 花胡桃《はなくるみ》 ↓胡桃（秋） 〈のぼり来て富士失ひぬ花胡桃　角川源義〉

朴の花《ほほのはな》 (初) 厚朴《ほほ》の花《はな》 〈朴の花仰ぐ高さに迷ひなく　嶋田一歩〉

槐の花《ゑんじゅのはな》 (晩) ゑにす・花槐《はなゑんじゅ》 〈風に舞ふ槐の花を避けられず　中西舗土〉

棕櫚の花《しゅろのはな》 (初) 花棕櫚《はなしゅろ》・椶櫚《しゅろ》の花《はな》・棕梠《しゅろ》の花《はな》 〈棕櫚の花海に夕べの疲れあり　福永耕二〉

水木の花《みづきのはな》 (初) 〈花咲きて水木は枝を平らにす　八木澤高原〉

ハンカチの木の花《ハンカチのきのはな》 (初) 〈ハンカチの木の花汚れてはならず　片山由美子〉

ゆりの木の花《ゆりのきのはな》 (初) 半纏木《はんてんぼく》の花《はな》・チューリップツリー 〈ゆりの木の花に夜は星宿らむか

岡部六弥太〉

ひとつばたごの花《ひとつばたごのはな》 (初) なんぢやもんぢやの木《き》の花《はな》 〈うやむやにけむりひとつばたごのはな　須賀一惠〉

白雲木の花《はくうんぼくのはな》 (初) 白雲木はエゴノキ科の落葉高木。五月から六月、白い小さな合弁花を総状花序につけて下垂する。

山法師の花《やまぼふしのはな》 (晩) 山法師《やまぼふし》・山桑《やまぐは》の花《はな》 〈その上の雲より白く山法師　林翔〉

忍冬の花《すひかづらのはな》 (初) 吸葛《すひかづら》・忍冬（すひかづら／にんどう）・忍冬《にんどう》の花《はな》・金銀花《きんぎんくわ》 〈忍冬の花折りもちてほの暗し　後藤夜半〉

アカシアの花《アカシアのはな》 (初) 花《はな》アカシア・針槐《はりゑんじゅ》の花《はな》・ニセアカシアの花《はな》 〈アカシアの花のうれひの雲の冷え　千代田葛彦〉

大山蓮華《おほやまれんげ》 (初) 天女花《おほやまれんげ》・深山蓮花《みやまれんげ》 〈青空に天女花ひかりたれ　原石鼎〉

榠の花《ずみのはな》 (初) 小梨《こなし》の花《はな》・姫海棠《ひめかいだう》・三葉海棠《みつばかいだう》 〈たちよれば深山ぐもりに榠の花　飯田蛇笏〉

水臘樹の花《いぼたのはな》 (初) 〈いちはやく翳る水臘樹の花の下　藤本美和子〉

沢蓋木の花《さはふたぎのはな》 (初) 沢塞《さはふたぎ》の花《はな》 沢蓋木はハイノキ科の落葉低木。初夏、円錐《えんすい》状の花穂を出し、白い小さな花を咲かせる。

蔓梅擬の花《つるうめもどきのはな》 (初) 蔓梅擬はニシキギ科の蔓性落葉低木。山野に自生する。初夏、葉腋《ようえき》に黄緑色の小さな花が集まって咲く。

深山樒の花《みやましきみのはな》 (初) 深山樒はミカン科の常緑小低木。山地に自生する。初夏、枝先の円錐《えんすい》の花房に集まるように芳香ある小さな白い花が咲く。

楪の花《ゆづりはのはな》 ㊂初 楪はユズリハ科の常緑高木。初夏、緑黄色の小さな花を総状につける。↓楪（新年）

錦木の花《にしきぎのはな》 ㊂初 〈錦木の花のかそけき墓どころ　山田みづえ〉

雁皮の花《がんぴのはな》 ㊂初 〈樹海の底の花火点々雁皮の朱　瀧春一〉

蔓荊の花《はまごうのはな》 ㊂三 馬《ば》鹿《か》の花《はな》 蔓荊はシソ科の落葉低木。夏、枝先に青紫色の花を多数つける。

楝の花《あふちのはな》 ㊂初 花樗《はなあふち》・樗《あふち》の花《はな》・栴檀《せんだん》の花《はな》・雲《くも》見《み》草《ぐさ》 ↓楝の実（秋）〈樗咲き空は深さをうしなひぬ　福永耕二〉

黐の花《もちのはな》 ㊂初 黒鉄黐《くろがねもち》・冬《も》青《ち》の花《はな》 〈黐の花しばらく遠嶺あかるくて　柴田白葉女〉

椎の花《しひのはな》 ㊂仲 花椎《はなしひ》 〈男らの無口に椎の花ざかり　藤田湘子〉

榎の花《えのきのはな》 ㊂初 〈懸巣鳴いて榎の花をこぼしけり　大谷句仏〉

榊の花《さかきのはな》 ㊂仲 花榊《はなさかき》 〈香り来ぬ灯ともし頃の花榊　荒谷京〉

櫟の花《くぬぎのはな》 ㊂初 つるばみ・団栗《どんぐり》の木《き》 ↓団栗（秋）〈濁流に揉まるる波や花くぬぎ　長崎玲子〉

木斛の花《もくこくのはな》 ㊂仲 〈木斛の花ひそと散る夜も散る　永方裕子〉

定家葛の花《ていかかづらのはな》 ㊂仲 真《ま》拆《さき》の葛《かづら》 〈虚空より定家葛の花かをる　長谷川櫂〉

漆の花《うるしのはな》 ㊂仲 花漆《はなうるし》 〈石工ひとり漆の花の咲くなかに　加藤三七子〉

櫨の花《はぜのはな》 ㊂初 黄櫨《はぜのき》の花《はな》・はぜの花《はな》・黄《は》櫨《ぜ》漆《うるし》の花《はな》・はじの花《はな》・山《やま》はぜの花《はな》 ↓櫨ちぎり（秋）・櫨の実（秋）〈ゆつくりと捨てる産湯や櫨の花　守屋明俊〉

皂莢の花《さいかちのはな》 (仲) 皂角《さいかち》の花《はな》〈皂莢の落花峡なす千曲川　松崎鉄之介〉

木天蓼の花《またたびのはな》 (仲) 天蓼《またたび》の花《はな》・夏梅《なつうめ》の花《はな》〈またたびの花をやさしと折れば匂ふ　山口青邨〉

夜叉柄杓《やしやびしやく》 (仲) 天梅《てんばい》・天《てん》の梅《うめ》　スグリ科の蔓《つる》性落葉小低木。花は淡い緑白色、外観が梅の花に似ているので、天梅という別名もある。

檀の花《まゆみのはな》 (仲) 真《ま》弓《ゆみ》の花《はな》・花檀《はなまゆみ》〈花まゆみ女人の私語の語尾弾み　大石悦子〉

えごの花《えごのはな》 (仲) ゑごの花《はな》・山苣《やまぢさ》の花《はな》・えご・えご散《ち》る〈えごの花散り敷く水に漕ぎ入りぬ　大橋越央子〉

合歓の花《ねむのはな》 (晩) ねぶの花《はな》・ねむり木《ぎ》の花《はな》・絨花樹《じゆうくわじゆ》の花《はな》・花合歓《はなねむ》〈象潟や雨に西施がねぶの花　芭蕉〉

要の花《かなめのはな》 (仲) 扇骨木《かなめのき》・金目黐《かなめもち》〈要咲く山垣尽きて波の音　藤田れい子〉

岩梨《いはなし》 (晩) 砂苺《すないちご》・越橘《ゑつきつ》　ツツジ科の常緑小低木。春の花のあと、夏、直径一センチくらいの小さな赤黒い実が生《な》る。

苔桃の花《こけもものはな》 (晩) 蕈《こ》苔《け》桃《もも》〈苔桃の咲く辺に朝の顔洗ふ　朝妻力〉

菩提樹の花《ぼだいじゆのはな》 (仲) 菩《ぼ》提《だい》の花《はな》〈菩提樹に花咲き同じ夢を見る　飯島晴子〉

沙羅の花《しやらのはな》 (晩) 沙《さ》羅《ら》の花《はな》・夏椿《なつつばき》・杪羅《しやら》の花《はな》・夏椿《なつつばき》の花《はな》・姫沙羅《ひめしやら》の花《はな》・さらの花《はな》〈地に落ちて沙羅はいよいよ白き花　山口草堂〉

蘇鉄の花《そてつのはな》 (晩) 花蘇《はなそ》鉄《てつ》・ご赦免花《しやめんばな》〈蘇鉄咲き黒潮荒き雨降らす　神尾季羊〉

さびたの花《さびたのはな》 (晩) のりうつぎの花《はな》・のりのきの花《はな》・花《はな》さびた〈花さびた十勝の国に煙たつ

加藤楸邨〉

ちんぐるま (晩) 浜梨《はまなし》・浜茄子《はまなす》 〈滝風の顕ちくる窪やちんぐるま　宮坂静生〉

玫瑰《はまなす》 (晩) 〈玫瑰や今も沖には未来あり　中村草田男〉

犬枇杷《いぬびは》 (晩) 小無花果《こいちじく》・山枇杷《やまびは》・天仙果《てんせんくわ》 クワ科イチジク属の落葉低木。初夏、無花果に似た花序をつける。

葛藤《つづらふぢ》 (晩) つづら・葛籠葛《つづらかづら》・青葛《あをかづら》・青藤《あをふぢ》・木防已《しじらふぢ》 ツヅラフジ科の蔓性落葉木本。夏、大形の円錐《えんすい》花序をつくり、淡緑色の小さい花を多数つける。

夏茱萸《なつぐみ》 (初) 唐茱萸《たうぐみ》 ↓茱萸（秋） 〈夏茱萸の滴るほどの赤さかな　三枝かずを〉

ハスカップ (三) 黒実《くろみ》の鶯神楽《うぐひすかぐら》の実《み》 〈勇払の星の瞬きハスカップ　荒川美恵〉

葉柳《はやなぎ》 (三) 夏柳《なつやなぎ》 夏の柳のこと。↓柳（春）・枯柳（冬） 〈葉柳に舟おさへ乗る女達　阿部みどり女〉

桑の実《くはのみ》 (仲) 桑《くは》いちご ↓桑（春）・桑の花（春） 〈桑の実を食べたる舌を見せにけり　綾部仁喜〉

夏桑《なつぐは》 (三) ↓桑（春） 〈夏桑に雨来る音の別れぎは　木村蕪城〉

梧桐《あをぎり》 (三) 青桐《あをぎり》 〈梧桐の遠き一樹を標とす　ほんだゆき〉

鼠黐の花《ねずみもちのはな》 (三) 女貞《ねずみもち》の花《はな》・やぶつばき 〈女貞花咲くや女の意地もろく　林乃婦子〉

珊瑚樹の花《さんごじゆのはな》 (晩) 〈珊瑚樹の花落つ翅あるものの来て　三木瑞木〉

海桐の花《とべらのはな》 (初) 花海桐《はなとべら》 ↓海桐の実（秋） 〈海の鳥来て巌穢す花海桐　米沢吾亦紅〉

柾の花《まさきのはな》 ㊂ 柾はニシキギ科の常緑低木。六月から七月頃、集散花序を作り、径五ミリほどの淡緑色の四弁花を多数開く。

はまぼうの花《はまぼうのはな》 (初) **黄槿**《きむくげ》**・河原木槿**《かはらむくげ》 はまぼうはアオイ科の落葉低木。初夏、黄色で中央が紅紫色の木槿に似た一日花を咲かせる。

福木の花《ふくぎのはな》 (初) 福木はフクギ科の常緑高木。五月から六月、枝の下部の葉腋《ようえき》に、黄色がかった白い小さな五弁花が咲く。

ゆうな (仲) **花**《はな》**ゆうな** アオイ科の常緑高木、オオハマボウのこと。はまぼうより大きい直径五センチほどの黄色い五弁花をつける。〈花ゆうな錆びて転がる祝女《のろ》の島　栗田やすし〉

崑崙花《こんろんくわ》 (仲) アカネ科の常緑低木。六月から九月、枝先に黄色の星のような小花を群生させる。

仙丹花《さんたんくわ》 (晩) **三段花**《さんだんくわ》**・紅手**《べにて》**毬**《まり》 アカネ科の常緑低木。七月から八月、茎の先端に紅色の花が多数まとまって咲く。

ブーゲンビリア ㊂ オシロイバナ科の蔓《つる》性低木。枝の先端に三枚の苞葉《ほうよう》に包まれた黄白色の小花をつける。〈城塞の日時計ブーゲンビリヤ咲く　木暮剛平〉

黄胡蝶の花《わうごてふのはな》 ㊂ 黄胡蝶はマメ科の常緑低木。夏、黄色に縁どられた赤橙色《せきとうしよく》の鮮やかな花を開く。梯梧《でいご》の花、仙丹花《さんたんか》とともに沖縄の三名花とされる。

梯梧の花《でいごのはな》 ㊂ **海紅豆**《かいこうづ》**・海豇豆**《かいかうづ》**・梯姑**《でいこ》 梯梧はマメ科の落葉高木。春頃から夏にかけて、緋赤色の蝶形の花を多数つける。〈デイゴ咲き口中赤き魔除獅子　中嶋秀子〉

ユーカリの花《ユーカリのはな》 ㊂ ユーカリはフトモモ科の常緑高木。六月から七月頃、高い枝の葉腋《ようえき》ごとに緑白色の花を一個ずつつける。新芽はコアラの食料。

竹落葉《たけおちば》 ㊐初 竹《たけ》の落葉《おちば》・笹散《ささち》る・竹《たけ》の葉散《はち》る　→竹の秋（春）〈これほどに軽きものなし竹落葉　右城暮石〉

竹の皮脱ぐ《たけのかはぬぐ》 (初) 竹皮《たけかは》を脱《ぬ》ぐ・竹《たけ》の皮散《かはち》る・竹《たけ》の皮《かは》〈竹皮を脱ぐ静けさをともにして　宇多喜代子〉

竹の花《たけのはな》 (仲) 竹咲《たけさ》く〈山中に空家の並ぶ竹の花　福田甲子雄〉

若竹《わかたけ》 (仲) 今年竹《ことしだけ》・竹《たけ》の若葉《わかば》・竹《たけ》の若緑《わかみどり》〈若竹や雲に力の満ちて来し　鷲谷七菜子〉

篠の子《すずのこ》 (初) 篶《すず》の子《こ》・笹《ささ》の子《こ》・芽笹《めざさ》　笹類の筍《たけのこ》のこと。〈篠の子や一雨《いちう》端山を包み来る　金箱戈止夫〉

ラベンダー (三) 〈火の山の裾より青しラベンダー　木村敏男〉

楮《かうぞ》 (仲) 楮《かうぞ》の実《み》　クワ科の落葉低木。樹皮の繊維を和紙の原料とする。六月頃、果実が赤く熟し、生食のほか、ジャム・ケーキ・果実酒などに用いられる。→楮の花（春）

燕子花《かきつばた》 (仲) 杜若《かきつばた》・かほよ花《ばな》・白《しろ》かきつばた〈天上も淋しからんに燕子花　鈴木六林男〉

渓蓀《あやめ》 (初) 野《の》あやめ・花《はな》あやめ・白《しろ》あやめ〈あやめ咲く野のかたむきに八ヶ岳　木村蕪城〉

花菖蒲《はなしやうぶ》 (仲) 野花菖蒲《のはなしやうぶ》・菖蒲見《しやうぶみ》・白菖蒲《しろしやうぶ》・黄菖蒲《きしやうぶ》・菖蒲園《しやうぶゑん》・菖蒲池《しやうぶいけ》・菖蒲田《しやうぶだ》〈はなびらの垂れて静かや花菖蒲　高浜虚子〉

菖蒲《しやうぶ》 (仲) 白菖（しやうぶ／はくしやう）・水菖蒲《みづしやうぶ》・あやめ・あやめぐさ　→菖蒲湯・端午〈あやめ草足に結《むす》ばん草鞋の緒　芭蕉〉

庭石菖《にはぜきしやう》（初）〈なつかしむ日々となりけり庭石菖　片山由美子〉

アイリス（仲）イリス・西洋《せいやう》あやめ〈アイリスや真昼を黒く描くことも　井越芳子〉

グラジオラス（晩）唐菖蒲《たうしやうぶ》・和蘭菖蒲《おらんだしやうぶ》・和蘭《おらんだ》あやめ〈まあいいか少しうるさいグラジオラス　川崎展宏〉

鳶尾草《いちはつ》（仲）一八《いちはつ》・こやすぐさ・水蘭《すいらん》〈いちはつのぬれてゐるなり紙のごと　吉岡禅寺洞〉

芍薬《しやくやく》（初）貌佳《かほよ》草《ぐさ》・花《はな》の宰相《さいしやう》〈芍薬のつんと咲きけり禅宗寺　一茶〉

ダリア（晩）天竺牡《てんぢくぼ》丹《たん》・ポンポンダリア〈千万年後の恋人へダリヤ剪る　三橋鷹女〉

ユッカの花《ユッカのはな》（晩）ユッカ・糸蘭《いとらん》・君代蘭《きみがよらん》〈ユッカ咲く庭芝広く刈られけり　西島麦南〉

サルビア（晩）緋衣草《ひごろもさう》・ひごろもサルビア〈サルビアの花の衰へ見れば見ゆ　五十嵐播水〉

向日葵《ひまはり》（晩）日車《ひぐるま》・日輪草《にちりんさう》・天蓋花《てんがいばな》・日向葵《ひうがあふひ》・ロシアひまはり〈向日葵の一茎一花咲きとほす　津田清子〉

葵《あふひ》（仲）葵《あふひ》の花《はな》・花葵《はなあふひ》・銭葵《ぜにあふひ》・蜀葵《からあふひ》・立葵《たちあふひ》・つる葵《あふひ》・白葵《しろあふひ》・錦葵《にしきあふひ》〈こころ足る日は遠出せず花葵　福永耕二〉

黄蜀葵《わうしよくき》（晩）とろろあふひ〈母の家の水が甘しや黄蜀葵　皆川盤水〉

紅蜀葵《こうしよくき》（晩）もみぢあふひ〈伊那へ越す塩の道あり紅蜀葵　宮岡計次〉

ゼラニューム（三）天竺葵《てんぢくあふひ》〈ゼラニューム鉢の十個も転居の荷　松永和〉

布袋葵《ほていあふひ》（晩）布《ほ》袋草《ていさう》・和蘭水葵《おらんだみづあふひ》〈布袋草美ししばし舟とめよ　富安風生〉

罌粟の花《けしのはな》（初）芥《け》子《し》の花《はな》・花罌《はなげ》粟《し》・薊罌《あざみげ》粟《し》・白芥《しろけ》子《し》・白罌《しろげし》・罌《け》粟畑《しばたけ》・芥《け》子畑《しばたけ》↓罌粟の若

葉（春）・罌粟坊主〈罌粟ひらく髪の先まで寂しきとき　橋本多佳子〉

雛罌粟《ひなげし》㊂　虞美人草《ぐびじんさう》・美人草《びじんさう》・麗春花《れいしゆんくわ》・ポピー・コクリコ〈すぐ散つてしまふポピーを買ひにけり　草間時彦〉

鬼罌粟《おにげし》㊂〈屋根の潮錆鬼罌粟となりさかん　野路敏子〉

罌粟坊主《けしばうず》(晩)　芥子坊主《けしばうず》・罌粟《けし》の実《み》〈揺るること花におくれず罌粟坊主　片山由美子〉

夏菊《なつぎく》(晩)　夏《なつ》の菊《きく》　↓菊（秋）〈夏菊の黄はかたくなに美しき　富安風生〉

朝菊《あさぎく》㊂　朝鮮菊《てうせんぎく》　キク科の多年草。白色一重の舌状花。

蝦夷菊《えぞぎく》(晩)　翠菊《えぞぎく》・アスター・さつまぎく〈蝦夷菊や子規も甘えしことありし　小澤實〉

矢車草《やぐるまさう》(仲)　矢車菊《やぐるまぎく》〈驟雨来て矢車草のみなかしぐ　皆川盤水〉

錦鶏菊《きんけいぎく》(晩)　キク科の一年草。花は五〜六センチの純黄色の一重咲き舌状花弁。

除虫菊《ぢよちうぎく》(仲)〈太陽に干《ひ》る の衰へ除虫菊　鷹羽狩行〉

麦藁菊《むぎわらぎく》(晩)　麦稈菊《むぎわらぎく》〈触れ合へる音のかそけき麦藁菊　丹治美佐子〉

松葉菊《まつばぎく》㊂　仙人掌菊《さぼてんぎく》〈石垣に咲くや下田の松葉菊　阿部筲人〉

孔雀草《くじやくさう》(晩)　波斯菊《はるしやぎく》・蛇《じや》の目草《めさう》〈孔雀草かがやく日照続くかな　水原秋櫻子〉

マリーゴールド　(晩)　紅黄草《こうわうさう》・万寿菊《まんじゆぎく》・千寿菊《せんじゆぎく》〈地下墓室《カタコンベ》出でマリーゴールド眩し　久根美和子〉

石竹《せきちく》(仲)　唐撫子《からなでしこ》・石《いし》の竹《たけ》〈石竹やおん母小さくなりにけり　石田波郷〉

カーネーション　(初)　和蘭石竹《おらんだせきちく》・和蘭撫子《おらんだなでしこ》〈さびしさの数を束ねてカーネーション　片山由美

子〉

虫取撫子《むしとりなでしこ》 ㊥ 蠅取撫子《はへとりなでしこ》・小町草《こまちさう》 〈小町草花壇に盛りすぎけり　高野素十〉

袋撫子《ふくろなでしこ》 ㊣ ナデシコ科の一年草または越年草。線状の脈があり、花弁は五枚で、先端に切れ込みがある。

フロックス ㊣ 桔梗撫子《ききやうなでしこ》 ハナシノブ科クサキョウチクトウ属の多年草または二年草。五月から六月に撫子に似た可憐《かれん》な花が密生する。

マーガレット ㊣ 木春菊《もくしゆんぎく》 〈マーガレットそれより白き産着干す　対馬康子〉

ストケシア ㊥ 瑠璃菊《るりぎく》 〈ストケシア咲くや清貧とも云へず　今関淳子〉

アカンサス ㊦ 葉薊《はあざみ》 〈たくましき修道院のアカンサス　青柳志解樹〉

ガーベラ ㊥ 〈照り翳るガーベラを愛づ不惑前　林翔〉

酔仙翁草《すいせんをう》 ㊂ 水仙翁《すいせんをう》・フランネル草《さう》 〈フランネル草夕空に息吐いてをり　井越芳子〉

常夏《とこなつ》 ㊂ 〈常夏に水浅々と流れけり　松瀬青々〉

敦盛草《あつもりさう》 ㊥ 〈敦盛草山湖の霧の来てつつむ　平賀扶人〉

竜舌蘭《りゆうぜつらん》 ㊂ 〈滅びたる跡や竜舌蘭の花　山崎ひさを〉

月下美人《げつかびじん》 ㊦ 女王花《ぢよわうくわ》 〈月下美人力かぎりに更けにけり　阿部みどり女〉

海芋《かいう》 ㊣ 和蘭海芋《おらんだかいう》・カラー 〈万緑の墨のごとしや海芋咲き　山口青邨〉

玉簾の花《たますだれのはな》 ㊂ ゼフィランサス 〈新月や夜は花とづる玉すだれ　藤井静枝〉

月桃の花《げつたうのはな》 ㊂ サネン花《ばな》 月桃はショウガ科ハナミョウガ属の常緑多年草。夏に総状花序の花が垂れて咲く。

百合《ゆり》 (仲) 百合《ゆり》の花《はな》・鉄砲百合《てつばうゆり》・鬼百合《おにゆり》・姫百合《ひめゆり》・車百合《くるまゆり》・鹿《か》の子百合《こゆり》・山百合《やまゆり》・透百合《すかしゆり》・笹百合《ささゆり》・白百合《しらゆり》・紅百合《べにゆり》・カサブランカ・姥百合《うばゆり》 〈百合の香を深く吸ふさへいのちかな　村越化石〉

含羞草《おじぎさう》 (晩) 知羞草《おじぎさう》・眠草《ねむりぐさ》 〈ねむり草眠らせてゐてやるせなし　三橋鷹女〉

金魚草《きんぎよさう》 (仲) 〈いろいろな色に雨ふる金魚草　高田風人子〉

花魁草《おいらんさう》 (晩) 草夾竹桃《くさけふちくたう》 〈花期ながきこともあはれや花魁草　堀葦男〉

飛燕草《ひえんさう》 (仲) 千《ち》鳥草《どりさう》 〈目のかぎり紫けぶり飛燕草　加藤楸邨〉

縷紅草《るこうさう》 (晩) 留《る》紅草《こうさう》 〈少女はや女の目をす縷紅草　福神規子〉

松葉牡丹《まつばぼたん》 (晩) 日《ひ》照草《でりさう》・爪切草《つめきりさう》 〈つゝましく松葉牡丹に住むらしく　高野素十〉

仙人掌の花《さぼてんのはな》 (晩) 覇王樹《さぼてん》・仙人掌《さぼてん》 〈仙人掌の花や倒るる浪の前　桂樟蹊子〉

ジギタリス (三) きつねのてぶくろ 〈あまり口利かぬ子がゐてジギタリス　星野高士〉

アマリリス (仲) 〈アマリリス開く来訪者のやうに　山田弘子〉

美女桜《びじよざくら》 (三) バーベナ　クマツヅラ科の多年草だが、園芸上は一年草として扱う。直径約一センチの小花が二〇〜三〇個集まって咲き、半球形になり、桜草に似る。

日日草《にちにちさう》 (三) 日日花《にちにちくわ》・四《し》時《じ》花《くわ》・そのひぐさ 〈日日草なほざりにせし病日記　角川源義〉

百日草《ひやくにちさう》 (晩) ジニア 〈百日草あらひざらしの色となり　本井英〉

千日草《せんにちさう》 (晩) 千日紅《せんにちこう》 ヒユ科の一年草。枝分かれした茎に小さな赤紫・赤・白・桃色の花が集まり球状に咲く。

丁字草《ちやうじさう》 ㊀初 花丁字《はなちやうじ》　キョウチクトウ科の多年草。茎の先端に淡い青紫の花を多数つける。

午時花《ごじくわ》 （晩） 金銭花《きんせんくわ》・夜落金銭《やらくきんせん》・日中金銭《にっちゆうきんせん》・子午花《しごくわ》　〈午時花咲く方一杆の村に住み　柳澤ゆづる〉

銀盞花《ぎんせんくわ》 （晩） 富栄花《ふえいくわ》・朝露草《てうろさう》　〈老僧の箒に悟れ朝露草　乙由〉

ルピナス （初） 立藤草《たちふぢさう》・昇《のぼ》り藤《ふぢ》　〈ルピナスや十勝連山雲迅し　大郷石秋〉

金蓮花《きんれんくわ》 （三） 凌霄葉蓮《のうぜんはれん》・ナスタチューム　ノウゼンハレン科の蔓《つる》性多年草だが、園芸上は一年草として扱う。五月から七月に五センチほどの赤・橙《だいだい》・黄色の花をつける。

朝顔の苗《あさがほのなへ》 （初） 苗朝顔《なへあさがほ》・双葉朝顔《ふたばあさがほ》　〈朝顔の双葉のどこか濡れゐたる　高野素十〉

ペチュニア （三） 衝羽根朝顔《つくばねあさがほ》　〈夕風やペチュニア駄々と咲きつづけ　八木林之助〉

鬼灯の花《ほほづきのはな》 （仲） 酸漿《ほほづき》の花《はな》　↓鬼灯（秋）　〈かがみ見る花ほほづきとその土と　皆吉爽雨〉

青鬼灯《あをほほづき》 （晩） 青酸漿《あをほほづき》　↓鬼灯（秋）　〈青鬼灯少女も雨をはじきけり　石田波郷〉

小判草《こばんさう》 （仲） 俵麦《たはらむぎ》　〈小判草ゆつくりと揺れ迅く揺れ　清崎敏郎〉

甘草《かんざう》 （初） あまくさ・あまき　〈甘草の沖へ凜々しや咲きなびき　秋元不死男〉

鉄線の花《てつせんのはな》 （初） 鉄線《てつせん》・鉄線花《てつせんくわ》・てつせんかづら・クレマチス　〈てつせんの花てつせんに巻きつける　林徹〉

風車の花《かざぐるまのはな》 （初） 風車《かざぐるま》・転子蓮《てんしれん》・纏枝牡丹《てんしぼたん》・風車草《かざぐるま》　〈風車果は吹れてちりに鳧　規風〉

岩菲《がんぴ》 （初） 剪春羅《がんぴ》・巌菲仙翁《がんぴせんをう》　〈一輪の記憶のまゝに岩菲咲く　今井つる女〉

紅花《べにばな》 (仲) 紅《べに》の花《はな》・紅粉花《べにばな》・紅藍花《べにばな》・末摘花《すゑつむはな》 〈まゆはきを俤にして紅粉の花　芭蕉〉

茴香の花《うゐきやうのはな》 (仲) 呉《くれ》の母《おも》・茴香子《うゐきやうし》・魂香花《こんかうくわ》・フェンネル 〈茴香やマリオネットの取れば鳴る　小池文子〉

京鹿子《きやうがのこ》 (仲) 〈京鹿子活けて銀座の鳩居堂　立脇操〉

絹糸草《きぬいとさう》 (三) 稗蒔《ひえまき》 〈美しき緻密のみどり絹糸草　大橋敦子〉

岩藤《いはふぢ》 (初) 庭藤《にはふぢ》・姫岩藤《ひめいはふぢ》 〈岩藤や高根につづく雨の雲　比良〉

玉巻く芭蕉《たままくばせう》 (初) 芭蕉《ばせう》の巻葉《まきは》・玉解《たまと》く芭蕉《ばせう》・芭蕉若葉《ばせうわかば》・青芭蕉《あをばせう》・夏芭蕉《なつばせう》 →芭蕉（秋） 〈唐寺の玉巻芭蕉肥りけり　芥川龍之介〉

芭蕉の花《ばせうのはな》 (晩) 花芭蕉《はなばせう》 →芭蕉（秋） 〈ひんがしに芭蕉の花の向きにけり　室生犀星〉

姫芭蕉《ひめばせう》 (三) 美人蕉《びじんせう》 〈苞はねて花の淋しき姫芭蕉　平尾九江子〉

苺《いちご》 (初) 覆盆子《いちご》・苺狩《いちごがり》・苺摘《いちごつみ》・苺畑《いちごばたけ》・野苺《のいちご》 →苺の花（春）・春苺（春）・冬苺（冬） 〈ねむる手に苺のにほふ子どもかな　森賀まり〉

草苺《くさいちご》 (初) 早生苺《わせいちご》・鍋苺《なべいちご》・藪苺《やぶいちご》 〈死火山の膚つめたくて草いちご　飯田蛇笏〉

蛇苺《へびいちご》 (初) **くちなはいちご** 〈蛇苺遠く旅ゆくもののあり　富沢赤黄男〉

瓜苗《うりなへ》 (初) 〈文弱の眼光で買ふ瓜の苗　松浦敬親〉

胡瓜苗《きうりなへ》 (初) 胡瓜はウリ科の蔓《つる》性の一年生果菜。苗は温床で育て、南瓜《かぼちや》苗などに接いで丈夫にすることもある。→胡瓜蒔く（春）・胡瓜の花・胡瓜

糸瓜苗《へちまなへ》 (初) →糸瓜（秋） 〈子規庵にところを得たり糸瓜苗　乙黒理和〉

瓢苗《ひさごなへ》 (初) ↓瓢《ふくべ》（秋）〈瓢苗思ひ出しては水をやり　長谷川櫂〉

茄子苗《なすなへ》 (初) ↓茄子・茄子の花〈茄子の苗一天の紺うばひ立つ　有馬朗人〉

瓜の花《うりのはな》 (初) **瓜類**《うりるい》**の花**《はな》 ↓瓜〈美濃を出て知る人まれや瓜の花　文考〉

胡瓜の花《きうりのはな》 (初) 小さな実を根元につけた星形の黄色い花が、小首を傾げているさまは可《か》憐《れん》。↓胡瓜

西瓜の花《すいくわのはな》 (仲) 薄黄色の小さな目立たない花。↓西瓜（秋）

南瓜の花《かぼちやのはな》 (仲) **花南瓜**《はなかぼちや》 ↓南瓜（秋）〈砂を這ふ南瓜の花に島の雨　今井千鶴子〉

糸瓜の花《へちまのはな》 (晩) ↓糸瓜（秋）〈古希以後のひと日大事に糸瓜咲く　岸風三樓〉

瓢の花《ひさごのはな》 (晩) **ふくべの花**《はな》**・瓢簞**《へうたん》**の花**《はな》**・花瓢**《はなひさご》 ↓瓢《ふくべ》（秋）〈旅知らぬ父母に瓢の花ざかり　守屋光正〉

夕顔《ゆふがほ》 (晩) **夕顔**《ゆふがほ》**の花**《はな》**・夕顔棚**《ゆふがほだな》〈夕顔の音のしさうな蕾かな　星野椿〉

人参の花《にんじんのはな》 (初) **胡蘿蔔**《にんじん》**の花**《はな》**・花人参**《はなにんじん》 ↓人参（冬）〈人参の咲きをり明日もさびしきか　今井杏太郎〉

芋の花《いものはな》 (晩) ↓芋（秋）〈道元の寺出て月の芋の花　上田五千石〉

茄子の花《なすのはな》 ㊂ **茄子**《なすび》**の花**《はな》 ↓茄子・茄子苗〈うたたねの泪大事に茄子の花　飯島晴子〉

馬鈴薯の花《じやがいものはな》 (初) **じやがたらの花**《はな》**・馬鈴薯**《ばれいしよ》**の花**《はな》 ↓新馬鈴薯・馬鈴薯（秋）〈馬鈴薯の花の日数の旅了る　石田波郷〉

甘藷の花《さつまいものはな》 (晩) **薩摩**《さつま》**芋**《いも》**の花**《はな》**・甘藷**《かんしよ》**の花**《はな》 甘藷はヒルガオ科の一年生作物。晩夏・初秋にヒル

ガオに似た淡紅色の花を開くが、花を見ることは稀《まれ》。↓新藷・甘藷（秋）

胡麻の花《ごまのはな》 (晩) ↓胡麻（秋）〈足音のすずしき朝や胡麻の花　松村蒼石〉

唐辛子の花《たうがらしのはな》 (仲) 蕃椒《たうがらし》の花《はな》〈奥久慈の雨や唐辛子の花に　菅野孝夫〉

独活の花《うどのはな》 (晩) ↓独活（春）〈客殿はうどの花活け山の寺　山口青邨〉

蒟蒻の花《こんにやくのはな》 (初) ↓蒟蒻掘る（冬）〈蒟蒻の花を咲かせて峠茶屋　高橋悦男〉

山葵の花《わさびのはな》 (初) 花山葵《はなわさび》 ↓山葵（春）〈この山の水を集めて山葵咲く　今瀬剛一〉

韮の花《にらのはな》 (晩) ↓韮（春）〈足許にゆふぐれながき韮の花　大野林火〉

蒜の花《にんにくのはな》 (晩) ひるの花《はな》・花《はな》にんにく

萵苣の花《ちしやのはな》 (初) 苣《ちさ》の花《はな》・苣《ちさ》の薹《たう》 ↓萵苣（春）〈食ひくうて眺められけり苣の薹　木朶〉

牛蒡の花《ごばうのはな》 (初) 花牛蒡《はなごばう》 ↓牛蒡（秋）〈篁《たかむら》の中に日が降る花牛蒡　古舘曹人〉

豌豆《ゑんどう》 (初) 莢豌豆《さやゑんどう》・絹莢《きぬさや》・グリーンピース・豌豆引《ゑんどうひき》・豌豆引《ゑんどうひ》く〈ひとづまにゑんどうやはらかく煮えぬ　桂信子〉

蚕豆《そらまめ》 (初) 空豆《そらまめ》・はじき豆《まめ》・蚕豆引《そらまめひき》・蚕豆引《そらまめひ》く〈そら豆はまことに青き味したり　細見綾子〉

夏豆《なつまめ》 (晩) 新枝豆《しんえだまめ》 枝豆のこと。四月から五月に種を蒔《ま》いて、七月頃から収穫できるようになったものをいう。

筍《たけのこ》 (初) 笋《たけのこ》・竹《たけ》の子《こ》・たかんな・たかうな・孟宗竹《まうそうちく》の子《こ》・淡竹《はちく》の子《こ》・真竹《まだけ》の子《こ》・とまり筍《たけのこ》 ↓春の筍（春）〈肉厚き京の竹の子今宵富者　石塚友二〉

蕗《ふき》 (初) 蕗《ふき》の葉《は》・蕗《ふき》の広葉《ひろば》・秋田蕗《あきたぶき》・蕗畑《ふきばたけ》 ↓蕗の薹（春）・春の蕗（春）〈蕗むいて一日むい

てゐるやうな　山尾玉藻〉

瓜《うり》 (晩) 初瓜《はつうり》・瓜畑《うりばたけ》 ↓瓜の花 〈瓜貰ふ太陽の熱さめざるを　山口誓子〉

甜瓜《まくはうり》 (晩) 真桑瓜《まくはうり》・真瓜《まくは》・黄金甜瓜《こがねまくはうり》・甘瓜《あまうり》・梨瓜《なしうり》 〈まくは瓜をさなき息をあてて喰ふ　木村蕪城〉

胡瓜《きうり》 (晩) ↓胡瓜揉・胡瓜の花 〈夜は静かなりしむかしの青胡瓜　飯田龍太〉

姫瓜《ひめうり》 (晩) 甜瓜《まくわうり》の一種。可愛らしさからこの名がついが、食用にはならない。

越瓜《しろうり》 (晩) 白瓜《しろうり》 〈越瓜やここにし安土セミナリオ　森澄雄〉

青瓜《あをうり》 (晩) 菜瓜《なうり》 ウリ科の一年生果菜。東京近郊でできる越瓜《しろうり》の変種。早熟豊産のため、越瓜の早出しとする。

メロン (晩) マスクメロン・プリンスメロン・アムスメロン・アンデスメロン・夕張《ゆふばり》メロン 〈メロン食《た》うぶみどりの小舟揺らしつつ　林翔〉

茄子《なす》 (晩) なすび・初茄子《はつなすび》・加茂茄子《かもなす》・丸茄子《まるなす》・長茄子《ながなす》・巾着茄子《きんちゃくなす》・白茄子《しろなす》・青茄子《あをなす》・千生《せんなり》茄子《なす》・茄子汁《なすじる》 ↓茄子苗・茄子の花 〈てのひらに吸ひつく茄子もぎにけり　南うみを〉

トマト (晩) 蕃茄《とまと》・赤茄子《あかなす》・蕃茄《ばんか》 〈昭和遠し冷しトマトといふ肴　伊藤伊那男〉

ピーマン (三) パプリカ 〈ピーマンを浮かべて水に朝のいろ　ふけとしこ〉

キャベツ (初) 甘藍《かんらん》・玉菜《たまな》 ↓玉巻く甘藍（春） 〈甘藍をだく夕焼の背を愛す　飯田龍太〉

アスパラガスの花《アスパラガスのはな》 (晩) アスパラガスはキジカクシ科の多年草。七月頃、淡黄色のごく小さい花が垂れ下がって咲く。

夏菜《なつな》 ㊂ 不断草《ふだんさう》　夏に食べる葉菜の総称。不断草が代表的。

高菜《たかな》 (初)　アブラナ科の二年草。主に葉を漬物にする。

菊苣《きくぢしや》 (初) にがちしや・はなちしや・オランダぢしや　キク科の一年生葉菜。苦味があり、若い葉を摘んでサラダにして食べる。

夏蕪《なつかぶ》 ㊂ 夏蕪《なつかぶら》　夏に収穫する小蕪。漬物用として喜ばれ、葉も軟らかいので食用にする。

夏大根《なつだいこん》 ㊂　↓大根（冬）〈ざつくりと夏大根を煮て日ぐれ　小檜山繁子〉

根芋《ねいも》 (仲)　里芋類に土寄せをして芽を出させ、日に当てず軟化させた柔らかな葉柄のこと。食用にする。

新藷《しんいも》 (晩) 走り藷《はしりいも》　↓甘藷（秋）〈新藷の赤の火照つてをりにけり　後藤比奈夫〉

新馬鈴薯《しんじやが》 (初) 新馬鈴薯《しんじやがいも》　↓馬鈴薯（秋）〈選り分けて新じやがの粒揃ひたる　廣瀬直人〉

若牛蒡《わかごばう》 (晩) 新牛蒡《しんごばう》　↓牛蒡（秋）〈新牛蒡あぶらは胡麻の匂ひけり　草間時彦〉

夏葱《なつねぎ》 ㊂ 〈夏葱に鶏裂くや山の宿　正岡子規〉

刈葱《かりぎ》 (仲) 楼子葱《やぐらねぎ》・三階葱《さんがいねぎ》　〈野の末やかりぎ畑をいづる月　鬼貫〉

玉葱《たまねぎ》 ㊂ 葱頭《たまねぎ》　〈どの家も不在玉葱吊しゐて　谷口智行〉

辣韮《らつきよう》 ㊂ 辣薤《らつきよう》・大韮《おほにら》・らつきよ・薤《らつきよう》　〈辣韮の無垢の白より立つにほひ　文挾夫佐恵〉

茗荷の子《めうがのこ》 (晩) 茗荷汁《めうがじる》　↓茗荷竹（春）・茗荷の花（秋）〈茗荷の子くきと音して摘まれけり　藤木倶子〉

パセリ ㊂ オランダ芹《ぜり》　〈日晒の俎はパセリの匂ひ　山地春眠子〉

蓼《たで》 ㊂ **本蓼**《ほんたで》・**真蓼**《またで》・**柳蓼**《やなぎたで》・**川蓼**《かはたで》・**水蓼**《みづたで》・**糸蓼**《いとたで》・**葉蓼**《はたで》・**紅蓼**《べにたで》・**蓼摘**《たでつ》**む**・**蓼酢**《たでず》 ↓蓼の花（秋）
〈湖波の畔にたゝみて蓼涵る　飯田蛇笏〉

莧《ひゆ》 ㊂ **あをげいとう**・**ひような**・**ひよう** 〈ひゆ肥える蘭の畑の四隅かな　玄伯〉

紫蘇《しそ》 ㊗ **紫蘇**《しそ》**の葉**《は》・**赤紫蘇**《あかじそ》・**青紫蘇**《あをじそ》・**大葉**《おほば》・**花紫蘇**《はなじそ》 ↓紫蘇の実（秋） 〈雑草に交らじと紫蘇匂ひたつ　篠田悌二郎〉

青山椒《あをざんせう》 ㊗ ↓山椒の芽（春）・山椒の実（秋） 〈青山椒擂りをり雨の上るらし　村沢夏風〉

青唐辛子《あをたうがらし》 ㊗ **青唐辛**《あをたうがらし》・**青蕃椒**《あをたうがらし》・**葉唐辛子**《はたうがらし》 ↓唐辛子（秋） 〈きじやうゆの葉唐辛子を煮る香かな　草間時彦〉

蓮の花《はすのはな》 ㊗ **はちす**・**蓮**《はす》・**蓮華**《れんげ》・**紅蓮**《べにはす》・**白蓮**（びやくれん／しろはす）・**蓮池**《はすいけ》 ↓蓮植う（春）・蓮見・蓮根（冬） 〈蓮の花ふつくらと夜も明けにけり　落合水尾〉

蓮の浮葉《はすのうきは》 ㊥ **蓮浮葉**《はすうきは》・**浮葉**《うきは》・**銭荷**《せんか》・**銭葉**《ぜには》 〈水よりも平らに蓮の浮葉かな　鷹羽狩行〉

蓮の葉《はすのは》 ㊗ **蓮**《はす》**の巻葉**《まきは》・**蓮青葉**《はすあをば》 〈蓮の葉のまぶしきものをこぼしけり　片山由美子〉

蓮の若根《はすのわかね》 ㊗ 早生《わせ》の蓮根のこと。新蓮根として市場へ出回る。↓蓮根（冬）

麦《むぎ》 ㊀ **大麦**《おほむぎ》・**小麦**《こむぎ》・**黒麦**《くろむぎ》・**麦**《むぎ》**の穂**《ほ》・**麦畑**《むぎばたけ》・**麦生**《むぎふ》・**麦**《むぎ》**の波**《なみ》・**痩麦**《やせむぎ》・**穂麦**《ほむぎ》・**裸麦**《はだかむぎ》・**麦熟**《むぎう》**る**・**熟**《う》**れ麦**《むぎ》 ↓麦踏（春）・青麦（春）・麦の秋・麦蒔《まき》（冬）・麦の芽（冬） 〈遡る舟あり麦の熟れてをり　小林篤子〉

麦の黒穂《むぎのくろほ》 ㊀ **黒穂**《くろほ》 麦の穂全体が黒く粒状に固まっているもの。五月の麦の穂が出揃う頃に見られる。麦類に大害をもたらす恐ろしい病害で、伝染するのですぐに抜き取り焼き捨てる。

〈旅の靴黒穂を燃やす火を跨ぐ　橋本鶏二〉

烏麦《からすむぎ》　初　**燕麦**《えんばく》・**雀麦**《すずめむぎ》・**茶挽草**《ちやひきぐさ》〈燕麦の刈り跡風がさびしがる　福永耕二〉

早苗《さなへ》　仲　**若苗**《わかなへ》・**玉苗**《たまなへ》・**早**《さ》**苗束**《なへたば》・**余苗**《あまりなへ》・**浮苗**《うきなへ》・**捨苗**《すてなへ》・**早**《さ》**苗舟**《なへぶね》・**早**《さ》**苗籠**《なへかご》・**苗運**《なへはこ》**び**・**苗配**《なへくば》**り**・**苗**《なへ》**打**《う》**ち**　↓田植　〈二日月三日月早苗夜も育つ　百合山羽公〉

青稲《あをいね》　仲　↓青田　〈青稲のうち揃ひたる剣の葉　若井新一〉

梅雨穂草《つゆほぐさ》　仲　梅雨の時期に穂を出す草のこと。↓草の穂（秋）

帚木《ははきぎ》　晩　**地膚子**《ははきぎ》・**帚草**《ははきぐさ》・**箒木**（ははきぎ／はうきぎ）・**箒草**（ははきぐさ／はうきぐさ）・**庭草**《にはくさ》・**真**《ま》**木**《き》**草**《くさ》・**地膚**《ちふ》・**はうきぎ**〈帚木に影といふものありにけり　高浜虚子〉

棉の花《わたのはな》　晩　**綿**《わた》**の花**《はな》　↓棉（秋）〈丹波路や綿の花のみけふもみつ　闌更〉

玉蜀黍の花《たうもろこしのはな》　晩　**唐黍**《たうきび》**の花**《はな》・**南蛮**《なんばん》**の花**《はな》　↓玉蜀黍（秋）〈地平まで玉蜀黍の花畑　阿部月山子〉

亜麻の花《あまのはな》　晩　**滑胡麻**《ぬめごま》**の花**《はな》　〈黄土剝いて土屋となせり亜麻の花　加藤楸邨〉

麻《あさ》　晩　**大麻**《おほあさ》・**大麻**《たいま》・**麻畠**《あさばたけ》・**麻**《あさ》**の葉**《は》・**麻**《あさ》**の花**《はな》　↓桜麻・麻の実（秋）〈ゆり出だす緑の波や麻の風　惟然〉

桜麻《さくらあさ》　晩　**雄**《を》**麻**《あさ》・**雌**《め》**麻**《あさ》・**雄**《を》**木**《ぎ》・**雌**《め》**木**《ぎ》・**みあさ**　麻の雄花。↓麻　〈白山の雪はなだれて桜麻　路通〉

綱麻《つなそ》　晩　**黄麻**《つなそ》・**黄麻**《くわうま》・**黄麻**《わうま》・**ジュート**・**鉄引緒**《かなびきを》　アオイ科の多年草。茎からジュートとよばれる繊維を採り、穀物を入れる袋などを編む。

茼麻《いちび》 晩 桐麻《きりあさ》 アオイ科の一年草。夏から秋にかけて、葉腋《ようえき》に橙黄色《とうこうしょく》の五弁の小花をつける。
↓茼麻刈《いちびかり》

苧《からむし》 ㊂ 苧麻《からむし》・苧麻《ちよま》・真苧《まを》・白苧《しらを》・草真麻《くさまを》・ラミー 〈苧やこどものころに戦あり　大石悦子〉

太藺《ふとゐ》 ㊂ 大藺《おほゐ》・青藺《あをゐ》・唐藺《たうゐ》・丸蒲《まるがま》・丸菅《まるすげ》 〈放牧の馬あり沢に太藺あり　高浜虚子〉

夏草《なつくさ》 ㊂ 青草《あをくさ》 〈夏草や兵どもが夢の跡　芭蕉〉

草茂る《くさしげる》 ㊂ 茂《しげ》る草《くさ》・夏草茂《なつくさしげ》る・名《な》の草茂《くさしげ》る ↓茂 〈遮断機に擦られながら草茂る　守屋明俊〉

草いきれ《くさいきれ》 晩 草《くさ》いきり・草《くさ》の息《いき》 〈戦争の記憶の端に草いきれ　奥名春江〉

青芝《あをしば》 ㊂ 夏芝《なつしば》 ↓若芝（春）・芝刈・枯芝（冬） 〈青芝に一片の雲さしかかる　谷野予志〉

青蔦《あをつた》 ㊂ 蔦茂《つたしげ》る・蔦青葉《つたあをば》・蔦青《つたあを》し・夏蔦《なつつた》 ↓蔦の芽（春）・蔦若葉（春）・蔦（秋）・枯蔦（冬） 〈ゴッホの墓青蔦は地を這ふばかり　田部谷紫〉

青歯朶《あをしだ》 初 歯朶若葉《しだわかば》 ↓歯朶刈（冬）・歯朶（新年） 〈青歯朶の底まで晴るるダム工事　中村千絵〉

青芒《あをすすき》 ㊂ 青薄《あをすすき》・芒茂《すすきしげ》る・青萱《あをがや》・萱茂《かやしげ》る ↓芒（秋） 〈息切らすまで分け入りし青芒　橋閒石〉

青蘆《あをあし》 ㊂ 青葦《あをあし》・蘆茂《あししげ》る・青蘆原《あをあしはら》 ↓蘆の角（春）・蘆刈（秋）・蘆の花（秋）・枯蘆（冬） 〈青蘆原をんなの一生《よ》透きとほる　橋本多佳子〉

夏蓬《なつよもぎ》 ㊂ 蓬長《よもぎた》く ↓蓬（春） 〈鷺隠す丈なり雨の夏蓬　長谷川かな女〉

夏萩《なつはぎ》 仲 さみだれ萩《はぎ》・萩《はぎ》の茂《しげ》り・青萩《あをはぎ》 ↓萩若葉（春）・萩（秋）・枯萩（冬） 〈青萩や志士と

呼ばれてみな若き　林翔〉

田植花《たうゑばな》　(仲)　田植草《たうゑぐさ》・早乙女花《さをとめばな》　田植えの頃に咲く花。地方によって花が異なり、特定の花をさすものではない。

葎《むぐら》　(三)　八重葎《やへむぐら》・小児教草《こをしへぐさ》・葎生《むぐらふ》・葎《むぐら》の宿《やど》・葎《むぐら》の門《かど》・もぐら　元来、蔓が絡みながら鬱蒼《うつそう》と繁茂している雑草をいう。→枯葎（冬）〈山川をおほひ尽くして八重葎　山本一歩〉

金葎《かなむぐら》　(晩)　葎草《むぐらぐさ》　アサ科の蔓《つる》性一年草。各地の原野・道端・荒地などに生え、他の物に絡みついて繁茂する。→葎茂る

葎茂る《むぐらしげる》　(晩)　金葎がうっそうと生い茂るさま。

玉巻く葛《たままくくず》　(初)　玉真葛《たままくず》・玉葛《たまくず》・葛若葉《くずわかば》〈玉真葛雨も若々しき山路　島谷征良〉

朝鮮朝顔《てうせんあさがほ》　(晩)　曼荼羅華《まんだらげ》・闘陽花《とうやうくわ》・喇叭花《らつぱくわ》・万桃花《まんたうくわ》・ダチュラ〈花ダチュラ妻の言葉に毒すこし　橋本榮治〉

石菖《せきしやう》　(初)　石菖蒲《いしあやめ》〈石菖や朝の光のそこに澄み　村田脩〉

紫草《むらさき》　(晩)　花紫《はなむらさき》・紫《むらさき》の花《はな》・根紫《ねむらさき》　ムラサキ科の多年草。根は太く紫色をしており、この根から紫色の染料をとる。→若紫（春）

二葉葵《ふたばあふひ》　(初)　賀茂葵《かもあふひ》・葵草《あふひぐさ》・挿頭草《かざしぐさ》・日蔭草《ひかげぐさ》・両葉草《もろはぐさ》〈牛の嗅ぐ舎人《とねり》が髪や葵草　蝶夢〉

竹煮草《たけにぐさ》　(晩)　竹似草《たけにぐさ》〈横ざまの雨もろともや竹煮草　草間時彦〉

紫蘭《しらん》　(初)　白及《しらん》〈紫蘭咲いていささかは岩もあはれなり　北原白秋〉

風蘭《ふうらん》　(晩)　〈風蘭を吊りてこの世に対しけり　長谷川櫂〉

胡蝶蘭《こてふらん》 (晩) **羽蝶蘭**《うてふらん》**・岩蘭**《いはらん》**・有馬蘭**《ありまらん》　ラン科ウチョウラン属の常緑多年草。六月から七月、茎の先に白、紫あるいは白に紫の斑《ふ》の入った一〇個前後の可憐な花をつける。

鈴蘭《すずらん》 (初) **君影草**《きみかげさう》**・リリー**　〈すずらんのりりりりりりと風に在り　日野草城〉

名護蘭《なごらん》 (三)　ラン科の常緑多年草。五月から八月、淡緑色に紅紫色の斑《ふ》の入った花をつける。

浜昼顔《はまひるがほ》 (初)　〈浜昼顔風紋すこしづつ動き　小倉英男〉

昼顔《ひるがほ》 (仲)　〈ひるがほに電流かよひゐはせぬか　三橋鷹女〉

月見草《つきみさう》 (晩) **月見草**《つきみぐさ》**・待宵草**《まつよひぐさ》**・大待宵草**《おほまつよひぐさ》　〈月見草ひらかんと身をよぢらせて　青柳志解樹〉

瑠璃草《るりさう》 (初) **玻璃草**《はりさう》　〈瑠璃草やしとしと曇る浅間山　前田普羅〉

春茅《はるがや》 (初)　イネ科の多年草。英名スプリンググラスの日本語訳。五月から七月にかけて、分枝の短い直立する穂状の円錐《えんすい》花序をつける。

雪割草《ゆきわりさう》 (初)　サクラソウ科の多年草。初夏に、桜草に似た小さな淡い紅紫色の五弁花を多数つける。早春の植物である州浜草も雪割草とよぶので注意が必要。↓州浜草（春）

九輪草《くりんさう》 (初)　〈九輪草万の蕾のゆれかはし　小路紫峡〉

水芭蕉《みづばせう》 (仲)　〈水芭蕉水さかのぼるごとくなり　小林康治〉

毒空木の花《どくうつぎのはな》 (初) **いちろべゑころし・ねずみうつぎ**　〈毒卯つ木散るしがらみの濁川　羽田岳水〉

擬宝珠の花《ぎぼうしのはな》 (仲) **擬宝珠**《ぎぼうし》**・花擬宝珠**《はなぎぼし》**・ぎぼし・玉簪花**《たまぎぼうし》**・高麗擬宝珠**《かうらいぎぼうし》　〈睡き子のかたむきかゝる花擬宝珠　石田いづみ〉

真菰《まこも》 (三) 菰《こも》・粽草《ちまきぐさ》・花且見《はなかつみ》・花《はな》かつみ・かつみ草《ぐさ》・伏柴《ふししば》・真《ま》菰草《こもぐさ》 →枯真菰（冬） 〈水べりは独りの居場所花かつみ　手塚美佐〉

著莪の花《しやがのはな》 (仲) 胡蝶花《しやが》・射干《しやが》・金茎花《きんけいくわ》・藪菖蒲《やぶしやうぶ》・胡蝶花《こてふくわ》 〈水垢離の水流れくる著莪の花　飯田龍太〉

睡蓮《すいれん》 (晩) 未草《ひつじぐさ》 〈睡蓮や水をあまさず咲きわたり　深見けん二〉

沢瀉《おもだか》 (仲) 面高《おもだか》・花慈姑《はなくわゐ》・生藺《なまゐ》・剪刀草《せんたうさう》・野茨菰《やしこ》 〈沢瀉や芥流るゝ朝の雨　佐藤紅緑〉

河骨《かうほね》 (仲) かはほね 〈河骨の高き莟を上げにけり　富安風生〉

水葵《みづあふひ》 (晩) なぎ・浮薔《ふしやう》・水葱《なぎ》・菜葱《なぎ》 〈流れゆく水葱あり今日の花を咲き　有働木母寺〉

菱の花《ひしのはな》 (仲) 菱《ひし》・水栗《みづぐり》・蔆蔆《りようりよう》 →菱の実（秋） 〈陵《みささぎ》へ通ふ風見え菱の花　山尾玉藻〉

藺の花《ゐのはな》 (仲) 灯心草《とうしんさう》の花《はな》・藺草《ゐぐさ》・灯心草《とうしんさう》・藺田《ゐだ》・細藺《ほそゐ》 〈藺の花や小田にもならぬ溜り水　正岡子規〉

蒲の穂《がまのほ》 (晩) 蒲《がま》の花《はな》・蒲鉾《がまぼこ》・蒲黄《ほわう》・蒲《がま》 →蒲の絮（秋） 〈蒲咲いてひとり遊びの沼太郎　鈴木貞雄〉

滑歯莧《すべりひゆ》 (三) 馬歯莧《すべりひゆ》・滑莧《すべりひゆ》・馬歯草《ばしさう》・馬莧《うまひゆ》・五行草《ごぎやうさう》・長命菜《ちやうめいさい》 〈すべりひゆ父にもたれて川見しこと　岩永佐保〉

藜《あかざ》 (三) 〈ふるさとの藜も杖となるころか　三田きえ子〉

虎杖の花《いたどりのはな》 (晩) 明月草《めいげつさう》の花《はな》・紅虎杖《べにいたどり》 →虎杖（春） 〈虎杖の花に熔岩《らば》の日濃かりけり　勝又一透〉

浜木綿の花《はまゆふのはな》　(晩)　浜木綿《はまゆふ》・浜万年青《はまおもと》　〈浜木綿に潮風つよき枯木灘　中村苑子〉

夏薊《なつあざみ》　(三)　↓薊（春）　〈夏薊揺れをり雲の湧きつぎぬ　山上樹実雄〉

岩煙草《いはたばこ》　(晩)　岩菜《いはな》・いはぢしや　〈岩煙草谷戸の湿りに群れ咲けり　柚口満〉

草藤《くさふぢ》　(晩)　〈草藤や驟雨はれたる水の照り　中川暁雨〉

灸花《やいとばな》　(晩)　屁糞葛《へくそかづら》　〈引つぱつてまだまだ灸花の蔓　清崎敏郎〉

酢漿の花《かたばみのはな》　(三)　酢漿草《かたばみ》・すいも草《ぐさ》・こがね草《ぐさ》・酸《す》い物草《ものぐさ》　〈かたばみや何処にでも咲きすぐ似合ひ　星野立子〉

羊蹄の花《ぎしぎしのはな》　(仲)　しぶぐさ・野大黄《のだいわう》・羊蹄根《しのね》・羊蹄根大根《しのねだいこん》　↓羊蹄（春）　〈羊蹄花《ぎしぎし》や仮橋長き干拓地　山田みづえ〉

草合歓《くさねむ》　(晩)　マメ科の一年草。七月から八月頃、小さな黄色の蝶形花をつける。

香薷《かうじゆ》　(晩)　薙刀香薷《なぎなたかうじゆ》・野紫蘇《のじそ》　シソ科の一年草。夏から秋にかけて穂状に花をつける。夏負けや腹痛などのための漢方薬、香薷散の原料となる。

現の証拠《げんのしようこ》　(仲)　忽草《たちまちぐさ》・ねこあしぐさ・医者《いしや》いらず・神輿草《みこしぐさ》　〈雲とんで雨呼ぶげんのしようこかな　落合水尾〉

萱草の花《くわんざうのはな》　(晩)　萱草《くわんざう》・忘草《わすれぐさ》　〈萱草の花にすつくと波がしら　村上しゅら〉

車前車の花《おほばこのはな》　(初)　車前《おほばこ》の花《はな》・車前草《しやぜんさう》の花《はな》・大葉子《おほばこ》の花《はな》　〈おほばこの花に日暮の母の声　大嶽青児〉

十薬《じふやく》　(仲)　蕺菜《どくだみ》・どくだみの花《はな》　〈どくだみの花もそよぐといふことを　村上鞆彦〉

蚊帳吊草《かやつりぐさ》 ㊐晩 莎草《かやつりぐさ》・かやつり 〈裂くといふあそび蚊帳吊草の花　中尾杏子〉

踊子草《をどりこさう》 ㊐初 踊草《をどりさう》・踊花（をどりぐさ／をどりばな）・虚《こ》無《む》僧花《そうばな》 〈きりもなくふえて踊子草となる　後藤比奈夫〉

立浪草《たつなみさう》 ㊐初 〈そろひたる立浪草の波がしら　片山由美子〉

連理草《れんりさう》 ㊐初 マメ科の一年草。五月から六月、蝶の形をした紅紫色の花をつける。

射干《ひあふぎ》 ㊐晩 檜扇《ひあふぎ》・うばたま・烏扇《からすあふぎ》 〈射干やここ源平の古戦場　山田佳乃〉

宝鐸草の花《ほうちやくさうのはな》 ㊐初 宝鐸《ほうちやく》の花《はな》・宝鐸草《ほうちやくさう》・狐《きつね》の提灯《ちやうちん》 〈ひかへ目に宝鐸草が花揺らす　青柳志解樹〉

虎尾草《とらのを》 ㊐仲 岡虎尾《をかとらのを》 〈虎尾草を摘めば誰もが撫でにけり　小島健〉

烏柄杓《からすびしやく》 ㊐仲 烏柄杓《からすびしやく》の花《はな》・半夏《はんげ》 〈うしろより烏柄杓に手をまはし　石嶌岳〉

姫女苑《ひめぢよをん》 ㊐初 犬姫菜《いぬよめな》 〈ひめぢよをん路地は働く人ばかり　神尾季羊〉

都草《みやこぐさ》 ㊐初 黄金花《こがねばな》・黄蓮華《きれんげ》・烏帽子花《えぼしばな》・淀殿草《よどのぐさ》・きつねのゐんどう・都花《みやこばな》 〈宇陀の野に都草とはなつかしや　高浜虚子〉

駒繋《こまつなぎ》 ㊐晩 こまとどめ・こまとめはぎ・うまつなぎ・金剛草《こんがうさう》 〈金剛の駒繋草よぢのぼる　本田一杉〉

捩花《ねぢばな》 ㊐仲 もぢばな・文字《もじ》摺《ずり》・文字《もじ》摺草《ずりさう》 〈ねぢ花のすなほにねぢれゐたるかな　加藤三七子〉

蛍草《ほたるさう》 ㊐晩 蛍柴胡《ほたるさいこ》 セリ科の多年草。夏から秋にかけて黄色い細かな花を花笠状に開く。露草（秋）の異称と同じ表記なので注意が必要。

蛍蔓《ほたるかづら》　（初）　ムラサキ科の多年草。瑠璃色の五裂の花冠と、中央にある白い星形の隆起が蛍の光を連想させるところから名づけられた。

藪虱の花《やぶじらみのはな》　（晩）　のにんじん・窃衣《せつい》の花《はな》　藪虱はセリ科の越年草。夏、茎の先に複散形花序を出し、小さな白い五弁花を開く。→藪虱（秋）

一薬草《いちやくさう》　（初）　かがみ草《さう》　〈林中に雨後の靄込め一薬草　石原栄子〉

白屈菜《くさのわう》　（仲）　田虫草《たむしぐさ》・草《くさ》の黄《わう》・草《くさ》の王《わう》・瘡《くさ》の王《わう》　〈白髪を連ねてゆきぬ草の王　石田郷子〉

甘野老の花《あまどころのはな》　（仲）　笑草《ゑみぐさ》　〈木漏れ日と親しみ咲ける甘野老　福原十王〉

破れ傘《やぶれがさ》　（仲）　やぶれすげがさ・きつねのかさ　〈暗涙の蕾を蔵《かく》し破れ傘　高野ムツオ〉

靫草《うつぼぐさ》　（仲）　空穂草《うつぼぐさ》・夏枯草《かこさう》　〈尋ね行く武庫の山路や靫艸　素丸〉

樊噲草《はんくわいさう》　（初）　大呉風草《だいごふうさう》　〈立枯れの樊噲草をなぎ倒す　谷口智行〉

蛍袋《ほたるぶくろ》　（仲）　釣鐘草《つりがねさう》・提灯花《ちやうちんばな》・風鈴草《ふうりんさう》　〈見ゆるごと蛍袋に来てかがむ　村越化石〉

麒麟草《きりんさう》　（仲）　〈この広き森のはづれの麒麟草　加藤水万〉

下野草《しもつけさう》　（三）　くさしもつけ　〈下野草登路たちまち靄がくれ　平賀扶人〉

一つ葉《ひとつば》　（三）　いはぐみ・いはのかは・いはがしは・石韋《せきゐ》　〈磐石に一つ葉殖ゆる一つづつ　富安風生〉

岩檜葉《いはひば》　（三）　岩松《いはまつ》・巻柏《まきかしは》　〈巌松の葉裏にも雲入れてをり　小野元夫〉

岩千鳥《いはちどり》　（初）　巌千鳥《いはちどり》・八千代《やちよ》　ラン科の多年草。四月から六月、淡紅紫色の唇形の花数個をつける。

千鳥草《ちどりさう》 (晩) 〈白山千鳥ふえつつ風の縦走路　岡田日郎〉

虫取菫《むしとりすみれ》 (晩) タヌキモ科の多年草。七月から八月、菫《すみれ》のような紫色の花を開く。

半夏生《はんげしやう》 (仲) **半夏生草**《はんげしやうさう》**・片白草**《かたしろぐさ》**・半化粧**《はんげしやう》**・三白草**《さんばくさう》 ↓半夏生（時候）〈半夏生草咲かせ半信半疑かな　山田みづえ〉

水車前の花《みづおほばこのはな》 (晩) **水大葉子**《みづおほばこ》**・水朝顔**《みづあさがほ》 水車前はトチカガミ科の一年草。白色または淡紅色の三弁花を水面に開く一日花。

衝羽根草の花《つくばねさうのはな》 (初) 衝羽根草はシュロソウ科の多年草。五月から八月、茎頂に淡黄緑色の一花が上向きに開く。

突羽根の花《つくばねのはな》 (初) **胡鬼子**《こぎのこ》**の花**《はな》**・はごのき** 突羽根はビャクダン科の落葉低木。五月から六月頃、小枝の先に淡緑色の小さな花をつける。

花茗荷《はなめうが》 (仲) 〈雨筋の見えてきたりし花茗荷　国枝卓〉

浜豌豆《はまゑんどう》 (初) **野豌豆**《のゑんどう》**・浜豌豆**《はまゑんどう》**の花**《はな》 〈礁の上にいつく神あり浜豌豆　富安風生〉

梅鉢草《うめばちさう》 (晩) 〈きつぱりと梅鉢草や箱根晴れ　北さとり〉

浦島草《うらしまさう》 (初) 〈浦島草一本釣に徹しをり　江川虹村〉

山牛蒡の花《やまごばうのはな》 (仲) **犬牛蒡**《いぬごばう》**・唐牛蒡**《たうごばう》 〈山牛蒡咲き鶏が長く鳴き　冨山いづこ〉

野蒜の花《のびるのはな》 (初) 〈樋水ます雨に花さく野蒜かな　飯田蛇笏〉

烏瓜の花《からすうりのはな》 (晩) 〈幽明の境に咲きてからす瓜　文挾夫佐恵〉

蘿藦《かがいも》 (晩) **かがみ・かがみいも・乳草**《ちぐさ》**・ぱんや・草斑枝花**《くさばんや》 〈草々の中より高き蘿藦《かがみ》かな　上

川井梨葉〉

夏蕨《なつわらび》 ㊀初 →蕨（春）〈くるしくも雨こゆる野や夏蕨　白雄〉

蔓菜《つるな》 ㊂ **蕃杏**《つるな》・**浜菜**《はまな》・**浜萵苣**《はまぢしや》〈太陽はひとつにて足る蔓菜かな　大木あまり〉

芹の花《せりのはな》 ㊥ →芹（春）〈笹舟の航路せばめて芹の花　波戸岡旭〉

鴇草《ときさう》 ㊥ **朱鷺草**《ときさう》〈鴇草や唇弁《しんべん》雨に紅濃くす　岡部六弥太〉

鋸草《のこぎりさう》 ㊥ **羽衣草**《はごろもさう》・**西洋鋸草**《せいやうのこぎりさう》〈国境に鋸草などあはれなり　山口青邨〉

風露草《ふうろさう》 ㊣晩 〈息に息継ぎ足し休む風露草　いのうえかつこ〉

石斛の花《せきこくのはな》 ㊥ **石斛**《せきこく》・**巌木賊**《いはとくさ》〈声あげて石斛の香を感じをり　加藤楸邨〉

蛇の髭の花《じやのひげのはな》 ㊣晩 **竜**《りゆう》**の髭**《ひげ》・**蛇髭**《じやのひげ》 →竜の玉（冬）〈蛇の髭の花や晴れたり曇ったり　青柳志解樹〉

鷺草《さぎさう》 ㊣晩 **連鷺草**《つれさぎさう》〈鷺草のそよげば翔つとおもひけり　河野南畦〉

忍《しのぶ》 ㊂ **事無草**《ことなしぐさ》 →釣忍〈貰ひたり杣の遺せし玉忍　諸田宏陽子〉

虎耳草《ゆきのした》 ㊥ **雪**《ゆき》**の下**《した》・**鴨足草**《ゆきのした》・**虎**《とら》**の耳**《みみ》・**畸人草**《きじんさう》〈低く咲く雪の下にも風ある日　星野椿〉

泡盛草《あわもりさう》 ㊥ **泡盛升麻**《あわもりしようま》〈泡盛草揺らし遺跡の島巡り　山内八千代〉

浜菅の花《はますげのはな》 ㊣晩 **浜菅**《はますげ》 浜菅はカヤツリグサ科の多年草。七月から一〇月頃、茎の頂に光沢のある茶褐色の細い花穂をつける。

夕菅《ゆふすげ》 ㊣晩 **黄菅**《きすげ》〈夕菅のぽつん〳〵と遠くにも　倉田紘文〉

日光黄菅《につくわうきすげ》 ㊣晩 **禅庭花**《ぜんていくわ》・**せつていくわ**・**黄菅**《きすげ》 ワスレグサ科の多年草。七月から八月、濃い橙黄色《とうこうしょく》の漏斗形の六弁花を三〜四個総状につける。

蠅取草《はへとりぐさ》 (仲) **蠅毒草**《はへどくさう》**・蠅捕草**《はへとりぐさ》**・うじころし** 〈蠅取草緑は油断させる色　菅原くに子〉

陸奥小桜《みちのくこざくら》 (仲) サクラソウ科の多年草。六月から七月、高さ五〜一五センチの花茎の上に、紅紫色の花を数個つける。

浜靫《はまうつぼ》 (初) 〈浜靫耳しんしんと沖はあり　友岡子郷〉

銀竜草《ぎんりようさう》 (仲) **幽霊草**《いうれいさう》**・幽霊茸**《いうれいだけ》 〈いくたびも暗きに踞み銀竜草　藤木倶子〉

薄雪草《うすゆきさう》 (晩) **エーデルワイス** 〈早池峰《はやちね》は比売神祀り薄雪草　文挟夫佐恵〉

柳蘭《やなぎらん》 (三) **柳草**《やなぎさう》 〈派手に咲き派手に吹かれて柳蘭　青柳志解樹〉

高砂草《たかさごさう》 (初) キク科の多年草。初夏、同じキク科のニガナに似た二センチほどの白い花を開く。

衣笠草《きぬがささう》 (晩) **花笠草**《はながささう》 〈霧はげし絹笠草を敷き憩ふ　本田一杉〉

綿菅《わたすげ》 (晩) 〈綿菅の揺るるは祖霊の国ならむ　柿本多映〉

岩桔梗《いはぎきやう》 (晩) 〈ピッケルの錆びし墓標や岩桔梗　山田春生〉

唐糸草《からいとさう》 (晩) 〈唐糸草見しより旅の華やげり　松崎鉄之介〉

風知草《ふうちさう》 (晩) **裏葉草**《うらはぐさ》**・風知草**《かぜしりぐさ》**・風草**《かぜぐさ》 〈目をとぢてゐて目の前の風知草　細川加賀〉

えぞにう (晩) **蝦夷丹生**《えぞにう》 〈えぞにうの咲いたる浜の古りにけり　陽　美保子〉

黒百合《くろゆり》 (晩) 〈黒百合は庭の翳りの濃きあたり　木村蕪城〉

駒草《こまくさ》 (晩) 〈こまくさに誰か憩ひし靴の跡　三嶋隆英〉

白根葵《しらねあふひ》 (晩) 〈白根葵岳人の霊あそぶごとし　青柳志解樹〉

小梅蕙草《こばいけいさう》　(晩)　小梅蕙《こばいけい》　シュロソウ科の多年生草本。六月から七月、円錐《えんすい》花序に白い小さな花をたくさんつける。

白山一花《はくさんいちげ》　(晩)　白山一花草《はくさんいちげさう》・白山一華《はくさんいちげ》　〈白山一花われらも小さく小さくなり　正木ゆう子〉

ウルップ草《ウルップさう》　(晩)　得撫草《うるつぷさう》・はまれんげ　〈しんしんと火口湖蒼しウルップ草　三浦綾子〉

岩鏡《いはかがみ》　(晩)　〈岩かがみザイルに打たれ花こぼす　岡田貞峰〉

猪独活《ししうど》　(晩)　獅子独活《ししうど》　セリ科の多年草。夏、多数の白い小花を傘状につける。

苔の花《こけのはな》　(仲)　花苔《はなごけ》　〈金閣にほろびのひかり苔の花　遠藤若狭男〉

苔茂る《こけしげる》　(仲)　青苔《あをごけ》・苔青《こけあを》し　〈苔茂るオランダ塀の上の瀬戸　石原八束〉

松蘿《さるをがせ》　(晩)　猿麻蘿《さるをがせ》・さがりごけ　〈左右いずれに行くもさるおがせ　宇多喜代子〉

水草の花《みづくさのはな》　㊂　〈水草咲きうつうつ匂ふ神の池　有馬籌子〉

赤草《あかくさ》　(晩)　山酸漿《やまほほづき》・地錦《ぢにしき》　〈赤草や夕日に重き水の色　重厚〉

藻の花《ものはな》　(仲)　花藻《はなも》　→藻刈　〈藻の花や今水中も光充ち　寺井谷子〉

梅花藻《ばいくわも》　(晩)　〈梅花藻の伏流水になびき咲き　文挾夫佐恵〉

青みどろ《あをみどろ》　㊂　青味泥《あをみどろ》・あをみどり　〈招きにまねく　かの　一髪の　青みどろ　高柳重信〉

浅沙の花《あさざのはな》　㊂　莕菜《あさざ》・花蓴菜《はなじゆんさい》・金蓮子《きんれんじ》　〈沼奥の浅沙の花に呼ぶ人なし　飯島晴子〉

萍《うきくさ》　㊂　萍《うきくさ》の花《はな》・浮草《うきくさ》・鏡草《かがみぐさ》・根無草《ねなしぐさ》・青萍《あをうきくさ》　〈萍やさざなみの入る隙もなし　片山由美子〉

金魚藻《きんぎよも》　㊂　松藻《まつも》・松葉藻《まつばも》　〈みなづきの夜のかげさせる松藻かな　三宅一鳴〉

蛭蓆《ひるむしろ》　㊂　蛭藻《ひるも》・笹藻《ささも》　〈雨雲の風おろしくる蛭蓆　石田波郷〉

鬼蓮《おにばす》 (三) **芡**《おにばす》**の花**《はな》**・水蕗**《みづぶき》　スイレン科の一年生水草。夏、水中から花茎を出し、四枚の萼《がく》の上に紫色の花をつける。

蓴菜《じゆんさい》 (三) **蓴**《ぬなは》**・蓴**《ぬなは》**の花**《はな》**・蓴採**《ぬなはと》**る・蓴舟**《ぬなはぶね》 〈吹かれ寄るごとく相寄り蓴舟　林翔〉

早松茸《さまつたけ》 (仲) **さまつ** 〈傘開きたるは一本早松茸　茨木和生〉

蟬茸《せみたけ》 (仲) **蟬花**《せみばな》**・冠蟬**《くわんぜん》 〈蟬茸のあはれ紅さすひとところ　大石悦子〉

木耳《きくらげ》 (仲) 〈木耳や森の奥まで雨の音　小島健〉

梅雨茸《つゆだけ》 (仲) **梅雨茸**《つゆきのこ》**・梅雨菌**《つゆきのこ》 〈梅雨茸の笠の裂け目を雨通る　島田牙城〉

黴《かび》 (仲) **青黴**《あをかび》**・毛黴**《けかび》**・麹黴**《かうぢかび》**・黒黴**《くろかび》**・白黴**《しろかび》**・黴**《かび》**の香**《か》**・黴**《かび》**の宿**《やど》**・黴煙**《かびけむり》**・黴**《かび》**の花**《はな》**・黴拭**《かびぬぐ》**ふ・黴**《か》**ぶ** 〈黴の花咲かせ国宝如来像　滝佳杖〉

天草《てんぐさ》 (三) **心太草**《ところてんぐさ》 ↓天草採・寒天造る（冬） 〈潮引けば天草採りの来るは来るは　小路紫峡〉

恵古苔《ゑごのり》 (三) **恵胡海苔**《ゑごのり》**・ゑごてん・ゑごこんにやく**　紅藻類イギス科の海藻。ホンダワラ類に着生して育つ。

莫告藻《なのりそ》 (仲) **神馬藻**《じんばさう》　褐藻類のホンダワラ科ホンダワラ類の海藻の古称。実が米俵に似ているので、「穂俵」とよんで正月の祝い飾りに用いられ、新年の季語となる。↓穂俵（新年）

海蘿《ふのり》 (三) **海蘿掻**《ふのりかき》**・布海苔**《ふのり》 〈修道女午後はふのりを干すいとま　高浜年尾〉

昆布《こんぶ》 (晩) **ひろめ** ↓昆布刈 〈朝日が呼ぶ海の青さと昆布馬車　大野林火〉

荒布《あらめ》 (晩) **黒菜**《くろめ》**・皺搗布**《しわかぢめ》**・二叉搗布**《ふたまたかぢめ》**・またかぢめ・相良布**《さがらめ》**・荒布舟**《あらめぶね》**・荒布刈**《あらめか》**る・荒布干**《あらめほ》**す** 〈大の字に打ち上げられし荒布かな　渡辺恭子〉

秋

時候

秋《あき》 ㊂ **白秋**《はくしう》・**白帝**《はくてい》・**素秋**《そしう》・**高秋**《かうしう》・**金秋**《きんしう》・**爽節**《さうせつ》・**三秋**《さんしう》・**九秋**《きうしう》 四季の一つ。二十四節気の立秋（八月七日頃）から立冬（一一月七日頃）前日までの期間。旧暦では七月・八月・九月、新暦では八月・九月・一〇月に当たる。〈此秋は何で年よる雲に鳥　芭蕉〉〈くろがねの秋の風鈴鳴りにけり　飯田蛇笏〉

初秋《しよしう》 ㊀ **初秋**《はつあき》・**新秋**《しんしう》・**孟秋**《まうしう》・**早秋**《さうしう》・**秋浅し**《あきあさ》・**秋初め**《あきはじ》・**秋口**《あきぐち》 秋を三分した初秋・仲秋・晩秋の最初。秋の初め。二十四節気の立秋（八月七日頃）から白露（九月七日頃）の前日まで。ほぼ新暦八月に当たる。↓仲秋・晩秋〈冷え冷えと闇のさだまる初秋かな　飯田蛇笏〉

文月《ふみづき》 ㊀ **ふづき**・**文披月**（ふみひらきづき／ふみひろげづき）・**七夕月**《たなばたづき》・**女郎花月**《をみなへしづき》・**秋初月**《あきはづき》・**涼月**《りやうげつ》・**めであひ月**《づき》・**七**《なな》**夜月**《よづき》 旧暦七月の異称。新暦では初秋のほぼ八月に当たる。↓七月（夏）〈一飛信あり涼月の但馬より　大嶽青児〉

八月《はちぐわつ》 ㊀ ↓葉月（秋）〈八月の赤子はいまも宙を蹴る　宇多喜代子〉

立秋《りつしう》 ㊀ **秋立つ**《あきた》・**秋来る**《あききた》・**秋来**《あきく》・**秋**《あき》**に入**《い》**る**・**今朝**《けさ》**の秋**《あき》・**今日**《けふ》**の秋**《あき》 二十四節気のうち秋の最初の節気。八月七日頃。〈そよりともせいで秋たつ事かいの　鬼貫〉〈秋たつや川瀬にまじる風の音　飯田蛇笏〉

涼風至る《りやうふういたる》 ㊀ **涼風至る**《すずかぜいた》 七十二候（中国）のうち立秋の初候（八月七日頃から一一日頃まで）。

涼風が吹くようになるという意味。

白露降る《はくろくだる》 (初) 寒蟬《ひぐらし》鳴《な》く　七十二候（中国）のうち立秋の二候（八月一二日頃から一六日頃まで）。露が降りるという意味。

寒蟬鳴く《かんせんなく》 (初) 蒙霧升降《ふかききりまと》ふ　七十二候（中国）のうち立秋の三候（八月一七日頃から二二日頃まで）。ひぐらしなど秋の蟬《せみ》が鳴くという意味。

残暑《ざんしよ》 (初) 残《のこ》る暑《あつ》さ・秋暑《あきあつ》し・秋暑《しうしよ》・餞暑《せんしよ》　立秋を過ぎてもなお残る暑さのこと。〈朝夕がどかとよろしき残暑かな　阿波野青畝〉

秋さる《あきさる》 (初) 秋《あき》さり　「秋になる、秋が来る」ということ。

秋めく《あきめく》 (初) 秋《あき》づく　秋らしくなること。〈秋めくやあゝした雲の出かゝれば　池内たけし〉

新涼《しんりやう》 (初) 新《あら》たに涼《すず》し・初《はじ》めて涼《すず》し・秋涼《あきすず》し・秋涼《しうりやう》・涼新《りやうあら》た・初涼《しよりやう》・早涼《さうりやう》　立秋（八月七日頃）を過ぎて感じる、夏とは違う涼しさ。〈新涼や白きてのひらあしのうら　川端茅舎〉

処暑《しよしよ》 (初) 二十四節気のうち秋の二番目の節気。八月二三日頃。〈老犬の処暑の大地にはらばひて　細谷喨々〉

鷹乃ち鳥を祭る《たかすなはちとりをまつる》 (初) 鷹鳥《たかとり》を祭《まつ》る・綿柎《わたのはなしべ》開《ひら》く　七十二候（中国）のうち処暑の初候（八月二三日頃から二七日頃まで）。鷹が獲物の鳥を祭るように並べておくという意味。

天地始めて粛む《てんちはじめてしじむ》 (初) 天地《てんち》始《はじ》めて粛《さむ》し・天地《てんち》始《はじ》めて粛《しゆく》す　七十二候（中国）のうち処暑の二候（八月二八日頃から九月一日頃まで）。天地の暑さが鎮まり始めるという意味。

禾乃ち登る《くわすなはちみのる》 (初) 禾乃ち登《みの》る（こくものすなはちみのる／いねすなはちみのる）　七十二候（中国）のうち処暑の三候（九月二

日頃から六日頃まで）。稲などの穀物が今まさに実るという意味。

二百十日《にひやくとをか》 ㊥ **二百二十日《にひやくはつか》・厄日《やくび》・前七日《まへなぬか》・風祭《かぜまつり》** 立春（二月四日頃）から数えて二一〇日目、新暦ではおよそ九月の一、二日頃に相当する。古来、風雨の激しい日とされ、現在でも台風の襲来することが少なくない。

〈ちぎれては雲とぶ二百十日かな　黛執〉

仲秋《ちゆうしう》 ㊥ **中秋《ちゆうしう》・秋《あき》なかば** 秋を三分した初秋・仲秋・晩秋の二番目。二十四節気の白露（九月七日頃）から寒露（一〇月八日頃）の前日まで。ほぼ新暦の九月に当たる。↓初秋・晩秋

〈仲秋や月明かに人老いし　高浜虚子〉

葉月《はづき》 ㊥ **月見月《つきみづき》・秋風月《あきかぜづき》・草津月《くさつづき》・木染月《こそめづき》・濃染月《こそめづき》・紅染月《べにぞめづき》・萩月《はぎづき》・燕去月《つばめさりづき》・雁来月《かりくづき》・壮《さう》月《げつ》・桂月（けいげつ／かつらづき）・中律《ちゆうりつ》・難月《なんげつ》・中商《ちゆうしやう》** 旧暦八月の異称。新暦では仲秋のほぼ九月に当たる。↓八月

〈ひるよりも夜の汐にほふ葉月かな　鈴木真砂女〉

九月《くぐわつ》 ㊥ ↓長月・九月尽

〈手折りたる草に音ある九月かな　藤本美和子〉

八朔《はつさく》 ㊥ 旧暦八月一日の略称。

〈八朔や豆腐一丁揚げ一枚　星野麦丘人〉

白露《はくろ》 ㊥ 二十四節気のうち秋の三番目の節気。九月七日頃。露が凝《こご》って白くなるという意味。

〈ひとつづつ山暮れてゆく白露かな　黛執〉

鴻雁《こうがん》来《きた》る ㊥ **草露白《くさのつゆしろ》し** 七十二候（中国）のうち白露の初候（九月七日頃から一一日頃まで）。雁《かり》が北からやってくるという意味。

玄鳥《げんてう》帰《かへ》る ㊥ **鶺鴒《せきれい》鳴《な》く** 七十二候（中国）のうち白露の二候（九月一二日頃から一六日頃まで）。燕《つばめ》（玄鳥）が帰るという意味。

群鳥羞を養ふ《ぐんてうしうをやしなふ》 (仲) **玄鳥**《つばめ》**去**《さ》**る**　七十二候（中国）のうち白露の三候（九月一七日頃から二二日頃まで）。冬に備え、鳥の群れが餌をたくさん食べて栄養を蓄えるという意味。

秋分《しうぶん》 (仲)　二十四節気のうち秋の四番目の節気。九月二三日頃。〈嶺聳《そばだ》ちて秋分の闇に入る　飯田龍太〉

雷乃ち声を収む《らいすなはちこゑををさむ》 (仲) **雷**《かみなり》　**乃**《すなは》**ち声**《こゑ》**を収**《をさ》**む・雷声**《らいこゑ》**を収**《をさ》**む**　七十二候（中国）のうち秋分の初候（九月二三日頃から二七日頃まで）。雷が鳴らなくなるという意味。

蟄虫戸を坏す《ちつちうとをとざす》 (仲) **蟄虫戸を坏ぐ**（ちつちうとをふさぐ／むしかくれてとをふさぐ）　七十二候（中国）のうち秋分の二候（九月二八日頃から一〇月二日頃まで）。虫が穴に入り冬眠するという意味。

水始めて涸る《みづはじめてかる》 (仲) **水始**《みづはじ》**めて涸**《か》**るる**　七十二候（中国）のうち秋分の三候（一〇月三日頃から七日頃まで）。水が涸れ始めるという意味。〈雀らのさわげる水の涸れはじむ　佐々木六戈〉

秋彼岸《あきひがん》 (仲) **後**《のち》**の彼岸**《ひがん》**・秋彼岸会**《あきひがんゑ》　九月二三日頃の秋分を中日として、その前後三日間ずつ、計七日間をいう。↓彼岸（春）・秋分〈赤松の幹にちからや秋彼岸　片山由美子〉

秋社《しうしや》 (仲) **秋**《あき》**の社日**《しやにち》　農作業に関わる雑節の一つ。社日は春と秋にあり、秋の社日を秋社という。秋分（九月二三日頃）に最も近い戊《つちのえ》の日。↓春社（春）〈唐黍の風や秋社の戻り人　石井露月〉

竜淵に潜む《りゆうふちにひそむ》 (仲)　『説文解字《せつもんかいじ》』に「竜は春分にして天に昇り、秋分にして淵に潜む」とあるのを典拠とする想像上の季語。〈竜淵に潜みし夜を古書匂ふ　越智哲眞〉

晩秋《ばんしう》 (晩) **晩秋**《おそあき》**・季秋**《きしう》**・末**《すゑ》**の秋**《あき》　秋を三分した初秋・仲秋・晩秋の三番目。二十四節気の寒露（一〇月八日頃）から立冬（一一月七日頃）の前日まで。ほぼ新暦一〇月に当たる。↓初秋・仲

秋〈帰るのはそこ晩秋の大きな木　坪内稔典〉

長月《ながつき》 (晩) **菊月**《きくづき》・**菊咲月**《きくさきづき》・**紅葉月**《もみぢづき》・**色**《いろ》**どる月**《つき》・**寝覚月**《ねざめづき》・**稲刈月**《いねかりづき》・**小田刈月**《をだかりづき》・**玄月**《げんげつ》　旧暦九月の異称。新暦では晩秋のほぼ一〇月に当たる。↓九月〈長月の燃えつつゆるぶ縄の縒り　岸原清行〉

十月《じふぐわつ》 (晩) ↓神無月（冬）〈詩を語るなら十月の海に坐し　高野ムツオ〉

律の調《りちのしらべ》 ㊂ **律**《りち》**の風**《かぜ》　秋の風や物の立てる哀愁を帯びた音をいう。〈轆轤蹴る匠の律の調べかな　深谷雄大〉

千秋楽《せんしうらく》 ㊂ 雅楽曲の一つ。唐楽に属する盤渉調《ばんしきちょう》の曲。秋に限って奏せられるものではないが、千秋楽という名から季とされた。〈面白や千秋楽をいとま乞ひ　才麿〉

秋暁《しうげう》 ㊂ **秋**《あき》**の暁**《あかつき》　秋の日の出前のひと時。〈秋暁や胸に明けゆくものの影　加藤楸邨〉

秋の日《あきのひ》 ㊂ **秋日**《しうじつ》　秋の一日をさす。↓秋日（天文）〈秋の日や運ばれてきて那智の岩　長谷川櫂〉

秋の朝《あきのあさ》 ㊂ **秋朝**《しうてう》 〈アザーンに雀の和する秋の朝　片山由美子〉

秋の昼《あきのひる》 ㊂ **秋真**《あきま》**昼**《ひる》 〈大鯉のぎいと廻りぬ秋の昼　岡井省二〉

秋の暮《あきのくれ》 ㊂ **秋**《あき》**の夕暮**《ゆふぐれ》・**秋**《あき》**の夕**《ゆふ》・**秋**《あき》**の夕**《ゆふ》**べ** 〈枯枝に烏のとまりたるや秋の暮　芭蕉〉〈秋の暮大魚の骨を海が引く　西東三鬼〉

秋の宵《あきのよひ》 ㊂ **秋宵**《しうせう》・**宵**《よひ》**の秋**《あき》 〈語り出す祭文は何宵の秋　夏目漱石〉

秋の夜《あきのよ》 ㊂ **秋夜**《しうや》・**夜半**《よは》**の秋**《あき》 〈秋の夜や旅の男の針仕事　一茶〉

夜長《よなが》 (仲) **夜永**《よなが》**・長**《なが》**き夜**《よ》**・長夜**《ちやうや》 秋の夜が長く感じられること。また長い秋の夜のこと。〈妻がゐて夜長を言へりさう思ふ　森澄雄〉

秋澄む《あきすむ》 ㊂ **空澄**《そらす》**む・清秋**《せいしう》**・澄**《す》**む秋**《あき》 秋になり大気が澄んでいること。〈シャガールの金の雄鶏秋澄めり　永方裕子〉

秋気《しうき》 ㊂ **秋気**《しうき》**澄**《す》**む** 秋の気配、秋らしいすがすがしさをいう。〈一筋に木曽谷をゆく秋気かな　森田かずや〉

冷やか《ひややか》 (仲) **冷**《ひ》**ゆ・ひやひや・ひえびえ・下冷**《したびえ》**・秋冷**《しうれい》**・朝冷**《あさびえ》**・雨冷**《あまびえ》 秋になって、ふと肌に感じる冷ややかさのこと。↓冷《すさ》まじ・冷たし（冬）〈紫陽花に秋冷いたる信濃かな　杉田久女〉

爽やか《さはやか》 ㊂ **爽気**《さうき》**・秋爽**《しうさう》**・爽涼**《さうりやう》**・さやけし・さやか・爽**《さは》**やぐ** さっぱりとして気分のよいさま、気持ちよくすがすがしいさま、はっきりしているさまという語意から、秋の大気の特色を表す季語として用いられてきた。〈さやけくて妻とも知らずすれちがふ　西垣脩〉

秋麗《あきうらら》 ㊂ **秋麗**《しうれい》 晴れわたる秋の一日を讃《たた》える季語。春の「麗か」を思わせる、風もなく心がほぐれるような日和のこと。↓麗か（春）〈秋うらら書架にもどらぬ放浪記　三田きえ子〉

身に入む《みにしむ》 ㊂ **身**《み》**に沁**《し》**む** 秋の気配の濃さ、秋冷を身にしみとおるようにまで感じること。〈さり気なく聞いて身にしむ話かな　富安風生〉

寒露《かんろ》 (晩) 二十四節気のうち秋の五番目の節気。一〇月八日頃。寒さを覚えるほど冷たい露という意味。〈湖深く見えすぎる日の寒露かな　鷲谷七菜子〉

鴻雁来賓す《こうがんらいひんす》 (晩) **鴻雁来**《こうがんきた》**る** 七十二候（中国）のうち寒露の初候（一〇月八日頃から一二日

頃まで）。雁《かり》が来賓として招待されるという意味。

雀大水に入り蛤と為る《すずめうみにいりはまぐりとなる》 ㊐晩 **雀《すずめ》蛤《はまぐり》となる・雀化《すずめくわ》して蛤《はまぐり》となる・菊花開《きくのはなひら》く** 七十二候（中国）のうち寒露の二候（一〇月一三日頃から一七日頃まで）。雀が海に入って蛤になるという意味。〈馬小屋は車庫に雀は蛤に　対中いずみ〉

菊黄花有り《きくくわうくわあり》 ㊐晩 **蟋蟀《きりぎりす》戸に在《あ》り** 七十二候（中国）のうち寒露の三候（一〇月一八日頃から二二日頃まで）。菊が黄色い花を咲かせるという意味。

秋寒《あきさむ》 ㊐晩 **秋寒《あきさむ》し・秋小寒《あきこさむ》** →寒し（冬）〈日のにほひいただく秋の寒さかな　惟然〉

そぞろ寒《そぞろざむ》 ㊐晩 **すずろ寒《ざむ》** 晩秋の頃、それとなく感じる寒さ。→うそ寒・寒し（冬）〈縄文の土器に焦げ跡そぞろ寒　長田群青〉

やや寒《ややさむ》 ㊐晩 **漸寒《ややさむ》・漸寒《やうやうさむ》し** 晩秋の頃、少し感じる寒さ。→寒し（冬）〈やや寒の麒麟のかほに日はありぬ　山上樹実雄〉

肌寒《はださむ》 ㊐晩 **はた寒《さむ》** 晩秋の頃、肌に寒さを感じること。→寒し（冬）〈肌寒と言はれて肌をさすりけり　林翔〉

うそ寒《うそさむ》 ㊐晩 **薄寒《うすさむ》・うすら寒《さむ》** 晩秋、うっすらと寒く感じること。→寒し（冬）〈うそ寒の口にふくみて小骨とる　飯田龍太〉

朝寒《あさざむ》 ㊐晩 **朝寒《あささむ》し・朝寒《あささむ》み** 〈朝寒の人各々の職につく　高浜虚子〉

夜寒《よさむ》 ㊐晩 **宵寒《よひさむ》・夜《よ》寒《さむ》さ・夜《よ》を寒《さむ》み** 〈あはれ子の夜寒の床の引けば寄る　中村汀女〉

かりがね寒《かりがねさむ》 ㊥仲 雁《かり》が渡ってくる九・一〇月頃の寒さ。〈比良伊吹雁寒きころを旅　森澄雄〉

霜降《さうかう》 晩⃝ 二十四節気のうち秋の最後、六番目の節気。一〇月二三日頃。霜が降りるという意味。〈霜降や鳥の塒を身に近く　手塚美佐〉

豺乃ち獣を祭る《さいすなはちけものをまつる》 晩⃝ 豺《やまいぬ》 獣《けもの》を祭《まつ》る・狼《おほかみ》の祭《まつり》・豺《さい》の祭《まつり》・霜始《しもはじ》めて降《ふ》る　七十二候（中国）のうち霜降の初候（一〇月二三日頃から二七日頃まで）。狼が獲物を祭るように並べておくという意味。〈狼や祭りて草の淋漓たる　松瀬青々〉

草木黄落す《さうもくくわうらくす》 晩⃝ 草木黄《さうもくき》ばみ落《お》つ・草木零落《さうもくれいらく》す・霎《こさめ》 時施《ときどきふ》る　七十二候（中国）のうち霜降の二候（一〇月二八日頃から一一月一日頃まで）。草木の葉が黄に色づいて落ちるという意味。

蟄虫咸俯す《ちつちうみなふす》 晩⃝ 蟄虫《ちつちう》 咸《ことごと》く俯《ふ》す・虫穴《むしあな》に入《い》る・楓蔦黄《もみぢつたき》ばむ　七十二候（中国）のうち霜降の三候（一一月二日頃から六日頃まで）。虫がことごとく穴に潜み、動かなくなるという意味。虫は蛇や蛙なども含む。

秋土用《あきどよう》 晩⃝ 立冬（一一月七日頃）前の約一八日間をいう。二十四節気の霜降《さうこう》とほぼ重なる。↓土用（夏）・寒土用（冬）〈参道の深川めしや秋土用　浅井民子〉

冷まじ《すさまじ》 晩⃝ すさまじ　冬を目前にした晩秋の冷然、凄然《せいぜん》とした雰囲気をいう。↓冷やか　〈冷まじや眼のあるものを俎に　藤田直子〉

秋寂び《あきさび》 晩⃝ 秋寂《あきさ》ぶ　秋が深まって物寂しい感じ。〈秋さぶや脇侍欠いたる黒仏　上田五千石〉

秋深し《あきふかし》 晩⃝ 秋　闌《あきたけなは》・秋闌《あきた》く・秋更《あきふ》く・深秋《しんしう》・秋深《あきふか》む　晩秋一〇月、秋も半ばを過ぎていよいよ深まった感じをいう。〈秋深き隣は何をする人ぞ　芭蕉〉〈彼一語我一語秋深みかも　高浜虚子〉

暮の秋《くれのあき》 (晩) **暮秋**《ぼしう》**・秋暮**《あきく》**る** 秋も終わりに近い頃をいう。秋の夕暮れの意味はない。〈次の間に人のぬくみや暮の秋　山上樹実雄〉

行く秋《ゆくあき》 (晩) **逝**《ゆ》**く秋**《あき》**・秋**《あき》**ぞ隔**《へだた》**る・秋**《あき》**に後**《おく》**る・秋**《あき》**の別**《わか》**れ・秋**《あき》**の名残**《なごり》**・秋**《あき》**の行方**《ゆくへ》**・残**《のこ》**る秋**《あき》**・帰**《かへ》**る秋**《あき》**・秋**《あき》**の果**《はて》**・秋行**《あきゆ》**く・秋過**《あきす》**ぐ** ↓秋惜しむ 〈蛤のふたみにわかれ行秋ぞ　芭蕉〉

秋惜しむ《あきをしむ》 (晩) 過ぎ去る秋を惜しむこと。↓暮の秋・行く秋 〈川に出て舟あり乗りて秋惜しむ　上村占魚〉

冬近し《ふゆちかし》 (晩) **冬隣**《ふゆとな》**る・冬**《ふゆ》**を隣**《とな》**る・冬隣**《ふゆどなり》**・冬**《ふゆ》**を待**《ま》**つ** 〈蓼科は被く雲かも冬隣　石田波郷〉

九月尽《くぐわつじん》 (晩) **九月尽**《くぐわつつ》**く・秋尽**《あきつ》**く** 旧暦九月末日をいう。〈白波が白波追へり九月尽　千田一路〉

天　文

秋日《あきび》 (三) **秋**《あき》**の日**《ひ》**・秋日射**《あきひざし》**・秋日影**《あきひかげ》**・秋**《あき》**の夕日**《ゆふひ》**・秋入日**《あきいりひ》**・秋没日**《あきいりひ》 秋の太陽とその光をさす。↓秋の日（時候）〈白壁のかくも淋しき秋日かな　前田普羅〉

秋晴《あきばれ》 (三) **秋**《あき》**の晴**《はれ》**・秋晴**《あきは》**る** 〈秋晴の何処かに杖を忘れけり　松本たかし〉

秋日和《あきびより》 (三) 〈畳屋の肘が働く秋日和　草間時彦〉

菊日和《きくびより》 (三) 菊の花が盛りを迎える頃の日和のこと。〈菊日和身にまく帯の長きかな　鈴木真砂女〉

秋旱《あきひでり》 (三) **秋日照**《あきひでり》**・秋乾**《あきかわ》**き** 〈秋旱へろつく黍の葉に及ぶ　山口誓子〉

秋色《しうしよく》 ㊂ **秋光**《しうくわう》・**秋**《あき》**の光**《ひかり》・**秋望**《しうばう》 秋の景色や秋の風光のこと。秋の風光の美しさを讃《たた》える言葉。〈ひとめぐりして秋色をいふばかり　石田郷子〉

秋の声《あきのこゑ》 ㊂ **秋声**《しうせい》 何かしら秋と実感させられる音の気配。繊細になった聴覚が捉えた秋の気配をいう。〈幹に声かけ幹からも秋の声　鷹羽狩行〉

秋の空《あきのそら》 ㊂ **秋空**《あきぞら》・**秋天**《しうてん》・**旻天**《びんてん》・**秋旻**《しうびん》 〈去るものは去りまた充《み》ちて秋の空　飯田龍太〉

天高し《てんたかし》 ㊂ **秋高**《しうかう》・**秋高**《あきたか》**し**・**空高**《そらたか》**し** 秋は大気が澄み、晴れわたった空が高く感じられること。〈天高しさびしき人は手を挙げよ　鳴戸奈菜〉

秋の雲《あきのくも》 ㊂ **秋雲**《あきぐも》・**秋雲**《しううん》 〈秋の雲立志伝みな家を捨つ　上田五千石〉

鰯雲《いわしぐも》 ㊂ **鱗雲**《うろこぐも》 秋の晴天にひろがる小波《さざなみ》のような形をした白い雲のこと。鰯が群れているように見えるので、この名がある。〈鰯雲人に告ぐべきことならず　加藤楸邨〉

鯖雲《さばぐも》 ㊂ 鰯雲《いわしぐも》・鱗雲《うろこぐも》と同じ気象状況から発生する巻積雲《けんせきうん》。〈鯖雲や草のおどろの波色に　山口青邨〉

月《つき》 ㊂ **四日月**《よつかづき》・**五日月**《いつかづき》・**八日月**《やうかづき》・**十日月**《とをかづき》・**月更**《つきふ》**く**・**月上**《つきのぼ》**る**・**遅月**《おそづき》・**月傾**《つきかたむ》**く**・**月落**《つきお》**つ**・**月**《つき》**の秋**《あき》・**姮娥**《こうが》・**月**《つき》**の桂**《かつら》・**桂男**《かつらをとこ》・**月**《つき》**の兎**《うさぎ》・**玉兎**《ぎよくと》・**月**《つき》**の蛙**《かへる》・**嫦娥**《じやうが》・**孀娥**《さうが》・**月**《つき》**の鼠**《ねずみ》・**月**《つき》**の都**《みやこ》・**月宮**《げつきゆう》**殿**《でん》・**盃**《さかづき》**の光**《ひかり》・**月**《つき》**の雪**《ゆき》・**月**《つき》**の鏡**《かがみ》・**月**《つき》**の顔**《かんばせ》・**心**《こころ》**の月**《つき》・**胸**《むね》**の月**《つき》・**真如**《しんによ》**の月**《つき》・**袖**《そで》**の月**《つき》・**朝月日**《あさつきひ》・**夕**《ゆふ》**月日**《つきひ》・**月**《つき》**の出**《で》**潮**《しほ》・**月待**《つきま》**ち**・**昼**《ひる》**の月**《つき》・**薄月**《うすづき》・**夜半**《よは》**の月**《つき》・**月**《つき》**の蝕**《しよく》・**月**《つき》**の暈**《かさ》・**月**《つき》**の輪**《わ》・**月**《つき》**の出**《で》・**月**《つき》**の入**《いり》・**月渡**《つきわた》**る**・**秋**《あき》**の月**《つき》・**月夜**《つきよ》・**月光**《げつくわう》・**月明**《げつめい》・**月影**《つきかげ》・**月下**《げつか》 秋の月。雪月花というとおり、春の花、冬の雪とともに日本の四季を代表するものの一つ。〈月天心貧しき町を通りけり　蕪

村〉〈やはらかき身を月光の中に容れ　桂信子〉

月代《つきしろ》 (三) **月白**《つきしろ》 月が出ようとするとき、東の空が白々と明るむこと。〈月代や少し前行く妻の肩　草間時彦〉

上り月《のぼりづき》 (三) **上弦**《じやうげん》**の月**《つき》 月が、旧暦の朔《ついたち》から夜ごとに満ちて上弦の半月に、そして望《もち》の満月に至るまでをいう。

降り月《くだりづき》 (三) **望**《もち》**くだり・下**《か》**弦**《げん》**の月**《つき》**・下**《くだ》**り月**《づき》 十五夜を過ぎて、満月からしだいに欠けてゆく月のこと。

盆の月《ぼんのつき》 (初) 旧暦七月一五日の月、秋の最初の望月。盂蘭盆《うらぼん》の夜でもあるので、特別の感慨を抱かせる。〈灯を消して畳に招く盆の月　黒田杏子〉

朔日ごろの月《ついたちごろのつき》 (仲) 旧暦八月朔日の月を「朔日の月」といい、漠然とその頃の月をさした呼び方。

初月《はつづき》 (仲) **初月夜**《はつづきよ》 旧暦八月初めの月。〈ひそやかに山湖にかかる初月夜　小川晴子〉

二日月《ふつかづき》 (仲) **二日**《ふつか》**の月**《つき》**・繊月**《せんげつ》 旧暦八月二日の月。夕明かりの残る空にほんのわずかの間ごく細い月の光が見える。〈雨そそぐみくさの隙や二日月　蕪村〉

三日月《みかづき》 (仲) **三日**《みか》**の月**《つき》**・三日**《みつか》**の月**《つき》**・月**《つき》**の眉**《まゆ》**・眉書月**《まゆかきづき》**・眉月**《まゆづき》**・三日月眉**《みかづきまゆ》**・新月**《しんげつ》**・若月**《じやくげつ》**・月**《つき》**の剣**《つるぎ》**・蛾眉**《がび》**・初魄**《しよはく》 旧暦八月三日の月。〈三日月の沈む弥彦の裏は海　高野素十〉

弓張月《ゆみはりづき》 (仲) **弦**《ゆみはり》**・弦月**《げんげつ》**・半月**《はんげつ》**・片割月**《かたわれづき》**・月**《つき》**の弓**《ゆみ》**・月**《つき》**の舟**《ふね》**・上**《かみ》**の弓張**《ゆみはり》**・下**《しも》**の弓張**《ゆみはり》 半月が、弓に弦を張ったように見えることからつけられた名称。〈弓張の月傾けて能果つる　谷島菊〉

夕月夜《ゆふづくよ》　(仲)　**夕月夜《ゆふづきよ》・夕月《ゆふづき》・宵月《よひづき》・宵月夜《よひづきよ》**　旧暦八月の二日月から上弦の頃までの、宵に現れ夜半までには没する月の夜のこと。〈見る影やまだ片なりも宵月夜　芭蕉〉

待宵《まつよひ》　(仲)　**待宵《まつよひ》の月《つき》・小望月《こもちづき》・十四夜月《じふしやづき》**　中秋の名月の前夜、旧暦八月一四日の夜をいう。〈待宵や子もひとつづつ影ひいて　髙田正子〉

名月《めいげつ》　(仲)　**明月《めいげつ》・満月《まんげつ》・望月《もちづき》・望《もち》の夜《よ》・今日《けふ》の月《つき》・月今宵《つきこよひ》・今宵《こよひ》の月《つき》・三五《さんご》の月《つき》・三五夜《さんごや》・十五夜《じふごや》・芋名月《いもめいげつ》・中秋節《ちゆうしうせつ》**　旧暦八月一五日の月。中秋の名月である。↓良夜　〈名月や池をめぐりて夜もすがら　芭蕉〉〈けふの月長いすゝきを活けにけり　阿波野青畝〉

良夜《りやうや》　(仲)　**良宵《りやうせう》・佳宵《かせう》**　旧暦八月一五日の中秋の名月の夜をいう。↓名月　〈ひとそれ〴〵書を読んでゐる良夜かな　山口青邨〉

無月《むげつ》　(仲)　**中秋無月《ちゆうしうむげつ》・曇《くも》る名月《めいげつ》・月《つき》の雲《くも》**　旧暦八月一五日の夜に雲が広がり、待ちかねた中秋の名月が見えないこと。↓雨月　〈いくたびも無月の庭に出でにけり　富安風生〉

雨月《うげつ》　(仲)　**雨名月《あめめいげつ》・雨夜《あまよ》の月《つき》・雨《あめ》の月《つき》・月《つき》の雨《あめ》**　中秋の名月が雨のために見えないこと。↓無月　〈たたまれて雨月の傘の細身かな　村上喜代子〉

十六夜《いざよひ》　(仲)　**十六夜《いざよひ》の月《つき》・十六夜月《じふろくやづき》・十六夜《じふろくや》・いざよふ月《つき》・既望《きばう》**　旧暦八月一六日の夜、またはその夜の月をいう。「いざよふ」は、ぐずぐずする、ためらうの意。〈十六夜といふ名を持ちて月昇る　星野立子〉

立待月《たちまちづき》　(仲)　**立待《たちまち》・十七夜《じふしちや》**　旧暦八月一七日の夜の月。〈立待の月光欅真半分　斎藤夏風〉

居待月《ゐまちづき》　(仲)　**座待月《ゐまちづき》・居待《ゐまち》の月《つき》・居待《ゐまち》・十八夜《じふはちや》の月《つき》**　旧暦八月一八日の夜の月。〈脇息のあり

て即ち居待月　京極杞陽〉

臥待月《ふしまちづき》 ㊥ 臥待《ふしまち》の月《つき》・臥待《ふしまち》・寝待月《ねまちづき》・寝待《ねまち》の月《つき》・寝待《ねまち》　旧暦八月一九日の夜の月。〈寝待月子を眠らせて妻と出づ　福永耕二〉

更待月《ふけまちづき》 ㊥ 更待《ふけまち》の月《つき》・更待《ふけまち》・亥中《ゐなか》の月《つき》・二十日《はつか》亥中《ゐなか》・二十日《はつか》の月《つき》・二十日月《はつかづき》　旧暦八月二〇日の夜の月。〈更待や繰りて手擦れし七部集　吉岡桂六〉

宵闇《よひやみ》 ㊥ 名月の後、二〇日過ぎともなると、一〇時以降にならないと月は昇らない。この宵のうちの月のない暗闇のこと。〈宵闇のどこまでを西陣といふ　田中裕明〉

有明月《ありあけづき》 ㊥ 有明《ありあけ》・明《あけ》の月《つき》・朝《あさ》の月《つき》・有明月夜《ありあけづきよ》・朝月夜《あさづくよ》・残《のこ》る月《つき》・残月《ざんげつ》・朝月《あさづき》　夜が明けてもまだ空に残っている月。〈有明の月に身の修羅語りけり　中村ヨシ江〉

二十三夜《にじふさんや》 ㊥ 真夜中《まよなか》の月《つき》・二十三夜月《にじふさんやづき》　旧暦八月二三日の夜、またはその夜の月。〈朱雀門暮れて二十三夜月　森宮保子〉

後の月《のちのつき》 ㊥㊡ 十三夜《じふさんや》・名残《なごり》の月《つき》・月《つき》の名残《なごり》・二夜《ふたよ》の月《つき》・後《のち》の今宵《こよひ》・後《のち》の名月《めいげつ》・豆名月《まめめいげつ》・栗《くり》名月《めいげつ》・女名月《をんなめいげつ》・姥月《うばづき》　旧暦九月一三日の夜、またはその夜の月。その秋最後の月なので名残の月ともいう。〈三井寺に緞子の夜着や後の月　蕪村〉〈床上げて名残の月に会ひにけり　水原春郎〉

秋の星《あきのほし》 ㊂ 白鳥座《はくてうざ》・ペガサス・秋北斗《あきほくと》　〈秋の星ひとつひとつの遠きかな　今井杏太郎〉

星月夜《ほしづきよ》 ㊂ 星月夜《ほしづくよ》・星明《ほしあか》り　月のない夜空が、星明りで月夜のように明るいことをいう。〈ちちははの国に寝惜しみ星月夜　鷹羽狩行〉

天の川《あまのがは》 (三) **銀河**《ぎんが》**・明河**《めいが》**・星河**《せいが》**・銀漢**《ぎんかん》**・銀浪**《ぎんらう》**・雲漢**《うんかん》**・天漢**《てんかん》**・河漢**《かかん》**・銀湾**《ぎんわん》 ↓七夕 〈荒海や佐渡によこたふ天河　芭蕉〉〈天の川わたるお多福豆一列　加藤楸邨〉

流星《りうせい》 (三) **流**《なが》**れ星**《ぼし》**・夜這星**《よばひぼし》**・星流**《ほしなが》**る・星飛**《ほしと》**ぶ・星走**《ほしはし》**る** 〈星一つ命燃えつつ流れけり　高浜虚子〉

碇星《いかりぼし》 (仲) **カシオペア** カシオペア座の和名。〈錨星蜑《あま》が外寝も時過ぎぬ　佐野まもる〉

二つ星《ふたつぼし》 (初) **二星**（にせい／じせい） 天の川を挟んで輝く織女星《しよくじよ》と牽牛星《けんぎゆう》をいい、織姫と彦星《ひこぼし》の名で親しまれている。〈夕ごころはなやぎ迎ふ二星かな　西島麦南〉

秋風《あきかぜ》 (三) **秋**《あき》**の風**《かぜ》**・秋風**《しうふう》**・白風**《はくふう》**・金風**《きんぷう》**・爽籟**《さうらい》**・風爽**《かぜさや》**か** 〈石山の石より白し秋の風　芭蕉〉〈吹きおこる秋風鶴をあゆましむ　石田波郷〉

色なき風《いろなきかぜ》 (三) **風**《かぜ》**の色**《いろ》**・素風**《そふう》 秋風の異称。『古今六帖』の紀友則《きのとものり》の歌〈吹き来れば身にもしみける秋風を色なきものと思ひけるかな〉からという。〈万華鏡のぞく色なき風の中　橋本榮治〉

初嵐《はつあらし》 (初) 台風期の前触れのように、七月末から八月にかけて吹く嵐。秋の到来を知らせる風の意になる。〈初嵐舟より逃げし蛸泳ぐ　小川軽舟〉

秋の初風《あきのはつかぜ》 (初) **初秋風**《はつあきかぜ》**・初風**《はつかぜ》 秋に入って最初に吹く秋風。大気も澄んで、どこか秋の到来を感じさせるそよ風のこともいう。〈浦の子に秋の初風吹きにけり　大石悦子〉

秋の嵐《あきのあらし》 (三) **秋**《あき》**の大風**《おほかぜ》 秋に吹き荒れる嵐のこと。〈塔高し梢の秋のあらしより　素堂〉

野分《のわき》 (仲) **野**《の》**わけ・野分**《のわき》**だつ・野分波**《のわきなみ》**・野分雲**《のわきぐも》**・野分**《のわき》**あと・野分晴**《のわきばれ》**・夕野分**《ゆふのわき》 草木に吹きさぶ秋の暴風をいう。主に台風のもたらす大風である。〈鳥羽殿へ五六騎いそぐ野分かな　蕪

村〉〈大いなるものが過ぎ行く野分かな　高浜虚子〉

台風《たいふう》 (仲) 颱風《たいふう》・颶風《ぐふう》・台風圏《たいふうけん》・台風裡《たいふうり》・台風禍《たいふうくわ》・台風《たいふう》の眼《め》・台風過《たいふうくわ》 〈台風をよろこぶ心吹かれおり　和田悟朗〉

送りまぜ《おくりまぜ》 (初) おくりまじ・送《おく》り南風《まぜ》・後《おく》れまじ　旧暦七月の盆が過ぎて吹く南風をいう。

盆東風《ぼんごち》 (初) 盆北風《ぼんぎた》　旧暦七月の盆の頃に吹く東風のこと。〈盆北風や古き富嶽の画を掛けて　山西雅子〉

やまじ (仲) やまぜ　主に瀬戸内地方で、台風や低気圧による南寄りの強風をいう。

おしあな (仲) 台風時の猛烈な強風のことで、九州方面、主として長崎県の海岸地方でよばれている古い言葉。

高西風《たかにし》 (仲) 土用時化《どようじけ》・籾落《もみおと》し・大西風《おほにし》　九州・山陰地方で、九月から一〇月頃、急に吹く強い西風。〈高西風や飯屋の裏の網干道　能村研三〉

鮭颪《さけおろし》 (仲) 東北地方で、鮭が産卵のため川を溯上《そじよう》する仲秋の頃に吹く強い風をいう。〈流れ着く藻屑のにほひ鮭颪　野村英利〉

雁渡し《かりわたし》 (仲) 初秋から仲秋にかけて吹く北風。この頃雁が渡ってくるので、この名がある。〈草木より人翻る雁渡し　岸田稚魚〉

青北風《あをぎた》 (仲) 飛魚北風《あごきた》　九月から一〇月にかけて晴天の日に北から吹くやや強い季節風のこと。主として西日本でいう風の名。〈青北風が吹いて艶増す五島牛　下村ひろし〉

芋嵐《いもあらし》 (仲) 黍嵐《きびあらし》　里芋や八頭《やつがしら》の葉が翻るほどに強く吹く風。〈破滅型詩人絶えたり芋嵐　草間時

彦〉

秋曇《あきぐもり》 ㊂ 秋陰（あきかげり／しういん）　秋の曇りがちの天気のこと。〈蘆も鳴らぬ潟一面の秋ぐもり　室生犀星〉

秋湿《あきじめり》 ㊂ しけ寒《さむ》〈肖像の並ぶ廊下や秋湿り　片山由美子〉

秋の雨《あきのあめ》 ㊂ 秋雨《あきさめ》・秋黴雨《あきついり》・秋霖《しうりん》・後《のち》の村雨《むらさめ》〈秋の雨しづかに午前をはりけり　日野草城〉

御山洗《おやまあらひ》 ㊀ 富士《ふじ》の山洗《やまあらひ》　旧暦七月二六日の富士山閉山前後に、富士北麓に降る雨のこと。〈五合目の燈の消え御山洗かな　福田甲子雄〉

秋時雨《あきしぐれ》 ㊈ →時雨（冬）〈秋時雨神にぬかづく時に降る　高浜虚子〉

富士の初雪《ふじのはつゆき》 ㊥ 富士《ふじ》の初冠雪《はつくわんせつ》〈石投げて初雪の富士歪めたる　松浦敬親〉

秋の雪《あきのゆき》 ㊈ 秋雪《しうせつ》〈秋雪に断崖の澄みまさる日ぞ　飯田龍太〉

秋の雷《あきのらい》 ㊀ 秋雷《しうらい》 →春雷（春）・雷（夏）〈秋雷や旧会津領山ばかり　高野素十〉

稲妻《いなづま》 ㊀ 稲光《いなびかり》・稲《いね》の殿《との》・稲《いね》の妻《つま》・稲《いね》の夫《つま》・稲《いな》つるみ・稲《いな》つるび・いなたま　→雷（夏）〈いなびかり北よりすれば北を見る　橋本多佳子〉

秋の虹《あきのにじ》 ㊂ 秋虹《あきにじ》 →虹（夏）〈秋の虹消えたるのちも仰がるる　山田弘子〉

秋の夕焼《あきのゆふやけ》 ㊂ 秋夕焼《あきゆふやけ》・秋夕映《あきゆふばえ》 →夕焼（夏）〈秋夕焼旅愁といはむには淡し　富安風生〉

秋霞《あきがすみ》 ㊂ 秋《あき》の霞《かすみ》 →霞（春）・夏霞（夏）〈秋がすみこたびは越ゆる芋峠　森澄雄〉

霧《きり》 ㊂ 朝霧《あさぎり》・夕霧《ゆふぎり》・夜霧《よぎり》・山霧《やまぎり》・川霧《かはぎり》・野霧《のぎり》・狭霧《さぎり》・薄霧《うすぎり》・霧《きり》の帳《とばり》・霧襖《きりぶすま》・霧《きり》の籬《まがき》・濃《のう》霧《む》・霧《きり》の海《うみ》・霧《きり》の香《か》・霧《きり》の雫《しづく》・霧雨《きりさめ》・霧時雨《きりしぐれ》・霧《む》笛《てき》 →春霧（春）・夏霧（夏）・冬霧（冬）

〈霧しぐれ富士をみぬ日ぞ面白き　芭蕉〉〈ランプ売るひとつランプを霧にともし　安住敦〉

露《つゆ》 ㊂ **白露《しらつゆ》・朝露《あさつゆ》・夕露《ゆふづゆ》・夜露《よつゆ》・初露《はつつゆ》・上露《うはつゆ》・下露《したつゆ》・露《つゆ》の玉《たま》・露葎《つゆむぐら》・露《つゆ》の秋《あき》・露《つゆ》の宿《やど》・露《つゆ》の袖《そで》・袖《そで》の露《つゆ》・芋《いも》の露《つゆ》・露《つゆ》の世《よ》・露《つゆ》の身《み》・露《つゆ》けし**　↓夏の露（夏）〈金剛の露ひとつぶや石の上　川端茅舎〉〈芋の露連山影を正うす　飯田蛇笏〉

露時雨《つゆしぐれ》 (晩) 秋になって露が一面に降りて、草むらや木立があたかも時雨の降った後のように、しとどになっている状態をいう。〈露時雨猿蓑遠きおもひかな　石田波郷〉

露寒《つゆさむ》 (晩) **露寒《つゆさむ》し・露冴《つゆさ》ゆ**　晩秋の露を見て感じる寒さ。〈露寒のこの淋しさのゆゑ知らず　富安風生〉

露霜《つゆじも》 (晩) **水霜《みづしも》**　晩秋に降りた露がなかば結氷して、うすうすと霜になり始めているもの。あるいは、淡くて消えやすい霜のことにもいう。↓露・霜（冬）〈露霜や死まで黒髪大切に　橋本多佳子〉

秋の霜《あきのしも》 (晩) **秋霜《しうさう》**　↓霜（冬）〈秋の霜うちひらめなる石のうへ　蕪村〉

竜田姫《たつたひめ》 ㊂ 陰陽五行説では、秋は西に当たるが、奈良の都の西にある竜田山を神格化して秋の女神としたもの。↓佐保姫（春）〈竜田姫月の鏡にうち向ひ　青木月斗〉

釣瓶落し《つるべおとし》 ㊂ 秋の日があっという間に暮れてしまうこと。〈水こだま走りて釣瓶落しかな　長谷川双魚〉

地　理

秋の山《あきのやま》 ㊂ 秋山（あきやま／しうざん）・秋嶺《しうれい》・秋《あき》の峰《みね》・山澄《やます》む・山《やま》の秋《あき》・秋《あき》の岳《たけ》・秋山家《あきやまが》　↓山粧ふ
〈子を抱いて猿が見てゐる秋の山　吉田汀史〉

山粧ふ《やまよそほふ》 ㊂ 山粧《やまよそ》ふ・山彩《やまいろど》る・粧《よそほ》ふ山《やま》　紅葉した山を美しい錦を着た人になぞらえて「粧ふ」という。↓山笑ふ（春）・山滴る（夏）・山眠る（冬）〈三山のことに羽黒の粧へり　角川照子〉

秋の野《あきのの》 ㊂ 秋郊《しうかう》・秋野《あきの》・秋《あき》の原《はら》・野路《のぢ》の秋《あき》〈秋の野に鈴鳴らしゆく人みえず　川端康成〉

野山の色《のやまのいろ》 晩 野《の》の色《いろ》・山《やま》の色《いろ》・野山色《のやまいろ》づく　草木が黄葉・紅葉して野山が彩られる、その色彩の美しさをいう言葉。〈水のんでのんどをとほる山の色　岡井省二〉

野山の錦《のやまのにしき》 晩 秋《あき》の錦《にしき》・野《の》の錦《にしき》・山《やま》の錦《にしき》・草木《くさき》の錦《にしき》・錦《にしき》の野山《のやま》　紅葉や黄葉に彩られた秋の野山を錦にたとえていう。〈眼つむれば今日の錦の野山かな　高浜虚子〉

枯野の色《かれののいろ》 晩 末枯《うらがれ》の野辺《のべ》・野《の》の末枯《うらがれ》・末枯野《うらがれの》・末枯《うらがれ》の原《はら》・末枯《うらがれ》の野山《のやま》　晩秋、草木の先の方が枯れはじめ、やがて蕭条《しようじよう》とした冬景色に移って行くその色合いをいう。

花野《はなの》 ㊂ 花野《はなの》原《はら》・花野《はなの》道《みち》・花野《はなの》風《かぜ》　秋の草花が咲き乱れる野原。↓お花畑（夏）〈浅間山前掛山と花野ゆく　高浜虚子〉〈母と娘に生れあはせし花野かな　正木ゆう子〉

秋の園《あきのその》 ㊂ 秋園《しうゑん》・秋苑《しうゑん》　秋の草花が咲き、木々が紅葉した庭園や公園。〈暮れかけてまた来る客や秋の園　上川井梨葉〉

花畑《はなばたけ》 ㊂ **花畠**《はなばたけ》**・花壇**《くわだん》**・花園**《はなぞの》**・花圃**《くわほ》 秋の草花の咲く畑をいう。→お花畑（夏）〈おほかたは穂に出て花圃の軽くなる　鷹羽狩行〉

秋の土《あきのつち》 ㊂ 〈秋の土固し盃持つて立つ　飯田龍太〉

秋の狩場《あきのかりば》 ㊂ →鷹狩（冬）〈宿屋出て秋の狩場を通りけり　松瀬青々〉

秋の田《あきのた》 ㊥ **稲田**《いなた》**・早稲田**《わせだ》**・晩稲田**《おくてだ》**・おく田**《だ》**・稲熱田**《いもちだ》**・稔り田**《みのりだ》**・山田**《やまだ》**・田色**《たいろ》**づく・田**《た》**の色**《いろ》 稲が熟して穂を垂れた頃の田。〈秋の田にものを落して晩鴉過ぐ　山口誓子〉

刈田《かりた》 (晩) **刈田原**《かりたはら》**・刈田道**《かりたみち》**・刈田面**《かりたづら》 稲刈のあとの田。〈いちまいの刈田となりてただ日なた　長谷川素逝〉

穭田《ひつぢだ》 (晩) 稲を刈った切株から、新しく生える茎を穭といい、それが田一面に生じている田のこと。〈穭田に大社の雀来て遊ぶ　村山古郷〉

秋の水《あきのみづ》 ㊥ **秋水**《しうすい》**・水**《みづ》**の秋**《あき》 秋になって冷ややかに澄みわたる水のこと。→水澄む〈紫のところもありて秋の水　大峯あきら〉

水澄む《みづすむ》 ㊂ 秋になり、水が水底まではっきり見えるほど澄みわたること。→秋の水〈水澄んで遠くのものの声を待つ　谷野予志〉

秋の川《あきのかは》 ㊂ **秋川**《あきかは》**・秋江**《しうかう》**・秋**《あき》**の江**《かう》 〈秋の川真白な石を拾ひけり　夏目漱石〉

秋出水《あきでみづ》 (初) **洪水**《こうずい》 台風や秋の長雨で水嵩《みずかさ》を増した河川の水が、濁流となって溢《あふ》れ出ること。→春出水（春）・出水（夏）〈野ざらしも波がくれなる秋出水　飯田蛇笏〉

秋の池《あきのいけ》 ㊂ 〈落口の水押す風や秋の池　上川井梨葉〉

秋の湖《あきのみづうみ》 (三) 秋《あき》の湖《うみ》 〈村の子に秋の湖いきいきと　飯田龍太〉

秋の海《あきのうみ》 (三) 秋《あき》の岬《みさき》 〈今立てる一白波や秋の海　京極杞陽〉

秋の潮《あきのしほ》 (三) 秋潮（しうてう／あきしほ） ↓春潮（春） 〈薄く寄せうすうすと引き秋の潮　鷹羽狩行〉

初潮《はつしほ》 (仲) 初汐《はつしほ》・葉月潮《はづきじほ》・望《もち》の潮《しほ》・秋《あき》の大潮《おほしほ》 中秋の名月（旧暦八月一五日）の頃の大潮のこと。 〈初潮や人は人産む月あかり　中西夕紀〉

高潮《たかしほ》 (仲) 風津波《かぜつなみ》・暴雨津波《ぼううつなみ》 台風の接近などが引き起こす大波。

秋の波《あきのなみ》 (三) 秋濤《しうたう》・秋《あき》の浪《なみ》 〈秋の波同じところに来て崩る　倉田紘文〉

盆波《ぼんなみ》 (初) 盆荒《ぼんあれ》 盆（旧暦七月一三日から一五日）の頃、海岸に打ち寄せる高波。 〈盆波やいのちをきざむ崕づたひ　飯田蛇笏〉

秋の浜《あきのはま》 (三) 秋《あき》の浜辺《はまべ》・秋《あき》の渚《なぎさ》・秋渚《あきなぎさ》・秋汀《しうてい》・浜《はま》の秋《あき》 〈信濃から人来てあそぶ秋の浜　飯田龍太〉

不知火《しらぬひ》 (仲) 竜灯《りゆうとう》 九州八代海《やつしろかい》と有明海《ありあけかい》の沖に、旧暦八月一日前後の深夜に、無数の火が明滅してゆらめき動く現象。 〈不知火を見てなほ暗き方へゆく　伊藤通明〉

生　活

七日の御節供《なぬかのおんせちく》 (初) 索餅《さくべい》・むぎなは 旧暦七月七日に、主上に供える供御《くご》のこと。

菊の着綿《きくのきせわた》 (晩) 菊《きく》の被綿《きせわた》・菊《きく》の綿《わた》・菊《きく》の染綿《そめわた》・菊居《きくすゑ》 重陽《ちようよう》の行事の一つ。 ↓重陽 〈綿きせ

て十程若し菊の花　一茶〉

虫選《むしえらび》 ㊂ **虫**《むし》**を選**《えら》**ぶ・虫狩**《むしがり》**・虫採**《むしとり》**・虫吹**《むしふ》**く・虫合**《むしあはせ》**・虫尽**《むしづくし》 平安時代、殿上人が嵯峨野《さがの》など、京の郊外に出かけ、鳴き声のいい虫を捕り、宮中に奉った催し事。〈啼き絶ゆる虫もあるらん虫合　河東碧梧桐〉

坪刈《つぼがり》 (仲) **毛見**《けみ》**・田**《た》**の検見**《けみ》**・検見**《けみ》**・毛見**《けみ》**の衆**《しゅう》**・毛見迎**《けみむかへ》**・毛見**《けみ》**の日**《ひ》**・毛見果**《けみはて》**・毛見**《けみ》**の賄**《まかな》**ひ・検**《け》**見立**《みだて》 田の平均的な収穫高を算定するために、一坪当たりの稲を刈り取ること。江戸時代、農民の収める年貢高の資料とするため、役人が稲を実地検分することを「毛見」といった。〈力なく毛見のすみたる田を眺め　高浜虚子〉

赤い羽根《あかいはね》 (仲) **愛**《あい》**の羽根**《はね》 一〇月一日から一か月間展開される社会福祉事業資金募集の運動において、駅頭などで募金をし、寄金をした人に与えられる羽根。〈赤い羽根つけてどこへも行かぬ母　加倉井秋を〉

芸術祭《げいじゅつさい》 (晩) 毎年一〇月一日から一か月半の間、文化庁主催で行われる祭典。

国民体育大会《こくみんたいいくたいくわい》 (晩) **国体大会**《こくたいたいくわい》**・国体**《こくたい》 毎年開催される国内の総合スポーツ大会。令和五年（二〇二三）より、「国民スポーツ大会」に改称。

楸の葉を戴く《ひさぎのはをいただく》 (初) 唐の習俗が伝わったもの。唐では、立秋の日、花の形に切った楸の葉を、女性や子供が頭上に戴く風習があり、都では楸の葉を売り歩いたという。

硯洗《すずりあらひ》 (初) **硯洗**《すずりあら》**ふ・机洗**《つくえあら》**ふ** 七夕の前日に、ふだん使っている硯や机を洗い清めること。↓七夕〈誰が持ちし硯ぞ今日をわが洗ふ　水原秋櫻子〉

七夕《たなばた》 (初) **棚機**《たなばた》**・棚機**《たなばた》**つ女**《め》**・七夕祭**《たなばたまつり》**・星祭**《ほしまつり》**・星祭**《ほしまつ》**る・星祝**《ほしいはひ》**・星**《ほし》**の手向**《たむ》**け・星**《ほし》**の秋**《あき》**・秋七日**《あきなぬか》**・星今宵**《ほしこよひ》**・星**《ほし》**の歌**《うた》**・芋**《いも》**の葉**《は》**の露**《つゆ》**・七夕送**《たなばたおく》**り・星宮祭**《ほしのみやまつり》**・乏**《とも》**し妻**《づま》**・七夕流**《たなばたなが》**し・七夕棚**《たなばただな》**・七夕竹**《たなばただけ》

七夕は、東アジアの中国文明圏の国々で旧暦七月七日の夜、天の川を挟んで向かい合う牽牛星《けんぎゆうせい》（鷲座《わしざ》のアルタイル）と織女星（琴座のベガ）、この二つの恋する星を祭る行事。↓天の川　〈七夕竹惜命の文字隠れなし　石田波郷〉〈みちのくの雨に七夕かざりかな　小澤實〉

星合《ほしあひ》 (初) **星迎**《ほしむかへ》**・星逢**《ほしあ》**ふ夜**《よ》**・星**《ほし》**の契**《ちぎり》**・星**《ほし》**の恋**《こひ》**・星**《ほし》**の妹背**《いもせ》**・星**《ほし》**の別**《わか》**れ・別**《わか》**れ星**《ぼし》**・星**《ほし》**の閨**《ねや》**・七宝枕**《しつぽうちん》**・星合**《ほしあひ》**の浜**《はま》**・星合**《ほしあひ》**の空**《そら》**・年**《とし》**の渡**《わた》**り**　旧暦七月七日、天の川を挟んで牽牛《けんぎゆう》と織女の二星が接近すること。年に一度の逢瀬《おうせ》の恋物語は中国七夕伝説による。〈便箋を折る星合の夜なりけり　藤田直子〉

牽牛《けんぎう》 (初) **牽牛星**《けんぎうせい》**・牛引**《うしひ》**き星**《ぼし》**・彦星**《ひこぼし》**・男星**《をぼし》**・犬飼星**《いぬかひぼし》**・男七夕**《をたなばた》　中国七夕伝説の牽牛星、鷲座《わしざ》の首星アルタイルの漢名。↓星合　〈彦星のしづまりかへる夕かな　松瀬青々〉

織女《しょくぢょ》 (初) **織女星**《しょくぢょせい》**・女星**《めぼし》**・妻星**《つまぼし》**・星**《ほし》**の妻**《つま》**・織姫**《おりひめ》**・機織姫**《はたおりひめ》**・棚機津女**《たなばたつめ》**・女七夕**《めたなばた》　中国七夕伝説の織女星、琴座の首星ベガの漢名。牽牛星の恋人。↓星合　〈月蝕の話などして星の妻　正岡子規〉

七姫《ななひめ》 (初) **七夕七姫**《たなばたななひめ》**・秋去姫**《あきさりひめ》**・薫物姫**《たきものひめ》**・ささがに姫**《ひめ》**・百子姫**《ももこひめ》**・糸織姫**《いとおりひめ》**・朝顔姫**《あさがほひめ》**・梶**《かぢ》**の葉姫**《はひめ》　七月七日の七夕の七の数字にちなむ、織女の七つの異称のこと。〈あまえてやたきもの姫のむつがたり　季吟〉

妻迎舟《つまむかへぶね》 (初) **妻越**《つまこ》**し舟**《ぶね》**・妻送**《つまおく》**り舟**《ぶね》**・妻呼**《つまよ》**ぶ舟**《ふね》**・彦星**《ひこぼし》**のと渡**《わた》**る舟**《ふね》**・七夕**《たなばた》**の舟**《ふね》**・七種**《しちしゆ》**の舟**《ふね》　対

岸の織女を迎えるために牽牛が出すという舟。〈妻越や人目つつみの河使　嵐雪〉

鵲の橋《かささぎのはし》　（初）　**星**《ほし》**の橋**《はし》**・行合**《ゆきあひ》**の橋**《はし》**・寄羽**《よりば》**の橋**《はし》**・天**《あま》**の小**《さ》**夜**《よ》**橋**《はし》**・紅葉**《もみぢ》**の橋**《はし》**・烏鵲**《うじやく》**の橋**《はし》　旧暦七月七日の七夕の夜、牽牛《けんぎゆう》と織女の年に一度の逢瀬《おうせ》のため、鵲が翼を連ねて橋となって天の川を渡らせるという中国の伝説。〈鵲の橋は石にも成りぬべし　松瀬青々〉

願の糸《ねがひのいと》　（初）　**願糸**《ぐわんし》**・五色**《ごしき》**の糸**《いと》　旧暦七月七日、乞巧奠《きこうでん》の時に供えられた、楸《ひさぎ》の葉に刺した金銀の針各七本に通した五色の糸のこと。↓乞巧奠〈汝が為の願の糸と誰か知る　高浜虚子〉

七箇の池《ななこのいけ》　（初）　**百子**《ももこ》**の池**《いけ》**・七遊**《ななあそび》**・七夕**《たなばた》**の御遊**《おんあそび》**・七種**《しちしゆ》**の御遊**《ぎよいう》**・七種**《しちしゆ》**の御手向**《おたむけ》　七夕の古くからの星を祭る習わし。七個の盥《たらい》に水を張り、鏡を沈ませて、星の影を映した。

梶の葉《かぢのは》　（初）　**梶**《かぢ》**の七葉**《ななは》**・梶葉**《かぢのは》**の歌**《うた》**・梶葉売**《かぢのはうり》　七夕の日に、七枚の梶の葉に歌を書いて星に手向ける風習。〈梶の葉の文字瑞々と書かれけり　橋本多佳子〉

貸小袖《かしこそで》　（初）　**星**《ほし》**の貸物**《かしもの》　七夕の夜、竹を横に渡して衣服を掛け、織女星に手向けて、子女の裁縫の上達を祈願したという習わし。〈好ましき色とりぐ〵や貸小袖　井月〉

七夕竹売《たなばたたけうり》　（初）　**短冊竹売**《たんざくたけうり》**・笹売**《ささうり》**・色紙**《しきし》**短冊**《たんざく》**売る**　江戸時代には、七夕の前日、七月六日の夕べから七夕竹を立てる風習があり、笹竹売りが、「竹や竹や」とよんで売りに来た。

真菰の馬《まこものうま》　（初）　**七夕馬**《たなばたうま》**・草刈馬**《くさかりうま》　七夕の日に、真菰や藁《わら》で馬を作り、七夕の笹《ささ》に吊《つ》るしたり飾ったりする風習。また、その馬のこと。〈匂ひては細うなりゆく真菰馬　鍵和田秞子〉

佞武多《ねぶた》　（初）　**ねぶた祭**《まつり》**・ねぷた・扇灯籠**《おぎどろ》**・喧嘩**《けんくわ》**ねぶた・立佞武多**《たちねぶた》**・金魚**《きんぎよ》**ねぶた・組**《く》**みねぶた・扇**《あふぎ》**ねぶた・ねぶた組**《く》**む・ねぶた貼**《は》**る・ねぶた蠟**《らふ》**・ねぶた流**《なが》**す・ねむた流**《なが》**し・眠流**《ねむりなが》**し・**

ねむけ流《なが》し・ねぶと流《なが》し・跳人《はねと》　青森県津軽地方の七夕の催し。灯籠《とうろう》の一種。睡魔を払う「眠流し」の転訛《てんか》。青森では「ねぶた」、弘前《ひろさき》では「ねぷた」とよぶ。〈今生を燃えよと鬼の佞武多来る　成田千空〉

竿灯《かんとう》 （初）　新暦の八月三日から六日に行われる秋田市の伝統的な催し。〈竿燈や光の大河さながらに　宇都木水晶花〉

秋遍路《あきへんろ》 ㊂　→遍路（春）〈ついと出づうしろすがたの秋遍路　阿波野青畝〉

摂待《せったい》 （初）　**門茶《かどちゃ》・接待《せったい》・接待茶《せったいちゃ》**　多く旧暦七月中、お寺参りなどをする人（特に遍路）に飲食物を施しふるまうこと。〈摂待の寺賑はしや松の奥　高浜虚子〉

釜蓋朔日《かまぶたついたち》 （初）　**蜻蛉朔日《とんぼついたち》・釜《かま》の口《くち》あき**　旧暦七月一日。この日を地獄の釜の蓋が開く日とし、盆前に、亡者《もうじや》がわが家へ帰ることを許される日と伝えるところが多い。〈釜蓋の開く日誕生日なりけり　鈴木みや子〉

盂蘭盆会《うらぼんゑ》 （初）　**盂蘭盆《うらぼん》・うら盆《ぼん》・盆《ぼん》・旧盆《きうぼん》・盆会《ぼんゑ》・盆供《ぼんく》・盆祭《ぼんまつり》・盂蘭盆経《うらぼんぎやう》・盆僧《ぼんそう》・迎盆《むかへぼん》・新盆《にひぼん》・初盆《はつぼん》・盆前《ぼんまへ》・盆三日《ぼんみつか》・盆過《ぼんすぎ》**　旧暦七月一五日、初秋の満月の夜に営まれた先祖を供養する行事。明治以降、東京などは新暦七月一五日に移ったが、月遅れの初秋新暦八月一五日に営む地方も多い。→門火・迎火・送火・墓参・盆用意〈星座みな正座のかたち盆迎へ　鷹羽狩行〉

魂祭《たままつり》 （初）　**霊祭《たままつり》・玉祭《たままつり》・聖霊　祭《しやうりやうまつり》・精霊　祭《しやうりやうまつり》・聖霊盆棚《しやうりやうぼんだな》・盆棚《ぼんだな》・魂棚《たまだな》・霊棚《たまだな》・聖霊棚《しやうりやうだな》・棚経《たなぎやう》・棚経僧《たなぎやうそう》・掛索麺《かけさうめん》・手向《たむ》け・水向《みづむ》け**　七月一三日から一六日に行われる仏事。帰って来た祖霊を祭る。

生身魂《いきみたま》　(初)　**生御魂**《いきみたま》**・生見玉**《いきみたま》**・生盆**《いきぼん》　盂蘭盆会に年長の者に礼をつくす習俗、またはその儀式。〈生身魂小鎌一丁持ちあるく　本宮哲郎〉

蓮の飯《はすのめし》　(初)　**荷葉の飯**《はすはめし》**・蓮の飯**《はすいひ》　盆行事の一つ。生身魂《いきみたま》へのもてなしに、蓮の葉に糯米《もちごめ》の飯や赤飯を包み蒸し上げること。〈蓮飯や海の明るさ暗さいふ　宇佐美魚目〉

刺鯖《さしさば》　(初)　**差鯖**《さしさば》　背開きにした鯖を塩漬けにした干物。盆の間の吉日を選び、父母の長寿を祈って食べたり、世話になった人への贈り物にした。〈刺鯖の塩雫して来たりけり　浅井陽子〉

精霊火《しやうりやうび》　(初)　**盆火**《ぼんび》　盂蘭盆《うらぼん》の時期、村全体や地域が一体となって浄《きよ》めの火を焚《た》く行事。祖霊を死後の苦しみから救済し、地域全体の悪霊を祓《はら》う意味がある。↓盂蘭盆会　〈精霊火消えしいくつや湖の風　山岸治子〉

門火《かどび》　(初)　**門火焚**《かどびた》**く・樺火**《かばび》**・苧殻火**《をがらび》**・苧殻焚**《をがらた》**く**　盂蘭盆《うらぼん》で祖霊を迎えるため、また送るために焚く火のこと。迎え火・送り火のことをさす。↓迎火・送火　〈かくつよき門火われにも焚き呉れよ　飯島晴子〉

迎火《むかへび》　(初)　**魂迎**《たまむかへ》**・魂待**《たまま》**つ**　七月一三日（月遅れの場合は八月一三日の夕方）祖霊を迎えるために各家の門前や戸口で焚《た》く火。↓門火・送火

茄子の馬《なすのうま》　(初)　**瓜**《うり》**の馬**《うま》**・瓜**《うり》**の牛**《うし》**・茄子**《なす》**の牛**《うし》**・迎馬**《むかへうま》**・送馬**《おくりうま》　盆の時に茄子や胡瓜《きゆうり》に苧殻《おがら》の足をつけ、馬や牛を模したもの。〈初捥ぎのわが丹精の茄子の馬　石田あき子〉

墓参《はかまゐり》　(初)　**墓参**《ぼさん》**・墓詣**《はかまうで》**・展墓**《てんぼ》**・墓掃除**《はかさうぢ》**・掃苔**《さうたい》**・墓洗**《はかあら》**ふ・墓**《はか》**ぬらす**　〈母の手に墓参の花を移す夢　飯田龍太〉

施餓鬼《せがき》　(初)　施餓鬼会《せがきゑ》・水陸会《すいりくゑ》・施餓鬼寺《せがきでら》・施餓鬼壇《せがきだん》・施餓鬼棚《せがきだな》・施餓鬼幡《せがきばた》・施餓鬼舟《せがきぶね》・舟《ふな》施餓鬼《せがき》・船施餓鬼《ふなせがき》・川施餓鬼《かはせがき》・海施餓鬼《うみせがき》・浜施餓鬼《はませがき》　餓鬼道に堕《お》ちた亡者《もうじや》を弔う法要。盆あるいはその前後に行われ、自身の祖先だけでなく、それぞれの家で祀《まつ》られることのない無縁仏《むえんぼとけ》・水子《みづこ》・水死者などいっさいの霊に合掌し供養する。〈島人のまばらに坐り施餓鬼堂　清崎敏郎〉

灯籠流《とうろうながし》　(初)　流灯《りうとう》・流灯会《りうとうゑ》・精霊流《しやうりやうながし》　盆の終わる一五日、または一六日の夜、川や湖や海へ灯籠を流す習わし。〈流燈や一つにはかにさかのぼる　飯田蛇笏〉

精霊舟《しやうりやうぶね》　(初)　盆舟《ぼんぶね》・送舟《おくりぶね》・麦殻舟《むぎがらぶね》・盆様流《ぼんさまながし》・灯籠舟《とうろうぶね》・真菰蓆《まこもむしろ》　盆に来訪した精霊を、あの世へ送り帰す舟。〈ひたすらに精霊舟のすゝみけり　吉岡禅寺洞〉

経木流《きやうぎながし》　(初)　死者の供養のため、経木を川や海に流す習わし。

送盆《おくりぼん》　(初)　二十日《はつか》盆《ぼん》・しまひ盆《ぼん》・とぼし揚《あげ》・盆供流《ぼんぐながし》　盂蘭盆会《うらぼんえ》の最後の日。お盆でこの世に戻ってきていた精霊《しようりよう》を、彼岸へ送る日。〈ひとすぢの風を葦間に送り盆　小野恵美子〉

送火《おくりび》　(初)　魂送《たまおくり》　盂蘭盆《うらぼん》の終わりに、この世に戻ってきていた祖先の精霊《しようりよう》を彼岸へ送るために焚《た》く火。↓門火・迎火　〈送り火のあと流木を焚きにけり　七田谷まりうす〉

地蔵盆《ぢざうぼん》　(初)　地蔵会《ぢざうゑ》・地蔵祭《ぢざうまつり》・地蔵参《ぢざうまゐり》・地蔵詣《ぢざうまうで》・辻祭《つじまつり》・六地蔵詣《ろくぢざうまゐり》・地蔵幡《ぢざうばた》　八月二三・二四日を中心に行われる地蔵菩薩《ぼさつ》の縁日。近畿地方において盛ん。〈眠る子の足裏見えて地蔵盆　井上弘美〉

草市《くさいち》　(初)　草《くさ》の市《いち》・盆市《ぼんいち》・盆《ぼん》の市《いち》・手《た》向《むけ》の市《いち》・蓮《はす》の葉《は》売《うり》・苧《を》殻売《がらうり》・真《ま》菰売《こもうり》・灯籠売《とうろううり》　七月一二日の日暮れから翌朝にかけて立つ、盆の行事に必要な品々を売る市のこと。〈草市に買ひたる

もののどれも軽し　安住敦〉

盆用意《ぼんようい》　（初）**盆支度**《ぼんじたく》〈馴れしこと淋しと思ひ盆用意　上野章子〉

七日盆《なぬかぼん》　（初）**盆始**《ぼんはじ》**め・七日日**《なぬかび》**・磨**《みが》**き盆**《ぼん》**・池替盆**《いけかへぼん》**・墓薙**《はかな》**ぎ**　七月七日をいう。近畿地方などで、盆行事の始まる日とされている。〈幼には帚を持たせ七日盆　辻田克巳〉

盆路《ぼんみち》　（初）**盆道**《ぼんみち》**・精霊路**《しやうりやうみち》**・朔日路**《ついたちみち》**・盆路作**《ぼんみちづく》**り・路刈**《みちか》**り・路薙**《みちな》**ぎ**　祖先の御霊《みたま》が帰ってくるため墓までの路をきれいに除草して待つという風習、またその路をいう。〈遠くより子に呼ばれけり盆の道　田中裕明〉

灯籠《とうろう》　（初）**盆灯籠**《ぼんどうろう》**・盆提灯**《ぼんぢやうちん》**・高灯籠**《たかとうろう》**・揚灯籠**《あげとうろう》**・切子灯籠**《きりこどうろう》**・切子**《きりこ》**・切籠**《きりこ》**・折掛灯籠**《をりかけとうろう》**・折掛**《をりかけ》**・軒**《のき》**灯籠**《とうろう》**・花灯籠**《はなとうろう》**・絵灯籠**《ゑとうろう》**・墓灯籠**《はかどうろう》**・舟灯籠**《ふなとうろう》**・柳灯籠**《やなぎとうろう》**・灯籠見物**《とうろうけんぶつ》　盆の祖霊を迎える際、その目印として灯《とも》すもの。〈盆燈籠ともす一事に生き残る　角川照子〉

盆花《ぼんばな》　（初）**精霊花**《しやうりやうばな》**・花**《はな》**とり日**《び》**・花市**《はないち》**・盆花迎**《ぼんばなむか》**へ・盆花折**《ぼんばなをり》**・盆花売**《ぼんばなうり》**・盆花市**《ぼんばないち》　盆の精霊棚に供えるために山野から採ってくる花。〈盆花の丈を揃へて育てらる　井越芳子〉

苧殻《をがら》　（初）**麻幹**《をがら》**・麻殻**《あさがら》**・あさぎ・苧殻箸**《をがらばし》　麻の皮を剝いだ茎を干したもの。盂蘭盆《うらぼん》の精霊棚《しようりようだな》の飾りに用いたり、迎え火や送り火に焚《た》く。〈苧殻より軽き仏のもののなし　粟津松彩子〉

盆竈《ぼんがま》　（初）**盆飯**《ぼんめし》**・辻飯**《つじめし》**・門**《かど》**まま・精霊飯**《しやうりやうめし》**・盆勧進**《ぼんくわんじん》　盂蘭盆《うらぼん》に屋外に竈《かまど》を築き、煮炊きをして共同飲食をする子供の習わし。〈甲高くそろひて迫る盆勧進　松浦敬親〉

盆綱引《ぼんつなひき》　（初）**盆**《ぼん》**の綱引**《つなひき》**・盆綱**《ぼんづな》　「綱引」は新年の季語で、一年の豊凶を占う神事だが、それを盂《う》蘭盆《らぼん》に行うこと。↓綱引（新年）〈盆綱へ打つ産土の命水　松浦敬親〉

盆休《ぼんやすみ》　（初）　**盆**《ぼん》**の藪入**《やぶいり》　盂蘭盆《うらぼん》の時の休暇。↓盆帰省　〈利尻行きの汽笛がひびく盆休み　石河義介〉

盆の掛乞《ぼんのかけごひ》　（初）　**盆払**《ぼんばらひ》**・盆勘定**《ぼんかんぢやう》**・盆節季**《ぼんせつき》　掛乞（掛取《かけとり》）は、掛売《かけうり》（一定期間後に代金を受け取る約束で物品を売ること）の代金を取り立てること。江戸時代、歳末の一括払、または、歳末と盆の二度に分けて支払った。↓掛乞（冬）〈病人に問ふて払へり盆の掛　春藤山雨〉

中元《ちゆうげん》　（初）　**お中元**《ちゆうげん》**・中元贈答**《ちゆうげんぞうたふ》**・盆礼**《ぼんれい》**・盆**《ぼん》**の廻礼**《くわいれい》**・盆見舞**《ぼんみまひ》**・盆**《ぼん》**の贈物**《おくりもの》**・中元売出**《ちゆうげんうりだし》　〈紙に紙継いで大きなお中元　蜂谷一人〉

後の藪入《のちのやぶいり》　（初）　**秋**《あき》**の藪入**《やぶいり》　奉公人が主家から暇《いとま》を許されて、親元へ帰ること。正月の「藪入」に対して、七月の藪入をこうよぶ。↓藪入（新年）〈藪入して秋の夕を眺めけり　松瀬青々〉

衝突入《つといり》　（初）　**山田**《やまだ》**のつと入**《いり》**・盆**《ぼん》**のつと入**《いり》　かつて、三重県の伊勢山田地方で行われていた風習。旧暦七月一六日に限って、無断で他人の家に入り込み、その家の家財や妻・嫁・娘など日頃見たくても見られなかったものを遠慮なく見ることが許された。〈つと入りやしる人に逢ふ拍子ぬけ　蕪村〉

八朔の祝《はつさくのいはひ》　（仲）　**憑**《たのみ》**の節供**《せつく》**・田実**《たのみ》**の節**《せち》**・田面**《たのも》**の節**《せち》**・絵行器**《ゑぼかゐ》**・綵雀**《つくりすずめ》**・造**《つく》**り雉**《きじ》**・造**《つく》**り鷺**《さぎ》**・姫瓜**《ひめうり》**雛**《びな》**・姫瓜**《ひめうり》**の節句**《せつく》**・八朔**《はつさく》**の白小袖**《しろこそで》**・八朔**《はつさく》**の白帷子**《しろかたびら》　八朔の日に行われた稲の実りを予祝する行事のこと。〈藻の流れゆく八朔の祭かな　永方裕子〉

尾花の粥《をばなのかゆ》　（仲）　**尾花粥**《をばながゆ》**・小花粥**《をばながゆ》**・薄粥**《すすきがゆ》　薄（尾花）の穂を黒焼きにして混ぜた粥。米の粉に黒胡麻《ごま》を混ぜることもあった。

後の二日灸《のちのふつかきう》 ㊥ **秋**《あき》**の二日灸**《ふつかやいと》　旧暦八月二日にすえる灸。旧暦二月二日の「二日灸」に対し、秋季の八月二日にすえるのでこう称した。↓二日灸（春）〈秋に泣くふるき病や二日灸　松瀬青々〉

後の出替《のちのでがはり》 ㊥ **後**《のち》**の出代**《でがはり》**・秋**《あき》**の出替**《でがはり》　「出替」は奉公人が交代する日。旧暦二月二日と旧暦八月二日の年二回、交代が行われた。↓出替（冬）〈出代りてゆくや芒に見えかくれ　伊藤松宇〉

馬の市《うまのいち》 ㊥ **馬市**《うまいち》　〈馬の市酔ひどれ哀歌くりかへす　成田千空〉

茱萸の袋《ぐみのふくろ》 ㊝ **茱萸**《ぐみ》**の佩**《おびもの》　重陽《ちようよう》の節句の行事に身につける茱萸《しゆゆ》（日本ではグミ）の実を入れた袋。茱萸は香りが高く、邪気を祓《はら》うといわれる。↓重陽　〈稚子の肘にくるや茱萸袋　松瀬青々〉

茱萸の酒《ぐみのさけ》 ㊝　古来、中国では、重陽《ちようよう》の日に茱萸《しゆゆ》（日本ではグミ）の実を身につけると邪気を祓《はら》うとされていたため、災厄を祓う菊の酒と同様、茱萸の酒を飲むと伝えられている。↓重陽・高きに登る　〈茱萸酒に酔ふとしもなく凝りにけり　安東次男〉

菊の酒《きくのさけ》 ㊝ **菊酒**《きくざけ》**・菊花**《きくくわ》**の酒**《さけ》　旧暦九月九日の重陽《ちようよう》の節句の際に、菊の花を酒に浮かべて飲む習わし。↓重陽　〈正座して海を見る日の菊の酒　阿戸敏明〉

温め酒《あたためざけ》 ㊝ **ぬくめ酒**《ざけ》　旧暦九月九日の重陽《ちようよう》の節句の際に、酒を温めて飲むと病気にかからないといわれていた。↓重陽　〈舌うちし温め酒の名は問はず　後藤夜半〉

九日小袖《くにちこそで》 ㊝　旧暦九月九日の重陽《ちようよう》の節句で、地下《じげ》階級の人々が縹色《はなだいろ》（うすい藍色）の小袖、または綿入れを着て互いに祝う習俗。〈夕空も九日小袖の縹いろ　高橋睦郎〉

後の雛《のちのひな》 (晩) **秋**《あき》**の雛**《ひな》**・菊雛**《きくびな》**・菊**《きく》**の絵櫃**《ゑびつ》 三月三日の雛祭に対して、旧暦九月九日の重陽《ちようよう》の節句、または八月朔日《ついたち》に飾る雛。↓雛祭（春）

〈後の雛うしろ姿ぞ見られける　泉鏡花〉

菊枕《きくまくら》 (晩) **菊**《きく》**の枕**《まくら》**・菊枕**《きくちん》**・幽人枕**《いうじんちん》 摘んだ菊の花を、陰干しにしてよく乾燥させ詰めた枕。↓重陽

〈明日よりは病忘れて菊枕　高浜虚子〉

十日の菊《とをかのきく》 (晩) **十日菊**《とをかぎく》**・小重陽**《こちようやう》**・残菊**《ざんぎく》**の宴**《えん》**・後日**《ごにち》**の菊**《きく》 重陽（旧暦九月九日）の翌日の菊のこと。日本では諺《ことわざ》の「六日の菖蒲《あやめ》、十日の菊」が多用され、手遅れの譬《たと》えに使うことが多い。

〈酒壺に十日の菊ぞ挿したまへ　石川桂郎〉

鹿の角伐《しかのつのきり》 (晩) **角切**《つのきり》**・角伐**《つのきり》**・春日**《かすが》**の角伐**《つのきり》**・鹿寄**《しかよ》**せ・鹿釣**《しかつ》**り** 一〇月に奈良の春日大社で行われる行事。白衣の神人《じにん》が鋸《のこぎり》で鹿の角を挽《ひ》く。挽かれた角は大社の神前に供えられる。〈老鹿の闘はぬ角伐られけり　小川軽舟〉

べつたら市《べつたらいち》 (晩) **夷子講市**《えびすかういち》**・浅漬市**《あさづけいち》**・べつたら漬**《づけ》 一〇月一九日と二〇日、東京日本橋大伝馬町（現在の中央区日本橋本町三丁目）で行われるべったら漬けを売る市。〈風さらふべつたら市の麹の香　井上康明〉

正倉院曝涼《しやうさうゐんばくりやう》 (晩) 奈良の正倉院に収蔵されている御物《ぎよぶつ》の風入れのこと。宮中から勅使《ちよくし》が立ち、勅封開扉の儀式が行われる。〈正倉院曝涼の日の雲翔べり　村上瑪論〉

雁の使《かりのつかひ》 (三) **雁**《かり》**の書**《ふみ》**・雁**《かり》**の便**《たより》**・雁**《かり》**の玉章**《たまづさ》 手紙のこと。中国前漢の人、蘇武《そぶ》の故事による。中国北方の遊牧民匈奴《きようど》に使節として遣わされた蘇武は、そのまま匈奴に捕らえられ一九年間抑留されたが、雁の足に結びつけた手紙が都に届き、国に帰ることができた。

美術展覧会《びじゆつてんらんくわい》 ㊂ **二**《に》**科展**《くわてん》**・院展**《ゐんてん》**・日展**《につてん》**・美術**《びじゆつ》**の秋**《あき》 〈二科を見る石段は斜めに登る　加倉井秋を〉

休暇明《きうかあけ》 (初) **休暇**《きうか》**果**《は》**つ・夏期**《かき》**休暇**《きうか》**果**《は》**つ・二**《に》**学期**《がくき》**・秋学期**《あきがくき》**・休暇**《きうか》**了**《を》**ふ** ↓夏休（夏） 〈黒板のつくづく黒き休暇明　片山由美子〉

盆帰省《ぼんきせい》 (初) ↓帰省（夏）・盆休 〈山また山太鼓を打ちに盆帰省　太田土男〉

運動会《うんどうくわい》 ㊂ **秋季大運動会**《しうきだいうんどうくわい》**・体育祭**《たいいくさい》 ↓スポーツの日 〈運動会午後へ白線引き直す　西村和子〉

夜学《やがく》 ㊂ **夜**《や》**学生**《がくせい》**・夜**《や》**学子**《がくし》**・夜**《や》**学校**《がくかう》**・夜習**《よならひ》**・夜**《や》**間学校**《かんがくかう》 〈イスラムの青年に貸す夜学の書　竹岡一郎〉

秋の服《あきのふく》 ㊂ **秋**《あき》**の帷子**《かたびら》 〈いづれの胡族なりや秋服翻す　福永法弘〉

後の更衣《のちのころもがへ》 (晩) **秋**《あき》**の更衣**《ころもがへ》 旧暦一〇月一日に、袷《あわせ》から練絹《ねりぎぬ》の綿入れに衣服を改めること。↓更衣（夏） 〈雨の山越えきて後の更衣　大木あまり〉

秋袷《あきあはせ》 (仲) **後**《のち》**の袷**《あはせ》**・秋**《あき》**の袷**《あはせ》 秋冷の頃に着る袷。旧暦九月一日から用いるものをいう。↓春袷（春）・袷（夏） 〈人は憂を包むやうにも秋袷　細見綾子〉

秋のセル《あきのセル》 (仲) 秋冷を覚える頃に着る薄手のウールの布地で仕立てた単衣《ひとへ》。↓セル（夏） 〈高くゆく雲と一日秋のセル　百合山羽公〉

菊襲《きくがさね》 (晩) **菊襲**《きくがさね》**の衣**《ころも》 襲色目《かさねいろめ》の名。表は白、裏は蘇芳《すおう》色である。裏を紫にする襲もある。〈いくへにもよろこびごとの菊襲　富安風生〉

紅葉衣《もみぢごろも》 晩 **紅葉襲**《もみぢがさね》 襲色目《かさねいろめ》の名。表は赤、裏は濃い赤のものをいう。表は赤、裏は青という襲色目もある。

酒桶干す《さかをけほす》 晩 新酒の仕込みが始まる前に、酒の桶を干して準備をすること。一〇月末頃に行われる。〈酒桶干す内庭《うちには》に日のそつこりと　佐藤映二〉

新酒《しんしゆ》 晩 **今年酒**《ことしざけ》**・早稲酒**《わせざけ》**・新走**《あらばしり》**・利酒**《ききざけ》**・聞酒**《もんしゆ》**・新酒糟**《しんしゆかす》 その年にとれた新米で造った酒。かつては新酒は秋のものであったが近年では寒造りが盛んになり、新酒が出回るのは二月頃となった。↓古酒・寒造（冬）〈胸中の父をよごさず今年酒　岩永佐保〉

袋洗《ふくろあらひ》 仲 新酒を造った後、醪《もろみ》を入れて搾った後の麻袋を川水で洗うこと。

濁り酒《にごりざけ》 仲 **どぶろく・どびろく・濁酒**《だくしゆ》**・醅**《もろみ》**・醪**《もろみ》**・諸味**《もろみ》**・諸醪**《もろみ》**・中汲**《なかくみ》 発酵した醪をこしていない酒。糟《かす》が残って白濁している。〈神の田の米もて醸す濁り酒　山崎ひさを〉

葡萄酒醸す《ぶだうしゆかもす》 仲 **葡萄酒製す**《ぶだうしゆせいす》**・葡萄酒造る**《ぶだうしゆつくる》**・ワイン祭**《まつり》 〈葡萄酒醸す地下へ木の段黒びかり　松井桂子〉

猿酒《さるざけ》 三 **ましら酒**《ざけ》 猿は、山葡萄《やまぶどう》・木通《あけび》などの実を木の洞や岩の窪《くぼ》に隠す。その実に雨露が混じり自然に発酵した、風味豊かな酒のこと。〈火を起こすまでの歳月ましら酒　宮坂静生〉

古酒《こしゆ》 晩 **ふるざけ** 新酒ができてもまだ残っている前年の酒。↓新酒〈ありがたや古酒一盞に震ふ手も　石川桂郎〉

新米《しんまい》 三 **今年米**《ことしまい》**・早稲**《わせ》**の飯**《めし》**・古米**《こまい》 今年新しく収穫した米。↓稲刈・稲〈新米の其一粒の光かな　高浜虚子〉

新麹《しんかうぢ》 晩 その年に収穫した新米を蒸し、これに麹菌を入れて繁殖させて作ったもの。

焼米《やきごめ》 初 **糄米**《ひらいごめ》**・やいごめ** 早稲《わせ》の新米を籾《もみ》のまま炒《い》り、臼《うす》で搗《つ》いて籾殻を取り去ったもの。
〈焼米や其家々のいせの神　召波〉

夜食《やしよく》 三 〈人の顔見つつたべゐる夜食かな　上村占魚〉

枝豆《えだまめ》 三 **月見豆**《つきみまめ》**・だだちゃ豆**《まめ》 〈枝豆に藍色の猪口好みけり　長谷川かな女〉

豇豆飯《ささげめし》 初 小豆《あずき》の代わりに豇豆を用いた赤飯。

零余子飯《むかごめし》 晩 **ぬかご飯**《めし》**・ぬかご汁**《じる》 〈山の端の雨上がりけり零余子飯　古賀まり子〉

栗飯《くりめし》 晩 **栗**《くり》**おこは・栗**《くり》**ごはん** 〈栗飯のほくりほくりと食まれけり　太田鴻村〉

松茸飯《まつたけめし》 仲 **茸飯**《きのこめし》 〈松茸飯炊くにぎやかに火を育て　茨木和生〉

とんぶり 仲 〈とんぶりを噛んで遠くへ来しおもひ　仁尾正文〉

橡餅《とちもち》 晩 **橡**《とち》**の餅**《もち》**・橡団子**《とちだんご》**・橡麺**《とちめん》**・橡粥**《とちがゆ》 灰汁《あく》を抜いた橡の実と米を搗《つ》き混ぜて作られた餅。
〈橡餅や山を出でゆく山の音　古賀まり子〉

栗の子餅《くりのこもち》 晩 **栗子餅**《くりこもち》**・栗**《くり》**の粉餅**《こもち》 栗の実の粉を入れて作った餅、あるいは、栗の粉をまぶした餅のこと。

栗羊羹《くりやうかん》 晩 **栗鹿**《くりか》**の子**《こ》**・栗蒸羊羹**《くりむしやうかん》**・栗饅頭**《くりまんぢゆう》**・栗**《くり》**きんとん** 栗餡《くりあん》に砂糖と寒天だけで作った練羊羹や、こし餡の羊羹に栗を混ぜ込んだ練羊羹がある。

搗栗作る《かちぐりつくる》 晩 **打栗**《うちぐり》**つくる** 〈搗栗のくちやくちやの皺毛の国の　森澄雄〉

柚餅子《ゆべし》 晩 〈丹精の柚餅子を一顆たまはりぬ　吉岡桂六〉

柚醬《ゆびしほ》 ㊐ 柚子《ゆず》の果肉・皮を刻み、砂糖、醬油《しょうゆ》、味噌、酒などを加えて煮詰めて醬状にしたもの。

柚味噌《ゆみそ》 ㊐ **柚子味噌**《ゆずみそ》**・柚釜**《ゆがま》**・柚子釜**《ゆずがま》**・柚味噌釜**《ゆみそがま》 柚子の表皮を刻むか磨《す》り下ろすかし、果汁とともに味噌・酒・砂糖などと合わせた練り味噌のこと。〈一つ湧けば次々に湧く柚味噌かな　内藤鳴雪〉

干柿《ほしがき》 ㊐ **吊し柿**《つるしがき》**・釣柿**《つりがき》**・甘干**《あまぼし》**・枯露柿**《ころがき》**・柿干す**《かきほす》**・柿吊す**《かきつるす》 渋柿の皮を剥《む》いて日に干したもの。↓柿 〈干柿に頭ぶつけてわれは生く　金子兜太〉

串柿《くしがき》 ㊐ **柿簾**《かきすだれ》 剥《む》いた渋柿を縄ではなく竹の串に刺して乾燥させたもの。〈串柿ふく粉の夫婦夕まぐれ　瀧井孝作〉

柿羊羹《かきやうかん》 ㊐ **のし柿**《がき》 生干しの柿を材料とした練羊羹。〈柿羊羹煮る夜や伊吹颪吹く　塩谷鵜平〉

菊膾《きくなます》 ㊐ **もつてのほか** 菊の花弁をさっと茹《ゆ》でて三杯酢で和《あ》えたもの。↓菊 〈ほのぐらき白といふべし菊膾　加藤三七子〉

芥子漬製す《からしづけせいす》 ㊐ 秋、豊富にとれた茄子《なす》や胡瓜《きゆうり》などを、最初塩漬けしたのち麴《こうじ》、塩、芥子などを混ぜ合わせた床に漬け替えた食べ物。

浅漬大根《あさづけだいこん》 ㊐ 大根を二、三日干し、麴《こうじ》と塩であっさりと仕上げた香の物。〈浅漬のどこかが辛し雨つのる　古田紀一〉

鴫の羽盛《しぎのはもり》 ㊥ 焼いた鴫の肉に、解体したときの翼・頭・両足などを飛んでいるときのさまに盛りつけたもの。

氷頭膾《ひずなます》 （仲） 鮭《さけ》の目の上の部分を二つに割ると、白濁した半透明の軟骨が現れる。その軟骨を薄く切り、酢水に浸して臭みをとり、大根おろしを混ぜた膾。〈氷頭膾前歯応へて呉れにけり　草間時彦〉

鱸膾《すずきなます》 （仲） 鱸は上品な白身魚で味も姿もよいことから、鯛《たい》に次ぐ高級魚とされてきた。その膾。

鮞《はららご》 （仲） **はらら・とと豆**《まめ》**・鮭**《さけ》**の子**《こ》**・筋子**《すぢこ》**・すずこ・甘子**《あまこ》**・はらこ・いくら** 鮭の卵を塩漬けにしたもの。

鯷漬《ひしこづけ》 （仲） **鯷干**《ひしこほ》**す・ひしこ漬**《づけ》 鯷は黒鰯《くろいわし》の稚小なものをいい、この頭と腸《わた》を取り、とぎ汁を加えた強めの塩の糠床《ぬかどこ》に漬け込んだもの。〈行灯に膳の暗さよ鯷づけ　島田五空〉

うるか （晩） **鱁鮧**《うるか》**・臓**《わた》**うるか・苦**《にが》**うるか・子**《こ》**うるか** 落鮎《おちあゆ》を塩漬けにしたもので、卵だけのものを子うるか、内臓だけのものを臓うるか・苦うるかとよぶ。〈苦うるか師系は酒を尊びぬ　大石悦子〉

鰯の黒漬《いわしのくろづけ》 （晩） **宇和鰯**《うわいわし》**・宇和島鰯**《うわじまいわし》 伊予地方のかつての特産物で、瀬戸内海でとれる秋の真鰯を塩漬けにしたもの。〈伊予の秋やその宇和鰯宇和蜜柑　岡田燕子〉

裂膾《さきなます》 ㊂ 刃物を使わず、指で裂いて作る鰯《いわし》の膾。〈節黒き指のすばやく裂膾　川崎展宏〉

鱲子《からすみ》 （晩） 真鰡《まぼら》の卵巣を塩漬けにしたもの。〈からすみを炙り唐津の風の松　野中亮介〉

杉焼《すぎやき》 （晩） 杉の木の香りを食材に移す料理のこと。

夜蛤《よはまぐり》 （仲） 江戸で旧暦八・九月の頃、蛤を売り歩いた行商人、またその蛤をいう。→蛤（春）〈照る月の月やうらみん夜蛤　白雄〉

衣被《きぬかつぎ》 （初） 黒《くろ》いもむし　里芋の子芋を皮ごと茹《ゆ》でたもの。↓芋〈今生のいまが倖せ衣被　鈴木真砂女〉

とろろ汁《とろろじる》 （晩） 薯蕷汁《とろろじる》・とろろ・薯汁《いもじる》・薯粥《いもがゆ》・麦《むぎ》とろ・蕎麦《そば》とろ・とろろ飯《めし》〈妻老いて母の如しやとろろ汁　成田千空〉

新蕎麦《しんそば》 （晩） 走り蕎麦《そば》・秋蕎麦《あきそば》・初蕎麦《はつそば》　↓蕎麦刈・蕎麦の花〈新蕎麦や山から風が下りてくる　森下草城子〉

新豆腐《しんどうふ》 （晩）〈新豆腐よき水を生む山ばかり　藤田湘子〉

秋の灯《あきのひ》 （三） 秋灯《しうとう》・秋《あき》ともし〈秋燈を明うせよ秋燈を明うせよ　星野立子〉

灯火親しむ《とうくわしたしむ》 （三） 灯火親《とうくわした》し・灯火《とうくわ》の秋《あき》・読書《どくしよ》の秋《あき》〈燈火親し声かけて子の部屋に入る　細川加賀〉

秋の宿《あきのやど》 （三） 秋《あき》の家《いへ》・秋《あき》の庵《いほり》・秋《あき》の戸《と》〈贋大観ものともせざる秋の宿　亀田虎童子〉

秋の蚊帳《あきのかや》 （三） 秋《あき》の幮《かや》・秋蚊帳《あきがや》・蚊帳《かや》の果《はて》・蚊帳《かや》の名残《なごり》・蚊帳《かや》の別《わか》れ・別《わか》れ蚊帳《がや》・九月蚊帳《くぐわつがや》　↓蚊帳（夏）〈母ときてふるさとに吊る秋の蚊帳　桂信子〉

蚊帳に雁を描く《かやにかりをゑがく》 （仲） 江戸時代、蚊帳の中で雁の声を聞くと災いがあるという俗説があり、一種の呪《まじな》いとして、蚊帳に雁の絵を描いて貼ったり、吊り手に雁の字を書いたりした。

扇置く《あふぎおく》 （初） 団扇置《うちはお》く・捨扇《すてあふぎ》・捨団扇《すてうちは》・忘《わす》れ扇《あふぎ》・忘《わす》れ団扇《うちは》・団扇仕舞《うちはしま》ふ　秋になって扇を使わなくなり、しまうこと。↓扇（夏）〈扇おくこゝろに百事新たなり　飯田蛇笏〉

秋扇《あきあふぎ》 （初） 秋扇《しうせん》・秋団扇《あきうちは》　↓扇（夏）〈たゝみたる秋の扇の小さくて　下田実花〉

秋日傘《あきひがさ》 (初) →日傘（夏）〈浅草へ仏壇買ひに秋日傘　岡本眸〉

行水名残《ぎやうずいなごり》 (仲) **行水**《ぎやうずい》**の果**《はて》 秋風が立ち、虫の音が聞こえ始める頃には、湯舟が恋しくそろそろ行水も終わりかと思う、その感慨。→行水（夏）〈行水の名残りや月も七日過ぎ　大須賀乙字〉

秋簾《あきすだれ》 (仲) **簾名残**《すだれなごり》・**秋簾**《あきす》・**簾納**《すだれをさ》**む**・**簾**《すだれ》**の名残**《なごり》・**簾外**《すだれはず》**す**・**簾**《すだれ》**の別**《わか》**れ** 立秋を過ぎてなお西日除けなどのために吊っている簾。→青簾（夏）・簾（夏）〈一枚は日の当りたる秋簾　岸田稚魚〉

簟名残《たかむしろなごり》 (仲) **簟**《たかむしろ》**の別**《わか》**れ** 「たかむしろ」とは竹を細く割って筵《むしろ》のように編んだ敷物。〈山添ひに馴れ簟名残りかな　萩原麦草〉

障子洗ふ《しやうじあらふ》 (仲) **障子干**《しやうじほ》**す** →春障子（春）・障子貼る・障子（冬）〈湖へ倒して障子洗ひをり　大橋櫻坡子〉

障子貼る《しやうじはる》 (仲) **障子**《しやうじ》**の貼替**《はりかへ》 〈障子貼るひとり刃のあるものつかひ　橋本多佳子〉

障子襖を入れる《しやうじふすまをいれる》 (仲) **障子入**《しやうじい》**れる**・**襖入**《ふすまい》**れる**・**簀戸**《すど》**しまふ**・**葭戸**《よしど》**しまふ** 〈障子入れてすぐに起居の影うまる　沢田しげ子〉

秋の大掃除《あきのおほさうぢ》 (三) 〈床下を吹き抜く風や秋掃除　青山松樹〉

秋手入《あきていれ》 (初) 夏の間に伸びすぎた庭の木々を、秋になってから鋏《はさみ》を入れて、切り透かすこと。〈秋手入右の手助《す》けて左の手　村上佳子〉

松手入《まつていれ》 (晩) 〈ばさと落ちはらはらと降り松手入　片山由美子〉

火恋し《ひこひし》 (晩) 〈火恋し雨の宿りも宇陀の奥　上田五千石〉

秋の炉《あきのろ》 (晩) **秋炉**《しうろ》 〈煙るがまま燃ゆるがままの秋炉かな　高野素十〉

風炉の名残《ふろのなごり》 (晩) **風炉名残**《ふろなごり》**・名残**《なごり》**の茶**《ちゃ》**・名残月**《なごりづき》 茶の湯の習わしとして、旧暦一〇月の亥《い》の日の炉開きの前に催される、風炉の名残を惜しむ茶会。↓風炉茶（夏）・炉開（冬）〈水差しも志野に変りて風炉名残　野路邦子〉

冬支度《ふゆじたく》 (晩) **冬用意**《ふゆようい》**・雪支度**《ゆきじたく》 〈この冬をここに越すべき冬仕度　富安風生〉

汐木拾ふ《しほぎひろふ》 (晩) **汐木取**《しほぎと》**る・寄木拾**《よりきひろ》**ふ・寄木取**《よりきと》**り** 海岸に打ち寄せられた流木を秋に拾い、薪として使うこと。〈まだ汐の乾かぬ汐木拾ひけり　原あや〉

秋耕《しうかう》 ㊂ **秋起**《あきおこ》**し** 秋の取り入れが済んでから田畑を耕すこと。↓耕《たがやし》（春）・冬耕（冬）〈秋耕の終りの鍬は土撫づる　能村登四郎〉

八月大名《はちぐわつだいみやう》 (初) かつては旧暦八月は農閑期で、農家では嫁取りや法事など客を招くことが多かった。体を休め、また、ご馳走《ちそう》を食べる機会も多かったことからいう。〈漁具ひろげ八月大名大あぐら　岩坂満寿枝〉

添水《そふづ》 ㊂ **僧都**《そうづ》**・兎鼓**《うさぎつづみ》**・添水唐臼**《そふづからうす》**・迫**《さこ》**の太郎**《たらう》**・ばつたんこ・鹿威**《ししおど》**し** 山田を荒らす鳥獣を追い払うために作られた、水の力で音を出す仕掛け。〈竹の音石の音とも添水鳴る　粟津松彩子〉

案山子《かがし》 ㊂ **かかし・捨案山子**《すてかがし》**・遠案山子**《とほかがし》**・おどし** 〈御室田に法師姿の案山子かな　高浜虚子〉

鳴子《なるこ》 ㊂ **鳴竿**《なるさを》**・鳴子縄**《なるこなは》**・鳴子綱**《なるこづな》**・鳴子守**《なるこもり》**・鳴子引**《なるこひき》**・鳴子番**《なるこばん》**・引板**（ひきいた/ひた）**・鳴子田**《なるこだ》 穫《と》り入れの近い稲田で、音を出して雀《すずめ》などを追い払うための仕掛け。〈鳥立ちしあとも鳴子の鳴りやまず　中村汀女〉

鳥威し《とりおどし》 (三) おどろかし〈母恋し赤き小切の鳥威　秋元不死男〉

威銃打つ《おどしじゅううつ》 (三) 威銃《おどしづつ》・猪《しし》おどし〈雀みな驚き上手威銃　加藤静夫〉

田守《たもり》 (三) 田守《たも》る・小田守《をだも》る・山田守《やまだも》る・晩稲守《おしねもり》・稲番《いなばん》・田《た》の庵《いほ》・田番小屋《たばんごや》・稲小屋《いねごや》 猪《いのしし》や鳥などによる稲の被害を防ぐため、夜を徹して田の番をすること、あるいはその人。〈田の庵に寄り来て冠句会開く　茨木和生〉

虫送《むしおくり》 (仲) 稲虫送《いなむしおくり》・虫流《むしながし》・実盛送《さねもりおくり》・田虫送《たむしおくり》・稲虫送《いねむしおくり》・虫追《むしおひ》・実盛祭《さねもりまつり》・虫供養《むしくやう》 害虫から稲を守るための民間行事。〈虫送りホーイホーイと闇深む　柚口満〉

鹿火屋《かびや》 (三) 鹿火屋守《かびやもり》 主として山の稲田に現れて害を与える鹿や猪《いのしし》を防ぐために建てられた仮の小屋。↓鹿垣《ししがき》〈淋しさにまた銅鑼うつや鹿火屋守　原石鼎〉

鹿垣《ししがき》 (三) 猪垣（ししがき／ゐがき）・鹿小屋《ししごや》 田畑に害を与える鹿や猪《いのしし》などの侵入を防ぐための垣。↓鹿火屋《かびや》〈鹿垣を結ひ連ねたる山の水　斎藤夏風〉

焼帛《やきしめ》 (三) 焼吊《やきづり》・嗅《かが》し 山の田畑の作物を荒らす兎《うさぎ》・鹿・猪《いのしし》などを遠ざけるため、悪臭を放つものを焚《た》くこと。〈焼帛に焼酎吹いてゆきにけり　茨木和生〉

鎌帛《かましめ》 (三) 鹿の侵入を防ぐために、屋敷内に鎌と鍬《くわ》を立て菅笠《すげがさ》を被《かぶ》せておく、一種の呪術。

田水落す《たみづおとす》 (仲) 落《おと》し水《みづ》・水落《みづおと》す・堰外《せきはず》す 稲の実入りが進み穂の垂れだす頃、落し水口を完全に開き、田から水を流し出すこと。↓田水張る（夏）〈熊野びと怒濤へ田水落しけり　南光翠峰〉

稲刈《いねかり》 (仲) 稲刈《いねか》る・田刈《たか》る・夜田刈《よだかり》・夜刈《よがり》・陸稲刈《をかぼか》る・鎌《かま》はじめ・早稲刈《わせか》る・中稲刈《なかてか》る・

晩稲《おくて》刈《か》る・稲舟《いなぶね》・稲車《いなぐるま》・刈稲《かりいね》・稲束《いなづか》・小田《をだ》刈《か》る・秋田《あきた》刈《か》る・収穫《とりいれ》・稲刈鎌《いねかりがま》・稲刈機《いねかりき》　↓新米・稲〈稲刈つて鳥入れかはる甲斐の空　福田甲子雄〉

稲干す《いねほす》　(仲)　稲掛《いねかけ》・架稲《かけいね》・掛稲《かけいね》・稲塚《いねつか》・稲叢《いなむら》・稲堆《いなにほ》・稲垣《いながき》・干稲《ほしいね》　〈稲かけて天の香久山かくれたり　富安風生〉

稲架《はざ》　(仲)　はさ・稲架《いなか》・稲木《いなぎ》・稲城《いなぎ》・田母木《たもぎ》・稲棒《ぼっち》・はさ木《き》・田茂木《たもぎ》　刈り取った稲の束を天然乾燥させるための木組み。〈稲架組んで水郷の景新なり　高野素十〉

鎌祝《かまいはひ》　(仲)　鎌納《かまをさめ》・鎌《かま》あげ・鎌払《かまはらひ》・刈上《かりあ》げ　稲刈りを終了した直後に行う行事。鎌をよく洗い、神棚や床の間に飾り、世話になった人たちを招待した。〈腰に笛差して来てをる鎌祝　茨木和生〉

稲扱《いねこき》　(仲)　稲打《いねうち》・脱穀《だつこく》・脱穀機《だつこくき》・稲扱筵《いねこきむしろ》・稲扱機《いねこきき》・稲埃《いなぼこり》　稲穂から籾《もみ》だけを分離する作業。〈脱穀の古発動機力出す　右城暮石〉

籾《もみ》　(仲)　籾干《もみほ》す・籾筵《もみむしろ》・籾殻焼《もみがらや》く・すくも　稲の穂から落としたままで、殻がついた状態の米。〈夕日にもひと日の疲れ籾筵　友岡子郷〉

籾摺《もみすり》　(仲)　籾磨《もみすり》・籾摺臼《もみすりうす》・籾臼《もみうす》・籾引《もみひき》・臼挽《うすひき》・籾殻《もみがら》・籾埃《もみぼこり》・籾摺唄《もみすりうた》・籾摺機《もみすりき》　籾を臼に入れて摺《す》り玄米にする作業。〈籾を摺り摺りつつぞいふ世の寒さ　加藤楸邨〉

夜庭《よには》　(仲)　朝庭《あさには》・大庭《おほには》・小庭《こには》・庭揚《にはあ》げ　夜、土間で籾摺《もみす》りをすること。囲炉裏がある農家の土間は仕事場でもあり、庭という。

秋収《あきをさめ》　(晩)　秋揚《あきあ》げ・秋《あき》じまひ・土洗《つちあら》ひ・蓆《むしろ》たたき・田仕舞《たじまひ》・庭仕舞《にはじまひ》・秋忘《あきわすれ》　稲刈りの後、集落の人々が集まって収穫を喜び、互いに労《ねぎら》い、田の神に感謝する祝いの宴。↓新嘗祭（冬）〈に

はとりに飛ぶ宙のあり秋収め　宇多喜代子〉

稲滓火《いなしび》 (晩) **稲藁火**《いなわらび》 稲刈りが終わった後に、稲の屑《くず》を焚《た》く火のこと。〈稲滓火の匂ひの残る余呉の湖　佐怒賀正美〉

豊年《ほうねん》 (仲) **出来秋**《できあき》・**豊作**《ほうさく》・**豊**《とよ》**の秋**《あき》 〈豊年や間近に在りし馬の貌　寺井谷子〉

凶作《きようさく》 (仲) **不作**《ふさく》・**凶年**《きようねん》 〈草のごと凶作の稲つかみ刈る　山口青邨〉

新藁《しんわら》 (仲) **今年藁**《ことしわら》・**藁打石**《わらうちいし》・**藁砧**《わらぎぬた》 その年に取れた稲の茎や葉のこと。〈新藁の匂ふ故郷に目覚めけり　今瀬剛一〉

藁塚《わらづか》 (仲) **藁**《わら》**にほ**・**藁**《わら》**ぐろ**・**藁**《わら》**こづみ**・**藁塚**《にほ》 稲扱《いねこ》きがすんだ新藁を円筒形に積み上げておくもの。〈藁塚の同じ姿に傾ける　軽部烏頭子〉

蕎麦刈《そばかり》 (晩) **蕎麦**《そば》**干**《ほ》**す** 秋蕎麦を刈ること。→新蕎麦〈蕎麦刈の三人《みたり》も居れば賑々し　小原啄葉〉

夜なべ《よなべ》 (晩) **夜業**《やげふ》・**夜仕事**《よしごと》 〈天井へわが影およぶ夜なべかな　藤木清子〉

砧《きぬた》 ㊂ **碪**《きぬた》・**砧打**《きぬたう》**つ**・**衣打**《ころもう》**つ**・**擣衣**《たうい》・**二丁砧**《にちやうぎぬた》・**砧盤**《きぬたばん》・**砧槌**《きぬたづち》・**昼砧**《ひるきぬた》・**夕砧**《ゆふきぬた》・**小夜砧**《さよきぬた》・**宵砧**《よひきぬた》・**遠**《とほ》**砧**《きぬた》・**砧拍子**《きぬたびやうし》・**紙砧**《かみきぬた》・**葛砧**《くずきぬた》 木槌《きづち》で布を打ちやわらげ、艶を出すのに用いる木または石の台。〈ともし火と砧の音のほか洩れず　後藤比奈夫〉

俵編《たはらあみ》 (仲) **米俵編**《こめだはらあ》**む**・**炭俵編**《すみだはらあ》**む**・**双子編**《すごあみ》 稲刈りのあと籾摺《もみす》りの頃までに、新藁《しんわら》を使って、夜なべ仕事で俵を編むこと。〈俵編みやめたるままに坐りをり　高野素十〉

渋取《しぶとり》 (仲) **渋取**《しぶと》**る**・**渋搗**《しぶつ》**く**・**渋渣**《しぶかす》・**木**《き》**渋桶**《しぶをけ》・**柿搗歌**《かきつきうた》・**柿渋**《かきしぶ》・**柿渋取**《かきしぶと》**る**・**渋粕**《しぶかす》・**渋桶**《しぶをけ》 渋柿か

ら渋を採取すること。〈渋搗いてもつとも膝を汚しけり　山本洋子〉

新渋《しんしぶ》 (仲) 今年渋《ことししぶ》・生渋《きしぶ》・一番渋《いちばんしぶ》・二番渋《にばんしぶ》　その年に搾った新しい柿渋。〈新渋の一壺ゆたかに山廬かな　飯田蛇笏〉

綿取《わたとり》 (三) 綿取《わたと》る・綿車《わたぐるま》・綿《わた》の桃《もも》・綿摘《わたつ》む・綿摘《わたつみ》・棉摘《わたつみ》・綿干《わたほ》す・綿繰《わたくり》・綿打《わたうち》・綿打弓《わたうちゆみ》・綿弓《わたゆみ》・綿初穂《わたはつほ》　↓棉　〈ブラジルの広さは知らず棉を摘む　森田峠〉

新綿《しんわた》 (晩) 新綿《にひわた》・今年綿《ことしわた》　〈新綿や子の分のけてみんな売る　一茶〉

新絹《しんぎぬ》 (三) 新機《しんばた》・今年絹《ことしぎぬ》　〈新絹やさらりと展べて見惚れぬる　野村喜舟〉

竹伐る《たけきる》 (仲) 「竹八月に木六月」という俚諺《りげん》があるが、竹の伐り時は旧暦八月の頃がよいとされている。↓竹植う（夏）〈竹伐るや隣の竹も顫へ居り　西山泊雲〉

懸煙草《かけたばこ》 (三) 今年煙草《ことしたばこ》・新煙草《しんたばこ》・煙草干《たばこほ》す・縄煙草《なはたばこ》・若煙草《わかたばこ》・煙草刈《たばこか》る　採取した煙草の葉を乾かすために、軒先などに張りめぐらした縄の撚《よ》り目ごとに一枚ずつかけること。また、その煙草の葉のこと。〈ずつしりと縄のしなひて懸煙草　深見けん二〉

櫨ちぎり《はぜちぎり》 (晩) 櫨採《はぜとり》・櫨買《はぜかひ》　櫨の実を採ること。↓櫨の実　〈櫨取りを蹴て牧馬のかけそれし　高田蝶衣〉

糸瓜の水取る《へちまのみづとる》 (仲) 糸瓜引《へちまひ》く・糸瓜《へちま》の水《みづ》　糸瓜の水は痰《たん》を切る妙薬として重用され、特に中秋の名月の頃に取ったものがよいとされる。〈をとゝひのへちまの水も取らざりき　正岡子規〉

種採《たねとり》 (晩) 花の終わった草花の種を採り集めること。〈半分は風に攫はれ種を採る　水田むつみ〉

秋蒔《あきまき》 (三) 秋蒔野菜《あきまきやさい》・蕪蒔《かぶま》く・秋《あき》の牛蒡蒔《ごばうま》く　葉菜類、蕪、牛蒡、蚕豆《そらまめ》などの種を蒔くこと。

〈秋蒔の土をこまかくしてやまず　吉本伊智朗〉

菜種蒔く《なたねまく》 晩 菜の花の種を蒔くこと。〈うしろから山風来るや菜種蒔　岡本癖三酔〉

大根蒔く《だいこんまく》 仲 大根の種を蒔くこと。〈裏男体仰ぎ大根早蒔きに　火村卓造〉

芥菜蒔く《からしなまく》 仲 芥菜の種を蒔くこと。

蚕豆蒔く《そらまめまく》 晩 蚕豆の種を蒔くこと。

豌豆蒔く《ゑんどうまく》 仲 豌豆の種を蒔くこと。

牡丹根分《ぼたんねわけ》 仲 牡丹《ぼたん》接木《つぎき》・牡丹《ぼたん》植う 牡丹を増やすために根分けをすること。↓根分（春）

〈縁談をすゝめ牡丹の根分かな　滝沢伊代次〉

芍薬根分《しやくやくねわけ》 仲 芍薬を増《ふ》やすために株分けを行うこと。↓根分（春）

苺根分《いちごねわけ》 仲 苺《いちご》の株分《かぶわけ》 苺を増やし栽培するために、子苗を親株から切り離すこと。↓根分（春）

草花秋蒔く《くさばなあきまく》 仲 金盞花《きんせんか》・矢車草・勿忘草《わすれなぐさ》・霞草《かすみそう》など春に咲く一年草の種を蒔くこと。

球根秋植う《きうこんあきうう》 晩 秋植球根《あきうゑきうこん》・秋球根《あききうこん》 チューリップ・水仙・ヒアシンスなど春に咲く花の球根を植えること。

罌粟蒔く《けしまく》 仲 罌粟の種を蒔くこと。〈死なば入る大地に罌粟を蒔きにけり　野見山朱鳥〉

紫雲英蒔く《げんげまく》 晩 紫雲英《れんげさう》蒔《ま》く 紫雲英の種を蒔くこと。〈風の吹くまゝに紫雲英を蒔きにけり　小松水花〉

薬掘る《くすりほる》 仲 薬《くすり》採《と》る・薬草《やくさう》掘《ほ》る 秋も深まった頃、山野を尋ねて、茜《あかね》・竜胆《りんどう》・苦参《くらら》・千振《せんぶり》など

の薬草を採取すること。〈山深く薬を掘りに行きしといふ　佐藤紅緑〉

苦参引く《くららひく》 （晩） 草槐《くさゑんじゆ》掘《ほ》る　晩秋、苦参の根を採取すること。

千振引く《せんぶりひく》 （仲） 当薬引《たうやくひ》く・千振採《せんぶりと》る・千振干《せんぶりほ》す　秋の山野で千振を採ること。〈千振干す花の紫ありながら　肥田埜恵子〉

茜掘る《あかねほる》 （仲） 茜はアカネ科の蔓《つる》性多年草。その橙色《だいだいいろ》をした根を掘ること。〈百坊の跡の茜を掘りにけり　山本洋子〉

葛掘る《くずほる》 （晩） 葛根《くずね》掘《ほ》る・葛引《くずひ》く　晩秋に、山野の葛の根を掘ること。↓葛・葛晒《くずさらし》（冬）〈葛根掘る隠国に雲こもるかな　松崎鉄之介〉

薯蕷掘る《ながいもほる》 （三） 長く生長した薯蕷を、途中で折らないように畑から掘り出すこと。〈掘り崩すいもが垣根や山のいも　葉二〉

豆引く《まめひく》 （仲） 大豆引《だいづひ》く・小豆引《あづきひ》く・緑豆引《ぶんどうひ》く・豇豆引《ささげひ》く　豆を収穫すること。〈小豆引く言葉少き一日かな　細見綾子〉

大豆干す《だいづほす》 （仲） 大豆打《だいづう》つ・大豆殻《だいづから》・豆稲架《まめはざ》・豆干《まめほ》す・小豆干《あづきほ》す・豆打《まめう》つ・豆叩《まめたた》く・小豆打《あづきう》つ・豆殻《まめがら》・豆莚《まめむしろ》　大豆や小豆を引いて、茎を束ねて畑に干したり、稲架《はざ》のようなものに掛けて干すこと。〈杉山の影の来やすき小豆干す　大峯あきら〉

牛蒡引く《ごばうひく》 （三） 牛蒡掘《ごばうほ》る　牛蒡を収穫すること。〈土よりも土の色なり牛蒡引く　若井新一〉

胡麻刈る《ごまかる》 （仲） 胡麻干《ごまほ》す・胡麻打《ごまう》つ・胡麻殻《ごまがら》・胡麻叩《ごまたた》く・胡麻莚《ごまむしろ》　〈胡麻刈つていよよ澄みたる八ヶ岳　名和未知男〉

粟刈る《あはかる》 （仲） 粟引《あはひ》く・粟干《あはほ》す・粟打《あはう》つ・粟筵《あはむしろ》 〈通夜堂の前に粟干す日向かな　正岡子規〉

萩刈る《はぎかる》 （晩） 萩刈《はぎかり》・萩括《はぎくく》る・括《くく》り萩《はぎ》 ↓萩 〈萩刈るや石に小さな日が戻り　いのうえかつこ〉

菱取る《ひしとる》 （仲） 菱取《ひしとり》・菱採《ひしとり》・菱《ひし》の実取《みと》る・菱取舟《ひしとりぶね》・菱舟《ひしぶね》・茹菱《ゆでひし》 〈菱採りしあたりの水のぐつたりと　波多野爽波〉

木賊刈る《とくさかる》 （仲） 砥草刈《とくさか》る ↓木賊 〈木賊皆刈られて水の行方かな　高浜虚子〉

萱刈る《かやかる》 （仲） 萱葺《かやふ》く・萱《かや》が軒端《のきば》・薄刈《すすきか》る ↓萱 〈落柿舎に日矢射してをり萱を刈る　七田谷まりうす〉

蘆刈《あしかり》 （晩） 蘆刈《あしか》る・刈蘆《かりあし》・蘆舟《あしぶね》 秋に蘆を刈ること。↓蘆の角（春）・青蘆（夏） 〈蘆刈の音より先を刈りてをり　大石悦子〉

蘆火《あしび》 （晩） 干した蘆を燃料として焚《た》く火のこと。〈蘆の火の美しければ手をかざす　有働木母寺〉

椎柴《しひしば》 （晩） 椎の小枝（しひのこえだ／しひのこやで） 椎の枝を刈り取ること。〈ゆふづつや椎柴おろす牛の声　梅雅〉

草泊《くさどまり》 （仲） 草山《くさやま》 草原の草刈りをする人々が、仮小屋を建てて草原に寝泊りすること。〈くれなゐの星を真近に草泊　野見山朱鳥〉

桑括る《くはくくる》 （晩） 括《くく》り桑《くは》 枯れ始めた桑は枝が広がるため、縄で括り、ひとまとめにして冬に備えること。↓桑（春）・秋桑 〈桑括る桑のたましひ抜けぬやう　鷹羽狩行〉

蔓たぐり《つるたぐり》 （晩） 蔓切《つるきり》・蔓引《つるひき》 すべての収穫が終わったあとの瓜《うり》類や豆類などの枯れ蔓を手繰《たぐ》り抜くこと。〈蔓たぐり蔓積み上げて終りけり　宮津昭彦〉

牧閉す《まきとざす》 （晩） 牧帰《まきがへ》り 晩秋の頃、それまで放牧していた馬や牛を持ち主が引き取って廏舎《きゆうしや》に戻し、

牧場を閉ざすこと。↓牧開（春）〈安達太良とその空残し牧閉す　柏原眠雨〉

松前帰る《まつまへかへる》 (晩) **松前上る**《まつまへのぼる》 夏に北海道へ行商に行った南部や津軽《つがる》の商人たちが、北海道から本州へ帰ってくること。江戸時代の季語。↓松前渡る（夏）〈黒々と松前帰る日の礁　三上冬華〉

鷹打《たかうち》 (初) **鷹打所**《たかうちどころ》**・網掛**《あがけ》**・待網掛**《まちあがけ》**・鷹網**《たかあみ》 鷹狩りに用いる若鷹を生け捕ること。〈鷹打の心長さよ観世騎　五明〉

小鷹狩《こたかがり》 (初) **初鷹狩**《はつたかがり》**・初鳥狩**《はつとがり》**・初鷹**《はつたか》**・初鷹野**《はつたかの》**・小鷹野**《こたかの》**・鶉狩**《うづらがり》**・駈鶉**《かけうづら》**・刈集**《かりづめ》 ↓鳴鳥《ないと》狩（春）・鷹狩（冬）〈金屏の前に憩ふや小鷹狩　松瀬青々〉

小鳥狩《ことりがり》 (晩) **小鳥網**《ことりあみ》**・霞網**《かすみあみ》**・かすみ・ひるてん・鳥屋師**《とやし》**・鳥屋**《とや》**・鳥屋場**《とやば》 〈木曾川のかゞやく鳥屋の障子かな　本田一杉〉

囮《をとり》 (晩) **媒鳥**《ばいてう》**・囮番**《をとりばん》**・囮守**《をとりもり》**・囮籠**《をとりかご》 銃器や網などによる猟で、獲物をおびき寄せるのに用いる鳥のこと。〈うつくしき鶸も囮よ鳴いてゐる　山口青邨〉

高擌《たかはご》 (晩) **高羽籠**《たかはご》**・高縄**《たかなは》 黐《もち》を使って鳥を獲《と》る仕掛け、またその方法の総称。現在は狩猟法で禁止され、許可が必要となっている。〈高擌の杉撓はせてありにけり　いさ桜子〉

木菟引《づくひき》 (仲) 木葉木菟《このはずく》を囮《おとり》に使った猟法。現在は禁止されている。〈木菟引や雀まで来て嘲れる　北山河〉

鵙落し《もずおとし》 (三) 鵙を捕獲するためにかつて行われた猟法。現在は禁止されている。

鳩吹《はとふき》 (初) **鳩吹く**《はとふく》**・鳩笛**《はとぶえ》 山鳩の鳴き声に似た音を出すために、両方の掌《てのひら》を合わせ、指の隙間《すきま》から息を吹き出すこと。〈石垣の上の青空鳩を吹く　藤本美和子〉

下り簗《くだりやな》 （仲） 産卵を終えて川を下る魚を獲《と》る仕掛け。↓上り簗（春）・簗（夏）〈下り簗流れて一つ瀬となれり　右城暮石〉

崩れ簗《くづれやな》 （晩） 下《くだ》り簗が季節を過ぎて放置され、崩れている様子。〈草の根の生きてかかりぬ崩れ簗　後藤夜半〉

鰻簗《うなぎやな》 ㊂ 鰻は秋、深海で産卵するために川を下る。この鰻を獲《と》るための簗のこと。↓落鰻〈鰻簗木曽の夜汽車の照らし過ぐ　大野林火〉

網代打《あじろうち》 （晩） 網代木打《あじろぎう》つ　網代とは寒い時期に川魚（特に冬季の氷魚《ひうお》）を獲《と》るために川の流れに設《しつら》える仕掛け。この網代を設えるための杭《くい》を打つ作業をいう。〈夜嵐に蓑はゞたくや網代打　高田蝶衣〉

鮭打《さけうち》 （晩） 鮭小屋《さけごや》・鮭番屋《さけばんや》・鮭番《さけばん》・鮭簗《さけやな》・鮭網《さけあみ》・鮭漁《さけれふ》　晩秋、産卵のために川を遡《さかのぼ》ってきた鮭が浅瀬などに寄って来るところを、棒や竿《さお》で打つなどして獲《と》ること。〈鮭打つや一棒にして一撃に　草深昌子〉

鰯引く《いわしひく》 ㊂ 鰯網《いわしあみ》・小鰯引《こいわしひ》く・鰯船《いわしぶね》・鰯干《いわしほ》す　秋から冬にかけての漁期、砂浜からの地引き網で鰯を捕獲すること。↓鰯〈鰯引く腰にねばりのあるかぎり　鈴木真砂女〉

根釣《ねづり》 （仲） 根魚《ねうを》・根魚釣《ねうをづり》・岸釣《きしづり》　水温が下がる秋に、岩礁に潜む魚を狙《ねら》った釣りのこと。〈氏育ち良き子とならび根釣かな　波多野爽波〉

鱸釣る《すずきつる》 （仲） ↓鱸〈むら雲や雨は手に来る鱸釣　野坡〉

鯊釣《はぜつり》 ㊂ 鯊舟《はぜぶね》・鯊《はぜ》の竿《さを》　↓鯊〈鯊釣の並びてひとりひとりかな　今井千鶴子〉

秋の鵜飼《あきのうかひ》 (仲) 秋《あき》の鵜《う》・秋鵜飼《あきうかひ》 →鵜飼（夏）〈よろよろと尉のつかへる秋鵜かな　飯田蛇笏〉

烏賊干す《いかほす》 (三) 烏賊裂《いかさき》・烏賊洗《いかあらひ》・烏賊襖《いかぶすま》 →烏賊（夏）〈烏賊哀れ干されて海の方を向く　保坂リエ〉

踊《をどり》 (初) 盆踊《ぼんをどり》・音頭取《おんどとり》・踊場《をどりば》・踊櫓《をどりやぐら》・踊子《をどりこ》・踊浴衣《をどりゆかた》・踊笠《をどりがさ》・踊太鼓《をどりだいこ》・踊見《をどりみ》・念仏踊《ねんぶつをどり》・題目踊《だいもくをどり》・灯籠踊《とうろうをどり》・辻踊《つじをどり》・おけさ踊《をどり》・豊年踊《ほうねんをどり》・踊唄《をどりうた》・盆唄《ぼんうた》〈かりそめの踊いつしかひたむきに　大木あまり〉〈づかづかと来て踊子にささやける　高野素十〉

阿波をどり《あはをどり》 (初) 八月九日、鳴門市《なるとし》阿波《あわ》おどりを皮切りに徳島県内の各地で開催される踊り。〈手をあげて足をはこべば阿波踊　岸風三樓〉

エイサー (晩) 沖縄本島とその周辺に伝わる盆踊り。

風の盆《かぜのぼん》 (初) おわら祭《まつり》・八尾《やつを》の廻《まは》り盆《ぼん》 毎年九月一日から三日間、富山県八尾町で行われる盆の行事。〈風の盆腹で胡弓をひきにけり　石田勝彦〉

七夕踊《たなばたをどり》 (初) かけ踊《をどり》・小町踊《こまちをどり》 近世初期、京都で七夕の日に少女たちが踊った盆踊りの一種。〈歌いづれ小町おどりや伊勢おどり　貞徳〉

相撲《すまふ》 (初) 角觝《すまふ》・角力《すまふ》・すまひ・相撲取《すまふとり》・力士《りきし》・関取《せきとり》・辻相撲《つじずまふ》・宮相撲《みやずまふ》・草相撲《くさずまふ》・勧進相撲《くわんじんずまふ》・神事相撲《しんじすまふ》・田舎相撲《ゐなかずまふ》・素人相撲《しろうとずまふ》・大相撲《おほずまふ》・童相撲《わらはずまふ》・勝相撲《かちずまふ》・負相撲《まけずまふ》・夜相撲《よずまふ》・相撲場《すまふば》・土俵《どへう》・相撲柱《すまふばしら》・相撲触れ《すまふぶれ》・相撲札《すまふふだ》・相撲番付《すまふばんづけ》・櫓太鼓《やぐらだいこ》・土俵入り《どへういり》〈やはらかに人分け行くや勝角力　几董〉

秋場所《あきばしよ》 (仲) 九月場所《くぐわつばしよ》 日本相撲協会が主催する年六場所の本場所のうち、九月に東京の両国

国技館で行われる大相撲のこと。〈秋場所や星勘定も曇る空　水原秋櫻子〉

盆狂言《ぼんきやうげん》 (初) **盆芝居**《ぼんしばゐ》**・盆替り**《ぼんがはり》　盆の前後に組まれる歌舞伎《かぶき》興行。〈花道に溢れる織子盆芝居　有本銘仙〉

名残狂言《なごりきやうげん》 (仲) **九月狂言**《くぐわつきやうげん》**・九月芝居**《くぐわつしばゐ》**・秋狂言**《あききやうげん》　九月半ばから一〇月半ばまで行われる歌舞伎《かぶき》興行。のちに一年の締めくくりとして、九月の芝居そのものをさすようになった。〈奈落より灯の洩るる秋狂言　境野大波〉

地芝居《ぢしばゐ》 (晩) **地狂言**《ぢきやうげん》**・村芝居**《むらしばゐ》**・地歌舞伎**《ぢかぶき》**・村歌舞伎**《むらかぶき》**・田舎芝居**《ゐなかしばゐ》　秋の収穫を終えた後、祭礼などで、村人が集まって歌舞伎の演目などを披露する芝居のこと。〈地芝居のお軽に用や楽屋口　富安風生〉

月見《つきみ》 (仲) **観月**《くわんげつ》**・月祭る**《つきまつ》**・月**《つき》**の宴**《えん》**・月**《つき》**を待**《ま》**つ・月**《つき》**の宿**《やど》**・月見舟**《つきみぶね》**・月**《つき》**の友**《とも》**・月**《つき》**の客**《きやく》**・月**《つき》**の主**《あるじ》**・月**《つき》**の座**《ざ》**・月見酒**《つきみざけ》**・月見団子**《つきみだんご》**・月見茶屋**《つきみぢやや》**・月見莫蓙**《つきみござ》**・後**《のち》**の月見**《つきみ》**・片見月**《かたみづき》　〈鳰ひとつ相手に池の月見かな　蒼虬〉〈やはらかく重ねて月見団子かな　山崎ひさを〉

海嬴廻し《ばいまはし》 (晩) **海螺廻**《ばいまは》**し・ばいばいごま・ばい独楽**《ごま》**・べい独楽**《ごま》**・海嬴打**《ばいうち》**・強海螺**《つよばい》**・勝海螺**《かちばい》**・負海螺**《まけばい》　海螺貝《つぶがい》を使った独楽廻《こままわ》しのこと。↓独楽（新年）〈海嬴打つてかくしことばのやりとりも　軽部烏頭子〉

鶉合《うづらあはせ》 (三) **鶉籠**《うづらかご》　飼育している鶉の鳴き声を競う遊び。〈むさし野や地べたに下ろす鶉籠　満田春日〉

菊合《きくあはせ》 (晩) **菊**《きく》**くらべ・勝菊**《かちぎく》**・負菊**《まけぎく》　物合《ものあわせ》の一つ。集まった人々を左右に分け、双方が菊の花を

使った作り物に歌を添えて持ち帰り、優劣を争う遊戯。〈負色の花こそ見えね菊合　星衣〉

菊花展《きくくわてん》 (晩) **菊展**《きくてん》　菊の花の愛好者が自慢の菊を持ちよる品評会。〈金賞の字がまだ濡れて菊花展　鷹羽狩行〉

菊人形《きくにんぎやう》 (晩) **菊師**《きくし》・**菊人形展**《きくにんぎやうてん》　菊の花や葉で胴体部分を作った人形。〈菊あつく着たり義経菊人形　山口青邨〉

虫売《むしうり》 (三) **虫屋**《むしや》　↓虫　〈虫売の瀬田の唐橋渡りけり　斎藤夏風〉

虫籠《むしかご》 (三) **むしご・むしこ**　↓虫　〈虫籠に虫ゐる軽さゐぬ軽さ　西村和子〉

秋の野遊《あきののあそび》 (三) **秋遊**《あきあそび》・**秋**《あき》**の山遊**《やまあそび》・**秋**《あき》**の遠足**《ゑんそく》・**秋野駈**《あきのがけ》　春の「野遊《のあそび》」に対する季語。秋の野や山に出かけ、食事をしたり遊んだりしながら、一日を楽しみ過ごすこと。↓野遊（春）

茸狩《たけがり》 (晩) **茸とり**《きのこ》・**菌狩**《きのこがり》・**松茸狩**《まつたけがり》・**茸籠**《きのこかご》・**茸筵**《たけむしろ》・**茸山**（たけやま／きのこやま）　↓茸　〈こつそりと戻つてをりぬ茸取　黛執〉

茸汁《きのこじる》 (晩) **松茸**《まつたけ》**の土瓶蒸し**《どびんむ》　↓茸　〈下りて来し山がまつくら茸汁　井上弘美〉

干茸《ほしたけ》 (晩) **干椎茸**《ほししひたけ》・**椎茸干す**《しひたけほ》・**茸干す**《きのこほ》　↓茸　〈干茸匂ふ月夜の包《パオ》ぐらし　白井眞貫〉

すがれおひ (仲) **蜾蠃追**《すがれおひ》・**地蜂捕り**《ぢばちと》・**蜂**《はち》**の子取り**《こと》　スズメバチ科の地蜂を長野県で「すがれ」とよび、その巣ごと掘りとること。幼虫と卵を「蜂の子」と称し、佃煮《つくだに》や炒煮《いりに》にして食する。〈蜾蠃追吹かれどほしの木の形　宮坂静生〉

紅葉狩《もみぢがり》 (晩) **紅葉見**《もみぢみ》・**観楓**《くわんぷう》・**紅葉踏む**《もみぢふ》・**紅葉酒**《もみぢざけ》・**紅葉茶屋**《もみぢぢやや》・**紅葉舟**《もみぢぶね》・**紅葉焚く**《もみぢた》　紅葉の美しさを観賞するために、山野や渓谷を訪ねること。〈水音と即かず離れず紅葉狩　後藤比奈夫〉

紅葉の賀《もみぢのが》 （晩） **秋**《あき》**の御遊**《ぎよいう》 紅葉の美しい季節に催される祝宴。〈祝電を漆の盆に紅葉の賀　茨木和生〉

秋興《しうきよう》 ㊂ **秋**《あき》**の遊**《あそび》 秋のながめの面白さのことをいう。〈秋興に遠く来にけり大江山　森澄雄〉

芋煮会《いもにくわい》 （晩） **芋煮**《いもに》 主に東北地方で行われる秋の行楽の一つ。野外で行われ、山形県のものが広く知られる。〈初めより傾く鍋や芋煮会　森田峠〉

成吉思汗鍋《じんぎすかんなべ》 ㊂ **ジンギスカン鍋**《なべ》**・成吉思汗料理**《じんぎすかんれうり》 主に秋に羊肉・野菜を、中央部が高い兜《かぶと》状の特殊な鉄鍋で焼きながら、たれにつけて食べる料理。〈父おもふべし成吉思汗の鍋熱く　水田光雄〉

冬瓜汁《とうがじる》 （初） 〈人生の透きとほりゆく冬瓜汁　鷹羽狩行〉

秋渇き《あきがわき》 ㊂ 暑さのために減退した食欲が、過ごしやすい秋の気候のなかで、いちじるしく回復すること。〈眼光のその人にきし秋渇き　中西夕紀〉

雁瘡《がんがさ》 （晩） **雁来**《がんが》**瘡**《さ》**・雁瘡**《がんさう》**・こせがさ** 雁《かり》の来る頃に始まり、帰る頃に軽快する痒《かゆ》みを伴う湿疹《しつしん》の俗称。→雁瘡癒ゆ（春）〈雁瘡と言ひ治るかと問はれけり　千原草之〉

秋思《しうし》 ㊂ **秋懐**《しうくわい》**・傷秋**《しやうしう》**・秋容**《しうよう》**・秋**《あき》**あはれ・秋**《あき》**さびし** 秋になり、心に感じたり思ったりすること。他の季節に比べて、秋はもの思うことが多い。〈秋思とも齢ともただ坐してをり　村越化石〉

秋意《しうい》 ㊂ 秋の気分、秋らしい趣、秋の風情《ふぜい》をいう。〈頁繰るかそけき音も秋意かな　伊藤康江〉

行　事

庭の立琴《にはのたてこと》 (初) **立琴**《たてごと》**・九枝灯**《きうしとう》**・火取香**《ひとりかう》**・紅葉**《もみぢ》**の帳**《とばり》 宮中で祭られた七夕の飾り物の一つ。
〈立琴に羽を磨る白き蝶々かな　高田蝶衣〉

星の薫物《ほしのたきもの》 (初) **星**《ほし》**の薫**《かをり》 宮中で七夕の星を祭る際、庭の立琴の傍らに置いた香炉に、終夜焚《た》かれた香のこと。

相撲の節《すまひのせち》 (初) **相撲**《すまふ》**の節**《せち》**・相撲**《すまひ》**の節会**《せちゑ》**・相撲会**《すまふゑ》**・部領使**《ことりづかひ》 旧暦七月に、天皇が宮中で相撲を観覧し、参列の群臣と饗宴《きようえん》を催した行事。

新綿の奏《にひわたのそう》 (初) 旧暦七月一六日に、内裏《だいり》へ新綿を献上したこと。

定考《かうぢやう》 (仲) **小定考**《こかうぢやう》 平安時代、毎月八月一一日を式日《しきじつ》として、前年八月一日以降一年間の太政官の長上官（常勤者）の勤務成績を考査上申する儀式。〈定考や身は六芸に達しけり　高田蝶衣〉

司召《つかさめし》 (仲) **秋**《あき》**の除目**《ぢもく》**・京官除目**《きやうくわんぢもく》 古代、「司」は中央諸官司の京官をいい、「召」とは朝廷に召し出すことで、官職の補佐を意味した。〈拝すとて烏帽子落すな司めし　太祇〉

秋の駒牽《あきのこまびき》 (仲) **駒迎**《こまむかへ》**・引分使**《ひきわけづかひ》**・望月**《もちづき》**の駒**《こま》**・霧原**《きりはら》**の駒**《こま》 旧暦八月、甲斐《かい》・武蔵《むさし》・信濃《しなの》・上野《こうずけ》の四か国の御牧《みまき》から、四歳以上の官用に適した馬を、都まで引いて来たこと、またその馬を紫宸殿《ししんでん》の南庭に引き回し、出御した天皇の御覧に入れた儀式。〈一袋蕎麦も添へけり駒迎　一茶〉

秋の御燈《あきのごとう》 (晩) **後**《のち》**の御燈**《ごとう》 平安時代、旧暦九月三日、三月三日と同様に、天皇が北辰《ほくしん》（北極

星）に灯火を奉った行事。→御燈（春）

重陽《ちようやう》 ㊥晩 重九《ちようきう》・重陽《ちようやう》の宴《えん》・菊《きく》の節句《せつく》・九日《ここのか》の節句《せつく》・菊《きく》の日《ひ》・今日《けふ》の菊《きく》・重陽《ちようやう》の露《つゆ》・菊《きく》の宴《えん》・栗《くり》の節句《せつく》・刈上《かりあげ》の節供《せつく》・三九日《さんくにち》・三九日《みくにち》　旧暦の九月九日の節句。→菊の着綿《きせわた》・茱萸《ぐみ》の袋・菊の酒・温め酒・高きに登る　〈重陽の日は三輪山の上にあり　大峯あきら〉

高きに登る《たかきにのぼる》 ㊥晩 登高《とうかう》　重陽《ちようよう》の行事のもとになった中国の古い習俗。旧暦九月九日に小高い丘や山に登り、天災や厄を避けようとした行事。→重陽　〈抱瓶を腰に高きに登りけり　山崎ひさを〉

氷魚を賜ふ《ひをたまふ》 ㊥晩　旧暦九月九日の重陽《ちようよう》の節会、また一〇月一日に、宮中で群臣に氷魚を賜うこと。

不堪田の奏《ふかんでんのそう》 ㊥晩 不堪佃田《ふかんでんでん》の奏《そう》　土地が荒廃し耕作不能となった田を、律令制で「不堪佃田」といい、「不堪田の奏」は租税減免のため、国司から申請のあった内容を太政官が議定し奏上する公事。平安時代には年中行事として旧暦九月七日に行われたが、内実を伴わず儀礼化していった。〈諸司の奏のあとにひかへぬ不堪田　有田風蕩之〉

終戦記念日《しゆうせんきねんび》 ㊥初 終戦忌《しゆうせんき》・敗戦忌《はいせんき》・敗戦記念日《はいせんきねんび》・終戦《しゆうせん》の日《ひ》・終戦日《しゆうせんび》・敗戦《はいせん》の日《ひ》・敗戦日《はいせんび》・八月十五日《はちぐわつじふごにち》　八月一五日。昭和二〇年（一九四五）、日本がポツダム宣言を受諾、無条件降伏を表明して、第二次世界大戦が終了したとする日。→沖縄慰霊の日（夏）・原爆の日（夏）　〈木々のこゑ石ころのこゑ終戦日　鷹羽狩行〉

関東大震災の日《くわんとうだいしんさいのひ》 ㊥初 震災忌《しんさいき》・関東大震災忌《くわんとうだいしんさいき》・関東大震災記念日《くわんとうだいしんさいきねんび》・防災《ばうさい》の日《ひ》　九月一

日。大正一二年（一九二三）のこの日、相模《さがみ》湾西部を震源とする大地震が発生した。↓東日本大震災の日（春）・阪神淡路大震災の日（冬）〈わが知れる阿鼻叫喚や震災忌　京極杞陽〉

敬老の日《けいらうのひ》 仲 **年寄《としより》の日《ひ》・老人《らうじん》の日《ひ》・敬老日《けいらうび》** 国民の祝日の一つ。九月の第三月曜日。

秋分の日《しうぶんのひ》 仲 国民の祝日の一つ。九月二三日前後。秋分は秋の彼岸の中日として、先祖を敬い、亡くなった人を偲《しの》ぶ日。↓秋分・秋彼岸〈秋分の日の音立てて甲斐の川　廣瀬町子〉

スポーツの日《スポーツのひ》 晩 **体育《たいいく》の日《ひ》** 国民の祝日の一つ。一〇月の第二月曜日。昭和三九年（一九六四）一〇月一〇日の東京オリンピック開会式を記念して制定された。〈体育の日を耳立てて兎たち　辻田克巳〉

文化の日《ぶんくわのひ》 晩 **明治節《めいぢせつ》・文化祭《ぶんくわさい》** 国民の祝日の一つ。一一月三日。文化の発達に功労のあった人に文化勲章を授与し、各地で文化祭、芸術祭を開催する。〈叙勲の名一眺めして文化の日　深見けん二〉

乞巧奠《きかうでん》 初 **きつかうてん・乞巧棚《きつかうだな》・乞巧針《きつかうばり》** 旧暦七月七日の行事。牽牛《けんぎゅう》・織女が一年に一度会う夜という伝説から、それにあやかって、女子が裁縫の腕が上がることを願った中国の風習。↓七夕・願の糸〈乞巧奠願ひの糸の絹の艶　中尾杏子〉

池坊立花《いけのぼうりつくわ》 初 かつての七夕の行事。七夕立花のこと。江戸初期には、京都六角堂（頂法《ちょうほう》寺《じ》）で、住職池坊専好《せんこう》（二代）が催した七夕立花会が評判になり、見物人で賑《にぎ》わった。↓七夕〈家元の菊の立花は幕のうち　中田余瓶〉

本願寺の籠花《ほんぐわんじのかごはな》 初 **本願寺立花《ほんぐわんじりつくわ》・七日《なぬか》の花揃《はなそろへ》** かつての七夕の行事。京都市下京区の東本

願寺では御堂衆《みどうしゅう》や家臣が、西本願寺では一般寺院が、草花でこしらえた鳥獣・草木・人形などの作り物を籠に挿して献じた。↓七夕

梶鞠《かぢまり》（初）**飛鳥井**《あすかゐ》**の鞠**《まり》**・梶**《かぢ》**の鞠**《まり》**・七夕**《たなばた》**の鞠**《まり》**・楮**《かうぞ》**の鞠**《まり》**・七夕**《たなばた》**の蹴鞠**《けまり》　七夕に蹴鞠の宗家飛鳥井家で行われた鞠会《まりかい》のこと。↓七夕　〈梶鞠や竹の叢葉に触《さわ》りぬる　山口誓子〉

おくにち（晩）**おくんち・くんち・お宮日**《くんち》　旧暦九月九日のこと。陽数の九の重なりをめでたいこととして「御九日」とよんだ。↓重陽　〈空も酔ふ笛の一節くんち来る　中尾杏子〉

秋祭《あきまつり》（三）**在祭**《ざいまつり》**・村祭**《むらまつり》**・里祭**《さとまつり》**・浦祭**《うらまつり》　↓春祭（春）・祭（夏）　〈石段のはじめは地べた秋祭　三橋敏雄〉

北野煤払《きたのすすはらひ》（初）　かつて旧暦七月六日に京都北野天満宮で行われていた曝涼《ばくりょう》の行事。〈盆候やあらむ北野の御煤掃　晴山〉

北野御手水《きたのみてうづ》（初）**御手洗祭**《みたらしまつり》　かつて旧暦七月七日に行われた京都北野天満宮の行事。現在は八月上旬から七夕祭が行われ、御手洗川足つけ燈明《とうみょう》神事などの諸行事に多くの参拝者が訪れる。〈御手洗会蠟涙水に落しては　大橋敦子〉

二十六夜待《にじふろくやまち》（初）**六夜待**《ろくやまち》**・二十六夜祭**《にじふろくやまつり》　旧暦の正月と七月二十六日の夜半、月の出を待って拝むこと。〈六夜待藤蔓に顔打たれたる　市川葉〉

愛宕火《あたごび》（初）　愛宕信仰に伴う火祭り。六月から八月にかけて、近畿や山陰地方を中心に、各地で火祭りが行われる。〈愛宕火や闇をつんざく鉦の音　高野清風〉

穂懸《ほかけ》（仲）　稲刈りの初めに一束ほどの初穂を刈り、それを神社に供えたり、田の隅《すみ》にある柳の木

や、家の床の間の柱・囲炉裏《いろり》の自在鉤《じざいかぎ》に懸けたりする行事。〈穂懸していでや笹葉に一祝詞　三父〉

数方庭祭《すつぽうていまつり》 (初) 八月七日から一三日にかけて、山口県下関市長府の忌宮《いみのみや》神社で行われる祭り。〈数方庭祭一番太鼓へ浄め塩　堀青研子〉

仙台七夕《せんだいたなばた》 (初) 例年八月六日から八日までの三日間、宮城県仙台市で開催される祭り。

深川祭《ふかがはまつり》 (初) **富岡祭**《とみをかまつり》・**深川八幡祭**《ふかがははちまんまつり》 東京都江東区の富岡八幡宮で八月一五日（もと旧暦）を中心に行われる祭礼。〈濡れて湧く深川八幡祭かな　櫻井康敞〉

戸隠祭《とがくしまつり》 (初) 八月一四日から一六日まで、長野市の戸隠神社にて行われる例祭。〈戸隠祭太鼓と笙とまちまちに　中村草田男〉

竹生島祭《ちくぶしままつり》 (初) **竹生島蓮華会**《ちくぶしまれんげゑ》・**竹生島蓮華頭**《ちくぶしまれんげとう》・**法華会**《ほつけゑ》 八月一五日、滋賀県長浜市の琵《び》琶《わ》湖《こ》上の竹生島で行われる祭礼。

三嶋大祭《みしまおほまつり》 (初) 通常八月一五日から一七日まで、静岡県三島市の三《み》嶋大社《しまたいしや》で行われる例祭。

玉取祭《たまとりまつり》 (初) **厳島延年祭**《いつくしまえんねんさい》・**延年頭**《えんねんとう》 旧暦七月一四日頃（新暦八月中頃）の夜に、広島県廿日《はつか》市《いち》市の厳島神社火焼前《ひたさき》の海で行われた厳島神社の年中行事。〈回廊をひた駆く勝者玉取祭　山田弘子〉

吉田火祭《よしだひまつり》 (初) **吉田浅間祭**《よしだせんげんまつり》・**芒祭**《すすきまつり》・**火伏祭**《ひぶせまつり》・**火祭**《ひまつり》 八月二六・二七日、山梨県富士吉田市にある北口本宮富士《ふじ》浅間神社と境内社諏訪《すわ》神社の両社で行われる祭礼。〈火祭の夜空に富士の大いさよ　伊藤柏翠〉

松上げ《まつあげ》 ㊒初 概《おおむ》ね八月二四日、京都から丹後、若狭にかけて行われる火祭り。〈松上げや松明砕く山の闇　宇野恭子〉

御射山祭《みさやままつり》 ㊒初 **穂屋**《ほや》**の祭**《まつり》**・穂屋**《ほや》**・御射山狩**《みさやまがり》**・穂屋**《ほや》**の芒**《すすき》 八月二六日から二八日までの三日間、長野県諏訪《すわ》大社で行われる祭礼。〈草の香のつよき暾が出て穂屋祭　宮坂静生〉

花笠踊《はながさをどり》 ㊒初 八月二四日直近の日曜日の夜、京都市左京区の北端、久多《くた》の志古淵《しこふち》神社に五穀豊《ごこくほう》穣《じょう》を感謝し奉納する踊り。〈志古淵の小さな杜に踊りけり　浅井陽子〉

松尾神事相撲《まつのをしんじすまふ》 ㊥仲 旧暦八月一日（八朔《はつさく》）、京都市西京区の松尾大社で行われた神事相撲。現在九月第一日曜日に八朔祭《はつさくさい》があり、八朔相撲を行っている。

鹿島祭《かしままつり》 ㊒初 **鹿島御神幸祭**《かしまごじんかうまつり》 茨城県鹿嶋《かしま》市の鹿島神宮の大祭。かつては旧暦の七月七日・一〇日・一一日に行われたが、現在は九月一日・二日に行われる。

貴船の狭小神輿《きぶねのささみこし》 晩 **狭小神輿**《ささみこし》 旧暦九月一日から九日間、洛中の子供たちが貴船の狭小神輿と称して小さい神輿を担ぎ、市中を練り歩いたという。この行事は早くに消滅したようである。

気比祭《けひまつり》 ㊥仲 **敦賀祭**《つるがまつり》 九月二日から一五日まで、福井県敦賀市にある気比神宮で行われる例祭。

北野祭《きたのまつり》 ㊒初 九月四日、京都北野天満宮で行われる例祭。〈北野まつりまことのみちに家内かな　季吟〉

浮立《ふりふ》 晩 **西**《にし》**の宮浮立**《みやふりふ》 一〇月二〇日に近い土・日曜日、佐賀県みやき町の西乃宮八幡神社で行われる祭礼。

例幣《れいへい》 (晩) **伊勢奉幣**《いせほうへい》　伊勢神宮の神嘗祭《かんなめさい》の前に、朝廷から勅使が遣わされ幣帛《へいはく》（神への貢ぎ物）を献上する儀式。旧暦九月一一日に毎年恒例で行われたため例幣とよばれた。

大鳥祭《おほとりまつり》 (仲) **大鳥明神　祭**《おほとりみやうじんまつり》　旧暦八月一三日、大阪府堺《さかい》市にある大鳥神社で行われた例祭。

芝神明祭《しばしんめいまつり》 (仲) **だらだら祭**《まつり》**・生姜市**《しやうがいち》**・目**《め》**くされ市**《いち》**・千木箱**《ちぎばこ》**売る**　九月一一日から二一日まで、東京都港区の芝大門にある芝大神宮で行われる祭り。〈だら〳〵とだら〳〵まつり秋淋し　久保田万太郎〉

八幡放生会《やはたはうじやうゑ》 (仲) **放生会**《はうじやうゑ》**・男山祭**《をとこやままつり》**・八幡祭**《はちまんまつり》**・石清水祭**《いはしみづまつり》**・仲秋祭**《ちゆうしうさい》**・南祭**（みなみまつり／なんさい）**・放**《はな》**ち鳥**《どり》**・放**《はな》**ち亀**《がめ》**・放生川**《はうじやうがは》　九月一五日、京都府八幡《やわた》市の石清水八幡宮で行われる祭事。〈放生の桶を汀に会式待つ　細川子生〉

鶴岡祭《つるがをかまつり》 (仲) **鶴岡　八幡祭**《つるがをかはちまんまつり》**・鎌倉八幡祭**《かまくらはちまんまつり》　九月一四日から一六日にかけて鎌倉の鶴岡八幡宮で行われる例祭。

石岡のお祭り《いしをかのおまつり》 (仲)　茨城県石岡市の常陸国総社宮《ひたちのくにそうしやぐう》の五穀豊穣などを祈願する例大祭。例年九月一五日と、敬老の日が最終日となる三日間で行われる。

筥崎祭《はこざきまつり》 (仲) **筥崎放生会**《はこざきはうじやうや》　九月一二日から一八日まで、福岡市東区箱崎の筥崎宮で行われる祭り。〈庖丁の露店しづかな放生会　柴田佐知子〉

伊勢御遷宮《いせごせんぐう》 (晩) **御遷宮**《ごせんぐう》　伊勢神宮の内宮《ないくう》（皇大神宮）と外宮《げくう》（豊受《とようけ》大神宮）には、二〇年ごとに新しい社殿を建て、御神体を移し替える制度があり、式年《しきねん》遷宮という。もともとは、内宮は旧暦九月一六日の夜、外宮は九月一五日の夜に行われた。〈浄闇に在す絹帳御遷宮　坊城佐和

子〉

岩倉祭《いはくらまつり》 (晩) **尻**《しり》**たたき祭**《まつり》 旧暦九月一五日、京都市左京区岩倉の石座《いわくら》神社で行われた祭礼、北山石蔵明神祭のこと。明治になって途絶えた。

穴織祭《あやはまつり》 (晩) **呉服祭**《くれはまつり》**・神衣祭**《かんみそのまつり》 近世において旧暦九月一七日に大阪府池田市の穴織宮《あやはのみや》伊居太《いけだ》神社で行われた祭り。〈秋もはやくれはあやはの祭かな　写凉〉

豊国神社祭《とよくにじんじやさい》 (仲) **豊国祭**《ほうこくさい》 九月一八日、京都市東山区の豊国神社で行われる例祭。

霧島祭《きりしままつり》 (晩) **豊穣祭**《ほぜまつり》**・豊穣会**《ほうじやうゑ》 鹿児島県霧島市の霧島神宮で行われる祭り。毎年旧暦九月一九日には古例祭があり、かつては新暦九月一九日に収穫の報賽《ほうさい》の意味で霧島祭が行われていたが、現在は行われていない。

八幡花の頭《やはたはなのとう》 (晩) 明治の神仏分離令以前に京都の石清水《いわしみず》八幡宮で行われた行事。

太宰府祭《だざいふまつり》 (仲) **太宰府天満宮祭**《だざいふてんまんぐうまつり》**・安楽寺祭**《あんらくじまつり》**・どんかん祭**《まつり》 九月二一日から二五日まで、福岡県太宰府市の太宰府天満宮で行われる祭り。

逆髪祭《さかがみまつり》 (晩) **逆髪忌**《さかがみき》 旧暦九月二四日、滋賀県大津市の蟬丸《せみまる》神社（関明神《せきのみょうじん》）で行われた秋の祭礼。〈羽織着て逆髪詣もう寒く　富安風生〉

日前国懸祭《ひのくまくにかかすのまつり》 (仲) **日前祭**《ひのくままつり》 九月二六日、和歌山市の日前神宮・国懸神宮で行われる祭礼。

吉野祭《よしのまつり》 (仲) 九月二七日、奈良県吉野町吉野山にある吉野神宮で行われる例祭（秋の大祭）。

住吉の神送《すみよしのかみおくり》 (晩) **御**《み》**菅**《すげ》**の祓**《はらへ》**・北祭**《きたまつり》 かつて旧暦九月晦日《みそか》に行われた大阪市住吉区の住吉大社の神事。

北野瑞饋祭《きたのずいきまつり》 (仲) **芋茎祭**《ずいきまつり》**・豊年祭**《ほうねんまつり》**・瑞饋**《ずいき》**神輿**《みこし》**・草神輿**《くさみこし》 一〇月一日から五日間、京都の北野天満宮で行われる祭礼。〈芋茎神輿街に野の香をもたらして　小島國夫〉

白川祭《しらかはまつり》 (晩) 一〇月上旬、京都市左京区北白川仕伏《しぶせ》町北白川天神宮で行われる祭り。

二本松提灯祭《にほんまつちやうちんまつり》 (晩) 一〇月第一土曜日から月曜日までの三日間、福島県二本松市の二本松神社で行われる例祭。

金刀比羅祭《ことひらまつり》 (晩) **金毘羅祭**《こんぴらまつり》 古来、航海の守護神として全国からの信仰が厚い香川県琴平《ことひら》町の金刀比羅宮で、一〇月九日から一一日までの三日間行われる例大祭のこと。〈金比羅の祭の面のまま歩む　阿波野青畝〉

掛川祭《かけがはまつり》 (晩) 一〇月第二土曜日・日曜日を中心に三日間（大祭《おおまつり》は四日間）、静岡県掛川市で行われる祭り。

大津祭《おほつまつり》 (晩) **四宮祭**《しのみやまつり》 一〇月一〇日を中心に、滋賀県大津市の天孫《てんそん》神社（四宮神社）で行われる祭礼。〈電車徐行大津祭の山車の脇　大野鵠士〉

箕面の富《みのおのとみ》 (晩) **箕面山弁才天参**《みのおざんべんざいてんまゐり》**・御**《お》**富法会**《とみほふゑ》**・箕面富突**《みのおとみつき》**・一**《いち》**の富**《とみ》**・二**《に》**の富**《とみ》**・三**《さん》**の富**《とみ》**・富札**《とみふだ》 一〇月一〇日、大阪府箕面市箕面公園の瀧安寺《りゆうあんじ》で行われる富籤《とみくじ》興行。かつては、正月三が日に行われ、興行とそれに伴う法要をいった。

岡崎祭《をかざきまつり》 (晩) **岡崎東天王祭**《をかざきとうてんわうまつり》 一〇月一一日から一六日まで、京都市左京区の岡崎神社で行われる祭礼。

秋思祭《しうしさい》 (仲) 菅原道真《すがわらのみちざね》が大宰府《だざいふ》で都を偲《しの》んで詠んだ漢詩「九月十日」の〈秋思《ノ》詩《し》篇《へん》独《リ》断腸〉にち

なみ、旧暦八月一五日に催される祭典。〈風が消す燭の火をつぎ秋思祭　大橋敦子〉

伏見三栖祭《ふしみみすまつり》 晩 **炬火祭**《たいまつまつり》**・松明祭**《たいまつまつり》 京都市伏見区横大路下三栖城ノ前町にある三栖神社の祭礼。かつては一〇月一二日から一六日までであったが、現在はそれに近い二週続けての日曜日に行われる。

袋井《ふくろゐ》**祭**《まつ》**り** 仲 一〇月中旬の金・土・日曜日に、静岡県袋井市にある十二所神社《じゅうにしょじんじゃ》、白髭神社《しらひげじんじゃ》、七ツ森神社《ななつもりじんじゃ》、赤尾《あかお》渋垂《しぶたれ》郡辺《こおりべ》神社《じんじゃ》の四社合同で行われる例祭。

灘のけんくわ祭り《なだのけんくわまつり》 仲 **灘祭**《なだまつ》**り** 一〇月一四・一五日に、兵庫県姫路市の松原八幡神社で行われる例祭。

石上祭《いそのかみまつり》 晩 **ふる祭**《まつり》**・田村渡**《たむらわたり》 一〇月一五日に、奈良県天理市布留《ふる》にある石上神宮で行われる例大祭の渡御《とぎょ》祭。

粟田神社祭《あはたじんじやまつり》 晩 **粟田口祭**《あはたぐちまつり》 京都市東山区にある粟田神社の祭礼。本来は一〇月一五日であったが、現在は一〇月第二月曜日のスポーツの日（令和元年までは体育の日）に神幸祭《しんこうさい》・還幸祭《かんこうさい》、前日に夜渡り神事、前々日に出御祭《おいでまつり》、一五日には例大祭が行われる。〈橋わたす鉾さしはやせ粟田口　太祇〉

阿濃津八幡祭《あのつはちまんまつり》 晩 一〇月一五日に、三重県津市八幡《やわた》町の阿濃津八幡神社で行われる祭礼。

佐原の大祭《さはらのたいさい》 晩 千葉県香取《かとり》市で、例年七月一〇日以降の金曜日から日曜日の三日間行われる八坂神社祇園祭《ぎおんまつり》（本所地区）と、一〇月の第二土曜日を中日とする三日間行われる諏訪《すわ》神社の祭礼の秋祭り（新宿地区）の総称。〈川越えて佐原囃子の笛と鉦　棚山波朗〉

御香宮祭《ごかうのみやまつり》 (晩) **伏見祭**《ふしみまつり》**・花傘祭**《はながさまつり》 一〇月第二日曜日を最終日とする九日間、京都市伏見区御香宮門前町《ごこうぐうもんぜんちょう》にある御香宮神社で行われる祭礼。〈もし降らば千珠投げませ祭の日　嘯山〉

西院祭《さゐまつり》 (晩) **西院祭**《さいゐんまつり》**・春日祭**《かすがさい》 京都市右京区西院春日町にある春日神社の祭礼。かつては一〇月一一日であったが、現在は一〇月第二土曜日・日曜日にわたり行われる。

宇佐祭《うさまつり》 (仲) **宇佐宮祭**《うさのみやまつり》**・宇佐放生会**《うさはうじやうゑ》**・仲秋祭**《ちゆうしうさい》 一〇月第二月曜日を含む土・日・月曜日（かつては旧暦八月一四・一五日）に、大分県宇佐市にある宇佐神宮で行われる例祭。

新宮の御船祭《しんぐうのみふねまつり》 (晩) 熊野《くまの》三山の一つ、和歌山県新宮市にある熊野速玉《はやたま》大社の例祭。一〇月一五・一六日に行われるが、御船祭は一六日に熊野川で行われる。

神嘗祭《かんなめのまつり》 (晩) **神嘗祭**《かんなめさい》**・神嘗祭**《しんじやうさい》**・度会新嘗祭**《わたらへのにひなめのまつり》 その年の新穀で作った新酒と神饌《しんせん》を伊勢神宮に奉り、五穀豊穣《ごこくほうじよう》を感謝する祭り。古くは、旧暦九月一一日にこれを勅使に授け、一七日に奉ったが、明治一二年（一八七九）以後、一〇月一七日に行われるようになった。↓新嘗祭（冬）
〈馬で来る神嘗祭の勅使かな　野田別天楼〉

宝の市《たからのいち》 (晩) **升市**《ますいち》**・住吉**《すみよし》**の市**《いち》**・取鉢**《とりばち》**・住吉相撲会**《すみよしすまふゑ》 大阪市住吉区の住吉大社の祭祀《さいし》で、旧暦九月一三日の相撲会。〈升市や月も寄せくる松の上　高田蝶衣〉

西条まつり《さいでうまつり》 (仲) 一〇月中旬に、愛媛県西条市の伊曽乃《いその》神社・嘉母《かも》神社・石岡《いわおか》神社・飯積《いいづみ》神社の四つの神社で行われる例祭の総称。

靖国神社秋季大祭《やすくにじんじやしうきたいさい》 (晩) 一〇月一七日から二〇日までの四日間、東京九段の靖国神社で執り行われる例大祭。↓靖国祭（春）

城南祭《じやうなんまつり》 (仲)(晩) **城南祭**《せいなんまつり》**・城南神祭**《じやうなんじんまつり》**・城南寺祭**《じやうなんじのまつり》 一〇月第三日曜日、京都市伏見区の城南宮で行われる祭礼。かつては旧暦九月二〇日に行われていた。

川越氷川祭《かはごえひかはまつり》 (晩) 一〇月の第三日曜日とその前日に、埼玉県川越市氷川神社で行われる例大祭の付祭《つけまつり》。

三谷祭《みやままつり》 (晩) 一〇月の第三土曜日・日曜日、愛知県蒲郡《がまごおり》市内で催される祭り。

松江祭《まつえまつり》 (仲) **松江祭鼕行列**《まつえまつりどうぎやうれつ》 一〇月の第三日曜日、島根県松江市の松江城山内にある松江神社の例大祭に合わせ、松江の開府を祝う祭り。

野の宮の別《ののみやのわかれ》 (晩) **桂川**《かつらがは》**の御禊**《みそぎ》**・別**《わかれ》**の御櫛**《みぐし》**・斎宮群行**《さいぐうのぐんかう》 かつて、伊勢の皇大神宮に奉仕する斎宮や、賀茂《かも》神社に奉仕する斎院が未婚の内親王・女王から選ばれ、京都嵯峨野《さがの》の野宮《ののみや》神社で三年間精進潔斎し、九月上旬に参内、天皇に別れを告げて神の女性となったこと。現在は一〇月の第三日曜日、復元行列が出て、嵐山《あらしやま》で禊《みそぎ》をする。〈野の宮の別れ語るや小百姓　松瀬青々〉

鳴瀧祭《なるたきまつり》 (晩) **福王子祭**《ふくわうじまつり》**・御器洗祭**《ごきあらひまつり》 一〇月の第三日曜日、京都市右京区宇多野福王子町の福王子神社で行われる祭礼。〈神国《かみぐに》は五器を洗ふも祭りかな　一茶〉

恵美須祭《ゑびすまつり》 (晩) **旅夷 祭**《たびえびすまつり》 旧暦九月二〇日、京都市東山区の京都ゑ《え》びす神社で行われた祭礼。

鞍馬の火祭《くらまのひまつり》 (晩) **鞍馬祭**《くらままつり》**・火祭**《ひまつり》**・靫大明神祭**《ゆきだいみやうじんまつり》 一〇月二二日、京都市左京区鞍馬の由岐《ゆき》神社で行われる例祭。太秦《うずまさ》の牛祭、今宮のやすらい祭と並ぶ京都三大奇祭の一つ。〈火祭りの炎粘つて来たりけり　井上弘美〉

時代祭《じだいまつり》 (晩) **平安祭**《へいあんまつり》 一〇月二二日、京都市左京区の平安神宮で行われる例祭。葵祭《あおいまつり》、祇園祭《ぎおんまつり》

ともに京都三大祭りの一つ。〈縦に見て時代祭は面白し　後藤比奈夫〉

大神神社祭《おほみわじんじやまつり》 （晩） 一〇月二四日、奈良県桜井市三輪《みわ》にある大神神社で行われる祭礼。

天満流鏑馬《てんまやぶさめ》 （晩） 大阪市北区の大阪天満宮で、大坂城主松平忠明《まつだいらただあきら》によって始められた武運長久を祈願する流鏑馬の神事。旧暦九月二五日に行われた。現在は一〇月二五日に行われる。

宮崎祭《みやざきまつり》 （晩） 一〇月二六日から四日間、宮崎市神宮町の宮崎神宮で行われる例大祭。

木幡祭《こはたまつり》 （晩） 一一月三日、京都府宇治市木幡にある許波多《こはた》神社で行われる祭礼。

淀祭《よどまつり》 （晩） **水垂祭**《みづたれまつり》 一一月三日、京都市伏見区の與杼《よど》神社で行われる祭礼。

逆の峰入《ぎやくのみねいり》 （初） **逆峰**《ぎやくみね》**・秋**《あき》**の峰入**《みねいり》 大峰山《おおみねさん》・金峰山《きんぷせん》を当山とする、真言宗系の三宝院醍醐寺《さんぼういんだいごじ》（京都市伏見区）派（当山派ともいう）によって秋に行われる行。↓峰入（春）〈峯入は皆柿道人とや申す　石井露月〉

水灯会《すいとうゑ》 （初） **竜灯会**《りゆうどうゑ》**・法灯会**《ほふとうゑ》**・黄檗山川施餓鬼**《わうばくさんかはせがき》 水死、溺死者などのために、川中に舟を浮かべ、あるいは川岸で施食会《せじきゑ》を営み、その供物を川に流す風習。宇治川における黄檗山万福寺でかつて行われた「水燈会」が最も有名であるが、すでに廃絶している。

大文字《だいもんじ》 （初） **大文字**《だいもんじ》**の火**《ひ》**・妙法**《めうほふ》**の火**《ひ》**・船形**《ふながた》**の火**《ひ》**・左大文字**《ひだりだいもんじ》**・鳥居**《とりゐ》**の火**《ひ》**・五山送**《ござんおく》**り火**《び》**・施火**《せび》 八月一六日の夜、京都東山の一峰如意《によい》ケ《が》岳《たけ》の西の中腹に設けた、大の字に象《かたど》った火床《ひどこ》に薪を積み火を点《つ》ける、盆の送り火の一つ。〈はじめなかをはり一切大文字　岩城久治〉

鹿踊《ししをどり》 （三） **鹿踊**《しかをどり》 岩手県、宮城県、そして愛媛県宇和島市周辺に、江戸時代から伝わる伝統舞踊。〈白足袋の汚れもあはれ鹿踊り　田村了咲〉

解夏《げげ》　㊀初　**夏明**《げあき》**・夏**《げ》**の果**《はて》**・送行**《そうあん》**・仏歓喜日**《ぶつくわんきび》**・歓喜日**《くわんきび》**・夏書納**《げがきをさめ》　旧暦七月一五日、夏の安居《あんご》を解くこと。安居とは、一夏九旬、旧暦四月一六日から七月一五日までの九〇日間、僧侶が世俗を離れ一定の場所に籠もって修行に専念すること。↓安居（夏）〈みちのくの雲に触れゆく解夏の僧　黒田杏子〉

三井寺女詣《みゐでらをんなまうで》　㊀初　滋賀県大津市の園城寺《おんじやうじ》（通称三井寺）では、かつて女性の参詣を禁じていたが、旧暦七月一五日のみ参詣を許した。

祐天寺千部《いうてんじせんぶ》　㊀初　かつて旧暦七月一六日から二五日までの一〇日間、東京都目黒区の祐天寺で行われた阿弥陀経《あみだきやう》千部読誦《どくじゆ》の修行。

六斎念仏《ろくさいねんぶつ》　㊀初　**六斎**《ろくさい》**・六斎会**《ろくさいゑ》**・六讃**《ろくさん》**・六斎踊**《ろくさいをどり》**・六斎講**《ろくさいかう》**・六斎太鼓**《ろくさいだいこ》**・六斎勧進**《ろくさいくわんじん》　仏教で、戒律を守り、身を慎む日とされる六斎日（八日・一四日・一五日・二三日・二九日・晦日《つごもり》）に、六斎講中が念仏を唱え、鉦《かね》や太鼓を鳴らし踊る。念仏踊りを主とする念仏六斎と、能や歌舞伎《かぶき》などを取り入れた芸能六斎に分かれて伝承され、現在は、壬生寺《みぶでら》など京都市内の社寺で、八月に開催されている。〈六斎の念仏太鼓打ちてやむ　中田余瓶〉

野口念仏《のぐちねんぶつ》　㊀仲　兵庫県加古川《かこがわ》市野口町にある念仏山教信寺《きやうしんじ》で、教信沙弥《しやみ》の徳を追慕して行われる念仏会のこと。現在は九月一三日から一五日まで行われる。〈教信がありし埴生の念仏かな　松瀬青々〉

六道参《ろくだうまゐり》　㊀初　**迎鐘**《むかへがね》**・槙売**《まきうり》**・精霊迎**《しやうりやうむかへ》　盆の精霊を迎えるために、特定の寺院に参詣する行事。京都のいくつかの寺で行われる。京都市東山区の六道珍皇寺《ろくどうちんのうじ》では八月七日から一〇日までの四日

間行われる。〈建仁寺抜けて六道詣りかな　高浜年尾〉

鬼来迎《きらいがう》 （初） 八月一六日、千葉県横芝光町《よこしばひかりまち》の広済寺の盆において、檀家《だんか》の人々によって演じられる民俗芸能。国の重要無形民俗文化財。

清水千日詣《きよみづせんにちまうで》 （初） **欲日**《よくび》 八月九日から一六日の間に、京都の清水寺に参詣すると、ふだんの千日または四万六千日分の功徳《くどく》を授かるとされる。宵《よい》まいりと称して夜の参詣人が多い。

薪寺の虫干《たきぎでらのむしぼし》 （初） 八月一五日から一六日にかけて、京都府京田辺市薪の酬恩庵《しゅうおんあん》で行われる曝《ばく》涼《りょう》。〈虫干や裏の竹きる薪寺　松瀬青々〉

奉灯会《ほうとうゑ》 （初） **万灯会**《まんとうゑ》**・万灯万華会**《まんとうまんげゑ》**・宵弘法**《よひこうぼふ》 八月二〇日の夜、京都市右京区嵯峨《さが》大覚寺《だいかくじ》で営まれる八月の弘法大師忌の前夜の法会。〈万燈の花に縋りし子供かな　山口青邨〉

御難の餅《ごなんのもち》 （晩） **龍口法難会**《たつのくちほふなんゑ》**・牡丹餅会式**《ぼたもちゑしき》 旧暦九月一二日、日蓮宗《にちれんしゅう》の各寺院や宗徒は、胡麻《ごま》の牡丹餅を祖師の日蓮上人《しょうにん》の像に供える。この餅を御難の餅とよぶ。〈御難餅稲妻頻る夜なりけり　伊藤松宇〉

天王寺一乗会《てんわうじいちじようゑ》 （晩） **柿祭**《かきまつり》**・念仏会**《ねんぶつゑ》 大阪市天王寺区の四天王寺の六時堂で行われた法会。旧暦九月一五日に修せられた。明治の廃仏毀釈《はいぶつきしやく》後は廃れ、現在は行われていない。

泉涌寺舎利会《せんゆうじしやりゑ》 （晩） 一〇月七日から八日にかけて、京都市東山区の泉涌寺で行われる舎利会法要。

太秦の牛祭《うづまさのうしまつり》 （晩） **牛祭**《うしまつり》**・摩多羅神**《まだらじん》 京都市右京区太秦峰岡町の広隆寺《こうりゆうじ》で行われた牛祭のこと。旧暦九月一二日に行われたが明治になって途絶え、明治の中頃から新暦一〇月一二日に再び行わ

れたが、現在は中断している。〈松明や牛に乗りたる摩陀羅神　中川四明〉

伎芸天慶讃法要《ぎげいてんけいさんほふえう》 ㊣晩 一〇月一五日、奈良市秋篠《あきしの》町の秋篠寺で行われる法要。

菊供養《きくくやう》 ㊣晩 一〇月一八日（旧暦九月九日の重陽《ちようよう》の日）、東京都台東区浅草寺《せんそうじ》で行われる菊花の供養。〈こぼれ葉を僧が掃き寄せ菊供養　片山由美子〉

法隆寺夢殿秘仏開扉《ほふりゆうじゆめどのひぶつかいひ》 ㊣晩 奈良県斑鳩《いかるが》町の法隆寺の本尊救世《くせ》観音菩薩《かんのんぼさつ》立像（国宝）はフェノロサが初めて見て、その見事さに驚き、人々に知られるところとなった。春と秋に厨子《ずし》が開扉されるが、秋は一〇月下旬から約一か月間特別拝観ができる。

御取越《おとりこし》 ㊣晩 **報恩講引上会**《ほうおんかういんじやうゑ》 浄土真宗の末寺や在家で行う親鸞忌《しんらんき》のこと。↓報恩講（冬）〈丁寧に朝の挨拶お取越　斎藤夏風〉

明恵上人献茶式《みやうゑしやうにんけんちやしき》 ㊣晩 一一月八日に、京都市右京区栂尾《とがのお》町の高山寺の開山堂で行われる献茶式。

蘭盆勝会《らんぼんしようゑ》 ㊣初 **蘭盆**《らんぼん》・**蘭盆会**《らんぼんゑ》・**中国盆**《ちゆうごくぼん》 旧暦七月二六日から二八日までの三日間、長崎市の崇福寺《そうふくじ》で行われる中国風の盆行事。〈蘭盆の大団円の紙銭燃ゆ　下村ひろし〉

菩薩祭《ぼさまつり》 ㊣仲 **媽祖祭**《まそさい》・**媽祖会**《まそゑ》・**媽祖勝会**《まそしようゑ》・**媽祖降生会**《まそかうしやうゑ》・**船玉祭**《ふなだままつり》・**菩薩踊**《ぼさをどり》 船の守護神である媽祖を祭る行事で、八月二二日が祭日。長崎の興福寺・崇福寺《そうふくじ》・福済寺《ふくさいじ》の三寺で行われる。〈枸杞さげて帰船を呼ぶや菩薩祭　松瀬青々〉

鬼剣舞《おにけんばい》 ㊂ 岩手県北上市周辺に伝わる舞。念仏剣舞とも呼ばれ、主に先祖供養のため盆の期間に披露された。〈鬼剣舞扇合わせて祖霊呼ぶ　高野ムツオ〉

秋の釈奠《あきのせきてん》　㊥　秋《あき》のおきまつり・胙《そ》を献《けん》ず・釈菜《せきさい》・秋《あき》の孔子祭《こうしさい》　九月の最終土曜日に、長崎市大浦町の孔子廟《こうしびょう》で行われる、孔子の旧暦八月二八日の生誕を祝う祭り。↓釈奠（春）

ハロウィン　（晩）　**万霊節**《ばんれいせつ》　一〇月三一日。古代ケルト人の、収穫を祝い、悪い霊を追い出す行事を起源とすると考えられている祭り。〈まだ動く気配なき森ハロウィン　高野ムツオ〉

被昇天祭《ひしょうてんさい》　（初）　**聖母祭**《せいぼさい》・**聖母昇天祭**《せいぼしょうてんさい》・**被昇天**《ひしょうてん》**の祝日**《しゅくじつ》・**聖母被昇天祭**《せいぼひしょうてんさい》　八月一五日。聖母の被昇天とはカトリック教会の用語で、聖母マリアがその人生の終わりに、肉体と霊魂を伴って天国にあげられたという信仰、あるいはその出来事を記念する祝日のこと。〈被昇天そののちの聖《は》母《は》露に濡れ　阿波野青畝〉

聖母聖心祭《せいぼせいしんさい》　（初）　八月二二日。カトリック教会の祝日。この日は聖母が天に召された一週間後にあたる。

聖母生誕祭《せいぼせいたんさい》　㊥　**暁星祭**《げうせいさい》　九月八日。カトリック教会の祝日。聖母マリアの誕生日。〈草濡れて風を呼ぶなり暁星祭　高室有子〉

十字架祭《じふじかさい》　㊥　九月一四日。キリスト者の救いと勝利の希望であるキリストの十字架を思い起こす祝日。〈十字架祭洪水の空夜となりぬ　飯田蛇笏〉

聖ミカエル祭《せいミカエルさい》　㊥　カトリックの祝日。九月二九日の「大天使聖ミカエル聖堂献堂式の記念」をいう。〈聖ミカエル祭虚空に張つて大欅　本宮銑太郎〉

天使祭《てんしさい》　㊥　一〇月二日。カトリックの祝日。一六七〇年に、この日が「守護の天使」の記念日と定められた。〈天使祭黒を着たがる娘たち　鈴木明〉

ロザリオ祭《ロザリオさい》 (晩) **ロザリオの月**《つき》 一〇月七日。カトリックの祝日。一五七一年のこの日、軍勢で劣るキリスト教国の連合艦隊が、海戦で、オスマン帝国の艦隊に大勝利。この勝因を信者の熱心な「ロザリオの祈り」（聖母マリアが聖ドミニコに教えたとされる）によるものとして祝日とした。〈アカペラの耶蘇歌流るロザリオ祭　岡田四庵〉

聖体行列《せいたいぎやうれつ》 (晩) 一〇月の最後の日曜日に行われるカトリックの行事。聖体とはキリストの体のことで、最後の晩餐《ばんさん》のイエスの言葉に従い、パンと葡萄酒《ぶどうしゅ》の形をとって現存するとされている。〈菊の壇聖体帰りましましぬ　山口青邨〉

諸聖人祭《しよせいじんさい》 (晩) **万聖節**《ばんせいせつ》**・聖徒祭**《せいとさい》**・聖人祭**《せいじんさい》 一一月一日。カトリックの祝日。カトリックでは「諸聖人の祝日」とよばれ、秋を代表する祝日。〈聖徒祭ピエタの甲が胸を刺す　松浦敬親〉

諸霊祭《しよれいさい》 (晩) **奉教諸死者祭**《ほうけうしよししやさい》 一一月二日（この日が日曜日なら三日）。カトリックの祝日。カトリックでは「死者の日」とよび、死んだすべての信徒が一日も早く天国に行けるようにと祈る日。〈深秋の奉教死者のミサの燭　景山筍吉〉

国男忌《くにをき》 (初) **柳叟忌**《りうそうき》 八月八日。民俗学者、柳田《やなぎた》国男の忌日。昭和三七年（一九六二）没。八七歳。〈国男忌や煙草すひ継ぐおもわ顕《た》つ　角川源義〉

普羅忌《ふらき》 (初) **立秋忌**《りつしうき》 八月八日。俳人、前田普羅の忌日。昭和二九年（一九五四）没。七〇歳。〈鯉こくの食ひたき日なり普羅忌なり　石田波郷〉

水巴忌《すいはき》 (初) **白日忌**《はくじつき》 八月一三日。俳人、渡辺水巴の忌日。昭和二一年（一九四六）没。六四歳。〈水巴忌やわが掌中の露の玉　渡辺恭子〉

林火忌《りんかき》 ㊀初 八月二一日。俳人、大野林火の忌日。昭和五七年（一九八二）没。七八歳。〈林火忌の烈しき雨に打たれをり　大串章〉

藤村忌《とうそんき》 ㊀初 八月二二日。作家・詩人、島崎藤村の忌日。昭和一八年（一九四三）没。七一歳。〈大正もわづかな記憶藤村忌　渡辺初子〉

耕衣忌《かういき》 ㊀初 八月二五日。俳人、永田耕衣の忌日。平成九年（一九九七）没。九七歳。〈面白の世の一日に耕衣の忌　宇多喜代子〉

夜半忌《やはんき》 ㊀初 **底紅忌**《そこべにき》 八月二九日。俳人、後藤夜半の忌日。昭和五一年（一九七六）没。八一歳。〈底紅の花に傅《かしづ》く忌日かな　後藤比奈夫〉

夢二忌《ゆめじき》 ㊀初 **花野忌**《はなのき》 九月一日。画家・詩人、竹久《たけひさ》夢二の忌日。昭和九年（一九三四）没。四九歳。〈花野忌の水に脹らむ絵筆かな　杉山加織〉

木歩忌《もくほき》 ㊀初 九月一日。大正期の俳人、富田木歩《とみたもつぽ》の忌日。大正一二年（一九二三）、関東大震災の火災に呑《の》まれ、隅田川《すみだがわ》堤上で行方不明になった。二六歳。〈木歩忌や三角洲《デルタ》へ通ふ大鴉　秋元不死男〉

迢空忌《てうくうき》 ㊀仲 **信夫忌**《しのぶき》 九月三日。民俗学者・国文学者であり、釈《しやく》迢空の名前で、歌人・詩人としても活躍した折口信夫《おりくちしのぶ》の忌日。昭和二八年（一九五三）没。六六歳。〈サルビヤのさかる療舎や迢空忌　角川源義〉

綾子忌《あやこき》 ㊀初 九月六日。俳人、細見綾子の忌日。平成九年（一九九七）没。九〇歳。〈今もなほ師の手の温み綾子の忌　栗田やすし〉

鏡花忌《きやうくわき》 ㊤初 九月七日。明治期から昭和初期の小説家、泉鏡花の忌日。昭和一四年（一九三九）没。六五歳。〈鏡花忌の水にいろさす加賀錦　井上弘美〉

みどり女忌《みどりぢよき》 ㊥ 九月一〇日。俳人、阿部《あべ》みどり女の忌日。昭和五五年（一九八〇）没。九三歳。〈菊の香の葉より立ちたりみどり女忌　蓬田紀枝子〉

静塔忌《せいたふき》 ㊥ 九月一一日。俳人、平畑《ひらはた》静塔の忌日。平成九年（一九九七）没。九二歳。〈静塔忌指にざらざら吾亦紅　八木三日女〉

乃木忌《のぎき》 ㊥ **乃木祭**《のぎまつり》**・希典忌**《まれすけき》 九月一三日。陸軍大将、乃木希典の忌日。大正元年（一九一二）、明治天皇大葬の日に、夫人とともに殉死を遂げた。六二歳。〈剣を鍬に替へ父老いぬ乃木祭　福田蓼汀〉

鬼城忌《きじやうき》 ㊥ 九月一七日。俳人、村上鬼城の忌日。昭和一三年（一九三八）没。七三歳。〈鬼城忌のしはぶき遠き地上より　角川源義〉

鳳作忌《ほうさくき》 ㊥ 九月一七日。俳人、篠原《しのはら》鳳作の忌日。昭和一一年（一九三六）没。三〇歳。〈水を出てすぐ折れる茎鳳作忌　出口善子〉

牧水忌《ぼくすいき》 ㊥ 九月一七日。歌人、若山牧水の忌日。昭和三年（一九二八）没。四三歳。〈酒しらぬ我は旅のみ牧水忌　水原秋櫻子〉

露月忌《ろげつき》 ㊥ **山人忌**《さんじんき》**・南瓜忌**《かぼちやき》 九月一八日。俳人、石井露月の忌日。昭和三年（一九二八）没。五五歳。〈見覚えの墨の濃淡露月の忌　宇多喜代子〉

子規忌《しきき》 ㊥ **糸瓜忌**《へちまき》**・獺祭忌**《だつさいき》 九月一九日。俳人・歌人、正岡《まさおか》子規の忌日。明治三五年（一九〇

二）没。三五歳。〈老いて尚君を宗とす子規忌かな　高浜虚子〉

汀女忌《ていぢよき》 (仲) 九月二〇日。俳人、中村汀女の忌日。昭和六三年（一九八八）没。八八歳。〈明日たのむ思ひあらたや汀女の忌　小川濤美子〉

賢治忌《けんぢき》 (仲) 九月二一日。詩人・童話作家、宮沢賢治の忌日。昭和八年（一九三三）没。三七歳。〈賢治忌の柱時計の振子かな　永島靖子〉

かな女忌《かなぢよき》 (仲) **竜胆忌**《りんだうき》 九月二二日。女性俳人の草分け、長谷川《はせがわ》かな女の忌日。昭和四四年（一九六九）没。八一歳。〈かな女忌のむらさきの野に月あがる　落合水尾〉

南洲忌《なんしうき》 (仲) **西郷忌**《さいがうき》**・隆盛忌**《たかもりき》 九月二四日。明治維新の政治家、西郷隆盛の忌日。明治一〇年（一八七七）、鹿児島の城山で自刃した。四九歳。〈南洲忌老の出仕のはやばやと　竹内夏竹〉

秀野忌《ひでのき》 (仲) 九月二六日。俳人、石橋《いしばし》秀野の忌日。昭和二二年（一九四七）没。三八歳。〈秀野忌やいくたび書きし秀野論　山田みづえ〉

蛇笏忌《だこつき》 (仲) **山廬忌**《さんろき》 一〇月三日。俳人、飯田《いいだ》蛇笏の忌日。昭和三七年（一九六二）没。七七歳。〈蛇笏忌の空屈強の山ばかり　飯田龍太〉

素十忌《すじふき》 (仲) **金風忌**《きんぷうき》 一〇月四日。俳人、高野《たかの》素十の忌日。昭和五一年（一九七六）没。八三歳。〈両膝に両手を正し素十の忌　倉田紘文〉

素逝忌《そせいき》 (晩) 一〇月一〇日。俳人、長谷川《はせがわ》素逝の忌日。昭和二一年（一九四六）没。三九歳。〈待つとなく素逝忌がくる数珠玉よ　八田木枯〉

山頭火忌《さんとうくわき》 (晩) **耕畝忌**《かうほき》 一〇月一一日。俳人、種田《たねだ》山頭火の忌日。昭和一五年（一九四〇）没。

五七歳。〈僧も入りばらばら坐る耕畝の忌　上野さち子〉

中也忌《ちゅうやき》（晩）一〇月二二日。詩人、中原中也の忌日。昭和一二年（一九三七）没。三〇歳。〈割れた皿割れたままなり中也の忌　高野ムツオ〉

年尾忌《としをき》（晩）一〇月二六日。俳人、高浜年尾の忌日。昭和五四年（一九七九）没。七八歳。〈大切な看護日誌や年尾の忌　坊城中子〉

源義忌《げんよしき》（晩）**秋燕忌**《しうえんき》　一〇月二七日。俳人・国文学者、角川《かどかわ》源義の忌日。昭和五〇年（一九七五）没。五八歳。〈芋の葉に露ひびきあふ源義忌　佐川広治〉

東洋城忌《とうやうじやうき》（晩）**城雲忌**《じやううんき》・**城翁忌**《じやうをうき》　一〇月二八日。俳人、松根《まつね》東洋城の忌日。昭和三九年（一九六四）没。八六歳。〈尋水望山の軸古りにけり城雲忌　渡部抱朴子〉

紅葉忌《こうえふき》（晩）一〇月三〇日。小説家・俳人、尾崎紅葉の忌日。明治三六年（一九〇三）、没。三五歳。〈吉原は菊の盛りや紅葉忌　増田龍雨〉

白秋忌《はくしうき》（晩）一一月二日。詩人・歌人・童謡作家、北原白秋の忌日。昭和一七年（一九四二）没。五七歳。〈菱の実の角むらさきに白秋忌　中尾杏子〉

桂郎忌《けいらうき》（晩）**含羞忌**《がんしうき》　一一月六日。俳人・随筆家、石川桂郎の忌日。昭和五〇年（一九七五）没。六六歳。〈水底も紅葉を急ぐ桂郎忌　神蔵器〉

支倉忌《はせくらき》（初）旧暦七月一日（新暦八月七日）。慶長《けいちよう》遣欧使節の大使、支倉常長《つねなが》の忌日。元和八年（一六二二）没。五二歳。〈渤海に雲とどこほる支倉忌　山﨑冨美子〉

了以忌《れういき》（初）旧暦七月一二日（新暦八月一七日）。江戸時代初期の都の豪商、角倉《すみのくら》了以の忌日。

慶長一九年（一六一四）没。六一歳。

応挙忌《おうきよき》 (初) 旧暦七月一七日（新暦八月三一日）。江戸中期の画家、円山《まるやま》応挙の忌日。寛政七年（一七九五）没。六三歳。

文覚忌《もんがくき》 (初) 旧暦七月二〇日。平安末期から鎌倉初期の真言宗《しんごんしゅう》の僧、文覚の忌日。生没年不詳。

道灌忌《だうくわんき》 (初) 旧暦七月二六日（新暦九月三日）。室町中期の武将、太田道灌の忌日。文明一八年（一四八六）没。五五歳。〈だうだうの黒松並木道灌忌　須佐薫子〉

宗祇忌《そうぎき》 (初) 旧暦七月三〇日（新暦九月一一日）。室町時代の連歌師、飯尾《いのお》宗祇の忌日。文亀二年（一五〇二）没。八二歳。〈宗祇忌の筆ざんばらに筆立てに　上野さち子〉

鬼貫忌《おにつらき》 (仲) **槿花翁忌**《きんくわをうき》 旧暦八月二日（新暦九月一五日）。元禄期の俳人、上島《うえじま》鬼貫の忌日。元文三年（一七三八）没。七八歳。〈酒引いて雨やりすごす鬼貫忌　上田五千石〉

世阿弥忌《ぜあみき》 (仲) 旧暦八月八日（新暦九月一〇日）。室町初期の能楽の大成者、世阿弥の忌日。嘉吉三年（一四四三）頃没。〈世阿弥忌の花なき花瓶置いてある　藤岡筑邨〉

守武忌《もりたけき》 (仲) 旧暦八月八日（新暦九月九日）。室町後期の連歌師であり山崎宗鑑《やまざきそうかん》と並ぶ俳諧の始祖、荒木《あらき》田《だ》守武の忌日。天文一八年（一五四九）没。七七歳。〈祖を守り俳諧を守り守武忌　高浜虚子〉

太祇忌《たいぎき》 (仲) **不夜庵忌**《ふやあんき》 旧暦八月九日（新暦九月一七日）。江戸中期の俳人、不夜庵太祇の忌日。明和八年（一七七一）没。六三歳。〈太祇ここに住めりとぞいふ忌を修す　河東碧梧桐〉

西鶴忌《さいかくき》 (仲) 旧暦八月一〇日（新暦九月九日）。江戸元禄の大坂の俳諧師、井原西鶴の忌日。元

禄六年（一六九三）没。五二歳。〈あとつぎもなく句に遊び西鶴忌　田畑美穂女〉

素堂忌《そだうき》 ㊥ 旧暦八月一五日（新暦九月三〇日）。江戸中期の俳人、山口素堂の忌日。享保元年（一七一六）没。七五歳。〈つまみ菜の汁の湯気立つ素堂の忌　柿沼茂〉

太閤忌《たいかふき》 ㊥ **秀吉忌**《ひでよしき》 旧暦八月一八日（新暦九月一八日）。天下を統一し桃山文化を花開かせた豊臣《とよとみ》秀吉の忌日。慶長三年（一五九八）伏見城にて病死。六二歳。〈豊聡《とよとみみ》の皇子が寺に太閤忌　青木月斗〉

定家忌《ていかき》 ㊥ 旧暦八月二〇日（新暦一〇月三日）。平安末期から鎌倉初期の歌人、藤原定家《ふじわらのさだいえ》の忌日。仁治二年（一二四一）没。八〇歳。〈定家忌や薄に欠けし月一つ　松瀬青々〉

遊行忌《ゆぎやうき》 ㊥ **一遍忌**《いつぺんき》 旧暦八月二三日（新暦九月一六日）。鎌倉中期の時宗の開祖、一遍上人《いつぺんしようにん》（遊行上人）の忌日。正応二年（一二八九）入寂。五一歳。〈遊行忌のすすき束ねてをられけり　黒田杏子〉

吉野太夫忌《よしのだいふき》 ㊥ **吉野忌**《よしのき》 旧暦八月二五日（新暦一〇月七日）。江戸初期、京都六条三筋町の名妓《めいぎ》二代目吉野太夫の忌日。寛永二〇年（一六四三）没。

許六忌《きよりくき》 ㊥ 旧暦八月二六日（新暦九月二三日）。蕉門《しようもん》十哲の一人、五老井《ごろうせい》許六の忌日。正徳五年（一七一五）没。六〇歳。〈十団子を軒に吊して許六の忌　栗原あい子〉

道元忌《だうげんき》 ㊥ **曹洞宗開山忌**《さうとうしゆうかいざんき》・**永平寺**《えいへいじ》**開山忌**《かいざんき》 旧暦八月二八日（新暦九月二九日）。鎌倉初期、曹洞宗の開祖である道元の忌日。建長五年（一二五三）京で入寂。五四歳。〈身を委す他力が終の道元忌　倉橋羊村〉

広重忌《ひろしげき》　㊖　旧暦九月六日（新暦一〇月一二日）。江戸末期の絵師、歌川《うたがわ》（安藤《あんどう》）広重の忌日。安政五年（一八五八）没。六二歳。〈手賀沼に横降りの雨広重忌　佐藤草豊〉

蓼太忌《れうたき》　㊖　旧暦九月七日（新暦一〇月一七日）。江戸中期の俳人、雪中庵《せつちゆうあん》三世蓼太の忌日。天明七年（一七八七）没。七〇歳。

千代尼忌《ちよにき》　㊖　**素園忌《そゑんき》**　旧暦九月八日（新暦一〇月二日）。江戸期の女性俳人、加賀千代女の忌日。安永四年（一七七五）没。七三歳。〈千代尼忌の琴の音洩るるみ寺かな　林徹〉

去来忌《きよらいき》　㊖　旧暦九月一〇日（新暦一〇月八日）。蕉門《しようもん》十哲の一人、向井《むかい》去来の忌日。宝永元年（一七〇四）没。五四歳。〈猿蓑の後刷りもよし去来の忌　池上浩山人〉

若冲忌《じやくちゆうき》　㊖　旧暦九月一〇日（新暦一〇月二七日）。江戸中期の画家、伊藤若冲の忌日。寛政一二年（一八〇〇）没。八五歳。〈若冲忌飼ひたきものに白鸚鵡　大石悦子〉

保己一忌《ほきいちき》　㊖　旧暦九月一二日（新暦一〇月七日）。江戸後期の国学者、塙《はなわ》保己一の忌日。文政四年（一八二一）没。七六歳。〈わが生れ本の神田や保己一忌　池上不二子〉

白雄忌《しらをき》　㊖　旧暦九月一三日（新暦一〇月一〇日）。天明中興俳諧期の俳人、加舎《かや》白雄の忌日。寛政三年（一七九一）没。五四歳。〈白雄忌へ百椀の酒たてまつれ　矢島渚男〉

雲浜忌《うんぴんき》　㊖　旧暦九月一四日（新暦一〇月九日）。幕末の勤王の志士・儒学者、梅田雲浜の忌日。安政六年（一八五九）獄中で病死。四五歳。

鳥羽僧正忌《とばそうじやうき》　㊖　**覚猷忌《かくいうき》**　旧暦九月一五日（新暦一一月三日）。平安後期の天台宗の画僧、鳥羽僧正の忌日。保延六年（一一四〇）入寂。八八歳。〈覚猷忌迦陵頻伽の声きけり　明石浩嗣〉

言水忌《ごんすいき》 (晩) 旧暦九月二四日(新暦一一月二日)。江戸元禄の俳人、紫藤軒《しとうけん》言水の忌日。享保七年(一七二二)没。七三歳。

宣長忌《のりながき》 (晩) **鈴の屋忌**《すずのやき》 旧暦九月二九日(新暦一一月五日)。江戸中期の国学者、本居《もとおり》宣長の忌日。享和元年(一八〇一)没。七二歳。〈竹筒に生けし一位や宣長忌　木塚眞人〉

夢窓忌《むさうき》 (晩) **疎石忌**《そせきき》 旧暦九月三〇日(新暦一〇月二八日)。南北朝時代の臨済宗《りんざいしゅう》の名僧、夢窓疎石の忌日。観応二年(一三五一)京都臨川寺にて入寂。七七歳。〈夢窓忌や庭拝見の今日も続き　高畠明皎々〉

動物

鹿《しか》 ㊂ **鹿**《しか》**・鹿**《しか》**の妻**《つま》**・鹿鳴**《しかな》**く・鹿**《しか》**の声**《こゑ》**・すずか・すがる・しし・かのしし・紅葉鳥**《もみぢどり》**・小鹿**《をじか》**・牡鹿**《をじか》**・小牡鹿**《さおしか》**・牝鹿**《めじか》**・妻恋ふ** ↓春の鹿(春)・落し角(春)・鹿の子(夏)・鹿狩《ししがり》(冬) 〈雄鹿の前吾もあらあらしき息す　橋本多佳子〉

猪《ゐのしし》 (晩) **猪**《しし》**・瓜坊**《うりばう》**・手負猪**《ておひじし》**・野猪**《ゐのしし》**・猪肉**《ししにく》**・猪罠**《ししわな》**・猪穽**《ししあな》**・猪番**《ししばん》 ↓猪狩(冬) 〈猪食うてこの世の窓を開けに行く　清水径子〉

馬肥ゆ《うまこゆ》 ㊂ **秋**《あき》**の馬**《うま》**・秋**《あき》**の駒**《こま》 〈馬肥ゆるみちのくの旅けふここに　山口青邨〉

熊栗架を掻く《くまくりだなをかく》 (晩) **熊**《くま》**の栗棚**《くりだな》**・栗棚**《くりだな》**・熊**《くま》**の棚**《たな》 熊が樹上で木の実などを食べる時に、枝などを折ること。その跡が鴉《からす》の巣や座蒲団《ざぶとん》のように見えるので、熊の栗架という。〈喰ひ急ぎたる

熊棚か落ちさうに　中坪達哉〉

蛇穴に入る《へびあなにいる》 ㊥ **秋**《あき》**の蛇**《へび》**・穴惑**《あなまどひ》**・蜥蜴穴**《とかげあな》**に入**《い》**る・蟻穴**《ありあな》**に入**《い》**る** 蛇が、晩秋になると冬眠のため穴に入ること。↓蛇穴を出づ（春）・蛇（夏）〈蛇穴に入りつつ光たぐりつつ　柚木紀子〉

秋の蛙《あきのかはづ》 ㊥ **蛙穴**《かはづあな》**に入**《い》**る**〈湯を出でてしばらく裸秋蛙　矢島渚男〉

鷹の塒出《たかのとやで》 ㊞ **塒出**《とやで》**の鷹**《たか》**・箸鷹**《はしたか》**・鳥屋勝**《とやまさり》**・片鳥屋**《かたとや》**・両鳥屋**《もろとや》**・両片鴘**《もろかたかへり》 羽の生え替わった鷹を塒（鳥小屋）から出すこと。鷹狩りの飼鷹《しよう》は、初夏から晩夏にかけての換羽《かんう》の時期、塒へ放し飼いにして羽替《はが》えさせる。完全に羽が生え替わると塒出となる。〈この鷹や君の覚えも鳥屋勝　高浜虚子〉

荒鷹《あらたか》 ㊞ **網掛**《あみがけ》**の鷹**《たか》 捕らえたばかりの訓練を施す前の鷹。〈あら鷹の瞳や雲の行く処　松瀬青々〉

鷹の山別れ《たかのやまわかれ》 ㊞ **山別**《やまわか》**れ・別**《わか》**れ鳥**《どり》**・山帰**《やまがへ》**り** 鷹の雛《ひな》が、自ら餌をとることができるようになって、巣立ちをし、親鳥のもとを去ってゆくこと。旧暦七月頃に当たる。〈一穢なき空あり鷹の山別れ　伊藤康江〉

小鷹《こたか》 ㊂ **鶻**《はいたか》**・鷂**（はいたか／はしたか）**・兄鷂**《このり》**・雀鷹**《つみ》**・悦哉**《えつさい》**・刺羽**《さしば》**・小隼**《こはやぶさ》 鷂・雀鷹などの小さい鷹。↓鷹（冬）〈ひとしきり刺羽渡りし法事かな　本村蠻〉

鷹渡る《たかわたる》 ㊂ **鷹**《たか》**の渡**《わた》**り・秋**《あき》**の鷹**《たか》**・鷹柱**《たかばしら》 秋に鷹が南へと渡ること。↓鷹（冬）〈噴煙を風見代りに鷹渡る　鷹羽狩行〉

別れ鳥《わかれがらす》 ㊞ **鴉**《からす》**の子**《こ》**別**《わか》**れ・秋**《あき》**の鳥**《からす》 子を独り立ちさせようとする鳥のこと。またその様子。〈子

別れの鴉か畦につまづくは　山﨑冨美子〉

渡り鳥《わたりどり》 (仲)(晩) **鳥渡る**《とりわた》**・鳥**《とり》**の渡**《わた》**り・小**《こ》**鳥来**《とりく》**る・小**《こ》**鳥渡**《とりわた》**る・朝鳥渡**《あさどりわた》**る** 秋に渡って来て、春に帰る冬鳥。鴨《かも》・雁《かり》・白鳥などの水鳥や、鶫《つぐみ》・花鶏《あとり》・鶸《ひわ》などの小鳥類など。↓鳥帰る（春）〈木曽川の今こそ光れ渡り鳥　高浜虚子〉〈渡り鳥みるみるわれの小さくなり　上田五千石〉

坂鳥《さかどり》 (晩) 秋、北方から渡ってきた小鳥たちが峰を越えること。〈雁塔に一夜明かせし坂鳥か　安住敦〉

色鳥《いろどり》 (晩) 主に秋に渡ってくる小鳥たちのことをいい、「色々の鳥が渡ってくるから」とも、「彩りの美しい鳥が多いから」ともいわれている。↓貌鳥《かおどり》（春）〈色鳥の残してゆきし羽根一つ　今井つる女〉

小鳥《ことり》 (仲)(晩) 秋に渡ってくる小鳥たちや、秋に山地から平野に下りてくる野生の小鳥たちのことをいう。〈大空に又わき出でし小鳥かな　高浜虚子〉

燕帰る《つばめかへる》 (仲) **去**《い》**ぬ燕**《つばめ》**・巣**《す》**を去**《さ》**る燕**《つばめ》**・帰**《かへ》**る燕**《つばめ》**・帰燕**《きえん》**・秋燕**（あきつばめ／しうえん）**・残**《のこ》**る燕**《つばめ》 春に渡ってきた燕が、秋に南方へ帰ってゆくこと。↓燕（春）・燕の子（夏）〈身をほそめとぶ帰燕あり月の空　川端茅舎〉

稲雀《いなすずめ》 ㊂ **秋雀**《あきすずめ》 熟した稲穂をついばむために、稲田に群れをなして集まる雀のこと。↓鳥威《とりおど》し〈稲雀散ってかたまる海の上　森澄雄〉

稲負鳥《いなおほせどり》 ㊂ **いなおせどり** 『古今集』で使われている語句の解釈を伝える秘伝「古今伝授」の中に出てくる鳥。様々な説があるが、どの鳥かはわかっていない。〈いつの世も稲負鳥北より

来　宇多喜代子〉

鵙《もず》 ㊂ 百舌鳥《もず》・伯労鳥《もず》・初百舌鳥《はつもず》・稚児鵙《ちごもず》・赤鵙《あかもず》・鵙猛《もずたけ》る・鵙《もず》の声《こゑ》・鵙《もず》の高音《たかね》・鵙日和《もずびより》・鵙《もず》の晴《はれ》　→冬の鵙（冬）〈かなしめば鵙金色の日を負ひ来　加藤楸邨〉

鵙の贄《もずのにへ》 ㊂ 鵙《もず》の速贄《はやにへ》・鵙《もず》の贄刺《にへさし》・鵙《もず》の磔刑餌《はりつけゑ》・鵙《もず》の草茎《くさぐき》　鵙の習性のひとつ。捕らえた昆虫や蛙《かへる》などを木の枝や刺《とげ》などに突き刺しておくこと。またその捕らえられたもの。〈鵙の贄枝もろともに乾びをり　伊藤伊那男〉

鶫《つぐみ》 (晩) 鳥馬《てうま》・白腹《しろはら》・八丈鶫《はちぢやうつぐみ》〈鶫来るふもとの村の赤子かな　大峯あきら〉

鵯《ひよどり》 (晩) 鵯《ひよ》・ひえどり・白頭鳥《ひよどり》〈人のする絶叫なるを鵯もせる　相生垣瓜人〉

懸巣《かけす》 (仲)(晩) 橿鳥《かしどり》・樫鳥《かしどり》・懸巣鳥《かけす》〈降り通す雨やかけすの啼き通し　村山古郷〉

鶸《ひは》 (晩) 真鶸《まひは》・紅鶸《べにひは》・小紅鶸《こべにひは》・金雀《きんじやく》・金翅雀《きんしじやく》〈大たわみ大たわみして鶸渡る　上村占魚〉

連雀《れんじやく》 (晩) ほや鳥《どり》・緋連雀《ひれんじやく》・黄連雀《きれんじやく》〈緋連雀一斉に立つてもれもなし　阿波野青畝〉

菊戴《きくいただき》 (晩) →松毟鳥《まつむしり》（春）〈群来るや菊戴のかつき染　柳居〉

花鶏《あとり》 (晩) 獦子鳥《あとり》・あつとり〈伸び縮みして田渡りの群花鶏　岡部六弥太〉

頭高《かしらだか》 (晩) かしら　ホオジロ科の小形の冬鳥。頰白《ほおじろ》の雌に似る。頭部の黒い羽毛を逆立てる習性がある。〈萱原や地鳴きかすかにかしらだか　水木なまこ〉

猿子鳥《ましこどり》 (晩) 増子鳥《ましこどり》・猿子《ましこ》・紅猿子《べにましこ》・大猿子《おほましこ》・萩猿子《はぎましこ》・赤猿子《あかましこ》・銀山猿子《ぎんざんましこ》　アトリ科の小形の冬鳥。名の由来は、頭部・顔面が赤味を帯びて、猿《さる》に似ているという説や、鳴き声が騒がしく猿の子に似ているという説などがある。〈見返りの古塔淋しと猿子鳥鳴く　堀口星眠〉

交喙鳥《いすか》 (仲)(晩) **交嘴鳥**《いすか》**・なきいすか・鶍**《いすか》　アトリ科の小形の冬鳥。頰白《ほおじろ》と同じくらいの大きさ。物事の食い違うことを「いすかの嘴《はし》」というように、上下の嘴《くちばし》が交差して食い違っている。〈大神の降臨の岩交喙鳥鳴く　太田嗟〉

鵐《しめ》 (晩) **蠟嘴鳥**《しめ》　アトリ科に属するが、やや大形で鵙《もず》くらいの大きさ。北海道で繁殖し、秋に本州に渡来する。

鶲《ひたき》 (晩) **尉鶲**《じようびたき》**・火焚鳥**《ひたきどり》**・紋鶲**《もんびたき》**・馬鹿**《ばか》**つちよ・団子背負**《だんごしよ》**ひ**　〈鶲来る富士北麓に夕日充ち　飯田龍太〉

入内雀《にふないすずめ》 ㊂　スズメ科の鳥。東北地方で稲田を大群で襲う害鳥と怖れられている。〈北よりの入内雀空おほふ　滝沢伊代次〉

仙入《せんにふ》 (初) **蝦夷仙入**《えぞせんにふ》**・島仙入**《しませんにふ》**・牧野仙入**《まきのせんにふ》　センニュウ科の小形の鳥。頭上から背面が暗オリーブ褐色で、灰白色の眉紋《まゆもん》があり、体下面は灰白色。

鶺鴒《せきれい》 ㊂ **庭叩**《にはたたき》**・石叩**《いしたたき》**・嫁教鳥**《とつぎをしへどり》**・嫁鳥**《とつぎどり》**・妹背鳥**《いもせどり》**・恋教鳥**《こひをしへどり》**・黄鶺鴒**《きせきれい》**・背黒鶺鴒**《せぐろせきれい》**・白鶺鴒**《はくせきれい》**・薄墨**《うすずみ》**鶺鴒**《せきれい》**・爪長鶺鴒**《つめながせきれい》**・石見鶺鴒**《いはみせきれい》**・にはくなぶり**　〈鶺鴒のとゞまり難く走りけり　高浜虚子〉

田雲雀《たひばり》 (仲)(晩) **田鷚**《たひばり》**・畦雲雀**《あぜひばり》**・溝雲雀**《みぞひばり》**・土雲雀**《つちひばり》**・川雲雀**《かはひばり》**・犬雲雀**《いぬひばり》　〈田鷚や貝殻まじる海女の畑　皆川盤水〉

椋鳥《むくどり》 ㊂ **むく・白頭翁**《はくとうをう》**・小椋鳥**《こむくどり》　〈旅たのし椋鳥あまたわれとゐて　五所平之助〉

鵲《かささぎ》 ㊂ **高麗鴉**《かうらいがらす》**・朝鮮鴉**《てうせんがらす》**・唐鴉**《たうがらす》**・筑後鴉**《ちくごがらす》**・肥前鴉**《ひぜんがらす》**・烏鵲**《うじやく》**・勝鴉**《かちがらす》**・鵲**《かち》　↓鵲の橋　〈晴三日鵲は巣に枝加ふ　岩永佐保〉

鶉《うづら》 ㊂ 片鶉《かたうづら》・諸鶉《もろうづら》・鶉《うづら》の床《とこ》・鶉斑《うづらふ》・駆鶉《かけうづら》・鶉野《うづらの》　→鶉合　〈木の宿の木の風呂鶉鳴きにけり　野中亮介〉

鷓鴣《しやこ》 （仲） 〈塵の室暮れて再び鷓鴣を想ふ　渡辺白泉〉

啄木鳥《きつつき》 ㊂ 木突《きつつき》・けらつつき・けら・番匠鳥《たくみどり》・赤《あか》げら・青《あを》げら・小《こ》げら・山《やま》げら・熊《くま》げら・三趾《みゆび》げら・蟻吸《ありすひ》・木《き》たたき　〈啄木鳥や落葉をいそぐ牧の木々　水原秋櫻子〉

鴫《しぎ》 ㊂ 鷸《しぎ》・田鴫《たしぎ》・青鴫《あをしぎ》・山鴫《やましぎ》・反嘴鴫《そりはししぎ》・赤脚鴫《あかあししぎ》・鶴鴫《つるしぎ》・磯鴫《いそしぎ》・草鴫《くさしぎ》・浜鴫《はましぎ》・鴫の羽搔（しぎのはがき／しぎのはねがき）・鴫《しぎ》の看経《かんきん》・鴫野《しぎの》・鴫突網《しぎつきあみ》　→戻り鴫（春）　〈歩き出す鴫に大きな伊勢の海　古舘曹人〉

鴇《とき》 ㊂ 朱鷺《とき》・桃花鳥《たうくわてう》　〈カーフェリー朱鷺の孵《かへ》りし島指呼に　塩田藪柑子〉

雁《かり》 （晩） 雁《がん》・かりがね・真雁《まがん》・菱喰《ひしくひ》・沼太郎《ぬまたらう》・酒面雁《さかつらがん》・雲井《くもゐ》の雁《かり》・小田《をだ》の雁《かり》・病雁（びやうがん／やむかり）・四十雀雁《しじふからがん》・白雁《はくがん》・黒雁《こくがん》・初雁《はつかり》・雁渡《かりわた》る・天津雁《あまつかり》・雁《かり》の棹《さを》・雁行《がんかう》・雁《かり》の列《つら》・落雁《らくがん》・雁《かり》鳴《な》く・雁《かり》が音《ね》・雁来《かりく》る・雁《かり》の声《こゑ》　→春の雁（春）・帰る雁（春）・冬の雁（冬）　〈病雁の夜さむに落て旅ねかな　芭蕉〉〈雁やのこるものみな美しき　石田波郷〉

初鴨《はつがも》 （仲） 鴨渡《かもわた》る・鴨来《かもきた》る　→春の鴨（春）・引鴨（春）・鴨（冬）　〈初鴨の十羽はさびしすぎにけり　大嶽青児〉

尾越の鴨《をごしのかも》 （仲） 山の湖に飛来する鴨のこと。尾越しとは、山の尾根を越えるの意。山の尾根すれすれに越え、飛ぶコースも定まっている。〈朝風や尾を越す鴨を吹き下し　花朗〉

鶴来る《つるきたる》 （晩） 鶴渡《つるわた》る・田鶴渡《たづわた》る　→引鶴（春）・鶴（冬）　〈鶴の来るために大空あけて待つ　後藤比奈夫〉

海猫帰る《うみねこかへる》 (仲) **海猫**《ごめ》**帰**《かへ》**る・残**《のこ》**る海猫**《ごめ》**・海猫**《ごめ》**残**《のこ》**る** ↓海猫渡る（春）・海猫（夏）〈海猫残る軒端不漁のにごり空　村上しゅら〉

秋の金魚《あきのきんぎょ》 ㊂ 〈秋の金魚ひらりひらりと貧富の差　大牧広〉

落鮎《おちあゆ》 (仲) **鮎落**《あゆお》**つ・錆鮎**《さびあゆ》**・渋鮎**《しぶあゆ》**・下**《くだ》**り鮎**《あゆ》**・とまり鮎**《あゆ》**・秋**《あき》**の鮎**《あゆ》**・子持鮎**《こもちあゆ》 秋に産卵のため河川の下流域に下る鮎のこと。↓若鮎（春）・鮎（夏）〈落鮎のたどり着きたる月の海　福田甲子雄〉

落鮒《おちぶな》 (晩) **鮒落**《ふなお》**つ・秋**《あき》**の鮒**《ふな》 秋の終わりに越冬に向けて移動する鮒。

紅葉鮒《もみぢぶな》 (晩) 鰭《ひれ》の色が赤く変わったった鮒。実際は顕著に色づくわけではない。〈紅葉鮒そろ〳〵比良の雪嶺かな　松根東洋城〉

紅葉鱮《もみぢたなご》 (晩) 繁殖期の秋に鰭《ひれ》や下腹などに美しい紅色などの婚姻色を帯びるものもあり、それを紅葉鮒《ぶな》にならってよぶ。

木葉山女《このはやまめ》 (晩) 釣り人の言葉で、木の葉が舞い散る頃の山女の意。また、その姿が木の葉のように見えるから、という説もある。↓山女（夏）〈喪の明けや木葉山女に日の差して　藤田直子〉

落鰻《おちうなぎ》 ㊂ **下**《くだ》**り鰻**《うなぎ》 産卵のため川を下る鰻。↓鰻簗〈横顔を噺家と知る落鰻　中戸川朝人〉

落鯛《おちだひ》 (晩) 産卵を終え、その後栄養を十分に取り、水温が下がる一〇月頃、再び外海に出て行く鯛。↓麦藁鯛（夏）〈鯛落ちて美しかりし島の松　武藤紀子〉

落かいず《おちかいず》 (晩) 黒鯛《くろだい》の幼魚のことで、「けいず」ともいい、秋の深まりとともに水中の深い所に移っていく。

江鮭《あめのうを》 (仲) 鯇魚《あめのうを》・雨魚《あめのうを》・あめ・あめご・あめうを・甘子《あまご》・琵琶鱒《びはます》　サケ科に属する魚。幼魚を甘子・アメゴ、成長すると江鮭・アメなどとよぶ。九月の雨水が川から湖に流れ込む頃、川を溯《さかのぼ》る。〈遡る腹うちかへし江鮭　井上弘美〉

鰍《かじか》 ㊂ 川鰍《かはかじか》・石伏《いしぶし》・石斑魚《いしぶし》・川《かは》をこぜ・ぐづ・鰍突《かじかつ》く　〈鰍とは知らず身振りをして示す　茨木和生〉

黄顙魚《ぎぎう》 ㊂ ぎぎ・きばち・ぎばち・ぎぎゆう　〈釣り捨てし琵琶湖のぎぎに鳴かれけり　井口秀二〉

鯔《ぼら》 (仲) 目白鯔《めじろぼら》・おぼこ・名吉《なよし》・小瀑江鮒《こざらしえぶな》・小瀑《こざらし》・江鮒《えぶな》・いな・とど・洲走《すばしり》・口女《くちめ》・腹《はら》ぶと・伊勢鯉《いせごひ》・からすみ鯔《ぼら》・真鯔《まぼら》・めなだ・鯔釣《ぼらつり》・いな釣《つり》・鯔飛《ぼらと》ぶ　↓寒鯔（冬）　〈鯔さげて篠つく雨の野を帰る　飯田龍太〉

鱸《すずき》 (仲) せいご・ふつこ・川鱸《かはすずき》・海鱸《うみすずき》・木《こ》つ葉《ば》・鱸網《すずきあみ》　↓鱸釣る・落鱸（冬）　〈白紙に鱸よこたへ祝ぎの家　綾部仁喜〉

鯊《はぜ》 ㊂ 沙魚《はぜ》・ふるせ・真鯊《まはぜ》・黒鯊《くろはぜ》・赤鯊《あかはぜ》・虎鯊《とらはぜ》・飛鯊《とびはぜ》・ちちぶ・どんこ・鯊日和《はぜびより》・鯊《はぜ》の秋《あき》・鯊干《はぜほ》す・鯊《はぜ》の汐《しほ》・鯊《はぜ》の潮《しほ》　↓子持鯊（春）・鯊釣　〈松島の鯊の貌見て旅了る　山口青邨〉

秋鰹《あきがつを》 ㊂ 戻《もど》り鰹《がつを》　↓初鰹（夏）・鰹（夏）　〈みちのくの地酒に戻り鰹かな　尾池和夫〉

宗太鰹《そうだかつを》 ㊂ 惣太鰹《そうだかつを》・丸宗太《まるそうだ》・平宗太《ひらそうだ》・こがつを　サバ科の海水魚。北海道から九州にかけて幅広く分布する。

秋鯖《あきさば》 ㊂ ↓鯖（夏）　〈秋鯖や上司罵るために酔ふ　草間時彦〉

秋鰺《あきあぢ》 ㊂ ↓鰺（夏）〈秋鰺によごれてをみなごの箸も　川崎展宏〉

鰶《このしろ》 （初） 小《こ》鰭《はだ》・つなし・しんこ・さつぱ・小《こ》鰭鮨《はだずし》 〈鰶も桶に長かり通り雨　榎本好宏〉

鰯《いわし》 ㊂ 弱魚《いわし》・鰮《いわし》・真鰯《まいわし》・鰯売《いわしうり》 ↓鰯引く 〈鰯焼く苦節十年けぶらせて　高橋悦男〉

鯷《ひしこ》 （仲） しこ・鯷鰯《ひしこいわし》・しこ鰯《いわし》・背黒鰯《せぐろいわし》・片口鰯《かたくちいわし》・縮緬鰯《ちりめんいわし》・小鰯《こいわし》 〈ひや〳〵と売れぬ鯷の夕栄す　尾崎紅葉〉

わらさ ㊂ 稚鰤《わらさ》　アジ科の海水魚。成魚になる直前、体長六〇センチ前後の鰤《ぶり》の関東での異称。

ひひらぎ （晩）　ヒイラギ科の海水魚。骨が鋭く鰭《ひれ》には柊《ひいらぎ》の葉のような棘《とげ》がある。

太刀魚《たちうを》 （仲） たちの魚《うを》・帯魚《たいぎよ》・たち 〈太刀魚の頭を落とし安心す　出口善子〉

秋刀魚《さんま》 （晩） さいら・初《はつ》さんま・秋刀魚網《さんまあみ》 〈全長に回りたる火の秋刀魚かな　鷹羽狩行〉

鮭《さけ》 （仲） しやけ・秋味《あきあぢ》・初鮭《はつざけ》・鼻曲《はなまが》り鮭《さけ》 ↓鮭打・乾鮭《からざけ》（冬）・塩鮭（冬）〈よく晴れて川も海いろ鮭のぼる　成田千空〉

尾花蛸《をばなだこ》 （仲） 芒《すすき》が花穂を伸ばし、尾花とよばれる時期にとれる蛸。産卵後で味が落ちる。↓章《た》魚《こ》（夏）〈夕闇の鍋に入るゝや尾花蛸　松瀬青々〉

鰹の烏帽子《かつをのえぼし》 （晩） 電気《でんき》くらげ　カツオノエボシ科の海月《くらげ》のこと。海上に見える浮袋の形を烏帽子に見立てての命名。

秋の蛍《あきのほたる》 （初） 秋蛍《あきほたる》・残《のこ》る蛍《ほたる》・病蛍《やみほたる》 ↓蛍（夏）〈たましひのたとへば秋のほたる哉　飯田蛇笏〉

秋の蚊《あきのか》 ㊂ 別《わか》れ蚊《か》・残《のこ》る蚊《か》・後《おく》れ蚊《が》・蚊《か》の名残《などり》 ↓春の蚊（春）・蚊（夏）・冬の蚊（冬）〈秋の蚊のよろ〳〵と来て人を刺す　正岡子規〉

溢蚊《あぶれか》 (仲) 哀《あは》れ蚊《か》・八月蚊《はちぐわつか》 〈哀れ蚊やねむりぐすりも気安めに　石川桂郎〉

秋の蠅《あきのはへ》 (三) 残《のこ》る蠅《はへ》・後《おく》れ蠅《はへ》 ↓春の蠅（春）・蠅（夏）・冬の蠅（冬） 〈秋の蠅顔をよぎりてあたたかく　石田郷子〉

秋の蜂《あきのはち》 (三) 残《のこ》る蜂《はち》 ↓蜂（春）・冬の蜂（冬） 〈秋の蜂脱ぎたる靴に入りてゐし　右城暮石〉

蜂の仔《はちのこ》 (晩) 地蜂焼《ぢばちやき》・蜂《はち》の子《こ》飯《めし》 〈蜂の子の翅の乳いろ馬籠宿　山口奉子〉

秋の蝶《あきのてふ》 (三) 秋蝶《あきてふ》・老蝶《おいてふ》 ↓蝶（春）・夏の蝶（夏）・冬の蝶（冬） 〈飛鳥より吉野へ誘ふ秋の蝶　津田清子〉

蝶渡る《てふわたる》 (三) 秋になると日本各地から台湾やフィリピンなどの南の島を目指して、タテハチョウ科の浅黄斑《あさぎまだら》が渡ることをいう。

秋の蟬《あきのせみ》 (初) 秋蟬（あきぜみ／しうせん）・残《のこ》る蟬《せみ》・ちつち蟬《ぜみ》 ↓蟬（夏） 〈碧空のひかりを収め秋の蟬　飯田龍太〉

蜩《ひぐらし》 (初) 日暮《ひぐらし》・茅蜩《ひぐらし》・かなかな・寒蟬（かんぜみ／かんせん） ↓蟬（夏） 〈ひぐらしに肩のあたりのさみしき日　草間時彦〉〈かなかなの声の出だしをゆづりあふ　鷹羽狩行〉

法師蟬《ほふしぜみ》 (初) つくつく法師《ぼふし》・つくしこひし・つくつくし・くつくつぼふし・おしいつく ↓蟬（夏） 〈鳴き終るときの確かに法師蟬　稲畑汀子〉

蜻蛉《とんぼ》 (三) 蜻蜓《とんぼ》・とんばう・あきつ・やんま・墨《すみ》とんぼ・青《あを》とんぼ・黄《き》やんま・鬼《おに》やんま・銀《ぎん》やんま・黒《くろ》やんま・塩辛蜻蛉《しほからとんぼ》・麦藁蜻蛉《むぎわらとんぼ》・精霊蜻蛉《しやうりやうとんぼ》・昔蜻蛉《むかしとんぼ》・蜻蛉釣《とんぼつり》 ↓蜻蛉生る（夏）・糸蜻蛉（夏）・川蜻蛉（夏） 〈蜻蛉釣今日はどこまでいつたやら　千代女〉〈とどまればあ

たりにふゆる蜻蛉かな　中村汀女〉

赤蜻蛉《あかとんぼ》 ㊂ 赤卒《あかゑんば》・秋茜《あきあかね》・深山茜《みやまあかね》・眉立茜《まゆたてあかね》・のしめ・のしめ蜻蛉《とんぼ》・猩々蜻蛉《しやうじやうとんぼ》・姫茜《ひめあかね》 ↓夏茜（夏） 〈生きて仰ぐ空の高さよ赤蜻蛉　夏目漱石〉

蜉蝣《かげろふ》 (初) かぎろふ・正雪蜻蛉《しやうせつとんぼ》・紋蜉蝣《もんかげろふ》・白腹蜻蛉《しろはらとんぼ》・斑蜻蛉《まだらとんぼ》 〈かげろふの歩けば見ゆる細き髭　星野立子〉

虫《むし》 ㊂ 鳴《な》く虫《むし》・虫鳴《むしな》く・虫《むし》の声《こゑ》・虫《むし》の音《ね》・虫時雨《むししぐれ》・虫《むし》の闇《やみ》・虫《むし》の秋《あき》・昼《ひる》の虫《むし》・虫集《むしすだ》く・虫《むし》聞《きき》 ↓残る虫 〈虫の夜の星空に浮く地球かな　大峯あきら〉〈万の翅見えて来るなり虫の闇　高野ムツオ〉

竈馬《いとど》 ㊂ かまどうま・かまどむし・おかま蟋蟀《こほろぎ》・えんのした蟋蟀《こほろぎ》・えび蟋蟀《こほろぎ》・裸蟋蟀《はだかこほろぎ》・おさる蟋蟀《こほろぎ》・かまご・いいぎり・いとど鳴《な》く 〈一ト跳びにいとどは闇へ皈りけり　中村草田男〉

蟋蟀《こほろぎ》 ㊂ ちちろ・ころころ・ちちろ虫《むし》・筆津虫《ふでつむし》・つづれさせ・姫蟋蟀《ひめこほろぎ》・えんま蟋蟀《こほろぎ》・油蟋蟀《あぶらこほろぎ》・三角蟋蟀《みつかどこほろぎ》・おかめ蟋蟀《こほろぎ》 〈こほろぎのこの一徹の貌を見よ　山口青邨〉

鈴虫《すずむし》 (初) 金鐘児《きんしようじ》・月鈴子《げつれいし》 〈鈴虫の生くるも死ぬも甕の中　安住敦〉

松虫《まつむし》 (初) 金琵琶《きんびは》・青松虫《あをまつむし》・ちんちろ・ちんちろりん 〈ききそめて松虫のまだ幼な鳴き　富安風生〉

邯鄲《かんたん》 (初) マツムシ科の昆虫。薄絹をまとったような淡黄色の姿は繊細で美しい。〈邯鄲の鳴き細りつつすきとほり　西村和子〉

草雲雀《くさひばり》 (初) 朝鈴《あさすず》・金雲雀《きんひばり》 〈草ひばり悲流離悲流離と鳴きつるよ　安住敦〉

鉦叩《かねたたき》 (初) 〈暁は宵より淋し鉦叩　星野立子〉

螽蟖《きりぎりす》 (初) ぎす・機織《はたおり》・機織虫《はたおりむし》 〈きりぎりす時を刻みて限りなし　中村草田男〉

馬追《うまおひ》 (初) 馬追虫《うまおひむし》・すいつちよ・すいと・くだまき 〈馬追のうしろ馬追来てゐたり　波多野爽波〉

轡虫《くつわむし》 (初) がちやがちや 〈がちや〳〵の奥の一つを聞きすます　渡辺桂子〉

螇蚸《ばつた》 (初) 飛頭《ばつた》・飛蝗《ばつた》・蟿螽《はたはた》・きちきち・きちきちばつた・殿様《とのさま》ばつた・螇蚸《けいせき》 〈しづかなる力満ちゆき螇蚸とぶ　加藤楸邨〉

蝗《いなご》 (初) 螽《いなご》・稲子《いなご》・稲子麿《いなごまろ》・蝗捕《いなごとり》・蝗採《いなごとり》・蝗串《いなごぐし》 〈ふみ外づす蝗の顔の見ゆるかな　高浜虚子〉

稲舂虫《いねつきむし》 (初) 米搗《こめつき》ばつた・精霊《しやうりやう》ばつた 〈明け方や濡れて精霊ばつたゐる　児玉輝代〉

稲虫《いなむし》 (初) 稲《いね》の虫《むし》 〈稲虫のむつつりとをる筑波かな　大石悦子〉

浮塵子《うんか》 (三) 糠蠅《ぬかばへ》・泡虫《あわむし》・実盛虫《さねもりむし》 〈浮塵子来て鼓打つなり夜の障子　石塚友二〉

横這《よこばひ》 (三) よこぶよ・褄黒横這《つまぐろよこばひ》・大横這《おほよこばひ》・稲妻横這《いなづまよこばひ》 〈よこ這ひの行間それて踏み込まる　阿部宵人〉

蟷螂《かまきり》 (三) 蟷螂《たうらう》・鎌切《かまきり》・斧虫《をのむし》・いぼむしり・いぼじり・祈り虫《いのりむし》 →蟷螂生る（夏）・蟷螂枯る（冬） 〈かりかりと蟷螂蜂の皃を食む　山口誓子〉

螻蛄鳴く《けらなく》 (三) おけら鳴《な》く →螻蛄（夏） 〈螻蛄鳴いてをるや静に力無く　京極杞陽〉

蚯蚓鳴く《みみずなく》 (三) 歌女鳴《かぢよな》く　秋の夜、土のある方から聞こえる音を、蚯蚓が鳴いていると誤解したもの。現在、蚯蚓には、発音の器官のないことが明らかになっており、螻蛄《けら》の鳴き声と混同されたとも考えられている。↓蚯蚓（夏）〈蚯蚓鳴く路地を死ぬまで去る気なし　鈴木真砂女〉

地虫鳴く《ぢむしなく》 ㊂ 秋の夜、土のある方から聞こえるジーという淋《さび》しげな音を地虫が鳴いていると解釈したもの。「蚯蚓《みみず》鳴く」と同様、螻蛄《けら》の鳴き声と混同されたものだろう。〈地虫きゝ夜ふけの廈をいぶかしむ　石田波郷〉

蓑虫《みのむし》 ㊂ 鬼《おに》の子《こ》・鬼《おに》の捨子《すてご》・父乞虫《ちちこふむし》・みなし子《ご》・親無子《おやなしご》・蓑虫鳴《みのむしな》く・木樵虫《きこりむし》〈蓑虫の蓑あまりにもありあはせ　飯島晴子〉

茶立虫《ちゃたてむし》 (初) 茶柱虫《ちゃたてむし》・小豆洗《あづきあらひ》・粉茶立《こなちゃたて》・隠座頭《かくれざとう》〈安心のいちにちあらぬ茶立虫　上田五千石〉

放屁虫《へひりむし》 (初) へこきむし・へつぴりむし・亀虫《かめむし》・三井寺《みゐでら》ごみむし〈放屁虫ヱホバは善しと観たまへり　川端茅舎〉

菊吸虫《きくすひむし》 ㊂ 菊吸《きくすひ》・菊吸天牛《きくすひかみきり》〈菊吸と菊の陶酔はじまりぬ　大木孝子〉

刺虫《いらむし》 (初) 〈野仏の前いらむしに螫されをり　加藤楸邨〉

芋虫《いもむし》 (初) とこよむし・柚子坊《ゆずばう》〈芋虫の泣かずぶとりを手に賞づる　上田五千石〉

針金虫《はりがねむし》 (初) 線虫《せんちゅう》・あしまとひ　ハリガネムシ目の無脊椎《むせきつい》の水生動物で、昆虫ではない。

七節《ななふし》 (仲) ななふし・竹節虫（たけのふしむし／ななふしむし）〈七節虫の六節如意輪観世音　宮坂静生〉

秋蚕《あきご》 (仲) 秋蚕《しゅうさん》・初秋蚕《しょしゅうさん》・晩秋蚕《ばんしゅうさん》　春蚕《はるご》の収穫が終わった後、七月頃から掃《は》き立て、九月頃まで育てる蚕。↓蚕（春）・夏蚕（夏）〈年々に飼ひへらしつゝ秋蚕飼ふ　大橋桜坡子〉

秋繭《あきまゆ》 ㊂ 秋蚕《あきご》が作る繭。↓繭（夏）・秋蚕〈秋繭となるにかすかな音を出す　滝沢伊代次〉

菜虫《なむし》 (晩) **青虫**《あをむし》 〈嫌はれて太つてみせる菜虫かな　ふけとしこ〉

栗虫《くりむし》 (晩) **栗**《くり》**の虫**《むし》**・栗**《くり》**のしぎ虫**《むし》 ゾウムシ科の栗鳴象虫《くりしぎぞうむし》の幼虫。栗殻の中に産卵、孵《ふ》化《か》し、栗を食い荒らす。→栗 〈栗を出て行き所なき栗の虫　江中真弓〉

残る虫《のこるむし》 (晩) **すがれ虫**《むし》 晩秋、ほそぼそと衰えた声で間延びした鳴き方をする虫。〈のこる虫汲みかへて茶の匂ひなき　石橋秀野〉

雪迎へ《ゆきむかへ》 (晩) **遊糸**《いうし》 晩秋の穏やかな日に、上昇気流に乗って空高く伸びた多くの蜘蛛《くも》の糸にぶら下がった子蜘蛛が、空中を漂う現象。この後、雪の降る時候になるところから、山形県米沢盆地などでは雪迎えという。〈旗にもう真ん中はなく雪迎え　大坪重治〉

われから ㊂ **藻**《も》**に住**《す》**む虫**《むし》**の音**《ね》**に鳴**《な》**く・藻**《も》**に住**《す》**む虫**《むし》**・藻**《も》**の虫**《むし》**・藻**《も》**に鳴**《な》**く虫**《むし》 『古今集』の藤原直子《なおいこ》の歌〈海人《あま》の刈る藻にすむ虫のわれからと音をこそなかめ世をばうらみじ〉に見える虫。貝の割れた殻とか、海老《えび》のような虫とか、諸説あるが、実体は不明。〈すぢりもぢりてわれからになりたき日　大木孝子〉

植　物

八朔梅《はつさくばい》 (仲)(晩) **からくれなゐ・八朔紅梅**《はつさくこうばい》 バラ科の梅の園芸品種。中国原産。寒紅梅の一種で、八朔（旧暦八月一日）の頃に咲くというのでこの名がある。〈八朔の梅咲く国に生れたし　文兆〉

秋の薔薇《あきのばら》 (仲) **秋薔薇**（あきばら／あきさうび） →薔薇（夏） 〈秋薔薇や彩を尽して艶ならず　松根東洋城〉

木犀《もくせい》 仲 木犀《もくせい》の花《はな》・金木犀《きんもくせい》・銀木犀《ぎんもくせい》・薄黄木犀《うすぎもくせい》・桂《かつら》の花《はな》 〈浴後また木犀の香を浴びにけり　相生垣瓜人〉

木槿《むくげ》 初 きはちす・もくげ・白木槿《しろむくげ》・紅木槿《べにむくげ》・花木槿《はなむくげ》・底紅《そこべに》・木槿垣《むくげがき》 〈木槿咲く籬の上の南部富士　山口青邨〉

芙蓉《ふよう》 初 木芙蓉《もくふよう》・白芙蓉《しろふよう》・紅芙蓉《べにふよう》・花芙蓉《はなふよう》・酔芙蓉《すいふよう》 〈白芙蓉朝も夕も同じ空　阿部みどり女〉

秋果《しうくわ》 三 秋の果実・果物の総称。〈秋果盛る灯にさだまりて遺影はや　飯田龍太〉

桃《もも》 初 桃《もも》の実《み》・毛桃《けもも》・白桃《はくたう》・水蜜桃《すいみつたう》・天津桃《てんしんたう》 ↓桃の花（春）・早桃（夏）〈中年や遠くみのれる夜の桃　西東三鬼〉

梨《なし》 三 梨子《なし》・長十郎《ちやうじふらう》・二十世紀《にじつせいき》・豊水《ほうすい》・幸水《かうすい》・新水《しんすい》・洋梨《やうなし》・ラ・フランス・有《あり》の実《み》・梨売《なしうり》・梨園《なしゑん》・梨狩《なしがり》 ↓梨の花（春）〈独り身に包丁ひとつ梨を剝く　村上鞆彦〉

柿《かき》 晩 渋柿《しぶがき》・甘柿《あまがき》・蜂屋柿《はちやがき》・身不知柿《みしらずがき》・似柿《にたりがき》・百目柿《ひやくめがき》・富有柿《ふいうがき》・御所柿《ごしよがき》・禅寺丸《ぜんじまる》・次郎《じらう》柿《がき》・伽羅柿《きやらがき》・西条柿《さいでうがき》・平核無《ひらたねなし》・山柿《やまがき》・木練柿《こねりがき》・樽柿《たるがき》・ころ柿《がき》・さはし柿《がき》・柿《かき》なます・柿《かき》の秋《あき》・柿日和《かきびより》・木守柿《きもりがき》 ↓柿の花（夏）・青柿（夏）〈柿くへば鐘が鳴るなり法隆寺　正岡子規〉〈柿食ふや命あまさず生きよの語　石田波郷〉

熟柿《じゆくし》 晩 うみ柿《がき》 〈熟れ柿を剝くたよりなき刃先かな　草間時彦〉

信濃柿《しなのがき》 晩 こがき・ぶだう柿《がき》・さる柿《がき》・まめ柿《がき》・君遷子《くんせんし》 〈信濃柿もろともに山寂びにけり　宮坂静生〉

林檎《りんご》 (晩) 紅玉《こうぎょく》・ふじ・つがる・王林《わうりん》・林檎園《りんごゑん》・林檎狩《りんごがり》　↓林檎の花（春）・青林檎（夏）・冬林檎（冬）　〈刃を入るる隙なく林檎紅潮す　野澤節子〉

葡萄《ぶだう》 (仲) 甲州葡萄《かふしうぶだう》・マスカット・デラウェア・巨峰《きよほう》・ピオーネ・黒葡萄《くろぶだう》・種《たね》なし葡萄《ぶだう》・葡萄園《ぶだうゑん》・葡萄棚《ぶだうだな》・葡萄狩《ぶだうがり》　↓青葡萄（夏）　〈葡萄食ふ一語一語の如くにて　中村草田男〉

栗《くり》 (晩) 毬栗《いがぐり》・笑栗《ゑみぐり》・落栗《おちぐり》・出落栗《でおちぐり》・一《ひと》つ栗《ぐり》・三《み》つ栗《ぐり》・丹波栗《たんばぐり》・山栗《やまぐり》・柴栗《しばぐり》・ささ栗《ぐり》・虚栗《みなしぐり》・焼栗《やきぐり》・ゆで栗《ぐり》・栗山《くりやま》・栗林《くりばやし》・栗拾《くりひろひ》　〈拾われぬ栗の見事よ大きさよ　一茶〉

石榴《ざくろ》 (仲) 柘榴《ざくろ》・石榴《せきりう》・石榴《ざくろ》の実《み》　〈実ざくろや妻とは別の昔あり　池内友次郎〉

棗《なつめ》 (初) 棗《なつめ》の実《み》・青棗《あをなつめ》　〈ふるさとや昨日は棗ふところに　長谷川双魚〉

無花果《いちじく》 (晩) 〈音ひとつせぬ無花果の木を好む　百合山羽公〉

胡桃《くるみ》 (晩) 胡桃《くるみ》の実《み》・姫胡桃《ひめくるみ》・鬼胡桃《おにぐるみ》・沢胡桃《さはぐるみ》・河胡桃《かはくるみ》・山胡桃《やまくるみ》・胡桃割《くるみわり》　↓青胡桃（夏）・胡桃の花（夏）　〈胡桃割る胡桃の中に使はぬ部屋　鷹羽狩行〉

早生蜜柑《わせみかん》 (晩) ↓蜜柑の花（夏）・蜜柑（冬）　〈内子座に急くや路辺に早生蜜柑　外池拓人〉

青蜜柑《あをみかん》 (三) ↓蜜柑の花（夏）・蜜柑（冬）　〈船はまだ木組みのままや青蜜柑　友岡子郷〉

酢橘《すだち》 (晩) 酸橘《すだち》・木酢《きず》・かぼす　〈すだちてふ小つぶのものの身を絞る　辻田克巳〉

柚子《ゆず》 (晩) 柚子《ゆず》の実《み》・獅子柚子《ししゆず》・鬼柚子《おにゆず》・木守柚子《きもりゆず》　↓柚子の花（夏）　〈柚子一つ供へて寒し像の前　高浜虚子〉〈柚子捥ぎて山国の空遙かにす　三森鉄治〉

柑子《かうじ》 (晩) 薄皮《うすかは》みかん・柑子蜜柑《かうじみかん》　↓柑子の花（夏）　〈柑子の実夕月皓くかかりけり　根岸善雄〉

橙《だいだい》 (晩) 回青橙《くわいせいたう》・かぶす　ミカン科の常緑低木。名は一つの株に数年代の果実が付き「代々栄える」の意味。↓橙の花（夏）・橙飾る（新年）〈橙のころがるを待つ青畳　桂信子〉

九年母《くねんぼ》 (晩) 香橙《かうたう》・乳柑《にゆうかん》・くねぶ　↓九年母の花（夏）〈雨はじく九年母捥ぎてきたりけり　八木林之助〉

金柑《きんかん》 (晩) 金橘《きんきつ》・姫橘《ひめたちばな》　↓金柑の花（夏）〈一本の塀のきんかん数しらず　阿波野青畝〉

仏手柑《ぶしゆかん》 (晩) 仏手柑《ぶつしゆかん》　↓仏手柑の花（夏）〈老僧のいたく愛でらる仏手柑　大橋麻沙子〉

オリーブの実《オリーブのみ》 (晩) 〈神宿るてふオリーブの実の苦かりき　赤尾兜子〉

檸檬《れもん》 (晩) レモン　〈レモン切る齧る転がす滴らす　高浦銘子〉

榲桲《まるめろ》 (晩) まるめいら・おにめ・香円《かうゑん》　↓榲桲の花（春）〈まるめろにはや新雪の槍穂高　加藤楸邨〉

榠樝の実《くわりんのみ》 (晩) 花梨《くわりん》の実《み》・唐梨《からなし》・海棠木瓜《かいだうぼけ》　↓榠樝の花（春）〈どの向きに置いても傾ぐ榠樝の実　江中真弓〉

苔桃の実《こけもものみ》 (初) 苔桃《こけもも》・フレップ　〈こけももの実と栗鼠の眼とまだねむし　中戸川朝人〉

紅葉《もみぢ》 (晩) 紅葉《こうえふ》・もみぢ葉《ば》・色葉《いろば》・色見草《いろみぐさ》・妻恋草《つまこひぐさ》・紅葉《もみぢ》の錦《にしき》・梢《こずゑ》の錦《にしき》・下紅葉《したもみぢ》・入紅葉《いりもみぢ》・夕紅葉《ゆふもみぢ》・紅葉《もみぢ》の淵《ふち》・紅葉《もみぢ》の川《かは》・紅葉《もみぢ》の筏《いかだ》・紅葉《もみぢ》の笠《かさ》・竜田草《たつたぐさ》・渓紅葉《たにもみぢ》・谷紅葉《たにもみぢ》・庭紅葉《にはもみぢ》・紅葉川《もみぢがは》・紅葉山《もみぢやま》・紅葉出《もみい》づ・紅葉《もみ》づ・楓紅葉《かへでもみぢ》　↓紅葉狩・初紅葉・黄葉・冬紅葉（冬）〈障子しめて四方の紅葉を感じをり　星野立子〉〈手を入れてみたき帚木紅葉かな　大石悦子〉

初紅葉《はつもみぢ》 (仲) ↓薄紅葉　〈踏み分けて行けぬところに初もみぢ　遠藤若狭男〉

薄紅葉《うすもみぢ》 〔仲〕 〈真青なる紅葉の端の薄紅葉　高浜虚子〉

黄葉《くわうえふ》 〔晩〕 **黄葉**《もみぢ》**・黄**《き》**ばむ** 〈黄葉の一樹に山の影及ぶ　嶋田麻紀〉

照葉《てりは》 〔晩〕 **照紅葉**《てりもみぢ》 秋晴れの日差しを受けて鮮やかに照り輝いている紅葉（また黄葉）のさま。〈面ざしは昔人なる照葉かな　高浜虚子〉

紅葉且つ散る《もみぢかつちる》 〔晩〕 **色葉**《いろは》**散る・木**《こ》**の葉**《は》**かつ散**《ち》**る** 紅葉した木々の葉が散り始めたさま。↓紅葉散る（冬）〈紅葉かつ散る一乗寺下り松　守屋明俊〉

黄落《くわうらく》 〔晩〕 **黄落期**《くわうらくき》 銀杏《いちやう》・欅《けやき》・櫟《くぬぎ》など黄葉した葉が散ること。〈黄落といふこと水の中にまで　鷹羽狩行〉

雑木紅葉《ざふきもみぢ》 〔晩〕 **名**《な》**の木**《き》**の紅葉**《もみぢ》 〈暫くは雑木紅葉の中を行く　高浜虚子〉

楓《かへで》 〔晩〕 **鶏冠木**《かへで》**・かへるで・山紅葉**《やまもみぢ》**・いろはもみぢ・三**《み》**つ手**《で》**かへで・一**《ひと》**つ葉**《ば》**かへで・紅楓**《こうふう》 ↓楓の芽（春）・若楓（夏）〈沼楓色さす水の古りにけり　臼田亜浪〉

満天星紅葉《どうだんもみぢ》 〔晩〕 ↓満天星の花（春）〈生垣をつづる満天星紅葉かな　山田梅屋〉

葡萄紅葉《ぶだうもみぢ》 〔晩〕 山葡萄などの葉が、紅葉すること。また、その葉。

柿紅葉《かきもみぢ》 〔晩〕 ↓柿若葉（夏）・柿落葉（秋）〈窯変に似たる彩あり柿紅葉　右城暮石〉

梅紅葉《うめもみぢ》 〔晩〕 〈梅紅葉濡れやすくまた舞ひやすく　斎藤夏風〉

柏黄葉《かしはもみぢ》 〔晩〕 柏の葉が黄葉すること。また、その葉。↓柏落葉（夏）

漆紅葉《うるしもみぢ》 〔晩〕 ↓漆の花（夏）〈水音に追はるる漆紅葉かな　小島千架子〉

櫨紅葉《はぜもみぢ》 〔晩〕 **櫨**《はじ》 ↓櫨の花（夏）・櫨ちぎり・櫨の実〈櫨紅葉見てゐるうちに紅を増す　山口誓

子〉

銀杏黄葉《いちやうもみぢ》 (晩) ↓銀杏散る・銀杏落葉（冬）〈いてふ葉や止まる水も黄に照す　嘯山〉

桜紅葉《さくらもみぢ》 (仲) 〈桜紅葉まぬがれ難き寺の荒れ　村田脩〉

白膠木紅葉《ぬるでもみぢ》 (晩) **ぬるで** ↓五倍子〈とびぬけて赤きは白膠木紅葉かな　右城暮石〉

五倍子《ふし》 (晩) **ごばいし** 白膠木《ぬるで》の葉茎にできる瘤《こぶ》で、油虫の一種の白膠木耳五倍子《ぬるでのみみふし》が卵を産みつけ寄生してできる。〈中山は材木の町五倍子を干し　富安風生〉

柞紅葉《ははそもみぢ》 (晩) **柞**（ははそ／はうそ）・**楢紅葉**《ならもみぢ》 柞の葉が色づくこと、また、その葉。柞は小楢《こなら》の古名、または小楢・櫟《くぬぎ》・大楢などのブナ科の落葉高木の総称の古名。〈恵那晴れてははそ黄葉《もみじ》は道に敷く　木村蕪城〉

櫟紅葉《くぬぎもみぢ》 (晩) ↓櫟の花（夏）〈山は今染めんとすなり櫨櫟　武定巨口〉

秋の芽《あきのめ》 (初) 〈月光菩薩秋芽のごとき合掌を　野澤節子〉

色変へぬ松《いろかへぬまつ》 (晩) ↓松落葉（夏）〈色変へぬ松も寂しきことと知る　中原道夫〉

新松子《しんちぢり》 (晩) **青松笠**《あをまつかさ》・**青松毬**《あをまつかさ》 その年に新しくできた松笠のこと。卵形で青々としている。↓松の花（春）〈新松子父を恋ふ日としたりけり　石田波郷〉

名の木散る《なのきちる》 (晩) 秋に目につく落葉のこと。人々によく知られた名の様々な木をまとめて、名ある木、名の木とする。↓紅葉且つ散る・名の木枯る（冬）〈からまつ散る縷々ささやかれゐるごとし　野澤節子〉

桐一葉《きりひとは》 (初) **ひとは・一葉《いちえふ》・一葉落《ひとはお》つ・桐《きり》の葉落《はお》つ・桐散《きりち》る・一葉《ひとは》の秋《あき》・桐《きり》の秋《あき》** 〈桐一葉

日当りながら落ちにけり　高浜虚子〉

柳散る《やなぎちる》　㊥　黄柳《くわうりう》・柳黄《やなぎき》ばむ・散《ち》る柳《やなぎ》　↓柳の芽（春）・柳（春）〈柳散るやうに旅信の来たるべく　田中裕明〉

楸《ひさぎ》　㊙　楸散《ひさぎち》る・きささげ　トウダイグサ科の落葉高木、赤芽柏《あかめがしわ》の古称。また、ノウゼンカズラ科の落葉高木、きささげのこともいう。〈村雨の夜まぜになりて散る楸　護物〉

銀杏散る《いちやうちる》　㊝　↓銀杏黄葉　〈銀杏散るまつたゞ中に法科あり　山口青邨〉

木の実《このみ》　㊝　木《こ》の実《み》落《お》つ・木《こ》の実《み》降《ふ》る・木《こ》の実《み》雨《あめ》・木《こ》の実《み》時雨《しぐれ》・木《こ》の実《み》独楽《ごま》・木《こ》の実《み》拾《ひろ》ふ・木《こ》の実《み》時《どき》　〈よろこべばしきりに落つる木の実かな　富安風生〉

椿の実《つばきのみ》　㊙　↓椿（春）〈平原にあり漆黒の椿の実　対馬康子〉

南天の実《なんてんのみ》　㊝　実南天《みなんてん》・南天燭《なんてん》・白南天《しろなんてん》　↓南天の花（夏）〈億年のなかの今生実南天　森澄雄〉

枸橘の実《からたちのみ》　㊝　枳殻《からたち》の実《み》・枸橘《くきつ》・枳殻《きこく》・枳実《きじつ》　↓枸橘の花（春）〈父母在せば枳殻の実の数知れず　石田波郷〉

蘇枋の実《すはうのみ》　㊥　紫荊《はなずはう》の実《み》　一般的に蘇枋とよぶのは紫荊のこと。マメ科の落葉小高木。四月頃、赤紫の花を咲かせたあと莢果《きようか》をつける。↓紫荊（春）

山茱萸の実《さんしゆゆのみ》　㊙　秋珊瑚《あきさんご》・やまぐみ　↓山茱萸の花（春）〈山茱萸の風にゆれあふ実を択《え》りぬ　飯田蛇笏〉

梔子の実《くちなしのみ》　㊥　山梔子《くちなし》の実《み》・梔子《くちなし》・山梔子《くちなし》　↓梔子の花（夏）〈山梔子の実のみ華やぐ坊の垣

貞弘衛〉

藤の実《ふぢのみ》 (晩) →藤（春）〈藤の実の愁のごとく垂れにけり　富安風生〉

合歓の実《ねむのみ》 (晩) →合歓の花（夏）〈合歓は実に風の行き交ふ峠かな　市堀玉宗〉

芙蓉の実《ふようのみ》 (仲) →芙蓉〈芙蓉の実枯れてはなやぐことありぬ　安住敦〉

木瓜の実《ぼけのみ》 (仲) →木瓜の花（春）・寒木瓜（冬）〈木瓜の実を離さぬ枝のか細さよ　後藤夜半〉

水木の実《みづきのみ》 (晩) **麻疹木**《はしかのき》 水木はミズキ科の落葉高木。初夏に白色小花をつけた後、球形の小さな実を結ぶ。→水木の花（夏）

玉水木の実《たまみづきのみ》 (晩) 玉水木はモチノキ科の落葉高木。秋から冬にかけて玉状の小さな実が真っ赤に熟して密集する。

朴の実《ほほのみ》 (晩) →朴の花（夏）〈朴は実に人は出でたつ秩父かな　加藤楸邨〉

杉の実《すぎのみ》 (晩) →杉の花（春）・杉落葉（夏）〈杉の実の匂いが好きだ嗅ぎすぎた　金子兜太〉

ななかまど (晩) **七竈**《ななかまど》**・ななかまどの実**《み》〈枝の芯までくれなゐのななかまど　大坪景章〉

櫨の実《はぜのみ》 (晩) **はじの実**《み》 →櫨の花（夏）・櫨ちぎり・櫨紅葉〈櫨の実のしづかに枯れてをりにけり　日野草城〉

橡の実《とちのみ》 (晩) **栃**《とち》**の実**《み》 →橡の花（夏）〈栃の実を踏みしが木曽のはじめかな　藤田湘子〉

榛の実《はしばみのみ》 (晩) **つのはしばみ・せいやうはしばみ** →榛の花（春）〈榛をこぼして早し初瀬川　梅里〉

椋の実《むくのみ》 (晩) 〈椋の実に旅も果なる一日かな　加藤楸邨〉

樫の実《かしのみ》 (晩) 櫧《かし》の実《み》　↓樫の花（春）　〈樫の実の水に落つるにいきいきす　新谷ひろし〉

石櫧の実《いちひがしのみ》 (晩) 石櫧はブナ科の常緑高木。樫《かし》の一種で、葉の裏に黄褐色の毛が密生しているのが特徴。秋に実を結ぶ。イチイ科の一位の実とはまったく別のもの。

団栗《どんぐり》 (晩) 櫟《くぬぎ》の実《み》・団栗独楽《どんぐりごま》・団栗餅《どんぐりもち》　〈どんぐりを拾えば拾うほど日暮れ　和田悟朗〉

楢の実《ならのみ》 (晩) 柞《ははそ》の実《み》・小楢《こなら》の実《み》・水楢《みづなら》の実《み》　〈山祇の土になれゆく小楢の実　佐藤鬼房〉

一位の実《いちゐのみ》 (晩) あららぎの実《み》・おんこの実《み》　↓一位の花（春）　〈一位の実含みて吐きて旅遠し　富安風生〉

檀の実《まゆみのみ》 (晩) 山錦木《やまにしきぎ》・真弓《まゆみ》の実《み》　〈しんじつを籠めてくれなゐ真弓の実　後藤比奈夫〉

楝の実《あふちのみ》 (晩) 樗《あふち》の実《み》・栴檀《せんだん》の実《み》・金鈴子《きんれいし》・苦楝子《くれんし》　↓楝の花（夏）　〈栴檀の実がよごしたる石畳　石橋秀野〉

漆の実《うるしのみ》 (晩) ↓漆の花（夏）　〈父ほどの男に逢はず漆の実　遠山陽子〉

たぶの実《たぶのみ》 (初) 椨《たぶのき》はクスノキ科の常緑高木。実は初秋に黒藍色に熟す。

樟の実《くすのみ》 (晩) 樟《くすのき》はクスノキ科の常緑高木。直径八ミリほどの丸い実がなり、秋に熟すと黒くなる。

黐の実《もちのみ》 (晩) もちの木《き》の実《み》・冬青《とうせい》　黐の木はモチノキ科の常緑小高木。秋になると雌の株に直径一センチほどの赤く丸い実が生《な》る。↓黐の花（夏）

柾の実《まさきのみ》 (晩) ↓柾の花（夏）　〈柾木の実紅し入江に日を置きて　篠田麦子〉

榧の実《かやのみ》 (晩) 新榧《しんかや》　↓榧の花（春）・榧（新年）　〈榧の実は人なつかしく径《みち》に降る　長谷川素逝〉

椎の実《しひのみ》 (晩) 落椎《おちしひ》・椎拾《しひひろ》ふ　↓椎の花（夏）　〈椎の実を拾ひに来るや隣りの子　正岡子規〉

榎の実《えのきのみ》　（晩）　榎《え》の実《み》　↓榎の花（夏）　〈榎の実食ふ二十羽も一とかたまりに　阿波野青畝〉

紫式部《むらさきしきぶ》　（晩）　紫《むらさき》式部《しきぶ》の実《み》・式部《しきぶ》の実《み》・実紫《みむらさき》・小式部《こしきぶ》・白式部《しろしきぶ》　〈渡されし紫式部淋しき実　星野立子〉

橘《たちばな》　（晩）　立花《たちばな》　↓橘の花（夏）　〈青き葉の添ふ橘の実の割かれ　日野草城〉

枳椇《けんぽなし》　（晩）　玄圃梨《げんぽなし》・てんぽうなし　〈得体の知れぬその実その名ぞ玄圃梨　大橋敦子〉

銀杏《ぎんなん》　（晩）　銀杏《いちやう》の実《み》　↓銀杏の花（春）　〈銀杏のにぎやかに地を汚したる　永方裕子〉

菩提子《ぼだいし》　（晩）　菩提《ぼだい》の実《み》・菩提樹《ぼだいじゅ》の実《み》　↓菩提樹の花（夏）　〈菩提子を拾ひて帰路を迷ひけり　秋元不死男〉

無患子《むくろじ》　（晩）　木患子《むくろじ》・無患子《むくろじ》の実《み》・無患樹《むくろじ》の実《み》　〈悼むとは無患子の実を拾ふこと　山本洋子〉

鬼縛の実《おにしばりのみ》　（初）　夏坊主《なつばうず》　鬼縛はジンチョウゲ科の落葉小低木。果実は長さ約八ミリの楕円《だえん》形で、晩夏から初秋に赤く熟すが有毒。

臭木の花《くさぎのはな》　（初）　常山木《くさぎ》の花《はな》・臭桐《くさぎり》　〈逃ぐる子を臭木の花に挟みうち　波多野爽波〉

臭木の実《くさぎのみ》　（晩）　常山木《くさぎ》の実《み》　〈美女谷や髪に飾りて常山木の実　嶋田麻紀〉

枸杞の実《くこのみ》　（晩）　枸杞子《くこし》・枸杞酒《くこしゆ》　↓枸杞（春）　〈枸杞の実を煎じて亥歳同士かな　丹羽昭子〉

樝子の実《しどみのみ》　（晩）　くさぼけ・樝子《しどみ》・草木瓜《くさぼけ》の実《み》・地梨《ぢなし》・のぼけ　↓樝子の花（春）　〈草木瓜の実に風雲のみ空あり　飯田龍太〉

瓢の実《ひよんのみ》　（晩）　ひよん・蚊母樹《いすのき》の実《み》・蚊母樹《いすのき》・蚊子木《ぶんしぼく》・瓢《ひよん》の笛《ふえ》　蚊母樹の葉に油虫の一種によって生じる虫癭（虫こぶ）のこと。虫が出たあと空洞となった部分に口を当てて吹くとひょうひ

ようと鳴る。　↓蚊母樹の花（春）〈ひよんの笛吹いてふるさと遠くなり　国枝隆生〉

桐の実《きりのみ》　㊟初　↓桐の花（夏）〈桐の実も人の訃も雲迅きころ　永島靖子〉

油桐の実《あぶらぎりのみ》　㊟晩　罌子桐《とゆ》の実《み》・桐油《とゆ》の実《み》　油桐はトウダイグサ科の落葉高木。晩秋に実が熟す。

海桐の実《とべらのみ》　㊟晩　↓海桐の花（夏）〈海桐の実ニライカナイの海荒れて　邊見京子〉

飯桐の実《いいぎりのみ》　㊟晩　南天桐《なんてんぎり》〈飯桐の実を飯桐の木が揺すり　千葉皓史〉

山椒の実《さんせうのみ》　㊟初　蜀椒《しよくせう》・実山椒《みざんせう》　↓山椒の芽（春）・山椒の花（春）・青山椒（夏）〈火の山の日を奪ひあふ山椒の実　雨宮抱星〉

木天蓼《またたび》　㊟三　〈またたび酒親孝行もうやむやに　たむらちせい〉

珊瑚樹《さんごじゆ》　㊟晩　珊瑚樹《さんごじゆ》の実《み》・樹珊瑚《きさんご》　↓珊瑚樹の花（夏）〈珊瑚樹の実の照り伊勢の国ゆたか　鷹羽狩行〉

錦木《にしきぎ》　㊟晩　鬼箭木《にしきぎ》・錦木紅葉《にしきぎもみぢ》・錦木《にしきぎ》の実《み》〈錦木や鳥語いよいよ滑らかに　福永耕二〉

梅擬《うめもどき》　㊟晩　梅嫌《うめもどき》・落霜紅《うめもどき》・白梅擬《しろうめもどき》〈澄むものは空のみならず梅擬　森澄雄〉

蔓梅擬《つるうめもどき》　㊟晩　蔓落霜紅《つるうめもどき》・つるもどき〈蔓として生れたるつるうめもどき　後藤夜半〉

ピラカンサ　㊟晩　ピラカンサス・常盤山査子《ときはさんざし》〈腕白の頃の赤さにピラカンサ　坊城としあつ〉

山梨《やまなし》　㊟晩　棠梨《やまなし》・小梨《こなし》・犬梨《いぬなし》〈山梨を噛めば口許風つどふ　細谷鳩舎〉

皀角子《さいかち》　㊟晩　皀莢《さいかち》・皀角子《さいかち》の実《み》・西海子《さいかいし》・さいかし・鶏栖子《けいせいし》・かはらふぢのき〈皀角子のあまたの莢の梵字めく　太田嗟〉

玫瑰の実《はまなすのみ》　㊟初　実玫瑰《みはまなす》・浜茄子《はまなす》の実《み》・浜梨《はまなし》の実《み》　↓玫瑰（夏）〈はまなすの実へ惜しみなく

日の差しぬ　櫂未知子〉

茱萸《ぐみ》 晩 秋茱萸《あきぐみ》・霜茱萸《しもぐみ》・茱萸酒《ぐみざけ》 →夏茱萸（夏）〈秋茱萸や滂沱滴る牧舎あり　能村登四郎〉

苗代茱萸の花《なはしろぐみのはな》 晩 苗代茱萸はグミ科の常緑低木。晩秋、白い筒形の花が二、三個ずつ垂れ下がるが、実際は萼の先が四裂したもの。

莢蒾の実《がまずみのみ》 晩 莢蒾はレンプクソウ科の落葉低木で山地に自生する。六月頃、枝先に五弁の白い小花を咲かせたあとに、密集した小粒の実が生《な》る。

秋桑《あきくは》 三 秋《あき》の桑《くは》 →桑（春）〈秋桑や利根とはいへど一瀬にて　水原秋櫻子〉

衝羽根《つくばね》 仲 胡鬼《こぎ》の子《こ》・突羽子《つくばね》・羽子《はご》の木《き》〈衝羽根に城址の空のひろがりぬ　古田紀一〉

楤の花《たらのはな》 初 →楤の芽（春）〈楤の花ひろげ曇天つつましく　伊藤凍魚〉

茨の実《いばらのみ》 晩 野茨《のいばら》の実《み》・野《の》ばらの実《み》・ローズヒップ →茨の花（夏）・枯茨（冬）〈懸命に赤くならむと茨の実　右城暮石〉

蝦蔓《えびづる》 晩 蘡薁《えびづる》・えびかづら〈汝が引きし蘡薁の実の甘きこと　小林篤子〉

山葡萄《やまぶだう》 仲 →葡萄〈山葡萄故山の雲のかぎりなし　木下夕爾〉

野葡萄《のぶだう》 仲 蛇《へび》葡萄《ぶだう》 →葡萄〈野葡萄のむらさきあはき思ひかな　島谷征良〉

通草《あけび》 仲 木通《あけび》・通草《あけび》の実《み》・山女《やまひめ》・あけぶ・おめかづら・かみかづら・通草《あけび》かづら・通草棚《あけびだな》 →通草の花（春）〈掌に受けし通草の山の冷え　金箱戈止夫〉

正木の葛《まさきのかづら》 晩 柾《まさき》の葛《かづら》・蔓正木《つるまさき》・定家葛《ていかかづら》〈名を知りて定家葛のその下に　山﨑あきら〉

蔦《つた》 三⃝ **蔦紅葉**《つたもみぢ》**・蔦**《つた》**の葉**《は》**・錦蔦**《にしきつた》**・蔦**《つた》**かづら**　↓蔦の芽（春）・蔦若葉（春）・青蔦（夏）・枯蔦（冬）〈蔦の葉の完璧にして無傷の朱　山地春眠子〉

竹の春《たけのはる》 仲⃝ **竹春**《ちくしゆん》　竹が秋になると生気を取り戻し、緑鮮やかな色合いを呈してくる状態をいう。↓竹の秋（春）・竹落葉（秋）〈化野《あだしの》や風とあそびて竹の春　細川加賀〉

竹の実《たけのみ》 晩⃝ 〈竹の実や読めぬ字のある一揆の碑　大竹多可志〉

酢の木《すのき》 初⃝ **をけすい・大葉**《おほば》**酢**《す》**の木**《き》　ツツジ科の落葉低木。三重県鈴鹿地方の方言である。

芭蕉《ばせう》 初⃝ **芭蕉葉**《ばせうば》**・芭蕉林**《ばせうりん》　↓玉巻く芭蕉（夏）・芭蕉の花（夏）・破芭蕉・枯芭蕉（冬）〈芭蕉林ゆき太陽を忘れけり　野見山朱鳥〉

破芭蕉《やればせう》 晩⃝ **芭蕉**《ばせう》**の破葉**《やれば》　↓芭蕉・枯芭蕉（冬）〈破芭蕉鬼子のごとき実を曝し　尾池葉子〉

カンナ 三⃝ **檀特**《だんどく》 〈あかくあかくカンナが微熱誘ひけり　高柳重信〉

サフラン 晩⃝ **サフランの花**《はな》**・泊夫藍**《さふらん》**・秋咲**《あきさき》**サフラン・番紅花**《ばんこうくわ》　↓クロッカス（春）〈サフランや印度の神は恋多き　正木ゆう子〉

ジンジャーの花《ジンジャーのはな》 初⃝ **花縮砂**《はなしゆくしや》 〈ジンジャー咲く迦陵頻伽に翼あり　山西雅子〉

万年青の実《おもとのみ》 晩⃝ 〈万年青の実楽しむとなく楽しめる　鈴木花蓑〉

蘭《らん》 初⃝ **秋蘭**《しうらん》**・蘭**《らん》**の香**《か》**・蘭**《らん》**の秋**《あき》**・蘭**《らん》**の花**《はな》　↓春蘭（春）〈蘭の香やむかし洋間と呼びし部屋　片山由美子〉

朝顔《あさがほ》 初⃝ **蕣**《あさがほ》**・牽牛花**《けんぎうくわ》**・西洋朝顔**《せいやうあさがほ》　↓朝顔市（夏）〈あさがほに我は食《めし》くふおとこかな　芭蕉〉〈朝顔の紺のかなたの月日かな　石田波郷〉

朝顔の実《あさがほのみ》 ㊥ 朝顔《あさがほ》の種《たね》・牽牛子《けんごし》 〈人老ゆる朝顔も実となりにけり　山口青邨〉

夜顔《よるがほ》 ㊓ 夜会草《やくわいさう》・夜開草《やかいさう》 〈はしなくも再会はたす夜会草　三田きえ子〉

野牡丹《のぼたん》 ㊓ 〈野牡丹を夢見顔して捧げきし　澁谷道〉

鶏頭《けいとう》 ㊂ 鶏頭花《けいとうくわ》・扇鶏頭《あふぎけいとう》・箒鶏頭《はうきけいとう》・房鶏頭《ふさけいとう》・ちやぼ鶏頭《けいとう》・紐鶏頭《ひもけいとう》・黄鶏頭《きけいとう》・三色鶏頭《さんしよくけいとう》・韓《から》藍《あゐ》の花《はな》・からあゐ 〈鶏頭の十四五本もありぬべし　正岡子規〉〈鶏頭に鶏頭ごつと触れゐたる　川崎展宏〉

葉鶏頭《はげいとう》 ㊂ 雁来紅《がんらいこう》・かまつか 〈葉鶏頭はげしき雨をよろこべる　山田みづえ〉

コスモス ㊥ 秋桜《あきざくら》・おほはるしやぎく 〈コスモスの押しよせてゐる厨口　清崎敏郎〉

皇帝ダリア《くわうていダリア》 ㊔ 木立ダリア（きだちダリア／こだちダリア） 〈皇帝ダリア畏るるもののなき高さ　片山由美子〉

模様莧《もやうびゆ》 ㊥ ヒユ科ツルノゲイトウ属の多年草。ブラジル原産。園芸用に植えて秋に鮮やかに紅葉した葉を観賞する。夏から秋に白い花をつけるが目立たない。

鬱金の花《うこんのはな》 ㊓ きぞめぐさ 〈尊厳といふ死に際や鬱金咲く　佐野鬼人〉

仙翁花《せんをうげ》 ㊓ 仙翁花《せんをう》・紅梅草《こうばいぐさ》・剪秋羅《せんしうら》・剪秋紗《せんしうさ》・剪紅花《せんこうくわ》 〈せんをうに翁は色をたづねけり　伊藤四郎〉

白粉花《おしろいばな》 ㊥ おしろいの花《はな》・白粉草《おしろいぐさ》・おしろい・夕化粧《ゆふげしやう》・金化粧《きんげしやう》・銀化粧《ぎんげしやう》・野茉莉《のまつり》・紫茉莉《むらさきまつり》・おしろいの実《み》 〈白粉の花が其処には咲いてゐて　京極杞陽〉

鬼灯《ほほづき》 ㊓ 酸漿《ほほづき》・虫鬼灯《むしほほづき》 →鬼灯市（夏）・青鬼灯（夏）・鬼灯の花（夏） 〈鬼灯の虫喰穴も些事ならず　飯島晴子〉

鳳仙花《ほうせんくわ》 (初) **爪紅**《つまくれなゐ》**・つまべに・つまぐれ・染指草**《せんしさう》〈正直に咲いてこぼれて鳳仙花　遠藤梧逸〉

秋海棠《しうかいだう》 (初) **断腸花**《だんちやうくわ》〈病める手の爪美くしや秋海棠　杉田久女〉

百菊《ひやくぎく》 (晩) 菊の逸品百種の意。江戸時代の『毛吹草』や『増山の井』に記述が見える。

菊《きく》 (三) **菊**《きく》**の花**《はな》**・白菊**《しらぎく》**・黄菊**《きぎく》**・一重菊**《ひとへぎく》**・八重菊**《やへぎく》**・大菊**《おほぎく》**・中菊**《ちゆうぎく》**・小菊**《こぎく》**・菊作**《きくづくり》**・厚物咲**《あつものざき》**・初菊**《はつぎく》**・乱菊**《らんぎく》**・千代見草**《ちよみぐさ》**・懸崖菊**《けんがいぎく》**・菊**《きく》**の宿**《やど》**・菊**《きく》**の友**《とも》**・籬**《まがき》**の菊**《きく》**・菊時**《きくどき》**・菊畑**《きくばたけ》 →菊若葉（春）・夏菊（夏）・菊膾《きくなます》〈菊の香やならには古き仏達　芭蕉〉〈菊の香のくらき仏に灯を献ず　杉田久女〉

残菊《ざんぎく》 (晩) **残**《のこ》**る菊**《きく》**・菊残**《きくのこ》**る** →十日の菊〈残菊や老いての夢は珠のごと　能村登四郎〉

晩菊《ばんぎく》 (晩)〈晩菊を起こせば太き茎ありぬ　正木ゆう子〉

紫苑《しをん》 (仲) **しをに・鬼**《おに》**の醜草**《しこぐさ》〈紫苑といふ花の古風を愛すかな　富安風生〉

蒼朮の花《をけらのはな》 (仲) **うけら・朮**《をけら》**・蒼朮**《さうじゆつ》**・白朮**《びやくじゆつ》〈うけら咲くほのぼのとしてつまびらか　加藤三七子〉

川芎の花《せんきゆうのはな》 (初) **をんなかづら**〈川芎のたまさか匂ふ茂りかな　嵐雪〉

木賊《とくさ》 (仲) **砥草**《とくさ》 →木賊刈る〈手拭のはらと落ちたる木賊かな　中原道夫〉

茴香の実《ういきやうのみ》 (仲) **くれのおもの実**《み》**・フェンネルの実**《み》 →茴香の花（夏）〈茴香に浮世をおもふ山路かな　浪化〉

三七の花《さんしちのはな》 (仲) **三七草**《さんしちさう》 三七はキク科の多年草。秋に黄色い管状の舌状花を茎の頂に咲かせる。

大毛蓼《おほけたで》 (仲) **紅草**《べにくさ》**・大蓼**《おほたで》〈お祭のごとき門前大毛蓼　星野恒彦〉

貝殻草《かひがらさう》 〔初〕 貝細工《かひざいく》草 〈つづく計に触れて音たつ貝殻草　横山房子〉

弁慶草《べんけいさう》 〔三〕 活草《いきくさ》・血止草《ちどめぐさ》・根無草《ねなしぐさ》・ふくれ草《さう》・つきくさ・八幡草《はちまんさう》・葉酸漿《はほほづき》 〈明方の滝のよき音血止草　飯田龍太〉

風船葛《ふうせんかづら》 〔仲〕 〈老人と海と風船かづらかな　小野淳子〉

敗荷《やれはす》 〔仲〕 敗荷《やれはちす》・破蓮（やれはす／やれはちす）・敗蓮（やれはす／やれはちす）・敗荷《はいか》・秋《あき》の蓮《はす》 ↓蓮の花（夏）・蓮の浮葉（夏）・蓮の実・枯蓮（冬） 〈破蓮の裏も表もなく破れ　遠藤若狭男〉

蓮の実《はすのみ》 〔仲〕 蓮《はちす》の実《み》・蓮《はす》の実《み》飛《と》ぶ ↓蓮の花（夏） 〈はなびらのくづれて蓮の実となりぬ　軽部烏頭子〉

西瓜《すいくわ》 〔初〕 西瓜畑《すいくわばたけ》・西瓜番《すいくわばん》 ↓西瓜の花（夏） 〈刃に触れて罅《ひび》走りたる西瓜かな　長谷川櫂〉

南瓜《かぼちや》 〔仲〕 たうなす・なんきん・ぼうぶら・栗南瓜《くりかぼちや》 ↓南瓜の花（夏） 〈まだ売れぬ南瓜が楽しさうに待つ　山本一歩〉

冬瓜《とうがん》 〔初〕 冬瓜《とうぐわ》・冬瓜《かもうり》 〈冬瓜のころげて荒るる畠かな　村上鬼城〉

紅冬瓜《きんとうぐわ》 〔初〕 紅南瓜《きんとうぐわ》・阿古陀瓜《あこだうり》 〈地蔵会のこどもの色の紅冬瓜　森澄雄〉

糸瓜《へちま》 〔三〕 縑瓜《へちま》・蛮瓜《へちま》・布瓜《へちま》・糸瓜《いとうり》・長瓜《ながうり》・糸瓜棚《へちまだな》 ↓糸瓜苗（夏）・糸瓜の花（夏）・糸瓜の水取る 〈糸瓜棚この世のことのよく見ゆる　田中裕明〉

夕顔の実《ゆふがほのみ》 〔初〕 ↓夕顔（夏）・干瓢剝く（夏） 〈夕顔の存外軽き実なりけり　辻桃子〉

瓢《ふくべ》 〔初〕 青瓢《あをふくべ》・ひさご・瓢簞《へうたん》・青瓢簞《あをべうたん》・百生《ひやくな》り・千生《せんな》り・苦匏《くはう》・蒲盧《ほろ》・葫蘆《ころ》 ↓瓢苗（夏）・瓢《ひさご》の花（夏） 〈瓢簞のつるや隣をはばからず　涼菟〉

種瓢《たねふくべ》 (晩) 〈風景のしづかにめぐる種瓢　正木ゆう子〉

茘枝《れいし》 (仲) 苦瓜《にがうり》・蔓茘枝《つるれいし》・ゴーヤー 〈沖縄の壺より茘枝もろく裂け　長谷川かな女〉

隼人瓜《はやとうり》 (晩) 〈かろうじて保つ家系や隼人瓜　川崎慶子〉

夜蒔胡瓜《よまききうり》 (三) 夜《よ》蒔《ま》き瓜《うり》・余《よ》蒔胡瓜《まききうり》・秋胡瓜《あききうり》　秋に穫《と》れる胡瓜のこと。夏の胡瓜に比べ味は落ちるが、糠漬《ぬかづ》けによい。

オクラ (三) 〈初生りのオクラ一本朝の膳　永井邦彦〉

秋茄子《あきなすび》 (仲) 秋茄子《あきなす》・名残茄子《なごりなす》・一口茄子《ひとくちなすび》　↓茄子（夏） 〈秋茄子や初老といふは水に似て　鍵和田秞子〉

種茄子《たねなす》 (晩) 種茄子《たねなすび》 〈退屈な日を退屈に種なすび　亀田虎童子〉

馬鈴薯《じやがいも》 (初) じやがたらいも・馬鈴薯《ばれいしよ》・男爵《だんしやく》・メークイン　↓馬鈴薯の花（夏）・新馬鈴薯（夏） 〈万有引力あり馬鈴薯にくぼみあり　奥坂まや〉

芋《いも》 (三) 里芋《さといも》・家芋《いへついも》・親芋《おやいも》・子芋《こいも》・芋《いも》の子《こ》・八頭《やつがしら》・芋畑《いもばたけ》・芋《いも》の秋《あき》・芋秋《いもあき》・赤芽《あかめ》芋《いも》・田《た》芋《いも》・蓮《はす》芋《いも》・里芋田楽《さといもでんがく》・芋《いも》の葉《は》・芋水車《いもすいしや》　↓芋の花（夏）・芋嵐・衣被・芋煮会 〈八頭いづこより刃を入るるとも　飯島晴子〉

芋茎《ずいき》 (仲) 芋殻《いもがら》・いもがら・芋《いも》の茎《くき》・芋茎干《ずいきほ》す 〈一汁一菜またよかずや芋の茎　石塚友二〉

自然薯《じねんじよ》 (三) 自然生《じねんじやう》・山《やま》の芋《いも》・やまついも・山芋《やまいも》 〈自然薯の全身つひに掘り出さる　岸風三樓〉

仏掌薯《つくねいも》 (三) つくいも・つくね・こぶしいも 〈つくねいも叡山の泥つけて売る　篠原悠子〉

薯蕷《ながいも》 ㊂ 長薯《ながいも》・駱駝薯《らくだいも》　↓薯蕷掘る　〈長薯に長寿の髯の如きもの　辻田克巳〉

何首烏芋《かしゅういも》 ㊂ 黄独《けいも》　〈鳥を見て吉野に入るや何首烏芋　森澄雄〉

牛蒡《ごばう》 ㊂ ↓若牛蒡（夏）・牛蒡の花（夏）・牛蒡引く　〈牛蒡など炊いて一日を肯ひぬ　片山由美子〉

零余子《むかご》 ㊂ ぬかご・いもこ・零余子《むかご》とり・珠芽《むかぶ》　〈ちちははも亡くて零余子を拾ひゐる　金久美智子〉

菊芋《きくいも》 (晩) 〈菊芋や井月の声地より湧く　後藤菊子〉

貝割菜《かひわりな》 (仲) 貝割《かひわれ》　〈ひらひらと月光降りぬ貝割菜　川端茅舎〉

間引菜《まびきな》 (仲) 抜菜《ぬきな》・摘み菜《つまな》・中抜菜《なかぬきな》・虚抜菜《うろぬきな》・小菜《こな》・二葉菜《ふたばな》・菜間引《なまび》く・疎抜菜《おろぬきな》　〈間引菜に根のふかぶかとありにけり　皆川盤水〉

火焰菜《くわえんさい》 (晩) ビート・あかな・さんごじゅな・テーブルビート　ヒユ科の越年生作物。ビートともよぶ西洋の赤大根。〈火焰菜しづかに巴里の夜ひらく　小池文子〉

中抜大根《なかぬきだいこん》 (仲) 疎抜大根《おろぬきだいこん》・虚抜大根《うろぬきだいこん》　初秋に蒔《ま》いた大根は、二度か三度間引く。一本立ち前の間引きの頃、小指ほどの根になっている大根のこと。

辣韮の花《らつきようのはな》 (晩) 薤《らつきよう》の花《はな》　↓辣韮（夏）　〈らつきようの千畳ほどの花畑　鷹羽狩行〉

独活の実《うどのみ》 (仲) ↓独活（春）　〈独活の実の風をなみする朝かな　帷平〉

紫蘇の実《しそのみ》 (仲) 穂紫蘇《ほじそ》　↓紫蘇（夏）　〈紫蘇の実の匂へば遠き母のこと　伊藤伊那男〉

唐辛子《たうがらし》 ㊂ 唐辛《たうがらし》・蕃椒《たうがらし》・南蛮《なんばん》・南蛮胡椒《なんばんこせう》・天井守《てんじやうもり》・高麗胡椒《かうらいこせう》・さがり・天竺《てんぢく》まもり・鷹《たか》

の爪《つめ》・獅子《しし》唐辛子《たうがらし》　→青唐辛子（夏）〈今日も干す昨日の色の唐辛子　林翔〉

茗荷の花《めうがのはな》　(初)　秋茗荷《あきめうが》　→茗荷竹（春）・茗荷の子（夏）〈爪を切る茗荷の花のしづけさに　中嶋秀子〉

新生姜《しんしやうが》　(初)　〈てんぷらの揚げの終りの新生姜　草間時彦〉

生姜《しやうが》　(三)　薑《はじかみ》・葉生姜《はしやうが》・くれのはじかみ　〈はじかみのはぢらふごとき肌かな　片山由美子〉

稲《いね》　(三)　稲《しね》・富草《とみくさ》・粳《うるち》・糯《もち》・稲筵《いなむしろ》・稲葉《いなば》・初穂《はつほ》・稲穂《いなほ》・粳稲《うるしね》・糯稲《もちいね》・もちごめ・麝香米《じやかうまい》・田《た》の実《み》・水影草《みづかげぐさ》・稲《いね》の波《なみ》・稲穂波《いなほなみ》・稲《いね》の秀《ほ》・八束穂《やつかほ》・稲《いね》の香《か》・稲《いね》の秋《あき》　→新米・稲刈　〈稲稔りゆつくり曇る山の国　廣瀬直人〉

稲の花《いねのはな》　(初)　富草《とみくさ》の花《はな》・早稲《わせ》の花《はな》　〈空へゆく階段のなし稲の花　田中裕明〉

陸稲《をかぼ》　(三)　陸稲《りくたう》　〈月のぼるまでひとりなり陸稲刈る　石井保〉

早稲《わせ》　(初)　室《むろ》のはや早稲《わせ》・早稲《わせ》の香《か》・早稲《わせ》の穂《ほ》　早く成熟する稲の品種で、収穫の時季も早いものをいう。〈葛飾や水漬きながらも早稲の秋　水原秋櫻子〉

中稲《なかて》　(晩)　稲は品種と成熟期によって早稲《わせ》・中稲・晩稲《おくて》に区分され、そのうち早稲と晩稲の中間の時期に成熟するもの。稲を代表するコシヒカリが中稲であるように大部分がこれに属す。〈魚沼や中稲の穂波うち揃ひ　若井新一〉

晩稲《おくて》　(晩)　おく・おしね・室《むろ》のおしね　遅く成熟する稲。早稲《わせ》・中稲《なかて》に比べ出穂期から完熟期までの期間が長く、短日性で、日が短くなるのを待って成熟する。〈刈るほどに山風のたつ晩稲かな　飯田蛇笏〉

落穂《おちぼ》　(晩)　**落穂拾**《おちぼひろ》**ひ**　〈うしろ手をときては拾ふ落穂かな　松藤夏山〉

穭《ひつぢ》　(晩)　**稲孫**《ひつぢ》**・穭**《ひつぢ》**の穂**《ほ》**・まごいね**　稲を刈り取った後の刈株《かりかぶ》に、あらたに萌《も》え出る稲のこと。稲のひこばえ。↓穭田　〈沼風や穭は伸びて穂をゆすり　石田波郷〉

稗《ひえ》　(仲)　**穇**《ひえ》**・畑稗**《はたびえ》**・田稗**《たびえ》**・稗刈**《ひえかり》**・稗取**《ひえとり》**・稗引**《ひえひ》**く**　↓稗蒔（夏）〈ぬきんでて稲よりも濃く稗熟れぬ　篠原梵〉

鳩麦《はとむぎ》　(初)　**川穀**《はとむぎ》**・たうむぎ・せんこく・四国麦**《しこくむぎ》　イネ科の一年生作物。秋に結ぶ楕円《だえん》形の果実は、食用または利尿薬・健胃薬になる。

甘藷《さつまいも》　(仲)　**唐藷**《からいも》**・琉球藷**《りうきういも》**・蕃藷**《ばんしょ》**・薩摩薯**《さつまいも》**・島**《しま》**いも・甘藷**《かんしょ》**・紅薯**《こうしょ》**・甘藷掘**《いもほり》**・甘藷畑**《いもばたけ》**・藷蔓**《いもづる》**・甘藷**《いも》**の秋**《あき》**・干藷**《ほしいも》**・藷**《いも》　↓甘藷の花（夏）・新藷（夏）・焼藷（冬）〈ほくほくの親子の情のさつまいも　坪内稔典〉

玉蜀黍《たうもろこし》　(仲)　**南蛮黍**《なんばんきび》**・高麗黍**《かうらいきび》**・もろこし・玉黍**《たうきび》**・唐黍**《たうきび》**・焼唐黍**《やきたうきび》**・なんばん**　↓玉蜀黍の花（夏）〈もろこしの火を精悍の眼に宿す　古舘曹人〉

黍《きび》　(仲)　**黍**《きび》**の穂**《ほ》**・もちきび・黍刈**《きびか》**る・黍引**《きびひ》**く・黍畑**《きびばたけ》**・黍団子**《きびだんご》　〈そこばかり風の休める黍畑　清水基吉〉

甘蔗《さたうきび》　(仲)　**砂糖黍**《さたうきび》**・甘蔗**《かんしょ》　↓甘蔗刈（冬）〈砂糖黍かじりし頃の童女髪　杉田久女〉

高黍《たかきび》　(仲)　**蜀黍**《もろこし》**・もろこしきび・唐黍**《たうきび》**・高粱**《かうりやん》　〈高粱を驢馬がめぐりてひくところ　加藤楸邨〉

粟《あは》　(仲)　**粟**《あは》**の穂**《ほ》**・粟餅**《あはもち》**・粟飯**《あはめし》**・粟畑**《あはばたけ》　〈山畑の粟の稔りの早きかな　高浜虚子〉

粟の黒穂《あはのくろぼ》　(仲)　黒穂病菌《くろぼびょうきん》に寄生された粟のこと。穂をつけるとき、黒粉《くろこ》化し、黒褐色の胞子を飛散《ひさん》する。

蕎麦の花《そばのはな》 ㊀初 花蕎麦《はなそば》 →新蕎麦・蕎麦刈 〈そばの花山傾けて白かりき　山口青邨〉

新大豆《しんだいづ》 ㊀初 →豆蒔く（夏）・豆引く・大豆干す 〈山越えの日に輝ける新大豆　若井新一〉

畦豆《あぜまめ》 ㊀晩 田畦豆《たのくろまめ》・くろまめ 〈畦豆に鼬の遊ぶ夕べかな　村上鬼城〉

新小豆《しんあづき》 ㊀晩 →豆引く 〈指入れて筵に流す新小豆　長谷川かな女〉

隠元豆《いんげんまめ》 ㊀初 菜豆《いんげん》・唐豇《たうささげ》・隠元豇《いんげんささげ》・莢隠元《さやいんげん》・鶉豆《うづらまめ》・花豇豆《はなささげ》 〈摘み摘みて隠元いまは竹の先　杉田久女〉

豇豆《ささげ》 ㊀初 ささぎ・十六豇豆《じふろくささげ》・十八豇豆《じふはちささげ》 〈山の日のたわむ十六豇豆かな　後藤兼志〉

藤豆《ふぢまめ》 ㊀仲 鵲豆《ふぢまめ》・千石豆《せんごくまめ》 〈藤豆の垂れて小暗き廊下かな　高浜虚子〉

緑豆《ぶんどう》 ㊀仲 緑豆《りよくとう》・文豆《ぶんどう》・やへなり　マメ科の一年生作物。秋に緑色あるいは黄茶色の小粒な豆ができる。現在、日本ではあまり栽培されていない。

籬豆《かきまめ》 ㊀仲 八升豆《はつしようまめ》・沿籬豆《えんりまめ》　垣根のきわに蒔《ま》かれた豆の種が、一本でそれを覆うほど繁茂するところから名づけられた俗称。〈籬の豆赤さ走りぬいざ摘まん　高浜虚子〉

刀豆《なたまめ》 ㊀初 鉈豆《なたまめ》・たちはき 〈刀豆を振ればかたかたかたかたと　高野素十〉

落花生《らくくわせい》 ㊀晩 南京豆《なんきんまめ》・唐人豆《たうじんまめ》・そこまめ・ピーナッツ 〈日の恵み大地の恵み落花生　大串章〉

胡麻《ごま》 ㊀仲 新胡麻《しんごま》・黒胡麻《くろごま》・金胡麻《きんごま》 →胡麻の花（夏）・胡麻刈る 〈胡麻の実の不敵な黒さ知命過ぐ　守屋明俊〉

蓖麻《たうごま》 (初) ひま・唐胡麻《たうごま》　トウダイグサ科の一年草。秋に枝の先および葉腋《ようえき》に多数の小花を円錐《えんすい》状に咲かせる。花が終わると暗褐色の蒴果《さくか》の中に種を生ずる。

麻の実《あさのみ》 (初) 苧《を》の実《み》　↓麻（夏）〈麻の実を身近きものの如く見る　後藤夜半〉

ホップ (初) 唐花草《からはなさう》・ホップの花《はな》・ホップ摘《つ》む〈ホップ引く手力ならぬ腰力　藤木倶子〉

藍の花《あゐのはな》 (仲) 蓼藍《たであゐ》の花《はな》　↓藍蒔く（春）・藍刈（夏）〈野に落つる日の大きさよ藍の花　上崎暮潮〉

煙草の花《たばこのはな》 (初) 花煙草《はなたばこ》〈焼跡の煙草の花を隠すなし　石田波郷〉

棉《わた》 (仲) 草棉《わた》　アオイ科の一年草。秋に木綿《もめん》を採るため栽培されたが、国内では近年はあまり作られていない。桃の形に似た実ができ、成熟すると弾《はじ》けて、白い綿毛が現れる。↓棉の花（夏）・綿取

桃吹く《ももふく》 (仲) 棉吹《わたふ》く・棉《わた》の桃《もも》・棉《わた》の実《み》・棉実《わたみの》る　棉の花が終わった後、子房が発育して桃の実に似た蒴果《さくか》ができ、熟すると三裂して、中から白い綿が噴き出すこと。〈蕾あり花あり桃を吹けるあり　三村純也〉

薄荷の花《はくかのはな》 (初) めぐさ・ミントの花《はな》〈肩痛き浴衣の糊や花薄荷　森澄雄〉

秋草《あきくさ》 (三) 秋《あき》の草《くさ》・色草《いろくさ》・八千草《やちぐさ》・千草《ちぐさ》　秋の野山に見られる草を総称していう。〈秋草を活けかへてまた秋草を　山口青邨〉

草の花《くさのはな》 (三) 千草《ちぐさ》の花《はな》・野《の》の花《はな》　秋の山野に咲くいろいろな草の花をいう。〈ままごとにかあさんがゐて草の花　福神規子〉

草の穂《くさのほ》 ㊂ 穂《ほ》草《ぐさ》・草《くさ》の絮《わた》・草《くさ》の穂《ほ》絮《わた》・穂《ほ》絮《わた》飛《と》ぶ　↓梅雨穂草（夏）〈イエスよりマリアは若し草の絮　大木あまり〉

草の香《くさのか》 (初) 草《くさ》の香《かう》〈草の香や昨日の噂今日の通夜　渡辺初子〉

草の実《くさのみ》 ㊂ 草《くさ》の実《み》飛《と》ぶ〈草の実のとんで晴天極まりぬ　高浜年尾〉

草紅葉《くさもみぢ》 (晩) 草《くさ》の錦《にしき》・草《くさ》の色《いろ》・色《いろ》づく草《くさ》・草《くさ》の紅葉《もみぢ》・草《くさ》の色《いろ》づく〈猫そこにゐて耳動く草紅葉　高浜虚子〉

末枯《うらがれ》 (晩) 草枯《くさかれ》に花残《はなのこ》る・末枯《うらが》る　晩秋になり、草葉が上部から、または先の方から枯れてくること。〈海へむく山末枯をいそぎけり　如毛〉

秋の七草《あきのななくさ》 ㊂ 秋七草《あきななくさ》・秋《あき》の名《な》草《ぐさ》〈秋の七草廃線を隠し終ふ　鷹羽狩行〉

萩《はぎ》 (初) 鹿鳴草《しかなきぐさ》・鹿妻草《しかつまぐさ》・初見《はつみ》草《ぐさ》・古枝《ふるえ》草《ぐさ》・玉見《たまみ》草《ぐさ》・月見《つきみ》草《ぐさ》・庭見《にはみ》草《ぐさ》・野《の》守草《もりぐさ》・糸萩《いとはぎ》・小《こ》萩《はぎ》・もとあらの萩《はぎ》・真《ま》萩《はぎ》・白萩《しらはぎ》・紅萩《べにはぎ》・宮城《みやぎ》野《の》萩《はぎ》・秋萩《あきはぎ》・初萩《はつはぎ》・萩原《はぎはら》・萩《はぎ》むら・萩《はぎ》の下《した》風《かぜ》・萩《はぎ》の下露《したつゆ》・野《の》萩《はぎ》・山萩《やまはぎ》・萩《はぎ》の花《はな》・萩散《はぎち》る・こぼれ萩《はぎ》・乱《みだ》れ萩《はぎ》・萩《はぎ》の戸《と》・萩《はぎ》の宿《やど》・萩《はぎ》の主《あるじ》・萩見《はぎみ》・萩日和《はぎびより》　↓夏萩（夏）・枯萩（冬）〈夜の風にこの白萩の乱れやう　桂信子〉

萩の実《はぎのみ》 (晩)　↓萩〈萩は実にふたたび訪ひし十日あと　岩田元子〉

芒《すすき》 ㊂ 薄《すすき》・むら芒《すすき》・一《ひと》むら芒《すすき》・糸芒《いとすすき》・鷹《たか》の羽芒《はすすき》・はた芒《すすき》・一本芒《ひともとすすき》・鬼芒《おにすすき》・芒原《すすきはら》・芒野《すすきの》・乱《みだ》れ草《ぐさ》・袖波草《そでなみぐさ》・露曽《つゆそ》草《ぐさ》・頻浪草《しきなみぐさ》・十《ま》寸《す》穂《ほ》の芒《すすき》・真《ま》赭《そほ》の芒《すすき》・縞芒《しますすき》　↓青芒（夏）・尾花・枯芒（冬）〈折りとりてはらりとおもきすゝきかな　飯田蛇笏〉〈山里の芒一本づつ光る　後藤比奈夫〉

尾花《をばな》 (三) 花すすき・穂芒《ほすすき》・芒《すすき》の穂《ほ》・初尾花《はつをばな》・村尾花《むらをばな》・尾花《をばな》が袖《そで》・尾花《をばな》の波《なみ》 ↓芒 〈花薄風のもつれは風が解く　福田蓼汀〉

芒散る《すすきちる》 (晩) 尾花散る《をばなちる》 ↓芒 〈芒散る野や人送り人帰る　他力〉

萱《かや》 (三) 萱《かや》の穂《ほ》・萱原《かやはら》・萱野《かやの》 ↓萱 〈おのづから急流に触れ萱育つ　廣瀬直人〉

刈萱《かるかや》 (仲) 筧草《かけひぐさ》・雌刈萱《めがるかや》・雄刈萱《をがるかや》 〈刈萱にいくたびかふれ手折らざる　横山白虹〉

茅《ちがや》 (三) 茅萱《ちがや》・白茅《ちがや》・浅茅《あさぢ》・茅（かや／ち） ↓茅花（春） 〈すご〱と日の入る山の茅萱かな　佐藤紅緑〉

蘆の花《あしのはな》 (仲) 葭《よし》の花《はな》・蘆原《あしはら》・葭原《よしはら》・蘆《あし》の秋《あき》・葭《よし》の秋《あき》 ↓蘆の角（春）・青蘆（夏）・枯蘆（冬） 〈触れ合へる音の中なる葦の花　藤本美和子〉

蘆の穂絮《あしのほわた》 (晩) 蘆《あし》の穂《ほ》 〈穂絮ゆく地の息天の息をうけ　平畑静塔〉

荻《をぎ》 (三) 風持草《かぜもちぐさ》・風聞草《かぜききぐさ》・寝覚草《ねざめぐさ》・浜荻《はまをぎ》・荻原《をぎはら》 〈荻原の日は月に似て深曇　満田春日〉

厚岸草《あつけしさう》 (晩) 谷《や》地《ち》珊瑚《さんご》・浜杉《はますぎ》・浜松《はままつ》・珊瑚《さんご》草《さう》 〈珊瑚草果てしところに海開け　司城芙路子〉

真菰の花《まこものはな》 (仲) 菰《こも》の花《はな》・花真菰《はなまこも》 〈草庵や真菰の花の活けてあり　岡安迷子〉

荻の声《をぎのこゑ》 (初) 荻《をぎ》の風《かぜ》・荻吹《をぎふ》く・ささら荻《をぎ》 〈源流に歩を向け荻の声を聞く　加古宗也〉

泡立草《あわだちさう》 (初) 秋《あき》の麒麟草《きりんさう》・背高泡立草《せいたかあわだちさう》 〈滑走路果てて背高泡立草　白濱一羊〉

葈耳《をなもみ》 (初) なもみ・巻耳《けんじ》・蒼耳《さうじ》 〈葈耳を勲章として死ぬるかな　福田甲子雄〉

数珠玉《じゆずだま》 (三) ずず珠《だま》・ずずこ・唐麦《たうむぎ》 〈数珠玉も固きひかりとなりにけり　千代田葛彦〉

葛《くず》 (三) 真葛《まくず》・葛《くず》かづら・真葛原《まくずはら》・葛《くず》の葉《は》・葛《くず》の葉裏《はうら》・葛嵐《くずあらし》 ↓葛掘る・葛晒《くずさらし》（冬） 〈あなた

なる夜雨の葛のあなたかな　芝不器男〉

葛の花《くずのはな》 (初) 〈葛の花来るなと言つたではないか　飯島晴子〉

郁子《むべ》 (初) うべ・ときはあけび・郁子《むべ》の実《み》　↓郁子の花（春）〈郁子一つ芭蕉生家の文机に　宮下翠舟〉

美男葛《びなんかづら》 (初) 真葛《さねかづら》・実葛《さねかづら》・南五味子《さねかづら》・さなかづら・とろろかづら・ふのりかづら〈大和なる美男葛も闌けにけり　柿本多映〉

鵯上戸《ひよどりじやうご》 (晩) 白英《はくえい》・鬼目《ほろし》・蔓珊瑚《つるさんご》〈山を下りて道に迷へるほろしかな　小田冷剣〉

姫昔蓬《ひめむかしよもぎ》 (初) 明治草《めいぢさう》・鉄道草《てつだうぐさ》・御一新草《ごいつしんぐさ》〈明治草そよぎ秘湯へ径一本　古賀まり子〉

藪枯らし《やぶがらし》 (初) やぶからし・貧乏《びんぼふ》かづら〈月の出て蔓先潤ふ藪からし　岸田稚魚〉

撫子《なでしこ》 (初) 大和撫子《やまとなでしこ》・川原撫子《かはらなでしこ》・常夏《とこなつ》〈大阿蘇や撫子なべて傾ぎ咲く　岡井省二〉

野菊《のぎく》 (仲) 紺菊《こんぎく》・野紺菊《のこんぎく》・竜脳菊《りゆうなうぎく》・油菊《あぶらぎく》・粟黄金菊《あはこがねぎく》・嫁菜《よめな》〈頂上や殊に野菊の吹かれをり　原石鼎〉

荒地野菊《あれちのぎく》 (仲) 野塘菊《あれちのぎく》・犬地黄菊《いぬぢわうぎく》〈帰心湧く荒地野菊を過ぎてより　澤好摩〉

磯菊《いそぎく》 (晩) いはぎく〈磯菊やわづかな魚を板に干し　松岡隆子〉

浜菊《はまぎく》 (仲) 〈浜菊やこれより海の荒れがちに　八牧美喜子〉

小浜菊《こはまぎく》 (仲) 〈どれだけの津波越えしか小浜菊　草野志津久〉

野路菊《のぢぎく》 (晩) キク科の多年草。一〇月から一一月頃、茎の上に径三〜五センチの花をつける。

貴船菊《きぶねぎく》 (晩) 秋明菊《しうめいぎく》〈観音の影のさまなる貴船菊　阿部みどり女〉

旋覆花《をぐるま》 (初) 小車《をぐるま》 〈小車の花いつとなくどことなく　神尾季羊〉

田村草《たむらさう》 (初) 玉箒《たまばうき》・山箒《やまばうき》 〈山に来て穂田を見下ろす田村草　森澄雄〉

朝霧草《あさぎりさう》 (初) 朝霧草《あさぎりさう》の花《はな》・白山蓬《はくさんよもぎ》 〈さいはての町去り難し朝霧草　斉藤忠乃〉

田五加《たうこぎ》 (仲) 虱草《しらみぐさ》・狼把草《らうはさう》 〈虱草さわぐ女に附きやすし　入江仲以知〉

豨薟《めなもみ》 (仲) 気連草《めなもみさう》・もちなもみ 〈めなもみや早瀬日暮るる匂ひして　柿沼茂〉

狗酸漿《いぬほほづき》 (仲) 山酸漿《やまほほづき》・黒酸漿《くろほほづき》・潮酸漿《しほほほづき》　ナス科の一年草。晩夏から初秋にかけて花冠が深く五裂し、白色の小花を数個つける。

めはじき (初) 益母草《やくもさう》・めはじきぐさ 〈めはじきやどこかが欠けてどこか咲き　湯川雅〉

狗尾草《ゑのころぐさ》 (三) 猫《ねこ》じやらし・ゑのこ草《ぐさ》・犬子草《いぬこぐさ》・紫《むらさき》ゑのころ・浜《はま》ゑのころ・金《きん》ゑのころ 〈父の背に睡りて垂らすねこじやらし　加藤楸邨〉

牛膝《ゐのこづち》 (三) ふしだか・こまのひざ 〈ゐのこづち故里に来てただ睡し　中村苑子〉

刈安《かりやす》 (仲) 黄草《きぐさ》・かきな・かいな・そめしば 〈刈安の山に入りて百夜たつ　飯島晴子〉

小鮒草《こぶなぐさ》 (仲) 八丈刈安《はちぢやうかりやす》　イネ科の一年草。八月から一〇月頃、花穂を出し、紫褐色または緑白色を呈する。八丈島では八丈刈安とよび、黄八丈《きはちじよう》の染料として用いられる。

藤袴《ふぢばかま》 (初) 蘭草《らんさう》・紫蘭《しらん》・香草《かうさう》・香水蘭《かうすいらん》 〈すがれゆく色を色とし藤袴　稲畑汀子〉

鵯花《ひよどりばな》 (初) 山蘭《さんらん》 〈高原を去るや鵯花咲いて　前澤宏光〉

藪虱《やぶじらみ》 (三) 草虱《くさじらみ》・窃衣《せつい》 ↓藪虱の花（夏） 〈子の服にうつしやるわが藪虱　福永耕二〉

麝香草《じやかうさう》 (初) 〈ただ細く径天に入る麝香草　加藤楸邨〉

山薊《やまあざみ》 ㊥ 大薊《おほあざみ》・鬼薊《おにあざみ》・森薊《もりあざみ》・秋薊《あきあざみ》・真薊《まあざみ》 〈秋薊礫像の釘思ふべし　古賀まり子〉

富士薊《ふじあざみ》 ㊐ 富士牛蒡《ふじごばう》・須走牛蒡《すばしりごばう》 〈朝霧に岩場削ぎ立つ富士薊　水原秋櫻子〉

曼珠沙華《まんじゆしやげ》 ㊥ 彼岸花《ひがんばな》・死人花《しびとばな》・天蓋花《てんがいばな》・幽霊花《いうれいばな》・狐花《きつねばな》・まんじゆさげ 〈仏より痩せて哀れや曼珠沙華　夏目漱石〉〈西国の畦曼珠沙華曼珠沙華　森澄雄〉

狐の剃刀《きつねのかみそり》 ㊐ 〈ぽつと日の当たるきつねのかみそりよ　石田郷子〉

白花曼珠沙華《しろばなまんじゆしやげ》 ㊥ 白曼珠沙華《しろまんじゆしやげ》 〈橋立は遙かや白花曼珠沙華　田中佐知子〉

桔梗《ききやう》 ㊐ きちかう・をかととき・ありのひふき・一重草《ひとへぐさ》・白桔梗《しろききやう》 〈桔梗の紫さめし思ひかな　高浜虚子〉

沢桔梗《さはぎきやう》 ㊐ 〈ひとところ水まつすぐに沢桔梗　高橋悦男〉

小水葱の花《こなぎのはな》 ㊥ 子《こ》葱《なぎ》の花《はな》・花《はな》こなぎ・細水葱《ささなぎ》の花《はな》 〈鮒跳ねて小水葱の花にまぎれけり　山崎冨美子〉

千屈菜《みそはぎ》 ㊐ 聖霊花《しやうりやうばな》・水掛草《みづかけぐさ》・鼠尾草《みそはぎ》・溝萩《みぞはぎ》・水懸草《みづかけぐさ》・水萩《みづはぎ》・草萩《さうはぎ》 〈千屈菜の花の風吹く夕景色　木内彰志〉

釣鐘人参《つりがねにんじん》 ㊐ 〈我が詠めばつりがねにんじん揺れにけり　加藤楸邨〉

女郎花《をみなへし》 ㊐ をみなめし 〈いつの世に名づけし花や女郎花　森澄雄〉

男郎花《をとこへし》 ㊐ をとこめし・茶の花《おほどちのはな》 〈暁やしらむといへば男郎花　松根東洋城〉

吾亦紅《われもこう》 ㊥ 吾木香《われもかう》・我毛香《われもかう》・地楡《ちゆ》 〈霧の中おのが身細き吾亦紅　橋本多佳子〉

水引の花《みづひきのはな》 ㊥ 水引《みづひき》・金線草《きんせんさう》・銀水引《ぎんみづひき》・御所水引《ごしよみづひき》・金糸草《きんしさう》・毛蓼《けたで》 〈水引の花の人目を避く

る紅　後藤比奈夫〉

釣船草《つりふねさう》 (仲) 吊船草《つりふねさう》・紫釣船《むらさきつりふね》・法螺《ほら》貝草《がひさう》・黄釣船《きつりふね》・ゆびはめぐさ・野鳳仙花《のほうせんくわ》・山鳳仙花《やまほうせんくわ》・河原鳳仙花《かはらほうせんくわ》 〈奥社まで花は釣舟草ばかり　森田峠〉

竜胆《りんだう》 (仲) 笹竜胆《ささりんだう》・竜胆草《たつのいぐさ》・瘧草《えやみぐさ》・蔓竜胆《つるりんだう》・蝦夷《えぞ》竜胆《りんだう》・御山竜胆《おやまりんだう》・朝熊《あさま》竜胆《りんだう》・深山竜胆《みやまりんだう》 →春竜胆（春） 〈竜胆を畳に人のごとく置く　長谷川かな女〉

矢の根草《やのねぐさ》 (初) 矢《や》の根蔓《ねかづら》 〈まだ朝の光届かず矢の根草　野村尚子〉

大文字草《だいもんじさう》 (初) 〈一画を欠く大文字草なんとせう　中原道夫〉

鼠の尾《ねずみのを》 (初) 尻尾茅《しつぽがや》・薙刀茅《なぎなたがや》 イネ科の多年草。夏から秋にかけ、細長い穂状の円錐《えんすい》花序をつける。花穂が鼠の尾に似ているところから名づけられた。

相撲草《すまふさう》 (三) 角力草《すまふぐさ》・相撲取草《すまふとりぐさ》・力草《ちからぐさ》・雄《を》ひじは・雄日芝《をひしば》 〈道ほそし相撲とり草の花の露　芭蕉〉

みせばや《みせばや》 (晩) 玉の緒《たまのを》・たまのを・見《み》せばや 〈みせばやの花のをさなき与謝郡　鈴木太郎〉

岩蓮華《いはれんげ》 (初) ほとけのつめ・仏指草《ぶつしさう》・仏甲草《ぶつかふさう》 ベンケイソウ科の多年草。秋に白色五弁の小花を穂状に密生させる。

星草《ほしくさ》 (初) 穀精草《こくせいさう》・たいこ草《ぐさ》・たいこのぶち・水玉草《みづたまさう》・白玉草《しらたまくさ》 〈白日夢とは星草の揺るるさま　長谷川久々子〉

杜鵑草《ほととぎす》 (仲) 時鳥草《ほととぎす》・ほととぎすさう・油点草《ゆてんさう》 〈杜鵑草遠流は恋の咎として　谷中隆子〉

草牡丹《くさぼたん》 (初) キンポウゲ科の多年草。八月から九月頃、淡紫色の鐘状の小花が、下向きに咲く。

松虫草《まつむしさう》 (初) 山蘿蔔《まつむしさう》・輪鋒菊《りんぼうぎく》・高嶺松虫草《たかねまつむしさう》 〈松虫草甲斐の白根もいま眼覚む　水原秋櫻子〉

露草《つゆくさ》 (三) 月草《つきくさ》・かま草《くさ》・うつし花《ばな》・蛍草《ほたるぐさ》・青花《あをばな》・帽子《ぼうし》花《ばな》・百夜草《ひやくやさう》・鴨跖草《あふせきさう》 〈露草も露のちからの花ひらく　飯田龍太〉

弟切草《おとぎりさう》 (初) おとぎりす・薬師草《やくしさう》・青薬《あをぐすり》・小連翹《せうれんげう》 〈摘みすての弟切草がまた芽吹く　豊口陽子〉

巴草《ともゑさう》 (初) 鞆絵《ともゑ》草《さう》

錦草《にしきさう》 (初) 〈横わたす柄杓の露や錦草　惟然〉

千振《せんぶり》 (仲) 当薬《たうやく》・千振《せんぶり》の花《はな》 〈せんぶりの花も紫高嶺晴　木村蕪城〉

車前草《おほばこ》 (仲) 車前子《しやぜんし》・おんばこ・車前草《おほばこ》の実《み》・大葉子《おほばこ》 オオバコ科の多年草。花のあと、長楕《だ》円《えん》形の実を結ぶ。　↓車前草の花（夏）

烏兜《とりかぶと》 (仲) 烏頭《とりかぶと》・兜菊《かぶとぎく》・兜花《かぶとばな》・山兜《やまかぶと》・草烏頭《くさうづ》・附子《ふし》 〈今生は病む生なりき烏頭　石田波郷〉

苦参《くらら》 (仲) 草槐《くさゑんじゆ》・狐《きつね》ささげ　マメ科の多年草。秋に木豇豆《きささげ》に似た、細長い豆果をつける。

思草《おもひぐさ》 (仲) きせる草《ぐさ》・オランダぎせる・南蛮煙管《なんばんぎせる》 〈うつむきて誰を思ふや思草　鷹羽狩行〉

忍草《しのぶぐさ》 (三) やつめ蘭《らん》・軒《のき》しのぶ・苔《こけ》しのぶ・何時迄草《いつまでぐさ》・子太草《しだくさ》 〈御廟年経て忍は何をしのぶ草　芭蕉〉

蓼の花《たでのはな》 (初) 蓼《たで》の穂《ほ》・穂蓼《ほたで》・蓼紅葉《たでもみぢ》・桜蓼《さくらたで》・ままこのしりぬぐひ　↓蓼（夏） 〈食べてゐる牛の口より蓼の花　高野素十〉

赤のまんま《あかのまんま》 (初) 赤《あか》のまま・赤《あか》まんま・犬蓼《いぬたで》・犬蓼《いぬたで》の花《はな》・花蓼《はなたで》 〈晩年の景色に雨の赤のま

ま　今井杏太郎〉

溝蕎麦《みぞそば》（初）牛《うし》の額《ひたひ》〈町中に溝蕎麦の堰く流あり　高浜年尾〉

野稗《のびえ》（初）犬稗《いぬびえ》・毛《け》犬稗《いぬびえ》・水稗《みづびえ》・草稗《くさびえ》　イネ科イヌビエ属の一年草で、栽培種に対する野生種の総称。どれも食用にはならない。

雀の稗《すずめのひえ》（初）雀《すずめ》の粟《あは》　イネ科の多年草。秋口に穂茎を伸ばし、三〜五本の穂を互い違いにつける。

烏瓜《からすうり》（晩）王瓜《からすうり》・玉章《たまづさ》　→烏瓜の花（夏）〈ゆふぐれは仏とならむ烏瓜　柿本多映〉

黄烏瓜《きからすうり》（晩）天瓜《てんくわ》　ウリ科の蔓《つる》性多年草。烏瓜に似るが、葉に光沢があり、実が黄色く熟れる点が異なる。根から天瓜粉《てんかふん》（天花粉）をとる。

藜の実《あかざのみ》（仲）藜はヒユ科の一年草。九月から一〇月にかけて、枝先にたくさんの実をつける。

浜木綿の実《はまゆふのみ》（晩）浜万年青《はまおもと》の実《み》・文珠蘭《もんじゆらん》の実《み》　浜木綿はヒガンバナ科の多年草。秋に球形の蒴果《さくか》をつける。→浜木綿の花（夏）

蒲の絮《がまのわた》（初）蒲《がま》の穂《ほ》絮《わた》　→蒲の穂（夏）〈天をとび樋の水をゆく蒲の絮　飯田蛇笏〉

水草紅葉《みづくさもみぢ》（晩）萍《うきくさ》紅葉《もみぢ》〈酔ひすこし残る水草紅葉かな　児玉輝代〉

菱紅葉《ひしもみぢ》（晩）〈竜安寺池半分の菱紅葉　高浜年尾〉

菱の実《ひしのみ》（晩）→菱の花（夏）〈みちのくの菱の実採りの紺づくめ　松崎鉄之介〉

吉祥草《きちじやうさう》（初）解夏草《げげさう》・観音草《くわんおんさう》〈解夏草を持ちて僧来る海女の家　石原八束〉

茸《きのこ》（晩）菌《きのこ》・たけ・くさびら・猪茸《ししたけ》・黒皮茸《くろかはたけ》・楢茸《ならだけ》・桜茸《さくらだけ》・天狗茸《てんぐだけ》・煙茸《けむりだけ》・茸番《きのこばん》・茸売《きのこうり》　→梅雨茸（夏）・茸狩・茸汁〈爛々と昼の星見え菌生え　高浜虚子〉

松茸《まつたけ》 (晩) 〈松茸に深山の湿りありにけり　西宮舞〉

占地《しめぢ》 (晩) 湿地《しめぢ》・湿地《しめぢ》茸《だけ》・ほんしめぢ・千本《せんぼん》しめぢ・しやかしめぢ・はたけしめぢ・山《やま》しめぢ 〈わがこゑは占地の陰に入りにけり　鴇田智哉〉

栗茸《くりたけ》 (晩) 栗《くり》もたし 〈栗茸の蓑笠を被て屋敷神　阿部菁女〉

椎茸《しひたけ》 (三) →春椎茸（春）・干茸 〈椎茸を売る店ばかり日が沈む　川崎展宏〉

初茸《はつたけ》 (三) 〈初茸はわれを待つこともなくほうけ　山口青邨〉

舞茸《まひたけ》 (仲) 黒舞《くろまひ》茸・白舞《しろまひ》茸 〈舞茸の鬱然としてすがすがし　澁谷道〉

岩茸《いはたけ》 (晩) 高嶺《たかね》岩茸《いはたけ》・岩茸採《いはたけとり》 〈岩茸をはがす巌にしがみつき　滝沢伊代次〉

毒茸《どくたけ》 (三) どくきのこ・汗茸《あせたけ》・笑《わら》ひ茸《たけ》・しびれ茸《たけ》・苦栗茸《にがくりたけ》 〈毒茸の姿正しく生えにけり　秋山末踏〉

紅茸《べにたけ》 (仲) 〈紅茸のくづれ易きを山曇る　櫻井博道〉

月夜茸《つきよたけ》 (三) 〈月夜茸山の寝息の思はるる　飯田龍太〉

猿の腰掛《さるのこしかけ》 (三) 胡孫眼《こそんがん》・猿茸《ましらたけ》・万年茸《まんねんたけ》・霊芝《れいし》 〈こしかけて山びこのゐし猿茸　飯田蛇笏〉

茯苓《ぶくりやう》 (晩) 白茯苓《しろぶくりやう》・赤茯苓《あかぶくりやう》 〈茯苓や番台空《から》の湯治宿　黄川田美千穂〉

川苔《かはのり》 (三) 川海苔《かはのり》 カワノリ科の緑藻。水中の岩石に着生し、これを採って乾燥し食用とする。

冬

時候

冬《ふゆ》 ㊂ **三冬《さんとう》・九冬《きうとう》・玄冬《げんとう》・玄英《げんえい》・黒帝《こくてい》・玄帝《げんてい》・冬帝《とうてい》・冬将軍《ふゆしやうぐん》** 四季の一つ。二十四節気の立冬（一一月七日頃）から立春（二月四日頃）前日までの期間。旧暦では一〇月・一一月・一二月、新暦では一一月・一二月・一月に当たる。〈冬といふもの流れつぐ深山川　飯田蛇笏〉〈中年や独語おどろく冬の坂　西東三鬼〉

初冬《はつふゆ》 (初) **初冬《しよとう》・孟冬《まうとう》・上冬《じやうとう》・冬《ふゆ》の始《はじめ》・冬初《ふゆはじ》め** 冬を三分した初冬・仲冬・晩冬の最初。俳句では音の「しょとう」と訓の「はつふゆ」を使い分ける。二十四節気の立冬（一一月七日頃）から大雪《たいせつ》（一二月七日頃）の前日まで。ほぼ新暦の一一月に当たる。↓仲冬・晩冬〈掌をあてて言ふ木の名前冬はじめ　石田郷子〉

神無月《かんなづき》 (初) **かみなづき・時雨月《しぐれづき》・神去月《かみさりづき》・神在月《かみありづき》・初霜月《はつしもづき》** 旧暦一〇月（新暦一一月）の異称。↓十月（秋）〈空狭き都に住むや神無月　夏目漱石〉

十一月《じふいちぐわつ》 (初) ↓霜月〈あたゝかき十一月もすみにけり　中村草田男〉

立冬《りつとう》 (初) **冬立《ふゆた》つ・冬《ふゆ》に入《い》る・冬来《ふゆきた》る・冬来《ふゆく》・今朝《けさ》の冬《ふゆ》** 二十四節気のうち冬の最初の節気。一一月七日頃。〈立冬のことに草木のかがやける　沢木欣一〉〈跳箱の突き手一瞬冬が来る　友岡子郷〉

水始めて氷る《みづはじめてこほる》 (初) **山茶《つばき》始《はじ》めて開《ひら》く** 七十二候（中国）のうち立冬の初候（一一月七日頃

から一一日頃まで）。水が初めて凍るという意味。

地始めて凍る《ちはじめてこほる》　(初)　七十二候（中国）のうち立冬の二候（一一月一二日頃から一六日頃まで）。地が凍り始めるという意味。

野鶏大水に入り蜃と為る《やけいたいすいにいりおほはまぐりとなる》　(初)　**金盞香**《きんせんか》**さく**　七十二候（中国）のうち立冬の三候（一一月一七日頃から二一日頃まで）。野鶏（雉《きじ》）が海に入って蜃（大蛤《おおはまぐり》）になるという意味。

冬ざれ《ふゆざれ》　㊂　冬《ふゆ》され・冬《ふゆ》ざる　冬が来たこと、あるいは冬らしい情景のことをいう。〈冬ざれやつく〴〵松の肌の老　松根東洋城〉

小雪《せうせつ》　(初)　二十四節気のうち冬の二番目の節気。一一月二二日頃。雪がわずかながら降り始める、あるいは雨まじりの雪が降るという意味。〈小雪や月の夜干しの白野菜　細木芒角星〉

虹蔵れて見えず《にじかくれてみえず》　(初)　七十二候（中国）のうち小雪の初候（一一月二二日頃から二六日頃まで）。日差しが弱まり、虹を見かけることが少なくなるという意味。

天気上騰し地気下降す《てんきじやうとうしちきかかうす》　(初)　**朔風**《きたかぜ》**葉**《このは》**を払**《はら》**ふ**　七十二候（中国）のうち小雪の二候（一一月二七日頃から一二月一日頃まで）。

閉塞して冬を成す《へいそくしてふゆをなす》　(初)　**橘**《たちばな》**始**《はじ》**めて黄**《き》**ばむ**　七十二候（中国）のうち小雪の三候（一二月二日頃から六日頃まで）。天地の陽気が塞がって冬になるという意味。

小春《こはる》　(初)　小《こ》六月《ろくぐわつ》・小《こ》春日《はるび》・小《こ》春日和《はるびより》・小《こ》春空《はるぞら》・小《こ》春風《はるかぜ》・小《こ》春凪《はるなぎ》　旧暦一〇月（新暦一一月）の異称。立冬を過ぎても、穏やかな日和がしばらく続くこと。〈玉の如き小春日和を授かりし　松本たかし〉

冬暖か《ふゆあたたか》 ㊂ **冬暖**《とうだん》**・冬**《ふゆ》**ぬくし**　本来ならば寒いはずの冬の、暖かな日をいう。〈校庭の柵にぬけみち冬あたたか　上田五千石〉

暖冬《だんとう》 ㊂　気象用語で一二月から二月までの平均気温が平年よりも高い年の冬を呼ぶ。〈暖冬とやわれ健康にあまなひて　中村草田男〉

冬麗《とうれい》 ㊂ **冬**《ふゆ》**うらら**　厳冬に訪れる、青空のひろがる好天のこと。↓麗《うらら》か（春）・秋麗（秋）・冬日和〈冬麗のたれにも逢はぬところまで　黒田杏子〉

冬浅し《ふゆあさし》 (初) **浅**《あさ》**き冬**《ふゆ》　冬に入ったものの、寒さも厳しくなく、冬の実感に乏しい頃の心持ち。↓冬深し〈冬浅き靴の埃を払ひけり　川崎展宏〉

冬めく《ふゆめく》 (初)　万象が冬らしくなってくること。〈口に袖あてゝゆく人冬めける　高浜虚子〉

仲冬《ちゆうとう》 (仲) **冬半**《ふゆなか》**ば・冬最**《ふゆも》**中**《なか》　冬を三分した初冬・仲冬・晩冬の二番目。二十四節気の大雪（一二月七日頃）から小寒（一月五日頃）の前日まで。新暦で一二月に当たる。↓初冬・晩冬〈仲冬の水豊かなる池日ざし　志田素琴〉

霜月《しもつき》 (仲) **霜降月**《しもふりづき》**・神楽月**《かぐらづき》**・雪見**《ゆきみ》**月**《づき》**・雪待月**《ゆきまちづき》**・神帰月**《かみかへりづき》**・露**《つゆ》**こもり月**《づき》**・子**《ね》**の月**《つき》　旧暦一一月（新暦一二月）の異称。↓十一月〈霜月の祭りの人出すぐに絶ゆ　福田甲子雄〉

十二月《じふにぐわつ》 (仲)　↓師走〈ぼんやりと枕を抱いて十二月　今井杏太郎〉

大雪《たいせつ》 (仲)　二十四節気のうち冬の三番目の節気。一二月七日頃。本格的に雪が降り出すという意味。

鶡鴠鳴かず《かつたんなかず》 (仲) **閉塞**《そらさむ》**く冬**《ふゆ》**と成**《な》**る**　七十二候（中国）のうち大雪の初候（一二月七日頃から

一一日頃まで）。「鶡鴠」は山鳥の一種で、ミミキジという鳥かといわれる。夜が長くなり、朝を告げるミミキジの美しい声が聞こえないとすら思われるという意味。

虎始めて交む《とらはじめてつるむ》 ㊥ **熊穴**《くまあな》**に蟄**《こも》**る**　七十二候（中国）のうち大雪の二候（一二月一二日頃から一六日頃まで）。冬ごもりの虎が生殖を始めるという意味。

茘挺出づ《れいていいづ》 ㊥ **鱖**《さけ》**の魚群**《うをむら》**がる**　七十二候（中国）のうち大雪の三候（一二月一七日頃から二一日頃まで）。茘挺（大韮《おおにら》）が芽を出し始めるという意味。

冬至《とうじ》 ㊥　二十四節気のうち冬の四番目の節気。一二月二二日頃。冬が極まったという意味。↓柚子湯・冬至粥　〈薹にまだ青さの残る冬至空　福田甲子雄〉

蚯蚓結ぶ《きういんむすぶ》 ㊥ **乃東生**《なつかれくさしやう》**ず**　七十二候（中国）のうち冬至の初候（一二月二二日頃から二六日頃まで）。蚯蚓（みみず）が寒さを凌《しの》ぐために地中で塊になるという意味。

麋角解す《びかくげす》 ㊥ **麋　角解**《さわしかつのお》**つる**　七十二候（中国）のうち冬至の二候（一二月二七日頃から三一日頃まで）。トナカイの仲間のオオシカの角が抜け落ちて生え変わるという意味。

水泉動く《すいせんうごく》 ㊥ **雪下**《ゆきくだ》**りて麦**《むぎの》**出びる**　七十二候（中国）のうち冬至の三候（一月一日頃から四日頃まで）。地中で凍った泉が動き出すという意味。

朔旦冬至《さくたんとうじ》 ㊥　冬至（一二月二二日頃）の日が旧暦一一月一日となること。めでたい瑞兆《ずいちょう》。〈雨ながら朔旦冬至たゞならね　召波〉

一陽来復《いちやうらいふく》 ㊥ **一陽**《いちやう》**・一陽**《いちやう》**の嘉節**《かせつ》　冬至を祝って言う言葉。冬至（一二月二二日頃）は衰えた太陽が再びよみがえる日と言われる。↓冬至　〈一陽来復雑木林に射す薄日　棚山波朗〉

宮線を添ふ《きゆうせんをそふ》 (仲) 冬至（一二月二二日頃）の後、日が長くなっていくことをいう。

晩冬《ばんとう》 (晩) **季冬**《きとう》・**下冬**《かとう》・**末冬**《まつとう》・**末**《すゑ》**の冬**《ふゆ》 冬を三分した初冬・仲冬・晩冬の三番目。二十四節気の小寒《しようかん》（一月五日頃）から立春（二月四日頃）の前日まで。ほぼ新暦一月に当たる。↓初冬・仲冬

〈晩冬や母さんという流れ者　三井絹枝〉

師走《しはす》 (仲)(晩)(暮) **極月**《ごくげつ》・**臘月**《らふげつ》・**春待月**《はるまちづき》・**梅初月**《うめはつづき》・**三冬月**《みふゆづき》・**弟月**《おとごづき》・**親子月**《おやこづき》・**乙子月**《おとごづき》 旧暦一二月の異称。ほぼ新暦の一月（晩冬）に該当するが、他の旧暦の月の名称と違って、師走だけは新暦の一二月（仲冬）にも使う。↓十二月 〈炭売りに日のくれかかる師走かな　蕪村〉〈ふるさとの橋のかずかず師走かな　飯田龍太〉

節季《せつき》 (晩)(暮) **大節季**《おほせつき》・**節季仕舞**《せつきじまひ》 旧暦で歳末を節季ともいい、江戸時代、掛売りの支払い期を節季（季節の終わり）といった。〈自転車のベルもいら立つ節季かな　西村和子〉

年の暮《としのくれ》 (仲)(暮) **歳末**《さいまつ》・**歳晩**《さいばん》・**歳暮**（さいぼ／せいぼ）・**年末**《ねんまつ》・**年**《とし》**の尾**《を》・**年**《とし》**の瀬**《せ》・**年**《とし》**の果**《はて》・**年**《とし》**の終**《をはり》・**年**《とし》**堺**《ざかひ》・**年**《とし》**つまる**・**年迫**《としせま》**る**・**年尽**《としつ》**く**・**年暮**《としく》**る**・**年満**《としみ》**つ**・**年**《とし》**の別**《わか》**れ**・**年**《とし》**の限**《かぎ》**り**・**年**《とし》**の湊**《みなと》・**年**《とし》**の名残**《なごり》・**年**《とし》**の奥**《おく》・**年**《とし》**の急**《いそ》**ぎ**・**暮**《くれ》・**年深**《としふか》**し** 一年の終わり、一二月に入ってからをいう。クリスマスを過ぎれば正月を迎える準備が静かにはじまる。↓年の内 〈旧里《ふるさと》や臍《へそ》の緒に泣く年の暮　芭蕉〉〈灰の如き記憶たゞあり年暮るゝ　高浜虚子〉

年の内《としのうち》 (仲)(暮) **年内**《ねんない》 一年が残り少なくなった頃。年の暮れに対して、年の内はまだ日数を残していることを意識させる。↓年の暮 〈二斗飲んで猿の腰掛年の内　石川桂郎〉

数へ日《かぞへび》 (仲)(暮) 今年もあと何日、と数えたくなるような年末の数日間。〈数へ日をうつらうつら

と老哀し　後藤比奈夫〉

行く年《ゆくとし》 (仲)(暮) **暮**《く》**れ行**《ゆ》**く年**《とし》**・年逝**《としゆ》**く・年流**《としなが》**る・流**《なが》**るる年**《とし》**・年浪流**《としなみなが》**る・去**《い》**ぬる年**《とし》**・年送**《としおく》**る・年歩**《としあゆ》**む**　去りゆく年のこと。〈ゆく年の硯を洗ふ厨かな　三好達治〉

小晦日《こつごもり》 (仲)(暮)　一年の最後の日に当たる大晦日《おおつごもり》に対して、その前日のこと。新暦の一二月三〇日、旧暦の一二月二八日または二九日に当たる。〈妻すこし昼を睡りぬ小晦日　星野麦丘人〉

大晦日《おほみそか》 (仲)(暮) **大三十日**《おほみそか》**・大**《おほ》**つごもり・大年**（おほとし／おほどし）**・大歳**《おほどし》**・除日**《ぢよじつ》　↓年越・除夜・臘日〈大晦日定めなき世のさだめかな　西鶴〉

年惜しむ《としをしむ》 (仲)(暮) **惜**《を》**しむ年**《とし》**・惜年**《せきねん》　去りゆく年を惜しむこと。〈年惜しむ心うれひに変りけり　高浜虚子〉

年越《としこし》 (仲)(暮) **年越**《としこ》**す・大年越**《おほとしこし》**・年移**《としうつ》**る**　大晦日《おおみそか》から年を越えて新しい年の元旦へ至る行事や時間の流れをいう。〈あをあをと年越す北のうしほかな　飯田龍太〉

除夜《ぢよや》 (仲)(暮) **年**《とし》**の夜**《よ》**・年一夜**《としひとよ》**・年夜**《としや》**・年**《とし》**の晩**《ばん》**・除夕**《ぢよせき》　大晦日《おおみそか》の夜のこと。↓年守る・年籠・除夜の鐘　〈除夜の妻白鳥のごと湯浴みをり　森澄雄〉

一月《いちぐわつ》 (晩)　↓睦月《むつき》（春）〈一月の川一月の谷の中　飯田龍太〉

大呂《たいろ》 (晩)　旧暦の一二月の異称。古代中国において一オクターブを一二律に分割して命名し、十二か月に当てたものの一つ。

寒《かん》 (晩) **寒中**《かんちゆう》**・寒**《かん》**の内**《うち》**・寒四郎**《かんしらう》**・寒九**《かんく》　寒の入（小寒《しようかん》、一月五日頃）から、大寒《だいかん》（一月二〇日頃）を経て、寒明《かんあけ》（立春の前日である節分、二月三日頃）までの約三〇日間をいう。↓寒明

（春）・寒の入・小寒・大寒〈約束の寒の土筆を煮て下さい　川端茅舎〉

寒の入《かんのいり》　(晩)　**寒**《かん》**に入**《い》**る・寒固**《かんがため》**・小寒**《せうかん》**の入**《いり》**・寒前**《かんまへ》　寒に入ること。また、その日。二十四節気の小寒（一月五日頃）に当たる。↓寒明（春）・寒・小寒〈きびきびと応ふる寒に入りにけり　松本たかし〉

小寒《せうかん》　(晩)　二十四節気のうち冬の五番目の節気。一月五日頃。↓寒の入〈小寒のさゞなみ立て木場の川　山田土偶〉

雁北に郷ふ《かりきたにむかふ》　(晩)　**芹乃**《せりすなは》**ち栄**《さか》**ふ**　七十二候（中国）のうち小寒の初候（一月五日頃から九日頃まで）。雁が北に渡り始めるという意味。

鵲始めて巣くふ《かささぎはじめてすくふ》　(晩)　**水泉動**《しみづあたたかをふく》**む**　七十二候（中国）のうち小寒の二候（一月一〇日頃から一四日頃まで）。鵲が巣を作り始めるという意味。

野鶏始めて雊く《やけいはじめてなく》　(晩)　**雉始**《きじはじ》**めて雊**《な》**く**　七十二候（中国）のうち小寒の三候（一月一五日頃から一九日頃まで）。雄の野鶏（雉）が、雌を呼んで鳴き始めるという意味。

大寒《だいかん》　(晩)　**寒**《かん》**がはり**　二十四節気のうち冬の六番目の節気。一月二〇日頃。↓寒〈大寒の埃の如く人死ぬる　高浜虚子〉

鶏始めて乳す《にはとりはじめてにゆうす》　(晩)　**款冬**《ふき》**の華**《はな》**さく**　七十二候（中国）のうち大寒の初候（一月二〇日頃から二四日頃まで）。鶏が卵を産み始めるという意味。

鷙鳥厲疾す《してうれいしつす》　(晩)　**水沢腹堅**《さはみづこほりつめ》**る**　七十二候（中国）のうち大寒の二候（一月二五日頃から二九日頃まで）。鷲《わし》や鷹が空高く飛び始めるという意味。

水沢腹く堅し《すいたくあつくかたし》 (晩) **鶏**《にはとり》**始**《はじ》**めて乳**《とやにつ》**く**　七十二候（中国）のうち大寒の三候（一月三〇日頃から二月三日頃まで）。沢の氷が厚く張りつめるという意味。

寒土用《かんどよう》 (晩) 立春（二月四日頃）前の約一八日間をいう。四季の終わりごと、一年に四回迎える約一八日間の土用の一つ。↓土用（夏）・秋土用（秋）〈寒土用墨の香顕《た》ってきたりけり　星野麦丘人〉

冬の朝《ふゆのあさ》 ㊂ **冬暁**《ふゆあかつき》**・冬曙**《ふゆあけぼの》**・寒暁**《かんげう》**・寒**《さむ》**き朝**《あさ》〈線香の函美しき冬の朝　宇佐美魚目〉

冬の日《ふゆのひ》 ㊂ **愛日**《あいじつ》**・暮**《く》**れやすき日**《ひ》　冬の一日。冬の太陽、冬の日差しの意で用いる場合は天文季語。↓冬日（天文）〈冬の日や臥して見あぐる琴の丈　野澤節子〉

短日《たんじつ》 ㊂ **日短**《ひみじか》**・日短**《ひみじか》**し・日**《ひ》**つまる・暮早**《くれはや》**し・暮易**《くれやす》**し・短景**《たんけい》　秋分（九月二三日頃）以降、昼の時間が夜より短くなり、冬至には最も短くなる。↓日永（春）・遅日（春）・短夜（夏）・日脚伸ぶ〈短日や晩年日記とびとびに　秋元不死男〉

冬の暮《ふゆのくれ》 ㊂ **冬**《ふゆ》**の夕**《ゆふ》**・冬**《ふゆ》**の夕**《ゆふ》**べ・冬夕**《ふゆゆふ》**べ・冬**《ふゆ》**の宵**《よひ》**・寒暮**《かんぼ》〈縄とびの寒暮いたみし馬車通る　佐藤鬼房〉

冬の夜《ふゆのよ》 ㊂ **冬夜**《ふゆよ》**・夜半**《よは》**の冬**《ふゆ》**・寒夜**《かんや》**・寒**《さむ》**き夜**《よ》〈一つある寒夜の林檎むかんとす　田村木国〉

霜夜《しもよ》 ㊂〈独り寝のさめて霜夜をさとりけり　千代女〉

冷たし《つめたし》 ㊂ **底冷**《そこびえ》　↓冷やか（秋）〈手で顔を撫づれば鼻の冷たさよ　高浜虚子〉

寒し《さむし》 ㊂ **寒**《さむ》**さ・寒気**《かんき》**・寒威**《かんゐ》**・寒冷**《かんれい》**・寒苦**《かんく》　↓冴返る（春）・梅雨寒（夏）・秋寒（秋）・肌寒（秋）・うそ寒（秋）・厳寒〈水枕ガバリと寒い海がある　西東三鬼〉〈くれなゐの色を見てゐる

寒さかな　細見綾子〉

凍る《こほる》 ㊂ **氷《こほ》る・凍《こご》ゆ・凍《し》む** 〈流れたき形に水の凍りけり　高田正子〉

冱つ《いつ》 ㊂ **凍《い》つ・凍《いて》・凍晴《いてばれ》・凍結《とうけつ》・凍湊《いてみなと》・凍道《いてみち》・凍窓《いてまど》・凍玻璃《いてはり》・凍光《とうくわう》・凍割《いてわ》る・凍《いて》つく・凍《いて》曇《ぐもり》・凍霞《いてがすみ》・凍靄《いてもや》** 寒気に晒《さら》された物が凝結すること。〈駒ケ嶽凍てゝ巌を落しけり　前田普羅〉

冴ゆ《さゆ》 ㊂ **冴《さ》ゆる夜《よる》・冴《さ》ゆる月《つき》・冴《さ》ゆる風《かぜ》・冴《さ》ゆる星《ほし》・声冴《こゑさ》ゆ・霜冴《しもさ》ゆ・冴《さ》え・灯冴《ひさ》ゆ・影《かげ》冴《さ》ゆ** 寒さが極まって透明感が醸し出された状態。↓冴返る（春）〈山辺より灯《ひと》しそめて冴ゆるかな　前田普羅〉

鐘氷る《かねこほる》 ㊂ **鐘冴《かねさ》ゆ** 寒気のなかでは鐘の音も凍りついたように聞こえる。〈暁や写経の人に鐘凍る　巌谷小波〉

寒波《かんぱ》 (晩) **寒波来《かんぱく》・冬一番《ふゆいちばん》** 〈寒波急日本は細くなりしまま　阿波野青畝〉

厳寒《げんかん》 (晩) **厳冬《げんとう》・酷寒《こくかん》・極寒《ごくかん》・寒《かん》きびし** ↓大寒 〈極寒の塵もとゞめず岩ふすま　飯田蛇笏〉

しばれ (晩) **凍《しば》れ・しばれる・からしばれ** 北海道、東北地方で、特に厳しく冷え込んだり、ものみな凍るように感じられるほど寒いことをいう。〈しばれると皆言ひ交はす夜空かな　櫂未知子〉

冬深し《ふゆふかし》 (晩) **冬深《ふゆふか》む・暮《くれ》の冬《ふゆ》・冬《ふゆ》さぶ・真冬《まふゆ》・真冬日《まふゆび》・冬《ふゆ》たけなは** ↓冬浅し 〈故人みなよき顔《かんばせ》に冬深し　宇多喜代子〉

日脚伸ぶ《ひあしのぶ》 (晩) 冬至（一二月二二日頃）を過ぎて昼の時間が少しずつ延びていくこと。↓日永（春）・遅日（春）・短日〈日脚のぶ励むにあらず怠けもせず　清水基吉〉

三寒四温《さんかんしをん》 (晩) **三寒《さんかん》・四温《しをん》・四温日和《しをんびより》** 晩冬一月から初春二月にかけて、三日ほど寒い日が

続き、その後四日ほどは暖かい日が続くこと。〈鎌倉の三寒四温ときに雨　岸本尚毅〉

春待つ《はるまつ》 (晩) 待春《たいしゅん》・春《はる》を待《ま》つ 〈春を待つおなじこころに鳥けもの　桂信子〉

春近し《はるちかし》 (晩) 春隣《はるどなり》・春隣《はるとな》る・明日《あす》の春《はる》・春信《しゅんしん》・春《はる》まぢか・春《はる》を急《いそ》ぐ・春遠《はるとほ》からじ 〈六甲の端山に遊び春隣　高浜年尾〉

冬終る《ふゆをはる》 (晩) 冬尽《ふゆつ》く・三《み》冬《ふゆ》尽《つ》く・冬《ふゆ》の名残《なごり》・冬惜《ふゆを》しむ・冬果《ふゆは》つ・冬行《ふゆゆ》く・冬去《ふゆさ》る・冬《ふゆ》の限《かぎ》り・冬《ふゆ》の別《わか》れ・冬送《ふゆおく》る 〈ひそかなる亀の死をもち冬終る　有馬朗人〉

節分《せつぶん》 (晩) 節分《せちぶ》・節替《せつがは》り 立春（二月四日頃）の前日。冬から春への季節の重大な変わり目であり、鬼やらいなどの行事が行われる。↓追儺・豆撒・厄払 〈節分や灰をならしてしづごころ　久保田万太郎〉

天　文

冬日《ふゆひ》 ㊂ 冬《ふゆ》の日《ひ》・冬日向《ふゆひなた》・冬日差《ふゆひざし》・冬日影《ふゆひかげ》・冬日没《ふゆびい》る・冬落暉《ふゆらくき》 冬の太陽、またその日差しのこと。時候季語の「冬の日」は冬の一日をさす。↓冬の日（時候）〈旗のごとなびく冬日をふと見たり　高浜虚子〉〈冬の日の海に没る音をきかんとす　森澄雄〉

冬晴《ふゆばれ》 ㊂ 冬日和《ふゆびより》 ↓冬麗・小春 〈冬晴に応ふるはみな白きもの　後藤比奈夫〉

寒晴《かんばれ》 (晩) 寒日和《かんびより》 寒中の晴天のこと。〈寒晴やあはれ舞妓の背の高き　飯島晴子〉

冬旱《ふゆひでり》 ㊂ 寒旱《かんひでり》 冬、晴天が続いて雨が降らないこと。〈電柱の影が田に伸び冬旱　廣瀬直人〉

冬の空《ふゆのそら》 ㊂ 冬空《ふゆぞら》・冬青空《ふゆあをぞら》・寒天《かんてん》・寒空《さむぞら》・冬天（ふゆてん／とうてん）・凍空《いてぞら》・幽天《いうてん》 〈冬空やキリンは青き草くはへ　森田峠〉

冬の雲《ふゆのくも》 ㊂ 冬雲《ふゆぐも》・寒雲《かんうん》・凍雲《いてぐも》・凄雲《せいうん》・蝶々雲《てふてふぐも》・富士《ふじ》の笠雲《かさぐも》 〈冬の雲生後三日の仔牛立つ　飯田龍太〉

冬の月《ふゆのつき》 ㊂ 冬満月《ふゆまんげつ》・月冴《つきさ》ゆ・月氷《つきこほ》る　↓月（秋）・寒月 〈此木戸や鎖のさゝれて冬の月　其角〉

寒月《かんげつ》 (晩) ↓冬の月 〈寒月や門をたたけば沓の音　蕪村〉

冬三日月《ふゆみかづき》 (晩) 寒三日月《かんみかづき》 〈これやこの冬三日月の鋭きひかり　久保田万太郎〉

冬の星《ふゆのほし》 ㊂ 寒星《かんせい》・荒星《あらぼし》・凍星《いてぼし》・枯木星《かれきぼし》・冬星座《ふゆせいざ》・星冴《ほしさ》ゆ 〈亡きものはなし冬の星鎖をなせど　飯田龍太〉

冬銀河《ふゆぎんが》 ㊂ ↓天の川（夏） 〈再びは生れ来ぬ世か冬銀河　細見綾子〉

冬北斗《ふゆほくと》 ㊂ 寒北斗《かんほくと》 〈生きてあれ冬の北斗の柄の下に　加藤楸邨〉

すばる ㊂ 昴宿《ばうしゆく》・六連星《むつらぼし》・羽子板星《はごいたぼし》・寒昴《かんすばる》・冬昴《ふゆすばる》 牡牛《おうし》座のプレアデス星団の和名。〈寒昴幼き星を従へて　角川照子〉

オリオン ㊂ 寒《かん》オリオン・参宿《しんしゆく》・からすきぼし・酒桝星《さかますぼし》・三《み》つ星《ぼし》 〈帰郷して冬三つ星の粒揃ふ　福永耕二〉

天狼《てんらう》 ㊂ 狼星《らうせい》・青星《あをぼし》・シリウス　おおいぬ座の主星シリウスのこと。中国では爛々《らんらん》と光る狼《おおかみ》の目にたとえて天狼と名づけた。〈天狼やアインシュタインの世紀果つ　有馬朗人〉

冬凪《ふゆなぎ》 ㊂ **寒凪**《かんなぎ》**・凍凪**《いてなぎ》 〈冬凪や鉄の匂ひの坐礁船　柏原眠雨〉

御講凪《おかうなぎ》 (仲) **お講日和**《かうびより》 浄土真宗の開祖親鸞《しんらん》の忌日（旧暦一一月二八日）に行う報恩講・御講の頃の穏やかな日和。↓報恩講　〈東西の両本願寺御講凪　高浜虚子〉

寒風《かんぷう》 ㊂ **冬の風**《ふゆかぜ》**・冬風**《ふゆかぜ》**・風冴**《かざさ》**ゆ・凍**《い》**て風**《かぜ》 〈寒風やたくましと見しひとのそば　桂信子〉

凩《こがらし》 (初) **木枯**《こがらし》 ↓北風 〈木がらしの吹き行くうしろ姿かな　嵐雪〉〈海に出て木枯帰るところなし　山口誓子〉

北風《きたかぜ》 ㊂ **北風**（きた／ほくふう）**・朔風**《さくふう》**・北吹**《きたふ》**く・大北風**《おほぎた》**・朝北風**《あさぎた》 ↓凩《こがらし》 〈北風やわが生涯の一里塚　星野立子〉

空風《からかぜ》 ㊂ **空**《から》**つ風**《かぜ》 冬の晴天続きに吹きすさぶ北西の強い季節風。〈空ツ風にわかに玲瓏となるときも　金子兜太〉

北颪《きたおろし》 ㊂ **北下**《きたおろ》**し** 冬の山から吹き下ろす空風。山の名を冠して、浅間《あさま》颪、赤城《あかぎ》颪、伊吹《いぶき》颪、比《ひ》叡《えい》颪などとよぶ。〈街道や大樫垣の北おろし　村上鬼城〉

乾風《あなぜ》 ㊂ **あなじ・あなし** 冬、シベリア寒気団から西日本に流れ込む強い北西の風。〈乾風《あなじ》吹く舟はいづれも石に綱　友岡子郷〉

星の入東風《ほしのいりごち》 (初) 旧暦一〇月（新暦一一月）中旬頃に吹く北東風。江戸中期の船人言葉。〈星の入東風母の記憶のなかなかに　黒田杏子〉

神渡《かみわたし》 (初) **神立風**《かみたつかぜ》 旧暦一〇月（新暦一一月）の神無月《かんなづき》に吹く西風。出雲《いずも》大社に参集する諸国の八百万《やおよろず》の神々を渡し送る風とされる。↓神の旅　〈雲ひとつなき葛城の神渡し　朝妻力〉

ならひ ㊂ **北風《ならひ》** 冬、東日本の太平洋沿岸で吹く冷たい風のこと。主に関東に吹く北寄りの風をいう。〈北風吹く葬儀社の花白妙に　飯田蛇笏〉

べつとう ㊂ 冬、東京湾から東海道にかけて吹く北風。漁村で用いられている風の名。〈べつとうや道にはりつくこぼれ雑魚　三上冬華〉

たま風《たまかぜ》 ㊂ **たば風《かぜ》** 冬、東北・北陸地方の日本海沿岸で北および北西から吹く風。

節東風《せちごち》 (晩) 晩冬の旧暦一二月（新暦一月）、節分（立春の前日、二月三日頃）にかけて吹き続ける東風。→東風（春）

八日吹《やうかぶき》 (晩) **師走《しはす》八日吹《やうかぶき》** 旧暦一二月八日（新暦一月上旬頃）に吹く雪を伴う強風。

隙間風《すきまかぜ》 ㊂ **ひま洩《も》る風《かぜ》** 戸や障子・壁などの隙間から吹き込む寒い風。〈時々にふりかへるなり隙間風　高浜虚子〉

虎落笛《もがりぶえ》 ㊂ 冬の強い北風が木や家や電線に当たってヒューヒューと笛のような音を立てることをいう。〈モガリ笛いく夜もがらせ花ニ逢はん　檀一雄〉

鎌鼬《かまいたち》 ㊂ **鎌風《かまかぜ》** 冬季、突然皮膚が裂けて、鋭利な刃物で切られたような傷を残すこと。〈かまいたち楔を入れて木を挽けば　茨木和生〉

初時雨《はつしぐれ》 (初) 〈初しぐれ猿も小蓑をほしげ也　芭蕉〉〈初時雨これより心定まりぬ　高浜虚子〉

時雨《しぐれ》 (初) **時雨《しぐ》る・朝時雨《あさしぐれ》・夕時雨《ゆふしぐれ》・小夜時雨《さよしぐれ》・村時雨《むらしぐれ》・北時雨《きたしぐれ》・北山時雨《きたやましぐれ》・横時雨《よこしぐれ》・片時雨《かたしぐれ》・月時雨《つきしぐれ》・泪《なみだ》の時雨《しぐれ》・川音《かはと》の時雨《しぐれ》・松風《まつかぜ》の時雨《しぐれ》・時雨雲《しぐれぐも》・時雨傘《しぐれがさ》・時雨心地《しぐれごこち》・時雨《しぐれ》の色《いろ》・液雨《えきう》** →春時雨（春）・秋時雨（秋）〈時雨るるや黒木つむ屋の窓あかり　凡兆〉〈天地の

間にほろと時雨かな　高浜虚子〉〈しぐるるや駅に西口東口　安住敦〉

冬の雨《ふゆのあめ》 ㊂ **凍雨**《とうう》〈人の世の窓打ちにけり冬の雨　西嶋あさ子〉

寒の雨《かんのあめ》 (晩) **寒九**《かんく》**の雨**《あめ》 →寒 〈寒の雨鳥も獣も宥められ　津田清子〉

霰《あられ》 ㊂ **初霰**《はつあられ》・**夕霰**《ゆふあられ》・**玉霰**《たまあられ》・**雪**《ゆき》**あられ**・**氷**《こほり》**あられ**・**急霰**《きふさん》 →春の霰（春）〈大屋根に右往左往の霰かな　上野泰〉〈水の面を打つて消えたる初霰　綾部仁喜〉

霙《みぞれ》 ㊂ **霙**《みぞ》**る**・**雪雑**《ゆきまじ》**り**・**雪交**《ゆきま》**ぜ**・**氷雨**《ひさめ》 →春の霙（春）〈野をわれを霙うつなり打たれゆく　藤沢周平〉

霧氷《むひよう》 (晩) **樹霜**《じゆさう》・**粗氷**《そひよう》・**木花**《きばな》・**霧**《きり》**の花**《はな》・**霧氷林**《むひようりん》 霧が木の枝や立ち枯れの草などに凍りついたもの。遠くからは白い花が咲いたように見える。〈吹きとべる霧の音して霧氷林　下村非文〉

樹氷《じゆひよう》 (晩) **樹氷林**《じゆひようりん》・**樹氷原**《じゆひようげん》 霧が氷点下の風に吹かれて樹皮などに凍りついたもの。樹々を蔽《おお》って様々な形をつくる。〈こまやかに咲きことごとく樹氷林　大橋敦子〉

雨氷《うひよう》 (晩) 氷点下の地面や樹木などに雨や霧雨が付着して凍りついたもの。〈細やかな枝細やかな雨氷かな　岡安仁義〉

ダイヤモンドダスト (晩) **氷晶**《ひようしやう》・**氷塵**《ひようぢん》・**氷霧**《ひようむ》・**霧雪**《むせつ》・**細氷**《さいひよう》 空気中に浮遊する微細な氷晶に日光が当たりきらきらと輝く現象。北海道などの気温が氷点下となる地域で、風がなく晴れて湿度が高い日に、稀《まれ》に見ることができる。〈ダイヤモンドダスト遠くに海の黒　染谷佳之子〉

初霜《はつしも》 (初) 〈初霜のあるかなきかを掃きにけり　鷹羽狩行〉

霜《しも》 ㊂ **霜解**《しもどけ》・**霜晴**《しもばれ》・**大霜**《おほしも》・**深霜**《ふかしも》・**強霜**《つよしも》・**夜霜**《よしも》・**朝霜**《あさしも》・**霜**《しも》**の声**《こゑ》・**霜凪**《しもなぎ》・**霜雫**《しもしづく》・**霜**《しも》**の花**《はな》・**青**《せい》

女《ぢよ》・はだれ霜《じも》・霜《しも》だたみ・霜日和《しもびより》・濃霜《こしも》　↓春の霜（春）・露霜（秋）・秋の霜（秋）〈霜降れば霜を楯とす法の城　高浜虚子〉〈霜の墓抱き起されしとき見たり　石田波郷〉

露凝る《つゆこる》 ㊂ **露《つゆ》こほる・凍露《とうろ》**　寒夜の放射冷却により露が凍ること。草木の葉などについている状態をいう。↓露（秋）〈露凝りし空をかすめて高飛礫《つぶて》　戸川稲村〉

雪催《ゆきもよひ》 ㊂ **雪気《ゆきげ》・雪雲《ゆきぐも》・雪曇《ゆきぐもり》・雪模様《ゆきもやう》・雪暗《ゆきぐれ》・雪意《せつい》**　雪雲が垂れ込め、今にも雪が降り出しそうな空模様。〈辻々に馬佇めば雪催　渡辺誠一郎〉

初雪《はつゆき》 (初) 〈うしろより初雪降れり夜の町　前田普羅〉

雪《ゆき》 ㊂ **六花（むつのはな／りくくわ）・雪《ゆき》の花《はな》・銀花《ぎんくわ》・雪空《ゆきぞら》・雪明《ゆきあか》り・雪《ゆき》の声《こゑ》・深雪《みゆき》・粉雪（こなゆき／こゆき）・細雪《ささめゆき》・小米雪《こごめゆき》・小雪《こゆき》・大雪《おほゆき》・豪雪《がうせつ》・白雪《しらゆき》・餅雪《もちゆき》・俵雪《たはらゆき》・衾雪《ふすまゆき》・明《あけ》の雪《ゆき》・今朝《けさ》の雪《ゆき》・雪《ゆき》の宿《やど》・新雪《しんせつ》・根雪《ねゆき》・積雪《せきせつ》・べと雪《ゆき》・雪紐《ゆきひも》・筒雪《つつゆき》・冠雪《かんむりゆき》・雪庇《せつぴ》・水雪《みづゆき》・雪華《せつくわ》・雪片《せつぺん》・しまり雪《ゆき》・ざらめ雪《ゆき》・湿雪《しつせつ》・雪風《ゆきかぜ》・雪月夜《ゆきづきよ》・雪景色《ゆきげしき》・暮雪《ぼせつ》・飛雪《ひせつ》・雪国《ゆきぐに》**　↓春の雪（春）・雪の果（春）〈下京や雪つむ上の夜の雨　凡兆〉〈限りなく降る雪何をもたらすや　西東三鬼〉〈降る雪や明治は遠くなりにけり　中村草田男〉

雪女《ゆきをんな》 (晩) **雪女郎《ゆきぢよらう》・雪鬼《ゆきおに》・雪坊主《ゆきばうず》・雪《ゆき》の精《せい》・雪男《ゆきをとこ》**　美しい女の姿をした雪の妖怪のこと。吹雪の夜、行き倒れの旅人をとり殺す話が豪雪地帯各地に伝わる。〈雪女見しより瘧《おこり》をさまらず　眞鍋呉夫〉

雪晴《ゆきばれ》 (晩) **深雪晴《みゆきばれ》・雪後《せつご》の天《てん》**　〈雪晴や雨垂れの音皆ちがふ　田村木国〉

風花《かざはな》 (晩) **かざはな・吹越《ふつこし》**　冬の青空に舞う雪が風花である。風に舞い散る花のような雪という

意味。〈風花の一片にして遠ながれ　皆吉爽雨〉

吹雪《ふぶき》 (晩) **吹雪**《ふぶ》**く・地吹雪**《ぢふぶき》**・雪煙**（ゆきけむり／ゆきけぶり）**・雪浪**《ゆきなみ》 〈妻いつもわれに幼し吹雪く夜も　京極杞陽〉

雪しまき《ゆきしまき》 (晩) **風巻**《しまき》**・雪**《ゆき》**しまく・風雪**《ふうせつ》**・しまき雲**《ぐも》**・しまく**　雪と風が吹き荒れるさま。海上の暴風や海水のしぶき、雨や雪を含んで吹きつける強風のこともいう。〈雪しまき今夜あたりは炎となるか　高野ムツオ〉

雪時雨《ゆきしぐれ》 (晩) **雪**《ゆき》**しぐれ**　時雨が雪に変わる、あるいは雪をまじえるようになった状態。〈赤松に何の鳥鳴く雪しぐれ　日美清史〉

しづり ㊂ **しづり雪**《ゆき》**・垂**《しづ》**れ**　木や竹、軒に積もった雪がずり落ちること。〈いま遠き星の爆発しづり雪　正木ゆう子〉

冬の雷《ふゆのらい》 ㊂ **寒雷**《かんらい》**・冬**《ふゆ》**かみなり**　↓春雷（春）・雷（夏）・秋の雷（秋）〈寒雷やびりりびりりと真夜の玻璃　加藤楸邨〉

雪起し《ゆきおこし》 ㊂ **雪**《ゆき》**の雷**《らい》**・雪雷**《ゆきがみなり》　雪国に雪が降る前に鳴る雷のこと。〈雪起し山刀伐峠底ひびき　加藤楸邨〉

鰤起し《ぶりおこし》 ㊂ 鰤の漁の始まる頃に鳴る雷。↓鰤〈奥能登の闇の分厚き鰤起し　片山由美子〉

冬霞《ふゆがすみ》 ㊂ **寒霞**《かんがすみ》**・冬**《ふゆ》**の霞**《かすみ》**・冬霞**《ふゆかす》**む**　↓霞（春）・夏霞（夏）・秋霞（秋）〈大仏は猫背におはす冬霞　大橋越央子〉

冬霧《ふゆぎり》 ㊂ **冬**《ふゆ》**の霧**《きり》**・スモッグ・煙霧**《えんむ》**・気嵐**《けあらし》　↓春霧（春）・夏霧（夏）・霧（秋）〈冬霧を押す

やうに牛鳴き出せり　大串章〉

冬靄《ふゆもや》 ㊂ **冬**《ふゆ》**の靄**《もや》**・寒靄**《かんあい》 〈東京を愛し冬靄の夜を愛す　富安風生〉

冬の夕焼《ふゆのゆふやけ》 ㊂ **冬夕焼**《ふゆゆふやけ》**・寒夕焼**《かんゆふやけ》**・冬茜**《ふゆあかね》**・寒茜**《かんあかね》**・寒落暉**《かんらくき》 ↓春夕焼（春）・夕焼（夏）・秋の夕焼（秋）〈寒夕焼妻と見る日を賜りし　綾部仁喜〉

冬の虹《ふゆのにじ》 ㊂ **冬虹**《ふゆにじ》**・しぐれ虹**《にじ》 ↓春の虹（春）・虹（夏）・秋の虹（秋）〈冬虹のいま身に叶ふ淡さかな　飯島晴子〉

名残の空《なごりのそら》 (仲) (暮) **年**《とし》**の空**《そら》 大晦日《おおみそか》の空。〈伊賀なれや名残の空の鳴ることも　茨木和生〉

うつ田姫《うつたひめ》 ㊂ 冬の季節を司《つかさど》る神。〈うつた姫雲の浅間に降り立てり　上田五千石〉

地理

冬の山《ふゆのやま》 ㊂ **冬山**《ふゆやま》**・冬山路**《ふゆやまぢ》**・冬山肌**《ふゆやまはだ》**・冬嶺**《ふゆみね》**・冬登山**《ふゆとざん》 ↓山眠る 〈城は燃え寺は残りぬ冬の山　大峯あきら〉

枯山《かれやま》 ㊂ **山枯**《やまか》**る** 〈鶴啼きて枯山は枯深めけり　古賀まり子〉

雪山《ゆきやま》 ㊂ **雪嶺**《せつれい》 〈この雪嶺わが命終に顕ちて来よ　橋本多佳子〉

山眠る《やまねむる》 ㊂ **眠**《ねむ》**る山**《やま》 ↓山笑ふ（春）・山滴る（夏）・山粧ふ（秋）〈山眠るまばゆき鳥を放ちては　山田みづえ〉

冬野《ふゆの》 ㊂ **冬**《ふゆ》**の野**《の》 ↓枯野 〈玉川の一筋光る冬野かな　内藤鳴雪〉

雪原《せつげん》 ㊂ 雪《ゆき》の原《はら》・雪野《ゆきの》・雪《ゆき》の野《の》 〈耳そばだてて雪原を遠く見る　飯田龍太〉

枯野《かれの》 ㊂ 枯原《かれはら》・裸野《かれの》・枯野道《かれのみち》・枯野宿《かれのやど》・枯野人《かれのびと》・枯野原《かれのはら》 ↓冬野 〈旅に病《やん》で夢は枯野をかけ廻る　芭蕉〉〈遠山に日の当りたる枯野かな　高浜虚子〉

くだら野《くだらの》 ㊂ 朽野《くだらの》 樹木や草花が枯れ果て荒涼とした冬の野。〈朽野の雀とならばたのしからう　大石悦子〉

冬田《ふゆた》 ㊂ 冬田道《ふゆたみち》・冬《ふゆ》の田《た》・休《やす》め田《た》・冬田面《ふゆたのも》・雪《ゆき》の田《た》 ↓春田（春） 〈やまのべのみちの左右の冬田かな　高野素十〉

枯園《かれその》 ㊂ 冬《ふゆ》の園《その》・冬《ふゆ》の庭《には》・冬庭《ふゆには》・枯庭《かれには》・寒園《かんゑん》・庭枯《にはか》る 〈枯園や鳥のまなこに鳥あふれ　川口真理〉

冬景色《ふゆげしき》 ㊂ 冬《ふゆ》の景《けい》・冬《ふゆ》の色《いろ》 〈川中に川一すぢや冬げしき　暁台〉

水涸る《みづかる》 ㊂ 川涸《かはか》る・沼涸《ぬまか》る・池涸《いけか》る・滝涸《たきか》る・渓涸《たにか》る・涸池《かれいけ》・涸沼《かれぬま》・涸滝《かれだき》・涸川《かれがは》・渇水期《かつすいき》 〈大滝の涸れたる山のさびしさよ　高浜虚子〉

冬の泉《ふゆのいづみ》 ㊂ 冬泉（とうせん／ふゆいづみ）・寒泉《かんせん》 ↓泉（夏） 〈漲りて一塵を待つ冬泉　飯島晴子〉

冬の水《ふゆのみづ》 ㊂ 水煙《みづけむ》る 〈冬の水一枝の影も欺かず　中村草田男〉

寒の水《かんのみづ》 (晩) 寒水《かんみづ》・寒九《かんく》の水《みづ》 〈寒の水こぼれて玉となりにけり　右城暮石〉

冬の川《ふゆのかは》 ㊂ 冬川《ふゆかは》・冬川原《ふゆかはら》・寒江《かんかう》・氷江《ひようかう》・川凍《かはこほ》る 〈流れ来るもの一つなき冬の川　五十嵐播水〉

冬の海《ふゆのうみ》 ㊂ 冬海《ふゆうみ》・冬《ふゆ》の岬《みさき》・寒《かん》の海《うみ》 〈冬の海吐き出す顎の如きもの　高橋睦郎〉

冬の波《ふゆのなみ》 ㊂ 冬波《ふゆなみ》・冬浪《ふゆなみ》・冬濤《ふゆなみ》・寒濤《かんたう》・冬怒濤《ふゆどたう》 〈一枚の冬波湾を蔽ふとや　高野素十〉

波の花《なみのはな》 ㊙晩 浪《なみ》の花《はな》・波《なみ》の華《はな》・浪《なみ》の華《はな》・潮花《しほばな》 冬の日本海沿岸に見られる白い波の泡の塊。〈波の花崖の四五戸は昼灯す　千田一路〉

寒潮《かんてう》 ㊂ 冬《ふゆ》の潮《しほ》・冬潮《ふゆじほ》・冬汐《ふゆじほ》 冬の海の寒々とした潮の流れ。〈寒潮の一つの色に湛へたる　高野素十〉

冬の浜《ふゆのはま》 ㊂ 冬浜《ふゆはま》・冬《ふゆ》の渚《なぎさ》・冬渚《ふゆなぎさ》・冬干潟《ふゆひがた》 〈翼あるものを休ませ冬干潟　佐藤鬼房〉

霜柱《しもばしら》 ㊂ 霜《しも》くづれ 〈霜柱俳句は切字響きけり　石田波郷〉

凍土《いてつち》 ㊂ 大地《だいち》凍《い》つ・凍上《しみあがり》 厳寒時に地面が凍りつくこと。〈凍土につまづきがちの老の冬　高浜虚子〉

初氷《はつごほり》 ㊂初 〈初氷夜も青空の衰へず　岡本眸〉

氷《こほり》 ㊙晩 厚氷《あつごほり》・綿氷《わたごほり》・氷《ひ》面鏡《もかがみ》・氷《こほり》の声《こゑ》・氷《こほり》の花《はな》・氷点下《ひようてんか》・氷塊《ひようくわい》・結氷《けつぴよう》・氷結《こほりむす》ぶ・氷張《こほりは》る・氷《こほり》閉《と》づ・氷上《ひようじやう》・氷雪《ひようせつ》・氷田《ひようでん》・氷壁《ひようへき》・氷《こほり》の楔《くさび》・蟬氷《せみごほり》・凍裂《とうれつ》 ↓薄氷（春） 〈空谷のわれから裂くる氷かな　前田普羅〉〈叩きたる氷の固さ子等楽し　中村汀女〉

氷柱《つらら》 ㊙晩 垂氷《たるひ》・銀竹《ぎんちく》・立氷《たちひ》・氷条《ひようでう》・氷箸《ひようちよ》・氷筍《ひようじゆん》・氷筋《ひようきん》 〈みちのくの町はいぶせき氷柱かな　山口青邨〉〈みちのくの星入り氷柱吾に呉れよ　鷹羽狩行〉

冬の滝《ふゆのたき》 ㊙晩 冬滝《ふゆたき》・滝凍《たきこほ》る・凍滝《いてだき》・滝凍《たきい》つ・寒《かん》の滝《たき》・氷《こほ》り滝《たき》・氷瀑《ひようばく》 ↓滝（夏） 〈しつかりと見ておけと滝凍りけり　今瀬剛一〉

氷湖《ひようこ》 ㊙晩 湖《みづうみ》凍《こほ》る・冬《ふゆ》の湖《みづうみ》・凍結湖《とうけつこ》・凍湖《とうこ》・結氷湖《けつぴようこ》・氷盤《ひようばん》 一面に氷結した湖。十分な厚さ

に達すると、人々の往来が可能な交通路ともなる。〈氷湖照る吾妻鏡の世も斯《か》くや　木村蕪城〉

御神渡り《おみわたり》 (晩) **御渡**《みわた》**り** 長野県の諏訪湖《すわこ》で厳冬期に見られる現象。凍った湖の南岸から北岸に向かって氷が持ち上がって氷の堤となる。古来、諏訪大社上社の男神が下社の女神に逢いに行くために渡った道とされた。〈御神渡お供の道の幾筋も　棚山波朗〉

氷橋《こほりばし》 (晩) **氷**《こほり》**の橋**《はし》 河川や湖沼が凍り、人が歩いて渡れるようになったもの。〈氷橋ゆるみ嶺雲は夜をしろき　磴岩遊子〉

氷海《ひようかい》 (晩) **海**《うみ》**凍**《こほ》**る・凍港**《とうかう》**・凍海**《とうかい》**・氷原**《ひようげん》**・海氷**《かいひよう》 一面に結氷した海、あるいは氷塊や氷山がびっしりと埋まったさまをいう。〈氷海や日の一粒の珊瑚色　金箱戈止夫〉

狐火《きつねび》 ㊂ **狐**《きつね》**の提灯**《ちやうちん》 冬の夜、山野や墓地に出現する怪火。↓王子の狐火 〈狐火や髑髏《どくろ》に雨のたまる夜に　蕪村〉〈狐火のひとつが違ふ動きせる　浅井陽子〉

生活

刈上餅《かりあげもち》 (初) 稲の収穫を祝う餅。糯米《もちごめ》の新米を搗《つ》いて田の神に供え、親類縁者にふるまう。

亥の子《ゐのこ》 (初) **亥**《ゐ》**の日祭**《ひまつり》**・亥**《ゐ》**の神祭**《かみまつり》**・亥**《ゐ》**の子**《こ》**餅**《もち》**・亥**《ゐ》**の子**《こ》**唄**《うた》**・亥**《ゐ》**の子**《こ》**石**《いし》**・亥**《ゐ》**の子**《こ》**突**《づき》**・玄猪**《げんちよ》**・御**《ご》**厳**《げん》**重**《ぢゆう》**・厳祥**《げんしやう》**・おなりきり** 初冬一一月（旧暦一〇月）の亥の日に行われる稲の収穫祭（刈上《かりあげ》祭り）。主に西日本の行事。〈宮参り赤子も数の亥の子餅　尾池葉子〉

十日夜《とをかんや》 (初) 旧暦一〇月一〇日（新暦一一月頃）夜、東日本（長野県など）で行われる稲の収

穫祭。〈十日夜坊主頭の輪となりて　山田閏子〉

案山子揚《かかしあげ》 (初) 旧暦一〇月一〇日（新暦一一月頃）に長野県などで行われる収穫祭。案山子を田から引き上げ、家の庭や蔵に祭り、餅や大根を供えて慰労する。

箕祭《みまつり》 (初) **箕納**《みをさめ》**・鍬納**《くはをさめ》 米の収穫後、用済みの箕を祭る行事。〈箕祭もすめば安堵の雪が降る　菅原師竹〉

出稼ぎ《でかせぎ》 (三) **冬奉公人**《ふゆぼうこうにん》 〈夫は出稼鍋墨を枯るる潟に流し　能村登四郎〉

髪置《かみおき》 (初) **櫛置**《くしおき》 三歳の一一月一五日に、それまで剃《そ》っていた子の髪を伸ばし始める儀式。〈よくころぶ髪置の子をほめにけり　高浜虚子〉

袴着《はかまぎ》 (初) 男子五歳の一一月一五日に行う、初めて袴をはく儀式。〈袴著や我もうからの一長者　高浜虚子〉

帯解《おびとき》 (初) **帯直**《おびなほし》**・紐解**《ひもとき》**・紐落**《ひもおと》**し・紐直**《ひもなほし》 一一月一五日に行う女子七歳の儀式。この日、吉方《えほう》に向かわせ、初めて帯を結んで着せた。〈帯解やくれなゐにほひ初めしとも　今橋眞理子〉

七五三の祝《しちごさんのいはひ》 (初) **七五三**《しめ》**祝**《いはひ》**・七五三**《しちごさん》**・千歳飴**《ちとせあめ》 一一月一五日。数え三歳と五歳の男児、三歳と七歳の女児の、成長を祝う行事。〈七五三の飴も袂もひきずりぬ　原田種茅〉

九州場所《きうしうばしよ》 (初) **十一月場所**《じふいちぐわつばしよ》 〈魚がちのちやんこ鍋かも博多場所　水原秋櫻子〉

年末闘争《ねんまつとうさう》 (仲) (暮) 年末賞与（ボーナス）の支給額をめぐる争議。

年末賞与《ねんまつしやうよ》 (仲) (暮) **ボーナス・年末手当**《ねんまつてあて》**・越年資金**《ゑつねんしきん》 〈懐にボーナスありて談笑す　日野草城〉

年貢納《ねんぐをさめ》 (仲) (暮) 年貢米《ねんぐまい》・年貢《ねんぐ》・小作納《こさくをさめ》・蔵著《くらつけ》　年末に、農民が領主や大名に納める租税のこと。米・雑穀などの物納が主であった。〈高らかに関の戸うつや年貢馬　島田五空〉

乙子の朔日《おとごのついたち》 (晩) 乙子《おとご》の餅《もち》・川浸餅《かはびたりもち》　旧暦一二月一日のこと。正月を太郎月というのに対して、一二月を乙子月という。乙子とは末子の意味。〈すずりこそをとごのついたちゐの海　季吟〉

事納《ことをさめ》 (晩) (暮) 事八日《ことやうか》・お事汁《ことじる》・むしつ汁《じる》・納《をさ》め八日《やうか》　旧暦一二月八日の農事終了の行事。旧暦二月八日の事始《ことはじめ》に対していう。↓事始（春）〈灯ともして下城の人や事納　内藤鳴雪〉

針供養《はりくやう》 (晩) 針祭《はりまつ》る・針祭《はりまつり》・針納《はりをさめ》・針納《はりをさ》む・納《をさ》め針《ばり》・供養針《くやうばり》　針仕事を休み、使い古した針を供養する日。関西や九州では一二月八日に行うところが多い。関東などでは二月八日に行われる。↓針供養（春）〈ふるさとに帰りて会へり針供養　村山古郷〉

鬼餅《おにもち》 (晩) 鬼餅《むーちー》・鬼餅寒《むーちーびーさー》　旧暦一二月八日に沖縄で行われる鬼払いの行事。〈鬼餅の葉を剝ぎしよりかんばしく　進藤一考〉

事始《ことはじめ》 (仲) (暮) 事始《ことはじめ》の餅《もち》・正月事始《しやうぐわつのことはじめ》　一二月一三日。正月を迎えるための仕事を始めること。〈盛り塩の白の目を引く事始　山下美典〉

年用意《としようい》 (仲) (暮) 年設《としまうけ》・年取物《としとりもの》　新年を迎えるため、歳末に行う様々な準備。〈年用意てのひらつかふこと多し　小原啄葉〉

節料物《せちれうもの》 (仲) (暮) 節料米《せちれうまい》・節米《せちごめ》・年取米《としとりまい》・年《とし》の米《こめ》・節料《せちれう》　正月を迎えるための米・野菜・魚・酒、さらに器物などにもいう。節料はかつて、節（正月・盆・祭など）のための必要なものをいい、正月はなかでも重要な節季とされた。

年の市《としのいち》 (仲)(暮) **歳**《とし》**の市**《いち》**・破魔矢売**《はまやうり》**・節季**《せつき》**市**《いち》**・暮**《くれ》**市**《いち》**・暮**《くれ》**の市**《いち》**・師走**《しはす》**の市**《いち》**・がさ市**《いち》　年末に正月用の注連飾《しめかざ》り・縁起物・盆栽などを売るために立つ市。〈知りつくす抜け裏さびし年の市　長谷川春草〉

ぼろ市《ぼろいち》 (仲)(晩) **世**《せ》**田谷**《たがや》**のボロ市**《いち》**・世**《せ》**田谷**《たがや》**ボロ市**《いち》　一二月一五・一六日と、一月一五・一六日に、東京・世田谷の旧代官屋敷門前に立つ市。〈ぼろ市や空一枚を使ひけり　大木あまり〉

羽子板市《はごいたいち》 (仲)(暮) **羽子板売**《はごいたうり》　羽子板を売る市。浅草観音《あさくさかんのん》の市が名高い。一二月一七日から一九日まで三日間開かれる。↓羽子板（新年）〈似顔みな紅さし灯る羽子板市　長谷川かな女〉

才蔵市《さいざういち》 (晩)(暮)　三河万歳《みかわまんざい》の太夫《たゆう》が相方となる才蔵を選んで雇い入れた市。年の暮れ、日本橋の南詰めの四日市で開かれた。

飾売《かざりうり》 (仲)(暮) **楪葉売**《ゆづりはうり》**・飾藁売**《かざりわらうり》**・小松売**《こまつうり》**・飾松売**《かざりまつうり》**・歯朶売**《しだうり》　正月用の注連飾《しめかざ》り・門松・供え物などを売ること。↓飾（新年）〈傍にをさな子ねむる飾売　中嶋鬼谷〉

煤払《すすはらひ》 (仲)(暮) **煤掃**《すすはき》**・加年払**《かにばらひ》**・年**《とし》**の煤**《すす》**・煤竹**《すすだけ》**・煤竹売**《すすだけうり》**・煤納**《すすをさめ》**・煤**《すす》**の日**《ひ》**・煤見舞**《すすみま》**ひ・煤**《すす》**おろし・煤日和**《すすびより》**・煤**《すす》**の餅**《もち》　新年を迎えるために、一年間の煤を払って家屋の内外を清めること。〈四方の景見えて天守の煤払ひ　岡部六弥太〉

煤湯《すすゆ》 (仲)(暮)　煤払いを終えて汚れた体を洗い、疲れをとるために入浴すること。〈ゆつくりと入りてぬるき煤湯かな　下田実花〉

煤籠《すすごもり》 (仲)(暮) **煤逃**《すすにげ》　煤掃きのとき、掃除をしない老人・子供・病人などが埃《ほこり》をさけるために別室に籠ること。〈煤逃げと言へば言はるる旅にあり　能村登四郎〉

札納《ふだをさめ》 (仲) (暮) **納札**《をさめふだ》　歳末に神社や寺から翌年の新しいお札を受け、今年の古いお札を納札所《のうさつじょ》などに納め、焚《た》き浄《きよ》めてもらうこと。〈伸び上り高く抛りぬ札納　高浜虚子〉

松迎《まつむかへ》 (仲) (暮) **松**《まつ》**ばやし・門松**《かどまつ》**おろし**　門松など飾り用の木を山へ取りに行くこと。古くは一二月一三日の事始めの日に行われた。〈新しき鉈一丁の松迎へ　滝沢伊代次〉

柚子湯《ゆずゆ》 (仲) **柚湯**《ゆずゆ》**・冬至風呂**《とうじぶろ》**・柚子風呂**《ゆずぶろ》**・冬至湯**《とうじゆ》　冬至（新暦一二月二二日頃）の日に風呂に柚子の果実を浮かべて、無病息災を祈るという風習。↓冬至〈たらちねのははと遊べる柚子湯かな　鍵和田柚子〉

冬至粥《とうじがゆ》 (仲) **赤豆**《あづき》**の粥**《かゆ》**・赤柏**《あかがしは》**・冬至蒟蒻**《とうじこんにやく》**・冬至餅**《とうじもち》**・冬至南瓜**《とうじかぼちや》**・冬至酒**《とうじざけ》　冬至（新暦一二月二二日頃）に、赤豆を入れた粥を食べて、厄払いをするという風習。↓冬至〈頬杖を解く冬至粥食はんため　佐藤鬼房〉

熊祭《くままつり》 ㊂ **熊送**《くまおく》**り・贄**《にへ》**の熊**《くま》**・神**《かみ》**の熊**《くま》**・カムイオマンテ・イオマンテ・花箭**《はなや》　アイヌ民族の行う祭りのうち、最も代表的なもの。本式には一二月に行われた。〈熊祭《イヨマンテ》了《す》みし来世の星あまた　宮坂静生〉

社会鍋《しやくわいなべ》 (仲) (暮) **慈善鍋**《じぜんなべ》　キリスト教プロテスタントの救世軍の歳末助け合い行事。〈来る人に我は行く人慈善鍋　高浜虚子〉

掛乞《かけごひ》 (仲) (暮) **掛取**《かけとり》**・附**《つけ》**・書出**《かきだ》**し・借銭乞**《しやくせんごひ》　信用経済が発達した江戸期、買った品物の代金を後払いとして帳面に付け、盆と年末の二回にまとめて支払う習慣ができた。その付けを書き出し、集金すること。また、その人のこと。↓盆の掛乞（秋）〈掛乞に幼きものをよこしたる　中村汀

女〉

節季候《せきぞろ》 (晩)(暮) **せつきぞろ・胸叩**《むねたたき》**・姥等**《うばら》 江戸時代、歳末に「せきぞろ、めでたいめでたい」と人家を巡っては庭で踊り囃《はや》した門付けとよばれる芸人集団をいう。〈節気候や顔つつましき小風呂敷　蕪村〉

衣配《きぬくばり》 (仲)(暮) 歳末に正月の晴れ着を贈る風習。〈衣配り母います時の如くせり　石井露月〉

歳暮売出《せいぼうりだし》 (仲)(暮) 〈歳暮大売出京の田舎まで　日野草城〉

歳暮祝《せいぼいはひ》 (仲)(暮) **お歳暮**《せいぼ》**・歳暮**《せいぼ》**・歳暮**《せいぼ》**の礼**《れい》**・歳暮**《せいぼ》**返**《がへ》**し** 〈歳暮鮭とけばこぼる〻結び文　阿部慧月〉

年木樵《としぎこり》 (仲)(暮) **節木樵**《せちぎこり》**・年木積**《としぎつ》**む・年木売**《としぎうり》**・年木山**《としぎやま》**・年木伐**《としぎき》**る** 新年にたく薪（年木）を年内に切り揃《そろ》えること。また、その人。↓年木（新年）〈年木樵若き一人をまじへたる　伊藤通明〉

餅搗《もちつき》 (仲)(暮) **餅米洗**《もちごめあら》**ふ・鏡餅搗**《かがみもちつ》**く・賃餅**《ちんもち》**・引摺**《ひきず》**り餅**《もち》**・餅搗唄**《もちつきうた》**・餅搗機**《もちつきき》**・餅**《もち》**の音**《おと》 〈餅搗のまだはじまらぬ臼と杵　石田勝彦〉

餅筵《もちむしろ》 (仲)(暮) **青筵**《あをむしろ》 餅搗《つ》きに用いる筵。〈餅筵書斎狭むること許す　安住敦〉

餅配《もちくばり》 (仲)(暮) **配**《くば》**り餅**《もち》 かつては年末の二七・二八日までには各家で正月用の餅を搗《つ》き終え、その一部でまだ柔らかいうちに餡《あん》餅やきな粉餅を作って親戚や隣近所に配る風習。〈餅配夕べ明るき山を見て　伊藤通明〉

餅の札《もちのふだ》 (晩)(暮) 餅をもらった印に門に貼る紙。〈弱法師我が門ゆるせ餅の札　其角〉

柱餅《はしらもち》 晩 暮 **長崎**《ながさき》**の柱餅**《はしらもち》 長崎で行われていた風俗で、新年に向けて搗《つ》く最後の一臼《ひとうす》の餅を大黒柱に打ちつけておくこと。正月一五日頃にこの餅をどんどの火にあぶって食べた。

門松立つ《かどまつたつ》 仲 暮 **門松**《かどまつ》**の営**《いとなみ》**・宵飾**《よひかざり》**・松飾**《まつかざ》**る** ↓門松（新年）・松納（新年）〈門松を立てに来てゐる男かな　池内たけし〉

注連飾る《しめかざる》 仲 暮 **注連**《しめ》**張**《は》**る・一夜飾**《いちやかざり》**・輪飾**《わかざ》**りす** ↓注連飾（新年）・飾納（新年）〈注連張つて草木のにほふ山の口　宇佐美魚目〉

御用納《ごようをさめ》 仲 暮 **仕事納**《しごとをさめ》**・御用終**《ごようじまひ》 官公署がその年の業務を終えること。↓御用始（新年）〈ガラス拭く御用納めの気象台　辻田克巳〉

年忘《としわすれ》 仲 暮 **忘年**《ばうねん》**・別歳**《べつさい》**・忘年会**《ばうねんくわい》**・除夜**《ぢよや》**の宴**《えん》 年の暮れになって、親しい者が集まって催す宴会。〈またひとり海を見に出る年忘　黛執〉

臘日《らふじつ》 仲 暮 **臘祭**《らふさい》 大晦日《おおみそか》のこと。↓大晦日・年越〈臘日の犬なんぼうでも咬ふ　菅裸馬〉

掃納《はきをさめ》 仲 暮 大晦日《おおみそか》にその年最後の掃除をすること。↓大晦日・年越・煤払・掃初（新年）〈掃納して美しき夜の宿　高浜虚子〉

千葉笑《ちばわらひ》 晩 暮 下総《しもうさ》の真言宗千葉寺《せんようじ》（千葉市中央区）で、土地の者が大晦日《おおみそか》の夜に集まり、面体を包み声を変えて、奉行《ぶぎよう》・頭人《とうにん》・庄屋《しようや》・年寄《としより》などの依怙《えこ》贔屓《ひいき》を書き出し、大いに笑い褒貶《ほうへん》した習わし。↓大晦日・年越〈眉つゝみ狐も出るや千葉笑　松瀬青々〉

岡見《をかみ》 晩 暮 **逆蓑**《さかさみの》 大晦日《おおみそか》の夜、蓑を逆さに着て丘に登り、自分の家を望見すると、来年の吉凶が見える（占える）という俗信。↓大晦日・年越〈老人の何に驚く岡見かな　石井露月〉

年守る《としまもる》 仲 暮 **年守《としも》る・守歳《しゆさい》** 大晦日《おおみそか》の夜、眠らずに夜明かしして元旦を迎えること。↓大晦日・年越 〈子どもらは寝ねよたらちね年を守る　山口青邨〉

年の火《としのひ》 仲 暮 大晦日《おおみそか》の夜、神社の境内に用意された榾木《ほたぎ》を燃やすこと。また、その火のこと。↓大晦日・年越 〈年の火の大仏さまは青白き　斎藤夏風〉

世継榾《よつぎほだ》 仲 暮 年越しの夜の囲炉裏に新しい薪をくべて火を絶やさない風習は各地にある。この時の火種とするため、新しく入れる大きな薪のこと。↓大晦日・年越 〈嬰ありて今年まことに世継榾　森澄雄〉

年の宿《としのやど》 仲 暮 **年宿《としやど》・年《とし》の家《いへ》** 年越しの夜にいる家のこと。↓大晦日・年越 〈山貌をもてなしとせる年の宿　綾部仁喜〉

年湯《としゆ》 仲 暮 **除夜《ぢよや》の湯《ゆ》・年《とし》の垢《あか》** 大晦日《おおみそか》の夜に入る風呂のこと。↓大晦日・年越・初湯（新年） 〈年の湯の湯気に消えゆく月日かな　吉屋信子〉

晦日蕎麦《みそかそば》 仲 暮 **年越蕎麦《としこしそば》・つごもり蕎麦《そば》・運気《うんき》蕎麦《そば》** 大晦日の晩に食べる蕎麦。〈宵寝して年越蕎麦に起さるる　水原秋櫻子〉

宝船敷く《たからぶねしく》 仲 **舟《ふね》を敷《し》き寝《ね》** 米俵や宝物、七福神を乗せた舟の絵を枕《まくら》の下に敷いて寝ること。そうすることで初夢に吉夢を見ると信じられた。↓宝船（新年）・初夢（新年） 〈敷いて寝る百万両の宝舟　富安風生〉

年取《としとり》 仲 暮 **年取《としと》る** 正月を迎え、年齢が一つ増えること。また、新年を迎えることにもいう。〈白をもて一つ年とる浮鷗　森澄雄〉

冬休《ふゆやすみ》 ㊥ **年末休暇**《ねんまつきうか》 ↓春休（春）・夏休（夏） 〈大原の小学校も冬休　池内たけし〉

寒施行《かんせぎやう》 ㊦ **野施行**《のせぎやう》**・穴施行**《あなせぎやう》**・狐施行**《きつねせぎやう》 寒中、餌食《えじき》の欠乏する狐や狸《たぬき》などの野の獣に対し、小豆《あずき》飯《めし》や油揚げなどの食餌《しよくじ》を施し与える風習。〈相寄りて一礼納む寒施行　伊藤敬子〉

粥施行《かゆせぎやう》 ㊦ **粥**《かゆ》**やらう** 貧窮者や飢民に対し、富者の有志や時の権力者が粥を炊《た》いて施行し与えること。〈ボランティア朝まだきより粥施行　竹内柳影〉

寒稽古《かんげいこ》 ㊦ 寒中を選び、普段よりも厳しい訓練をすること。↓寒声・寒復習・寒弾 〈切りむすびたきひとのあり寒稽古　桂信子〉

寒声《かんごゑ》 ㊦ **声**《こゑ》**つかふ・寒声**《かんごゑ》**つかふ** 寒中に歌や読経などの発声を鍛えること。また、その声。↓寒稽古・寒復習 〈寒声は槐の瘤にとどきけり　小澤實〉

寒復習《かんざらひ》 ㊦ **寒**《かん》**ざらへ・寒習**《かんならひ》 浪曲《ろうきよく》・長唄《ながうた》・常磐津《ときわず》など日本古来の音曲《おんぎよく》や声曲《せいきよく》の鍛錬法の一つ。寒中の早朝または夜更けに平素よりも一段と激しい練習を行うこと。〈身についてしまひし芸や寒ざらひ　下田実花〉

寒弾《かんびき》 ㊦ 三味線《しやみせん》の寒稽古《かんげいこ》。〈ばら色の夜明け寒弾声透る　岡本圭岳〉

相撲寒取《すまふかんどり》 ㊦ **寒取**《かんどり》**・寒相撲**《かんずまふ》**・寒角力**《かんずまふ》 寒中に相撲の稽古《けいこ》をすること。〈寒取や手取と言はれ言はれ老い　大場白水郎〉

寒中水泳《かんちゆうすいえい》 ㊦ **寒泳**《かんえい》**・寒泳**《かんおよ》**ぎ** 〈寒中水泳初陣のととのひて　井上弘美〉

寒乗《かんのり》 ㊦ 江戸時代、熊野《くまの》や四国、瀬戸内海から大坂へ魚を運ぶ際、冬季は生きたまま運んだ。その鮮魚の輸送にあたる櫓船《やぐらぶね》に乗ること。

寒紅《かんべに》 (晩) **丑紅**《うしべに》**・寒紅売**《かんべにうり》 寒中に作られる紅。品質がよいとされ、特に寒の丑の日に作られたものは、最も上質とされた。〈寒紅を引く表情のありにけり　粟津松彩子〉

寒灸《かんきう》 (晩) **寒灸**《かんやいと》**・寒**《かん》**の灸**《きう》 寒中にすえる灸。〈寒の灸髪ふるはせて堪へにけり　森川暁水〉

寒見舞《かんみまひ》 (晩) **寒中見舞**《かんちゆうみまひ》 寒中に、親戚や知人・友人の安否を気遣って見舞うこと。↓暑中見舞（夏）〈尼寺へ京の湯葉屋の寒見舞　内山芳子〉

雪見舞《ゆきみまひ》 (晩) **雪消**《ゆきけ》**し** 〈紅爪の五指をそろへて雪見舞　飯田蛇笏〉

追儺《ついな》 (晩) **なやらひ・鬼**《おに》**やらひ・儺**《だ》**を追**《を》**ふ・年男**《としをとこ》 宮中の年中行事のひとつ。大晦日《おおみそか》の夜に悪鬼を追い払うための儀式として行われた。次第に宮中だけでなく、社寺・民間にも広まり、二月の節分に行われるようになった。↓節分・豆撒〈山国の闇恐ろしき追儺かな　原石鼎〉

豆撒《まめまき》 (晩) **豆打**《まめうち》**・鬼**《おに》**の豆**《まめ》**・鬼打豆**《おにうちまめ》**・年**《とし》**の豆**《まめ》**・鬼**《おに》**は外**《そと》**・福**《ふく》**は内**《うち》**・福豆**《ふくまめ》**・年取豆**《としとりまめ》**・豆**《まめ》**はやす** ↓節分・追儺〈鬼の豆たんと余つてしまひけり　片山由美子〉

柊挿す《ひひらぎさす》 (晩) **柊売**《ひひらぎうり》**・鰯**《いわし》**の頭挿**《あたまさ》**す・豆殻挿**《まめがらさ》**す・やい嗅**《か》**がし・よつ嗅**《か》**がし・目突柴**《めつきしば》**・鬼**《おに》**の目**《め》**さし** 節分の夜、魔除《まよ》けとして、焼いた鰯の頭を柊の小枝に刺して門口に挿す風習。↓節分〈よく掃いてあり柊を挿してあり　山本洋子〉

獏の枕《ばくのまくら》 (晩) (暮) **獏**《ばく》**の札**《ふだ》 獏は悪夢を食べるとされるため、悪夢除けのまじないに、節分や大《おお》晦日《みそか》などの夜、獏の絵を枕の下に敷いて寝る風習。〈空ごとと思へど捨てず獏枕　佐藤紅緑〉

厄払《やくはらひ》 (晩) **厄祓**《やくはらひ》**・厄落**《やくおと》**し・ふぐり落**《おと》**し・厄詣**《やくまうで》**・厄**《やく》**の薪**《たきぎ》 節分の夜、厄年にあたっている者が氏神などに参詣して厄を払うこと。↓節分〈何物かつまづく辻や厄落し　高浜虚子〉

大原雑魚寝《おほはらざこね》　(晩)　**雑魚寝**《ざこね》　節分の夜、京都大原井出町の江文《えぶみ》神社に参籠《さんろう》し通夜《つや》して行われた乱婚の風習。〈にしき木の立聞きもなき雑魚寝かな　蕪村〉

冬服《ふゆふく》　㊂　**冬《ふゆ》の服《ふく》**　〈弱き身の冬服の肩とがりたる　星野立子〉

冬着《ふゆぎ》　㊂　**冬衣《ふゆごろも》・冬物《ふゆもの》**　〈明日あたり山が見えさう冬着出す　仲村青彦〉

冬シャツ《ふゆシャツ》　㊂　**冬襯衣《ふゆシャツ》・毛《け》シャツ**　〈昼からはラクダのシャツの干されあり　波多野爽波〉

冬羽織《ふゆばおり》　㊂　**袷羽織《あはせばおり》・綿入羽織《わたいればおり》・茶羽織《ちゃばおり》・半纏《はんてん》**　〈うれしさや着たり脱いだり冬羽織　村上鬼城〉

皮羽織《かはばおり》　㊂　**革羽織《かははおり》**　〈老骨をばさと包むや革羽織　芥川龍之介〉

綿《わた》　㊂　**唐綿《たうわた》・真綿《まわた》・夜具綿《やぐわた》・木綿《もめん》わた**　〈綿を干す寂光院を垣間見ぬ　高浜虚子〉

綿入《わたいれ》　㊂　**布子《ぬのこ》・小袖《こそで》・おひえ**　〈野に干せる四五歳の子の布子かな　高野素十〉

負真綿《おひまわた》　㊂　**綿子**《わたこ》　下着の背中や羽織の下に真綿（屑繭《くずまゆ》から採った絹）を挟んだ防寒着。〈たはむれにせし負真綿離されず　江川虹村〉

夜着《よぎ》　㊂　**掻巻《かいまき》・小夜着《こよぎ》**　掛布団の一種。厚く綿を入れ、衿《えり》と袖をつけて大きな着物の形に作られたもの。↓褞袍《どてら》　〈ひとり寝や幾度夜着の襟をかむ　来山〉

衾《ふすま》　㊂　**冬衾《ふゆぶすま》・掛衾《かけぶすま》・敷衾《しきぶすま》・古衾《ふるぶすま》**　寝るときに体の上に掛ける薄い夜具。「伏《ふ》す裳《も》」つまり寝るときの衣服という意味。↓紙衾　〈一日を心に描く衾かな　池内友次郎〉

紙衾《かみぶすま》　㊂　**天徳寺**《てんとくじ》　紙製の衾。和紙で大きな袋を作り、中に藁《わら》しべを入れた蒲団《ふとん》。↓衾　〈ひとりねや畳むもかろき紙衾　蝶夢〉

蒲団《ふとん》 ㊂ **布団**《ふとん》・**掛蒲団**《かけぶとん》・**敷蒲団**《しきぶとん》・**藁蒲団**《わらぶとん》・**羽蒲団**《はねぶとん》・**絹蒲団**《きぬぶとん》・**蒲団干**《ふとんほ》**す**・**干蒲団**《ほしぶとん》・**肩蒲団**《かたぶとん》 ↓夏蒲団（夏）〈佐渡ヶ島ほどに布団を離しけり　櫂未知子〉〈蒲団ほす家の暮しのみられけり　西島麦南〉

背蒲団《せなぶとん》 ㊂ **腰蒲団**《こしぶとん》 背中に当てる小さな蒲団。〈腰蒲団身にあて念《おも》ふ母の恩　宮下翠舟〉

胴着《どうぎ》 ㊂ **胴衣**《どうい》・**袖無胴着**《そでなしどうぎ》・**筒袖胴着**《つつそでどうぎ》・**吾**《あ》**妻胴着**《づまどうぎ》 上着と襦袢《じゆばん》の間に着る綿入れの防寒用の服。〈胴着きて興ほのかなる心かな　飯田蛇笏〉

ちゃんちゃんこ ㊂ **袖無羽織**《そでなしばおり》・**猿子**《さるこ》・**でんち**・**袖無**《そでなし》 袖のない羽織で、綿が入っている防寒着。〈あて継ぎも昔模様のちゃん〳〵こ　麻田椎花〉

ねんねこ ㊂ **ねんねこ半纏**《ばんてん》・**亀**《かめ》**の子**《こ》**半纏**《ばんてん》・**子**《こ》**守半纏**《もりばんてん》 背負った子供がすっぽり入る、大きめの半纏。〈ねんねこの人出て佇てり鞍馬川　波多野爽波〉

厚司《あつし》 ㊂ **厚子**《あつし》 アイヌ民族の織物、またはその布で仕立てた衣類のこと。〈父想ふたびに厚司の紺匂ふ　山内山彦〉

重ね着《かさねぎ》 ㊂ **厚着**《あつぎ》 ↓着ぶくれ 〈重ね着の模様重なる襟周り　原子公平〉

着ぶくれ《きぶくれ》 ㊂ 重ね着をしたり、分厚い外套《がいとう》をはおったりした結果、体が膨れて見えること。↓重ね着　〈着ぶくれて老いしと思ふ若しとも　西島麦南〉

褞袍《どてら》 ㊂ **丹前**《たんぜん》 ふつうの着物よりやや大きめに仕立て、綿を入れた広袖の防寒衣。↓夜着　〈褞袍着てさて何もなき日曜日　伊藤伊那男〉

紙子《かみこ》 ㊂ **紙衣**《かみこ》・**紙**《かみ》**ぎぬ**・**素**《す》**紙子**《がみこ》・**白紙子**《しろかみこ》・**紙子**《かみこ》**売**《うり》 紙製の衣服。厚い和紙を糊《のり》でつなぎ、何

度も柿渋《かきしぶ》を塗り、天日で乾した後、揉《も》んで柔らかくして衣服に仕立てた。〈二君には仕へ申さぬ紙衣かな　内藤鳴雪〉

毛衣《けごろも》 ㊂ 裘《かはごろも》・皮衣《かはごろも》・狐裘《こきう》・かはぎぬ　獣の毛皮を鞣《なめ》して作った防寒衣。〈毛衣を尻まで垂らし杣《そま》通る　高浜年尾〉

毛皮《けがは》 ㊂ 毛皮売《けがはうり》・毛皮店《けがはてん》・敷皮《しきがは》 〈いちまいの毛皮が人をいつくしむ　後藤比奈夫〉

毛布《もうふ》 ㊂ ケット・電気毛布《でんきもうふ》 〈いと古りし毛布なれども手離さず　松本たかし〉

膝掛《ひざかけ》 ㊂ 膝毛布《ひざもうふ》・膝掛毛布《ひざかけもうふ》・膝袋《ひざぶくろ》 〈膝掛をして味方得し思ひかな　片山由美子〉

角巻《かくまき》 ㊂ 雪国や寒冷地で、女性が外出時に用いる防寒用の毛布。〈角巻の手に角巻の子の手かな　柏原眠雨〉

股引《ももひき》 ㊂ パッチ 〈股引の逆さ干しかな海ひかる　菅原閧也〉

もんぺ ㊂ 裁着《たつつけ》・もつぺ 〈山に住むもんぺ胸まで上げて穿き　岩佐信子〉

セーター ㊂ カーディガン・ジャケツ 〈セーターの袖口ゆるく一人なり　伊藤淳子〉

外套《ぐわいたう》 ㊂ オーバー・オーバーコート 〈外套の襟立てて世に容れられず　加藤楸邨〉

ジャンパー ㊂ 皮《かは》ジャンパー 〈ジャンパーを脱ぎ捨ててすぐ仲良しに　高田正子〉

コート ㊂ 東《あづま》コート・浪華《なには》コート・革《かは》コート 〈いくたびも鏡に入りてコート買ふ　加藤洋子〉

マント (仲) まはし・とんび・インバネス・二重廻《にぢゆうまは》し・釣鐘《つりがね》マント　袖のない、ゆったりした外套。二重廻しは、男性が和服の上に着た外套《がいとう》。〈弥撒《ミサ》にゆく母のマントにつつまれて　津田清子〉

被布《ひふ》 ㊂ 和服の上に着る防寒や防塵《ぼうじん》のための、女性や女の子の外装着。〈美しき老刀自なりし

被布艶に　高浜虚子〉

雪合羽《ゆきがっぱ》 ㊂ 雪蓑《ゆきみの》・雪《ゆき》マント　雪の降る日に着る合羽。保温のため衣服の上に着用し、裾が長く幅広い。〈雪蓑の藁のどこからでも出る手　後藤比奈夫〉

アノラック ㊂ ウィンドヤッケ・ヤッケ・パーカ　フード（頭巾）付きの防寒・防風用ジャケットの総称。〈村を発つ幼女は花のアノラック　成田千空〉

頭巾《づきん》 ㊂ 角頭巾《すみづきん》・焙烙頭巾《はうろくづきん》・大黒頭巾《だいこくづきん》・丸頭巾《まるづきん》・投頭巾《なげづきん》・袖頭巾《そでづきん》・御高祖頭巾《おこそづきん》・気儘頭巾《きままづきん》・ともこも頭巾《づきん》　冬期、寒風を防ぐために布類を袋形に作り、頭を覆うようにしたもの。〈深頭巾かぶりて市の音遠し　高浜虚子〉

綿帽子《わたぼうし》 ㊂ 被綿《かづきわた》　真綿（屑繭《くずまゆ》からとった絹）を広げて作った帽子。〈北山の雪や相似て綿帽子　松瀬青々〉

冬帽子《ふゆぼうし》 ㊂ 冬帽《ふゆぼう》　↓夏帽子（夏）〈何求《と》めて冬帽行くや切通し　角川源義〉

防寒帽《ばうかんぼう》 ㊂ 毛帽子《けぼうし》〈馬車をやる防寒帽の前をはね　奈良鹿郎〉

雪帽子《ゆきぼうし》 ㊂ 蓑帽子《みのぼうし》・莫蓙帽子《ござぼうし》〈雪帽子すこし畳をぬらしけり　陽美保子〉

雪眼鏡《ゆきめがね》 (晩) ゴーグル　↓サングラス（夏）・雪眼〈雪眼鏡そびらに過去を流しつつ　文挾夫佐恵〉

頬被《ほほかむり》 ㊂ ほほかぶり〈そこにあるありあふものを頬被　高浜虚子〉

耳袋《みみぶくろ》 ㊂ 耳掛《みみかけ》・耳当《みみあて》・イヤーマフ〈耳袋とりて物音近きかも　高浜虚子〉

襟巻《えりまき》 ㊂ 首巻《くびまき》・マフラー〈襟巻の狐の顔は別に在り　高浜虚子〉

ショール (三) 肩掛《かたかけ》・ストール 〈かくれ逢ふことかさなりしショールなれ　安住敦〉

マッフ (三) マフ　外出の折の手の保温を目的とした円筒形の防寒具。マフともいう。左右から両手を入れて使う。〈マフの手を抜くさよならを言ふために　大石悦子〉

手袋《てぶくろ》 (三) 手套《しゅたう》・革手袋《かはてぶくろ》・手覆《ておほひ》 →夏手袋（夏）〈手袋に五指を分ちて意を決す　桂信子〉

足袋《たび》 (三) 革足袋《かはたび》・色足袋《いろたび》・白足袋《しろたび》・足袋洗《たびあら》ふ・足袋干《たびほ》す →夏足袋（夏）〈足袋つぐやノラともならず教師妻　杉田久女〉

ブーツ (三) ロングブーツ 〈ブーツ履く潮時てふはこんな時　櫂未知子〉

マスク (三) 季語としてのマスクは、冬季の乾燥した寒気を防いだり、感冒《かんぼう》等の病原体の侵入をくい止めるものをいう。〈美しき人美しくマスクとる　京極杞陽〉

毛糸編《けいとあ》む (三) 毛糸《けいと》・毛糸玉《けいとだま》 〈毛糸編むかそけき音をくり返し　稲垣きくの〉

春着縫《はるぎぬ》ふ (仲)(暮) 新年に着る着物を縫うこと。〈物指しの吾が名も古りし春着縫ふ　菖蒲あや〉

餅《もち》 (仲) 餅焼《もちや》く・黴餅《かびもち》・きな粉餅《こもち》 〈餅をもて餅をはたくや粉けむり　高橋睦郎〉

霰餅《あられもち》 (晩) 霰《あられ》・霰餅作《あられもちつく》る・欠餅《かきもち》 〈真白くに母の刻みし霰餅　あらきみほ〉

水餅《みづもち》 (晩) 水餅作《みづもちつく》る　水に漬けた餅のこと。餅は黴《かび》が生えやすく、干割れもするので水に漬けて保存する。特に寒の水は腐りにくいとされる。〈水餅の水深くなるばかりかな　阿波野青畝〉

寒餅《かんもち》 (晩) 寒《かん》の餅《もち》・寒餅搗《かんもちつ》く　寒中に搗いた餅のこと。黴《かび》が生えにくいとされる。〈寒餅を搗かん搗かんとおもひつつ　松本たかし〉

氷餅作《こほりもちつく》る (晩) 氷餅《こほりもち》　寒中に搗《つ》いた餅を適当な大きさに切り、紙で包んで藁《わら》で連ね戸外に出し、

夜凍らせたもの。〈氷餅初更の水を出にけり　石井露月〉

熱燗《あつかん》 ㊂ **焼燗**《やきかん》・**燗酒**《かんざけ》 →冷酒（夏）〈熱燗の夫にも捨てし夢あらむ　西村和子〉

鰭酒《ひれざけ》 ㊂ **身酒**《みざけ》 生きているうちに落とした河豚《ふぐ》や鱏《えい》の鰭を炭火で焙《あぶ》り、香ばしく焦げ目をつけてコップに入れ、そこに熱燗《あつかん》の清酒を注いだもの。〈鰭酒や逢へば昔の物語　高浜年尾〉

寝酒《ねざけ》 ㊂ 就寝前に飲む酒。〈西行の歌にも飽きし寝酒かな　吉田汀史〉

玉子酒《たまござけ》 ㊂ **卵酒**《たまござけ》 〈母の瞳にわれがあるなり玉子酒　原子公平〉

生姜酒《しやうがざけ》 ㊂ 〈圭角を以て聞えぬ生姜酒　高田蝶衣〉

霰酒《あられざけ》 ㊂ **霙酒**《みぞれざけ》・**霜酒**《しもざけ》 餅を薄切りにして何度も焼酎《しようちゆう》に漬けては乾かし、細かくあられ状にして味醂《みりん》に入れ熟成させたものと、酒にあられを浮かべたものがある。〈団欒に父ありし日のあられ酒　皿井芳子〉

松葉酒《まつばざけ》 ㊂ 一升瓶に一寸ほどに切った松葉の新芽を三分の一入れ、これと同量の白砂糖を加えて水を足し、夏の日に一か月ほど当てて発酵させた薬用酒。現在では焼酎《しようちゆう》に松の葉と砂糖を加えて果実酒の要領で造ることが多い。

ホットドリンクス ㊂ **ホットウイスキー・ホットワイン・ホットレモン** 〈地下深く街ありホットウイスキー　小島健〉

葛湯《くずゆ》 ㊂ 〈うすめても花の匂ひの葛湯かな　渡辺水巴〉

生姜湯《しやうがゆ》 ㊂ 〈生姜湯や生きて五十の咽喉仏　石塚友二〉

蕎麦湯《そばゆ》 ㊂ 〈寝ねがての蕎麦湯かくなる庵主かな　杉田久女〉

蕎麦掻《そばがき》 ㊂ **蕎麦《そば》掻餅《かいもち》**　〈蕎麦掻や木曽に名物女将あり　古田紀一〉

湯豆腐《ゆどうふ》 ㊂ **湯奴《ゆやつこ》**　↓冷奴（夏）　〈湯豆腐やいのちのはてのうすあかり　久保田万太郎〉

寒卵《かんたまご》 (晩) **寒玉子《かんたまご》**　寒中に鶏が産んだ卵。他の季節に産んだ卵より滋養が高く、貯蔵が利《き》くので、とりわけ好まれる。　〈寒卵清貧といふ昔あり　古賀まり子〉

焼鳥《やきとり》 ㊂　〈大霜に焼鳥の串落としけり　長谷川かな女〉

薬喰《くすりぐひ》 ㊂ **鹿売《ろくうり》・寒喰《かんぐひ》**　冬、滋養強壮のために獣の肉を食べること。　〈熊笹に血ののこりたる薬喰　藤本安騎生〉〈旨酒のことに吉野の薬喰　小島健〉

雑炊《ざふすい》 ㊂ **おじや・餅雑炊《もちざふすい》・鶏雑炊《とりざふすい》・牡蠣雑炊《かきざふすい》・鱈雑炊《たらざふすい》・薯雑炊《いもざふすい》・韮雑炊《にらざふすい》・卵雑炊《たまござふすい》・味噌雑炊《みそざふすい》**　〈雑炊に舌をこがして勿体なし　富安風生〉

牡蠣飯《かきめし》 ㊂　↓牡蠣　〈牡蠣飯に安芸の海あり山もあり　岩本英人〉

蒸飯《ふかしめし》 ㊂ **蒸《む》し飯《めし》・温《ぬく》め飯《めし》・飯《めし》ふかし・ご飯蒸《はんむし》・ご膳蒸《ぜんむし》**　〈丹前の袖のさむしやふかし飯　杵屋栄美次郎〉

蒸鮓《むしずし》 ㊂ **ぬく鮓《ずし》・ぬくめ鮓《ずし》・茶碗鮓《ちやわんずし》**　〈蒸鮓や新派観にゆく話など　草間時彦〉

蕪鮓《かぶらずし》 ㊂　↓蕪　〈一燈に二人はさびし蕪鮓　古舘曹人〉

藷粥《いもがゆ》 ㊂　↓甘藷（秋）　〈藷粥の熱き木の蓋木の杓子　辻田克巳〉

焼藷《やきいも》 ㊂ **焼芋《やきいも》・焼藷屋《やきいもや》・壺焼藷《つぼやきいも》・石焼藷《いしやきいも》・ほつこり**　↓甘藷（秋）　〈焼藷を割つて話を切り出せり　老川敏彦〉

蒸饅頭《むしまんぢゆう》 ㊂ **酒饅頭《さかまんぢゆう》・甘酒饅頭《あまざけまんぢゆう》・肉饅頭《にくまんぢゆう》**　小麦粉や米粉などで作った皮で餡《あん》を包み、蒸籠《せいろ》で蒸した菓子。

今川焼《いまがはやき》 ㊂ **大判焼**《おほばんやき》 小麦粉・卵・砂糖を水で溶いたものを銅板の円形の焼き型に流し込み、たっぷりの小豆餡《あずきあん》を包んで焼いた菓子。

鯛焼《たひやき》 ㊂ 〈鯛焼を割って五臓を吹きにけり　中原道夫〉

夜鷹蕎麦《よたかそば》 ㊂ **夜鳴饂飩**《よなきうどん》・**夜鳴蕎麦**《よなきそば》 夜の町中を屋台を引いて売り歩く蕎麦屋、またはその蕎麦。江戸の風物の一つ。〈みちのくの雪降る町の夜鷹蕎麦　山口青邨〉

釜揚うどん《かまあげうどん》 ㊂ **釜揚**《かまあげ》 〈白妙の湯気の釜揚うどんかな　草間時彦〉

鍋焼《なべやき》 ㊂ **鍋焼饂飩**《なべやきうどん》 古くからの料理で、土鍋に鳥肉・魚介類などを入れ、芹《せり》や慈姑《くわい》などを加えて醬油《しょうゆ》や味噌《みそ》で味つけをし、煮ながら食べるものを指す。〈鍋焼や泊ると決めて父の家　篠田悌二郎〉

芹焼《せりやき》 ㊂ **芹鍋**《せりなべ》 土に穴を掘り、平たい石を並べてその上で火を焚き、焼けた石の上に芹を載せて上を覆い蒸し焼きにしたもの。今日では薄手の鍋で鋤焼《すきやき》風に料理することが多い。

貝焼《かひやき》 ㊂ **貝焼**《かやき》 主に帆立貝《ほたてがい》の殻を鍋《なべ》として鋤焼《すきやき》のように様々な具を入れて食する料理。〈貝焼の火を吹く老の猫背かな　藤井紫影〉

じぶ ㊂ **治部煮**《ぢぶに》・**加賀煮**《かがに》・**じぶ鍋**《なべ》 石川県金沢市に藩政時代から伝わる郷土料理。〈月浴びてじぶの山葵に汗し食ふ　西村公鳳〉

河豚汁《ふぐじる》 ㊂ **ふぐと汁**《じる》・**ふくと汁**《じる》・**ふくとう汁**《じる》・**河豚**《ふぐ》**の宿**《やど》 →河豚鍋・河豚 〈海峡に神事待つ夜のふぐと汁　河野頼人〉

葱鮪《ねぎま》 ㊂ **葱鮪鍋**《ねぎまなべ》**・鮪鍋**《まぐろなべ》**・ねぎま汁**《じる》　→鮪　〈ねぎま汁風邪のまなこのうちかすみ　下村槐太〉

鯨汁《くぢらじる》 ㊂ **鯨鍋**《くぢらなべ》　→鯨　〈くぢら汁頼山陽を掲げあり　有澤榠樝〉

狸汁《たぬきじる》 ㊂ 〈鍋尻がチカチカ燃えて狸汁　富安風生〉

納豆汁《なつとじる》 ㊂ **納豆汁**《なつとうじる》　→納豆　〈箸割れば響く障子や納豆汁　石塚友二〉

鱈汁《たらじる》 ㊂ →鱈　〈鱈汁や親潮が沖通る町　七田谷まりうす〉

三平汁《さんぺいじる》 ㊂ **三平皿**《さんぺいざら》　北海道の郷土料理の一つ。〈海峡を望みてすする三平汁　源鬼彦〉

のつぺい汁《のつぺいじる》 ㊂ **のつぺ汁**《じる》**・のつぺ・のつぺ煮**《に》　里芋を中心に鶏肉・大根・人参《にんじん》・蒟蒻《こんにやく》・油揚げなどを醤油《しようゆ》味に煮込み、葛《くず》や片栗粉でとろみをつけた汁。〈百年の柱を前にのつぺ汁　水田光雄〉

薩摩汁《さつまじる》 ㊂ 鶏肉か豚肉を、大根・牛蒡《ごぼう》・芋・人参《にんじん》・蒟蒻《こんにやく》などとともに煮込み味噌《みそ》仕立てにした汁料理。鹿児島の郷土料理。〈さつま汁妻と故郷を異にして　右城暮石〉

根深汁《ねぶかじる》 ㊂ **葱汁**《ねぎじる》　葱を実にした味噌汁《みそしる》。根深は関東での葱の異称。〈つくづくと草食人種根深汁　石塚友二〉

蕪汁《かぶらじる》 ㊂ →蕪　〈炉話に煮こぼれてゐる蕪汁　高浜虚子〉

干菜汁《ほしなじる》 ㊂ →干菜　〈夜ふかしを妻に叱られ干菜汁　沢木欣一〉

滑子汁《なめこじる》 ㊂ →滑子　〈なめこ汁朝昼晩とうまかりき　山田みづえ〉

粕汁《かすじる》 ㊂ **酒**《さけ》**の粕**《かす》　〈粕汁や蓋を浮かせて沸きたちし　富安風生〉

巻繊汁《けんちんじる》 ㊂ **けんちん**　〈みな太く切られし夫のけんちん汁　小沢真弓〉

闇汁《やみじる》 ㊂ **闇夜汁**《やみよじる》**・闇汁会**《やみじるゑ》**・闇鍋**《やみなべ》 親しい仲間たちで行う鍋料理の座興。電灯を消し、持ち寄った材料をこっそり鍋に入れて、煮えたのを掬《すく》って食べる。〈闇汁やはさみて鼻の如きもの　秋元不死男〉

塩汁《しよっつる》 ㊂ **塩汁鍋**《しよっつるなべ》**・塩汁貝焼**《しよっつるかやき》 鰰《はたはた》や鰯《いわし》の類いを生のまま麹《こうじ》と塩漬けにして重石《おもし》をかけ、発酵・熟成させ、その上澄みを濾《こ》してとった魚醤《うおびしお》の一種。また、この塩汁を用いた秋田地方の郷土料理。〈だらだらと塩汁鍋を食ひ終る　皆川盤水〉

きりたんぽ ㊂ **だまっこ鍋**《なべ》**・五平汁**《ごへいじる》 秋田地方の郷土料理。〈きりたんぽ秋田訛がよくて食ぶ　小原啄葉〉

紅葉鍋《もみぢなべ》 ㊂ 鹿肉を用いた鍋料理。→薬喰〈密猟と訝るひとり紅葉鍋　茨木和生〉

鋤焼《すきやき》 ㊂ **牛鍋**《ぎうなべ》**・魚**《うを》**すき・沖**《おき》**すき・鶏**《とり》**すき・饂飩**《うどん》**すき** 〈すき焼や浄瑠璃をみて泣いてきて　長谷川櫂〉

桜鍋《さくらなべ》 ㊂ **馬肉鍋**《ばにくなべ》**・けとばし** 馬肉を味噌《みそ》仕立て、または鋤焼《すきや》き風にした鍋物。〈ぶちぬきの部屋の敷居や桜鍋　綾部仁喜〉

牡丹鍋《ぼたんなべ》 ㊂ **猪鍋**《ししなべ》**・山鯨**《やまくぢら》 猪《いのしし》肉の鍋料理。〈牡丹鍋力合せて食ひにけり　大串章〉

鴨鍋《かもなべ》 ㊂ →鴨〈鴨鍋や湖を馳走の一つとも　大石悦子〉

鼈鍋《すつぽんなべ》 ㊂ **丸鍋**《まるなべ》**・鼈雑炊**《すつぽんざふすい》 〈京人とすつぽん鍋の店にあり　森田峠〉

河豚鍋《ふぐなべ》 ㊂ **河豚**《ふぐ》**ちり・てつちり・河豚料理**《ふぐれうり》 →河豚汁・河豚〈大阪へ来ててつちりを昼間から　茂惠一郎〉

鮟鱇鍋《あんかうなべ》 ㊂ きも和《あへ》・鮟鱇汁《あんかうじる》　→鮟鱇　〈鮟鱇鍋箸もぐら〳〵煮ゆるなり　高浜虚子〉

石狩鍋《いしかりなべ》 ㊂ 鮭鍋《さけなべ》　鮭を用いた鍋料理。→鮭（秋）　〈鮭の鰭はみ出してをり石狩鍋　千葉仁〉

寄鍋《よせなべ》 ㊂ 〈寄鍋の大げさに開く貝の口　福神規子〉

ちり鍋《ちりなべ》 ㊂ 鯛《たひ》ちり・鱈《たら》ちり・牡蠣《かき》ちり　〈ちり鍋や古き港の料亭に　小路紫峡〉

牡蠣鍋《かきなべ》 ㊂ 酢牡蠣《すがき》・どて焼《やき》・煎牡蠣《いりがき》・牡蠣《かき》フライ・土手鍋《どてなべ》　→牡蠣　〈牡蠣鍋の葱の切つ先そろひけり　水原秋櫻子〉

おでん ㊂ 関東炊《くわんとだき》・関東煮《くわんとだき》・おでん屋《や》・煮込《にこ》みおでん・おでん鍋《なべ》・おでん酒《ざけ》　〈おでん煮えさまざまの顔通りけり　波多野爽波〉

煮凝《にこごり》 ㊂ 煮凍《にこごり》・凝鮒《こごりぶな》　魚や肉を煮たあとに、冷えた煮汁がゼリー状に固まったもの。〈煮こゞりの魚の眼玉も喰はれけり　西島麦南〉

蕪蒸《かぶらむし》 ㊂ 器に魚介や百合根《ゆりね》・銀杏《ぎんなん》などを入れ、すりおろした蕪《かぶ》に卵白を泡立てて加えたものをかけて蒸した料理。→蕪　〈叡山に雲かむろなす蕪蒸し　加藤耕子〉

風呂吹《ふろふき》 ㊂ 風呂吹大根《ふろふきだいこん》　野菜などを大きく切り、茹《ゆ》でたり蒸したりしたものに、たれ味噌《みそ》をかけた料理。〈風呂吹やいづこの味噌と知らねども　森田峠〉

煮大根《にだいこん》 ㊂ 大根汁《だいこんじる》・大根飯《だいこめし》・大根《だいこん》おろし・鰤大根《ぶりだいこん》　→大根　〈煮大根を通夜の畳の上に置く　草間時彦〉

新干大根《しんぼしだいこん》 (初) その年に収穫した大根を半干しにしたもの。→大根・大根干す

新干蕪《しんぼしかぶら》 (初) 干蕪《ほしかぶら》・青干菜《あをほしな》　初冬に掘りあげた蕪《かぶ》を葉茎のついたまま風通しのよい軒下などに

干し保存食にするもの。↓蕪

浅漬《あさづけ》 (初) 〈浅漬の歯に透通る男かな　蓼太〉

茎漬《くきづけ》 ㊂ **菜漬**《なづけ》・**葉漬**《はづけ》・**近江漬**《あふみづけ》・**茎**《くき》**の桶**《をけ》・**茎**《くき》**の石**《いし》・**青漬**《あをづけ》・**古漬**《ふるづけ》・**顔見世茎**《かほみせぐき》・**茎**《くき》**の水**《みづ》・**茎圧**《くきお》**す**
大根や蕪《かぶ》などの葉を茎と一緒に塩漬けにしたもの。〈茎漬の菜や三尺に余りけり　吉田冬葉〉

酢茎《すぐき》 ㊂ **酸茎**《すぐき》・**酢茎売**《すぐきうり》 すぐき菜で作る漬物。すぐき菜は、京都上賀茂《かみがも》地方特産のアブラナ科の越年草で蕪菜《かぶらな》の一種。〈加茂川の日々に涸れゆく酢茎かな　岸風三樓〉

千枚漬《せんまいづけ》 ㊂ 京都を代表する漬物の一つ。白く大きな聖護院蕪《しようごいんかぶら》で作る。↓蕪 〈一枚と思えば二枚千枚漬　山縣輝夫〉

白菜漬《はくさいづけ》 ㊂ 白菜で作る漬物。↓白菜

納豆《なつとう》 ㊂ **納豆売**《なつとううり》 ↓納豆汁 〈つながつて藁を出てくる納豆かな　遠山陽子〉

生姜味噌《しやうがみそ》 ㊂ 生姜と味噌を合わせて作る食べ物。生姜の辛みで体が温まり、寒気を防ぐによい。〈霜朝の嵐やつつむ生姜味噌　嵐雪〉

鯛味噌《たひみそ》 ㊂ 鯛をゆでて骨と皮を除き、身をほぐしてそぼろを作り、味噌と砂糖、味醂《みりん》などを加えて、煮ながら練り合わせたもの。〈鯛味噌に蕗の苦みはなかりけり　松瀬青々〉

るいべ ㊂ 厳冬の時期に、鮭（鱒《ます》）や鱈《たら》を軒下に吊るして凍らせ必要なだけ削り、溶けかけたところで塩をかけて食べる北海道の保存食。↓鮭（秋）

乾鮭《からざけ》 ㊂ **干鮭**《ほしざけ》 鮭の内臓を取り去り、家の軒下などに吊るして乾燥させたもの。〈乾鮭を切りては粕につゝみけり　水原秋櫻子〉

塩鰹しほがつを ㊂ 塩引きした鰹のこと。塩鮭《しおざけ》と同じく正月用の肴《さかな》としたり、歳暮の贈答品としたりした保存食。↓鰹（夏）・秋鰹（秋）

塩鰤しほぶり ㊂ 鰤の塩漬け、塩蔵品のこと。薄塩のものは鰤の新巻《あらまき》、塩の多いものは鰤の塩引《しおび》きという。↓鰤

塩鮭しほざけ ㊂ **しほじやけ・塩引鮭《しほびき》・塩引《しほびき》・新巻《あらまき》・荒巻《あらまき》** ↓鮭（秋）〈新巻の塩のこぼれし賑はひや　角川照子〉

塩鱈しほだら ㊂ ↓鱈〈塩鱈や旅はるばるのよごれ面　太祇〉

雲腸くもわた ㊂ **蓑腸《みのわた》・菊腸《きくわた》・菊白子《きくしらこ》・強腸《こはわた》** 鱈《たら》の腸《はらわた》、または白子のこと。↓鱈〈菊腸の菊のひとひら留椀に　大石悦子〉

海鼠腸このわた ㊂ **海鼠腸酒《このわたざけ》** 海鼠《なまこ》の腸《はらわた》、またそれを塩漬けにした塩辛《しおから》のこと。↓海鼠〈このわたの壺を抱いて啜りけり　島田五空〉

酢海鼠すなまこ ㊂ ↓海鼠〈酢海鼠を背中さびしく食ひにけり　野中亮介〉

甲羅煮かふらに ㊂ **甲羅蒸《かふらむし》** ズワイ蟹《がに》の料理。甲羅煮は蟹味噌《みそ》やほぐした身を甲羅につめ、醬油《しょうゆ》・味《み》醂《りん》・砂糖で味をつけ、炭火でとろとろ煮ながら食べる。↓ずわい蟹〈甲羅煮をつつく新郎撫で肩に　角谷昌子〉

新海苔しんのり (晩) **初海苔《はつのり》・寒海苔《かんのり》** 冬から早春にかけて採れる海苔。その走りをいう。↓海苔（春）〈新海苔の艶をたばねてありにけり　片山由美子〉

寒造かんづくり (晩) **寒造酒《かんづくりざけ》** 寒中に酒を造ること、またその造られた酒。↓新酒（秋）・古酒（秋）〈湯

気ひいてはしる蔵人寒造　大橋桜坡子〉

寒晒《かんざらし》 (晩) 寒曝《かんざらし》・寒晒粉《かんざらしこ》 穀類などを寒中の水につけ、陰干しにして寒気にさらすこと。長期の保存に耐えられるという。〈なだるる日簀にせきとめて寒晒　木村蕪城〉

葛晒《くずさらし》 (晩) 葛粉をとるための一連の作業。↓葛（秋）・葛掘る（秋）〈積み上げし桶の凍れる葛晒し　井上弘美〉

凍豆腐《しみどうふ》 (晩) 高野豆腐《かうやどうふ》・凍豆腐造《しみどうふつく》る・氷豆腐《こほりどうふ》・寒豆腐《かんどうふ》・豆腐《とうふ》氷《こほ》らす 豆腐を小さく切って屋外で凍らせた後、それを天日に干して作ったもの。〈凍豆腐故郷の山河まなうらに　阿部みどり女〉

蒟蒻凍らす《こんにやくこほらす》 (晩) 氷蒟蒻《こほりこんにやく》・氷蒟蒻造《こほりこんにやくつく》る・凍蒟蒻《しみこんにやく》 蒟蒻を夜の間凍らせること。それを日に干して氷を解き、乾燥させて保存食とする。〈戻したる氷蒟蒻薄味に　稲畑汀子〉

沢庵《たくあん》 (初) 沢庵漬《たくあんづけ》・沢庵漬製《たくあんづけせい》す・沢庵漬《たくあんつ》く・新沢庵《しんたくあん》・新漬沢庵《しんづけたくあん》・早漬沢庵《はやづけたくあん》・大根漬《だいこんづけ》・大根漬《だいこんつ》く ↓大根・大根引・大根干す〈沢庵を漬けたるあとも風荒るる　市村究一郎〉

いぶりがつこ ㊂ 煙で燻《いぶ》した大根の沢庵《たくあん》漬け。

切干《きりぼし》 ㊂ 切干大根《きりぼしだいこん》・割干《さきぼし》・白髪切干《しらがきりぼし》・花丸切干《はなまるきりぼし》・切干作《きりぼしつく》る ↓大根干す・大根〈切干やいのちの限り妻の恩　日野草城〉

千切大根《せんぎりだいこん》 ㊂ 千切《せんぎり》 大根を千切りにして冬の風に晒《さら》した食べ物。↓大根干す・大根〈河ひかり千切大根よく乾く　布施伊夜子〉

凍大根《しみだいこん》 ㊂ 凍大根《しみだいこ》・すみでこ・しみでいこ 東北や長野県などの寒冷地にて、寒中に干して

乾燥させた大根。↓大根干す・大根　〈凍大根藁一本をよすがとす　根橋久子〉

冬構《ふゆがまへ》 (初) **冬囲**《ふゆがこひ》　本格的な冬を迎えるにあたり、家回りの防寒・防雪の備えをすること。↓北窓塞ぐ・目貼・霜除・風除・間垣・雪囲・墓囲ふ・藪巻・雪吊　〈高き木に梯子かけたり冬構　高浜虚子〉

冬籠《ふゆごもり》 (三) **冬**《ふゆ》**ごもる・雪籠**《ゆきごもり》　冬の寒さを避けて家にこもっていること。〈折々に伊吹をみては冬ごもり　芭蕉〉〈夢に舞ふ能美しや冬籠　松本たかし〉

冬館《ふゆやかた》 (三)　冬景色の中の洋館。↓夏館（夏）〈ベル押せば深きにいらへ冬館　長谷川浪々子〉

北窓塞ぐ《きたまどふさぐ》 (初) **北塞**《きたふさ》**ぐ・北窓閉**《きたまどと》**づ・北窓塗**《きたまどぬ》**る**　北側の窓は冬には寒い風が吹き込むので、目《め》貼《ば》りをしたり、板戸などを打ちつけて塞ぐこと。↓北窓開く（春）・冬構　〈褻も晴もなき北窓を塞ぎけり　手塚美佐〉

目貼《めばり》 (初) **隙間張**《すきまは》**る・隙間張**《すきまばり》　隙間風や雪の吹き込むのを防ぐために、家中の窓や戸などの隙間に細く切った紙を貼ること。↓目貼剝ぐ（春）・冬構　〈首の骨こつくり鳴らす目貼して　能村登四郎〉

霜除《しもよけ》 (初) **霜覆**《しもおほひ》**・霜囲**《しもがこひ》　↓霜除とる（春）・冬構　〈霜除のその勢ひのくくり縄　高浜虚子〉

風除《かざよけ》 (初) **風囲**《かざがこひ》**・風垣**《かざがき》　↓風除解く（春）・冬構　〈風除の中にもありし星明り　山田弘子〉

間垣《まがき》 (三)　北陸地域を中心に、冬の風除けのために竹で組まれた垣根。↓冬構　〈海風に撓む間垣や珠洲岬　大野今朝子〉

風切鎌《かざきりがま》 (三)　東北から中国地方にかけて行われていた、冬の風害除けのまじないとして屋上に

立てたりする鎌。〈風切は砦の如し月を上げ　今井つる女〉

雪囲《ゆきがこひ》 (三) **雪垣**《ゆきがき》・**雪構**《ゆきがまへ》・**雪除**《ゆきよけ》・**雪菰**《ゆきごも》 雪国で風雪の害を防ぐために、家の周囲や庭木などを藁《わら》・竹・板などで囲うこと。→雪囲とる（春）・冬構〈山祇の出入りの扉あり雪囲　前田普羅〉

雁木《がんぎ》 (晩) **がぎした**・**雁木市**《がんぎいち》 各家の母屋《おもや》の道路側に付け足した小屋根（庇《ひさし》）。柱によって支え、積雪期の往来の通路確保が目的。〈来る人に灯影ふとある雁木かな　高野素十〉

墓囲ふ《はかかこふ》 (仲) 寒冷な地帯や豪雪地帯で、冬季に戸外の墓石が雪害や凍害に遭って破損したり劣化したりする被害を防ぐために、墓を囲う作業を行うこと。→冬構〈ぼろ〱とこぼるる墓を囲ひけり　小野寺夢城〉

藪巻《やぶまき》 (仲) **菰巻**《こもまき》 樹木などの雪折《ゆきお》れを防ぐため、筵《むしろ》や縄でぐるぐる巻きにして雪害を避けるもの。→冬構〈菰巻をしてことごとく傾ぎけり　藤本美和子〉

雪吊《ゆきつり》 (晩) 雪の重みで木の枝が折れるのを防ぐために、庭木の天辺《てっぺん》や支柱から樹形に合わせて縄を円錐《えんすい》形に張り、枝を吊りあげておくこと。→冬構〈雪吊の百万石の城曇る　阿波野青畝〉

雪掻《ゆきかき》 (晩) **雪**《ゆき》**を掻**《か》**く**・**雪**《ゆき》**を掃**《は》**く**・**除雪**《ぢよせつ》・**雪捨**《ゆきす》**つ**・**雪掻篦**《ゆきかきべら》・**雪返**《ゆきがへ》**し**・**雪鋤**《ゆきすき》・**除雪隊**《ぢよせつたい》・**雪箒**《ゆきばうき》〈雪掻きのまばらと見えて総出なり　宮津昭彦〉

雪踏《ゆきふみ》 (晩) **踏俵**《ふみだはら》 雪深い地で、雪を踏み固めて、行き来するための道を作ること。〈雪踏の藁沓藁を引きずつて　村上三良〉

除雪車《ぢよせつしや》 (晩) **ラッセル車**《しや》・**排雪車**《はいせつしや》・**ロータリー車**《しや》〈除雪車のプロペラ雪を嚙みてやすむ　橋本多佳子〉

雪下《ゆきおろし》　〔晩〕　雪卸《ゆきおろし》・雪掘《ゆきほり》　屋根に積もった雪をかきおろすこと。〈雪卸し能登見ゆるまで上りけり　前田普羅〉

雪棹《ゆきざを》　〔晩〕　雪竿《ゆきざを》・雪尺《ゆきじやく》・スノーポール　積雪の深さを測定するために目盛りをつけ地上に立てる棹。〈雪竿の上に見ゆるや佐渡ヶ島　伊藤松宇〉

冬の灯《ふゆのひ》　㊂　冬《ふゆ》ともし・寒燈《かんとう》・寒灯《かんともし》　〈今我を見出すこゝの寒燈下　高浜虚子〉

冬座敷《ふゆざしき》　㊂　→夏座敷（夏）　〈日の当る山見えてゐる冬座敷　岸田稚魚〉

寒厨《かんちゆう》　〔晩〕　寒厨《かんくりや》　冬の寒々とした台所。〈罵りし声のするどき寒厨　石原舟月〉

畳替《たたみがへ》　〔仲〕　替畳《かへだたみ》　〈又人の住みかはるらし畳替　高浜虚子〉

障子《しやうじ》　㊂　腰障子《こししやうじ》・明《あか》り障子《しやうじ》・白障子《しろしやうじ》・あづま障子《しやうじ》・猫間《ねこま》障子《しやうじ》・雪見《ゆきみ》障子《しやうじ》　→春障子（春）・葭戸《よしど》（夏）・障子洗ふ（秋）・障子貼る（秋）　〈一枚の障子明りに伎芸天　稲畑汀子〉

襖《ふすま》　㊂　唐紙《からかみ》・唐紙障子《からかみしやうじ》・冬襖《ふゆぶすま》・襖紙《ふすまがみ》・絵襖《ゑぶすま》・白襖《しろぶすま》・襖障子《ふすましやうじ》・古襖《ふるぶすま》　〈次の間へ襖の松のつづきをり　奥坂まや〉

屏風《びやうぶ》　㊂　金屏風《きんびやうぶ》・金屏《きんびやう》・銀屏風《ぎんびやうぶ》・銀屏《ぎんびやう》・絵屏風《ゑびやうぶ》・枕屏風《まくらびやうぶ》・腰屏風《こしびやうぶ》・風炉《ふろ》先屏風《さきびやうぶ》・産所屏風《さんじよびやうぶ》・衝立《ついたて》・屏風売《びやうぶうり》　〈屏風絵の鷹が余白を窺へり　中原道夫〉

絨緞《じゆうたん》　㊂　カーペット・緞通《だんつう》・絨毯《じゆうたん》・ホットカーペット　〈絨緞を踏み絨緞を褒めてゐる　加藤静夫〉

暖房《だんばう》　㊂　煖房《だんばう》・スチーム・ヒーター・暖房車《だんばうしや》・床暖房《ゆかだんばう》　〈暖房や肩をかくさぬをとめらと　日野草城〉

ストーブ ㊂ 石炭《せきたん》ストーブ・石油《せきゆ》ストーブ・瓦斯《がす》ストーブ・電気《でんき》ストーブ・暖炉《だんろ》・壁炉《へきろ》 〈父の間の煖炉を焚けり父は亡く　山口波津女〉

ペーチカ ㊂ ペチカ　北欧やロシア、中国東北部などで用いられた暖房装置。〈ペーチカに蓬燃やせば蓬の香　沢木欣一〉

温突《オンドル》 ㊂ 朝鮮半島、中国東北地方にみられる床暖房設備。〈温突や膝組み入れて昼の宴　上川井梨葉〉

炭《すみ》 ㊂ 木炭《もくたん》・黒炭《くろずみ》・堅炭《かたずみ》・軟炭《やはらずみ》・土竈炭《どがまずみ》・炭《すみ》の香《か》・鞍馬炭《くらまずみ》・小野炭《をのずみ》・佐倉炭《さくらずみ》・桜炭《さくらずみ》・新炭《あらずみ》・旧炭《ひねずみ》・粉炭《こなずみ》・炭納屋《すみなや》・炭挽《すみひ》く・炭屑《すみくづ》 ↓炭竈・炭焼 〈学問のさびしさに堪へ炭をつぐ　山口誓子〉

白炭《しろずみ》 ㊂ 備長炭《びんちやうたん》・枝炭《えだずみ》・細炭《ほそずみ》・花炭《はなずみ》・横山炭《よこやまずみ》・飾炭《かざりずみ》 〈枝炭の骨の音して山あかり　大木あまり〉

炭火《すみび》 ㊂ 炭頭《すみがしら》・跳炭《はねずみ》・走炭《はしりずみ》・燻炭《いぶりずみ》・炭《すみ》の尉《じよう》・おこり炭《ずみ》 〈星のごと光り消えたる炭火中　高浜虚子〉

埋火《うづみび》 ㊂ いけ火《び》・いけ炭《ずみ》　灰に埋めた炭火。〈埋火の夢やはかなき事ばかり　正岡子規〉

消炭《けしずみ》 ㊂ 消《き》え炭《ずみ》・浮炭《うきずみ》・消燠《けしおき》・火《ひ》消壺《けしつぼ》 〈消炭の過去の又燃え上りけり　上野泰〉

炭斗《すみとり》 ㊂ 炭籠《すみかご》・炭瓢《すみひさご》・烏府《うふ》・炭櫃《すびつ》・十能《じふのう》・炭箱《すみばこ》・炭取《すみとり》・神折敷《かみをしき》　炉や火鉢・火桶《ひおけ》に使用する炭を、小出しにしておくための容器。〈炭斗の底の粉まで焚く夜かな　石塚友二〉

炭売《すみうり》 ㊂ 炭屋《すみや》・売炭翁《ばいたんをう》 〈何事もいはず炭売る翁かな　闌更〉

炭俵《すみだはら》 ㊂ **炭叺**《すみかます》**・炭**《すみ》**すご・だつ** 〈炭俵担ぐかたちに父逝きし　菖蒲あや〉

炭団《たどん》 ㊂ **たんどん・炭団法師**《たどんほふし》**・炭団玉**《たどんだま》**・炭団干**《たどんほ》**す** 木炭の粉末に布海苔《ふのり》などを混ぜて球状に固め、それを乾燥させて作った固形燃料。〈ただころがり幾万塊の炭団なり　加藤楸邨〉

石炭《せきたん》 ㊂ **たん・いしずみ・岩木**《いはき》**・五平太**《ごへいだ》**・コークス** 〈石炭を投じたる火の沈みけり　高浜虚子〉

練炭《れんたん》 ㊂ **豆炭**《まめたん》**・練炭火鉢**《れんたんひばち》 〈煉炭を悪事なすごと煽ぎをり　小林康治〉

炬燵《こたつ》 ㊂ **掘炬燵**《ほりごたつ》**・置炬燵**《おきごたつ》**・敷炬燵**《しきごたつ》**・切炬燵**《きりごたつ》**・電気炬燵**《でんきごたつ》**・炬燵櫓**《こたつやぐら》**・炬燵蒲団**《こたつぶとん》**・炬燵切**《こたつき》**る・炬**《こ》**燵張**《たつは》**る・炬燵開**《こたつひら》**く・炬燵板**《こたついた》 ↓春炬燵（春）・炬燵塞ぐ（春）〈炬燵の間母中心に父もあり　星野立子〉〈猫が出て子が出て来たる掘炬燵　千原叡子〉

炉《ろ》 ㊂ **囲炉裡**《ゐろり》**・囲炉裏**《ゐろり》**・炉火**《ろび》**・炉明**《ろあか》**り・炉点前**《ろてまへ》**・炉話**《ろばなし》**・炉語**《ろがたり》 ↓春の炉（春）・炉塞（春）・夏炉（夏）・風炉茶（夏）・炉開　〈詩の如くちらりと人の炉辺に泣く　京極杞陽〉

榾《ほた》 ㊂ **ほだ・根榾**《ねほだ》**・榾火**《ほたび》**・榾明**《ほたあか》**り・榾**《ほた》**の宿**《やど》**・榾**《ほた》**の主**《ぬし》 囲炉裏や薪ストーブの燃料として用いる木の枝や幹、乾燥させた木の根株のこと。〈大榾の骨ものこさず焚かれけり　斎藤空華〉

火桶《ひをけ》 ㊂ **桐火桶**《きりひをけ》**・火櫃**《ひびつ》 主に桐の木をくりぬいて作った木製の丸火鉢のこと。〈死病得て爪うつくしき火桶かな　飯田蛇笏〉

火鉢《ひばち》 ㊂ **瀬戸火鉢**《せとひばち》**・鉄火鉢**《てつひばち》**・箱火鉢**《はこひばち》**・長火鉢**《ながひばち》 炭を用いた暖房器具。灰を入れ、その中で炭火を燃やして暖をとったり湯を沸かしたりする。↓春火鉢（春）〈金沢のしぐれをおもふ火鉢かな　室生犀星〉

手焙《てあぶり》 ㊂ **手炉**《しゆろ》　手を温めるための小さな火鉢。〈手焙りの灰やはらかく招かれぬ　阿部ひろし〉

助炭《じよたん》 ㊂　箱状の木枠の天井部と四周に、和紙などを貼ったもの。火鉢や炉などにかぶせて、火気が散るのを防ぎ、火持ちをよくする。〈ぬくもりし助炭の上の置手紙　今井つる女〉

行火《あんくわ》 ㊂ **ねこ・猫火鉢**《ねこひばち》**・電気行火**《でんきあんくわ》　手足を温める暖房具。上部がやや丸みを帯びた箱形の焼き物。〈三毛猫とわかちあひけり猫火鉢　櫂未知子〉

足温め《あしぬくめ》 ㊂ **足焙**《あしあぶり》**・足炉**《あしろ》**・足温器**《そくをんき》　両足がのるくらいの大きさの箱状で、透かし文様の蓋のついた鋳物製の暖房具。〈文案のすぐに浮かばず足温器　谷迪子〉

火吹竹《ひふきだけ》 ㊂　火を吹き熾《おこ》すのに使う竹筒。〈火吹竹火のことのみを思ひ吹く　吉田汀史〉

温石《をんじやく》 ㊂ **塩温石**《しほをんじやく》**・焼石**《やきいし》　主に腹部を温めるために、表面の滑らかな石を火で熱し布に包んで懐中するもの。〈草庵に温石の暖唯一つ　高浜虚子〉

懐炉《くわいろ》 ㊂ **懐炉灰**《くわいろばひ》**・懐炉焼**《くわいろやけ》**・紙懐炉**《かみくわいろ》　懐や背に入れて体を温める携帯用の小型暖房器具。〈老妓ともいはるゝはずよ懐炉負ひ　下田実花〉

湯婆《たんぽ》 ㊂ **湯**《ゆ》**たんぽ・懐中湯婆**《くわいちゆうたんぽ》　手足や体を温めるため、熱湯を入れて毛布や布で包み寝床の中に置く暖房器具。〈寂寞と湯婆に足をそろへけり　渡辺水巴〉

飯櫃入《おはちいれ》 ㊂ **御**《お》**鉢入**《はちいれ》**・飯櫃蒲団**《おはちぶとん》**・櫃入**《ひついれ》**・飯櫃畚**《おはちふご》　藁《わら》で編んだ蓋付きの入れ物に飯櫃《めしびつ》を入れて保温し、冬場に飯が冷えるのを防いだ。〈飯櫃入渋光りとも煤光りとも　高浜虚子〉

冬扇《ふゆあふぎ》 ㊂　檜扇《ひおうぎ》のこと。貴人の冬の儀式に用いられた。↓扇（夏）〈照る池にめんめんとして冬扇　飯島晴子〉

炉開《ろびらき》 (初) **囲炉裡開**《ゐろりひら》**く** 炉を開くこと。茶道では旧暦一〇月初旬の亥《い》の日を選び、風炉《ふろ》を仕舞い炉を開いて火入れを行うのが室町時代からの習わし。↓炉塞（春）・風炉茶（夏）・風炉の名残（秋）・炉・口切 〈火の色に今昔はなし炉をひらく　神尾季羊〉

塗炉縁《ぬりろぶち》 (初) **木地炉縁**《きぢろぶち》 茶道における炉と畳を区切る、塗りを施した正方形の木枠のこと。〈花塗をいとうて木地の炉縁かな　二柳〉

敷松葉《しきまつば》 (初) 冬の初め、松の枯れ葉を庭に敷くこと。また、その松葉。庭園の霜除《しもよ》けと苔《こけ》の保護や雅趣を添えるために行う。〈庭石の裾のしめりや敷松葉　高浜虚子〉

口切《くちきり》 (初) **壺**《つぼ》**の口切**《くちきり》**・口切茶事**《くちきりちやじ》**・口切茶会**《くちきりちやくわい》 立冬の頃、炉開《ろびら》きとともに新茶の茶壺の封を切ること。↓炉開 〈口切やふるきまじはりまた重ね　及川貞〉

夜咄《よばなし》 (三) **夜咄茶事**《よばなしちやじ》 夜、話をすること。また、その話。〈夜咄の濃き影に添ふ淡き影　源鬼彦〉

吸入器《きふにふき》 (三) 家庭用医療器。〈上の子やみづからかくる吸入器　中村汀女〉

湯気立て《ゆげたて》 (三) **湯気立**《ゆげた》**つ・加湿器**《かしつき》 冬は空気が乾燥し咽喉《のど》を痛めるので、室内に湿気をもたらすため、火鉢やストーブの上に鉄瓶や薬缶《やかん》を掛けたりして湯気を立たせること。〈湯気立てて大勢とゐるやうに居り　岡本眸〉

干菜湯《ほしなゆ》 (三) **干菜風呂**《ほしなぶろ》 大根や蕪《かぶ》の干菜を入れて沸かした風呂。↓干菜 〈焚口に山風あそぶ干菜風呂　黛執〉

賀状書く《がじやうかく》 (仲) (暮) ↓賀状（新年） 〈美しき名の誰かれへ賀状書く　片山由美子〉

日記買ふ《につきかふ》 (仲) (暮) ↓初日記（新年） 〈日記買ふ只それだけの用持ちて　今井つる女〉

古日記《ふるにつふ》 (仲)(暮) **日記果**《につきは》**つ**　↓初日記（新年）〈古日記挫折屈折いとほしき　大熊峰子〉

暦売《こよみうり》 (仲)(暮) **暦配**《こよみくばり》　年末に、翌年の暦を売ること。また、その人。〈大川の風を避けたる暦売　星野高士〉

古暦《ふるごよみ》 (仲)(暮) **暦果**《こよみは》**つ・暦**《こよみ》**の果**《はて》**・暦**《こよみ》**の終**《をはり》**・暦**《こよみ》**の末**《すゑ》　一年が終わりに近づき、使い古した暦のこと。↓初暦（新年）〈大安の日を余しけり古暦　高浜虚子〉

焚火《たきび》 ㊂ **朝焚火**《あさたきび》**・夕焚火**《ゆふたきび》**・柴焚**《しばたき》**・落葉**《おちば》**焚**《たき》**・焚火**《たきび》**跡**《あと》**・夜**《よ》**焚火**《たきび》　〈焚火かなし消えんとすれば育てられ　高浜虚子〉〈みな昨日ばかりを話す焚火かな　仲村青彦〉

火の番《ひのばん》 ㊂ **火**《ひ》**の用心**《ようじん》**・夜廻**《よまはり》**・夜番**《よばん》**・番屋**《ばんや》**・火**《ひ》**の番小屋**《ばんごや》**・夜番小屋**《よばんごや》**・夜警**《やけい》**・寒柝**《かんたく》　火事の用心のために夜廻りをすること。〈夜廻りの立ちどまる柝と知られけり　綾部仁喜〉

火事《くわじ》 ㊂ **山火事**《やまくわじ》**・火**《ひ》**の見櫓**《みやぐら》**・火事装束**《くわじしやうぞく》**・大火**《たいくわ》**・遠火事**《とほくわじ》**・昼火事**《ひるくわじ》**・夜火事**《よるくわじ》**・小火**《ぼや》**・近火**《きんくわ》**・火**《くわ》**事**《じ》**跡**《あと》**・半鐘台**《はんしようだい》**・火**《ひ》**の見**《み》**番**《ばん》　〈火事を見し昂り妻に子に隠す　福永耕二〉

消防車《せうばうしや》 ㊂ 〈裏町に消防車突進はなやかに　山口青邨〉

火事見舞《くわじみまひ》 ㊂ 〈火事見舞あかつき近く絶えにけり　西島麦南〉

雪沓《ゆきぐつ》 ㊂ **藁沓**《わらぐつ》**・深沓**《ふかぐつ》**・爪籠**《つまご》　雪中を歩くために履く藁製の沓。〈雪沓穿く広き背にいふ頼みごと　村越化石〉

樏《かんじき》 ㊂ **金**《かね》**樏**《かんじき》**・アイゼン・輪樏**《わかんじき》**・板樏**《いたかんじき》　雪深い山野や氷上を歩行したり、雪踏みをしたりするため、靴や雪沓《ゆきぐつ》の下に装着する特殊な履物の総称。〈樏をはいて一歩や雪の上　高浜虚子〉

綱貫《つなぬき》 ㊂ 古い時代の雪沓《ゆきぐつ》で、牛などの皮で作られ、底に釘《くぎ》を打って雪道を歩くのに用いた。〈綱

貫や一夜に室生雪籠めに　早崎明〉

雪下駄《ゆきげた》 ㊂ 防寒草履《ばうかんざうり》 雪道を歩くために、金具やゴムなどで滑り止めの細工をした下駄。〈雪下駄が雪嚙み町へのバス待つ間　米田一穂〉

橇《そり》 ㊂ 雪橇《そり》・雪車《そり》・雪舟《そり》・馬《ば》橇《そり》・犬橇《のそ》・手《て》橇《そり》・橇酔《そりよひ》・橇《そり》の宿《やど》・橇《そり》の鈴《すず》・荷《に》橇《ぞり》・客橇《きやくぞり》・郵便《いうびん》橇《ぞり》・箱橇《はこぞり》・帆《ほ》橇《ぞり》・幌橇《ほろぞり》・橇歌《そりうた》 雪や氷の上を滑らせて、人や荷物を運ぶ運搬具。↓橇しまふ（春）〈旅二日すでにさみしき橇の鈴　栗生純夫〉

雪上車《せつじやうしや》 (晩) スノーモービル 車体にキャタピラーを取りつけ、雪上や氷上を自在に走れるようにした特殊自動車。〈雪上車牛の乳房に明日あらむ　新谷ひろし〉

吹雪倒れ《ふぶきだふれ》 (晩) 吹雪倒《ふきだふ》れ 吹雪のなかで倒れたり、道に迷ったりすること。〈怖しや吹雪倒れの谷はこゝ　池内たけし〉

凍死《とうし》 (晩) 凍《こご》え死《じに》 〈一山の凍死の記録棚にあり　奥坂まや〉

すが漏《すがもり》 (晩) 寒冷地において、軒先に氷の堤のようなものができ、屋根の雪が室内の暖かさで解けて水が溜《た》まり室内に漏れる現象。〈すが漏の天井低く住ひけり　松原地蔵尊〉

春支度《はるじたく》 (仲)(晩)(暮) 〈子らの間に坐つて居りて春支度　長谷川かな女〉

冬耕《とうかう》 ㊂ 土曳《つちひき》・客土《きやくど》・寒耕《かんかう》・冬田《ふゆた》打《うち》 冬の期間、田畑を耕すこと。↓耕《たがやし》（春）・秋耕（秋）〈冬耕の日々美しき山を見て　飯田龍太〉

甘蔗刈《かんしよかり》 (仲) 甘蔗刈《かんしよか》る・甘蔗《きび》刈《かり》・甘蔗根《かんしよね》掘《ほ》る・甘蔗《きび》時雨《しぐれ》 ↓甘蔗《さとうきび》（秋）〈こんなにもホテルに近く甘蔗刈る　恩智景子〉

黒糖煮る《こくたうにる》 (晩) 甘蔗《かんしよ》搾《しぼ》る・甘蔗《かんしよ》煮《に》る・製糖《せいたう》・新糖《しんたう》・新糖期《しんたうき》・製糖期《せいたうき》 〈黒糖煮る一番鍋は仏壇へ　安田久太朗〉

大根引《だいこんひき》 (初) 大根《だいこ》引《びき》・大根引《だいこんひ》く・大根抜《だいこんぬ》く・大根馬《だいこんうま》・大根舟《だいこんぶね》・大根車《だいこんぐるま》　大根を収穫すること。 ↓大根 〈大山を正面にせる大根引　山本洋子〉

蕪引《かぶらひき》 (初) 蕪菁引《かぶらひ》く　蕪《かぶ》を収穫すること。 ↓蕪 〈赤かぶら抜いてありけり一筵　星野麥丘人〉

人参採る《にんじんとる》 (三) 人参引《にんじんひ》く ↓人参 〈人参を掘り横抱きに風の音　小笠原和男〉

生姜掘る《しやうがほる》 (初) ↓生姜（秋） 〈生姜掘る土や蛙の生きてあり　佐々木北涯〉

蒟蒻掘る《こんにやくほる》 (初) 蒟蒻玉《こんにやくだま》・蒟蒻玉掘《こんにやくだまほ》る・蒟蒻玉干《こんにやくだまほ》す・蒟蒻干《こんにやくほ》す ↓蒟蒻植う（春）・蒟蒻の花（夏） 〈蒟蒻玉ころがしてある入日かな　黛執〉

蓮根掘る《はすねほる》 (初) 蓮根《はすね》掘《ほり》・蓮掘《はすほ》る・蓮掘《はすほり》・蓮根掘《れんこんほ》る ↓蓮根 〈泥水の流れ込みつゝ蓮根掘る　高浜虚子〉

麦蒔《むぎまき》 (初) 麦蒔《むぎま》く ↓麦踏（春）・麦（夏） 〈一人出て星仰ぎをり麦蒔く日　市村究一郎〉

藺植う《ゐうう》 (仲) 藺《ゐ》草《ぐさ》植《う》う・藺《ゐ》苗《なへ》植《う》う ↓藺刈（夏） 〈ひとつ家の松美しや藺田植ゑて　山口青邨〉

大根洗ふ《だいこんあらふ》 (初) 大根《だいこ》洗《あら》ふ ↓大根引・大根 〈大根を水くしやくにして洗ふ　高浜虚子〉

菜洗ふ《なあらふ》 (三) ↓冬菜・白菜 〈水細く筑波は遠し菜を洗ふ　池内友次郎〉

大根干す《だいこんほす》 (初) 大根《だいこ》干《ほ》す・掛大根《かけだいこん》・懸大根《かけだいこん》・干大根《ほしだいこん》 ↓大根引・大根 〈雲行くは山際ばかり干大根　廣瀬直人〉

蕪菁干す《かぶらほす》 (初) ほしかぶ ↓蕪 〈干しかぶら村人のいつ現はるる　蓬田紀枝子〉

干菜《ほしな》 (初) 懸菜《かけな》・吊菜《つりな》・干菜吊《ほしなつ》る・干葉《ひば》　↓干菜湯　〈風三日干菜に色の出でにけり　大石悦子〉

寒肥《かんごえ》 (晩) 寒《かん》ごやし　寒中に植物に肥料を施すこと。〈寒肥や花の少き枇杷の木に　高野素十〉

温室《をんしつ》 ㊂ 温床《をんしやう》・フレーム・ビニールハウス　↓室咲　〈温室の明るさ戸外ともちがふ　山口波津女〉

初猟《はつれふ》 (初) 銃猟《じゆうれふ》はじまる・銃猟期《じゆうれふき》に入《い》る・猟解禁《れふかいきん》・猟初《れふはじめ》　法律で定められた狩猟解禁日を待ってハンターたちが行う猟期最初の狩猟。↓猟期終る（春）〈空へ神へ鎮めの砲や猟初　鈴木厚子〉

狩《かり》 ㊂ 狩猟《しゆれふ》・狩場《かりば》・猟犬《れふけん》・猟《れふ》・猟期《れふき》・猟銃《れふじゆう》・勢子《せこ》・獣狩《けものがり》・狩《かり》の宿《やど》・猟筒《れふづつ》・狩座《かりくら》　↓猟期終る（春）・初猟・猟人　〈耳うごくときはつきりと狩の犬　後藤比奈夫〉

罠掛く《わなかく》 ㊂ 鳥獣を捕らえるために罠を仕掛けること。

猟人《かりうど》 ㊂ 狩人《かりうど》・猟夫《さつを》・猟人《れふじん》・マタギ・猟師《れふし》　↓狩　〈行き逢ひて猟夫とかはす言葉なし　橋本美代子〉

夜興引《よこびき》 ㊂ 夜興引《よこひ》く・夜引《よひき》　冬の夜、猟師が犬を連れて山へ狩猟に行くこと。〈夜興引やそびらに重き山刀　寺田寅彦〉

熊突《くまつき》 ㊂ 熊打《くまうち》・穴熊打《あなぐまうち》・熊狩《くまがり》・熊猟《くまれふ》・熊罠《くまわな》　熊を狩ること。↓狩・熊　〈熊突や爪かけられし古布子　松根東洋城〉

鹿狩《ししがり》 (初) 鹿狩《しかがり》・鹿笛（ししぶえ／しかぶえ）　↓鹿（秋）・狩　〈鹿笛の近づきやがて遠ざかる　坂本四方太〉

猪狩《ししがり》 ㊂ **猪道**《ししみち》 →狩 〈猪狩の背を向けて吾をとほしけり　石田郷子〉

兎狩《うさぎがり》 ㊂ **兎網**《うさぎあみ》・**兎罠**《うさぎわな》 →狩・兎 〈学校をからつぽにして兎狩　茨木和生〉

狸罠《たぬきわな》 ㊂ **狸狩**《たぬきがり》 →狸 〈牧場に置く新しき狸罠　田丸富子〉

狐罠《きつねわな》 ㊂ **狐落し**《きつねおとし》・**狐釣**《きつねつり》 →狩・狐 〈二三人寄つて作りし狐罠　廣瀬直人〉

鼬罠《いたちわな》 ㊂ →狩・鼬 〈鼬罠あるてふ庫裡に廻り見る　高浜年尾〉

鷹狩《たかがり》 ㊂ **放鷹**《はうよう》・**鷹猟**《たかれふ》・**鷹野**《たかの》・**狩杖**《かりづゑ》・**鷹**《たか》**の鈴**《すず》・**竿鷹**《さをだか》・**鴨鷹**《かもだか》・**鳥叫**《とさけび》・**暖鳥**《ぬくめどり》 飼いならした鷹を放って野鳥を捕らえる狩。→鳴鳥《ないと》狩（春）・小鷹狩（秋）・狩・鷹匠・鷹 〈鷹狩の鷹となるまで闇に置く　村上喜代子〉

鷹匠《たかじやう》 ㊂ **鷹師**《たかし》 →鷹狩・鷹 〈鷹匠の指さしこみし鷹の胸　橋本鶏二〉

流黐《ながしもち》 (仲) **黐流し**《もちながし》 縄に黐（鳥黐）を塗りつけ、夕方から夜にかけて、湖沼に流し、鴨《かも》などの水鳥を捕獲するための仕掛け。〈対岸の荒れは桑畑流し黐　茨木和生〉

網代《あじろ》 ㊂ **網代床**《あじろどこ》・**網代木**《あじろぎ》・**網代杙**《あじろぐひ》・**網代簀**《あじろす》・**網代守**《あじろもり》 湖・川筋・入り江などの瀬の両側に杭《くい》を打ち、網の代わりに小竹・小柴《こしば》などを編んだものを掛け、その一端に簀《す》を設けて魚を追い込んで捕る古く行われた漁法。主に氷魚を捕るのに用いられた。→氷魚 〈網代守蓑着て老の姿かな　松根東洋城〉

柴漬《ふしづけ》 ㊂ 松や空木《うつぎ》などの粗朶《そだ》や杉皮などの柴の束を川や湖沼に沈め、寒さを避けてその中に集まってきた小魚をすくい捕る漁法。〈柴漬の悲しき小魚ばかりかな　高浜虚子〉

竹瓮《たつべ》 ㊂ **筌**《うへ》 川や湖沼、浅海の水底に沈めて魚類を捕まえるための漁具。細竹を円筒状に編ん

で作る。〈沈みたる竹瓮が濁す水の底　前田普羅〉

魞簀編む《えりすあむ》 仲 魞は葦《あし》や竹で編んだ簀（小型定置網の一種）。湖岸から沖合いへ矢印形に杭《くい》を並べて簀を張り、迷路状の囲いへ誘導して魚を捕る。かつては一二月から一月頃に簀を編み、春に魞を挿した。〈魞簀編眩ゆき沖を手にかばふ　米沢吾亦紅〉

捕鯨《ほげい》 ㊂ **鯨突**《くぢらつ》**き・鯨見**《くぢらみ》**・一番銛**《いちばんもり》**・二**《に》**番銛**《ばんもり》**・勇魚**《いさな》**取**《とり》**・捕**《ほ》**鯨船**《げいせん》**・鯨番**《くぢらばん》 ↓鯨 〈一湾が即ち生簀鯨追ふ　平田冬か〉

鰤網《ぶりあみ》 仲 **鰤船**《ぶりぶね》**・鰤釣**《ぶりつ》**る** ↓鰤 〈鰤網に月夜の汐のながる見ゆ　原柯城〉

泥鰌掘る《どぢやうほる》 ㊂ **泥鰌掘**《どぢやうほり》 〈泥鰌掘るだんだん遊び心かな　有馬朗人〉

八目鰻取る《やつめうなぎとる》 晩 八目鰻とは一般に川八目のこと。寒水を好み、日本海に注ぐ信州や越後《えちご》の川などに多く生息している。

牡蠣剝く《かきむく》 ㊂ **牡蠣**《かき》**割**《わ》**る・牡蠣**《かき》**打**《うち》 ↓牡蠣 〈牡蠣むきの殻投げおとす音ばかり　中村汀女〉

採氷《さいひよう》 晩 **氷切**《こほりき》**る・氷挽**《こほりひ》**く・採氷場**《さいひようぢやう》**・採氷車**《さいひようしや》**・採氷池**《さいひようち》 〈蒼天へ積む採氷の稜《かど》ただし　木村蕪城〉

砕氷船《さいひようせん》 晩 〈風を切り風を突く音砕氷船　橋本佐智〉

冬杣《ふゆそま》 ㊂ 冬山で伐採作業に従事する人。〈冬の杣渡り初めたり島荒るる　伊藤凍魚〉

炭竈《すみがま》 ㊂ **炭窯**《すみがま》**・炭焼竈**《すみやきがま》 ↓炭・炭焼 〈炭竈のいたく黄色き煙吐く　鈴木花蓑〉

炭焼《すみやき》 ㊂ **炭焼小屋**《すみやきごや》**・炭馬**《すみうま》**・炭車**《すみぐるま》**・炭負**《すみお》**ひ・焼子**《やきご》**・炭橇**《すみぞり》 ↓炭・炭竈 〈炭焼くや白髪同級四人組　矢島渚男〉

枝打《えだうち》 ㊂ **枯木卸**《かれきおろし》　樹木の下枝などを切り落とすこと。〈枝打をしたるばかりの杉立てり　右城暮石〉

棕櫚剝ぐ《しゅろはぐ》 (初) **棕梠**《しゅろ》**剝**《は》**ぐ・棕櫚**《しゅろ》**むく**　棕櫚の皮を剝ぎ取ること。鉈《なた》などで剝がし、繊維をほぐして縄に綯《な》って、船の綱や垣根の結束などに用いた。〈棕櫚を剝ぐ音を忌日のごと尋ね　神尾季羊〉

丸太曳《まるたひき》 (晩) **丸太出**《まるただ》**し・藪出**《やぶだ》**し**　伐採した杉・檜《ひのき》などを丸太にして曳き出すこと。

斧仕舞《をのじまひ》 (仲) (暮) **手斧仕舞**《てうなじまひ》　その年に使用した斧を仕舞うこと。↓樵始《きこりはじめ》（新年）〈山上は無垢の青空斧仕舞　古賀まり子〉

馬下げる《うまさげる》 (初) **馬下**《うまさげ》　放牧しておいた馬や牛を、積もった雪で笹《ささ》や枯れ草を食べることができなくなる冬の間、廏舎《きゆうしや》で飼うために山からおろすこと。

車蔵ふ《くるまかこふ》 (初) **車蔵**《くるましま》**ふ・車棄**《くるます》**つ**　積雪の多い北海道や東北・越後《えちご》地方では、冬季間は馬車や荷車を使えないため、車を納屋《なや》や物置にしまうこと。↓車組む（春）〈車蔵ふ奥の細道のこる路地　駒木一歩〉

鯉揚げ《こひあげ》 (仲)　水田や池で飼われていた鯉を漁獲すること。京都の広沢池《ひろさわのいけ》でみられる。

池普請《いけぶしん》 ㊂ **川普請**《かはぶしん》　冬の渇水期に、池や川の底に溜《た》まった泥を掘りあげて深くし、ごみを取り除いて春からの田畑の灌漑《かんがい》に備えること。〈抱き移す三尺の鯉池普請　川澄祐勝〉

注連作《しめつくり》 (仲) (暮) **注連作**《しめつく》**る・注連綯**《しめな》**ふ**　↓注連飾る・注連飾（新年）〈葛飾の水田かゞやき注連作り　山口青邨〉

歯朶刈《しだかり》 (仲) (雪) 羊歯刈《しだかり》・歯朶刈《しだか》る 正月の飾り物に使う歯朶を刈ること。↓歯朶（新年）〈羊歯刈やむかしのことを少し言ひ　大石悦子〉

藁仕事《わらしごと》 ㊂ 縄綯《なはな》ふ・藁沓編《わらぐつあ》む・筵織《むしろお》る・叺織《かますおり》・藁打《わらう》つ・俵編《たはらあ》む 〈縄綯ふや童神ゐる太柱　藤木倶子〉

寒搗《かんづき》 (晩) 寒のうちに精米すること。〈掃き溜めし米も寒搗終りかな　安斎桜磈子〉

味噌搗《みそつき》 ㊂ 味噌作《みそつく》る・味噌搗《みそつ》く・味噌仕込《みそしこ》む・味噌焚《みそたき》・寒味噌《かんみそ》 味噌を作るため、煮たり蒸したりした大豆を搗くこと。〈味噌搗いて冬の仕度を完うす　相島虚吼〉

寒天造る《かんてんつくる》 (晩) 寒天製《かんてんせい》す・寒天晒《かんてんさら》す・寒天干《かんてんほ》す ↓天草採（夏）・天草（夏）〈寒天を干すはすかひに水平に　右城暮石〉

楮蒸す《かうぞむす》 (初) 楮刈《かうぞか》る・楮《かうぞ》の皮剝《かはむ》く・楮踏《かうぞふ》む・楮晒《かうぞさら》す・楮干《かうぞほ》す・楮《かうぞ》もむ 和紙の原料となる楮を蒸すこと。↓紙漉 〈楮剝ぐ長寿の息のひゆうと鳴り　吉本伊智朗〉

三椏蒸す《みつまたむす》 ㊂ 三椏刈《みつまたか》る・三椏《みつまた》の皮剝《かはは》ぐ 和紙の原料となる三椏を蒸すこと。↓紙漉 〈三椏を蒸し雪の谷甘き香に　宮津昭彦〉

黄蜀葵搗く《わうしょくきつく》 ㊂ とろろあふひ搗《つ》く 紙漉《かみす》きに必要な黄蜀葵を搗くこと。↓紙漉

紙漉《かみすき》 ㊂ 寒漉《かんすき》・紙漉場《かみすきば》・紙干《かみほ》す・紙干場《かみほしば》 和紙を漉くこと。また、紙を漉く人。↓楮蒸す・三椏蒸す・黄蜀葵搗く〈紙漉くや天の羽衣より薄く　有馬朗人〉

寒糊《かんのり》 (晩) 寒炊糊《かんたきのり》・寒糊炊《かんのりた》く 寒中に作られる糊。寒の水を使って煮た糊は腐りにくく、黴《かび》も生えないといわれる。〈煮冷しの湛へ琥珀や寒の糊　関谷嘶風〉

避寒《ひかん》 晩 **避寒宿**《ひかんやど》・**避寒旅行**《ひかんりよかう》・**避寒地**《ひかんち》 冬の寒気を避けて、暖かい海岸地方や温泉地などへ一時期を過ごしに行くこと。↓避暑（夏）〈海に入る滑川あり避寒宿　高浜虚子〉

雪見《ゆきみ》 晩 **雪見**《ゆきみ》**の宴**《えん》・**雪見船**《ゆきみぶね》・**雪見酒**《ゆきみざけ》・**雪見行**《ゆきみかう》・**雪見笠**《ゆきみがさ》・**雪**《ゆき》**の友**《とも》・**雪**《ゆき》**の人**《ひと》 降った雪を眺めて愛《め》でること。〈雪見酒なんのかんのと幸せよ　星野椿〉

探梅《たんばい》 晩 **梅探**《うめさぐ》**る**・**探梅行**《たんばいかう》・**春**《はる》**の便**《たよ》**り** 「梅」も「梅見」も春季であるが、それとは別に、春に先駆けて開く梅を探して山野に入ること。↓梅見（春）・梅（春）〈探梅やみさゝぎどころたもとほり　阿波野青畝〉

牡蠣船《かきぶね》 三 牡蠣料理を供する屋形船《やかたぶね》。また、牡蠣を採取する船。↓牡蠣〈牡蠣舟や芝居はねたる橋の音　島村元〉

寒釣《かんづり》 晩 **穴釣**《あなづり》 寒中の魚釣り。特に川や湖沼の深みに潜む活動力の鈍った鮒《ふな》や鯉《こい》を釣ること。〈うづくまりさも寒釣といふ姿　富安風生〉

顔見世《かほみせ》 仲 **歌舞伎顔見世**《かぶきかほみせ》・**面見世**《つらみせ》・**足揃**《あしぞろへ》・**歌舞伎正月**《かぶきしやうぐわつ》・**芝居正月**《しばゐしやうぐわつ》 歌舞伎の一座が揃って観客の前に出ること。また、新しく契約した俳優を披露する最初の興行のこと。現在では京都の南座の一二月（新暦）興行が名高い。〈顔見世や名もあらたまる役者ぶり　水原秋櫻子〉

根木打《ねつきうち》 三 **篦打**《へらうち》・**釘打**《くぎうち》・**杙打**《くひうち》・**笄打**《かうがいうち》・**ねん棒**《ばう》・**つくし打**《うち》 子供の冬の遊び。収穫の終わったあとの田や雪の上に、三〇センチぐらいの先を尖《とが》らせた木を投げて打ち込んで遊ぶ。〈兄に負け洟をすすりぬ根木打　小路智壽子〉

竹馬《たけうま》 三 **高足**《たかあし》・**たかし**・**鷺足**《さぎあし》 〈竹馬やいろはにほへとちり〴〵に　久保田万太郎〉

縄飛《なはとび》 ㊂ 縄跳《なはとび》・綱飛《つなとび》・ゴム縄飛《なはとび》・縄飛唄《なはとびうた》 〈縄とびの子が戸《と》隠《がくし》山へひるがへる　黒田杏子〉

押しくら饅頭《おしくらまんぢゆう》 ㊂ 〈おしくらまんぢゆう路地を塞ぎて貧などなし　大野林火〉

青写真《あをじやしん》 ㊂ 日光写真《につくわうしやしん》 冬の子供の遊び。薄い美濃紙《みのし》に刷られたネガに種紙を当て、枠付きのガラス板でおして日光に当て、鉄塩の化学反応を利用して焼き付ける写真印画法をいう。〈ちやんばらの現れて来し青写真　後藤比奈夫〉

雪遊《ゆきあそび》 (晩) 雪投《ゆきなげ》・雪礫《ゆきつぶて》・雪合戦《ゆきがつせん》・雪丸《ゆきまろ》げ・雪《ゆき》まろばし・雪《ゆき》こかし・雪《ゆき》まるげ・雪《ゆき》ころばし・玉栗《たまぐり》・雪釣《ゆきつり》 →雪達磨・雪兎 〈雪合戦わざと転ぶも恋ならめ　高浜虚子〉

雪達磨《ゆきだるま》 (晩) 雪仏《ゆきぼとけ》・雪布袋《ゆきほてい》・雪獅子《ゆきじし》・雪細工《ゆきざいく》 →雪遊 〈雪だるま星のおしやべりぺちやくちやと　松本たかし〉

雪兎《ゆきうさぎ》 (晩) →雪遊 〈雪兎可愛がられて溶けにけり　黛執〉

スキー ㊂ スキー場《ぢやう》・ゲレンデ・シャンツェ・シュプール・スキー列車《れつしや》・スキーバス・スキー宿《やど》・スキーウエア・スキーヤー・スキー帽《ぼう》・スノーボード 〈大空に突如現はれスキー来る　森田峠〉

スケート ㊂ 氷滑《こほりすべり》・スケート場《ぢやう》・スケーター・スケート靴《ぐつ》 〈スケートの濡れ刃携へ人妻よ　鷹羽狩行〉

アイスホッケー ㊂ 〈アイスホッケー一列となり敗れ去る　戸川稲村〉

ラグビー ㊂ ラガー・ラガーマン 〈ラガー等のそのかちうたのみじかけれ　横山白虹〉

風邪《かぜ》 ㊂ ふうじや・感冒《かんぼう》・流行風邪《はやりかぜ》・流感《りうかん》・風邪気《かざけ》・風邪声《かざごゑ》・鼻風邪《はなかぜ》・風邪薬《かぜぐすり》・風邪《かぜ》の

神《かみ》・インフルエンザ・風邪《かぜ》心地《ごこち》・風邪籠《かぜごもり》　↓春の風邪（春）・夏の風邪（夏）・咳《せき》・嚔《くさめ》・水洟《みずばな》

〈年よりは風邪引き易し引けば死す　草間時彦〉

湯ざめ《ゆざめ》　㊂　〈湯ざめして或夜の妻の美しく　鈴木花蓑〉

咳《せき》　㊂　咳《しはぶき》・咳く（しはぶく／せく）　↓風邪　〈咳の子のなぞなぞあそびきりもなや　中村汀女〉

嚔《くさめ》　㊂　はなひる・くしやみ・くつさめ　↓風邪　〈つゞけさまに嚔して威儀くづれけり　高浜虚子〉

水洟《みづばな》　㊂　鼻水《はなみづ》・みづつぱな　↓風邪　〈水洟《みづばな》や鼻の先だけ暮れ残る　芥川龍之介〉

息白し《いきしろし》　㊂　白息《しらいき》　〈山国に来て白息を言ひ合へり　大串章〉

木の葉髪《このはがみ》　(初)　初冬の抜け毛を木の葉が落ちるのにたとえていう。〈木の葉髪一生《ひとよ》を賭けしなにもなし　西島麦南〉

手足荒る《てあしある》　㊂　顔荒る《かほある》・肌荒る《はだある》・冬肌《ふゆはだ》・寒荒《かんあれ》　冬になると空気が乾燥してくるため、皮膚に潤いがなくなり手足がかさかさになること。〈捨水に光ありけり指荒るる　高橋正子〉

胼《ひび》　(晩)　胼薬《ひびぐすり》　手足などの血行が寒気のために阻害されて、皮膚の表皮が乾燥し小さな亀裂を生じたもの。↓皸《あかぎれ》　〈な泣きそと拭へば胼や吾子の頬　杉田久女〉

皸《あかぎれ》　(晩)　皹《あかぎれ》・あかがり・皸薬《あかぎれぐすり》　胼《ひび》の症状が寒気によってさらに進み、皮膚がより深部まで裂ける状態。↓胼《ひび》　〈あかぎれの母を残して父逝けり　高橋悦男〉

霜焼《しもやけ》　(晩)　霜腫《しもばれ》・凍瘡《とうさう》・霜焼薬《しもやけぐすり》　厳しい寒気に当たることによって生じる局所性凍傷の第一度のこと。〈霜やけの手をつゝましくしとやかに　高浜虚子〉

凍傷《とうしやう》 ㊗晩 手足、耳鼻などの組織が、寒冷な環境下で血行不全となって凍結し、ついで温められ解凍した後に起こる障害。〈凍傷の手もて岳友に花捧ぐ　福田蓼汀〉

雪焼《ゆきやけ》 晩 晴天下、雪の積もった屋外にいて、直射日光と積雪からの反射光線との両方の紫外線を受けて皮膚が焼けること。↓日焼（夏）〈雪焼の首《かうべ》を垂れて黙礼す　福田蓼汀〉

雪眼《ゆきめ》 晩 晴天の雪上で長時間強い紫外線に当たり、結膜や角膜が侵されて炎症を起こす現象。↓雪眼鏡〈雪眼診て山の天気を聞いてをり　岩垣子鹿〉

悴む《かじかむ》 晩 **悴**《かじ》**ける・こごゆ**〈悴みてちひさな嘘が言へぬなり　香西照雄〉

懐手《ふところで》 三 寒い時に手を懐に入れていること。和服が日常の衣服だった時代の季語。〈決断をしてしばらくの懐手　福永耕二〉

日向ぼこ《ひなたぼこ》 三 **日向**《ひなた》**ぼつこ・日向**《ひなた》**ぼこり・日向**《ひなた》**ぼこう・負暄**《ふけん》〈うとうとと生死の外や日向ぼこ　村上鬼城〉

行　事

氷魚の使《ひをのつかひ》 三 平安・鎌倉時代、旧暦九月から一二月までの間、山城国《やましろのくに》宇治川、近江国田上川《おうみのくにたなかみがわ》の網代《あじろ》で捕らえた氷魚を、朝廷に貢進したこと、またその時の使いをいう。↓重陽（秋）・孟冬の旬

孟冬の旬《まうとうのしゆん》 初 孟は初めの意味で、孟冬は旧暦一〇月をさす。すなわち、一〇月一日、天皇

が紫《し》宸殿《しんでん》に出御して行われた宮廷行事のことをいう。↓孟夏の旬（夏）・氷魚の使

炉炭を奉る《ろたんをたてまつる》 ㊥初 **煖炉会**《だんろくわい》 律令《りつりよう》が行われた昔、薪炭を司《つかさど》った主殿寮《とのもりよう》の行事。旧暦一〇月一日、宮廷の炉を開いて、炭火を焚《た》き始めたこと。↓炉開

冬の更衣《ふゆのころもがへ》 ㊥初 律令《りつりよう》が行われた昔、宮廷における行事。旧暦一〇月一日に、衣服、調度、道具、殿舎・室内の飾り付けなどを、冬の料に改めたこと。↓更衣（夏）

射場始《いばはじめ》 ㊥初 **弓**《ゆ》**場始**《ばはじめ》 天皇が、紫《し》宸殿《しんでん》の南西にある校書殿《きようしよでん》の東に設けられた弓《ゆ》場殿《ばどの》で行われる、王卿《おうけい》以下殿上人《てんじようびと》の賭弓《のりゆみ》を観覧した行事。

暦の奏《こよみのそう》 ㊥仲 **御暦**《ごりやく》**の奏**《そう》**・暦奏**《れきそう》 旧暦一一月一日、陰陽寮《おんようりよう》の暦博士が作成した翌年の暦を、天皇に進上する儀式。

新嘗祭《にひなめのまつり》 ㊥初 **新嘗祭**（しんじやうさい／にひなめさい）**・新嘗会**《しんじやうゑ》**・大嘗祭**（おほにへまつり／だいじやうさい）**・大嘗会**《だいじやうゑ》 旧暦一一月の中の卯《う》の日の夜、天皇があらかじめト定《ぼくじよう》された神田の粟《あわ》と稲の新穀を神に奉り、自らもともに食する儀式。↓神嘗祭・豊明節会〈爰に此日に詣来て新嘗祭　鶯笠〉

豊明節会《とよのあかりのせちゑ》 ㊥仲 **豊**《とよ》**の明**《あか》**り・悠紀**《ゆき》**の節**《せち》**・主基**《すき》**の節**《せち》 新嘗祭《にいなめのまつり》の翌日、すなわち旧暦一一月の辰《たつ》の日に、豊楽院《ぶらくいん》において行われた宮廷の饗宴《きようえん》。↓新嘗祭

五節の舞《ごせちのまひ》 ㊥仲 **五**《ご》**節**《せち》**・五節帳台試**《ごせちのちやうだいのこころみ》**・五節御前試**《ごせちのごぜんのこころみ》**・童女御覧**《わらはごらん》**・殿上**《てんじやう》**の淵酔**《ゑんずい》 豊明節会《とよのあかりのせちえ》に行われる少女の舞。↓新嘗祭・豊明節会

小忌衣《をみごろも》 ㊥仲 **青摺**《あをずり》**の衣**《ころも》**・小**《を》**忌**《み》**の袖**《そで》 大嘗会《だいじようえ》、新嘗会《しんじようえ》、豊明節会《とよのあかりのせちえ》などの古代朝廷における儀式で、重い斎戒《ものいみ》を行う際に着用した清浄な祭服。↓日蔭の蔓

日蔭の蔓《ひかげのかづら》 (仲) **日蔭**《ひかげ》**の糸**《いと》**・日蔭**《ひかげ》**の心葉**《こころば》**・心葉**《こころば》 大嘗会《だいじようえ》、新嘗会《しんじようえ》、豊明節会《とよのあかりのせちえ》などの古代朝廷における儀式で、重い斎戒《ものいみ》を行う際に着用した冠の装飾。↓小忌衣 〈殿上の今日は日蔭の糸群るる　廣瀬直人〉

御髪上《みぐしあげ》 (晩) 旧暦一二月下の午《うま》の日、天皇・東宮などの一年中の髪、爪《つめ》などの屑《くず》、元結《もとゆい》等々を、主殿寮《とのもりよう》で焼いた行事。

勤労感謝の日《きんらうかんしやのひ》 (初) 一一月二三日。国民の祝日の一つ。「勤労をたつとび、生産を祝い、国民たがいに感謝しあう」という趣旨の祝日。〈指太き汝に勤労感謝の日　中西夕紀〉

開戦日《かいせんび》 (仲) **十二月八日**《じふにぐわつやうか》 太平洋戦争開戦の日。〈痛きほど絞る雑巾開戦日　河原地英武〉

皇后誕生日《くわうごうたんじやうび》 (晩) 一二月九日。

阪神淡路大震災の日《はんしんあはぢだいしんさいのひ》 (晩) **関西震災忌**《くわんさいしんさいき》**・阪神忌**《はんしんき》**・阪神淡路震災忌**《はんしんあはぢしんさいき》 一月一七日。平成七年（一九九五）午前五時四六分、兵庫県南部地方を襲った大震災。地震の規模はマグニチュード七・三。↓東日本大震災の日（春）・関東大震災の日（秋）〈沈黙といふ祈りあり阪神忌　池田琴線女〉

下元の節《かげんのせつ》 (初) **下元**《かげん》 旧暦一〇月一五日。中国の道教の行事三元の一つ。正月一五日の上元、七月一五日の中元に対して、この日を下元の節とし、水の神に災厄を逃れるよう祈ったという。西日本では亥《い》の子《こ》、東日本では十日夜《とおかんや》という行事として残っている。↓十日夜・亥の子

御命講《おめいかう》 (初) **御命講**《おみやうかう》**・御会式**《おゑしき》**・会式**《ゑしき》**・会式太鼓**《ゑしきだいこ》**・御影講**《みえいかう》**・日蓮忌**《にちれんき》**・万灯**《まんどう》 旧暦一〇月一三日。日蓮聖人《しようにん》の忌日法要。現在は新暦で行い、一〇月一一日から一三日まで。〈波は波つれて日蓮上

人忌　三田きえ子〉

神の旅《かみのたび》 (初) 神立《かみたち》・神《かみ》の旅立《たびだち》 旧暦一〇月、全国の神々が島根県の出雲《いずも》大社に集まるとされ、そのための旅のこと。また、その旅立ちをいう。〈蘆の葉も笛仕る神の旅　高浜虚子〉

神送《かみおくり》 (初) 神送風《かみおくりかぜ》 旧暦九月三〇日または一〇月一日、出雲《いずも》（現在の島根県）に旅立つ神を送り出すこと。また、これを送り出す行事。↓神の旅・神迎〈けふはさぞみちづれ多き神をくり　重頼〉

神の留守《かみのるす》 (初) 留守《るす》の宮《みや》・留守詣《るすまうで》 旧暦一〇月は、諸国の神々が出雲《いずも》へ向けて旅立ち、神社に神が不在となること。〈京の山なべてなだらか神の留守　永方裕子〉

神在《かみあり》 (初) 神集《かみあつめ》 旧暦一〇月の出雲国《いずものくに》での異称。神在月の略。全国の神が出雲に旅立つため、出雲以外の諸国は神無月《かんなづき》となり、出雲は神在月となることをいう。〈神在の顔おのづから出雲びと　藤田湘子〉

神在祭《かみありまつり》 (初) 出雲大社神在祭《いづもたいしやかみありまつり》・大社神事《おほやしろしんじ》・佐太神社神在祭《さだじんじやかみありさい》・御忌祭《おいみまつり》・竜蛇《りゆうだ》の神事《しんじ》・神集《かみつど》ひ 旧暦一〇月、出雲の神社で行われる祭り。諸国の神々が出雲に集まるのを迎えて、もてなすための神事。出雲大社（島根県出雲市大社町杵築東《きづきひがし》）と佐太《さだ》神社（島根県松江市鹿島町佐陀宮《さだみや》内《うち》）の両社では、それぞれ神在祭を行う。↓神等去出《からさで》神事〈大山《だいせん》に雲集へるは神集ふ　宮下翠舟〉

神等去出神事《からさでしんじ》 (初) 加羅佐手《からさで》・神等去出《からさで》・からさで祭《まつり》 出雲《いずも》地方の神社で行われる、迎えた神々を諸国に送り出す神事をいう。この神等去出祭は神在祭《かみありまつり》の最後の日に行う。出雲大社では

旧暦一〇月一七日の夕方に行う。↓神在祭　〈神等去出の過ぎたる山が遠く照る　森田廣〉

神迎《かみむかへ》　(初)　**神還**《かみかへり》**・神帰**《かみかへり》　旧暦一〇月に出雲国《いずものくに》に参集した諸国の神々が、一か月間の神議《かみはか》り（談合）を終えて、またもとのそれぞれの社に帰るのを迎える祭事・行事のこと。↓神送　〈帰ります神ねぎらひの祝詞かな　島田五空〉

恵比須講《ゑびすかう》　(初)　**恵美須講**《ゑびすかう》**・恵比寿講**《えびすかう》**・夷講**《えびすかう》**・蛭子市**《えびすいち》**・夷子祭**《えびすまつり》**・夷子切**《えびすぎれ》**・恵比須切**《ゑびすぎれ》　主として旧暦一〇月二〇日、または新暦の一〇月二〇日ないしは一一月二〇日に、恵比須神を祭る行事。〈夷講に大福餅もまゐりけり　高浜虚子〉

誓文払《せいもんばらひ》　(初)　**誓文祓**《せいもんばらひ》　江戸時代に、旧暦一〇月二〇日、京都四条京極の祇園《ぎおん》社の末社官者殿《かじゃでん》に参詣して、商人などが商売上のかけひきでついた嘘偽《うそいつわ》りの罪を払い、神の罰を免れるように祈った風習。のちに商家がふだんの罪滅ぼしのために品物を格安に売り出すことをいうようになった。〈骨壺を探す誓文払ひかな　須田保子〉

猿の口開《さるのくちあけ》　(仲)　かつて、旧暦二月初申《はつざる》の日に広島県廿日《はつか》市《いち》市宮島町の厳島《いつくしま》神社で行われた神事。朝廷からの官幣使を迎え祭礼を執り行い、舞楽を奏した。この日から宮島内に棲《す》む猿が鳴き声を発して騒ぐようになり、鎮座祭の行われる一一月初申の日に騒ぐのをやめるとの俗信からこの名がついた。

厳島鎮座祭《いつくしまちんざさい》　(仲)　**御灯消**《おしめし》**・山口閉**《やまぐちとぢ》**の祭**《まつり》　かつて、旧暦一〇月末の亥《い》の日から、一一月初めの申《さる》の日までの一〇日間にわたって行われた、厳島《いつくしま》神社（広島県廿日《はつか》市《いち》市宮島町）の祭礼。

松明あかし《たいまつあかし》　(仲)　**松明**《まつあか》**し**　一一月第二土曜日に、福島県須賀川《すかがわ》市五老山で行われる火祭り。

〈松明あかし果て真つ白な月残る　永瀬十悟〉

御火焚《おひたき》 (初) **御火焚**《おほたき》**・御火焼**《おほたき》**・おひたき・おしたけ・新玉津嶋**《にひたまつしま》**の御火焚**《おほたき》　一一月、京都で多くの社寺が行う神事。かつては旧暦一一月八日に行われた。京都市伏見区の伏見稲荷《ふしみいなり》大社では火《ひ》焚祭《たきさい》が行われる。〈お火焚の炎摑んで身に塗れり　茨木和生〉

鞴祭《ふいごまつり》 (仲) **吹革祭**《ふいごまつり》**・火床祭**《ほどまつり》**・鍛冶祭**《かぢまつり》**・踏鞴祭**《たたらまつり》**・稲荷**《いなり》**の御火焚**《おほたき》**・蜜柑撒**《みかんまき》　旧暦一一月八日、鍛冶屋や鋳物師《いもじ》などが仕事を休み、鞴に蜜柑や酒などを供えて守護神である金屋子神《かなやごがみ》や稲荷神に感謝する御火焚の神事。〈雨しぶく鞴祭の唄はずむ　佐藤鬼房〉

遠山の霜月祭《とほやまのしもつきまつり》 (仲) **遠山祭**《とほやままつり》**・霜月祭**《しもつきまつり》**・湯立舞**《ゆだちまひ》**・大河内池大神社例祭**《おほかふちいけだいじんじゃれいさい》　旧暦一一月（現在は一二月初旬）に、長野県飯田市の旧遠山郷《とおやまごう》の各集落の神社で行われる湯立《ゆだて》神事。〈霜月祭舞ふも囃すも遠山衆　後藤冬至男〉

花祭《はなまつり》 (仲) **三河花祭**《みかははなまつり》**・榊鬼**《さかきおに》　旧暦一一月に、愛知県北設楽《きたしたら》郡の各地で行われる霜月神楽《しもつきかぐら》、湯立《ゆだて》神事の総称。〈花祭翁かこみて踊り初む　後藤紳一郎〉

子祭《ねまつり》 (仲) **福来**《ふくらい》**・子灯心**《ねとうしん》**・灯心売**《とうしんうり》**・二股大根**《ふたまただいこん》**・嫁大根**《よめだいこん》　旧暦一一月子の月の子の日に大黒天を祀《まつ》る行事。鼠は大黒天の使いとされ、多産な鼠の子が殖えるように商売が儲《もう》かることを祈願し祝う。〈デパートに入り込み人の子灯心　松瀬青々〉

尻摘祭《しりつみまつり》 (初)　一一月一〇日、静岡県伊東市の音無《おとなし》神社で行われる祭り。当日は境内に灯火をつけることも、話をすることさえも禁じられたため、相手の尻をつねって合図をする。それが元で一般の参詣人も、誰彼なしに尻をつねって戯れる祭りとなった。

山の神祭《やまのかみまつり》　(仲)　**山《やま》の神講《かみかう》・山《やま》の講《かう》・山《やま》の講祭《こまつり》・十二祭《じふにまつり》**　山を支配する山の神に感謝する祭り。またその日。旧暦一一月申《さる》の日・丑《うし》の日、一二月と二月の七日・九日・一二日などで、内容も祭日も地方により異なる。
〈味噌色の満月あがる山の講　八牧美喜子〉

牡丹焚火《ぼたんたきび》　(初)　**牡丹焚《ぼたんた》く・牡丹供養《ぼたんくやう》・牡丹粗朶《ぼたんそだ》・牡丹《ぼたん》の燠《おき》**　一一月の第三土曜日に、福島県の須賀川《すかがわ》牡丹園《ぼたんえん》で行われる牡丹供養の行事。その年、命の尽きた牡丹を焚《た》いて供養する。〈みちのくにゆかしき牡丹供養かな　森澄雄〉

酉の市《とりのいち》　(初)　**酉《とり》の市《まち》・お酉《とり》さま・酉《とり》の町《まち》・酉《とり》の町詣《まちまうで》・一《いち》の酉《とり》・二《に》の酉《とり》・三《さん》の酉《とり》・頭《とう》の芋《いも》・熊手市《くまでいち》・おかめ市《いち》・三島酉《みしまとり》の市《いち》**　鷲《おおとり》（大鳥）神社の祭礼。東京都台東区千束《せんぞく》にある鷲神社が特に有名。一一月の酉の日に行われ、三の酉まである年は火事が多いなどといわれる。↓熊手
〈酉の市一筋裏を戻りけり　鈴木榮子〉

熊手《くまで》　(初)　酉《とり》の市で売られる竹製の、物をかき集めるための熊の手の形をした縁起物。↓酉の市
〈病む人に買うて戻りし熊手かな　高浜虚子〉

鎮魂祭《たましづめまつり》　(仲)　**鎮魂祭《ちんこんさい》**　新嘗祭《にいなめさい》の前日、旧暦一一月の寅《とら》の日、宮中で行われる天皇の鎮魂の儀式。
〈神官の笏打つ音も魂鎮め　斉藤史子〉

出雲大社新嘗祭《いづもおほやしろにひなめさい》　(初)　**古伝新嘗祭《こでんしんじやうさい》**　一一月二三日、出雲大社の宮司である出雲国 造《いずものくにのみやつこ》が、五穀豊穣と国家の隆昌《りゆうしよう》繁栄を祈願する神事。

神農祭《しんのうさい》　(初)　**神農《しんのう》さん・神農《しんのう》の虎《とら》**　一一月二二・二三日、大阪市中央区道修町《どしょうまち》の少彦名《すくなひこな》神社で行われる例祭。〈神農の虎の昔のこと知らず　田畑美穂女〉

秩父夜祭《ちちぶよまつり》 (仲) **秩父祭**《ちちぶまつり》 一二月二・三日、埼玉県秩父市の秩父神社（秩父妙見宮《みょうけんぐう》ともいわれた）で行われる例大祭。〈秩父夜祭石もて焚火消しにけり　小川原嘘帥〉

諸手船神事《もろたぶねしんじ》 (仲) **諸手船**《もろたぶね》**・八百穂祭**《いやほのまつり》**・御籤奪**《みくじうばひ》 一二月一日から三日まで、島根県松江市美《み》保《ほの》関《せき》町の美保神社で行われる祭り。大国主命《おおくにぬしのみこと》の国譲りの神話を神事としたもの。〈諸手船舵取り直す神の前　小村絹代〉

あへのこと (初) **饗**《あへ》**のこと** 石川県の奥能登地方に伝わる農耕儀礼。一二月五日（旧暦一一月五日）に稲作を守る田の神を家に招き入れて一年の収穫を感謝し、二月九日に五穀豊穣を祈願して田の神を田へと送り出す。

納の水天宮《をさめのすいてんぐう》 (仲) (暮) 一二月五日、その年の最後の水天宮の縁日のこと。〈昼のみの賑はひ納の水天宮　今井すえ子〉

納の金毘羅《をさめのこんぴら》 (仲) **終金毘羅**《しまひこんぴら》 一二月一〇日、その年最後の金毘羅宮の縁日のこと。

納の庚申《をさめのかうしん》 (初) (仲) (暮) **果**《はて》**の庚申**《かうしん》**・止庚申**《とめかうしん》 その年最後の庚申の日のこと。六〇日目に巡《めぐ》ってくるので、年によって一一月にくることもあり、一二月になることもある。

義士会《ぎしくわい》 (仲) **義士**《ぎし》**討入**《うちいり》**の日**《ひ》**・赤穂**《あかほ》**義士**《ぎし》**祭**《さい》 一二月一四日から一五日にかけて行われる四十七士をしのぶ集い。↓義士祭（春）〈討入りの日は家に居ることとせり　大串章〉

宗像祭《むなかたまつり》 (仲) **古式祭**《こしきさい》 一二月一五日（かつては師《し》走《わす》一五日）に近い日曜日、福岡県宗像市の宗像大社で行われる民俗神事。

春日若宮御祭《かすがわかみやおんまつり》 (仲) **御祭**《おんまつり》**・掛鳥**《かけどり》 一二月一五日から一七日まで、奈良市にある春日大社の

摂社若宮神社で行われる例祭。〈浄闇を押し来る声や御祭　西村和子〉

後日の能《ごにちののう》（仲）**後宴能**《ごえんののう》　一二月一八日、春日若宮御祭《かすがわかみやおんまつり》の行事の後、芝舞台で演能される能のこと。↓春日若宮御祭〈大学生最後まで観る後宴能　右城暮石〉

終天神《しまひてんじん》（仲）（暮）　一二月二五日。その年の最後の菅原道真《すがわらのみちざね》の縁日。〈筆買うて終ひ天神果たしけり　仁藤稜子〉

悪態まつり《あくたいまつり》（仲）　一二月第三日曜日、茨城県笠間市の飯綱《いづな》神社で行われる祭礼。

神楽《かぐら》（仲）**神遊**《かみあそび》・**神楽歌**《かぐらうた》・**御神楽**《みかぐら》・**人長**《にんじやう》・**庭燎**《にはび》・**採物**《とりもの》・**大前張**《おほさいばり》・**小前張**《こさいばり》・**千歳**《せんざい》・**早歌**《はやうた》　古代より連綿と続く神事で、原形は記紀の天岩屋戸《あめのいわやと》前での天鈿女命《あまのうずめのみこと》の神がかりとされる。↓里神楽〈くらがりを面の見て居る神楽かな　鳳朗〉

里神楽《さとかぐら》（仲）**宮神楽**《みやかぐら》・**湯立神楽**《ゆだてかぐら》・**霜月神楽**《しもづきかぐら》・**山伏神楽**《やまぶしかぐら》・**冬祭**《ふゆまつり》・**神楽面**《かぐらめん》　宮中の御神楽《みかぐら》（神楽）に対して、宮中以外で執り行われる神楽。↓神楽〈甲斐駒に月のしたたる里神楽　橋本榮治〉

伊勢大神楽《いせだいかぐら》（仲）　一二月二四日、三重県桑名市の増田神社の祭礼で奉納される神事。〈ひよつとこの面のつぎはぎ伊勢神楽　梅田葵〉

夜神楽《よかぐら》（三）**神楽宿**《かぐらやど》・**祝者**《ほしや》　夜に行われる神楽。里神楽の一つで、特に宮崎県地方に伝わる神楽、日向《ひゆうが》神楽・高千穂《たかちほ》神楽などをさす場合が多い。↓里神楽〈醤油とつくとつく夜神楽きりもなし　加倉井秋を〉

高千穂夜神楽《たかちほよかぐら》（仲）　宮崎県高千穂地方に伝わる民俗芸能。秋の実りへの感謝と翌年の豊穣を祈願し、一一月中旬から翌年の二月上旬にかけて行われる。

椎葉神楽《しひばかぐら》 (仲) 宮崎県東臼杵《ひがしうすき》郡椎葉《しいば》村《そん》、平家落人《おちうど》の里二六地区に受け継がれてきた神楽の総称。一一月から一二月にかけて各地の氏神に奉納される。

竈祓《かまばらひ》 (仲) (暮) **荒神祓**《くわうじんばらひ》・**竈**《かま》**の神祭**《かみまつり》・**竈祭**《かままつり》・**竈注連**《かましめ》 年末に竈《かまど》を祓い清め、竈に宿る神を祭ること。関西では屋敷神である荒神様、関東ではお竈様を祭る。〈青猫のよぎりて吹かる竈祓　高島征夫〉

大神宮札配《だいじんぐうふだくばり》 (仲) (暮) 年末に、伊勢神宮の大麻《たいま》（お札）を各家庭に配って回ること。〈札配しぐれまとひて入り来ぬ　きくちつねこ〉

年越の祓《としこしのはらへ》 (仲) (暮) **大祓**《おほはらへ》・**御贖物**《おんあがもの》 旧暦一二月晦日《みそか》に行われた祓。↓名越の祓（夏）〈湯のあとを父と歩きぬ大祓　鈴木太郎〉

王子の狐火《わうじのきつねび》 (仲) (晩) **狐**《きつね》**の行列**《ぎやうれつ》 江戸時代、大晦日《おおみそか》の晩に、東京都北区の王子稲荷《いなり》神社一帯の狐が大榎《おおえのき》の下に集まり、衣装を改めて神社に詣でて、官位を定める集会を開くという俚伝《りでん》。〈和布刈遠し王子の狐見にゆかん　素堂〉

和布刈神事《めかりのしんじ》 (晩) (暮) **和布刈禰宜**《めかりねぎ》 旧暦大晦日《おおみそか》の深夜から元旦にかけて、北九州市門司《もじ》区の和布刈《めかり》神社で行われる神事。〈岩擱み岩をつたひて和布刈禰宜　林徹〉

松例祭《しようれいさい》 (仲) (暮) **歳夜祭**《としやさい》・**百松明**《ひやくたいまつ》**の神事**《しんじ》 大晦日《おおみそか》から元旦にかけて、山形県鶴岡市羽黒町にある出羽《でわ》三山神社で行われる修験道の祭礼。〈天焦がす対の火柱松例祭　阿部月山子〉

斎宮絵馬《さいぐうのゑま》 (晩) **斎宮絵馬**《いつきのみやのゑま》 旧暦一二月晦日《みそか》の夜、三重県多気《たき》郡明和町にある斎宮跡の絵馬

堂で行われていた絵馬奉納の行事。〈絵馬かけに夜行く竹の都かな　松瀬青々〉

年越詣《としこしまうで》 (仲)(暮) **除夜詣**《ぢよやまうで》・**年越参**《としこしまゐり》・**年詣**《としまうで》　大晦日《おおみそか》の夜に、歳徳神《としとく》のいる方角（恵方《えほう》）に当たる神社仏閣に詣でること。〈風神の青き顔ある除夜詣　岸本尚毅〉

年籠《としごもり》 (仲)(暮) **年参**《としまゐり》　大晦日《おおみそか》の夜から元旦にかけて、神社仏閣に参籠して新年を迎える行事。↓除夜〈みづうみの風のすさめる年籠　木村蕪城〉

黒川能《くろかはのう》 (晩) **王祇祭**《わうぎさい》　二月一・二日（もとは旧正月）、山形県鶴岡市櫛引《くしびき》地区黒川の四所明神春《かす》日《が》神社の王祇祭で演じられる神事能。〈黒川能あああおあおと鼓打つ　阿部月山子〉

茗荷祭《めうがまつり》 (晩) 旧暦一月三日（現在は二月三日）、京都府綾部市の阿須々伎《あすすき》神社で行われる伝統行事。〈茗荷祭終り一村雪曇り　土田祈久男〉

節分詣《せつぶんまうで》 (晩) 節分の夜（立春の前日の夜）に神社仏閣に参詣すること。〈節分の高張立ちぬ大鳥居　原石鼎〉

春日万灯籠《かすがまんとうろう》 (晩) **春日**《かすが》**の万灯**《まんとう》・**節分万灯籠**《せつぶんまんとうろう》　節分の夜、奈良市の春日大社で、家内安全、商売繁盛、武運長久、先祖の冥福向上等を願い行われる行事。〈万燈会人の暗さはかたまつて　津田清子〉

五条天神参《ごでうてんじんまゐり》 (晩) **勝**《しよう》**の餅**《もち》　節分の日、京都市下京区西洞院《にしのとういん》松原通にある五條天神宮《ごじようてんしんぐう》に参詣すること。

吉田清祓《よしだのきよはらへ》 (晩) **疫神塚**《えきじんづか》・**厄塚**《やくづか》・**厄塚立てる**《やくづかたて》・**厄塚撤す**《やくづかてつ》・**吉田大祓**《よしだのおほはらへ》・**女節分**《をんなせつぶん》　京都市左京区の吉田神社の祭事。かつては旧暦正月一九日、現在は二月二日から四日の節分祭の行事として

行われている。〈厄塚に一寸拝んで捨つるもの　池内たけし〉

十夜《じふや》 ㊞初 お十夜《じふや》・十夜《じふや》法要《ほふえう》・十夜寺《じふやでら》・十夜僧《じふやそう》・十夜鉦《じふやがね》・十夜粥《じふやがゆ》・十夜婆《じふやばば》・十夜柿《じふやがき》　旧暦一〇月五日の夜半から一五日の朝までの一〇昼夜行われる浄土宗の念仏法要。〈信心の涙も氷る十夜かな　高浜虚子〉

興福寺法華会《こうふくじほつけゑ》 ㊞初 かつて、旧暦一〇月六日に奈良市の興福寺の南円堂で営まれた法華会のこと。

維摩会《ゆいまゑ》 ㊞初 興福寺《こうふくじ》維摩会《ゆいまゑ》・浄名会《じやうみやうゑ》　かつて、旧暦一〇月一〇日（維摩居士《こじ》の忌日）から七日間、奈良市の興福寺で営まれた維摩経を講義する法会。〈維摩会の遠滝を鶏流れけり　安井浩司〉

栂尾虫供養《とがのをのむしくやう》 ㊞初 旧暦一〇月一二・一三日、京都市右京区栂尾で行われた虫供養。

知多の虫供養《ちたのむしくやう》 ㊞仲 愛知県の知多半島北部にて冬に行われる、農作業に伴い殺生した虫のための念仏供養の伝統行事。

吉祥院八講《きつしやうゐんはつかう》 ㊞初 吉祥院法華会《きつしやうゐんほつけゑ》・吉祥院相撲《きつしやうゐんすまふ》　かつて菅原道真《すがわらのみちざね》の祖父清公《きよとも》の忌日に行われた法会といい、講経・論義のほか、詩歌・管絃・連歌など盛大に催された。吉祥院は現在の京都市南区吉祥院石原町にあった寺院。

鉢叩《はちたたき》 ㊞初 空也《くうや》念仏《ねんぶつ》・空也《くうや》和讃《わさん》　旧暦一一月一三日の空也忌から大晦日《おおみそか》までの四八日間、洛中《らくちゆう》洛外《らくがい》を僧が鉦《かね》を鳴らし、鉢または瓢《ひさご》を叩き、和讃・念仏を唱え、踊り巡ったことをいう。〈清水の灯は暗うして鉢叩　藤野古白〉

時宗歳末別時《じしゆうさいまつべつじ》 ㊞初 別時《べつじ》念仏《ねんぶつ》・遊行《ゆぎやう》の一ツ《ひとつ》火《び》・一《ひと》つ火《び》　一一月一八日から二八日まで、

神奈川県藤沢市の遊行寺《ゆぎやうじ》で行われる勤行《ごんぎやう》。〈闇深くなる一つ火の揺らぐたび　永方裕子〉

大師講《だいしかう》 ㊥ **天台大師忌**《てんだいだいしき》**・智者大師忌**《ちしやだいしき》**・天台会**《てんだいゑ》**・霜月会**《しもつきゑ》**・比叡山法華会**《ひえいざんほつけゑ》**・智慧粥**《ちゑがゆ》**・ふぐり粥**《がゆ》**・大師**《だいし》**粥**《がゆ》　天台宗の開祖、隋《ずい》の智者大師（智顗《ちぎ》）の忌日である一一月二四日、もしくはその前後に、天台宗の寺院で行われる法会。〈大師講抑揚つけて玄義読む　遠藤止観〉

報恩講《ほうおんかう》 ㊥ **御正忌**《ごしやうき》**・御七夜**《おしちや》**・御講**《おかう》**・御仏事**《おぶつじ》**・お霜月**《しもつき》**・親鸞忌**《しんらんき》**・引上会**《いんじやうゑ》**・精進固**《しやうじんかため》**・精進落**《しやうじんおち》　浄土真宗の開祖親鸞聖人の忌日（旧暦一一月二八日）に、寺院および信者のもとで、祖師への報恩謝徳のために行われる法会。↓御取越（秋）〈俳諧の他力を信じ親鸞忌　深見けん二〉

臘八会《らふはちゑ》 ㊥ **臘八**《らふはち》**・成道会**《じやうだうゑ》**・臘八接心**《らふはちせつしん》**・臘八摂心**《らふはちせつしん》**・臘八粥**《らふはちがゆ》**・五味粥**《ごみがゆ》**・温糟粥**《うんざうがゆ》　臘月（旧暦一二月）八日に行われる法会。禅宗の大寺では一日から八日払暁まで不眠不休の座禅修道が行われる。〈熱き粥啜りて終る臘八会　西田孤影〉

智積院論議《ちしやくゐんろんぎ》 ㊥ 旧暦一〇月一日から一二日まで、京都市の智積院で修される論義。

大根焚《だいこたき》 ㊥ **鳴滝**《なるたき》**の大根焚**《だいこたき》　冬の京都では、いくつかの寺が大根を焚いて（炊いて）、仏前や参拝者に供する。鳴滝の大根焚は、一二月九・一〇日、京都市右京区鳴滝の了徳寺で行われる行事。〈日だまりは婆が占めをり大根焚　草間時彦〉

冬安居《ふゆあんご》 ㊂ **雪安居**《ゆきあんご》　主に禅宗によって冬に行われる安居。旧暦一〇月一六日から翌年の一月一五日まで（約九〇日間）が原則だが、地方や寺院によって異なる。↓安居（夏）〈よそほひを解きし山なみ冬安居　市堀玉宗〉

仏名会《ぶつみやうゑ》 (晩) (暮) **御仏名**《おぶつみやう》**・被綿**《かづけわた》**・栢梨**《かへなし》**の勧盃**《けんぱい》　旧暦一二月一九日から三日間、宮中および諸寺院で行われた法会。仏名経を誦《じゆ》し、過去・現在・未来の三世にわたって存在するすべての仏、三〇〇〇の名を唱えて、その年の罪障を懺悔《さんげ》する。〈頼もしき未来なりけり御仏名　松瀬青々〉

終大師《しまひだいし》 仲 暮 **果《はて》の大師《だいし》・納《をさめ》の大師《だいし》・終弘法《しまひこうぼふ》**　一二月二一日。その年最後の弘法大師の縁日。〈終弘法丹波黒豆値切りけり　草間時彦〉

暮の魂祭《くれのたままつり》 仲 暮 **御《み》魂《たま》の冬《ふゆ》・年《とし》の終《をは》りの魂祭《たままつり》**　一二月末日に行う先祖の霊を祭る行事。↓魂祭（秋）〈火を敲く小家や暮の魂祭　松瀬青々〉

除夜の鐘《ぢよやのかね》 仲 暮 **百八《ひやくはち》の鐘《かね》**　その年の最後の夜、零時を挟む時間から各寺院で鐘を撞《つ》くこと。↓除夜〈山国の闇うごき出す除夜の鐘　鷹羽狩行〉

西本願寺報恩講《にしほんぐわんじほうおんかう》 晩　一月九日から一六日まで、京都市下京区の西本願寺で行われる浄土真宗の開祖　親鸞聖人《しんらんしようにん》の祥月《しようつき》法要（命日の法要）のこと。

寒参《かんまゐり》 晩 **裸参《はだかまゐり》・寒詣《かんまうで》**　寒の三〇日間、毎夜、神社や寺に祈願する行《ぎよう》。〈風神を祀らすとかや寒詣　後藤夜半〉

寒垢離《かんごり》 晩 **寒行《かんぎやう》**　神仏に祈願を込める荒行《あらぎやう》で、寒の三〇日間、神社や寺に参って冷水を浴びること。〈寒垢離の肘を正しく張り直す　森田峠〉

寒念仏《かんねぶつ》 晩 **寒念仏《かんねんぶつ》・寒行僧《かんぎやうそう》・七墓《ななはか》めぐり**　寒中、僧が念仏を唱えて歩く修行。〈鎌倉はすぐ寝しづまり寒念仏　松本たかし〉

感謝祭《かんしやさい》 初 **収穫感謝祭《しうくわくかんしやさい》・収穫感謝日《しうくわくかんしやび》**　米国やカナダで、一年間の神の恵みに感謝するために定められた祝日。カナダは一〇月の第二月曜日で、米国は一一月の第四木曜日。〈雉子郎の短冊

も売り感謝祭　榎本武次郎〉

待降節《たいかうせつ》 (初) 降誕祭（クリスマス）の四つ前の日曜日（第一主日《しゆじつ》）から始まる準備期間。〈待降節《アドベント》廏舎の窓のあいてをり　小林篤子〉

聖ザビエル祭《せいザビエルさい》 (初) 一二月三日。日本に初めてキリスト教を伝えたフランシスコ・ザビエルの忌日であり、その功績を記念する祝日。〈乳母車ザビエル祭の鐘へ押す　有馬ひろこ〉

聖胎祭《せいたいさい》 (仲) **聖胎節**《せいたいせつ》**・無原罪**《むげんざい》**の聖**《せい》**マリアの祭日**《さいじつ》**・童貞聖**《どうていせい》**マリア無原罪**《むげんざい》**の御孕**《おんやど》**りの祝日**《いはひび》 一二月八日。キリストの母マリアがその母アンナの胎内に宿った日で、その瞬間から原罪を免れていたというカトリックの教義を聖胎といい、それを記念する祝日。〈頬ほてらせ歩く聖母受胎の日　檜山哲彦〉

クリスマス (仲) **降誕祭**《かうたんさい》**・聖誕祭**《せいたんさい》**・聖夜**《せいや》**・クリスマスイヴ・聖夜劇**《せいやげき》**・聖樹**《せいじゆ》**・クリスマスツリー・聖菓**《せいくわ》**・クリスマスケーキ・クリスマスプレゼント・サンタクロース・クリスマスカード・クリスマスキャロル**　一二月二五日。イエス・キリストの降誕を記念する祝日。〈曇りなき金の画鋲やクリスマス　田中春生〉〈降誕祭天使を吊るす絹の糸　日下野由季〉

聖ヨハネ祭《せいヨハネさい》 (仲) **福音**《ふくいん》**記者**《きしや》**使徒**《しと》**聖**《せい》**ヨハネの日**《ひ》　一二月二七日。十二使徒の一人ヨハネを記念する祝日。

公現祭《こうげんさい》 (晩) **御**《ご》**公現**《こうげん》　一月六日。イエスが神として世に現れたことを記念するキリスト教最古の三大祝日の一つ。〈暁雲に入る一羽をり公現日　古賀まり子〉

聖家族祭《せいかぞくさい》 (晩) **ナザレの聖家族**《せいかぞく》**の祝**《いは》**ひ・聖家族**《せいかぞく》**の主日**《しゆじつ》　イエスの父ヨゼフ、母マリア、幼子のイエスの三人を聖家族と呼び、この聖家族を家族生活の模範と仰いで信仰に思いを馳《は》せる祝日。

御潔め祭《おきよめさい》 (晩) **聖燭祭**《せいしょくさい》**・聖**《せい》**シメオンの日**《ひ》 二月二日。イエスが生まれた後、旧約聖書の戒めに従って四〇日目にエルサレムの神殿に捧げられたことを記念する祝日。〈聖燭祭新生児室玻璃厚く　平原玉子〉

亜浪忌《あらうき》 (初) 一一月一一日。俳人、臼田《うすだ》亜浪の忌日。昭和二六年（一九五一）没。七二歳。〈亜浪忌の戻り月出て別れえず　原田種茅〉

波郷忌《はきやうき》 (初) **忍冬忌**《にんどうき》**・風鶴忌**《ふうかくき》**・惜命忌**《しやくみやうき》 一一月二一日。俳人、石田波郷の忌日。昭和四四年（一九六九）没。五六歳。〈波郷忌や踏んで木の実の鳴る音も　飯田龍太〉

一葉忌《いちえふき》 (初) 一一月二三日。小説家、樋口《ひぐち》一葉の忌日。明治二九年（一八九六）没。二四歳。〈借りし本返さで古りぬ一葉忌　西村和子〉

三島忌《みしまき》 (初) **憂国忌**《いうこくき》**・由紀夫忌**《ゆきをき》 一一月二五日。小説家、三島由紀夫の忌日。昭和四五年（一九七〇）、自衛隊の市ヶ谷駐屯地に突入、自衛隊の決起を促して割腹自殺。四五歳。〈三島忌や空のプールに日の差して　片山由美子〉

閒石忌《かんせきき》 (初) 一一月二六日。俳人、橋閒石の忌日。平成四年（一九九二）没。八九歳。〈城跡に高校白し閒石忌　和田悟朗〉

漱石忌《そうせきき》 (仲) 一二月九日。小説家・俳人、夏目漱石の忌日。大正五年（一九一六）没。四九歳。〈早稲田の夜急にしぐれぬ漱石忌　松根東洋城〉

青邨忌《せいそんき》 ㊥ 一二月一五日。俳人、山口青邨の忌日。昭和六三年（一九八八）没。九六歳。〈みちのくへつづく銀河や青邨忌　深見けん二〉

信子忌《のぶこき》 ㊥ 一二月一六日。俳人、桂《かつら》信子の忌日。平成一六年（二〇〇四）没。九〇歳。〈信子忌や遠く静かに山晴れて　吉田成子〉

石鼎忌《せきていき》 ㊥ 一二月二〇日。俳人、原石鼎の忌日。昭和二六年（一九五一）没。六五歳。〈見えて来し悲しみのいろ石鼎忌　原裕〉

青畝忌《せいほき》 ㊥ **万両忌**《まんりやうき》 一二月二二日。俳人、阿波野《あわの》青畝の忌日。平成四年（一九九二）没。九三歳。

熊楠忌《くまぐすき》 ㊥ 一二月二九日。生物学者・民俗学者、南方《みなかた》熊楠の忌日。昭和一六年（一九四一）没。七五歳。〈書庫の戸に鼠返しや熊楠忌　中瀬喜陽〉

横光忌《よこみつき》 ㊥ **利**《り》**一忌**《いちき》 一二月三〇日。小説家、横光利一の忌日。昭和二二年（一九四七）没。四九歳。〈横光忌齢ばかりが先師踰ゆ　石塚友二〉

寅彦忌《とらひこき》 ㊥ **冬彦忌**《ふゆひこき》**・寅日**《とらひ》**子**《こ》**忌**《き》 一二月三一日。物理学者・随筆家、寺田寅彦の忌日。昭和一〇年（一九三五）没。五七歳。〈珈琲の渦を見てゐる寅彦忌　有馬朗人〉

一碧楼忌《いつぺきろうき》 ㊥ 一二月三一日。俳人、中塚《なかつか》一碧楼の忌日。昭和二一年（一九四六）没。五九歳。〈大粒の雪の一碧楼忌かな　須並一衛〉

窓秋忌《さうしうき》 ㊥ 一月一日。俳人、高屋窓秋の忌日。平成一一年（一九九九）没。八九歳。〈蒼穹の高屋窓秋忌なりけり　澤好摩〉

鬼房忌《おにふさき》 (晩) 一月一九日。俳人、佐藤鬼房の忌日。平成一四年（二〇〇二）没。八二歳。〈霜の夜のことに灯の色鬼房忌　佐藤きみこ〉

乙字忌《おつじき》 (晩) **寒雷忌**《かんらいき》**・二十日忌**《はつかき》 一月二〇日。俳人、大須賀《おおすが》乙字の忌日。大正九年（一九二〇）没。三八歳。〈室咲の菜の花活けて乙字の忌　鈴鹿野風呂〉

久女忌《ひさぢよき》 (晩) 一月二一日。近代女性俳人の先駆者、杉田久女の忌日。昭和二一年（一九四六）没。五五歳。〈久女忌の髪を重しと思ひけり　佐藤博美〉

草城忌《さうじやうき》 (晩) **凍鶴忌**《いてづるき》**・銀忌**《しろがねき》**・鶴唳忌**《かくれいき》 一月二九日。俳人、日野草城の忌日。昭和三一年（一九五六）没。五四歳。〈佗助の群がる日なり草城忌　石田波郷〉

碧梧桐忌《へきごとうき》 (晩) **寒明忌**《かんあけき》 二月一日。俳人、河東《かわひがし》碧梧桐の忌日。昭和一二年（一九三七）没。六三歳。〈太筆に墨たつぷりと寒明忌　栗田やすし〉

梅室忌《ばいしつき》 (晩) 旧暦一〇月一日（新暦一一月一二日）。江戸末期の俳人、桜井梅室の忌日。嘉永五年（一八五二）没。八二歳。〈俳諧の刀研ぐべし梅室忌　長谷川櫂〉

宗鑑忌《そうかんき》 (初) 旧暦一〇月二日。室町時代の連歌師、宗鑑の忌日という。その詳しい伝は不明。〈宗鑑忌白く灯の更けしかな　菅裸馬〉

東叡山開山忌《とうえいざんかいさんき》 (初) **慈眼大師忌**《じげんだいしき》 旧暦一〇月二日（新暦一一月一三日）。江戸初期の東京上野の東叡山寛永寺の開山、慈眼大師の忌日。寛永二〇年（一六四三）入寂。一〇七歳。

来山忌《らいざんき》 (初) 旧暦一〇月三日（新暦一一月一六日）。江戸の元禄期（一六八八〜一七〇四）の俳人、小西来山の忌日。享保元年（一七一六）没。六三歳。〈花と見る高嶺の雪や来山忌　伊藤松

宇〉

達磨忌《だるまき》 (初) **初祖忌**《しよそき》・**少林忌**《せうりんき》 旧暦一〇月五日。インドの禅宗の初祖、菩提《ぼだい》達磨の正忌《しようき》。梁《りよう》の大通二年（五二八）に入寂したと伝えられる。〈達磨忌や僧を眺めて俳諧師　川端茅舎〉

浪化忌《らうくわき》 (初) 旧暦一〇月九日（新暦一一月一七日）。江戸前期の蕉門《しようもん》俳人、浪化の忌日。元禄一六年（一七〇三）没。三三歳。〈浪化忌の蘭白し下葉全けれ　筏井竹の門〉

芭蕉忌《ばせうき》 (初) **時雨忌**《しぐれき》・**桃青忌**《たうせいき》・**翁忌**《おきなき》・**芭蕉会**《ばせうゑ》・**翁**《おきな》**の日**《ひ》・**ばせを忌**《き》 旧暦一〇月一二日（新暦一一月二八日）。江戸前期の俳人、松尾芭蕉の忌日。元禄七年（一六九四）大坂で客死。五一歳。〈芭蕉忌を一日おくれてしぐれけり　加藤楸邨〉

東福寺開山忌《とうふくじかいさんき》 (初) **聖一忌**《しやういちき》・**聖一国師忌**《しやういちこくしき》・**弁当納**《べんたうをさめ》 旧暦一〇月一六日（新暦一一月一六日）。鎌倉時代の臨済宗の僧で、京都市東山区東福寺の開山、聖一国師の忌日。↓御忌（春）〈雲起る紅葉の上や聖一忌　松瀬青々〉

嵐雪忌《らんせつき》 (初) **雪中庵忌**《せつちゆうあんき》 旧暦一〇月一三日（新暦一一月六日）。江戸前・中期の蕉門十哲《しようもんじつてつ》の一人、服部《はつとり》嵐雪の忌日。宝永四年（一七〇七）没。五四歳。〈老残の鶏頭臥しぬ嵐雪忌　石田波郷〉

几董忌《きとうき》 (初) **晋明忌**《しんめいき》・**春夜楼忌**《しゆんやろうき》 旧暦一〇月二三日（新暦一二月九日）。江戸中期の蕉風《しようふう》中興期の俳人、高井几董の忌日。寛政元年（一七八九）没。四九歳。〈几董忌を修する寺も古りにけり　稲畑廣太郎〉

永観忌《えいくわんき》 (仲) 旧暦一一月二日（新暦一二月一一日）。京都東山の禅林寺の開祖で、平安後期の三論宗の僧、永観《ようかん》（通称えいかん）の忌日。天永二年（一一一一）入寂。七九歳。

貞徳忌《ていとくき》 (仲) 旧暦一一月一五日（新暦一月三日）。桃山時代から江戸初期にかけての貞門俳諧《ていもんはいかい》の祖、松永貞徳の忌日。承応二年（一六五四）没。八三歳。〈茶柱がたちて閑かや貞徳忌　柴田白葉女〉

良弁忌《らうべんき》 (仲) 旧暦一一月一六日（新暦一月六日）。奈良時代の東大寺開山の師良弁大僧正の忌日。宝亀四年（七七四）入寂。八五歳。〈千年の如意を御ン所持良弁忌　阿波野青畝〉

一茶忌《いっさき》 (仲) 旧暦一一月一九日（新暦一月五日）。江戸後期の俳人、小林一茶の忌日。文政一〇年（一八二八）没。六五歳。〈一茶忌や我も母なく育ちたる　上村占魚〉

近松忌《ちかまつき》 (仲) **巣林子忌**《さうりんしき》・**巣林忌**《さうりんき》 旧暦一一月二二日（新暦一月六日）。江戸中期の浄瑠璃《じょうるり》・歌舞《かぶ》伎《き》作者、近松門左衛門の忌日。享保九年（一七二五）没。七二歳。〈旅にゐて装黒づくめ近松忌　森澄雄〉

妙心寺開山忌《めうしんじかいさんき》 (晩) **関山忌**《くわんざんき》・**無相忌**《むさうき》 旧暦一二月一二日。南北朝時代、京都花園の妙心寺の開山、関山慧玄《かんざんえげん》禅師の忌日。延文五年一二月（一三六一年一月）示寂。八四歳。〈水辺に落つる椿や関山忌　松瀬青々〉

蕪村忌《ぶそんき》 (晩) **春星忌**《しゅんせいき》・**夜半亭忌**《やはんていき》 旧暦一二月二五日（新暦一月一七日）。江戸中期の俳人・画家、与謝《よさ》蕪村の忌日。天明三年（一七八四）没。六八歳。〈蕪村忌の硯海に灯のうつりたる　大石悦子〉

大徳寺開山忌《だいとくじかいさんき》 (晩) **大燈国師忌**《だいとうこくしき》・**大燈忌**《だいとうき》 旧暦一二月二二日。京都市北区紫野大徳寺の開山、大燈国師 妙超《みょうちょう》の忌日。建武四年一二月（一三三八年一月）入寂。五六歳。〈霜ふせぐ一把の草

や大燈忌　松瀬青々〉

空也忌《くうやき》 ㊥ **空也堂踊念仏**《くうやだうをどりねんぶつ》・**焼香念仏**《せうかうねんぶつ》・**時宗踊念仏**《じしゆうをどりねんぶつ》・**踊躍念仏**《ゆやくねんぶつ》 旧暦一一月一三日。平安時代中期の念仏信仰の祖、空也上人の忌日とされる日。天禄三年（九七二）入寂。七〇歳。〈空也忌の虚空を落葉ただよひぬ　石田波郷〉

動物

熊《くま》 ㊂ **羆**《ひぐま》・**赤熊**《あかぐま》・**白熊**《しろくま》・**黒熊**《くろぐま》・**月輪熊**《つきのわぐま》・**北極熊**《ほくきよくぐま》・**熊**《くま》**の子**《こ》 →熊突〈熊の出る話聞き手も上気せり　花谷和子〉

熊穴に入る《くまあなにいる》 (初) 山中の樹林に生息している熊が、雪が積もる頃になると樹の穴や洞窟に入って冬籠もりをすること。→熊穴を出づ（春）〈熊穴へ木肌に残る爪の跡　葉良一彦〉

冬眠《とうみん》 ㊂ 〈冬眠の蝮のほかは寝息なし　金子兜太〉

貛《あなぐま》 ㊂ **貉**《むじな》・**猯**《まみ》・**まみ狸**《だぬき》・**穴掘**《あなほ》**り**・**まみ**・**笹熊**《ささぐま》 〈老婦人むじなの如く睡りけり　今井豊〉

冬の鹿《ふゆのしか》 ㊂ 冬に見られる鹿のこと。冬の鹿は白斑を失い全身灰褐色と化す。→鹿（秋）・鹿狩〈冬鹿につゝかれもして奈良にあり　森田峠〉

羚羊《かもしか》 ㊂ **かもしし**・**氈鹿**《かもしか》・**青鹿**《あをしし》 〈羚羊の総身風の突端に　井上弘美〉

狐《きつね》 ㊂ **赤狐**《あかぎつね》・**黒狐**《くろぎつね》・**銀狐**《ぎんぎつね》・**白狐**《しろぎつね》・**十字狐**《じふじぎつね》・**北極狐**《ほくきよくぎつね》・**高麗狐**《かうらいぎつね》・**千島狐**《ちしまぎつね》・**北狐**《きたきつね》・**寒狐**《かんぎつね》・**狐塚**《きつねづか》 →狐罠《きつねわな》〈狐を見てゐていつか狐に見られをり　加藤楸邨〉

狸《たぬき》 ㊂ たのき →狸罠《たぬきわな》 〈棒切れの転がしてある狸かな　千葉皓史〉

鼬《いたち》 ㊂ 蝦《え》夷鼬《ぞいたち》 →鼬罠《いたちわな》 〈罠かけてより鼬来ず昼の月　堀口星眠〉

貂《てん》 ㊂ 〈谷の貂上目づかひに走りけり　松林朝蒼〉

鼯鼠《むささび》 ㊂ むささび・晩鳥《ばんどり》・ももんが 〈むささびの巣の穴丸しまんまるし　右城暮石〉

狼《おほかみ》 ㊂ 山犬《やまいぬ》・豺《やまいぬ》・蝦《え》夷狼《ぞおほかみ》 〈絶滅のかの狼を連れ歩く　三橋敏雄〉

獐《のろ》 ㊂ 麞《のろ》・のろじか 〈放たれしやうに獐跳ぶ川向う　廣瀬直人〉

兎《うさぎ》 ㊂ 越後兎《ゑちごうさぎ》・野兎《のうさぎ》・飼兎《かひうさぎ》・黒兎《くろうさぎ》・雪兎《ゆきうさぎ》 →兎狩 〈兎の耳吹雪を笛と聞くことも　新谷ひろし〉

竈猫《かまどねこ》 ㊂ かじけ猫《ねこ》・灰猫《はひねこ》・へつつひ猫《ねこ》・炬燵猫《こたつねこ》 寒さを嫌い竈の中に入りこんだ猫のこと。〈何もかも知つてをるなり竈猫　富安風生〉

鯨《くぢら》 ㊂ 初鯨《はつくぢら》・勇魚《いさな》・抹香鯨《まつかうくぢら》・座頭鯨《ざとうくぢら》・長須鯨《ながすくぢら》・白長須鯨《しろながすくぢら》・鰯鯨《いわしくぢら》・背《せ》美鯨《みくぢら》・小鯨《こくぢら》・ごんどう鯨《くぢら》 →捕鯨・鯨汁 〈いつの生《よ》か鯨でありし寂しかりし　正木ゆう子〉

海豚《いるか》 ㊂ 海豚狩《いるかがり》・真海豚《まいるか》 〈海豚追ふ舳先に勢古の仁王立ち　平松三平〉

鷹《たか》 ㊂ 鵟《のすり》・沢鵟《ちゆうひ》・大鷹《おほたか》・蒼鷹（あをたか／もろがへり）・八角鷹《はちくま》・鶚《みさご》・熊鷹《くまたか》 →小鷹（秋）・鷹渡る（秋）・鷹狩 〈鷹一つ見付てうれしいらご崎　芭蕉〉〈鷹のつらきびしく老いて哀れなり　村上鬼城〉

隼《はやぶさ》 ㊂ 稚児隼《ちごはやぶさ》・長元坊《ちやうげんばう》 〈隼と海の明暗共にせり　九鬼あきゑ〉

鷲《わし》 ㊂ 大鷲《おほわし》・尾白鷲《をじろわし》・犬鷲《いぬわし》 〈禿鷲の翼片方づつ収む　飯島晴子〉

寒苦鳥《かんくてう》 ㊂ 寒苦鳥《かんくどり》・雪山《せつざん》の鳥《とり》 経文の中に出てくるという鳥。インドの雪山に棲《す》むといわれ、

精進を求めない衆生に譬《たと》えた想像上の鳥。〈酒買へと啼きすすむるや寒苦鳥　才麿〉

冬の鳥《ふゆのとり》　㊂　冬鳥《ふゆどり》・寒禽《かんきん》・かじけ鳥《どり》　〈山頂に旗の如くに冬の鳥　岸本尚毅〉

冬の雁《ふゆのかり》　㊂　寒雁《かんがん》　→春の雁（春）・帰る雁（春）・雁（秋）〈何もなき海坂を指す冬の雁　殿村菟絲子〉

冬鷺《ふゆさぎ》　㊂　冬《ふゆ》の鷺《さぎ》・残《のこ》り鷺《さぎ》　→鷺の巣〈冬の鷺歩むに光したがへり　加藤楸邨〉

冬の鵙《ふゆのもず》　㊂　冬鵙《ふゆもず》・寒《かん》の鵙《もず》　→鵙（秋）〈冬鵙が恋しや咽喉《のど》に湿布して　三橋鷹女〉

冬の鶯《ふゆのうぐひす》　㊂　冬鶯《ふゆうぐひす》・寒鶯《かんあう》・藪鶯《やぶうぐひす》　→鶯（春）・老鶯（夏）・笹鳴〈冬鶯むかし王維が垣根かな　蕪村〉

笹鳴《ささなき》　㊂　小鳴《ささなき》・笹子《ささご》・笹子鳴《ささごな》く・鶯《うぐひす》の子《こ》鳴《な》く　秋から冬に、鶯がチャッチャッ、チチという舌打ちに似た地鳴きをすること、また、その鳴き声。→鶯（春）・老鶯（夏）・冬の鶯〈笹鳴の大いなる訃を齎せし　高浜虚子〉〈笹鳴きに覚めて朝とも日暮とも　中村苑子〉

冬雲雀《ふゆひばり》　㊂　寒雲雀《かんひばり》　→雲雀（春）〈冬雲雀そのさへづりのみぢかさよ　橋本多佳子〉

寒雀《かんすずめ》　(晩)　冬雀《ふゆすずめ》・凍雀《こごえすずめ》・ふくら雀《すずめ》　→雀の子（春）・初雀（新年）〈とび下りて弾みやまずよ寒雀　川端茅舎〉

寒鴉《かんがらす》　(晩)　寒鴉《かんあ》・寒鳥《かんがらす》・冬鴉《ふゆがらす》　〈寒鴉己《し》が影の上におりたちぬ　芝不器男〉

梟《ふくろふ》　㊂　ふくろ・母食鳥《ははくひどり》・しまふくろふ・しろふくろふ　〈ふくろふに真紅の手毬つかれをり　加藤楸邨〉〈らふそくを消し梟を招じけり　野中亮介〉

木菟《みみづく》　㊂　づく・五郎助《ごろすけ》・大木葉木菟《おほこのはづく》・虎斑木菟《とらふづく》　→青葉木菟（夏）〈木菟啼くや毛深きのど

をふくらまし　林徹〉

鷦鷯《みそさざい》 ㊂ 三十三才《みそさざい》・青蝶《かぶとてふ》・巧婦鳥《たくみどり》〈三十三才にはかに水の夕景色　飯田龍太〉

水鳥《みづどり》 ㊂ 浮寝鳥《うきねどり》・浮鳥《うきどり》・水禽《すいきん》 ↓水鳥の巣（夏）〈水鳥の水になるまで眠りけり　中村菊一郎〉〈山影を日暮とおもひ浮寝鳥　鷹羽狩行〉

鴨《かも》 ㊂ 青頸《あをくび》・真鴨《まがも》・巴鴨《ともゑがも》・鈴鴨《すずがも》・葦鴨《あしがも》・蓑鴨《みのがも》・尾長鴨《をなががも》・小鴨《こがも》・葭鴨《よしがも》・蓑葭《みのよし》・星羽白《ほしはじろ》・金黒《きんくろ》・羽白《はじろ》・秋沙《あいさ》・あぢむら・鴨打《かもうち》・鴨舟《かもぶね》・鴨道《かもみち》・鴨《かも》の声《こゑ》・鴨《かも》の陣《ぢん》 ↓春の鴨（春）・引鴨（春）・通し鴨（夏）・鴨の子（夏）・初鴨（秋）・鴨鍋〈海くれて鴨のこゑほのかに白し　芭蕉〉〈さみしさのいま声出さば鴨のこゑ　岡本眸〉

鴛鴦《をしどり》 ㊂ をし・匹鳥《をしどり》・銀杏羽《いちやうば》・思羽《おもひば》・剣羽《つるぎば》・番鴛鴦《つがひをし》・離《はな》れ鴛鴦《をし》・鴛鴦《をし》の沓《くつ》・鴛鴦《をし》の契《ちぎり》・鴛鴦《をし》の衾《ふすま》・鴛鴦《をし》の褥《しとね》・鴛鴦《をし》の妻《つま》・鴛鴦《をし》の浮寝《うきね》・鴛鴦《をし》の独寝《ひとりね》・鴛鴦《をし》の毛衣《けごろも》〈鴛鴦に月のひかりのかぶさり来　阿波野青畝〉

千鳥《ちどり》 ㊂ 衛《ちどり》・磯千鳥《いそちどり》・磯鳴鳥《いそなどり》・目大千鳥《めだいちどり》・大膳《だいぜん》・胸黒《むなぐろ》・小千鳥《こちどり》・白千鳥《しろちどり》・鵤千鳥《いかるちどり》・浜千鳥《はまちどり》・島千鳥《しまちどり》・浦千鳥《うらちどり》・川千鳥《かはちどり》・群千鳥《むれちどり》・友千鳥《ともちどり》・夕千鳥《ゆふちどり》・小夜千鳥《さよちどり》・千鳥足《ちどりあし》・千鳥掛《ちどりがけ》〈足跡は千鳥のそれかすぐ消える　池内友次郎〉

田鳧《たげり》 ㊂ 〈田鳧来る頃の決つて風暈　原田柏生〉

鳰《かいつぶり》 ㊂ 鸊鷉《かいつぶり》・かいつむり・鳰《にほ》・にほどり・むぐり・羽白鳰《はじろかいつぶり》・赤襟鳰《あかえりかいつぶり》・耳《みみ》かいつぶり・いよめ ↓鳰の子（夏）〈かいつぶりさびしくなればくゞりけり　日野草城〉

都鳥《みやこどり》 ㊂ 百合鷗《ゆりかもめ》〈百合鷗よりあはうみの雫せり　対中いずみ〉

冬鷗《ふゆかもめ》 ㊂ **冬**《ふゆ》**の鷗**《かもめ》 〈冬鷗一羽が生れ一羽死す　宇多喜代子〉

鶴《つる》 ㊂ **丹頂**《たんちやう》**・鍋鶴**《なべづる》**・真鶴**《まなづる》**・袖黒鶴**《そでぐろづる》**・姉羽鶴**《あねはづる》**・黒鶴**《くろづる》　↓引鶴（春）・鶴来る（秋）〈鶴啼くやわが身のこゑと思ふまで　鍵和田秞子〉

凍鶴《いてづる》 ㊂ **霜**《しも》**の鶴**《つる》**・霜夜**《しもよ》**の鶴**《つる》**・鶴凍**《つるい》**つ**　鶴が片脚で立ち、首を翼の間に挟み、厳しい寒さゆえに凍ったまま動かないように見える様子。↓鶴〈凍鶴のやをら片足下しけり　高野素十〉

白鳥《はくてう》 （晩） **スワン・鵠**《くぐひ》**・白鳥来**《はくてうきた》**る・大白鳥**《おほはくてう》 〈白鳥といふやはらかき舟一つ　鍵和田秞子〉

落鷹《おちたか》 ㊂ **はぐれ鷹**《だか》**・ウティダカ**　南方へ渡る鷹の中で、途中で力尽き、沖縄の宮古島などで冬を越す鷹。〈帰る風探す落鷹天の奥　山田晶子〉

海雀《うみすずめ》 ㊂ **善知鳥**《うとう》　ウミスズメ科の海鳥の総称。つねに集団で魚群を追うので、漁の目印とされる。〈海すずめ遠流の国に野火走る　角川源義〉

鮫《さめ》 ㊂ **鱶**《ふか》**・葭切鮫**《よしきりざめ》**・猫鮫**《ねこざめ》**・撞木鮫**《しゆもくざめ》**・青鮫**《あをざめ》**・星鮫**《ほしざめ》**・虎鮫**《とらざめ》**・鋸鮫**《のこぎりざめ》 〈糶られゐる鮫の半眼月の暈　増田河郎子〉

鰰《はたはた》 ㊂ **雷魚**《はたはた》**・かみなりうを・鱩**《はたはた》 〈はたはたの流れに落ちし眼尻かな　山口都茂女〉

魴鮄《はうぼう》 ㊂ **竹麦魚**《はうぼう》 〈根の国のこの魴鮄のつらがまへ　有馬朗人〉

方頭魚《かながしら》 ㊂ **金頭**《かながしら》**・火魚**《ひうを》 〈方頭魚ほどの口かと聞かれをり　岡井省二〉

鮪《まぐろ》 ㊂ **しび・鰭長**《びんなが》**・黄肌**《きはだ》**・めばち・黒鮪**《くろまぐろ》**・本鮪**《ほんまぐろ》**・鮪釣**《まぐろつり》**・鮪船**《まぐろせん》**・鮪網**《まぐろあみ》 〈大鮪ひと蹴りで糶り落としたり　千田一路〉

旗魚《かぢき》 ㊂ **旗魚鮪**《かぢきまぐろ》**・かぢき釣**《つり》**・かぢきとほし・おらぎ**　メカジキ科とマカジキ科の海水魚の総

称。

鯧《まながつを》 ㊂ **真魚鰹**《まながつを》**・まな・まながた** 〈下京は雪となりたる鯧　大石悦子〉

初鱈《はつたら》 初 〈初鱈に地酒辛きを佳しとして　辻田克巳〉

鱈《たら》 ㊂ **雪魚**《たら》**・真鱈**《まだら》**・本鱈**《ほんだら》**・磯鱈**《いそだら》**・沖鱈**《おきだら》**・子持鱈**《こもちだら》**・鱈場**《たらば》**・鱈船**《たらぶね》**・鱈網**《たらあみ》**・鱈子**《たらこ》 →塩鱈・鱈汁・雲腸《くもわた》 〈鱈千本風の高さに吊るさるる　陽美保子〉

助宗鱈《すけそうだら》 ㊂ **介党鱈**《すけたうだら》**・佐渡鱈**《さどだら》**・明太魚**《めんたいぎよ》**・明太魚卵**《めんたいぎよらん》**・紅葉子**《もみぢこ》 〈助宗《すけそう》鱈と小蕪のやうな暮し向き　佐藤鬼房〉

初鰤《はつぶり》 仲 〈初鰤に此灘町の人気かな　原石鼎〉

霜月鰈《しもつきがれひ》 仲 **寒鰈**《かんがれひ》 〈霜月鰈東男と酌むからは　西村和子〉

鰤《ぶり》 ㊂ **寒鰤**《かんぶり》**・大鰤**《おほぶり》**・入道**《にふだう》**・大魚**《おほいを》**・鰤場**《ぶりば》**・巻鰤**《まきぶり》 →いなだ（夏）・鰤起し・鰤網・塩鰤 〈塩打ちし寒鰤の肌くもりけり　草間時彦〉

鯥《むつ》 晩 **鯥**《むつ》**の子**《こ》 〈長靴の林移動す赤鯥へ　熊谷愛子〉

寒鯛《かんだひ》 晩 **冬**《ふゆ》**の鯛**《たひ》 〈冬の鯛遠き海よりきて紅し　百合山羽公〉

甘鯛《あまだひ》 ㊂ **興津鯛**《おきつだひ》**・ぐじ** 〈甘鯛の鰭きらきらと若狭富士　森ちづる〉

金目鯛《きんめだひ》 ㊂ **錦鯛**《にしきだひ》 〈金目鯛水を惜しまず耀られけり　川崎清明〉

舞鯛《ぶだひ》 ㊂ **まひだひ・いがみ**　ブダイ科の海水魚。冬が美味で、刺身やちり鍋にして賞味する。

金糸魚《いとより》 ㊂ **糸撚鯛**《いとよりだひ》**・金線魚**《きんせんぎよ》**・糸魚**《いとうを》**・糸繰魚**《いとくりうを》 〈生きがたし金糸魚の身をほろほろと　辻桃子〉

だぼ鱚《だぼぎす》 ㊂ **ぎす**　ソトイワシ科の海水魚。冬が美味で、蒲鉾《かまぼこ》の原料に用いる。

ひめぢ ㊂ **ひめ・ひめいち**　ヒメジ科の海水魚。煮付・天ぷらなどにして食す。冬季の丸干しは、酒の肴《さかな》として珍重される。

眼抜《めぬけ》 ㊂ **めぬき**　フサカサゴ科の体が赤色の海水魚の総称。脂が多く、煮物にするととろけるようなうまさがある。

鮟鱇《あんかう》 ㊂ **琵琶魚《びはぎよ》・華臍魚《くわせいぎよ》・老婆魚《らうばぎよ》・綬魚《じゆぎよ》・鮟鱇《あんかう》の吊《つる》し切《ぎ》り**　↓鮟鱇鍋　〈鮟鱇の骨まで凍てぶちきらる　加藤楸邨〉

鍋破《なべこはし》 ㊂ カジカ科の海水魚。冬の味噌汁《みそしる》が美味で、鍋の底をつついて壊すほどに食べ尽くすというところから、この名がついたという。

寒鯔《かんぼら》 ㊂ **日出鯔**《ひのでぼら》　↓鯔（秋）　〈油浮く木場に寒鯔《ぼら》はねにけり　高本時子〉

落鱸《おちすずき》 (初) **太腹鱸《ふとはらすずき》・はらふと**　海の深い所で冬を越す鱸のこと。季節的な回遊を繰り返す海水魚で、春・夏は湾内にいるが、秋に湾外へ移動、冬に外海の岩礁地帯で産卵し、その後、水深の深いところで越冬する。↓鱸（秋）

落鱚《おちぎす》 (仲) 海の深い所で越冬中の鱚のこと。↓鱚（夏）

杜父魚《かくぶつ》 ㊂ **杜夫魚《かくぶつ》・霰魚《あられうを》・杜父魚《とふぎよ》・あられがこ**　カジカ科の淡水魚。〈杜父魚の背鰭凍りて量《はか》らるる　河北斜陽〉

𩺊《あら》 ㊂ **阿羅《あら》・沖鱸《おきすずき》・𩺊網《あらあみ》**　〈𩺊食うて身に湧く力恃みとす　伊藤白潮〉

氷魚《ひうを》 ㊂ **氷魚《ひを》・氷魚汲《ひをく》む**　鮎《あゆ》の稚魚。琵琶湖《びわこ》産のものが有名。↓鮎（夏）　〈氷魚汲月夜まはりは加勢得て　茨木和生〉

氷下魚《こまい》 ㊂ 乾氷下魚《ほしこまい》・氷下魚汁《こまいじる》・氷下魚釣《こまいつり》　タラ科の海水魚。氷を割って穴釣りをする。〈氷下魚みなひとたび跳ねて凍りけり　小原啄葉〉

柳葉魚《ししやも》 (初) ししやも・ししやも焼《や》く　〈ふるさとは鬼門の彼方ししやも食ぶ　小泉義重〉

潤目鰯《うるめいわし》 (晩) うるめ　↓鰯（秋）　〈うるめ焼く人にたのしく皿はあり　永田耕衣〉

鮃《ひらめ》 ㊂ 比目魚《ひらめ》・平目《ひらめ》・寒鮃《かんびらめ》　〈夕暮れのはかりに重き寒鮃　有馬朗人〉

河豚《ふぐ》 ㊂ ふく・鰒《ふぐ》・真河豚《まふぐ》・赤目河豚《あかめふぐ》・虎河豚《とらふぐ》・針千本《はりせんぼん》・箱河豚《はこふぐ》・河豚提灯《ふぐぢやうちん》・潮前河豚《しようさいふぐ》・胡麻河豚《ごまふぐ》・草河豚《くさふぐ》・金河豚《きんふぐ》・海雀《うみすずめ》・糸巻河豚《いとまきふぐ》・ふくと・ふぐと・河豚《ふぐ》の毒《どく》・河豚中《ふぐあた》り　↓河豚汁・河豚鍋・鰭酒　〈壇の浦を見にもゆかずに河豚をくふ　高浜虚子〉

寒鯉《かんごひ》 (晩) 凍鯉《いてごひ》・寒鯉釣《かんごひつり》　↓緋鯉《ひごい》（夏）　〈山動くかに寒鯉の動きけり　藤崎久を〉

寒鮒《かんぶな》 (晩) 寒馴《かんな》れ・寒鮒釣《かんぶなつり》　↓乗込《のっこみ》鮒（春）・濁り鮒（夏）・落鮒（秋）　〈寒鮒や小さなる眼の濡色に　松根東洋城〉

寒鮠《かんばや》 (晩) 〈寒の鮠ほろにがくなり月上る　長谷川かな女〉

通し鮎《とほしあゆ》 ㊂ 止《とま》り鮎《あゆ》　越年する鮎。越年するのは雌だけである。↓鮎（夏）

魦《いさざ》 ㊂ 魦舟《いさざぶね》・魦網《いさざあみ》・魦漁《いさざれふ》・魦魞《いさざえり》　〈売れ残る魦の凍ててしまひけり　草間時彦〉

寒烏賊《かんいか》 (晩) 寒烏賊釣《かんいかつり》　寒中の烏賊。主として針烏賊《はりいか》や鎗烏賊《やりいか》をいう。↓烏賊（夏）

八目鰻《やつめうなぎ》 (晩) 八目《やつめ》・寒八目《かんやつめ》・砂八目《すなやつめ》・川八目《かはやつめ》　〈寒八目付け値で買はれゆきにけり　茨木和生〉

鱈場蟹《たらばがに》 ㊂ 多羅波蟹《たらばがに》・蟹工船《かにこうせん》　〈雪濡れし眼もて届きぬたらば蟹　桂樟蹊子〉

ずわい蟹《ずわいがに》 ㊂ 越前蟹《ゑちぜんがに》・こうばく蟹《がに》・せいこ蟹《がに》・松葉蟹《まつばがに》　↓蟹（夏）・甲羅煮　〈大皿に越前

蟹の畏まる　檜紀代〉

海鼠《なまこ》 ㊂ **生海鼠**《なまこ》・**赤海鼠**《あかこ》・**黒海鼠**《くろこ》・**虎海鼠**《とらこ》・**なしこ**・**ふぢこ**・**海鼠煮る**《なまこに》・**海鼠竈**《なまこがま》・**このこ**・**海参**《いりこ》・**熬海鼠**《いりこ》・**海鼠突**《なまこつき》・**海鼠売**《なまこうり》・**海鼠舟**《なまこぶね》・**かいそ**　↓海鼠腸　〈階段が無くて海鼠の日暮かな　橋閒石〉

牡蠣《かき》 ㊂ **石花**《かき》・**真牡蠣**《まがき》・**板甫牡蠣**《いたぼがき》・**牡蠣田**《かきた》・**住江牡蠣**《すみのえがき》・**長牡蠣**《ながかき》・**蝦夷牡蠣**《えぞがき》・**牡蠣殻**《かきがら》　↓牡蠣飯・牡蠣剝く・牡蠣船・牡蠣鍋　〈牡蠣食べてわが世の残り時間かな　草間時彦〉

寒蜆《かんしじみ》 (晩) **真蜆**《ましじみ》　↓蜆（春）・土用蜆（夏）　〈寒蜆街の夕日の隅に買ふ　柴田白葉女〉

玉珧《たひらぎ》 ㊂ **平貝**《たひらがひ》・**烏帽子貝**《えぼしがひ》　〈玉珧を置いて行くぞと又従兄弟　川崎展宏〉

冬の蝶《ふゆのてふ》 ㊂ **冬蝶**《ふゆてふ》・**越年蝶**《をつねんてふ》　↓蝶（春）・夏の蝶（夏）・秋の蝶（秋）・凍蝶　〈北上の空へ必死の冬の蝶　阿部みどり女〉

凍蝶《いててふ》 (晩) **蝶凍つ**《てふい》　寒さのためにあまり動かない蝶のこと。↓冬の蝶（冬）　〈凍蝶の蛾眉衰へずあはれなり　高浜虚子〉

冬の蜂《ふゆのはち》 ㊂ **冬蜂**《ふゆばち》・**凍蜂**《いてばち》　↓蜂（春）　〈冬蜂の死にどころなく歩きけり　村上鬼城〉

冬の蠅《ふゆのはへ》 ㊂ **冬蠅**《ふゆばへ》・**凍蠅**《いてばへ》・**寒蠅**《かんばへ》　↓春の蠅（春）・蠅（夏）・秋の蠅（秋）　〈肉厚にして可憐なり冬の蠅　高野ムツオ〉

冬の虻《ふゆのあぶ》 ㊂ **凍虻**《いてあぶ》　↓虻（春）　〈行厨のパセリに冬の虻来るも　富安風生〉

綿虫《わたむし》 (初) **大綿**《おほわた》・**雪蛍**《ゆきぼたる》・**雪婆**《ゆきばんば》・**白粉婆**《しろこばば》・**雪虫**《ゆきむし》　アブラムシ科の昆虫。晩秋から初冬にかけて、空中を青白く光りながらゆるやかに浮遊するのが綿屑のように見える。別種の雪虫（雪渓川螻蛄《かわげら》、春季）が存在するので注意が必要。↓雪虫（春）〈綿虫やそこは屍の出でゆく門　石田波郷〉〈綿虫にあるかもしれぬ心かな　川崎展宏〉

蟷螂枯る《たうらうかる》 (初) **枯蟷螂**《かれたうらう》　痩身に漲《みなぎ》っていた生気が抜けて色褪《いろあ》せ、渺々《びょうびょう》と風に吹かれる冬の蟷螂の様相をいう。↓蟷螂生る（夏）・蟷螂（秋）〈蟷螂の六腑に枯れのおよびたる　飯田龍太〉

ざざ虫《ざざむし》 ㊂ 〈ざざ虫の佃煮つひに届きたる　山尾玉藻〉

冬の虫《ふゆのむし》 ㊂ **虫老**《むしお》**ゆ・虫嗄**《むしか》**る・虫絶**《むした》**ゆ**　↓虫（秋）〈冬の虫ところさだめて鳴きにけり　松村蒼石〉

冬の蝗《ふゆのいなご》 ㊂ **冬蝗**《ふゆいなご》　↓蝗（秋）〈朝市の荷より離れず冬蝗　杉阪大和〉

冬の蚊《ふゆのか》 ㊂ **冬蚊**《ふゆか》　↓蚊（夏）・秋の蚊（秋）〈仏燈に浮み出でたる冬蚊かな　大橋桜坡子〉

冬の蚤《ふゆののみ》 ㊂ ↓蚤（夏）〈冬の蚤畳の痛き目を蹴つて　佐々木六戈〉

植物

冬の梅《ふゆのうめ》 (晩) **寒梅**《かんばい》**・寒紅梅**《かんこうばい》　↓梅（春）・探梅・冬至梅・早梅〈寒紅梅世を隔ててもひとはひと　友岡子郷〉

冬至梅《とうじばい》 (仲) **冬至**《とうじ》**梅**《うめ》　↓冬の梅〈けふ見たる色のひとつに冬至梅　森澄雄〉

早梅《さうばい》 (晩) **早咲**《はやざき》**の梅**《うめ》**・梅早**《うめはや》**し**　梅の種類ではなく、春を待たずに早く咲き出した梅のことをいう。↓冬の梅〈早梅や御室の里の売屋敷　蕪村〉

蠟梅《らふばい》 (晩) 臘梅《らふばい》・唐梅《からうめ》・南京梅《なんきんうめ》　ロウバイ科の落葉低木。冬、葉に先立って香気のある黄色の花をたくさんつける。〈臘梅の花透けてゆく咲きし順　後藤比奈夫〉

帰り花《かへりばな》 (初) 返《かへ》り花《ばな》・帰咲《かへりざき》・二度咲《にどざき》・忘《わす》れ花《ばな》・忘《わす》れ咲《ざ》き　小春日和《こはるびより》に誘われて、春に咲く草木が季節はずれの花を咲かせること。〈日に消えて又現れぬ帰り花　高浜虚子〉〈人の世に花を絶やさず返り花　鷹羽狩行〉

室咲《むろざき》 ㊂ 室《むろ》の花《はな》・室咲《むろざき》の梅《うめ》・室《むろ》の梅《うめ》　春に咲く花を温室で栽培し、寒中に観賞できるようにしたもの。↓シクラメン（春）・温室〈室咲きに水やることも旅支度　片山由美子〉

寒桜《かんざくら》 ㊂ 緋寒桜《ひかんざくら》・寒緋桜《かんひざくら》・十月桜《じふがつざくら》・冬桜《ふゆざくら》　↓桜（春）〈一弁を吐ける蕊や冬桜　富安風生〉

冬木の桜《ふゆきのさくら》 ㊂ 枯桜《かれざくら》　鮮やかな紅葉《もみじ》が散り尽くしたのちの、冬枯れの桜の木。〈艶すこしありて冬木の桜かな　青柳志解樹〉

冬薔薇《ふゆさうび》 ㊂ 冬薔《ふゆば》薇《ら》・寒薔薇《かんさうび》　↓薔薇（夏）〈冬薔薇紅く咲かんと黒みもつ　細見綾子〉

寒牡丹《かんぼたん》 ㊂ 冬牡《ふゆぼ》丹《たん》　↓牡丹の芽（春）・牡丹（夏）〈日と月のごとく二輪の寒牡丹　鷹羽狩行〉

寒椿《かんつばき》 (晩) 冬椿《ふゆつばき》・早咲《はやざき》の椿《つばき》　↓椿（春）〈咲きそめて一輪久し冬椿　高浜年尾〉

侘助《わびすけ》 ㊂ 侘介《わびすけ》・佗助《わびすけ》〈佗助の花の俯き加減かな　星野高士〉

山茶花《さざんくわ》 (初) 茶梅《さざんくわ》・ひめつばき〈山茶花は咲く花よりも散つてゐる　細見綾子〉

八手の花《やつでのはな》 (初) 八《や》つ手《で》の花《はな》・花八手《はなやつで》〈いつ咲いていつまでとなく花八手　田畑美穂女〉

柊の花《ひひらぎのはな》 (初) 花柊《はなひひらぎ》〈柊の花一本の香かな　高野素十〉

茶の花《ちやのはな》 (初)〈茶の花のほとりにいつも師の一語　石田波郷〉

寒木瓜《かんぼけ》 ㊀晩 冬木瓜《ふゆぼけ》 ↓木瓜の花（春）・木瓜の実（秋）〈寒木瓜の咲きつぐ花もなかりけり　安住敦〉

ポインセチア ㊂ 猩々木《しやうじやうぼく》・クリスマスフラワー 〈ポインセチアどの窓からも港の灯　古賀まり子〉

枯山吹《かれやまぶき》 ㊂ ↓山吹（春）〈風音の枯山吹の音となる　稲畑汀子〉

枯芙蓉《かれふよう》 ㊂ 芙蓉《ふよう》枯る ↓芙蓉（秋）〈夕影の散らばつてくる枯芙蓉　岸田稚魚〉

青木の実《あをきのみ》 ㊂ 桃葉珊瑚《たうえふさんご》 ↓青木の花（春）〈停年やみなくれなゐの青木の実　秋元不死男〉

蜜柑《みかん》 ㊂ 温州蜜柑《うんしうみかん》・紀州蜜柑《きしうみかん》・紅蜜柑《べにみかん》・蜜柑山《みかんやま》・蜜柑畑《みかんばたけ》 ↓蜜柑の花（夏）・早生蜜柑（秋）・青蜜柑（秋）・蜜柑飾る（新年）〈手に蜜柑故郷日和授かれり　村越化石〉

椪柑《ぽんかん》 ㊂ 凸柑《ぽんかん》 〈ぽんかんを剝く香及びてきたりけり　八木林之助〉

朱欒《ざぼん》 ㊀晩 うちむらさき・ざんぼあ・文旦《ぶんたん》・ぼんたん・晩白柚《ばんぺいゆ》 〈朱欒割りサド侯爵の忌を修す　有馬朗人〉

冬林檎《ふゆりんご》 ㊂ 寒林檎《かんりんご》 ↓林檎（秋）〈冬林檎一個しだいに重くなる　西山睦〉

晩三吉《おくさんきち》 ㊂ 冬《ふゆ》の梨《なし》 ↓梨（秋）〈晩三吉老僧のごと坐りたり　寺井谷子〉

枇杷の花《びはのはな》 ㊀初 花枇杷《はなびは》・枇杷《びは》咲《さ》く ↓枇杷の実（夏）〈裏口へ廻る用向き枇杷の花　山崎ひさを〉

冬紅葉《ふゆもみぢ》 ㊀初 残《のこ》る紅葉《もみぢ》 ↓紅葉（秋）〈一と日づつ一と日づつ冬紅葉かな　後藤比奈夫〉

紅葉散る《もみぢちる》 ㊀初 散紅葉《ちりもみぢ》 ↓紅葉且つ散る（秋）〈盃を止めよ紅葉の散ることよ　高野素十〉

木の葉《このは》 ㊂ **木**《こ》**の葉**《は》**散**《ち》**る・木**《こ》**の葉**《は》**雨**《あめ》**・木**《こ》**の葉**《は》**時雨**《しぐれ》**・木**《こ》**の葉**《は》**焼**《や》**く** 〈木の葉ふりやまずいそぐないそぐなよ　加藤楸邨〉

枯葉《かれは》 ㊂ 〈日だまりの枯葉いつとき芳しき　石橋秀野〉

落葉《おちば》 ㊂ **名**《な》**の木**《き》**落葉**《おちば》**・落葉**《おちば》**の雨**《あめ》**・落葉**《おちば》**の時雨**《しぐれ》**・落葉**《らくえふ》**・落葉**《おちば》**時**《どき》**・落葉**《らくえふ》**期**《き》**・落葉**《おちば》**風**《かぜ》**・落葉**《おちば》**山**《やま》**・落葉**《おちば》**掃**《は》**く・落葉**《おちば》**搔**《かき》**・落葉**《おちば》**籠**《かご》**・落葉**《おちば》**焚**《た》**く・落葉**《おちば》**焼**《や》**く** ↓春落葉（春）・常磐木落葉（夏） 〈美しき落葉とならん願ひあり　森澄雄〉〈朝に夕に落葉掃く日のなほありや　桂信子〉

朽葉《くちば》 ㊂ 〈山の井に色よきままの朽葉かな　素外〉

柿落葉《かきおちば》 (初) ↓柿若葉（夏）・柿紅葉（秋） 〈柿落葉一葉もらさず掃きにけり　相島虚吼〉

朴落葉《ほほおちば》 (初) **朴**《ほほ》**散**《ち》**る** ↓朴の花（夏） 〈朴落葉いま銀となりうらがへる　山口青邨〉

銀杏落葉《いちやうおちば》 (初) ↓銀杏散る（秋） 〈花の如く銀杏落葉を集め持ち　波多野爽波〉

冬木《ふゆき》 ㊂ **冬木**《ふゆこ》**立**《だち》**・冬木**《ふゆき》**道**《みち》**・冬木**《ふゆき》**宿**《やど》**・冬木**《ふゆき》**影**《かげ》**・冬木**《ふゆき》**中**《なか》**・冬木**《ふゆき》**原**《ばら》 ↓枯木（冬） 〈斧入れて香におどろくや冬こだち　蕪村〉〈冬木の枝しだいに細し終に無し　正木浩一〉

寒林《かんりん》 ㊂ **寒木**《かんぼく》 〈寒林の一樹といへど重ならず　大野林火〉

冬柏《ふゆかしは》 ㊂ **柏**《かしは》**の枯葉**《かれは》**・枯柏**《かれかしは》 ↓柏落葉（夏）・柏黄葉（秋） 〈風止めば日のおびただし冬柏　柏原眠雨〉

名の木枯る《なのきかる》 ㊂ **銀杏**《いちやう》**枯**《か》**る・葡萄**《ぶだう》**枯**《か》**る・櫟**《くぬぎ》**枯**《か》**る・欅**《けやき》**枯**《か》**る・榎**《えのき》**枯**《か》**る・桜**《さくら》**枯**《か》**る** 欅・銀杏・櫟・蔦《つた》など、一般に名をよく知られた落葉樹が、冬に葉を落としきって枯れ木となることをいう。個々の木の名前を冠して使う。↓名の木散る（秋） 〈銀杏枯れ星座は鎖曳きにけり　大峯あき

ら〉

枯木《かれき》 ㊂ **裸木**《はだかぎ》**・枯枝**《かれえだ》**・枯木立**《かれこだち》**・枯木道**《かれきみち》**・枯木宿**《かれきやど》**・枯木山**《かれきやま》　枯死した木ではなく、冬に落葉し尽くしてまるで枯れたように見える木のこと。↓冬木　〈裸木となる太陽と話すため　高野ムツオ〉

枯柳《かれやなぎ》 ㊂ **枯**《か》**れたつ柳**《やなぎ》**・冬柳**《ふゆやなぎ》**・柳枯**《やなぎか》**る**　↓柳の芽（春）・柳（春）・葉柳（夏）・柳散る（秋）　〈雑沓や街の柳は枯れたれど　高浜虚子〉

枯桑《かれくは》 ㊂ **桑枯**《くはか》**る**　↓桑（春）　〈枯桑を枯れたるままにしてありぬ　今井杏太郎〉

枯茨《かれいばら》 ㊂ **茨枯**《いばらか》**る**　↓茨の花（夏）・茨の実（秋）　〈むら篠と枯れもつれたる茨かな　高田蝶衣〉

枯蔦《かれづた》 ㊂ **蔦枯**《つたか》**る**　↓蔦の芽（春）・蔦若葉（春）・青蔦（夏）・蔦（秋）　〈蔦枯れて一身がんじがらみなり　三橋鷹女〉

枯蔓《かれづる》 ㊂ **枯**《かれ》**かづら**　〈枯蔓の残る力と引き合へり　片山由美子〉

宿木《やどりぎ》 ㊂ **寄生木**《やどりぎ》　〈寄生木の寂しからずや実をつけて　村越化石〉

冬枯《ふゆがれ》 ㊂ **冬枯**《ふゆが》**る・枯**《かれ》**・枯**《か》**る・冬枯道**《ふゆがれみち》　冬になって草が枯れ、木がすっかり葉を落として、野山が荒涼とした景色を現すこと。↓霜枯　〈枯れきざすものより光りはじめけり　野中亮介〉

霜枯《しもがれ》 ㊂ **霜枯**《しもが》**る**　霜によって草木が萎《しお》れてしまうさま。↓冬枯　〈霜枯を全うしたる力草　岸田稚魚〉

冬芽《ふゆめ》 ㊂ **冬芽**《とうが》**・冬木**《ふゆき》**の芽**《め》　越冬する芽のこと。梅・桃・桜などの樹木および多年草に生じる。〈冬木の芽光をまとひ扉をひらく　角川源義〉

雪折《ゆきをれ》 ㊂ 樹木や竹が、降り積もった雪の重さに耐えかねて折れること。↓雪吊 〈雪折れの竹生きてゐる香をはなつ　加藤知世子〉

深山樒《みやましきみ》 ㊂ 太山樒《みやましきみ》・庭躑躅《にはつつじ》・岡躑躅《をかつつじ》 〈人遠しみ山樒のあり所　松瀬青々〉

鼠黐の実《ねずみもちのみ》 ㊂ 女貞《ねずみもち》の実《み》・ねずみのふん・ねずみのこまくら ↓黐の実（秋） 〈月明にねずみのこまくら旅まくら　櫻井博道〉

冬珊瑚《ふゆさんご》 ㊂ 玉珊瑚《たまさんご》 〈冬もまた満更ならず冬珊瑚　後藤比奈夫〉

冬山椒《ふゆざんせう》 ㊂ ↓山椒の実（秋） 〈おのが息おのれに聞こえ冬山椒　森澄雄〉

冬蔦《ふゆづた》 ㊂ 木蔦《きづた》 ウコギ科の常緑蔓性低木。落葉する蔦に対して、冬も青々としているのでこうよぶ。↓蔦（秋） 〈冬蔦のがんじがらめの木に鴉　中丸まちえ〉

冬苺《ふゆいちご》 ㊂ 寒苺《かんいちご》・きんいちご ↓春苺（春）・苺（夏） 〈冬苺顔尖りたる心地ふと　森賀まり〉

寒菊《かんぎく》 ㊂ 冬菊《ふゆぎく》・霜菊《しもぎく》・島寒菊《しまかんぎく》・浜寒菊《はまかんぎく》・初見草《はつみぐさ》・秋無草《あきなぐさ》・霜見草《しもみぐさ》・雪見草《ゆきみぐさ》 〈冬菊のまとふはおのがひかりのみ　水原秋櫻子〉

水仙《すいせん》 (晩) 水仙花《すいせんくわ》・雪中花《せつちゆうか》・野水仙《のずいせん》 ↓黄水仙（春）・喇叭《らつぱ》水仙（春） 〈水仙や古鏡の如く花をかかぐ　松本たかし〉〈抱かねば水仙の揺れやまざるよ　岡本眸〉

冬葵《ふゆあふひ》 (初) 〈波高き日は揺るる家冬葵　友岡子郷〉

葉牡丹《はぼたん》 (晩) 牡丹菜《ぼたんな》 〈葉牡丹の渦一鉢にあふれたる　西島麦南〉

蝦蛄葉仙人掌《しやこばさぼてん》 (仲) 蝦蛄《しやこ》仙人掌《さぼてん》・クリスマスカクタス 〈クリスマスカクタス苦き恋もして大石悦子〉

カトレア ㊂ 〈古稀を祝ぐとてカトレアの胸飾　辻田克巳〉

クリスマスローズ (晩) 〈クリスマスローズの雪を払ひけり　長谷川櫂〉

蘇鉄の実《そてつのみ》 (初) 蘇鉄はソテツ科の常緑低木。雌雄異株で、雌花に実が生《な》る。→蘇鉄の花（夏）

アロエの花《アロエのはな》 ㊂ 花《はな》アロエ 〈太平洋荒波アロエの花が咲く　金子皆子〉

千両《せんりやう》 ㊂ 仙蓼《せんれう》・草珊瑚《くささんご》・実千両《みせんりやう》 →万両 〈いくたび病みいくたび癒えき実千両　石田波郷〉

万両《まんりやう》 ㊂ 硃砂根《まんりやう》・実万両《みまんりやう》 →千両 〈万両の紅の暗しと思ひけり　今井千鶴子〉

枯菊《かれぎく》 ㊂ 菊枯《きくか》る・枯残《かれのこ》る菊《きく》・凍菊《いてぎく》・枯菊焚《かれぎくた》く →菊（秋）・残菊（秋） 〈枯菊を焚きて焔に花の色　深見けん二〉

枯芭蕉《かればせう》 ㊂ 芭蕉枯《ばせうか》る →玉巻く芭蕉（夏）・芭蕉（秋）・破芭蕉（秋） 〈枯芭蕉風を味方と思ふべし　片山由美子〉

枯蓮《かれはす》 ㊂ 枯蓮《かれはちす》・蓮枯《はすか》る・蓮《はす》の骨《ほね》 →蓮の浮葉（夏）・蓮の葉（夏）・蓮の花（夏）・蓮の実（秋）・敗荷《やれはす》（秋） 〈枯蓮のうごく時きてみなうごく　西東三鬼〉

冬菜《ふゆな》 ㊂ 小松菜《こまつな》・体菜《たいな》・唐菜《たうな》・葉菜《はな》・かぶ菜《な》・油菜《あぶらな》・杓子菜《しやくしな》・匙菜《さじな》・布袋菜《ほていな》・広島菜《ひろしまな》・野《の》沢菜《ざはな》・雪菜《ゆきな》・漬菜《つけな》・ゆで菜《な》・冬菜畑《ふゆなばた》・冬菜売《ふゆなうり》・冬菜飯《ふゆなめし》 →菜洗ふ 〈月光に冬菜のみどり盛りあがる　篠原梵〉

白菜《はくさい》 ㊂ →白菜漬・菜洗ふ 〈洗はれて白菜の尻陽に揃ふ　楠本憲吉〉

芽キャベツ《めキャベツ》 ㊂ 子持甘藍《こもちかんらん》・姫甘藍《ひめかんらん》・姫《ひめ》キャベツ →キャベツ（夏） 〈芽キャベツの摘まれしところ水の玉　髙田正子〉

ブロッコリー ㊂ 子持花椰菜《こもちはなやさい》・緑花椰菜《みどりはなやさい》・芽花椰菜《めはなやさい》　〈ブロッコリー畑摂津がよく見ゆる　岡井省二〉

カリフラワー (晩) 花野菜《はなやさい》・花《はな》キャベツ・花甘藍《はなかんらん》　〈木の匙のカリフラワーのスープかな　井越芳子〉

葱《ねぎ》 (晩) 葱《き》・一文字《ひともじ》・根深《ねぶか》・葉葱《はねぎ》・深葱《ふかねぎ》・千住葱《せんじゆねぎ》・下仁田葱《しもにたねぎ》・深谷葱《ふかやねぎ》・九条葱《くでうねぎ》・葱《ねぎ》ぬく・根深引《ねぶかひ》く・葱洗《ねぎあら》ふ・晒葱《さらしねぎ》・痩葱《やせねぎ》・凍葱《いてねぎ》・葱畑《ねぎばたけ》・根深売《ねぶかうり》　↓葱坊主（春）　〈夢の世に葱を作りて寂しさよ　永田耕衣〉〈葱焼いて世にも人にも飽きずをり　岡本眸〉

海老芋《えびいも》 ㊂ 蝦芋《えびいも》・京芋《きやういも》　〈ほの酔うてきぬ海老芋の煮ころがし　大石悦子〉

大根《だいこん》 ㊂ だいこ・おほね・大根畑（だいこんばたけ／だいこばた）・沢庵大根《たくあんだいこん》・青首大根《あをくびだいこん》・三浦大根《みうらだいこん》・練馬大根《ねりまだいこん》・理想大根《りさうだいこん》・方領大根《はうりやうだいこん》・聖護院大根《しやうごゐんだいこん》・守口大根《もりぐちだいこん》・辛味大根《からみだいこん》・千六本《せんろくほん》・土大根《つちだいこん》・大根時《だいこんどき》・大根市《だいこんいち》・大根売《だいこんうり》　↓大根の花（春）・春大根（春）・夏大根（夏）・煮大根・新干大根・沢庵・千切大根・凍大根・大根引・大根洗ふ・大根干す・大根祝ふ（新年）・鏡草（新年）・蘿蔔（新年）　〈流れ行く大根の葉の早さかな　高浜虚子〉

人参《にんじん》 ㊂ 胡蘿蔔《にんじん》　↓人参の花（夏）　〈ロシア映画みてきて冬のにんじん太し　古沢太穂〉

蕪《かぶら》 ㊂ 蕪菁《かぶら》・蕪《かぶ》・蕪菜《かぶらな》・かぶな・据《すわ》り蕪《かぶ》・聖護院蕪《しやうごゐんかぶ》・天王寺蕪《てんわうじかぶ》・日野菜《ひのな》・小蕪《こかぶ》・赤蕪《あかかぶ》・緋蕪《ひかぶら》・黄色蕪《きいろかぶ》・大蕪《おほかぶ》・蕪洗《かぶあら》ふ・蕪畑（かぶらばた／かぶばたけ）　↓蕪鮓・蕪汁・蕪蒸・新干蕪・千枚漬・蕪引・蕪菁干す　〈死に至る時間蕪を煮る時間　永島靖子〉

蓮根《はすね》 ㊂ 蓮根《れんこん》　↓蓮植う（春）・蓮の花（夏）・蓮の若根（夏）・蓮根掘る（秋）　〈洗ひ上げ蓮根

の肌《はだへ》はや透けて　片山由美子〉

セロリ ㊂ 清正人参《きよまさにんじん》・セルリ・オランダ三葉《みつば》〈胸に抱く青きセロリと新刊書　舘岡沙緻〉

寒独活《かんうど》 ㊦晩 寒土当帰《かんうど》 ↓独活（春）〈寒独活に松葉掃き寄せ囲ふなり　杉田久女〉

寒芹《かんぜり》 ㊂ 冬芹《ふゆぜり》 ↓芹（春）・芹の花（夏）〈寒芹に花ありわれに父母の恩　大岳水一路〉

寒竹の子《かんちくのこ》 ㊥初 寒筍《かんたけのこ》〈寒竹はすでに子を持ち二日月　萩原麦草〉

麦の芽《むぎのめ》 ㊥初 麦《むぎ》の二葉《ふたば》・芽麦《めむぎ》 ↓麦踏（春）・青麦（春）・麦の秋（夏）・麦（夏）・麦蒔〈麦の芽や妙義の裏へ日が廻り　宮津昭彦〉

甘蔗の花《かんしょのはな》 ㊥仲 甘蔗《きび》の花《はな》・砂糖黍《さたうきび》の花《はな》 ↓甘蔗植う（春）・甘蔗《さとうきび》（秋）・甘蔗刈〈赤土に海風渡る甘蔗の花　山﨑ひらら〉

冬草《ふゆくさ》 ㊂ 冬《ふゆ》の草《くさ》・寒草《かんさう》・冬青草《ふゆあをくさ》 ↓枯草・名の草枯る〈鎌倉や冬草青く松緑　高浜虚子〉

名の草枯る《なのくさかる》 ㊂ 名草枯《なぐさか》る・葭枯《よしか》る・薊枯《あざみか》る・鶏頭枯《けいとうか》る・萱枯《かやか》る・竜胆枯《りんだうか》る・葛枯《かづらか》る・水《み》草枯《ぐさか》る　名前のよく知られている草が枯れること。個々の草花の名を冠して使う。↓冬草・枯草〈残りたる絮飛ばさんと枯薊　中村汀女〉

枯草《かれくさ》 ㊂ 草枯《くさか》る・草枯《くさがれ》　冬になって枯れた草の総称。↓冬草・名の草枯る〈湖のいろゐのころ草も枯れに入る　森澄雄〉

枯蘆《かれあし》 ㊂ 枯芦《かれあし》・枯葦《かれあし》・葦枯《あしか》る・蘆枯《あしか》る・蘆《あし》の枯葉《かれは》・枯蘆原《かれあしはら》・寒蘆《かんろ》 ↓蘆の角（春）・青蘆（夏）・蘆の花（秋）〈枯蘆のゆたかに今日の日を止む　皆川盤水〉

枯萩《かれはぎ》 ㊂ 萩枯《はぎか》る ↓萩若葉（春）・夏萩（夏）・萩（秋）〈枯萩は伐りて音なし君いかに　加藤

楸邨〉

枯芒《かれすすき》 ㊂ 枯尾花《かれをばな》・芒枯《すすきか》る・枯薄《かれすすき》・薄枯《すすきか》る・尾花枯《をばなか》る・霜枯薄《しもがれすすき》・薄枯葉《すすきかれは》・冬芒《ふゆすすき》 ↓青芒（夏）・芒（秋）・尾花（秋）〈枯すすき海はこれより雲の色　平畑静塔〉

枯真菰《かれまこも》 ㊂ 真菰枯《まこもか》る ↓真菰（夏）〈枯真菰白鷺たてばかゞよへる　軽部烏頭子〉

枯葎《かれむぐら》 ㊂ 絡みもつれたまま枯れ果てている葎。↓葎（夏）〈もの音の沈みしづみて枯むぐら　飯田龍太〉

枯歯朶《かれしだ》 ㊂ 枯羊歯《かれしだ》 ↓歯朶（新年）〈枯雄羊歯からから孤独の音こぼす　加藤房子〉

枯忍《かれしのぶ》 ㊂ ↓忍（夏）〈枯忍霜のさゝやく音ぞかし　小杉余子〉

枯芝《かれしば》 ㊂ 芝枯《しばか》る ↓芝刈（夏）・青芝（夏）〈枯芝の日のうつろふにしづごころ　山口青邨〉

藪柑子《やぶかうじ》 ㊂ 山橘《やまたちばな》・藪《やぶ》たちばな・あかだま・ししくはず・平地木《へいちぼく》・蔓柑子《つるかうじ》〈佳き友は大方逝けり藪柑子　草間時彦〉

石蕗の花《つはのはな》 （初） 槖吾《つは》の花《はな》・石蕗の花（いしぶきのはな／つはぶきのはな）〈つはぶきはだんまりの花嫌ひな花　三橋鷹女〉

冬菫《ふゆすみれ》 （晩） 寒菫《かんすみれ》・冬《ふゆ》の菫《すみれ》 ↓菫（春）〈天網は冬の菫の匂かな　飯島晴子〉

冬蒲公英《ふゆたんぽぽ》 ㊂ ↓蒲公英（春）〈わが影を少し外れて冬たんぽぽ　対中いずみ〉

冬蕨《ふゆわらび》 ㊂ 冬《ふゆ》の花蕨《はなわらび》・寒蕨《かんわらび》・花蕨《はなわらび》・日陰蕨《ひかげわらび》・常蕨《とこわらび》〈冬蕨古人の沓の音とほる　小川軽舟〉

寒葵《かんあふひ》 （初） 〈寒葵胸中ふかく花を秘す　青柳志解樹〉

寒蘭《かんらん》 （仲） 〈寒蘭の香と日溜りにあそびをり　福田甲子雄〉

寒芒《かんすすき》 ㊂ **寒薄**《かんすすき》**・常磐薄**《ときはすすき》**・在原薄**《ありはらすすき》**・冬薄**《ふゆすすき》 〈山荘や星にもひかる冬すすき　及川貞〉

寒菅《かんすげ》 ㊂ 〈寒菅に光あつまる野の窪み　岸本如草〉

寒忍《かんしのぶ》 ㊂ **冬忍**《ふゆしのぶ》**・立忍**《たちしのぶ》 ホウライシダ科の常緑多年生シダ植物。夏の忍に似るが、地面から生えるので立忍の名があり、冬も枯れないので寒忍ともよばれる。

竜の玉《りゅうのたま》 ㊂ **蛇**《じゃ》**の髯**《ひげ》**の実**《み》**・竜**《りゅう》**の髯**《ひげ》**の実**《み》**・はずみだま** ↓蛇の髭の花（夏） 〈竜の玉深く蔵すといふことを　高浜虚子〉〈竜の玉升《のぼ》さんと呼ぶ虚子のこゑ　飯田龍太〉

冬萌《ふゆもえ》 (晩) 冬、草の芽が萌え出していることをいう。↓下萌（春） 〈冬萌や海と平らに仔牛の背　須並一衛〉

滑子《なめこ》 ㊂ **なめたけ・ふゆたけ** ↓滑子汁 〈残された時を滑茸食べており　五島高資〉

榎茸《えのきだけ》 (初) 担子菌《たんしきん》類タマバリタケ科の食用茸《きのこ》。淡褐色で、湿り気をもつと傘《かさ》の表面に粘りが生じる。

松藻《まつも》 ㊂ 褐藻《かっそう》類マツモ科の海藻。冬から初春にかけて採取され、生のものは酢味噌《すみそ》・三杯酢などにする。

新年

時候

新年《しんねん》 （全） 年新《としあら》た・年頭《ねんとう》・年初《ねんしよ》・年始（としはじめ／ねんし）・甫年《ほねん》・改年《かいねん》・初年《はつどし》・明《あ》くる年《とし》・新歳《しんさい》・新《あたら》しき年《とし》・新玉《あらたま》の年《とし》・玉《たま》の年《とし》・年立《とした》つ・年来《としきた》る・年迎《としむか》ふ・迎《むか》ふる年《とし》・若《わか》き年《とし》・改《あらた》まる年《とし》・来《く》る年《とし》・年越《としこ》ゆ・年立返《としたちかへ》る・年変《としかは》る・年明《としあ》く・年改《としあらた》まる・年《とし》の端《は》・年《とし》の始《はじめ》・年《とし》の花《はな》　↓初春《はつはる》・正月　〈新年の山襞に立つ烟かな　室生犀星〉〈古きよき言の葉をもて年迎ふ　富安風生〉

初春《はつはる》 （全） 春《はる》・明《あけ》の春《はる》・今朝《けさ》の春《はる》・千代《ちよ》の春《はる》・四方《よも》の春《はる》・花《はな》の春《はる》・老《おい》の春《はる》・玉《たま》の春《はる》・新春《しんしゅん》・**迎春**《げいしゅん》　旧暦では、正月は立春（二月四日頃）に前後して巡ってきたので春の初めだった。そのため新年を「初春《はつはる》」と呼んだ。↓新年　〈酒もすき餅もすきなり今朝の春　高浜虚子〉〈生くることやうやく楽し老の春　富安風生〉

正月《しやうぐわつ》 （全） お正月《しやうぐわつ》・祝月《いはひづき》・元月《ぐわんげつ》・昵月《ぢつげつ》・端月《たんげつ》・初月《しよげつ》・はつづき・嘉月《かげつ》・王月《わうげつ》・上月《じやうげつ》・謹月《きんげつ》・年端月《としはづき》・初春月《はつはるづき》・暮新月《くれしづき》・初空月《はつぞらづき》・霞初月《かすみそめづき》・太郎月《たらうづき》・初見月《はつみづき》・子日月《ねのひづき》・端正月《たんしやうぐわつ》・年初月《ねんしよげつ》・正陽月《せいやうげつ》・王春月《わうしゅんげつ》・春正月《しゅんしやうぐわつ》・人正月《じんしやうぐわつ》・王春《わうしゅん》・開春《かいしゅん》・発春《はつしゅん》・首春《しゅしゅん》・献春《けんしゅん》・規春《きしゅん》・首歳《しゅさい》・初《しよ》歳《さい》・肇歳《てうさい》・開歳《かいさい》・芳歳《はうさい》・華歳《くわさい》・方歳《はうさい》・発歳《はつさい》・献歳《けんさい》・初節《しよせつ》・青陽《せいやう》・孟陽《まうやう》・上陽《じやうやう》・新陽《しんやう》・初《しよ》陽《やう》・孟陬《まうすう》・王正《わうせい》・月正《げつせい》・天正《てんせい》・地正《ちせい》・人正《じんせい》・初正《しよせい》・夏正《かせい》・春孟《しゅんまう》・春首《しゅんしゅ》・歳首《さいしゅ》・歳初《さいしよ》　一年の最初の月、一月のこと。↓旧正月（春）・睦月（春）〈正月の白波を見て老夫婦　桂信子〉

今年《ことし》 （全） 今年《こんねん》・当年《たうねん》　〈旅先に鶴見て今年はじまりぬ　鈴木真砂女〉

去年今年《こぞことし》 ㊤ 去年から今年へ時がすみやかに移ること。古い年を送り、新しい年を迎えたことを表す季語。〈去年今年貫く棒の如きもの　高浜虚子〉〈去年今年よき詩に酔へるこころまた　飯田龍太〉

初昔《はつむかし》 ㊤ **宵**《よひ》**の年**《とし》 「初昔」は新年になってから旧年をさす言葉。「宵の年」は、本来は大晦日《おおみそか》の夜、すなわち除夜をさしたが、俳句では新年になってから、改めて旧年あるいは旧年の暮れを振り返るときに使う。〈雨が雪にそんな気配も初昔　宇多喜代子〉

去年《こぞ》 (全) **去年**《きよねん》**・去歳**《きよさい》 〈去年の土つけしまま鍬立ってをり　大串章〉

旧年《きうねん》 (全) **旧年**《ふるとし》**・古年**《ふるとし》**・旧臘**《きうらふ》**・旧冬**《きうとう》 〈旧年を坐りかへたる机かな　志田素琴〉

元日《ぐわんじつ》 ㊤ **お元日**《ぐわんじつ》**・鶏日**《けいじつ》**・日**《ひ》**の始**《はじめ》**・月**《つき》**の始**《はじめ》**・三**《みつ》**の始**《はじめ》**・三始**《さんし》**・三元**《さんげん》**・元三**《ぐわんさん》 ↓元旦・三が日 〈元日や袴をはいて家に在る　松根東洋城〉〈元日や手を洗ひをる夕ごころ　芥川龍之介〉

元旦《ぐわんたん》 ㊤ **元朝**《ぐわんてう》**・歳旦**《さいたん》**・聖旦**《せいたん》**・大旦**《おほあした》**・初旦**《しよたん》**・初旦**《はつあした》**・鶏旦**《けいたん》**・朔旦**《さくたん》**・改旦**《かいたん》**・春**《はる》**の旦**《あした》**・初暁**《はつあかつき》**・年**《とし》**の朝**《あさ》 元日の朝のこと。↓元日 〈ふるさとの富士と真向ふ大旦　中村苑子〉

三が日《さんがにち》 ㊤ **三ケ日**《さんがにち》 〈一人居や思ふことなき三ケ日　夏目漱石〉

二日《ふつか》 ㊤ **狗日**《くじつ》 ↓三が日 〈留守を訪ひ留守を訪はれし二日かな　五十嵐播水〉

三日《みつか》 ㊤ **猪日**《ちよじつ》 ↓三が日 〈ちりぢりに子が去り雪となる三日　福田甲子雄〉

四日《よつか》 ㊤ **羊日**《やうじつ》 ↓仕事始 〈火の気なき官舎に戻る四日かな　戸恒東人〉

五日《いつか》 ㊤ **牛日**《ぎうじつ》 〈江ノ島や五日の磯に人のせて　星野恒彦〉

六日《むいか》 ㊤ **六日年**《むいかどし》**・馬日**《ばじつ》 〈凭らざりし机の塵も六日かな　安住敦〉

七日《なぬか》 ㊤ **七日**《なのか》 ↓人日 〈煮大根のくずれ加減も七日かな　清水基吉〉

人日《じんじつ》 ㊤ **人**《ひと》**の日**《ひ》**・人勝節**《じんしようせつ》**・元七**《ぐわんしち》**・霊辰**《れいしん》 一月七日のこと。元日＝鶏日《けいじつ》、二日＝狗日《くじつ》、三日＝猪日《ちよじつ》、四日＝羊日《ようじつ》、五日＝牛日《ぎゆうじつ》、六日＝馬日《ばじつ》とし、七日は人の世界の運勢を占い、人を尊ぶ日とされた。↓七日・七種《ななくさ》 〈何をもて人日の客もてなさん　高浜虚子〉

七日正月《なぬかしやうぐわつ》 ㊤ ↓七日・人日・六日年越 〈七日正月魚蔵《なくら》の扉開けてあり　川端庸子〉

松の内《まつのうち》 ㊤ **松七日**《まつなぬか》**・注連**《しめ》**の内**《うち》 正月の松飾りの掛けてある期間。〈浅草によき空のあり松の内　京極杜藻〉

松過《まつすぎ》 ㊤ **松明**《まつあけ》**・注連明**《しめあけ》 松飾りや注連飾《しめかざ》りが取り払われたあとの数日間をいう。↓松の内 〈松過の又も光陰矢の如く　高浜虚子〉

春永《はるなが》 (全) **永陽**《えいやう》 正月、初春の末永い平安を祝う言葉。春になって日が永くなり、気持ちも長閑《のどか》になるのを喜ぶ。〈春永といふやことばのかざり縄　立圃〉

餅間《もちあひ》 ㊥ **餅中**《もちなか》**・餅間**《もちあはひ》 一月七日の七種《ななくさ》過ぎから一五日の小正月の前までの期間。〈餅間のピザの出前もよからずや　尾亀清四郎〉

小年《こどし》 ㊥ **小年夜**《こどしよ》**・小年越**《こどしこし》 一月一五日の小正月の前日。

小正月《こしやうぐわつ》 ㊥ **十五日正月**《じふごにちしやうぐわつ》**・花正月**《はなしやうぐわつ》**・望正月**《もちしやうぐわつ》**・望年**《もちどし》**・若年**《わかとし》**・若正月**《わかしやうぐわつ》**・二番正月**《にばんしやうぐわつ》 一月一日（元日）、また一日から七日までを大《おお》正月というのに対して、一月一五日、もしくは一四日から一六日にかけてをいう。↓花の内・餅花・成木責・鳥追・土竜打・左義長 〈あたゝかく暮れて月夜や小正月　岡本圭岳〉

女正月《をんなしやうぐわつ》 ㊥ **女正月**《めしやうぐわつ》 一月一五日の小正月のこと。女性のための正月とされた。〈もてなしの干菓子のいろも女正月　神崎忠〉

仏正月《ほとけしやうぐわつ》 ㊥ **仏**《ほとけ》**の口明**《くちあけ》**・念仏**《ねんぶつ》**の口明**《くちあけ》**・仏**《ほとけ》**の日**《ひ》**・仏**《ほとけ》**の年越**《としこし》**・先祖正月**《せんぞしやうぐわつ》**・寺年始**《てらねんし》 新年になってから初めて先祖（仏）を祀《まつ》る日。一月一六日とするところが多いが、一四日、二〇日に行う地域もある。〈一門の仏正月句気あがる　磯野充伯〉

花の内《はなのうち》 ㊦ 東北地方では、正月の「松の内」に対して、一月一五日の小正月から一月末までの時期を「花の内」とよぶ。→小正月〈花の内なるみちのくの鮫鱠　松村富雄〉

二十日正月《はつかしやうぐわつ》 ㊦ **団子正月**《だんごしやうぐわつ》**・二十日団子**《はつかだんご》**・骨正月**《ほねしやうぐわつ》**・頭正月**《かしらしやうぐわつ》 一月二〇日。新年の祝い納めの日。→二十日祝〈文楽に二十日正月とて遊ぶ　大橋敦子〉

初晦日《はつみそか》 ㊦ **初三十日**《はつみそか》**・晦日宵**《みそかよひ》**・晦日正月**《みそかしやうぐわつ》**・晦日団子**《みそかだんご》**・蔦**《つた》**の正月**《しやうぐわつ》 〈富士見ゆる日を重ねきて初三十日　藤沢紗智子〉

初朔日《はつついたち》 ㊦ **太郎**《たらう》**の朔日**《ついたち》**・次郎**《じらう》**の朔日**《ついたち》**・迎**《むか》**へ朔日**《ついたち》 旧暦では新月が正月となるが、その後にくる新月「朔《さく》」の日のこと。旧暦二月一日に当たる。〈登るため下る初朔日の道　松浦敬親〉

天文

初空《はつぞら》 ㊤ **初御**《はつみ》**空**《そら》 元日の淑気のなかに見上げる空。→初東雲《はつしののめ》〈初空の藍と茜と満たしあふ　山口青邨〉

初星《はつぼし》 ㊤ **星新**《ほしあたら》**し** 新年を迎えて見上げる夜空の星。

初日《はつひ》 ㊤ **初陽**《はつひ》**・初旭**《はつあさひ》**・若日**《わかび》**・初日**《はつひ》**の出**《で》**・初日**《はつひ》**影**《かげ》**・初日**《はつひ》**山**《やま》 元日の淑気のなかに昇る太陽。↓初日拝む 〈夢殿の夢の扉《とぼそ》を初日敲《う》つ　中村草田男〉〈光年の中の瞬の身初日燃ゆ　林翔〉

初明り《はつあかり》 ㊤ **初夜**《はつよ》**明**《あけ》 元日の朝、東の空にほのぼのと差す曙光《しょこう》。〈初あかりそのまま命あかりかな　能村登四郎〉〈まだ何の影とも知れず初明り　片山由美子〉

初東雲《はつしののめ》 ㊤ **初曙**《はつあけぼの》 元日の夜明け、また明け方の空。↓初空 〈徐々に徐々に初東雲といへる空　後藤比奈夫〉

初茜《はつあかね》 ㊤ **初茜空**《はつあかねぞら》 元日の明け方、東の空に差し始める曙光《しょこう》。〈北海の天かたむけて初あかね　伊藤凍魚〉

初晴《はつばれ》 ㊤ 元日の晴天。〈初晴のどこにも人の見当らぬ　鷲谷七菜子〉

初東風《はつごち》 ㊤ 新年になって初めて吹く東風。↓東風（春）〈初東風や波にあそべる松ふぐり　田村木国〉

初風《はつかぜ》 ㊤ 元日に吹く風。〈初風はどんぐり山に吹いてをり　大峯あきら〉

初松籟《はつしょうらい》 ㊤ **初松風**《はつまつかぜ》 新年になって初めて吹く松風、または正月の松風をいう。〈初松籟父に呼ばれしかと思ふ　高崎武義〉

儺追風《なおひかぜ》 ㊤ 早春、愛知県稲沢市の国府宮《こうのみや》で行われる儺追神事（直会祭《なおえまつり》）の日（旧暦一月一三日）に吹く風のこと。〈梅の花散りはじめけり追儺風　丈草〉

初凪《はつなぎ》 ㊤ 元日に風もなく、海が静かに凪《な》ぎわたるさまをいう。〈初凪や誘はれ出でし由比ヶ浜

池内たけし〉

御降り《おさがり》 ㊤ 富正月《とみしやうぐわつ》　元日、あるいは三が日に降る雨や雪のこと。〈お降りや暮れて静かに濡るゝ松　島田青峰〉

初霞《はつがすみ》 ㊤ 新霞《にひがすみ》　新春の野山にたなびく霞。↓霞（春）〈山が山を恋せし昔初霞　長谷川櫂〉

淑気《しゆくき》 (全) 淑気満つ《しゆくきみつ》　新春のめでたい気分が天地あまねく満ち満ちていること。〈天地に戸口を開き淑気かな　村越化石〉〈遠き世のわけても塔の淑気かな　鷹羽狩行〉

地　理

初景色《はつげしき》 ㊤ 初気色《はつげしき》・初山河《はつさんが》・初赤城《はつあかぎ》〈年重ねきていやまさる初景色　中村汀女〉〈幼な名で呼ばれ眩しき初山河　中村苑子〉

初富士《はつふじ》 ㊤ 〈初富士を隠さうべしや深庇　阿波野青畝〉

初筑波《はつつくば》 ㊤ 〈ほのぼのと二つ峰あり初筑波　清崎敏郎〉

初比叡《はつひえい》 ㊤ 〈晴れきつて三十六峰初比叡　朝妻力〉

初浅間《はつあさま》 ㊤ 〈稜線も襞も女神や初浅間　西本一都〉

若菜野《わかなの》 ㊤ 七種粥《ななくさがゆ》の若菜を摘む野。↓七種・若菜　〈若菜野や八つ谷原の長命寺　石田波郷〉

生活

若水《わかみづ》 ㊤ **井華水**《せいくわすい》**・初水**《はつみづ》**・福水**《ふくみづ》**・一番水**《いちばんみづ》**・若井**《わかゐ》**・井開**《ゐびらき》**・若水桶**《わかみづをけ》**・若水汲**《わかみづくみ》**・若水迎**《わかみづむかへ》 元日の朝に初めて汲《く》む水。↓大服・福沸・初手水《はつちょうず》 〈若水や人汲み去れば又湛ふ　赤木格堂〉

歯固《はがため》 ㊤ **歯固**《はがため》**の餅**《もち》**・火鑽餅**《ひきりのもち》 正月初めに長寿を願って固いものを食べる習わし。↓具足餅・押鮎 〈歯固や年歯とも言ひ習はせり　高浜虚子〉

花弁餅《はなびらもち》 ㊤ **葩餅**《はなびらもち》**・菱葩餅**《ひしはなびらもち》**・お祝**《いは》**ひかちん・御焼餅**《おやきかちん》 茶道諸流派で初釜《はつがま》のとき出される餅。原形は菱葩餅で、宮中のお節料理の一つ。白餅を丸く平らにし、小豆汁《あずきじる》で染めた菱形の餅を薄く作って重ね、甘く煮た牛蒡《ごぼう》を二本と白味噌《しろみそ》の餡《あん》を挟む。↓初釜 〈あけぼのの色とも見えて花びら餅　能村登四郎〉

小松引《こまつひき》 ㊤ **子**《ね》**の日**《ひ》**の遊**《あそ》**び・初子**《はつね》**の日**《ひ》**・子**《ね》**の日**《ひ》**・初子**《はつね》**・子**《ね》**の日**《ひ》**の松**《まつ》**・松引**《まつひき》**・子**《ね》**の日衣**《ひごろも》**・子**《ね》**の日**《ひ》**の宴**《えん》 平安時代に朝廷で行われた正月の行事。初子の日に野に出て小松を引き、若菜を摘み、若菜の羹《あつもの》を食し、無病息災を祈った。↓若菜を供《く》ず・子日草 〈子の日する昔の人のあらまほし　高浜虚子〉

門松《かどまつ》 ㊤ **松飾**《まつかざり》**・飾松**《かざりまつ》**・竹飾**《たけかざり》**・飾竹**《かざりたけ》**・門飾**《かどかざり》**・門**《かど》**の松**《まつ》**・門**《かど》**の竹**《たけ》**・立松**《たてまつ》**・飾木**《かざりぎ》**・門木**《かどき》**・俵松**《たはらまつ》**・長**《なげ》**押**《し》**松**《まつ》 新年に戸口や門に立てる松のこと。↓松迎（冬）・門松立つ（冬）・松の内・松過・松納 〈幾霜に心ばせをの松飾り　芭蕉〉〈門松や富士の湧水鳴りやまず　甲斐遊糸〉

藁盒子《わらがふし》 ㊤ **幸籠**《さいはひかご》 藁で編んだ身と蓋《ふた》からなる小さい容器を、門松に結びつけて、正月の供物を入れたもの。〈出入りのたびに覗いて藁盒子　宇多喜代子〉

幸木《さいはひぎ》 ㊤ **幸木**《さいぎ》**・万懸**《よろづか》**け・懸**《かけ》**の魚**《うを》**・十二節**《じふにせつ》 正月の飾りの一種。家の中庭や土間などに六尺（約二メートル弱）ぐらいの横棒を吊るし、縄を一二本（閏年《うるうどし》は一三本）結び下げ、その縄に三が日に使う食材を吊《つ》り下げたもの。〈雉一羽足せしはなやぎ幸木　茨木和生〉

飾《かざり》 ㊤ **お飾**《かざり》 正月の飾りのこと。古くは注連縄《しめなわ》と鏡餅が使われてきたが、近年では輪飾《わかざり》の方が広く見られる。↓飾売（冬）〈波の間に見えて生簀の飾かな　岡田耿陽〉

注連飾《しめかざり》 ㊤ **注連縄**《しめなは》**・七五三縄**《しめなは》**・年縄**《としなは》**・飾縄**《かざりなは》**・縄飾**《なはかざり》**・飾藁**《かざりわら》**・掛飾**《かけかざり》**・大飾**《おほかざり》**・前垂注連**《まへだれしめ》**・輪**《わ》**飾**《かざり》**・輪注連**《わじめ》**・大根注連**《だいこんじめ》**・牛蒡注連**《ごばうじめ》 ↓注連作（冬）・注連飾る（冬）〈まだ誰も来ぬ玄関の注連飾　神尾季羊〉〈輪飾りの小さき祈りも納めけり　山田みづえ〉

蓬莱《ほうらい》 ㊤ **蓬莱飾**《ほうらいかざり》**・蓬莱山**《ほうらいさん》**・掛蓬莱**《かけほうらい》**・懸蓬莱**《かけほうらい》**・組蓬莱**《くみほうらい》**・包蓬莱**《つつみほうらい》**・蓬莱台**《ほうらいだい》**・蓬莱盆**《ほうらいぼん》 正月の飾りの一種。素木《しらき》の三方《さんぼう》に白紙を敷いて、米、餅、昆布、伊勢海老《いせえび》、串柿《くしがき》、橙《だいだい》、野老《ところ》、裏白《うらじろ》、楪《ゆずりは》などを正月の縁起物を山と積み上げて床の間に飾る。古代中国の伝説の島、蓬莱島（蓬莱山）をかたどったものという。↓喰積〈蓬莱や湖晴れて伊吹まで　梶山千鶴子〉

喰積《くひつみ》 ㊤ **食積**《くひつみ》**・重詰**《ぢゆうづめ》**・重詰料理**《ぢゆうづめれうり》**・組重**《くみぢゆう》**・お手掛**《てかけ》**・喰積飾**《くひつみかざり》**・喰継**《くひつ》**ぎ・お取初**《とりぞめ》 年賀の客を饗《きよう》応《おう》するための重箱に詰めた料理。今日のお節料理に相当する。↓蓬莱〈喰積にとき〴〵動く老の箸　高浜虚子〉

鏡餅《かがみもち》 ㊤ **御鏡**《おかがみ》**・餅鏡**《もちひかがみ》**・飾餅**《かざりもち》**・据**《すわ》**り餅**《もち》**・御供**《おそなへ》**・御供餅**《おそなへもち》 ↓具足餅・鏡開〈鏡餅暗きところに

割れて坐す　西東三鬼〉

飾海老《かざりえび》 ㊤ **海老飾**《えびかざ》**る・伊勢海老飾**《いせえびかざ》**る・伊勢海老祝**《いせえびいは》**ふ・鎌倉海老飾**《かまくらえびかざ》**る**　→伊勢海老　〈鬚はねて太《はなはだ》長し飾海老　松本たかし〉

飾炭《かざりずみ》 ㊤ **結炭**《ゆひずみ》　〈馬の息しづかなる夜の飾り炭　はりまだいすけ〉

飾臼《かざりうす》 ㊤ **臼飾**《うすかざ》**る**　〈あかねさす近江の国の飾臼　有馬朗人〉

飾米《かざりごめ》 ㊤ **米飾**《こめかざ》**る**　正月に飾る蓬萊台《ほうらいだい》の上に供え敷く白米をいう。〈飾米つまみこぼれも飾りけり　美柑みつはる〉

松竹梅飾《しょうちくばいかざ》**る** ㊤ 古来めでたいものとして祝い事に用いられてきた松竹梅を、正月の飾りとすること。〈松竹梅飾る上総は海の国　太田寛郎〉

楪飾《ゆづりはかざ》**る** ㊤ →蓬萊・鏡餅・楪

歯朶飾《しだかざ》**る** ㊤ **裏白飾**《うらじろかざ》**る**　→歯朶・蓬萊　〈三方を真直に匡す歯朶飾　道山昭爾〉

橘飾《たちばなかざ》**る** ㊤ →橘（秋）・蓬萊　〈蓬萊の橘匂ふ一間かな　陶々〉

橙飾《だいだいかざ》**る** ㊤ **代々飾**《だいだいかざ》**る**　→橙（秋）・蓬萊　〈橙の尻をひと撫でして飾る　山尾玉藻〉

柑子飾《かうじかざ》**る** ㊤ →柑子（秋）・蓬萊　〈わが春に実植の柑子粧りけり　知足〉

柚柑飾《ゆかうかざ》**る** ㊤ **柚子飾**《ゆずかざ》**る**　→蓬萊・柚柑　〈柚子飾る日暮の指の匂ひけり　加藤楸邨〉

藪柑子飾《やぶかうじかざ》**る** ㊤ 藪柑子は冬季に小さな球形の赤い実をつける。柑子蜜柑《みかん》類とは全く異なるものだが、その名前から、蜜柑類のない地方で飾られる。→藪柑子（冬）・蓬萊

蜜柑飾《みかんかざ》**る** ㊤ →蜜柑（冬）・蓬萊

串柿飾る《くしがきかざる》 ㊤ 乾柿飾《ほしがきかざ》る・胡蘆《ころ》柿飾《がきかざ》る
〈串柿をさして銭籠祝ひかな　安斎桜磈子〉

榧飾る《かやかざる》 ㊤ ↓榧の花（春）・榧の実（秋）・榧
〈幾年を虫気なき榧飾りけり　服部嵐翠〉

搗栗飾る《かちぐりかざる》 ㊤ ↓搗栗作る（秋）
〈搗栗や歯のなきは無き家の春　無徳〉

梅干飾る《うめぼしかざる》 ㊤ 梅干の酸味が腐敗を防ぐ毒消しになり、またその皺《しわ》が老人を思わせることから、健康長寿のめでたい食物ともされた。↓梅干す（夏）

昆布飾る《こんぶかざる》 ㊤ 飾昆布《かざりこんぶ》・結昆布祝《むすびこんぶいは》ふ ↓昆布（夏）
〈しんしんと飾昆布が粉を噴く　松浦敬親〉

野老飾る《ところかざる》 ㊤ 野老祝《ところいは》ふ ↓野老
〈ひげの砂こぼし野老を飾りけり　沢木欣一〉

穂俵飾る《ほだはらかざる》 ㊤ ほんだはら飾《かざ》る ↓穂俵・蓬萊
〈穂俵の縺《もつ》れをほぐし飾りけり　小林狸月〉

梛葉飾る《なぎのはかざる》 ㊤ 梛は「薙《なぎ》」に通じて凶事を薙《な》ぎ払い、「凪《なぎ》」に通じて船の安全に通じる意から、災難除けに、また夫婦和合のしるしとしても珍重された。

掛鯛《かけだひ》 (全) 懸鯛《かけだひ》・にらみ鯛《だひ》・包尾《つつみを》の鯛《たひ》 正月に二尾の小鯛を藁縄《わらなわ》で結び、歯朶《しだ》・楪《ゆずりは》を挿して竈《かまど》の上に掛けること。
〈掛鯛に鍬休めする一日かな　亀田小蛄〉

掛筵《かけむしろ》 (全) 新筵《あらむしろ》・年薦《としごも》・福筵《ふくむしろ》
〈末社まで雪に敷きある福筵　中山幸枝〉

福藁《ふくわら》 (全) 福藁敷《ふくわらし》く・ふくさ藁《わら》 正月に門口や内庭に敷く新しい藁。
〈福藁の青さ大事に敷かれけり　加古宗也〉

初日拝む《はつひをがむ》 ㊤ 元旦の日の出を拝むこと。↓初日・初明り

浜拝《はまをがみ》 ㊤ 元日、広島県安芸《あき》地方を中心とする瀬戸内海沿岸の製塩業者が行う行事。

若潮《わかしほ》 ㊤ 若潮迎《わかしほむかへ》・若潮汲《わかしほく》む・初浜《はつはま》・若塩売《わかしほうり》・若塩祝《わかしほいはひ》 元日の早朝、年男が海から汲んできて

神に供える潮水。〈若潮汲むひとりひとりの背中かな　九鬼あきゑ〉

年男《としをとこ》 ㊤ 年女《としをんな》・若男《わかをとこ》・節男《せちをとこ》・役男《やくをとこ》・万力男《まんりきをとこ》・祝太郎《いはひたらう》　家々で正月の神を迎えて祭りを行うために選ばれた祭主となる男性。〈年男胡坐して謡一番す　大野洒竹〉

屠蘇《とそ》 ㊤ 屠蘇《とそ》祝《いは》ふ・屠蘇《とそ》酒《しゆ》・屠蘇《とそ》袋《ぶくろ》・屠蘇《とそ》の香《か》・屠蘇《とそ》の酔《よひ》・屠蘇《とそ》延命散《えんめいさん》・屠蘇《とそ》散《さん》　元日の朝、無病息災と長寿を願って飲む薬酒。〈祖母も母も並びて小さし屠蘇を受く　古賀まり子〉

雑煮《ざふに》 ㊤ 雑煮《ざふに》祝《いは》ふ・羹《かん》を祝《いは》ふ・雑煮《ざふに》餅《もち》・雑煮《ざふに》膳《ぜん》・雑煮《ざふに》椀《わん》　〈根《こん》のもの厚く切つたる雑煮かな　大石悦子〉〈海山のものの重みを雑煮椀　野澤節子〉

芋の頭祝ふ《いものかみいはふ》 ㊤ 芋《いも》の頭《かみ》・芋頭《いもがしら》・芋頭祝《いもがしらいは》ふ　正月に芋の頭を縁起物として雑煮《ぞうに》やお節料理に用いること。芋の頭は里芋の親芋のことで、子孫繁栄や人の頭に立つ意に通じるとされた。〈生涯を廻り道して芋頭　小西敬次郎〉

大根祝ふ《だいこんいはふ》 ㊤ 大根飾《だいこんかざ》る　正月に大根を蓬莱《ほうらい》などに飾ること。↓大根（冬）・鏡草　〈かさこそと大根飾る老母かな　源鬼彦〉

太箸《ふとばし》 ㊤ 羹箸《かんばし》・雑煮《ざふに》箸《ばし》・柳箸《やなぎばし》・祝箸《いはひばし》・箸包《はしづつみ》・箸紙《はしがみ》・孕《はら》み箸《ばし》・腹太箸《はらふとばし》・餅箸《もちばし》　新年の食膳に用いる白木の太い箸。〈太箸に枝の俤ありにけり　長谷川櫂〉

庭竈《にはかまど》 ㊤ 庭囲炉裏《にはゐろり》　三が日の間、中庭や土間に新しい竈を作り、火を焚《た》いて、家の者や奉公人が共に餅や酒を楽しむこと。竈の火は年越しの夜、神社で貰《もら》ってきたもの。〈松竹の中に草戸や庭竈　松瀬青々〉

年賀《がねん》 ㊤ 年《とし》の賀《が》・年始《ねんし》・年礼《ねんれい》・年《とし》の礼《れい》・初礼《はつれい》・正月礼《しやうぐわつれい》・春《はる》の礼《れい》・門礼《かどれい》・廻礼《くわいれい》・年始廻《ねんしまは》り・

賀正《がしやう》・賀詞（がし／よごと）　↓御慶〈武蔵野の芋さげてゆく年賀かな　佐野青陽人〉

御慶《ぎよけい》　㊤　改年《かいねん》の御慶《ぎよけい》　正月の挨拶（年賀）の言葉。↓年賀〈長松が親の名で来る御慶かな　野坡〉

礼者《れいじや》　㊤　初礼者《はつれいじや》・門礼者《かどれいじや》・賀客《がきやく》・年賀客《ねんがきやく》・年始客《ねんしきやく》・年賀人《ねんがびと》　正月三が日、新年の挨拶に家々を巡り歩く人。↓二月礼者（春）〈ひそと来てひそと去りたる礼者かな　久保田万太郎〉

女礼者《をんなれいじや》　㊤　女賀客《をんながきやく》・女礼《をんなれい》　正月三が日を過ぎて年賀に回る女性をいう。〈女礼者らしく古風につゝましく　高浜虚子〉

年玉《としだま》　㊤　お年玉《としだま》・礼扇《れいあふぎ》〈年玉を妻に包まうかと思ふ　後藤比奈夫〉

賀状《がじやう》　㊤　年賀状《ねんがじやう》・年始状《ねんしじやう》・賀表《がへう》・年賀郵便《ねんがいうびん》・年賀電報《ねんがでんぽう》・年賀《ねんが》はがき・賀状配達《がじやうはいたつ》　↓賀状書く（冬）〈希望が丘緑ヶ丘より賀状くる　宇多喜代子〉

礼帳《れいちやう》　㊤　礼受帳《れいうけちやう》・門《かど》の礼帳《れいちやう》　年賀客が、姓名を書きとめて帰るように置かれた帳面。年賀に訪れる礼者《れいじや》が多い身分の高い武家や大きな商家で見られた風習。〈礼帳の部厚く大和一の宮　森田峠〉

礼受《れいうけ》　㊤　正月三が日の間、玄関先に賀客を迎え、祝詞を受けて応対すること。また、その人。〈遊び妓《よね》火桶囲みて礼者受　後藤夜半〉

名刺受《めいしうけ》　㊤　名刺交換会《めいしかうくわんくわい》　正月三が日の間、年賀に訪れる礼者《れいじや》のために、玄関先や店先に置いた名刺を受けるための器。〈はや〴〵の人のなつかし名刺受　上川井梨葉〉

吉原遊女年礼《よしはらいうぢよねんれい》　㊤　吉原遊女二日礼《よしはらいうぢよふつかれい》・跡着《あとぎ》・道中《だうちゆう》　正月二日、江戸の遊郭吉原で、遊女

が店の格に従った仕着せの小袖《こそで》を着て、茶屋への年礼に回ったこと。

宝船《たからぶね》 ㊤ 元日か正月二日の夜、よい初夢を見ることを望んで、宝船の絵を枕の下に敷いて寝ること。また、その絵。↓宝船敷く（冬）・初夢 〈つくづくと寶はよき字宝舟　後藤比奈夫〉

初夢《はつゆめ》 ㊤ **夢祝**《ゆめいはひ》・**夢流**《ゆめなが》**し**・**初枕**《はつまくら》・**獏枕**《ばくまくら》・**貘枕**《ばくまくら》 ↓宝船敷く（冬）・宝船 〈初夢の扇ひろげしところまで　後藤夜半〉〈初夢のなかをどんなに走つたやら　飯島晴子〉

ひめ始《ひめはじめ》 ㊤ **飛馬始**《ひめはじめ》・**姫糊始**《ひめはじめ》・**火水始**《ひめはじめ》・**密事始**《ひめはじめ》・**姫始**《ひめはじめ》・**編糅始**《ひめはじめ》 正月二日に行われたとされる行事で、諸説がある。正月初めて男女が交わること。乗馬の始めの意味、姫飯《ひめいい》（釜《かま》で炊いた柔らかい飯、にぎ飯《いい》）の食い始めとするなど。〈はるかにも卑弥呼の世あり姫はじめ　古田紀一〉

書初《かきぞめ》 ㊤ **試筆**《しひつ》・**試毫**《しがう》・**吉書**《きつしよ》・**吉書始**《きつしよはじめ》・**筆始**《ふではじめ》 ↓初硯 〈書初や平仮名一人一字づつ　久保田万太郎〉〈書初のわが悪筆を愉しめり　木割大雄〉

初硯《はつすずり》 ㊤ 新年に初めて字を書くために硯を使うこと。↓書初 〈ましろなる筆の命毛初硯　富安風生〉

読初《よみぞめ》 ㊥ **読始**《よみはじめ》・**草子**《さうし》**の読初**《よみぞめ》・**読書始**《どくしよはじめ》・**初草子**《はつざうし》 新年になって初めて書物を読むこと。〈読みぞめに古今和歌集春の哥《うた》　川崎展宏〉

仕事始《しごとはじめ》 ㊤ **事務始**《じむはじめ》・**初仕事**《はつしごと》・**初事務**《はつじむ》 ↓御用納（冬）〈何もせず坐りて仕事始めかな　清水基吉〉

臼起《うすおこし》 ㊤ 正月に臼の使い始めの儀式を行うこと。

船乗初《ふなのりぞめ》 ㊤ **船初**《ふなはじめ》・**初船**《はつふね》・**初沖**《はつおき》・**乗出**《のりだ》**し** 〈乗初や帆のはためきに打たれつつ　小杉余子〉

船起《ふなおこし》 ㊥ **起舟**《きしう》**・船出始**《ふなではじめ》**・漕初**《こぎぞめ》**・船霊節句**《ふなだませつく》**・船方祭**《ふなかたまつり》**・船霊祭**《ふなだままつり》 一月一一日（現在は二月一一日）、石川県能登《のと》地方で漁業や廻船《かいせん》業に携わる人々を中心に行われる船乗初《ふなのりぞめ》に似た儀式。〈茜さす海の道あり船起し　森澄雄〉

御用始《ごようはじめ》 ㊤ 一月四日、官公庁などで仕事を始めること。↓御用納（冬）〈うつうつと御用始めを退けにけり　細川加賀〉

初市《はついち》 ㊤ **初市場**（はつしぢやう／はついちば）**・市始**《いちはじめ》**・初立会**《はつたちあひ》**・初相場**《はつさうば》**・初糶**《はつせり》**・大発会**《だいはつくわい》 〈初市の鯛売れしこゑ高めたり　大串章〉

初商《はつあきなひ》 ㊤ **商始**《あきなひはじめ》**・商初**《あきなひぞめ》**・初売**《はつうり》**・売初**《うりぞめ》**・福袋**《ふくぶくろ》 〈控へ目に初売のもの仕入れけり　鈴木真砂女〉

初音売《はつねうり》 ㊤ **初音笛**《はつねぶえ》 大晦《おおみそか》日夜から元日にかけて、竹で作った鶯笛《うぐいすぶえ》を吹き鳴らしながら売り歩いたこと。また、その笛。〈竹の香の青き初音を買ひにけり　栗生純夫〉

初荷《はつに》 ㊤ **初荷馬**《はつにうま》**・飾馬**《かざりうま》**・初荷車**《はつにぐるま》**・初荷船**《はつにぶね》**・初荷舟**《はつにぶね》**・初荷橇**《はつにぞり》**・初荷駅**《はつにえき》 〈紐赤く伊勢の初荷の届きけり　伊藤通明〉

買初《かひぞめ》 ㊤ **初買**《はつがひ》 〈買初に雪の山家の絵本かな　泉鏡花〉

節振舞《せちぶるまひ》 ㊜ **節饗**《せちあへ》**・年**《とし》**の饗**《あへ》**・朝節**《あさせち》**・夕節**《ゆふせち》**・節小袖**《せちこそで》**・節衣**《せちごろも》**・節布子**《せちぬのこ》**・椀飯振舞**《わうばんぶるまひ》**・節料理**《せちれうり》**・お節**《せち》**・節客**《せちきやく》 正月に尊者を招いて年始《としはじ》めの饗応《きようおう》をすること。〈伊勢海老の髭をさまらず節料理　後藤比奈夫〉

棚探し《たなさがし》 ㊤ **棚**《たな》**ばらひ・棚元探し**《たなもとさがし》**・棚**《たな》**さらひ** 一月四日に、三が日の年棚《としだな》の供物を集めて雑炊《ぞうすい》などにして食べる行事。↓福沸《ふくわかし》 〈棚さがし土鍋に山とうづ高く　有田風蕩之〉

生年祝《しやうねんいはひ》 ㊤ **年日**《とうしびー》・**年日祝**《としびいはひ》 新年に沖縄地方で行われる風習。

新年会《しんねんくわい》 (全) 〈夜は夜の顔ぶれとなり新年会　菊池共子〉

初会《はつくわい》 (全) **初寄合**《はつよりあひ》 定期的に例会が催されている会合の、新年初めて開かれる会の総称。

歳旦開《さいたんびらき》 ㊤ **歳旦句**《さいたんく》・**歳旦帖**《さいたんてふ》・**歳旦歌**《さいたんか》 正月の吉日に、宗匠《そうしよう》が連歌・俳諧の席を設け、門人らと歳旦の句を披露し、歳旦三つ物を興行すること。↓歳旦三つ物 〈牙郎《すあひ》点者歳旦帳や相場状　越人〉

歳旦三つ物《さいたんみつもの》 ㊤ **三**《み》**つ物連歌**《ものれんが》・**三**《み》**つ物俳諧**《ものはいかい》・**三**《み》**つ物**《もの》・**三**《み》**つ物売**《ものうり》 歳旦開きの席で詠まれる連歌・俳諧。三つ物とは、連歌・俳諧で、発句《ほつく》・脇《わき》・第三のこと。↓歳旦開 〈三つ物上ミは加茂口あたりまで　松根東洋城〉

初句会《はつくくわい》 (全) **新年句会**《しんねんくくわい》・**句会始**《くわいはじめ》・**初運座**《はつうんざ》・**初披講**《はつひかう》・**運座始**《うんざはじめ》・**初懐紙**《はつくわいし》 〈先生に高点はなし初句会　的野雄〉

初吟行《はつぎんかう》 (全) **吟行始**《ぎんかうはじめ》 〈鷗舞ふ河畔はなやぐ初吟行　木村嘉子〉

初旅《はつたび》 (全) **旅始**《たびはじめ》・**旅行始**《りよかうはじめ》 〈初旅の搭乗券を胸にさし　山崎ひさを〉

出初《でぞめ》 ㊤ **初出**《はつで》・**消防出初**《せうばうでぞめ》・**出**《で》**初式**《ぞめしき》・**水上消防出初式**《すいじやうせうばうでぞめしき》・**出**《で》**初鐘**《ぞめがね》・**梯子乗**《はしごのり》 新年に行われる消防士の初出動の儀式。〈加賀鳶のひらりひらりと出初かな　松本美簾〉

六日年越《むいかとしこし》 ㊤ 七日正月を迎えるために、その前夜の六日を年越しの夜として祝うこと。↓七日正月

七種《ななくさ》 ㊤ **七草**《ななくさ》・**七種粥**《ななくさがゆ》・**薺粥**《なづながゆ》・**若菜**《わかな》**粥**《がゆ》・**七雑炊**《ななざふすい》・**七日**《なぬか》**粥**《がゆ》・**若菜**《わかな》**の日**《ひ》・**宵薺**《よひなづな》・**二薺**《ふたなづな》・**若菜**《わかな》**の**

夜《よ》・叩《たた》き菜《な》・七所祝《ななとこいはひ》・七種貰《ななくさもら》ひ・七種売《ななくさうり》　一月七日の節句。また、この日に食べる粥のこと。現在では、芹《せり》・薺《なずな》・御形《ごぎよう》・蘩蔞《はこべら》・仏《ほとけ》の座《ざ》・菘《すずな》（青菜もしくは蕪《かぶ》）・蘿蔔《すずしろ》（大根）を入れた粥をいう。↓若菜野・若菜摘・七種爪・若菜・春の七草・根白草・薺・御形・仏の座・菘・蘿蔔　〈七種やあまれどたらぬものも有り　千代女〉〈夫婦老いどちらが先かなづな粥　草間時彦〉

薺打つ《なづなうつ》　㊤　薺打《なづなうち》・七種打《ななくさう》つ・七草《ななくさ》たたく・七種《ななくさ》はやす・若菜《わかな》はやす・薺《なづな》はやす・薺《なづな》の拍子《ひやうし》　一月七日の七種粥《ななくさがゆ》に入れる菜を刻むこと。↓薺の花（春）・薺摘・薺売・薺　〈薺打つ仏間に香り届くまで　前田攝子〉

若菜摘《わかなつみ》　㊤　若菜摘《わかなつ》む・若菜狩《わかながり》・若菜迎《わかなむかへ》・初若菜《はつわかな》・若菜舟《わかなぶね》・若菜籠《わかなかご》　七種粥《ななくさがゆ》に入れる若菜を摘むこと。↓七種・若菜　〈若菜つみ帰りし野より月の出づ　橋田憲明〉〈大富士の裾を押さへて若菜籠　鷹羽狩行〉

薺摘《なづなつみ》　㊤　初薺《はつなづな》・雪薺《ゆきなづな》　↓薺の花（春）・春の七草・薺打つ・薺売・薺　〈ひとり摘む薺の土のやはらかに　中村汀女〉

薺売《なづなうり》　㊤　若菜売《わかなうり》　↓薺の花（春）・春の七草・薺摘・薺　〈下京やさざめき通る薺うり　蝶夢〉

芹摘《せりつみ》　㊤　芹摘《せりつ》む　正月七日の七種《ななくさ》の一つである芹を摘むこと。↓春の七草

七種爪《ななくさづめ》　㊤　七草爪《ななくさづめ》・菜爪《なづめ》・薺爪《なづなづめ》・六日爪《むいかづめ》・七日爪《なぬかづめ》・爪剪《つめき》り湯《ゆ》　一月七日、七種の日に、その年初めて爪を切ること。↓七種・春の七草　〈子にもして七種爪といふことを　榎本好宏〉

松納《まつをさめ》　㊤　松取《まつと》る・門松取《かどまつと》る・松送《まつおく》り・松引《まつびき》・松上《まつあが》り・松倒《まつたふ》し・松下《まつおろ》し・松直《まつなほ》し・お松払《まつはら》ひ　正月を祝うために飾った門松を取り払うこと。↓門松立つ（冬）・門松　〈夕月の光を加ふ

松納　深見けん二〉

飾納《かざりをさめ》 ㊤ **注連飾取**《しめかざりと》**る・飾取**《かざりと》**る・注連取**《しめと》**る・飾卸**《かざりおろし》**・お飾**《かざり》**こはし** 注連飾りなど新年の飾りをすべて取り去ること。一月六日に行うところが多い。↓左義長 〈細帯に着替へ飾をおろしたりきくちつねこ〉

鳥総松《とぶさまつ》 ㊤ **留守居松**《るすゐまつ》 門松を取り払った後の穴に挿しておく、門松から抜いた松の一枝のこと。〈鳥総松よそにはよその灯がついて　飯島晴子〉

初子の玉箒《はつねのたまばうき》 ㊤ **玉箒**《たまばうき》**・松箒**《まつばうき》**・蚕屋払**《こやばらひ》**・飼屋払**《かひやばらひ》 新年初めての子《ね》の日に宮中に飾られる玉箒。〈よろこぶを見よや初子の玉はは木　嵐雪〉

破魔矢《はまや》 ㊎ **浜矢**《はまや》**・破魔弓**《はまゆみ》**・浜弓**《はまゆみ》 正月の厄除《やくよ》けの縁起物として、神社で初詣で客に授ける弓矢形をしたお守り。〈挿して置く破魔矢の影の添ふ如く　池内たけし〉〈抱きし子に持たせて長き破魔矢かな　松本たかし〉

福達磨《ふくだるま》 ㊤ **達磨市**《だるまいち》 開運や厄除《やくよ》けを祈念して、新年に神棚に飾る達磨。〈福達磨瞳なければばけがれなし　福神規子〉

宝恵駕《ほゑかご》 ㊤ **宝**《ほ》**恵**《ゑ》**籠**《かご》**・ほい駕**《かご》**・戎籠**《えびすかご》**・福助籠**《ふくすけかご》**・宝恵駕行列**《ほゑかごぎやうれつ》 一月一〇日、大阪今宮戎《いまみやえびす》神社の祭日である初戎《はつえびす》に南地（宗右衛門町《そうえもんちよう》）の芸妓《げいぎ》たちによって行われる参拝行事。芸妓たちは駕衣装といわれる黒紋付《くろもんつき》に稲穂の簪《かんざし》の盛装で駕籠《かご》に乗り込む。↓十日戎 〈宝恵籠をはみ出て厚き緋座蒲団　森薫花壇〉

鏡開《かがみびらき》 ㊥ **鏡餅開**《かがみもちひら》**く・鏡割**《かがみわり》**・お供**《そな》**へくづし** 一月一一日、年神に供えられていた鏡餅を下げて

一同で食すこと。→鏡餅・具足開　〈可も不可もなく生きて割る鏡餅　福田甲子雄〉

年卸《としおろし》 ㊥ 年桶《としをけ》おろし　一月一一日、年桶に入れてあった年神への供物、すなわち米・鏡餅・干柿《ほしがき》・栗《くり》・昆布などを卸して家中で食べること。〈寛いで川流れゐる年卸　友岡子郷〉

帳綴《ちやうとぢ》 ㊥ 御帳綴《みちやうとぢ》・帳祝《ちやういはひ》・帳書《ちやうがき》・帳始《ちやうはじめ》・新通《しんかよひ》　一月一一日、商家において新年（往時の会計年度は二月一日に始まった）に使い始める帳簿類を新たに綴じて準備をしたことをいう。また、店の中の能筆の者が「帳書（帳面の上書き）」などをしたという。〈帳とぢや錐目満ちたる店机　高田蝶衣〉

蔵開《くらびらき》 ㊥ 御蔵開《おくらびらき》　新年に吉日を選んで蔵を初めて開き祝うこと。〈風に向いて並ぶ雀や蔵開　青木月斗〉

店卸《たなおろし》 ㊥ 棚卸《たなおろし》・初棚卸《はつたなおろし》　商店などで、決算期に在庫商品の数量などを点検して資産を算出すること。現在では新年とは限らないが、かつては「蔵開《くらびらき》」「帳綴《ちようとじ》」と並ぶ正月の行事であった。〈正月の遊び仕事や店おろし　雪珊〉

松本の塩市《まつもとのしほいち》 ㊥ 飴市《あめいち》　長野県松本市で行われる市。塩を売る市だったが、明治時代からは飴を売る飴市に代わり、現在は一月上旬の日曜を含む二日間、開催される。〈飴市を戻りたる妻猫を抱く　古田紀一〉

十四日年越《じふよつかとしこし》 ㊥ 十四日団子《じふよつかだんご》　小正月の前日、一月一四日にする支度のこと。〈十四日年越の坊主おこしかな　籾山梓月〉

若餅《わかもち》 ㊥ 鼓餅《つづみもち》　新年を迎えてから三が日の間に搗《つ》く餅。また、小正月のために搗く餅。〈若餅

を三臼ばかりを搗きにけり　河東碧梧桐〉

餅花《もちばな》 ㊥ **花餅**《はなもち》**・餅穂**《もちほ》**・餅手鞠**《もちでまり》**・餅**《もち》**の花**《はな》**・餅木**《もちぎ》　稲を模した小正月の飾り木。一月一四日に、水木《みずき》・柳・榎《えのき》・黒文字《くろもじ》・青文字・竹などの枝に、紅白に搗《つ》き分けた餅を細かく千切ってつけたもの。↓小正月・繭玉　〈餅花や静かなる夜を重ねつつ　阿部みどり女〉〈餅花の下の眠りのとろとろと　石嶌岳〉

繭玉《まゆだま》 ㊥ **繭団子**《まゆだんご》**・団子花**《だんごばな》**・繭餅**《まゆもち》**・繭玉祝**《まゆだまいは》**ふ**　餅花と同じように、紅白に搗《つ》き分けた餅を細かく千切って繭の形に丸め、柳や水木《みずき》・黒文字《くろもじ》の枝などにつけた、小正月の飾り木の一つ。↓餅花　〈繭玉のかげ濃く淡く壁にあり　高浜年尾〉〈にぎやかにゆれて繭玉飾り了ふ　深見けん二〉

削掛《けづりかけ》 ㊥ **木花**《きばな》**・削花**《けづりばな》**・ほいたけ棒**《ばう》**・粟穂**《あはぼ》**稗穂**《ひえぼ》**・穂垂**《ほた》**れ・ほんだる・ほんだれ・削掛**《けづりかけ》**挿**《さ》**す・削掛掛**《けづりかけか》**ける**　柳・接骨木《にわとこ》・白膠木《ぬるで》・胡桃《くるみ》・水木《みずき》・松・榎《えのき》など白い木を薄く削って、削《そ》いだ部分をちぢらせたり反らせたりして花に似た形にしたもの。〈削掛火種ふく袖かはし行く　高田蝶衣〉

年木《としぎ》 ㊤ **若木**《わかぎ》**・節木**《せちぎ》**・祝木**《いはひぎ》**・穂木**《ほぎ》**・俵木**《たはらぎ》　新年に年神を迎えるために用いる木。特に正月用の薪。↓年木樵（冬）〈愉しさや年木の木口揃へたり　宮坂静生〉

鬼打木《おにうちぎ》 ㊥ **鬼木**《おにぎ》**・鬼除木**《おによけぎ》**・新木**《にゆうぎ》**・鬼障木**《おにさへぎ》**・鬼押木**《おにおしぎ》**・鬼打棒**《おにうちばう》**・大賀**《おほが》**玉**《たま》**の木**《き》**・門入道**《かどにふだう》　一月一四日の夜や一五日に、門口や門松の周囲などに立てる木。〈鬼打木門安かれと思ふかな　広江八重桜〉

粥杖《かゆづゑ》 ㊥ **粥**《かゆ》**の木**《き》**・福杖**《ふくづゑ》**・粥木**《かゆき》**・粥箸**《かゆばし》**・祝棒**《いはひばう》　一月一五日の小正月に炊く小豆《あずき》粥を掻《か》き回す、

削掛《けずりか》けや燃えさしの棒。女性の尻《しり》を叩《たた》くと子が授かるといわれる。↓十五日粥・粥柱・成木責・尻張〈粥杖に逃げるふりしてうたれけり　三敲〉

十五日粥《じふごにちがゆ》 ㊥ **小豆粥**《あづきがゆ》**・望**《もち》**の粥**《かゆ》**・赤小豆**《あづき》**粥祝**《がゆいは》**ふ**　一月一五日の朝に、粥を作って神に供え、食する風習。〈明日死ぬる命めでたし小豆粥　高浜虚子〉

粥柱《かゆばしら》 ㊥ 一月一五日の粥の中に、餅を入れて食べること。もとは邪気を祓《はら》う行事。↓削掛・粥杖〈粥柱しづかに老を養はむ　富安風生〉

綱引《つなひき》 ㊥ **綱曳**《つなひき》**・縄引**《なはひき》　綱を引き合って行う年占いの行事。神事と年占いをかねた伝統行事で、小正月の一五日に行うところが多い。↓盆綱引（秋）〈綱引や双峰の神みそなはす　石井露月〉

水祝《みづいはひ》 ㊥ **水掛祝**《みづかけいはひ》**・水浴**《みづあび》**せ・水掛振舞**《みづかけぶるまひ》　新年に新婚の祝儀と称して、前年に結婚した男性に水を浴びせる行事。〈鼻たれの男なりけり水祝　高浜虚子〉

尻張《しりはり》 ㊥ **嫁叩**《よめたたき》　新婦の尻を打って無事な出産を祈る行事。↓粥杖〈嫁叩き電柱のある愉しさよ　宮坂静生〉

墨塗《すみぬり》 ㊥ **墨**《すみ》**つけ・墨付正月**《すみつけしやうぐわつ》**・伊達**《だて》**の墨塗**《すみぬり》**・相馬**《さうま》**の隅塗**《すみぬり》　一月一五日、新潟県十日町市松之山《まつのやま》湯本地区で行われる行事。

成木責《なりきぜめ》 ㊥ **木責**《きぜめ》**・木呪**《きまじなひ》**・果樹責**《くわじゆぜめ》**・成祝**《なりいはい》**・なるかならぬか・木**《き》**を囃**《はや》**す**　小正月の行事。果樹、特に柿の木に、その年の豊穣を約束させる木呪い。年男が木に登り、木の下では鉈《なた》・鎌・斧《おの》などを持った男が「成るか成らぬか、成らねば伐《き》るぞ」などと威嚇《いかく》。木の上の男が「成ります、成ります」と、樹霊に代わり誓う。その後、根元近くの幹に傷をつけ、小豆粥などを流し込む。↓小

正月・粥杖　〈塩味の濃き粥かけて成木責　若井新一〉

皐月祝《さつきいはひ》 ㊥ **庭田植**《にはたうゑ》**・宵皐月**《よひさつき》**・農**《のう》**はだて**　小正月に田植えの真似ごとをし、豊作を祈念する予祝の行事。〈鶏小舎の日差がよけれ庭田植　佐藤哲夫〉

田植踊《たうゑをどり》 ㊥ **弥十郎**《やじふらう》　東北地方で行われる田遊びの風流化した踊り。

田遊《たあそび》 ㊥ **春鍬**《はるくは》**・安女**《やすめ》**・太郎次**《たらうじ》**・尺太郎**《しやくたらう》**・尺次郎**《しやくじらう》**・よねぼ・よねほう・よなんそう**　その年の豊作を祈って行う春の祈年祭《としごいのまつり》の神事芸能。↓えんぶり（春）〈田遊びの天狗を囃す地を叩き　久保田月鈴子〉

ちやつきらこ ㊥ **初伊勢踊**《はついせをどり》**・日**《ひ》**やり踊**《をどり》**・左義長踊**《さぎちやうをどり》　一月一五日、神奈川県三浦市三崎町で行われる歌舞。重要無形民俗文化財。ユネスコ無形文化遺産。〈ちやつきらこ烏賊干す路地を抜けてくる　升本榮子〉

なまはげ ㊥ **生身剝**《なまみはぎ》**・なもみ剝**《はぎ》**・なごめ剝**《はぎ》**・あまみ剝**《はぎ》**・なもみたくり・ななみたくり・火斑**《ひがた》**たくり**　秋田県の男鹿《おが》半島に伝わる小正月（現在は大晦日《おおみそか》）の晩に行われる行事。〈なまはげに父の円座の踏まれけり　小原啄葉〉

鳥追《とりおひ》 ㊎ **鳥追太夫**《とりおひだいふ》　小正月の頃、田畑の害虫を追うまじないとして、夜や明け方に子供たちが鳥追唄を歌い家々を回ったり、田畑を回ったりした行事。↓小正月・鳥追櫓・鳥追遊　〈鳥追のかほよくて知る人もなし　松瀬青々〉

鳥追櫓《とりおひやぐら》 ㊥ **鳥追小屋**《とりおひごや》　信越、東北地方で小正月に行われる鳥追いの行事に使われる建物。↓鳥追・かまくら・鳥追遊

かまくら ㊥ 秋田県横手市で行われる小正月（現在は二月一五・一六日）の子供の行事。雪を積み上げて中に洞《うろ》を作り、祭壇を設けて水神を祀《まつ》る。→鳥追櫓　〈かまくらや天に星撒く童神　林翔〉

鳥追遊《とりおひあそび》 ㊥ **鳥追唄《とりおひうた》・秋田《あきた》の鳥追《とりおひ》**　一月の一五日、あるいは一六日の未明に、家ごとに割り竹で庭の四方を叩《たた》き回して、「何追う、鳥追う、ほいほい」などと言って囃《はや》し騒ぎながら歩く行事。→鳥追

土竜打《もぐらうち》 ㊥ **もぐら追《おひ》・もぐらおどし・土竜送《もぐらおく》り・うろこもち打《うち》**　農作物に害をなす土竜を追い、豊作を祈願する小正月の行事。〈荒縄に頰打たれたり土竜打　安倍真理子〉

かせとり ㊥ **かせぎどり**　一月一五日の夜に、変装したり覆面をしたりした異様な姿の若者が家々を訪れ、祝い言を述べて縁起物を置いてゆき、祝儀を貰《もら》って歩く行事。〈かせどりの子に借りて着し赤き服　八牧美喜子〉

ほとほと ㊥ **ことこと**　中国地方で、小正月に祝いに訪れ物を乞《こ》う芸人をいう。〈ほとほとや門辺の雪の深かりし　木村蕪城〉

とびとび ㊥ **とよとよ**　九州地方で行われた正月行事の一つ。七歳から一五歳までの子どもたちが、一二日の昼間に藁《わら》の馬と銭縄（銭差し）を作り、一三日未明にそれらと、松竹梅の枝を大根の台に立てたものを持って家々を回る。藁馬と引き替えに貰《もら》う玄米などを絵馬代にした。

粥釣《かゆつり》 ㊥ 高知県に残る正月の風習。三方《さんぼう》に白米を載せて床の間に飾り、一四日にそれを降ろす。その米を、集めて一月一五日に粥を炊く。〈粥釣や月の出遅き峡の家　松林朝蒼〉

注連貰《しめもらひ》 ㊥ 一月一五日の左義長《さぎちよう》やどんど焼きで燃やすために、子供たちが家々をめぐって、取り払った正月飾りの門松や注連縄などを貰《もら》い集めること。↓左義長 〈注連貰ふ子についてゆく仔犬かな　三村純也〉

左義長《さぎちやう》 ㊥ **三毬杖**《さぎちやう》**・三毬打**《さぎちやう》**・どんど・とんど・どんど焼**《やき》**・どんど焚**《た》**く・注連**《しめ》**焚**《た》**く・どんど正月**《しやうぐわつ》**・どんど場**《ば》**・みそどんど・正月小屋**《しやうぐわつごや》**・どんどん小屋**《ごや》**・さいと小屋**《ごや》**・爆竹**《とんど》**・爆竹**《ばくちく》**・飾**《かざり》**焚**《た》**く・飾**《かざり》**あげ・飾**《かざり》**はやし・吉書揚**《きつしよあげ》 正月に行われる火祭りの行事。一四日夜または一五日朝に行われ、荒々しい霊魂を追い払う目的があった。近年は注連飾《しめかざ》りや松飾りを焼く行事になっている。↓飾納・注連貰《しめもらい》・塞灯焼・吉書奏 〈左義長や婆が跨ぎて火の終《しまひ》　石川桂郎〉〈どんどの火跳ねてふるさと逃げもせず　福田甲子雄〉

塞灯焼《さいとやき》 ㊥ **柴灯焼**《さいとやき》**・さいとばらひ** 左義長《さぎちよう》行事の別称。東日本各地では左義長の行事が道祖神・塞《さえ》の神を祀《まつ》る風習と結びついた例が多く、左義長行事は塞灯焼とよばれる。↓左義長 〈みそなはす天の三ツ星さいと焼　西村和子〉

藪入《やぶいり》 ㊥ **家父入**《やぶいり》**・養父入**《やぶいり》**・里下**《さとさが》**り・宿入**《やどいり》**・宿下**《やどさが》**り・六**《ろく》**の餅**《もち》**・六入**《ろくいり》**・十六日遊**《じふろくにちあそび》**・親見参**《おやげんざう》 正月一六日と盆の七月一六日に、奉公人が一日の休暇をもらって親元に帰ること。後者は「後《のち》の藪入」とよび、単に「藪入」といえば正月のそれをさす。↓後の藪入（秋） 〈やぶ入の寝るやひとりの親の側　太祇〉

十八粥《じふはちがゆ》 ㊥ **大師粥**《だいしがゆ》 一月一五日の小正月に炊いて残しておいた粥の中に、餅花などを加えて新たに炊き直し、一八日の朝に食す風習。〈貯へは十八粥もなかりけり　蝶夢〉

二十日祝《はつかいはひ》 (中) **刃柄祝**《はつかいはひ》**・鏡台祝**《きやうだいいはひ》**・初顔祝**《はつがほいはひ》**・鏡**《かがみ》**の祝**《いはひ》**・鏡台祝ふ**《きやうだいいはふ》 正月の祝い納めとなる二〇日を祝うこと。→二十日正月 〈鏡台を祝ふや花の女形　岡本松浜〉

万歳《まんざい》 (全) **千秋**《せんず》**万歳**《まんざい》**・万歳楽**《まんざいらく》**・御**《ご》**万歳**《まんざい》**・門万歳**《かどまんざい》**・三**《み》**河万歳**《かはまんざい》**・加**《か》**賀**《が》**万歳**《まんざい》**・大和**《やまと》**万歳**《まんざい》**・万歳太夫**《まんざいだいふ》 万歳太夫と才蔵が正月に家々をめぐって初春を寿《ことほ》ぐ門付《かどづけ》芸能の一種。〈万歳のゑぼし姿やわたし船　太祇〉

才蔵《さいざう》 (全) 初春を寿《ことほ》ぐ万歳太夫《まんざいだゆう》の相方。鼓を打って太夫の舞をはやし、おどけながら歌や文句を太夫と掛け合わせる。〈才蔵の素顔さびしき汽車の中　見目冠人〉

獅子舞《ししまひ》 (全) **獅子頭**《ししがしら》 獅子頭をかぶって舞う正月の門付《かどづけ》芸能の一種。〈あなたぬしあなおもしろと獅子跳ねて　阿波野青畝〉

権現舞《ごんげんまひ》 (全) **春祈禱**《はるぎたう》**・門打**《かどうち》**・権現様**《ごんげんさま》**・歯打**《はうち》 新年に東北地方で、山伏修験者《やまぶししゆげんじや》などが権現様のご神体とあがめた獅子頭《ししがしら》を持って家々を訪れ、悪魔祓《ばら》いや火伏せのために行う舞。〈忌竹の湯釜焚き継ぐ春祈禱　角川源義〉

大黒舞《だいこくまひ》 (全) **大黒廻し**《だいこくまはし》 室町時代に由来する正月の門付《かどづけ》芸能の一種。頭巾をかぶり、仮面をつけ、張り子の小槌《こづち》を持った大黒天の姿で、家々を訪れる。〈鶏散らし大黒舞の入り来る　加藤憲曠〉

鹿島の事触《かしまのことぶれ》 (上) **言触**《ことぶれ》 茨城県鹿嶋《かしま》市にある鹿島神宮では、その年の豊凶・吉凶を神託と称して、元日から三日までの間全国に触れ回った。この神託、または触れ回った下級神人《じんにん》のこと。〈晩稲よき鹿島のふれも嚀かな　高田蝶衣〉

狐舞《きつねまひ》 (全) **稲荷山**《いなりやま》**の白狐**《しろぎつね》**・祈禱狐**《きたうきつね》 江戸時代に、新年になると白木綿《しろもめん》の着物に狐の面をかむり、

尾もつけて幣《ぬさ》を持ち、太鼓を打ちながら舞い歩いた門付《かどづけ》芸能の一種。〈白狐汝は稲荷の事触れか　名和三幹竹〉

猿廻し《さるまはし》 (全) **猿曳《さるひき》・猿引《さるひき》・猿使《さるつか》ひ・猿舞師《さるまひし》・狙公《そこう》・狙翁《そをう》・舞猿《まひざる》・大夫猿《たいふざる》** 新年に、家々をめぐり、太鼓を打って猿を舞わせ芸を披露して、金品を貰《もら》い歩く門付《かどづけ》芸人のこと。〈下駄履いて丈高きかな猿廻し　高浜虚子〉

春駒《はるこま》 (全) **春駒舞《はるこままひ》・春駒万歳《はるこままんざい》・春駒踊《はるこまをどり》** 正月の門付《かどづけ》芸能の一種。新春に馬の首の形を作り、頭にいただき、または手に持ち、家々をめぐり、歌い舞い、寿《ことほ》ぎを述べる。〈面あげて風の春駒磯いそぐ　岸田稚魚〉

尾類馬《じゆりうま》 ㊥ 旧暦一月二〇日、沖縄県那覇《なは》市で行われる伝統行事。旗頭や獅子舞《ししまい》を先頭に、紅《びん》型《がた》の打掛《うちかけ》、紫の鉢巻きに、作り馬を腰につけた大勢の踊り手が囃子《はやし》にのって練り歩く。〈尾類馬の板の馬の目泪すや　吉田鴻司〉

傀儡師《くわいらいし》 (全) **傀儡師《くぐつし》・傀儡**（くわいらい／くぐつ）**・人形廻し《にんぎやうまはし》・木偶廻し《でくまはし》・山猫廻し《やまねこまはし》・夷廻し《えびすまはし》・夷《えびす》かき・夷《えびす》おろし**　正月の門付《かどづけ》の大道芸人。夷・大黒・三番叟《さんばそう》の人形を舞わせながら祝福の言葉を述べ、夷神の札を配った。〈傀儡師日暮れて帰る羅生門　藤野古白〉

徳助お福《とくすけおふく》 (全) **お福《ふく》** 正月の門付《かどづけ》芸能の一種。江戸中期、麻裃《あさかみしも》をつけた者とお多福面をかぶって女装した者二人で、徳助お福と称して、各戸をめぐり祝言を述べて金銭を乞うたという。

ちよろ (全) **ちよろけん・長老舞《ちよろまひ》** 主に京阪地方で行われた正月の門付《かどづけ》芸能の一種。もとは張り子の福禄寿をかぶって三味線《しやみせん》・太鼓の囃子《はやし》で踊ったという。

若夷《わかえびす》 ㊤ **若夷迎**《わかえびすむかへ》 夷神の像を刷ったお札のこと。買った者は歳徳棚《としとくだな》に供えたり、門口に張ったりした。〈年は人にとらせていつも若夷　芭蕉〉

毘沙門功徳経《びしやもんくどくきやう》 ㊤㊥ 元日の招福行事。中世、近世に陰陽師《おんみようじ》などが、山城国鞍馬山《やましろのくにくらまやま》毘沙門天の紙符《しふ》と若夷《わかえびす》の札を持ち、偽経《ぎきよう》功徳経を唱えて京都の町なかを売り歩いた。↓若夷

懸想文売《けさうぶみうり》 ㊤㊥ **懸想文**《けさうぶみ》・**化粧文**《けしやうぶみ》 江戸時代の京都の風俗行事。正月元日から一五日まで、祇園《ぎおん》の八坂《やさか》神社に属する下級神人《じんにん》が、独特の装束で懸想文を売り歩いたもの。懸想文は艶書《えんしよ》を模した札で、良縁を得るご利益があるとされた。〈幾重にも折山のあり懸想文　井上弘美〉

担茶屋《になひぢやや》 ㊤ 茶道具一式を振り分けにして荷箱を担いで茶を売り、飲ませること。またその行商人。〈床脇は梅咲く方か荷い茶屋　丈草〉

着衣始《きそはじめ》 ㊤ 新年に初めて着物を着ること。↓春着〈花鳥を恋ふや娘のきそはじめ　元夢〉

春着《はるぎ》 （全） **春衣**《はるぎ》・**春著**《はるぎ》・**正月小袖**《しやうぐわつこそで》・**春小袖**《はるこそで》・**花小袖**《はなこそで》・**松**《まつ》**がさね**・**初重**《はつがさ》**ね**・**春襲**《はるがさね》・**若草衣**《わかくさごろも》・**初**《はつ》**衣裳**《いしやう》 新春に着る新しい晴れ着。多くは女性のものをさす。↓春の服（春）・着衣始《きそはじめ》・初衣桁《はついこう》〈膝に来て模様に満ちて春着の子　中村草田男〉〈春著きて孔雀の如きお辞儀かな　上野泰〉

初衣桁《はついかう》 ㊤ 新年の春着を掛ける衣桁。↓春着〈初衣桁わがあたたかきもの掛かる　富安風生〉

年酒《ねんしゆ》 （全） **年始酒**《ねんしざけ》・**年酒**《としざけ》・**年**《とし》**の酒**《さけ》・**年酒祝**《ねんしゆいは》**ふ** 新年に年始回りの客に勧める酒。〈年酒酌むふるさと遠き二人かな　高野素十〉

大服《おほぶく》 ㊤ **大福**《おほぶく》・**御福茶**《おふくちや》・**福茶**《ふくちや》・**大福茶**《おほぶくちや》 元日に若水を沸かして飲む茶。梅干し、昆布、黒豆、山椒《さんしよう》などを入れて一家で飲み、その年の邪気を祓《はら》う。↓若水・初釜〈株安きままの今年の大福

茶　草間時彦〉

福沸《ふくわかし》 ㊤ **福鍋**《ふくなべ》 元旦の未明に汲《く》んだ若水を沸かすこと。その年初めての煮炊《にた》きを祝う。↓若水〈福沸し笑ひくづるるかに沸きぬ　檜紀代〉

両の物《りやうのもの》 ㊤ **料の物**《れうのもの》 正月の祝膳《いわいぜん》の左右に置いた二枚の土器《かわらけ》に歯朶《しだ》・楪《ゆずりは》を敷き、これに開豆《ひらきまめ》と開牛蒡《ひらきごぼう》を盛ったもの。↓開豆・開牛蒡

開豆《ひらきまめ》 ㊤ 茹《ゆ》でた大豆《だいず》のこと。茹でてふくれるのを縁起を祝って開くとよびなしたもの。↓両の物　〈祝はばや心の花もひらき豆　百男〉

開牛蒡《ひらきごぼう》 ㊤ **算木牛蒡**《さんぎごばう》・**叩牛蒡**《たたきごばう》 生の牛蒡を細かく刻み、算木に似せ、盛りつけたもの。「ひらき」が開運に通じることから、新年の祝膳に用いられた。↓両の物　〈山風に晒して算木牛蒡かな　井上康明〉

草石蚕《ちよろぎ》 ㊎ **ちようろぎ**・**甘露子**《ちよろぎ》・**滴露**《ちよろぎ》・**丁呂喜**《ちよろぎ》・**長老木**《ちよろぎ》 シソ科の多年草。夏咲きの花の終わる頃、地下茎に巻き貝状の白い塊茎を生じ、これを食用とする。長老木の字を当てることから、縁起物として正月料理に用いられる。〈紅ちよろぎ箸にはさめば君美し　山口青邨〉

葩煎《はぜ》 ㊎ **米花**《こめばな》・**葩煎売**《はぜうり》・**葩煎袋**《はぜぶくろ》 糯米《もちごめ》を煎《い》ってはぜさせたもの。〈正月の葩煎のあま味もうすら寒む　川上井梨葉〉

数の子《かずのこ》 ㊎ **かどのこ**・**塩数**《しほかず》**の子**《こ》 〈数の子を嚙み壮年の心ばへ　山口青邨〉

結昆布《むすびこんぶ》 ㊎ **結昆布**《むすびこぶ》・**睦昆布**《むつみこんぶ》 〈みぎひだりそろへて結昆布かな　高橋将夫〉

据り鯛《すわりだひ》 ㊤ 元日に、めいめいの祝膳《いわいぜん》の上に据えられる鯛のこと。尾頭つきで焼いてある。〈吹

き抜けの天窓明り据り鯛　伊藤あかね〉

俵子《たはらご》 ㊎ **金海鼠**《きんこ》**・煎海鼠**《いりこ》**・初俵**《はつたはら》**・俵魚**《たはらご》 海鼠《なまこ》が米俵に似ていることによる美称。〈俵子やこがね花咲く国のもの　友蝶〉

田作《たづくり》 ㊎ **ごまめ・五万米**《ごまめ》**・小殿原**《ことのばら》 鯷《ひしこ》（片口鰯《かたくちいわし》の幼魚）の乾燥したものを炒《い》って飴煮《あめに》にしたもの。〈ごまめ噛む歯のみ健やか幸とせむ　細川加賀〉

熨斗《のし》 ㊎ **長熨斗**《ながのし》**・熨斗鮑**《のしあはび》**・打熨斗**《うちのし》**・薄鮑**《うすあはび》 鮑の肉を刃物でうすく削《そ》いで干し、さらに青竹の筒などで伸ばしたもの。〈一病を上手に守り熨斗鮑　梶山千鶴子〉

海螺の身《ばいのみ》 ㊎ **海蠃**《ばい》**の身**《み》 海螺はバイ科の巻き貝で、その白身だけを甘辛く煮付けたもの。その名が倍に通じることから、商人の正月の縁起物として珍重された。↓海蠃廻し《ばいまわし》（秋）

螺肴《にしざかな》 ㊎ **たにし** 海螺《ばい》の身が倍に通じているところから、それに似ている田螺も縁起物として、その身を醤油《しょうゆ》で甘辛く煮付けて、正月料理としたもの。〈つき出しの端にひつそり螺肴　松崎鉄之介〉

押鮎《おしあゆ》 ㊎ **年**《とし》**の魚**《うを》 鮎を塩漬けにして重石《おもし》で押したもの。新年の歯固めに用いられた。↓歯固〈押鮎の腹平らかに居たりけり　石井露月〉

小鰭の粟漬《こはだのあはづけ》 ㊎ 酢漬けにした小鰭を、蒸した粟・柚子《ゆず》・赤唐辛子などと一緒に漬け込んだもの。正月料理や酒の肴《さかな》として珍重されている。

阿茶羅漬《あちやらづけ》 ㊎ 蓮根《れんこん》・大根・蕪《かぶ》や果実などを細かく刻み、唐辛子を加え、酢と砂糖で漬けたもの。近世初頭にポルトガル人によってもたらされたとされる。アチャラはポルトガル語で、野菜・果物の漬物の意。

切山椒《きりざんせう》 (全) **山椒餅**《さんせうもち》 上新粉に砂糖と山椒の粉を混ぜて搗《つ》き、一センチ近い薄さまで伸ばし、拍子木《ひやうしぎ》切りにした軟らかく薄甘い餅菓子。酉《とり》の市《いち》の縁起物として熊手《くまで》などとともに売られている。〈遠来の人のためにと切山椒　宇多喜代子〉

勅題菓子《ちよくだいくわし》 (全) **勅題菓**《ちよくだいくわ》・**お題菓子**《だいくわし》 その年の勅題にちなんで菓子舗の売り出す正月菓子。〈勅題の菓子に金箔はりつきし　大石悦子〉

年の餅《としのもち》 (全) **正月餅**《しやうぐわつもち》 正月の餅のこと。↓餅搗（冬）・餅（冬）・若餅

初炊ぎ《はつかしぎ》 ㊤ **炊**《かし》**ぎ初**《ぞめ》・**炊初**《たきぞめ》・**若飯**《わかめし》 新年になって初めて飯を炊くこと。〈初炊ぎ一合なれど艶やかに　古賀まり子〉

俎始《まないたはじめ》 ㊤ **庖丁始**《はうちやうはじめ》・**包丁始**《はうちやうはじめ》 新年になって初めて俎や庖丁を使うこと。〈下仁田の葱を庖丁始かな　藤田湘子〉

初国旗《はつこくき》 ㊤ 元日に、公私を問わず、門前に国旗を掲揚する習わし。〈門あけて固く結ひけり初国旗　上川井梨葉〉

初手水《はつてうづ》 ㊤ 元日の朝、汲《く》み上げた若水で手や顔を洗い清めること。↓若水〈古稀といふ仄と楽しき初手水　神尾季羊〉

初釣瓶《はつつるべ》 ㊤ 元日の朝、若水を釣瓶で汲《く》み上げること。

戸開初《とあけぞめ》 ㊤ **戸開始**《とあけはじめ》 江戸の習俗の一つで、一月二日、大戸《おおど》（家の表の入り口の大きな戸）を新年になってから初めて開くこと。

掃初《はきぞめ》 ㊤ **初箒**《はつばうき》**・初掃除**《はつさうぢ》**・拭始**《ふきはじめ》**・お撫**《な》**で物**《もの》**・采配**《さいはい》 新年に初めて箒をとって掃除をすること。正月二日を掃初とするところが多い。→掃納（冬）〈掃きぞめの帚や土になれ初む　高浜虚子〉

初座敷《はつざしき》 ㊤ 新年に初めて神事を行い、客を迎える座敷。〈榧の碁盤は父の世のもの初座敷　花谷和子〉

初屏風《はつびやうぶ》 ㊤ 新年の座敷の飾りつけに引きまわす屏風。〈曽良に代へ吾が供せん初屏風　山口昭利〉

初暦《はつごよみ》 ㊤ **新暦**《しんごよみ》**・伊勢暦**《いせごよみ》**・暦開**《こよみびらき》**・初開**《はつびらき》**・本暦**《ほんごよみ》**・柱暦**《はしらごよみ》**・綴暦**《とぢごよみ》**・花暦**《はなごよみ》**・巻暦**《まきごよみ》**・行事暦**《ぎやうじごよみ》 年が明けて用い始める暦、あるいは新しい暦を用い始めること。→古暦（冬）〈初暦知らぬ月日は美しく　吉屋信子〉

絵暦《ゑごよみ》 ㊤ **座頭暦**《ざとうごよみ》**・南部暦**《なんぶごよみ》 文字を用いず、絵と記号だけで表した暦。〈絵暦をくりかへしみて壁に懸く　田中王城〉

初湯《はつゆ》 ㊤ **初風呂**《はつぶろ》**・若風呂**《わかぶろ》**・若湯**《わかゆ》**・湯殿初**《ゆどのぞめ》**・初湯殿**《はつゆどの》 新年になってから初めて風呂を立てて入ること。→年湯（冬）〈はるかなる旅のこころの初湯かな　長谷川櫂〉

初放送《はつはうそう》 ㊤ **初**《はつ》**ラジオ・初**《はつ》**テレビ** 〈明け白む荒海の方ゆ初放送　安立恭彦〉

初刷《はつずり》 ㊤ **刷初**《すりぞめ》 新聞・雑誌などの印刷物を、新年になってから初めて刊行すること。〈初刷を買ふあたらしき財布かな　三橋鷹女〉

初写真《はつしやしん》 ㊤ **初写**《はつうつ》**し** 〈初写真われより母のうつくしく　片山由美子〉

初便《はつだより》 ㊤ 〈初便り皆生きてゐてくれしかな　石塚友二〉

初電話《はつでんわ》 ㊤ 〈ひと弾みつけて鳴り出す初電話　鷹羽狩行〉

笑初《わらひぞめ》 ㊤ **初笑**《はつわらひ》**・初笑顔**《はつゑがほ》**・初**《はつ》**ゑくぼ** 〈ともに生きともに八十路や初笑ひ　村越化石〉

泣初《なきぞめ》 ㊤ **初泣**《はつなき》 新年になってから初めて泣くこと。主に子供が泣き出すことを囃《はや》す気持ちも込められた季語。↓米こぼす 〈泣初の涙がゆれて笑ひけり　上野泰〉

米こぼす《よねこぼす》 ㊤ **若水**《わかみづ》**あぐ** 三が日に涙を流して泣くこと。めでたい正月に涙を流すということを忌み嫌うために、涙を米粒に見立てて言い換えた正月の季語。↓泣初 〈琴を弾き終へたるひとり米こぼす　茨木和生〉

話初《はなしぞめ》 ㊤ **初話**《はつばなし》**・初咄**《はつばなし》 〈まさぐれば熱き火箸や初話　増田龍雨〉

初灯《はつともし》 ㊤ **初灯明**《はつとうみやう》 新年になってから初めて神前や仏前に灯明をあげること、またその灯明をいう。〈初灯二拝二拍手吾も妻も　阿波野青畝〉

初灸《はつきう》 ㊤ **初**《はつ》**やいと** 新年になってから初めて灸をすえること。〈初灸吉野ふみしも思ひ出に　島田五空〉

初鏡《はつかがみ》 ㊤ **初化粧**《はつげしやう》**・化粧初**《けはひぞめ》 〈まだ何も映らでありぬ初鏡　高浜虚子〉

梳初《すきぞめ》 ㊤ **梳**《す》**きはじめ** 新年になって初めて髪を梳くこと。↓初髪 〈新しき櫛や油や梳き初め　高浜虚子〉

初髪《はつがみ》 ㊤ **初結**《はつゆひ》**・結初**《ゆひぞめ》**・初島田**《はつしまだ》**・年**《とし》**の髪**《かみ》 新年になって初めて女性が髪を結うこと、また、その髪をいう。↓梳初《すきぞめ》 〈初髪の稲穂の揺れをまぶしめる　佐野青陽人〉

初日記《はつにつき》 ㊤ **日記始**《につきはじめ》**・新日記**《しんにつき》 ↓日記買ふ（冬）・古日記（冬） 〈志すこし述べたり初日記　下

村非文〉

縫初《ぬひぞめ》 ㊤ **縫始**《ぬひはじめ》**・初針**《はつばり》**・針起**《はりおこ》**し** 新年になってから初めて針を持って裁縫をすること。〈縫初の糸の縺れをほどきけり　杉田久女〉

裁初《たちぞめ》 ㊤ 新年になってから初めて布を裁つこと。

初染《はつぞめ》 ㊤ **染始**《そめはじめ》 新年になってから初めて糸や織物を染めること。〈初染めや藍職人の爪の藍　近藤陽子〉

初竈《はつかまど》 ㊤ **焚初**《たきぞめ》 〈昔より今が懐かし初竈　手塚美佐〉

春袋《はるぶくろ》 ㊤ **天地袋**《てんちぶくろ》**・天地**《あめつち》**の袋**《ふくろ》 初春に女子が縫って作る袋。〈恋多きころの端切れや春袋　檜紀代〉

初火事《はつくわじ》 ㊤ ↓火事（冬） 〈初火事の跡ものぞきて骨董市　小津はるみ〉

生初《いけぞめ》 ㊤ **生花始**《せいくわはじめ》**・挿花始**《さふくわはじめ》 新年になってから初めて花を生けること。〈活け初めや長き袂のおきどころ　川合初子〉

初釜《はつがま》 ㊤ **初茶湯**《はつちやのゆ》**・釜始**《かまはじめ》**・茶湯始**《ちやのゆはじめ》**・点初**《たてぞめ》**・初点前**《はつてまえ》 新年になってから最初の茶の湯。↓大服・掛柳・初茶杓・挽初 〈よきことを待つ初釜の炭の贅　山本つぼみ〉

掛柳《かけやなぎ》 ㊤ **柳掛**《やなぎか》**く・結柳**《むすびやなぎ》 初釜の床飾《とこかざ》りの一つ。↓初釜 〈恬淡と男点前や掛柳　森キミ子〉

初茶杓《はつちやしやく》 ㊤ **初削**《はつけづ》**り・削初**《けづりぞめ》 初釜に際して、初めて茶杓を使うこと。また、その茶杓。↓初釜

挽初《ひきぞめ》 ㊤ **茶**《ちや》**の挽初**《ひきぞめ》 初釜に際し、茶臼《ちやうす》を用いて茶を碾《ひ》き抹茶にすること。↓初釜 〈碾初やその名も古りし極昔　服部嵐翠〉

初門出《はつかどで》 ㊤ 初朝戸出《はつあさとで》・初戸出《はつとで》 新年になって初めてわが家の門を出ること。

駕乗初《かごのりぞめ》 ㊤ 初駕籠《はつかご》 江戸時代の風俗で、新年になってから初めて駕籠に乗ること。

乗初《のりぞめ》 ㊤ 初乗《はつのり》・初飛行《はつひかう》・初電車《はつでんしや》・初自動車《はつじどうしや》・初車《はつぐるま》・初渡舟《はつわたし》・橇乗始《そりのりはじめ》・橇乗初《そりのりぞめ》 〈乗初の洛中洛外地下をゆく　大橋麻沙子〉

稼初《かせぎぞめ》 ㊤ 一般的には仕事始めであるが、東北地方では正月の農始めのことを稼初とよんでいるところがある。

綯初《なひぞめ》 ㊤ 縒初《よりぞめ》・捌初《さばきぞめ》・叩初《たたきぞめ》・縄祝《なはいはひ》 新年になってから一把の藁《わら》で縄を綯うこと。

織初《おりぞめ》 ㊤ 織始《おりはじめ》・機始《はたはじめ》・初機《はつはた》・機場始《はたばはじめ》・機屋始《はたやはじめ》 〈織初やよりそふ母の言縷々と　栗生純夫〉

綿打初《わたうちぞめ》 ㊤ 〈燈明に綿打初のほこりかな　高田蝶衣〉

鍬始《くははじめ》 ㊥ 鍬初《くはぞめ》・大鍬初《おほくはぞめ》・鋤始《すきはじめ》・鋤初《すきぞめ》・掘初《ほりぞめ》・初鍬入れ《はつくはい》・お鍬立《くはたて》・初田打《はつたうち》・田打正月《たうちしやうぐわつ》・作《つく》初《りぞめ》・農立《のうたて》・農始《のうはじめ》 〈見慣れたる山を仰ぎて鍬始　阪本謙二〉

初肥《はつこえ》 ㊤ 肥背負《こえしよひ》・肥曳《こえひ》き初《ぞめ》・持初《もちぞめ》 新年になって初めて田や畑に肥料を施すこと。農家の仕事始めの一つ。

山始《やまはじめ》 ㊤ 初山《はつやま》・山初《やまぞめ》・初山入《はつやまいり》・初山踏《はつやまふみ》・若山踏《わかやまふみ》・初登《はつのぼり》・山誉《やまほ》め・二日山《ふつかやま》・のさかけ・烏《からす》呼《よび》 新年になって初めて山に入ること。山仕事を始める儀礼的な行事で、注連縄《しめなわ》・餅・米などを持参し、順調な山仕事を祈念する。〈木の瘤に触れて叩いて山始　宇多喜代子〉

樵初《きこりぞめ》 ㊤ 木樵初《きこりぞめ》・樵初《こりぞめ》・木伐《きき》り初《ぞめ》・斧始《をのはじめ》・初斧《はつをの》・吉方《えはう》伐《ぎ》り・穂長《ほなが》 新年になってから初めて山に入り、その年初めての木を伐り出すこと。↓斧仕舞（冬） 〈くさむらに闇たまりゐる斧始

福田甲子雄〉

初漁《はつれふ》 (上) 漁始《れふはじめ》・初魚《はつうを》・初漁祝《はつれふいはひ》・初網《はつあみ》　新年になってから初めて漁に出ること。〈方違へして初漁の船を出す　茨木和生〉

初彫《はつほり》 (上) 彫初《ほりぞめ》・初彫刻《はつてうこく》〈初彫の樟の香高く人形師　大島民郎〉

細工始《さいくはじめ》 (上) 初細工《はつざいく》　彫工・木工・金工などの細工職人の仕事始めをいう。

手斧始《てうなはじめ》 (上) (中) 釿始《てうなはじめ》・初手斧《はつてうな》・木造始《こづくりはじめ》・鉋始《かんなはじめ》　建築に携わる職業の人が新年になってから初めて仕事を始めること。御神酒《おみき》・鏡餅・肴《さかな》を供えて、仕事の安泰を祈念する儀式である。↓斧仕舞（冬）〈初鉋屑とも地より舞ひ上がり　友岡子郷〉

窯始《かまはじめ》 (上) 初窯《はつがま》〈盛塩にはしる切火や窯始　内山多都夫〉

吹革始《ふいごはじめ》 (上) 鞴始《ふいごはじめ》・初鞴《はつふいご》〈ふんだんにふいご始の高火の粉　宮下のりを〉

鍛冶始《かぢはじめ》 (上) 鎚始《つちはじめ》・初鍛冶《はつかぢ》〈十方へ明るき火花鍛冶始　本間一萍〉

鋳始《いはじめ》 (上) 鋳物始《いものはじめ》・鋳初《いぞめ》〈しろがねを注ぎて鋳物始かな　山崎ひさを〉

歌留多《かるた》 (全) 骨牌《かるた》・歌《うた》がるた・百人一首《ひやくにんいつしゆ》・花《はな》がるた・いろはがるた・歌留多遊《かるたあそび》・歌留多取《かるたとり》・歌留多会《かるたくわい》・読札《よみふだ》・取札《とりふだ》・トランプ　正月の代表的な室内遊戯の一つ。歌がるた、花がるた、いろはがるた、トランプなどがあるが、単に歌留多といえば歌かるたの一種である。〈日本の仮名美しき歌留多かな　後藤比奈夫〉〈座を挙げて恋ほのめくや歌かるた　高浜虚子〉

双六《すごろく》 (全) すごろく・盤双六《ばんすごろく》・双六石《すごろくいし》・賭双六《かけすごろく》〈双六の賽ころがしてかへしけり　上野泰〉

絵双六《ゑすごろく》 (全) 紙双六《かみすごろく》・道中双六《だうちゆうすごろく》・廻《まは》り双六《すごろく》・名物双六《めいぶつすごろく》・役者双六《やくしやすごろく》・出世双六《しゆつせすごろく》・官位双六《くわんゐすごろく》・

仏法双六《ぶつぽふすごろく》・浄土双六《じやうどすごろく》・飛双六《とびすごろく》　正月の室内遊戯の一つ。盤双六がしだいに廃れたのに対し、江戸時代初期には子供の遊びである絵双六が盛んになった。〈賽の目の仮の運命よ絵双六　高浜虚子〉

十六むさし《じふろくむさし》　(全)　十六《じふろく》さすかり・むさし八道《さすかり》・武蔵《むさし》　正月の室内遊戯の一つ。盤の中央に親石を、周囲に一六の子石を置き、親が子の間に割り込めば両側の子石が取られ、子が親を取り囲んで動けなくすれば親の負けとなる。〈幼きと遊ぶ十六むさしかな　高浜虚子〉

投扇興《とうせんきよう》　(全)　投扇《とうせん》・投扇《なげあふぎ》・扇投《あふぎなげ》　江戸時代に、関西で正月の酒席の余興として始まった遊戯。枕とよぶ台の上に蝶《ちよう》などをかたどった的《まと》を置き、少し離れた場所から座ったまま開いた扇を投げつけて的を落とす。落ちた的と扇と枕の位置関係によって、源氏物語五十四帖の題になぞらえた点数が決められていて、得点を競う。〈投扇興みんな花散る里と散る　阿波野青畝〉

福笑《ふくわらひ》　(全)　おかめつけ　正月の室内遊戯の一つ。お多福やおかめの輪郭だけが印刷された紙に、目隠しをされた人が、厚紙で作られた目・眉・鼻・口を、勘《かん》を頼りに正しいと思う位置に置いていく家庭的な遊び。〈福笑よりも笑つてをりにけり　稲畑汀子〉

羽子板《はごいた》　(全)　胡鬼板《こぎいた》・はご　羽子《はね》つきに用いる長方形で柄のついた板。↓羽子板市（冬）・羽子《はね》つき・追羽子　〈羽子板の重きが嬉し突かで立つ　長谷川かな女〉

羽子つき《はねつき》　(全)　羽根《はね》つき・羽子《はね》つく・羽子（はね／はご）・胡鬼《こぎ》の子《こ》・羽《は》ごの子《こ》・つくばね・逸《そ》れ羽《ば》子《ね》・懸《かか》り羽子《はね》・飾羽子《かざりばね》・串羽子《くしばね》・熨斗羽子《のしばね》・羽子日和《はねびより》　↓衝羽根（秋）・羽子板・追羽子　〈羽子つきの音何となく数へてをり　山本一歩〉〈東山静かに羽子の舞ひ落ちぬ　高浜虚子〉

追羽子《おひばね》 (全) **遣羽子**《やりばね》**・揚羽子**《あげばね》　羽子板《はごいた》で羽子を突く正月の屋外の遊び。二人以上で次々に羽子を空へ突き上げるのを追羽子または遣羽子といい、一人で突くのを揚羽子という。↓羽子板・羽子《はね》つき　〈追羽子や海へなだるる離宮道　五十嵐播水〉

手毬《てまり》 (全) **手鞠**《てまり》**・手毬**《てまり》**つく・手毬唄**《てまりうた》**・毬唄**《まりうた》**・手毬子**《てまりこ》　正月の女児の遊びの一つ。大きな声で手毬唄を歌いながら、そのリズムに合わせて毬を弾ませて遊ぶ。〈よき毬を吉野の奥の奥につく　大峯あきら〉〈手毬唄かなしきことをうつくしく　高浜虚子〉

独楽《こま》 (全) **独楽**《こま》**廻**《まは》**し・独楽**《こま》**打**《う》**つ・独楽**《こま》**の紐**《ひも》**・勝独楽**《かちごま》**・負独楽**《まけごま》**・喧嘩独楽**《けんくわごま》**・叩**《たた》**き独楽**《ごま》**・無精独楽**《ぶしやうごま》**・唐独楽**《たうごま》**・半鐘独楽**《はんしようごま》**・ごんごん独楽**《ごま》**・博多独楽**《はかたごま》**・銭独楽**《ぜにごま》**・曲独楽**《きよくごま》　正月の子供たちの遊びの一つ。紐を巻きつけて回転力を生み出す独楽が一般的だが、手でひねって回す小さな独楽、鞭《むち》で回す叩き独楽などいろいろとある。↓海《ば》贏《い》廻《まは》し（秋）〈たとふれば独楽のはじける如くなり　高浜虚子〉

正月の凧《しやうぐわつのたこ》 (全) **初凧**《はつだこ》**・凧**《いかのぼり》**・いかのぼり・飾**《かざ》**り凧**《だこ》**・凧揚**《たこあげ》　↓凧（春）〈兄いもと一つの凧をあげにけり　安住敦〉

毬打《ぎつちやう》 (全) **毬杖**《ぎつちやう》**・毬打**《ぎちやう》**・玉打**《たまうち》　正月の男児の球戯。またその毬《まり》を打つ杖《つえ》。色糸で飾られた長い柄のついた八角形の槌《つち》で毬を打つ。↓振振《ぶりぶり》〈玉打ちて雪に筋つく小路かな　一路〉

振振《ぶりぶり》 (全) **振振毬打**《ぶりぶりぎつちやう》**・玉振振**《たまぶりぶり》　松竹や鶴亀《つるかめ》、尉姥《じよううば》ほかめでたい絵が描かれた六角形または八角形の槌《つち》で玉を打つ江戸期の子供の遊び。↓毬打　〈ぶりぶりや三葉葵の紋所　籾山梓月〉

穴一《あないち》 (全) **穴一銭**《あないちぜに》**・穴市**《あないち》　正月の子供の遊び。もともとは地面に穴を掘り、これに銭を投げ入れて銭を取り合った。幕府により賭博が禁じられ、もっぱら子供の遊びとなると、使われるものも銭から素焼きの泥面子《どろめんこ》や無患子《むくろじ》の実に代わった。〈穴一の筋引きすてつ梅が下　太祇〉

宝引《ほうびき》 ㊤全 **宝引**《たからびき》・**宝引縄**《ほうびきなは》・**宝引銭**《ほうびきぜに》・**胴**《どう》**ふぐり**・**辻宝引**《つじほうびき》・**飴宝引**《あめほうびき》 正月に行われた遊戯性をおびた籤《くじ》引き。→福引 〈宝引やさらりと振つて振り落し　村上鬼城〉

福引《ふくびき》 全 **笑籤**《わらひくじ》 正月に行われる、遊戯性をおびた籤引き。→宝引 〈福引の興まださめず母の居間　高浜虚子〉

ぽつぺん 全 **ぽぺん・ぽこんぽこん** 薄いガラスでできた玩具。首が長い管になったフラスコ形のもので、底のガラスが特に薄く、息の出入りによって振動し、ぽこんぽこんと小気味よく鳴る。〈ぽつぺんは口より遠くにて鳴れり　後藤比奈夫〉

稽古始《けいこはじめ》 上 **初稽古**《はつげいこ》 〈道場に女下駄あり初稽古　高橋淡路女〉

吹初《ふきぞめ》 上 **籟初**《ふきぞめ》・**吹始**《ふきはじめ》 新年になってから初めて笛・尺八・笙《しょう》、あるいはフルートなどを奏すること。〈吹初の人揃うたる一間かな　松野自得〉

弾初《ひきぞめ》 上 **初弾**《はつびき》・**琴始**《ことはじめ》 もともとは邦楽の世界の習わしで、新年になってから初めて門弟が集まって、琴や三味《しやみ》線《せん》を弾いたもの。〈弾初や古曲を守る老女あり　松本たかし〉

踊初《をどりぞめ》 上 新年になってから初めて踊ること。能の「仕舞始《しまいはじめ》」に対するものだが、今では仕舞始めを意味する「舞初《まいぞめ》」を、「踊初」の意味でも用いるようになっている。

能始《のうはじめ》 上 **初能**《はつのう》・**舞台始**《ぶたいはじめ》・**御能始**《おのうはじめ》 〈白洲ある古き舞台の能始　松本たかし〉

舞初《まひぞめ》 上 **舞始**《まひはじめ》・**仕舞始**《しまひはじめ》 新年になってから初めて能の仕舞を舞うこと。〈舞初や女の中の美少

年　岡本松浜〉

初扇《はつあふぎ》 (上) 新年に初めて用いる扇。〈初扇転じたる目の花を恋ふ　菅原閧也〉

初鼓《はつつづみ》 (上) **鼓始**《つづみはじめ》・**鼓初**《つづみはじめ》 〈旧山河こだまをかへし初鼓　飯田蛇笏〉

謡初《うたひぞめ》 (上) **初謡**《はつうたひ》 新年になってから初めて謡曲を謡うこと。↓松囃子 〈新たなる山気吸ひ入れ謡初　阿部月山子〉

初席《はつせき》 (上) **語初**《かたりぞめ》・**初寄**《はつよ》**席**《せ》・**寄**《よ》**席開**《せびらき》 新年になってから初めての寄席興行。〈初寄席やいろものになる出の囃子　能村登四郎〉

初芝居《はつしばゐ》 (全) **春芝居**《はるしばゐ》・**二**《に》**の替**《かはり》 正月に演じられる芝居興行。↓初春狂言 〈上町に住める役者や初芝居　高浜虚子〉〈親と子の親獅子子獅子初芝居　戸板康二〉

初春狂言《はつはるきやうげん》 (全) **初曽我**《はつそが》 正月歌舞伎《かぶき》で演じられる狂言、またその興行のこと。↓初芝居 〈初曽我の憤怒の炎美しき　西村和子〉

初場所《はつばしよ》 (中) **一月場所**《いちぐわつばしよ》・**正月場所**《しやうぐわつばしよ》・**初相撲**《はつずまふ》 大相撲興行の一月場所。↓夏場所（夏） 〈初場所やかの伊之助の白き髯　久保田万太郎〉

箱根駅伝《はこねえきでん》 (上) **駅伝**《えきでん》 一月二日と翌三日の二日間にわたって行われる関東地方の大学対抗駅伝競技会。正式名称は関東学生陸上競技連盟主催による東京箱根間往復大学駅伝競走。〈箱根駅伝友の母校といふだけで　片山由美子〉

肩三日《かたみつか》 (上) **肩客**《かたきやく》・**二日着**《ふつかぎ》・**三日着**《みつかぎ》 江戸時代に遊里で正月三が日の間は、予約した馴染《なじ》みの客のみに遊女が接したこと。

初寝覚《はつねざめ》 ㊤ **起初**《おきぞめ》 元日あるいは二日の朝の寝覚めをいう。〈うそまこと七十余年初寝覚　富安風生〉

寝正月《ねしやうぐわつ》 ㊤ 〈次の間に妻の客あり寝正月　日野草城〉

稲積《いねつむ》**む** ㊤ **寝積**《いねつ》**む・寝挙**《いねあ》**ぐ・いね起**《おこ》**す** 新年の忌詞《いみことば》の一つ。元日に寝に就くことを「稲積む」という。〈寝積や布団の上の紋どころ　阿波野青畝〉

俵重《たはらがさね》 ㊤ **俵**《たはら》**を重**《かさ》**ぬ** 新年の忌詞《いみことば》の一つ。転び臥《ふ》すことをいう。

歓楽《くわんらく》 ㊤ **御歓楽**《ごくわんらく》**・歓楽気**《くわんらくけ》 年の初めには「病」ということを忌み、「歓楽」という反対語をもって言い換えた。自分自身の病気でなく、他人の病気を「御歓楽」という場合が多い。

行事

四方拝《しはうはい》 ㊤ **星**《ほし》**を唱**《とな》**ふ・星仏**《ほしぼとけ》 元日早朝、宮中で行われる儀式。天皇が伊勢の皇太神宮《こうたいじんぐう》・豊受《とようけ》大神宮《だいじんぐう》に向かって拝礼した後、天地四方の諸神や天皇陵を遥拝《ようはい》し、平和と五穀豊穣を祈念する。〈またたける灯に明け近し四方拝　岡本圭岳〉

歳旦祭《さいたんさい》 ㊤ 宮中小祭《しようさい》の一つ。元日早朝に、四方拝に引き続き、天皇みずから宮中三殿（賢所《かしこどころ》・皇霊殿《こうれいでん》・神殿）で、皇室と国家と国民の繁栄を祈る祭儀。〈庭燎燃ゆ歳旦の儀は今さなか　長谷川素逝〉

朝賀《てうが》 ㊤ **朝拝**《てうはい》**・小朝拝**《こてうはい》**・拝賀**《はいが》**・参賀**《さんが》**・奏瑞**《そうずい》 元旦に、天皇が群臣の賀を受ける儀式。戦後は

一月二日の一般参賀という様式に変わって続いている。〈ほほゑみて拝賀の列の中にあり　成瀬正俊〉

院の拝礼《ゐんのはいらい》 ㊤ 元日に、院（上皇の御所）に伺候する儀式。

国栖奏《くずのそう》 ㊤ 国栖奏《くずそう》・元日節会《ぐわんじつのせちゑ》・諸司奏《しよしのそう》・七曜御暦奏《しちえうのごりやくのそう》・氷様奏《ひのためしのそう》・氷《ひ》の様《ためし》・腹赤奏《はらかのそう》・腹赤《はらか》の贄《にへ》・国栖舞《くずまひ》・国栖笛《くずぶえ》・国栖歌《くずうた》・国栖人《くずびと》・国栖翁《くずのおきな》・平座見参《ひらざのげざん》・新年宴会《しんねんえんくわい》 元日の朝賀（小朝拝）の後、行われた祝宴。この儀式は、戦後廃止された。〈袂から鶯出せよ国栖の奏　高田蝶衣〉

晴の御膳《はれのごぜん》 ㊤ 晴《はれ》の御膳《おもの》 元日の節会《せちえ》での天皇の食事。

雉子酒《きじざけ》 ㊤ 雉子酒《きじしゆ》・おきじ 宮中や宮家で、新年参賀の際に賜る酒。雉《きじ》の胸肉に塩をして水分を出し、焼いて薄切りにし、それに五〇〜六〇度の燗酒《かんざけ》を注いだもの。

御薬を供ず《みくすりをくうず》 ㊤ 白散《びやくさん》・度嶂散《どしやうさん》・薬子《くすりこ》 元日より三日まで、天皇に薬、歯固《はがた》め（大根・押し鮎《あゆ》・猪《いのしし》肉・鹿肉・餅など八種）、膏薬《こうやく》を献ずる儀式。〈白散よ酒に交へて生く薬　松瀬青々〉

朝覲行幸《てうきんのぎやうかう》 ㊤ 天皇が上皇や太上《だいじよう》皇后の御所を訪ね、年始を祝賀する行事。

臨時客《りんじきやく》 ㊤ 平安時代、正月二日に摂関大臣家において、親王や公卿《くぎよう》たちを迎えて開催した饗《きよう》宴《えん》のこと。正式に行われる大臣家大饗《だいじんけのだいきよう》の前に、招待していない不意に来た客を饗応する宴なので、略して臨時客という。

大臣家大饗《だいじんけのだいきやう》 ㊤ 母屋《もや》の大饗《だいきやう》 新年に大臣家で行った、盛大な祝宴。参会者は招待客に限られた。

政始《まつりごとはじめ》 ㊤ 政事始《せいじはじめ》・政治始《せいぢはじめ》 年始に公卿《くぎよう》などが参集し、その年の政事を初めて行う儀式。〈時

めける人々政事始かな　楠部南崖〉

叙位《じよゐ》　㊤　正月五日または六日に、宮中で五位以上の位階を授けた儀式。

卯杖《うづゑ》　㊤　卯《う》の杖《つゑ》・初卯杖《はつうづゑ》・祝の杖《いはひのつゑ》・卯杖《うづゑ》の祝《ほがひ》・卯杖《うづゑ》の寿《ことぶき》・御杖《みつゑ》　平安時代、正月に朝廷で行われていた行事。正月の初卯の日に、大舎人寮《おおとねりのつかさ》・諸衛府《えふ》から天皇・皇后・東宮・中宮などへ、邪気を祓《はら》うという意味で杖を献上した。↓初卯・卯槌　〈いと長き卯杖の彩を寿がん　水田むつみ〉

卯槌《うづち》　㊤　卯杖《うづゑ》の変形したもの。正月の初卯の日、邪気を祓《はら》うために縫殿寮《ぬいどのりよう》の糸所《いとどころ》から献上して、天皇の昼御座《ひのおまし》の西南に掛けた。↓卯杖

若菜を供ず《わかなをくうず》　㊤　若菜節会《わかなのせちゑ》　正月七日、または初子《はつね》の日に、天皇の供御《くご》として、七種《ななくさ》の若菜を内蔵寮《くらりよう》ならびに内膳司《ないぜんし》から奉った行事。↓小松引　〈さむき方に立ちて若菜の御供かな　大江丸〉

白馬節会《あをうまのせちゑ》　㊤　梅《うめ》が枝《え》うたふ・青柳《あをやぎ》うたふ・大芹《おほせり》うたふ・喜春楽《きしゆんらく》・万秋楽《まんじゆらく》・春鶯囀《しゆんあうでん》　奈良時代から朝廷で行われてきた正月七日の節会。天皇が青馬（のちに白馬）を観ることにより、一年の邪気を祓《はら》うという中国の故事による。↓青馬祭・住吉の白馬神事　〈白馬の鼻寒げなる旭かな　内藤鳴雪〉

女王禄《わうろく》　㊤　女王禄《わうろく》を賜《たま》ふ　白馬節会《あおうまのせちえ》の翌日の正月八日に、紫宸殿《ししんでん》において女王《によおう》に禄を賜った儀式。

女叙位《によじよゐ》　㊤　女叙位《をんなじよゐ》　正月八日、内親王に品《ほん》、女王《によおう》や後宮の宮人に五位以上の位階を授与した儀式。

吉書奏《きっしょのそう》 ㊤ 吉書（吉日を選んで奏覧する文書）を奏上する儀式。↓書初・左義長

外記政始《げきのまつりごとはじめ》 ㊤ 外記は太政官《だいじょうかん》の少納言《しょうなごん》の下の官で、中務省《なかつかさしょう》の内記の起草した詔書を踏まえ、太政官の奏文起草、公事《くじ》・叙位《じょい》・除目《じもく》を執行し、外記庁は宮中の政務の中心機関となっていた。このため年頭に政始がここで行われた。↓政始

県召除目《あがためしのぢもく》 ㊥ **県召**《あがためし》**・春除目**《はるのぢもく》**・外官**《げくわん》**の除目**《ぢもく》 一月一一日から三日間、諸国（県）の国司の任命を決定した儀式。天皇・大臣等が列して、清涼殿《せいりょうでん》で深夜にかけて行う。〈農兵のこと奏しけり県召　安斎桜磈子〉

御薪《みかまぎ》 ㊥ **御薪奉る**《みかまぎたてまつる》 正月一五日に宮中で使用する薪を、在京の文武百官と五畿内から宮中に献上した儀式。〈御薪や奥の小榾と記しけり　中村泰山〉

踏歌節会《たふかのせちゑ》 ㊥ **踏歌**《たふか》**・男踏歌**《をとこたふか》**・女踏歌**《をんなたふか》**・挿頭綿**《かざしのわた》**・高巾子**《かうこじ》**・霰**《あられ》**ばしり・万春楽**《ばんすらく》 もともとは隋《ずい》・唐《とう》の正月の民間行事。踏歌は足で地面を踏みならし、歌い踊るもの。平安時代から、宮中の正月行事として行われるようになり、近世頃には衰微したが、住吉大社（大阪市）や熱田神宮（名古屋市）などの神事として伝承されているものもある。〈瑞髪も結はで妙なる踏歌かな　高田蝶衣〉

御斎会《ごさいゑ》 ㊤ **御斎会**《みさいゑ》 正月八日から一四日までの七日間、鎮護国家を祈願するために宮中に僧を招き、大極殿（後には清涼殿《せいりょうでん》、物忌みの時は紫宸殿《ししんでん》）で「金光明最勝王経《こんこうみょうさいしょうおうきょう》」（鎮護国家の妙典）を講説させた法会。奈良時代に始まり、室町時代に中絶した。

真言院の御修法《しんごんゐんのみしほ》 ㊤ **後七日**《ごしちにち》**の御修法**《みしほ》**・御修法**《みずほふ》**・宿直人**《とのゐびと》 正月八日から一四日までの七日

間、宮中の真言院（明治一六年からは東寺《とうじ》の灌頂院《かんじょういん》）で行われた、鎮護国家・五穀豊穰を祈願する真言密教の修法。↓御斎会　〈子を抱きて御階《みはし》を上る御修法かな　太祇〉

大元帥法《だいげんのほふ》 ㊤ 真言院《しんごんいん》の御修法《みしほ》に準じる扱いで、正月八日から一四日までの七日間、鎮護国家を祈願して宮中で行われた真言密教の修法《しゆほう》。

御斎会内論義《ごさいゑのうちろんぎ》 ㊥ 正月一四日に御斎会が結願《けちがん》したあと、天皇の御前で僧たちに「金光明最《こんこうみょうさい》勝王《しょうおうきょう》経」について論議させた行事。

舞御覧《まひごらん》 ㊥ 正月一七日、または一九日に、清涼殿《せいりょうでん》の東庭、あるいは紫《し》宸殿《しんでん》の南庭に舞台を設けて、天皇の御前で左方《さほう》・右方《うほう》の舞楽を演奏した行事。

鶴の庖丁《つるのはうちやう》 ㊥ 正月一七日、または一九日に行われた舞御覧《まいごらん》の前儀として、天皇の御前で鶴を儀式的な作法で調理した行事。↓舞御覧

射礼《じやらい》 ㊥ **射遺**《いのこし》 正月一七日に朝廷の豊楽院《ぶらくいん》（のちには建礼門）の前の広場で行われた射儀。↓賭弓《のりゆみ》

賭弓《のりゆみ》 ㊥ **賭射**《のりゆみ》・**還饗**《かへりあるじ》 正月一八日、天皇の出御《しゆつぎょ》のもとに内裏の弓場殿《ゆばどの》で催された弓の競技。〈賭弓や肩に掛けたる被け物　森無黄〉

歌会始《うたくわいはじめ》 ㊥ **御会始**《ごくわいはじめ》・**和歌**《わか》**御会始**《ごくわいはじめ》 新年に初めて行われる歌会の儀式。現在も宮中で続けられている。古くは旧暦の一月一九日あるいは二四日とされたが、現在は新暦の一月一〇日前後の吉日に行われる。〈起立して燕尾ずらりと歌会始　鷹羽狩行〉

講書始《かうしよはじめ》 ㊥ **初講書**《はつかうしよ》 宮中で一月の中・下旬の吉日に行われる新年の行事の一つ。現在では、

天皇・皇后をはじめ各皇族が出席するほか、高官もよばれ、人文科学・社会科学・自然科学の御進講を受ける。〈粛として講書始の椅子一つ　有馬朗人〉

鞠始《まりはじめ》 ㊤ 蹴鞠始《けまりはじめ》・初蹴鞠《はつけまり》　新年、初めて蹴鞠を行う儀式。現在は一月四日、京都の下鴨《しもがも》神社で行われるものが有名。〈継ぐといふことを尊び初蹴鞠　西村和子〉

成人の日《せいじんのひ》 ㊥ 成人式《せいじんしき》・成人祭《せいじんさい》　国民の祝日の一つ。一月の第二月曜日。〈成人の日ぞ大雪もたのもしき　細川加賀〉

初登城《はつとじやう》 ㊤ 兎《うさぎ》の吸物《すひもの》　江戸時代、諸大名や幕臣が、将軍に年始の御祝いを言上するために登城したことをいう。〈弥勒まで御世や兎の御吸物　越人〉

騎馬始《きばはじめ》 ㊤ 馬騎初《うまのりぞめ》・馬《ば》場始《ばはじめ》・騎始《のりはじめ》・騎初《のりぞめ》・初騎《はつのり》　新年初めて馬に乗ること。〈騎初の拍車やさしく当てにけり　平賀扶人〉

松囃子《まつばやし》 ㊤ 松拍子《まつばやし》・御謡初《おうたひぞめ》・素《す》襖《あを》脱《ぬ》ぎ　江戸時代の謡初の儀式。江戸幕府の年中行事の一つ。↓謡初〈絵扇をひさぐ家なり松囃子　松瀬青々〉

具足餅《ぐそくもち》 ㊤ 武家餅《ぶけもち》・鎧餅《よろひもち》　正月の鏡餅の一種。武家では正月に甲冑《かつちゆう》を飾り、その前に上が赤、下が白の鏡餅を鰹節《かつおぶし》を添えて祝った。↓鏡餅・歯固・具足開〈一村を鼓でよぶや具足餅　史邦〉

具足開《ぐそくびらき》 ㊥ 具足鏡開《ぐそくかがみびらき》・具足鏡割《ぐそくかがみわり》・具足祝《ぐそくいはひ》・武具鏡開《ぶぐかがみびらき》　武家で行われた鏡開きのこと。↓具足餅・鏡開〈具足開く手力祝へ老の春　吉田冬葉〉

江戸城連歌始《えどじやうれんがはじめ》 ㊥ 御《ご》連歌始《れんがはじめ》・初連歌《はつれんが》　毎年正月、江戸城で行われた連歌興行。徳川幕府の年中行事の一つ。〈燭剪りのひかへて連歌始かな　吉田冬葉〉

弓始《ゆみはじめ》 ㊥ **射場始**《いばはじめ》**・的始**《まとはじめ》**・弓矢始**《ゆみやはじめ》**・射初**《いぞめ》**・初弓**《はつゆみ》 〈宮司まづ座につきたまひ弓始　森田峠〉〈横顔の引き絞らるる弓初　井上弘美〉

初詣《はつまうで》 ㊤ **初参**《はつまゐり》**・初社**《はつやしろ》**・初祓**《はつはらひ》**・初神籤**《はつみくじ》 ↓恵方詣《えほうまいり》 〈日本に松と縄あり初詣　藤田湘子〉〈橋越ゆるたびに明けきし初詣　福田甲子雄〉

歳徳神《としとくじん》 ㊤ **歳徳**《としとく》**・年神**《としがみ》**・若年様**《わかどしさま》**・正月様**《しやうぐわつさま》**・年爺**《としぢい》**さん・お年**《とし》**さま・歳徳棚**《としとくだな》**・年棚**《としだな》**・恵方棚**《ゑはうだな》**・豊年棚**《ほうねんだな》**・年俵**《としだはら》 陰陽道《おんみやうどう》で、年が明けるとやって来るとされる新しい神。歳徳神はその年の恵方を司《つかさど》る神として、その方角に祀《まつ》られる。〈歳神を迎へ入れたる床柱　廣瀬町子〉

恵方詣《ゑはうまゐり》 ㊤ **恵方拝**《ゑはうをがみ》**・恵方**《ゑはう》**・吉方**《えはう》**・兄方**《えはう》**・得方**《えはう》**・元方**《えはう》**・明**《あ》**きの方**《かた》**・恵方道**《ゑはうみち》 年の初め、その年の恵方にあたる社寺に参詣すること。↓初詣《はつもうで》 〈恵方とて海の上にも道を延べ　鷹羽狩行〉

白朮詣《をけらまゐり》 ㊤ **白朮祭**《をけらさい》**・白朮火**《をけらび》**・白朮縄**《をけらなは》**・吉兆縄**《きつてうなは》**・火縄売**《ひなはうり》**・祇園削掛神事**《ぎをんけづりかけしんじ》**・削掛**《けづりかけ》**の行**《おこなひ》 大《おお》晦日《みそか》の夜から元日の早暁にかけて、京都市東山区祇園《ぎおん》町の八坂《やさか》神社に詣でること。〈白朮火の一つを二人してかばふ　西村和子〉

繞道祭《ねうだうさい》 ㊤ **御神火**《ごじんくわ》**まつり** 元日、奈良県桜井市三輪の大神《おおみわ》神社で行われる祭事。〈国原を繞道の火のはしりをる　阿波野青畝〉

初伊勢《はついせ》 ㊤ **初参宮**《はつさんぐう》 伊勢神宮に初詣でをすること。↓伊勢参（春）〈初伊勢の松の中なる三番叟　渡辺純枝〉

産土神参《うぶすなまゐり》 ㊤ 年の初め、産土神の社に参詣すること。

七福神詣《しちふくじんまゐり》 ㊤ **七福神**《しちふくじん》**・七福詣**《しちふくまゐり》**・福神詣**《ふくじんまゐり》**・福神巡**《ふくじんめぐ》**り・福詣**《ふくまゐり》**・一福**《いつぷく》 元日から七日までに、

その年の開運を願い、七福神を祀《まつ》る寺社を巡ること。〈拾ふ神ありや七福神詣　清水基吉〉

延寿祭《えんじゆさい》 ㊤ **延寿盃**《えんじゆはい》・**延寿箸**《えんじゆばし》・**歳旦祭**《さいたんさい》 元日、奈良県橿原《かしはら》市にある神武天皇を祭神とする橿原神宮で行われる神事。健康延寿を祈念する。〈延寿盃庭燎の埃たふとけれ　木下眉城〉

蛙狩の神事《かはづがりのしんじ》 ㊤ **蛙飛**《かはづと》**びの神事**《しんじ》 元日、長野県諏訪《すわ》市の諏訪大社上社本宮《かみしやほんみや》で行われる神事。

初神楽《はつかぐら》 ㊤ **神楽始**《かぐらはじめ》 新年になって、初めて神前で神楽を奏すること。↓神楽（冬）〈たをやかに結ぶ黒髪初神楽　伊藤敬子〉

大日詣《だいにちまゐり》 ㊤ **大日堂祭堂**《だいにちだうさいだう》・**祭堂**《さいだう》・**神名手舞**《かなてまひ》・**駒舞**《こままひ》・**烏遍舞**《うへんまひ》・**工匠舞**《くしやうまひ》・**五大尊舞**《ごだいそんまひ》 一月二日、秋田県鹿角《かづの》市の大日霊貴《おおひるめむち》神社で行われる祭り。かつては旧正月元日に行われた。

熊野連歌始《くまのれんがはじめ》 ㊤ **熊野連歌**《くまのれんが》 近世、正月二日に熊野三山の一つ、紀伊国《きいのくに》（和歌山県）熊野本《ほん》宮大社《ぐうたいしや》の拝殿で、社家《しやけ》と地下人《じげにん》とによって行われた百韻連歌のことをいう。

北野の筆始祭《きたののふではじめさい》 ㊤ 一月二日、優れた書家である菅原道真《すがわらのみちざね》を祭神とする京都市上京区の北野天満宮本殿で行われる祭事。

七高山詣《しちかうざんまゐり》 ㊤ 長崎地方で、江戸時代、正月に行われた巡礼参拝の一つ。正月二日から一五日頃までの間に、金毘羅山《こんぴらさん》・七面山《しちめんさん》・秋葉山《あきばやま》・烽火山《ほうかざん》・豊前坊《ぶぜんぼう》・彦山《ひこさん》・愛宕山《あたごやま》か岩屋山《いわやさん》の七か所を、一日で巡ったという。

毘沙門の使《びしやもんのつかひ》 ㊤ **愛宕**《あたご》**の神事**《しんじ》・**愛宕**《あたご》**の使**《つかひ》・**御事**《おこと》**の使**《つかひ》 江戸時代、正月三日（のちに二四日）、東京芝《しば》の愛宕神社で行われた神事「強飯式《ごうはんしき》」に現れる使者。

太占祭《ふとまにまつり》 ㊤ 一月三日、東京都青梅《おうめ》市の御岳《みたけ》山山頂にある武蔵御嶽《むさしみたけ》神社で行われる神事。

裏白連歌《うらじろれんが》 ㊤ **裏白俳諧**《うらじろはいかい》 室町から江戸時代にかけて、毎年正月三日、京都北野天満宮連歌会所の連歌始めに興行された連歌。

玉せせり《たませせり》 ㊤ **玉**《たま》**せり・玉取祭**《たまとりまつり》**・玉競祭**《たませりまつり》 一月三日、福岡市の筥崎宮《はこざきぐう》で、陸《おか》組と浜《はま》組に分かれた締め込み姿の競子《せりこ》とよばれる男たちが勢《きお》い水《みず》を浴びながら木製の玉を奪い合う神事。〈屈強の胸に水受け玉せせり　岡部六弥太〉

ひよんどり ㊤ **鵯踊**《ひよどりをどり》 静岡県浜松市北区引佐町《いなさちょう》の二か所に残る、五穀豊穣祈願の奉納舞を伴う祭り。重要無形民俗文化財。〈遠つ世も闇濃かりけむひよんどり　仁尾正文〉

鶴岡八幡宮の御璽頂き《つるがをかはちまんぐうのごはんいただき》 ㊤ **御**《ご》**判行事**《はんぎやうじ》**・御判頂**《ごはんいただ》**き** 元日から七日まで、神奈川県鎌倉市の鶴岡八幡宮で行われる行事。

日待《ひまち》 (全) 前夜から精進潔斎し、寝ずに夜明かしをして、日の出を拝むこと。

住吉踏歌節会《すみよしたふかせちゑ》 ㊤ **住吉踏歌**《すみよしたふか》**神事**《しんじ》**・福餅神事**《ふくのもちしんじ》 一月四日、大阪市住吉区の住吉大社で行われる神事。

熱田踏歌神事《あつたたふかしんじ》 ㊥ 一月一一日、名古屋市の熱田神宮で行われる神事。

鹿島踏歌祭《かしまたふかまつり》 ㊥ 茨城県鹿《か》嶋《しま》市の鹿島神宮で行われていた正月の神事。現在は行われていない。

初水天宮《はつすいてんぐう》 ㊤ 一月五日、その年最初に福岡県久留米《くるめ》市の水天宮、または東京日本橋蛎殻町《かきがらちょう》の水天宮の祭礼に参詣すること。

稲荷の大山祭《いなりのおほやまさい》 ㊤ **稲荷**《いなり》**注連**《しめ》**張**《はり》**・注連**《しめ》**張神事**《はりしんじ》**・注連**《しめ》**曳**《ひき》**・御**《お》**土器**《かはらけ》**・土器拾**《かはらけひろ》**ひ** 一月五日、

京都市伏見《ふしみ》稲荷大社で行われる祭事。

五日戎《いつかえびす》 ㊤ 一月五日、奈良市の恵美寿《えびす》神社で行われる年初の市。

熱田鬼祭《あつたのおにまつり》 ㊤ 旧暦正月八日の夜、名古屋市熱田区の高蔵不動院で行われていた修正会《しゅしょうえ》のこと。現在は行われていない。

上賀茂燃灯祭《かみがもねんとうさい》 ㊤ 新年最初の子《ね》の日、京都上賀茂神社で行われた行事。

厳島神社の年越祭《いつくしまじんじゃのとしこしまつり》 ㊤ 神前相場《しんぜんさうば》 旧暦正月六日、広島市の厳島神社で行われた祭り。昭和三一年に廃止された。

若菜祭《わかなまつり》 ㊤ 若草神事《わかくさしんじ》・若菜《わかな》神事《しんじ》・七草祭《ななくさまつり》・七種祭《ななくさまつり》 一月七日、七種粥《ななくさがゆ》を神前に供え、新年を寿《ことほ》ぐ神事。宮中で行われていた七草粥の行事が神事となったもので、各神社でさまざまな名称で行われる。↓若菜を供《くう》ず

菜摘川の神事《なつみかはのしんじ》 ㊤ 旧暦正月七日、奈良県吉野町《よしのちょう》の勝手神社の神官や氏子が菜摘川の川原で若菜を摘み、勝手明神に捧《ささ》げた祭事。

芝明神祭《しばみやうじんまつり》 ㊤ 旧暦正月六日に行われた芝明神の年越しの祭り。

三島御田打祭《みしまおたうちまつり》 ㊤ 御《お》田《た》打《うち》・御田祭《おんだまつり》 一月七日、静岡県三島市の三嶋《みしま》大社で社家《しやけ》によって執り行われる神事。

鍵引《かぎひき》 ㊤ 鉤引神事《かぎひきしんじ》 山の神を里へ迎え入れ、その年の豊作を祈る年初の神事。〈紙を使はず鉤引の火拵へ　茨木和生〉

青馬祭《あをうまのまつり》 ㊤ 白馬祭（あをうままつり／おうめさい） 一月七日、茨城県鹿嶋市の鹿島《かしま》神宮で行われる神事。↓白馬

節会

住吉の白馬神事《すみよしのあをうましんじ》 ㊤ 一月七日、大阪市住吉区の住吉大社で行われる神事。↓白馬節会

鷽替《うそかへ》 ㊤ 一月七日の夜、福岡県太宰府《だざいふ》市の太宰府天満宮で行われる神事。〈鷽替へて悲しみ替へるすべのなし　吉年虹二〉

太宰府天満宮の鬼すべ《だざいふてんまんぐうのおにすべ》 ㊤ **太宰府**《だざいふ》**追儺**《ついな》**・鬼燻**《おにくすべ》 一月七日夜、福岡県の太宰府天満宮で行われる除災招福の神事。〈鬼燻の火襖をとぶ鬼の影　岡部六弥太〉

鬼会《おにゑ》 ㊤ **鬼夜**《おによ》**・鬼火**《おにび》 一月七日夜、福岡県久留米《くるめ》市の大善寺《だいぜんじ》玉垂宮《たまたれぐう》で行われる火祭り神事。重要無形民俗文化財。〈歯を抜きし口中鬼火遊びをり　原田喬〉

西宮の居籠《にしのみやのゐごもり》 ㊤ **居籠**《ゐごもり》 一月九日から一〇日、兵庫県西宮市の西宮神社で行われる神事。〈居籠の早や寝む神の御垣守　安藤橡面坊〉

柞森の居籠《ははそのもりのゐごもり》 ㊤ **祝園**《はふその》**の居籠**《ゐごもり》 京都府相楽《そうらく》郡精華町の祝園《ほうその》神社に伝わる神事。毎年正月の申《さる》の日（三回ある年は中の申の日）より三日間、悪霊の退散を祈る。この間、氏子も身を清め物音を立てず居籠もる。

亥巳籠《ゐみごもり》 ㊤ 旧暦新年最初の亥の日から巳の日まで、兵庫県加古川《かこがわ》市の日岡神社で行われる神事。

十日戎《とをかえびす》 ㊤ **初戎**《はつえびす》**・初恵比須**《はつゑびす》**・宵戎**《よひえびす》**・戎祭**《えびすまつり》**・残**《のこ》**り戎**《えびす》**・残**《のこ》**り福**《ふく》**・福笹**《ふくざさ》**・戎笹**《えびすざさ》**・福飴**《ふくあめ》**・吉兆**《きつてう》**・小判売**《こばんうり》 一月一〇日に行われる戎祭をいう。福の神の恵比須さまに商売繁盛・家内安全を祈願する。兵庫県の西宮《にしのみや》神社、大阪の今宮戎《いまみやえびす》神社、京都のゑびす神社が代表的。↓宝恵駕　〈目の前を小判が通る初戎　丁野弘〉

市神祭《いちがみまつり》 ㊤ 主に一月一〇日または一一日に行われる市神の祭り。

初金毘羅《はつこんぴら》 ㊤ **初金刀比羅**《はつことひら》・**初十日**《はつとをか》 一月一〇日、新年初めての金毘羅宮の縁日をいう。〈初金比羅耳かき売も出てゐたり　永方裕子〉

布施参《ふせまゐり》 ㊤ **布施籠**《ふせごもり》 新年最初の巳《み》の日、千葉県柏《かしわ》市布施にある弁財天（布施弁天東海寺）に詣《まい》ること。〈玉椿昼とみえてや布施籠　其角〉

常陸帯の神事《ひたちおびのしんじ》 ㊥ **常陸帯**《ひたちおび》**の祭**《まつり》・**常陸帯**《ひたちおび》・**縁結**《えんむす》**び神事**《しんじ》・**鹿島帯**《かしまおび》 常陸国（茨城県）鹿島《かしま》神宮で行われていた帯占《おびうら》をいう。帯占は、一時途絶えていたが、平成二四年に再興され、現在は一月一二日に行われている。〈思ふ人を神しろしめせ常陸帯　星野麦人〉

稲荷の奉射祭《いなりのぶしゃさい》 ㊥ **御弓始祭**《おんゆみはじめさい》・**歩射祭**《ぶしゃさい》 一月一二日、京都市の伏見《ふしみ》稲荷大社で行われる神事。

直会祭《なほゑまつり》 ㊥ **儺追神事**《なおひのしんじ》・**儺追祭**《なおひまつり》 旧暦正月一三日、愛知県稲沢《いなざわ》市の国府宮《こうのみや》（尾張大國霊《おわりおおくにたま》神社）で行われた神事。通称「国府宮のはだか祭」。

住吉の御弓《すみよしのおゆみ》 ㊥ **住吉御弓神事**《すみよしおゆみしんじ》・**住吉御結鎮神事**《すみよしみけちしんじ》 一月一三日、大阪市住吉区の住吉大社で行われる弓始めの神事。

新野の雪祭《にひののゆきまつり》 ㊥ **田楽祭**《でんがくまつり》・**雪祭**《ゆきまつり》 長野県下伊那《しもいな》郡阿南《あなん》町新野の伊豆《いず》神社で行われる、豊年を予祝する小正月の祭事。重要無形民俗文化財。

上賀茂御棚飾《かみがものおたなかざり》 ㊥ **御棚会**《おたなゑ》・**魚読**《うをよみ》・**御戸代神事**《みとしろしんじ》 一月一四日、京都市の上賀茂神社で行われる神事。

粥占《かゆうら》 ㊥ **粥試**《かゆだめし》・**粥占祭**《かゆうらまつり》・**粥占神事**《かゆうらしんじ》・**管粥**《くだがゆ》・**筒粥**《つつがゆ》 一月一五日に小豆粥《あずきがゆ》や米の粥を炊くとき、

粥の中に筒や管を入れ、その中に入った粥の状態によって農作物の豊凶などを占うもの。〈粥占の釜に乾ける粥の筋　榎本亨〉

枚岡の粥占神事《ひらをかのかゆうらしんじ》　㊥　**御粥祭**《おかゆまつり》**・卜田祭**《うらたまつり》**・管粥祭**《くだがゆまつり》　大阪府東大阪市枚岡神社で行われる粥占の神事。現在は、一月一五日に神饌所《しんせんじょ》の大釜《おおがま》で小豆粥《あずきがゆ》を炊く。

三保祭《みほまつり》　㊥　**三保参**《みほまゐり》　旧暦の小正月に、静岡市清水区の御穂《みほ》神社で行われた粥占《かゆうら》の神事。現在は二月一四日夜に行う。

西七条田植神事《にししちでうたうゑしんじ》　㊥　かつて旧暦の正月一五日、山城国葛野《やましろのくにかどの》郡西七条村（現在の京都市下京区）で行われた、田植えの様子を演じる豊年予祝の行事。

熱田的射《あつたまとい》　㊥　**熱田歩射神事**《あつたぶしゃしんじ》　一月一五日、名古屋市の熱田神宮で行われる豊年と除災を祈る神事。

獅子頭の神事《ししがしらのしんじ》　㊎　**御頭神事**《おかしらしんじ》　一月から二月にかけて、三重県伊勢《いせ》市とその周辺の農漁村で行われる獅子舞《ししまい》。

玉替祭《たまかへまつり》　㊥　**玉替祭**《たまがへさい》**・玉替神事**《たまかへしんじ》　一月一五日、福岡県久留米《くるめ》市の高良《こうら》大社で行われていた行事。現在は成人の日に最も近い月曜日に行われている。

道祖神祭《だうそじんまつり》　㊥　**塞**《さい》**の神祭**《かみまつり》**・幸**《さい》**の神祭**《かみまつり》**・道禄神祭**《だうろくじんまつり》**・幸**《さい》**の神**《かみ》**の勧進**《くわんじん》　一月一五日（小正月）、東日本の各地で行われる祭りをいう。道祖神は来名戸之祖神《くなとのさえのかみ》などとよばれ、外部から侵入する悪霊や疫神を防ぎ守護する神という信仰から生まれたもので、多くは道の分岐点や村落の入り口などに置かれている。

雑司ケ谷鬼子母神堂奉射《ざふしがやきしもじんだうぶしや》 ㊥ 鬼子母神祭礼《きしもじんさいれい》　かつて旧暦の正月一六日に東京都豊島区の鬼子母神で行われていた奉射祭礼。

ややまつり ㊥ 一月一五日に近い日曜日、山形県の庄内町千河原《しょうないまちちがわら》八幡神社で行われる安産と無病息災・身体堅固を祈願する祭。

えんずのわり ㊥ 一月一一日から一六日にかけて、宮城県東松島市宮戸月浜地区で行われる小正月の鳥追いの行事。「えんずのわり」とは、意地の悪いの意味。〈月上るえんずのわりの声がして　高野ムツオ〉

梵天《ぼんてん》 ㊥ 梵天奉納祭《ぼんてんほうなふさい》・梵天《ぼんでん》　秋田県固有の神事。秋田市三吉《みよし》神社では一月一七日、横手市旭《あさひ》岡山《おかやま》神社では二月一七日に行われる。太い棒の先につけた色とりどりの布や紙四手《かみしで》を垂らして飾った梵天とよばれるものを担ぎ、奉納する神事。〈梵天を振り翳し息ぶつけ合ひ　水田むつみ〉

奈良の山焼《ならのやまやき》 ㊥ お山焼《やまやき》・三笠《みかさ》の山焼《やまやき》　奈良市の若草山（高さ三四二メートル）で行われる山焼き。戦前は二月一一日（紀元節）だったが、現在は一月の第四土曜日に行われる。〈奈良の闇焼きたる山の闇加ふ　野澤節子〉

新御霊御弓《しんごりやうのみたらし》 ㊥ 一月一七日、大阪市中央区淡路町の御霊神社境内で行われる奉射《ぶしや》神事。

厄神詣《やくじんまゐり》 ㊥ 厄参《やくまゐり》・厄詣《やくまうで》・八幡参《やはたまゐり》・八幡疫神詣《やはたやくじんまうで》・八幡土産《やはたみやげ》・蘇民将来《そみんしやうらい》・八幡鯉《やはたごひ》・青山祭《あをやまさい》　一月一五日から一九日にかけて、京都府八幡《やわた》市の男山山頂にある石清水八幡宮《いわしみずはちまんぐう》で行われる厄除大《やくよけたい》祭《さい》に詣でること。〈男山のぼりつづけて厄詣　田中王城〉

二十日戎祭《はつかえびすまつり》 ㊥ 二十日戎《はつかえびす》　一月二〇日、江戸で行われた戎祭のこと。

厳島の御弓始《いつくしまのおんゆみはじめ》 ㊦ **鬼射**《きしや》**・御弓神事**《おんゆみしんじ》**・百手祭**《ももてまつり》 古くは旧暦正月七日、広島市の厳島神社で行われた厄祓《やくばら》いの奉射《ぶしや》神事。現在は、一月二〇日に厳島（宮島）の大元《おおもと》神社の百手祭に際して行われる神事。

大原野御弓祭《おほはらのおゆみまつり》 ㊦ かつて旧暦正月二二日、京都市西京区の大原野神社で行われた厄祓《やくばら》いの祭事。

篦宮祭《ののみやまつり》 ㊦ **篦岳白山祭**《ののたけはくさんまつり》 宮城県涌谷町《わくやちよう》の篦岳山篦峯寺《こんぽうじ》白山社《はくさんしや》で行われる豊作祈願と予祝神事。

初愛宕《はつあたご》 ㊦ 一月二四日、京都西郊の愛宕山山頂にある愛宕神社で行われる祭事。

初天神《はつてんじん》 ㊦ **天神花**《てんじんばな》**・天神旗**《てんじんばた》**・宵天神**《よひてんじん》**・残**《のこ》**り天神**《てんじん》 一月二五日、天満宮へその年最初に参詣すること。またその縁日。→鷽替 〈初天神暁かけて詣で来し　安住敦〉

初甲子《はつきのえね》 ㊤ **初大黒**《はつだいこく》**・大黒祭**《だいこくまつり》 その年最初の甲子の日をいう。各地の大黒天を祀《まつ》った寺院や大黒堂で、大黒天の最初の縁日が開かれ、二股《ふたまた》大根や小豆飯《あずきめし》などを供えて福を祈る。〈葵橋に夜は白みけり初甲子　田中田大黄〉

初卯《はつう》 ㊤ **初卯祭**《はつうまつり》**・初卯詣**《はつうまうで》**・卯**《う》**の札**《ふだ》**・二**《に》**の卯**《う》**・三**《さん》**の卯**《う》**・亀戸妙義参**《かめゐどめうぎまゐり》 その年最初の卯の日に神社に参詣することをいう。東京の亀戸天神社境内の妙義山の神を祀《まつ》る御嶽《みたけ》神社、京都の石清《いわし》水八《みずはち》幡宮《まんぐう》、上賀茂《かみがも》神社、大阪の住吉神社などが代表的である。〈弟子つれて初卯詣の大工かな　村上鬼城〉

初辰《はつたつ》 ㊤ **上辰日**《じやうしんにち》**・初辰**《はつたつ》**の水**《みづ》**・潮**《しほ》**の水**《みづ》**・辰祭**《たつまつり》 その年最初の辰の日をいう。江戸時代には、この日に屋根に水または海水を打って、火災を防ぐ呪《まじな》いとした。〈初辰の水壺見ゆれ蔵の窓　籾山

梓月〉

初弁天《はつべんてん》 ㊤ **初弁財天**《はつべんざいてん》・**初巳**《はつみ》　その年最初の巳の日に弁財天に参詣すること。〈きりぬさのごとく初巳の雪の舞ふ　加藤三七子〉

初庚申《はつかうしん》 ㊤ **初帝釈天詣**《はつたいしやくてんまゐり》・**庚申待**《かうしんまち》・**初帝釈**《はつたいしやく》　その年最初の庚申《かのえさる》の日。帝釈天の縁日の最初であるから、各地の帝釈天を祀《まつ》る寺や庚申堂への参詣者が多い。

初亥《はつゐ》 ㊤ **摩利支天詣**《まりしてんまゐり》　その年最初の亥の日。この日、摩利支天を祀《まつ》る寺院に詣でる。

初勤行《はつごんぎやう》 ㊤ **初読経**《はつどきやう》・**初諷経**《はつふぎん》・**初太鼓**《はつだいこ》・**初鐘**《はつかね》・**初開扉**《はつかいひ》・**初法座**《はつほふざ》・**初御堂**《はつみだう》・**年始会**《ねんしゑ》　各寺院や仏前で、新年になって初めて勤める読経や回向《えこう》のこと。〈初勤行僧となる子の声響く　小川八重子〉

初護摩《はつごま》 ㊤ 新年になって初めて焚《た》く護摩（密教の修法《しゆほう》）のこと。〈初護摩の煤ゆらゆらと頭上より　柿沼茂〉

浅草観音追儺《あさくさくわんおんついな》 ㊤ 東京浅草の浅草寺《せんそうじ》で行われる修正会《しゆしようえ》の行事。大晦日《おおみそか》から一月六日までの毎夕行われる。

初妙見《はつめうけん》 ㊤ 新年になって初めて妙見菩薩《ぼさつ》の祀《まつ》られている寺院に詣でること。

東本願寺献盃式《ひがしほんぐわんじけんぱいしき》 ㊤ **献盃**《けんぱい》　一月一日早朝、京都市下京区の東本願寺の御影《みえい》堂で行われる儀式。

東本願寺修正会《ひがしほんぐわんじしゆしやうゑ》 ㊤ 一月一日から七日まで、京都市下京区の東本願寺の御影《みえい》堂と阿弥《あみ》陀《だ》堂（本堂）で行われる法要。

四天王寺修正会《してんわうじしゆしやうゑ》 ㊤ **裸祭**《はだかまつり》**・どやどや祭**《まつり》**・四天王寺**《してんわうじ》**どやどや**　元日から一四日まで、大阪市天王寺区の四天王寺で行われる儀式。

鬼走《おにばしり》 ㊥　滋賀県湖南市の長壽寺《ちようじゆじ》で成人の日に行う法要。

天狗の宴《てんぐのさかもり》 ㊤ **愛宕寺天狗　宴**《あたごでらのてんぐのさかもり》**・愛宕寺牛王加持**《あたごでらごわうかぢ》　正月二日、京都の六波羅《ろくはら》にあった愛宕寺《おたぎじ》で行われた酒宴。現在は愛宕念仏寺《おたぎねんぶつじ》で、一一月の第二日曜日に、秋の紅葉祭りの一つとして行われている。

初寅《はつとら》 ㊤ **鞍馬初寅詣**《くらまはつとらまゐり》**・初寅参**《はつとらまゐり》**・初寅詣**《はつとらまうで》**・鞍馬詣**《くらままうで》**・一**《いち》**の寅**《とら》**・上寅日**《かみのとらのひ》**・福寅**《ふくとら》**・福搔**《ふくかき》**・畚下**《ふごおろ》**し・お福蜈蚣**《ふくむかで》**・鞍馬**《くらま》**小判**《こばん》**・百足**《むかで》**小判**《こばん》　その年最初の寅の日に毘沙門天《びしやもんてん》を祀《まつ》る寺院に参詣すること。

〈初寅の護符をかざして貴船へも　中田余瓶〉

初祖師《はつそし》 ㊤　正月三日に、東京都杉並区堀ノ内の妙法寺や、大田区池上《いけがみ》の本門寺《ほんもんじ》などの開祖日蓮《にちれん》を祀《まつ》った堂に参詣すること。現在では行われていない。

両大師詣《りやうだいしまゐり》 ㊤ **両大師廻り**《りやうだいしまはり》　正月三日、東京都台東区上野桜木の東叡山寛永寺《とうえいざんかんえいじ》山内の両大師堂にお詣りすること。

浅草寺牛玉加持《せんさうじごわうかぢ》 ㊤　一月五日、東京浅草の浅草寺で行われる行事。

東福寺羅漢供《とうふくじらかんく》 ㊤　正月五日、京都東山の東福寺で行われた行事。

賓頭盧廻《びんづるまはし》 ㊤　一月六日、長野市の善光寺で行われる行事。〈賓頭盧廻しわが作らずば世に句なし　西本一都〉

清水の牛王《きよみづのごわう》 ㊤ **清水寺牛王**《きよみづでらごわう》**・清水寺牛王杖**《きよみづでらごわうづゑ》　一月七日、京都市の清水寺で行われる行事。

黒石裸祭《くろいしはだかまつり》 ㊤ 鬼子祭《おにこまつり》・蘇民祭《そみんさい》　旧暦正月七日から八日にかけて行われる祭事。〈裸祭いまだ裸の目立つほど　塚腰杜尚〉

太融寺の富《たいゆうじのとみ》 ㊤ 正月七日、大阪市北区太融寺町の太融寺境内の弁天社で行われた富籤《とみくじ》のこと。

善光寺の御判戴き《ぜんくわうじのごはんいただき》 ㊤ 御印文戴《ごいんもんいただ》き・御判頂戴《ごはんちやうだい》　一月七日から一五日までの九日間、長野市の善光寺で行われる行事。〈御判さん戴き母の頬ゆるみ　佐野恒夫〉

初薬師《はつやくし》 ㊤ 一月八日、その年最初に初めの薬師《やくし》如来《にょらい》に詣でること。〈初薬師払子を振れば燭応ふ　今川凍光〉

三十三間堂の楊枝浄水加持《さんじふさんげんだうのやうじじやうすいかぢ》 ㊤ 頭痛粥《づつうがゆ》　一月九日から七日間、京都の三十三間堂で行われる法要。

遊行寺の札切《ゆぎやうじのふだきり》 ㊥ お符切《ふだきり》・初《はつ》お札《ふだ》　一月一一日、神奈川県藤沢市の時宗総本山遊行寺（清浄光寺《しようじようこうじ》）で行われる行事。

空也堂鉢叩出初《くうやだうはちたたきでぞめ》 ㊥ 鉢叩出初《はちたたきでぞめ》・頭陀巡行出初《づだじゆんぎやうでぞめ》　正月一一日、京都市中京区蛸薬師《たこやくし》通堀川東入の空也堂で行われた寒行。↓鉢叩（冬）

天王寺金堂手斧始《てんわうじこんだうてうなはじめ》 ㊥ 一月一一日、大阪市天王寺区の四天王寺で行われる儀式。現在は四天王寺大工金剛《こんごう》家が奉仕する。

天王寺生身供《てんわうじしやうじんく》 ㊥ 正月に大阪市天王寺区の四天王寺で修される会式。現在は一月一二日に五智光院にて修する。〈天王寺の奥行き深し生身供　朝妻力〉

俎開《まないたびらき》 ㊥ 報恩寺俎　開《ほうおんじまないたびらき》　一月一二日、東京都台東区東上野の坂東報恩寺で行われる行事。〈俎

開口開く鯉の法悦とも　中山フジ江〉

浅草寺の温座陀羅尼《せんさうじのをんざだらに》 ㊥ 一月一二日から一八日まで、東京浅草の浅草寺で行われる儀式。昼夜不断で行われる。

初虚空蔵《はつこくうざう》 ㊥ 一月一三日、虚空蔵菩薩《ぼさつ》を祀《まつ》る寺に参詣すること。また、その初縁日のこと。↓十三詣（春）〈初虚空蔵さらさらと水流れ　伊丹さち子〉

山門開き《さんもんびらき》 ㊥ 江戸時代、正月一六日に、上野の東叡山文殊楼《とうえいざんもんじゆろう》をはじめ芝増上寺《しばぞうじようじ》山門、浅草《せんそう》寺《じ》山門など各地の大寺の山門を開放して、終日楼上に参詣者を登らせることが行われていた。

上元の日《じやうげんのひ》 ㊥ **上元**《じやうげん》**・上元会**《じやうげんゑ》**・上元祭**《じやうげんさい》**・元宵**《げんせう》**・元夕**《げんせき》**・花灯会**《くわとうゑ》**・灯楼**《とうろう》**・上灯**《じやうとう》**・落灯**《らくとう》 旧暦正月一五日のこと。七月一五日の中元、一〇月一五日の下元と合わせ、三元とよばれる、節会《せちえ》の一つ。

初閻魔《はつえんま》 ㊥ **斎日**《さいにち》 一月一六日、閻魔堂に参詣すること。また、その初縁日のこと。↓藪入
〈母の背に舌を出す子や初閻魔　岡部六弥太〉

初聖天《はつしやうてん》 ㊥ その年初めて聖天宮に詣でること。聖天宮の縁日は、卯《う》・酉《とり》・一六日、これに二〇日を加えるところもあるが、初参といえば一月一六日をさすことが多い。

初観音《はつくわんおん》 ㊥ 一月一八日、観世音菩薩《かんぜおんぼさつ》を祀《まつ》る寺に参詣すること。また、その初縁日のこと。
〈初観音湖北目指さむかと思ふ　大橋敦子〉

浅草観音の亡者送り《あさくさくわんおんのまうじやおくり》 ㊥ **亡者送り**《まうじやおくり》 一月一八日、東京浅草の浅草寺《せんそうじ》において行われる行事。

延年の舞《えんねんのまひ》 ㊦ **老女舞**《らうぢよまひ》**・二十日夜祭**《はつかやさい》 一月二〇日、岩手県平泉町の毛越寺《もうつうじ》の夜祭りで行われる修正結願《しゆしようけちがん》の法楽。重要無形民俗文化財。〈雪嬉々と延年舞の堂つつむ　矢島渚男〉

初大師《はつだいし》 ㊦ **初弘法**《はつこうぼふ》 一月二一日、その年最初の弘法大師の縁日のこと。〈地べたに火焚くしさや初大師　小川軽舟〉

初不動《はつふどう》 ㊦ 一月二八日、その年最初の不動尊の縁日のこと。〈初不動江戸のむかしの力石　戸板康二〉

初弥撒《はつミサ》 ㊤ **聖名祭**《せいめいさい》**・弥撒始**《ミサはじめ》**・初**《はつ》**ミサ** 新年の最初のミサ（カトリックの聖餐《せいさん》式）のこと。〈初弥撒の聖水盤の貝を享く　中戸川朝人〉

役行者忌《えんのぎやうじやき》 ㊤ **小角忌**《をづのき》 旧暦正月元日と伝えられる。奈良時代の山岳修行者、役行者の忌日。生没年とも不詳。

才麿忌《さいまろき》 ㊤ 旧暦正月二日（新暦二月二〇日）。江戸元禄期の俳人、椎本《しいのもと》才麿の忌日。元文三年（一七三八）没。八三歳。

元三会《ぐわんざんゑ》 ㊤ **元三大師忌**《ぐわんざんだいしき》**・元三忌**《ぐわんざんき》**・慈恵**《じゑ》**大師忌**《だいしき》 旧暦正月三日（新暦正月三一日）。平安中期の天台宗の僧、慈恵大師良源《りようげん》の忌日。永観三年（九八五）に遷化《せんげ》。七四歳。

義朝忌《よしともき》 ㊤ 旧暦正月三日（新暦二月一八日）。平安後期の武将、源 義朝《みなもとのよしとも》の忌日。平治二年（一一六〇）没。三八歳。

野坡忌《やばき》 ㊤ **小楠公忌**《せうなんこうき》 旧暦正月三日（新暦一月三一日）。蕉門《しようもん》十哲の一人、志太《しだ》野坡の忌日。元文五年（一七四〇）没。七九歳。

夕霧忌《ゆふぎりき》 ㊤ 旧暦正月六日（新暦二月二六日）。夕霧太夫《たゆう》の忌日。延宝六年（一六七八）没。二六歳。

義政忌《よしまさき》 ㊤ **慈照院殿忌**《じせうゐんでんき》 旧暦正月七日（新暦二月五日）。室町幕府八代将軍、足利《あしかが》義政の忌日。延徳二年（一四九〇）没。五五歳。

豊国忌《とよくにき》 ㊤ **歌川豊国忌**《うたがはとよくにき》 旧暦正月七日（新暦二月二四日）。江戸後期の浮世絵師《うきよえし》、初代歌川豊国の忌日。文政八年（一八二五）没。五七歳。

団水忌《だんすいき》 ㊤ 旧暦正月八日（新暦二月二四日）。談林俳人、北条団水の忌日。宝永八年（一七一一）没。四九歳。

頼朝忌《よりともき》 ㊥ **源頼朝忌**《みなもとのよりともき》 旧暦正月一三日（新暦二月一六日）。武家政治の創始者で鎌倉幕府初代将軍、源頼朝の忌日。建久一〇年（一一九九）没。五三歳。〈頼朝忌雨だれ絞る松の瘤　秋元不死男〉

一蝶忌《いつてふき》 ㊥ 旧暦正月一三日（新暦二月七日）。江戸中期の画家、英《はなぶさ》一蝶の忌日。享保九年（一七二四）没。七三歳。

土芳忌《とはうき》 ㊥ 旧暦正月一八日（新暦三月六日）。蕉門《しようもん》俳人、服部《はつとり》土芳の忌日。享保一五年（一七三〇）没。〈土芳の忌辻から路地へ伊賀の風　広瀬二郎〉

遍昭忌《へんぜうき》 ㊥ 旧暦正月一九日（新暦二月一六日）。平安初期に歌人として活躍した僧正遍昭の忌日。寛平二年（八九〇）没。七五歳。

明恵忌《みやうゑき》 ㊥ 旧暦正月一九日（新暦二月一八日）。鎌倉初期の華厳宗《けごんしゅう》中興の祖である明恵の忌日。

寛喜四年（一二三二）示寂。六〇歳。

覚如忌《かくによき》 ㊥ 旧暦正月一九日（新暦二月二三日）。鎌倉後期の浄土真宗の僧、本願寺第三世覚如の忌日。観応二年（一三五一）示寂。八二歳。

徂徠忌《そらいき》 ㊥ **荻生徂徠忌**《をぎふ》《そ》《らいき》 旧暦正月一九日（新暦二月二八日）。江戸の儒学者、荻生徂徠の忌日。享保一三年（一七二八）没。六三歳。

羅山忌《らざんき》 ㊦ 旧暦正月二三日（新暦三月七日）。江戸初期の朱子学の儒学者、林羅山の忌日。明暦三年（一六五七）没。七五歳。

契沖忌《けいちゆうき》 ㊦ 旧暦正月二五日（新暦三月四日）。江戸前期に活躍した歌人、僧侶《そうりよ》、古典学者の契沖の忌日。元禄一四年（一七〇一）没。六二歳。〈かばかりの燈の尊さや契沖忌　広井鴗峰女〉

動　物

嫁が君《よめがきみ》 ㊤ 正月三が日の間の鼠《ねずみ》の呼称。忌詞《いみことば》の一つ。〈嫁が君天守閣より下り来しか　福田甲子雄〉

初鶏《はつどり》 ㊤ **初鳥**《はつどり》 元日の暁闇に鳴く鶏のこと。〈初鶏や動きそめたる山かづら　高浜虚子〉

初声《はつこゑ》 ㊤ 新年になってから初めて聞く鳥の声。〈帆柱に来て初声を高めけり　茨木和生〉

初鶯《はつうぐひす》 ㊤ 愛好家に飼われた鶯が正月に鳴くこと。↓鶯（春）〈宮奥へ初鶯の声探し　豊田晃〉

初雀《はつすずめ》 ㊤ 元日の雀。〈初雀飛び翔つことをすこしする　加倉井秋を〉

初鳩《はつばと》 ㊤ 元日に神社や仏閣などで見かける鳩を愛《め》でていう。〈由比ケ浜の風が初鳩ちらしけり　西宇内〉

初鴉《はつがらす》 ㊤ **初烏**《はつがらす》 元日、東雲《しののめ》の空に鳴きながら飛ぶ鴉の声や姿をいう。〈ばらばらに飛んで向うへ初鴉　高野素十〉

初鶴《はつづる》 ㊤ **初田鶴**《はつたづ》 元日に見ることができる鶴。〈初鶴の声気嵐の日に透けり　辻岡一羊〉

伊勢海老《いせえび》 ㊤ **鎌倉海老**《かまくらえび》 イセエビ科の海老。正月の蓬萊飾《ほうらいかざ》りや注連飾《しめかざ》りなどに添えられる。↓飾海老〈伊勢海老の具足三つのめでたけれ　山田みづえ〉

植物

楪《ゆづりは》 ㊤ **交譲葉**《ゆづりは》・**杠**《ゆづりは》・**槵**《ゆづりは》・**譲**《ゆづ》**り葉**《は》・**弓弦葉**《ゆづるは》・**親子**《おやこ》**草**《ぐさ》 ユズリハ科の常緑高木。新しい葉が生長するにつれ古い葉が垂れ下がり、やがて新葉にあとを譲るように落ちるので、譲り葉の意味でこの名がある。子孫繁栄の縁起物として、新年の飾り物に用いる。↓楪の花（夏）・楪飾る〈楪や師弟うけつぐもの一筋　鈴木貞雄〉

柚柑《ゆかう》 ㊤ ミカン科の常緑低木。橙《だいだい》や橘《たちばな》と同じように、正月の蓬萊《ほうらい》や、注連縄《しめなわ》の飾りに用いられる。↓柚柑飾る

榧《かや》 ㊤ **かえ** イチイ科の常緑高木。この実は食用になり、不老などの薬効があるといわれ、新年の飾り物に用いられる。↓榧の花（春）・榧の実（秋）・榧飾る〈榧の実を御口祝ひや吉野殿

牛父〉

歯朶《しだ》 ㊤ **羊朶**《しだ》・**羊歯**《しだ》・**裏白**《うらじろ》・**鳳尾草**《ほうびさう》・**穂長**《ほなが》・**諸向**《もろむき》・**山草**《やまぐさ》　正月の歯朶といえば裏白をさし、注連縄《しめなわ》や鏡餅の飾りに使われる。↓青歯朶（夏）・歯朶刈（冬）・歯朶飾る　〈裏白のからびまろまり藁を纏き　松本たかし〉

野老《ところ》 ㊤ **草薢**《ところ》　ヤマノイモ科ヤマノイモ属の蔓《つる》性多年草。白い鬚根《ひげね》をたくさん生じるので、これを老人の鬚に見立てて長寿を祝う意味で、正月の蓬莱台《ほうらいだい》の飾り物にされる。↓蓬莱・野老飾る　〈白髪と洗ひ落せば野老かな　素丸〉

鏡草《かがみぐさ》 ㊤ **加賀見草**《かがみぐさ》　大根の異称。鏡草とよぶのは鏡餅の上に置かれて飾られたことによる。↓大根（冬）・大根祝ふ・蘿蔔　〈三才の片言きくや鏡草　長田昌子〉

穂俵《ほだはら》 ㊤ **ほんだはら・たはら藻**《も》　ホンダワラ科の海藻。流れ藻となって海上や岸辺をよく漂っている。この気泡の形が米俵に似ていることから縁起物として新年の蓬莱飾《ほうらいかざ》りに使われる。↓莫告藻《なのりそ》（夏）・穂俵飾る　〈穂俵をほぐしてゐたる埃かな　藤本美和子〉

福寿草《ふくじゆさう》 ㊤ **元日草**《ぐわんじつさう》　〈福寿草家族のごとくかたまれり　福田蓼汀〉

若菜《わかな》 ㊤ **朝若菜**《あさわかな》・**磯若菜**《いそわかな》・**磯菜**《いそな》・**京若菜**《きやうわかな》・**千代名草**《ちよなぐさ》・**祝菜**《いはひな》・**粥草**《かゆぐさ》・**七草菜**《ななくさな》　七種粥《ななくさがゆ》に入れる春の若草をいう。七種粥の七種は地域によっても異なるが、「芹《せり》(根白草)・薺《なずな》・御行《おぎよう》・繁縷《はこべら》・仏の座・菘《すずな》・蘿蔔《すずしろ》」が一般的。↓若菜野・七種・若菜摘・春の七草　〈古鍋の中に煮え立つ若菜かな　尾崎紅葉〉

春の七草《はるのななくさ》 ㊤ 一月七日に食べる七種粥《ななくさがゆ》に入れる七種類の若菜のこと。↓七種・若菜摘・若

菜〈七草のはこべら荅もちてかなし　山口青邨〉

根白草《ねじろぐさ》 ㊤ 春の七種《ななくさ》の筆頭に挙げられる芹《せり》の異称。↓芹（春）・七種・若菜〈師も父母も在さぬこの世根白草　池田澄子〉

薺《なづな》 ㊤ 春の七種《ななくさ》の一つ。アブラナ科の越年草で、一月七日の七種粥《がゆ》に入れる代表的なもの。↓薺の花（春）・七種・薺打つ・薺摘・薺売・若菜〈ふるさとの不二かゞやける薺かな　勝又一透〉

御形《おぎやう》 ㊤ **御形**《ごぎやう》・**五形**《ごぎやう》・**御行**《おぎやう》 春の季語である母子草《ははこぐさ》の古称。御形というときは新年の七種粥《ななくさがゆ》に入れる若葉をさす。↓七種・若菜・母子草（春）〈御形摘む大和島根を膝に敷き　八田木枯〉

仏の座《ほとけのざ》 ㊤ **田平子**《たびらこ》・**かはらけ草**《さう》 小鬼田平子《こおにたびらこ》の異称。七種粥《ななくさがゆ》に入れられるので新年の景物とされる。↓七種・若菜〈遠来のもののごとくに仏の座　鷹羽狩行〉

菘《すずな》 ㊤ **菘**《あをな》・**鈴菜**《すずな》・**菁**《すずな》 蕪《かぶら》の異称。アブラナ科の越年草。一月七日の七種粥《ななくさがゆ》に入れるので新年の景物とされ、その場合に菘とよばれる。↓蕪（冬）・七種・若菜〈早池峰の日のゆきわたる菘かな　菅原多つを〉

蘿蔔《すずしろ》 ㊤ **清白**《すずしろ》 大根の異称。アブラナ科の一年草。蘿蔔とよぶときは七種粥《ななくさがゆ》に入れる春の七草のなかの大根をさす。↓大根（冬）・七種・若菜・鏡草〈すずしろや春も七日を松の露　鳳朗〉

子日草《ねのひぐさ》 ㊤ **姫小松**《ひめこまつ》・**茶筅松**《ちやせんまつ》 正月の初子《はつね》の日に「小松引《こまつひき》」という行事（子の日の遊び）で引く小松のこと。↓小松引〈絵巻物ひろげし如く姫小松　成瀬正俊〉

付録

総索引

〇本書に収録した季語・傍題のすべてを現代仮名遣いの五十音順（同音のものは、掲載ページ順）に配列した。

〇春夏秋冬新(新年)の区別とページ数を示した。

〇*は見出し季語を示す。

〇ページ上部の見出しは、偶数ページはそのページの最初、奇数ページはそのページの最後の季語の読みを、冒頭7文字まで掲出した

あ

あいあい　夏一三五
あいう合生　春八四
*あいうう藍植う　春四六
あいおおばあ合オーバー　春三三
*あいかり藍刈　夏一七五
あいかる藍刈る　夏一七五
あいさ秋沙　冬四八二
あいじつ愛日　冬四〇五
あいすきゃんでえアイスキャンデー　夏一五九
*あいすくりいむアイスクリーム　夏一五九
*あいすこおひぃアイスコーヒー　夏一五九
*あいすてぃいアイスティー　夏一五九
*あいすほっけえアイスホッケー　冬四五七
あいぜんアイゼン　冬四四八
あいぜんまいり愛染参　夏二〇六
*あいぜんまつり愛染祭　夏二〇六
あいだま藍玉　夏一七五
あいちぢみ藍縮　夏一五三
*あいちょうしゅうかん愛鳥週間　夏一四六
あいちょうび愛鳥日　夏一四六
あいつき藍搗　夏一七五
*あいなめ鮎並　夏二二五
*あいのかぜあいの風　夏一三五
*あいのはな藍の花　秋三八六
あいのはね愛の羽根　秋三九六
*あいまく藍蒔く　春四六
あいみじん藍微塵　春一〇七
あいゆかた藍浴衣　夏一五三
*あいりすアイリス　夏二五〇
あえのかぜあえの風　夏一三五
*あえのことあへのこと　冬四六六
あえのこと饗のこと　冬四六六
*あおあし青蘆　夏二六二
あおあし青葦　夏二六二
あおあしはら青蘆原　夏二六二
あおあぶ青虻　春九四
*あおあらし青嵐　夏一三六
*あおい葵　夏二五〇
あおい青藺　夏二六二
あおいかずら葵鬘　夏一九六
あおいぐさ葵草　夏二六三
*あおいね青稲　夏二六一
あおいのはな葵の花　夏二五〇
あおいまつり葵祭　夏一九六
あおうきくさ青萍　夏二七二
*あおうまのせちえ白馬節会　新五四〇
*あおうまのまつり青馬祭　新五四七
あおうままつり白馬祭　新五四七
あおうみがめ青海亀　夏二二四
*あおうめ青梅　夏二三九
あおうめにる青梅煮る　夏一五七
*あおうり青瓜　夏二五八
あおかえで青楓　夏二四二
*あおがえる青蛙　夏二二四
*あおがき青柿　夏二三九
*あおがしわまつり青柏祭　夏一九四
あおかずら青葛　夏二四七
あおかび青黴　夏二七三
あおがや青蚊帳　夏一六六
あおがや青萱　夏二六二
あおからし青芥　春一一〇
あおぎす青鱚　夏二二四
*あおぎた青北風　秋二九〇
*あおぎとう青祈禱　夏一五〇
*あおきのはな青木の花

春九八
*あおきのみ青木の実　冬四九〇
あおきふむ青き踏む　春五一
あおきみね青き嶺　夏二四一
*あおぎり梧桐　夏二四七
あおぎり青桐　夏二四七
あおくきわさび青茎山葵　春一二三
あおくさ青草　夏二六二
あおぐすり青薬　秋三九三
あおくび青頸　冬四八二
あおくびだいこん青首大根　冬四九五
*あおくるみ青胡桃　夏二三九
あおぐわい青慈姑　春一二三
あおげいとうあをげいとう　夏二六〇
*あおげら青げら　秋三五七
あおごけ青苔　夏二七二
あおごち青東風　夏一三六
*あおさ石蓴　春一三三
*あおさぎ青鷺　夏二一八
*あおざし青挿　夏一六一
あおさとり石蓴採　春一三三
あおざめ青鮫　冬四八三
あおさんが青山河　夏一四一
*あおざんしょう青山椒　夏二六〇
*あおじ蒿雀　夏二二〇
あおじお青潮　夏一四三
あおしぎ青鴫　秋三五七
あおしぐれ青時雨　夏二四一
あおしし青鹿　冬四七九
あおじそ青紫蘇　夏二六〇
*あおしだ青歯朶　夏二六二
あおしとど青鵐　夏二二〇
*あおしば青芝　夏二六二
*あおじゃしん青写真　冬四五七
あおすじあげは青筋揚羽　夏二二八
あおすじあげは青条揚羽　夏二二八
*あおすすき青芒　夏二六二
あおすすき青薄　夏二六二
*あおすだれ青簾　夏一六五
あおずむかで青頭蜈蚣　夏二三四
あおずりのころも青摺の衣　冬四六〇
*あおた青田　夏一四三
あおだいしょう青大将　夏二二五
あおたか蒼鷹　冬四八〇
あおたかぜ青田風　夏一四三
あおたどき青田時　夏一四三
あおたなみ青田波　夏一四三
あおたのも青田面　夏一四三
あおたみち青田道　夏一四三
あおづけ青漬　冬四三八
*あおつた青蔦　夏二六二
あおつゆ青梅雨　夏一三七
*あおとうがらし青唐辛子　夏二六〇
あおとうがらし青唐辛　夏二六〇
あおとうがらし青蕃椒　夏二六〇
あおとかげ青蜥蜴　夏二二五
あおとさか青とさか　春一二四
あおとんぼ青とんぼ　秋三六一
あおな青菜　春一一〇
あおな菘　新五六二
あおなす青茄子　夏二五八
あおなつめ青棗　秋三六七
*あおぬた青饅　春三五
あおね青嶺　夏一四一
あおの青野　夏一四二
*あおのり青海苔　春一二四
*あおば青葉　夏二四一
あおばえ青蠅　夏二三三
あおはぎ青萩　夏二六二
あおばごえ青葉肥　夏一七一
*あおばじお青葉潮　夏一四三
あおばしぐれ青葉時雨　夏二四一
あおばしょう青芭蕉　夏二五五
*あおばずく青葉木菟　夏二一七
*あおばと青鳩　夏二一九
あおばな青花　秋三九三
*あおばのすだれ青葉の簾　夏一八八
あおばのはな青葉の花　夏二三五
あおばやま青葉山　夏二四一
あおばやみ青葉闇　夏二四一
あおびょうたん青瓢箪　秋三八〇
あおふくべ青瓢　秋三八〇
あおふじ青藤　夏二四七
*あおぶどう青葡萄　夏二三九
あおべら青べら　夏二二四
*あおほおずき青鬼灯　夏二五四
あおほおずき青酸漿　夏二五四
あおぼし青星　冬四〇八
あおほしな青干菜　冬四三七
あおまつかさ青松笠　秋三七〇
あおまつかさ青松毬　秋三七〇
あおまつむし青松虫　秋三六二

＊あおみかん青蜜柑　秋三六七
あおみさき青岬　夏一四二
あおみどりあをみどり　夏二七二
＊あおみどろ青みどろ　夏二七二
あおみどろ青味泥　夏二七二
あおみなづき青水無月　夏一二九
＊あおむぎ青麦　春一一二
あおむし青虫　秋三六五
あおむしろ青筵　冬四二二
あおめあぶ青目虻　春九四
あおやぎ青柳（馬珂貝）　春九二
あおやぎ青柳（柳）　春一〇二
あおやぎうたう青柳うたふ　新五四〇
あおやぎごろも青柳衣　春三二
あおやまさい青山祭　新五五一
あおやまじお青山潮　夏一四三
あおやまぶき青山吹　春三三
＊あおゆ青柚　夏三三九
あおゆず青柚子　夏三三九
＊あおりんご青林檎　夏二四〇
あかあししぎ赤脚鴫　秋三五七
あかあり赤蟻　夏三三三
あかいえか赤家蚊　夏三三二
＊あかいはね赤い羽根　秋二九六
あかうお赤魚　春九〇
あかうしあぶ赤牛虻　春九四
あかうみがめ赤海亀　夏二二四
＊あかえい赤鱏　夏二二六
あかえりかいつぶり赤襟鳰　冬四八二
あかえんば赤卒　秋三六二
＊あかがい赤貝　春九二
あかがえる赤蛙　春八二
あかがしわ赤柏　冬四二一
あかかぶ赤蕪　冬四五五
あかがりあかがり　冬四五八
あかぎしぎしあかぎしぎし　春一一六
あかぎつね赤狐　冬四七九
＊あかぎれ皸　冬四五八
あかぎれ皹　冬四五八
あかぎれぐすり皸薬　冬四五八
あかくきわさび赤茎山葵　春一一二
＊あかくさ赤草　夏二七二
あかぐま赤熊　冬四七九
あがけ網掛　秋三一一
あかげら赤げら　秋三五七
あかこ赤海鼠　冬四八七
＊あかご赤子　夏三三五
＊あかざ藜　夏二六五
＊あかざのみ藜の実　秋三九四
＊あかしあのはなアカシアの花　夏二四四
＊あかしお赤潮　夏一四三
あかじそ赤紫蘇　夏二六〇
あかしたびらめ赤舌鮃　夏二二四
あかしちぢみ明石縮　夏一五三
＊あかしょうびん赤翡翠　夏二一八
あかずむかで赤頭蜈蚣　夏二三四
あかたてはちょう赤蛺蝶　春九四
あかだまあかだま　冬四九七
＊あがたまつり県祭　夏一九九
あがためし県召　新五四一
＊あがためしのじもく県召除目　新五四一
あかつばき赤椿　春九五
あかっぱら赤つ腹　春九〇
＊あかとんぼ赤蜻蛉　秋三六二
あかなあかな　秋三八二
あかなす赤茄子　夏二五八
あかねすみれ茜菫　春一一四
＊あかねほる茜掘る　秋三一九
あかのまま赤のまま　秋三九三
＊あかのまんま赤のまんま　秋三九三
あかはぜ赤鯊　秋三五九
あかはだか赤裸　夏一八六
あかばなふじ赤花藤　春九九
あかはら赤腹（蠑螈）　夏二二五
＊あかはら赤腹　夏二三〇
＊あかひげ赤鬚　春八四
＊あかひこき赤彦忌　春七六
あかぶくりょう赤茯苓　秋三九五
＊あかふじ赤富士　夏一四一
あかぶり赤鰤　夏二二五
あかべら赤べら　夏二三四
あかぼやあかぼや　夏二二七
あかましこ赤猿子　秋三五五
あかまつり赤祭　春六〇
あかまてあかまて　春九二
あかまむし赤蝮　夏二二五
あかまんま赤まんま　秋三九三
あかむかで赤蜈蚣　夏二三四
あかめあかめ　春八九
あかめいも赤芽芋　秋三八一
あかめばる赤眼張　春八八
あかめふぐ赤目河豚　冬四八六
あかもず赤鵙　秋三五五

あがもの贖物　夏二〇〇
あかゆき赤雪　春一八
あがりいわい上蔟祝　夏一一七
あかりしょうじ明り障子　冬四四三
あがりだんご上蔟団子　夏一七七
*あかんさすアカンサス　夏二五二
*あき秋　秋二七六
あきあかね秋茜　秋三六二
あきあげ秋揚げ　秋三一五
あきあさし秋浅し　秋二七六
あきあざみ秋薊　秋三九一
*あきあじ秋鰺　秋三六〇
あきあじ秋味　秋三六〇
あきあそび秋遊　秋三三五
あきあつし秋暑し　秋二七七
*あきあわせ秋袷　秋三〇六
あきあわれ秋あはれ　秋三二六
あきいりひ秋入日　秋二八四
あきいりひ秋没日　秋二八四
あきうえきゅうこん秋植球根　秋三一八
あきうかい秋鵜飼　秋三三三
あきうちわ秋団扇　秋三二一
*あきうらら秋麗　秋二八一
*あきおうぎ秋扇　秋三二一
あきおこし秋起し　秋三三三
*あきおさめ秋収　秋三二五
*あきおしむ秋惜しむ　秋二八四
あきかげり秋陰　秋二九一
*あきがすみ秋霞　秋二九一
*あきかぜ秋風　秋二八九
あきかぜちかし秋風近し　夏二三三
あきかぜづき秋風月　秋二七八
*あきがつお秋鰹　秋三五九
あきがっき秋学期　秋三〇六
あきがや秋蚊帳　秋三一一
あきかわ秋川　秋二九四
あきかわき秋乾き　秋二八四
*あきがわき秋渇き　秋三三六
あききたる秋来る　秋二七六
あききゅうこん秋球根　秋三一八
あききゅうり秋胡瓜　秋二八一
あききょうげん秋狂言　秋三三四
あきく秋来　秋二七六
*あきくさ秋草　秋二八六
あきぐち秋口　秋二七六
あきぐみ秋茱萸　秋三七六
あきぐも秋雲　秋二八五
*あきぐもり秋曇　秋二九一
あきくる秋暮る　秋二八四
*あきくわ秋桑　秋三七六
*あきご秋蚕　秋三六四
*あきこき晶子忌　夏二〇九
あきこさむ秋小寒　秋二八二
あきさきさふらん秋咲サフラン　秋三一七
あきざくら秋桜　秋三七八
あきざし秋志　夏一九四
*あきさば秋鯖　秋三五九
*あきさび秋寂び　秋二八三
あきさびし秋さびし　秋三三六
あきさぶ秋寂ぶ　秋二八三
*あきさむ秋寒　秋二八三
あきさむし秋寒し　秋二八二
あきさめ秋雨　秋二九一
あきさり秋さり　秋二七七
あきさりひめ秋去姫　秋二九七
*あきさる秋さる　秋二七七
あきさんご秋珊瑚　秋三七一
あきしお秋潮　秋二九五
*あきしぐれ秋時雨　秋二九一
あきじまい秋じまひ　秋三二五
*あきじめり秋湿　秋二九一
あきす秋簾　秋三二二
あきすぐ秋過ぐ　秋二八四
あきすずし秋涼し　秋二七七
あきすずめ秋雀　秋三五四
*あきすだれ秋簾　秋三二二
*あきすむ秋澄む　秋二八一
あきせまる秋迫る　夏二三三
あきぜみ秋蟬　秋三六一
あきそうび秋薔薇　秋三六五
あきそば秋蕎麦　秋三二一
あきぞへだたる秋ぞ隔る　秋二八四
あきぞら秋空　秋二八五
あきたかし秋高し　秋二八五
あきたかる秋田刈る　秋三二五
あきたく秋闌く　秋二八三
あきたけなわ秋闌　秋二八三
あきたつ秋立つ　秋二七六
あきたのとりおい秋田の鳥追　新五二二
あきたぶき秋田蕗　夏二五七
*あきちかし秋近し　夏二三三
あきちょう秋蝶　秋三六一
あきつあきつ　秋三六一
あきついり秋黴雨　秋二九一
あきつく秋尽く　秋二八四
あきづく秋づく　秋二七七
あきつばめ秋燕　秋三五四

＊あきていれ　秋手入　秋三一二
＊あきでみず　秋出水　秋二九四
あきどなり　秋隣　夏一三三
あきとなる　秋隣る　夏一三三
あきともし　秋ともし　秋三一一
＊あきどよう　秋土用　秋二八三
あきないぞめ　商初　新五一三
あきないはじめ　商始　新五一三
あきなかば　秋なかば　秋二七八
あきなぎさ　秋渚　秋二九五
あきなぐさ　秋無草　冬四九三
あきなす　秋茄子　秋三八一
＊あきなすび　秋茄子　秋三八一
あきななくさ　秋七草　秋三八七
あきなぬか　秋七日　秋二九七
あきにいる　秋に入る　秋二七六
あきにおくる　秋に後る　秋二八四
あきにじ　秋虹　秋二九一
あきの　秋野　秋二九三
あきのあかつき　秋の暁　秋二八〇
＊あきのあさ　秋の朝　秋二八〇
あきのあそび　秋の遊　秋三三六
＊あきのあめ　秋の雨　秋二九一
あきのあゆ　秋の鮎　秋三五八
＊あきのあらし　秋の嵐　秋二八九
あきのあわせ　秋の袷　秋三〇六
あきのいえ　秋の家　秋三一一
あきのいおり　秋の庵　秋三一一
＊あきのいけ　秋の池　秋二九四
あきのう　秋の鵜　秋三一三
＊あきのうかい　秋の鵜飼　秋三一三
あきのうま　秋の馬　秋三五二
あきのうみ　秋の湖　秋二九五
＊あきのうみ　秋の海　秋二九五
あきのえんそく　秋の遠足　秋三一五
あきのおおかぜ　秋の大風　秋二八九
あきのおおしお　秋の大潮　秋二九五
＊あきのおおそうじ　秋の大掃除　秋三一二
あきのおきまつり　秋のおきまつり　秋三四三
＊あきのか　秋の蚊　秋三六〇
あきのがけ　秋野駈　秋三二五
あきのかすみ　秋の霞　秋二九一
あきのかぜ　秋の風　秋二八九
あきのかた　明きの方　新五四四
あきのかたびら　秋の帷子　秋三〇六
＊あきのかや　秋の蚊帳　秋三一二
あきのかや　秋の幮　秋三一一
あきのからす　秋の烏　秋三五三
＊あきのかりば　秋の狩場　秋二九四
＊あきのかわ　秋の川　秋二九四
＊あきのかわず　秋の蛙　秋三五三
あきのぎょゆう　秋の御遊　秋三一六
あきのきりんそう　秋の麒麟草　秋三八八
＊あきのきんぎょ　秋の金魚　秋三五八
あきのくさ　秋の草　秋三八六
＊あきのくも　秋の雲　秋二八五
＊あきのくれ　秋の暮　秋二八〇
あきのくわ　秋の桑　秋三七六
あきのこう　秋の江　秋二九四
あきのこうしさい　秋の孔子祭　秋三四三
＊あきのこえ　秋の声　秋二八五
＊あきのごとう　秋の御燈　秋三一七
あきのごぼうまく　秋の牛蒡蒔く　秋三一七
あきのこま　秋の駒　秋三五二
＊あきのこまびき　秋の駒牽　秋三一七
あきのころもがえ　秋の更衣　秋三〇六
＊あきのしお　秋の潮　秋二九五
＊あきのしも　秋の霜　秋二九二
あきのじもく　秋の除目　秋三一七
あきのしゃにち　秋の社日　秋二七九
＊あきのせきてん　秋の釈奠　秋三四三
＊あきのせみ　秋の蟬　秋三六一
＊あきのせる　秋のセル　秋三〇六
＊あきのその　秋の園　秋二九三
＊あきのそら　秋の空　秋二八五
＊あきのた　秋の田　秋二九四
あきのたか　秋の鷹　秋三五三
あきのたけ　秋の岳　秋二九三
＊あきのちょう　秋の蝶　秋三六一
あきのつき　秋の月　秋二八五
＊あきのつち　秋の土　秋二九四
あきのでがわり　秋の出替　秋三〇四
あきのと　秋の戸　秋三一一
あきのとなり　秋の隣　夏一三三
あきのなぎさ　秋の渚　秋二九五
あきのなぐさ　秋の名草

秋二八七
あきのなごり秋の名残　秋二八四
*あきのななくさ秋の七草　秋三八七
*あきのなみ秋の波　秋二九五
あきのなみ秋の浪　秋二九五
*あきのにじ秋の虹　秋二九一
あきのにしき秋の錦　秋二九三
*あきのの秋の野　秋二九三
*あきののあそび秋の野遊　秋三三五
*あきのはえ秋の蠅　秋三六一
あきのはす秋の蓮　秋三八〇
*あきのはち秋の蜂　秋三六一
*あきのはつかぜ秋の初風　秋二八九
あきのはて秋の果　秋二八四
*あきのはま秋の浜　秋二九五
あきのはまべ秋の浜辺　秋二九五
あきのはら秋の原　秋二九三
*あきのばら秋の薔薇　秋三六五
あきのはれ秋の晴　秋二八四
*あきのひ秋の日　秋二八〇
あきのひ秋の日(秋日)　秋二八四
*あきのひ秋の灯　秋三一一
あきのひかり秋の光　秋二八五
あきのひな秋の雛　秋三〇五
*あきのひる秋の昼　秋二八〇
*あきのふく秋の服　秋三〇六
あきのふつかやいと秋の二日灸　秋三〇四
あきのふな秋の鮒　秋三五八
あきのへび秋の蛇　秋三五三
*あきのほし秋の星　秋二八八
*あきのほたる秋の蛍　秋三六〇
あきのみさき秋の岬　秋二九五
*あきのみず秋の水　秋二九四
*あきのみずうみ秋の湖　秋二九五
あきのみね秋の峰　秋二九三
あきのみねいり秋の峰入　秋三三九
*あきのめ秋の芽　秋三七〇
*あきのやど秋の宿　秋三一一
あきのやぶいり秋の藪入　秋三〇三
*あきのやま秋の山　秋二九三
あきのやまあそび秋の山遊　秋三三五
あきのゆう秋の夕　秋二八〇
あきのゆうぐれ秋の夕暮　秋二八〇
あきのゆうひ秋の夕日　秋二八四
あきのゆうべ秋の夕べ　秋二八〇
*あきのゆうやけ秋の夕焼　秋二九一
*あきのゆき秋の雪　秋二九一
あきのゆくえ秋の行方　秋二八四
*あきのよ秋の夜　秋二八〇
*あきのよい秋の宵　秋二八〇
*あきのらい秋の雷　秋二九一
*あきのろ秋の炉　秋三一二
あきのわかれ秋の別れ　秋二八四
あきはぎ秋萩　秋三八七
あきはじめ秋初め　秋二七六
*あきばしょ秋場所　秋三三三
あきはづき秋初月　秋二七六
あきばら秋薔薇　秋三六五
あきはる秋晴る　秋二八四
*あきばれ秋晴　秋二八四
*あきび秋日　秋二八四
あきひかげ秋日影　秋二八四
*あきひがさ秋日傘　秋三一二
*あきひがん秋彼岸　秋二七九
あきひがんえ秋彼岸会　秋二七九
あきひざし秋日射　秋二八四
*あきひでり秋旱　秋二八四
あきひでり秋日照　秋二八四
*あきびより秋日和　秋二八四
*あきふかし秋深し　秋二八三
あきふかむ秋深む　秋二八三
あきふく秋更く　秋二八三
*あきへんろ秋遍路　秋二九九
あきほくと秋北斗　秋二八八
あきほたる秋蛍　秋三六〇
*あきまき秋蒔　秋三一七
あきまきやさい秋蒔野菜　秋三一七
あきまつ秋待つ　夏二三三
*あきまつり秋祭　秋三三〇
あきまひる秋真昼　秋二八〇
*あきまゆ秋繭　秋三六四
*あきみょうが秋茗荷　秋三八三
*あきめく秋めく　秋二七七
あきやま秋山　秋二九三
あきやまが秋山家　秋二九三
あきゆうばえ秋夕映　秋二九一
あきゆうやけ秋夕焼　秋二九一
あきゆく秋行く　秋二八四
あきわすれ秋忘　秋三一五

＊あきをまつ秋を待つ　夏一三三
＊あくたいまつり悪態まつり　冬四六七
あくたがわき芥川忌　夏二二一
あくるとし明くる年　新五〇〇
あけいそぐ明急ぐ　夏一三一
あげとうろう揚灯籠　秋三〇二
あけのつき明の月　秋二八八
あけのはる明の春　新五〇〇
あけのゆき明の雪　冬四二二
＊あげはちょう鳳蝶　夏二三八
あげはちょう揚羽蝶　夏二三八
あげはなび揚花火　夏一八三
あげばね揚羽子　新五三五
あけはやし明早し　夏一三一
＊あけび通草　秋三七六
あけび木通　秋三七六
あけびかずらあけびかづら　春一〇五
あけびかずら通草かづら　秋三七六
あけびだな通草棚　秋三七六
＊あけびのはな通草の花　春一〇五
あけびのはな木通の花　春一〇五
あけびのはな山女の花　春一〇五
あけびのはな丁翁の花　春一〇五
あけびのみ通草の実　秋三七六
あけびのめづけあけびの芽漬　春三四
あげひばり揚雲雀　春八四
あけぶあけぶ　秋三七六
あけぼのつつじ曙躑躅　春九九
あけぼのとさかあけぼのとさか　春二四
あけやす明易　夏一三一
あけやすし明易し　夏一三一
あごあご　夏二二四
あこうぎしさい赤穂義士祭　冬四六六
あごきた飛魚北風　秋二九〇
あこだうり阿古陀瓜　秋三八〇
＊あさ麻　夏二六一
＊あさがお朝顔　秋三七七
あさがお蕣　秋三七七
＊あさがおいち朝顔市　夏二〇六
あさがおのたね朝顔の種　秋三七八
＊あさがおのなえ朝顔の苗　夏二五四
＊あさがおのみ朝顔の実　秋三七八
あさがおひめ朝顔姫　秋二九七
＊あさがおまく朝顔蒔く　春四五
あさがすみ朝霞　春二一
あさがや麻蚊帳　夏一六六
あさがら麻殻　秋三〇二
＊あさかり麻刈　夏一七四
あさかる麻刈る　夏一七四
あさぎあさぎ　秋三〇二
＊あさぎく朝菊　夏二五一
あさぎずいせん浅黄水仙　春一〇七
あさぎた朝北風　冬四〇九
あさきなつ浅き夏　夏一二七
あさぎぬ麻衣　夏一五二
あさきふゆ浅き冬　冬四〇〇
あさぎまだら浅黄斑　夏二二七
あさぎり朝霧　秋二九一
＊あさぎりそう朝霧草　秋三九〇
あさぎりそうのはな朝霧草の花　秋三九〇
あさくさかり朝草刈　夏一七六
＊あさくさかんのんのついな浅草観音追儺　新五五三
＊あさくさかんのんのもうじゃおくり浅草観音の亡者送り　新五五六
あさくさのり浅草海苔　春一二三
あさくさふじもうで浅草富士詣　夏一九八
あさくさまつり浅草祭　夏一九七
＊あさぐもり朝曇　夏一四〇
あさごち朝東風　春一七
あさごろも麻衣　夏一五二
あさざ莕菜　夏二七三
あさざくら朝桜　春九六
＊あさざのはな浅沙の花　夏二七三
あさざぶとん麻座蒲団　夏一六三
＊あさざむ朝寒　秋二八二
あささむし朝寒し　秋二八二
あささむみ朝寒み　秋二八二
あさじ浅茅　秋三八八
あさじがはな浅茅が花　春一二〇
あさしぐれ朝時雨　冬四一〇
＊あさじざけ麻地酒　夏一五八
あさじざけ浅茅酒　夏一五八
あさじざけ朝生酒　夏一五八

あさしみず浅清水　夏一四四
あさしも朝霜　冬四二一
あさしらげあさしらげ　春一一五
あさずきん麻頭巾　夏一五四
あさすず朝涼　夏一三三
あさすず朝鈴　秋三六三
あさせち朝節　新五二三
あさぜみ朝蟬　夏二三一
あさたか朝鷹　春二六
あさたかがり朝鷹狩　春二六
あさたきび朝焚火　冬四四八
あさたび麻足袋　夏一五五
あさちゃ朝茶　夏一六九
あさちゃのゆ朝茶の湯　夏一六九
*あさつき胡葱　春一二二
あさつき浅葱　春一二二
あさづき朝月　秋二八八
*あさつきなます胡葱膾　春三五
あさつきぬたあさつきぬた　春三五
あさつきひ朝月日　秋二八五
あさづくよ朝月夜　秋二八八
*あさづけ浅漬　冬四三八
あさづけいち浅漬市　秋三〇五
*あさづけだいこん浅漬大根　秋三〇九
あさづけなす浅漬茄子　夏一五七
あさつばめ朝燕　春八五
あさつゆ朝露　秋二九二
あさとがり朝鳥狩　春二六
あさどりわたる朝鳥渡る　秋三五四
*あさなぎ朝凪　夏一三六
あさなぐ朝凪ぐ　夏一三六
あさにじ朝虹　夏一三九
あさにわ朝庭　秋三一五
*あさね朝寝　春五六
*あさのつき朝の月　秋二八八
あさのは麻の葉　夏二六二
あさのはな麻の花　夏二六二
あさのはながす麻の葉流す　夏二〇〇
あさのほたる朝の蛍　夏二三九
*あさのみ麻の実　秋三八六
あさのれん麻暖簾　夏一六五
あさばおり麻羽織　夏一五三
あさばかま麻袴　夏一五三
あさばたけ麻畠　夏二六一
あさびえ朝冷　秋二八一
あさひき麻引　夏一七四
あさひばり朝雲雀　春八四
あさふ麻布　夏一五三
あさふく麻服　夏一五二
あさぶとん麻蒲団　夏一六三
*あさまく麻蒔く　春四六
あさまつげのはなあさま黄楊の花　春一〇四
あさまりんどう朝熊竜胆　秋三九二
*あざみ薊　春一一九
あざみかる薊枯る　冬四九六
あざみげし薊罌粟　夏二五〇
あざみのはな薊の花　春一一九
*あさやけ朝焼　夏一四〇
あさやけぐも朝焼雲　夏一四〇
*あさり浅蜊　春九一
あさりうり浅蜊売　春九一
*あさりじる浅蜊汁　春三八
あさりじる浅利汁　春三八
あさりとり浅蜊取　春九一
あさりぶね浅蜊舟　春九一
*あさりめし浅蜊飯　春三八
あさりめし浅利飯　春三八
あざれあアザレア　春九九
あさわかな朝若菜　新五六一
*あじ鰺　夏二三四
あしあぶり足焙　冬四四六
あじうり鰺売　夏二三四
あしかび蘆牙　春一二三
あしがも葦鴨　冬四八二
あしかり蘆刈　秋三三〇
*あしかる蘆刈る　秋三三〇
あしかる葦枯る　冬四九六
あしかる蘆枯る　冬四九六
あしごい葦五位　夏二一九
*あじさい紫陽花　夏二三六
あじさいき紫陽花忌　夏二二〇
あじさいのめ紫陽花の芽　春一一三
*あじさし鰺刺　夏二二九
あししげる蘆茂る　夏二六二
あしすずめ蘆雀　夏二一七
あしぞろえ足揃(競馬)　夏一九四
あしぞろえ足揃(顔見世)　冬四五六
あしたぐさ明日草　春一二一
*あしたば明日葉　春一二一
あじつり鰺釣　夏二三四
あしながばち足長蜂　春九四
*あしぬくめ足温め　冬四四六
あしのあき蘆の秋　秋三八八
あしのかれは蘆の枯葉

冬四九六
あしのきり蘆の錐　春一二三
あじのせごし鰺の背越　夏一六二
*あしのつの蘆の角　春一二三
*あしのはな蘆の花　秋三八八
あしのほ蘆の穂　秋三八八
*あしのほわた蘆の穂絮　秋三八八
あしのみこし蘆の御輿　夏二〇二
あしのめ蘆の芽　春一二三
*あしのわかば蘆の若葉　春一二三
あしはじめてしょうず葭始めて生ず　春二四
あしはら蘆原　秋三八八
あしびあしび　春九八
*あしび蘆火　秋三二〇
*あしびのはな馬酔木の花　春九八
あしぶあしぶ　春九八
あしぶね蘆舟　秋三二〇
*あしべおどり蘆辺踊　春五四
あしべおどりあしべ踊　春五四
あしべおどり芦辺踊　春五四
あしまといあしまとひ　秋三六四
あじむらあぢむら　冬四八二
あしろ足炉　冬四四六
*あじろ網代　冬四五二
*あじろうち網代打　秋三二二
あじろがさ網代笠　夏一五五
あじろぎ網代木　冬四五二
あじろぎうつ網代木打つ　秋三二二
あじろぐい網代杙　冬四五二
あじろす網代簀　冬四五二
あじろどこ網代床　冬四五二
あじろもり網代守　冬四五二
あしわかば蘆若葉　春一二三
あすかいのまり飛鳥井の鞠　秋三二〇
あずきあらい小豆洗　秋三六四
あずきうつ小豆打つ　秋三二九
あずきがゆ小豆粥　新五二九
あずきがゆいわう赤小豆粥祝ふ　新五二九
あずきのかゆ赤豆の粥　冬四二一
あずきひく小豆引く　秋三二九
あずきほす小豆干す　秋三二九
あずきまく小豆蒔く　夏一七三
あすくるあき翌来る秋　夏一三三
*あずさのはな梓の花　春一〇三
あすたあアスター　夏二五一
あすなきはる翌なき春　春一五
あすのはる明日の春　冬四〇七
あすはあき翌は秋　夏一三三
*あすぱらがすアスパラガス　春一二二
*あすぱらがすのはなアスパラガスの花　夏二五八
*あずまおどり東をどり　春五四
あずまおどり東踊　春五四
*あずまぎく東菊　春一〇七
あずまぎく吾妻菊　春一〇七
あずまぎくあづまぎく　春一〇九
あずまこおと東コート　冬四二九
あずましょうじあづま障子　冬四四三
あずまどうぎ吾妻胴着　冬四二八
*あせ汗　夏一八六
*あぜあおむ畦青む　春一一四
あせしらず汗しらず　夏一六七
あせたけ汗茸　秋三九五
*あせてぬき汗手貫　夏一五五
あせてぬぐい汗手拭　夏一五五
*あせとり汗衫　夏一五三
あせとり汗取　夏一五三
あせにおう汗匂ふ　夏一八六
あせぬぐい汗拭ひ　夏一五五
*あぜぬり畦塗　春四三
あぜぬる畦塗る　春四三
あせのか汗の香　夏一八六
あせのごい汗のごひ　夏一五五
あせのめし汗の飯　夏一五六
あせばむ汗ばむ　夏一八六
あせびあせび　春九八
あぜび畦火　春四三
あせびのはな馬酔木の花　春九八
あぜひばり畦雲雀　秋三五六
あせふき汗ふき　夏一五五
あせぼあせぼ(馬酔木の花)　春九八
あせぼあせぼ(汗疹)　夏一八七
*あぜまめ畦豆　秋三八五
あせみあせみ　春九八
あせみず汗水　夏一八六

あせみずく汗みづく 夏一八六
あせみどろ汗みどろ 夏一八六
*あせも汗疹 夏一八七
あせも汗疣 夏一八七
あせも熱沸瘡 夏一八七
あぜやき畦焼 春四二
あぜやく畦焼く 春四二
*あそのおんだまつり阿蘇の御田祭 夏二〇三
あそびぶね遊び船 夏一八〇
*あそひふりしんじ阿蘇火振り神事 春六二
あそまつり阿蘇祭 夏二〇三
あたごでらごおうかじ愛宕寺牛王加持 新五五四
あたごでらのてんぐのさかもり愛宕寺天狗宴 新五五四
あたごのしんじ愛宕の神事 新五四五
*あたごのせんにちもうで愛宕の千日詣 夏二〇三
あたごのつかい愛宕の使 新五四五
*あたごび愛宕火 秋三三〇
*あたたか暖か 春二二
あたたかしあたたかし 春二二
あたたけしあたたけし 春二二
*あたためざけ温め酒 秋三〇四
あだちたろう安達太郎 夏一三四
あだばな徒花 春九六
あたらしきとし新しき年 新五〇〇
*あちゃらづけ阿茶羅漬 新五二七
あつかぜいたる温風至る 夏一三〇
*あつかん熱燗 冬四三三
あつぎ厚着 冬四二八
*あつきひ暑き日 夏一三三
あつきよ暑き夜 夏一三三
*あっけしそう厚岸草 秋三八八
あつごおり厚氷 冬四一六
あつさ暑さ 夏一三三
あつさあたり暑さあたり 夏一八七
あつさまけ暑さ負け 夏一八七
*あつし暑し 夏一三三
*あつし厚司 冬四二八
あつし厚子 冬四二八
*あつしき敦忌 夏二一〇
*あつたとうかしんじ熱田踏歌神事 新五四六
*あつたのおにまつり熱田鬼祭 新五四七
あつたぶしゃしんじ熱田歩射神事 新五五〇
*あつたまつり熱田祭 夏一九九
*あつたまとい熱田的射 新五五〇
あつとりあつとり 秋三五五
あっぱっぱあっぱっぱ 夏一五四
*あつめじる集汁 夏一五六
あつものざき厚物咲 秋三七九
*あつもりそう敦盛草 夏二五二
あとぎ跡着 新五二一
あとさりむしあとさり虫 夏二三三
あとずさりあとずさり 夏二三三
あとにしん後鰊 春八八
*あとり花鶏 秋三五五
あとり猶子鳥 秋三五五
*あないち穴一 新五三五
あないち穴市 新五三五
あないちぜに穴一銭 新五三五
あなうえ穴植 夏一七三
*あなぐま貛 冬四七九
あなぐまうち穴熊打 冬四五一
*あなご穴子 夏二二六
あなご海鰻 夏二二六
*あなごずし穴子鮨 夏一六一
あなごつり穴子釣 夏二二六
あなしあなし 冬四〇九
あなじあなじ 冬四〇九
*あなぜ乾風 冬四〇九
あなせぎょう穴施行 冬四二五
あなづり穴釣 冬四五六
あななすアナナス 夏二四〇
あなばち穴蜂 春九四
あなほり穴掘り 冬四七九
あなまどい穴惑 秋三五三
あねはづる姉羽鶴 冬四八三
*あねもねアネモネ 春一〇七
*あのつはちまんまつり阿濃津八幡祭 秋三二六
*あのらっくアノラック 冬四三〇
*あぶ虻 春九四
あぶなめあぶなめ 夏二二五
あぶらあせ油汗 夏一八六
あぶらかぜ油風 春一七
あぶらぎく油菊 秋三八九
*あぶらぎりのはな油桐の花 夏二四三

＊あぶらぎりのみ油桐の実　秋三七五
あぶらこおろぎ油蟋蟀　秋三六二
あぶらぜみ油蟬　夏二三一
＊あぶらでり油照　夏一四〇
あぶらでり脂照　夏一四〇
あぶらな油菜（菜の花）　春一〇九
あぶらな油菜（冬菜）　冬四九四
あぶらなのはな油菜の花　春一〇九
あぶらはやあぶらはや　春九〇
＊あぶらまじ油まじ　春一七
あぶらまぜ油まぜ　春一七
あぶらむし油虫（ごきぶり）　夏二三三
あぶらむし油虫（蚜虫）　夏二三三
＊あぶれか溢蚊　秋三六一
＊あま海女　春五〇
あま蜑　春五〇
あまうそ雨鷽　春八四
あまうり甘瓜　夏二五八
＊あまがえる雨蛙　夏二二四
あまがき甘柿　秋三六六
あまきあまき　夏二五四
あまくさあまくさ　夏二五四
あまくさくらげ天草水母　夏二三七
あまこ甘子　秋三一〇
あまごあまご　夏二三三
あまご甘子　秋三五九
＊あまごい雨乞　夏一七二
あまごいどり雨乞鳥　夏二一八
あまさぎあまさぎ　春九〇
＊あまざけ甘酒　夏一五八
あまざけうり甘酒売　夏一五八
あまざけまつり甘酒祭　夏一九四
あまざけまんじゅう甘酒饅頭　冬四三三
あまざけや甘酒屋　夏一五八
＊あまだい甘鯛　冬四八四
あまだいだい甘橙　春一〇一
＊あまちゃ甘茶　春六九
あまちゃでら甘茶寺　春六九
あまちゃぶつ甘茶仏　春六九
あまつかり天津雁　秋三七七
＊あまつばめ雨燕　夏二二〇
＊あまどころのはな甘野老の花　夏二六八
＊あまな甘菜　春一二〇
＊あまなつ甘夏　春一〇〇
＊あまのがわ天の川　秋二八九
あまのさよはし天の小夜橋　秋二九八
あまのはしだてまつり天の橋立祭　夏二〇七
＊あまのはな亜麻の花　夏二六一
あまのふえ海女の笛　春五〇
あまのり甘海苔　春一二三
あまびえ雨冷　秋二八一
＊あまひき亜麻引　夏一七四
あまひく亜麻引く　夏一七四
あまびこ雨彦　夏二三四
あまぼし甘干　秋三〇九
あまみはぎあまみ剝　新五二〇
あまめあまめ　夏二三三
あまよのつき雨夜の月　秋二八七
あまよろこび雨喜び　夏一三八
あまりなえ余苗　夏二六一
＊あまりりすアマリリス　夏二五三
あみがけのたか網掛の鷹　秋三五三
＊あみがさ編笠　夏一五五
あみがさゆり網笠百合　春一〇七
あみしゃつ網シャツ　夏一五四
あみじゅばん網襦袢　夏一五三
あみしょうじ網障子　夏一六五
＊あみど網戸　夏一六五
＊あみぶね網舟　夏一七八
あみまど網窓　夏一六五
あむすめろんアムスメロン　夏二五八
あめあめ　秋三五九
あめいち飴市　新五一七
あめいわい雨祝　夏一七二
あめうおあめうを　秋三五九
あめごあめご　秋三五九
あめごちあめ東風　春一七
あめちまき飴粽　夏一五五
あめつちのふくろ天地の袋　新五三一
あめのいのり雨の祈　夏一七二
＊あめのうお江鮭　秋三五九
あめのうお鯇魚　秋三五九
あめのうお雨魚　秋三五九
あめのつき雨の月　秋二八七
あめのほたる雨の蛍　夏二三九
あめふりぼん雨降り盆　夏一七三
あめほうびき飴宝引　新五三六

あめますあめ鱒　春八九
あめめいげつ雨名月　秋二八七
*あめやすみ雨休み　夏一七三
*あめゆ飴湯　夏一六一
あめゆうり飴湯売　夏一六一
あめよろこび雨喜び　夏一三八
あめりかやまぼうしアメリカ山法師　春九七
*あめんぼ水馬　夏一三一
あめんぼう水馬　夏一三一
*あやこき綾子忌　秋三四五
*あやはまつり穴織祭　秋三三四
あやむしろ綾莚　夏一六三
*あやめ渓蓀　夏二四九
あやめあやめ　夏二四九
あやめいんじ菖蒲印地　夏一四八
あやめうり菖蒲売　夏一四七
あやめかずくあやめかづく　夏一四五
あやめがたなあやめ刀　夏一四七
あやめかる菖蒲刈る　夏一四七
あやめぐさあやめぐさ　夏二四九
あやめざけあやめ酒　夏一四七
あやめにんぎょうあやめ人形　夏一四六
あやめねあわせ菖蒲根合　夏一四八
あやめのうら菖蒲の占　夏一四八
あやめのかざしあやめのかざし　夏一四五
*あやめのかずら菖蒲の鬘　夏一四五
*あやめのかたびら菖蒲の帷子　夏一四七
あやめのくるま菖蒲の車　夏一八九
あやめのこし菖蒲の輿　夏一八九
あやめのさかずき菖蒲の盃　夏一四七
あやめのせちえ菖蒲の節会　夏一九一
あやめのせっく菖蒲の節句　夏一九一
*あやめのねあわせ菖蒲の根合　夏一四八
あやめのひ菖蒲の日　夏一九一
あやめのぼり菖蒲幟　夏一四六
*あやめのまくら菖蒲の枕　夏一四五
あやめのめ渓蓀の芽　春一一三
あやめはなさく菖蒲華さく　夏一二九
あやめひくあやめ引く　夏一四七
あやめふくあやめ葺く　夏一四七
*あやめをけんず菖蒲を献ず　夏一八九
*あゆ鮎　夏一三三
あゆいけす鮎生簀　夏一三三
あゆおつ鮎落つ　秋三五八
あゆかけ鮎掛　夏一七八
あゆがり鮎狩　夏一七八
*あゆくみ鮎汲　春四九
あゆさし鮎刺　夏二二九
あゆずし鮎鮓　夏一五六
あゆたか鮎鷹　夏二二九
*あゆつり鮎釣　夏一七八
あゆつりかいきん鮎釣解禁　夏一七八
あゆなえ鮎苗　春四九
あゆのかぜあゆの風　春一七
あゆのこ鮎の子　春九〇
あゆのぼる鮎のぼる　春九〇
あゆのやど鮎の宿　夏一七八
あゆりょう鮎漁　夏一七八
*あら𩺊　冬四八五
あら阿羅　冬四八五
あらあみ𩺊網　冬四八五
*あらい洗膾　夏一六一
あらい洗ひ　夏一六一
あらいがみ洗ひ髪　夏一八六
あらいごい洗鯉　夏一六一
あらいすずき洗鱸　夏一六一
あらいだい洗鯛　夏一六一
あらいちゃきん洗ひ茶巾　夏一六九
あらいめし洗ひ飯　夏一五六
あらう荒鵜　夏一七八
あらごち荒東風　春一七
あらずみ新炭　冬四四四
あらせいとう紫羅欄花　春一〇六
あらせいとうあらせいとう　春一〇六
*あらたか荒鷹　秋三五三
あらたにすずし新たに涼し　秋二七七
あらたまのとし新玉の年　新五〇〇
あらたまるとし改まる年　新五〇〇
あらづゆ荒梅雨　夏一三七

あらにこのはらえ荒和の祓　夏二〇〇
あらはえ荒はえ　夏一三五
あらばしり新走　秋三〇七
あらぼし荒星　冬四〇八
あらまき新巻　冬四三九
あらまき荒巻　冬四三九
あらむしろ新筵　新五〇九
*あらめ荒布　夏二七三
あらめかる荒布刈る　夏二七三
あらめぶね荒布舟　夏二七三
あらめほす荒布干す　夏二七三
あららぎのはなあららぎの花　春一〇四
あららぎのみあららぎの実　秋三七三
*あられ霰　冬四一一
あられ霰（霰餅）　冬四三二
あられうお霰魚　冬四八五
あられがこあられがこ　冬四八五
*あられざけ霰酒　冬四三三
あらればしり霰ばしり　新五四一
*あられもち霰餅　冬四三二
あられもちつくる霰餅作る　冬四三二
*あり蟻　夏二三三
ありあけ有明　秋二八八
ありあけがすみ有明霞　春二二
*ありあけづき有明月　秋二八八
ありあけづきよ有明月夜　秋二八八
ありあなにいる蟻穴に入る　秋三五三
*ありあなをいず蟻穴を出づ　春九四
ありいず蟻出づ　春九四
*ありじごく蟻地獄　夏二三三
ありすい蟻吸　秋三五七
ありづか蟻塚　夏二三三
ありなしのひありなしの日　夏二二二
*ありなしび有無日　夏二二二
ありのくに蟻の国　夏二三三
ありのす蟻の巣　夏二三三
ありのとう蟻の塔　夏二三三
ありのとわたり蟻の門渡り　夏二三三
ありのひふきありのひふき　秋三九一
ありのみ有の実　秋三六六
ありのみち蟻の道　夏二三三
ありのれつ蟻の列　夏二三三
*ありまき蚜虫　夏二三三
ありまき蟻巻　夏二三三
ありまらん有馬蘭　夏二六四
ありわらすすき在原薄　冬四九八
あるめりあアルメリア　春一〇六
*あれちのぎく荒地野菊　秋三八九
あれちのぎく野塘菊　秋三八九
*あろうき亜浪忌　冬四七四
*あろえのはなアロエの花　冬四九四
あろはアロハ　夏一五四
*あろはしゃつアロハシャツ　夏一五四
*あわ粟　秋三八四
あわいちご粟苺　春一〇四
あわうつ粟打つ　秋三三〇
*あわおどり阿波をどり　秋三三三
*あわかる粟刈る　秋三三〇
あわこがねぎく粟黄金菊　秋三八九
あわしまじんじゃひなながし淡嶋神社雛流し　春六一
*あわしまじんじゃひなまつり淡嶋神社雛祭　春六一
*あわせ袷　夏一五三
あわせごろも袷衣　夏一五三
あわせばおり袷羽織　冬四二七
あわたぐちまつり粟田口祭　秋三三六
*あわたじんじゃまつり粟田神社祭　秋三三六
*あわだちそう泡立草　秋三八八
*あわのくろぼ粟の黒穂　秋三八四
あわのほ粟の穂　秋三八四
あわばたけ粟畑　秋三八四
*あわび鮑　夏二二七
あわび鰒　夏二二七
あわびあま鮑海女　夏二二七
あわひく粟引く　秋三三〇
あわびとり鮑取　夏二二七
あわほす粟干す　秋三三〇
あわぼひえぼ粟穂稗穂　新五一八
*あわまき粟蒔　夏一七四
あわまく粟蒔く　夏一七四
あわみかん阿波蜜柑　夏二四〇
あわむし泡虫　秋三六三
あわむしろ粟筵　秋三三〇

あわめし粟飯　秋三八四
あわもち粟餅　秋三八四
あわもり泡盛　夏一五八
あわもりしょうま泡盛升麻　夏二七〇
*あわもりそう泡盛草　夏二七〇
*あわゆき淡雪　春一九
あわゆきあは雪　春一九
あわゆき泡雪　春一九
あわゆき沫雪　春一九
あわれか哀れ蚊　秋三六一
*あんか行火　冬四四六
*あんご安居　夏二〇四
*あんこう鮟鱇　冬四八五
あんこうじる鮟鱇汁　冬四三七
*あんこうなべ鮟鱇鍋　冬四三七
あんこうのつるしぎり鮟鱇の吊し切り　冬四八五
*あんごき安吾忌　春七四
*あんず杏　夏二四〇
あんず杏子　夏二四〇
あんずさく杏咲く　春一〇〇
あんずちる杏散る　春一〇〇
*あんずのはな杏の花　春一〇〇
あんずのみ杏の実　夏二四〇
あんですめろんアンデスメロン　夏二五八
あんどんくらげ行燈海月　夏三二七
あんみつ餡蜜　夏一六〇
あんらくじまつり安楽寺祭　秋三三四

い

いいぎりいいぎり　秋三六二
*いいぎりのみ飯桐の実　秋三五五
いいずし飯鮓　夏一五六
いいすたあイースター　春七三
いいすたあうさぎイースター兎　春七三
いいすたあえっぐイースターエッグ　春七三
いいすたあはっとイースターハット　春二四
いいすたあほりでえイースターホリデー　春七三
いいすたあぼんねっとイースターボンネット　春二四
いいすたありりいイースターリリー　春七三
*いいだこ飯蛸　春九一
いいだこ望潮魚　春九一
*いうう藺植う　冬四五〇
いえおぼろ家朧　春一六
いえこうもり家蝙蝠　夏二一四
いえざくら家桜　春九六
いえしみず家清水　夏一四四
いえだに家蜱　夏三三四
いえついも家芋　秋三八一
いえにれいへにれ　春一一六
いえばえ家蠅　夏三三三
いおまんてイオマンテ　冬四二一
いかいか　春五四
*いか烏賊　夏三一七
いかあらい烏賊洗　秋三三三
*いがい貽貝　春九二
いかいちょう居開帳　春六八
いがき猪垣　秋三一四
いがぐり毬栗　秋三六七
いがさ藺笠　夏一五五
いかさき烏賊裂　秋三三三
いがさね居重ね　春二七
いかずちいかづち　夏一三九
いかだい烏賊鯛　春八八
いかだこいかだこ　春五四
いかだまつり筏祭　春五〇
*いかつり烏賊釣　夏一七九
いかつりび烏賊釣火　夏一七九
いかつりぶね烏賊釣舟　夏一七九
*いかなご鮊子　春八九
いかなご玉筋魚　春八九
いかなごぶね鮊子舟　春八九
いかなごほす鮊子干す　春八九
いかのこう烏賊の甲　夏三一七
いかのすみ烏賊の墨　夏三一七
いかのぼりいかのぼり(凧)　春五四
いかのぼり凧　新五三五
いかのぼりいかのぼり(正月の凧)　新五三五
いかび烏賊火　夏一七九
いかぶすま烏賊襖　秋三三三
*いかほす烏賊干す　秋三三三
いがみいがみ　冬四八四
*いかり藺刈　夏一七四
*いかりそう錨草　春一一七
いかりそう碇草　春一一七
*いかりぼし碇星　秋二八九
いかる藺刈る　夏一七四

＊いかる桑扈　夏三二〇
いかる鵤　夏三二〇
いかる斑鳩　夏三二〇
いかるちどり鵤千鳥　冬四八二
いきくさ活草　秋三八〇
＊いきしあイキシア　春一〇八
＊いきしろし息白し　冬四五八
いきづくり活き作り　夏一六一
いきはも生鱧　夏三二六
いきぼん生盆　秋三〇〇
＊いきみたま生身魂　秋三〇〇
いきみたま生御魂　秋三〇〇
いきみたま生見玉　秋三〇〇
いぐさ藺草　夏二六五
いぐさうう藺草植う　冬四五〇
いぐさかり藺草刈　夏一七四
いぐし五十串　夏二〇四
いくらいくら　秋三二〇
いぐるま藺車　夏一七四
いけかえぼん池替盆　秋三〇二
いけかる池涸る　冬四一五
いけすぶね生簀船　夏一八〇
いけずみいけ炭　冬四四四
いけすりょうり生洲料理　夏一八〇
＊いけぞめ生初　新五三一
＊いけのぼうりっか池坊立花　秋三一九
いけびいけ火　冬四四四
＊いけぶしん池普請　冬四五四
いこ眠蚕　春四八
いこう衣桁　夏一五五
いごもり居籠　新五四八
いさがわまつり率川祭　夏二〇〇
＊いさき伊佐木　夏二二四
いさぎいさぎ　夏二二四
＊いさざ魦　冬四八六
いさざあみ魦網　冬四八六
いさざえり魦魞　冬四八六
いさざぶね魦舟　冬四八六
いさざりょう魦漁　冬四八六
いさな勇魚　冬四八〇
いさなとり勇魚取　冬四五三
いざぶとん藺座蒲団　夏一六三
＊いざよい十六夜　秋二八七
いざよいのつき十六夜の月　秋二八七
いざようつきいざよふ月　秋二八七
いざらえ井浚　夏一六九
いしあやめ石菖蒲　夏二六三
＊いしおかのおまつり石岡のお祭り　秋三一三
＊いしかりなべ石狩鍋　冬四三七
いしずみいしずみ　冬四四五
＊いしだい石鯛　夏二二四
いしだこいしだこ　春九一
いしたたき石叩　秋三五六
いしとりしんじ石採神事　夏二〇四
いしとりまつり石取祭　夏二〇四
＊いしなぎいしなぎ　夏二二五
いしなぎ石投　夏二二五
いしのたけ石の竹　夏一五一
いしぶきのはな石蕗の花　冬四九七
いしぶし石伏魚　夏二二三
いしぶし石伏　秋三五九
いしぶし石斑魚　秋三五九
いしぼたんいしぼたん　春九三
いしまくら石枕　夏一六四
＊いしもち石首魚　夏二二五
いしゃいらず医者いらず　夏二六六
いしやきいも石焼藷　冬四一三
いしょうくらべ衣裳競べ　春七〇
いしわりいしわり　夏二二四
＊いすか交喙鳥　秋三五六
いすか交嘴鳥　秋三五六
いすか鶍　秋三五六
いすのき蚊母樹　秋三七四
＊いすのきのはな蚊母樹の花　春一〇五
いすのきのみ蚊母樹の実　秋三七四
＊いずみ泉　夏一四四
いずみがわ泉川　夏一四四
＊いずみどの泉殿　夏一六三
いずみのや泉の屋　夏一六三
＊いずもおおやしろにいなめさい出雲大社新嘗祭　冬四六五
いずもだいさいれい出雲大祭礼　夏一九六
いずもたいしゃかみありまつり出雲大社神在祭　冬四六二
＊いずもまつり出雲祭　夏一九六
＊いせえび伊勢海老　新五六〇
いせえびいわう伊勢海老祝ふ　新五〇八
いせえびかざる伊勢海老飾る　新五〇八
＊いせかんみそのまつり伊勢神御衣祭　夏一九六

いせぎいせぎ　夏二二四
いせごい伊勢鯉　秋三五九
いせこう伊勢講　春三〇
*いせごせんぐう伊勢御遷宮　秋三三三
いせごよみ伊勢暦　新五二九
いせさんぐう伊勢参宮　春三〇
*いせだいかぐら伊勢大神楽　冬四六七
*いせのおたうえ伊勢の御田植　夏一九八
いせほうへい伊勢奉幣　秋三三三
*いせまいり伊勢参　春三〇
*いそあそび磯遊　春五〇
いそあま磯海女　春五〇
いそがに磯蟹　夏二二七
*いそかまど磯竈　春五〇
*いそぎく磯菊　秋三八九
*いそぎんちゃく磯巾着　春九三
いそぎんちゃく磯巾著　春九三
いそしぎ磯鴫　秋三五七
いそしみず磯清水　夏一四四
いそすずみ磯涼み　夏一七九
いそすみれ磯菫　春一一四
いそたきび磯焚火　春五〇
いそだら磯鱈　冬四八四
いそちどり磯千鳥　冬四八二
いそど磯人　春五〇
いそな磯菜　新五六一
いそなげき磯なげき　春五〇
*いそなつみ磯菜摘　春五〇
いそなどり磯鳴鳥　冬四八二
いそにな磯蜷　春九三
*いそのかみまつり石上祭　秋三三六
いそのくちあけ磯の口開　春五〇
*いそひよどり磯鵯　夏二二二
*いそびらき磯開　春五〇
いそまつり磯祭　春五〇
いぞめ鋳初　新五三三
いぞめ射初　新五四四
いそりょうり磯料理　夏一八〇
いそわかな磯若菜　新五六一
いだ藺田　夏二六五
いたかんじき板樏　冬四四八
いたすだれ板簾　夏一六五
*いたち鼬　冬四八〇
いたちぐさいたちぐさ　春九八
いたちはぜいたちはぜ　春九八
*いたちわな鼬罠　冬四五二
*いたどり虎杖　春一一六
いたどりくらべ虎杖競　夏一九八
*いたどりのはな虎杖の花　夏二六五
いたどりまつり虎杖祭　夏一九八
いたぼがき板甫牡蠣　冬四八七
*いたやがい板屋貝　春九一
いたやがい半辺蚶　春九一
*いちいがしのみ石櫧の実　秋三七三
*いちいのはな一位の花　春一〇四
*いちいのみ一位の実　秋三七三
*いちがつ一月　冬四〇三
いちがつばしょ一月場所　新五三七
*いちがみまつり市神祭　新五四九
いちげ一夏　夏二〇四
いちげくじゅん一夏九旬　夏二〇四
いちげざくら一花桜　春一一六
いちげそう一花草　春一一六
*いちご苺　夏二五五
いちご覆盆子　夏二五五
いちごがり苺狩　夏二五五
いちごつみ苺摘　夏二五五
*いちごねわけ苺根分　秋三一八
いちごのかぶわけ苺の株分　秋三一八
*いちごのはな苺の花　春一一〇
いちごばたけ苺畑　夏二五五
*いちじく無花果　秋三六七
いちじくのめ無花果の芽　春一〇一
いちねんせい一年生　春三一
いちのうま一の午　春二六
いちのとみ一の富　秋三三五
いちのとら一の寅　新五五四
いちのとり一の酉　冬四六五
いちはじめ市始　新五一三
*いちはつ鳶尾草　夏二五〇
いちはつ一八　夏二五〇
いちばんあい一番藍　夏一七五
いちばんぐさ一番草　夏一七三
いちばんしぶ一番渋　秋三一七
いちばんちゃ一番茶　春四九
いちばんみず一番水　新五〇六

いちばんもり一番銛　冬四五三
＊いちび莔麻　夏二六二
＊いちびかり莔麻刈　夏一七四
いちびかり白麻刈　夏一七四
いちめがさ市女笠　夏一五五
いちやかざり一夜飾　冬四三三
＊いちやかんじょ一夜官女　春六一
＊いちやくそう一薬草　夏二六八
いちやずし一夜鮓　夏一五六
いちよう一葉　秋三七〇
いちよう一陽　冬四〇一
＊いちょうおちば銀杏落葉　冬四九一
いちょうかる銀杏枯る　冬四九一
＊いちようき一葉忌　冬四七四
＊いちょうちる銀杏散る　秋三七一
いちようのかせつ一陽の嘉節　冬四〇一
＊いちょうのはな銀杏の花　春一〇三
いちょうのはな公孫樹の花　春一〇三
いちょうのみ銀杏の実　秋三七四
いちょうのめ銀杏の芽　春一〇一
いちょうば銀杏羽　冬四八二
＊いちょうもみじ銀杏黄葉　秋三七〇
＊いちようらいふく一陽来復　冬四〇一
＊いちりんそう一輪草　春一二六
いちろべえころしいちろべゑころし　夏二六四
＊いつ冱つ　冬四〇六
いつ凍つ　冬四〇六
＊いつか五日　新五〇一
＊いつかえびす五日戎　新五四七
いつかづき五日月　秋二八五
いつきのみやのえま斎宮絵馬　冬四六八
いっきゅうなっとう一休納豆　夏一六二
いつくしまえんねんさい厳島延年祭　秋三二一
＊いつくしまかんげんさい厳島管絃祭　夏二〇〇
＊いつくしまじんじゃのとしこしまつり厳島神社の年越祭　新五四七
＊いつくしまちんざさい厳島鎮座祭　冬四六三
＊いつくしまのおんゆみはじめ厳島の御弓始　新五三二
いつくしままつり厳島祭　夏二〇〇
いっこくめぐり一国巡　春三〇
いっさいきょうえ一切経会　春六七
＊いっさき一茶忌　冬四七八
＊いっちょうき一蝶忌　新五五八
いっときじょうろう一時上臈　春六一
いっぷく一福　新五四四
＊いっぺきろうき一碧楼忌　冬四七五
いっぺんき一遍忌　秋三五〇
いつまでぐさ何時迄草　秋三九三
いて凍　冬四〇六
いてあぶ凍虻　冬四八七
＊いてかえる凍返る　春二四
いてかえる冱返る　春二四
いてがすみ凍霞　冬四〇六
いてかぜ凍て風　冬四〇九
いてぎく凍菊　冬四九四
いてぐも凍雲　冬四〇八
いてぐもり凍曇　冬四〇六
いてごい凍鯉　冬四八六
いてぞら凍空　冬四〇八
いてだき凍滝　冬四一六
＊いてちょう凍蝶　冬四八七
いてつく凍つく　冬四〇六
＊いてつち凍土　冬四一六
＊いてづる凍鶴　冬四八三
いてづるき凍鶴忌　冬四七六
いてとく凍解く　春二六
＊いてどけ凍解　春二六
いてなぎ凍凪　冬四〇九
いてねぎ凍葱　冬四九五
いでのかわず井手の蛙　春八二
いてばえ凍蠅　冬四八七
いてばち凍蜂　冬四八七
いてはり凍玻璃　冬四〇六
いてばれ凍晴　冬四〇六
いてぼし凍星　冬四〇八
いてまど凍窓　冬四〇六
いてみち凍道　冬四〇六
いてみなと凍湊　冬四〇六
いてもどる凍戻る　春二四
いてもや凍靄　冬四〇六
いてゆるむ凍ゆるむ　春二六

いてわる凍割る　冬四〇六
いとあおさいとあをさ　春二二四
いとうお糸魚　冬四八四
いとうり糸瓜　秋三八〇
いとおりひめ糸織姫　秋二九七
いどかえ井戸替　夏一六九
いとくりいとくり　春一〇九
いとくりうお糸繰魚　冬四八四
いとくりそう糸繰草　春一〇九
いとこに従兄煮　春二七
いとざきのほとけのまい糸崎の仏舞　春六四
＊いとざきのほとけまい糸崎の仏舞　春六四
いとざくら糸桜　春九六
いどさらえ井戸浚　夏一六九
いとすすき糸芒　秋三八七
いとたで糸蓼　夏二六〇
＊いとど竈馬　秋三六二
いとどなくいとど鳴く　秋三六二
＊いととり糸取　夏一七七
いととりうた糸取歌　夏一七七
いととりぐるま糸取車　夏一七七
いととりなべ糸取鍋　夏一七七
いととりめ糸取女　夏一七七
＊いととんぼ糸蜻蛉　夏二三一
いとな糸菜　春一一〇
いとねぎ糸葱　春一一二
いとはぎ糸萩　秋三八七
いとひき糸引　夏一七七
いとひきうた糸引歌　夏一七七
いとびな糸雛　春二八
いとまきふぐ糸巻河豚　冬四八六
いとみみず糸蚯蚓　夏二三五
いとやなぎ糸柳　春一〇二
いとゆう糸遊　春二一
＊いとより金糸魚　冬四八四
いとよりだい糸撚鯛　冬四八四
いとらん糸蘭　夏二五〇
いないな　秋三五九
いなえうう藺苗植う　冬四五〇
＊いなおおせどり稲負鳥　秋三五四
いなおせどりいなおせどり　秋三五四
いなか稲架　秋三一五
いながき稲垣　秋三一五
いなかしばい田舎芝居　秋三一四
いなかずもう田舎相撲　秋三一三
いなかのつき亥中の月　秋二八八
いなぎ稲木　秋三一五
いなぎ稲城　秋三一五
いなぐるま稲車　秋三一五
＊いなご蝗　秋三六三
いなご螽　秋三六三
いなご稲子　秋三六三
いなごぐし蝗串　秋三六三
いなごとり蝗捕　秋三六三
いなごとり蝗採　秋三六三
いなごまろ稲子麿　秋三六三
＊いなさいなさ　夏一三五
＊いなしび稲淬火　秋三一六
＊いなすずめ稲雀　秋三五四
＊いなずま稲妻　秋二九一
いなずまよこばい稲妻横這　秋三六三
いなた稲田　秋二九四
＊いなだいなだ　夏二二五
いなだ魬　夏二二五
いなだごちいなだ東風　春一七
いなたまいなたま　秋二九一
いなづか稲束　秋三一五
いなつりいな釣　秋三五九
いなつるび稲つるび　秋二九一
いなつるみ稲つるみ　秋二九一
いなにお稲堆　秋三一五
いなば稲葉　秋三八三
いなばん稲番　秋三一四
いなびかり稲光　秋二九一
いなぶね稲舟　秋三一五
いなほ稲穂　秋三八三
いなぼこり稲埃　秋三一五
いなほなみ稲穂波　秋三八三
＊いなむし稲虫　秋三六三
いなむしおくり稲虫送　秋三一四
いなむしろ稲筵　秋三八三
いなむら稲叢　秋三一五
いなりい居なり　春一一七
いなりこう稲荷講　春一六
いなりしめはり稲荷注連張　新五四六
いなりしんこうさい稲荷神幸祭　春六四
いなりずし稲荷鮓　夏一五六
いなりのおいで稲荷のお出　春六四
＊いなりのおおやまさい稲荷の大山祭　新五四六
いなりのおほたき稲荷の御

火焚　冬四四六
＊いなりのぶしゃさい稲荷の奉射祭　新五四九
＊いなりまつり稲荷祭　春六四
いなりまつりおいで稲荷祭御出　春六四
いなりやまのしろぎつね稲荷山の白狐　新五三三
いなわらび稲藁火　秋三一六
いぬおうもの犬追物　夏一八九
いぬかいぼし犬飼星　秋二九七
いぬかき犬掻　夏一八一
いぬかり去ぬ雁　春八五
いぬこぐさ犬子草　秋三九〇
いぬごぼう犬牛蒡　夏二六九
いぬざくら犬桜　春九六
いぬさわらいぬさはら　春八八
いぬじおうぎく犬地黄菊　秋三八九
いぬすぎな犬杉菜　春一一五
いぬたで犬蓼　秋三九三
いぬたでのはな犬蓼の花　秋三九三
いぬつばめ去ぬ燕　秋三五四
いぬなし犬梨　秋三七五
いぬのふぐりいぬのふぐり　春一一七
いぬびえ犬稗　秋三九四
いぬひばり犬雲雀　秋三五六
＊いぬびわ犬枇杷　夏二四七
＊いぬふぐり犬ふぐり　春一一七
＊いぬほおずき狗酸漿　秋三九〇
＊いぬやままつり犬山祭　春六三
いぬよめな犬姫菜　夏二六七
いぬるとし去ぬる年　冬四〇三
いぬわし犬鷲　冬四八〇
いぬわらびいぬ蕨　春一一七
＊いね稲　秋三八三
いねあぐ寝挙ぐ　新五三八
いねうち稲打　秋三一五
いねおこすいね起す　新五三八
いねかけ稲掛　秋三一五
＊いねかり稲刈　秋三一四
いねかりがま稲刈鎌　秋三一五
いねかりき稲刈機　秋三一五
いねかりづき稲刈月　秋二八〇
いねかる稲刈る　秋三一四
＊いねこき稲扱　秋三一五
いねこきき稲扱機　秋三一五
いねこきむしろ稲扱筵　秋三一五
いねごや稲小屋　秋三一四
いねすなわちみのる禾乃ち登る　秋二七七
いねつか稲塚　秋三一五
＊いねつきむし稲春虫　秋三六三
＊いねつむ稲積む　新五三八
いねつむ寝積む　新五三八
いねとり稲取　夏一七二
いねのあき稲の秋　秋三八三
いねのか稲の香　秋三八三
いねのつま稲の妻　秋二九一
いねのつま稲の夫　秋二九一
いねのとの稲の殿　秋二九一
いねのなみ稲の波　秋三八三
＊いねのはな稲の花　秋三八三
いねのほ稲の秀　秋三八三
いねのむし稲の虫　秋三六三
＊いねほす稲干す　秋三一五
いねむしおくり稲虫送　秋三一四
いのかい貽の貝　春九二
いのかみまつり亥の神祭　冬四一七
＊いのこ亥の子　冬四一七
いのこいし亥の子石　冬四一七
いのこうた亥の子唄　冬四一七
いのこし射遺　新五四二
＊いのこずち牛膝　秋三九〇
いのこづき亥の子突　冬四一七
いのこもち亥の子餅　冬四一七
＊いのしし猪　秋三五二
いのしし野猪　秋三五二
＊いのはな藺の花　夏二六五
いのひまつり亥の日祭　冬四一七
いのりむし祈り虫　秋三六三
＊いはじめ鋳始　新五三三
いばなしいばなし　春一〇四
＊いばはじめ射場始　冬四六〇
いばはじめ射場始(弓始)　新五四四
いばら茨　夏二三五
いばらかる茨枯る　冬四九二
＊いばらのはな茨の花　夏二三五
＊いばらのみ茨の実　秋三七六
いばらのめ茨の芽　春九七
いびらき井開　新五〇六
＊いぶりがっこいぶりがつこ　冬四四〇
いぶりずみ燻炭　冬四四四
＊いぺえイペー　春一二一
いぼきさごいぼきさご　春九二
いぼじりいぼじり　秋三六三
いほす藺干す　夏一七四

*いぼた水蠟虫　夏二三四
*いぼだい疣鯛　夏二三四
*いぼたのはな水蠟樹の花　夏二四四
いぼたのむしいぼたのむし　夏二三四
いぼたろうむしいぼたらうむし　夏二三四
いぼむしりいぼむしり　秋三六三
*いまがわやき今川焼　冬四三四
いまち居待　秋二八七
*いまちづき居待月　秋二八七
いまちづき座待月　秋二八七
いまちのつき居待の月　秋二八七
*いまみやまつり今宮祭　夏一九五
いまみやまつりおいで今宮祭御出　夏一九五
いまわのかりいまはの雁　春八五
*いみごもり亥巳籠　新五四八
いみずます井水増す　夏一四二
いみびのごはん忌日の御飯　夏一九〇
いむびのごはん忌火の御飯　夏一九〇
いむびのごはん忌日の御飯　夏一九〇
*いも芋　秋二八一
いも藷　秋三八四
いもあき芋秋　秋二八一
*いもあらし芋嵐　秋二九〇
*いもうう芋植う　春四六
いもがしら芋頭　新五二〇
いもがしらいわう芋頭祝ふ　新五二〇
いもがゆ薯粥　秋三二一
*いもがゆ藷粥　冬四三三
いもがら芋殻　秋二八一
いもがらいもがら　秋二八一
いもこいもこ　秋二八二
いもさす藷挿す　夏一七三
いもじょうちゅう甘藷焼酎　夏一五八
いもじる薯汁　秋三二一
いもすいしゃ芋水車　秋二八一
いもせどり妹背鳥(時鳥)　夏一二六
いもせどり妹背鳥(鶺鴒)　秋三五六
いもぞうすい薯雑炊　冬四三三
いもだね芋種　春一二三
いもちだ稲熱田　秋二九四
いもづる藷蔓　秋三八四
いもなえ藷苗　春一二三
*いもなえつくる甘藷苗作る　春四六
いもに芋煮　秋三三六
*いもにかい芋煮会　秋三三六
いものあき芋の秋　秋二八一
いものあき甘藷の秋　秋三八四
いものかみ芋の頭　新五二〇
*いものかみいわう芋の頭祝ふ　新五二〇
いものくき芋の茎　秋二八一
いものこ芋の子　秋二八一
いものつゆ芋の露　秋二九二
いものは芋の葉　秋二八一
いものはじめ鋳物始　新五三三
*いものはな芋の花　夏二五六
いものはのつゆ芋の葉の露　秋二九七
いものめ芋の芽　春一二三
いもばたけ芋畑　秋二八一
いもばたけ甘藷畑　秋三八四
いもぼう芋棒　春三六
いもほり甘藷掘　秋三八四
*いもむし芋虫　秋三六四
いもめいげつ芋名月　秋二八七
*いもり蠑螈　夏二二五
いもり井守　夏二二五
いもりのしるし井守の印　夏一四九
*いもりをつく井守を搗く　夏一四九
いやあまふイヤーマフ　冬四三〇
いやほのまつり八百穂祭　冬四六六
*いよかん伊予柑　春一〇一
いよすだれ伊予簾　夏一六五
いよみかん伊予蜜柑　春一〇一
いよめいよめ　冬四八二
いらが刺蛾　夏二二八
*いらむし刺虫　秋三六四
いりがき煎牡蠣　冬四三七
いりこ海参　冬四八七
いりこ熬海鼠　冬四八七
いりこ煎海鼠　新五二七
いりすイリス　夏二五〇
いりひがん入彼岸　春一〇
いりもみじ入紅葉　秋三六八
いりやあさがおいち入谷朝顔市　夏二〇六
*いるか海豚　冬四八〇

いるかがり海豚狩　冬四八〇
いれいのひ慰霊の日　夏二九一
*いろかえぬまつ色変へぬ松　秋三七〇
いろくさ色草　秋三八六
いろごい色鯉　夏三三三
いろたび色足袋　冬四三一
いろたまご彩卵　春七三
いろづくくさ色づく草　秋三八七
*いろどり色鳥　秋三五四
いろどるつき色どる月　秋三八〇
*いろなきかぜ色なき風　秋三八九
いろば色葉　秋三六八
いろはがるたいろはがるた　新五三三
いろはちる色葉散る　秋三六九
いろはもみじいろはもみぢ　秋三六九
いろみぐさ色見草　秋三六八
いろり囲炉裡　冬四五五
いろり囲炉裏　冬四五五
いろりひらく囲炉裡開く　冬四四七
いわいぎ祝木　新五一八
いわいたろう祝太郎　新五一〇
いわいづき祝月　新五〇〇
*いわいな祝菜　新五六一
いわいのつえ祝の杖　新五四〇
いわいばし祝箸　新五一〇
いわいぼう祝棒　新五一八
いわおぼろ岩朧　春一六
*いわかがみ岩鏡　夏二七三
いわがしわいはがしは　夏二六八
いわがねそう岩根草　春一一七
いわき岩木　冬四四五
*いわぎきょう岩桔梗　夏二七一
いわぎくいはぎく　秋三八九
いわぐみいはぐみ　夏二六八
*いわくらまつり岩倉祭　秋三一四
*いわし鰯　秋三六〇
いわし弱魚　秋三六〇
いわし鰮　秋三六〇
いわしあみ鰯網　秋三三三
いわしうり鰯売　秋三六〇
いわしくじら鰯鯨　冬四八〇
*いわしぐも鰯雲　秋二八五
いわしたたる岩滴る　夏一四四
いわしのあたまさす鰯の頭挿す　冬四二六
*いわしのくろづけ鰯の黒漬　秋三二〇
*いわしひく鰯引く　秋三三三
いわしぶね鰯船　秋三三三
いわしほす鰯干す　秋三三三
いわしみず岩清水　夏一四四
いわしみずいっさいきょうえ石清水一切経会　春八〇
いわしみずまつり石清水祭　秋三三三
*いわしみずりんじさい石清水臨時祭　春八二
*いわたけ岩茸　秋三九五
いわたけとり岩茸採　秋三九五
*いわたばこ岩煙草　夏二六六
*いわぢしゃいはぢしや　夏二六六
*いわちどり岩千鳥　夏二六八
いわちどり巌千鳥　夏二六八
いわつつじ岩躑躅(躑躅の衣)　春三三
いわつつじ岩躑躅(躑躅)　春九九
*いわつばめ岩燕　春八五
いわとくさ巌木賊　夏二七〇
*いわな岩魚　夏三三三
いわな巌魚　夏三三三
いわな岩菜　夏二六六
*いわなし岩梨　夏二四六
*いわなしのはな岩梨の花　春一〇四
いわなつり岩魚釣　夏三三三
いわのかわいはのかは　夏二六八
*いわのり岩海苔　春一二四
いわのりかき岩海苔掻き　春一二四
いわのりつみ岩海苔摘み　春一二四
いわのりほし岩海苔干し　春一二四
*いわひば岩檜葉　夏二六八
*いわひばり岩鷚　夏三三一
いわひばり岩雲雀　夏三三一
*いわふじ岩藤　夏二五五
*いわまつ岩松　夏二六八
いわみせきれい石見鶺鴒　秋三五六
いわみたろう石見太郎　夏一三四
いわらん岩蘭　夏二六四
*いわれんげ岩蓮華　秋三九二
いんげん菜豆　秋三八五
*いんげんき隠元忌　夏二一一

いんげんささげ隠元豇 秋三六五
*いんげんまめ隠元豆 秋三六五
いんじいんち 夏一四八
*いんじうち印地打 夏一四八
いんじきり印地切 夏一四八
いんじょうえ引上会 冬四七一
いんてん院展 秋三〇六
*いんのはいらい院の拝礼 新五三九
いんばねすインバネス 冬四二九
*いんびのごはん忌火の御飯 夏一九〇
いんふるえんざインフルエンザ 冬四五八

う

*う鵜 夏二一八
うあんご雨安居 夏二〇四
ういきょうし茴香子 夏二五五
*ういきょうのはな茴香の花 夏二五五
*ういきょうのみ茴香の実 秋三七九
ういてこい浮いて来い 夏一八四
ういんどやっけウィンドヤッケ 冬四三〇
うえ筌 冬四五二
*うえきいち植木市 春四五
うぇすとんさいウェストン祭 夏一九三
*うえた植田 夏一四三
うえぼうそう植疱瘡 春五六
うえめ植女 夏一七二
うぉおたあぼおるウォーターボール 夏一八一
うぉおたあぽろウォーターポロ 夏一八一
うおこおりにのぼる魚氷に上る 春七
うおこおりをいずる魚氷を上る 春七
*うおじま魚島 春八八
うおじまどき魚島時 春八八
うおすき魚すき 冬四三六
*うおひにのぼる魚氷に上る 春七
うおよみ魚読 新五四九
*うかい鵜飼 夏一七八
うかいび鵜飼火 夏一七八
うかがり鵜篝 夏一七八
うかご鵜籠 夏一七八
うかれねこうかれ猫 春八一
うかわ鵜川 夏一七八
うきいた浮板 夏一八一
*うきくさ萍 夏二七二
うきくさ浮草 夏二七二
*うきくさおいそむ萍生ひ初む 春一二三
うきくさおう萍生ふ 春一二三
うきくさのはな萍の花 夏二七二
*うきくさはじめてしょうず萍始めて生ず 春一四
うきくさもみじ萍紅葉 秋三九四
*うきごおり浮氷 春二六
うきしま浮島 夏一八四
うきす浮巣 夏二一八
うきずみ浮炭 冬四四四
*うきだい浮鯛 春八八
うきどり浮鳥 冬四八二
うきなえ浮苗 夏二六一
*うきにんぎょう浮人形 夏一八四
うきねどり浮寝鳥 冬四八二
うきは浮葉 夏二六〇
うきぶくろ浮袋 夏一八一
うきわ浮輪 夏一八一
うぐい石斑魚 春九〇
*うぐいす鶯 春八三
うぐいす黄鳥 春八三
*うぐいすごろも鶯衣 春三二
*うぐいすな鶯菜 春一一〇
うぐいすな黄鳥菜 春一一〇
*うぐいすねをいる鶯音を入る 夏二一七
うぐいすのおとしぶみ鶯の落し文 夏二三〇
うぐいすのこなく鶯の子鳴く 冬四八一
*うぐいすのす鶯の巣 春八七
うぐいすのそで鶯の袖 春三二
うぐいすのたにわたり鶯の谷渡り 春八三
*うぐいすのつけこ鶯の付子 夏二一七
うぐいすのはつね鶯の初音 春八三
*うぐいすぶえ鶯笛 春五五
*うぐいすもち鶯餅 春三七
*うげつ雨月 秋二八七
うけらうけら 秋三七九
うけらやくうけら焼く

夏一六九
*うご海髪　春二一四
*うこぎ五加木　春二〇二
うこぎ五加　春二〇二
うこぎがき五加木垣　春二〇二
うこぎつむ五加摘む　春三七
*うこぎめし五加飯　春三七
うごのりうごのり　春二一四
うこんこう鬱金香　春一〇七
*うこんのはな鬱金の花　秋三七八
*うさぎ兎　冬四八〇
うさぎあみ兎網　冬四五二
*うさぎがり兎狩　冬四五二
うさぎつづみ兎鼓　秋三二三
うさぎのすいもの兎の吸物　新五四三
うさぎわな兎罠　冬四五二
うさのみやまつり宇佐宮祭　秋三三七
うさほうじょうえ宇佐放生会　秋三三七
*うさまつり宇佐祭　秋三三七
*うじ蛆　夏二二三
うしあぶ牛虻　春九四
うしあらう牛洗ふ　夏一七一
うしあわせ牛合はせ　春二九
うじいっさいきょうえ宇治一切経会　春六七
うしいみい御清明　春七一
うしおまねき潮招　春九三
*うしがえる牛蛙　夏二二五
うしかわずうしかはづ　夏二二五
うじころしうじころし　夏二七一
うじじんじゃかんこうさい宇治神社還幸祭　夏一九五
うしずもう牛角力　春二九
うしだに牛蝨　夏二三四
うしのした牛の舌　夏二三四
うしのつのつき牛の角突き　春二九
うしのひたい牛の額　秋三九四
うしばえ牛蠅　夏二三三
うしはこべうしはこべ　春一二五
うしひきぼし牛引き星　秋二九七
*うしひやす牛冷す　夏一七一
うしべに丑紅　冬四二六
うしまつり牛祭　秋三四一
*うじまつり宇治祭　夏一九五
うじまるずし宇治丸鮓　夏一五六
うじむし蛆虫　夏二三三
うじゃく烏鵲　秋三五六
うじゃくのはし烏鵲の橋　秋二九八
うしょう鵜匠　夏一七八
うすあわび薄鮑　新五二七
*うすい雨水　春八
*うすおこし臼起　新五二二
うすかざる臼飾る　新五〇八
うすがすみ薄霞　春二一
うすかわみかん薄皮みかん　秋三六七
うすぎぬ薄衣　夏一五三
うすぎもくせい薄黄木犀　秋三六六
うすぎり薄霧　秋二九一
うすこうばい薄紅梅　春九五
うすごおり薄氷　春二五
うすごろも薄衣　夏一五二
うずざくら雲珠桜　春九六
うすさむ薄寒　秋二八二
うずしお渦潮　春五一
うずしおみ渦潮見　春五一
うすずみざくら薄墨桜　春九六
うすずみせきれい薄墨鶺鴒　秋三五六
うすづき薄月　秋二八五
うすばあおのり薄葉青海苔　春二一四
うすばおり薄羽織　夏一五三
*うすばかげろう薄翅蜉蝣　夏二三三
うすひき臼挽　秋三一五
*うずまさのうしまつり太秦の牛祭　秋三四一
うずみ渦見　春五一
*うずみび埋火　冬四四四
うずみぶね渦見船　春五一
うずむし渦虫　夏二三三
*うすもの羅　夏一五二
*うすもみじ薄紅葉　秋三六九
*うすゆきそう薄雪草　夏二七一
*うずら鶉　秋三五七
*うずらあわせ鶉合　秋三三四
うすらい薄氷　春二五
うずらかご鶉籠　秋三三四
うずらがり鶉狩　秋三三一
うすらさむうすら寒　秋二八二
うずらの鶉野　秋三五七
*うずらのす鶉の巣　夏二一七
うずらのとこ鶉の床　秋三五七
*うすらひ薄氷　春二五

うすらひうすらひ　春二五
うずらふ鶉斑　秋三五七
うずらまめ鶉豆　秋三八五
*うそ鷽　春八四
*うそかえ鷽替　新五四八
*うそさむうそ寒　秋二八二
うそどり鷽鳥　春八四
うそのこと鷽の琴　春八四
うそひめ鷽姫　春八四
*うたいぞめ謡初　新五三七
うたいまつ鵜松明　夏一七八
*うたかいはじめ歌会始　新五四二
うたがるた歌がるた　新五三三
うたがわとよくにき歌川豊国忌　新五五八
うたよみどり歌よみ鳥　春八三
うちあげはなび打揚花火　夏一八三
うちぐりつくる打栗つくる　秋三〇八
*うちすずめ内雀　夏二三九
うちのし打熨斗　新五二七
うちのぼり内幟　夏一四六
*うちみず打水　夏一七〇
うちむらさきうちむらさき　冬四九〇
うちょうらん羽蝶蘭　夏二六四
*うちわ団扇　夏一六八
うちわ団　夏一六八
うちわうり団扇売　夏一六八
うちわおく団扇置く　秋三二一
うちわがけ団扇掛　夏一六八
うちわしまう団扇仕舞ふ　秋三二一
*うちわつくる団扇作る　春五〇
うちわはる団扇貼る　春五〇
うちわほす団扇干す　春五〇
*うちわまき団扇撒　夏二〇五
*うづえ卯杖　新五四〇
うづえのことぶき卯杖の寿　新五四〇
うづえのほがい卯杖の祝　新五四〇
うつかい鵜遣　夏一七八
*うづき卯月　夏一二六
*うづきぐもり卯月曇　夏一三九
うづきどり卯月鳥　夏一二六
うづきなみ卯月波　夏一四二
うづきの卯月野　夏一四二
うつぎのはな空木の花　夏一四三
うづきようか卯月八日　夏一九三
うつしばなうつし花　秋三九三
*うつせみ空蟬　夏二三一
*うつたひめうつ田姫　冬四一四
*うづち卯槌　新五四〇
うっぷるいのり十六島海苔　春一二三
*うつぼぐさ靫草　夏二六八
うつぼぐさ空穂草　夏二六八
うてぃだかウティダカ　冬四八三
*うど独活　春一二二
*うどあえ独活和　春三五
うとう善知鳥　冬四八三
*うどのあしやき鵜殿の蘆焼　春四二
*うどのはな独活の花　夏二五七
*うどのみ独活の実　秋三八二
うどほる独活掘る　春一二二
うどめうどめ　春一〇一
うどもどきうどもどき　春一〇一
*うどんげ優曇華　夏二三三
うどんすき饂飩すき　冬四三六
*うなぎ鰻　夏二二六
うなぎかき鰻搔　夏二二六
うなぎづつ鰻筒　夏二二六
うなぎのひ鰻の日　夏一六一
*うなぎやな鰻簗　秋三三三
*うなみ卯波　夏一四二
うなみ卯浪　夏一四二
うなりだこうなり凧　春五四
うなわ鵜縄　夏一七八
*うに海胆　春九三
うに海栗　春九三
うに雲丹　春九三
うのつえ卯の杖　新五四〇
*うのはしんじ卯之葉神事　夏一九六
*うのはな卯の花　夏一四三
うのはながき卯の花垣　夏一四三
*うのはなくたし卯の花腐し　夏一三七
うのはなくだし卯の花降し　夏一三七
うのはなくだし卯の花くだし　夏一三七
うのはなぐもり卯の花曇　夏一三九
うのはなづき卯の花月　夏一二六

うのはなづきよ卯の花月夜　夏二四三
うのふだ卯の札　新五五二
うばがい姥貝　春九三
うばがしらうばがしら　春一一六
うはぎ莵芽木　春一一九
うばざくら姥桜　春九六
うばたまうばたま　夏二六七
うばづき姥月　秋二八八
うばひがん姥彼岸　春九六
うばやなぎ姥柳　春一〇二
うばゆり姥百合　夏二五三
うばら姥等　冬四三三
*うひょう雨氷　冬四一一
うふ烏府　冬四四四
*うぶすなまいり産土神参　新五四四
うぶね鵜舟　夏一七八
うべうべ　秋三八九
うべのはなうべの花　春一〇五
うへんまい烏遍舞　新五四五
うまあらう馬洗ふ　夏一七一
うまいち馬市　秋三〇四
うまうおうまうを　春八九
*うまおい馬追　秋三六三
うまおいむし馬追虫　秋三六三
うまごやし苜蓿　春一一五
*うまごやしのはな苜蓿の花　春一一五
*うまこゆ馬肥ゆ　秋三五二
うまさげ馬下　冬四五四
*うまさげる馬下げる　冬四五四
うまさなぶりうまさなぶり　夏一七三
うまぜりうまぜり　春一一六
うまつなぎうまつなぎ　夏二六七
うまのあしがたのはなうまのあしがたの花　春一一八
*うまのいち馬の市　秋三〇四
*うまのこ馬の子　春八一
うまのこうまる馬の子生る　春八一
うまのしんじ午の神事　春六三
うまのりぞめ馬騎初　新五四三
うまばえ馬蠅　夏二三三
うまひやす馬冷す　夏一七一
うまひゆ馬莧　夏二六五
うまびる馬蛭　夏二三五
うままつり午祭　春二六
*うまやだし厩出し　春四一
*うまゆみ騎射　夏一八九
うまゆみ馬弓　夏一八九
うみあけ海明　春二六
うみう海鵜　夏二一八
うみうなぎうみうなぎ　夏二二六
うみおぼろ海朧　春一六
うみおり海下　春五〇
うみがきうみ柿　秋三六六
うみがに海蟹　夏二二七
*うみがめ海亀　夏二二四
うみぎり海霧　夏一三八
うみこおる海凍る　冬四一七
うみすずき海鱸　秋三五九
*うみすずめ海雀　冬四八三
うみすずめ海雀(河豚)　冬四八六
うみせがき海施餓鬼　秋三〇一
うみどじょううみどぢやう　春八九
うみにな海蜷　春九三
*うみねこ海猫　夏二二三
*うみねこかえる海猫帰る　秋三五八
*うみねこわたる海猫渡る　春八六
うみのいえ海の家　夏一八一
うみのきねんび海の記念日　夏一九一
*うみのひ海の日　夏一九一
*うみびらき海開き　夏一八一
*うみほおずき海酸漿　夏二二七
うみます海鱒　春八九
*うめ梅　春九五
うめがえうたう梅が枝うたふ　新五四〇
うめがか梅が香　春九五
うめごち梅東風　春一七
うめごよみ梅暦　春九五
うめさぐる梅探る　冬四五六
うめざけ梅酒　夏一五八
*うめしゅ梅酒　夏一五八
うめしょうちゅう梅焼酎　夏一五八
うめづきよ梅月夜　春九五
うめづけ梅漬　夏一五七
うめつける梅漬ける　夏一五七
うめつさつき梅つ五月　春九
うめにがつ梅二月　春九五
うめのあめ梅の雨　夏一三七
うめのあるじ梅の主　春九五
うめのさと梅の里　春九五
うめのはな梅の花　春九五
うめのみ梅の実　夏二三九
うめのみきばむ梅子黄ばむ

夏一二八
うめのやど梅の宿 春九五
*うめばちそう梅鉢草 夏二六九
うめはつづき梅初月 冬四〇二
うめはやし梅早し 冬四八八
うめびより梅日和 春九五
うめぼし梅干 夏一五七
*うめぼしかざる梅干飾る 新五〇九
うめぼしづけ梅干漬 夏一五七
*うめほす梅干す 夏一五七
*うめみ梅見 春五一
うめみちゃや梅見茶屋 春五一
うめみづき梅見月 春九
うめむしろ梅筵 夏一五七
*うめもどき梅擬 秋三二五
うめもどき梅嫌 秋三二五
うめもどき落霜紅 秋三二五
*うめもみじ梅紅葉 秋三六九
*うめわかき梅若忌 春七九
うめわかごと梅若ごと 春七九
うめわかさま梅若様 春七九
*うめわかのなみだあめ梅若の涙雨 春一九
うめわかまいり梅若参 春七九
うめわかまつり梅若祭 春七九
うらうらうらうら 春二二
うらかみき浦上忌 夏一九一
うらがる末枯る 秋三八七
*うらがれ末枯 秋三八七
うらがれの末枯野 秋二九三
うらがれののべ末枯の野辺 秋二九三
うらがれののやま末枯の野山 秋二九三
うらがれのはら末枯の原 秋二九三
*うらさのどうおし浦佐の堂押 春六七
*うらしまそう浦島草 夏二六九
うらじろ裏白 新五六一
うらじろかざる裏白飾る 新五〇八
うらじろはいかい裏白俳諧 新五四六
*うらじろれんが裏白連歌 新五四六
うらたまつり卜田祭 新五五〇
うらちどり浦千鳥 冬四八二
うらはぐさ裏葉草 夏二七一
うらべにいちげ裏紅一花 春一一六
うらぼん盂蘭盆 秋二九九
うらぼんうら盆 秋二九九
*うらぼんえ盂蘭盆会 秋二九九
うらぼんぎょう盂蘭盆経 秋二九九
うらまつり浦祭 秋三三〇
うららうらら 春二二
*うららか麗か 春二二
うららけしうららけし 春二二
うららにうららに 春二二
*うり瓜 夏二五八
うりきざむ瓜きざむ 夏一五七
うりごや瓜小屋 夏一七六
*うりずんうりずん 春八
うりずんべえうりずん南風 春八
うりぞめ売初 新五一三
うりぢょうちん瓜提灯 夏一八三
*うりづけ瓜漬 夏一五七
*うりなえ瓜苗 夏二五五
うりなます瓜膾 夏一五七
うりぬすっと瓜盗人 夏一七六
うりのうし瓜の牛 秋三〇〇
うりのうま瓜の馬 秋三〇〇
*うりのはな瓜の花 夏二五六
*うりばえ瓜蠅 夏二三〇
うりばえ守瓜 夏二三〇
うりばたけ瓜畑 夏二五八
うりはむし瓜葉虫 夏二三〇
*うりばん瓜番 夏一七六
うりばんごや瓜番小屋 夏一七六
うりひやす瓜冷す 夏一五七
うりぼう瓜坊 秋三五二
うりむし瓜虫 夏二三〇
うりもみ瓜揉 夏一五七
うりもむ瓜揉む 夏一五七
うりもり瓜守 夏一七六
うりるいのはな瓜類の花 夏二五六
*うるかうるか 秋三一〇
うるか鱁鮧 秋三一〇
*うるしかき漆搔 夏一七五
うるしかく漆搔く 夏一七五
*うるしぐさ漆草 春一二三
うるしとる漆取る 夏一七五
うるしね粳稲 秋三八三

*うるしのはな漆の花　夏二四五
*うるしのみ漆の実　秋三七三
うるしのめ漆の芽　春一〇一
*うるしもみじ漆紅葉　秋三六九
うるち粳　秋三八三
*うるっぷそうウルップ草　夏二七二
うるっぷそう得撫草　夏二七二
うるめうるめ　冬四八六
*うるめいわし潤目鰯　冬四八六
うれむぎ熟れ麦　夏二六〇
うろこぐも鱗雲　秋二八五
うろこもちうちうろこもち打　新五二一
うろぬきだいこん虚抜大根　秋三八二
うろぬきな虚抜菜　秋三八二
うわいわし宇和鰯　秋三二〇
うわじまいわし宇和島鰯　秋三二〇
うわつゆ上露　秋二九二
*うわばみそう蟒草　春一一七
うわみずざくら上溝桜　春九六
*うんか浮塵子　秋三六三
*うんかい雲海　夏二三九
うんかん雲漢　秋二八九
うんきそば運気蕎麦　冬四二四
うんざはじめ運座始　新五二四
うんしゅうみかん温州蜜柑　冬四九〇
うんぜんつつじ雲仙躑躅　春九九
うんぞうがゆ温糟粥　冬四七一
*うんどうかい運動会　秋三〇六
*うんぴんき雲浜忌　秋三五一
うんぷう温風　夏一三六

え

えい鱏　夏三三六
えい鱝　夏三三六
*えいかんき永観忌　冬四七七
*えいさあエイサー　秋三三三
えいざんすみれ叡山菫　春一一四
えいじつ永日　春一三
えいへいじかいざんき永平寺開山忌　秋三五〇
えいよう永陽　新五〇二
えうちわ絵団扇　夏一六八
ええでるわいすエーデルワイス　夏二七一
ええぷりるふうるエープリルフール　春三〇
えおうぎ絵扇　夏一六八
えかたびら絵帷子　夏一五三
えきう液雨　冬四一〇
えきさいぜり益斎芹　春一一七
えきじんづか疫神塚　冬四六九
えきでん駅伝　新五三七
えきり疫痢　夏一八七
えくぼばなゑくぼ花　春九九
えくりえくり　春一一八
えごえご　夏二四六
えごこんにゃくゑごこんにやく　夏二七三
えござ絵茣蓙　夏一六三
えごちるえご散る　夏二四六
えごてんゑごてん　夏二七三
*えごのはなえごの花　夏二四六
えごのはなゑごの花　夏二四六
*えごのり恵古苔　夏二七三
えごのり恵胡海苔　夏二七三
*えごよみ絵暦　新五二九
えしき会式　冬四六一
えしきだいこ会式太鼓　冬四六一
えしんき恵心忌　夏二一三
*えすごろく絵双六　新五三三
えすだれ絵簾　夏一六五
えぞいたち蝦夷鼬　冬四八〇
えぞおおかみ蝦夷狼　冬四八〇
えぞがき蝦夷牡蠣　冬四八七
*えぞぎく蝦夷菊　夏二五一
えぞぎく翠菊　夏二五一
えぞぜみ蝦夷蟬　夏二三一
えぞせんにゅう蝦夷仙入　秋三五六
*えぞにゅうえぞにう　夏二七一
えぞにゅう蝦夷丹生　夏二七一
えぞはるぜみ蝦夷春蟬　春九五
*えぞむしくい蝦夷虫喰　夏二三一
えぞりゅうきんか蝦夷立金花　春一二一
えぞりんどう蝦夷竜胆　秋三九二
*えだうち枝打　冬四五四
えだおろす枝下す　夏一七六
えだかわず枝蛙　夏二一四
えだこ絵凧　春五四
えだずみ枝炭　冬四四四
えだのせいじつ枝の聖日　春七三

*えだまめ枝豆　秋三〇八
えちごうさぎ越後兎　冬四八〇
えちごじょうふ越後上布　夏一五三
えちごちぢみ越後縮　夏一五三
えちぜんがに越前蟹　冬四八六
えちぜんくらげ越前水母　夏二二七
えつ暍　夏一八七
えつきつ越橘　夏二四六
えっさい悦哉　秋三五三
えつねんしきん越年資金　冬四一八
えつねんちょう越年蝶　冬四八七
えつびょう暍病　夏一八七
えとうろう絵灯籠　秋三〇二
えどざくら江戸桜　春九六
*えどさんのうまつり江戸山王祭　夏一九九
*えどじょうれんがはじめ江戸城連歌始　新五四三
*えどせんげんまつり江戸浅間祭　夏一九八
えどひがん江戸彼岸　春九六
えどふうりん江戸風鈴　夏一六八
えどわずらい江戸煩　夏一八八
*えなが柄長　夏二二一
*えにしだ金雀枝　夏二二七
えにしだ金雀花　夏二二七
えにしだ金枝花　夏二二七
えにしだ金雀児　夏二二七
えにするゑにす　夏二四三
えのきかる榎枯る　冬四九一
*えのきだけ榎茸　冬四九八
*えのきのはな榎の花　夏二四五
*えのきのみ榎の実　秋三七四
えのこぐさゑのこ草　秋三九〇
*えのころぐさ狗尾草　秋三九〇
えのころやなぎゑのころやなぎ　春一〇三
えのぼり絵幟　夏一四六
えのみ榎の実　秋三七四
*えびいも海老芋　冬四九五
えびいも蝦芋　冬四九五
えひがさ絵日傘　夏一六八
えびかざる海老飾る　新五〇八
えびかずらえびかづら　秋三七六
えびがらすずめえびがらすずめ　夏二二九
えびこおろぎえび蟋蟀　秋三六二
えびすいち蛭子市　冬四六三
えびすおろし夷おろし　新五二四
えびすかき夷かき　新五二四
えびすかご戎籠　新五一六
えびすぎれ夷子切　冬四六三
えびすぎれ恵比須切　冬四六三
*えびすこう恵比須講　冬四六三
えびすこう恵美須講　冬四六三
えびすこう恵比寿講　冬四六三
えびすこう夷講　冬四六三
えびすこういち夷子講市　秋三〇五
えびすざさ戎笹　新五四八
*えびすまつり恵美須祭　秋三三八
えびすまつり夷子祭　冬四六三
えびすまつり戎祭　新五四八
えびすまわし夷廻し　新五二四
*えびづる蝦蔓　秋三七六
えびづる蘡薁　秋三七六
*えびね化偸草　春一一八
えびね海老根　春一一八
えびね蝦根　春一一八
えびねらんえびね蘭　春一一八
えびょうぶ絵屏風　冬四四三
えびらのうめ箙の梅　春九五
えぶすま絵襖　冬四四三
えぶな江鮒　秋三五九
*えぶみ絵踏　春二六
えぶりえぶり　春六〇
えほう恵方　新五四四
えほう吉方　新五四四
えほう兄方　新五四四
えほう得方　新五四四
えほう元方　新五四四
えほうおがみ恵方拝　新五四四
えほうぎり吉方伐り　新五三二
えほうだな恵方棚　新五四四
*えほうまいり恵方詣　新五四四
えほうみち恵方道　新五四四
えぼかい絵行器　秋三〇三
えぼしうおえぼし魚　夏二二四
えぼしがい烏帽子貝　冬四八七
えぼしばな烏帽子花　夏二六七
えみぐさ笑草　夏二六八
えみぐり笑栗　秋三六七
えむしろ絵筵　夏一六三
えもんざお衣紋竿　夏一五五
*えもんだけ衣紋竹　夏一五五
えやみぐさ瘧草　秋三九二
*えよう会陽　春六六
*えりかエリカ　春一〇八

*えりさす魞挿す　春四九
*えりすあむ魞簀編む　冬四五三
*えりまき襟巻　冬四三〇
えんいき円位忌　春七八
えんえい遠泳　夏一八一
えんおう閻王　夏二〇七
えんか炎夏　夏一二六
えんき炎気　夏一四〇
えんこう円虹　夏一三九
えんこうき円光忌　春七〇
*えんざ円座　夏一六四
えんざむし円座虫　夏二三四
えんじつ炎日　夏一四〇
*えんじゅさい延寿祭　新五四五
*えんじゅのはな槐の花　夏二四三
えんじゅはい延寿盃　新五四五
えんじゅばし延寿箸　新五四五
*えんしょ炎暑　夏一二三
えんすずみ縁涼み　夏一七九
*えんずのわりえんずのわり　新五一一
*えんそく遠足　春三三
えんだい縁台　夏一八六
*えんちゅう炎昼　夏一二三
えんてい炎帝　夏一二六
*えんてん炎天　夏一四〇
えんてんか炎天下　夏一四〇
*えんどう豌豆　夏二五七
*えんどうのはな豌豆の花　春一〇九
えんどうひき豌豆引　夏二五七
えんどうひく豌豆引く　夏二五七
*えんどうまく豌豆蒔く　秋三一八
えんねつ炎熱　夏一二三
えんねつき炎熱忌　夏二二一
えんねんとう延年頭　秋三三一
*えんねんのまい延年の舞　新五五七
*えんのぎょうじゃき役行者忌　新五五七
えんのしたこおろぎえんのした蟋蟀　秋三六二
えんのしたのまい縁の下の舞　春六七
えんばく燕麦　夏二六一
えんぷう炎風　夏一二六
*えんぶりえんぶり　春六〇
えんぶりやどえんぶり宿　春六〇
えんまこおろぎえんま蟋蟀　秋三六二
*えんまどうきょうげん閻魔堂狂言　夏二〇五
えんまどうだいねんぶつ閻魔堂大念仏　夏二〇五
えんまのさいにち閻魔の斎日　夏二〇七
*えんままいり閻魔参　夏二〇七
えんまもうで閻魔詣　夏二〇七
えんむ煙霧　冬四一三
えんむすびしんじ縁結び神事　新五四九
えんめいぎく延命菊　春一〇七
えんらい遠雷　夏一三九
えんりまめ沿籬豆　秋三八五
えんりゃくじみなづきえ延暦寺六月会　夏二〇六

お

おあさ雄麻　夏二六一
おいうぐいす老鶯　夏二一七
*おいかわ追川魚　夏二三三
おいかわ追河　夏二三三
おいざくら老桜　春九六
おいちょう老蝶　秋三六一
おいでまつり御出祭　春六二
おいのはる老の春　新五〇〇
*おいばね追羽子　新五三五
*おいまわた負真綿　冬四二七
おいみまつり御忌祭　冬四六二
おいやま追山笠　夏二〇一
*おいらんそう花魁草　夏二五三
おいわいかちんお祝ひかちん　新五〇六
おいわらび老蕨　春一一七
*おうがいき鷗外忌　夏二一〇
*おうかさい桜花祭　春六三
*おうかしょうず王瓜生ず　夏一二七
*おうぎ扇　夏一六八
おうぎうり扇売　夏一六八
*おうぎおく扇置く　秋三一一
*おうぎかずら扇葛　春一一八
おうぎかずら扇蔓　春一一八
おうぎけいとう扇鶏頭　秋三七八
おうぎさい王祇祭　冬四六九
おうぎだこ扇凧　春五四
おうぎながし扇流し　夏一九七
おうぎなげ扇投　新五三四
おうぎねぶた扇ねぶた　秋二九八
おうぎのはい扇の拝　夏一八八
おうぎまつり扇祭　夏二〇二

＊おうきょき応挙忌　秋三四九
おうぎをたまう扇を賜ふ　夏一八八
おうげつ王月　新五〇〇
＊おうごちょうのはな黄胡蝶の花　夏二四八
おうごんしゅうかん黄金週間　春三一
＊おうじのきつねび王子の狐火　冬四六八
おうしゅくばい鶯宿梅　春九五
おうしゅん王春　新五〇〇
おうしゅんげつ王春月　新五〇〇
＊おうしょっき黄蜀葵　夏二五〇
＊おうしょっきつく黄蜀葵搗く　冬四五五
おうせい王正　新五〇〇
おうせきそう鴨跖草　秋三九三
おうたいぞめ御謡初　新五四三
おうちのおびもの樗の佩　夏一四八
＊おうちのはな棟の花　夏二四五
おうちのはな樗の花　夏二四五
＊おうちのみ棟の実　秋三七三
おうちのみ樗の実　秋三七三
おうちふく樗葺く　夏一四七
＊おうちをおぶ樗を佩ぶ　夏一四八
おうとう桜桃　夏二四〇
＊おうとうき桜桃忌　夏二一〇
＊おうとうのはな桜桃の花　春九八
おうとうのみ桜桃の実　夏二四〇
＊おうばい黄梅　春九七
おうばくさんかいざんき黄檗山開山忌　夏二一一
おうばくさんかわせがき黄檗山川施餓鬼　秋三三九
おうばんぶるまい椀飯振舞　新五一三
おうま黄麻　夏二六一
おうみづけ近江漬　冬四三八
おうめさい白馬祭　新五四七
おうりん王林　秋三六七
＊おうろく女王禄　新五四〇
おうろくをたまう女王禄を賜ふ　新五四〇
おえしき御会式　冬四六一
おおあさ大麻　夏二六一
おおあざみ大薊　秋三九一
おおあし大足　夏一七二
おおあした大旦　新五〇一
おおあらせいとうおほあらせいとう　春一〇六
おおあり大蟻　夏二三三
おおい大藺　夏二六二
おおいお大魚　冬四八四
＊おおいしき大石忌　春七八
おおいぬのふぐりおほいぬのふぐり　春一一七
おおうなぎ大鰻　夏二三六
おおおごのりおほおごのり　春一二四
おおかざり大飾　新五〇七
おおがたまのき大賀玉の木　新五一八
おおかぶ大蕪　冬四九五
＊おおかみ狼　冬四八〇
おおかみのまつり狼の祭　秋二八三
おおぎく大菊　秋三七九
おおぎた大北風　冬四〇九
おおくろぐわい大黒慈姑　春一二三
おおくわぞめ大鍬初　新五三三
おおげじ大蚰蜒　夏二三五
＊おおけたで大毛蓼　秋三七九
おおこうちいけだいじんじゃれいさい大河内池大神社例祭　冬四六四
おおこうもり大蝙蝠　夏二二四
おおこのはずく大木葉木菟　冬四八一
おおさいばり大前張　冬四六七
おおさかきしんじ大榊神事　春六三
おおさかばしょ大阪場所　春五四
おおじしぎ大地鴫　夏二二一
おおしじみ大蜆　春九三
おおしまざくら大島桜　春九六
おおしも大霜　冬四一一
おおずもう大相撲　秋三三三
おおせっき大節季　冬四〇二
おおぜり大芹　春一一七
おおせりうたう大芹うたふ　新五四〇
おおたうえ大田植　夏一七二
おおたか大鷹　冬四八〇
おおたで大蓼　秋三七九
おおたにし大田螺　春九三
おおちゃもり大茶盛　春六九
おおつごもり大つごもり　冬四〇三

＊おおつまつり大津祭　秋三三五
おおでころんオーデコロン　夏一〇七
おおでまりおほでまり　夏二三七
おおときゃんぷオートキャンプ　夏一八一
おおとさか大とさか　春一二四
おおとし大年　冬四〇三
おおどし大年　冬四〇三
おおどし大歳　冬四〇三
おおとしこし大年越　冬四〇三
おおどちのはな茶の花　秋三九一
おおどとわれオードトワレ　夏一〇七
＊おおとりまつり大鳥祭　秋三三三
おおとりみょうじんまつり大鳥明神祭　秋三三三
おおにえまつり大嘗祭　冬四六〇
おおにし大西風　秋二九〇
おおにしび大西日　夏一四〇
おおにら大韮　夏二五九
おおにわ大庭　秋三三五
おおねおほね　冬四九五
おおば大葉　夏二六〇
おおばあオーバー　冬四二九
おおばあこおとオーバーコート　冬四二九
おおはくちょう大白鳥　冬四八三
＊おおばこ車前草　秋三九三
おおばこ大葉子　秋三九三
＊おおばこのはな車前車の花　夏二六六
おおばこのはな車前の花　夏二六六
おおばこのはな大葉子の花　夏二六六
おおばこのみ車前草の実　秋三九三
おおばすのき大葉酢の木　秋三七七
おおばたねつけばな大葉種漬花　春一二二
おおばつのまたおほば角叉　春一二三
おおはなくんしらん大花君子蘭　春一〇八
＊おおはらえ大祓　夏一九〇
おおはらえ大祓（年越の祓）　冬四六八
＊おおはらざこね大原雑魚寝　冬四二七
＊おおはらのおゆみまつり大原野御弓祭　新五五二
＊おおはらのまつり大原野祭　春六三
おおはらまつり大原祭　春六三
おおはるしゃぎくおほはるしゃぎく　秋三七八
おおばん大鷭　夏二二八
おおばんやき大判焼　冬四三四
おおひがた大干潟　春二四
おおひでり大旱　夏一四〇
おおびる大蒜　春一二
＊おおぶく大服　新五五五
おおぶく大福　新五五五
おおぶくちゃ大福茶　新五五五
おおぶくろばなおほぶくろばな　春一一八
おおぶり大鰤　冬四八四
おおぼたる大蛍　夏二三九
おおましこ大猿子　秋三五五
おおまつゆきそう大松雪草　春一〇八
おおまつよいぐさ大待宵草　夏二六四
おおみずなぎどり大水薙鳥　夏二一九
＊おおみそか大晦日　冬四〇三
おおみそか大三十日　冬四〇三
おおみなみ大南風　夏一三四
おおみねいり大峰入　春七一
＊おおみわじんじゃまつり大神神社祭　秋三三九
おおむぎ大麦　夏二六〇
おおむらさき大紫　春九九
おおむらさきおほむらさき　夏二二七
＊おおやかず大矢数　夏一九二
おおやしろしんじ大社神事　冬四六二
おおやまうす大山臼　夏二〇三
おおやまざくら大山桜　春九六
＊おおやまとしんこうさい大和神幸祭　春六二
＊おおやままつり大山祭　夏二〇三
おおやまもうで大山詣　夏二〇三
＊おおやまれんげ大山蓮華

夏二四四
おおやまれんげ天女花　夏二四四
おおゆき大雪　冬四一二
おおよこばい大横這　秋三六三
おおよしきり大葭切　夏二一七
おおよしごい大葭五位　夏二一九
*おおるり大瑠璃　夏二一九
おおわし大鷲　冬四八〇
おおわた大綿　冬四八七
おかいちょうお開帳　春六八
おかがみ御鏡　新五〇七
おかげまいりお蔭参　春三〇
おかざきとうてんのうまつり岡崎東天王祭　秋三三五
*おかざきまつり岡崎祭　秋三三五
おかざりお飾　新五〇七
おかざりこわしお飾こはし　新五一六
おかしらしんじ御頭神事　新五五〇
おがたま黄心樹　春一〇五
*おがたまのはな黄心樹の花　春一〇五
おがたまのはな小賀玉の花　春一〇五
おがたまもくれん黄心樹木　春一〇五
おかつつじ岡躑躅　冬四九三
*おがつほういんかぐら雄勝法印神楽　春六一
おかときをかととき　秋三九一
おかとらのお岡虎尾　夏二六七
おかなわしろ岡苗代　春二四
*おかぼ陸稲　秋三八三
おかぼかる陸稲刈る　秋三一四
おかまこおろぎおかま蟋蟀　秋三六二
*おかみ岡見　冬四一三
おかめいちおかめ市　冬四六五
おかめこおろぎおかめ蟋蟀　秋三六二
おかめつけおかめつけ　新五三四
おかゆまつり御粥祭　新五五〇
*おがら苧殻　秋三〇二
おがら麻幹　秋三〇二
おがらうり苧殻売　秋三〇一
おがらたく苧殻焚く　秋三〇〇
おがらばし苧殻箸　秋三〇二
おがらび苧殻火　秋三〇〇
おがるかや雄刈萱　秋三八八
おかわらけ御土器　新五四六
おがんじつお元日　新五〇一
おかんぶつお灌仏　春六九
おぎ雄木　夏二六一
*おぎ荻　秋三八八
おきあま沖海女　春五〇
おきぎす沖鱚　夏二二四
おきごたつ置炬燵　冬四四五
*おきざりすオキザリス　春一〇八
おきじおきじ　新五三九
おきすき沖すき　冬四三六
おきすずき沖鱸　冬四八五
おきぞめ起初　新五三八
おきだら沖鱈　冬四八四
おきつだい興津鯛　冬四八四
おきつのり興津海苔　春一二四
おぎどろ扇灯籠　秋二九八
おきなき翁忌　冬四七七
*おきなぐさ翁草　春一一六
おきなのひ翁の日　冬四七七
*おきなます沖膾　夏一六一
おきなわいれいのき沖縄慰霊の忌　夏一九一
*おきなわいれいのひ沖縄慰霊の日　夏一九一
おきなわき沖縄忌　夏一九一
おぎのかぜ荻の風　秋三八八
*おぎのこえ荻の声　秋三八八
おぎのすぐろ荻の末黒　春三
おぎのつの荻の角　春二三
*おきのはたすいてんぐうまつり沖端水天宮祭　夏一九四
おぎのふたば荻の二葉　春二三
おぎのめ荻の芽　春二三
*おぎのやけはら荻の焼原　春三
*おぎのわかば荻の若葉　春二三
おぎはら荻原　秋三八八
おぎふく荻吹く　秋三八八
おきまつりおきまつり　春七一
おぎむし招虫　夏二二九
おぎやけはら荻焼原　春二三
おぎゅうそらいき荻生徂徠忌　新五五九
*おぎょう御形　新五六二
おぎょう御行　新五六二
*おきよめさい御潔め祭　冬四七四

おぎわかば荻若葉　春二三
おくおく　秋三八三
おぐさおいづき小草生月　春九
*おくさんきち晩三吉　冬四九〇
おくだおく田　秋二九四
*おくて晩稲　秋三八三
おくてかる晩稲刈る　秋三二五
おくてだ晩稲田　秋二九四
おくな晩菜　春一一
*おくにきお国忌　春七七
おくにき阿国忌　春七七
*おくにちおくにち　秋三三〇
*おくらオクラ　秋三八一
おくらびらき御蔵開　新五一七
おくりうま送馬　秋三〇〇
*おくりづゆ送り梅雨　夏一三七
おくりばいう送り梅雨　夏一三七
*おくりび送火　秋三〇一
おくりぶね送舟　秋三〇一
*おくりぼん送盆　秋三〇一
おくりまじおくりまじ　秋二九〇
*おくりまぜ送りまぜ　秋二九〇
おくりまぜ送り南風　秋二九〇
*おぐるま旋覆花　秋三九〇
おぐるま小車　秋三九〇
おくれが後れ蚊　秋三六〇
おくれはえ後れ蠅　秋三六一
おくれまじ後れまじ　秋二九〇
おくわたてお鍬立　新五三二
おくんちおくんち　秋三三〇
おくんちお宮日　秋三三〇
おけさおどりおけさ踊　秋三二三
おけすいをけすい　秋三七七
おけらおけら　夏二三四
おけら朮　秋三七九
おけらさい白朮祭　新五四四
おけらたくをけらたく　夏一六九
おけらなくおけら鳴く　秋三六三
おけらなわ白朮縄　新五四四
*おけらのはな蒼朮の花　秋三七九
おけらび白朮火　新五四四
*おけらまいり白朮詣　新五四四
おけらやくをけら焼く　夏一六九
おごおご　春二二四
おこう御講　冬四七一
*おこうなぎ御講凪　冬四〇九
おこうびよりお講日和　冬四〇九
*おこしえ起し絵　夏一八六
*おごしのかも尾越の鴨　秋三五七
*おこぜ虎魚　夏二二四
おこそずきん御高祖頭巾　冬四三〇
おことおこと　春二七
おことじるお事汁(事始)　春二七
おことじるお事汁(事納)　冬四一九
おことのつかい御事の使　新五四五
おごのり江籬　春二二四
おごのりおごのり　春二二四
*おこり瘧　夏一八八
おこりおこり　夏一八八
おこりおとしおこりおとし　春一一八
おこりずみおこり炭　冬四四四
おころもい御衣井　春六七
おころもがえ御衣替　春六七
*おさがり御降り　新五〇五
おさばいおろしおさばい降し　夏一五〇
おさむし筬虫　夏二三四
おさめだち納太刀　夏二〇三
*おさめのこうしん納の庚申　冬四六六
*おさめのこんぴら納の金毘羅　冬四六六
*おさめのすいてんぐう納の水天宮　冬四六六
おさめのだいし納の大師　冬四七二
おさめばり納め針(針供養)　春二七
おさめばり納め針(針供養)　冬四一九
おさめふだ納札　冬四二二
おさめようか納め八日　冬四一九
おさるこおろぎおさる蟋蟀　秋三六三
おしをし　冬四八二
おしあいまつり押合祭　春六七
*おしあなおしあな　秋二九〇
*おしあゆ押鮎　新五一七
おしいつくおしいつく　秋三六一

おしえびな押絵雛　春八
おじか小鹿　秋三五二
おじか牡鹿　秋三五二
*おじぎそう含羞草　夏二五三
おじぎそう知羞草　夏二五三
*おしくらまんじゅう押しくら饅頭　冬四五七
おしずし押鮓　夏一五六
おしすずし鴛鴦涼し　夏二一八
おしたけおしたけ　冬四六四
おしちや御七夜　冬四七一
*おしどり鴛鴦　冬四八二
おしどり匹鳥　冬四八二
おしねおしね　秋三八三
おしねもり晩稲守　秋三一四
おしのうきね鴛鴦の浮寝　冬四八二
おしのくつ鴛鴦の沓　冬四八二
おしのけごろも鴛鴦の毛衣　冬四八二
おしのしとね鴛鴦の褥　冬四八二
おしのす鴛鴦の巣　夏二一八
おしのちぎり鴛鴦の契　冬四八二
おしのつま鴛鴦の妻　冬四八二
おしのひとりね鴛鴦の独寝　冬四八二
おしのふすま鴛鴦の衾　冬四八二
おしむとし惜しむ年　冬四〇三
おしめし御灯消　冬四六三
おしもつきお霜月　冬四七一
おじやおじや　冬四三三
おじゅうやお十夜　冬四七〇
おしょうがつお正月　新五〇〇
おしろいおしろい　秋三七八
おしろいぐさ白粉草　秋三七八
おしろいのはなおしろいの花　秋三七八
おしろいのみおしろいの実　秋三七八
*おしろいばな白粉花　秋三七八
おじろわし尾白鷲　冬四八〇
おすあり雄蟻　夏二三三
おせいぼお歳暮　冬四三三
おせちお節　新五一三
おそあき晩秋　秋二七九
おそきはる遅き春　春八
おそきひ遅き日　春一三
*おそざくら遅桜　春九六
おそづき遅月　秋二八五
おそなえ御供　新五〇七
おそなえくずしお供へくづし　新五一六
おそなえもち御供餅　新五〇七
おそのまつり獺の祭　春八
おそはるおそ春　春八
おそまつり獺祭　春八
*おそれざんたいさい恐山大祭　夏二〇二
おだいかしお題菓子　新五二八
おたいまつお松明　春六六
*おたいまつ御松明　春六七
おたうえ御田植　夏一九八
おたうえしんこうしき御田植神幸式　夏二〇三
おたうえまつり御田植祭(御田植)　夏一九八
おたうえまつり御田植祭(住吉の御田植)　夏一九九
おたうち御田打　新五四七
おたおうぎ御田扇　夏一九八
おだかりづき小田刈月　秋二八〇
おだかる小田刈る　秋三一五
おだき男滝　夏一四四
おたなえ御棚会　新五四九
おたなばた男七夕　秋二九七
おだのかり小田の雁　秋三五七
おたびしょ御旅所　夏一九三
おだまき苧環　春一〇九
*おだまきのはな苧環の花　春一〇九
おたまじゃくしお玉杓子　春八二
おだもる小田守る　秋三一四
*おちあゆ落鮎　秋三五八
*おちうなぎ落鰻　秋三五八
*おちかいず落かいず　秋三五八
*おちぎす落鱚　冬四八五
おちぐり落栗　秋三六七
おちしい落椎　秋三七三
*おちすずき落鱸　冬四八五
*おちだい落鯛　秋三五八
*おちたか落鷹　冬四八三
おちたこ落たこ　春五四
おちづの落ち角　春八一
おちつばき落椿　春九五
*おちば落葉　冬四九一
おちばかき落葉掻　冬四九一
おちばかご落葉籠　冬四九一
おちばかぜ落葉風　冬四九一
おちばたき落葉焚　冬四四八
おちばたく落葉焚く　冬四九一
おちばどき落葉時　冬四九一
おちばのあめ落葉の雨

冬四九一
おちばのしぐれ落葉の時雨　冬四九一
おちばはく落葉掃く　冬四九一
おちばやく落葉焼く　冬四九一
おちばやま落葉山　冬四九一
おちひばり落雲雀　春八四
*おちぶな落鮒　秋三五八
*おちぼ落穂　秋三八四
おちぼひろい落穂拾ひ　秋三八四
おちゅうげんお中元　秋三〇三
おちゅうにちお中日　春三〇
おちょうじょうお頂上　夏一九八
*おつげさい御告祭　春七二
おつげのしゅくじつお告げの祝日　春七二
*おつじき乙字忌　冬四七六
おつどり乙鳥　春八五
おづのき小角忌　新五五七
おづまつり小津祭　夏一九五
おてかけお手掛　新五〇七
*おでんおでん　冬四三七
おでんざけおでん酒　冬四三七
おでんなべおでん鍋　冬四三七
おでんやおでん屋　冬四三七
*おとうまつり御燈祭　春六〇
おとうまつり御灯祭　春六〇
おとぎりすおとぎりす　秋三九三
*おとぎりそう弟切草　秋三九三
*おとこえし男郎花　秋三九一
おとごづき弟月　冬四〇二
おとごづき乙子月　冬四〇二
おとこづゆ男梅雨　夏一三七
おとことうか男踏歌　新五四一
*おとごのついたち乙子の朔日　冬四一九
おとごのもち乙子の餅　冬四一九
おとこめしをとこめし　秋三九一
おとこやままつり男山祭　秋三三三
*おとこよもぎ牡蒿　春一一九
おどしおどし　秋三三三
おとしさまお年さま　新五四四
*おどしじゅううつ威銃打つ　秋三二四
おとしだまお年玉　新五一一
おどしづつ威銃　秋三二四
*おとしづの落し角　春八一
おとしはも落し鱧　夏一六三
*おとしぶみ落し文　夏二三〇
おとしみず落し水　秋三二四
おとみほうえ御富法会　秋三三五
おとめざくら乙女桜　春一一六
おとめつばき乙女椿　春九五
*おとり囮　秋三二一
*おどり踊　秋三三三
おとりあゆ囮鮎　夏一七八
おどりうた踊唄　秋三三三
おとりかご囮籠　秋三二一
おどりがさ踊笠　秋三三三
おどりぐさ踊花　夏二六七
おどりこ踊子　秋三三三
*おとりこし御取越　秋三四二
*おどりこそう踊子草　夏二六七
おとりさまお酉さま　冬四六五
おどりそう踊草　夏二六七
おとりぞめお取初　新五〇七
*おどりぞめ踊初　新五三六
おどりだいこ踊太鼓　秋三三三
*おどりねんぶつ踊念仏　春六八
おどりば踊場　秋三三三
おどりばな踊花　夏二六七
おとりばん囮番　秋三二一
おどりみ踊見　秋三三三
おとりもり囮守　秋三二一
おどりやぐら踊櫓　秋三三三
おどりゆかた踊浴衣　秋三三三
おどろかしおどろかし　秋三二四
おながかも尾長鴨　冬四八二
おなでものお撫で物　新五二九
*おなもみ葈耳　秋三八八
おなりきりおなりきり　冬四一七
おにあざみ鬼薊　秋三九一
おにあさり鬼浅蜊　春九一
*おにうちぎ鬼打木　新五一八
おにうちぼう鬼打棒　新五一八
おにうちまめ鬼打豆　冬四二六
*おにえ鬼会　新五四八
おにおこぜ鬼虎魚　夏二二四
おにおしぎ鬼押木　新五一八
おにおどり鬼踊　春六九
おにぎ鬼木　新五一八
おにくすべ鬼燻　新五四八
おにぐるみ鬼胡桃　秋三六七
*おにげし鬼罌粟　夏二五一
*おにけんぱい鬼剣舞　秋三四二
おにこまつり鬼子祭　新五五五
おにさえぎ鬼障木　新五一八
*おにしばりのみ鬼縛の実

秋三七四
おにすすき鬼芒　秋三八七
おにぜりおにぜり　春一一六
＊おにつらき鬼貫忌　秋三四九
おにのあめ鬼の飴　春六〇
おにのこ鬼の子　秋三六四
おにのしこぐさ鬼の醜草　秋三七九
おにのすてご鬼の捨子　秋三六四
おにのたがらし鬼の田芥　春一一六
おにのまめ鬼の豆　冬四二六
おにのめさし鬼の目さし　冬四二六
＊おにばしり鬼走　新五五四
＊おにばす鬼蓮　夏二七三
おにばすのはな芡の花　夏二七三
おにはそと鬼は外　冬四二六
おにび鬼火　新五四八
＊おにふさき鬼房忌　冬四七六
おにむし鬼虫　夏二三〇
おにめおにめ　秋三六八
＊おにもち鬼餅　冬四一九
おにやらい鬼やらひ　冬四二六
おにやんま鬼やんま　秋三六一
おにゆず鬼柚子　秋三六七
おにゆり鬼百合　夏二五三
おによ鬼夜　新五四八
おによけぎ鬼除木　新五一八
おにわらびおに蕨　春一一七
おねはんお涅槃　春六五
おのうはじめ御能始　新五三六
＊おのじまい斧仕舞　冬四五四
おのずみ小野炭　冬四四四
おののこまちき小野小町忌　春八〇
おのはじめ斧始　新五三三
おのみ苧の実　秋三八六
おのむし斧虫　秋三六三
おはぎ薺蒿　春一一九
おはぐろおはぐろ　夏二三三
おはぐろとんぼ鉄漿蜻蛉　夏二三三
おばぜり婆芹　春一一七
おばち雄蜂　春九四
＊おはちいれ飯櫃入　冬四四六
おはちいれ御鉢入　冬四四六
おはちふご飯櫃畚　冬四四六
おはちぶとん飯櫃蒲団　冬四四六
＊おばな尾花　秋三八八
おばながそで尾花が袖　秋三八八
おばながゆ尾花粥　秋三〇三
おばながゆ小花粥　秋三〇三
おばなかる尾花枯る　冬四九七
＊おばなだこ尾花蛸　秋三六〇
おばなちる尾花散る　秋三八八
＊おばなのかゆ尾花の粥　秋三〇三
おばなのなみ尾花の波　秋三八八
おはなばたお花畑　夏一四二
＊おはなばたけお花畑　夏一四二
おはなばたけお花畠　夏一四二
おはなみお花見　春五一
おはなみれがったお花見レガッタ　春五四
＊おばらざし大原志　夏一九四
おばらのはるざし大原の春志　夏一九四
おひえおひえ　冬四二七
おひがんお彼岸　春三〇
おひしば雄日芝　秋三九二
おひじわ雄ひじは　秋三九二
＊おひたき御火焚　冬四六四
おひたきおひたき　冬四六四
＊おびとき帯解　冬四一八
おびな男雛　春二八
おびなおし帯直　冬四一八
おふくお福　新五二四
おふくちゃ御福茶　新五二五
おふくむかでお福蜈蚣　新五五四
おふだきりお符切　新五五五
＊おふだながしお札流し　春六八
おぶつじ御仏事　冬四七一
おぶつみょう御仏名　冬四七一
おへんろお遍路　春三〇
おぼえがり覚狩　春二六
おぼこおぼこ　秋三五九
＊おぼこあみ小鯔網　夏一七九
おぼし男星　秋二九七
おほたき御火焚　冬四六四
おほたき御火焼　冬四六四
＊おぼろ朧　春一六
おぼろかげ朧影　春一六
＊おぼろづき朧月　春一六
＊おぼろづきよ朧月夜　春一六
おぼろめく朧めく　春一六
おぼろよ朧夜　春一六
おまつはらいお松払ひ　新五一五
＊おみごろも小忌衣　冬四六〇
おみずおくりお水送り

春六六
*おみずとりお水取　春六七
*おみなえし女郎花　秋三九一
おみなえしづき女郎花月　秋二七六
おみなめしをみなめし　秋三九一
*おみぬぐい御身拭　春七〇
おみのそで小忌の袖　冬四六〇
おみょうこう御命講　冬四六一
*おみわたり御神渡り　冬四一七
おむかえにんぎょう御迎人形　夏二〇二
*おめいこう御命講　冬四六一
おめかずらおめかづら　秋二七六
おめみえ御目見得　春二七
*おもいぐさ思草　秋三九三
おもいば思羽　冬四八二
おもかげぐさ面影草　春九九
*おもだか沢瀉　夏二六五
おもだか面高　夏二六五
*おもとのみ万年青の実　秋三七七
おやいも親芋　秋三八一
おやがらす親烏　夏二一七
おやきかちん御焼餅　新五〇六
おやげんぞう親見参　新五三三
おやこぐさ親子草　新五六〇
おやこづき親子月　冬四〇二
おやじか親鹿　夏二一四
おやすずめ親雀　春八六
おやだ親田　春二四
おやつばめ親燕　夏二一七
おやどり親鳥　春八七
おやなしご親無子　秋三六四
おやねこ親猫　春八一
*おやまあらい御山洗　秋三九一
*おやまつり尾山祭　夏一九九
おやまやきお山焼　新五一一
おやまりんどう御山竜胆　秋三九二
おゆまつりおゆ祭　夏二〇三
およぎぶね泳ぎ船　夏一八一
およぐ泳ぐ　夏一八一
*およぎ泳ぎ　夏一八一
おらぎおらぎ　冬四八三
おらんだあやめ和蘭あやめ　夏二五〇
おらんだいちごのはな阿蘭陀苺の花　春一一〇
おらんだかいう和蘭海芋　夏二五二
おらんだがらしオランダ芥子　春一一一
おらんだきじかくしおらんだきじかくし　春一一二
おらんだぎせるオランダぎせる　秋三九三
おらんだくだりオランダ下り　春五八
おらんだげんげオランダげんげ　春一一五
おらんだししがしら和蘭陀獅子頭　夏二二三
おらんだしょうぶ和蘭菖蒲　夏二五〇
おらんだせきちく和蘭石竹　夏二五一
おらんだぜりオランダ芹　夏二五九
おらんだぢしゃオランダぢしゃ　夏二五九
おらんだなでしこ和蘭撫子　夏二五一
おらんだみずあおい和蘭水葵　夏二五〇
おらんだみつばオランダ三葉　冬四九六
おらんだみみなぐさオランダ耳菜草　春一一五
おらんだわたりオランダ渡り　春五八
*おらんだわたる阿蘭陀渡る　春五八
*おりいぶのはなオリーブの花　夏二三九
*おりいぶのみオリーブの実　秋三六八
*おりおんオリオン　冬四〇八
おりかけ折掛　秋三〇二
おりかけとうろう折掛灯籠　秋三〇二
*おりぞめ織初　新五三三
おりな折菜　春一一一
おりはじめ織始　新五三三
おりひめ織姫　秋二九七
おれづみおれづみ　春八
おれんじそおだオレンジソーダ　夏一五九
おろぬきだいこん疎抜大根　秋三八二
おろぬきな疎抜菜　秋三八二
おわらまつりおわら祭　秋三三三
おんあがもの御贖物　冬四六八
おんこのはなおんこの花　春一〇四

おんこのみおんこの実　秋三七三
＊おんしつ温室　冬四五一
＊おんじゃく温石　冬四四六
おんしょう温床（苗床）　春四四
おんしょう温床（温室）　冬四五一
おんだ御田　夏一九九
おんだまつり御田祭（御田植）　夏一九八
おんだまつり御田祭（伊勢の御田植）　夏一九八
おんだまつり御田祭（三島御田打祭）　新五四七
＊おんとうさい御頭祭　春六四
おんどとり音頭取　秋三三三
＊おんどる温突　冬四四四
おんながきゃく女賀客　新五二一
おんなかずらをんなかづら　秋三七九
おんなじょい女叙位　新五四〇
＊おんなしょうがつ女正月　新五〇三
おんなせつぶん女節分　冬四六九
おんなづゆ女梅雨　夏一三七
おんなとうか女踏歌　新五四一
おんなめいげつ女明月　秋二八八
おんなれい女礼　新五二一
＊おんなれいじゃ女礼者　新五二一
おんばこおんばこ　秋三九三
おんばしら御柱　夏一九四
＊おんばしらまつり御柱祭　夏一九四
＊おんぷう温風　夏二三六
＊おんぷういたる温風至る　夏二三〇
おんまつり御祭　冬四六六
おんゆみしんじ御弓神事　新五五二
おんゆみはじめさい御弓始祭　新五四九

か

＊か蚊　夏二二三
＊が蛾　夏二二八
があぜじゅばんガーゼ襦袢　夏一五三
かあでぃがんカーディガン　冬四二九
かあにばるカーニバル　春七二
＊かあねえしょんカーネーション　夏二五一
かあぺっとカーペット　冬四四三
＊があべらガーベラ　夏二五二
＊かいう海芋　夏二五二
かいうぐいす飼鶯　春八三
かいうさぎ飼兎　冬四八〇
＊かいがらそう貝殻草　秋三八〇
かいがん開龕　春六八
かいがんひがさ海岸日傘　夏一八二
かいきん開襟　夏一五四
＊かいきんしゃつ開襟シャツ　夏一五四
＊かいこ蚕　春九五
＊がいこ艾虎　夏一四八
かいこう海紅　春九八
かいこうず海紅豆　夏二四八
かいこうず海豇豆　夏二四八
かいこおきてくわをくらう蚕起て桑を食らふ　夏一二七
かいこだな蚕棚　春四八
かいこどき蚕時　春四八
＊かいこのあがり蚕の上蔟　夏一一七
かいこのが蚕の蛾　夏二二八
かいこのちょう蚕の蝶　夏二二八
がいこをいただく艾虎を戴く　夏一四八
かいさい開歳　新五〇〇
かいざいく貝細工草　秋三八〇
かいざんさい開山祭　夏一九三
かいし海市　春三三
がいじん艾人　夏一四六
かいしゅん開春　新五〇〇
かいず海鯽　夏二二三
かいすいぎ海水着　夏一五四
かいすいぼう海水帽　夏一五四
＊かいすいよく海水浴　夏一八一
かいせいとう回青橙　秋三六八
かいせつ海折　夏二二七
＊かいせんび開戦日　冬四六一
かいそかいそ　冬四八七
かいそうてい快走艇　夏一八〇
＊かいぞめ買初　新五一三
かいだいくよう開題供養　春六七
かいたん改旦　新五〇一
かいちゅうたんぽ懐中湯婆　冬四四六

*かいちょう開帳　春六八
かいちょうでら開帳寺　春六八
*かいつぶり鳰　冬四八二
かいつぶり鸊鷉　冬四八二
かいつむりかいつむり　冬四八二
かいとカイト　春五五
*かいどう海棠　春九八
*がいとう外套　冬四二九
かいどうき海棠忌　春七五
*がいとうぬぐ外套脱ぐ　春三
かいどうぼけ海棠木瓜　秋三六八
かいなかいな　秋三九〇
かいなんぷう海南風　夏二三四
かいねん改年　新五〇〇
かいねんのぎょけい改年の御慶　新五二一
かいのはな貝の華　春六六
かいひょう解氷　春二五
かいひょう海氷　冬四一七
かいふうりん貝風鈴　夏一六八
かいぶし蚊いぶし　夏一六六
かいふのり海府海苔　春二二四
かいぼり搔掘　夏一七八
かいまき搔巻　冬四二七
かいむ海霧　夏一三八
かいや飼屋　春四八
*かいやき貝焼　冬四三四
かいやぐら蜃楼　春三
かいやぐらかひやぐら　春三
かいやばらい飼屋払　新五一六
*かいよせ貝寄風　春一七
かいよせ貝寄　春一七
かいらい傀儡　新五二四
*かいらいし傀儡師　新五二四
かいれい廻礼　新五一〇
*かいろ懐炉　冬四四六
がいろじゅのめ街路樹の芽　春一〇一
かいろばい懐炉灰　冬四四六
かいろやけ懐炉焼　冬四四六
*かいわりな貝割菜　秋三八二
かいわれ貝割　秋三八二
かえかえ　新五六〇
かえい花影　春九六
かえだたみ替畳　冬四四三
*かえで楓　秋三六九
かえで雞冠木　秋三六九
*かえでのはな楓の花　春一〇三
*かえでのめ楓の芽　春一〇一
かえでもみじ楓紅葉　秋三六八
かえでわかば楓若葉　夏二四三
かえなしのけんぱい栢梨の勧盃　冬四七一
かえぼり換掘　夏一七八
かえぼりかへぼり　夏一七八
かえりあるじ還饗　新五四二
かえりざき帰咲　冬四八九
かえりしぎ帰り鴫　春八五
かえりづゆ返り梅雨　夏一三七
*かえりばな帰り花　冬四八九
かえりばな返り花　冬四八九
かえる蛙　春八二
かえるあき帰る秋　秋二八四
かえるうまる蛙生まる　春八二
かえるかも帰る鴨　春八五
*かえるかり帰る雁　春八五
かえるご蛙子　春八二
かえるつばめ帰る燕　秋三五四
かえるつる帰る鶴　春八五
かえるでかへるで　秋三六九
かえるとり帰る鳥　春八六
かえるのこ蛙の子　春八二
かえるのめかくし蛙の目隠し　春一九
*かえんさい火焰菜　秋三八二
かおある顔荒る　冬四五八
*かおどり貌鳥　春八二
かおどり容鳥　春八二
*かおみせ顔見世　冬四五六
かおみせぐき顔見世茎　冬四三八
かおよぐさ貌佳草　夏二五〇
かおよどり貌よ鳥　春八二
かおよどり貌佳鳥　春八二
かおよばなかほよ花　夏二四九
かおるかぜ薫る風　夏一三六
*ががいも蘿藦　夏二六九
かかしかかし　秋三一三
*かがし案山子　秋三一三
かがし嗅し　秋三一四
*かかしあげ案山子揚　冬四一八
かがに加賀煮　冬四三四
かがまんざい加賀万歳　新五一三
かがみかがみ　夏二六九
かがみいもかがみいも　夏二六九
かがみぐさかがみ草　春九九
かがみぐさ鏡草(萍)　夏二七二
*かがみぐさ鏡草　新五六一
かがみぐさ加賀見草　新五六一
かがみそうかがみ草　夏二六八

かがみのいわい鏡の祝　新五三三
＊かがみびらき鏡開　新五一六
＊かがみもち鏡餅　新五〇七
かがみもちつく鏡餅搗く　冬四三三
かがみもちひらく鏡餅開く　新五一六
かがみわり鏡割　新五一六
かかりだこ懸凧　春五五
かかりはね懸り羽子　新五三四
かがりびそう篝火草　春一〇八
かがりびばな篝火花　春一〇八
かかん河漢　秋二八九
かがんぼかがんぼ　夏二三二
＊ががんぼががんぼ　夏二三二
＊かき柿　秋三六六
＊かき牡蠣　冬四八七
かき石花　冬四八七
かきうう柿植う　春四六
かきうち牡蠣打　冬四五三
＊かきおき赤黄男忌　春七五
＊かきおちば柿落葉　冬四九一
かきがら牡蠣殻　冬四八七
がきき我鬼忌　夏二一一
かききゅうか夏期休暇　夏一五一
かききゅうかはつ夏期休暇果つ　秋三〇六
＊かきこうざ夏期講座　夏一五一
かきこうしゅうかい夏期講習会　夏一五一
かきこうしゅうかい夏季講習会　夏一五一
かきごおりかき氷　夏一五九
がぎしたがぎした　冬四四二
かきしぶ柿渋　秋三一六
かきしぶとる柿渋取る　秋三一六
かきしょうよ夏期賞与　夏一五一
かきすだれ柿簾　秋三〇九
かきぞうすい牡蠣雑炊　冬四三三
＊かきぞめ書初　新五二二
かきた牡蠣田　冬四八七
かきだいがく夏期大学　夏一五一
かきだし書出し　冬四二二
かきぢしゃ掻ぢしや　春一一〇
かぎちゃ嗅茶　春三六
かきちり牡蠣ちり　冬四三七
かきつきうた柿搗歌　秋三一六
＊かきつくろう垣繕ふ　春四二
＊かきつばた燕子花　夏二四九
＊かきつばた杜若　夏二四九
かきつるす柿吊す　秋三〇九
＊かきてあて夏期手当　夏一五一
かきていれ垣手入　春四二
＊かきどおし垣通　春一一八
かきなかきな　秋三九〇
＊かきなべ牡蠣鍋　冬四三七
かきなます柿なます　秋三六六
かきのあき柿の秋　秋三六六
かきのとう柿の薹　夏二三九
かきのはずし柿の葉鮓　夏一五六
＊かきのはな柿の花　夏二三九
かきのめ柿の芽　春一〇一
＊かぎひき鍵引　新五四七
かぎひきしんじ鈎引神事　新五四七
かきびより柿日和　秋三六六
＊かきぶね牡蠣船　冬四五六
かきふらい牡蠣フライ　冬四三七
かきぼおなす夏期ボーナス　夏一五一
かきほす柿干す　秋三〇九
かきまつり柿祭　秋三四一
＊かきまめ籬豆　秋三八五
＊かきむく牡蠣剝く　冬四五三
＊かきめし牡蠣飯　冬四三三
かきもち欠餅　冬四三二
＊かきもみじ柿紅葉　秋三六九
がきゃく賀客　新五一二
かぎゅう蝸牛　夏二三五
かぎゅうき蝸牛忌　夏二一一
かぎょ嘉魚　夏二三三
＊かきようかん柿羊羹　秋三〇九
かぎろいかぎろひ　春二一
かぎろうかぎろふ　秋三六二
＊かきわかば柿若葉　夏二三九
かぎわらび鍵蕨　春一一七
かきわりかきわり　夏一六二
かきわる牡蠣割る　冬四五三
がくあじさい額紫陽花　夏二三六
かくいどり蚊喰鳥　夏二一四
かくたにし角田螺　春九三
＊かくちょうらん鶴頂蘭　春一二一
＊かくにょき覚如忌　新五五九
がくねんしけん学年試験　春三一
＊がくのはな額の花　夏二三六
＊かくぶつ杜父魚　冬四八五

かくぶつ杜夫魚　冬四八五
*かくまき角巻　冬四二九
かくまきぬぐ角巻脱ぐ　春三三
かくゆうき覚猷忌　秋三五一
*かぐら神楽　冬四六七
かぐらうた神楽歌　冬四六七
かぐらづき神楽月　冬四〇〇
かぐらはじめ神楽始　新五四五
かぐらめん神楽面　冬四六七
かぐらやど神楽宿　冬四六七
*かくらん霍乱　夏一八七
かくれいき鶴唳忌　冬四七六
かくれざとう隠座頭　秋三六四
かけあおい懸葵　夏一九六
かけいぐさ筧草　秋三八八
かけいね架稲　秋三二五
かけいね掛稲　秋三二五
かけうずら駈鶉　秋三二一
かけうずら駆鶉　秋三五七
かけおどりかけ踊　秋三三三
かけかざり掛飾　新五〇七
*かけがわまつり掛川祭　秋三三五
*かけごい掛乞　冬四二一
*かけこう掛香　夏一六七
かげさゆ影冴ゆ　冬四〇六
がけしたたる崖滴る　夏一四四
*かけす懸巣　秋三五五
かけす懸巣鳥　秋三五五
かけすごろく賭双六　新五三三
かけすだれ掛簾　夏一六五
かけそうめん掛索麺　秋二九九
*かけだい掛鯛　新五〇九
かけだい懸鯛　新五〇九
*かけだいおろす掛鯛下す　夏一五〇
かけだいこん掛大根　冬四五〇
かけだいこん懸大根　冬四五〇
*かけたばこ懸煙草　秋三一七
かげつ嘉月　新五〇〇
かけとり掛取　冬四二一
かけどり賭鶏　春二九
かけどり掛鳥　冬四六六
かけな懸菜　冬四五一
かけのうお懸の魚　新五〇七
かけぶすま掛衾　冬四二七
かけぶとん掛蒲団　冬四二八
かけほうらい掛蓬萊　新五〇七
かけほうらい懸蓬萊　新五〇七
かげまつり陰祭　夏一九三
*かけむしろ掛筵　新五〇九
*かけやなぎ掛柳　新五三一
かげゆき陰雪　春二四
かげろいかげろひ　春二二
*かげろう陽炎　春二二
かげろう野馬　春二二
*かげろう蜉蝣　秋三六二
かげろうもゆ陽炎燃ゆ　春二二
かげん下元　冬四六一
*かげんのせつ下元の節　冬四六一
かげんのつき下弦の月　秋二八六
かご鹿子　夏二二四
*かこいぶね囲ひ船　夏一七九
かこそう夏枯草　夏二六八
*かごのりぞめ駕乗初　新五三三
*かごまくら籠枕　夏一六四
かさい華歳　新五〇〇
がさいちがさ市　冬四二〇
かさいのり葛西海苔　春一三
かざがき風垣　冬四四一
かざがきとく風垣解く　春四一
かさがけ笠懸　夏一八九
かざがこい風囲　冬四四一
かざがこいとく風囲解く　春四一
*かざきりがま風切鎌　冬四四一
*かざぐるま風車　春五五
かざぐるま風車(風車の花)　夏二五四
かざぐるまそう風車草　夏二五四
かざぐるまうり風車売　春五五
*かざぐるまのはな風車の花　夏二五四
かざけ風邪気　冬四五七
かざごえ風邪声　冬四五七
*かささぎ鵲　秋三五六
*かささぎのす鵲の巣　春八八
*かささぎのはし鵲の橋　秋二九八
*かささぎはじめてすくう鵲始めて巣くふ　冬四〇四
かざしぐさかざしぐさ　夏一九六
かざしぐさ挿頭草　夏二六三
かざしのわた挿頭綿　新五四一
かさどめたゆう傘止太夫　春五三
*かさねぎ重ね着　冬四二八
かさねしょうがつ重ね正月　春二七
*かざはな風花　冬四二二
かさふく笠福　春二九

かさぶらんかカサブランカ　夏二五三
かさぼこ傘鉾　夏一九五
*がざみ蝤蛑　夏二三七
かざみぐさ風見草　春一〇二
がざみのこ蝤蛑の子　夏二三七
がざめがざめ　夏二三七
*かざよけ風除　冬四四一
*かざよけとく風除解く　春四一
*かざり飾　新五〇七
かざりあげ飾あげ　新五三三
*かざりうす飾臼　新五〇八
かざりうま飾馬　新五一三
*かざりうり飾売　冬四二〇
*かざりえび飾海老　新五〇八
*かざりおさめ飾納　新五一六
かざりおろし飾卸　新五一六
かざりかぶと飾冑　夏一四七
かざりぎ飾木　新五〇六
*かざりごめ飾米　新五〇八
かざりこんぶ飾昆布　新五〇九
かざりずみ飾炭（白炭）　冬四四四
*かざりずみ飾炭　新五〇八
かざりたく飾焚く　新五三三
かざりたけ飾竹　新五〇六
かざりだこ飾り凧　新五三五
かざりちまき飾粽　夏一五五
かざりとる飾取る　新五一六
かざりなわ飾縄　新五〇七
かざりばね飾羽子　新五三四
かざりはやし飾はやし　新五一三
かざりまつ飾松　新五〇六
かざりまつうり飾松売　冬四二〇
かざりもち飾餅　新五〇七
かざりわら飾藁　新五〇七
かざりわらうり飾藁売　冬四二〇
*かじ火事　冬四四八
がし賀詞　新五一一
かじあと火事跡　冬四四八
*かしおちば樫落葉　夏二四三
かしおぺあカシオペア　秋二八九
*かじか河鹿　夏二二五
*かじか鰍　秋三五九
かじかがえる河鹿蛙　夏二二五
かじかつく鰍突く　秋三五九
かじかぶえ河鹿笛　夏二二五
*かじかむ悴む　冬四五九
*かじき旗魚　冬四八三
かしぎぞめ炊ぎ初　新五二八
かじきつりかぢき釣　冬四八三
かじきとおしかぢきとほし　冬四八三
かじきまぐろ旗魚鮪　冬四八三
かじけどりかじけ鳥　冬四八一
かじけねこかじけ猫　冬四八〇
かじける悴ける　冬四五九
*かしこそで貸小袖　秋二九八
かししげる樫茂る　夏二四二
かじしょうぞく火事装束　冬四四八
かじつ夏日　夏一三三
かしつき加湿器　冬四四七
かしどり橿鳥　秋三五五
かしどり樫鳥　秋三五五
かじのなは梶の七葉　秋二九八
*かじのは梶の葉　秋二九八
かじのはうり梶葉売　秋二九八
*かしのはな樫の花　春一〇三
かじのはのうた梶葉の歌　秋二九八
かじのはひめ梶の葉姫　秋二九七
かじのまり梶の鞠　秋三三〇
*かしのみ樫の実　秋三七三
かしのみ橿の実　秋三七三
*かじはじめ鍛冶始　新五三三
*かしはらまつり橿原祭　春八〇
かしぼおと貸ボート　夏一八〇
かしまおび鹿島帯　新五四九
かしまごじんこうまつり鹿島御神幸祭　秋三三三
かしまさいとうさい鹿島祭頭祭　春六一
かじまつり鍛冶祭　冬四六四
*かしまとうかまつり鹿島踏歌祭　新五四六
*かしまのことぶれ鹿島の事触　新五三三
*かしままつり鹿島祭　秋三三三
*かじまり梶鞠　秋三三〇
*かじみまい火事見舞　冬四四八
*かじめ搗布　春一二三
かじめかる搗布刈る　春一二三
かじめほす搗布干す　春一二三
*かしゅういも何首烏芋　秋三八三
*かじゅうう果樹植う　春四六
かしゆかた貸浴衣　夏一五三
かじゅぜめ果樹責　新五一九
かしょう佳宵　秋二八七

がしょう賀正　新五二一
*がじょう賀状　新五二一
*がじょうかく賀状書く　冬四四七
かじょうがし嘉定菓子　夏一四五
*かじょうぐい嘉定喰　夏一四五
かじょうせん嘉定銭　夏一四五
がしょうそう鵝掌草　春一一六
かじょうちょうだい嘉定頂戴　夏一四五
かじょうぬい嘉定縫　夏一四五
がじょうはいたつ賀状配達　新五二一
かじょなく歌女鳴く　秋三六三
かしらかしら　秋三五五
かしらしょうがつ頭正月　新五〇三
*かしらだか頭高　秋三五五
*かしわおちば柏落葉　夏二四二
*かしわかば樫若葉　夏二四二
かしわちる柏散る　夏二四二
かしわのかれは柏の枯葉　冬四九一
*かしわもち柏餅　夏一五五
*かしわもみじ柏黄葉　秋三六九
かしわかば柏若葉　夏二四二
がすガス　夏一三八
かすいどり蚊吸鳥　夏二二六
かすがさい春日祭　秋三三七
*かすがのおたうえまつり春日御田植祭　春六二
かすがのつのきり春日の角伐　秋三〇五
かすがのまんとう春日の万灯　冬四六九
*かすがまつり春日祭　春六二
*かすがまんとうろう春日万灯籠　冬四六九
*かすがわかみやおんまつり春日若宮御祭　冬四六六
かずきわた被綿　冬四三〇
かずけわた被綿　冬四七一
*かすじる粕汁　冬四三五
がすすとおぶ瓦斯ストーブ　冬四四四
かすとりしょうちゅう粕取焼酎　夏一八六
*かすなわちみのる禾乃ち登る　秋二七七
*かずのこ数の子　新五二六
*かずのこせいす数の子製す　春三九
かずのこつくる数の子作る　春三九
かずのこほす数の子干す　春三九
かずのはなかずの花　春一〇四
*かすみ霞　春二二
かすみかすみ　秋三二二
かすみあみ霞網　秋三二二
かすみがくれ霞隠れ　春二二
*かすみそう霞草　春一〇九
かすみそめづき霞初月　新五〇〇
かすみたつ霞立つ　春二二
かすみたなびく霞棚引く　春二二
かすみのあみ霞の網　春二二
かすみのうみ霞の海　春二二
かすみのおび霞の帯　春二二
かすみのころも霞の衣　春二二
かすみのそで霞の袖　春二二
かすみのたな霞の棚　春二二
かすみのたに霞の谷　春二二
かすみのたもと霞の袂　春二二
かすみのなみ霞の波　春二二
かすみはじめてたなびく霞始めて靆く　春九
かすむ霞む　春二二
かずらかる葛枯る　冬四九六
がすれいぞうこガス冷蔵庫　夏一六八
*かぜ風邪　冬四五七
かぜあおし風青し　夏一三六
かせい夏正　新五〇〇
かせいぎょ華臍魚　冬四八五
かぜいれ風入　夏一六九
*かぜかおる風薫る　夏一三六
かぜききぐさ風聞草　秋三八八
*かせぎぞめ稼初　新五二二
かせぎどりかせぎどり　新五二一
かぜぐさ風草　夏二七一
かぜぐすり風邪薬　冬四五七
かぜごこち風邪心地　冬四五八
かぜごもり風邪籠　冬四五八
かぜさやか風爽か　秋二八九
かぜさゆ風冴ゆ　冬四〇九
*かぜしす風死す　夏一三七
かぜしりぐさ風知草　夏二七一
かぜすずし風涼し　夏一三六
かぜつなみ風津波　秋二九五
*かせとりかせとり　新五二一
かぜなだれ風雪崩　春二五
かぜのいろ風の色　秋二八九

かぜのか　風の香　夏一三六
かぜのかみ　風邪の神　冬四五七
＊かぜのぼん　風の盆　秋三三三
かぜはな　かぜはな　冬四二二
＊かぜひかる　風光る　春一八
かぜまちぐさ　風待草　春九五
かぜまちづき　風待月　夏一二九
かぜまつり　風祭　秋二七八
かぜもちぐさ　風持草　秋三八八
＊かぞえび　数へ日　冬四〇二
かぞのはな　かぞの花　春一〇四
かたうずら　片鶉　秋三五七
かたかけ　肩掛　冬四三二
＊かたかげ　片蔭　夏一四〇
かたかげ　片陰　夏一四〇
かたかげり　片かげり　夏一四〇
かたかごのはな　かたかごの花　春一二〇
かたきゃく　肩客　新五三七
かたくちいわし　片口鰯　秋三六〇
＊かたくりのはな　片栗の花　春一二〇
かたしぐれ　片時雨　冬四一〇
＊かたしろ　形代　夏二〇〇
かたしろぐさ　片白草　夏二六九
かたしろながす　形代流す　夏二〇〇
かたずみ　堅炭　冬四四四
かただぶな　堅田鮒　夏二二二
かたつぶり　かたつぶり　夏二三五
＊かたつむり　蝸牛　夏二三五
かたとや　片鳥屋　秋三五三
かたはだぬぎ　片肌脱　夏一八六
かたばなかたばな　春一二〇
かたばなうばゆり　かたばなうばゆり　春一二〇
かたばみ　酢漿草　夏二六六
＊かたばみのはな　酢漿の花　夏二六六
＊かたびら　帷子　夏一五二
かたびらゆき　かたびら雪　春一九
かたぶい　片降い　夏一三八
かたぶとん　肩蒲団　冬四二八
かたぶり　片降　夏一三八
＊かたみっか　肩三日　新五三七
かたみづき　片見月　秋三一四
＊かたゆき　堅雪　春一四
かたりぞめ　語初　新五三七
かたわれづき　片割月　秋二八六
かだん　花壇　秋二九四
かち　鵲　秋三五六
かちう　徒歩鵜　夏一七六
かちうま　勝馬　夏一九四
かちがらす　勝鴉　秋三五六
かちぎく　勝菊　秋三一四
＊かちぐりかざる　搗栗飾る　新五〇九
＊かちぐりつくる　搗栗作る　秋三〇八
かちごま　勝独楽　新五三五
かちずもう　勝相撲　秋三三三
かちどり　勝鶏　春二九
かちばい　勝海螺　秋三一四
がちゃがちゃ　がちゃがちゃ　秋三六三
かちょう　蚊帳　夏一六六
かつ　蝎　夏二三四
かつうかつう　夏一四五
かつうのいわい　かつうの祝　夏一四五
＊かつお　鰹　夏二三四
かつおうお　松魚　夏二三四
かつおうり　鰹売　夏二三四
かつおじお　鰹潮　夏一四三
＊かつおつり　鰹釣　夏一七九
かつおどき　鰹時　夏二三四
＊かつおのえぼし　鰹の烏帽子　秋三六〇
＊かつおぶしせいす　鰹節製す　夏一七九
かつおぶね　鰹船　夏一七九
かつぎかつぎ　春五〇
＊かっけ　脚気　夏一八六
＊かっこう　郭公　夏二二六
かっすいき　渇水期　冬四二五
＊かったんなかず　鶡鴠鳴かず　冬四〇〇
かつどうせん　活動船　夏一八四
かっとぐらす　カットグラス　夏一六六
＊かっぱき　河童忌　夏二二一
かっぱむし　河童虫　夏二三一
かつぶ　蚊粒　夏二三二
かつみぐさ　かつみ草　夏二六五
かつみのめ　かつみの芽　春一三三
かつみふく　かつみ葺く　夏一四七
かつらおとこ　桂男　秋二八五
かつらがわのみそぎ　桂川の御禊　秋三二八
かつらぐさ　鬘草　春一二〇
かつらづき　桂月　秋二七八
かつらのはな　桂の花　秋三六六

かてい花亭　春六九
かてん夏天　夏一三四
*かと蝌蚪　春八二
かどかど　春八八
かどいわしかどいわし　春八八
かとう下冬　冬四〇二
かとうえ花灯会　新五五六
かどうち門打　新五三三
かとうまる蝌蚪生まる　春八二
かどかざり門飾　新五〇六
かどき門木　新五〇六
かどざくら門桜　春九六
かどしみず門清水　夏一四四
かどすずみ門涼み　夏一七九
かどちゃ門茶　秋二九九
かどにゅうどう門入道　新五一八
かどのこかどのこ　新五三六
かどのたけ門の竹　新五〇六
かとのひも蝌蚪の紐　春八二
かどのまつ門の松　新五〇六
かとのみず蝌蚪の水　春八二
かどのれいちょう門の礼帳　新五一二
*かどび門火　秋三〇〇
かどびたく門火焚く　秋三〇〇
*かどまつ門松　新五〇六
かどまつおろし門松おろし　冬四二一
*かどまつたつ門松立つ　冬四二三
かどまつとる門松取る　新五一五
かどまつのいとなみ門松の営　冬四二三
かどまま門まま　秋三〇二
かどまんざい門万歳　新五三三
かどやなぎ門柳　春一〇二
かとりせんこう蚊取線香　夏一六六
*かとれあカトレア　冬四九四
かどれい門礼　新五一〇
かどれいじゃ門礼者　新五一一
かとんぼ蚊蜻蛉　夏二三二
*かながしら方頭魚　冬四八三
かながしら金頭　冬四八三
かなかなかなかな　秋三六一
*かなじょきかな女忌　秋三四七
かなてまい神名手舞　新五四五
かなとこぐも鉄鈷雲　夏一三四
かなびきお鉄引緒　夏二六一
かなぶんかなぶん　夏二三〇
*かなむぐら金葎　夏二六三
かなめのき扇骨木　夏二四六
*かなめのはな要の花　夏二四六
かなめもち金目黐　夏二四六
*かに蟹　夏二二七
かにこうせん蟹工船　冬四八六
かにづけ蟹漬　夏一六二
かにのあな蟹の穴　夏二二七
かにのこ蟹の子　夏二二七
かにばらい加年払　冬四二〇
かにびしお蟹醬　夏一六二
*かにびしこ蟹胥　夏一六二
かぬうカヌー　夏一八〇
かねおぼろ鐘朧　春一六
*かねかすむ鐘霞む　春二一
かねかんじき金樏　冬四四八
*かねくよう鐘供養　春七一
*かねこおる鐘氷る　冬四〇六
かねさゆ鐘冴ゆ　冬四〇六
*かねたたき鉦叩　秋三六三
かねつけとんぼかねつけ蜻蛉　夏二三三
かねまくら金枕　夏一六四
かのうなり蚊の唸り　夏二三三
かのうば蚊姥　夏二三三
かのこ鹿の子　夏二二四
かのこえ蚊の声　夏二三三
かのこがり鹿の子狩　夏一七七
*かのこきかの子忌　春七四
*かのこそう鹿子草　春一〇六
かのこそう纈草　春一〇六
かのこまだら鹿の子斑　夏二二四
かのこゆり鹿の子百合　夏一五三
かのししかのしし　秋三五二
かのなごり蚊の名残　秋三六〇
かばいし河貝子　春九三
かばしら蚊柱　夏二三三
かばのはな樺の花　春一〇三
*かばのり樺海苔　春二一四
かばび樺火　秋三〇〇
かび蚊火　夏一六六
*かび黴　夏一七三
がび蛾眉　秋二八六
かびけむり黴煙　夏一七三
かぴたんわたる甲比丹渡る　春九六
がびちょう画眉鳥　春八四
かびぬぐう黴拭ふ　夏一七三
かびのか黴の香　夏一七三
かびのはな黴の花　夏一七三
かびのやど黴の宿　夏一七三
かびもち黴餅　冬四三二

*かびや鹿火屋　秋三一四
かびやもり鹿火屋守　秋三一四
がひょう賀表　新五一一
かぶ黴ぶ　夏二七三
かぶ蕪　冬四九五
かぶあらう蕪洗ふ　冬四九五
*かふうき荷風忌　春七七
かぶきかおみせ歌舞伎顔見世　冬四五六
かぶきしょうがつ歌舞伎正月　冬四五六
かぶすかぶす　秋三六八
かぶとかざる甲飾る　夏一四七
かぶとぎく兜菊　秋三九三
かぶとちょう冑蝶　冬四八二
かぶとにんぎょうかぶと人形　夏一四六
かぶとばな兜花　秋三九三
*かぶとむし兜虫　夏二三〇
かぶとむし甲虫　夏二三〇
かぶなかぶ菜　冬四九四
かぶなかぶな　冬四九五
かぶばたけ蕪畑　冬四九五
かぶまく蕪蒔く　秋三一七
*かぶら蕪　冬四九五
かぶら蕪菁　冬四九五
*かぶらじる蕪汁　冬四三五
*かぶらずし蕪鮓　冬四三三
かぶらな蕪菜　冬四九五
かぶらばた蕪畑　冬四九五
*かぶらひき蕪引　冬四五〇
かぶらひく蕪菁引く　冬四五〇
*かぶらほす蕪菁干す　冬四五〇
*かぶらむし蕪蒸　冬四三七
かぶわけ株分　春四七
*かふんしょう花粉症　春五六
かほ花圃　秋二九四
かぼすかぼす　秋三六七
*かぼちゃ南瓜　秋三八〇
かぼちゃうう南瓜植う　春四五
かぼちゃき南瓜忌　秋三四六
*かぼちゃのはな南瓜の花　夏二五六
*かぼちゃまく南瓜蒔く　春四五
がま蝦蟇　夏二一五
がま蒲　夏二六五
かまあげ鎌あげ　秋三一五
かまあげ釜揚　冬四三四
*かまあげうどん釜揚うどん　冬四三四
*かまいたち鎌鼬　冬四一〇
かまいどきかまひ時　春八〇
*かまいわい鎌祝　秋三一五
かまおさめ鎌納　秋三一五
がまがえるがまがへる　夏二一五
かまかぜ鎌風　冬四一〇
*かまきり蟷螂　秋三六三
かまきり鎌切　秋三六三
かまきりうまる蟷螂生る　夏二三二
かまくさかま草　秋三九三
*かまくらかまくら　新五二一
かまくらえび鎌倉海老　新五六〇
かまくらえびかざる鎌倉海老飾る　新五〇八
かまくらはちまんまつり鎌倉八幡祭　秋三三三
かまごかまご　秋三六二
がまござ蒲莫蓙　夏一六四
*かましめ鎌帛　秋三一四
かましめ竈注連　冬四六八
かますおり叺織　冬四五五
かますご叺子　春八九
かますじゃこかますじやこ　春八九
*がまずみのみ莢蒾の実　秋三七六
かまつかかまつか　秋三七八
かまどうまかまどうま　秋三六二
*かまどねこ竈猫　冬四八〇
かまどむしかまどむし　秋三六二
かまのかみまつり竈の神祭　冬四六八
かまのくちあき釜の口あき　秋二九九
がまのはな蒲の花　夏二六五
*がまのほ蒲の穂　夏二六五
がまのほわた蒲の穂絮　秋三五四
*がまのわた蒲の絮　秋三五四
かまはじめ鎌はじめ　秋三一四
かまはじめ釜始　新五三一
*かまはじめ窯始　新五三三
*かまはらい鎌払　秋三一五
*かまばらい竈祓　冬四六八
*かまぶたついたち釜蓋朔日　秋二九九
がまぼこ蒲鉾　夏二六五
かままつり竈祭　冬四六八
*がまむしろ蒲筵　夏一六四
かみあそび神遊　冬四六七

かみあつめ神集　冬四六二
*かみあらう髪洗ふ　夏一八六
*かみあり神在　冬四六二
かみありづき神在月　冬三九八
*かみありまつり神在祭　冬四六二
かみうえ神植　夏一九八
*かみおき髪置　冬四一八
*かみおくり神送　冬四六二
かみおくりかぜ神送風　冬四六二
かみおしき神折敷　冬四四四
かみかいろ紙懐炉　冬四四六
かみかえり神還　冬四六三
かみかえり神帰　冬四六三
かみかえりづき神帰月　冬四〇〇
かみかずらかみかづら　秋三七六
*かみがもおたなかざり上賀茂御棚飾　新五四九
*かみがもねんとうさい上賀茂燃灯祭　新五四七
かみぎぬ紙ぎぬ　冬四二八
かみきぬた紙砧　秋三一六
*かみきり天牛　夏二三〇
かみきりかみきり　夏二三〇
かみきりむし髪切虫　夏二三〇
*かみこ紙子　冬四二八
かみこ紙衣　冬四二八
かみこうり紙子売　冬四二八
かみさりづき神去月　冬三九八
*かみすき紙漉　冬四五五
かみすきば紙漉場　冬四五五
かみすごろく紙双六　新五三三
かみそりかみそり　春八九
かみそりうおかみそりうを　春八九
かみそりがい剃刀貝　春九二
かみたち神立　冬四六二
かみたつかぜ神立風　冬四〇九
かみつどい神集ひ　冬四六二
かみなづきかみなづき　冬三九八
*かみなり雷　夏一三九
かみなり神鳴　夏一三九
かみなりうおかみなりうを　冬四八三
*かみなりしぎ雷鳴　夏二二一
かみなりすなわちこえをおさむ雷乃ち声を収む　秋二七九
*かみなりすなわちこえをはっす雷乃ち声を発す　春一〇
かみなりすなわちこえをはっす雷乃ち声を発す(始めて電す)　春一〇
*かみなりのじん雷鳴の陣　夏一八九
かみなりぼし雷干　夏一五七
かみのおつげ神のお告げ　春七三
かみのきのはなかみの木の花　春一〇四
かみのくま神の熊　冬四二一
*かみのたび神の旅　冬四六二
かみのたびだち神の旅立　冬四六二
かみのとらのひ上寅日　新五五四
かみのぼり紙幟　夏一四六
かみのゆみはり上の弓張　秋二八六
*かみのるす神の留守　冬四六二
かみびな紙雛　春二八
かみふうせん紙風船　春五五
*かみぶすま紙衾　冬四二七
かみほしば紙干場　冬四五五
かみほす紙干す　冬四五五
かみまつり神祭　夏一九三
*かみむかえ神迎　冬四六三
かみらかみら　春一一三
*かみわたし神渡　冬四〇九
かむいおまんてカムイオマンテ　冬四二一
かめいどみょうぎまいり亀戸妙義参　新五三二
*かめなく亀鳴く　春八一
かめのかんきん亀の看経　春八一
かめのきのはながめの木の花　春一〇五
*かめのこ亀の子　夏二一四
かめのこばんてん亀の子半纏　冬四二八
かめむし亀虫　秋三六四
*かも鴨　冬四八二
かもあおい賀茂葵　夏二六三
かもうち鴨打　冬四八二
かもうり冬瓜　秋三八〇
かもかえる鴨帰る　春八五
*かもがわおどり鴨川をどり　春五三
かもがわおどり鴨川踊　春五三
かもきたる鴨来る　秋三五七
*かもしか羚羊　冬四七九
かもしか氈鹿　冬四七九
*かもじぐさ髢草　春一二〇

かもしかもしし 冬四七九
かもすずし鴨涼し 夏二一八
かもだか鴨鷹 冬四五三
かもなす加茂茄子 夏二五八
*かもなべ鴨鍋 冬四三六
かものあおい加茂葵 夏一九六
かものくらべうま賀茂の競馬 夏一九四
*かものこ鴨の子 夏二一八
かものこえ鴨の声 冬四八二
かものじん鴨の陣 冬四八二
かものす鴨の巣 夏二一八
かものひな鴨の雛 夏二一八
*かものみかげまつり賀茂御蔭祭 夏一九六
*かものみなづきのはらえ賀茂の水無月祓 夏二〇一
かもひく鴨引く 春八五
かもぶね鴨舟 冬四八二
*かもまつり賀茂祭 夏一九六
かもまつり加茂祭 夏一九六
かもみち鴨道 冬四八二
かもめき鷗忌 春七七
かもわたる鴨渡る 秋三五七
*かや蚊帳 夏一六六
かや蟵 夏一六六
かや蚊屋 夏一六六
*かや萱 秋三八八
かや茅 秋三八八
*かや榧 新五六〇
かやうり蚊帳売 夏一六六
*かやかざる榧飾る 新五〇九
かやがのきば萱が軒端 秋三三〇
*かやかる萱刈る 秋三三〇
かやかる萱枯る 冬四九六
かやき貝焼 冬四三四
*かやくぐり茅潜 夏二三一
かやしげる萱茂る 夏二六二
かやつりかやつり 夏二六七
*かやつりぐさ蚊帳吊草 夏二六七
かやつりぐさ莎草 夏二六七
*かやにかりをえがく蚊帳に雁を描く 秋三二一
かやの萱野 秋三八八
かやのなごり蚊帳の名残 秋三二一
かやのはて蚊帳の果 秋三二一
*かやのはな榧の花 春一〇三
かやのほ萱の穂 秋三八八
*かやのみ榧の実 秋三七三
かやのめ萱の芽 春一一三
かやのわかれ蚊帳の別れ 秋三二一
かやはじめ蚊帳初 夏一六六
かやはら萱原 秋三八八
かやふく萱葺く 秋三三〇
かやり蚊遣 夏一六六
かやりき蚊遣木 夏一六六
かやりぐさ蚊遣草 夏一六六
かやりこ蚊遣粉 夏一六六
かやりこう蚊遣香 夏一六六
*かやりび蚊遣火 夏一六六
*かゆうら粥占 新五四九
かゆうらしんじ粥占神事 新五四九
かゆうらまつり粥占祭 新五四九
かゆき粥木 新五一八
かゆぐさ粥草 新五六一
*かゆせぎょう粥施行 冬四二五
かゆだめし粥試 新五四九
*かゆづえ粥杖 新五一八
*かゆつり粥釣 新五二一
かゆのき粥の木 新五一八
かゆばし粥箸 新五一八
*かゆばしら粥柱 新五一九
かゆやろう粥やらう 冬四二五
かようねこ通ふ猫 春八一
かよけこうすい蚊除香水 夏一六六
からあカラー 夏二五二
からあいからあゐ 秋三七八
からあいのはな韓藍の花 秋三七八
からあおい蜀葵 夏二五〇
からあさり殻浅蜊 春九一
*からいとそう唐糸草 夏二七一
からいも唐藷 秋三八四
からうめ唐梅 冬四八九
からかさごへい傘御幣 夏一九五
*からかぜ空風 冬四〇九
からかみ唐紙 冬四四三
からかみしょうじ唐紙障子 冬四四三
からかみまつり韓神祭 春六〇
からかわからかは 春三七
からかわに辛皮煮 春三七
からく花洛 春五二
からくれないからくれなゐ 秋三六五
からさきせんにちまいり唐崎千日参 夏二〇三
からさきのはらえ唐崎の祓 夏二〇三

＊からさきまいり唐崎参　夏二〇三
からさきまつり唐崎祭　夏二〇三
＊からざけ乾鮭　冬四三八
からさで加羅佐手　冬四六二
＊からさでしんじ神等去出神事　冬四六二
からさでまつりからさで祭　冬四六二
＊からしづけせいす芥子漬製す　秋三〇九
＊からしな芥菜　春一一〇
からしな芥子菜　春一一〇
からしな辛菜　春一一〇
からしなのはなからしなの花　春一一〇
＊からしなまく芥菜蒔く　秋三一八
からしばれからしばれ　冬四〇六
からすあげは烏揚羽　夏二二八
＊からすうり烏瓜　秋三五四
からすうり王瓜　秋三五四
＊からすうりのはな烏瓜の花　夏二六九
からすおうぎ烏扇　夏二六七
＊からすがい烏貝　春九三
からすきぼしからすきぼし　冬四〇八
からすだこ烏凧　春五四
からすちょう烏蝶　夏二二八
＊からすのこ鴉の子　夏二一七
からすのこ烏の子　夏二一七
からすのこわかれ鴉の子別れ　秋二五三
＊からすのす鴉の巣　春八八
からすのす烏の巣　春八八
がらすばこ硝子箱　夏一七八
＊からすびしゃく烏柄杓　夏二六七
からすびしゃくのはな烏柄杓の花　夏二六七
からすへび烏蛇　夏二二五
＊からすみ鱲子　秋三一〇
からすみぼらからすみ鯔　秋二五九
＊からすむぎ烏麦　夏二六一
からすよび烏呼　新五三
＊からたちのはな枸橘の花　春一〇四
からたちのはな枳殻の花　春一〇四
＊からたちのみ枸橘の実　秋三七一
からたちのみ枳殻の実　秋三七一
からっかぜ空っ風　冬四〇九
＊からつゆ空梅雨　夏一三七
からなし唐梨　秋三六八
からなでしこ唐撫子　夏二五一
からはなそう唐花草　秋三八六
からふとます樺太鱒　春八九
からぼけ唐木瓜　春一〇〇
からぼけのはなからぼけの花　春一〇〇
からまつのめ落葉松の芽　春一〇一
からみだいこん辛味大根　冬四九五
＊からむし苧　夏二六二
からむし苧麻　夏二六二
からももからもも　夏二四〇
からもも唐桃　夏二四〇
からもものかゆ杏の粥　春二八
からもものはな唐桃の花　春一〇〇
＊かり雁　秋二五七
＊かり狩　冬四五一
かりあげ刈上げ　秋三二五
かりあげのせっく刈上の節供　秋三二八
＊かりあげもち刈上餅　冬四一七
かりあし刈蘆　秋三三〇
かりいね刈稲　秋三二五
＊かりうど猟人　冬四五一
かりうど狩人　冬四五一
かりかえる雁帰る　春八五
かりがねかりがね　秋二五七
かりがね雁が音　秋二五七
＊かりがねさむかりがね寒　秋二八二
＊かりぎ刈葱　夏二五九
＊かりきたにむかう雁北に郷ふ　冬四〇四
かりくづき雁来月　秋二七八
かりくよう雁供養　春二九
かりくら狩座　冬四五一
かりくる雁来る　秋二五七
＊かりしき刈敷　夏一七一
＊かりた刈田　秋二九四
かりたづら刈田面　秋二九四
かりたはら刈田原　秋二九四
かりたみち刈田道　秋二九四
かりづえ狩杖　冬四五二
かりづめ刈集　秋三一一

かりなく雁鳴く　秋三五七
かりのこえ雁の声　秋三五七
かりのさお雁の棹　秋三五七
かりのたまずさ雁の玉章　秋三〇五
かりのたより雁の便　秋三〇五
*かりのつかい雁の使　秋三〇五
かりのつら雁の列　秋三五七
かりのなごり雁の名残　春八五
かりのふみ雁の書　秋三〇五
かりのめかくし雁の目隠し　春一九
かりのやど狩の宿　冬四五一
かりのわかれ雁の別れ　春八五
かりば狩場　冬四五一
*かりふらわあカリフラワー　冬四九五
かりぼし刈干　夏一七六
かりもくず刈藻屑　夏一七五
*かりやす刈安　秋三九〇
がりょうばい臥竜梅　春九五
*かりわたし雁渡し　秋三九〇
かりわたる雁渡る　秋三五七
かりん花梨　春一〇〇
*かりんのはな榠櫨の花　春一〇〇
*かりんのみ榠櫨の実　秋三六八
かりんのみ花梨の実　秋三六八
かる枯る　冬四九二
かるがも軽鴨　夏二一八
かるがものこ軽鴨の子　夏二一八
*かるかや刈萱　秋三八八
*かるた歌留多　新五三三
かるた骨牌　新五三三
かるたあそび歌留多遊　新五三三
かるたかい歌留多会　新五三三
かるたとり歌留多取　新五三三
かるなゔぁるカルナヴァル　春七三
*かるのこ軽鳧の子　夏二一八
かるも刈藻　夏一七五
かれ枯　冬四九二
*かれあし枯蘆　冬四九六
かれあし枯芦　冬四九六
かれあし枯葦　冬四九六
かれあしはら枯蘆原　冬四九六
かれいい乾飯　夏一五六
かれいけ涸池　冬四一五
*かれいばら枯茨　冬四九二
かれえだ枯枝　冬四九二
かれおばな枯尾花　冬四九七
かれかしわ枯柏　冬四九一
かれかずら枯かづら　冬四九二
かれがわ涸川　冬四一五
*かれき枯木　冬四九二
かれきおろし枯木卸　冬四五四
*かれぎく枯菊　冬四九四
かれぎくたく枯菊焚く　冬四九四
かれきぼし枯木星　冬四〇八
かれきみち枯木道　冬四九二
かれきやど枯木宿　冬四九二
かれきやま枯木山　冬四九二
*かれくさ枯草　冬四九六
*かれくわ枯桑　冬四九二
かれこだち枯木立　冬四九二
かれざくら枯桜　冬四八九
*かれしだ枯歯朶　冬四九七
かれしだ枯羊歯　冬四九七
*かれしのぶ枯忍　冬四九七
*かれしば枯芝　冬四九七
かれしみず涸清水　夏一四四
*かれすすき枯芒　冬四九七
かれすすき枯薄　冬四九七
*かれその枯園　冬四一五
かれた涸田　夏一四三
かれだき涸滝　冬四一五
かれたつやなぎ枯れたつ柳　冬四九二
*かれづた枯蔦　冬四九二
かれつゆ涸梅雨　夏一三七
*かれづる枯蔓　冬四九二
かれとうろう枯蟷螂　冬四八八
かれにわ枯庭　冬四一五
かれぬま涸沼　冬四一五
*かれの枯野　冬四一五
かれの裸野　冬四一五
かれのこるきく枯残る菊　冬四九四
*かれののいろ枯野の色　秋二九三
かれのはら枯野原　冬四一五
かれのびと枯野人　冬四一五
かれのみち枯野道　冬四一五
かれのやど枯野宿　冬四一五
*かれは枯葉　冬四九一
*かれはぎ枯萩　冬四九六
*かればしょう枯芭蕉　冬四九四
*かれはす枯蓮　冬四九四
かれはちす枯蓮　冬四九四
かれはら枯原　冬四一五
*かれふよう枯芙蓉　冬四九〇
*かれまこも枯真菰　冬四九七
*かれむぐら枯葎　冬四九七

*かれやなぎ枯柳　冬四九二
*かれやま枯山　冬四一四
*かれやまぶき枯山吹　冬四九〇
かれんでゅらカレンデュラ　春一〇七
かわあき川明き　夏一七八
かわあび川浴　夏一八二
かわう河鵜　夏二一八
*かわうそうおをまつる獺魚を祭る　春八
かわえび川蝦　夏二二七
かわおこぜ川をこぜ　秋三五九
かわかじか川鰍　秋三五九
かわがに川蟹　夏二二七
*かわがらす河烏　春八四
*かわがり川狩　夏一七八
かわかる川涸る　冬四二五
かわぎす川鱚　夏二二四
かわぎぬかはぎぬ　冬四二九
かわぎり川霧　秋二九一
かわくじら皮鯨　夏一六二
かわぐも川蜘蛛　夏二三一
かわくるみ河胡桃　秋三六七
*かわごえひかわまつり川越氷川祭　秋三三八
かわこおと革コート　冬四二九
かわこおる川凍る　冬四二五
かわごろも裘　冬四二九
かわごろも皮衣　冬四二九
かわざぶとん革座蒲団　夏一六三
かわじゃんぱあ皮ジャンパー　冬四二九
*かわず蛙　春八二
かわずあなにいる蛙穴に入る　秋三五三
かわずがっせん蛙合戦　春八二
*かわずがりのしんじ蛙狩の神事　新五四五
かわすずき川鱸　秋三五九
かわずだ蛙田　春八二
かわずとび蛙飛　夏二〇六
かわずとびのしんじ蛙飛びの神事　新五四五
*かわずのめかりどき蛙の目借時　春一三
かわずはじめてなく蛙始めて鳴く　夏一二七
かわせがき川施餓鬼　秋三〇一
かわせびかはせび　夏二二七
*かわせみ翡翠　夏二二七
かわせみ川蟬　夏二二七
かわぞいやなぎ川添柳　春一〇二
かわたかな川高菜　春一一一
かわたで川蓼　夏二六〇
かわたび革足袋　冬四三一
*かわぢしゃ水苦蕒　春一一七
かわぢしゃ川萵苣　春一一七
かわちどり川千鳥　冬四八二
かわづかえ川づかへ　夏一五〇
かわつばめ川燕　春八五
かわてぶくろ革手袋　冬四三一
かわとぎょ川渡御　夏二〇二
かわどこ川床　夏一八〇
かわとのしぐれ川音の時雨　冬四一〇
かわどまり川どまり　夏一五〇
*かわどめ川止　夏一五〇
かわともし川灯　夏一七八
*かわとんぼ川蜻蛉　夏二三三
かわな川菜(クレソン)　春一一一
かわな川菜(石蓴)　春一一三
かわにな川蜷　春九三
*かわのり川苔　秋三五五
かわのり川海苔　秋三五五
*かわばおり皮羽織　冬四二七
かわばおり革羽織　冬四二七
*かわはぎ皮剝　夏二二四
かわばたやなぎ川端柳　春一〇二
かわはらえ川祓　夏二〇〇
かわびたりもち川浸餅　冬四一九
かわひばり川雲雀　秋三五六
*かわびらき川開　夏一九三
かわぶしん川普請　冬四五四
*かわぶとん革蒲団　夏一六三
かわぶねまつり川船祭　夏二〇二
かわぼし川干　夏一七八
かわほねかはほね　夏二六五
かわほりかはほり　夏二二四
*かわます川鱒　夏二三六
かわやしろ川社　夏二〇八
かわやつめ川八目　冬四八六
かわやなぎ川柳　春一〇二
かわらけそうかはらけ草　新五六二
かわらけひろい土器拾ひ　新五四六
かわらなでしこ川原撫子　秋三八九
かわらのすずみ河原の納涼　夏一八〇
*かわらひわ河原鶸　春八四

かわらふじのきかはらふぢのき　秋三七五
かわらほうせんか河原鳳仙花　秋三九二
かわらまくら瓦枕　夏一六四
かわらむくげ河原木槿　夏二四八
かわりびな変り雛　春二八
かをうつ蚊を打つ　夏二三三
かをやく蚊を焼く　夏二三三
*かん寒　冬四〇三
がん雁　秋三五七
かんあ寒鴉　冬四八一
かんあい寒靄　冬四一四
*かんあおい寒葵　冬四九七
かんあかね寒茜　冬四一四
かんあく寒明く　春六六
*かんあけ寒明　春六六
かんあけき寒明忌　冬四七六
かんあれ寒荒　冬四五八
かんい寒威　冬四〇五
*かんいか寒烏賊　冬四八六
かんいかつり寒烏賊釣　冬四八六
かんいすごろく官位双六　新五三三
かんいちご寒苺　冬四九三
*かんうど寒独活　冬四九六
かんうど寒土当帰　冬四九六
かんうん寒雲　冬四〇八
かんえい寒泳　冬四二五
かんえん寒園　冬四一五
かんおう寒鶯　冬四八一
かんおう観桜　春五二
かんおよぎ寒泳ぎ　冬四二五
かんおりおん寒オリオン　冬四〇八
かんがい旱害　夏二四〇
かんかえる寒返る　春七
*かんがくえ勧学会　春六七
*がんがさ雁瘡　秋三二六
がんがさ雁来瘡　秋三二六
*がんがさいゆ雁瘡癒ゆ　春五六
かんがすみ寒霞　冬四一三
*がんがぜがんがぜ　夏二二七
かんがため寒固　冬四〇四
*かんがらす寒鴉　冬四八一
かんがらす寒烏　冬四八一
かんがれい寒鰈　冬四八四
かんがわり寒がはり　冬四〇四
かんがん寒雁　冬四八一
かんかんぼうカンカン帽　夏一五五
かんき寒気　冬四〇五
*がんぎ雁木　冬四四二
がんぎいち雁木市　冬四四二
*かんぎく寒菊　冬四九三
かんぎつね寒狐　冬四七九
かんきび歓喜日　秋三四〇
かんきびし寒きびし　冬四〇六
*かんきゅう寒灸　冬四二六
かんぎょう寒暁　冬四〇五
かんぎょう寒行　冬四七二
かんぎょうそう寒行僧　冬四七二
かんきん寒禽　冬四八一
かんく寒九　冬四〇三
かんく寒苦　冬四〇五
かんぐい寒喰　冬四三三
*かんくちょう寒苦鳥　冬四八〇
かんくどり寒苦鳥　冬四八〇
かんくのあめ寒九の雨　冬四一一
かんくのみず寒九の水　冬四一五
かんくりや寒厨　冬四四三
*かんげいこ寒稽古　冬四二五
*かんげつ寒月　冬四〇八
かんげつ観月　秋三二四
がんげつ元月　新五〇〇
かんげんさい管弦祭　夏一九七
かんげんさい管絃祭　夏二〇〇
*かんごい寒鯉　冬四八六
かんごいつり寒鯉釣　冬四八六
かんこう寒江　冬四一五
かんこう寒耕　冬四四九
がんこう雁行　秋三五七
かんこうばい寒紅梅　冬四八八
*かんごえ寒声　冬四二五
*かんごえ寒肥　冬四五一
かんごえつかう寒声つかふ　冬四二五
かんこどり閑古鳥　夏二一六
かんごやし寒ごやし　冬四五一
*かんごり寒垢離　冬四七二
かんさいしんさいき関西震災忌　冬四六一
*かんざくら寒桜　冬四八九
かんざけ燗酒　冬四三三
*かんざらい寒復習　冬四二五
かんざらえ寒ざらへ　冬四二五
*かんざらし寒晒　冬四四〇
かんざらし寒曝　冬四四〇
かんざらしこ寒晒粉　冬四四〇
がんさん元三　新五〇一
*がんざんえ元三会　新五五七
かんざんき関山忌　冬四七八

がんざんき元三忌　新五五七
がんざんだいしき元三大師忌　新五五七
がんし願糸　秋二九八
かんじき寒食　春二八
*かんじき樏　冬四四八
*かんしじみ寒蜆　冬四八七
がんしち元七　新五〇二
*がんじつ元日　新五〇一
がんじつそう元日草　新五六一
がんじつのせちえ元日節会　新五三九
*かんしのぶ寒忍　冬四九八
かんしゃくはなび癇癪花火　夏一八三
*かんしゃさい感謝祭　冬四七二
がんしゅうき含羞忌　秋三四八
かんしょ甘藷　秋三八四
かんしょ甘蔗　秋三八四
*かんしょうう甘蔗植う　春四六
*かんしょうう甘藷植う　夏一七三
*かんしょかり甘蔗刈　冬四四九
かんしょかる甘蔗刈る　冬四四九
*かんしょく寒食　春二八
かんしょくせつ寒食節　春二八
かんしょしぼる甘蔗搾る　冬四五〇
かんしょなえ甘藷苗　春四六
かんしょにる甘蔗煮る　冬四五〇
かんしょねほる甘蔗根掘る　冬四四九
かんしょのはな甘藷の花　夏二五六
*かんしょのはな甘蔗の花　冬四九六
かんじょびな官女雛　春二八
かんしろう寒四郎　冬四〇三
かんしん汗疹　夏一八七
*がんじんき鑑真忌　夏二二二
かんじんずもう勧進相撲　秋三三三
かんすき寒漉　冬四五五
かんすぐ寒過ぐ　春六
*かんすげ寒菅　冬四九八
*かんすすき寒芒　冬四九八
かんすすき寒薄　冬四九八
*かんすずめ寒雀　冬四八一
かんすばる寒昴　冬四〇八
かんすみれ寒菫　冬四九七
かんずもう寒相撲　冬四二五
かんずもう寒角力　冬四二五
かんせい寒星　冬四〇八
*かんせききき閒石忌　冬四七四
*かんせぎょう寒施行　冬四二五
かんぜみ寒蟬　秋三六一
*かんぜり寒芹　冬四九六
かんせん寒蟬　秋三六一
かんせん寒泉　冬四一五
かんぜん冠蟬　夏二七三
*かんせんなく寒蟬鳴く　秋二七七
かんそう汗瘡　夏一八七
かんそう寒草　冬四九六
*かんぞう甘草　夏二五四
かんぞう萱草　夏二六六
がんそう雁瘡　秋三一六
*かんぞうのはな萱草の花　夏二六六
かんそうび寒薔薇　冬四八九
かんそまつり神衣祭　夏一九六
*かんだい寒鯛　冬四八四
かんたきのり寒炊糊　冬四五五
かんたく寒柝　冬四四八
かんたけのこ寒筍　冬四九六
*かんたまご寒卵　冬四三三
かんたまご寒玉子　冬四三三
*かんだまつり神田祭　夏一九六
かんだみょうじんまつり神田明神祭　夏一九六
*かんたん邯鄲　秋三六二
*がんたん元旦　新五〇一
かんたんふく簡単服　夏一五四
*かんちくのこ寒竹の子　冬四九六
かんちゅう寒中　冬四〇三
*かんちゅう寒厨　冬四四三
*かんちゅうすいえい寒中水泳　冬四二五
かんちゅうみまい寒中見舞　冬四二六
*かんちょう観潮　春五一
*かんちょう寒潮　冬四一六
がんちょう元朝　新五〇一
かんちょうせん観潮船　春五一
*かんづき寒搗　冬四五五
*かんづくり寒造　冬四三九
かんづくりざけ寒造酒　冬四三九
*かんつばき寒椿　冬四八九
*がんづめ雁爪　夏一七三
がんづめうち雁爪打　夏一七三
*かんづり寒釣　冬四五六

*かんていさい関帝祭 夏一九六
かんてん旱天 夏一四〇
かんてん寒天 冬四〇八
かんてんさらす寒天晒す 冬四五五
かんてんせいす寒天製す 冬四五五
*かんてんつくる寒天造る 冬四五五
かんてんほす寒天干す 冬四五五
*かんとう竿灯 秋二一九
かんとう寒濤 冬四一六
かんとう寒燈 冬四四三
かんとうだいしんさいき関東大震災忌 秋三一八
かんとうだいしんさいきねんび関東大震災記念日 秋三一八
*かんとうだいしんさいのひ関東大震災の日 秋三一八
かんどうふ寒豆腐 冬四四〇
かんとだき関東炊 冬四三七
かんとだき関東煮 冬四三七
かんともし寒灯 冬四四三
*かんどよう寒土用 冬四〇五
かんどり寒取 冬四二五
かんとりそう疳取草 春一一八
かんとんぼけ広東木瓜 春一〇〇
*かんなカンナ 秋三一七
かんなぎ寒凪 冬四〇九
*かんなづき神無月 冬三九八
かんなはじめ鉋始 新五三三
*かんなめさい神嘗祭 秋三一七
かんなめのまつり神嘗祭 秋三一七
かんならい寒習 冬四二五
かんなりのつぼ雷鳴の壺 夏一八九
かんなれ寒馴れ 冬四八六
かんにいる寒に入る 冬四〇四
*かんねぶつ寒念仏 冬四七二
かんねんぶつ寒念仏 冬四七二
かんのあけ寒の明 春六
*かんのあめ寒の雨 冬四一一
*かんのいり寒の入 冬四〇四
かんのうち寒の内 冬四〇三
かんのうみ寒の海 冬四一五
かんのきゅう寒の灸 冬四二六
かんのたき寒の滝 冬四一六
*かんのみず寒の水 冬四一五
かんのもず寒の鵙 冬四八一
かんのもち寒の餅 冬四三一
*かんのり寒乗 冬四二五
かんのり寒海苔 冬四三九
*かんのり寒糊 冬四五五
かんのりたく寒糊炊く 冬四五五
かんのんそう観音草 秋三九四
*かんぱ寒波 冬四〇六
かんばい寒梅 冬四八八
かんばい観梅 春五一
かんばえ寒蝿 冬四八七
かんぱく寒波来 冬四〇六
かんばし羹箸 新五一〇
*かんぱちかんぱち 夏二二五
かんぱち間八 夏二二五
かんばつ旱魃 夏一四〇
かんばつだ旱魃田 夏一四三
かんばのはなかんばの花 春一〇三
*かんばや寒鮠 冬四八六
*かんばれ寒晴 冬四〇七
*がんぴ岩菲 夏二五四
がんぴ剪春羅 夏二五四
かんびいる缶ビール 夏一五八
*かんびき寒弾 冬四二五
かんひざくら寒緋桜 冬四八九
がんぴせんおう巌菲仙翁 夏二五四
かんひでり寒旱 冬四〇七
*がんぴのはな雁皮の花 夏二四五
かんひばり寒雲雀 冬四八一
かんぴょうはぐ干瓢剝ぐ 夏一七五
かんぴょうほす干瓢干す 夏一七五
*かんぴょうむく干瓢剝く 夏一七五
かんびより寒日和 冬四〇七
かんびらめ寒鮃 冬四八六
かんぷう乾風 夏一三六
かんぷう観楓 秋三三五
*かんぷう寒風 冬四〇九
かんぶつ灌仏 春六九
かんぶつえ灌仏会 春六九
かんぶつぼん灌仏盆 春六九
*かんぶな寒鮒 冬四八六
かんぶなつり寒鮒釣 冬四八六
かんぶり寒鰤 冬四八四
*がんぶろ雁風呂 春二九
*かんべに寒紅 冬四二六
かんべにうり寒紅売 冬四二六
かんぼ寒暮 冬四〇五
かんぼう感冒 冬四五七
かんぼく寒木 冬四九一

かんほくと寒北斗 冬四〇八
*かんぼけ寒木瓜 冬四九〇
*かんぼたん寒牡丹 冬四八九
*かんぼら寒鯔 冬四八五
*かんまいり寒参 冬四七二
かんまえ寒前 冬四〇四
かんみかづき寒三日月 冬四〇八
かんみず寒水 冬四一五
かんみそ寒味噌 冬四五五
かんみそのまつり神衣祭 秋三三四
*かんみまい寒見舞 冬四二六
かんむりゆき冠雪 冬四二二
かんもうで寒詣 冬四七二
*かんもち寒餅 冬四三一
かんもちつく寒餅搗く 冬四三一
かんもどり寒戻り 春七
かんもどる寒戻る 春七
かんや寒夜 冬四〇五
かんやいと寒灸 冬四二六
かんやつめ寒八目 冬四八六
かんゆうやけ寒夕焼 冬四一四
かんらい寒雷 冬四二三
かんらいき寒雷忌 冬四七六
がんらいこう雁来紅 秋三七八
*かんらく歓楽 新五三八
かんらくけ歓楽気 新五三八
かんらっき寒落暉 冬四一四
かんらん甘藍 夏二五八
*かんらん寒蘭 冬四九七
*かんりん寒林 冬四九一
かんりんご寒林檎 冬四九〇
かんれい寒冷 冬四〇五
*かんろ寒露 秋二八一
かんろ寒蘆 冬四九六
かんろき甘露忌 夏二二一
かんろすい甘露水 夏一五九
かんわらび寒蕨 冬四九七
かんをいわう羹を祝ふ 新五一〇

き

き葱 冬四九五
きあぶ黄虻 春九四
*きいちご木苺 夏二三九
*きいちごのはな木苺の花 春一〇四
きいろかぶ黄色蕪 冬四九五
*きう喜雨 夏一三八
きう祈雨 夏一七二
きうきょう祈雨経 夏一七二
きうていき喜雨亭忌 夏二二〇
きうやすみ喜雨休み 夏一七三
きえずみ消え炭 冬四四四
きえびね黄えびね 春一一八
きえん帰燕 秋三五四
*ぎおうき妓王忌 春七八
ぎおうき祇王忌 春七八
きおとし木落し 夏一九四
ぎおんえ祇園会 夏二〇一
ぎおんけずりかけしんじ祇園削掛神事 新五四四
*ぎおんごはっこう祇園御八講 春六六
ぎおんごりょうえ祇園御霊会 夏二〇一
ぎおんだいこ祇園太鼓 夏二〇一
ぎおんばやし祇園囃子 夏二〇一
*ぎおんまつり祇園祭 夏二〇一
ぎおんやまかさ祇園山笠 夏二〇一
きか季夏 夏一一九
*ぎかいのそう擬階の奏 夏一八九
*きかくき其角忌 春七九
きかたびら黄帷子 夏一五二
*きからすうり黄烏瓜 秋三九四
きがん帰雁 春八五
ぎぎぎぎ 秋三五九
*きぎう黄顙魚 秋三五九
きぎく黄菊 秋三七九
ききざけ利酒 秋三〇七
きぎしきぎし 春八三
きぎすきぎす 春八三
ききすえどり聞するゑ鳥 春二六
*ききちゃ聞茶 春三六
ききちゃ利茶 春三六
ぎぎゅうぎぎゅう 秋三五九
*ききょう桔梗 秋三九一
ききょうなでしこ桔梗撫子 夏二五二
*ききょうのめ桔梗の芽 春一二三
ききりぞめ木伐り初 新五三三
*きぎんき季吟忌 夏二二三
*きく菊 秋三七九
*きくあわせ菊合 秋三一四
*きくいただき菊戴 秋三五五
*きくいむし木食虫 夏二二九
*きくいも菊芋 秋三八二
*きくうう菊植う 春四七
*きくがさね菊襲 秋三〇六

きくがさねのころも菊襲の衣　秋三〇六
きくかる菊枯る　冬四九四
*きくくよう菊供養　秋三四二
きくくらべ菊くらべ　秋三一四
*きくこうかあり菊黄花有り　秋二八二
きぐさ黄草　秋二九〇
きくさきづき菊咲月　秋二八〇
きくざけ菊酒　秋三〇四
*きくさす菊挿す　夏一七四
きくし菊師　秋三二五
きくしらこ菊白子　冬四三九
きくすい菊吸　秋三六四
きくすいかみきり菊吸天牛　秋三六四
*きくすいむし菊吸虫　秋三六四
きくすえ菊居　秋二九五
*きくぢしゃ菊萵苣　夏二五九
きくちん菊枕　秋三〇五
きくづき菊月　秋二八〇
きくづくり菊作　秋三七九
きくてん菊展　秋三二五
きくどき菊時　秋三七九
きくな菊菜　春一一二
きくなえ菊苗　春一〇九
*きくなます菊膾　秋三〇九
*きくにんぎょう菊人形　秋三二五
きくにんぎょうてん菊人形展　秋三二五
*きくねわけ菊根分　春四七
きくのえびつ菊の絵櫃　秋三〇五
きくのえん菊の宴　秋三一八
*きくのきせわた菊の着綿　秋二九五
きくのきせわた菊の被綿　秋二九五
きくのこる菊残る　秋三七九
*きくのさけ菊の酒　秋三〇四
きくのさしめ菊の挿芽　夏一七四
きくのせっく菊の節句　秋三一八
きくのそめわた菊の染綿　秋二九五
きくのとも菊の友　秋三七九
*きくのなえ菊の苗　春一〇九
きくのねわけ菊の根分　春四七
きくのはな菊の花　秋三七九
きくのはなひらく菊花開く　秋二八二
きくのひ菊の日　秋三一八
きくのまくら菊の枕　秋三〇五
きくのめ菊の芽　春一〇九
きくのやど菊の宿　秋三七九
きくのわかば菊の若葉　春一〇九
きくのわた菊の綿　秋二九五
きくばたけ菊畑　秋三七九
きくびな菊雛　秋三〇五
*きくびより菊日和　秋二八四
きくぶき菊蕗　春一〇七
*きくまくら菊枕　秋三〇五
*きくらげ木耳　夏二七三
きくわかつ菊分つ　春四七
*きくわかば菊若葉　春一〇九
きくわた菊腸　冬四三九
ぎけいき義経忌　夏二二二
*ぎげいてんけいさんほうよう伎芸天慶讃法要　秋三四二
きけいとう黄鶏頭　秋三七八
きけまん黄華鬘　春一〇七
きけんじょう喜見城　春二三
きげんせつ紀元節　春五七
*きこうでん乞巧奠　秋三一九
きこく枳殻　秋三七一
*きござ着茣蓙　夏一五三
*きこりぞめ樵初　新五三二
きこりぞめ木樵初　新五三二
きこりむし木樵虫　秋三六四
きさ蚶　春九二
*きさご細螺　春九二
きさご喜佐古　春九二
きささげきささげ　秋三七一
*きさらぎ如月　春九
きさらぎ衣更着　春九
*きさらぎな如月菜　春一一〇
きさらぎな二月菜　春一一〇
ざさん蟻蚕　春九五
きさんご樹珊瑚　秋三七五
*きじ雉　春八三
きじ雉子　春八三
ぎしうちいりのひ義士討入の日　冬四六六
*ぎしかい義士会　冬四六六
*ぎしぎし羊蹄　春一一六
ぎしぎしぎしぎし　春一一六
*ぎしぎしのはな羊蹄の花　夏二六六
*ぎしさい義士祭　春五九
*きじざけ雉子酒　新五三九
きじしゅ雉子酒　新五三九
きじつ枳実　秋三七一
きしづり岸釣　秋三三三
きじのこえ雉子の声　春八三

＊きじのす雉の巣　春八七
きじのほろろ雉のほろろ　春八三
きじはじめてなく雉始めて雊く　冬四〇四
きしぶ生渋　秋三一七
＊きじぶえ雉笛　春五五
きしぶおけ木渋桶　秋三一六
きしぼじんまいり鬼子母神参　夏二〇五
ぎしまつり義士まつり　春五九
＊きじむしろ雉蓆　春二二
きしもじんさいれい鬼子母神祭礼　新五二一
きしゃ騎射　夏一八九
きしゃ鬼射　新五二二
きしゃごきしやご　春九二
きしゅう季秋　秋二七九
きしゅう起舟　新五一三
きしゅうみかん紀州蜜柑　冬四九〇
きしゅん季春　春一一
きしゅん規春　新五〇〇
きしゅんらく喜春楽　新五四〇
＊きじょうき鬼城忌　秋三四六
きしょうぶ黄菖蒲　夏二四九
きじろぶち木地炉縁　冬四四七
きじんそう畸人草　夏二七〇
＊きす鱚　夏二二四
きず木酢　秋三六七
ぎすぎす（螽蟖）　秋三六三
ぎすぎす（だぼ鱚）　冬四八四
＊きずいせん黄水仙　春一〇六
きすげ黄萱（夕萱）　夏二七〇
きすげ黄萱（日光黄萱）　夏二七〇
きすごきすご　夏二二四
きすずめ黄雀　春八六
＊きすつり鱚釣　夏一七九
きすぶね鱚舟　夏一七九
＊きせい帰省　夏一五一
きせいし帰省子　夏一五一
きせきれい黄鶺鴒　秋三五六
きぜめ木責　新五一九
きせるぐさきせる草　秋三九三
きそいうまきそひ馬　夏一九四
きそいがりきそひがり　夏一四八
＊きそはじめ着衣始　新五二五
きぞめぐさきぞめぐさ　秋三七八
きた北風　冬四〇九
＊きたおろし北颪　冬四〇九
きたおろし北下し　冬四〇九
＊きたかぜ北風　冬四〇九
きたかぜこのはをはらう朔風葉を払ふ　冬三九九
きたきつね北狐　冬四七九
きたしぐれ北時雨　冬四一〇
きたたき木たたき　秋三五七
きだちだりあ木立ダリア　秋三七八
きたのおんきにち北野御忌日　春六一
＊きたのずいきまつり北野瑞饋祭　秋三二五
＊きたのすすはらい北野煤払　秋三二〇
＊きたのなたねごく北野菜種御供　春六一
＊きたののくどまいり北野の九度参　夏一九九
＊きたののふではじめさい北野の筆始祭　新五四五
きたのまつり北祭　夏一九六
＊きたのまつり北野祭　秋三二二
＊きたのみちょうず北野御手水　秋三二〇
きたふく北吹く　冬四〇九
きたふさぐ北塞ぐ　冬四四一
きたまつり北祭　秋三三四
きたまどとず北窓閉づ　冬四四一
きたまどぬる北窓塗る　冬四四一
＊きたまどひらく北窓開く　春四一
＊きたまどふさぐ北窓塞ぐ　冬四四一
きたやましぐれ北山時雨　冬四一〇
きちきちきちきち　秋三六三
きちきちばったきちきちばった　秋三六三
きちこうきちかう　秋三九一
きちじそう吉字草　春一二〇
＊きちじょうそう吉祥草　秋三九四
ぎちゅうき義仲忌　春七八
きちょう黄蝶　春九四
ぎちょう毬打　新五三五
＊きっかてん菊花展　秋三三五
きっかのさけ菊花の酒　秋三〇四
きっこうだな乞巧棚　秋三一九

きっこうてんきつかうてん 秋三一九
きっこうばり乞巧針 秋三一九
きっしょ吉書 新五二二
きっしょあげ吉書揚 新五二三
きっしょういんすもう吉祥院相撲 冬四七〇
*きっしょういんはっこう吉祥院八講 冬四七〇
きっしょういんほっけえ吉祥院法華会 冬四七〇
*きっしょのそう吉書奏 新五四一
きっしょはじめ吉書始 新五二二
きづた木蔦 冬四九三
きっちょう吉兆 新五四八
*ぎっちょう毬打 新五三五
ぎっちょう毬杖 新五三五
きっちょうなわ吉兆縄 新五四四
きっちょうむし吉丁虫 夏二三〇
*きつつき啄木鳥 秋三五七
きつつき木突 秋三五七
*きつね狐 冬四七九
*きつねあざみ狐薊 春一一九
きつねおとし狐落し 冬四五二
きつねぐさ狐草 春一一九
きつねささげ狐ささげ 秋三九三
きつねせぎょう狐施行 冬四二五
きつねだなきつねだな 春二三
きつねづか狐塚 冬四七九
きつねつり狐釣 冬四五二
きつねのえんどうきつねのゑんどう 夏二六七
きつねのかさきつねのかさ 夏二六八
*きつねのかみそり狐の剃刀 秋三九一
きつねのぎょうれつ狐の行列 冬四六八
きつねのちょうちん狐の提灯(宝鐸草の花) 夏二六七
きつねのちょうちん狐の提灯(狐火) 冬四一七
きつねのてぶくろきつねのてぶくろ 夏二五三
*きつねのぼたん狐の牡丹 春一一九
きつねばな狐花 秋三九一
*きつねび狐火 冬四一七
*きつねまい狐舞 新五二三
*きつねわな狐罠 冬四五二
きつりふね黄釣船 秋三九二
きとう季冬 冬四〇二
*きとうき几董忌 冬四七七
きとうきつね祈禱狐 新五二三
*きながし木流し 春五〇
きなこどり黄粉鳥 春八三
きなこもちきな粉餅 冬四三一
きぬあわせ絹袷 夏一五二
*きぬいとそう絹糸草 夏二五五
きぬうちわ絹団扇 夏一六八
きぬおうぎ絹扇 夏一六八
*きぬがさそう衣笠草 夏二七一
*きぬかつぎ衣被 秋三一一
*きぬくばり衣配 冬四三二
きぬさや絹莢 夏二五七
*きぬた砧 秋三一六
きぬた碪 秋三一六
きぬたうつ砧打つ 秋三一六
きぬたづち砧槌 秋三一六
きぬたばん砧盤 秋三一六
きぬたびょうし砧拍子 秋三一六
*きぬの生布 夏一五三
きぬの木布 夏一五三
きぬぶとん絹蒲団 冬四二八
*きねんさい祈年祭 春六〇
*きのえだはらう木の枝払ふ 夏一五六
*きのこ茸 秋三九四
きのこ菌 秋三九四
きのこうり茸売 秋三九四
きのこかご茸籠 秋三二五
きのこがり菌狩 秋三二五
*きのこじる茸汁 秋三二五
きのこことり茸とり 秋三二五
きのこばん茸番 秋三九四
きのこほす茸干す 秋三二五
きのこめし茸飯 秋三〇八
きのこやま茸山 秋三二五
*きのねあく木の根明く 春二五
*きのみうう木の実植う 春四六
きのめ木の芽 春一〇一
*きのめあえ木の芽和 春三五
きのめだき木の芽煮 春三四
*きのめづけ木の芽漬 春三四
きのめでんがく木の芽田楽 春三五
*きのめみそ木の芽味噌 春三五

きはだ黄肌 冬四八三
きばち黄蜂 春九四
きばちきばち 秋三五九
ぎばちぎばち 秋三五九
きはちすきはちす 秋三六六
きばな木花(霧氷) 冬四一一
きばな木花(削掛) 新五一八
*きばはじめ騎馬始 新五四三
きばむ黄ばむ 秋三六九
*きび黍 秋三八四
きびあらし黍嵐 秋二九〇
きびかり甘蔗刈 冬四四九
きびかる黍刈る 秋三八四
きびしぐれ甘蔗時雨 冬四四九
きびじょうちゅう黍焼酎 夏一五八
*きびたき黄鶲 夏二一九
きびだんご黍団子 秋三八四
きびのはな甘蔗の花 冬四九六
きびのほ黍の穂 秋三八四
きびばたけ黍畑 秋三八四
きびひく黍引く 秋三八四
*きびまき黍蒔 夏一七四
きびまく黍蒔く 夏一七四
きびら黄帷子 夏一五二
きびら生平 夏一五三
*きぶくれ着ぶくれ 冬四二八
*きぶしのはな木五倍子の花 春一〇三
ぎふちょう岐阜蝶 春九四
*ぎふぢょうちん岐阜提灯 夏一六八
*きぶねぎく貴船菊 秋三八九
きふねしんじ貴船神事 夏一九八
*きぶねのささみこし貴船の狭小神輿 秋三一三
*きふねまつり貴船祭 夏一九八
きぼう既望 秋二八七
ぎぼうし擬宝珠 夏二六四
*ぎぼうしのはな擬宝珠の花 夏二六四
*ぎほうをかく儀方を書く 夏一四九
ぎほうをしょす儀方を書す 夏一四九
ぎぼしぎぼし 夏二六四
きぼりびな木彫雛 春二八
きまくら木枕 夏一六四
きまじない木呪 新五一九
きままずきん気儘頭巾 冬四三〇
きまゆ黄繭 夏一七七
きみかげそう君影草 夏二六四
きみがよらん君代蘭 夏二五〇
*きみつとり木蜜とり 春三九
*きみどきょう季御読経 春六四
きむくげ黄槿 夏二四八
きめこみびなきめこみ雛 春二八
きもあえきも和 冬四三七
*きもだめし肝だめし 夏一八六
きもりがき木守柿 秋三六六
きもりゆず木守柚子 秋三六七
きゃくぞり客橇 冬四四九
きゃくど客土 冬四四九
*ぎゃくのみねいり逆の峰入 秋三三九
ぎゃくみね逆峰 秋三三九
*きゃべつキャベツ 夏二五八
*ぎやまんギヤマン 夏一六六
きゃらがき伽羅柿 秋三六六
*きゃらぶき伽羅蕗 夏一五八
きゃろんキャロン 夏一九一
*きゃんぷキャンプ 夏一八一
きゃんぷごやキャンプ小屋 夏一八一
きゃんぷじょうキャンプ場 夏一八一
きゃんぷふぁいやあキャンプファイヤー 夏一八一
きゃんぷむらキャンプ村 夏一八一
きやんま黄やんま 秋三六一
*きゅういんいず蚯蚓出づ 夏二二七
*きゅういんむすぶ蚯蚓結ぶ 冬四〇一
きゅうか九夏 夏一二六
*きゅうかあけ休暇明 秋三〇六
きゅうかおう休暇了ふ 秋三〇六
きゅうかはつ休暇果つ 秋三〇六
*きゅうこんあきうう球根秋植う 秋三一八
*きゅうこんうう球根植う 春四六
きゅうさん急霰 冬四一二
ぎゅうじつ牛日 新五〇一
きゅうしとう九枝灯 秋三一七
きゅうしゅう九秋 秋二七六
*きゅうしゅうばしょ九州場所 冬四一八
きゅうしゅん九春 春六
きゅうしょう旧正 春六
*きゅうしょうがつ旧正月 春六

春六
*きゅうせんをそう宮線を添ふ 冬四〇二
きゅうだい及第 春三
きゅうたんご旧端午 夏一九一
きゅうちゅうのみなづきはらえ宮中の六月祓 夏一九〇
きゅうとう九冬 冬三九八
きゅうとう旧冬 新五〇一
ぎゅうなべ牛鍋 冬四三六
*きゅうにゅうき吸入器 冬四四七
*きゅうねん旧年 新五〇一
ぎゅうばあらう牛馬洗ふ 夏一七一
きゅうぼん旧盆 秋二九九
*きゅうり胡瓜 夏二五八
きゅうりうう胡瓜植う 春四五
きゅうりづけ胡瓜づけ 夏一五七
*きゅうりのはな胡瓜の花 夏二五六
*きゅうりまく胡瓜蒔く 春四五
*きゅうりもみ胡瓜揉 夏一五七
きゅうろう旧臘 新五〇一
*きゅりなえ胡瓜苗 夏二五五
きよう杞楊 春一〇二
きょういも京芋 冬四九五
きょううちわ京団扇 夏一六八
きょうえい競泳 夏一八一
*きょうかき鏡花忌 秋三四六
きょうかそん杏花村 春一〇〇
*きょうがのこ京鹿子 夏二五五
きょうかんじもく京官除目 秋三一七
ぎょうきき行基忌 春六八
*きょうぎながし経木流 秋三〇一
きょうぎぼう経木帽 夏一五五
ぎょうきぼさつき行基菩薩忌 春六八
*ぎょうきもうで行基詣 春六八
ぎょうぎょうし行々子 夏二一七
*きょうくよう経供養 春六七
*きょうさく凶作 秋三一六
ぎょうじごよみ行事暦 新五二九
*ぎょうずい行水 夏一七〇
*ぎょうずいなごり行水名残 秋三一二
ぎょうずいのはて行水の果 秋三一二
ぎょうせいさい暁星祭 秋三四三
きょうそう競漕 春五四
きょうそうかい競漕会 春五四
きょうだいいわい鏡台祝 新五三三
きょうだいいわう鏡台祝ふ 新五三三
*きょうちくとう夾竹桃 夏二三七
きょうてんし叫天子 春八四
きょうな京菜 春一一〇
きょうなっとう京納豆 夏一六二
きょうねん凶年 秋三一六
きょうのあき今日の秋 秋二七六
きょうのきく今日の菊 秋三一八
きょうのつき今日の月 秋二八七
きょうのひもとき経の紐解 春七〇
きょうびな京雛 春二八
きょうほうびな享保雛 春二八
きょうよみどり経よみ鳥 春八三
きょうろろきょうろろ 夏二一八
きょうわかな京若菜 新五六一
*ぎょき御忌 春七〇
ぎょきこそで御忌小袖 春七〇
ぎょきのかね御忌の鐘 春七〇
ぎょきのてら御忌の寺 春七〇
ぎょきまいり御忌参 春七〇
ぎょきもうで御忌詣 春七〇
きょくごま曲独楽 新五三五
*きょくすい曲水 春五七
きょくすいのえん曲水の宴 春五七
ぎょくと玉兎 秋二八五
*ぎょけい御慶 新五一一
きょさい去歳 新五〇一
*きょしき虚子忌 春七七
きょねん去年 新五〇一
*ぎょふかえる漁夫帰る 夏一五〇

ぎょふきたる漁夫来る　春三〇
ぎょふつのる漁夫募る　春三〇
きょほう巨峰　秋三六七
きよまさにんじん清正人参　冬四九六
きよみずじしゅまつり清水地主祭　夏二〇五
*きよみずせんにちもうで清水千日詣　秋三四一
きよみずでらごおう清水寺牛王　新五五四
きよみずでらごおうづえ清水寺牛王杖　新五五四
*きよみずのごおう清水の牛王　新五五四
*きょらいき去来忌　秋三五一
*きょりくき許六忌　秋三五〇
*きらいごう鬼来迎　秋三四一
きららきらら　夏三三三
きららむし雲母虫　夏三三三
*きらんそう金瘡小草　春一一八
*きり霧　秋二九一
きりあさ桐麻　夏二六二
*きりぎりす螽蟖　秋三六三
きりぎりすとにあり蟋蟀戸に在り　秋二八二
きりこ切子(ギヤマン)　夏一六六
きりこ切子(灯籠)　秋三〇二
きりこ切籠　秋三〇二
きりごたつ切炬燵　冬四四五
きりこどうろう切子灯籠　秋三〇二
きりさめ霧雨　秋二九一
*きりざんしょう切山椒　新五二八
きりしぐれ霧時雨　秋二九一
きりしばしんじ切芝神事　夏一九六
きりしまつつじ霧島躑躅　春九九
*きりしままつり霧島祭　秋三三四
*きりたんぽきりたんぽ　冬四三六
きりちる桐散る　秋三七〇
きりつぎ切接　春四七
きりぬきとうろう切り抜き灯籠　夏一八六
きりのあき桐の秋　秋三七〇
きりのうみ霧の海　秋二九一
きりのか霧の香　秋二九一
きりのしずく霧の雫　秋二九一
きりのとばり霧の帳　秋二九一
きりのはおつ桐の葉落つ　秋三七〇
*きりのはな桐の花　夏二四三
きりのはな霧の花　冬四一一
きりのまがき霧の籬　秋二九一
*きりのみ桐の実　秋三七五
きりのめ桐の芽　春一〇一
*きりはじめてはなさく桐始めて華さく　春一一
きりはじめてはなをむすぶ桐始めて花を結ぶ　夏二三〇
きりはらのこま霧原の駒　秋三一七
きりひおけ桐火桶　冬四四五
*きりひとは桐一葉　秋三七〇
きりぶすま霧襖　秋二九一
*きりぼし切干　冬四四〇
きりぼしだいこん切干大根　冬四四〇
きりぼしつくる切干作る　冬四四〇
きりむぎ切麦　夏一五七
*きりんそう麒麟草　夏二六八
きれだこ切れ凧　春五五
きれんげ黄蓮華　夏二六七
きれんじゃく黄連雀　秋三五五
きをはやす木を囃す　新五一九
ぎんあなご銀穴子　夏二二六
きんいちごきんいちご　冬四九三
きんえのころ金ゑのころ　秋三九〇
きんか近火　冬四四八
ぎんか銀花　冬四二二
ぎんが銀河　秋二八九
きんか禁火　春一八
きんかいき金槐忌　春七八
きんかおうき槿花翁忌　秋三四九
*きんかん金柑　秋三六八
ぎんかん銀漢　秋二八九
*きんかんのはな金柑の花　夏二三八
きんきつ金橘　秋三六八
ぎんぎつね銀狐　冬四七九
*きんぎょ金魚　夏二三三
ぎんぎょ銀魚　夏二三三
*きんぎょうり金魚売　夏一八二
きんぎょくかん金玉羹　夏一六〇
*きんぎょくとう金玉糖　夏一六〇

きんぎょくとう錦玉糖　夏一六〇
＊きんぎょそう金魚草　夏二五三
きんぎょた金魚田　夏二二三
＊きんぎょだま金魚玉　夏一八五
きんぎょねぶた金魚ねぶた　秋二九八
きんぎょばち金魚鉢　夏一八五
きんぎょはなび金魚花火　夏一八三
＊きんぎょも金魚藻　夏二七三
きんぎょや金魚屋　夏一八三
きんぎんか金銀花　夏二四四
きんくろはじろ金黒羽白　冬四八二
きんけいか金茎花　夏二六五
＊きんけいぎく錦鶏菊　夏二五一
きんけいじ錦鶏児　春一〇八
きんげしょう金化粧　秋三七八
ぎんげしょう銀化粧　秋三七八
きんげつ謹月　新五〇〇
きんこ金海鼠　新五二七
ぎんこうはじめ吟行始　新五一四
きんごま金胡麻　秋三八五
ぎんざんましこ銀山猿子　秋三五五
きんしじゃく金翅雀　秋三五五
きんしそう金糸草　秋三九一
きんしとう金糸桃　夏二三六
＊きんしばい金糸梅　夏二三八
きんじゃく金雀　秋三五五
きんしゅう金秋　秋二七六
きんしょうじ金鐘児　秋三六二
＊きんせんか金盞花　春一〇七
きんせんか金銭花　夏二五四
＊ぎんせんか銀盞花　夏二五四
きんせんかさく金盞香さく　冬三九九
きんせんぎょ金線魚　冬四八四
きんせんそう金盞草　春一〇七
きんせんそう金線草　秋三九一
ぎんちく銀竹　冬四一六
きんちゃくなす巾着茄子　夏二五八
＊きんとうが紅冬瓜　秋三八〇
きんとうが紅南瓜　秋三八〇
＊ぎんなん銀杏　秋三七四
ぎんなんのはな銀杏の花　春一〇三
きんばえ金蠅　夏二二三
ぎんばえ銀蠅　夏二二三
＊きんひばり金雲雀　秋三六三
きんびょう金屏　冬四四三
ぎんびょう銀屏　冬四四三
＊きんびょうぶ金屏風　冬四四三
ぎんびょうぶ銀屏風　冬四四三
きんびわ金琵琶　秋三六二
きんぷう金風　秋二八九
きんぷうき金風忌　秋三四七
きんふぐ金河豚　冬四八六
＊ぎんぽぎんぽ　春八九
ぎんぽ銀宝　春八九
＊きんぽうげ金鳳花　春一一八
きんぽうげ金鳳華　春一一八
ぎんみずひき銀水引　秋三九一
＊きんめだい金目鯛　冬四八四
きんめばる金眼張　春八八
きんもくせい金木犀　秋三六六
ぎんもくせい銀木犀　秋三六六
ぎんやんま銀やんま　秋三六一
ぎんようあかしあ銀葉アカシア　春九八
＊きんらん金蘭　春一一八
＊ぎんらん銀蘭　春一一八
きんらんし錦蘭子　夏二三三
＊ぎんりょうそう銀竜草　夏二七一
きんれいし金鈴子　秋三七三
＊きんれんか金蓮花　夏二五四
きんれんじ金蓮子　夏二七二
ぎんろう銀浪　秋二八九
＊きんろうかんしゃのひ勤労感謝の日　冬四六一
きんろばい金縷梅　春一〇二
ぎんろばい銀縷梅　春一〇二
ぎんわん銀湾　秋二八九

く

くいうち杙打　冬四五六
くいつぎ喰継ぎ　新五〇七
＊くいつみ喰積　新五〇七
くいつみ食積　新五〇七
くいつみかざり喰積飾　新五〇七
＊くいな水鶏　夏二一八
くいなたたく水鶏叩く　夏二一八
くいなのす水鶏の巣　夏二一八
くいなぶえ水鶏笛　夏二一八
くうかいき空海忌　春六七
＊くうやき空也忌　冬四七九
くうやどうおどりねんぶつ空也堂踊念仏　冬四七九
＊くうやどうはちたたきでぞめ空也堂鉢叩出初　新五五五

くうやねんぶつ空也念仏　冬四七〇
くうやわさん空也和讃　冬四七〇
くうらあクーラー　夏一六七
くかいはじめ句会始　新五一四
＊くがつ九月　秋二七八
くがつがや九月蚊帳　秋三一一
くがつきょうげん九月狂言　秋三一四
くがつしばい九月芝居　秋三一四
＊くがつじん九月尽　秋二八四
くがつつく九月尽く　秋二八四
くがつばしょ九月場所　秋三一三
くぎうち釘打　冬四五六
くきおす茎圧す　冬四三八
くきだちくきだち　春一一〇
＊くきたちな茎立菜　春一一一
くきつ枸橘　秋三七一
＊くきづけ茎漬　冬四三八
くきのいし茎の石　冬四三八
くきのおけ茎の桶　冬四三八
くきのみず茎の水　冬四三八
ぐぐぐぐ　春八九
くぐい鵠　冬四八三
くぐしくぐし　春四八
＊くくたち茎立　春一一〇
くくだちくくだち　春一一〇
くくたちなくくたち菜　春一一一
くぐつ傀儡　新五一四
くぐつし傀儡師　新五一四
＊くくりくわ括り桑　秋三一〇
くくりはぎ括り萩　秋三一〇
＊くこ枸杞　春一〇二
くこし枸杞子　秋三七四
くこしゅ枸杞酒　秋三七四
＊くこちゃ枸杞茶　春三七
くこつむ枸杞摘む　春一〇二
＊くこのみ枸杞の実　秋三七四
くこのめ枸杞の芽　春一〇二
＊くこめし枸杞飯　春三八
＊くさあおむ草青む　春一一三
くさあわせ草合　夏一四八
くさいきり草いきり　夏二六二
＊くさいきれ草いきれ　夏二六二
＊くさいち草市　秋三〇一
＊くさいちご草苺　夏二五五
くさいちごのはな草苺の花　春一一〇
＊くさいひいず苦菜秀づ　夏一二七
くさうず草烏頭　秋三九三
くさえび草蝦　夏二二七
くさえんじゅ草槐　秋三九三
くさえんじゅほる草槐掘る　秋三一九
くさおぼろ草朧　春一六
くさかぐわし草芳し　春一一三
＊くさかげろう草蜉蝣　夏二三三
くさかげろう臭蜉蝣　夏二三三
くさかすむ草霞む　春二一
＊くさかり草刈　夏一七六
くさかりうま草刈馬　秋二九八
くさかりかご草刈籠　夏一七六
くさかりがま草刈鎌　夏一七六
くさかりき草刈機　夏一七六
くさかりめ草刈女　夏一七六
くさかる草刈る　夏一七六
くさかる草枯る　冬四九六
くさがれ草枯　冬四九六
くさかれにはなのこる草枯に花残る　秋三八七
くさかんばし草芳し　春一一三
くさきのにしき草木の錦　秋二九三
＊くさぎのはな臭木の花　秋三七四
くさぎのはな常山木の花　秋三七四
＊くさぎのみ臭木の実　秋三七四
くさぎのみ常山木の実　秋三七四
＊くさぎのむし常山木虫　夏二二九
くさぎのむし臭木の虫　夏二二九
くさぎむしくさぎ虫　夏二二九
くさきょうちくとう草夾竹桃　夏二五三
くさぎり臭桐　秋三七四
くさごえ草肥　夏一七一
くさこまがえる草駒返る　春一一三
くささんご草珊瑚　冬四九四
くさしぎ草鴫　秋三五七
＊くさしげる草茂る　夏二六二
くさしみず草清水　夏一四四
くさしもつけくさしもつけ　夏二六八
くさじらみ草虱　秋三九〇
くさずもう草相撲　秋三一三
＊くさたおき草田男忌　夏二二一
くさだんご草団子　春三七
くさづきよ草津月　秋二七八
くさつむ草摘む　春五一

*くさどまり草泊 秋三三〇
*くさとり草取 夏一七三
*くさねむ草合歓 夏二六六
くさのいき草の息 夏二六二
くさのいち草の市 秋三〇一
くさのいろ草の色 秋三八七
くさのいろづく草の色づく 秋三八七
*くさのおう白屈菜 夏二六八
くさのおう草の黄 夏二六八
くさのおう草の王 夏二六八
くさのおう瘡の王 夏二六八
*くさのか草の香 秋三八七
くさのこう草の香 秋三八七
くさのつゆしろし草露白し 秋二七八
くさのにしき草の錦 秋三八七
*くさのはな草の花 秋三八六
*くさのほ草の穂 秋三八七
くさのほわた草の穂絮 秋三八七
*くさのみ草の実 秋三八七
くさのみとぶ草の実飛ぶ 秋三八七
*くさのめ草の芽 春一一三
くさのもち草の餅 春三七
くさのもみじ草の紅葉 秋三八七
くさのわかば草の若葉 春一一四
くさのわた草の絮 秋三八七
*くさばなあきまく草花秋蒔く 秋三一八
くさぱんや草斑枝花 夏二六九
くさびえ草稗 秋三九四
くさひく草引く 夏一七三
*くさひばり草雲雀 秋三六三
くさびらくさびら 秋三九四
*くさぶえ草笛 夏一八五
くさふぐ草河豚 冬四八六
*くさふじ草藤 夏二六六
くさぼけくさぼけ 秋三七四
くさぼけのはな草木瓜の花 春一〇二
くさぼけのみ草木瓜の実 秋三七四
くさほす草干す 夏一七六
くさぼたる草蛍 夏二二九
*くさぼたん草牡丹 秋三九二
くさまお草真麻 夏二六二
くさみこし草神輿 秋三三五
くさむし臭虫 夏二三四
くさむしり草むしり 夏一七三
*くさめ嚏 冬四五八
くさもえ草萌 春一一三
くさもずくくさもづく 春一二三
*くさもち草餅 春三七
*くさもみじ草紅葉 秋三八七
*くさや草矢 夏一八五
くさやく草焼く 春四三
くさやま草山 秋三三〇
くさやまぶき草山吹 春一一七
くされじおくされ潮 夏一四三
くさわかし草若し 春一一四
*くさわかば草若葉 春一一四
ぐじぐじ 冬四八四
くしおき櫛置 冬四一八
*くしがき串柿 秋三〇九
*くしがきかざる串柿飾る 新五〇九
くじつ狗日 新五〇一
くしばね串羽子 新五三四
*くじゃくそう孔雀草 夏二五一
くしゃみくしやみ 冬四五八
くじょうねぎ九条葱 冬四九五
くしょうまい工匠舞 新五四五
*くじら鯨 冬四八〇
*くじらじる鯨汁 冬四三五
くじらつき鯨突き 冬四五三
くじらなべ鯨鍋 冬四三五
くじらばん鯨番 冬四五三
くじらみ鯨見 冬四五三
*くず葛 秋三八八
ぐずぐづ 秋三五九
くずあらし葛嵐 秋三八八
くずうた国栖歌 新五三九
*くすおちば樟落葉 夏二四三
くすおちば楠落葉 夏二四三
くずかずら葛かづら 秋三八八
くずきぬた葛砧 秋三一六
*くずきり葛切 夏一六〇
くすぐりのきくすぐりの木 夏三三六
くずざくら葛桜 夏一六〇
*くずさらし葛晒 冬四四〇
*くすさん樟蚕 夏二二八
くずそう国栖奏 新五三九
*くすだま薬玉 夏一四八
くずねほる葛根掘る 秋三一九
くずねり葛練 夏一六〇
くずのおきな国栖翁 新五三九
*くずのそう国栖奏 新五三九
くずのは葛の葉 秋三八八
くずのはうら葛の葉裏 秋三八八
*くずのはな葛の花 秋三八九
*くすのみ樟の実 秋三七三

くすのめ楠の芽　春一〇一
くずひく葛引く　秋三一九
くずびと国栖人　新五三九
くずふ葛布　夏一五三
くずぶえ国栖笛　新五三九
*くずほる葛掘る　秋三一九
くずまい国栖舞　新五三九
くずまゆ屑繭　夏一七七
*くずまんじゅう葛饅頭　夏一六〇
*くずみず葛水　夏一五八
くずめん葛麺　夏一六〇
*くずもち葛餅　夏一六〇
*くずゆ葛湯　冬四三三
*くすりがり薬狩　夏一四八
くすりがり薬猟　夏一四八
*くすりぐい薬喰　冬四三三
くすりこ薬子　新五三九
くすりとる薬採る　秋三一八
くすりのひ薬の日　夏一四八
くすりふる薬降る　夏一三八
*くすりほる薬掘る　秋三一八
*くずれやな崩れ簗　秋三一三
*くすわかば樟若葉　夏一四二
くすわかば楠若葉　夏一四二
くずわかば葛若葉　夏一六三
くそがえる糞蛙　春八二
ぐそくいわい具足祝　新五四三
ぐそくかがみびらき具足鏡開　新五四三
ぐそくかがみわり具足鏡割　新五四三
*ぐそくびらき具足開　新五四三
*ぐそくもち具足餅　新五四三
くそばえ糞蠅　夏二一三
くだがゆ管粥　新五四九
くだがゆまつり管粥祭　新五五〇
くだじゅばん管襦袢　夏一五三
くだすだれ管簾　夏一六五
くだながし管流し　春五〇
くだまきくだまき　秋三六三
くだもののふくろかけ果物の袋掛　夏一七五
*くだらのくだら野　冬四一五
くだらの朽野　冬四一五
*くだりくだり　夏一二五
くだりあゆ下り鮎　秋三五八
くだりうなぎ下り鰻　秋三五八
*くだりづき降り月　秋二八六
くだりづき下り月　秋二八六
*くだりやな下り簗　秋三一三
ぐちぐち　夏二二五
くちあけまつり口明祭　春五〇
*くちきり口切　冬四四七
くちきりちゃかい口切茶会　冬四四七
くちきりちゃじ口切茶事　冬四四七
くちなし梔子　秋三七一
くちなし山梔子　秋三七一
*くちなしのはな梔子の花　夏二三六
*くちなしのみ梔子の実　秋三七一
くちなしのみ山梔子の実　秋三七一
くちなわくちなは　夏二二五
くちなわいちごくちなはいちご　夏二五五
*くちば朽葉　冬四九一
*くちべにずいせん口紅水仙　春一〇六
くちめ口女　秋三九九
くつくつぼうしくつくつぼふし　秋三六一
くっさめくつさめ　冬四五八
くっしんむし屈伸虫　夏二三九
くつてどり沓手鳥　夏二一六
ぐっどふらいでえグッドフライデー　春七三
*くつわむし轡虫　秋三六三
くどもうで九度詣　夏一九九
*くにおき国男忌　秋三四四
*くにちこそで九日小袖　秋三〇四
くにむけまつり平国祭　春六二
くぬえこうくぬえかう　夏一六七
くぬぎかる櫟枯る　冬四九一
*くぬぎのはな櫟の花　夏二四五
くぬぎのみ櫟の実　秋三七三
くぬぎのめ櫟の芽　春一〇一
*くぬぎもみじ櫟紅葉　秋三七〇
くねぶくねぶ　秋三六八
*くねんぼ九年母　秋三六八
*くねんぼのはな九年母の花　夏二三八
*くのえこう薫衣香　夏一六七
くばりもち配り餅　冬四二三
ぐびじんそう虞美人草　夏二五一
くびまき首巻　冬四三〇
ぐふう颶風　秋二九〇
*くぶつき句仏忌　春七三
くほう苦匏　秋三八〇

*くま熊　冬四七九
*くまあなにいる熊穴に入る　冬四七九
くまあなにこもる熊穴に蟄る　冬四〇一
*くまあなをいず熊穴を出づ　春八一
くまうち熊打　冬四五一
くまおくり熊送り　冬四二一
くまがいがさ熊谷笠　夏一五五
*くまがいそう熊谷草　春一一八
くまがえそうくまがえさう　春一一八
くまがり熊狩　冬四五一
*くまぐすき熊楠忌　冬四七五
*くまくりだなをかく熊栗架を掻く　秋三五二
くまげら熊げら　秋三五七
くまぜみ熊蝉　夏二三一
くまたか熊鷹　冬四八〇
*くまつき熊突　冬四五一
*くまで熊手　冬四六六
くまでいち熊手市　冬四六六
くまのくりだな熊の栗棚　秋三五二
くまのこ熊の子　冬四七九
くまのたな熊の棚　秋三五二
くまのれんが熊野連歌　新五四五
*くまのれんがはじめ熊野連歌始　新五四五
くまばち熊蜂　春九四
*くままつり熊祭　冬四二一
くまりょう熊猟　冬四五一
くまわな熊罠　冬四五一
*ぐみ茱萸　秋三七六
くみあゆ汲鮎　春四九
くみえ組絵　夏一八六
ぐみざけ茱萸酒　秋三七六
くみじゅう組重　新五〇七
くみたてとうろう組立灯籠　夏一八六
くみねぶた組みねぶた　秋二九八
ぐみのおびもの茱萸の佩　秋三〇四
*ぐみのさけ茱萸の酒　秋三〇四
*ぐみのふくろ茱萸の袋　秋三〇四
くみほうらい組蓬莱　新五〇七
*くも蜘蛛　夏二三四
くもいのかり雲井の雁　秋三五七
*くもがっせん蜘蛛合戦　夏一九三
くもにいるとり雲に入る鳥　春八六
くものあみ蜘蛛の網　夏二三四
*くものい蜘蛛の囲　夏二三四
くものいと蜘蛛の糸　夏二三四
*くものこ蜘蛛の子　夏二三四
くものす蜘蛛の巣　夏二三四
くものたいこ蜘蛛の太鼓　夏二三四
くものふくろ蜘蛛の袋　夏二三四
*くものみね雲の峰　夏二三四
くもみぐさ雲見草　夏二四五
くもるめいげつ曇る名月　秋二八七
*くもわた雲腸　冬四三九
くようばり供養針(針供養)　春二七
くようばり供養針(針供養)　冬四一九
*くらげ海月　夏二二七
くらげ水母　夏二二七
*ぐらじおらすグラジオラス　夏二五〇
くらつけ蔵著　冬四一九
*くらびらき蔵開　新五一七
*くらべうま競馬　夏一九四
くらまこばん鞍馬小判　新五五四
くらまずみ鞍馬炭　冬四四四
*くらまのたけきり鞍馬の竹伐　夏二〇六
*くらまのはなくよう鞍馬の花供養　春七〇
*くらまのひまつり鞍馬の火祭　秋三一八
くらまのれんげえ鞍馬の蓮華会　夏二〇六
くらまはつとらまいり鞍馬初寅詣　新五五四
くらまはなえしき鞍馬花会式　春七〇
くらままつり鞍馬祭　秋三一八
くらまもうで鞍馬詣　新五五四
*くらやみまつりくらやみ祭　夏一九五
くらやみまつり暗闇祭　夏一九五
*くらら苦参　秋二九三
*くららひく苦参引く　秋三一九
*くり栗　秋三六七
くりいむそおだクリームソーダ　夏一五九

くりいむみつまめクリーム蜜豆　夏一六〇
ぐりいんぴいすグリーンピース　夏二五七
くりおこわ栗おこは　秋三〇八
くりかのこ栗鹿の子　秋三〇八
くりかぼちゃ栗南瓜　秋三八〇
くりきんとん栗きんとん　秋三〇八
くりごはん栗ごはん　秋三〇八
くりこもち栗子餅　秋三〇八
くりさく栗咲く　夏二三九
*くりすますクリスマス　冬四七三
くりすますいゔクリスマスイヴ　冬四七三
くりすますかあどクリスマスカード　冬四七三
くりすますかくたすクリスマスカクタス　冬四九三
くりすますきゃろるクリスマスキャロル　冬四七三
くりすますけえきクリスマスケーキ　冬四七三
くりすますつりいクリスマスツリー　冬四七三
くりすますふらわあクリスマスフラワー　冬四九〇
くりすますぷれぜんとクリスマスプレゼント　冬四七三
*くりすますろおずクリスマスローズ　冬四九四
*くりたけ栗茸　秋三九五
くりだな栗棚　秋三五二
*くりのこもち栗の子餅　秋三〇八
くりのこもち栗の粉餅　秋三〇八
くりのしぎむし栗のしぎ虫　秋三六五
くりのせっく栗の節句　秋三一八
*くりのはな栗の花　夏二三九
くりのむし栗の虫　秋三六五
くりはまくろふねまつり久里浜黒船祭　夏一九二
くりばやし栗林　秋三六七
くりひろい栗拾　秋三六七
くりまんじゅう栗饅頭　秋三〇八
*くりむし栗虫　秋三六五
くりむしようかん栗蒸羊羹　秋三〇八
くりめいげつ栗名月　秋二六八
*くりめし栗飯　秋三〇八
くりもたし栗もたし　秋三九五
くりやま栗山　秋三六七
*くりようかん栗羊羹　秋三〇八
*くりんそう九輪草　夏二六四
*ぐるくんぐるくん　夏二二六
くるとし来る年　新五〇〇
*くるまかこう車蔵ふ　冬四五四
*くるまくむ車組む　春四一
くるましまう車蔵ふ　冬四五四
くるますつ車棄つ　冬四五四
くるまだす車出す　春四一
くるまゆり車百合　夏二五三
*くるみ胡桃　秋三六七
*くるみのはな胡桃の花　夏二四三
くるみのみ胡桃の実　秋三六七
くるみのめ胡桃の芽　春一〇一
くるみわり胡桃割　秋三六七
くれ暮　冬四〇二
くれいち暮市　冬四二〇
くれえぷしゃつクレープシャツ　夏二五四
くれおそし暮遅し　春一三
くれかぬ暮れかぬ　春一三
くれしづき暮新月　新五〇〇
*くれそんクレソン　春一一一
*くれのあき暮の秋　秋二八四
くれのいち暮の市　冬四二〇
くれのおも呉の母　夏二五五
くれのおものみくれのおもの実　秋三七九
*くれのたままつり暮の魂祭　冬四七二
くれのなつ暮の夏　夏一三三
くれのはじかみくれのはじかみ　秋三八三
*くれのはる暮の春　春一四
くれのふゆ暮の冬　冬四〇六
くればすクレバス　夏一四一
くれはまつり呉服祭　秋三三四
くれはやし暮早し　冬四〇五
くれまちすクレマチス　夏二五四
くれやすきひ暮れやすき日　冬四〇五
くれやすし暮易し　冬四〇五
くれゆくとし暮れ行く年　冬四〇三
くれゆくはる暮れゆく春　春一四
くれんし苦棟子　秋三七三
くろあげは黒揚羽　夏二二八

くろあり黒蟻　夏二三三
＊くろいしはだかまつり黒石裸祭　新五五六
くろいもむし黒いもむし　秋三一一
くろうさぎ黒兎　冬四八〇
くろおばあクローバー　春一一五
くろおるクロール　夏一八一
くろがい黒貝　春九二
くろがい玄貝　春九二
くろがねもち黒鉄黐　夏二四五
くろかび黒黴　夏二七三
くろがも黒鴨　夏二一八
くろかわたけ黒皮茸　秋三九四
＊くろかわのう黒川能　冬四六九
くろぎた黒北風　春一八
くろぎつね黒狐　冬四七九
くろぐま黒熊　冬四七九
＊くろぐわい烏芋　春一一二
くろこ黒海鼠　冬四八七
くろごま黒胡麻　秋三八五
くろすずめばち黒雀蜂　春九四
くろずみ黒炭　冬四四四
＊くろだい黒鯛　夏二二三
＊くろっかすクロッカス　春一〇八
＊くろつぐみ黒鶫　夏二三〇
くろづる黒鶴　冬四八三
くろぬり畔塗　春四三
＊くろのり黒海苔　春一二四
＊くろはえ黒南風　夏一三五
くろばえ黒ばえ　夏一三五
くろばえ黒蝿　夏二三二
くろはぜ黒鯊　秋三五九
くろびいる黒ビール　夏一五八
くろぶどう黒葡萄　秋三六七
＊くろふねまつり黒船祭　夏一九二
くろふのすすき黒生の芒　春一一三
くろほ黒穂　夏二六〇
くろほおずき黒酸漿　秋三九〇
くろまい黒舞茸　秋三九五
くろまぐろ黒鮪　冬四八三
くろまめくろまめ　秋三八五
くろみのうぐいすかぐらのみ黒実の鶯神楽の実　夏二四七
くろむぎ黒麦　夏二六〇
＊くろめ黒布　春一二三
くろめ黒海布　春一二三
くろめ黒菜　夏二七三
くろめじくろめじ　春八九
くろめばる黒眼張　春八八
＊くろもじのはな黒文字の花　春一〇三
くろやんま黒やんま　秋三六一
＊くろゆり黒百合　夏二七一
＊くわ桑　春一〇二
＊くわい慈姑　春一一二
くわいちご桑いちご　夏二四七
＊くわいほる慈姑掘る　春四七
＊くわうう桑植う　春四六
＊くわうり桑売　春四八
くわおさめ鍬納　冬四一八
くわおろし鍬下し　春三〇
くわかご桑籠　春四八
＊くわがたむし鍬形虫　夏二三〇
くわかみきり桑天牛　夏二三〇
くわかる桑枯る　冬四九二
＊くわくくる桑括る　秋三三〇
くわぐら桑倉　春四八
くわぐるま桑車　春四八
くわご桑子　春九五
くわご野蚕　春九五
くわぞめ鍬初　新五三二
＊くわつみ桑摘　春四八
くわつみうた桑摘唄　春四八
くわつみめ桑摘女　春四八
＊くわとく桑解く　春四八
＊くわなまつり桑名祭　夏二〇四
＊くわのはな桑の花　春一〇四
＊くわのみ桑の実　夏二四七
くわのめ桑の芽　春一〇二
＊くわはじめ鍬始　新五三三
くわばたけ桑畑　春一〇二
くわほどく桑ほどく　春四八
くんえこう薫衣香　夏一六七
ぐんじょうき群青忌　夏二一〇
＊くんしらん君子蘭　春一〇八
くんせんし君遷子　秋三六六
くんちくんち　秋三三〇
＊ぐんちょうしゅうをやしなう群鳥羞を養ふ　秋二七九
くんどくえ訓読会　春六五
ぐんばいだこ軍配凧　春五五
ぐんばいほおずき軍配酸漿　夏二二七
くんぷう薫風　夏一三六

け

げ夏　夏二〇四
げあき夏明　秋三四〇
けあらし気嵐　冬四一三
げあんご夏安居　夏二〇四
けいがん啓龕　春六八

けいげつ桂月　秋二七八
*けいこはじめ稽古始　新五三六
けいじつ鶏日　新五〇一
*げいじゅつさい芸術祭　秋二九六
げいしゅん迎春　新五〇〇
げいしゅんか迎春花　春九七
けいせいし鶏栖子　秋三七五
けいせき螇蚸　秋三六三
げいせつえ迎接会　夏二〇五
けいたん鶏旦　新五〇一
けいだん軽暖　夏一二七
*けいちつ啓蟄　春九
*けいちゅうき契沖忌　新五五九
けいと競渡　夏一九一
けいと毛糸　冬四三二
*けいとあむ毛糸編む　冬四三二
*けいとう鶏頭　秋三七八
けいとうか鶏頭花　秋三七八
けいとうかる鶏頭枯る　冬四九六
*けいとうまく鶏頭蒔く　春四五
けいとせん競渡船　夏一九一
けいとだま毛糸玉　冬四三二
けいぬびえ毛犬稗　秋三五四
けいも黄独　秋三八二
けいら軽羅　夏一五二
けいらい軽雷　夏一三九
げいり夏入　夏二〇四
*けいろうき桂郎忌　秋三四八
*けいろうのひ敬老の日　秋三一九
けいろうび敬老日　秋三一九
けうるしぐさけうるしぐさ　春一二三
*げがき夏書　夏二〇四
げがきおさめ夏書納　秋三四〇
けかび毛黴　夏二七三
*けがわ毛皮　冬四二九
けがわうり毛皮売　冬四二九
けがわてん毛皮店　冬四二九
げかんのじもく外官の除目　新五四一
*げきのまつりごとはじめ外記政始　新五四一
げきょう夏経　夏二〇四
げぎょう夏行　夏二〇四
げげ解夏(安居)　夏二〇四
*げげ解夏　秋三四〇
げげそう解夏草　秋三五四
げげばな五形花　春一一五
けご毛蚕　春九五
げごもり夏籠　夏二〇四
*けごろも毛衣　冬四二九
げさいかゆ解斎粥　夏一九〇
*げさいのおかゆ解斎の御粥　夏一九〇
げさいのおんかゆ解斎の御粥　夏一九〇
けさのあき今朝の秋　秋二七六
けさのなつ今朝の夏　夏一二六
けさのはる今朝の春　新五〇〇
けさのふゆ今朝の冬　冬三九八
けさのゆき今朝の雪　冬四二二
*げし夏至　夏一二九
げじげぢ　夏二三五
けしおき消燠　冬四四四
*げじげじ蚰蜒　夏二三五
*けしずみ消炭　冬四四四
*けしのはな罌粟の花　夏二五〇
けしのはな芥子の花　夏二五〇
けしのみ罌粟の実　夏二五一
*けしのわかば罌粟の若葉　春一〇九
けしばたけ罌粟畑　夏二五〇
けしばたけ芥子畑　夏二五〇
*けしぼうず罌粟坊主　夏二五一
けしぼうず芥子坊主　夏二五一
*けしまく罌粟蒔く　秋三一八
けしゃつ毛シャツ　冬四二七
けしょうざくら化粧桜　春一一六
けしょうぶみ化粧文　新五三五
*けずりかけのかぶと削掛の甲　夏一四六
*けずりかけ削掛　新五一八
けずりかけかける削掛掛ける　新五一八
けずりかけさす削掛挿す　新五一八
けずりかけのおこない削掛の行　新五四四
けずりかぶとけづり甲　夏一四六
けずりぞめ削初　新五三二
けずりばな削花　新五一八
けずりひ削氷　夏一五九
けそうぶみ懸想文　新五三五
*けそうぶみうり懸想文売　新五三五
けたくにむけまつり気多平国祭　春六二
*げだち夏断　夏二〇四
けたで毛蓼　秋三九一
*けたへいこくさい気多平国祭　春六二
げっか月下　秋二八五

*げっかびじん月下美人　夏二五二
げっきか月季花　春九八
げっきゅうでん月宮殿　秋二八五
けつげ結夏　夏二〇四
げっこう月光　秋二八五
けっせい結制　夏二〇四
げっせい月正　新五〇〇
けっとケット　冬四二九
*げっとうのはな月桃の花　夏二五二
げづとめ夏勤　夏二〇四
けっぴょう結氷　冬四一六
けっぴょうこ結氷湖　冬四一六
げつめい月明　秋二八五
げつれいし月鈴子　秋三六二
けとばしけとばし　冬四三六
げのおわり夏の終　夏二〇四
げのはじめ夏の始　夏二〇四
げのはて夏の果　秋三四〇
*げばな夏花　夏二〇五
げばなつみ夏花摘　夏二〇五
*けひまつり気比祭　秋三三二
げひゃくにち夏百日　夏二〇四
けぼうし毛帽子　冬四三〇
けまりはじめ蹴鞠始　新五四三
けまんけまん　春一〇七
*けまんそう華鬘草　春一〇七
けまんぼたん華鬘牡丹　春一〇七
けみ毛見　秋二九六
けみ検見　秋二九六
けみだて検見立　秋二九六
けみのしゅう毛見の衆　秋二九六
けみのひ毛見の日　秋二九六
けみのまかない毛見の賄ひ　秋二九六
けみはて毛見果　秋二九六
けみむかえ毛見迎　秋二九六
*けむし毛虫　夏二三九
けむしはう毛虫這ふ　夏二三九
けむしやく毛虫焼く　夏二三九
けむりだけ煙茸　秋三九四
けものがり獣狩　冬四五一
けものさかる獣交る　春八〇
*けものつるむ獣交む　春八〇
けもも毛桃　秋三六六
けやきかる欅枯る　冬四九一
けやきのめ欅の芽　春一〇一
*けら螻蛄　夏二三四
けらけら　秋三五七
けらつつきけらつつき　秋三五七
*けらなく螻蛄鳴く　秋三六三
*けり鳧　夏二一八
けりのあつもの鳧の羹　夏一四九
けりのこ鳧の子　夏二一八
*けるんケルン　夏一八一
げれんでゲレンデ　冬四五七
けわいぞめ化粧初　新五三〇
けをかうるたか毛を替ふる鷹　夏二一六
げんえい玄英　冬三九八
けんがいぎく懸崖菊　秋三七九
けんかごま喧嘩独楽　新五三五
けんかねぶた喧嘩ねぶた　秋二九八
*げんかん厳寒　冬四〇六
*けんきちき健吉忌　夏二〇八
*けんぎゅう牽牛　秋二九七
けんぎゅうか牽牛花　秋三七七
けんぎゅうせい牽牛星　秋二九七
*げんげ紫雲英　春一一五
げんげかるげんげ刈る　春一一五
げんげだげんげ田　春一一五
げんげつ玄月　秋二八〇
げんげつ弦月　秋二八六
げんげつむげんげ摘む　春一一五
げんげばなげんげばな　春一一五
*げんげまく紫雲英蒔く　秋三一八
げんげんげんげん　春一一五
*けんこうき兼好忌　春一七九
*けんこくきねんのひ建国記念の日　春五七
けんこくきねんび建国記念日　春五七
けんこくさい建国祭　春五七
けんこくのひ建国の日　春五七
けんごし牽牛子　秋三七八
*げんごろう源五郎　夏二三一
*げんごろうぶな源五郎鮒　夏二三一
げんごろうむし源五郎虫　夏二三一
けんさい献歳　新五〇〇
げんざんみき源三位忌　夏二一三
けんじ巻耳　秋三八八
*けんじき賢治忌　秋三四七

げんじぼたる源氏蛍　夏二三九
げんじむし源氏虫　夏二三〇
けんしゅん献春　新五〇〇
げんしょう厳祥　冬四一七
げんしょう元宵　新五五六
*げんしんき源信忌　夏二二三
*げんせいき元政忌　春七九
げんせき元夕　新五五六
けんちゃぶね献茶舟　夏二〇二
げんちょ玄猪　冬四一七
げんちょう玄鳥　春八五
*げんちょういたる玄鳥至る　春一〇
*げんちょうかえる玄鳥帰る　秋二七八
けんちんけんちん　冬四三五
*けんちんじる巻繊汁　冬四三五
げんてい玄帝　冬三九八
げんとう玄冬　冬三九八
げんとう厳冬　冬四〇六
*げんのしょうこ現の証拠　夏二六六
けんぱい献盃　新五五三
げんばくき原爆忌　夏一九一
*げんばくのひ原爆の日　夏一九一
げんぴょう幻氷　春二三
げんぺいもも源平桃　春九九
*けんぽうきねんび憲法記念日　春五八
*けんぽなし枳椇　秋三七四
げんぽなし玄圃梨　秋三七四
*げんよしき源義忌　秋三四八

こ

こ蚕　春九五
こあじ小鰺　夏二三四
こあじさし小鰺刺　夏二二九
こあゆ小鮎　春九〇
こあゆくみ子鮎汲　春四九
こあゆくみ小鮎汲　春四九
こあらせいとうこあらせいとう　春一〇六
ごあんご後安居　夏二〇四
*こいあげ鯉揚げ　冬四五四
こいおしえどり恋教鳥　秋三五六
こいかこいか　春九一
こいすずめ恋雀　春八六
こいちじく小無花果　夏二四七
ごいっしんぐさ御一新草　秋三八九
こいねこ恋猫　春八一
*こいのぼり鯉幟　夏一四六
こいも子芋　秋三八一
こいやき鯉屋忌　夏二二三
こいわし小鰯　秋三六〇
こいわしひく小鰯引く　秋三三三
ごいんもんいただき御印文戴き　新五五五
こういか甲烏賊　春九一
*こういき耕衣忌　秋三四五
こうう膏雨　春一九
*こうえつき光悦忌　春七八
こうえん香円　秋三六八
こうおうけんかんす黄鶯睍睆す　春七
こうおうそう紅黄草　夏二五一
こうが姮娥　秋二八五
こうかあぶ後架虻　春九四
こうがいうち笄打　冬四五六
*こうかき紅花忌　春七六
ごうかく合格　春三二
こうがんかえる鴻雁北る　春二一
*こうがんきたる鴻雁来たる　春九
*こうがんきたる鴻雁来る　秋二七八
こうがんきたる鴻雁来る（鴻雁来賓す）　秋二八一
*こうがんらいひんす鴻雁来賓す　秋二八一
こうぎゅう耕牛　春四三
こうぎょ香魚　夏二三三
こうぎょく紅玉　秋三六七
*こうげんさい公現祭　冬四七三
*こうごうたんじょうび皇后誕生日　冬四六一
こうこじ高巾子　新五四一
こうさ黄沙　春一八
*こうじ柑子　秋三六七
*こうじかざる柑子飾る　新五〇八
こうじかび麴黴　夏二七三
こうしさい孔子祭　春七一
*こうじのはな柑子の花　夏二三八
こうしばのはなかうしばの花　春一〇四
こうじみかん柑子蜜柑　秋三六七
*こうじゃくふう黄雀風　夏一三六
*こうじゅ香薷　夏二六六
こうしゅう高秋　秋二七六

こうしゅうぶどう甲州葡萄　秋三六七
＊こうじゅさん香薷散　夏一六七
こうしょ紅薯　秋三八四
ごうしょ劫暑　夏一三
＊こうじょう定考　秋三一七
＊こうしょっき紅蜀葵　夏二五〇
＊こうしょはじめ講書始　新五四二
こうじん黄塵　春一八
こうじん耕人　春四三
こうしんばら庚申薔薇　春九八
こうじんばらい荒神祓　冬四六八
こうじんばんじょう黄塵万丈　春一八
こうしんまち庚申待　新五五三
＊こうすい香水　夏一六七
こうすい幸水　秋三六六
こうずい洪水　秋二九四
こうすいびん香水瓶　夏一六七
こうすいぼく香水木　春一〇八
こうすいらん香水蘭　秋三九〇
ごうせつ豪雪　冬四二二
こうせつらん香雪蘭　春一〇七
＊こうぞ楮　夏二四九
こうそう香草　秋三九〇
こうぞかる楮刈る　冬四五五
こうぞさらす楮晒す　冬四五五
こうぞのかわむく楮の皮剝く　冬四五五
＊こうぞのはな楮の花　春一〇四
こうぞのまり楮の鞠　秋三三〇
こうぞのみ楮の実　夏二四九
こうぞふむ楮踏む　冬四五五
こうぞほす楮干す　冬四五五
＊こうぞむす楮蒸す　冬四五五
こうぞもむ楮もむ　冬四五五
＊こうたろうき光太郎忌　春七六
こうたんえ降誕会　春六九
こうたんさい降誕祭　冬四七三
＊こうていだりあ皇帝ダリア　秋三七八
こうてんぼけ後天木瓜　春一〇〇
こうとう香橙　秋三六八
こうとうのはな香橙の花　夏二二八
ごうながうな　春九三
ごうなうりがうな売　春九三
こうなご小女子　春八九
こうのきのはなかうの木の花　春一〇四
こうば耕馬　春四三
＊こうばい紅梅　春九五
こうばいぐさ紅梅草　秋三七八
こうばくがにこうばく蟹　冬四八六
ごうはんしき強飯式　春六八
こうふう光風　春一八
こうふう紅楓　秋三六九
こうふくじのたきぎのう興福寺の薪能　夏一九二
＊こうふくじほっけえ興福寺法華会　冬四七〇
＊こうふくじもんじゅえ興福寺文殊会　春七〇
こうふくじゆいまえ興福寺維摩会　冬四七〇
こうぶんぼく好文木　春九五
こうぼうき弘法忌　春六〇
こうぼうだいこん弘法大根　春一一
こうほき耕畝忌　秋三四七
＊こうほね河骨　夏二六五
こうま子馬　春八一
こうま黄麻　夏二六一
＊こうめ小梅　夏二三九
こうめのはなこうめの花　春九八
こうもうわたる紅毛渡る　春五八
＊こうもり蝙蝠　夏二一四
こうやどうふ高野豆腐　冬四四〇
こうやひじり高野聖　夏二二一
こうよう紅葉　秋三六八
＊こうよう黄葉　秋三六九
＊こうようき紅葉忌　秋三四八
こうらいいわし高麗鰯　春八八
こうらいがらす高麗鴉　秋三五六
こうらいぎく高麗菊　春一二
こうらいぎつね高麗狐　冬四七九
こうらいきび高麗黍　秋三八四
こうらいぎぼうし高麗擬宝珠　夏二六四
こうらいこしょう高麗胡椒　秋三八二
＊こうらく黄落　秋三六九
こうらくき黄落期　秋三六九
＊こうらに甲羅煮　冬四三九
こうらむし甲羅蒸　冬四三九
こうりゃん高粱　秋三八四

こうりゅう黄柳　秋三七一
＊こうりんき光琳忌　夏二二三
こうるか子うるか　秋三一〇
＊こうろくき紅緑忌　夏二一〇
こえさゆ声冴ゆ　冬四〇六
こえしょい肥背負　新五三三
こえつかう声つかふ　冬四二五
こえひきぞめ肥曳き初　新五三二
ごえんのう後宴能　冬四六七
＊こおいむし子負虫　夏二三一
こおうぎ小扇　夏一六八
こおくすコークス　冬四四五
ごおぐるゴーグル　冬四三〇
こおしえぐさ小児教草　夏二六三
＊こおとコート　冬四二九
ごおやあゴーヤー　秋三八一
＊こおり氷　冬四一六
こおりあずき氷小豆　夏一五九
こおりあられ氷あられ　冬四二一
こおりいちご氷苺　夏一五九
こおりうじ氷宇治　夏一五九
＊こおりうり氷売　夏一七〇
こおりがし氷菓子　夏一五九
こおりきゆ氷消ゆ　春二五
こおりきる氷切る　冬四五三
こおりきんとき氷金時　夏一五九
こおりこんにゃく氷蒟蒻　冬四四〇
こおりこんにゃくつくる氷蒟蒻造る　冬四四〇
こおりしらたま氷白玉　夏一六〇
こおりすいか氷西瓜　夏一五七
こおりすべり氷滑　冬四五七
こおりたき氷り滝　冬四一六
こおりどうふ氷豆腐　冬四四〇
＊こおりとく氷解く　春二五
こおりどけ氷解　春二五
こおりとず氷閉づ　冬四一六
こおりながる氷流る　春二六
こおりのくさび氷の楔　冬四一六
こおりのこえ氷の声　冬四一六
こおりのついたち氷の朔日　夏一五〇
こおりのはし氷の橋　冬四一七
こおりのはな氷の花　冬四一六
＊こおりばし氷橋　冬四一七
こおりばしら氷柱　夏一六八
こおりはる氷張る　冬四一六
こおりひく氷挽く　冬四五三
＊こおりみず氷水　夏一五九
こおりみせ氷店　夏一五九
こおりむすぶ氷結ぶ　冬四一六
こおりもち氷餅　冬四三一
＊こおりもちつくる氷餅作る　冬四三一
こおりれいぞうこ氷冷蔵庫　夏一六八
こおりレモン氷レモン　夏一五九
＊こおりをくうず氷を供ず　夏一八九
＊こおる凍る　冬四〇六
こおる氷る　冬四〇六
こおるこおひいコールコーヒー　夏一五九
＊ごおるでん・うぃいくゴールデン・ウィーク　春三三
＊こおろぎ蟋蟀　秋三六二
＊こがい蚕飼　春四八
こがいどき蚕飼時　春四八
ごかいはじめ御会始　新五四二
こがきこがき　秋三六六
こかご蚕籠　春四八
こがしこがし　夏一六一
＊ごがつ五月　夏一二六
こがつおこがつを　秋三五九
ごがつくる五月来る　夏一二六
ごがつさい五月祭　春三三
ごがつにんぎょう五月人形　夏一四六
ごがつのせっく五月の節句　夏一九一
ごがつばしょ五月場所　夏一八三
こがに小蟹　夏二二七
こがねぐさこがね草　夏二六六
こがねばな黄金花　夏二六七
こがねまくわうり黄金甜瓜　夏二五八
＊こがねむし金亀子　夏二三〇
こがねむし金亀虫　夏二三〇
こがねむし黄金虫　夏二三〇
こかぶ小蕪　冬四九五
こかまきり子かまきり　夏二三三
こがも子鴨　夏二二八
こがも小鴨　冬四八二
＊こがら小雀　夏二三一
＊こがらし凩　冬四〇九
こがらし木枯　冬四〇九
こがらす子烏　夏二一七
ごかれい護花鈴　春五三

こかわらひわ小河原鶸　春八四
ごかんらく御歓楽　新五三八
ごきあらいまつり御器洗祭　秋三三八
こぎいた胡鬼板　新五三四
ごきかぶり御器齧　夏二三三
こぎく小菊　秋三七九
こぎぞめ漕初　新五二三
こぎのこ胡鬼の子（衝羽根）　秋三七六
こぎのこ胡鬼の子（羽子つき）　新五三四
こぎのこのはな胡鬼子の花　夏二六九
*ごきぶりごきぶり　夏二三三
こきゅう狐裘　冬四二九
ごぎょう御形　新五六二
ごぎょう五形　新五六二
ごぎょうそう五行草　夏二六五
ごぎょうよもぎ御形蓬　春一一九
こきんぽうげ小金鳳花　春一一九
*こくう穀雨　春一四
こくがん黒雁　秋三五七
ごくげつ極月　冬四〇二
こくしょ酷暑　夏一二三
*ごくしょ極暑　夏一二三
こくじら小鯨　冬四八〇
ごくすい曲水　春五七
こくせいそう穀精草　秋三九二
*こくぞう穀象　夏二三〇
こくぞうむし穀象虫　夏二三〇
こくたい国体　秋二九六
こくたいたいいかい国体大会　秋二九六
こくちさい告知祭　春七二
こくてい黒帝　冬三九八
こくてんし告天子　春八四
*こくとうにる黒糖煮る　冬四五〇
こくほう黒方　夏一六〇
*こくみんたいいくたいかい国民体育大会　秋二九六
こくものすなわちみのる禾乃ち登る　秋二七七
こくりこコクリコ　夏二五一
こぐれ木暮　夏二四一
こけあおし苔青し　夏二七三
*こけしげる苔茂る　夏二七三
こけしのぶ苔しのぶ　秋三九三
こけしびなこけし雛　春二八
こけしみず苔清水　夏一四四
*こけのはな苔の花　夏二七二
こけもももも蔓苔桃　夏二四六
こけもも苔桃　秋三六八
*こけもものはな苔桃の花　夏二四六
*こけもものみ苔桃の実　秋三六八
こげら小げら　秋三五七
こけらずし柿鮓　夏一五六
*こけりんどう苔竜胆　春一二〇
ごげんじゅう御厳重　冬四一七
ごこうげん御公現　冬四七三
こごうじょう小定考　秋三一七
ごこうずい五香水　春六九
*ごこうのみやまつり御香宮祭　秋三一七
ごこうまつり御更祭　夏一九八
こごえじに凍え死　冬四四九
こごえすずめ凍雀　冬四八一
ここのかのせっく九日の節句　秋三一八
こごめざくら小米桜　春九九
こごめなでしここごめなでしこ　春一〇九
こごめばな小米花　春九九
こごめゆき小米雪　冬四一二
こごゆ凍ゆ　冬四〇六
こごゆこごゆ　冬四五九
こごりぶな凝鮒　冬四三七
こころてんこころてん　夏一六〇
こころのつき心の月　秋二八五
こころば心葉　冬四六一
こころぶところぶと　夏一六〇
こころみのちゃ試みの茶　夏一五八
こざ蚕座　春四八
こさある胡沙荒る　春一八
こさい菰菜　春一三
*ございえ御斎会　新五四一
*ございえのうちろんぎ御斎会内論義　新五四二
ございかぜ御祭風　夏一三四
こさいばり小前張　冬四六七
こざかり蚕ざかり　春四八
こさぎ小鷺　夏二一九
こさきたる胡沙来る　春一八
こさくおさめ小作納　冬四一九
こざけ醴　夏一五八
ござぼうし茣蓙帽子　冬四三〇
こさめときどきふる霎時施る　秋二八三
こさめびたき小鮫鶲　夏二二九

こざらし小瀑　秋三五九
こざらしえぶな小瀑江鮒　秋三五九
こさん古参　春二七
ござんおくりび五山送り火　秋三三九
こじか子鹿　夏二二四
*ごじか午時花　夏二五四
こしきさい古式祭　冬四六六
ごしきすい五色水　春六九
ごしきのいと五色の糸　秋二九八
ごしきのみず五色の水　春六九
こしきぶ小式部　秋三七四
こしょうじ腰障子　冬四四三
*こしたやみ木下闇　夏二四一
ごしちにちのみしほ後七日の御修法　新五四一
こしびょうぶ腰屏風　冬四四三
こしぶとん腰蒲団　冬四二八
こしも濃霜　冬四一二
ごしゃめんばなご赦免花　夏二四六
*こしゅ古酒　秋三〇七
*ごじゅうから五十雀　夏二三一
*こじゅけい小綬鶏　春八三
こじゅん菰筍　春一二三
ごじゅんせつ五旬節　夏二〇八
*こしょうがつ小正月　新五〇二
ごしょうき御正忌　冬四七一
ごしょうてん御昇天　夏二〇七
*ごじょうてんじんまいり五条天神参　冬四六九
ごしょがき御所柿　秋三六六
ごしょざくら御所桜　春九六
ごしょびな御所雛　春二八
ごしょみずひき御所水引　秋三九一
ごじんかまつり御神火まつり　新五四四
ごすい午睡　夏一八七
こずえのにしき梢の錦　秋三六八
こすずめ子雀　春八六
こすみれ小菫　春一二四
*こすもすコスモス　秋三七八
こせがさこせがさ　秋三二六
ごせち五節　冬四六〇
ごせちのごぜんのこころみ五節御前試　冬四六〇
ごせちのちょうだいのこころみ五節帳台試　冬四六〇
*ごせちのまい五節の舞　冬四六〇
こせん姑洗　春二
ごぜんえんぶり御前えんぶり　春六〇
ごせんぐう御遷宮　秋三三三
ごぜんむしご膳蒸　冬四三三
*こぞ去年　新五〇一
*こぞことし去年今年　新五〇一
こそで小袖　冬四二七
*こそでおさめ小袖納　春三三
こぞのきのはなこぞの木の花　春一〇四
こぞのゆき去年の雪　春二四
こそめづき木染月　秋二七八
こぞめづき濃染月　秋二七八
こそんがん胡孫眼　秋三九五
ごだいそんまい五大尊舞　新五四五
*ごたいのみうら御体の御卜　夏一九〇
*こたか小鷹　秋三五三
*こたかがり小鷹狩　秋三三一
こたかの小鷹野　秋三三一
こだちだりあ木立ダリア　秋三七八
*こたつ炬燵　冬四四五
こたついた炬燵板　冬四四五
こたつきる炬燵切る　冬四四五
こたつねこ炬燵猫　冬四八〇
こたつのなごり炬燵の名残　春四〇
こたつはる炬燵張る　冬四四五
こたつひらく炬燵開く　冬四四五
*こたつふさぐ炬燵塞ぐ　春四〇
こたつぶとん炬燵蒲団　冬四四五
こたつやぐら炬燵櫓　冬四四五
こだな蚕棚　春四八
こだね蚕種　春四八
*こち東風　春一七
*こち鯒　夏二三五
ごちあみ吾智網　春四九
こちかぜこち風　春一七
こちどり小千鳥　冬四八二
こちゃ古茶　夏一五八
こちょう胡蝶　春九四
こちょうか胡蝶花(三色菫)　春一〇六
こちょうか胡蝶花(著莪の花)　夏二六五
こちょうすみれ胡蝶菫　春一〇六

こちょうのゆめ胡蝶の夢　春九四
こちょうはい小朝拝　新五三八
こちょうよう小重陽　秋三〇五
*こちょうらん胡蝶蘭　夏二六四
こっかん酷寒　冬四〇六
ごっかん極寒　冬四〇六
こづくりはじめ木造始　新五三三
*こつごもり小晦日　冬四〇三
こっぱ木つ葉　秋三五九
こつばめ子燕　夏二一七
こでまりこでまり　春九九
*こでまりのはなこでまりの花　春九九
こでまりのはな小粉団の花　春九九
こでまりのはな小手毬の花　春九九
こでまりのはな小手鞠の花　春九九
こでんしんじょうさい古伝新嘗祭　冬四六五
*ごとう御燈　春五七
ごとうづるごとう蔓　夏二三六
*ことおさめ事納　冬四一九
こどき蚕時　春四八
ことことことこと　新五二二
*ことし今年　新五〇〇
*こどし小年　新五〇二
ことしぎぬ今年絹　秋三一七
こどしこし小年越　新五〇二
ことしざけ今年酒　秋三〇七
ことししぶ今年渋　秋三一七
ことしだけ今年竹　夏二四九
ことしたばこ今年煙草　秋三一七
ことしまい今年米　秋三〇七
ことしむぎ今年麦　夏一七一
こどしよ小年夜　新五〇二
ことしわた今年綿　秋三一七
ことしわら今年藁　秋三一六
ことなしぐさ事無草　夏二七〇
ことのばら小殿原　新五二七
*ことはじめ事始　春二七
*ことはじめ事始　冬四一九
ことはじめ琴始　新五三六
ことはじめのもち事始の餅　冬四一九
ことび事日　春二七
ことひきどり琴弾鳥　春八四
*ことひらまつり金刀比羅祭　秋三三五
ことぶれ言触　新五二三
ことまつり事祭　春二七
*こどものひこどもの日　夏一九〇
こどものひ子供の日　夏一九〇
ことようか事八日(事始)　春二七
ことようか事八日(事納)　冬四一九
ことり子鳥　春八七
*ことり小鳥　秋三五四
ことりあみ小鳥網　秋三一二
ことりかえる小鳥帰る　春八六
*ことりがり小鳥狩　秋三一二
ことりくる小鳥来る　秋三五四
ことりづかい部領使　秋三一七
ことりのす小鳥の巣　春八七
ことりのたまご小鳥の卵　春八六
ことりひく小鳥引く　春八六
ことりわたる小鳥渡る　秋三五四
こな小菜　秋三八二
*こなぎ小水葱　春一三
*こなぎつむ小水葱摘む　春三九
*こなぎのはな小水葱の花　秋三九一
こなぎのはな子葱の花　秋三九一
こなし小梨　秋三七五
こなしのはな小梨の花　夏二四四
こなずみ粉炭　冬四四四
こなちゃたて粉茶立　秋三六四
こなゆき粉雪　冬四一二
こならのみ小楢の実　秋三七三
*ごなんのもち御難の餅　秋三四一
ごにちのきく後日の菊　秋三〇五
*ごにちののう後日の能　冬四六七
こにわ小庭　秋三一五
ごにんばやし五人囃子　春二八
こぬあき来ぬ秋　夏一三三
こねこ子猫　春八一
こねりがき木練柿　秋三六六
このあがり蚕の上蔟　夏一七七
このくれ木の晩　夏二四一
このここのこ　冬四八七
このしたやみ木の下闇　夏二四一

＊このしろ鰶　秋三六〇
このねむり蚕の眠り　春四八
＊このは木の葉　冬四九一
このはあめ木の葉雨　冬四九一
このはかつちる木の葉かつ散る　秋三六九
＊このはがみ木の葉髪　冬四五八
このはしぐれ木の葉時雨　冬四九一
このはずく木葉木菟　夏二一六
＊このはちょう木の葉蝶　夏二二八
このはちる木の葉散る　冬四九一
このはやく木の葉焼く　冬四九一
＊このはやまめ木葉山女　秋三五八
＊このみ木の実　秋三七一
このみあめ木の実雨　秋三七一
このみおつ木の実落つ　秋三七一
このみごま木の実独楽　秋三七一
このみしぐれ木の実時雨　秋三七一
このみどき木の実時　秋三七一
このみひろう木の実拾ふ　秋三七一
このみふる木の実降る　秋三七一
＊このめ木の芽　春一〇一
このめあめ木の芽雨　春一三
このめがき木の芽垣　春一〇一
このめかぜ木の芽風　春一三
＊このめどき木の芽時　春一三
このめはる木の芽張る　春一〇一
このめばれ木の芽晴　春一三
このめびえ木の芽冷　春一三
このめやま木の芽山　春一三
このり兄鷂　秋三五三
＊このわた海鼠腸　冬四三九
このわたざけ海鼠腸酒　冬四三九
こばいけい小梅蕙　夏二七二
＊こばいけいそう小梅蕙草　夏二七二
ごばいしごばいし　秋三七〇
こはぎ小萩　秋三八七
こはこべこはこべ　春一一五
こはだ小鰭　秋三六〇
こはだずし小鰭鮨　秋三六〇
＊こはだのあわづけ小鰭の粟漬　新五一七
＊こはたまつり木幡祭　秋三三九
こはなばち小花蜂　春九四
＊こはまぎく小浜菊　秋三八九
こはも小鱧　夏二二六
こはやぶさ小隼　秋三五三
＊こはる小春　冬三九九
こはるかぜ小春風　冬三九九
こはるぞら小春空　冬三九九
こはるなぎ小春凪　冬三九九
こはるび小春日　冬三九九
こはるびより小春日和　冬三九九
こばん小鶴　夏二二八
ごはんいただき御判頂き　新五四六
こばんうり小判売　新五四八
ごはんぎょうじ御判行事　新五四六
＊こばんそう小判草　夏二五四
ごはんちょうだい御判頂戴　新五五五
ごはんむしご飯蒸　冬四三三
こびる小蒜　春一一七
＊こぶし辛夷　春九七
こぶし木筆　春九七
こぶしいもこぶしいも　秋三八一
こぶしはじかみこぶしはじかみ　春九七
＊こぶなぐさ小鮒草　秋三九〇
ごへいじる五平汁　冬四三六
ごへいだ五平太　冬四四五
こべにひわ小紅鶸　秋三五五
＊ごぼう牛蒡　秋三八二
ごぼうじめ牛蒡注連　新五〇七
＊ごぼうのはな牛蒡の花　夏二五七
＊ごぼうひく牛蒡引く　秋三一九
ごぼうほる牛蒡掘る　秋三一九
＊ごぼうまく牛蒡蒔く　春四五
こぼらあみこぼら網　夏一七九
こぼれはぎこぼれ萩　秋三八七
こまこま　夏二二〇
＊こま独楽　新五三五
＊ごま胡麻　秋三八五
こまい古米　秋三〇七
＊こまい氷下魚　冬四八六
こまいじる氷下魚汁　冬四八六
こまいつり氷下魚釣　冬四八六
こまうつ独楽打つ　新五三五
ごまうつ胡麻打つ　秋三一九
＊こまがえるくさ駒返る草　春一一三

ごまがら胡麻殻　秋三一九
＊ごまかる胡麻刈る　秋三一九
＊こまくさ駒草　夏二七一
＊こまごめふじもうで駒込富士詣　夏二〇一
こまたこまた　春一二三
ごまたたく胡麻叩く　秋三一九
ごまだらかみきりごまだら天牛　夏二三〇
こまちおどり小町踊　秋三三三
＊こまちき小町忌　春八〇
こまちそう小町草　夏二五二
こまつうり小松売　冬四二〇
こまつな小松菜(鶯菜)　春一一〇
こまつな小松菜(冬菜)　冬四九四
＊こまつなぎ駒繋　夏二六七
＊こまつひき小松引　新五〇六
こまとどめこまとどめ　夏二六七
こまとめはぎこまとめはぎ　夏二六七
＊こまどり駒鳥　夏二三〇
こまのあしがたこまのあしがた　春一一八
＊ごまのはな胡麻の花　夏二五七
こまのひざこまのひざ　秋三九〇
こまのひも独楽の紐　新五三五
＊こまびき駒牽　夏一八九
＊こまぶえ駒鳥笛　春五五
ごまふぐ胡麻河豚　冬四八六
ごまほす胡麻干す　秋三一九
こままい駒舞　新五四五
＊ごままき胡麻蒔　夏一七四
ごままく胡麻蒔く　夏一七四
こままわし独楽廻し　新五三五
こまむかえ駒迎　秋三一七
ごまむしろ胡麻筵　秋三一九
ごまめごまめ　新五二七
ごまめ五万米　新五二七
ごまんざい御万歳　新五一三
ごみがゆ五味粥　冬四七一
ごみなまずごみ鯰　夏二二二
こむぎ小麦　夏二六〇
こむくどり小椋鳥　秋三五六
こむそうばな虚無僧花　夏二六七
ごむなわとびゴム縄飛　冬四五七
ごむふうせんゴム風船　春五五
ごめごめ　夏二二二
ごめかえる海猫帰る　秋三五八
こめかざる米飾る　新五〇八
こめじ小めじ　春八九
こめだわらあむ米俵編む　秋三一六
こめつきばった米搗ばつた　秋三六三
＊こめつきむし米搗虫　夏二三〇
こめつきむし叩頭虫　夏二三〇
こめつつじ米躑躅　春九九
ごめのこる海猫残る　秋三五八
こめのむし米の虫　夏二三〇
こめのり米海苔　春一二四
こめばな米花　新五二六
こめむし米虫　夏二三〇
こめやなぎこめやなぎ　春九九
ごめわたる海猫渡る　春八六
こも菰　夏二六五
ごもくずし五目鮓　夏一五六
こもちあゆ子持鮎　秋三五八
こもちかんらん子持甘藍　冬四九四
こもちすずめ子持雀　春八六
こもちだら子持鱈　冬四八四
こもちづき小望月　秋二八七
こもちどり子持鳥　春八六
こもちなます子持膾　春三五
こもちねこ子持猫　春八一
＊こもちはぜ子持鯊　春八九
こもちはなやさい子持花椰菜　冬四九五
＊こもちぶな子持鮒　春九〇
こもちまき菰粽　夏二五五
こもづの菰角　春一二三
こもづの茭白　春一二三
こものはな菰の花　秋三八八
こものわかば菰の若葉　春一一四
こもぶね菰船　夏一七五
こもまき菰巻　冬四四二
こもりなます子守膾　春三五
こもりばんてん子守半纏　冬四二八
こや蚕屋　春四八
＊こやすがい子安貝　春九二
こやすぐさこやすぐさ　夏二五〇
こやばらい蚕屋払　新五一六
こやまぶき濃山吹　春九九
こゆき小雪　冬四二二
こゆき粉雪　冬四二二
＊こゆみひき小弓引　春五〇
こよいのつき今宵の月

秋二八七
＊ごようおさめ御用納　冬四三三
ごようじまい御用終　冬四三三
ごようつつじ五葉躑躅
春九九
＊ごようはじめ御用始　新五三三
こよぎ小夜着　冬四二七
こよしきり小葭切　夏二二七
＊こよみうり暦売　冬四四八
こよみくばり暦配　冬四四八
こよみのおわり暦の終
冬四四八
こよみのすえ暦の末　冬四四八
＊こよみのそう暦の奏　冬四六〇
こよみのはて暦の果　冬四四八
こよみはつ暦果つ　冬四四八
こよみびらき暦開　新五二九
こよりじゅばん紙縒襦袢
夏一五三
ごらいこう御来光　夏一三九
＊ごらいごう御来迎　夏一三九
＊ごり鮖　夏一三三
ごり鮴　夏一三三
＊ごりじるごり汁　夏一五六
ごりじる鮖汁　夏一五六
こりぞめ樵初　新五三三
ごりのしるごりの汁　夏一五六
ごりゃくのそう御暦の奏
冬四六〇
こりやなぎ行李柳　春一〇二
ごりょうえ御霊会　夏一九七
ごりょうのおいで御霊の御
出　夏一九七
ごりょうのしんじ御霊の神
事　夏一九七
＊ごりょうまつり御霊祭
夏一九七
＊こるり小瑠璃　夏二二九
＊これらコレラ　夏一八八
これら虎列剌　夏一八八
これらせんコレラ船　夏一八八
ごれんがはじめ御連歌始
新五四三
ころ葫蘆　秋三八〇
ころがき枯露柿　秋三〇九
ころがきころ柿　秋三六六
ころがきかざる胡蘆柿飾る
新五〇九
ころくがつ小六月　冬三九九
ころころころころ　秋三六二
ごろすけ五郎助　冬四八一
ころもうつ衣打つ　秋三二六
ころもかう更衣ふ　夏一五一
ころもかう衣更ふ　夏一五一
＊ころもがえ更衣　夏一五一
ころりころり　夏一八八
こわいろながし声色ながし
夏一八二
こわわた強腸　冬四三九
こんぎく紺菊　秋三八九
ごんきり五寸切　夏一六二
ごんげんさま権現様　新五三三
＊ごんげんまい権現舞　新五三三
こんこうか魂香花　夏二三五
こんごうざくら金剛桜
春九六
こんごうそう金剛草　夏二六七
ごんごんごまごんごん独楽
新五三五
こんちゅうさいしゅう昆虫
採集　夏一八五
＊ごんずいごんずい　春八九
ごんずい権瑞　春八九
＊ごんすいき言水忌　秋三五二
ごんどうくじらごんどう鯨
冬四八〇
＊こんにゃくうう蒟蒻植う
春四六
＊こんにゃくこおらす蒟蒻凍
らす　冬四四〇
こんにゃくだま蒟蒻玉
冬四五〇
こんにゃくだまほす蒟蒻玉
干す　冬四五〇
こんにゃくだまほる蒟蒻玉
掘る　冬四五〇
＊こんにゃくのはな蒟蒻の花
夏二五七
こんにゃくほす蒟蒻干す
冬四五〇
＊こんにゃくほる蒟蒻掘る
冬四五〇
こんねん今年　新五〇〇
こんぴらまつり金毘羅祭
秋三三五
＊こんぶ昆布　夏二七三
＊こんぶかざる昆布飾る
新五〇九
＊こんぶかり昆布刈　夏一七五
こんぶかる昆布刈る　夏一七五
こんぶとる昆布採る　夏一七五
こんぶぶね昆布舟　夏一七五
こんぶほす昆布干す　夏一七五
＊こんろんか崑崙花　夏二四八

さ

さあふぁあサーファー

夏一八二
＊さあふぃんサーフィン　夏一八二
さいいんまつり西院祭　秋三二七
さいおうき西翁忌　春八〇
さいかいし西海子　秋三七五
さいがおどり雑賀踊　夏一九七
＊さいかくき西鶴忌　秋三四九
さいかしさいかし　秋三七五
＊さいかち皂角子　秋三七五
さいかち皂莢　秋三七五
＊さいかちのはな皂莢の花　夏二四六
さいかちのはな皂角の花　夏二四六
さいかちのみ皂角子の実　秋三七五
さいかちむしさいかち虫　夏二三〇
さいがまつり雑賀祭　夏一九七
さいぎ幸木　新五〇七
＊さいぎょうき西行忌　春七八
さいきょうのつくりばな西京の造り花　春六八
＊さいぐうのえま斎宮絵馬　冬四六八
さいぐうのぐんこう斎宮群行　秋三一八
＊さいくさのまつり三枝祭　夏二〇〇
＊さいくはじめ細工始　新五三三
さいごうき西郷忌　秋三四七
ざいごき在五忌　夏二二三
さいごのばんさん最後の晩餐　春七三
さいしゅ歳首　新五〇〇
さいしょ歳初　新五〇〇
さいじょうがき西条柿　秋三六六
＊さいじょうまつり西条まつり　秋三二七
＊さいすなわちけものをまつる豺乃ち獣を祭る　秋二八三
さいせい催青　春四八
＊さいせいき犀星忌　春七六
＊さいぞう才蔵　新五三三
＊さいぞういち才蔵市　冬四二〇
＊さいだあサイダー　夏一五九
＊さいだいじおおちゃもり西大寺大茶盛　春六九
さいだいじまいり西大寺参　春六六
さいたづまさいたづま　春一一六
さいたん歳旦　新五〇一
さいたんか歳旦歌　新五一四
さいたんく歳旦句　新五一四
＊さいたんさい歳旦祭　新五三八
さいたんさい歳旦祭（延寿祭）　新五四五
さいたんちょう歳旦帖　新五一四
＊さいたんびらき歳旦開　新五一四
＊さいたんみつもの歳旦三つ物　新五一四
さいちょうき最澄忌　夏二〇六
さいどう祭堂　新五四五
さいとうき西東忌　春七六
＊さいとうさい祭頭祭　春六一
さいとごやさいと小屋　新五三三
さいとばらいさいとばらひ　新五三三
＊さいとやき塞灯焼　新五三三
さいとやき柴灯焼　新五三三
さいにち斎日　新五五六
さいねりあサイネリア　春一〇七
さいのかみのかんじん幸の神の勧進　新五五〇
さいのかみまつり塞の神祭　新五五〇
さいのかみまつり幸の神祭　新五五〇
さいのまつり豺の祭　秋二八三
さいはい采配　新五二九
さいばん歳晩　冬四〇二
さいひょう細氷　冬四一一
＊さいひょう採氷　冬四五三
さいひょうしゃ採氷車　冬四五三
さいひょうじょう採氷場　冬四五三
＊さいひょうせん砕氷船　冬四五三
さいひょうち採氷池　冬四五三
さいぼ歳暮　冬四〇二
さいまつ歳末　冬四〇二
＊さいまつり西院祭　秋三二七
ざいまつり在祭　秋三三〇
＊さいまろき才麿忌　新五五七
さいよりさいより　春八八
さいらさいら　秋三六〇
ざいるザイル　夏一八〇
さいわいかご幸籠　新五〇七
＊さいわいぎ幸木　新五〇七

＊さうこんのばばのうまゆみ左右近の馬場の騎射　夏一八九
さえ冴え　冬四〇六
＊さえかえる冴返る　春七
＊さえずり囀　春八六
さえずる囀る　春八六
ざおうどうかわずとび蔵王堂蛙飛　夏二〇六
さおしか小牡鹿　秋三五三
さおだか竿鷹　冬四五三
＊さおつつじ竿躑躅　春三二
＊さおとめ早乙女　夏一七二
さおとめうた早乙女唄　夏一七三
さおとめばな早乙女花（二人静）　春一一九
さおとめばな早乙女花（田植花）　夏二六三
＊さかおけほす酒桶干す　秋三〇七
さがおたいまつ嵯峨御松明　春六七
さかがみき逆髪忌　秋三三四
＊さかがみまつり逆髪祭　秋三三四
さかきおに榊鬼　冬四六四
＊さかききり榊伐　春六三
さかきとり榊取　春六三
＊さかきのはな榊の花　夏二四五
さかさほおずきさかさほほづき　夏二二七
さかさみの逆蓑　冬四三三
さかずきながし盃流し　春五七
さかずきのひかり盃の光　秋二八五
＊さがだいねんぶつ嵯峨大念仏　春六八
さがだいねんぶつきょうげん嵯峨大念仏狂言　春六八
さかつらがん酒面雁　秋三五七
＊さかどり坂鳥　秋三五四
さがねんぶつ嵯峨念仏　春六八
＊さがのはしらたいまつ嵯峨の柱炬　春六七
さかばえ酒蝿　夏二三三
＊さかぼし酒星　春一六
＊さかますぼし酒桝星　冬四〇八
＊さがまつり嵯峨祭　夏一九六
さかまんじゅう酒饅頭　冬四三三
さかむかえ坂迎へ　春三〇
＊さかもとりょうしゃまつり坂本両社祭　夏一九四
さがらめ相良布　夏二七三
さがりさがり　秋三八二
さがりいちご下り苺　春一〇四
さがりごけさがりごけ　夏二七二
さぎあし鷺足　冬四五六
＊さぎごけ鷺苔　春二二
さぎしば鷺芝　春二二
＊さぎそう鷺草　夏二七〇
＊さぎちょう左義長　新五三三
さぎちょう三毬杖　新五三三
さぎちょう三毬打　新五三三
さぎちょうおどり左義長踊　新五三〇
＊さきなます裂膾　秋三一〇
＊さぎのす鷺の巣　春八八
さきひがんさき彼岸　春一〇
さきぼし割干　冬四四〇
さぎり狭霧　秋二九一
＊さくたろうき朔太郎忌　夏二〇九
さくたん朔旦　新五〇一
＊さくたんとうじ朔旦冬至　冬四〇一
さくふう朔風　冬四〇九
さくべい索餅　秋二九五
＊さくら桜　春九六
＊さくらあさ桜麻　夏二六一
さくらいか桜烏賊　春九一
さくらうお桜魚　春九〇
＊さくらうぐい桜鯎　春九〇
さくらうぐい桜石斑魚　春九〇
＊さくらえび桜蝦　春九三
＊さくらがい桜貝　春九二
＊さくらかくし桜隠し　春一九
さくらがさね桜がさね　春三三
＊さくらがり桜狩　春五二
さくらかる桜枯る　冬四九一
さくらごち桜東風　春一七
＊さくらごろも桜衣　春三三
＊さくらしべふる桜蕊降る　春九七
＊さくらじまだいこん桜島大根　春一二
さくらずみ佐倉炭　冬四四四
さくらずみ桜炭　冬四四四
さくらすみれ桜菫　春一二四
＊さくらそう桜草　春一一六
＊さくらだい桜鯛　春八八
さくらだけ桜茸　秋三九四
さくらたで桜蓼　秋三九三

さくらづき桜月　春一一
さくらづきよ桜月夜　春九六
*さくらづけ桜漬　春三四
さくらどき桜時　春一三
*さくらなべ桜鍋　冬四三六
さくらのその桜の園　春九六
*さくらのみ桜の実　夏二三五
さくらのめ桜の芽　春一〇一
*さくらのり桜海苔　春一二四
さくらばえさくらばえ　春九〇
さくらはじめてひらく桜始めて開く　春一〇
*さくらびと桜人　春五二
さくらふぶき桜吹雪　春九七
さくらぼしさくら干し　夏一六二
*さくらまじ桜まじ　春一七
さくらます桜鱒　春八九
さくらみ桜見　春五二
さくらみとなる桜実となる　夏二三五
*さくらもち桜餅　春三七
*さくらもみじ桜紅葉　秋三七〇
さくらもり桜守　春五二
さくらやま桜山　春九六
さくらゆ桜湯　春三四
*さくらんぼさくらんぼ　夏二四〇
*ざくろ石榴　秋三六七
ざくろ柘榴　秋三六七
*ざくろのはな石榴の花　夏二三九
ざくろのみ石榴の実　秋三六七
*さけ鮭　秋三六〇
さけあみ鮭網　秋三三二
*さけうち鮭打　秋三三二
*さけおろし鮭颪　秋二九〇
さけごや鮭小屋　秋三三二
さけなべ鮭鍋　冬四三七
さけに酒煮　夏一五八
さけにる酒煮る　夏一五八
さけのうおむらがる鱖の魚群がる　冬四〇一
さけのかす酒の粕　冬四三五
さけのこ鮭の子　秋三二〇
さけばん鮭番　秋三三二
さけばんや鮭番屋　秋三三二
さげもんさげもん　春一九
さけやな鮭簗　秋三三二
さけりょう鮭漁　秋三三二
さごし狭腰　春八八
ざこね雑魚寝　冬四二七
さこのたろう迫の太郎　秋三三三
さこんのさくら左近の桜　春九六
ささうり笹売　秋二九八
*さざえ栄螺　春九一
さざえ拳螺　春九一
さざえ栄螺子　春九一
さざえのつぼやき栄螺の壺焼　春三六
ささがにひめささがに姫　秋二九七
ささぎささぎ　秋三八五
ささぐま笹熊　冬四七九
ささぐりささ栗　秋三六七
*ささげ豇豆　秋三八五
ささげひく豇豆引く　秋三一九
*ささげめし豇豆飯　秋三〇八
ささご笹子　冬四八一
*ささごい笹五位　夏二一九
ささごなく笹子鳴く　冬四八一
ささずし笹鮓　夏一五六
ささちまき笹粽　夏一五五
ささちる笹散る　夏二四九
*ささなき笹鳴　冬四八一
ささなき小鳴　冬四八一
ささなぎ細水葱　春一二三
ささなぎのはな細水葱の花　秋三九一
ささのこ笹の子　夏二四九
ささのり笹海苔　春一二四
ささばぎんらん笹葉銀蘭　春一一八
ささまきずし笹巻鮓　夏一五六
ささみこし狭小神輿　秋三三三
*ざざむしざざ虫　冬四八八
ささめゆき細雪　冬四一二
ささも笹藻　夏二七二
ささゆり笹百合　夏二五三
ささらおぎささら荻　秋三八八
ささりんどう笹竜胆　秋三九二
*さざんか山茶花　冬四八九
さざんか茶梅　冬四八九
さざんくろすサザンクロス　夏一三四
さしさし　夏二三三
さし蠁子　夏二三三
*さしき挿木　春四七
さしぎく挿菊　夏一七四
ざしきのぼり座敷幟　夏一四六
*さしさば刺鯖　秋三〇〇
さしさば差鯖　秋三〇〇
さしつばき挿椿　夏一七四
さしどこ挿床　春四七
さじな匙菜　冬四九四

さしば挿葉　春四七
さしば刺羽　秋三五三
さしばえ螫蠅　夏三三二
さしほ挿穂　春四七
さしめ挿芽　春四七
さしもぐさ**さしも草**　春一一九
＊ざぜんそう座禅草　春一一九
＊さそり蠍　夏三三四
さだじんじゃかみありさい
佐太神社神在祭　冬四六二
＊さちおき左千夫忌　夏二二一
さつお猟夫　冬四五一
＊さつき皐月　夏一二八
さつき五月　夏一二八
＊さつき杜鵑花　夏二三六
さつきあめ**さつき雨**　夏一三七
＊さつきいみ五月忌　夏一五〇
＊さつきいわい皐月祝　新五二〇
さつきおとめ五月乙女　夏一七二
＊さつきがわ五月川　夏一四二
＊さつききょうげん五月狂言　夏一八三
さつききょうげん皐月狂言　夏一八三
さつきぐもり五月曇　夏一三七
さつきごい五月鯉　夏一四六
さつきぞら皐月空　夏一三四
さつきだ五月田　夏一四三
さつきだま五月玉　夏一四八
さつきつつじ五月躑躅　夏三三六
＊さつきなみ皐月波　夏一四三
さつきなみ皐月浪　夏一四三
さつきの五月野　夏一四二
＊さつきのかがみ五月の鏡　夏一四九
さつきのぼり五月幟　夏一四六
＊さつきばれ五月晴　夏一四〇
＊さつきふじ五月富士　夏一四一
さつきふじ皐月富士　夏一四一
さつきめ五月女　夏一七二
＊さつきやま五月山　夏一四一
＊さつきやみ五月闇　夏一三九
さっぱ**さつぱ**　秋三六〇
＊さっぽろまつり札幌まつり　夏二〇〇
＊さつまいも甘藷　秋三八四
さつまいも薩摩薯　秋三八四
＊さつまいものはな甘藷の花　夏二五六
さつまいものはな薩摩芋の花　夏二五六
さつまぎく**さつまぎく**　夏二五一
さつまじょうふ薩摩上布　夏一五三
＊さつまじる薩摩汁　冬四三五
さといも里芋　秋三八一
さといもうう里芋植う　春四六
さといもでんがく里芋田楽　秋三八一
＊さとうきび甘蔗　秋三八四
さとうきび砂糖黍　秋三八四
さとうきびのはな砂糖黍の花　冬四九六
ざとうくじら座頭鯨　冬四八〇
ざとうごよみ座頭暦　新五二九
ざとうしゃくとう座頭積塔　春六六
ざとうのすずみ座頭の納涼　夏二〇六
＊さとうみず砂糖水　夏一九九
さとうみずうり砂糖水売　夏一七〇
＊さとかぐら里神楽　冬四六七
さとさがり里下り　新五三二
さとざくら里桜　春九六
さどだら佐渡鱈　冬四八四
さとつばめ里燕　春八五
さとひき里曳き　夏一九四
さとまつり里祭　秋三三〇
さとわかば里若葉　夏一四一
＊さなえ早苗　夏一六一
さなえかご早苗籠　夏一六一
さなえだ早苗田　夏一四三
さなえたば早苗束　夏一六一
さなえづき早苗月　夏一二八
さなえとり早苗取　夏一七二
＊さなえとんぼ早苗蜻蛉　夏三三三
さなえぶね早苗舟　夏一六一
さなかずら**さなかづら**　秋三八九
＊さなぶり早苗饗　夏一七三
さなぼり**さなぼり**　夏一七三
さなみ**さなみ**　夏一四三
さにょうぼう早女房　夏一七二
さねかずら真葛　秋三八九
さねかずら実葛　秋三八九
さねかずら南五味子　秋三八九
＊さねともき実朝忌　春七八
さねもりおくり実盛送　秋三一四
さねもりまつり実盛祭

秋三一四
さねもりむし実盛虫　秋三六三
さねんばなサネン花　夏二五二
さのぼりさのぼり　夏一七三
*さば鯖　夏二三四
さつきばえ五月蠅　夏二三三
*さばえなすかみ五月蠅なす神　夏二〇一
さばえなすかみ小蝿なす神　夏二〇一
さばきぞめ捌初　新五三三
*さばぐも鯖雲　秋二八五
さばずし鯖鮓　夏一五六
さばつり鯖釣　夏二三四
さばび鯖火　夏二三四
さばぶね鯖船　夏二三四
さびあゆ錆鮎　秋三五八
*さびたのはなさびたの花　夏二四六
*さふらんサフラン　秋三七七
さふらん泊夫藍　秋三七七
さふらんのはなサフランの花　秋三七七
さぼてん覇王樹　夏二五三
さぼてん仙人掌　夏二五三
さぼてんぎく仙人掌菊　夏二五一
*さぼてんのはな仙人掌の花　夏二五三
*さほひめ佐保姫　春二二
*ざぼん朱欒　冬四九〇
*ざぼんのはな朱欒の花　夏二三九
さまあうぇあサマーウェア　夏二五四
さまあおれんじサマーオレンジ　春一〇〇
さまあこおとサマーコート　夏二五四
*さまあどれすサマードレス　夏二五四
さまつさまつ　夏一七三
*さまつたけ早松茸　夏一七三
ざまのおはらえ座摩の御祓　夏二〇二
*さまあはうすサマーハウス　夏一八一
*ざままつり座摩祭　夏二〇二
さみだるさみだる　夏二一七
*さみだれ五月雨　夏二一七
さみだれぐも五月雨雲　夏二一七
さみだれづき五月雨月　夏二一八
さみだれはぎさみだれ萩　夏二六二
さむきあさ寒き朝　冬四〇五
さむきはる寒き春　春八
さむきよ寒き夜　冬四〇五
さむさ寒さ　冬四〇五
*さむし寒し　冬四〇五
さむぞら寒空　冬四〇八
*さめ鮫　冬四八三
*さめびたき鮫鶲　夏二一九
*さもも早桃　夏二三九
さやいんげん莢隠元　秋三八五
さやえんどう莢豌豆　夏二五七
さやかさやか　秋二八一
さやけしさやけし　秋二八一
*さゆ冴ゆ　冬四〇六
さゆるかぜ冴ゆる風　冬四〇六
さゆるつき冴ゆる月　冬四〇六
さゆるほし冴ゆる星　冬四〇六
さゆるよる冴ゆる夜　冬四〇六
さよきぬた小夜砧　秋三一六
さよしぐれ小夜時雨　冬四一〇
さよちどり小夜千鳥　冬四八二
*さより鱵　春八八
さより針嘴魚　春八八
さより竹魚　春八八
さより細魚　春八八
さより水針魚　春八八
さより針魚　春八八
さよりぶね鱵舟　春八八
さらさぼけ更紗木瓜　春一〇〇
さらさもくれん更沙木蓮　春九九
*さらし晒布　夏一五二
さらし晒　夏一五二
*さらしい晒井　夏一六九
さらしうり晒売　夏一五二
さらしがわ晒川　夏一五二
*さらしくじら晒鯨　夏一六二
さらしぬのさらし布　夏一五二
さらしねぎ晒葱　冬四九五
さらだなサラダ菜　春一一〇
さらのはな沙羅の花　夏二四六
さらのはなさらの花　夏二四六
ざらめゆきざらめ雪　冬四一二
ざりがにざりがに　夏二二七
さりしほとけ去りし仏　春六五
*さるおがせ松蘿　夏一七二
さるおがせ猿麻蘿　夏一七二
さるがきさる柿　秋三六六
さるかり去る雁　春八五
さるこ猿子　冬四二八
*さるざけ猿酒　秋三〇七

*さるすべり百日紅　夏三二六
さるたづ去る田鶴　春八五
さるつかい猿使ひ　新五二四
さるつる去る鶴　春八五
さるとりいばらのはなさるとりいばらの花　春一〇五
*さるのくちあけ猿の口開　冬四六三
*さるのこしかけ猿の腰掛　秋三九五
さるのじんく猿の神供　春六三
*さるびあサルビア　夏二五〇
さるひき猿曳　新五二四
さるひき猿引　新五二四
さるまいし猿舞師　新五二四
さるまつり申祭(春日祭)　春六二
さるまつり申祭(山王祭)　春六三
*さるまわし猿廻し　新五二四
さわがに沢蟹　夏二二七
*さわぎきょう沢桔梗　秋三九一
さわぐるみ沢胡桃　秋三六七
さわしがきさはし柿　秋三六六
さわしかつのおつる麋角解　冬四〇一
さわぜり沢芹　春一一七
さわびる沢蒜　春一一七
*さわふたぎのはな沢蓋木の花　夏二四四
さわふたぎのはな沢塞の花　夏二四四
さわみずこおりつめる水沢腹堅る　冬四〇四
*さわやか爽やか　秋二八一
さわやぐ爽やぐ　秋二八一
*さわら鰆　春八八
さわら馬鮫魚　春八八
さわらあみ鰆網　春八八
さわらごち鰆東風　春一七
*さわらのたいさい佐原の大祭　秋三三六
さわらび早蕨　春一一七
さわらぶね鰆船　春八八
さんうき傘雨忌　夏二〇八
ざんおう残桜　春九七
ざんおう残鶯　夏二二七
さんか三夏　夏二二六
*さんが蚕蛾　夏二二八
さんが参賀　新五三八
*ざんか残花　春九七
さんがいねぎ三階葱　夏二五九
*さんがつ三月　春九
さんがつおわる三月終る　春一五
さんがつきょうげん三月狂言　春五四
さんがつじゅういちにち三月十一日　春五九
さんがつじん三月尽　春一五
さんがつせっく三月節句　春二八
*さんがつだいこん三月大根　春一一
さんがつつく三月尽く　春一五
*さんがつとおか三月十日　春五八
*さんがつな三月菜　春一一
さんがつばしょ三月場所　春五四
*さんがにち三が日　新五〇一
さんがにち三ケ日　新五〇一
さんかん三寒　冬四〇六
*さんかんしおん三寒四温　冬四〇六
*さんきき三鬼忌　春七六
*ざんぎく残菊　秋三七九
ざんぎくのえん残菊の宴　秋三〇五
さんぎごぼう算木牛蒡　新五五六
*さんきらいのはな山帰来の花　春一〇五
さんぐうこう参宮講　春三〇
さんくにち三九日　秋三三八
*さんぐらすサングラス　夏一五四
さんげえ山家会　夏二〇六
ざんげつ残月　秋二八八
ざんげつばい残月梅　春九五
さんげん三元　新五〇一
*さんこうちょう三光鳥　夏二二九
さんこうぼうまいり三弘法詣　春六七
*さんごじゅ珊瑚樹　秋三七五
さんごじゅなさんごじゆな　秋三八二
*さんごじゅのはな珊瑚樹の花　夏二四七
さんごじゅのみ珊瑚樹の実　秋三七五
さんごそう珊瑚草　秋三八八
さんごのつき三五の月　秋二八七
さんごや三五夜　秋二八七

さんさいとり山菜採　春五一
＊さんざしのはな山査子の花　春九九
さんざしのはな山楂子の花　春九九
さんし山市　春二三
さんし三始　新五〇一
＊さんしきすみれ三色菫　春一〇六
さんしちそう三七草　秋三七九
＊さんしちのはな三七の花　秋三七九
さんしつ蚕室　春四八
さんじゃくね三尺寝　夏一八七
さんじゃさい三社祭　夏一九七
＊さんじゃまつり三社祭　夏一九七
さんしゅう三秋　秋二五六
＊さんじゅうさんげんどうのようじじょうすいかじ三十三間堂の楊枝浄水加持　新五五五
＊さんしゅゆのはな山茱萸の花　春九七
＊さんしゅゆのみ山茱萸の実　秋三七一
さんしゅん三春　春六
＊ざんしょ残暑　秋二七
さんしょうあえ山椒和　春三五
＊さんしょううお山椒魚　夏二二五
＊さんしょうくい山椒喰　春八四
＊さんしょうのかわ山椒の皮　春三七
さんしょうのかわはぐ山椒の皮剝ぐ　春三七
＊さんしょうのはな山椒の花　春一〇四
＊さんしょうのみ山椒の実　秋三七五
＊さんしょうのめ山椒の芽　春一〇一
さんしょうみそ山椒味噌　春三五
さんじょうもうで山上詣　夏一九八
さんしょうもち山椒餅　新五二八
さんしょくけいとう三色鶏頭　秋三七八
さんじょびょうぶ産所屏風　冬四四三
さんじんき山人忌　秋三四六
＊さんすいしゃ撒水車　夏一七〇
＊ざんせつ残雪　春二四
ざんせつばい残雪梅　春九五
さんたくろおすサンタクロース　冬四七三
＊さんだるサンダル　夏一五五
＊さんたんか仙丹花　夏二四八
さんだんか三段花　夏二四八
＊さんていき三汀忌　春七五
さんとう三冬　冬三九八
＊さんとうかき山頭火忌　秋三四七
＊さんどれすサンドレス　夏一五四
さんのう三の卯　新五五二
さんのうま三の午　春二七
＊さんのうまつり山王祭　春六三
さんのうまつり山王祭(高山祭)　春六三
さんのうまつり山王祭(江戸山王祭)　夏一九
さんのうらいはいこう山王礼拝講　夏二〇五
＊さんのかわり三の替　春五四
さんのとみ三の富　秋三三五
さんのとり三の酉　冬四六五
＊さんばいおろしさんばい降し　夏一五〇
さんぱくそう三白草　夏二六九
さんばんぐさ三番草　夏一七三
さんばんちゃ三番茶　春四九
＊さんぷうき杉風忌　夏二三
＊さんぷく三伏　夏二三
さんぶつえ讃仏会　春三〇
さんぺいざら三平皿　冬四三五
＊さんぺいじる三平汁　冬四三五
ざんぼあざんぼあ　冬四九〇
＊さんぼうかん三宝柑　春一〇一
さんぼうちょう三宝鳥　夏二一六
＊さんま秋刀魚　秋三六〇
さんまあみ秋刀魚網　秋三六〇
＊さんみさい三位祭　夏二〇八
＊さんもんびらき山門開き　新五五六
さんやれまつりさんやれ祭　夏一九五
さんらん山蘭　秋三九〇
さんらんしさんらんし　春四八
さんろき山盧忌　秋三四七

し

＊しいおちば椎落葉　夏二四三
＊しいしば椎柴　秋三一〇
＊しいたけ椎茸　秋三九五
しいたけほす椎茸干す　秋三一五
しいのこえだ椎の小枝　秋三一〇
しいのこやで椎の小枝　秋三一〇
＊しいのはな椎の花　夏二四五
＊しいのみ椎の実　秋三七三
＊しいばかぐら椎葉神楽　冬四六八
しいひろう椎拾ふ　秋三七三
しいみいシーミー　春七一
＊しいら鱰　夏二三六
しいら鬼頭魚　夏二三六
しいらしいら　夏二三六
＊しいわかば椎若葉　夏二四二
じえだいしき慈恵大師忌　新五五七
じぇらあとジェラート　夏一五九
しえん紙鳶　春五四
しおあび潮浴　夏一八一
＊しおいか塩烏賊　夏一六二
しおおんじゃく塩温石　冬四四六
しおかずのこ塩数の子　新五三六
＊しおがつお塩鰹　冬四三九
＊しおがままつり塩竈祭　夏二〇一
しおがまみなとまつり塩竈みなと祭　夏二〇一
しおからとんぼ塩辛蜻蛉　秋三六一
しおからなっとう塩辛納豆　夏一六二
しおぎとる汐木取る　秋三一三
＊しおぎひろう汐木拾ふ　秋三一三
しおくじら塩鯨　夏一六二
しおざくら塩桜　春三四
＊しおざけ塩鮭　冬四三九
しおじゃけしほじやけ　冬四三九
＊しおだら塩鱈　冬四三九
＊しおで牛尾菜　春一二三
しおにしをに　秋三七九
しおのみず潮の水　新五五二
しおばな潮花　冬四一六
しおひ潮干　春二四
しおひがい潮干貝　春五一
しおひかご潮干籠　春五一
＊しおひがた潮干潟　春二四
＊しおひがり潮干狩　春五一
しおびき塩引鮭　冬四三九
しおびき塩引　冬四三九
しおひぶね潮干船　春五一
＊しおふき潮吹　春九二
しおふきがい潮吹貝　春九二
しおふぐ塩河豚　夏一六二
＊しおぶり塩鰤　冬四三九
しおほおずき潮酸漿　秋三九〇
＊しおまねき望潮　春九三
しおまねき潮まねき　春九三
しおやあぶ塩屋虻　春九四
しおやけ潮焼　夏一八七
しおりざくらしをり桜　春九六
＊しおん紫苑　秋三七九
しおん四温　冬四〇六
しおんのめ紫苑の芽　春一一三
しおんびより四温日和　冬四〇六
＊しか鹿　秋三五二
しかおどり鹿踊　秋三三九
しかがり鹿狩　冬四五一
しかけはなび仕掛花火　夏一八三
しかたしかた　夏一三五
＊しがつ四月　春一一
しがついちじつのあおすだれ四月一日の青簾　夏一八八
しがつおわる四月終る　春一五
しがつくる四月来る　春一一
しがつじん四月尽　春一五
＊しがつだいこん四月大根　春一一
しがつつく四月尽く　春一五
＊しがつばか四月馬鹿　春三〇
しかつまぐさ鹿妻草　秋三八七
しかつり鹿釣り　秋三〇五
しかなきぐさ鹿鳴草　秋三八七
しかなく鹿鳴く　秋三五二
しかなしのはな鹿梨の花　春一〇二
＊しかのこ鹿の子　夏二一四
しかのこえ鹿の声　秋三五二
しかのつのおつ鹿の角落つ　春八一
＊しかのつのおつ鹿の角解つ　夏一二九

*しかのつのきり鹿の角伐　秋三〇五
しかのつま鹿の妻　秋三五二
しかのふくろづの鹿の袋角　夏二一四
しかのわかづの鹿の若角　夏二一四
じがばち似我蜂　春九四
しかぶえ鹿笛　冬四五一
じかぶき地歌舞伎　秋三一四
しかよせ鹿寄せ　秋三〇五
しきしき　夏二三五
*しぎ鴫　秋三五七
しぎ鷸　秋三五七
*しきがみ敷紙　夏一六四
しきがわ敷皮　冬四二九
*しきき子規忌　秋三四六
しきごたつ敷炬燵　冬四四五
しきざきばら四季咲薔薇　春九八
しきしたんざくうる色紙短冊売る　秋二九八
しきそうのはな莽草の花　春一〇四
*じぎたりすジギタリス　夏二五三
しぎつきあみ鴫突網　秋三五七
しきなみぐさ頻浪草　秋三八七
しぎのの鴫野　秋三五七
しぎのかんきん鴫の看経　秋三五七
しぎのはがき鴫の羽掻　秋三五七
しぎのはねがき鴫の羽掻　秋三五七
*しぎのはもり鴫の羽盛　秋三〇九
しきぶすま敷衾　冬四二七
しきぶとん敷蒲団　冬四二八
しきぶのみ式部の実　秋三七四
*しきまつば敷松葉　冬四四七
*しきみのはな樒の花　春一〇四
*しぎやき鴫焼　夏一五七
じきょうげん地狂言　秋三一四
*しくらめんシクラメン　春一〇八
しぐる時雨る　冬四一〇
*しぐれ時雨　冬四一〇
しぐれがさ時雨傘　冬四一〇
しぐれき時雨忌　冬四七七
しぐれぐも時雨雲　冬四一〇
しぐれごこち時雨心地　冬四一〇
しぐれづき時雨月　冬三九八
しぐれにじしぐれ虹　冬四一四
しぐれのいろ時雨の色　冬四一〇
しけさむしけ寒　秋二九一
*しげのぶき重信忌　夏二二〇
*しげり茂　夏二四一
しげりば茂り葉　夏二四一
しげる茂る　夏二四一
しげるくさ茂る草　夏二六二
しげるやま茂る山　夏二四一
じげんだいしき慈眼大師忌　冬四七六
しこしこ　秋三六〇
しこいわししこ鰯　秋三六〇
しごう試毫　新五二二
しごか子午花　夏二五四
じごくのかまのふた地獄の釜の蓋　春一一八
しこくむぎ四国麦　秋三八四
しこくめぐり四国巡　春三〇
しごとおさめ仕事納　冬四三三
*しごとはじめ仕事始　新五二二
しししし　秋三五二
しし猪　秋三五二
ししあな猪穽　秋三五二
*ししうど猪独活　夏二七二
ししうど獅子独活　夏二七二
ししおどし鹿威し　秋三一三
ししおどし猪おどし　秋三一四
*ししおどり鹿踊　秋三三九
しじか四時花　夏二五三
*ししがき鹿垣　秋三一四
ししがき猪垣　秋三一四
ししがしら獅子頭(金魚)　夏二三三
ししがしら獅子頭(獅子舞)　新五三三
*ししがしらのしんじ獅子頭の神事　新五五〇
*ししがり鹿狩　冬四五一
*ししがり猪狩　冬四五二
ししくわずししくはず　冬四九七
ししごや鹿小屋　秋三一四
ししたけ猪茸　秋三九四
ししとうがらし獅子唐辛子　秋三八三
ししなべ猪鍋　冬四三六
ししにく猪肉　秋三五二
ししのくびすのきししのくびすの木　春一一八
*じしばい地芝居　秋三一四
じじばばぢぢばば　春一一八
ししばん猪番　秋三五二

ししぶえ鹿笛　冬四五一
＊ししまい獅子舞　新五三三
＊しじみ蜆　春九三
しじみうり蜆売　春九三
しじみがい蜆貝　春九三
しじみかき蜆掻　春四九
しじみがわ蜆川　春九三
＊しじみじる蜆汁　春三六
ししみち猪道　冬四五二
しじみちょう小灰蝶　春九四
しじみちょう蜆蝶　春九四
＊しじみとり蜆取　春四九
しじみぶね蜆舟　春四九
しじみほり蜆掘　春四九
＊ししゃも柳葉魚　冬四八六
ししゃもししゃも　冬四八六
ししゃもやくししゃも焼く　冬四八六
じしゅうおどりねんぶつ時宗踊念仏　冬四七九
＊しじゅうから四十雀　夏二二二
しじゅうからがん四十雀雁　秋三五七
＊じしゅうさいまつべつじ時宗歳末別時　冬四七〇
ししゅうばな刺繍花　夏二三六
ししゆず獅子柚子　秋三六七
＊じしゅまつり地主祭　夏二〇五
しじゅんさい四旬斎　春七二
＊しじゅんせつ四旬節　春七二
じしょう時正　春一〇
じしょういんでんき慈照院殿忌　新五六八
＊しじょうがわらのすずみ四条河原の納涼　夏一八〇
しじょうすずみ四条涼み　夏一八〇
しじらふじ木防己　夏二四七
ししわな猪罠　秋三五二
しずおかまつり静岡祭　春六三
しずどり賤鳥　夏二二六
＊しずりしづり　冬四一三
しずりゆきしづり雪　冬四一三
しずれ垂れ　冬四一三
じせい二星　秋二八九
しせいさい至聖祭　夏二〇八
じぜんなべ慈善鍋　冬四二二
＊しそ紫蘇　夏二六〇
じぞうえ地蔵会　秋三〇一
じぞうばた地蔵幡　秋三〇一
＊じぞうぼん地蔵盆　秋三〇一
じぞうまいり地蔵参　秋三〇一
じぞうまつり地蔵祭　秋三〇一
じぞうもうで地蔵詣　秋三〇一
しそのは紫蘇の葉　夏二六〇
＊しそのみ紫蘇の実　秋二八二
＊しだ歯朶　新五六一
しだ羊朶　新五六一
しだ羊歯　新五六一
＊じだいまつり時代祭　秋三一八
しだうり歯朶売　冬四二〇
＊しだかざる歯朶飾る　新五〇八
したかり下刈　夏一七六
＊しだかり歯朶刈　冬四五五
しだかり羊歯刈　冬四五五
しだかる歯朶刈る　冬四五五
しだくさ子太草　秋三九三
じだこ字凧　春五四
＊したたり滴り　夏一四四
したたる滴る　夏一四四
したつゆ下露　秋二九三
したびえ下冷　秋二八一
＊したびらめ舌鮃　夏二三四
＊したもえ下萌　春一二三
したもみじ下紅葉　秋三六八
＊しだもゆしだ萌ゆ　春一一七
したやみ下闇　夏二四一
しだりざくらしだり桜　春九六
しだれうめ枝垂梅　春九五
＊しだれざくら枝垂桜　春九六
しだれひがん枝垂彼岸　春九六
しだれもも枝垂桃　春九九
しだれやなぎ枝垂柳　春一〇二
しだわかば歯朶若葉　夏二六二
＊しちがつ七月　夏一三〇
＊しちこうざんまいり七高山詣　新五四五
しちごさん七五三　冬四一八
＊しちごさんのいわい七五三の祝　冬四一八
しちしゅのおたむけ七種の御手向　秋二九八
しちしゅのぎょゆう七種の御遊　秋二九八
しちしゅのふね七種の舟　秋二九七
しちふくじん七福神　新五四四
＊しちふくじんまいり七福神詣　新五四四
しちふくまいり七福詣　新五四四

しちへんげ七変化　夏二三六
*しちょう紙帳　夏一六六
しちょううり紙帳売　夏一六六
しちようのごりゃくのそう七曜御暦奏　新五三九
*しちょうれいしつす鷙鳥厲疾す　冬四〇四
じちん磁枕　夏一六四
じつげつ昵月　新五〇〇
*しっしゅつかべにおる蟋蟀壁に居る　夏一三〇
しっせつ湿雪　冬四一二
*しづのじょきしづの女忌　夏二一一
しっぽうちん七宝枕　秋二九七
しっぽがや尻尾茅　秋三九二
しでこぶし幣辛夷　春九七
*してんのうじしゅしょうえ四天王寺修正会　新五五四
してんのうじどやどや四天王寺どやどや　新五五四
しどでらはっこう志度寺八講　夏二〇七
*しどでらまつり志度寺祭　夏二〇七
しどみ樝子　秋三七四
*しどみのはな樝子の花　春一〇二
*しどみのみ樝子の実　秋三七四
しどもうで志度詣　夏二〇七
しとろんシトロン　夏一五九
しながわかっぱまつり品川河童祭　夏一九九
しながわてんのうまつり品川天王祭　夏一九九
*しながわまつり品川祭　夏一九九
じなし地梨　秋三七四
じなしのはな地梨の花　春一〇二
しなぬの科布　夏一五三
*しなのがき信濃柿　秋三六六
しなのたろう信濃太郎　夏一三四
じにあジニア　夏一五三
じにしき地錦　夏一七二
しね稲　秋三八三
*しねらりあシネラリア　春一〇七
*じねんじょ自然薯　秋三八一
じねんじょう自然生　秋三八一
しのごや篠小屋　夏一九八
しのね羊蹄根　夏一六六
しのねだいこん羊蹄根大根　夏一六六
*しのぶ忍　夏一七〇
しのぶき信夫忌　秋三四五
*しのぶぐさ忍草　秋三九二
しのみやまつり四宮祭　秋三三五
しばあおむ芝青む　春一一四
しばいしょうがつ芝居正月　冬四五六
*しばかり芝刈　夏一六九
しばかりき芝刈機　夏一六九
しばかる芝枯る　冬四九七
しばぐり柴栗　秋三六七
*しばざくら芝桜　春一〇八
*しばしんめいまつり芝神明祭　秋三三三
しばたき柴焚　冬四四八
じばち地蜂　春九四
じばちとり地蜂捕　秋三三五
じばちやき地蜂焼　秋三六一
しばのう芝能　夏一九二
しばのめ芝の芽　春一一四
しばび芝火　春四三
*しばみちょうじんまつり芝明神祭　新五四七
しばもゆ芝萌ゆ　春一一四
しばやき芝焼　春四三
*しばやく芝焼く　春四三
*しばれしばれ　冬四〇六
しばれ凍れ　冬四〇六
しばれるしばれる　冬四〇六
しび紫薇　夏二三六
しびしび　冬四八三
じびいる地ビール　夏一五八
*じひしんちょう慈悲心鳥　夏二一六
しひつ試筆　新五一二
しびとばな死人花　秋三九一
*しひょうのせつ賜氷の節　夏一八九
しびれかっけしびれ脚気　夏一八八
しびれたけしびれ茸　秋三九五
*じぶじぶ　冬四三四
しぶあゆ渋鮎　秋三五八
しぶうちわ渋団扇　夏一六八
しぶおけ渋桶　秋三一六
しぶがき渋柿　秋三六六
しぶかす渋滓　秋三一六
しぶかす渋粕　秋三一六
しぶぐさしぶぐさ　夏二六六
しぶつく渋搗く　秋三一六
*しぶとり渋取　秋三一六
しぶとる渋取る　秋三一六

じぶなべじぶ鍋　冬四三四
じぶに治部煮　冬四三四
じふぶき地吹雪　冬四一三
*しほうだき四方太忌　夏二〇九
*しほうはい四方拝　新五三八
しまいこうぼう終弘法　冬四七二
しまいこんぴら終金毘羅　冬四六六
*しまいだいし終大師　冬四七二
*しまいてんじん終天神　冬四六七
しまいはじめ仕舞始　新五三六
しまいひがん終ひ彼岸　春一〇
しまいぼんしまひ盆　秋三〇一
しまいも島いも　秋三八四
しまか縞蚊　夏二三二
しまかんぎく島寒菊　冬四九三
しまき風巻　冬四一三
しまきぐもしまき雲　冬四一三
しまくしまく　冬四一三
しましこく島四国　春三〇
しますすき縞芒　秋三八七
しませんにゅう島仙入　秋三五六
しまだい縞鯛　夏二二四
しまちぢみ縞縮　夏一五三
しまちどり島千鳥　冬四八二
しまとかげ縞蜥蜴　夏二二五
*しまどじょう縞泥鰌　夏二三三
しまばえ縞蠅　夏二三三
*しまばらのたいふのどうちゅう島原の太夫の道中　春五三
しまふくろうしまふくろふ　冬四八一
しまへび縞蛇　夏二二五
しまみみず縞蚯蚓　夏二三五
しまりゆきしまり雪　冬四一二
*しまんろくせんにち四万六千日　夏二〇六
*しみ紙魚　夏二三三
しみ衣魚　夏二三三
しみあがり凍上　冬四一六
しみかえるしみ返る　春七
しみこんにゃく凍蒟蒻　冬四四〇
*しみず清水　夏一四四
しみずあたたかをふくむ水泉動む　冬四〇四
しみずかげ清水陰　夏一四四
しみずくむ清水汲む　夏一四四
しみずせく清水堰く　夏一四四
しみずぢゃや清水茶屋　夏一四四
しみずむすぶ清水掬ぶ　夏一四四
しみだいこ凍大根　冬四四〇
*しみだいこん凍大根　冬四四〇
しみつかりしみつかり　春三九
しみつかれしみつかれ　春三九
しみでいこしみでいこ　冬四四〇
*しみどうふ凍豆腐　冬四四〇
しみどうふつくる凍豆腐造る　冬四四〇
しみわたり凍渡　春二四
しむ凍む　冬四〇六
じむぐりぢむぐり　夏二二五
*じむしあなをいず地虫穴を出づ　春九三
じむしいず地虫出づ　春九三
*じむしなく地虫鳴く　秋三六四
じむはじめ事務始　新五一二
*しめ鴲　秋三五六
しめ蠟嘴鳥　秋三五六
しめあけ注連明　新五〇二
*しめいき四迷忌　夏二〇九
しめいわい七五三祝　冬四一八
*しめかざり注連飾　新五〇七
しめかざりとる注連飾取る　新五一六
*しめかざる注連飾る　冬四二三
*しめじ占地　秋三九五
しめじ湿地　秋三九五
しめじだけ湿地茸　秋三九五
しめたく注連焚く　新五二二
*しめつくり注連作　冬四五四
しめつくる注連作る　冬四五四
しめとる注連取る　新五一六
しめなう注連綯ふ　冬四五四
しめなわ注連縄　新五〇七
しめなわ七五三縄　新五〇七
しめのうち注連の内　新五〇二
しめはりしんじ注連張神事　新五四六
しめはる注連張る　冬四二三
しめひき注連曳　新五四六
*しめもらい注連貰　新五二二
*しも霜　冬四一一
しもおおい霜覆　冬四四一
しもがこい霜囲　冬四四一
しもがこいとる霜囲とる　春四一
*しものみそぎ下賀茂の

御祓　夏二〇四
しもがる霜枯る　冬四九二
*しもがれ霜枯　冬四九二
しもがれすすき霜枯薄　冬四九七
しもぎく霜菊　冬四九三
*しもくすべ霜くすべ　春四八
しもくずれ霜くづれ　冬四一六
しもぐみ霜茱萸　秋三七六
しもくれん紫木蓮　春九九
しもざけ霜酒　冬四三三
しもさゆ霜冴ゆ　冬四〇六
しもしずく霜雫　冬四一一
しもだくろふねまつり下田黒船祭　夏一九二
しもだたみ霜だたみ　冬四一二
しもつかりしもつかり　春三九
*しもつかれしもつかれ　春三九
*しもつき霜月　冬四〇〇
しもつきえ霜月会　冬四七一
しもづきかぐら霜月神楽　冬四六七
*しもつきがれい霜月鰈　冬四八四
しもつきまつり霜月祭　冬四六四
*しもつけ繍線菊　夏二三六
*しもつけそう下野草　夏二六八
しもつけのはな繍線菊の花　夏二三六
しもどけ霜解　冬四一一
しもなぎ霜凪　冬四一一
しもにたねぎ下仁田葱　冬四九五
しものこえ霜の声　冬四一一
しものつる霜の鶴　冬四八三
しものなごり霜の名残　春二〇
しものはて霜の果　春二〇
しものはな霜の花　冬四一一
しものゆみはり下の弓張　秋二八六
しものわかれ霜の別れ　春二〇
しもはじめてふる霜始めて降る　秋二八三
*しもばしら霜柱　冬四一六
しもばれ霜晴　冬四一一
しもばれ霜腫　冬四五八
しもびより霜日和　冬四一二
しもふりづき霜降月　冬四〇〇
しもみぐさ霜見草　冬四九三
*しもやけ霜焼　冬四五八
しもやけぐすり霜焼薬　冬四五八
しもやんでなえいずる霜止んで苗出づる　春一四
*しもよ霜夜　冬四〇五
*しもよけ霜除　冬四四一
しもよけとく霜除解く　春四一
*しもよけとる霜除とる　春四一
しもよのつる霜夜の鶴　冬四八三
しゃ紗　夏一五二
しゃあべっとシャーベット　夏一五九
しゃえん社燕　春一一
しゃおうのあめ社翁の雨　春一一
しゃが胡蝶花　夏二六五
しゃが射干　夏二六五
*しゃかいなべ社会鍋　冬四二二
*じゃがいも馬鈴薯　秋三八一
じゃがいもうう馬鈴薯植う　春四六
*じゃがいものはな馬鈴薯の花　夏二五六
*じゃかごあむ蛇籠編む　夏一七
しゃかしめじしゃかしめぢ　秋三九五
じゃがたらいもじゃがたらいも　秋三八一
じゃがたらのはなじゃがたらの花　夏二五六
*しゃがのはな著莪の花　夏二六五
しゃかのはなくそ釈迦の鼻糞　春六五
じゃくげつ若月　秋二八六
しゃくしがい杓子貝　春九一
しゃくしな杓子菜　冬四九四
しゃくじろう尺次郎　新五二〇
しゃくせんごい借銭乞　冬四二二
しゃくそんこうたんえ釈尊降誕会　春六九
しゃくたろう尺太郎　新五二〇
*じゃくちゅうき若冲忌　秋三五一
しゃくとう積塔　春六六
しゃくとう石塔　春六六
*しゃくとうえ積塔会　春六六
しゃくとうえ石塔会　春六六

*しゃくとり尺蠖　夏二三九
しゃくとりむし尺取虫　夏二三九
しゃくなぎしやくなぎ　夏二三六
*しゃくなげ石楠花　夏二三六
しゃくなげ石南花　夏二三六
しゃぐまさいこしゃぐまさいこ　春一一六
しゃくみょうき惜命忌　冬四七四
*しゃくやく芍薬　夏二五〇
*しゃくやくねわけ芍薬根分　秋三一八
しゃくやくのめ芍薬の芽　春一一三
しゃけしゃけ　秋三六〇
じゃけつジャケツ　冬四二九
*しゃこ蝦蛄　夏二二七
*しゃこ鷓鴣　秋三五七
じゃこうえんどう麝香豌豆　春一〇九
*じゃこうそう麝香草　秋三九〇
じゃこうまい麝香米　秋三八三
じゃこうれんりそう麝香連理草　春一〇九
しゃこさぼてん蝦蛄仙人掌　冬四九三
*しゃこばさぼてん蝦蛄葉仙人掌　冬四九三
じゃすみんジャスミン　夏二三八
しゃぜんし車前子　秋三九三
しゃぜんそうのはな車前草の花　夏二六六
*しゃにくさい謝肉祭　春七二
しゃにち社日　春一一
しゃにちさま社日様　春一一
しゃにちしおい社日潮斎　春一一
しゃにちまいり社日参　春一一
しゃにちもうで社日詣　春一一
じゃのすし蛇の鮓　夏一五六
じゃのひげ蛇髭　夏二七〇
*じゃのひげのはな蛇の髭の花　夏二七〇
じゃのひげのみ蛇の髯の実　冬四九八
じゃのめエリカ蛇の目エリカ　春一〇八
じゃのめそう蛇の目草　夏二五一
じゃのめちょう蛇目蝶　夏二二七
じゃぼく蛇木　春一〇五
*しゃぼんだま石鹼玉　春五五
しゃみせんぐさ三味線草　春一二五
*じゃらい射礼　新五四二
*しゃらのはな沙羅の花　夏二四六
しゃらのはな杪羅の花　夏二四六
*しゃわあシャワー　夏一七〇
しゃんつぇシャンツェ　冬四五七
*じゃんぱあジャンパー　冬四二九
*しゅうい秋意　秋三三六
じゅういち十一　夏二二六
*じゅういちがつ十一月　冬三九八
じゅういちがつばしょ十一月場所　冬四一八
しゅういん秋陰　秋二九一
しゅうう驟雨　夏一三八
しゅううん秋雲　秋二八五
しゅうえん秋園　秋二九三
しゅうえん秋苑　秋二九三
しゅうえん秋燕　秋三五四
しゅうえんき秋燕忌　秋三四八
*しゅうおうしき秋櫻子忌　夏二一〇
じゅうおうもうで十王詣　夏二〇七
*しゅうか秋果　秋三六六
しゅうかい秋懐　秋三一六
*しゅうかいどう秋海棠　秋三七九
しゅうかくかんしゃさい収穫感謝祭　冬四七三
しゅうかくかんしゃび収穫感謝日　冬四七三
じゅうかじゅのはな絨花樹の花　夏二四六
*じゅうがつ十月　秋二八〇
じゅうがつざくら十月桜　冬四八九
*しゅうき秋気　秋二八一
しゅうきすむ秋気澄む　秋二八一
しゅうきだいうんどうかい秋季大運動会　秋三〇六
*しゅうきょう秋興　秋三一六
*しゅうぎょう秋暁　秋二八〇
しゅうこう秋光　秋二八五

しゅうこう秋高　秋二六五
しゅうこう秋郊　秋二九三
しゅうこう秋江　秋二九四
*しゅうこう秋耕　秋三一三
*じゅうごにちがゆ十五日粥　新五一九
じゅうごにちしょうがつ十五日正月　新五〇二
じゅうごや十五夜　秋二八七
しゅうさん秋蚕　秋三六四
しゅうざん秋山　秋二九三
*じゅうさんまいり十三詣　春五九
じゅうさんや十三夜　秋二八八
*しゅうし秋思　秋三一六
*じゅうじかさい十字架祭　秋三四三
*しゅうじき修司忌　春七七
しゅうしきざくら秋色桜　春九六
じゅうじぎつね十字狐　冬四七九
*しゅうしさい秋思祭　秋三三五
じゅうしちや十七夜　秋二八七
しゅうじつ秋日　秋二八〇
*しゅうしゃ秋社　秋二七九
じゅうしゃづき十四夜月　秋二八七
しゅうしょ秋暑　秋二七七
しゅうしょう秋宵　秋二八〇
しゅうしょく就職　春三三
*しゅうしょく秋色　秋二八五
しゅうすい秋水　秋二九四
しゅうすいけんき拾穂軒忌　夏二三
しゅうせい秋声　秋二八五
しゅうせつ秋雪　秋二九一
*しゅうせん鞦韆　春五六
しゅうせん秋千　春五六
しゅうせん秋扇　秋三一一
しゅうせん秋蟬　秋三六一
しゅうせんき終戦忌　秋三三八
*しゅうせんきねんび終戦記念日　秋三三八
しゅうせんのひ終戦の日　秋三三八
しゅうせんび終戦日　秋三三八
しゅうそう終霜　春二〇
しゅうそう秋爽　秋二八一
しゅうそう秋霜　秋二九二
*しゅうそんき楸邨忌　夏二一〇
*じゅうたん絨緞　冬四四三
じゅうたん絨毯　冬四四三
しゅうちょう秋朝　秋二八〇
しゅうちょう秋潮　秋二九五
じゅうづめ重詰　新五〇七
じゅうづめりょうり重詰料理　新五〇七
しゅうでしゅうで　春二三
しゅうてい秋汀　秋二九五
しゅうてん秋天　秋二八五
じゅうとジュート　夏二六一
しゅうとう秋濤　秋二九五
しゅうとう秋灯　秋三一一
*じゅうにがつ十二月　冬四〇〇
じゅうにがつようか十二月八日　冬四六一
じゅうにせつ十二節　新五〇七
*じゅうにひとえ十二単　春一八
じゅうにまつり十二祭　冬四六五
じゅうのう十能　冬四四四
*じゅうはちがゆ十八粥　新五三三
じゅうはちささげ十八豇豆　秋三八五
じゅうはちやのつき十八夜の月　秋二八七
しゅうびん秋旻　秋二八五
しゅうふう秋風　秋二八九
*しゅうぶん秋分　秋二七九
*しゅうぶんのひ秋分の日　秋三一九
しゅうぼう秋望　秋二八五
しゅうめいぎく秋明菊　秋三八九
しゅうや秋夜　秋二八〇
*じゅうや十夜　冬四七〇
じゅうやがき十夜柿　冬四七〇
じゅうやがね十夜鉦　冬四七〇
じゅうやがゆ十夜粥　冬四七〇
*じゅうやく十薬　夏二六六
じゅうやそう十夜僧　冬四七〇
じゅうやでら十夜寺　冬四七〇
じゅうやばば十夜婆　冬四七〇
じゅうやほうよう十夜法要　冬四七〇
しゅうゆうさい舟遊祭　夏一九七
しゅうよう秋容　秋三一六
じゅうよっかだんご十四日団子　新五一七
*じゅうよっかとしこし十四日年越　新五一七
じゅうよっかやま十四日山　夏二〇一
しゅうらい秋雷　秋二九一

しゅうらん秋蘭　秋三七
しゅうりょう秋涼　秋二七
じゅうりょうきにいる銃猟期に入る　冬四五一
じゅうりょうていし銃猟停止　春五四
じゅうりょうはじまる銃猟はじまる　冬四五一
しゅうりん秋霖　秋二九一
しゅうれい秋冷　秋二八一
しゅうれい秋麗　秋二八一
しゅうれい秋嶺　秋二九三
しゅうろ秋炉　秋三二二
じゅうろくささげ十六豇豆　秋三六五
じゅうろくさすかり十六さすかり　新五三四
じゅうろくどいち十六度市　夏二〇七
じゅうろくどえ十六度会　夏二〇七
じゅうろくにちあそび十六日遊　新五三三
*じゅうろくむさし十六むさし　新五三四
じゅうろくや十六夜　秋二六七
じゅうろくやづき十六夜月　秋二八七
しゅか朱夏　夏一二六
しゅか首夏　夏一二六
じゅぎょ綬魚　冬四八五
*しゅくき淑気　新五〇五
しゅくきみつ淑気満つ　新五〇五
*じゅくし熟柿　秋三六六
じゅくしょくせつ熟食節　春二八
じゅくせつ受苦節　春七三
じゅけん受験　春三二
じゅけんき受験期　春三二
じゅけんし受験子　春三二
じゅけんせい受験生　春三二
しゅごしゃさい守護者祭　春七三
しゅさい守歳　冬四二四
しゅさい首歳　新五〇〇
しゅしゅん首春　新五〇〇
しゅしょうえ修正会　春六六
じゅずこ数珠子　春八二
*じゅずだま数珠玉　秋三八八
しゅせい酒星　春一六
じゅそう樹霜　冬四二一
じゅたいこくちび受胎告知日　春七三
しゅちゅうか酒中花　夏一八四
しゅっせすごろく出世双六　新五三三
*しゅとう種痘　春五六
しゅとう手套　冬四三二
じゅなんしゅう受難週　春七三
*じゅなんせつ受難節　春七二
じゅなんび受難日　春七三
*しゅにえ修二会　春六六
しゅにがつえ修二月会　春六六
じゅばい樹梅　夏二四〇
*じゅひょう樹氷　冬四二一
じゅひょうげん樹氷原　冬四二一
じゅひょうりん樹氷林　冬四二一
しゅぷうるシュプール　冬四五七
しゅもくざめ撞木鮫　冬四八三
しゅらおとし修羅落し　春五〇
*じゅりうま尾類馬　新五二四
しゅりょう狩猟　冬四五一
しゅろ手炉　冬四四六
しゅろのせいじつ棕櫚の聖日　春七三
*しゅろのにちようび棕櫚の日曜日　春七二
*しゅろのはな棕櫚の花　夏二四三
しゅろのはな椶櫚の花　夏二四三
しゅろのはな棕梠の花　夏二四三
*しゅろはぐ棕櫚剝ぐ　冬四五四
しゅろはぐ棕梠剝ぐ　冬四五四
しゅろむく棕櫚むく　冬四五四
*しゅんい春意　春五七
じゅんいちろうき潤一郎忌　夏二二一
*しゅんいん春陰　春二一
しゅんうん春雲　春一六
*しゅんえん春園　春二四
しゅんえん春苑　春二四
しゅんえん春怨　春五七
しゅんかん春寒　春八
*しゅんかんき俊寛忌　春七九
しゅんき春嬉　春五六
*しゅんぎく春菊　春一三
しゅんきとうそう春季闘争　春三三
*しゅんきゅう春窮　春三九

*しゅんきょう春興　春五六
*しゅんぎょう春暁　春二二
しゅんきん春禽　春八二
しゅんけい春景　春一五
しゅんげつ春月　春一六
*しゅんこう春光　春一五
しゅんこう春郊　春三三
しゅんこう春江　春三三
しゅんこう春耕　春四三
*じゅんさい蓴菜　夏二七三
じゅんさいおう蓴菜生ふ　春一三
しゅんさん春霰　春二〇
しゅんし春思　春五七
しゅんじつ春日(時候)　春二二
しゅんじつ春日(天文)　春一五
しゅんじつちち春日遅々　春一三
*しゅんしゃ春社　春一一
しゅんしゅ春首　新五〇〇
*しゅんしゅう春愁　春五七
しゅんじゅん春筍　春一〇五
しゅんじゅん春笋　春一〇五
しゅんしょ春曙　春二二
しゅんしょう春宵　春二二
しゅんじょう春情　春五七
しゅんしょうがつ春正月　新五〇〇
しゅんじょうき俊仍忌　春七九
しゅんしょく春色　春一五
しゅんしん春信　冬四〇七
しゅんじん春尽　春一五
*しゅんじん春塵　春一八
しゅんすい春水　春三三
しゅんすい春睡　春五六
しゅんせい春星　春一六
しゅんせいき春星忌　冬四七八
しゅんせき春夕　春二二
*しゅんせつ春節　春六
しゅんせつ春雪　春一九
しゅんぜん春蟬　春九五
しゅんそう春霜　春二〇
しゅんそう春装　春三三
しゅんそう春草　春一一三
しゅんだん春暖　春二二
*しゅんちゅう春昼　春二二
しゅんちょう春朝　春二二
*しゅんちょう春潮　春三三
*しゅんでい春泥　春二四
しゅんてん春天　春一五
しゅんとう春濤　春三三
*しゅんとう春闘　春三三
*しゅんとう春灯　春四〇
しゅんとう春燈　春四〇
しゅんとうぎく春苳菊　春一〇七
しゅんのうでん春鶯囀　新五四〇
じゅんのみね順の峰　春七一
じゅんのみねいり順の峰入　春七一
しゅんぷう春風　春一七
しゅんぷく春服　春三三
*しゅんぶん春分　春一〇
しゅんぶんじお春分潮　春三三
*しゅんぶんのひ春分の日　春五七
しゅんぼ春暮　春二二
しゅんぼう春望　春一五
*しゅんみん春眠　春五六
しゅんもう春孟　新五〇〇
しゅんや春夜　春二二
しゅんやろうき春夜楼忌　冬四七七
しゅんゆう春遊　春五六
しゅんゆう春融　春五七
しゅんよう春陽　春一五
*しゅんらい春雷　春二一
*しゅんらん春蘭　春一一八
*しゅんりん春霖　春一九
*しゅんりん春林　春一〇一
しゅんれい春嶺　春三三
*しゅんれん春聯　春二八
しょ暑　夏一三三
*じょい叙位　新五四〇
しょういちきせいいち聖一忌　冬四七七
しょういちこくしき聖一国師忌　冬四七七
じょううんき城雲忌　秋三四八
じょうおうき城翁忌　秋三四八
しょうか銷夏　夏一七九
しょうか消夏　夏一七九
*しょうが生姜　秋三八三
じょうが嫦娥　秋二八五
しょうがいち生姜市　秋三三三
*しょうがざけ生姜酒　冬四三三
*しょうがつ正月　新五〇〇
しょうがつこそで正月小袖　新五二五
しょうがつごや正月小屋　新五三三
しょうがつさま正月様　新五四四
しょうがつのことはじめ正月事始　冬四一九
*しょうがつのたこ正月の凧

新五三五
しょうがつばしょ正月場所　新五三七
しょうがつもち正月餅　新五二八
しょうがつれい正月礼　新五一〇
*しょうがほる生姜掘る　冬四五〇
*しょうがみそ生姜味噌　冬四三八
*しょうがゆ生姜湯　冬四三三
*しょうかん小寒　冬四〇四
しょうかんのいり小寒の入　冬四〇四
しょうきのぼり鍾馗幟　夏一四六
じょうげつ上月　新五〇〇
じょうげん上元　新五五六
じょうげんえ上元会　新五五六
じょうげんさい上元祭　新五五六
じょうげんのつき上弦の月　秋二八六
*じょうげんのひ上元の日　新五五六
しょうごいんかぶ聖護院蕪　冬四九五
しょうごいんだいこん聖護院大根　冬四九五
しょうこうねんぶつ焼香念仏　冬四七九
*しょうこくじせんぽう相国寺懺法　夏二〇六
しょうこんさい招魂祭　春六四
*じょうさいうり定斎売　夏一七〇
しょうさいふぐ潮前河豚　冬四八六
じょうさいや定斎屋　夏一七〇
*じょうざんき丈山忌　夏二二二
*しょうじ障子　冬四四三
*じょうし上巳　春五八
*しょうじあらう障子洗ふ　秋三二二
しょうじいれる障子入れる　秋三二二
じょうしのはらえ上巳の祓　春六一
しょうじのはりかえ障子の貼替　秋三二二
*しょうじはる障子貼る　秋三二二
*しょうじふすまをいれる障子襖を入れる　秋三二二
しょうじほす障子干す　秋三二二
しょうしゅう傷秋　秋三一六
じょうしゅん上春　春六
じょうしゅんか常春花　春一〇七
*しょうしょ小暑　夏一三〇
しょうじょう猩々　夏二三三
*しょうじょうそう猩々草　夏二三八
しょうじょうとんぼ猩々蜻蛉　秋三六二
*しょうじょうばえ猩々蝿　夏二三三
*しょうじょうばかま猩々袴　春一二〇
しょうじょうぼく猩々木　冬四九〇
しょうじんおち精進落　冬四七一
しょうじんかため精進固　冬四七一
しょうしんかっけ衝心脚気　夏一八八
じょうしんにち上辰日　新五三二
*しょうせつ小雪　冬三九九
しょうせつとんぼ正雪蜻蛉　秋三六二
*しょうそういんばくりょう正倉院曝涼　秋三〇五
*じょうそうき丈草忌　春七九
じょうぞく上蔟　夏一七七
*しょうちくばいかざる松竹梅飾る　新五〇八
*しょうちゅう焼酎　夏一五八
*しょうてんさい昇天祭　夏二〇七
しょうてんび昇天日　夏二〇七
じょうとう上冬　冬三九八
じょうとう上灯　新五五六
じょうどうえ成道会　冬四七一
じょうどすごろく浄土双六　新五二四
しょうなんこうき小楠公忌　新五五七
じょうなんじのまつり城南寺祭　秋三三八
じょうなんじんまつり城南神祭　秋三三八
*じょうなんまつり城南祭　秋三三八

*しょうねんいわい生年祝　新五一四
*しょうのうぶね樟脳舟　夏一八四
しょうのもち勝の餅　冬四六九
じょうはいさい浄配祭　春七三
*しょうはくき肖柏忌　夏二一二
しょうびしやうび　夏二三五
じょうびたき尉鶲　秋三五六
しょうびんせうびん　夏二一七
*しょうぶ菖蒲　夏二四九
しょうぶ白菖　夏二四九
*じょうふ上布　夏一五三
しょうぶいけ菖蒲池　夏二四九
*しょうぶうち菖蒲打　夏一四七
しょうぶえ尚武会　夏一九九
しょうぶえん菖蒲園　夏二四九
しょうぶおび菖蒲帯　夏一四七
*しょうぶがたな菖蒲刀　夏一四七
しょうぶかたびら菖蒲帷子　夏一四七
*しょうぶかぶと菖蒲冑　夏一四七
しょうぶかる菖蒲刈る　夏一四七
しょうぶきり菖蒲切　夏一四七
しょうぶさい尚武祭　夏一九九
*しょうぶざけ菖蒲酒　夏一四七
しょうぶさす菖蒲挿す　夏一四七
しょうぶす菖蒲酢　夏一六二
しょうぶだ菖蒲田　夏二四九
しょうぶたたき菖蒲たたき　夏一四七
しょうぶだち菖蒲太刀　夏一四七
しょうぶなわ菖蒲縄　夏一四七
*しょうぶにんぎょう菖蒲人形　夏一四六
*しょうぶねわけ菖蒲根分　春四七
しょうぶのねわけ菖蒲の根分　春四七
*しょうぶのはちまき菖蒲の鉢巻　夏一四七
しょうぶのめ菖蒲の芽　春一一三
*しょうぶひく菖蒲引く　夏一四七
*しょうぶふく菖蒲葺く　夏一四七
しょうぶぶろ菖蒲風呂
しょうぶみ菖蒲見　夏一四七
*しょうぶゆ菖蒲湯　夏二四九
しょうぶゆかた菖蒲浴衣　夏一四七
しょうぶをたてまつる菖蒲を献る　夏一四七
*しょうぼうしゃ消防車　夏一八九
しょうぼうでぞめ消防出初　冬四四八
*しょうまん小満　新五一四
しょうまんえ勝鬘会　夏二一七
しょうまんまいり勝鬘参　夏二〇六
じょうみ上巳　夏二〇六
しょうみえいく正御影供　春五八
じょうみょうえ浄名会　春六七
*しょうむさい聖武祭　冬四七〇
*しょうめい蟭螟　春七一
しょうめい焦螟　夏二三四
*しょうゆつくる醤油造る　夏二三四
じょうよう上陽　夏一六二
*しょうようき逍遥忌　新五〇〇
*じょうらくえ常楽会　春七五
*しょうりょうえ聖霊会　春六五
しょうりょうだな聖霊棚　春六六
しょうりょうとんぼ精霊蜻蛉　秋二九九
しょうりょうながし精霊流　秋三六一
しょうりょうなしのはな聖霊梨の花　秋三〇一
しょうりょうばった精霊ばった　春一〇三
しょうりょうばな精霊花　秋三六三
しょうりょうばな聖霊花　秋三〇二
*しょうりょうび精霊火　秋三九一
*しょうりょうぶね精霊舟　秋三〇〇
しょうりょうぼんだな聖霊盆棚　秋三〇一
しょうりょうまつり聖霊祭　秋二九九
しょうりょうまつり精霊祭　秋二九九
秋二九九

しょうりょうみち精霊路　秋三〇二
しょうりょうむかえ精霊迎　秋三四〇
しょうりょうめし精霊飯　秋三〇二
しょうりんき少林忌　冬四七七
*しょうれいさい松例祭　冬四六八
しょうれんぎょう小連翹　秋三九三
*しょうろ松露　春一二三
しょうろかく松露掻く　春一二三
しょうろほる松露掘る　春一二三
*しょうわのひ昭和の日
春九九
じょおうあり女王蟻　夏二三三
じょおうか女王花　夏二五二
じょおうばち女王蜂　春九四
しょおとぱんつショートパ
ンツ　夏二五四
*しょおるショール　冬四三一
*しょか初夏　夏一二六
*しょかつさい諸葛菜　春一〇六
しょき暑気　夏一二三
*しょきあたり暑気中　夏一八七
しょきくだし暑気下し
夏一六七
*しょきばらい暑気払　夏一六七
しょくが燭蛾　夏二二八
しょくじゅさい植樹祭　春五八
しょくじゅしき植樹式　春五八
*しょくじょ織女　秋二九七
*じょくしょ溽暑　夏一二三
しょくしょう蜀椒　秋三七五
しょくじょせい織女星
秋二九七
しょくぼけ蜀木瓜　春一〇〇
しょくめいる続命縷　夏一四八
しょくりん植林　春四六
しょげつ初月　新五〇〇
しょさい初歳　新五〇〇
じょじつ除日　冬四〇三
じょじつりっしゅん除日立
春　春七
しょしのそう諸司奏　新五三九
*しょしゅう初秋　秋二七六
しょしゅうさん初秋蚕
秋三六四
*しょしゅん初春　春六
*しょしょ処暑　秋二七七
しょせい初正　新五〇〇
*しょせいじんさい諸聖人祭　秋三四四
じょせき除夕　冬四〇三
しょせつ初節　新五〇〇
じょせつ除雪　冬四四二
*じょせつしゃ除雪車　冬四四二
じょせつたい除雪隊　冬四四二
じょそう除草　夏一七三
じょそうき除草機　夏一七三
しょそき初祖忌　冬四七七
しょたん初旦　新五〇一
*じょたん助炭　冬四四六
*じょちゅうぎく除虫菊
夏二五二
しょちゅうきゅうか暑中休
暇　夏一五一
*しょちゅうみまい暑中見舞
夏一五一
しょちゅうやすみ暑中休み
夏一五一
*しょっつる塩汁　冬四三六
しょっつるかやき塩汁貝焼
冬四三六
しょっつるなべ塩汁鍋
冬四三六
しょとう初冬　冬三九八
しょねつ暑熱　夏一二三
しょはく初魄　秋二八六
しょばつしき初筏式　春五〇
しょふく初伏　夏一二三
しょぶろ初風炉　夏一六九
*じょや除夜　冬四〇三
じょやのえん除夜の宴
冬四〇三
*じょやのかね除夜の鐘
冬四七二
じょやのゆ除夜の湯　冬四二四
じょやもうで除夜詣　冬四六九
しょよう初陽　新五〇〇
しょりょう初涼　秋二七七
*しょれいさい諸霊祭　秋三四四
じょろうぐも女郎蜘蛛
夏二三四
しょをさらす書を曝す
夏一六九
しらいき白息　冬四五八
*しらうお白魚　春八九
しらうお鱠残魚　春八九
しらうお王余魚　春八九
しらうお銀魚　春八九
しらうおじる白魚汁　春三八
しらうおなべ白魚鍋　春三八

*しらうおめし白魚飯　春三八
しらえ白衣　夏一五一
しらおしらを　春八九
しらお白苧　夏二六二
しらおあえ白魚和　春三八
しらおあみ白魚網　春八九
*しらおき白雄忌　秋三五一
しらおくむ白魚汲む　春八九
しらおじる白魚汁　春三八
しらおとり白魚捕り　春八九
しらおなべ白魚鍋　春三八
しらおのたか白尾の鷹　春三六
しらおび白魚火　春八九
しらおぶね白魚舟　春八九
しらおめし白魚飯　春三八
しらおりょう白魚漁　春八九
しらがきりぼし白髪切干　冬四四〇
*しらがさね白重　夏一五一
しらがさね白襲　夏一五一
しらがたろう白髪太郎　夏二二八
*しらかばのはな白樺の花　春一〇三
*しらかわまつり白川祭　秋三三五
しらぎく白菊　秋三七九
*しらさぎ白鷺　夏二一九
しらさめ白雨　夏一三八
しらすしらす　春三六
*しらすぼし白子干　春三六
*しらたま白玉　夏一六〇
しらたまくさ白玉草　秋三九二
しらたますい白玉水　夏一五九
しらたまぜんざい白玉ぜんざい　夏一六〇
しらつゆ白露　秋二九二
*しらぬい不知火　秋二九五
*しらねあおい白根葵　夏二七一
しらはえしらはえ　夏一三五
しらはえ白鮠　夏二三六
しらはぎ白萩　秋三八七
しらはぐさしらはぐさ　春一二〇
しらふのたか白斑の鷹　春三六
*しらみ虱　夏二三三
しらみぐさ虱草　秋三九〇
*しらも白藻　春一二四
しらもも白桃　春九九
しらゆき白雪　冬四一二
しらゆり白百合　夏二五三
*しらん紫蘭　夏二六三
しらん白及　夏二六三
しらん紫蘭（藤袴）　秋三九〇
*じり海霧　夏一三八
しりうすシリウス　冬四〇八
しりたたきまつり尻たたき祭　秋三三四
*しりつみまつり尻摘祭　冬四六四
しりはさみしりはさみ　夏二二三
*しりはり尻張　新五一九
しるしのすぎ験の杉　春三六
しろあおい白葵　夏二五〇
しろあやめ白あやめ　夏二四九
*しろあり白蟻　夏二三三
じろうがき次郎柿　秋三六六
*しろうき士朗忌　夏二二二
しろうし代牛　夏一七一
*じろうしゅ治聾酒　春三九
しろうちわ白団扇　夏一六八
しろうとずもう素人相撲　秋三三三
じろうのついたち次郎の朔日　新五〇三
しろうま代馬　夏一七一
しろうめもどき白梅擬　秋三七五
*しろうり越瓜　夏二五八
しろうり白瓜　夏二五八
しろうりづけ白瓜づけ　夏一五七
しろおしろを　春八九
しろかき代掻　夏一七一
しろかきつばた白かきつばた　夏二四九
*しろかく代掻く　夏一七一
*しろがすり白絣　夏一五四
しろがすり白飛白　夏一五四
しろかたびら白帷子　夏一五二
しろがねき銀忌　冬四七六
しろかび白黴　夏二七三
しろかみこ白紙子　冬四二八
しろかや白蚊帳　夏一六六
しろききょう白桔梗　秋三九一
しろぎす白鱚　夏二二四
しろぎつね白狐　冬四七九
*しろきにちようび白き日曜日　春七三
しろぐちしろぐち　夏二二五
*しろぐつ白靴　夏一五五
しろくま白熊　冬四七九
しろぐわい白慈姑　春一一二
しろけし白芥子　夏二五〇
しろげし白罌　夏二五〇

しろごい白鯉　夏二二三
しろこばば白粉婆　冬四八七
*しろざけ白酒　春三七
しろざけうり白酒売　春三七
しろさるすべり白さるすべり　夏三六
しろじ白地　夏一五四
しろしきぶ白式部　秋三七四
*しろしたがれい城下鰈　夏三三
しろしゃつ白シャツ　夏一五四
しろしょうじ白障子　冬四四三
しろしょうぶ白菖蒲　夏二四九
しろすじかみきり白条天牛　夏三三〇
*しろずみ白炭　冬四四四
しろすみれ白菫　春一一四
しろせり白芹　春一一七
*しろた代田　夏一四三
しろたえぎく白妙菊　春一〇七
しろたび白足袋　冬四三一
しろちぢみ白縮　夏一五三
しろちどり白千鳥　冬四八二
しろちょう白蝶　春九四
しろつつじ白躑躅　春一三三
しろつばき白椿　春九五
しろつめくさ白詰草　春一二五
しろながすくじら白長須鯨　冬四八〇
しろなす白茄子　夏二五八
しろなんてん白南天　秋三七一
*しろはえ白南風　夏一三五
しろばえしろばえ　夏一三五
しろはす白蓮　夏二六〇
しろばなたんぽぽ白花たんぽぽ　春一一五
しろばなふじ白花藤　春九九
*しろばなまんじゅしゃげ白花曼珠沙華　秋三九一
しろはら白腹　秋三五五
しろばら白薔薇　夏二三五
しろはらとんぼ白腹蜻蛉　秋三六二
しろひがさ白日傘　夏一六八
*しろふく白服　夏一五二
しろぶくりょう白茯苓　秋三九五
しろふくろうしろふくろふ　冬四八一
しろふじ白藤　春九九
しろぶすま白襖　冬四四三
しろふみげた代踏み下駄　夏一七二
しろふよう白芙蓉　秋三六六
しろぼけ白木瓜　春一〇〇
しろまい白舞茸　秋三九五
しろまゆ白繭　夏一七七
しろまんじゅしゃげ白曼珠沙華　秋三九一
しろみて代みて　夏一七三
しろむくげ白木槿　秋三六六
しろむらしろむら　春九八
しろめだか白目高　夏二三三
しろもも白桃　春九九
しろやなぎ白楊　春一〇二
しろやまぶき白山吹　春九九
しろゆかた白浴衣　夏一五三
しろわさび白山葵　春一二二
しわいかなごしわ鮊子　春八九
しわかじめ皺搗布　夏二七三
*しわす師走　冬四〇二
しわすのいち師走の市　冬四二〇
しわすようかぶき師走八日吹　冬四二〇
しわぶき咳　冬四五八
しわぶく咳く　冬四五八
*しんあずき新小豆　秋三八五
しんいと新糸　夏一七七
*しんいも新藷　夏二五九
しんえだまめ新枝豆　夏二五七
しんおうき晋翁忌　春七九
しんがく進学　春三二
しんかずのこ新数の子　春三九
しんかや新榧　秋三七三
しんかよい新通　新五一七
しんかんぴょう新干瓢　夏一七五
*しんきあえ新茄子和　夏二五七
しんきいと新生糸　夏一七七
しんぎくしんぎく　春一二二
*しんきくせいす神麯製す　夏一四九
*じんぎすかんなべ成吉思汗鍋　秋三六六
じんぎすかんなべジンギスカン鍋　秋三六六
じんぎすかんりょうり成吉思汗料理　秋三六六
*しんぎぬ新絹　秋三一七
*しんきゅう進級　春三二
*しんきゅう賑給　夏一四五
しんきゅうしけん進級試験　春三二
*しんきろう蜃気楼　春三三
じんぐうかんみそのまつり

神宮神御衣祭　夏一九六
*しんぐうのみふねまつり新宮の御船祭　秋三三七
しんげつ新月　秋二八六
しんこしんこ　秋三六〇
しんこあえ料和　夏一五七
しんごうしんごふ　夏一四五
*しんこうじ新麴　秋三〇八
しんごぼう新牛蒡　夏二五九
しんごま新胡麻　秋三八五
しんごよみ新暦　新五二九
*しんごりょうのみたらし新御霊御弓　新五二一
*しんごんいんのみしほ真言院の御修法　新五四一
しんさい新歳　新五〇〇
しんさいき震災忌　秋三一八
しんざん新参　春二七
しんし蜃市　春三二
しんしき晋子忌　春七九
しんじすもう神事相撲　秋三三三
*じんじつ人日　新五〇二
*しんしぶ新渋　秋三一七
*じんじゃあのはなジンジャーの花　秋三七七
*しんしゃいん新社員　春三二
*しんじゃが新馬鈴薯　夏二五九
しんじゃがいも新馬鈴薯　夏二五九
*しんしゅ新酒　秋三〇七
*しんじゅ新樹　夏二四一
しんしゅう新秋　秋二七六
しんしゅう　深秋　秋二八三
しんしゅかす新酒糟　秋三〇七
しんしゅく参宿　冬四〇八
しんしゅひいれ新酒火入れ　夏一五八
しんしゅん新春　新五〇〇
しんじょうえ新嘗会　冬四六〇
*しんしょうが新生姜　秋三八三
じんしょうがつ人正月　新五〇〇
しんじょうさい神嘗祭　秋三一七
しんじょうさい新嘗祭　冬四六〇
じんしょうせつ人勝節　新五〇二
*しんすい神水　夏一四八
しんすい新水　秋三六六
しんずいしんずい　夏一四八
しんずいとる神水取る　夏一四八
じんせい人正　新五〇〇
しんせつ新雪　冬四一二
*しんせんえんまつり神泉苑祭　夏一九四
しんぜんそうば神前相場　新五四七
*しんそば新蕎麦　秋三一一
*しんだいず新大豆　秋三八五
しんたくあん新沢庵　冬四四〇
しんたばこ新煙草　秋三一七
*しんちぢり新松子　秋三七〇
*しんちゃ新茶　夏一五八
じんちょう沈丁　春九八
*じんちょうげ沈丁花　春九八
しんづけたくあん新漬沢庵　冬四四〇
しんとう新糖　冬四五〇
しんとうき新糖期　冬四五〇
*しんどうふ新豆腐　秋三一一
しんないながし新内ながし　夏一八二
しんにっき新日記　新五三〇
しんにゅうしゃいん新入社員　春三二
しんにゅうせい新入生　春三二
しんにょのつき真如の月　秋二八五
*しんねん新年　新五〇〇
しんねんえんかい新年宴会　新五三九
*しんねんかい新年会　新五一四
しんねんくかい新年句会　新五一四
*しんのうさい神農祭　冬四六五
しんのうさん神農さん　冬四六五
しんのうのとら神農の虎　冬四六五
しんのうびな親王雛　春二八
*しんのり新海苔　冬四三九
じんばそう神馬藻　夏二七三
しんばた新機　秋三一七
*しんぶし新節　夏一六一
じんべじんべ　夏一五三
*じんべい甚平　夏一五三
じんべえ甚兵衛　夏一五三
*しんぼしかぶら新干蕪　冬四三七
*しんぼしだいこん新干大根　冬四三七
*しんまい新米　秋三〇七
しんまゆ新繭　夏一七七
*しんまわた新真綿　夏一七七

*しんむぎ新麦　夏一七一
しんめいき晋明忌　冬四七七
しんよう新陽　新五〇〇
じんらい迅雷　夏一三九
しんらいはいこう新礼拝講　夏二〇五
しんらんき親鸞忌　冬四七一
*しんりょう新涼　秋二一七
*しんりょく新緑　夏二四一
しんろう蜃楼　春二三
しんわかめ新若布　春一三三
*しんわた新綿　秋三一七
*しんわら新藁　秋三一六

す

すあし素足　夏一八六
すあわせ素袷　夏一五三
すいいとちぇりいスイートチェリー　春九八
*すいいとぴいスイートピー　春一〇九
すいいん翠蔭　夏二四一
すいえい水泳　夏一八一
すいえいばかいし水泳場開始　夏一八一
すいえいぼう水泳帽　夏一五四
すいか水禍　夏一四二
*すいか西瓜　秋三八〇
すいがい水害　夏一四二
すいかうう西瓜植う　春四五
すいかずら吸葛　夏二四四
すいかずら忍冬　夏二四四
*すいかずらのはな忍冬の花　夏二四四
*すいかぢょうちん西瓜提灯　夏一八三
*すいかのはな西瓜の花　夏二五六
すいかばたけ西瓜畑　秋三八〇
すいかばん西瓜番　秋三八〇
*すいかまく西瓜蒔く　春四五
*すいかわり西瓜割り　夏一八二
*ずいき芋茎　秋三八一
ずいきほす芋茎干す　秋三八一
ずいきまつり芋茎祭　秋三三五
ずいきみこし瑞饋神輿　秋三三五
*すいきゅう水球　夏一八一
すいきん水禽　冬四八二
ずいこう瑞香　春九八
すいしかいどう垂糸海棠　春九八
すいじょうしょうぼうでぞめしき水上消防出初式　新五一四
すいじょうすきい水上スキー　夏一八一
ずいしん随臣　春二八
すいしんきょう水心鏡　夏一四九
すいじんさい水神祭　夏一九八
すいすいすいすい　春一一六
*すいせん水仙　冬四九三
*すいせんうごく水泉動く　冬四〇一
すいせんか水仙花　冬四九三
*すいせんのう酔仙翁草　夏二五二
すいせんのう水仙翁　夏二五二
*すいたくあつくかたし水沢腹く堅し　冬四〇五
すいたくわい吹田慈姑　春一一三
*すいちゅうか水中花　夏一八四
*すいちゅうめがね水中眼鏡　夏一七八
すいっちょすいつちよ　秋三六三
すいてい水亭　夏一六三
すいとすいと　秋三六三
*すいとうえ水灯会　秋三三九
*すいば酸葉　春一一六
*すいはき水巴忌　秋三四四
*すいはん水飯　夏一五六
*すいばん水盤　夏一六六
すいふよう酔芙蓉　秋三六六
すいみつとう水蜜桃　秋三六六
すいもぐさすいも草　夏二六六
すいものぐさ酸い物草　夏二六六
すいよう水楊　春一〇二
すいらん翠巒　夏一四一
すいらん水蘭　夏二五〇
すいりくえ水陸会　秋三〇一
すいれん水練　夏一八一
すいれん翠簾　夏一八八
*すいれん睡蓮　夏二六五
*すいれんうう睡蓮植う　春四六
すいろん水論　夏一七二
すえつむはな末摘花　夏二五五
すえのあき末の秋　秋二七九
すえのはる末の春　春一一四
すえのふゆ末の冬　冬四〇二
すえめし饐飯　夏一五六
すおうぬぎ素襖脱ぎ　新五四三
すおうのはな蘇枋の花

春九七
*すおうのみ蘇枋の実　秋三七一
*すかあるスカール　夏一八〇
すがき酢牡蠣　冬四三七
すがくれ巣隠　春八七
すかしだわら透し俵　夏三三八
すかしゆり透百合　夏二五三
すがたみのたい姿見の鯛　春八八
すがぬき菅貫　夏二〇〇
すがまえ巣構へ　春八七
すがみこ素紙子　冬四二八
*すがもりすが漏　冬四四九
すがらす巣鴉　春八八
すがるすがる　秋三五二
すがれおい蜾蠃追　秋三三五
*すがれおいすがれおひ　秋三三五
すがれむしすがれ虫　秋三六五
すかんぽ酸模　春一一六
*すきいスキー　冬四五七
すきいうえあスキーウエア　冬四五七
すきいじょうスキー場　冬四五七
すきいばすスキーバス　冬四五七
すきいぼうスキー帽　冬四五七
すきいやあスキーヤー　冬四五七
すきいやどスキー宿　冬四五七
すきいれっしゃスキー列車　冬四五七
*すぎおちば杉落葉　夏二四三
すぎかふん杉花粉　春一〇三
すぎかふんしょう杉花粉症　春五六
すきこ透蚕　春九五
すぎこしのまつり過越祭　春七三
*すきぞめ梳初　新五三〇
すきぞめ鋤初　新五三三
*すぎな杉菜　春一一五
すぎなえ杉苗　春四六
すぎのかふん杉の花粉　春一〇三
すきのせち主基の節　冬四六〇
*すぎのはな杉の花　春一〇三
*すぎのみ杉の実　秋三七二
すきはじめ梳きはじめ　新五三〇
すきはじめ鋤始　新五三二
*すきまかぜ隙間風　冬四一〇
すきまばり隙間張　冬四四一
すきまはる隙間張る　冬四四一
すきや透綾　夏一五二
*すきやき鋤焼　冬四三六
*すぎやき杉焼　秋三二〇
*ずきん頭巾　冬四三〇
ずきんぬぐ頭巾脱ぐ　春三三
ずくづく　冬四八一
*すぐき酢茎　冬四三八
すぐき酸茎　冬四三八
すぐきうり酢茎売　冬四三八
*ずくひき木菟引　秋三三一
すぐみ巣組み　春八七
すくもすくも　秋三一五
*すぐりのみ須具利の実　夏二四〇
すぐろ末黒　春三三
すぐろの末黒野　春三三
*すぐろのすすき末黒の芒　春一三
すけえたあスケーター　冬四五七
*すけえとスケート　冬四五七
すけえとぐつスケート靴　冬四五七
すけえとじょうスケート場　冬四五七
すげがさ菅笠　夏一五五
*すげかり菅刈　夏一七五
すげかる菅刈る　夏一七五
*すけそうだら助宗鱈　冬四八四
すけとうだら介党鱈　冬四八四
すげのみやまつり菅宮祭　夏一九五
すげほす菅干す　夏一七五
すごあみ双子編　秋三二六
すこおるスコール　夏一三八
すごもり巣籠　春八七
すごもりむしとをひらく蟄虫戸を啓く　春九
*すごろく双六　新五三三
すごろくすごろく　新五三三
すごろくいし双六石　新五三三
*すさまじ冷まじ　秋二八三
すさまじすさまじ　秋二八三
すしすし　春一一六
*すし鮓　夏一五六
すし鮨　夏一五六
すじあおのり筋青海苔　春一二四
すしうり鮓売り　夏一五六
すしおけ鮓桶　夏一五六
すしおす鮓圧す　夏一五六
すじこ筋子　秋三一〇
すじだわらすぢ俵　春四四

すしつける**鮓漬ける** 夏一五六
すしなる**鮓熟る** 夏一五六
すしのいし**鮓の石** 夏一五六
すじまき**すぢ蒔** 春四四
*すじゅうき**素十忌** 秋三四七
すすおさめ**煤納** 冬四二〇
すすおろし**煤おろし** 冬四二〇
すずか**すずか** 秋三五二
*すずかけのはな**鈴懸の花** 春一〇四
すずかけのはな**篠懸の花** 春一〇四
すずかけのめ**鈴懸の芽** 春一〇一
*すずかぜ**涼風** 夏一三六
すずかぜいたる**涼風至る** 秋二七六
すずがも**鈴鴨** 冬四八二
*すすき**芒** 秋三八七
すすき**薄** 秋三八七
*すずき**鱸** 秋三五九
すずきあみ**鱸網** 秋三五九
すすきがゆ**薄粥** 秋三〇三
すすきかる**薄刈る** 秋三三〇
すすきかる**芒枯る** 冬四九七
すすきかる**薄枯る** 冬四九七
すすきかれは**薄枯葉** 冬四九七
すすきしげる**芒茂る** 夏二六二
*すすきちる**芒散る** 秋三八八
*すずきつる**鱸釣る** 秋三三二
*すずきなます**鱸膾** 秋三三〇
すすきの**芒野** 秋三八七
すすきのほ**芒の穂** 秋三八八
すすきのめ**芒の芽** 春一一三
すすきのわかば**芒の若葉** 春一一四
すすきはら**芒原** 秋三八七
すすきまつり**芒祭** 秋三三一
すずこ**鈴子** 春二六
すずこ**すずこ** 秋三二〇
ずずこ**ずずこ** 秋三八八
すずこさすたか**鈴子挿す鷹** 春二六
*すすごもり**煤籠** 冬四二〇
*すずし**涼し** 夏一三三
*すずしろ**蘿蔔** 新五六二
すずしろ**清白** 新五六二
すすだけ**煤竹** 冬四二〇
すすだけうり**煤竹売** 冬四二〇
ずずだま**ずず珠** 秋三八八
*すずな**菘** 新五六二
すずな**鈴菜** 新五六二
すずな**菁** 新五六二
すすにげ**煤逃** 冬四二〇
*すずのこ**篠の子** 夏二四九
すずのこ**篶の子** 夏二四九
すずのさら**錫の皿** 夏一六五
*すずのはち**錫の鉢** 夏一六五
すすのひ**煤の日** 冬四二〇
すすのもち**煤の餅** 冬四二〇
すずのやき**鈴の屋忌** 秋三五二
すすはき**煤掃** 冬四二〇
*すすはらい**煤払** 冬四二〇
すすびより**煤日和** 冬四二〇
すずふりそう**鈴ふり草** 春一一八
すずふりばな**鈴振花** 春一二二
*すずみ**納涼** 夏一七九
*すずみしゃくとう**涼み積塔** 夏二〇六
*すずみじょうるり**涼み浄瑠璃** 夏一八三
すずみだい**涼み台** 夏一八〇
すずみちゃや**涼み茶屋** 夏一七九
すずみのしゃくとう**涼みの積塔** 夏二〇六
すずみのとう**涼みの塔** 夏二〇六
すずみぶね**涼み舟** 夏一八〇
すすみまい**煤見舞ひ** 冬四二〇
すずみゆか**納涼川床** 夏一八〇
すずむ**涼む** 夏一七九
*すずむし**鈴虫** 秋三六二
*すずめうお**雀魚** 春九〇
*すずめうみにいりはまぐりとなる**雀大水に入り蛤と為る** 秋二八二
すずめが**天蛾** 夏二三九
*すずめがくれ**雀隠れ** 春一一四
すずめかしてはまぐりとなる**雀化して蛤となる** 秋二八二
すずめこ**雀子** 春八六
すずめこゆみ**雀小弓** 春五〇
すずめさかる**雀交る** 春八六
すずめずし**雀鮓** 夏一五六
すずめのあわ**雀の粟** 秋三九四
*すずめのかたびら**雀の帷子** 春一二〇
*すずめのこ**雀の子** 春八六
すずめのしょうべんたご**雀の小便担桶** 夏二三九
*すずめのす**雀の巣** 春八七
*すずめのたご**雀の担桶** 夏二三九
すずめのたまご**雀の卵** 春八六
*すずめのてっぽう**雀の鉄砲**

春一二〇
*すずめのひえ雀の稗　秋三九四
すずめのひな雀の雛　春八六
すずめのまくら雀の枕　春一二〇
すずめのやり雀の槍　春一二〇
すずめはじめてすくう雀始めて巣くふ　春一〇
すずめばち雀蜂　春九四
すずめはまぐりとなる雀蛤となる　秋二八二
すずめむぎ雀麦　夏二六一
*すすゆ煤湯　冬四二〇
*すずらん鈴蘭　夏二六四
すずらんすいせん鈴蘭水仙　春一〇八
*すずりあらい硯洗　秋二九六
すずりあらう硯洗ふ　秋二九六
すずろざむすずろ寒　秋二八二
ずだじゅんぎょうでぞめ頭陀巡行出初　新五五五
すだち巣立　春八七
*すだち酢橘　秋三六七
すだち酸橘　秋三六七
*すだちどり巣立鳥　春八七
*すだれ簾　夏一六五
すだれうり簾売　夏一六五
すだれおさむ簾納む　秋三一二
*すだれがい簾貝　春九一
すだれついたて簾衝立　夏一六五
すだれど簾戸　夏一六五
すだれなごり簾名残　秋三一二
すだれのなごり簾の名残　秋三一二
すだれのわかれ簾の別れ　秋三一二
すだれはずす簾外す　秋三一二
すちいむスチーム　冬四四三
ずつうがゆ頭痛粥　新五五五
すづくり巣づくり　春八七
*すつくる酢造る　夏一六二
すつばめ巣燕　春八七
すつばめ巣乙鳥　春八七
*すっぽうていまつり数方庭祭　秋三一三
すっぽんぞうすい鼈雑炊　冬四三六
*すっぽんなべ鼈鍋　冬四三六
すてうちわ捨団扇　秋三一一
すておうぎ捨扇　秋三一一
すてかがし捨案山子　秋三一三
すてご捨蚕　春四八
*すてずきん捨頭巾　春三三
すてぞり捨橇　春四一
*すててこすててこ　夏一五三
すてなえ捨苗　夏二六一
すてびな捨雛　春二九
すど簀戸　夏一六五
*すとおぶストーブ　冬四四四
すとおぶのぞくストーブ除く　春四〇
すとおるストール　冬四三一
*すとけしあストケシア　夏二五二
すどしまう簀戸しまふ　秋三一二
*すとっくストック　春一〇六
すどり巣鳥　春八七
すなあらし砂あらし　春一八
すないちご砂苺　夏二四六
*すなひがさ砂日傘　夏一八二
*すなまこ酢海鼠　冬四三九
すなもゆ砂炎ゆ　夏一四三
すなやつめ砂八目　冬四八六
すのおどろっぷスノードロップ　春一〇八
*すのおふれえくスノーフレーク　春一〇八
すのおぼおどスノーボード　冬四五七
すのおぽおるスノーポール　冬四四三
すのおもおびるスノーモービル　冬四四九
*すのき酢の木　秋三七七
*すばこ巣箱　春八七
すばしり洲走　秋三五九
すばしりごぼう須走牛蒡　秋三九一
すはだか素裸　夏一八六
すばち巣蜂　春九四
すはまぎく洲浜菊　春一一六
*すはまぐり洲蛤　春三六
すはまぐり醋蛤　春三六
すはまぐり酢蛤　春三六
すはまさいしん洲浜細辛　春一一六
*すはまそう州浜草　春一一六
すはまそう洲浜草　春一一六
*すばるすばる　冬四〇八
すびきすずめ巣引雀　春八七
すびつ炭櫃　冬四四四
すぷりんぐこおとスプリングコート　春三三
*すべりひゆ滑歯莧　夏二六五
すべりひゆ馬歯莧　夏二六五
すべりひゆ滑莧　夏二六五

＊すぽおつのひスポーツの日　秋三二九
すまいすまひ　秋三二三
＊すまいのせち相撲の節　秋三二七
すまいのせちえ相撲の節会　秋三二七
＊すまのみそぎ須磨の御禊　春六一
＊すみ炭　冬四四四
すみうま炭馬　冬四五三
＊すみうり炭売　冬四四四
すみおい炭負ひ　冬四五三
すみかご炭籠　冬四四四
すみがしら炭頭　冬四四四
＊すみがま炭竈　冬四五三
すみがま炭窯　冬四五三
すみかます炭叺　冬四四五
すみくず炭屑　冬四四四
すみぐるま炭車　冬四五三
すみずきん角頭巾　冬四三〇
すみすご炭すご　冬四四五
すみぞり炭橇　冬四五三
＊すみだわら炭俵　冬四四五
すみだわらあむ炭俵編む　秋三二六
すみつかりすみつかり　春三九
すみつかれすみつかれ　春三九
すみつけ墨つけ　新五一九
すみつけしょうがつ墨付正月　新五一九
すみでこすみでこ　冬四四〇
＊すみとり炭斗　冬四四四
すみとり炭取　冬四四四
すみとんぼ墨とんぼ　秋三六一
すみなや炭納屋　冬四四四
＊すみぬり墨塗　新五一九
すみのえがき住江牡蠣　冬四八七
すみのか炭の香　冬四四四
すみのじょう炭の尉　冬四四四
＊ずみのはな桷の花　夏二四四
すみばこ炭箱　冬四四四
＊すみび炭火　冬四四四
すみひく炭挽く　冬四四四
すみひさご炭瓢　冬四四四
すみや炭屋　冬四四四
＊すみやき炭焼　冬四五三
すみやきがま炭焼竈　冬四五三
すみやきごや炭焼小屋　冬四五三
すみようのまつり住吉卯祭　夏一九六
＊すみよしおどり住吉踊　夏一八四
すみよしおゆみしんじ住吉御弓神事　新五四九
すみよしすもうえ住吉相撲会　秋三二七
すみよしとうかしんじ住吉踏歌神事　新五四六
＊すみよしとうかせちえ住吉踏歌節会　新五四六
すみよしなごしのおおはらい住吉夏越の大祓　夏二〇三
すみよしなんさい住吉南祭　夏二〇三
＊すみよしのあおうましんじ住吉の白馬神事　新五四八
すみよしのいち住吉の市　秋三二七
＊すみよしのおたうえ住吉の御田植　夏一九九
すみよしのおはらい住吉の御祓　夏二〇三
＊すみよしのおゆみ住吉の御弓　新五四九
＊すみよしのかみおくり住吉の神送　秋三二四
すみよしのしおゆ住吉の潮湯　夏二〇三
すみよしのひがわり住吉の火替　夏二〇三
＊すみよしまつり住吉祭　夏二〇三
すみよしみけちしんじ住吉御結鎮神事　新五四九
＊すみよしみこしあらいのしんじ住吉神輿洗神事　夏二〇三
＊すみれ菫　春一一四
すみれ紫花地丁　春一一四
すみれぐさ菫草　春一一四
すみれつむ菫摘む　春一一四
すみれの菫野　春一一四
＊すみれのころも菫の衣　春三二
すむあき澄む秋　秋二八一
すむぎすむぎ　夏一五六
＊すもう相撲　秋三二三
すもう角觝　秋三二三
すもう角力　秋三二三
すもうえ相撲会　秋三二七
＊すもうかんどり相撲寒取　冬四二五
すもうぐさ角力草　秋三九二
＊すもうそう相撲草　秋三九二

すもうとり相撲取　秋三三三
すもうとりぐさ相撲取草　春一二四
（菫）
すもうとりぐさ相撲取草　秋三九二
（相撲草）
すもうのせち相撲の節　秋三一七
すもうば相撲場　秋三三三
すもうばしら相撲柱　秋三三三
すもうばな相撲花　春一二四
すもうばんづけ相撲番付　秋三三三
すもうふだ相撲札　秋三三三
すもうぶれ相撲触れ　秋三三三
すもじすもじ　夏一五六
すもっぐスモッグ　冬四一三
＊すもも李　夏二四〇
すもも李子　夏二四〇
すももさく李咲く　春一〇〇
すももちる李散る　春一〇〇
＊すもものはな李の花　春一〇〇
すりぞめ刷初　新五一九
すりばちむし擂鉢虫　夏二三三
するめいかするめ烏賊　夏二一七
＊ずわいがにずわい蟹　冬四八六
すわのおんばしらまつり諏訪の御柱祭　夏一九四
すわまつり諏訪祭　夏一九四
すわらすずめ巣藁雀　春八七
すわりかぶ据り蕪　冬四九五
すわりだい据り鯛　新五二六
＊すわりもち据り餅　新五〇七
すわんスワン　冬四八三
すをさるつばめ巣を去る燕　秋三五四
すんとりむし寸取虫　夏二三九

せ

＊ぜあみき世阿弥忌　秋三四九
せいうん凄雲　冬四〇八
せいおうぼ西王母　春九九
＊せいか盛夏　夏一三三
せいか聖菓　冬四七三
せいが星河　秋二八九
せいかいさい聖灰祭　春七二
せいかいすいようび聖灰水曜日　春七二
せいかすい井華水　新五〇六
＊せいかぞくさい聖家族祭　冬四七三
せいかぞくのしゅじつ聖家族の主日　冬四七三
せいかはじめ生花始　新五三二
せいきんよう聖金曜　春七三
＊せいきんようび聖金曜日　春七三
＊せいげつき井月忌　春七五
せいごせいご　秋三五九
＊せいごがつ聖五月　夏一二六
せいこがにせいこ蟹　冬四八六
＊せいざびえるさい聖ザビエル祭　冬四七三
せいさんみさい聖三位祭　夏二〇八
＊せいしか聖紫花　春一二二
＊せいしき誓子忌　春七六
せいじちん青磁枕　夏一六四
せいじはじめ政事始　新五三九
せいじはじめ政治始　新五三九
せいしめおんのひ聖シメオンの日　冬四七四
せいじゅ聖樹　冬四七三
せいしゅう清秋　秋二八一
＊せいしゅうかん聖週間　春七三
せいしゅうき聖週期　春七三
せいじょ青女　冬四一一
せいしょくさい聖燭祭　冬四七四
＊せいしんさい聖心祭　夏二〇八
せいじんさい聖人祭　秋三四四
せいじんさい成人祭　新五四三
せいじんしき成人式　新五四三
＊せいじんのひ成人の日　新五四三
＊せいそんき青邨忌　冬四七五
＊せいたいぎょうれつ聖体行列　秋三四四
せいたいこくちび聖胎告知日　春七二
＊せいたいさい聖体祭　夏二〇八
＊せいたいさい聖胎祭　冬四七三
せいたいせつ聖胎節　冬四七三
せいたかあわだちそう背高泡立草　秋三八八
せいたん聖旦　新五〇一
せいたんさい聖誕祭　冬四七三
＊せいちゃ製茶　春四九
せいてい青帝　春六
せいとう製糖　冬四五〇
＊せいとうき静塔忌　秋三四六
せいとうき製糖期　冬四五〇
せいとさい聖徒祭　秋三四四
せいどよう聖土曜　春七三
＊せいどようび聖土曜日　春七三

せいなんまつり城南祭　秋三三八
せいはくさい青柏祭　夏一九四
せいびょうき聖廟忌　春七一
＊せいぺてろ・ぱうろさい聖ペテロ・パウロ祭　夏二〇八
せいぼ歳暮(年の暮)　冬四〇二
せいぼ歳暮(歳暮祝)　冬四二三
＊せいぼいわい歳暮祝　冬四二三
＊せいぼうりだし歳暮売出　冬四二三
せいぼがえし歳暮返し　冬四二三
＊せいほき青畝忌　冬四七五
せいぼさい聖母祭(聖母月)　夏二〇七
せいぼさい聖母祭(被昇天祭)　秋三四三
せいぼしょうてんさい聖母昇天祭　秋三四三
＊せいぼせいしんさい聖母聖心祭　秋三四三
＊せいぼせいたんさい聖母生誕祭　秋三四三
＊せいぼづき聖母月　夏二〇七
せいぼのれい歳暮の礼　冬四二三
せいぼひしょうてんさい聖母被昇天祭　秋三四三
＊せいみかえるさい聖ミカエル祭　秋三四三
＊せいめい清明　春一一
＊せいめいさい清明祭　春七一
せいめいさい聖名祭　新五五七
せいめいせつ清明節　春一一
せいめいまいり清明参　春七一
せいもくよう聖木曜　春七三
＊せいもくようび聖木曜日　春七三
＊せいもんばらい誓文払　冬四六三
せいもんばらい誓文祓　冬四六三
せいや聖夜　冬四七三
せいやげき聖夜劇　冬四七三
せいよう青陽　新五〇〇
せいようあさがお西洋朝顔　秋三七七
せいようあやめ西洋あやめ　夏二五〇
せいよういちごのはな西洋苺の花　春一一〇
せいよううど西洋独活　春一二三
せいようかりん西洋榠樝　春一〇〇
せいようげつ正陽月　新五〇〇
せいようさんざし西洋山楂子　春九九
せいようたんぽぽ西洋たんぽぽ　春一一五
せいようのこぎりそう西洋鋸草　夏二七〇
せいようはしばみせいやうはしばみ　秋三七二
せいようばら西洋薔薇　夏二三五
せいようみざくら西洋実桜　春九八
＊せいヨゼフさい聖ヨゼフ祭　春七二
せいよはねさい聖ヨハネ祭(洗者聖ヨハネ祭)　夏二〇七
＊せいよはねさい聖ヨハネ祭　冬四七三
せいよはねたんじょうび聖ヨハネ誕生日　夏二〇七
＊せいらき青蘿忌　夏二一三
せいりゅうばい青竜梅　春九五
＊せいれいこうりんさい聖霊降臨祭　夏二〇八
せいれいさい聖霊祭　夏二〇八
＊せいわ清和　夏二一六
＊せえたあセーター　冬四二九
せおよぎ背泳ぎ　夏一八一
ぜがいそうぜがいさう　春一一六
＊せがき施餓鬼　秋三〇一
せがきえ施餓鬼会　秋三〇一
せがきだな施餓鬼棚　秋三〇一
せがきだん施餓鬼壇　秋三〇一
せがきでら施餓鬼寺　秋三〇一
せがきばた施餓鬼幡　秋三〇一
せがきぶね施餓鬼舟　秋三〇一
＊せき咳　冬四五八
せきい石韋　夏二六八
せききょう石鏡　夏二二七
せきさい釈菜(釈奠)　春七一
せきさい釈菜(秋の釈奠)　秋三四三
せきさらえ堰浚へ　夏一七一
せきしゅん惜春　春一一五
せきしゅんき惜春忌　春七七
＊せきしょう石菖　夏二六三
せきせつ積雪　冬四二二
せきせんのたわむれ石戦の

戯れ　夏一四八
*せきぞろ節季候　冬四二三
せきそんもうで石尊詣　夏二〇三
*せきたん石炭　冬四四五
せきたんすとおぶ石炭ストーブ　冬四四四
*せきちく石竹　夏二五一
*せきていき石鼎忌　冬四七五
*せきてん釈奠　春七一
せきとり関取　秋三三三
せきながし堰流し　春五〇
せきなんせきなん　夏二三六
せきねん惜年　冬四〇三
せきのみょうじんさい関明神祭　夏二二二
せきはずす堰外す　秋三一四
せきぶしん堰普請　夏一七一
せきもり堰守　夏一七三
せきゆすとおぶ石油ストーブ　冬四四四
せきらんうん積乱雲　夏一三四
*せきり赤痢　夏一八七
せきりゅう石榴　秋三六七
*せきれい鶺鴒　秋三五六
せきれいなく鶺鴒鳴く　秋二七八
せく咳く　冬四五八
せぐろいわし背黒鰯　秋三六〇
せぐろせきれい背黒鶺鴒　秋三五六
せこ勢子　冬四五一
せごしなます背越膾　夏一六一
せすじすずめせすぢすずめ　夏三三九
ぜぜがいぜぜ貝　春九二
せせりちょう挵蝶　夏二二七
せたがやのぼろいち世田谷のボロ市　冬四二〇
せたがやぼろいち世田谷ボロ市　冬四二〇
せたしじみ瀬田蜆　春九三
せちあえ節饗　新五一三
せちおとこ節男　新五一〇
せちぎ節木　新五一八
せちぎこり節木樵　冬四二三
せちきゃく節客　新五一三
せちこそで節小袖　新五一三
*せちごち節東風　冬四一〇
せちごめ節米　冬四一九
せちごろも節衣　新五一三
せちぬのこ節布子　新五一三
せちぶ節分　冬四〇七
*せちぶるまい節振舞　新五一三
せちりょう節料　冬四一九
せちりょうまい節料米　冬四一九
*せちりょうもの節料物　冬四一九
せちりょうり節料理　新五一三
せつい窃衣　秋三九〇
せつい雪意　冬四一二
せついのはな窃衣の花　夏二六八
*せっか雪加　夏三三一
せっか雪下　夏三三一
せっか雪華　冬四一二
せつがわり節替り　冬四〇七
*せっき節季　冬四〇二
せっきいち節季市　冬四二〇
せっきじまい節季仕舞　冬四〇二
せっきぞろせつきぞろ　冬四二三
*せっけい雪渓　夏一四一
*せっけいむし雪渓虫　夏三三三
*せつげん雪原　冬四一五
せっこく石斛　夏二七〇
*せっこくのはな石斛の花　夏二七〇
せつごのてん雪後の天　冬四一二
せつざんのとり雪山の鳥　冬四八〇
*せつじょうしゃ雪上車　冬四四九
*せったい摂待　秋二九九
せったい接待　秋二九九
せったいちゃ接待茶　秋二九九
せったいみず接待水　夏二六〇
せっちゅうあんき雪中庵忌　冬四七七
せっちゅうか雪中花　冬四九三
*せっちゅうはなみずいわい雪中花水祝　春六〇
せつでい雪泥　春二四
せっていかせつていくわ　夏二七〇
せっぱります背張鱒　春八九
せっぴ雪庇　冬四一二
*せつぶん節分　冬四〇七
*せつぶんそう節分草　春一一六
せつぶんまんとうろう節分万灯籠　冬四六九
*せつぶんもうで節分詣　冬四六九
せっぺん雪片　冬四一二
せつれい雪嶺　冬四一四

せとがい瀬戸貝 春九二
せとひばち瀬戸火鉢 冬四四五
＊せなぶとん背蒲団 冬四二八
ぜにあおい銭葵 夏二五〇
ぜにがめ銭亀 夏二一四
ぜにごま銭独楽 新五三五
ぜには銭葉 夏二六〇
ぜにむし銭虫 夏二三四
せび施火 秋三三九
ぜふぃらんさすゼフィランサス 夏二五二
せぼし瀬干 夏一七八
＊せまい施米 夏一九〇
＊せみ蝉 夏二三一
＊せみうまる蝉生る 夏二三一
せみくじら背美鯨 冬四八〇
せみごおり蝉氷 冬四一六
せみごろも蝉衣 夏一五二
せみしぐれ蝉時雨 夏二三一
＊せみたけ蝉茸 夏二七三
せみとり蝉捕り 夏二三一
せみのあな蝉の穴 夏二三一
せみのから蝉の殻 夏二三一
せみのぬけがら蝉の脱殻 夏二三一
せみのはごろも蝉の羽衣 夏一五二
せみのもぬけ蝉のもぬけ 夏二三一
＊せみはじめてなく蝉始めて鳴く 夏二二九
せみばな蝉花 夏二七三
＊せみまるき蝉丸忌 夏二二二
せみまるまつり蝉丸祭 夏二二二
＊ぜらにゅうむゼラニューム 夏二五〇
＊せり芹 春一一七
＊ぜりいゼリー 夏一六〇
せりすなわちさかう芹乃ち栄ふ 冬四〇四
せりた芹田 春一一七
＊せりつみ芹摘 新五一五
せりつむ芹摘む（摘草） 春五一
せりつむ芹摘む（芹摘） 新五一五
せりなべ芹鍋 冬四三四
＊せりのはな芹の花 夏二七〇
せりのみず芹の水 春一一七
＊せりやき芹焼 冬四三四
＊セルセル 夏一五二
せるりセルリ 冬四九六
＊せろりセロリ 冬四九六
ぜんあんご前安居 夏二〇四
せんか銭荷 夏二六〇
せんがくじぎしたいさい泉岳寺義士大祭 春九九
＊せんきゅうのはな川芎の花 秋三七九
せんぎり千切 冬四四〇
＊せんぎりだいこん千切大根 冬四四〇
せんげつ織月 秋二八六
せんげんこう浅間講 夏一九八
＊せんげんまつり浅間祭 春六三
せんこうか剪紅花 秋三七八
＊ぜんこうじのごはんいただき善光寺の御判戴き 新五五五
＊せんこうはなび線香花火 夏一八三
せんこくせんこく 秋三八四
せんごくまめ千石豆 秋三八五
ぜんこんやど善根宿 春三〇
せんざい千歳 冬四六七
せんしそう染指草 秋三七九
ぜんじまる禅寺丸 秋三六六
＊せんじゃせいよはねさい洗者聖ヨハネ祭 夏二〇七
せんしゅうさ剪秋紗 秋三七八
せんしゅうら剪秋羅 秋三七八
＊せんしゅうらく千秋楽 秋二八〇
せんじゅぎく千寿菊 夏二五一
せんじゅねぎ千住葱 冬四九五
せんしゅん浅春 春七
せんしょ餞暑 秋二七七
せんす扇子 夏一六八
せんずまんざい千秋万歳 新五三三
＊せんそうじごおうかじ浅草寺牛玉加持 新五五四
＊せんそうじのおんざだらに浅草寺の温座陀羅尼 新五五六
せんそくもくようび洗足木曜日 春七三
せんぞしょうがつ先祖正月 新五〇三
＊せんだいたなばた仙台七夕 秋三一二
＊せんだいはぎ仙台萩 春一一八
せんだいはぎ千代萩 春一一八
せんだいはぎ先代萩 春一一八
＊せんだいむしくい仙台虫喰 春八三
＊せんだんご千団子 夏二〇五

せんだんこう栴檀講　夏二〇五
せんだんこう千団講　夏二〇五
せんだんごまつり千団子祭　夏二〇五
せんだんごもうで千団子詣　夏二〇五
せんだんのはな栴檀の花　夏二四五
せんだんのみ栴檀の実　秋三七三
せんちゅう線虫　秋三六四
＊せんてい剪定　春四六
せんていえ先帝会　春六四
ぜんていか禅庭花　夏二七〇
＊せんていさい先帝祭　春六四
＊ぜんどうき善導忌　春七九
せんとうそう剪刀草　夏二六五
せんなり千生り　秋三八〇
せんなりなす千生茄子　夏二五八
せんにちこう千日紅　夏二五三
＊せんにちそう千日草　夏二五三
せんにちもうで千日詣　夏二〇三
＊ぜんにつゆうつ膳に露打つ　夏一七〇
＊せんにゅう仙入　秋三五六
＊せんにゅうじかいさんき泉涌寺開山忌　春七九
＊せんにゅうじしゃりえ泉涌寺舎利会　秋三四一
せんねんがい千年貝　春九二
せんのう仙翁花　秋三七八
＊せんのうげ仙翁花　秋三七八
＊せんぷうき扇風機　夏一六八
せんぶきせんぶき　春一二三
＊せんぶり千振　秋三九三
せんぶりとる千振採る　秋三一九
せんぶりのはな千振の花　秋三九三
＊せんぶりひく千振引く　秋三一九
せんぶりほす千振干す　秋三一九
せんぼんざくら千本桜　春九六
せんぼんしめじ千本しめぢ　秋三九五
せんぼんしゃかねんぶつ千本釈迦念仏　春六五
せんぼんだいねんぶつ千本大念仏　夏二〇五
＊せんぼんねんぶつ千本念仏　春七一
せんぼんわけぎ千本分葱　春一二三
＊ぜんまい薇　春一一七
ぜんまい狗脊　春一一七
ぜんまい紫萁　春一一七
＊せんまいづけ千枚漬　冬四三八
ぜんまいとりぜんまい採り　春一一七
＊ぜんまいめし薇飯　春三八
ぜんまいわらびぜんまい蕨　春一一七
せんもうき剪毛期　春四八
＊せんりょう千両　冬四九四
せんりょう仙蓼　冬四九四
せんろっぽん千六本　冬四九五

そ

そいねかご添寝籠　夏一六四
そうあん送行　秋三四〇
そういち総一　夏一九二
＊そういんき宗因忌　春八〇
そうえきき宗易忌　春七九
そうが孀娥　秋二八五
そうがい霜害　春二〇
そうかはじめ挿花始　新五三一
＊そうかんき宗鑑忌　冬四七六
そうき爽気　秋二八一
＊そうぎき宗祇忌　秋三四九
ぞうきのめ雑木の芽　春一〇一
＊ぞうきもみじ雑木紅葉　秋三六九
そうぎょき艸魚忌　春七四
そうげつ壮月　秋二七八
＊そうこう霜降　秋二八三
＊そうこうなく倉庚鳴く　春九
そうじ蒼耳　秋三八八
＊ぞうしがやきしもじんどう雑司ケ谷鬼子母神堂奉射　新五五一
＊そうしじゅのはな想思樹の花　春一二三
そうしのよみぞめ草子の読初　新五二二
そうしゅう早秋　秋二七六
＊そうしゅうきき窓秋忌　冬四七五
そうじゅつ蒼朮　秋三七九
＊そうじゅつをたく蒼朮を焚く　夏一六九
そうじゅつをやく蒼朮を焼く　夏一六九
＊そうしゅん早春　春七

＊そうじょうき草城忌　冬四七六
＊そうず添水　秋三一三
そうず僧都　秋三一三
そうずい奏瑞　新五三八
＊ぞうすい雑炊　冬四三三
そうすいえ送水会　春六六
そうずからうす添水唐臼　秋三一三
＊そうせきき漱石忌　冬四七四
そうせつ爽節　秋二七六
そうたい掃苔　秋三〇〇
＊そうだかつお宗太鰹　秋三五九
そうだかつお惣太鰹　秋三五九
そうちょう双蝶　春九四
そうてい蒼帝　春六
そうとうしゅうかいざんき曹洞宗開山忌　秋三五〇
そうとくおろしそうとく降し　夏一五〇
そうとめさうとめ　夏一七二
＊ぞうに雑煮　新五一〇
ぞうにいわう雑煮祝ふ　新五一〇
ぞうにぜん雑煮膳　新五一〇
ぞうにばし雑煮箸　新五一〇
ぞうにもち雑煮餅　新五一〇
ぞうにわん雑煮椀　新五一〇
＊そうばい早梅　冬四八八
そうばいう送梅雨　夏一三七
そうはぎ草萩　秋三九一
ぞうはなむし象鼻虫　夏二三〇
そうび薔薇　夏二二五
＊そうまとう走馬灯　夏一六八
そうまのすみぬり相馬の隅塗　新五一九
そうまのまおい相馬野馬追　夏二〇一
そうまのまおいまつり相馬野馬追祭　夏二〇一
そうめんながし索麺流し　夏一五七
そうめんひやす索麺冷やす　夏一五七
＊そうもくきざしうごく草木萌動く　春九
そうもくきばみおつ草木黄ばみ落つ　秋二八三
＊そうもくこうらくす草木黄落す　秋二八三
そうもくめばえいずる草木萌動る　春九
そうもくれいらくす草木零落す　秋二八三
そうらい爽籟　秋二六九
そうりょう早涼　秋二七七
そうりょう爽涼　秋二八一
そうりんき巣林忌　冬四七八
そうりんしき巣林子忌　冬四七八
そえんき素園忌　秋三五一
そおう狙翁　新五二四
＊そおだすいソーダ水　夏一五九
そおだすい曹達水　夏一五九
そがどんのかさやき曽我どんの笠焼　夏一九二
そがのあめ曽我の雨　夏一三八
＊そがのかさやき曽我の笠焼　夏一九二
そがまつり曽我祭　夏一八三
そくおんき足温器　冬四四六
そけい素馨　夏二三八
そこう狙公　新五二四
そこしみず底清水　夏一四四
そこなだれ底雪崩　春二五
そこびえ底冷　冬四〇五
そこべに底紅　秋二六六
そこべにき底紅忌　秋三四五
そこまめそこまめ　秋二八五
そしゅう素秋　秋二七六
そしゅん徂春　春一五
＊そせいき素逝忌　秋三四七
そせききき疎石忌　秋三五二
＊そぞろざむそぞろ寒　秋二八二
そつえん卒園　春三二
＊そつぎょう卒業　春三二
そつぎょうか卒業歌　春三二
そつぎょうき卒業期　春三二
そつぎょうしき卒業式　春三二
そつぎょうしけん卒業試験　春三二
そつぎょうしょうしょ卒業証書　春三二
そつぎょうせい卒業生　春三二
そでぐろづる袖黒鶴　冬四八三
そでずきん袖頭巾　冬四三〇
＊そてつのはな蘇鉄の花　夏二四六
＊そてつのみ蘇鉄の実　冬四九四
そでどめ袖止　夏一四五
そでなし袖無し　夏一三三
そでなし袖無　冬四二八
そでなしどうぎ袖無胴着　冬四二八
そでなしばおり袖無羽織　冬四二八
そでなみぐさ袖波草　秋三八七

そでのつき袖の月　秋二八五
そでのつゆ袖の露　秋二九二
そでひがん初手彼岸　春一〇
*そどうき素堂忌　秋三五〇
*そとね外寝　夏一八七
そとのぼり外幟　夏一四六
そのかみまつり園神祭　春六〇
*そのからかみまつり園韓神祭　春六〇
そのひぐさそのひぐさ　夏二五三
そばかいもち蕎麦掻餅　冬四三三
*そばがき蕎麦掻　冬四三三
*そばかり蕎麦刈　秋三一六
そばじょうちゅう蕎麦焼酎　夏一五八
そばとろ蕎麦とろ　秋三一一
*そばのはな蕎麦の花　秋三八五
そばほす蕎麦干す　秋三一六
*そばゆ蕎麦湯　冬四三三
そひょう粗氷　冬四一一
そふう素風　秋二八九
そふとくりいむソフトクリーム　夏一五九
そみんさい蘇民祭　新五五五
そみんしょうらい蘇民将来　新五五一
そめいよしの染井吉野　春九六
そめかたびら染帷子　夏一五二
そめしばそめしば　秋三九〇
そめたまご染卵　春七三
そめはじめ染始　新五三一
そめゆかた染浴衣　夏一五三
*そらいき徂徠忌　新五五九
そらさむくふゆとなる閉塞く冬と成る　冬四〇〇
そらすむ空澄む　秋二八一
そらたかし空高し　秋二八五
*そらまめ蚕豆　夏二五七
そらまめ空豆　夏二五七
*そらまめのはな蚕豆の花　春一〇九
そらまめひき蚕豆引　夏二五七
そらまめひく蚕豆引く　夏二五七
*そらまめまく蚕豆蒔く　秋三一八
*そり橇　冬四四九
そり雪橇　冬四四九
そり雪車　冬四四九
そり雪舟　冬四四九
そりうた橇歌　冬四四九
*そりしまう橇しまふ　春四一
そりのすず橇の鈴　冬四四九
そりのやど橇の宿　冬四四九
そりのりぞめ橇乗初　新五三二
そりのりはじめ橇乗始　新五三二
そりはしぎ反嘴鴫　秋三五七
そりよい橇酔　冬四四九
そればね逸れ羽子　新五三四
そをけんず胙を献ず　秋三四三

た

*たあそび田遊　新五二〇
*だあびいダービー　夏一八四
*たいあみ鯛網　春四九
たいいくさい体育祭　秋三〇六
たいいくのひ体育の日　秋三一九
*たいうときどきおこなう大雨時行ふ　夏一三一
たいうときどきにふる大雨時に行る　夏一三一
たいか大火　冬四四八
だいがさ台笠　夏一五五
たいかつらあみ鯛葛網　春四九
たいかん大旱　夏一四〇
*だいかん大寒　冬四〇四
だいぎ砧木　春四七
*たいぎき太祇忌　秋三四九
たいぎょ帯魚　秋三六〇
*だいげんのほう大元帥法　新五四二
だいこだいこ　冬四九五
だいこあらう大根洗ふ　冬四五〇
*たいこうき太閤忌　秋三五〇
*たいこうせつ待降節　冬四七三
たいこぐさたいこ草　秋三九二
だいこくずきん大黒頭巾　冬四三〇
*だいこくまい大黒舞　新五二三
だいこくまつり大黒祭　新五五二
だいこくまわし大黒廻し　新五二三
*だいこたき大根焚　冬四七一
たいこのぶちたいこのぶち　秋三九二
だいこばた大根畑　冬四九五
だいこびき大根引　冬四五〇
だいごふうそう大呉風草

夏二六八
だいこほす大根干す　冬四五〇
たいこむし太鼓虫　夏二三一
だいこめし大根飯　冬四三七
*だいこん大根　冬四九五
*だいこんあらう大根洗ふ　冬四五〇
だいこんいち大根市　冬四九五
*だいこんいわう大根祝ふ　新五一〇
だいこんうま大根馬　冬四五〇
だいこんうり大根売　冬四九五
だいこんおろし大根おろし　冬四三七
だいこんかざる大根飾る　新五一〇
だいこんぐるま大根車　冬四五〇
だいこんじめ大根注連　新五〇七
だいこんじる大根汁　冬四三七
だいこんつく大根漬く　冬四四〇
だいこんづけ大根漬　冬四四〇
だいこんどき大根時　冬四九五
だいこんぬく大根抜く　冬四五〇
*だいこんのはな大根の花　春一〇九
だいこんばたけ大根畑　冬四九五
*だいこんひき大根引　冬四五〇
だいこんひく大根引く　冬四五〇
だいこんぶね大根舟　冬四五〇
*だいこんほす大根干す　冬四五〇
*だいこんまく大根蒔く　秋三一八
だいさいしじつ大斎始日　春七二
だいさいせつ大斎節　春七二
だいさいにち大斎日　夏二〇七
だいさいはじめび大斎始日　春七二
だいさぎ大鷺　夏二一九
*たいさんぼくのはな泰山木の花　夏三三七
たいさんぼくのはな大山木の花　夏三三七
たいさんもくれん泰山木蓮　夏三三七
*たいしえ太子会　春六六
だいしがゆ大師粥（大師講）　冬四七一
だいしがゆ大師粥（十八粥）　新五三三
だいしき大師忌　春六七
*だいしけん大試験　春三
*だいしこう大師講　冬四七一
たいじこぎあみ鯛地漕網　春四九
たいしばりあみ鯛縛網　春四九
たいしゃさい大社祭　夏一九六
だいしゅうかん大週間　春七三
たいしゅん待春　冬四〇七
*たいしょ大暑　夏二三〇
だいじょうえ大嘗会　冬四六〇
*たいしょうくわにくだる戴勝桑に降る　春一四
だいじょうさい大嘗祭　冬四六〇
たいしょのひ大暑の日　夏二三〇
*だいじんぐうふだくばり大神宮札配　冬四六八
*だいじんけのだいきょう大臣家大饗　新五三九
だいずうつ大豆打つ　秋三一九
だいずから大豆殻　秋三一九
たいずし鯛鮓　夏一五六
だいずひく大豆引く　秋三一九
*だいずほす大豆干す　秋三一九
だいずまく大豆蒔く　夏一七三
*たいせつ大雪　冬四〇〇
だいぜん大膳　冬四八二
*だいだい橙　秋三六八
*だいだいかざる橙飾る　新五〇八
だいだいかざる代々飾る　新五〇八
だいだいこう太々講　春三〇
*だいだいのはな橙の花　夏二三八
だいちいつ大地凍つ　冬四一六
たいちり鯛ちり　冬四三七
たいつりそう鯛釣草　春一〇七
たいとう駘蕩　春三
だいとうき大燈忌　冬四七八
だいとうこくしき大燈国師忌　冬四七八
*だいとくじかいさんき大徳寺開山忌　冬四七八
だいとくじなっとう大徳寺納豆　夏一六三
たいな体菜　冬四九四

だいにちどうさいどう**大日堂祭堂**　新五四五
＊だいにちまいり**大日詣**　新五四五
だいばあ**ダイバー**　夏一八一
だいはっかい**大発会**　新五二三
だいびんぐ**ダイビング**　夏一八一
＊たいふう**台風**　秋二九〇
たいふう**颱風**　秋二九〇
たいふうか**台風禍**　秋二九〇
たいふうか**台風過**　秋二九〇
たいふうけん**台風圏**　秋二九〇
たいふうのめ**台風の眼**　秋二九〇
たいふうり**台風裡**　秋二九〇
たいふざる**大夫猿**　新五二四
たいへいしんじ**大幣神事**　夏一九五
たいま**大麻**　夏二六一
＊たいまつあかし**松明あかし**　冬四六三
たいまつまつり**炬火祭**　秋三三六
たいまつまつり**松明祭**　秋三三六
たいまのねりくよう**当麻練供養**　夏二〇五
たいまのほうえ**当麻法会**　夏二〇五
たいまのほうじ**当麻法事**　夏二〇五
＊たいみそ**鯛味噌**　冬四三八
たいも**田芋**　秋三八一
たいもうう**田芋植う**　春四六
だいもくおどり**題目踊**　秋三一三
たいもとる**田芋穫る**　春四六
たいもほる**田芋掘る**　春四六
＊だいもんじ**大文字**　秋三三九
＊だいもんじそう**大文字草**　秋三九二
だいもんじのひ**大文字の火**　秋三三九
＊たいやき**鯛焼**　冬四三四
＊だいやもんどだすと**ダイヤモンドダスト**　冬四一一
＊たいゆうじのとみ**太融寺の富**　新五五五
たいらがい**平貝**　冬四八七
＊たいらぎ**玉珧**　冬四八七
だいりびな**内裏雛**　春二八
＊たいろ**大呂**　冬四〇三
たいろづく**田色づく**　秋二九四
たいわんさわら**たいわんさはら**　春八八
＊たうえ**田植**　夏一七二
＊たうえうた**田植歌**　夏一七二
＊たうえおどり**田植踊**　新五二〇
たうえがさ**田植笠**　夏一七二
たうえき**田植機**　夏一七二
たうえぐさ**田植草**　夏二六三
たうえじまい**田植仕舞**　夏一七三
たうえどき**田植時**　夏一七二
＊たうえぬのこ**田植布子**　夏一七二
＊たうえばな**田植花**　夏二六三
たうえぶね**田植舟**　夏一七二
たうえめ**田植女**　夏一七二
＊たうこぎ**田五加**　秋三九〇
たうた**田唄**　夏一七二
＊たうち**田打**　春四三
たうちがに**田打蟹**　春九三
たうちき**田打機**　春四三
たうちざくら**田打桜**　春九七
たうちしょうがつ**田打正月**　新五三三
たおこし**田起し**　春四三
たおさどり**田長鳥**　夏二一六
たおしぶね**田押舟**　夏一七二
たおやなぎ**嫋柳**　春一〇二
＊たか**鷹**　冬四八〇
たかあし**高足**　冬四五六
たかあみ**鷹網**　秋三一二
＊たかうち**鷹打**　秋三一二
たかうちどころ**鷹打所**　秋三一二
たがえし**耕**　春四三
たがえし**田返し**　春四三
たかおかまつり**高岡祭**　夏一九四
＊たかおかみくるまやままつり**高岡御車山祭**　夏一九四
たかおさんおんなもうで**高雄山女詣**　春六七
＊たかかしてはととなる**鷹化して鳩と為る**　春一〇
＊たかがり**鷹狩**　冬四五二
たかきうし**田掻牛**　夏一七一
たかきうま**田掻馬**　夏一七一
＊たかきにのぼる**高きに登る**　秋三一八
＊たかきび**高黍**　秋三八四
たかく**田掻く**　夏一七一
＊たかこき**多佳子忌**　夏二〇九
たかさご**高砂**　夏二二六
たかさごいいだこ**高砂飯蛸**　春一〇三

春九一
たかさごうお高砂魚　夏二三六
＊たかさごそう高砂草　夏二七一
たかし鷹師　冬四五二
たかしたかし　冬四五六
＊たかしお高潮　秋二九五
＊たかしき節忌　春七四
＊たかしきたかし忌　夏二〇九
＊たかじょう鷹匠　冬四五三
＊たかすなわちがくしゅうす鷹乃ち学習す　夏二三〇
＊たかすなわちとりをまつる鷹乃ち鳥を祭る　秋二七七
たがそで誰袖　夏一六七
＊たかちほよかぐら高千穂夜神楽　冬四六七
たかとうろう高灯籠　秋三〇二
＊たかとびこみ高飛び込み　夏一八一
たかとりをまつる鷹鳥を祭る　秋二七七
＊たかな高菜　夏二五九
たかなわ高縄　秋三一一
＊たかにし高西風　秋二九〇
たかねいわたけ高嶺岩茸　秋三九五
たかねまつむしそう高嶺松虫草　秋三九三
たかの鷹野　冬四五二
＊たかのす鷹の巣　春八七
たかのすず鷹の鈴　冬四五二
たかのつめ鷹の爪　秋三八二
＊たかのとやいり鷹の塒入　夏二一六
たかのとやごもり鷹の塒籠　夏二一六
＊たかのとやで鷹の塒出　秋三五三
たかのはすすき鷹の羽芒　秋三八七
＊たかのやまわかれ鷹の山別れ　秋三五三
たかのわたり鷹の渡り　秋三五三
＊たかはご高擌　秋三一一
たかはご高羽籠　秋三一一
たかばしら鷹柱　秋三五三
たかはづかいをまなぶ鷹羽遣ひを学ぶ　夏二一六
たかばな高花　春六九
＊たかはねづかいをならう鷹羽遣ひを習ふ　夏二一六
たかはねをならう鷹羽を習ふ　夏二一六
＊たかべたかべ　夏三一四
たかみそぎたかみそぎ　夏二〇八
＊たかむしろ簟　夏一六四
＊たかむしろなごり簟名残　秋三一一
たかむしろのわかれ簟の別れ　秋三一一
＊たがめ田亀　夏三一一
たかもりき隆盛忌　秋三四七
＊たがやし耕　春四三
たがやす耕す　春四三
たかやまはるまつり高山春祭　春六三
＊たかやままつり高山祭　春六三
たからがい宝貝　春九二
＊たがらし田芥子　春一六
たがらし田芥　春二一
＊たからのいち宝の市　秋三三七
たからびき宝引　新五三六
＊たからぶね宝船　新五三二
＊たからぶねしく宝船敷く　冬四二四
たかりょう鷹猟　冬四五二
たかる田刈る　秋三二四
たかわず田蛙　春八二
＊たかわたる鷹渡る　秋三五三
たかんなたかんな　夏二五七
＊たき滝　夏一四四
たき瀑　夏一四四
＊たきあび滝浴　夏一八二
たきあび瀑浴　夏一八二
たきいしぐみ滝石組　夏一八二
たきいつ滝凍つ　冬四一六
だきかご抱籠　夏一六四
たきかぜ滝風　夏一四四
たきかる滝涸る　冬四一五
たきぎさるがく薪猿楽　夏一九二
＊たきぎでらのむしぼし薪寺の虫干　秋三四一
＊たきぎのう薪能　夏一九二
たきぎょうじゃ滝行者　夏一八二
たきこおる滝凍る　冬四一六
たきごり滝垢離　夏一八二
＊たきじき多喜二忌　春七四
たきしぶき滝しぶき　夏一四四
たきすずし滝涼し　夏一四四
たきぞめ炊初　新五一八
たきぞめ焚初　新五三一
たきつぼ滝壺　夏一四四
＊たきどの滝殿　夏一六三

たきのおと滝の音　夏一四四
＊たきび焚火　冬四四八
たきびあと焚火跡　冬四四八
たきまつり瀧祭　春六三
たきみ滝見　夏一四四
たきみち滝道　夏一四四
たきみぢゃや滝見茶屋　夏一四四
たきものひめ薫物姫　秋二九七
＊たくあん沢庵　冬四四〇
たくあんだいこん沢庵大根　冬四九五
たくあんつく沢庵漬く　冬四四〇
たくあんづけ沢庵漬　冬四四〇
たくあんづけせいす沢庵漬製す　冬四四〇
たぐさづきたぐさ月　夏一二八
＊たくさとり田草取　夏一七三
たぐさとり田草取　夏一七三
たくさひく田草引く　夏一七三
たぐさひく田草引く　夏一七三
だくしゅ濁酒　秋三〇七
＊たくぼくき啄木忌　春七七
たくみどり番匠鳥　秋三五七
たくみどり巧婦鳥　冬四八二
たけたけ　秋三九四
＊たけうう竹植う　夏一七六
たけううるひ竹植うる日　夏一七六
たけうつす竹移す　夏一七六
＊たけうま竹馬　冬四五六
＊たけおくり竹送り　春六六
＊たけおちば竹落葉　夏二四九
たけかぐら岳神楽　夏二〇四
たけかざり竹飾　新五〇六
たけがらす岳鴉　夏二一九
＊たけがり茸狩　秋三三五
たけかわをぬぐ竹皮を脱ぐ　夏二四九
たけきり竹伐　夏二〇六
たけきりえ竹伐会　夏二〇六
＊たけきる竹伐る　秋三一七
たけさく竹咲く　夏二四九
たけじゅばん竹襦袢　夏一五三
＊たけしょうぎ竹床几　夏一六五
たけしょうぎ竹牀几　夏一六五
だけすずめ岳雀　夏三一一
たけすだれ竹簾　夏一六五
＊たげた田下駄　夏一七二
だけつばめだけつばめ　春八五
＊たけにぐさ竹煮草　夏二六三
たけにぐさ竹似草　夏二六三
＊たけのあき竹の秋　春一〇五
たけのおちば竹の落葉　夏二四九
たけのかわ竹の皮　夏二四九
たけのかわちる竹の皮散る　夏二四九
＊たけのかわぬぐ竹の皮脱ぐ　夏二四九
＊たけのこ筍　夏二五七
たけのこ笋　夏二五七
たけのこ竹の子　夏二五七
たけのこがさ籜笠　夏一五五
たけのこしょうず竹笋生ず　夏一二七
たけのこづゆ筍梅雨　夏一三六
たけのこづゆ筍黴雨　夏一三六
＊たけのこながし筍流し　夏一三六
＊たけのこめし筍飯　夏一五六
たけのたまりみず竹の神水　夏一四八
たけのはちる竹の葉散る　夏二四九
＊たけのはな竹の花　夏二四九
＊たけのはる竹の春　秋三七七
たけのふしむし竹節虫　秋三六四
＊たけのみ竹の実　秋三七七
たけのわかば竹の若葉　夏二四九
たけのわかみどり竹の若緑　夏二四九
たけまくら竹枕　夏一六四
たけむしろ竹筵　夏一六四
たけむしろ茸筵　秋三三五
たけやま茸山　秋三三五
＊たげり田鳧　冬四八二
＊たこ凧　春五四
＊たこ章魚　夏二二六
たこ蛸　夏二二六
たこあげ凧揚　新五三五
たこうなたかうな　夏二五七
たこがっせん凧合戦　春五四
＊だこつき蛇笏忌　秋三四七
たこつぼ蛸壺　夏二二六
たこのいと凧の糸　春五四
たこのお凧の尾　春五四
たこのじん凧の陣　春五五
たこびより凧日和　春五五
だざいき太宰忌　夏二二〇
だざいふついな太宰府追儺　新五四八
＊だざいふてんまんぐうのおにすべ太宰府天満宮の鬼す

べ　新五四八
だざいふてんまんぐうまつり太宰府天満宮祭　秋三一四
*だざいふまつり太宰府祭　秋三一四
*だしだし　夏一三五
だし山車　夏一九三
たしぎ田鴫　秋三五七
だしぐもだし雲　夏一三五
たじまい田仕舞　秋三二五
たすきうし田鋤牛　春四三
たすきうま田鋤馬　春四三
たずのはな接骨木の花　春一〇四
たぜり田芹　春一一七
たたきごぼう叩牛蒡　新五二六
たたきごま叩き独楽　新五三五
たたきぞめ叩初　新五三二
たたきな叩き菜　新五一五
たたきなます叩き膾　春三五
ただすのすずみ糺の納涼　夏二〇三
だだちゃまめだだちゃ豆　秋三〇八
*たたみがえ畳替　冬四四三
たたらびたたらび　春一一六
たたらまつり踏鞴祭　冬四六四
たちたち　秋三六〇
たちあおい立葵　夏二五〇
*たちうお太刀魚　秋三六〇
たちおよぎ立泳ぎ　夏一八一
たちぐも立ち雲　夏一三四
たちしおでタチシオデ　春一二三
たちしのぶ立忍　冬四九八
*たちぞめ裁初　新五三一
たちぢしゃ立ぢしや　春一一〇
たちねぷた立佞武多　秋二九八
たちのうおたちの魚　秋三六〇
たちはきたちはき　秋三八五
*たちばな橘　秋三七四
たちばな立花　秋三七四
*たちばなかざる橘飾る　新五〇八
たちばなづき橘月　夏一二八
たちばなどり橘鳥　夏二二六
*たちばなのはな橘の花　夏二三六
たちばなはじめてきばむ橘始めて黄ばむ　冬三九九
たちひ立氷　冬四一六
たちびな立雛　春二八
たちふじそう立藤草　夏二五四
たちまち立待　秋二八七
たちまちぐさ忽草　夏二六六
*たちまちづき立待月　秋二八七
だちゅらダチュラ　夏二六三
だつだつ　冬四四五
だつうおまつる獺魚祭る　春八
*たつおき辰雄忌　夏二〇九
*たづくり田作　新五二七
*たつこき立子忌　春七五
だっこく脱穀　秋三一五
たっこくき達谷忌　夏二一〇
だっこくき脱穀機　秋三一五
だっさい獺祭　春八
だっさいき獺祭忌　秋三四六
だっさいぎょ獺祭魚　春八
*たつじき達治忌　春七七
たつたかぜのかみまつり龍田風の神祭　春六三
たつたぐさ竜田草　秋三六八
*たつたひめ竜田姫　秋二九二
*たつたまつり龍田祭　春六三
だったんのぎょうぼう達陀の行法　春六六
たっつけ裁着　冬四二九
*たつなみそう立浪草　夏二六七
たつのいぐさ竜胆草　秋三九二
たつのくちほうなんえ龍口法難会　秋三四一
たつびたつび　春九三
だっふぉでぃるダッフォディル　春一〇六
*たつべ竹瓮　冬四五二
たつまつり辰祭　新五五二
たづわたる田鶴渡る　秋三五七
*たで蓼　夏二六〇
たであいのはな蓼藍の花　秋三八六
たてえ立て絵　夏一八六
*たでくうむし蓼食ふ虫　夏二一四
たてごと立琴　秋三一七
たです蓼酢　夏二六〇
たてぞめ点初　新五三一
たでつむ蓼摘む　夏二六〇
だてのすみぬり伊達の墨塗　新五一九
*たでのはな蓼の花　秋三九三
たでのほ蓼の穂　秋三九三
たてはちょう蛺蝶　春九四
たてばんこ立版古　夏一八六
たてまつ立松　新五〇六
たでもみじ蓼紅葉　秋三九三
*たどん炭団　冬四四五
たどんだま炭団玉　冬四四五

たどんほうし炭団法師　冬四四五
たどんほす炭団干す　冬四四五
*たない種井　春四四
たないがえ種井替　春四三
たないけ種池　春四四
*たないけさらい種池浚ひ　春四三
たないけばらい種池ばらひ　春四三
たないど種井戸　春四四
たないばらい種井ばらひ　春四三
*たなおろし店卸　新五一七
たなおろし棚卸　新五一七
たながすみ棚霞　春二一
たなかせたなかせ　夏三三七
たなぎょう棚経　秋二九九
たなぎょうそう棚経僧　秋二九九
*たなさがし棚探し　新五一三
たなさらい棚さらひ　新五一三
*たなばた七夕　秋二九七
たなばた棚機　秋二九七
たなばたうま七夕馬　秋二九八
たなばたおくり七夕送り　秋二九七
*たなばたおどり七夕踊　秋三一三
たなばただけ七夕竹　秋二九七
*たなばたたけうり七夕竹売　秋二九八
たなばたたな七夕棚　秋二九七
たなばたづき七夕月　秋二七六
たなばたつめ棚機つ女　秋二九七
たなばたつめ棚機津女　秋二九七
たなばたながし七夕流し　秋二九七
たなばたななひめ七夕七姫　秋二九七
たなばたのおんあそび七夕の御遊　秋二九八
たなばたのけまり七夕の蹴鞠　秋三〇〇
たなばたのふね七夕の舟　秋二九七
たなばたのまり七夕の鞠　秋三〇〇
たなばたまつり七夕祭　秋二九七
たなばらい棚ばらひ　新五一三
たなもとさがし棚元探し　新五一三
*だに蝨　夏三三四
だに壁蝨　夏三三四
だに蜱　夏三三四
たにおぼろ谷朧　春一六
たにかる渓涸る　冬四一五
*たにざきき谷崎忌　夏二一一
*たにし田螺　春九三
たにしたにし　新五二七
*たにしあえ田螺和　春三五
たにしうり田螺売　春九三
たにしとり田螺取　春九三
たにしなく田螺鳴く　春九三
たにもみじ渓紅葉　秋三六八
たにもみじ谷紅葉　秋三六八
たにわかば谷若葉　夏二四一
*たぬき狸　冬四八〇
たぬきがり狸狩　冬四五二
*たぬきじる狸汁　冬四三五
*たぬきわな狸罠　冬四五二
*たねいも種芋　春一一三
たねいも種薯　春一一三
たねうし種牛　春八〇
たねうま種馬　春八〇
たねうり種売　春四四
*たねえらび種選　春四四
たねおけ種桶　春四四
たねおろし種下し　春四四
*たねかかし種案山子　春四四
たねかがし種案山子　春四四
たねかけ種かけ　春八〇
たねかし種かし　春四四
*たねがみ蚕卵紙　春四八
たねがみ種紙　春四八
たねだいこん種大根　春一〇九
*たねだわら種俵　春四四
たねつけ種浸け　春四四
たねつけ種つけ　春八〇
*たねつけばな種漬花　春一二一
たねつける種浸ける　春四四
たねどこ種床　春四四
*たねとり種採　秋三一七
たねなしぶどう種なし葡萄　秋三六七
*たねなす種茄子　秋三八一
たねなすび種茄子　秋三八一
*たねひたし種浸し　春四四
*たねふくべ種瓢　秋三八一
たねぶくろ種袋　春四四
たねふせる種ふせる　春四四
*たねまき種蒔　春四四
たねまきおっこ種蒔おつこ　春四四
たねまきざくら種蒔桜

春四四
たねまきざくら種まき桜 春九七
たねまつり種祭 春三〇
＊たねもの種物 春四四
たねものや種物屋 春四四
たねより種選 春四四
たのいお田の庵 秋三一四
たのいろ田の色 秋二九四
たのきたのき 冬四八〇
たのくろまめ田畦豆 秋三八五
たのけみ田の検見 秋二九六
たのみ田の実 秋三八三
たのみのせち田実の節 秋三〇三
たのみのせっく憑の節供 秋三〇三
たのものせち田面の節 秋三〇三
たばかぜたば風 冬四一〇
たばこかる煙草刈る 秋三一七
たばこぐさたばこぐさ 春一三
＊たばこのはな煙草の花 秋三八六
たばこほす煙草干す 秋三一七
たばんごや田番小屋 秋三一四
＊たび足袋 冬四三一
たびあらう足袋洗ふ 冬四三一
たびえ田稗 秋三八四
たびえびすまつり旅夷祭 秋三一八
たびはじめ旅始 新五一四
＊たひばり田雲雀 秋三五六
たひばり田鷚 秋三五六
たびほす足袋干す 冬四三一
たびらこ田平子 新五六二
たびらゆきたびら雪 春一九
たふ太布 夏一五三
＊たぶね田舟 夏一七二
＊たぶのみたぶの実 秋三七三
＊だぼぎすだぼ鱚 冬四八四
＊だぼはぜだぼ鯊 夏二二三
たまあられ玉霰 冬四一一
たまうおうぎ給ふ扇 夏一八八
たまうち玉打 新五三五
たまおくり魂送 秋三〇一
たまがえさい玉替祭 新五五〇
たまかえしんじ玉替神事 新五五〇
＊たまかえまつり玉替祭 新五五〇
＊たまかぜたま風 冬四一〇
たまぎぼうし玉簪花 夏二六四
たまくず玉葛 夏二六三
たまぐり玉栗 冬四五七
＊たまござけ玉子酒 冬四三三
たまござけ卵酒 冬四三三
たまごぞうすい卵雑炊 冬四三三
たまさんご玉珊瑚 冬四九三
＊たましぎ玉鴫 夏二二一
＊たましずめまつり鎮魂祭 冬四六五
たまずさ玉章 秋三五四
たますだれ玉簾 夏一六五
＊たますだれのはな玉簾の花 夏二五二
＊たませせり玉せせり 新五四六
たませり玉せり 新五四六
たませりまつり玉競祭 新五四六
たまだな魂棚 秋二九九
たまだな霊棚 秋二九九
たまぢしゃ玉ぢしゃ 春一一〇
だまっこなべだまっこ鍋 冬四三六
たまつばき玉椿 春九五
たまつり田祭 春三〇
たまとくばしょう玉解く芭蕉 夏二五五
＊たまとりまつり玉取祭 秋三一三
たまとりまつり玉取祭（玉せせり） 新五四六
たまな玉菜 夏二五八
たまなえ玉苗 夏二六一
＊たまねぎ玉葱 夏二五九
たまねぎ葱頭 夏二五九
たまのあせ玉の汗 夏一八六
たまのお玉の緒 秋三九二
たまのおたまのを 秋三九二
たまのとし玉の年 新五〇〇
たまのはる玉の春 新五〇〇
たまばな瓊花 夏二三六
たまび玉火 夏一八三
たまぶりぶり玉振振 新五三五
たまぼうき玉箒（田村草） 秋三九〇
たまぼうき玉箒（初子の玉箒） 新五一六
＊たままくかんらん玉巻く甘藍 春一二
たままくきゃべつ玉巻くキャベツ 春一二
＊たままくくず玉巻く葛 夏二六三
たままくず玉真葛 夏二六三

*たままくばしょう玉巻く芭蕉 夏二五五
たままつ魂待つ 秋三〇〇
*たままつり魂祭 秋二九九
たままつり霊祭 秋二九九
たままつり玉祭 秋二九九
たままゆ玉繭 夏一七七
たまみぐさ玉見草 秋三八七
*たまみずきのみ玉水木の実 秋三七二
たまむかえ魂迎 秋三〇〇
*たまむし玉虫 夏二三〇
たまやたまや 春五五
たまやなぎ玉柳 春一〇二
*たみずおとす田水落す 秋三一四
*たみずはる田水張る 夏一七二
たみずひく田水引く 夏一七二
*たみずわく田水沸く 夏一四四
たむけ手向け 秋二九九
たむけのいち手向の市 秋三〇一
たむしおくり田虫送 秋三一四
たむしぐさ田虫草 夏二六八
*たむらそう田村草 秋三九〇
たむらわたり田村渡 秋三三六
たもぎ田母木 秋三二五
たもぎ田茂木 秋三二五
*たもり田守 秋三二四
たもる田守る 秋三二四
たもろこ田諸子 春九〇
*たら鱈 冬四八四
たら雪魚 冬四八四
たらあみ鱈網 冬四八四
たらうどたらうど 春一〇一
たらこ鱈子 冬四八四
*たらじる鱈汁 冬四三五
たらぞうすい鱈雑炊 冬四三三
だらだらまつりだらだら祭 秋三三三
たらちり鱈ちり 冬四三七
たらつむ楤摘む 春一〇一
*たらのはな楤の花 秋三七六
*たらのめ楤の芽 春一〇一
たらのめ多羅の芽 春一〇一
たらば鱈場 冬四八四
*たらばがに鱈場蟹 冬四八六
たらばがに多羅波蟹 冬四八六
たらぶね鱈船 冬四八四
たらめたらめ 春一〇一
*だりあダリア 夏二五〇
だりあううダリア植う 春四六
たるがき樽柿 秋三六六
たるひ垂氷 冬四一六
だるまいち達磨市 新五一六
だるまかん達磨柑 春一〇一
*だるまき達磨忌 冬四七七
だるまそう達磨草 春一一九
だるまみかん達磨蜜柑 春一〇一
たろうじ太郎次 新五二〇
たろうづき太郎月 新五〇〇
たろうのついたち太郎の朔日 新五〇三
*たわらあみ俵編 秋三一六
たわらあむ俵編む 冬四五五
*たわらがさね俵重 新五三八
たわらぎ俵木 新五一八
*たわらご俵子 新五二七
たわらご俵魚 新五二七
たわらまつ俵松 新五〇六
たわらむぎ俵麦 夏二五四
たわらもたはら藻 新五六一
たわらゆき俵雪 冬四一二
たわらをかさぬ俵を重ぬ 新五三八
たわれねこ戯れ猫 春八一
たをうつ田を打つ 春四三
だをおう儺を追ふ 冬四二六
たをかえす田を返す 春四三
たをすく田を鋤く 春四三
たんたん 冬四四五
だんう暖雨 春一八
たんけい短景 冬四〇五
たんげつ淡月 春一六
たんげつ端月 新五〇〇
*たんご端午 夏一九一
だんごしょい団子背負ひ 秋三五六
だんごしょうがつ団子正月 新五〇三
たんごのせっく端午の節句 夏一九一
だんごばな団子花(こでまりの花) 春九九
だんごばな団子花(繭玉) 新五一八
だんごまき団子撒き 春六五
たんさい淡菜 春九二
たんざくたけうり短冊竹売 秋二九八
たんさんすい炭酸水 夏一五九
*たんじつ短日 冬四〇五
だんしゃく男爵 秋三八一
たんじょうえ誕生会 春六九
たんしょうがつ端正月 新五〇〇

たんじょうぶつ誕生仏　春六九
＊だんすいき団水忌　新五五八
たんぜん丹前　冬四二八
だんだらちょうだんだら蝶　春九四
たんちょう丹頂　冬四八三
だんちょうか断腸花　秋三七九
だんつう緞通　冬四四三
＊だんとう暖冬　冬四〇〇
だんどく檀特　秋三七七
たんどんたんどん　冬四四五
＊たんばい探梅　冬四五六
たんばいこう探梅行　冬四五六
たんばぐり丹波栗　秋三六七
たんばたろう丹波太郎　夏一三四
だんびらゆきだんびら雪　春一九
たんぽたんぽ　春一一五
＊たんぽ湯婆　冬四四六
＊だんぼう暖房　冬四四三
だんぼう煖房　冬四四三
だんぼうしゃ暖房車　冬四四三
＊たんぽぽ蒲公英　春一一五
たんぽぽのわた蒲公英の絮　春一一五
たんや短夜　夏一三一
だんろ暖炉　冬四四四
＊だんろおさむ暖炉納む　春四〇
だんろかい煖炉会　冬四六〇
だんろはずす暖炉外す　春四〇

ち

ち茅　秋三八八
ちあゆ稚鮎　春九〇
ちあゆくみ稚鮎汲　春四九
ちえがゆ智慧粥　冬四七一
ちえもうで智恵詣　春五九
ちえもらい智恵貰ひ　春五九
ちぇりいチェリー　春九八
ちかちか　春九〇
ちがい血貝　春九二
＊ちかまつき近松忌　冬四七八
＊ちがや茅　秋三八八
ちがや茅萱　秋三八八
ちがや白茅　秋三八八
ちがやのはな白茅の花　春一二〇
ちがやのはな茅萱の花　春一二〇
ちからぐさ力草　秋三九二
ちぎばこうる千木箱売る　秋三三三
ちくごがらす筑後鴉　秋三五六
ちぐさ乳草(野漆)　春一二一
ちぐさ乳草(蘿藦)　夏二六九
ちぐさ千草　秋三八六
ちぐさのはな千草の花　秋三八六
ちくしゅう竹秋　春一〇五
ちくしゅん竹春　秋三七七
ちくすいじつ竹酔日　夏一七六
ちくせき竹席　夏一六四
ちくたんじつ竹誕日　夏一七六
ちくど竹奴　夏一六四
＊ちくぶしままつり竹生島祭　秋三一二
ちくぶしまれんげえ竹生島蓮華会　秋三一二
ちくぶしまれんげとう竹生島蓮華頭　秋三一二
＊ちくふじん竹婦人　夏一六四
ちくふじん竹夫人　夏一六四
ちくめいじつ竹迷日　夏一七六
ちくようじつ竹養日　夏一七六
＊ちくれいき竹冷忌　春一七六
ちごはやぶさ稚児隼　冬四八〇
ちごもず稚児鵙　秋三五五
＊ちごゆり稚児百合　春一二〇
ちさ苣　春一一〇
ちさのとう苣の薹　夏二五七
ちさのはな苣の花　夏二五七
＊ちじつ遅日　春一三
ちしまぎつね千島狐　冬四七九
＊ちしゃ萵苣　春一一〇
＊ちしゃくいんろんぎ智積院論議　冬四七一
ちしゃだいしき智者大師忌　冬四七一
＊ちしゃのはな萵苣の花　夏二五七
＊ちしゅん遅春　春八
ちすいびる血吸蛭　夏二三五
ちせい地正　新五〇〇
＊ちたのむしくよう知多の虫供養　冬四七〇
ちちこうむし父乞虫　秋三六四
＊ちちこぐさ父子草　春一一九
＊ちちのひ父の日　夏一九一
ちちぶちちぶ　秋三五九
ちちぶまつり秩父祭　冬四六六
＊ちちぶよまつり秩父夜祭　冬四六六
＊ちぢみ縮　夏一五三

ちぢみかたびら縮帷子　夏一五三
ちぢみたび縮足袋　夏一五五
ちぢみふ縮布　夏一五三
ちぢみもめん縮木綿　夏一五三
ちちろちちろ　秋三六二
ちちろむしちちろ虫　秋三六二
ちっちぜみちつち蟬　秋三六一
＊ちっちちゅうはじめてふるう蟄虫始めて振ふ　春七
ちっちゅうことごとくふす蟄虫咸く俯す　秋二八三
＊ちっちゅうとをとざす蟄虫戸を坏す　秋二七九
ちっちゅうとをふさぐ蟄虫戸を坏ぐ　秋二七九
＊ちっちゅうみなふす蟄虫咸俯す　秋二八三
ちとせあめ千歳飴　冬四一八
ちどめぐさ血止草　秋三八〇
＊ちどり千鳥　冬四八二
ちどり鵆　冬四八二
ちどりあし千鳥足　冬四八二
ちどりがけ千鳥掛　冬四八二
ちどりそう千鳥草(飛燕草)　夏二五三
＊ちどりそう千鳥草　夏二六九
＊ちどりのす千鳥の巣　春八七
ちなわちなわ　夏二〇〇
ちぬちぬ　夏二三三
ちぬ茅海　夏二三三
ちぬつりちぬ釣　夏二三三
＊ちのわ茅の輪　夏二〇〇
ちのわくぐり茅の輪潜り　夏二〇〇
＊ちはじめてこおる地始めて凍る　冬三九
ちばなちばな　春一二〇
＊ちばわらい千葉笑　冬四二三
ちふ地膚　夏二六一
＊ちまき粽　夏二五五
ちまき茅巻　夏二五五
ちまきぐさ粽草　夏二六五
ちまきささ粽笹　夏二五五
ちまきとく粽解く　夏二五五
ちまきゆう粽結ふ　夏二五五
ちめいさい致命祭　春七二
ちゃえん茶園　春四九
ちゃおおい茶覆　春四九
＊ちゃくだのまつりごと着鈦政　夏一四五
ちゃくだのまつりごと着鈦政　夏一四五
＊ちゃぐちゃぐうまっこチャグチャグ馬コ　夏一九九
ちゃせんまつ茶筌松　新五六二
＊ちゃたてむし茶立虫　秋三六四
ちゃたてむし茶柱虫　秋三六四
＊ちゃっきらこちやっきらこ　新五二〇
ちゃづくり茶づくり　春四九
＊ちゃつみ茶摘　春四九
ちゃつみうた茶摘唄　春四九
ちゃつみかご茶摘籠　春四九
ちゃつみがさ茶摘笠　春四九
ちゃつみどき茶摘時　春四九
ちゃつみめ茶摘女　春四九
ちゃつめ茶詰　夏一五八
ちゃのこころみ茶の試み　春三六
ちゃのはえり茶の葉選　春四九
＊ちゃのはな茶の花　冬四八九
ちゃのはまきむし茶の葉捲虫　夏二二九
ちゃのひきぞめ茶の挽初　新五三二
ちゃのゆはじめ茶湯始　新五三一
ちゃばおり茶羽織　冬四二七
ちゃばたけ茶畑　春四九
ちゃひきぐさ茶挽草　夏二六一
ちゃぼけいとうちやぼ鶏頭　秋三七八
ちゃもみ茶揉み　春四九
ちゃやま茶山　春四九
ちゃわんざくら茶碗桜　春九六
ちゃわんずし茶碗鮓　冬四三三
＊ちゃんちゃんこちゃんちゃんこ　冬四二八
ちゃんちゃんまつりちゃんちゃん祭　春六二
ちゆ地楡　秋三九一
ちゅうあんご中安居　夏二〇四
＊ちゅうか仲夏　夏一二八
ちゅうぎく中菊　秋三七九
＊ちゅうげん中元　秋三〇三
ちゅうげんうりだし中元売出　秋三〇三
ちゅうげんぞうとう中元贈答　秋三〇三
ちゅうごくぼん中国盆　秋三四二
＊ちゅうしゅう仲秋　秋二七八
ちゅうしゅう中秋　秋二七八
ちゅうしゅうさい仲秋祭(宇佐祭)　秋三三三

ちゅうしゅうさい仲秋祭（八幡放生会）　秋三三七
ちゅうしゅうせつ中秋節　秋二八七
ちゅうしゅうむげつ中秋無月　秋二八七
*ちゅうしゅん仲春　春二九
ちゅうしょう中商　秋二七八
ちゅうそえ中宗会　春八〇
*ちゅうとう仲冬　冬四〇〇
ちゅうにしん中鰊　春八八
ちゅうにち中日　春二〇
ちゅうひ沢鵟　冬四八〇
ちゅうふく中伏　夏一三三
*ちゅうやき中也忌　秋三四八
ちゅうりつ中律　秋二七八
*ちゅうりっぷチューリップ　春一〇七
ちゅうりっぷつりいチューリップツリー　夏二四三
*ちょう蝶　春九四
ちょういつ蝶凍つ　冬四八七
ちょういわい帳祝　新五一七
ちょううまる蝶生る　春九四
*ちょうが朝賀　新五三八
ちょうがき帳書　新五一七
ちょうきゅう重九　秋三二八
*ちょうきんのぎょうこう朝覲行幸　新五三九
*ちょうくうき迢空忌　秋三四五
ちょうげんぼう長元坊　冬四八〇
ちょうご重五　夏一九一
ちょうこうえ長講会　夏二〇六
ちょうこうどうき澄江堂忌　夏二一一
ちょうさい肇歳　新五〇〇
ちょうさん重三　春五八
ちょうじ丁字　春九八
ちょうしき趙子忌　夏二二三
ちょうじぐさちやうじぐさ　春九八
ちょうじざくら丁字桜　春九六
*ちょうじそう丁字草　夏二五四
ちょうじゅうろう長十郎　秋三六六
*ちょうしゅんか長春花　春九八
ちょうしゅんか長春花（金盞花）　春一〇七
*ちょうせんあさがお朝鮮朝顔　夏二六三
ちょうせんがらす朝鮮鴉　秋三五六
ちょうせんぎく朝鮮菊　夏二五一
*ちょうちょう蝶々　春九四
ちょうちょうぐも蝶々雲　冬四〇八
ちょうちんばな提灯花　夏二六八
ちょうちんまつり提灯祭　夏二〇二
*ちょうとじ帳綴　新五一七
ちょうなじまい手斧仕舞　冬四五四
*ちょうなはじめ手斧始　新五三三
ちょうなはじめ釿始　新五三三
ちょうねん重年　春二七
*ちょうのひる蝶の昼　春九四
ちょうはい朝拝　新五三八
ちょうはじめ帳始　新五一七
ちょうま鳥馬　秋三五五
*ちょうめいぎく長命菊　春一〇七
ちょうめいさい長命菜　夏二六五
ちょうめいる長命縷　夏一四八
ちょうや長夜　秋二八一
ちょうやくだい跳躍台　夏一八一
*ちょうよう重陽　秋三二八
ちょうようのえん重陽の宴　秋三二八
ちょうようのつゆ重陽の露　秋三二八
ちょうろぎちようろぎ　新五二六
ちょうろそう朝露草　夏二五四
*ちょうわたる蝶渡る　秋三六一
*ちょくだいか勅題菓　新五二八
ちょくだいかし勅題菓子　新五二八
ちょじつ猪日　新五〇一
ちよつばき千代椿　春九五
ちよなぐさ千代名草　新五二一
*ちよにき千代尼忌　秋三五一
ちよのはる千代の春　新五〇〇
ちょま苧麻　夏二六二
ちよみぐさ千代見草　秋三七九
*ちょろちょろ　新五二四
*ちょろぎ草石蚕　新五二六
ちょろぎ甘露子　新五二六
ちょろぎ滴露　新五二六
ちょろぎ丁呂喜　新五二六
ちょろぎ長老木　新五二六

ちょろけんちょろけん 新五三四
ちょろまい長老舞 新五二四
ちらしずしちらし鮓 夏一五六
ちりつばき散椿 春九五
*ちりなべちり鍋 冬四三七
ちりまつば散松葉 夏二四二
ちりめんちりめん 春三六
ちりめんいわし縮緬鰯 秋三六〇
ちりめんじゃこちりめんじゃこ 春三六
ちりもみじ散紅葉 冬四九〇
ちるさくら散る桜 春九七
ちるはな散る花 春九七
ちるやなぎ散る柳 秋三七一
ちんかさい鎮花祭 春六四
ちんかさい鎮火祭 夏一九〇
*ちんぐるまちんぐるま 夏二四七
ちんこんさい鎮魂祭 冬四六五
ちんじゅき椿寿忌 春七七
ちんちろちんちろ 秋三六二
ちんちろりんちんちろりん 秋三六二
ちんもち賃餅 冬四二三

つ

*ついたちごろのつき朔日ごろの月 秋二八六
ついたちみち朔日路 秋三〇二
ついたて衝立 冬四四三
*ついな追儺 冬四三六
ついり梅雨入 夏一一九
ついりついり 夏一三七
ついりあな梅雨入穴 夏一四二
ついりあめ墜栗花雨 夏一三七
ついりぐもりついり曇 夏一一九
つえつきえび杖突蝦 夏二三七
つえつきむし杖突虫 夏二三九
つがいおし番鴛鴦 冬四八二
*つかさめし司召 秋三一七
つがるつがる 秋三六七
つかれう疲れ鵜 夏一七八
*つき月 秋二八五
つきおつ月落つ 秋二八五
つきおとめ月乙女 夏一七二
つぎおのたか継尾の鷹 春二六
つきおぼろ月朧 春一六
つきかげ月影 秋二八五
つきかたむく月傾く 秋二八五
*つぎき接木 春四七
つぎきなえ接木苗 春四七
つきくさつきくさ 秋三八〇
つきくさ月草 秋三九三
つきこおる月氷る 冬四〇八
つきこよい月今宵 秋二八七
つきさゆ月冴ゆ 冬四〇八
つきしぐれ月時雨 冬四一〇
*つきしろ月代 秋二八六
つきしろ月白 秋二八六
つきすずし月涼し 夏一三四
つきのあき月の秋 秋二八五
つきのあめ月の雨 秋二八七
つきのあるじ月の主 秋三一四
つきのいり月の入 秋二八五
つきのうさぎ月の兎 秋二八五
つきのえん月の宴 秋三一四
つきのかえる月の蛙 秋二八五
つきのかがみ月の鏡 秋二八五
つきのかさ月の暈 秋二八五
つきのかつら月の桂 秋二八五
つきのかんばせ月の顔 秋二八五
つきのきゃく月の客 秋三一四
つきのくも月の雲 秋二八七
つきのざ月の座 秋三一四
つきのしょく月の蝕 秋二八五
つきのつるぎ月の剣 秋二八六
つきので月の出 秋二八五
つきのでしお月の出潮 秋二八五
つきのとも月の友 秋三一四
つきのなごり月の名残 秋二八八
つきのねずみ月の鼠 秋二八五
つきのはじめ月の始 新五〇一
つきのふね月の舟 秋二八六
つきのぼる月上る 秋二八五
つきのまゆ月の眉 秋二八六
つきのみやこ月の都 秋二八五
つきのめ槻の芽 春一〇一
つきのやど月の宿 秋三一四
つきのゆき月の雪 秋二八五
つきのゆみ月の弓 秋二八六
つきのわ月の輪 秋二八五
つきのわぐま月輪熊 冬四七九
*つきひがい月日貝 春九二
つきふく月更く 秋二八五
つぎほ接穂 春四七
つきほこ月鉾 夏二〇一
つきまち月待ち 秋二八五
つぎまつ接ぎ松 春一一五
つきまつる月祭る 秋三一四

＊つきみ月見　秋三一四
つきみぐさ月見草(月見草)　夏二六四
つきみぐさ月見草(萩)　秋三八七
つきみござ月見茣蓙　秋三一四
つきみざけ月見酒　秋三一四
つきみずつき月見ず月　夏二二八
＊つきみそう月見草　夏二六四
つきみだんご月見団子　秋三一四
つきみぢゃや月見茶屋　秋三一四
つきみづき月見月　秋二七八
つきみぶね月見舟　秋三一四
つきみまめ月見豆　秋三〇八
つきよ月夜　秋二八五
＊つきよたけ月夜茸　秋三九五
つきわたる月渡る　秋二八五
つきをまつ月を待つ　秋三一四
つくいもつくいも　秋三八一
つくえあらう机洗ふ　秋二九六
＊つくし土筆　春一一五
＊つくしあえ土筆和　春一三九
つくしうちつくし打　冬四五六
つくしこいしつくしこひし　秋三六一
つくしじる土筆汁　春一三九
つくしつみ土筆摘　春一一五
＊つくしつむ土筆摘む　春一五一
つくしの土筆野　春一一五
つくしめし土筆飯　春一三八
＊つくしんぼつくしんぼ　春一一五
つくだじますみよしまつり佃島住吉祭　夏二〇四
＊つくだまつり佃祭　夏二〇四
つくつくしつくつくし　秋三六一
つくづくしつくづくし　春一一五
つくつくぼうしつくつく法師　秋三六一
つくねつくね　秋三八一
＊つくねいも仏掌薯　秋三八一
＊つくばね衝羽根　秋三七六
つくばね突羽子　秋三七六
つくばねつくばね　新五三四
つくばねあさがお衝羽根朝顔　夏二五四
＊つくばねそうのはな衝羽根草の花　夏二六九
＊つくばねのはな突羽根の花　夏二六九
つくまなべ筑摩鍋　夏一九五
＊つくままつり筑摩祭　夏一九五
＊つぐみ鶫　秋三五五
つくりきじ造り雉　秋三〇三
つくりさぎ造り鷺　秋三〇三
つくりすずめ綵雀　秋三〇三
つくりぞめ作初　新五三三
＊つくりたき作り滝　夏一八二
つけ附　冬四二一
つけうり漬瓜　夏一五七
つけな漬菜　冬四九四
＊つげのはな黄楊の花　春一〇四
つごもりそばつごもり蕎麦　冬四二四
つじおどり辻踊　秋三三三
つじがはな辻が花　夏一五二
つじずもう辻相撲　秋三三三
つじほうびき辻宝引　新五三六
つじまつり辻祭　秋三〇一
つしまてんのうまつり津島天王祭　夏二〇二
つしまぶえ津島笛　夏二〇二
＊つしままつり津島祭　夏二〇二
つじめし辻飯　秋三〇二
＊つた蔦　秋三七七
つたあおし蔦青し　夏二六二
つたあおば蔦青葉　夏二六二
つたかずら蔦かづら　秋三七七
つたかる蔦枯る　冬四九二
つたしげる蔦茂る　夏二六二
つたのしょうがつ蔦の正月　新五〇三
つたのは蔦の葉　秋三七七
＊つたのめ蔦の芽　春一一四
つたのわかば蔦の若葉　春一一四
つたもみじ蔦紅葉　秋三七七
＊つたわかば蔦若葉　春一一四
つちあらい土洗ひ　秋三一五
つちあらわる土現る　春二四
＊つちうるおいてじょくしょす土潤ひて溽暑す　夏二三〇
つちうるおいてむしあつし土潤ひて溽暑し　夏二三〇
つちがえる土蛙　春八二
つちかぜつちかぜ　春一八
つちかぶり土かぶり　夏一五八
つちぐもりつちぐもり　春一八
つちこいし土恋し　春二四
つちだいこん土大根　冬四九五
つちにおう土匂ふ　春二四
つちのしょううるおいおこ

る土脉潤ひ起こる　春八
つちのはる土の春　春二四
つちはじめ鎚始　新五三三
つちばち土蜂　春九四
つちひき土曳　冬四四九
つちびな土雛　春二八
つちひばり土雲雀　秋三五六
*つちふる霾　春一八
つちわさび土山葵　春一二三
つついのかわず筒井の蛙　春八二
*つつが恙病　夏一八八
つつがむしびょう恙虫病　夏一八八
つつがゆ筒粥　新五四九
*つつじ躑躅　春九九
*つつじのころも躑躅の衣　春三
つつそでどうぎ筒袖胴着　冬四二八
つつちまき筒粽　夏一五五
*つつどり筒鳥　夏二二六
つつみおのたい包尾の鯛　新五〇九
つづみぐさ鼓草　春一一五
つづみはじめ鼓始　新五三七
つづみはじめ鼓初　新五三七

つつみほうらい包蓬莱　新五〇七
つづみもち鼓餅　新五一七
つつみやく堤焼く　春四二
つつゆき筒雪　冬四一二
つづらつづら　夏二四七
つづらかずら葛籠葛　夏二四七
*つづらふじ葛藤　夏二四七
つづれさせつづれさせ　秋三六二
*つといり衝突入　秋三〇三
つなしつなし　秋三六〇
*つなそ綱麻　夏二六一
つなそ黄麻　夏二六一
つなとび綱飛　冬四五七
*つなぬき綱貫　冬四四八
*つなひき綱引　新五一九
つなひき綱曳　新五一九
つのきり角切　秋三〇五
つのきり角伐　秋三〇五
つのぐむあし角組む蘆　春一二三
*つのぐむおぎ角組む荻　春一二三
つのはしばみつのはしばみ　秋三七二
*つのまた角叉　春一二三

つのまたほす角叉干す　春一二三
*つばき椿　春九五
つばき山茶　春九五
*つばきさす椿挿す　夏一七四
*つばきのみ椿の実　秋三七一
つばきはじめてひらく山茶始めて開く　冬三九八
つばきばやし椿林　春九五
*つばきもち椿餅　春三七
つばくらつばくら　春八五
つばくらめつばくらめ　春八五
つばくろつばくろ　春八五
*つばす津走　夏二二五
*つばな茅花　春一二〇
つばな針茅　春一二〇
*つばながし茅花流し　夏一二五
つばなぬく茅花ぬく　春一二〇
つばなの茅花野　春一二〇
*つばめ燕　春八五
つばめ玄鳥　春八五
つばめうおつばめ魚　夏二二四
*つばめかえる燕帰る　秋三五四
つばめきたる玄鳥至る　春一

つばめくる燕来る　春八五
つばめさりづき燕去月　秋二七八
つばめさる玄鳥去る　秋二七九
*つばめのこ燕の子　夏二一七
*つばめのす燕の巣　春八七
つぶつぶ　春九三
つぶあえつぶ和　春三五
*つぶろさしつぶろさし　夏一九三
*つぼがり坪刈　秋二九六
つぼすみれ壺菫　春一一四
つぼのくちきり壺の口切　冬四四七
*つぼやき壺焼　春三六
つぼやきいも壺焼藷　冬四三三
つまおくりぶね妻送り舟　秋二九七
つまぐれつまぐれ　秋三七九
つまくれない爪紅　秋三七九
つまぐろよこばい褄黒横這　秋三六三
つまご爪籠　冬四四八
つまこいぐさ妻恋草　秋三六八
つまこうしか妻恋ふ鹿　秋三五二
つまこしぶね妻越し舟

秋二九七
つまべにつまべに　秋三七九
つまぼし妻星　秋二九七
つまみな摘み菜　秋三八二
＊つまむかえぶね妻迎舟　秋二九七
つまよぶふね妻呼ぶ舟　秋二九七
つみ雀鷹　秋三五三
つみいし積石　夏一八一
＊つみくさ摘草　春五一
つみましぐさつみまし草　春一一七
つめきりそう爪切草　夏二五三
つめきりゆ爪剪り湯　新五一五
＊つめたし冷たし　冬四〇五
つめながせきれい爪長鶺鴒　秋三五六
＊つゆ梅雨　夏一三七
＊つゆ露　秋二九二
つゆあがる梅雨あがる　夏一三一
つゆあく梅雨明く　夏一三一
＊つゆあけ梅雨明　夏一三一
＊つゆあな梅雨穴　夏一四二
つゆいり梅雨入　夏一二九
＊つゆかみなり梅雨雷　夏一三九
つゆきざす梅雨きざす　夏一二九
つゆきのこ梅雨茸　夏二七三
つゆきのこ梅雨菌　夏二七三
＊つゆくさ露草　秋三九三
つゆぐも梅雨雲　夏一三九
＊つゆぐもり梅雨曇　夏一三九
つゆけし露けし　秋二九二
つゆこおる露こほる　冬四一二
つゆこもりづき露こもり月　冬四〇〇
＊つゆこる露凝る　冬四一二
つゆさむ梅雨寒　夏一二九
＊つゆさむ露寒　秋二九二
＊つゆざむ梅雨寒　夏一二九
つゆさむし梅雨寒し　夏一二九
つゆさむし露寒し　秋二九二
つゆさゆ露冴ゆ　秋二九二
＊つゆしぐれ露時雨　秋二九二
つゆじめり梅雨湿り　夏一三七
＊つゆじも露霜　秋二九二
つゆすずし露涼し　夏一三八
つゆそぐさ露曽草　秋三八七
＊つゆぞら梅雨空　夏一三四
＊つゆだけ梅雨茸　夏二七三
つゆでみず梅雨出水　夏一四二
つゆどき梅雨時　夏一三七
つゆなまず梅雨鯰　夏一三二
＊つゆにいる梅雨に入る　夏一二九
つゆのあき露の秋　秋二九二
つゆのあけつゆの明　夏一三一
つゆのあと梅雨の後　夏一三一
つゆのい梅雨の井　夏一四二
つゆのいり梅雨の入り　夏一二九
つゆのかわ梅雨の川　夏一四二
つゆのそで露の袖　秋二九二
つゆのそら梅雨の空　夏一三四
つゆのたま露の玉　秋二九二
つゆのちょう梅雨の蝶　夏二三七
＊つゆのつき梅雨の月　夏一三四
つゆのはしり梅雨の走り　夏一三七
つゆのはれ梅雨の晴　夏一四〇
＊つゆのほし梅雨の星　夏一三四
つゆのみ露の身　秋二九二
つゆのやど露の宿　秋二九二
＊つゆのやま梅雨の山　夏一四一
つゆのやみ梅雨の闇　夏一三九
つゆのよ露の世　秋二九二
つゆのらい梅雨の雷　夏一三九
つゆはじまる梅雨始まる　夏一二九
つゆはる梅雨晴る　夏一四〇
＊つゆばれ梅雨晴　夏一四〇
つゆはれま梅雨晴間　夏一四〇
つゆびえ梅雨冷　夏一二九
＊つゆほぐさ梅雨穂草　夏二六一
つゆむぐら露葎　秋二九二
つゆめく梅雨めく　夏一二九
つゆやませ梅雨やませ　夏一三五
つゆやみ梅雨闇　夏一三九
つゆゆうやけ梅雨夕焼　夏一四〇
つよごち強東風　春一一七
つよしも強霜　冬四一一
つよばい強海螺　秋三三四
つらつらつばきつらつら椿　春九五
つらみせ面見世　冬四五六
＊つらら氷柱　冬四一六
つりがき釣柿　秋三〇九
つりがねそう釣鐘草　夏二六八
＊つりがねにんじん釣鐘人参　秋三九一
つりがねまんと釣鐘マント　冬四二九
＊つりがま釣釜　春四〇

*つりしのぶ釣忍　夏一六八
つりしのぶ吊忍　夏一六八
つりしのぶ釣葱　夏一六八
つりどこ吊床　夏一六五
つりどの釣殿　夏一六三
つりな吊菜　冬四五一
*つりふねそう釣船草　秋三九二
つりふねそう吊船草　秋三九二
*つりぼり釣堀　夏一八二
*つる鶴　冬四八三
つるあおいつる葵　夏二五〇
つるあじさい蔓紫陽花　夏二三六
つるいつ鶴凍つ　冬四八三
*つるうめもどき蔓梅擬　秋三七五
つるうめもどき蔓落霜紅　秋三七五
*つるうめもどきのはな蔓梅擬の花　夏二四四
つるおかてんじんさい鶴岡天神祭　夏一九七
つるおかてんまんぐうさい鶴岡天満宮祭　夏一九七
つるかえる鶴帰る　春八五
*つるがおかはちまんぐうのごはんいただき鶴岡八幡宮の御璽頂き　新五四六
つるがおかはちまんまつり鶴岡八幡祭　秋三三三
*つるがおかまつり鶴岡祭　秋三三三
つるがまつり敦賀祭　秋三三二
*つるきたる鶴来る　秋三五七
つるぎば剣羽　冬四八二
つるきり蔓切　秋三一〇
つるこうじ蔓柑子　冬四九七
つるさる鶴去る　春八五
つるさんご蔓珊瑚　秋三八九
つるしがき吊し柿　秋三〇九
つるしぎ鶴鴫　秋三五七
*つるしひな吊るし雛　春一九
つるしらも蔓白藻　春一二四
*つるたぐり蔓たぐり　秋三一〇
*つるでまり蔓手毬　夏二三六
*つるな蔓菜　夏二七〇
つるな蕃杏　夏二七〇
つるねこめそう蔓猫眼草　春一一〇
*つるのす鶴の巣　春八七
つるのすごもり鶴の巣ごもり　春八七
つるのはやし鶴の林　春六五
*つるのほうちょう鶴の庖丁　新五四二
つるのまい鶴の舞　春八六
つるばみつるばみ　夏二四五
つるひき蔓引　秋三一〇
つるひく鶴引く　春八五
*つるべおとし釣瓶落し　秋二九二
つるべずし釣瓶鮓　夏一五六
つるまさき蔓正木　秋三七六
つるめそ絃召　夏二〇一
つるもどきつるもどき　秋三七五
つるりんどう蔓竜胆　秋三九二
つるれいし蔓茘枝　秋三八一
つるわたる鶴渡る　秋三五七
つれさぎそう連鷺草　夏二七〇
*つわののさぎまい津和野の鷺舞　夏二〇三
*つわのはな石蕗の花　冬四九七
つわのはな槖吾の花　冬四九七
つわぶきのはな石蕗の花　冬四九七

て

*てあしある手足荒る　冬四五八
*てあぶり手焙　冬四四六
ていかかずら定家葛　秋三七六
*ていかかずらのはな定家葛の花　夏二四五
*ていかき定家忌　秋三五〇
でいこ梯姑　夏二四八
*でいごのはな梯梧の花　夏二四八
*ていじょき汀女忌　秋三四七
*ていとくき貞徳忌　冬四七八
*ていれぎていれぎ　春一二一
でえじいデージー　春一〇七
てえぶるびいとテーブルビート　秋三八二
ておいじし手負猪　秋三五二
ておおい手覆　冬四三一
でおちぐり出落栗　秋三六七
でかいちょう出開帳　春六八
*でかせぎ出稼ぎ　冬四一八
*でがわり出替　春二七
でがわり出代　春二七
できあき出来秋　秋三一六
てぐすむしてぐすむし　夏二二八
でくまわし木偶廻し　新五一四
*でぞめ出初　新五一四
でぞめがね出初鐘　新五一四
でぞめしき出初式　新五一四

てそり手橇　冬四四九
てつがい手番　夏一八九
てつがい手結　夏一八九
てっせん鉄線　夏二五四
てっせんか鉄線花　夏二五四
てっせんかずらてつせんかづら　夏二五四
*てっせんのはな鉄線の花　夏二五四
てっちりてつちり　冬四三六
てつどうぐさ鉄道草　秋三八九
てつひばち鉄火鉢　冬四四五
てっぽうぜき鉄砲堰　春五〇
てっぽうむし鉄砲虫　夏二三九
てっぽうゆり鉄砲百合　夏二五三
ででむしででむし　夏二三五
*てながえび手長蝦　夏二二七
てはじめ手始　春四九
てはなび手花火　夏一八三
*てぶくろ手袋　冬四三一
*てまり手毬　新五三五
てまり手鞠　新五三五
てまりうた手毬唄　新五三五
てまりこ手毬子　新五三五
てまりつく手毬つく　新五三五
てまりのはな手毬の花　夏二三七
*てまりばな繡毬花　夏二三七
てまりばな手毬花　夏二三七
てまりばな粉団花　夏二三七
*でみず出水　夏一四二
でみずがわ出水川　夏一四二
でめきん出目金　夏二三三
*てやすてんじんまつり土安天神祭　夏一九四
でらうぇあデラウェア　秋三六七
てらうけしょうもん寺請証文　春二六
てらしみず寺清水　夏一四四
てらなっとう寺納豆　夏一六二
てらねんし寺年始　新五〇三
てりうそ照鷽　春八四
てりつゆ照り梅雨　夏一三七
*てりは照葉　秋三六九
てりもみじ照紅葉　秋三六九
*でわさんざんまつり出羽三山祭　夏二〇二
*てん貂　冬四八〇
てんか天瓜　秋三九四
てんがいばな天蓋花(向日葵)　夏二五〇
てんがいばな天蓋花(曼珠沙華)　秋三九一
*でんがく田楽　春三五
でんがくざし田楽刺　春三五
でんがくどうふ田楽豆腐　春三五
でんがくまつり田楽祭　新五四九
でんがくやき田楽焼　春三五
*てんかふん天瓜粉　夏一六七
てんかふん天花粉　夏一六七
てんかまつり天下祭(江戸山王祭)　夏一九六
てんかまつり天下祭(神田祭)　夏一九九
てんかん天漢　秋二八九
でんきあんか電気行火　冬四四六
でんきくらげ電気くらげ　秋三六〇
でんきごたつ電気炬燵　冬四四五
*てんきじょうとうしちきかこうす天気上騰し地気下降す　冬三九九
でんきすとおぶ電気ストーブ　冬四四四
でんきもうふ電気毛布　冬四二九
*でんぎょうえ伝教会　夏二〇六
でんぎょうだいしき伝教大師忌　夏二〇六
でんきれいぞうこ電気冷蔵庫　夏一六八
*てんぐさ天草　夏二七三
てんぐさあま天草海女　夏一七五
*てんぐさとり天草採　夏一七五
てんぐさとる天草採る　夏一七五
てんぐさとる石花菜採る　夏一七五
てんぐさほす天草干す　夏一七五
てんぐだけ天狗茸　秋三九四
てんぐのごうはん天狗の強飯　春六八
*てんぐのさかもり天狗の宴　新五五四
てんしうお天使魚　夏二三三
てんじくあおい天竺葵　夏二五〇
てんじくぼたん天竺牡丹　夏二五〇
てんじくまもり天竺まもり

秋三八二
＊てんしさい天使祭　秋三四三
てんしのかがみ天子の鏡　夏一四九
てんしぼたん纏枝牡丹　夏二五四
てんじょうのえんずい殿上の淵酔　冬四六〇
てんじょうもり天井守　秋三八二
てんしれん転子蓮　夏二五四
＊てんしをえがく天師を画く　夏一四九
てんじんおんき天神御忌　春六一
てんしんとう天津桃　秋三六六
てんじんばた天神旗　新五五二
てんじんばな天神花　新五五二
＊てんじんまつり天神祭　夏二〇二
てんせい天正　新五〇〇
てんせんか天仙果　夏二四七
でんそうずらとかす田鼠鴽と化す　春一一
＊でんそかしてうずらとなる田鼠化して鴽と為る　春一一
てんだいえ天台会　冬四七一
てんだいだいしき天台大師忌　冬四七一
てんだいらいはいこう天台礼拝講　夏二〇五
＊てんたかし天高し　秋二八五
でんちでんち　冬四二八
てんちはじめてさむし天地始めて粛し　秋二七七
＊てんちはじめてしじむ天地始めて粛む　秋二七七
てんちはじめてしゅくす天地始めて粛す　秋二七七
てんちぶくろ天地袋　新五三二
でんでんむしでんでんむし　夏三三五
てんとテント　夏一八一
てんとうばな奠頭花　春三二
てんとうばな天道花　春六九
＊てんとうむし天道虫　夏三三〇
てんとうむし瓢虫　夏三三〇
てんとくじ天徳寺　冬四二七
てんとせいかつ天幕生活　夏一八一
てんとむしてんとむし　夏三三〇
＊てんのうじいちじょうえ天王寺一乗会　秋三四一
てんのうじかぶ天王寺蕪　冬四九五
＊てんのうじこんどうちょうなはじめ天王寺金堂手斧始　新五五五
＊てんのうじしょうじんく天王寺生身供　新五五五
＊てんのうたんじょうび天皇誕生日　春五七
てんのうめ天の梅　夏二四六
てんばい天梅　夏二四六
てんぼ展墓　秋三〇〇
てんぽうそう天蓬草　春一一五
てんぽうなしてんぽうなし　秋三七四
てんぽがにてんぽ蟹　春九三
てんまのおはらえ天満の御祓　夏二〇二
てんままつり天満祭　夏二〇二
＊てんまやぶさめ天満流鏑馬　秋三三九
＊てんろう天狼　冬四〇八

と

＊とあけぞめ戸開初　新五二八
とあけはじめ戸開始　新五二八
とあみ投網　夏一七八
とうい唐藺　夏二六三
とうい擣衣　秋三二六
どうい胴衣　冬四二八
＊とういす籐椅子　夏一六五
＊とういんふ桃印符　夏一四九
とうう凍雨　冬四一二
＊とうえいざんかいさんき東叡山開山忌　冬四七六
とうか踏歌　新五四一
とうが灯蛾　夏二二八
とうが冬瓜　秋三八〇
とうが冬芽　冬四九二
とうかい凍海　冬四一七
＊とうかえびす十日戎　新五四八
とうかしたし灯火親し　秋三一一
＊とうかしたしむ灯火親しむ　秋三一一
とうかしゅ桃花酒　春三九
とうかじゅく桃花粥　春二八
＊とうがじる冬瓜汁　秋三六六
とうかちょう桃花鳥　秋三五七
とうかのあき灯火の秋　秋三一一
＊とうかのせちえ踏歌節会　新五四一

とうかのせつ桃花の節　春二八
＊とうがらし唐辛子　秋三八二
とうがらし唐辛　秋三八二
とうがらし蕃椒　秋三八二
＊とうがらしのはな唐辛子の花　夏二五七
とうがらしのはな蕃椒の花　夏二五七
とうがらす唐鴉　秋三五六
＊とうがん冬瓜　秋三八〇
＊どうかんき道灌忌　秋三四九
＊どうぎ胴着　冬四二八
＊どうぎぬぐ胴着脱ぐ　春三三
とうきび玉黍　秋三八四
とうきび唐黍（玉蜀黍）　秋三八四
とうきび唐黍（高黍）　秋三八四
とうきびのはな唐黍の花　夏二六一
＊とうぎゅう闘牛　春二九
とうぎょ闘魚　夏二三三
とうきょうだいくうしゅうき東京大空襲忌　春五八
とうぎり唐桐　夏二三七
とうきんせん唐金盞　春一〇七
とうぐみ唐茱萸　夏二四七
とうけい闘鶏　春二九
とうけいし闘鶏師　春二九
とうけつ凍結　冬四〇六
とうけつこ凍結湖　冬四一六
＊どうげんき道元忌　秋三五〇
とうこ凍湖　冬四一六
とうこう登高　秋三一八
とうこう凍光　冬四〇六
とうこう凍港　冬四一七
＊とうこう冬耕　冬四四九
どうごおんせんまつり道後温泉祭　春六二
とうごぼう唐牛蒡　夏二六九
＊とうごま蓖麻　秋三八六
とうごま唐胡麻　秋三八六
とうごま唐独楽　新五三五
どうさいえんぶりどうさいえんぶり　春六〇
とうささげ唐豇　秋三八五
＊とうし凍死　冬四四九
＊とうじ冬至　冬四〇一
とうじうめ冬至梅　冬四八八
とうじかぼちゃ冬至南瓜　冬四二二
＊とうじがゆ冬至粥　冬四二二
とうじこんにゃく冬至蒟蒻　冬四二二
とうじざけ冬至酒　冬四二二
とうじちん陶磁枕　夏一六四
＊とうじばい冬至梅　冬四八八
とうしびい年日　新五一四
とうじぶろ冬至風呂　冬四二二
とうしみとうしみ　夏二三二
とうしみとんぼとうしみ蜻蛉　夏二三二
とうじもち冬至餅　冬四二二
とうじゆ冬至湯　冬四二二
＊とうしょう凍傷　冬四五九
とうしょうぐうさい東照宮祭　夏一九七
とうしょうぶ唐菖蒲　夏二五〇
とうしんうり灯心売　冬四六四
とうしんそう灯心草　夏二六五
とうしんそうのはな灯心草の花　夏二六五
とうしんとんぼ灯心蜻蛉　夏二三二
とうじんまめ唐人豆　秋三八五
とうすみとうすみ　夏二三二
とうすみとんぼとうすみ蜻蛉　夏二三二
＊とうせい踏青　春五一
とうせい冬青　秋三七三
とうせいき桃青忌　冬四七七
とうせん冬泉　冬四一五
とうせん投扇　新五三四
＊とうせんきょう投扇興　新五三四
とうそう闘草　夏一四八
とうそう凍瘡　冬四五八
どうそじんまつり道祖神祭（藁馬曳き）　春五八
＊どうそじんまつり道祖神祭　新五五〇
＊とうそんき藤村忌　秋三四五
＊とうだいぐさ灯台草　春一二二
＊とうだいじじゅかい東大寺授戒　春七〇
＊とうたき兜太忌　春七四
とうだん冬暖　冬四〇〇
どうだんつつじ満天星躑躅　春九九
＊どうだんのはな満天星の花　春九九
＊どうだんもみじ満天星紅葉　秋三六九
どうちゅう道中　新五一一
どうちゅうすごろく道中双六　新五三三
＊とうちん陶枕　夏一六四
とうてい東帝　春六

とうてい冬帝　冬三九八
どうていせいまりあむげんざいのおんやどりのいわい童貞聖マリア無原罪の御孕りの祝日　冬四七三
とうてん冬天　冬四〇八
＊どうとんき道頓忌　夏二一二
とうな唐菜　冬四九四
とうなすたうなす　秋三八〇
とうなすまく南瓜蒔く　春四五
とうねいす籐寝椅子　夏一六五
とうねん当年　新五〇〇
とうのいも頭の芋　冬四六五
＊とうふうこおりをとく東風凍を解く　春七
＊とうふくじかいさんき東福寺開山忌　冬四七七
＊とうふくじせんぽう東福寺懺法　春六五
＊とうふくじらかんく東福寺羅漢供　新五五四
どうふぐり胴ふぐり　新五三六
とうふこおらす豆腐氷らす　冬四四〇
＊とうへいをすすむ湯餅を進む　夏一五〇
とうまくら籐枕　夏一六四
どうみょうじ道明寺　夏一五六
＊とうみん冬眠　冬四七九
とうむぎたうむぎ　秋三八四
とうむぎ唐麦　秋三八八
＊とうむしろ籐筵　夏一六四
とうもくれん唐木蓮　春九九
＊とうもろこし玉蜀黍　秋三八四
＊とうもろこしのはな玉蜀黍の花　夏二六一
とうやく当薬　秋三九三
とうやくひく当薬引く　秋三一九
とうようか闘陽花　夏二六三
とうようさんご桃葉珊瑚　冬四九〇
＊とうようじょうき東洋城忌　秋三四八
＊とうようとう桃葉湯　夏一六七
とうりん桃林　春一〇〇
＊とうれい冬麗　冬四〇〇
とうれつ凍裂　冬四一六
とうろ凍露　冬四一二
＊とうろう灯籠　秋三〇二
とうろう蟷螂　秋三六三
とうろう灯楼　新五五六
＊とうろううまる蟷螂生る　夏二一二
とうろううり灯籠売　秋三〇一
とうろうおどり灯籠踊　秋三一二
＊とうろうかるる蟷螂枯る　冬四八八
とうろうけんぶつ灯籠見物　秋三〇二
＊とうろうしょうず蟷螂生ず　夏二一八
＊とうろうながし灯籠流　秋三〇一
とうろうのこ蟷螂の子　夏二一三
とうろうぶね灯籠舟　秋三〇一
どうろくじんまつり道禄神祭　新五五〇
とうわた唐綿　冬四一七
とおかがし遠案山子　秋三一三
とおかぎく十日菊　秋三〇五
とおかじ遠火事　冬四四八
とおがすみ遠霞　春二一
とおかづき十日月　秋二八五
＊とおかのきく十日の菊　秋三〇五
とおかまいり十日詣　夏二〇六
とおかわず遠蛙　春八二
＊とおかんや十日夜　冬四一七
とおきぬた遠砧　秋三一六
＊とおしあゆ通し鮎　冬四八六
＊とおしがも通し鴨　夏二一八
とおしや通し矢　夏一九二
とおはなび遠花火　夏一八三
とおやなぎ遠柳　春一〇三
＊とおやまのしもつきまつり遠山の霜月祭　冬四六四
とおやままつり遠山祭　冬四六四
とかえりのはな十返りの花　春一〇二
＊とがくしまつり戸隠祭　秋三一一
＊とかげ蜥蜴　夏二一五
とかげあなにいる蜥蜴穴に入る　秋三五三
＊とかげあなをいず蜥蜴穴を出づ　春八二
とかげいず蜥蜴出づ　春八二
＊とがのおのむしくよう栂尾虫供養　冬四七〇
どがまずみ土竈炭　冬四四四
＊とき鴇　秋三五七
とき朱鷺　秋三五七
ときしらずときしらず

春一〇七
＊ときそう鴇草　夏二七〇
ときそう朱鷺草　夏二七〇
＊ときのきねんび時の記念日　夏一四六
ときのひ時の日　夏一四六
とぎょ渡御　夏一九三
ときわあけびときはあけび　秋三八九
ときわあけびのはな常磐通草の花　春一〇五
＊ときわぎおちば常磐木落葉　夏一四二
＊ときわぎのわかば常磐木の若葉　夏一四二
ときわざくら常磐桜　春一一六
ときわさんざし常盤山査子　秋三七五
ときわすすき常磐薄　冬四九八
＊どくうつぎのはな毒空木の花　夏二六四
どくきのこどくきのこ　秋三九五
どくけし毒消　夏一七〇
＊どくけしうり毒消売　夏一七〇
＊とくさ木賊　秋三七九
とくさ砥草　秋三七九
＊とくさかる木賊刈る　秋三一〇
とくさかる砥草刈る　秋三一〇
どくしょのあき読書の秋　秋三一一
どくしょはじめ読書始　新五一二
＊とくすけおふく徳助お福　新五一四
どくぜり毒芹　春一一七
＊どくたけ毒茸　秋三九五
どくだみ蕺菜　夏二六六
どくだみのはなどくだみの花　夏二六六
どくながし毒流し　夏一七八
どくびん毒瓶　夏一八五
＊どくりつさい独立祭　夏一九三
＊とけいそう時計草　夏一三八
とこじらみ床虱　夏一一三
とごっとめばるとごつとめばる　春八八
＊とこなつ常夏　夏二五一
とこなつ常夏（撫子）　秋三八九
とこなつづき常夏月　夏一二九
＊とこぶし常節　春九二
とこぶし小鮑　春九二
とこぶし鰒節　春九二
とこよばな常世花　夏一三六
とこよむしとこよむし　秋三六四
＊ところ野老　新五六一
ところ草薢　新五六一
ところいわう野老祝ふ　新五〇九
＊ところかざる野老飾る　新五〇九
＊ところてん心太　夏一六〇
ところてん心天　夏一六〇
ところてんぐさ心太草　夏二七三
ところてんぐさとる心太草採る　夏一七五
ところてんつき心太突き　夏一六〇
＊ところほる野老掘る　春四七
とこわらび常蕨　冬四九七
＊とさかのり鶏冠菜　春一二四
とさかのり鶏冠海苔　春一二四
とさけび鳥叫　冬四五三
＊とさみずき土佐水木　春九八
とさみずき蠟弁花　春九八
＊とざん登山　夏一八〇
とざんうま登山馬　夏一八〇
とざんがさ登山笠　夏一八〇
とざんぐち登山口　夏一八〇
とざんぐつ登山靴　夏一八〇
とざんごや登山小屋　夏一八〇
とざんちず登山地図　夏一八〇
とざんづえ登山杖　夏一八〇
とざんでんしゃ登山電車　夏一八〇
とざんどう登山道　夏一八〇
とざんぼう登山帽　夏一八〇
とざんやど登山宿　夏一八〇
としあく年明く　新五〇〇
としあゆむ年歩む　冬四〇三
としあらた年新た　新五〇〇
としあらたまる年改まる　新五〇〇
としうつる年移る　冬四〇三
＊としおき年尾忌　秋三四八
としおくる年送る　冬四〇三
としおけおろし年桶おろし　新五一七
＊としおしむ年惜しむ　冬四〇三
としおとこ年男（追儺）　冬四二六
＊としおとこ年男　新五一〇
＊としおろし年卸　新五一七
としおんな年女　新五一〇
としがみ年神　新五四四
としかわる年変る　新五〇〇

*としぎ年木　新五一八
としぎうり年木売　冬四一三
としぎきる年木伐る　冬四一三
*としぎこり年木樵　冬四一三
としきたる年来る　新五〇〇
としぎつむ年木積む　冬四一三
としぎやま年木山　冬四一三
としくる年暮る　冬四〇二
としごいのまつり年祈ひの祭　春六〇
*としこし年越　冬四〇三
としこしそば年越蕎麦　冬四二四
*としこしのはらえ年越の祓　冬四六八
としこしまいり年越参　冬四六九
*としこしもうで年越詣　冬四六九
としこす年越す　冬四〇三
としごも年薦　新五〇九
*としごもり年籠　冬四六九
としこゆ年越ゆ　新五〇〇
とじごよみ綴暦　新五二九
としざかい年堺　冬四〇二
としざけ年酒　新五二五
としじいさん年爺さん　新五四四
としせまる年迫る　冬四〇二
としたちかえる年立返る　新五〇〇
としたつ年立つ　新五〇〇
としだな年棚　新五四四
*としだま年玉　新五一一
としだわら年俵　新五四四
としつく年尽く　冬四〇二
としつまる年つまる　冬四〇二
としとく歳徳　新五四四
*としとくじん歳徳神　新五四四
としとくだな歳徳棚　新五四四
*としとり年取　冬四二四
としとりまい年取米　冬四一九
としとりまめ年取豆　冬四二六
としとりもの年取物　冬四一九
としとる年取る　冬四二四
としながる年流る　冬四〇三
としなみながる年浪流る　冬四〇三
としなわ年縄　新五〇七
としのあえ年の饗　新五一三
としのあか年の垢　冬四二四
としのあさ年の朝　新五〇一
としのいえ年の家　冬四二四
としのいそぎ年の急ぎ　冬四〇二
*としのいち年の市　冬四二〇
としのいち歳の市　冬四二〇
としのうお年の魚　新五二七
*としのうち年の内　冬四〇二
としのうちのはる年の内の春　春七
としのお年の尾　冬四〇二
としのおく年の奥　冬四〇二
としのおわり年の終　冬四〇二
としのが年の賀　新五一〇
としのかぎり年の限り　冬四〇二
としのかみ年の髪　新五三〇
*としのくれ年の暮　冬四〇二
としのこめ年の米　冬四一九
としのさけ年の酒　新五二五
としのすす年の煤　冬四二〇
としのせ年の瀬　冬四〇二
としのそら年の空　冬四一四
としのなごり年の名残　冬四〇二
としのは年の端　新五〇〇
としのはじめ年の始　新五〇〇
としのはて年の果　冬四〇二
としのはな年の花　新五〇〇
としのはる年の春　春七
としのばん年の晩　冬四〇三
*としのひ年の火　冬四二四
としのまめ年の豆　冬四二六
としのみなと年の湊　冬四〇二
*としのもち年の餅　新五二八
*としのやど年の宿　冬四二四
としのよ年の夜　冬四〇三
としのれい年の礼　新五二〇
としのわかれ年の別れ　冬四〇二
としのわたり年の渡り　秋二九七
としのおわりのたままつり年の終りの魂祭　冬四七二
としはじめ年始　新五〇〇
としはづき年端月　新五〇〇
としびいわい年日祝　新五一四
としひとよ年一夜　冬四〇三
としふかし年深し　冬四〇二
としまいり年参　冬四六九
*としまもる年守る　冬四二四
としみつ年満つ　冬四〇二
としむかう年迎ふ　新五〇〇
としもうけ年設　冬四一九
としもうで年詣　冬四六九
としもる年守る　冬四二四
としや年夜　冬四〇三

としやさい歳夜祭　冬四六八
としやど年宿　冬四二四
*としゆ年湯　冬四二四
としゆく年逝く　冬四〇三
*としようい年用意　冬四一九
どしょうさん度嶂散　新五三九
どじょうじる泥鰌汁　夏一六一
*どじょうなべ泥鰌鍋　夏一六二
どじょうほり泥鰌掘　冬四五三
*どじょうほる泥鰌掘る　冬四五三
としよりのひ年寄の日　秋三一九
*としろうき登四郎忌　夏二〇九
*としわすれ年忘　冬四二三
*とそ屠蘇　新五二〇
とそいわう屠蘇祝ふ　新五二〇
とそえんめいさん屠蘇延命散　新五二〇
とそさん屠蘇散　新五二〇
とそしゅ屠蘇酒　新五二〇
とそのか屠蘇の香　新五二〇
とそのよい屠蘇の酔　新五二〇
とそぶくろ屠蘇袋　新五二〇
とちがゆ橡粥　秋三〇八
とちだんご橡団子　秋三〇八
とちのきのはなとちの木の花　夏二三七
*とちのはな橡の花　夏二三七
とちのはな栃の花　夏二三七
*とちのみ橡の実　秋三七二
とちのみ栃の実　秋三七二
とちのめ栃の芽　春一〇一
とちのもち橡の餅　秋三〇八
とちめん橡麺　秋三〇八
*とちもち橡餅　秋三〇八
とつぎおしえどり嫁教鳥　秋三五六
とつぎどり嫁鳥　秋三五六
とっくりばち徳利蜂　春九四
*どっぽき独歩忌　夏二一〇
どてあおむ土手青む　春一一三
どてなべ土手鍋　冬四三七
どてやきどて焼　冬四三七
*どてら縕袍　冬四二八
とどとど　秋三五九
ととまめとと豆　秋三一〇
とのいびと宿直人　新五四一
とのさまがえる殿様蛙　春八二
とのさまばった殿様ばつた　秋三六三
*とばそうじょうき鳥羽僧正忌　秋三五一
*とばひまつり鳥羽火祭　春六〇
*とびうお飛魚　夏二三四
とびうめ飛梅　春九五
とびおとびを　夏二三四
とびこみ飛び込み　夏一八一
とびこみだい飛込台　夏一八一
とびすごろく飛双六　新五三四
とびだこ鳶凧　春五四
*とびとびとびとび　新五二一
*とびのす鳶の巣　春八七
とびはぜ飛鯊　秋三五九
どひょう土俵　秋三三三
どひょういり土俵入り　秋三三三
とびらとびら　夏二三四
どびろくどびろく　秋三〇七
どびんわり土壜割　夏二三九
とふぎょ杜父魚　冬四八五
*とぶさまつ鳥総松　新五一六
どぶさらいどぶさらひ　夏一七一
どぶさらえどぶさらへ　夏一七一
どぶろくどぶろく　秋三〇七
*とべらのはな海桐の花　夏二四七
*とべらのみ海桐の実　秋三七五
*とほうき土芳忌　新五五八
とぼしあげとぼし揚　秋三〇一
*とまとトマト　夏二五八
とまと蕃茄　夏二五八
とまりあゆとまり鮎　秋三五八
とまりあゆ止り鮎　冬四八六
とまりかり泊り狩　春二六
とまりたけのことまり筍　夏二五七
とまりやま泊り山　春二六
とみおかまつり富岡祭　秋三三一
とみくさ富草　秋三八三
とみくさのはな富草の花　秋三八三
とみしょうがつ富正月　新五〇五
とみふだ富札　秋三三五
とむしろとむしろ　夏一六四
とめくさ留草　夏一七三
とめこうしん止庚申　冬四六六
ともえがも巴鴨　冬四八二
*ともえそう巴草　秋三九三
ともえそう鞆絵草　秋三九三
ともこもずきんともこも頭巾　冬四三〇

*ともし照射　夏一一七
*ともじき友二忌　春七四
ともしする照射する　夏一一七
ともしづま乏し妻　秋二九七
ともちどり友千鳥　冬四八二
*ともはちまんのおゆみしんじ鞆八幡の御弓神事　春六〇
ともひばり友雲雀　春八四
とや鳥屋　秋三一一
とやごもり鳥屋籠　夏二一六
とやし鳥屋師　秋三一一
とやだか塒鷹　夏二一六
とやでのたか塒出の鷹　秋三五三
どやどやまつりどやどや祭　新五五四
とやば鳥屋場　秋三一一
とやまさり鳥屋勝　秋三五三
とゆのみ罌子桐の実　秋三七五
とゆのみ桐油の実　秋三七五
*どよう土用　夏一一三
*どようあい土用あい　夏一三六
どようあけ土用明　夏一一三
どよういり土用入　夏一一三
どよううしのひのうなぎ土用丑の日の鰻　夏一六二
*どよううなぎ土用鰻　夏一六二
*どようきゅう土用灸　夏一五〇
*どようこち土用東風　夏一三六
どようさぶろう土用三郎　夏一一三
どようじけ土用時化　秋二九〇
*どようしじみ土用蜆　夏一六一
*どようしばい土用芝居　夏一八三
どようじろう土用二郎　夏一一三
どようたろう土用太郎　夏一一三
どようなか土用中　夏一一三
*どようなぎ土用凪　夏一三七
*どようなみ土用波　夏一四三
どようなみ土用浪　夏一四三
どようのいり土用の入り　夏一一三
どようのめ土用の芽　夏二四二
どようふじ土用藤　夏二三七
どようぼし土用干　夏一六九
どようまえ土用前　夏一一三
どようみまい土用見舞　夏一五一
*どようめ土用芽　夏二四二
どようもぐさ土用艾　夏一五〇
*どようもち土用餅　夏一六〇
*とよくにき豊国忌　新五五八
*とよくにじんじゃさい豊国神社祭　秋三三四
とよとよとよとよ　新五二一
とよのあかり豊の明り　冬四六〇
*とよのあかりのせちえ豊明節会　冬四六〇
とよのあき豊の秋　秋三一六
*とよはしおにまつり豊橋鬼祭　春六〇
*とらがあめ虎が雨　夏一三八
とらがなみだ虎が涙　夏一三八
とらがなみだあめ虎が涙雨　夏一三八
とらぎす虎鱚　夏二二四
とらこ虎海鼠　冬四八七
とらざめ虎鮫　冬四八三
*とらつぐみ虎鶫　夏二二〇
*とらのお虎尾草　夏二六七
とらのみみ虎の耳　夏二七〇
*とらはじめてつるむ虎始めて交む　冬四〇一
とらはぜ虎鯊　秋三五九
*とらひこき寅彦忌　冬四七五
とらひこき寅日子忌　冬四七五
とらふかみきり虎斑天牛　夏二三〇
とらふぐ虎河豚　冬四八六
とらふずく虎斑木菟　冬四八一
トランプトランプ　新五三三
*とりあわせ鶏合　春二九
とりいのひ鳥居の火　秋三三九
とりいれ収穫　秋三三五
*とりおい鳥追　新五二〇
*とりおいあそび鳥追遊　新五二一
とりおいうた鳥追唄　新五二一
とりおいごや鳥追小屋　新五二〇
とりおいだいふ鳥追太夫　新五二〇
*とりおいやぐら鳥追櫓　新五二〇
*とりおどし鳥威し　秋三一四
*とりがい鳥貝　春九二
*とりかえる鳥帰る　春八六
とりかぜ鳥風　春二一
*とりかぶと鳥兜　秋三九三
とりかぶと鳥頭　秋三九三
*とりき取木　春四七
とりくも鳥雲　春二一
とりくもに鳥雲に　春八六
*とりくもにいる鳥雲に入る

*とりぐもり鳥曇　春八六
とりさえずる鳥囀る　春二一
*とりさかる鳥交る　春八六
とりすき鶏すき　冬四三六
とりすだつ鳥巣立つ　春八七
とりぞうすい鶏雑炊　冬四三三
とりつがう鳥つがふ　春八六
とりつるむ鳥つるむ　春八六
*とりのいち酉の市　冬四六五
とりのかえば鳥の換羽　夏二一六
とりのけあい鶏の蹴合　春二九
とりのけりあい鶏の蹴合　春二九
とりのこい鳥の恋　春八六
*とりのす鳥の巣　春八七
*とりのたまご鳥の卵　春八六
とりのつまごい鳥の妻恋　春八六
とりのひ鳥の日　夏一四六
とりのまち酉の市　冬四六五
とりのまち酉の町　冬四六五
とりのまちもうで酉の町詣　冬四六五
とりのまつり酉の祭　春六四
とりのわたり鳥の渡り　秋三五四
とりばち取鉢　秋三三七
とりひく鳥引く　春八六
とりふだ取札　新五三三
*とりもちあじろ鳥持網代　春五〇
*とりもちつく鳥黐搗く　夏一七六
とりもの採物　冬四六七
とりわたる鳥渡る　秋三五四
どろかわず泥蛙　春八二
*どろめまつりどろめ祭　春六二
とろろとろろ　秋三一一
とろろあおいとろろあふひ　夏二五〇
とろろあおいつくとろろあふひ搗く　冬四五五
とろろかずらとろろかづら　秋三八九
*とろろじるとろろ汁　秋三一一
とろろじる薯蕷汁　秋三一一
とろろめしとろろ飯　秋三一一
どんがめどんがめ　夏三一一
どんかんまつりどんかん祭　秋三三四
*どんぐり団栗　秋三七三
どんぐりごま団栗独楽　秋三七三
どんぐりのき団栗の木　夏二四五
どんぐりもち団栗餅　秋三七三
どんこどんこ　秋三五九
*どんたくどんたく　春五九
どんたくばやしどんたく囃子　春五九
とんどとんど　新五三三
とんど爆竹　新五三三
どんどどんど　新五三三
どんどこぶねどんどこ舟　夏二〇二
どんどしょうがつどんど正月　新五三三
どんどたくどんど焚く　新五三三
どんどばどんど場　新五三三
どんどやきどんど焼　新五三三
どんどんごやどんどん小屋　新五三三
とんびとんび　冬四二九
*とんぶりとんぶり　秋三〇八
*とんぼ蜻蛉　秋三六一
とんぼ蜻蜓　秋三六一
とんぼうとんばう　秋三六一
*とんぼうまる蜻蛉生る　夏一三一
とんぼぐさ蜻蛉草　春一一六
とんぼついたち蜻蛉朔日　秋二九
とんぼつり蜻蛉釣　秋三六一
とんぼのこ蜻蛉の子　夏一三一

な

*なあらう菜洗ふ　冬四五〇
*ないぞめ綯初　新五三三
*ないたあナイター　夏一八四
*ないとがり鳴鳥狩　春二六
なうり菜瓜　夏二五八
なえあさがお苗朝顔　夏二五四
なえいち苗市　春四四
なえうち苗打ち　夏二六一
*なえうり苗売　春四五
*なえぎいち苗木市　春四四
*なえぎうう苗木植う　春四六
なえぎうり苗木売　春四四
なえくばり苗配り　夏二六一
なえしょうじ苗障子　春四四
なえだ苗田　春二四
*なえどこ苗床　春四四

*なえとり苗取　夏一七三
なえはこび苗運び　夏二六一
*なえふだ苗札　春四四
なえぶね苗舟　夏一七二
なえま苗間　春二四
*なおいかぜ儺追風　新五〇四
なおいのしんじ儺追神事　新五四九
なおいまつり儺追祭　新五四九
*なおえまつり直会祭　新五四九
ながあおのり長青海苔　春一二四
*ながいも薯蕷　秋三八二
ながいも長薯　秋三八二
*ながいもほる薯蕷掘る　秋三一九
ながいわし長いわし　春八八
ながうり長瓜　秋三八〇
ながえんぶりながえんぶり　春六〇
ながかき長牡蠣　冬四八七
ながきひ永き日　春一三
ながきよ長き夜　秋二八一
なかくみ中汲　秋三〇七
ながさきき長崎忌　夏一九一
*ながさきのたこあげ長崎の凧揚げ　春五五
ながさきのはしらもち長崎の柱餅　冬四三三
ながしながし(ながしはえ)　夏一三五
*ながしながし　夏一八二
ながしあめながし雨　夏一三五
ながしこながしこ　春九二
ながしそうめん流し索麺　夏一五七
*ながしはえながしはえ　夏一三五
ながしはえながし南風　夏一三五
ながしびな流し雛　春二九
*ながしもち流黐　冬四五二
ながすくじら長須鯨　冬四八〇
ながせかぜ長瀬風　夏一三五
ながたにし長田螺　春九三
*ながつき長月　秋二八〇
ながつゆ長梅雨　夏一三七
*なかて中稲　秋三八三
なかてかる中稲刈る　秋三三四
ながなす長茄子　夏二五八
*ながにし長辛螺　夏二二七
*なかぬきだいこん中抜大根　秋三八二
なかぬきな中抜菜　秋三八二
ながのし長熨斗　新五二七
ながひばち長火鉢　冬四四五
ながむしながむし　夏二二五
ながら菜殻　夏一七四
ながらし菜芥　春一一〇
ながらたき菜殻焚　夏一七四
ながらたく菜殻焚く　夏一七四
ながらび菜殻火　夏一七四
ながるるとし流るる年　冬四〇三
ながれこ流れ子　春九二
ながれぼし流れ星　秋二八九
なぎなぎ　夏二六五
なぎ水葱　夏二六五
なぎ菜葱　夏二六五
なきいすかなきいすか　秋三五六
*なきぞめ泣初　新五三〇
*なぎなたおどり長刀踊　夏一九五
なぎなたがや薙刀茅　秋三九二
なぎなたこうじゅ薙刀香薷　夏二六六
なぎなたほおずき長刀酸漿　夏二二七
なぎなたほこ長刀鉾　夏二〇一
なぎなたまつり長刀祭　夏一九五
*なぎのはかざる梛葉飾る　新五〇九
なきりなきり　春八九
なくかわず鳴く蛙　春八二
なぐさかる名草枯る　冬四九六
なぐさのめ名草の芽　春一一三
なくむし鳴く虫　秋三六二
なげおうぎ投扇　新五三四
なげしまつ長押松　新五〇六
なげずきん投頭巾　冬四三〇
なごし夏越　夏二〇〇
なごしのかぐら名越の神楽　夏二〇〇
*なごしのはらえ名越の祓　夏二〇〇
なごめはぎなごめ剃　新五一〇
なごやなごや　春一二四
なごやふぐ名古屋河豚　春九一
*なごらん名護蘭　夏二六四
*なごりきょうげん名残狂言　秋三一四
なごりづき名残月　秋三一三
なごりなす名残茄子　秋三八一
なごりのかり名残の雁　春八五

なごりのしも名残の霜 春二〇
＊なごりのそら名残の空 冬四一四
なごりのちゃ名残の茶 秋三一三
なごりのつき名残の月 秋二六八
なごりのはな名残の花 春九七
なごりのゆき名残の雪 春二〇
なごりのりょう名残の猟 春五四
なざれのせいかぞくのいわいナザレの聖家族の祝ひ 冬四七三
＊なし梨 秋三六六
なし梨子 秋三六六
なしうり梨瓜 夏二五八
なしうり梨売 秋三六六
なしえん梨園 秋三六六
なしがり梨狩 秋三六六
なしこなしこ 冬四八七
なしさく梨咲く 春一〇〇
なしちる梨散る 春一〇〇
＊なしのはな梨の花 春一〇〇
＊なす茄子 夏二五八
＊なすうう茄子植う 夏一七三
なすじる茄子汁 夏二五八
なすたちゅうむナスタチューム 夏二五四
＊なすづけ茄子漬 夏一五七
なすつける茄子漬ける 夏一五七
なすでんがく茄子田楽 夏一五七
なすどこ茄子床 春四五
＊なずな薺 新五六二
なずなうち薺打 新五一五
＊なずなうつ薺打つ 新五一五
＊なずなうり薺売 新五一五
＊なすなえ茄子苗 夏二五六
なすなえうう茄子苗植う 夏一七三
なずながゆ薺粥 新五一四
＊なずなつみ薺摘 新五一五
なずなづめ薺爪 新五一五
＊なずなのはな薺の花 春一一五
なずなのひょうし薺の拍子 新五一五
なずなはやす薺はやす 新五一五
なすのうし茄子の牛 秋三〇〇
＊なすのうま茄子の馬 秋三〇〇
なすのしぎやき茄子の鴫焼 夏一五七
＊なすのはな茄子の花 夏二五六
なすびなすび 夏二五八
なすびづけなすび漬 夏一五七
なすびのはな茄子の花 夏二五六
なすびまく茄子蒔く 春四五
＊なすまく茄子蒔く 春四五
なだいこんのはな菜大根の花 春一〇九
なたねうつ菜種打つ 夏一七四
なたねがら菜種殻 夏一七四
＊なたねかり菜種刈 夏一七四
なたねかる菜種刈る 夏一七四
なたねごく菜種御供 春六一
＊なたねづゆ菜種梅雨 春一九
なたねのしんじ菜種の神事 春六一
なたねのはな菜種の花 春一〇九
＊なたねふぐ菜種河豚 春九一
なたねほす菜種干す 夏一七四
＊なたねまく菜種蒔く 秋三一八
＊なだのけんかまつり灘のけんくわ祭り 秋三三六
なだまつり灘祭り 秋三三六
＊なたまめ刀豆 秋三八五
なたまめ鉈豆 秋三八五
＊なだれ雪崩 春二五
なだれゆきなだれ雪 春二五
＊なちひまつり那智火祭 夏二〇二
＊なつ夏 夏一一六
なつあかつき夏暁 夏一二一
＊なつあかね夏茜 夏一三三
なつあけ夏暁 夏一二一
＊なつあさし夏浅し 夏一一七
＊なつあざみ夏薊 夏二六六
なつあらし夏嵐 夏一三四
なついく夏行く 夏一三三
なついく夏逝く 夏一三三
なつうぐいす夏鶯 夏二一七
なつうみなつうみ 夏一四二
なつうめのはな夏梅の花 夏二四六
＊なつえり夏襟 夏一五四
なつおしむ夏惜しむ 夏一三三
なつおちば夏落葉 夏二四二
＊なつおび夏帯 夏一五四
なつおわる夏終る 夏一三三
＊なつがえる夏蛙 夏二二四
＊なつかぐら夏神楽 夏二〇〇

なつかげ夏陰 夏一四〇
なつがけ夏掛 夏一六三
*なつがすみ夏霞 夏一三九
なつかぜ夏風 夏一三四
なつかぜ夏風邪 夏一八七
*なつかぶ夏蕪 夏二五九
なつかぶら夏蕪 夏二五九
*なつがも夏鴨 夏二二八
なつかれくさかるる乃東枯るる 夏二一九
なつかれくさしょうず乃東生ず 冬四〇一
なつがわ夏川 夏一四二
なつがわら夏河原 夏一四二
なつかん夏柑 春一〇〇
なつき夏木 夏二四一
なつぎ夏着 夏一五三
*なつぎく夏菊 夏二五一
なつきざす夏きざす 夏一二七
なつきたる夏来る 夏一二六
なつぎぬ夏衣 夏一五三
なつきょうげん夏狂言 夏一八三
なつきり夏切 夏一五八
*なつぎり夏霧 夏一三八
*なつぎりちゃ夏切茶 夏一五八
なつぎりつぼ夏切壺 夏一五八
なつぎりのちゃ夏切の茶 夏一五八
なつく夏来 夏一二六
*なつくさ夏草 夏二六二
なつくさしげる夏草茂る 夏二六二
なつぐち夏口 夏一二七
*なつぐみ夏茱萸 夏二四七
なつぐも夏雲 夏一三四
*なつぐれ夏ぐれ 夏一三八
*なつぐわ夏桑 夏二四七
なづけ菜漬 冬四三八
*なつご夏蚕 夏二二八
なつごおり夏氷 夏一五九
なつこかげ夏木蔭 夏二四一
*なつこだち夏木立 夏二四一
なつごのいと夏蚕の糸 夏一七七
*なつごろも夏衣 夏一五三
*なつさかな夏魚 夏二三三
なつさかな夏肴 夏二三三
なつさかん夏旺ん 夏一三一
なつざくら夏桜 夏二三五
*なつざしき夏座敷 夏一六三
*なつざぶとん夏座蒲団 夏一六三
なつさむし夏寒し 夏一三一
なつじお夏潮 夏一四三
なつしば夏芝 夏二六二
*なつしばい夏芝居 夏一八三
*なつしゃつ夏シャツ 夏一五四
なつしゅとう夏手套 夏一五五
なつじゅばん夏襦袢 夏一五三
*なつずきん夏頭巾 夏一五四
なつそひく夏麻引く 夏一七四
なつぞら夏空 夏一三四
*なつだいこん夏大根 夏二五九
なつたつ夏立つ 夏一二六
*なつたび夏足袋 夏一五五
*なつちかし夏近し 春一五
なつちゃのゆ夏茶の湯 夏一六九
なつぢゃわん夏茶碗 夏一六九
なつちょう夏蝶 夏二二七
なつつた夏蔦 夏二六二
なつつばき夏椿 夏二四六
なつつばきのはな夏椿の花 夏二四六
*なつつばめ夏燕 夏二二〇
*なつてぶくろ夏手袋 夏一五五
*なつてまえ夏点前 夏一六九
なつでみず夏出水 夏一四二
*なっとう納豆 冬四三八
なっとううり納豆売 冬四三八
なっとうじる納豆汁 冬四三五
*なっとうつくる納豆造る 夏一六二
*なっとじる納豆汁 冬四三五
*なつどとう夏怒濤 夏一四二
なつどなり夏隣 春一五
なつとなる夏隣る 春一五
なつともし夏灯 夏一六三
*なつな夏菜 夏二五九
なつなみ夏濤 夏一四二
なつにいる夏に入る 夏一二六
*なつにしん夏鰊 夏二三三
なつね夏嶺 夏一四一
*なつねぎ夏葱 夏二五九
なつねぶつ夏ねぶつ 夏二〇五
*なつねんぶつ夏念仏 夏二〇五
*なつの夏野 夏一四二
*なつのあかつき夏の暁 夏一三一
*なつのあさ夏の朝 夏一三一
*なつのあめ夏の雨 夏一三七
なつのいけ夏の池 夏一四二
なつのうみ夏の湖 夏一四二
*なつのうみ夏の海 夏一四二
*なつのおし夏の鴛鴦 夏二二八
*なつのかぜ夏の風 夏一三四
*なつのかぜ夏の風邪 夏一八七

なつのかも夏の鴨　夏二一八
*なつのかわ夏の川　夏一四二
なつのきく夏の菊　夏二五一
なつのきり夏の霧　夏一三八
*なつのくも夏の雲　夏一三四
なつのくれ夏の暮　夏一三一
なつのこまびき夏の駒牽　夏一八九
*なつのしお夏の潮　夏一四三
なつのしも夏の霜　夏一三四
*なつのそら夏の空　夏一三四
*なつのちょう夏の蝶　夏二三七
*なつのつき夏の月　夏一三四
*なつのつゆ夏の露　夏一三八
なつのてん夏の天　夏一三四
なつのなごり夏の名残　夏一三三
なつのなみ夏の波　夏一四二
なつのぬま夏の沼　夏一四二
*なつののしか夏野の鹿　夏二二四
*なつのはて夏の果　夏一三三
なつのはま夏の浜　夏一四二
なつのはら夏野原　夏一四二
なつのはら夏の原　夏一四二
*なつのひ夏の日　夏一三一
なつのひ夏の日(夏日)　夏一三三
*なつのひ夏の灯　夏一六三
なつのふじ夏の富士　夏一四一
*なつのほし夏の星　夏一三四
なつのみさき夏の岬　夏一四二
*なつのみずうみ夏の湖　夏一四二
なつのみね夏の嶺　夏一四一
なつのむし夏の虫　夏二二八
*なつのやま夏の山　夏一四一
なつのゆうべ夏の夕べ　夏一三一
*なつのよ夏の夜　夏一三一
なつのよあけ夏の夜明　夏一三一
*なつのよい夏の宵　夏一三一
*なつのれん夏暖簾　夏一六五
なつのろ夏の炉　夏一六三
なつのわかれ夏の別れ　夏一三三
なつば夏場　夏一二六
*なつばおり夏羽織　夏一五三
*なつばかま夏袴　夏一五三
*なつはぎ夏萩　夏二六二
なつはじめ夏初め　夏一二六
*なつばしょ夏場所　夏一八三
なつばしょう夏芭蕉　夏二五五
なつばたけ夏畑　夏一四二
なつはつ夏果つ　夏一三三
なつはづき夏初月　夏一二六
なつはて夏果　夏一三三
なつはらえ夏祓　夏二〇〇
なつび夏日(夏の日)　夏一三一
*なつび夏日　夏一三三
なつひかげ夏日影　夏一三三
*なつひきのいと夏引の糸　夏一一七
なつひでり夏旱　夏一四〇
なつひなた夏日向　夏一三三
なつひばち夏火鉢　夏一六三
なつひばり夏雲雀　夏二二七
*なつふかし夏深し　夏一三三
*なつふく夏服　夏一五一
*なつふじ夏富士　夏一四一
*なつふじ夏藤　夏二三七
なつぶし夏ぶし　夏一八八
なつぶすま夏衾　夏一六三
*なつぶとん夏蒲団　夏一六三
なつぼう夏帽　夏一五五
*なつぼうし夏帽子　夏一五五
なつぼうず夏坊主　秋三五四
*なつぼし夏沸瘡　夏一八八
なつまけ夏負け　夏一八七
なつまつり夏祭　夏一九三
*なつまめ夏豆　夏二五七
*なつみかわのしんじ菜摘川の神事　新五四七
*なつみかん夏蜜柑　春一〇〇
*なつみかんのはな夏蜜柑の花　夏二三九
なつみまい夏見舞　夏一五一
なつみめい夏未明　夏一三一
なつむし夏むし　夏一八八
*なつむし夏虫　夏二二八
*なつめ棗　秋三六七
なづめ菜爪　新五二五
*なつめく夏めく　夏一二七
*なつめのはな棗の花　夏二三九
なつめのみ棗の実　秋三六七
なつもの夏物　夏一五三
なつもも夏桃　夏二三九
*なつやかた夏館　夏一六三
なつやしき夏邸　夏一六三
*なつやすみ夏休　夏一五一
*なつやせ夏痩　夏一八七
なつやなぎ夏柳　夏二四七
なつやま夏山　夏一四一
なつやまじ夏山路　夏一四一
なつやみ夏闇　夏一三九
*なつゆうべ夏夕べ　夏一三一
*なつよもぎ夏蓬　夏二六二

*なつりょうり夏料理　夏一五五
*なつろ夏炉　夏一六三
*なつわらび夏蕨　夏二七〇
なつをおう夏を追ふ　夏一三三
*なでしこ撫子　秋三八九
なでもの撫物　夏二〇〇
なでん南殿　春九六
ななあそび七遊　秋二九八
*ななかまどななかまど　秋三七二
ななかまど七竈　秋三七二
ななかまどのみななかまどの実　秋三七二
*ななくさ七種　新五一四
ななくさ七草　新五一四
ななくさうつ七種打つ　新五一五
ななくさうり七種売　新五一五
ななくさがゆ七種粥　新五一四
ななくさたたく七草たたく　新五一五
*ななくさづめ七種爪　新五一五
ななくさづめ七草爪　新五一五
ななくさな七草菜　新五六一
ななくさはやす七種はやす　新五一五
ななくさまつり七草祭　新五四七
ななくさまつり七種祭　新五四七
ななくさもらい七種貰ひ　新五一五
*ななこのいけ七箇の池　秋二九八
ななせのはらえ七瀬の祓　夏二〇〇
ななぞうすい七雑炊　新五一四
ななとこいわい七所祝　新五一五
ななはかめぐり七墓めぐり　冬四七二
*ななひめ七姫　秋二九七
*ななふし七節　秋三六四
ななふしななふし　秋三六四
ななふしむし竹節虫　秋三六四
ななみたくりななみたくり　新五二〇
ななよづき七夜月　秋二七六
*なにわおどり浪花をどり　春五三
なにわこおと浪華コート　冬四二九
*なぬか七日　新五〇二
なぬかがゆ七日粥　新五一四
*なぬかしょうがつ七日正月　新五〇二
なぬかだし七日だし　夏一三五
なぬかづめ七日爪　新五一五
*なぬかのおんせちく七日の御節供　秋二九五
なぬかのはなそろえ七日の花揃　秋三一九
なぬかび七日日　秋三〇二
*なぬかぼん七日盆　秋三〇二
なのか七日　新五〇二
なのかのほこ七日の鉾　夏二〇一
なのかのやま七日の山　夏二〇一
なのきおちば名の木落葉　冬四九一
*なのきかる名の木枯る　冬四九一
*なのきちる名の木散る　秋三七〇
なのきのめ名の木の芽　春一〇一
なのきのもみじ名の木の紅葉　秋三六九
*なのくさかる名の草枯る　冬四九六
なのくさしげる名の草茂る　夏二六二
*なのはな菜の花　春一〇九
*なのはなき菜の花忌　春七四
*なのはなちょうにかす菜花蝶に化す　春九四
なのはなづけ菜の花漬　春三四
なのはなびな菜の花雛　春八
*なのりそ莫告藻　夏二七三
なべいちご鍋苺　夏二五五
なべおとめ鍋乙女　夏一九五
なべかぶり鍋被　夏一九五
なべかま鍋釜　夏一九五
なべかんむりまつり鍋冠祭　夏一九五
*なべこわし鍋破　冬四八五
なべづる鍋鶴　冬四八三
なべまつり鍋祭　夏一九五
*なべやき鍋焼　冬四三四
なべやきうどん鍋焼饂飩　冬四三四
なまい生藺　夏二六五
なまがい生貝　夏一六二
なまぐさ蠓　夏一三三
なまくるみ生胡桃　夏一三九

*なまこ海鼠　冬四八七
なまこ生海鼠　冬四八七
なまこうり海鼠売　冬四八七
なまこがま海鼠竈　冬四八七
なまこつき海鼠突　冬四八七
なまこにる海鼠煮る　冬四八七
なまこぶね海鼠舟　冬四八七
*なまず鯰　夏二三三
*なまはげなまはげ　新五二〇
なまびいる生ビール　夏一五八
なまびく菜間引く　秋三八二
*なまぶし生節　夏一六一
なまみはぎ生身剝　新五二〇
なまりなまり　夏一六一
なまりぶしなまり節　夏一六一
なみだのしぐれ泪の時雨　冬四一〇
*なみのはな波の花　冬四一六
なみのはな浪の花　冬四一六
なみのはな波の華　冬四一六
なみのはな浪の華　冬四一六
なみのり波のり　夏一八二
なみのり波乗　夏一八二
*なむし菜虫　秋三六五
なむしちょうとなる菜虫蝶と化る　春一〇
*なめくじ蛞蝓　夏二三五
なめくじらなめくぢら　夏二三五
なめくじりなめくぢり　夏二三五
*なめこ滑子　冬四九八
*なめこじる滑子汁　冬四三五
*なめし菜飯　春二八
なめしぢゃや菜飯茶屋　春二八
なめたけなめたけ　冬四九八
なもみなもみ　秋三八八
なもみたくりなもみたくり　新五二〇
なもみはぎなもみ剝　新五二〇
なやらいなやらひ　冬四二六
なよし名吉　秋三五九
*ならいならひ　冬四一〇
ならい北風　冬四一〇
ならざらし奈良晒　夏一五三
ならだけ楢茸　秋三九四
*ならづけせいす奈良漬製す　夏一六二
*ならのみ楢の実　秋三七三
ならのめ楢の芽　春一〇一
*ならのやまやき奈良の山焼　新五二一
ならびな奈良雛　春二八
ならもみじ楢紅葉　秋三七〇
なりいわい成祝　新五一九
*なりきぜめ成木責　新五一九
*なりひらき業平忌　夏二二三
なるかならぬかなるかならぬか　新五一九
なるかみ鳴神　夏一三九
*なるこ鳴子　秋三一三
なるこだ鳴子田　秋三一三
なるこづな鳴子綱　秋三一三
なるこなわ鳴子縄　秋三一三
なるこばん鳴子番　秋三一三
なるこひき鳴子引　秋三一三
なるこもり鳴子守　秋三一三
なるさお鳴竿　秋三一三
なるたきのだいこたき鳴滝の大根焚　冬四七一
*なるたきまつり鳴瀧祭　秋三一八
*なるとかん鳴門柑　夏二四〇
なるとみかん鳴門蜜柑　夏二四〇
なるとわかめ鳴戸若布　春一二三
なれずし馴鮓　夏一五六
なわいわい縄祝　新五三二
なわかざり縄飾　新五〇七
*なわしろ苗代　春一二四
なわしろいちごのはな苗代苺の花　春一二〇
なわしろがゆ苗代粥　春一二四
なわしろかわず苗代蛙　春八二
*なわしろぐみ苗代茱萸　春一〇四
なわしろぐみ苗代胡頽子　春一〇四
*なわしろぐみのはな苗代茱萸の花　秋三七六
なわしろさくら苗代桜　春九七
なわしろざむ苗代寒　春一二三
なわしろた苗代田　春一二四
なわしろだいこん苗代大根　春一二一
*なわしろどき苗代時　春一二三
なわしろまつり苗代祭　春一三〇
なわしろみず苗代水　春一二四
なわしろみち苗代道　春一二四
なわたばこ縄煙草　秋三一七
*なわとび縄飛　冬四五七
なわとび縄跳　冬四五七
なわとびうた縄飛唄　冬四五七

なわなう縄綯ふ　冬四五五
なわひき縄引　新五一九
なんきんなんきん　秋三八〇
なんきんうめ南京梅　冬四八九
なんきんほおずき南京酸漿　夏二二七
なんきんまめ南京豆　秋三八五
＊なんきんむし南京虫　夏二三三
なんくん南薫　夏一三六
なんげつ難月　秋二七八
＊なんこうさい楠公祭　夏一九七
なんさい南祭　秋三三三
なんじゃもんじゃのきのは
なんぢやもんぢやの木の花　夏二二四
＊なんしゅうき南洲忌　秋三四七
なんてん南天燭　秋三七一
なんてんぎり南天桐　秋三七五
＊なんてんのはな南天の花　夏二三七
＊なんてんのみ南天の実　秋三七一
なんばん南蛮　秋三八二
なんばんなんばん　秋三八四
なんばんぎせる南蛮煙管　秋三九三
なんばんきび南蛮黍　秋三八四
なんばんこしょう南蛮胡椒　秋三八二
なんばんのはな南蛮の花　夏二六一
なんばんふじ南蛮藤　春九九
なんぷう南風　夏一三四
なんぶごよみ南部暦　新五五九
なんぶふうりん南部風鈴　夏一六八
なんぶわかめ南部若布　春一三三

に

にあずき煮小豆　夏一六〇
にいがすみ新霞　新五〇五
にいくさ新草　春一一四
にいたまつしまのおほたき
新玉津嶋の御火焚　冬四六四
にいなめさい新嘗祭　冬四六〇
＊にいなめのまつり新嘗祭　冬四六〇
にいにいぜみにいにい蟬　夏二三三
＊にいののゆきまつり新野の雪祭　新五四九
にいぼん新盆　秋二九九
にいわた新綿　秋三一七
＊にいわたのそう新綿の奏　秋三一七
＊にうかわかみまつり丹生川上祭　夏一九八
＊にうめ煮梅　夏一五七
にえのくま贄の熊　冬四二二
にお藁塚　秋三一六
にお鳰　冬四八二
においあらせいとうにほひあらせいとう　春一〇六
においえんどうにほひ豌豆　春一〇九
においぐさ匂草　春九五
＊においすみれ香菫　春一〇六
においどり匂鳥　春八三
においぶくろ匂袋　夏一六七
においむらさきにほひむらさき　春一〇八
におどりにほどり　冬四八二
＊におのうきす鳰の浮巣　夏二一八
＊におのこ鳰の子　夏二一八
におのす鳰の巣　夏二一八
にかいばやし二階囃子　夏二〇一
にがうり苦瓜　秋三八一
にがうるか苦うるか　秋三二〇
にがくりたけ苦栗茸　秋三九五
にがしお苦潮　夏一四三
にがぢしゃにがぢしや　夏二五九
＊にがつ二月　春六
にがつうまちい二月ウマチー　春六二
にがっき二学期　秋三〇六
にがつしょうがつ二月正月　春二七
＊にがつじん二月尽　春九
にがつつく二月尽く　春九
にがつどうのおこない二月堂の行　春六六
にがつのわかれ二月の別れ　春六五
にがつはつ二月果つ　春九
にがつゆく二月逝く　春九
＊にがつれいじゃ二月礼者　春二七
にかてん二科展　秋三〇六
にぎりずし握り鮓　夏一五六
にくばえ肉蠅　夏二三三
にくまんじゅう肉饅頭　冬四三三
＊にげみず逃水　春二三

*にこごり煮凝　冬四三七
にこごり煮凍　冬四三七
にこみおでん煮込みおでん　冬四三七
*にごりい濁り井　夏一四二
*にごりざけ濁り酒　秋三〇七
*にごりぶな濁り鮒　夏二二二
*にざけ煮酒　夏一五八
にざまし煮冷し　夏一五六
*にじ虹　夏一三九
*にじかくれてみえず虹蔵れて見えず　冬三九九
にしきあおい錦葵　夏二五〇
にしきうつぎ錦うつぎ　夏二三七
*にしきぎ錦木　秋三七五
にしきぎ鬼箭木　秋三七五
*にしきぎのはな錦木の花　夏二四五
にしきぎのみ錦木の実　秋三七五
にしきぎもみじ錦木紅葉　秋三七五
にしきごい錦鯉　夏二二二
*にしきそう錦草　秋三九三
にしきだい錦鯛　冬四八四
にしきつた錦蔦　秋三七七
にしきののやま錦の野山　秋二九三
にしきゆり錦百合　春一〇八
*にしざかな螺着　新五一七
*にししちじょうたうえしんじ西七条田植神事　新五五〇
にじたつ虹立つ　夏一三九
にじっせいき二十世紀　秋三六六
にじのおび虹の帯　夏一三九
にじのはし虹の橋　夏一三九
にじのはり虹の梁　夏一三九
*にしのみやのいごもり西宮の居籠　新五四八
にしのみやふりゅう西の宮浮立　秋三三三
にじのわ虹の輪　夏一三九
*にじはじめてあらわる虹始めて見る　春二二
*にしび西日　夏一四〇
*にしほんがんじほうおんこう西本願寺報恩講　冬四七二
*にじます虹鱒　夏二二六
にしまつり西祭　夏一九七
*にじゅうさんや二十三夜　秋二八八
にじゅうさんやづき二十三夜月　秋二八八
にじゅうまわし二重廻し　冬四二九
*にじゅうろくせいじんさい二十六聖人祭　春七二
*にじゅうろくやまち二十六夜待　秋三三〇
にじゅうろくやまつり二十六夜祭　秋三三〇
*にしん鰊　春八八
にしん鯡　春八八
にしん青魚　春八八
にしん黄魚　春八八
にしん春告魚　春八八
にしんがま鰊釜　春八八
にしんくき鰊群来　春八八
*にしんぐもり鰊曇　春二二
にしんぞら鰊空　春二二
にしんたく鰊焚く　春八八
にしんば鰊場　春八八
にしんぶね鰊舟　春八八
にしんりょう鰊漁　春八八
にせあかしあのはなニセアカシアの花　夏二〇四
にせい二星　秋二八九
にぞり荷橇　冬四四九
*にだいこん煮大根　冬四三七
にたりがいにたり貝　春九二
にたりがき似柿　秋三六六
にちにちか日日花　夏二五三
*にちにちそう日日草　夏二五三
にちょうぎぬた二丁砧　秋三一六
にちりんそう日輪草　夏二五〇
にちれんき日蓮忌　冬四六一
*にっきかう日記買ふ　冬四四七
にっきすいにつき水　夏一五九
にっきはじめ日記始　新五三〇
にっきはつ日記果つ　冬四四八
*にっけいすい肉桂水　夏一五九
*にっこうきすげ日光黄菅　夏二七〇
*にっこうごうはんしき日光強飯式　春六八
にっこうさい日光祭　夏一九七
にっこうしゃしん日光写真　冬四五七
にっこうぜめ日光責　春六八
*にっこうとうしょうぐうさい日光東照宮祭　夏一九七
*にっしゃびょう日射病　夏一八七
にっちゅうきんせん日中金銭　夏二五四

にってん日展　秋三〇六
にどざき二度咲　冬四八九
*にな蜷　春九三
*にないぢゃや担茶屋　新五三五
になのみち蜷の道　春九三
にねんごだいこん二年子大根　春一一
にのう二の卯　新五五二
*にのうま二の午　春二七
にのかわり二の替　新五三七
にのとみ二の富　秋三三五
にのとり二の酉　冬四六五
にばんあい二番藍　夏一七五
にばんぐさ二番草　夏一七三
にばんこ二番蚕　夏二二八
にばんしぶ二番渋　秋三一七
にばんしょうがつ二番正月　新五〇二
にばんちゃ二番茶　春四九
にばんもり二番銛　冬四五三
*にひゃくとおか二百十日　秋二七八
にひゃくはつか二百二十日　秋二七八
にびやし煮冷し　夏一五六
にべにべ　夏二二五
にほんだあびい日本ダービー　夏一八四
*にほんまつちょうちんまつり二本松提灯祭　秋三三五
にものすえる煮物饐える　夏一五六
にゅうえん入園　春三二
*にゅうがく入学　春三二
にゅうがくじ入学児　春三二
にゅうがくしき入学式　春三二
*にゅうがくしけん入学試験　春三二
にゅうかん乳柑　秋三六八
にゅうぎ新木　新五二八
にゅうじかっけ乳児脚気　夏一八八
にゅうしゃしき入社式　春三二
にゅうしゃしけん入社試験　春三二
にゅうどう入道　冬四八四
にゅうどうぐも入道雲　夏一三四
*にゅうないすずめ入内雀　秋三五六
*にゅうばい入梅　夏一二九
にゅうぶ入峰　春七一
*にょうどうさい繞道祭　新五四四
*にょじょい女叙位　新五四〇
にょほうきょうえ如法経会　春六七
*にら韮　春一二
にらぞうすい韮雑炊　冬四三三
*にらのはな韮の花　夏二五七
にらみだいにらみ鯛　新五〇九
*にりんそう二輪草　春一一六
にれのめ楡の芽　春一〇一
にわあげ庭揚げ　秋三一五
にわいろり庭囲炉裏　新五一〇
*にわうめのはな郁李の花　春九八
にわうめのはな庭梅の花　春九八
にわおぼろ庭朧　春一六
*にわかまど庭竈　新五一〇
にわかる庭枯る　冬四一五
にわくさ庭草　夏二六一
にわくなぶりにはくなぶり　秋三五六
にわざくら庭桜　春九六
にわざくらにはざくら　春九八
にわじまい庭仕舞　秋三一五
にわしみず庭清水　夏一四四
*にわぜきしょう庭石菖　夏二五〇
にわたうえ庭田植　新五二〇
にわたき庭滝　夏一八二
にわたたき庭叩　秋三五六
にわっかとりニワッカ採り　春三九
にわつつじ庭躑躅　冬四九三
*にわとこのはな接骨木の花　春一〇四
にわとこのめ接骨木の芽　春一〇一
にわとりはじめてとやにつく鶏始めて乳く　冬四〇五
*にわとりはじめてにゅうす鶏始めて乳す　冬四〇四
*にわのたてこと庭の立琴　秋三二七
にわなずな庭薺　春一一五
にわはなび庭花火　夏一八三
にわび庭燎　冬四六七
にわふじ庭藤　夏二五五
にわみぐさ庭見草　秋三八七
にわもみじ庭紅葉　秋三六八
にわらび煮蕨　春三八
*にんがちかじまあい二月風

廻 春一八
にんぎょうだこ人形凧 春五四
にんぎょうまわし人形廻し 新五二四
にんじょう人長 冬四六七
*にんじん人参 冬四九五
にんじん胡蘿蔔 冬四九五
*にんじんとる人参採る 冬四五〇
*にんじんのはな人参の花 夏二五六
にんじんのはな胡蘿蔔の花 夏二五六
にんじんひく人参引く 冬四五〇
にんどう忍冬 夏二一四
にんどうき忍冬忌 冬四七四
にんどうのはな忍冬の花 夏二一四
*にんにく蒜 春一一三
にんにく葫 春一一三
にんにく忍辱 春一一三
*にんにくのね蒜の根 夏一五八
*にんにくのはな蒜の花 夏二五七
*にんのうえ仁王会 春六六
にんのうぐ仁王供 春六六
にんのうこう仁王講 春六六

ぬ

*ぬいぞめ縫初 新五三二
ぬいはじめ縫始 新五三二
ぬえ鵺 夏二二〇
ぬえつぐみぬえつぐみ 夏二二〇
ぬかか糠蚊 夏二三三
ぬかごぬかご 秋三八二
ぬかごじるぬかご汁 秋三〇八
ぬかごめしぬかご飯 秋三〇八
ぬかずきむしぬかづきむし 夏二三〇
ぬかばえ糠蠅 秋三六三
ぬきて抜手 夏一八一
ぬきな抜菜 秋三八二
ぬくしぬくし 春二二
ぬくずしぬく鮓 冬四三三
ぬくとしぬくとし 春二二
ぬくめざけぬくめ酒 秋三〇四
ぬくめずしぬくめ鮓 冬四三三
ぬくめどり暖鳥 冬四五二
ぬくめめし温め飯 冬四三三
ぬけまいり抜参 春三〇
ぬなわ蓴 夏二七三
*ぬなわおう蓴生ふ 春一一三
ぬなわとる蓴採る 夏二七三
ぬなわのはな蓴の花 夏二七三
ぬなわぶね蓴舟 夏二七三
ぬのこ布子 冬四二七
ぬのざらし布晒 春四八
ぬまかる沼涸る 冬四一五
ぬまぜり沼芹 春一一七
ぬまたろう沼太郎 秋三五七
ぬめごまのはな滑胡麻の花 夏二六一
ぬりあぜ塗畦 春四三
*ぬりろぶち塗炉縁 冬四四七
ぬるでぬるで 秋三七〇
*ぬるでもみじ白膠木紅葉 秋三七〇
ぬるむいけ温む池 春二三
ぬるむかわ温む川 春二三
ぬるむぬま温む沼 春二三
ぬるむみず温む水 春二三
ぬれつばめ濡燕 春八五

ね

ねあき根開き 春二五
ねあき根明き 春二五
ねあみ寝網 夏一六五
ねあわせ根合せ 夏一四八
*ねいも根芋 夏二五九
ねうお根魚 秋三二三
ねうおづり根魚釣 秋三二三
*ねえぶるネーブル 春一〇一
*ねがいのいと願の糸 秋二九八
*ねぎ葱 冬四九五
ねぎあらう葱洗ふ 冬四九五
ねぎじる葱汁 冬四三五
ねぎぬく葱ぬく 冬四九五
ねぎのぎぼ葱の擬宝 春一〇九
ねぎのはな葱の花 春一〇九
ねぎばたけ葱畑 冬四九五
*ねぎぼうず葱坊主 春一〇九
*ねぎま葱鮪 冬四三五
ねぎまじるねぎま汁 冬四三五
ねぎまなべ葱鮪鍋 冬四三五
*ねきりむし根切虫 夏二二九
ねこねこ 冬四四六
ねこあしぐさねこあしぐさ 夏二六六
ねこうまる猫生まる 春八一
ねこぐさねこぐさ 春一一六
*ねござ寝茣蓙 夏一六四
ねこさかる猫交る 春八一
ねこざめ猫鮫 冬四八三

ねこじゃらし猫じゃらし　秋三九〇
ねこのおや猫の親　春八一
*ねこのこ猫の子　春八一
*ねこのこい猫の恋　春八一
ねこのさん猫の産　春八一
ねこのちぎり猫の契　春八一
ねこのつま猫の夫　春八一
ねこのつま猫の妻　春八一
ねこのつまこい猫の妻恋　春八一
*ねこのめそう猫の眼草　春二一〇
ねこひばち猫火鉢　冬四四六
ねこましょうじ猫間障子　冬四四三
*ねこやなぎ猫柳　春一〇三
*ねざけ寝酒　冬四三二
ねざめぐさ寝覚草　秋三八八
ねざめづき寝覚月　秋二八〇
*ねじあやめ捩菖蒲　春一〇六
*ねじばな捩花　夏二六七
ねじばれんねぢばれん　春一〇六
ねしゃか寝釈迦　春六五
*ねしょうがつ寝正月　新五三八
*ねじろぐさ根白草　新五六二
ねずみうつぎねずみうつぎ　夏二六四
*ねずみのお鼠の尾　秋三九二
ねずみのこまくらねずみのこまくら　冬四九三
ねずみのふんねずみのふん　冬四九三
ねずみはなびねずみ花火　夏一八三
*ねずみもちのはな鼠黐の花　夏二四七
ねずみもちのはな女貞の花　夏二四七
*ねずみもちのみ鼠黐の実　冬四九三
ねずみもちのみ女貞の実　冬四九三
ねぜり根芹　春一一七
ねつぎ根接　春四七
*ねっきうち根木打　冬四五六
*ねっさ熱砂　夏一四三
ねっしゃびょう熱射病　夏一八七
*ねったいぎょ熱帯魚　夏二三三
*ねったいや熱帯夜　夏一三一
ねっちゅうしょう熱中症　夏一八七
*ねっぷう熱風　夏一三六
*ねづり根釣　秋三三三
ねとうしん子灯心　冬四六四
ねなしぐさ根無草(萍)　夏二七二
ねなしぐさ根無草(弁慶草)　秋三八〇
ねのつき子の月　冬四〇〇
ねのひ子の日　新五〇六
*ねのひぐさ子日草　新五六二
ねのひごろも子の日衣　新五〇六
ねのひづき子日月　新五〇〇
ねのひのあそび子の日の遊び　新五〇六
ねのひのえん子の日の宴　新五〇六
ねのひのまつ子の日の松　新五〇六
ねばつつじねばつつじ　春九九
ねはん涅槃　春六五
ねはんあらし涅槃嵐　春一七
*ねはんえ涅槃会　春六五
ねはんえ涅槃絵　春六五
ねはんがゆ涅槃粥　春六五
ねはんき涅槃忌　春六五
ねはんこう涅槃講　春六五
ねはんず涅槃図　春六五
ねはんぞう涅槃像　春六五
ねはんでら涅槃寺　春六五
*ねはんにし涅槃西風　春一七
ねはんのひ涅槃の日　春六五
ねはんぶき涅槃吹　春一七
ねはんぶつ涅槃仏　春六五
ねはんへん涅槃変　春六五
ねはんゆき涅槃雪　春二〇
*ねびえ寝冷　夏一八七
ねびえご寝冷子　夏一八七
ねびえしらず寝冷知らず　夏一五四
ねびらき根開き　春二五
ねびる根蒜　春一一七
ねぶか根深　冬四九五
ねぶかうり根深売　冬四九五
*ねぶかじる根深汁　冬四三五
ねぶかひく根深引く　冬四九五
ねぶくろ寝袋　夏一八〇
*ねぶた佞武多　秋二九八
ねぷたねぷた　秋二九八
ねぶたくむねぶた組む　秋二九八
ねぶたながすねぶた流す　秋二九八

ねぶたはるねぶた貼る　秋二九八
ねぶたまつりねぶた祭　秋二九八
ねぶたろうねぶた蠟　秋二九八
ねぶとながしねぶと流し　秋二九九
ねぶのはなねぶの花　夏二四六
ねほだ根榾　冬四四五
ねまち寝待　秋二八八
ねまちづき寝待月　秋二八八
ねまちのつき寝待の月　秋二八八
＊ねまつり子祭　冬四六四
ねむけながしねむけ流し　秋二九九
ねむしろ寝筵　夏二六四
ねむたながしねむた流し　秋二九八
＊ねむのはな合歓の花　夏二四六
＊ねむのみ合歓の実　秋三七二
ねむらさき根紫　夏二六三
ねむりぎのはなねむり木の花　夏二四六
ねむりぐさ眠草　夏二五三
ねむりながし眠流し　秋二九八
ねむりばな睡花　春九八
ねむるちょう眠る蝶　春八四
ねむるやま眠る山　冬四一四
ねむれるはな眠れる花　春九八
ねゆき根雪　冬四一三
ねらいがりねらひ狩　夏一一七
＊ねりくよう練供養　夏二〇五
ねりこがし練りこがし　夏一六一
＊ねりひばり練雲雀　夏二一七
ねりまだいこん練馬大根　冬四九六
＊ネルネル　夏一五一
＊ねわけ根分　春四七
＊ねんが年賀　新五一〇
ねんがきゃく年賀客　新五一一
ねんがじょう年賀状　新五一一
ねんがでんぽう年賀電報　新五一一
ねんがはがき年賀はがき　新五一一
ねんがびと年賀人　新五一一
ねんがゆうびん年賀郵便　新五一一
ねんぎょ年魚　夏二三三
ねんぐ年貢　冬四一九
＊ねんぐおさめ年貢納　冬四一九
ねんぐまい年貢米　冬四一九
ねんし年始（新年）　新五〇〇
ねんし年始（年賀）　新五一〇
ねんしえ年始会　新五二三
ねんしきゃく年始客　新五一一
ねんしざけ年始酒　新五二五
ねんしじょう年始状　新五一一
ねんしまわり年始廻り　新五一〇
＊ねんしゅ年酒　新五二五
ねんしゅいわう年酒祝ふ　新五二五
ねんしょ年初　新五〇〇
ねんしょげつ年初月　新五〇〇
ねんとう年頭　新五〇〇
ねんない年内　冬四〇二
＊ねんないりっしゅん年内立春　春七
＊ねんねこねんねこ　冬四二八
ねんねこばんてんねんねこ半纏　冬四二八
ねんぶつえ念仏会　秋三四一
ねんぶつおどり念仏踊（踊念仏）　春六八
ねんぶつおどり念仏踊（踊）　秋三三三
ねんぶつのくちあけ念仏の口明　新五〇三
ねんぼうねん棒　冬四五六
ねんまつ年末　冬四〇二
ねんまつきゅうか年末休暇　冬四二五
＊ねんまつしょうよ年末賞与　冬四一八
ねんまつてあて年末手当　冬四一八
＊ねんまつとうそう年末闘争　冬四一八
ねんれい年礼　新五一〇

の

のあざみ野薊　春一一九
＊のあそび野遊　春五一
のあやめ野あやめ　夏二四九
のいちご野苺　夏二五五
のいばら野茨　夏二三五
のいばらのはな野茨の花　夏二三五
のいばらのみ野茨の実　秋三七六
＊のうぐいち農具市　春四三
のうさぎ野兎　冬四八〇
のうぜん凌霄　夏二三七

のうぜん凌霄花　夏三三七
＊のうぜんかずら凌霄花　夏三三七
のうぜんかずらのうぜんかづら　夏三三七
のうぜんはれん凌霄葉蓮　夏二五四
のうたて農立　新五三三
のうはじめ農始　新五三三
＊のうはじめ能始　新五三六
のうはだて農はだて　新五三〇
のうむ濃霧　秋二九一
のうりょう納涼　夏一八〇
のうりょうえいが納涼映画　夏一八四
のうりょうせん納涼船　夏一八〇
＊のうるし野漆　春一一一
のえんどう野豌豆　夏二六九
のがけ野がけ　春五一
＊のぎき乃木忌　秋三四六
＊のぎく野菊　秋三八九
のきしのぶ軒忍　夏一六八
のきしのぶ軒しのぶ　秋三九三
のきしょうぶ軒菖蒲　夏一四七
のきとうろう軒灯籠　秋三〇二
のぎまつり乃木祭　秋三四六
のぎり野霧　秋二九一
＊のぐちねんぶつ野口念仏　秋三四〇
のこぎりざめ鋸鮫　冬四八三
＊のこぎりそう鋸草　夏二七〇
のこりえびす残り戎　新五四八
のこりさぎ残り鷺　冬四八一
のこりてんじん残り天神　新五五二
のこりふく残り福　新五四八
のこるあき残る秋　秋二八四
のこるあつさ残る暑さ　秋二七七
のこるか残る蚊　秋三六〇
のこるかも残る鴨　春八六
のこるかり残る雁　春八五
のこるきく残る菊　秋三七九
のこるこおり残る氷　春二六
のこるごめ残る海猫　秋三五八
のこるさくら残る桜　春九七
のこるさむさ残る寒さ　春八
のこるせみ残る蟬　秋三六一
のこるつき残る月　秋二八八
のこるつばめ残る燕　秋三五四
のこるつる残る鶴　春八五
のこるはえ残る蠅　秋三六一
のこるはくちょう残る白鳥　春八五
のこるはち残る蜂　秋三六一
のこるはな残る花　春九七
のこるほたる残る蛍　秋三六〇
＊のこるむし残る虫　秋三六五
のこるもみじ残る紅葉　冬四九〇
のこるゆき残る雪　春二四
のこんぎく野紺菊　秋三八九
のさかけのさかけ　新五三三
のざわな野沢菜　冬四九四
のしのし　夏一八一
＊のし熨斗　新五二七
のしあわび熨斗鮑　新五二七
のしがきのし柿　秋三〇九
＊のじぎく野路菊　秋三八九
＊のじこ野鵐　夏三三一
のじこ野路子　夏三三一
のじすみれ野路菫　春一一四
のじそ野紫蘇　夏二六六
のじのあき野路の秋　秋二九三
のしばね熨斗羽子　新五三四
のしふぐのし河豚　夏一六二
のしめのしめ　秋三六二
のしめとんぼのしめ蜻蛉　秋三六二
のしゅんぎくのしゅんぎく　春一〇九
のしろのしろ　春二四
のずいせん野水仙　冬四九三
のすり鵟　冬四八〇
のせぎょう野施行　冬四二五
のそ犬橇　冬四四九
のぞきめがね覗眼鏡　夏一七八
のだいおう野大黄　夏二六六
＊のだいこん野大根　春一一一
のだふじ野田藤　春九九
のちのあわせ後の袷　秋三〇六
のちのごとう後の御燈　秋三一七
のちのこよい後の今宵　秋二八八
＊のちのころもがえ後の更衣　秋三〇六
＊のちのつき後の月　秋二八八
のちのつきみ後の月見　秋三一四
＊のちのでがわり後の出替　秋三〇四
のちのでがわり後の出代　秋三〇四
のちのひがん後の彼岸　秋二七九
＊のちのひな後の雛　秋三〇五

*のちのふつかきゅう後の二日灸　秋三〇四
のちのむらさめ後の村雨　秋二九一
のちのめいげつ後の名月　秋二八八
*のちのやぶいり後の藪入　秋三〇三
のちゃ野茶　春一一八
のっこみ乗つ込み　春九〇
のっこみだい乗込鯛　春八八
*のっこみぶな乗込鮒　春九〇
のっぺのつぺ　冬四三五
*のっぺいじるのつぺい汁　冬四三五
のっぺじるのつぺ汁　冬四三五
のっぺにのつぺ煮　冬四三五
*のどか長閑　春二二
のどかさのどかさ　春二二
のどけさのどけさ　春二二
のどけしのどけし　春二二
のどやかのどやか　春二二
のにんじんのにんじん　夏二六八
ののいろ野の色　秋二九三
ののうらがれ野の末枯　秋二九三
ののたけはくさんまつり篦岳白山祭　新五五二
ののにしき野の錦　秋二九三
ののはな野の花　秋三八六
*ののみやのわかれ野の宮の別　秋三一八
*ののみやまつり篦宮祭　新五五二
のはぎ野萩　秋三八七
のはなしょうぶ野花菖蒲　夏二四九
のばら野薔薇　夏二三五
のばらのみ野ばらの実　秋三七六
のび野火　春四二
*のびえ野稗　秋三九四
*のびたき野鶲　夏二一九
*のびる野蒜　春一一七
のびるつむ野蒜摘む　春一一七
*のびるのはな野蒜の花　夏二六九
*のぶこき信子忌　冬四七五
のふじ野藤　春九九
*のぶどう野葡萄　秋三七六
のほうせんか野鳳仙花　秋三九二
のぼけのぼけ　秋三七四
*のぼたん野牡丹　秋三七八
*のぼり幟　夏一四六
のぼりあゆ上り鮎　春九〇
*のぼりいち幟市　夏一四六
のぼりうり幟売　夏一四六
のぼりかざる幟飾る　夏一四六
のぼりくい幟杭　夏一四六
のぼりざお幟竿　夏一四六
*のぼりづき上り月　秋二八六
のぼりふじ昇り藤　夏二五四
のぼります上り鱒　春八九
のぼりみせ幟店　夏一四六
*のぼりやな上り簗　春四九
*のまおい野馬追　夏二〇一
のまおいまつり野馬追祭　夏二〇一
のまがけ野馬駈け　夏二〇一
のまつり野茉莉　秋三七八
*のみ蚤　夏二三三
*のみとりこ蚤取粉　夏一六七
のみのあと蚤の跡　夏二三三
*のみのふすま蚤の衾　春一二五
のもりぐさ野守草　秋三八七
のやき野焼　春四二
*のやく野焼く　春四二
のやまいろづく野山色づく　秋二九三
*のやまのいろ野山の色　秋二九三
のやまのしげり野山の茂り　夏二四一
*のやまのにしき野山の錦　秋二九三
のらだいこん野良大根　春二一
*のり海苔　春二三
のり篊菜　春二三
のりうつぎのはなのりうつぎの花　夏二四六
*のりかき海苔搔　春四七
のりかく海苔搔く　春四七
のりかご海苔籠　春四七
のりきぬた海苔砧　春四七
のりす海苔簀　春四七
のりそだ海苔粗朶　春四七
*のりぞめ乗初　新五三二
のりぞめ騎初　新五四三
のりだし乗出し　新五三二
のりとり海苔採　春四七
のりとる海苔採る　春四七
*のりながき宣長忌　秋三五二
のりのきのはなのりのきの花　夏二四六
のりはじめ騎始　新五四三

のりひび海苔篊 春四七
のりぶね海苔舟 春四七
のりほす海苔干す 春四七
のりゆかた糊浴衣 夏一五三
*のりゆみ賭弓 新五四二
のりゆみ賭射 新五四二
*のろ獐 冬四八〇
のろ麞 冬四八〇
のろあぶ獐虻 春九四
のろじかのろじか 冬四八〇
*のわき野分 秋二八九
のわきあと野分あと 秋二八九
のわきぐも野分雲 秋二八九
のわきだつ野分だつ 秋二八九
のわきなみ野分波 秋二八九
のわきばれ野分晴 秋二八九
のわけ野わけ 秋二八九
のんどりのんどり 春二

は

ぱあかパーカ 冬四三〇
はあざみ葉薊 夏二五二
ばあど・うぃいくバード・ウィーク 夏一四六
ばあど・でえバード・デー 夏一四六
ばあべきゅうバーベキュー 夏一八二
ばあべなバーベナ 夏二五三
ぱあむさんでえパームサンデー 春七三
*はあり羽蟻 夏二三三
はあり飛蟻 夏二三三
*はありいハーリー 夏一九二
はいはひ 夏二三二
ばい霾 春一八
ばいう梅雨 夏一三七
ばいう黴雨 夏一三七
ばいうぜんせん梅雨前線 夏一三七
ばいうち海蠃打 秋三一四
ばいえん梅園 春九五
ばいおうき梅翁忌 春八〇
ばいおれっとバイオレット 春一〇六
はいか敗荷 秋三八〇
はいが拝賀 新五三八
ばいかごく梅花御供 春六一
ばいかさい梅花祭 春六一
ばいかせつ梅花節 春五七
ばいかせつ梅佳節 春五七
*ばいかも梅花藻 夏二七二
ばいごまばい独楽 秋三一四
ばいし貝子 春九二
*ばいしつき梅室忌 冬四七六
はいせつしゃ排雪車 冬四四二
はいせんき敗戦忌 秋三八
はいせんきねんび敗戦記念日 秋三八
はいせんのひ敗戦の日 秋三八
はいせんび敗戦日 秋三八
はいたか鷂 秋三五三
はいたか鶻 秋三五三
ばいたんおう売炭翁 冬四四四
ばいちょう媒鳥 秋三二一
ばいてん霾天 春一八
ばいてん梅天 夏一三四
*ぱいなっぷるパイナップル 夏二四〇
はいねこ灰猫 冬四八〇
*はいのすいようび灰の水曜日 春七二
*ばいのみ海螺の身 新五二七
ばいのみ海蠃の身 新五二七
ばいばいごまばいばいごま 秋三一四
はいびすかすハイビスカス 夏二三七
ばいふう霾風 春一八
*ばいまわし海蠃廻し 秋三一四
ばいまわし海螺廻し 秋三一四
*ばいものはな貝母の花 春一〇七
ばいりん梅林 春九五
ばいりん梅霖 夏一三七
はうち歯打 新五二三
はえ鮠(柳鮠) 春九〇
*はえ南風 夏一三四
はえはえ 夏一三四
はえ鮠(やまべ) 夏二二六
*はえ蠅 夏二三二
はえいらず蠅入らず 夏一六六
はえうち蠅打 夏一六六
*はえうまる蠅生る 春九五
はえおおい蠅覆 夏一六六
はえごち南東風 夏一三四
はえたたき蠅叩 夏一六六
はえちょう蠅帳 夏一六六
はえどくそう蠅毒草 夏二七一
*はえとり蠅取 夏一六六
はえとりがみ蠅捕紙 夏一六六
はえとりかん蠅捕管 夏一六六
*はえとりき蠅捕器 夏一六六
*はえとりぐさ蠅取草 夏二七一
はえとりぐさ蠅捕草 夏二七一
*はえとりぐも蠅虎 夏二三四

はえとりぐも蠅捕蜘蛛　夏二三四
はえとりなでしこ蠅取撫子　夏二五二
はえとりびん蠅捕瓶　夏一六六
はえとりりぼん蠅捕リボン　夏一六六
はえとりりぼん蠅取リボン　夏一六六
はえにし南西風　夏一三四
はえのこ蠅の子　春九五
はえのこえ蠅の声　夏二二三
*はえよけ蠅除　夏一六六
はかあらう墓洗ふ　秋三〇〇
*ばかがい馬珂貝　春九二
ばかがい馬鹿貝　春九二
*はかかこう墓囲ふ　冬四四二
はかそうじ墓掃除　秋三〇〇
*はかたぎおんやまかさ博多祇園山笠　夏二〇一
はかたごま博多独楽　新五三五
はかたのぎおんまつり博多の祇園祭　夏二〇一
はかたまつり博多祭　夏二〇一
*はがため歯固　新五〇六
はがためのもち歯固の餅　新五〇六
ばかっちょ馬鹿つちよ　秋三五六
はかどうろう墓灯籠　秋三〇二
はかなぎ墓薙ぎ　秋三〇二
はかぬらす墓ぬらす　秋三〇〇
ばかのはな馬鹿の花　夏二四五
*はかまいり墓参　秋三〇〇
*はかまぎ袴着　冬四一八
*はかまのう袴能　夏一八四
はかもうで墓詣　秋三〇〇
*はぎ萩　秋三八七
はぎうう萩植う　春四七
*はきおさめ掃納　冬四二三
はぎかり萩刈　秋三二〇
*はぎかる萩刈る　秋三二〇
はぎかる萩枯る　冬四九六
はぎくくる萩括る　秋三二〇
*はきぞめ掃初　新五二九
はきたて掃立　春四八
はぎちる萩散る　秋三八七
はぎづき萩月　秋二七八
はぎな萩菜　春一一九
*はぎねわけ萩根分　春四七
はぎのあるじ萩の主　秋三八七
はぎのしげり萩の茂　夏二六二
はぎのしたかぜ萩の下風　秋三八七
はぎのしたつゆ萩の下露　秋三八七
はぎのと萩の戸　秋三八七
はぎのねわけ萩の根分　春四七
はぎのはな萩の花　秋三八七
*はぎのみ萩の実　秋三八七
はぎのめ萩の芽　春一一三
はぎのやど萩の宿　秋三八七
はぎびより萩日和　秋三八七
はぎましこ萩猿子　秋三五五
はぎみ萩見　秋三八七
はぎむら萩むら　秋三八七
*はきょうき波郷忌　冬四七四
*はぎわかば萩若葉　春一一四
はぎわら萩原　秋三八七
はくう白雨　夏一三八
*はくうんぼくのはな白雲木の花　夏二四四
はくえい白英　秋三八九
はくおうき白桜忌　夏二〇九
はくがん白雁　秋三五七
*はくさい白菜　冬四九四
*はくさいづけ白菜漬　冬四三八
*はくさんいちげ白山一花　夏二七二
はくさんいちげ白山一華　夏二七二
はくさんいちげそう白山一花草　夏二七二
はくさんよもぎ白山蓬　秋三九〇
はくじちん白磁枕　夏一六四
はくじつき白日忌　秋三四四
はくしゅう白秋　秋二七六
ばくしゅう麦秋　夏二二七
*ばくしゅういたる麦秋至る　夏一二八
*はくしゅうき白秋忌　秋三四八
*はくしょ薄暑　夏一二七
ばくしょ曝書　夏一六九
はくしょう白菖　夏二四九
はくしょこう薄暑光　夏一二七
ばくしんち爆心地　夏一九一
はくせきれい白鶺鴒　秋三五六
はくせん白扇　夏一六八
はくそう白装　夏一五三
ばくちく爆竹　新五三三
*はくちょう白鳥　冬四八三
*はくちょうかえる白鳥帰る　春八五
はくちょうきたる白鳥来る　冬四八三
*はくちょうげ白丁花　夏二三六

はくちょうざ白鳥座 秋二八八
はくちょうひく白鳥引く 春八五
はくてい白帝 秋二七六
はくとう白桃 秋三六六
はくとうおう白頭翁(翁草) 春一一六
はくとうおう白頭翁(椋鳥) 秋三五六
ばくのふだ貘の札 冬四二六
*ばくのまくら貘の枕 冬四二六
はくばい白梅 春九五
ばくふ瀑布 夏一四
はくふう白風 秋二八九
はくべらはくべら 春一二五
はくぼたん白牡丹 夏二三六
ばくまくら貘枕 新五二二
ばくまくら貘枕 新五二二
はくもくれん白木蓮 春九九
*はくや白夜 夏二三
はくりはくり 春一一八
ばくりょう曝涼 夏一六九
はぐれだかはぐれ鷹 冬四八三
はくれんはくれん 春九九
*はくろ白露 秋二七八
*はくろくだる白露降る 秋二七七
はぐろはなまつり羽黒花祭 夏二〇二
*はげいとう葉鶏頭 秋三七八
*ばけものまつり化物祭 夏一九七
はごはご 新五三四
はご羽子 新五三四
*はごいた羽子板 新五三四
*はごいたいち羽子板市 冬四二〇
はごいたうり羽子板売 冬四二〇
はごいたぼし羽子板星 冬四〇八
ばこう馬耕 春四三
はこざきほうじょうや筥崎放生会 秋三三三
*はこざきまつり筥崎祭 秋三三三
はこずし箱鮓 夏一五六
はこぞり箱橇 冬四四九
*はこつり箱釣 夏一八二
はこどり杲鳥 春八二
はこどり箱鳥 春八二
*はこにわ箱庭 夏一八五
*はこねうつぎのはな箱根空木の花 夏二三七
はこねうのはな箱根卯の花 夏二三七
*はこねえきでん箱根駅伝 新五三七
はこねさんしょううお箱根山椒魚 夏二二五
はごのきはごのき 夏二六九
はごのき羽子の木 秋三七六
はごのこ羽ごの子 新五三四
はこひばち箱火鉢 冬四四五
はこふぐ箱河豚 冬四八六
*はこべ蘩蔞 春一一五
はこべはこべ 春一一五
はこべ鶏腸 春一一五
はこべぐさ百磁草 春一一五
はこべぐさはこべぐさ 春一一五
はこべらはこべら 春一一五
*はこめがね箱眼鏡 夏一七八
はこやなぎ白楊 春一〇二
はごろもそう羽衣草 夏二七〇
はさはさ 秋三一五
*はざ稲架 秋三一五
はさきはさ木 秋三一五
*はざくら葉桜 夏二三五
*はさみむし鋏虫 夏二三三
はさみむし挟虫 夏二三三
はじ櫨 秋三六九
*はしい端居 夏一八六
はしかはしか 春五六
はしかのき麻疹木 秋三七二
はしがみ箸紙 新五一〇
はじかみ薑 秋三八三
はじきまめはじき豆 夏二五七
はしごのり梯子乗 新五一四
はしすずみ橋涼み 夏一七九
ばしそう馬歯草 夏二六五
はしたかはし鷹 夏二一六
はしたか箸鷹 秋三五三
はしたか鷂 秋三五三
*はしだてまつり橋立祭 夏二〇七
ばじつ馬日 新五〇一
はしづつみ箸包 新五一〇
はじのはなはじの花 夏二四五
はじのみはじの実 秋三七二
*はしばみのはなはしばみの花 春一〇三
*はしばみのみ榛の実 秋三七二
*はじめていなびかりす始めて電す 春一〇
はじめてすずし初めて涼し 秋二七七
はしゅ播種 春四四

*ばしょう　芭蕉　秋三一七
ばしょうえ　芭蕉会　冬四一七
はしょうが　葉生姜　秋三八三
ばしょうかる　芭蕉枯る　冬四九四
*ばしょうき　芭蕉忌　冬四一七
ばしょうき　ばせを忌　冬四一七
*ばしょうのはな　芭蕉の花　夏二五五
ばしょうのまきは　芭蕉の巻葉　夏二五五
ばしょうのやれは　芭蕉の破葉　秋三一七
ばしょうば　芭蕉葉　秋三一七
*ばしょうふ　芭蕉布　夏一五三
ばしょうりん　芭蕉林　秋三一七
ばしょうわかば　芭蕉若葉　夏二五五
はしらごよみ　柱暦　新五二九
はしらたいまつ　柱松明　春六七
*はしらもち　柱餅　冬四二三
はしりいも　走り藷　夏二五九
はしりずみ　走炭　冬四四四
はしりそば　走り蕎麦　秋三一一
はしりちゃ　走り茶　夏一七八
*はしりづゆ　走り梅雨　夏一三七

はしりにしん　走り鰊　春八八
はじろかいつぶり　羽白鳰　冬四八二
*はす　鰣　夏二二三
はす　蓮　夏二六〇
はすあおば　蓮青葉　夏二六〇
はすいけ　蓮池　夏二六〇
はすいも　蓮芋　秋三八一
*はすうう　蓮植う　春四六
はすうきは　蓮浮葉　夏二六〇
ぱすか　パスカ　春七三
*はすかっぷ　ハスカップ　夏二四七
はすかる　蓮枯る　冬四九四
*はすね　蓮根　冬四九五
はすねほり　蓮根掘　冬四五〇
*はすねほる　蓮根掘る　冬四五〇
はすのいい　蓮の飯　秋三〇〇
*はすのうきは　蓮の浮葉　夏二六〇
*はすのは　蓮の葉　夏二六〇
はすのはうり　蓮の葉売　秋三〇一
*はすのはな　蓮の花　夏二六〇
はすのほね　蓮の骨　冬四九四
はすのまきは　蓮の巻葉　夏二六〇

*はすのみ　蓮の実　秋三八〇
はすのみとぶ　蓮の実飛ぶ　秋三八〇
はすのめ　蓮の芽　春一一三
*はすのめし　蓮の飯　秋三〇〇
*はすのわかね　蓮の若根　夏二六〇
はすはじめてひらく　蓮始めて開く　夏一三〇
はすはのめし　荷葉の飯　秋三〇〇
はすほり　蓮掘　冬四五〇
はすほる　蓮掘る　冬四五〇
*はすみ　蓮見　夏一八五
はすみぶね　蓮見舟　夏一八五
*はぜ　鯊　秋三五九
はぜ　沙魚　秋三五九
*はぜ　葩煎　新五二六
はぜうり　葩煎売　新五二六
はぜうるしのはな　黄櫨漆の花　夏二四五
はぜかい　櫨買　秋三一七
*はせくらき　支倉忌　秋三四八
*はぜちぎり　櫨ちぎり　秋三一七
*はぜつり　鯊釣　秋三一二
はぜとり　櫨採　秋三一七
はぜのあき　鯊の秋　秋三五九

*はぜのきのはな　櫨の花　夏二四五
はぜのきのはな　黄櫨の花　夏二四五
はぜのさお　鯊の竿　秋三一二
はぜのしお　鯊の汐　秋三五九
はぜのしお　鯊の潮　秋三五九
*はせのだだおし　長谷のだだおし　春六五
はぜのはな　はぜの花　夏二四五
*はぜのみ　櫨の実　秋三七二
はぜびより　鯊日和　秋三五九
はぜぶくろ　葩煎袋　新五二六
はぜぶね　鯊舟　秋三一二
はぜほす　鯊干す　秋三五九
*はぜもみじ　櫨紅葉　秋三六九
*ぱせり　パセリ　夏二五九
ばそり　馬橇　冬四四九
はたはた　春五四
*はた　鰭　夏二二四
はた　羽太　夏二二四
はたあげ　ハタ揚げ　春五五
はだある　肌荒る　冬四五八
*はたうち　畑打　春四三
はたうつ　畑打つ　春四三
はたおり　機織　秋三六三
はたおりひめ　機織姫　秋二九七

はたおりむし機織虫　秋三六三
＊はだか裸　夏一八六
はたかえす畑返す　春四三
はだかおし裸押　春六六
はだかぎ裸木　冬四九二
はだかご裸子　夏一八六
はだかこおろぎ裸蟋蟀　秋三六二
はだかまいり裸参　冬四七二
はだかまつり裸祭　新五五四
はだかむぎ裸麦　夏二六〇
はたけしめじはたけしめぢ　秋三九五
＊はたざおのはな旗竿の花　春二二
はたさむはた寒　秋二八二
＊はださむ肌寒　秋二八二
＊はだし跣足　夏一八六
はだし跣　夏一八六
はたすく畑鋤く　春四三
はたすすきはた芒　秋三八七
はたぜり畑芹　春一一七
はたたがみはたた神　夏一三九
はたつもりはたつもり　春一〇二
はたで葉蓼　夏二六〇
はだに葉蜱　夏二三四
＊はだぬぎ肌脱　夏一八六
はたのだいこん秦野大根　春一一
はたはじめ機始　新五三三
はたはた蟿螽　秋三六三
＊はたはた鰰　冬四八三
はたはた雷魚　冬四八三
はたはた鱩　冬四八三
はたはたずしはたはた鮓　夏一五六
はたばはじめ機場始　新五三三
はたびえ畑稗　秋三八四
ばたふらいバタフライ　夏一八一
はたやき畑焼　春四二
＊はたやく畑焼く　春四二
はたやはじめ機屋始　新五三三
はだらはだら　春二〇
はたらきばち働蜂　春九四
はだらゆきはだら雪　春二〇
＊はだれ斑雪　春二〇
はだれじもはだれ霜　冬四二二
はだれのはだれ野　春二〇
はだれやま斑雪山　春二〇
はだれゆき斑雪　春二〇
はだれゆきはだれ雪　春二〇
はたわさび畑山葵　春一一二
＊はたんきょう巴旦杏　夏二四〇
＊はたんきょうのはな巴旦杏の花　春一〇〇
＊はち蜂　春九四
はちかう蜂飼ふ　春九四
＊はちがつ八月　秋二七六
はちがつか八月蚊　秋三六一
はちがつじゅうごにち八月十五日　秋三一八
＊はちがつだいみょう八月大名　秋三一三
はちくのこ淡竹の子　夏二五七
はちくま八角鷹　冬四八〇
＊はちじゅうはちや八十八夜　春一四
はちじょうかりやす八丈刈安　秋三九〇
はちじょうそう八丈草　春一二
はちじょうたからがい八丈宝貝　春九二
はちじょうつぐみ八丈鶫　秋三五五
はちすはちす　夏二六〇
はちすのみ蓮の実　秋三八〇
＊はちたたき鉢叩　冬四七〇
はちたたきでぞめ鉢叩出初　新五五五
はちのうめ鉢の梅　春九五
はちのけん蜂の剣　春九四
はちのこ蜂の子　春九四
＊はちのこ蜂の仔　秋三六一
はちのことり蜂の子取り　秋三五
はちのこめし蜂の子飯　秋三六一
＊はちのす蜂の巣　春九四
はちのす蜂の窩　春九四
はちのはこ蜂の箱　春九四
はちのはり蜂の針　春九四
はちまんそう八幡草　秋三八〇
はちまんまつり八幡祭　秋三一三
はちやがき蜂屋柿　秋三六六
はつあかぎ初赤城　新五〇五
はつあかつき初暁　新五〇一
＊はつあかね初茜　新五〇四
はつあかねぞら初茜空　新五〇四
＊はつあかり初明り　新五〇四
はつあき初秋　秋二七六
はつあきかぜ初秋風　秋二八九
＊はつあきない初商　新五一三
はつあけぼの初曙　新五〇四

はつあさとで初朝戸出 新五三二
はつあさひ初旭 新五〇四
*はつあさま初浅間 新五〇五
はつあした初旦 新五〇一
*はつあたご初愛宕 新五五二
はつあみ初網 新五三三
*はつあらし初嵐 秋二八九
はつあられ初霰 冬四二一
はつあわせ初袷 夏一五二
*はつい初亥 新五五三
*はついかだ初筏 春五〇
*はついこう初衣桁 新五二五
はついしょう初衣裳 新五二五
*はついせ初伊勢 新五四四
はついせおどり初伊勢踊 新五一〇
*はついち初市 新五一三
はついちば初市場 新五一三
*はついなずま初稲妻 春二〇
はついなずま初電 春二〇
はついなびかり初稲光 春二〇
はついなびかり初電 春二〇
*はつう初卯 新五五二
はつうお初魚 新五三三
*はつうぐいす初鶯 新五五九
はつうたい初謡 新五三七
はつうづえ初卯杖 新五四〇
はつうつし初写し 新五二九
はつうのはな初卯の花 夏二四三
*はつうま初午 春二六
はつうまきょうげん初午狂言 春五四
*はつうましばい初午芝居 春五四
はつうまだんご初午団子 春二六
はつうまつり初卯祭 新五五二
はつうまいり初午詣 春二六
はつうもうで初卯詣 新五五二
はつうり初瓜 夏二五八
はつうり初売 新五一三
はつうんざ初運座 新五一四
はつえがお初笑顔 新五三〇
はつえくぼ初ゑくぼ 新五三〇
はつえびす初戎 新五四八
はつえびす初恵比須 新五四八
*はつえんま初閻魔 新五五六
*はつおうぎ初扇 新五二七
はつおき初沖 新五一二
はつおの初斧 新五三三
はつおばな初尾花 秋二八八
はつおふだ初お札 新五五五
はつか初蚊 春九四
*はつかい初会 新五一四
はつがい初買 新五一三
はつかいし初懐紙 新五一四
はつかいなか二十日亥中 秋二八八
はつかいひ初開扉 新五五三
*はつかいわい二十日祝 新五三三
はつかいわい刃柄祝 新五三三
はつかえさい廿日会祭 春六三
はつかえびす二十日戎 新五二一
*はつかえびすまつり二十日戎祭 新五二一
はつがおいわい初顔祝 新五一三
*はつかがみ初鏡 新五三〇
*はっかかり薄荷刈 夏一七四
はっかかる薄荷刈る 夏一七四
はつかき二十日忌 冬四七六
*はつかぐら初神楽 新五四五
はつかご初駕籠 新五三二
はつがさね初重ね 新五二五
*はつかじ初火事 新五二一
はつかじ初鍛冶 新五三三
*はつかしぎ初炊ぎ 新五二八
*はつかしょうがつ二十日正月 新五〇三
はっかすい薄荷水 夏一五九
*はつがすみ初霞 新五〇五
はつかぜ初風(秋の初風) 秋二八九
*はつかぜ初風 新五〇四
はつかだんご二十日団子 新五〇三
*はつがつお初鰹 夏二二四
はつがつお初松魚 夏二二四
はつかづき二十日月 秋二八八
*はつかどで初門出 新五三二
はつかね初鐘 新五五三
はつかのつき二十日の月 秋二八八
*はっかのはな薄荷の花 秋三八六
はつかぼん二十日盆 秋三〇一
*はつがま初釜 新五三二
はつがま初窯 新五三三
*はつかまど初竈 新五三一
*はつがみ初髪 新五三〇
*はつがも初鴨 秋三五七

はつかや初蚊帳　夏一六六
はつかやさい二十日夜祭　新五五七
*はつがらす初鴉　新五六〇
はつがらす初烏　新五六〇
はつかり初雁　秋三五七
はつかわず初蛙　春八二
*はつかんのん初観音　新五五六
*はづき葉月　秋二七八
はつぎく初菊　秋三七九
はづきじお葉月潮　秋二九五
*はつきのえね初甲子　新五五二
*はつきゅう初灸　新五三〇
*はつぎんこう初吟行　新五一四
*はつくかい初句会　新五一四
はつくさ初草　春一一四
はつくじら初鯨　冬四八〇
はつぐるま初車　新五一三
はつくわいれ初鍬入れ　新五三三
はづけ葉漬　冬四二八
はつげいこ初稽古　新五三六
*はつげしき初景色　新五〇五
はつげしき初気色　新五〇五
はつげしょう初化粧　新五三〇
はつけずり初削　新五三一
はつけまり初蹴鞠　新五四三
はつこうはつかう　春一七
はつこうしょ初講書　新五四二
*はつこうしん初庚申　新五五三
はつこうのあれ八講の荒れ　春一七
はつこうぼう初弘法　新五五七
*はつこえ初声　新五五九
*はつごえ初肥　新五三二
*はつごおり初氷　冬四一六
*はつこくうぞう初虚空蔵　新五五六
*はつごち初東風　新五〇四
*はつこっき初国旗　新五二八
はつことひら初金刀比羅　新五四九
*はつごま初護摩　新五五三
*はつごよみ初暦　新五二九
*はつごんぎょう初勤行　新五五三
*はつこんぴら初金毘羅　新五四九
はっさい発歳　新五〇〇
はつざいく初細工　新五三三
はっさく八朔(八朔柑)　春一〇一
*はっさく八朔　秋二七八
*はっさくかん八朔柑　春一〇一
はっさくこうばい八朔紅梅　秋三六五
*はっさくのいわい八朔の祝　秋三〇三
はっさくのしろかたびら八朔の白帷子　秋三〇三
はっさくのしろこそで八朔の白小袖　秋三〇三
*はっさくばい八朔梅　秋三六五
*はつざくら初桜　春九六
はつざけ初鮭　秋三六〇
*はつざしき初座敷　新五二九
はつさんが初山河　新五〇五
はつさんぐう初参宮　新五四四
はつさんま初さんま　秋三六〇
*はつしお初潮　秋二九五
はつしお初汐　秋二九五
*はつしぐれ初時雨　冬四一〇
はつしごと初仕事　新五一二
はつしじょう初市場　新五一三
はつじどうしゃ初自動車　新五三二
*はつしののめ初東雲　新五〇四
*はつしばい初芝居　新五三七
はつしまだ初島田　新五三〇
はつじむ初事務　新五一二
*はつしも初霜　冬四一一
はつしもづき初霜月　冬三九八
*はつしゃしん初写真　新五二九
はつしゅっしゃ初出社　春三二
はっしゅん発春　新五〇〇
*はつしょうてん初聖天　新五五六
はっしょうまめ八升豆　秋三八五
*はつしょうらい初松籟　新五〇四
*はつすいてんぐう初水天宮　新五四六
*はつすずめ初雀　新五五九
*はつすずり初硯　新五一二
はつずもう初相撲　新五三七
*はつずり初刷　新五二九
*はつせき初席　新五三七
はつせっく初節句　夏一九一
はつぜみ初蝉　夏二三一
はつせり初糶　新五一三
はつそうじ初掃除　新五二九
はつぞうし初草子　新五一二
はつそうば初相場　新五一三
はつそが初曽我　新五三七
*はつそし初祖師　新五五四
はつそば初蕎麦　秋三一一
*はつぞめ初染　新五三二

*はつぞら初空　新五〇三
はつぞらづき初空月　新五〇〇
*ばった螇蚸　秋三六三
ばった飛頭　秋三六三
ばった飛蝗　秋三六三
*はったい麨　夏一六一
はったいこ麨粉　夏一六一
はつだいこ初太鼓　新五五三
はつだいこく初大黒　新五五二
*はつだいし初大師　新五五七
はつたいしゃく初帝釈　新五五三
はつたいしゃくてんまいり初帝釈天詣　新五五三
はったいちゃはつたい茶　夏一六一
はつたうち初田打　新五三三
はつたか初鷹　秋三一一
はつたかがり初鷹狩　秋三一一
はつたかの初鷹野　秋三一一
*はつたけ初茸　秋三九五
はつだこ初凧　新五三五
はつたちあい初立会　新五一三
*はつたつ初辰　新五五二
はつたづ初田鶴　新五六〇
はつたつのみず初辰の水　新五五二
はつたなおろし初棚卸　新五一七
*はつたび初旅　新五一四
*はつだより初便　新五一九
*はつたら初鱈　冬四八四
はつたわら初俵　新五一七
ばったんこばつたんこ　秋三一三
ぱっちパッチ　冬四一九
*はつちゃしゃく初茶杓　新五三一
はつちゃのゆ初茶湯　新五三一
*はつちょう初蝶　春九四
はつちょうこく初彫刻　新五三三
*はつちょうず初手水　新五一八
はつちょうな初手斧　新五三三
*はつついたち初朔日　新五〇三
*はつづき初月　秋二八六
はつづきはつづき　新五〇〇
はつづきよ初月夜　秋二八六
*はつつくば初筑波　新五〇五
*はつつづみ初鼓　新五三七
はつつばめ初燕　春八五
はつつゆ初露　秋二九二
*はつづる初鶴　新五六〇
*はつつるべ初釣瓶　新五一八
はつで初出　新五一四
はつてまえ初点前　新五三一
はつテレビ初テレビ　新五一九
はつでんしゃ初電車　新五三三
*はつてんじん初天神　新五五二
*はつでんわ初電話　新五三〇
はつとうみょう初灯明　新五三〇
はつとおか初十日　新五四九
はつとがり初鳥狩　秋三一一
はつどきょう初読経　新五五三
はつどし初年　新五〇〇
*はつとじょう初登城　新五四三
はつとで初戸出　新五三二
*はつともし初灯　新五三〇
*はつとら初寅　新五五四
はつとらまいり初寅参　新五五四
はつとらもうで初寅詣　新五五四
*はつどり初鶏　新五五九
はつどり初鳥　新五五九
はつなき初泣　新五三〇
*はつなぎ初凪　新五〇四
はつなぐさ初名草　春九五
はつなずな初薺　新五一五
はつなすび初茄子　夏二五八
はつなつ初夏　夏一二六
*はつに初荷　新五一三
はつにうま初荷馬　新五一三
はつにえき初荷駅　新五一三
はつにぐるま初荷車　新五一三
はつにじ初虹　春二〇
はつにしん初鰊　春八八
はつにぞり初荷橇　新五一三
*はつにっき初日記　新五三〇
はつにぶね初荷船　新五一三
はつにぶね初荷舟　新五一三
はつね初音　春八三
はつね初子　新五〇六
*はつねうり初音売　新五一三
*はつねざめ初寝覚　新五二八
*はつねのたまぼうき初子の玉箒　新五一六
はつねのひ初子の日　新五〇六
はつねぶえ初音笛　新五一三
はつのう初能　新五二六
はつのぼり初幟　夏一四六
はつのぼり初登　新五三二
はつのり初海苔　冬四二九
はつのり初乗　新五三二
はつのり初騎　新五四三
はつはぎ初萩　秋三八七
*はつばしょ初場所　新五二七

はつはた初機　新五三二
*はつばと初鳩　新五六〇
*はつはな初花　春九六
はつばなし初話　新五三〇
はつはなし初咄　新五三〇
はつはなづき初花月　春九
はつはま初浜　新五〇九
はつはらい初祓　新五四四
はつばり初針　新五三一
*はつはる初春　新五〇〇
*はつはるきょうげん初春狂言　新五三七
はつはるづき初春月　新五〇〇
*はつばれ初晴　新五〇四
*はつひ初日　新五〇四
はつひ初陽　新五〇四
*はつひえい初比叡　新五〇五
*はつひおがむ初日拝む　新五〇九
はつひかげ初日影　新五〇四
はつびき初弾　新五三六
はつひこう初披講　新五一四
はつひこう初飛行　新五三二
はつびな初雛　春二八
はつひので初日の出　新五〇四
はつひばり初雲雀　春八四
はつひやま初日山　新五〇四
*はつびょうぶ初屏風　新五二九
はつびらき初開　新五二九
はつふいご初鞴　新五三三
はつふぎん初諷経　新五五三
*はつふじ初富士　新五〇五
*はつふどう初不動　新五五七
*はつぶな初鮒　春九〇
はつふね初船　新五一二
*はつふゆ初冬　冬三九八
*はつぶり初鰤　冬四八四
はつふろ初風炉　夏一六九
はつぶろ初風呂　新五二九
はつべんざいてん初弁財天　新五五三
*はつべんてん初弁天　新五五三
はつほ初穂　秋三八三
はつぼうき初箒　新五二九
はつほうざ初法座　新五五三
*はつほうそう初放送　新五二九
*はつぼし初星　新五〇四
はつほたる初蛍　夏二二九
*はつほり初彫　新五三三
はつぼん初盆　秋二九
はつまいり初参　新五四四
はつまくら初枕　新五一二
はつまつかぜ初松風　新五〇四
はつみ初巳　新五五三
はつみぐさ初見草（萩）　秋三八七
はつみぐさ初見草（寒菊）　冬四九三
はつみくじ初神籤　新五四四
*はつミサ初弥撒　新五五七
はつミサ初ミサ　新五五七
はつみず初水　新五〇六
*はつみそか初晦日　新五〇三
はつみそか初三十日　新五〇三
はつみそら初御空　新五〇三
はづみだまはずみだま　冬四九八
はつみづき初見月　新五〇〇
はつみどう初御堂　新五五三
はつみどり初緑　春一〇一
*はつみょうけん初妙見　新五五三
*はつむかし初昔　新五〇一
*はつもうで初詣　新五四四
はつもず初百舌鳥　秋三五五
*はつもみじ初紅葉　秋三六八
はつもろこ初諸子　春九〇
はつやいと初やいと　新五三〇
*はつやくし初薬師　新五五五
はつやしろ初社　新五四四
はつやま初山　新五三二
はつやまいり初山入　新五三二
はつやまふみ初山踏　新五三二
*はつゆ初湯　新五二九
はつゆい初結　新五三〇
はつゆうだち初夕立　夏二三八
はつゆかた初浴衣　夏二五三
*はつゆき初雪　冬四一二
はつゆどの初湯殿　新五二九
はつゆみ初弓　新五四四
*はつゆめ初夢　新五一二
はつゆり初百合　春一〇七
はつゆりはつゆり　春二二〇
はつよあけ初夜明　新五〇四
はつよせ初寄席　新五三七
はつよりあい初寄合　新五一四
*はつらい初雷　春二〇
はつらじお初ラジオ　新五二九
*はつりょう初猟　冬四五一
*はつりょう初漁　新五三三
はつりょういわい初漁祝　新五三三
はつれい初礼　新五一〇
はつれいじゃ初礼者　新五一一
はつれんが初連歌　新五四三
はつわかな初若菜　新五一五
はつわたし初渡舟　新五三二
はつわらい初笑　新五三〇

はつわらび初蕨　春一一七
ばていそう馬蹄草　春一一八
はてのこうしん果の庚申　冬四六六
はてのだいし果の大師　冬四七二
はとうがらし葉唐辛子　夏二六〇
*はとのす鳩の巣　春八七
はとぶえ鳩笛　秋三一一
*はとふき鳩吹　秋三一一
はとふく鳩吹く　秋三一一
*はとむぎ鳩麦　秋三八四
はとむぎ川穀　秋三八四
*はな花　春九六
はな葉菜　冬四九四
はなあおい花葵　夏二五〇
はなあかしあ花アカシア　夏二四四
はなあかり花明り　春九六
はなあけび花通草　春一〇五
はなあざみ花薊　春一一九
はなあしび花馬酔木　春九八
はなあずさ花梓　春一〇三
はなあせび花馬酔木　春九八
はなあぶ花虻　春九四
はなあやめ花あやめ　夏二四九
はなあろえ花アロエ　冬四九四
はなあわせ花合　春五三
はなあんず花杏　春一〇〇
*はないか花烏賊　春九一
*はないかだ花筏　春九七
*はないかだ花筏(ままつこ)　春一〇五
*はないくさ花軍　春五三
はないち花市　秋三〇二
はないちげ花一華　春一〇七
はないちご花苺　春一一〇
はないちょう花銀杏　春一〇三
はないばら花茨　夏二三五
はなうぐい花うぐひ　春九〇
はなうつぎ花卯木　夏二四三
はなうつぎ花うつぎ　夏二四三
はなうばら花うばら　夏二三五
はなうるし花漆　夏二四五
はなえしき花会式(薬師寺造
華会)　春六八
はなえしき花会式(吉野の花
会式)　春六九
はなえんじゅ花槐　夏二四三
はなおうち花樗　夏二四五
はなおぼろ花朧　春九六
はながい花貝　春九二
はなかいどう花海棠　春九八
はなかえで花楓　春一〇三
*はなかえまつり花換まつり　春六三
*はなかがり花篝　春五二
はなかげ花影　春九六
はながさ花笠　春九六
*はながさおどり花笠踊　秋三一二
はながさそう花笠草　夏二七一
はながさまつり花傘祭　秋三一七
はなかぜ鼻風邪　冬四五七
はなかたばみ花酸漿草　春一〇八
はなかつみ花且見　夏二六五
はなかつみ花かつみ　夏二六五
はなかぼちゃ花南瓜　夏二五六
はながるた花がるた　新五三三
*はなかんざし花簪　春一〇六
はなかんば花かんば　春一〇三
はなかんらん花甘藍　冬四九五
はなきぶし花木五倍子　春一〇三
はなぎぼし花擬宝珠　夏二六四
はなきゃべつ花キャベツ　冬四九五
はなぎり花桐　夏二四三
はなくず花屑　春九七
はなくせんぼう花供懺法　春七〇
*はなぐもり花曇　春二一
はなくよう花供養　春七〇
はなくらべ花比べ　春五三
はなぐり花栗　夏二三九
*はなぐるま花車　春五二
はなくるみ花胡桃　夏二四三
はなくわい花慈姑　夏二六五
はなげし花罌粟　夏二五〇
はなこうじ花柑子　夏二三八
*はなごおり花氷　夏一六八
はなごけ花苔　夏二七二
*はなござ花茣蓙　夏一六三
はなこそで花小袖　新五二五
はなこなぎ花こなぎ　秋三九一
はなごぼう花牛蒡　夏二五七
はなごよみ花暦　新五二九
*はなごろも花衣　春三三
はなごろもをしまう花衣を
蔵ふ　春三三
はなさかき花榊　夏二四五
はなざかり花盛り　春九六
はなさきづき花咲月　春一一
はなざくろ花石榴　夏二三九
はなささげ花豇豆　秋三八五

はなさびた花さびた　夏二四六
はなざぼん花朱欒　夏三三九
はなざんしょう花山椒　春一〇四
はなしい花椎　夏二四五
はなしきみ花樒　春一〇四
はなしずめ花鎮め　春六四
*はなしずめのまつり鎮花祭　春六四
はなしそ花紫蘇　夏二六〇
*はなしぞめ話初　新五三〇
はなしばはなしば　春一〇四
はなしゅくしゃ花縮砂　秋三七七
はなしゅろ花棕櫚　夏二四三
はなじゅんさい花蓴菜　夏二七二
はなしょうがつ花正月　新五〇二
はなしょうぎ花床几　春五一
*はなしょうぶ花菖蒲　夏二四九
*はなずおう紫荊　春九七
はなずおう花蘇枋　春九七
はなずおうのみ紫荊の実　秋三七一
はなすぎ花過ぎ　春一三
はなすすき花すすき　秋三八八
はなずみ花炭　冬四四四
はなすみれ花菫　春一一四
はなすもも花李　春一〇〇
はなそてつ花蘇鉄　夏二四六
はなぞの花園　秋二九四
はなそば花蕎麦　秋三八五
はなだ花田　春二四
はなだいこ花大根　春一〇九
はなだいこん花大根(諸葛菜)　春一〇六
はなだいこん花大根(大根の花)　春一〇九
はなたうえ花田植　夏一七二
はなたうし花田牛　夏一七二
はなたちばな花橘　夏二三六
はなたで花蓼　秋三九三
はなたね花種　春四四
*はなだねまく花種蒔く　春四五
はなたばこ花煙草　秋三八六
はなだより花便り　春九六
はなちがめ放ち亀　秋三三三
はなぢしゃはなぢしや　夏二五九
はなちどり放ち鳥　秋三三三
はなちょうじ花丁字　夏二五四
はなちらし花散らし　春五〇
はなちる花散る　春九七
*はなづかれ花疲　春五三
はなづきよ花月夜　春九六
はなづけ花漬　春三四
はなつばき花椿　春九五
はなつめぐさ花爪草　春一〇八
はなとうろう花灯籠　秋三〇二
*はなどき花時　春一三
はなどきのあめ花時の雨　春一九
はなとべら花海桐　夏二四七
*はなどり花鳥　春八二
はなとりび花とり日　秋三〇二
はななはな花菜　春一〇九
*ばななバナナ　夏二四〇
はななあめ花菜雨　春一〇九
はななかぜ花菜風　春一〇九
はななずな花薺　春一一五
*はななづけ花菜漬　春三四
はななんてん花南天　夏二三七
*はなにら花韮　春一〇九
はなにんじん花人参　夏二五六
はなにんにく花にんにく　夏二五七
*はなぬすびと花盗人　春五三
はなねこめそう花猫眼草　春一二〇
はなねむ花合歓　夏二四六
はなねんぶつ花念仏　春六八
*はなの花野　秋二九三
*はなのあめ花の雨　春一九
はなのあるじ花の主　春五二
*はなのうち花の内　新五〇三
はなのえ花の兄　春九五
*はなのえん花の宴　春五二
はなのおく花の奥　春九六
はなのおどり花の踊　春五二
はなのか花の香　春九六
はなのかげ花の陰　春九六
はなのかぜ花野風　秋二九三
はなのきはなの木　春一〇四
はなのき花野忌　秋三四五
はなのきゃく花の客　春五一
はなのくも花の雲　春九六
はなのこりづき花残月　夏一二六
はなのころ花のころ　春一三
はなのさいしょう花の宰相　夏二五〇
はなのすがた花の姿　春九六
*はなのすず花の鈴　春五三
はなのそで花の袖　春三三
はなのたき花の滝　春九七
はなのたもと花の袂　春三二

はなのちゃや花の茶屋　春五一
はなのちり花の塵　春九七
はなのつゆ花の露　春九六
はなのと花の戸　春五二
はなのとう花の塔　春六九
*はなのとう花の撓　夏一九五
はなのとう花の頭　夏一九五
はなのとうしんじ花の撓神事　夏一九五
はなのとびら花の扉　春五二
はなのなごり花の名残　春九六
はなのにしき花の錦　春九六
はなのにちよう花の日曜　夏二〇七
はなのにわ花の庭　春九六
はなのぬし花の主　春五二
はなのはら花野原　秋二九三
はなのはる花の春　新五〇〇
*はなのひ花の日　夏二〇七
はなのひる花の昼　春九六
はなのまく花の幕　春五一
はなのまど花の窓　春五二
はなのみち花野道　秋二九三
*はなのみやこ花の都　春五二
はなのもん花の門　春九六
*はなのやど花の宿　春五二
はなのやま花の山　春九六
はなのよい花の酔　春五一
はなのよそおい花の粧　春九六
はなのわ花の輪　春九六
はなばしょう花芭蕉　夏二五五
*はなばたけ花畑　秋二九四
はなばたけ花畠　秋二九四
はなばち花蜂　春九四
はなははに花は葉に　夏二三五
*はなび花火　夏一八三
はなび煙火　夏一八三
はなひいらぎ花柊　冬四八九
*はなびえ花冷　春一三
はなひさご花瓢　夏二五六
はなびし花火師　夏一八三
はなびせんこう花火線香　夏一八三
はなびたいかい花火大会　夏一八三
はなびと花人　春五二
はなびぶね花火舟　夏一八三
はなびみ花火見　夏一八三
はなびら花片　春九六
*はなびらもち花弁餅　新五〇六
はなびらもち葩餅　新五〇六
はなひるはなひる　冬四五八
はなびわ花枇杷　冬四九〇
はなぶさ花房　春九六
はなふぶき花吹雪　春九七
はなふよう花芙蓉　秋三六六
はなへんろ花遍路　春三〇
はなぼけ花木瓜　春一〇〇
はなぼこり花埃　春九七
はなぼんぼり花雪洞　春五二
はなまがりさけ鼻曲り鮭　秋三六〇
はなまこも花真菰　秋三八八
*はなまつり花祭　春六九
*はなまつり花祭　冬四六四
ぱなまぼうパナマ帽　夏一五五
はなまゆみ花檀　夏二四六
はなまるきりぼし花丸切干　冬四四〇
*はなみ花見　春五一
はなみいしょう花見衣裳　春三二
はなみおうぎ花見扇　春五一
はなみがさ花見笠　春五一
はなみかん花蜜柑　夏二三八
はなみきゃく花見客　春五一
はなみぐるま花見車　春五二
はなみござ花見茣蓙　春五二
はなみこそで花見小袖　春三二
はなみごろも花見衣　春三二
はなみざけ花見酒　春五一
はなみしゅう花見衆　春五一
*はなみじらみ花見虱　春九四
はなみず鼻水　冬四五八
はなみずいわい花水祝　春六〇
*はなみずき花水木　春九七
はなみだい花見鯛　春八八
はなみだる花見樽　春五一
はなみづかれ花見疲　春五三
はなみづき花見月　春一一
はなみてぬぐい花見手拭　春五一
*はなみどう花御堂　春六九
はなみどり花見鳥　春八三
はなみのせき花見の席　春五二
はなみびと花見人　春五二
はなみぶね花見船　春五一
はなみもざ花ミモザ　春九八
はなみもどり花見戻　春五二
はなみようか花見八日　春五一
*はなみょうが花茗荷　夏二六九

はなむくげ花木槿　秋三六六
*はなむぐり花潜　夏二三〇
*はなむしろ花筵　春五二
はなむらさき花紫　夏二六三
はなめぐり花巡り　春五一
はなも花藻　夏二七二
はなもうせん花毛氈　春五二
はなもち花餅　新五一八
はなもどり花戻　春五一
*はなもり花守　春五二
はなや花箭　冬四二一
はなやぎごろも花柳衣　春三三
はなやさい花野菜　冬四九五
はなやつで花八手　冬四八九
はなやまぶき花山吹　春三三
はなゆ花柚　夏二三八
はなゆうな花ゆうな　夏二四八
はなゆず花柚子　夏二三八
はなゆすら花ゆすら　春九八
はなりんご花林檎　春一〇〇
はなれう放れ鵜　夏一七八
はなれおし離れ鴛鴦　冬四八二
はなわさび花山葵　夏二五七
はなわらび花蕨　冬四九七
はなをおしむ花を惜しむ　春九六
ばにくなべ馬肉鍋　冬四三六
はぬけがも羽抜鴨　夏二二六
*はぬけどり羽抜鳥　夏二二六
はぬけどり羽抜鶏　夏二二六
はぬけどり羽脱鶏　夏二二六
はね羽子　新五三四
はねぎ葉葱　冬四九五
はねずみ跳炭　冬四四四
*はねつき羽子つき　新五三四
はねつき羽根つき　新五三四
はねつく羽子つく　新五三四
はねと跳人　秋二九九
はねびより羽子日和　新五三四
はねぶとん羽蒲団　冬四二八
ぱぱいあパパイア　夏二四〇
*ぱぱいやパパイヤ　夏二四〇
*ははきぎ帚木　夏二六一
ははきぎ地膚子　夏二六一
ははきぎ箒木　夏二六一
ははきぐさ帚草　夏二六一
ははきぐさ箒草　夏二六一
ははくいどり母食鳥　冬四八一
ははくり母栗　春一〇七
ははこははこ　春一一九
*ははこぐさ母子草　春一一九
ははこもち母子餅　春三七
ははそ柞　秋三七〇
ははそのみ柞の実　秋三七三
*ははそのもりのいごもり柞森の居籠　新五四八
*ははそもみじ柞紅葉　秋三七〇
ばばとさかばばとさか　春二二四
*ははのひ母の日　夏一九〇
ばばはじめ馬場始　新五四三
ぱぱやパパヤ　夏二四〇
*はぶ飯匙倩　夏二二六
はぶハブ　夏二二六
はぶ波布　夏二二六
ぱぷりかパプリカ　夏二五八
はほおずき葉酸漿　秋三八〇
*はぼたん葉牡丹　冬四九三
*はまうつぼ浜靫　夏二七一
はまえのころ浜ゑのころ　秋三九〇
*はまえんどう浜豌豆　夏二六九
はまえんどうのはな浜豌豆の花　夏二六九
*はまおがみ浜拝　新五〇九
はまおぎ浜荻　秋三八八
はまおもと浜万年青　夏二六六
はまおもとのみ浜万年青の実　秋三九四
はまかんぎく浜寒菊　冬四九三
*はまかんざし浜簪　春一〇六
*はまぎく浜菊　秋三九九
*はまきむし葉捲虫　夏二三九
*はまぐり蛤　春九一
はまぐりじる蛤汁　春三八
*はまぐりつゆ蛤つゆ　春三八
はまぐりなべ蛤鍋　春三八
*はまごうのはな蔓荊の花　夏二四五
はましぎ浜鴫　秋三五七
はますぎ浜杉　秋三八八
はますげ浜菅　夏二七〇
*はますげのはな浜菅の花　夏二七〇
はませがき浜施餓鬼　秋三〇一
はまだいこん浜大根　春一一一
*はまだいこんのはな浜大根の花　春一二一
はまちはまち　夏二三五
はまぢしゃ浜萵苣　夏二七〇
はまちどり浜千鳥　冬四八二
はまつゆ蛤つゆ　春三八
はまな浜菜　夏二七〇
はまなし浜梨　夏二四七
はまなしのみ浜梨の実　秋三七五
*はまなす玫瑰　夏二四七

はまなす浜茄子　夏二四七
*はまなすのみ玫瑰の実　秋三七五
はまなすのみ浜茄子の実　秋三七五
はまにがなはまにがな　春一二三
はまのあき浜の秋　秋二九五
はまのくちあけ浜の口開　春五〇
はまひがさ浜日傘　夏一八二
*はまひるがお浜昼顔　夏二六四
*はまぼうのはなはまぼうの花　夏二四八
はまぼうふう浜防風　春一二三
はままつ浜松　秋三八八
*はまや破魔矢　新五一六
はまや浜矢　新五一六
はまやうり破魔矢売　冬四二〇
はまゆう浜木綿　夏二六六
*はまゆうのはな浜木綿の花　夏二六六
*はまゆうのみ浜木綿の実　秋三九四
はまゆみ破魔弓　新五一六
はまゆみ浜弓　新五一六
はまれんげはまれんげ　夏二七二
*はも鱧　夏二二六
はもざく鱧ざく　夏一六二
はもずし鱧鮨　夏一六二
はもちゃづけ鱧茶漬　夏一六二
*はもちり鱧ちり　夏一六二
はものおとし鱧の落とし　夏一六二
はものかわ鱧の皮　夏一六二
はもぼたん鱧ぼたん　夏一六二
はもりょうり鱧料理　夏一六二
はやはや　春九〇
はやうた早歌　冬四六七
はやざきのうめ早咲の梅　冬四八八
はやざきのつばき早咲の椿　冬四八九
はやしだ囃田　夏一七二
はやずし早鮓　夏一五六
*はやちねかぐら早池峰神楽　夏二〇四
はやづけたくあん早漬沢庵　冬四四〇
はやて颶風病　夏一八七
*はやとうり隼人瓜　秋三八一
*はやなぎ葉柳　夏二四七
*はやぶさ隼　冬四八〇
はやまぶき葉山吹　春九九
はやりかぜ流行風邪　冬四五七
*ばら薔薇　夏二三五
はらあかはらあか　春八九
*はらあて腹当　夏一五四
はらえ祓　夏二〇〇
はらえぐさ祓草　夏二〇〇
はらえもの祓物　夏二〇〇
ばらえん薔薇園　夏二三五
ばらがき薔薇垣　夏二三五
はらかけ腹掛　夏一五四
はらかのそう腹赤奏　新五三九
はらかのにえ腹赤の贄　新五三九
はらこはらこ　秋三一〇
ぱらそるパラソル　夏一六八
ばらぬき鰹骨抜　夏一七九
ばらぬきうた鰹骨抜唄　夏一七九
*ばらのめ薔薇の芽　春九七
はらふとはらふと　冬四八五
はらぶと腹ぶと　秋三五九
はらふとばし腹太箸　新五一〇
はらまき腹巻　夏一五四
はらみうま孕馬　春八一
*はらみじか孕鹿　春八一
*はらみすずめ孕雀　春八六
はらみどり孕鳥　春八六
はらみねこ孕猫　春八一
はらみばし孕み箸　新五一〇
ばらもんだこばらもん凧　春五五
はららはらら　秋三一〇
*はららご鮞　秋三一〇
ぱりいさいパリー祭　夏一九三
はりえんじゅのはな針槐の花　夏二一四
はりお針魚　春八八
はりおこし針起し　新五三二
はりおさむ針納む(針供養)　春二七
はりおさむ針納む(針供養)　冬四一九
はりおさめ針納(針供養)　春二七
はりおさめ針納(針供養)　冬四一九
*はりがねむし針金虫　秋三六四
*はりくよう針供養　春二七
*はりくよう針供養　冬四一九
*ぱりさいパリ祭　夏一九三
ぱりさい巴里祭　夏一九三
*はりじょまつり婆利女祭　夏一九七

はりすだれ玻璃簾　夏一六五
はりせんぼん針千本　冬四八六
はりそう玻璃草　夏二六四
はりのきのはなはりの木の花　春一〇三
はりのはな榛の花　春一〇三
はりまつり針祭(針供養)　春二七
はりまつり針祭(針供養)　冬四一九
はりまつる針祭る(針供養)　春二七
はりまつる針祭る(針供養)　冬四一九
はりゅうせん爬竜船　夏一九一
ばりん馬蘭　春一〇六
*はる春　春六
はる春(初春)　新五〇〇
はるあかつき春暁　春一二
はるあかね春茜　春二三
はるあけぼの春曙　春一三
*はるあさし春浅し　春七
はるあした春あした　春一二
はるあそび春遊　春五一
*はるあつし春暑し　春一四
はるあらし春嵐　春一八
はるあれ春荒　春一八
*はるあわせ春袷　春三三
はるいち春一　春一七
*はるいちご春苺　春一二二
*はるいちばん春一番　春一七
はるいりひ春入日　春一五
はるうごく春動く　春八
はるうれい春愁　春五七
*はるおき春夫忌　夏二〇八
はるおしみづき春惜月　春一一
*はるおしむ春惜しむ　春一五
はるおそし春遅し　春八
*はるおちば春落葉　春一〇五
はるおみなえしはるをみなへし　春一〇六
はるおわる春終る　春一一
はるか春蚊　春九四
*はるがいとう春外套　春三三
はるがさね春襲　新五三五
はるがすみ春霞　春二一
*はるかぜ春風　春一七
はるかぜこおりをとく東風氷を解く　春七
はるかたまく春かたまく　春八
はるかなし春かなし　春五七
*はるがや春茅　夏二六四
はるかわ春川　春二三
*はるぎ春着　新五二五
はるぎ春衣　新五二五
はるぎ春著　新五二五
はるきざす春きざす　春八
*はるきすつり春鱚釣　春四九
*はるきた春北風　春一八
はるきたる春来る　春七
はるぎとう春祈禱　新五三三
*はるぎぬう春着縫ふ　冬四三二
はるきゃべつ春キャベツ　春一二
*はるぎり春霧　春二三
はるく春来　春七
はるぐみ春茱萸　春一〇四
はるくる春暮る　春一四
はるくわ春鍬　新五二〇
はるげしき春景色　春一五
はるご春蚕　春九五
はるご春子　春一二三
はるこおと春コート　春三三
はるごおり春氷　春二五
はるこがねばな春黄金花　春九七
はるごころ春心　春五七
はるこそで春小袖　新五二五
*はるごたつ春炬燵　春四〇
*はるごと春ごと　春二七
ばるこにいバルコニー　夏一六三
*はるこま春駒　新五二四
*はるごま春駒　春八一
はるこまおどり春駒踊　新五二四
はるこままい春駒舞　新五二四
はるこまんざい春駒万歳　新五二四
ばるこんバルコン　夏一六三
はるさきさふらん春咲きサフラン　春一〇八
はるざし春志　夏一九四
*はるさむ春寒　春八
はるさむし春寒し　春八
*はるさめ春雨　春一九
はるさる春さる　春七
はるさんばん春三番　春一七
*はるしいたけ春椎茸　春一二三
はるしか春鹿　春八一
*はるしぐれ春時雨　春一九
*はるじたく春支度　冬四四九
はるしばい春芝居　新五三七
はるしも春霜　春二〇
はるしゃぎく波斯菊　夏二五一
*はるしゅうう春驟雨　春一九

はるしゅとう春手套　春三四
*はるしょうじ春障子　春四〇
*はるしょおる春ショール　春三四
*はるせえたあ春セーター　春三四
*はるぜみ春蟬　春九五
はるぞら春空　春二五
*はるた春田　春二四
*はるだいこん春大根　春一一
はるたうち春田打　春四三
はるたく春闌く　春一四
はるたけなわ春闌　春一四
はるたけのこ春筍　春一〇五
はるたつ春立つ　春七
*はるたで春蓼　春一一七
はるたのし春愉し　春五六
*はるだんろ春暖炉　春四〇
*はるちかし春近し　冬四〇七
はるちち春遅遅　春八
はるづきよ春月夜　春一六
はるつく春尽く　春一五
はるつげうお春告魚　春八八
はるつげぐさ春告草　春九五
はるつげどり春告鳥　春八三
*はるてぶくろ春手袋　春三四
*はるでみず春出水　春二五
はるとおからじ春遠からじ　冬四〇七
はるどとう春怒濤　春二三
はるどなり春隣　冬四〇七
はるとなる春隣る　冬四〇七
はるともし春ともし　春四〇
*はるな春菜　春一〇
*はるなが春永　新五〇二
はるなかば春なかば　春九
はるならい春北風　春一八
はるにばん春二番　春一七
はるぬはるぬ　春三三
はるねむし春眠し　春五六
はるの春野　春三三
はるのあかつき春の暁　春二二
はるのあけぼの春の曙　春二二
*はるのあさ春の朝　春二二
はるのあさけ春の朝明　春二二
はるのあさひ春の朝日　春二五
はるのあした春の旦　新五〇一
はるのあせ春の汗　春一四
*はるのあめ春の雨　春一八
*はるのあられ春の霰　春二〇
はるのいそ春の磯　春三三
はるのいりひ春の入日　春二五
はるのいろ春の色　春二五
はるのうま春の馬　春八一
*はるのうみ春の湖　春三三
*はるのうみ春の海　春三三
はるのえ春の江　春三三
*はるのか春の蚊　春九四
はるのかぜ春の風　春一七
*はるのかぜ春の風邪　春五六
はるのかたみ春のかたみ　春二五
*はるのかも春の鴨　春八六
*はるのかり春の雁　春八五
*はるのかわ春の川　春三三
はるのきゅう春の灸　春一七
はるのきり春の霧　春三三
*はるのくさ春の草　春一三
*はるのくも春の雲　春二六
*はるのくれ春の暮　春二二
はるのこうずい春の洪水　春二五
はるのこおり春の氷　春二五
はるのこま春の駒　春八一
はるのしお春の潮　春三三
*はるのしか春の鹿　春八一
はるのしば春の芝　春一四
*はるのしも春の霜　春二〇
はるのじもく春除目　新五四一
はるのしょく春の燭　春四〇
はるのせみ春の蟬　春九五
*はるのそら春の空　春二五
はるのた春の田　春二四
*はるのたけのこ春の筍　春一〇五
はるのたより春の便り　冬四五六
はるのちり春の塵　春一八
*はるのつき春の月　春一六
*はるのつち春の土　春二四
*はるのつつみ春の堤　春二四
*はるのつゆ春の露　春二〇
はるのどて春の土手　春二四
はるのとまり春の泊　春二五
*はるのとり春の鳥　春八二
はるのどろ春の泥　春二四
はるのなぎさ春の渚　春三三
はるのなごり春の名残　春二五
*はるのなくさ春の七草　新五六一
*はるのなみ春の波　春三三
はるのなみ春の浪　春三三

＊はるのにじ春の虹　春二〇
はるのねこ春の猫　春八一
＊はるの春の野　春二三
＊はるのはえ春の蠅　春九五
はるのはぜ春の鯊　春八九
はるのはて春の果　春一五
はるのはま春の浜　春二三
＊はるのひ春の日　春一二
はるのひ春の日（春日）　春一五
はるのひ春の灯　春四〇
はるのひがさ春の日傘　春三四
はるのひかり春の光　春一五
＊はるのひょう春の雹　春二〇
はるのひる春の昼　春一二
＊はるのふき春の蕗　春一一九
＊はるのふく春の服　春三三
はるのふな春の鮒　春九〇
＊はるのほし春の星　春一六
はるのみさき春の岬　春三三
＊はるのみず春の水　春三三
はるのみずうみ春の湖　春三三
＊はるのみぞれ春の霙　春二〇
はるのみなと春の湊　春一五
＊はるのもず春の鵙　春八四
はるのもず春の百舌鳥　春八四
はるのやな春の簗　春四九
＊はるのやま春の山　春二三
＊はるのやみ春の闇　春一六
はるのゆう春の夕　春二二
＊はるのゆうべ春の夕　春二二
はるのゆうやけ春の夕焼　春三三
＊はるのゆき春の雪　春一九
はるのゆくえ春の行方　春一五
＊はるのゆめ春の夢　春五六
＊はるのよ春の夜　春二二
はるのよあけ春の夜明　春二二
＊はるのよい春の宵　春二二
はるのらい春の雷　春二一
はるのれい春の礼　新五一〇
＊はるのろ春の炉　春四〇
はるのわかれ春の別れ　春一五
はるはくぼ春薄暮　春一二
はるはじめ春初め　春六
＊はるばしょ春場所　春五四
はるばな春花　春九六
はるはやち春はやち　春一八
＊はるはやて春疾風　春一八
はるはやて春颸　春一八
はるひ春日（春の日）　春一二
＊はるひ春日　春一五
はるひ春陽　春一五
はるひおけ春火桶　春四〇
はるひかげ春日影　春一五
＊はるひがさ春日傘　春三四
＊はるひきいと春挽糸　春四八
はるひざし春日差　春一五
はるひなた春日向　春一五
＊はるひばち春火鉢　春四〇
＊はるびより春日和　春一五
＊はるふかし春深し　春一四
はるふく春更く　春一四
はるふくだいこん春福大根　春一一
＊はるぶくろ春袋　新五三一
はるぶな春鮒　春九〇
＊はるぶなつり春鮒釣　春五一
はるふぶき春吹雪　春一九
＊はるぼうし春帽子　春三四
＊はるほくと春北斗　春一六
はるぼこり春埃　春一八
＊はるまく春まく　春八
はるまぢか春まぢか　冬四〇七
はるまちづき春待月　冬四〇二
＊はるまつ春待つ　冬四〇七
＊はるまつり春祭　春五九
はるまふらあ春マフラー　春三四
はるまんげつ春満月　春一六
＊はるみかづき春三日月　春一六
はるみぞれ春霙　春二〇
＊はるめく春めく　春八
＊はるやすみ春休　春三一
はるやなぎ春柳　春一〇二
はるやま春山　春三三
はるゆうだち春夕立　春一九
はるゆうべ春夕べ　春二二
＊はるゆうやけ春夕焼　春三三
はるゆく春行く　春一五
はるゆり春百合　春一〇七
はるよばん春四番　春一七
はるりんう春霖雨　春一九
＊はるりんどう春竜胆　春一二〇
はるろ春炉　春四〇
はるわかだいこん春若大根　春一一
はるをいそぐ春を急ぐ　冬四〇七
はるをまつ春を待つ　冬四〇七
ばれいしょ馬鈴薯　秋三八一
＊ばれいしょうう馬鈴薯植う

春四六
ばれいしょのたねおろし馬鈴薯の種おろし　春四六
ばれいしょのはな馬鈴薯の花　夏二五六
はれかっけはれ脚気　夏一八八
はれのおもの晴の御膳　新五三九
*はれのごぜん晴の御膳　新五三九
ばれんばれん　春一〇六
ばれんたいんでえバレンタインデー　春七二
*ばれんたいんのひバレンタインの日　春七二
*はろうぃんハロウィン　秋三四三
はわさび葉山葵　春一一二
*ばん鷭　夏二一八
ばんおう晩鶯　夏二一七
ばんか晩霞　春二一
*ばんか晩夏　夏一二九
ばんか蕃茄　夏二五八
*はんかいそう樊噲草　夏二六八
ばんかこう晩夏光　夏一二九
*はんかちハンカチ　夏一五五
はんかちいふハンカチーフ　夏一五五
*はんかちのきのはなハンカチの木の花　夏二四三
*ばんがろおバンガロー　夏一八一
*ばんぎく晩菊　秋三七九
ばんぐせつ万愚節　春三〇
はんげ半夏(時候)　夏一二九
はんげ半夏(植物)　夏二六七
はんげあめ半夏雨　夏一二九
*はんげしょう半夏生(時候)　夏一二九
*はんげしょう半夏生(植物)　夏二六九
はんげしょう半化粧　夏二六九
はんげしょうず半夏生ず　夏一二九
はんげしょうそう半夏生草　夏二六九
はんけちハンケチ　夏一五五
はんげつ半月　秋一八六
はんげみず半夏水　夏一二九
ばんこうか番紅花　秋三一七
はんざき半裂　夏二二五
はんざきはんざき　夏二二五
ぱんじいパンジー　春一〇六
*ばんしゅう晩秋　秋二九
ばんしゅうさん晩秋蚕　秋三六四
ばんしゅけい誰首鶏　夏二一八
*ばんしゅん晩春　春二一
ばんしょ蕃藷　秋三八四
はんしょうごま半鐘独楽　新五三五
はんしょうだい半鐘台　冬四四八
はんじょうまつり繁昌祭　夏一九七
はんじょまつり婆利女祭　夏一九七
はんじょまつり半女祭　夏一九七
はんしんあわじしんさいき阪神淡路震災忌　冬四六二
*はんしんあわじだいしんさいのひ阪神淡路大震災の日　冬四六一
はんしんき阪神忌　冬四六二
ばんすごろく盤双六　新五三三
はんすだれ半簾　夏一六五
*はんずぼん半ズボン　夏一五四
ばんすらく万春楽　新五四一
ばんせいせつ万聖節　秋三四四
*はんぜつこえなし反舌声無し　夏一二八
はんせんぎ半仙戯　春五六
ばんそう晩霜　春二〇
ばんていしばんていし　夏二三六
はんてん半纏　冬四二七
はんてんぼくのはな半纏木の花　夏二四三
*ばんとう晩冬　冬四〇二
ばんどうあお坂東青　春一一三
ばんどうたろう坂東太郎　夏一三四
ばんどり晩鳥　冬四八〇
*はんにゃじもんじゅえ般若寺文殊会　春七〇
ばんのうきす鷭の浮巣　夏二一八
はんのきのはな赤楊の花　春一〇三
*はんのはな榛の花　春一〇三
はんぷうし半風子　夏二三三
ばんぺいゆ晩白柚　冬四九〇
*はんみょう斑猫　夏二三〇
*はんもっくハンモック　夏一六五
ばんや番屋　冬四四八
ぱんやぱんや　夏二六九

*ばんやとず番屋閉づ　夏一七九
ばんりょう晩涼　夏一三
*ばんりょく万緑　夏二四一
ばんれいせつ万霊節　秋三四三

ひ

*ひあしのぶ日脚伸ぶ　冬四〇六
ひいすヒース　春一〇八
ひいたあヒーター　冬四四三
びいちさんだるビーチサンダル　夏一八一
びいちはうすビーチハウス　夏一八一
びいちぱらそるビーチパラソル　夏一八二
びいちぼおるビーチボール　夏一八一
びいとビート　秋三八二
びいどろビードロ　夏一六六
ひいなひひな　春二八
ひいなあそびひひな遊　春二九
ひいなごと雛事　春二八
ぴいなっつピーナッツ　秋三八五
*ぴいまんピーマン　夏二五八
*ひいらぎひひらぎ　秋三六〇
ひいらぎうり柊売　冬四二六
ひいらぎおちば柊落葉　夏二四二
*ひいらぎさす柊挿す　冬四二六
*ひいらぎのはな柊の花　冬四八九
ひいりむし火入虫　夏二二八
*びいる麦酒　夏一五八
びいるビール　夏一五八
ひうお火魚　冬四八三
*ひうお氷魚　冬四八五
*ひえ稗　秋三八四
ひえ穇　秋三八四
ひえいざんほっけえ比叡山法華会　冬四七一
ひえうう稗植う　夏一七四
ひえかり稗刈　秋三八四
ひえとり稗取　秋三八四
ひえどりひえどり　秋三五五
ひえびえひえびえ　秋二八一
ひえひく稗引く　秋三八四
*ひえまき稗蒔　夏一七四
ひえまき稗蒔(絹糸草)　夏二五五
*ひえまきうり稗蒔売　夏一八五
ひえまつり日吉祭　春六三
ひえまつり日枝祭　夏一九九
ひえん飛燕　春八五
*ひえんそう飛燕草　夏二五三
ひお氷魚　冬四八五
ひおい日覆　夏一六五
*ひおうぎ射干　夏二六七
ひおうぎ檜扇　夏二六七
ひおおい日覆　夏一六五
ぴおおねピオーネ　秋三六七
ひおくむ氷魚汲む　冬四八五
ひおくり日送　春三〇
*ひおけ火桶　冬四四五
ひおどしちょう緋縅蝶　春九四
*ひおのつかい氷魚の使　冬四五九
ひおぼろ灯朧　春一六
*ひおをたまう氷魚を賜ふ　秋三二八
ひか飛花　春九七
ひが火蛾　夏二二八
ひが灯蛾　夏二二八
*ひがい鰉　春九〇
*びかくげす麋角解す　冬四〇一
ひかげぐさ日蔭草　夏二六三
ひかげのいと日蔭の糸　冬四六一
*ひかげのかずら日蔭の蔓　冬四六一
ひかげのこころば日蔭の心葉　冬四六一
ひかげわらび日陰蕨　冬四九七
*ひがさ日傘　夏一六八
ひがしにほんだいしんさいき東日本大震災忌　春五九
*ひがしにほんだいしんさいのひ東日本大震災の日　春五九
*ひがしほんがんじけんぱいしき東本願寺献盃式　新五三三
*ひがしほんがんじしゅしょうえ東本願寺修正会　新五三三
*ひかたひかた　夏二三五
ひがた干潟　春二四
ひがたたくり火斑たくり　新五二〇
ひがたびと干潟人　春二四
ひかぶら緋蕪　冬四九五
ひがみなり日雷　夏二三九
*ひがら日雀　夏二二一
ひからかさひからかさ　夏一六八
ひかりえびひかり蝦　春九三
*ひかん避寒　冬四五六

＊ひがん彼岸 春一〇
＊ひがんえ彼岸会 春三〇
ひがんこう彼岸講 春一〇
ひかんざくら緋寒桜 冬四八九
＊ひがんざくら彼岸桜 春九六
＊ひがんじお彼岸潮 春三三
ひがんすぎ彼岸過 春一〇
ひがんたろう彼岸太郎 春一〇
ひがんだんご彼岸団子 春三〇
ひかんち避寒地 冬四五六
ひがんちゅうにち彼岸中日 春一〇
ひがんでら彼岸寺 春三〇
＊ひがんにし彼岸西風 春一七
ひがんばな彼岸花 秋二九一
ひがんばらい彼岸ばらひ 春一〇
＊ひがんふぐ彼岸河豚 春九一
ひがんまいり彼岸参 春三〇
ひがんまえ彼岸前 春一〇
ひがんみち彼岸道 春三〇
ひがんもうで彼岸詣 春三〇
ひがんもち彼岸餅 春三〇
ひかんやど避寒宿 冬四五六
ひかんりょこう避寒旅行

ひき蟾 冬四五六
ひきひき 夏二二五
＊ひきあなをいず蟇穴を出づ 春八一
ひきいい引飯 夏一五六
ひきいず蟇出づ 春八一
ひきいた引板 秋三三三
＊ひきがえる蟇 夏二二五
ひきがえる蟾蜍 夏二二五
＊ひきがも引鴨 春八五
ひきずりもち引摺り餅 冬四二三
＊ひきぞめ挽初 新五三一
＊ひきぞめ弾初 新五三六
ひきちゃ引茶 春六四
＊ひきづる引鶴 春八五
ひきどり引鳥 春八六
びきにき ビキニ忌 春五八
＊びきにでえビキニデー 春五八
＊ひきのかさ蛙の傘 春一一九
ひきのこるかも引残る鴨 春八六
ひぎり緋桐 夏三三七
＊ひぎりのはな頳桐の花 夏三三七

ひきりのもち火鑽餅 新五〇六
ひきわけづかい引分使 秋三二七
ひくいな緋水鶏 夏二二八
ひくきしゅじつ低き主日 春七三
びくしょうき微苦笑忌 春七五
ひぐま羆 冬四七九
＊ひぐらし蜩 秋二六一
ひぐらし日暮 秋二六一
ひぐらし茅蜩 秋二六一
ひぐらしなく寒蝉鳴く 秋二七七
ひぐるま日車 夏二五〇
ひけしつぼ火消壺 冬四四四
＊ひごい緋鯉 夏二三三
＊ひこいし火恋し 秋三二二
ひこうだこ飛行凧 春五四
ひごすみれ肥後菫 春一二四
＊ひこばえ蘖 春一〇一
ひこばゆ蘖ゆ 春一〇一
ひこぼし彦星 秋二九七
ひこぼしのとわたるふね彦星のと渡る舟 秋二九七
ひごろもさるびあひごろもサルビア 夏二五〇

ひごろもそう緋衣草 夏二五〇
＊ひさかきのはな柃の花 春一〇三
＊ひざかけ膝掛 冬四二九
ひざかけもうふ膝掛毛布 冬四二九
＊ひざかり日盛 夏二四〇
＊ひさぎ楸 秋三七一
ひさぎちる楸散る 秋三七一
＊ひさぎのはをいただく楸の葉を戴く 秋二九六
ひざくら緋桜 春九六
ひさごひさご 秋三八〇
＊ひさごなえ瓢苗 夏二五六
＊ひさごのはな瓢の花 夏二五六
ひさごむしひさごむし 夏二三〇
＊ひさじょき久女忌 冬四七六
ひざぶくろ膝袋 冬四二九
ひさめ氷雨(雹) 夏二三九
ひさめ氷雨(霙) 冬四二一
ひざもうふ膝毛布 冬四二九
ひさゆ灯冴ゆ 冬四〇六
ひし菱 夏二六五
＊ひしおつくる醤造る 夏一六三
ひしがたもち菱形餅 春三七
＊ひじき鹿尾菜 春一二三

ひじき鹿角菜　春一三三
ひじき羊栖菜　春一三三
ひじきがまひじき釜　春一三三
ひじきがりひじき刈　春一三三
ひじきかるひじき刈る　春一三三
ひじきほすひじき干す　春一三三
ひじきもひじき藻　春一三三
ひしくい菱喰　秋三五七
*ひしこ鯷　秋三六〇
ひしこいわし鯷鰯　秋三六〇
*ひしこづけ鯷漬　秋三二〇
ひしこづけひしこ漬　秋三二〇
ひしこほす鯷干す　秋三二〇
*ひしずめのまつり鎮火の祭　夏一九〇
ひしとり菱取　秋三二〇
ひしとり菱採　秋三二〇
ひしとりぶね菱取舟　秋三二〇
*ひしとる菱取る　秋三二〇
*ひしのはな菱の花　夏二六五
*ひしのみ菱の実　秋三九四
ひしのみとる菱の実取る　秋三二〇
ひしはなびらもち菱葩餅　新五〇六
ひしぶね菱舟　秋三二〇
*ひしもち菱餅　春三七
*ひしもみじ菱紅葉　秋三九四
*びしゃもんくどくきょう毘沙門功徳経　新五二五
*びしゃもんのつかい毘沙門の使　新五四五
*びじゅつてんらんかい美術展覧会　秋三〇六
びじゅつのあき美術の秋　秋三〇六
*ひしょ避暑　夏一七九
*ひしょうてんさい被昇天祭　秋三四三
ひしょうてんのしゅくじつ被昇天の祝日　秋三四三
ひしょきひ避暑期　夏一七九
ひしょきゃく避暑客　夏一七九
*びじょざくら美女桜　夏二五三
ひしょだより避暑便り　夏一七九
ひしょち避暑地　夏一七九
ひしょなごり避暑名残　夏一七九
ひしょのたび避暑の旅　夏一七九
ひしょのやど避暑の宿　夏一七九
びじょやなぎ美女柳　夏二三六
びじんしょう美人蕉　夏二五五
びじんそう美人草　夏二五一
ひすい翡翠　夏二一七
ひすずし灯涼し　夏一六三
*ひずなます氷頭膾　秋三一〇
ひせつ飛雪　冬四一二
ひぜんがらす肥前鴉　秋三五六
びぜんくらげ備前海月　夏二二七
*びそうかる靡草死る　夏二一八
ひそくさい菲息菜　春一〇六
ひた引板　秋三一三
*ひたき鶲　秋三五六
ひたきどり火焚鳥　秋三五六
ひたちおび常陸帯　新五四九
*ひたちおびのしんじ常陸帯の神事　新五四九
ひたちおびのまつり常陸帯の祭　新五四九
*ひだら干鱈　春一三六
ひだりだいもんじ左大文字　秋三三九
ひついれ櫃入　冬四四六
*ひつじ穭　秋三八四
ひつじ稲孫　秋三八四
ひつじぐさ未草　夏二六五
ひつじせんもう羊剪毛　春四八
*ひつじだ穭田　秋二九四
*ひつじのけかる羊の毛刈る　春四八
ひつじのごく未の御供　春六三
ひつじのほ穭の穂　秋三八四
ひっとうさい筆頭菜　春一一五
ひつまる日つまる　冬四〇五
ひでこヒデコ　春一二二
*ひでのき秀野忌　秋三四七
ひでよしき秀吉忌　秋三五〇
*ひでり旱　夏一四〇
ひでりがわ旱川　夏一四〇
ひでりぐさ旱草　夏一四〇
ひでりぐも旱雲　夏一四〇
ひでりそう日照草　夏二五三
ひでりぞら旱空　夏一四〇
ひでりだ旱田　夏一四三
ひでりづゆ旱梅雨　夏一三七
ひでりどし旱年　夏一四〇
ひでりばた旱畑　夏一四二
*ひでりぼし旱星　夏一三四
*ひとえ単衣　夏一五二
ひとえおび単帯　夏一五四

ひとえぎく一重菊 秋三七九
ひとえぐさひとへぐさ 春一一四
ひとえぐさ一重草 秋三九一
ひとえざくら一重桜 春九六
ひとえたび単足袋 夏一五五
ひとえつばき一重椿 春九五
ひとえのそでひとへの袖 夏一五二
ひとえばおり単羽織 夏一五三
ひとえもの単物 夏一五二
ひとかた人形 夏二〇〇
ひとくちなすび一口茄子 秋三八一
ひとくどり人来鳥 春八三
ひとつぐり一つ栗 秋三六七
＊ひとつば一つ葉 夏二六八
ひとつばかえで一つ葉かへで 秋三六九
＊ひとつばたごのはなひとつばたごの花 夏二四四
ひとつび一つ火 冬四七〇
ひとのひ人の日 新五〇二
ひとはひとは 秋三七〇
ひとはおつ一葉落つ 秋三七〇
ひとはぐさ一葉草 春一一四
ひとはのあき一葉の秋 秋三七〇
＊ひとひしょうがつ一日正月 春二七
ひとまるき人丸忌 春八〇
ひとまるまつり人丸祭 春八〇
＊ひとまろき人麻呂忌 春八〇
ひとまろき人麿忌 春八〇
ひとむらすすき一むら芒 秋三八七
ひともじ一文字 冬四九五
ひともとすすき一本芒 秋三八七
ひとよぐさ一夜草 春一一四
ひとよざけ一夜酒 夏一五八
ひとりが火取蛾 夏二三八
ひとりこう火取香 秋三三七
＊ひとりしずか一人静 春一一九
＊ひとりむし火取虫 夏二三八
ひとりむし灯取虫 夏二三八
ひな雛 春二八
＊ひなあそび雛遊 春二九
＊ひなあられ雛あられ 春三七
ひなあわせ雛合 春二九
＊ひないち雛市 春二八
ひなうりば雛売場 春二八
ひなおくり雛送り 春二九
＊ひなおさめ雛納め 春二九
＊ひなが日永 春二三
ひなかざり雛飾 春二八
ひなかざる雛飾る 春二八
ひながし日永し 春二三
ひながし雛菓子 春三七
＊ひなぎく雛菊 春一〇七
ひなくさ雛草 春一二〇
＊ひなげし雛罌粟 夏二五一
ひなざくら雛桜 春一一六
ひなしまう雛しまふ 春二九
＊ひなたぼこ日向ぼこ 冬四五九
ひなたぼこう日向ぼこう 冬四五九
ひなたぼこり日向ぼこり 冬四五九
ひなたぼっこ日向ぼつこ 冬四五九
＊ひなたみず日向水 夏一六九
ひなだん雛壇 春二八
ひなどうぐ雛道具 春二八
＊ひなながし雛流し 春二九
ひなにんぎょう雛人形 春二八
ひなのいえ雛の家 春二八
ひなのいち雛の市 春二八
ひなのえん雛の宴 春二八
ひなのかご雛の駕籠 春二九
ひなのき雛の忌 春七五
ひなのきゃく雛の客 春二八
ひなのさかずき雛の盃 春二八
ひなのさけ雛の酒 春二八
ひなのしょく雛の燭 春二八
ひなのせっく雛の節句 春二八
ひなのぜん雛の膳 春二八
ひなのちょうど雛の調度 春二八
＊ひなのつかい雛の使 春二九
ひなのはこ雛の箱 春二八
ひなのひ雛の日 春二八
ひなのひ雛の灯 春二八
ひなのふね雛の舟 春二九
ひなのま雛の間 春二八
ひなのみせ雛の店 春二八
ひなのもち雛の餅 春三七
ひなのやど雛の宿 春二八
ひなのよる雛の夜 春二八
ひなびょうぶ雛屏風 春二八
＊ひなまつり雛祭 春二八
ひなみせ雛見世 春二八
ひなりょうり雛料理 春二八
ひなわうり火縄売 新五四四

ひなわん雛椀　春二八
*びなんかずら美男葛　秋三八九
びにいるはうすビニールハウス　冬四五一
ひねずみ旧炭　冬四四四
ひねちゃ陳茶　夏一五八
ひのおもの氷の御物　夏一八九
ひのきおちば檜落葉　夏二四二
ひのきがさ檜笠　夏一五五
*ひのくまくにかかすのまつり日前国懸祭　秋三三四
ひのくままつり日前祭　秋三三四
ひのさかり日の盛　夏一四〇
ひのためし氷の様　新五三九
ひのためしのそう氷様奏　新五三九
ひのでぼら日出鰡　冬四八五
ひのな日野菜　冬四九五
ひのなつ日の夏　夏一三三
ひのはじめ日の始　新五〇一
*ひのばん火の番　冬四四八
ひのばんごや火の番小屋　冬四四八
ひのみつぎ氷の貢　夏一八九
ひのみばん火の見番　冬四四八
ひのみやぐら火の見櫓　冬四四八
ひのようじん火の用心　冬四四八
ひば干葉　冬四五一
ひばかり熇尾蛇　夏二二五
ひばく飛瀑　夏一四四
*ひばち火鉢　冬四四五
ひはも干鱧　夏一六二
*ひばり雲雀　春八四
ひばり天鷚　春八四
ひばり天雀　春八四
ひばりかご雲雀籠　春八四
ひばりごち雲雀東風　春一七
ひばりの雲雀野　春八四
*ひばりのす雲雀の巣　春八七
ひばりのとこ雲雀の床　春八四
*ひばりぶえ雲雀笛　春五五
*ひび胼　冬四五八
ひびぐすり胼薬　冬四五八
ひびつ火櫃　冬四四五
ひびのり篊海苔　春一二三
ひひなきひひ鳴　春八四
*ひふ被布　冬四二九
*ひふきだけ火吹竹　冬四四六
ひぶせまつり火伏祭　秋三三一
ひぶり火振　夏一七八
ひぼけ緋木瓜　春一〇〇
ひぼたん緋牡丹　夏二三六
ひまひま　秋三八六
*ひまち日待　新五四六
ひまつり火祭(鞍馬の火祭)　秋三三一
ひまつり火祭(吉田火祭)　秋三三八
ひまもるかぜひま洩る風　冬四一〇
*ひまわり向日葵　夏二五〇
ひみじか日短　冬四〇五
ひみじかし日短し　冬四〇五
*ひむかえ日迎　春一三〇
ひむし灯虫　夏二二八
ひむし火虫　夏二二八
*ひむろ氷室　夏一四五
*ひむろのさくら氷室の桜　夏二四二
ひむろのせっく氷室の節供　夏一五〇
ひむろのつかい氷室の使　夏一八九
ひむろのはな氷室の花　夏二四二
ひむろのやま氷室の山　夏一四五
ひむろのゆき氷室の雪　夏一四五
ひむろもり氷室守　夏一四五
ひめひめ　冬四八五
ひめあかね姫茜　秋三六二
ひめあさり姫浅蜊　春九一
ひめあぶ姫虻　春九四
ひめあらせいとうひめあらせいとう　春一〇六
ひめいえばえ姫家蠅　夏二三三
ひめいちひめいち　冬四八五
ひめいわふじ姫岩藤　夏二五五
ひめうこぎ姫五加　春一〇二
*ひめうず姫烏頭　春一一六
ひめうつぎ姫うつぎ　夏二四三
*ひめうり姫瓜　夏二五八
ひめうりのせっく姫瓜の節句　秋三〇三
ひめうりびな姫瓜雛　秋三〇三
ひめがい姫貝　春九二
ひめかいどう姫海棠　夏二四四
ひめかんらん姫甘藍　冬四九四
ひめきゃべつ姫キャベツ　冬四九四
ひめくいな姫水鶏　夏二一八
ひめくるみ姫胡桃　秋三六七
ひめこおろぎ姫蟋蟀　秋三六二

ひめこぶし **姫辛夷** 春九七
ひめこまつ **姫小松** 新五六二
ひめざくろ **姫石榴** 夏二三九
＊ひめじ **ひめぢ** 冬四八五
ひめしゃらのはな **姫沙羅の花** 夏二四六
＊ひめじょおん **姫女苑** 夏二六七
ひめすみれ **姫菫** 春一一四
ひめだか **緋目高** 夏二二二
ひめたちばな **姫橘** 秋三六八
ひめたにし **姫田螺** 春九三
ひめつげ **姫黄楊** 春一〇四
ひめつばき **ひめつばき** 冬四八九
＊ひめはぎ **姫萩** 春一一八
＊ひめはじめ **ひめ始** 新五二二
ひめはじめ **飛馬始** 新五二二
ひめはじめ **姫糊始** 新五二二
ひめはじめ **火水始** 新五二二
ひめはじめ **密事始** 新五二二
ひめはじめ **姫始** 新五二二
ひめはじめ **編糅始** 新五二二
＊ひめばしょう **姫芭蕉** 夏二五五
ひめばち **姫蜂** 春九四
ひめはぶ **ひめはぶ** 夏二二六
ひめひなどり **姫雛鳥** 春八四
ひめぼたる **姫蛍** 夏二二九
＊ひめます **姫鱒** 夏二二六
＊ひめむかしよもぎ **姫昔蓬** 秋三八九
ひめゆり **姫百合** 夏二五三
ひもおとし **紐落し** 冬四一八
ひもかがみ **氷面鏡** 冬四一六
ひもけいとう **紐鶏頭** 秋三七八
＊ひもちをいわう **氷餅を祝ふ** 夏一五〇
ひもとき **紐解** 冬四一八
ひもなおし **紐直** 冬四一八
ひもも **緋桃** 春九九
びやがあでん **ビヤガーデン** 夏一五八
びゃくいのしゅじつ **白衣の主日** 春七三
びゃくいのどよう **白衣の土曜** 春七三
＊ひゃくぎく **百菊** 秋三七九
ひゃくごせつ **百五節** 春一一八
びゃくさん **白散** 新五三九
ひゃくじつこう **百日紅** 夏二二六
ひゃくじつはく **百日白** 夏二二六
びゃくじゅつ **白朮** 秋三七九
ひゃくそうつみ **百草摘** 夏一四八
ひゃくそうとり **百草取** 夏一四八
＊ひゃくそうをたたかわす **百草を闘はす** 夏一四八
ひゃくたいまつのしんじ **百松明の神事** 冬四六八
ひゃくなり **百生り** 秋三八〇
＊ひゃくにちそう **百日草** 夏二五三
ひゃくにちのぎょう **百日の行** 夏二〇四
ひゃくにんいっしゅ **百人一首** 新五三三
ひゃくはちのかね **百八の鐘** 冬四七二
ひゃくまんごくぎょうれつ **百万石行列** 夏一九九
ひゃくまんごくさい **百万石祭** 夏一九九
ひゃくめがき **百目柿** 秋三六六
びゃくや **白夜** 夏二一三
ひゃくやそう **百夜草** 秋三九三
びゃくれん **白蓮** 夏二六〇
ひゃくれんのかがみ **百錬の鏡** 夏一四九
＊ひやけ **日焼** 夏一八七
ひやけいわ **日焼岩** 夏一一三
＊ひやけだ **日焼田** 夏一四三
ひやけどめ **日焼止め** 夏一八七
＊ひやざけ **冷酒** 夏一五八
ひやしあめ **冷し飴** 夏一六一
ひやしうし **冷し牛** 夏一七一
ひやしうま **冷し馬** 夏一七一
＊ひやしうり **冷し瓜** 夏一五七
ひやしこうちゃ **冷し紅茶** 夏一五九
ひやしこおひい **冷し珈琲** 夏一五九
ひやしさいだあ **冷しサイダー** 夏一五九
ひやしざけ **冷し酒** 夏一五八
ひやしじる **冷し汁** 夏一五六
ひやししるこ **冷し汁粉** 夏一六〇
＊ひやしすいか **冷し西瓜** 夏一五七
＊ひやしちゅうか **冷し中華** 夏一五七
ひやしむぎちゃ **冷し麦茶** 夏一五八
ひやしらむね **冷しラムネ** 夏一五九
＊ひやじる **冷汁** 夏一五六

＊ひやしんすヒヤシンス　春一〇八
＊ひやそうめん冷索麺　夏一五七
ひやそうめん冷素麺　夏一五七
ひゃっきえんき百鬼園忌　春七七
＊ひゃっけんき百閒忌　春七七
びゃっこう白虹　夏一三九
ひゃっぽこう百歩香　夏一六七
ひやどうふ冷豆腐　夏一五七
ひやひやひやひや　秋二八一
びやほおるビヤホール　夏一五八
ひやみずうり冷水売　夏一七〇
＊ひやむぎ冷麦　夏一五七
ひやめん冷麺　夏一五七
＊ひややか冷やか　秋二八一
＊ひややっこ冷奴　夏一五七
ひやりおどり日やり踊　新五二〇
＊ひゆ莧　夏二六〇
ひゆ冷ゆ　秋二八一
ひゅうがあおい日向葵　夏二五〇
ひよ鵯　秋三五五
＊ひょう雹　夏一三九
ひょうひょう　夏二六〇
＊ひょうか氷菓　夏一五九
＊ひょうが氷河　夏一四二
＊ひょうかい氷海　冬四一七
ひょうかい氷塊　冬四一六
びょうがん病雁　秋三五七
ひょうきん氷筋　冬四一六
ひょうげん氷原　冬四一七
＊ひょうこ氷湖　冬四一六
ひょうこう氷江　冬四一五
ひょうじゅん氷筍　冬四一六
ひょうしょう氷晶　冬四一一
ひょうじょう氷上　冬四一六
ひょうじょう氷条　冬四一六
ひょうじん氷塵　冬四一一
ひょうせつ氷雪　冬四一六
ひょうたん瓢箪　秋三八〇
ひょうたんぐさへうたんぐさ　春一一七
ひょうたんのはな瓢箪の花　夏二三六
＊ひょうたんまく瓢箪蒔く　春四五
ひょうちゅう氷柱　夏一六八
ひょうちゅうか氷中花　夏一六八
ひょうちょ氷箸　冬四一六
ひょうでん氷田　冬四一六
ひょうてんか氷点下　冬四一六
ひょうなひょうな　夏二六〇
ひょうばく氷瀑　冬四一六
ひょうばん氷盤　冬四一六
＊びょうぶ屏風　冬四四三
びょうぶうり屏風売　冬四四三
びょうぶまつり屏風祭　夏二〇一
ひょうへき氷壁　冬四一六
びょうほ苗圃　春四四
ひょうむ氷霧　冬四一一
＊びょうやなぎ未央柳　夏二三六
びょうやなぎ美容柳　夏二三六
＊ひよけ日除　夏一六五
＊ひよどり鵯　秋三五五
ひよどり白頭鳥　秋三五五
ひよどりおどり鵯踊　新五四六
＊ひよどりじょうご鵯上戸　秋三八九
＊ひよどりばな鵯花　秋三九〇
ひよりまつり比与利祭　夏二〇四
ひょんひょん　秋三七四
＊ひよんどりひよんどり　新五四六
ひょんのきのはな瓢木の花　春一〇五
ひょんのふえ瓢の笛　秋三七四
＊ひょんのみ瓢の実　秋三七四
ひらいごめ糄米　秋三〇八
＊ひらおかのかゆうらしんじ枚岡の粥占神事　新五五〇
ひらおよぎ平泳ぎ　夏一八一
＊ぴらかんさピラカンサ　秋三七五
ぴらかんさすピラカンサス　秋三七五
＊ひらきごぼう開牛蒡　新五二六
＊ひらきまめ開豆　新五二六
ひらざのげざん平座見参　新五三九
ひらそうだ平宗太　秋三五九
ひらたねなし平核無　秋三六六
ひらのすい平野水　夏一五九
ひらのはっこう比良の八荒　春一七
＊ひらはっこう比良八荒　春一七
＊ひらはっこう比良八講　春六八
ひらびる扁蛭　夏二三五
＊ひらまさ平鰤　夏二三五
ひらまさ平政　夏二三五
＊ひらまつり比良祭　春六四

＊ひらめ鮃　冬四八六
ひらめ比目魚　冬四八六
ひらめ平目　冬四八六
ひるひる　春一二三
＊ひる蛭　夏二三五
ひるあみ昼網　夏一七九
ひるいち昼市　夏一七九
＊ひるがお昼顔　夏二六四
ひるかじ昼火事　冬四四八
ひるがすみ昼霞　春二一
ひるかわず昼蛙　春八二
ひるきぬた昼砧　秋三一六
ひるてんひるてん　秋三二一
＊ひるね昼寝　夏一八七
ひるねおき昼寝起　夏一八七
ひるねざめ昼寝覚　夏一八七
ひるねびと昼寝人　夏一八七
ひるのか昼の蚊　夏二三三
ひるのつき昼の月　秋二八五
ひるのね蒜の根　夏一五八
ひるのはなひるの花　夏二五七
ひるのほたる昼の蛍　夏二三九
ひるのむし昼の虫　秋三六二
ひるはなび昼花火　夏一八三
＊ひるむしろ蛭蓆　夏二七二
ひるも蛭藻　夏二七二
＊ひれざけ鰭酒　冬四三二
ひれんじゃく緋連雀　秋三五五
＊ひろしげき広重忌　秋三五一
ひろしまき広島忌　夏一九一
ひろしまな広島菜　冬四九四
ひろめひろめ　夏二七三
＊ひわ鶸　秋三五五
びわ枇杷　夏二四〇
びわえんき枇杷園忌　夏二一二
びわぎょ琵琶魚　冬四八五
びわさく枇杷咲く　冬四九〇
＊びわのはな枇杷の花　冬四九〇
＊びわのみ枇杷の実　夏二四〇
びわます琵琶鱒　秋三五九
＊びわようとう枇杷葉湯　夏一六七
びわようとううり枇杷葉湯売　夏一六七
ひわれだ乾割れ田　夏一四三
びんざさらおどりびんざさら踊　夏一九七
＊びんずい便追　夏二二一
＊びんずるまわし賓頭盧廻　新五一四
びんちょうたん備長炭　冬四四四
びんてん旻天　秋二八五
びんなが鰭長　冬四八三
びんぼうかずら貧乏かづら　秋三八九

ふ

＊ふいごはじめ吹革始　新五三三
ふいごはじめ鞴始　新五三三
＊ふいごまつり鞴祭　冬四六四
ふいごまつり吹革祭　冬四六四
＊ふうえん風炎　春二三
ふうえん風焔　春二三
ふうかくき風鶴忌　冬四七四
ふうきぎく富貴菊　春一〇七
ふうきそう富貴草　夏二二六
＊ぶうげんびりあブーゲンビリア　夏二四八
ふうじゃふうじや　冬四五七
ふうしんし風信子　春一〇八
＊ふうせいき風生忌　春七四
ふうせつ風雪　冬四一三
＊ふうせん風船　春五五
ふうせんうり風船売　春五五
＊ふうせんかずら風船葛　秋三八〇
＊ふうせんむし風船虫　夏二三一
＊ふうちそう風知草　夏二七一
＊ぶうつブーツ　冬四二三
＊ふうらん風蘭　夏二六三
＊ふうりん風鈴　夏一六八
ふうりんうり風鈴売　夏一六八
ふうりんそう風鈴草　夏二六八
＊ぷうるプール　夏一八一
ぷうるさいどプールサイド　夏一八一
＊ふうろそう風露草　夏二七〇
ふえいか富栄花　夏二五四
ふぇえんフェーン　春二三
ふぇんねるフェンネル　夏二五五
ふぇんねるのみフェンネルの実　秋三九九
ふか鱶　冬四八三
ふかがわはちまんまつり深川八幡祭　秋三一三
＊ふかがわまつり深川祭　秋三一三
ふかきりまとう蒙霧升降ふ　秋二七七
ふかぐつ深沓　冬四四八
＊ふかしめし蒸飯　冬四三三
ふかしも深霜　冬四一一
ふかねぎ深葱　冬四九五
ふかみぐさ深見草　夏二三六
ふかやねぎ深谷葱　冬四九五

ふかんでんでんのそう不堪佃田の奏　秋三八
＊ふかんでんのそう不堪田の奏　秋三八
＊ふき蕗　夏二五七
ふきあげ吹上　夏一六三
ふきい噴井　夏一四四
＊ふきおき不器男忌　春七五
ふきかえ葺替　春四二
ふきかる蕗刈る　夏一七四
ふきぎく蕗菊　春一〇七
＊ふききり蕗伐　夏一七四
ふきざくら蕗桜　春一〇七
＊ふきぞめ吹初　新五三六
ふきぞめ籟初　新五三六
ふきだおれ吹雪倒れ　冬四四九
＊ふきながし吹流　夏一四六
ふきぬき吹貫　夏一四六
ふきのしゅうとめ蕗のしうとめ　春一一九
＊ふきのとう蕗の薹　春一一九
ふきのとうみそ蕗の薹味噌　春三四
ふきのは蕗の葉　夏二五七
ふきのはな蕗の花　春一一九
ふきのはなさく款冬の華さく　冬四〇四
ふきのひろば蕗の広葉　夏二五七
ふきのめ蕗の芽　春一一九
ふきはじめ拭始　新五三九
ふきはじめ吹始　新五三六
ふきばたけ蕗畑　夏二五七
＊ふきみそ蕗味噌　春三四
ふくふく　冬四八六
＊ふぐ河豚　冬四八六
ふぐ鰒　冬四八六
ふぐあたり河豚中り　冬四八六
ふくあめ福飴　新五四八
ふくいんきしゃしとせいよはねのひ福音記者使徒聖ヨハネの日　冬四七三
ふくおうじまつり福王子祭　秋三八
ぶぐかがみびらき武具鏡開　新五四三
ふくかき福掻　新五五四
ぶぐかざる武具飾る　夏一四六
＊ふくぎのはな福木の花　夏二四八
＊ふぐくよう河豚供養　春三一
ふくざさ福笹　新五四八
ふくさわらふくさ藁　新五〇九
＊ふくしあフクシア　夏二三八
＊ふくじゅそう福寿草　新五六一
＊ふぐじる河豚汁　冬四三四
ふくじんまいり福神詣　新五四四
ふくじんめぐり福神巡り　新五四四
ふくすけかご福助籠　新五一六
＊ふくだるま福達磨　新五一六
ふくちゃ福茶　新五二五
ふぐちょうちん河豚提灯　冬四八六
ふぐちり河豚ちり　冬四三六
ふくづえ福杖　新五一八
ふくとふくと　冬四八六
ふぐとふぐと　冬四八六
ふくとうじるふくとう汁　冬四三四
ふくとじるふくと汁　冬四三四
ふぐとじるふぐと汁　冬四三四
ふくとら福寅　新五五四
ふくなべ福鍋　新五二六
＊ふぐなべ河豚鍋　冬四三六
ふぐのどく河豚の毒　冬四八六
ふくのもちしんじ福餅神事　新五四六
ふぐのやど河豚の宿　冬四三四
ふくはうち福は内　冬四二六
＊ふくびき福引　新五三六
ふくぶくろ福袋　新五一三
＊ふくべ瓢　秋三八〇
ふくべのはなふくべの花　夏二五六
ふくべまく瓢蒔く　春四五
ふぐほうじょう河豚放生　春三一
ふくまいり福参　春二六
ふくまいり福詣　新五四四
ふくまめ福豆　冬四二六
ふくみず福水　新五〇六
ふくむしろ福筵　新五〇九
ふくらい福来　冬四六四
ふくらぎふくらぎ　夏二二五
ふくらすずめふくら雀　冬四八一
ふぐりおとしふぐり落し　冬四二六
ふぐりがゆふぐり粥　冬四七一
＊ぶくりょう茯苓　秋三九五
ふぐりょうり河豚料理　冬四三六
ふくれそうふくれ草　秋三八〇
ふくろふくろ　冬四八一
＊ふくろあらい袋洗　秋三〇七
＊ふくろいまつり袋井祭り

秋三三六
＊ふくろう梟　冬四八一
＊ふくろうのあつもの梟の羹　夏一四九
ふくろうのあぶりもの梟の炙　夏一四九
＊ふくろかけ袋掛　夏一七五
＊ふくろぐも袋蜘蛛　夏二三四
＊ふくろづの袋角　夏二二四
＊ふくろなでしこ袋撫子　夏二五二
ふくろひじきふくろひじき　春一三三
＊ふくわかし福沸　新五二六
＊ふくわら福藁　新五〇九
＊ふくわらい福笑　新五三四
ふくわらしく福藁敷く　新五〇九
＊ふけい噴井　夏一四四
ふけまち更待　秋二八八
＊ふけまちづき更待月　秋二八八
ふけまちのつき更待の月　秋二八八
ぶけもち武家餅　新五四三
ふけん負喧　冬四五九
ふごおろし畚下し　新五五四
ふさく不作　秋三一六
ふさけいとう房鶏頭　秋三七八
＊ふさざきすいせん房咲水仙　春一〇六
＊ふし五倍子　秋三七〇
ふし附子　秋三九三
＊ふじ藤　春九九
ふじふじ　秋三六七
＊ふじあざみ富士薊　秋三九一
ふじうちわ富士団扇　夏二〇一
＊ふじおき不死男忌　夏二二一
ふじぎょう富士行　夏一九八
ふじぎょうじゃ富士行者　夏一九八
ふじこふぢこ　冬四八七
ふじこう富士講　夏一九八
ふじごぼう富士牛蒡　秋三九一
ふじごや富士小屋　夏一九八
＊ふじごり富士垢離　夏一九八
ふじざくら富士桜　春九六
ふじさんしょううお富士山椒魚　夏二二五
ふししば伏柴　夏二六五
ふじすみれ藤菫　春一一四
ふじぜんじょう富士禅定　夏一九八
ふしだかふしだか　秋三九〇
ふじだな藤棚　春九九
＊ふしづけ柴漬　冬四五二
ふじどうじゃ富士道者　夏一九八
ふじな藤菜　春一一五
ふじなみ藤浪　春九九
ふしにがま鰹節煮釜　夏一七九
ふしにごや鰹節煮小屋　夏一七九
ふじのかさぐも富士の笠雲　冬四〇八
ふじののうおとこ富士の農男　夏二四一
ふじのはつかんせつ富士の初冠雪　秋二九一
＊ふじのはつゆき富士の初雪　秋二九一
ふじのはな藤の花　春九九
ふじのひる藤の昼　春九九
＊ふじのみ藤の実　秋三七二
＊ふじのもりまつり藤森祭　夏一九五
ふじのやまあらい富士の山洗　秋二九一
ふじのやまびらき富士の山開　夏一九八
＊ふじのゆきげ富士の雪解　夏二四一
＊ふじばかま藤袴　秋三九〇
ふじふ藤布　夏二五三
ふじふさ藤房　春九九
ふしほしば鰹節干場　夏一七九
ふじぼたん藤牡丹　春一〇七
ふしまち臥待　秋二八八
＊ふしまちづき臥待月　秋二八八
ふしまちのつき臥待の月　秋二八八
＊ふじまめ藤豆　秋三八五
ふじまめ鵲豆　秋三八五
ふじみ藤見　春九九
ふしみまつり伏見祭　秋三一七
＊ふしみみすまつり伏見三栖祭　秋三三六
＊ふじもうで富士詣　夏一九八
ぶしゃさい歩射祭　新五四九
＊ぶしゅかん仏手柑　秋三六八
＊ぶしゅかんのはな仏手柑の花　夏二三八
ふじゆきげ富士雪解　夏二四一
ふしょう浮薔　夏二六五
ぶしょうごま無精独楽　新五三五
ふじわかば藤若葉　夏二四一
＊ふじわらまつり藤原祭　春七一

＊ふすま衾　冬四二七
＊ふすま襖　冬四四三
ふすまいれる襖入れる　秋三一二
ふすまがみ襖紙　冬四四三
ふすましょうじ襖障子　冬四四三
ふすまゆき衾雪　冬四二二
ふせごもり布施籠　新五四九
＊ふせまいり布施参　新五四九
ふそうか扶桑花　夏三三七
ふそうほたるとなる腐草蛍と為る（鵙始めて鳴く）　夏一二八
＊ふそうほたるとなる腐草蛍と為る　夏一三〇
＊ぶそんき蕪村忌　冬四七八
＊ぶだい舞鯛　冬四八四
ぶたいはじめ舞台始　新五三六
ふたえにじ二重虹　夏一三九
＊ふだおさめ札納　冬四二一
＊ふたつぼし二つ星　秋二八九
ふたなずな二薺　新五一四
ぶたのまんじゅう豚の饅頭　春一〇八
＊ふたば双葉　春一一四
ふたば二葉　春一一四
＊ふたばあおい二葉葵　夏一六三
ふたばあさがお双葉朝顔　夏二五四
ふたばぐさふたば草　春一一四
ふたばな二葉菜　秋三八二
ふたまたかじめ二叉搗布　夏二七三
ふたまただいこん二股大根　冬四六四
ふたもじふたもじ　春一一二
ふたよのつき二夜の月　秋二八八
＊ふたりしずか二人静　春一一九
ふだんそう不断草　夏二五九
ふちゅうけんかまつり府中喧嘩祭　夏一九五
ふちゅうまつり府中祭　夏一九五
＊ふつか二日　新五〇一
ふつかぎ二日着　新五三七
＊ふつかきゅう二日灸　春二七
＊ふつかづき二日月　秋二八六
＊ふっかつさい復活祭　春七三
ふっかつせつ　復活節　春七三
ふっかつのさいじつ復活の祭日　春七三
ふつかのつき二日の月　秋二八六
ふつかやいと二日灸　春二七
ふつかやま二日山　新五三三
ぶつかんきび仏歓喜日　秋三四〇
ふづきふづき　秋二七六
ぶつき仏忌　春六五
＊ふっきそう富貴草　春一二〇
ふっこふっこ　秋三五九
ぶっこうそう仏甲草　秋三九二
ふっこし吹越　冬四二二
ぶっしそう仏指草　秋三九二
ぶっしゅかん仏手柑　秋三六八
＊ぶっしょうえ仏生会　春六九
＊ぶっそうげ仏桑花　夏三三七
ぶったんえ仏誕会　春六九
ふっとうさん沸騰酸　夏一五九
ぶっぽうすごろく仏法双六　新五三四
＊ぶっぽうそう仏法僧　夏二一六
＊ぶつみょうえ仏名会　冬四七一
ふでこフデコ　春一二三
ふでつむし筆津虫　秋三六二
ふでのはな筆の花　春一一五
ふではじめ筆始　新五二二
＊ふでりんどう筆竜胆　春一二〇
ぶと蟆子　夏二二三
＊ふとい太藺　夏二六二
＊ぶどう葡萄　秋三六七
ぶどうえん葡萄園　秋三六七
ぶどうがきぶだう柿　秋三六六
ぶどうがり葡萄狩　秋三六七
ぶどうかる葡萄枯る　冬四九一
＊ぶどうしゅかもす葡萄酒醸す　秋三〇七
ぶどうしゅせいす葡萄酒製す　秋三〇七
ぶどうしゅつくる葡萄酒造る　秋三〇七
ぶどうだな葡萄棚　秋三六七
＊ぶどうのはな葡萄の花　夏二三九
＊ぶどうもみじ葡萄紅葉　秋三六九
＊ふところで懐手　冬四五九
＊ふとばし太箸　新五一〇
ふとはらすずき太腹鱸　冬四八五
＊ふとまにまつり太占祭　新五四五
ふともずくふともづく　春一二三
＊ふとん蒲団　冬四二八
ふとん布団　冬四二八

ふとんほす　蒲団干す　冬四一八
＊ふなあそび　船遊　夏一八〇
ふないけす　船生洲　夏一八〇
＊ふなおこし　船起　新五一三
ふなおつ　鮒落つ　秋三五八
ふながたのひ　船形の火　秋三一九
ふなかたまつり　船方祭　新五一三
ふなずし　鮒鮓　夏一五六
ふなせがき　舟施餓鬼　秋三〇一
ふなせがき　船施餓鬼　秋三〇一
ふなだませっく　船霊節句　新五一三
ふなだままつり　船玉祭　秋三四二
ふなだままつり　船霊祭　新五一三
ふなではじめ　船出始　新五一三
ふなとうろう　舟灯籠　秋三〇二
ふなとぎょ　舟渡御　夏一九三
ふなとぎょ　船渡御　夏二〇二
＊ふななます　鮒膾　春三五
ふなのこまぶし　鮒の子まぶし　春三五
ふなのすだち　鮒の巣立ち　春九〇
＊ふなのすばなれ　鮒の巣離れ　春九〇
ぶなのめ　山毛欅の芽　春一〇一
＊ふなのりぞめ　船乗初　新五一二
ふなはじめ　船初　新五一二
ふなぶたい　舟舞台　夏一九四
ふなほこ　船鉾　夏二〇一
ふなぼし　船星　春一六
ふなまつり　船祭　夏二〇二
＊ふなむし　舟虫　夏二二七
ふなむし　船虫　夏二二七
ふなゆさん　船遊山　夏一八〇
＊ふなりょうり　船料理　夏一八〇
ふねかこい　船囲ひ　夏一七九
ふねかこう　船囲ふ　夏一七九
ふねすずみ　舟涼み　夏一八〇
ふねながし　舟ながし　夏一八二
ふねをしきね　舟を敷き寝　冬四二四
＊ふのり　海蘿　夏二七三
ふのり　布海苔　夏二七三
ふのりかき　海蘿搔　夏二七三
ふのりかずら　ふのりかづら　秋三八九
＊ふのりほし　海蘿干　夏一七五
ふのりほす　海蘿干す　夏一七五
＊ふぶき　吹雪　冬四一三
＊ふぶきだおれ　吹雪倒れ　冬四四九
ふぶく　吹雪く　冬四一三
ふみえ　踏絵　春二六
ふみだわら　踏俵　冬四四二
＊ふみづき　文月　秋二七六
ふみひらきづき　文披月　秋二七六
ふみひろげづき　文披月　秋二七六
ふやあんき　不夜庵忌　秋三四九
＊ふゆ　冬　冬三九八
ぶゆ　ぶゆ　夏二二三
＊ふゆあおい　冬葵　冬四九三
ふゆあおくさ　冬青草　冬四九六
ふゆあおぞら　冬青空　冬四〇八
ふゆあかつき　冬暁　冬四〇五
ふゆあかね　冬茜　冬四一四
ふゆあけぼの　冬曙　冬四〇五
＊ふゆあさし　冬浅し　冬四〇〇
＊ふゆあたたか　冬暖か　冬四〇〇
＊ふゆあんご　冬安居　冬四七一
ふゆいずみ　冬泉　冬四一五
＊ふゆいちご　冬苺　冬四九三
ふゆいちばん　冬一番　冬四〇六
ふゆいなご　冬蝗　冬四八八
ふゆうがき　富有柿　秋三六六
ふゆうぐいす　冬鶯　冬四八一
ふゆうみ　冬海　冬四一五
ふゆうらら　冬うらら　冬四〇〇
＊ふゆおうぎ　冬扇　冬四四六
ふゆおくる　冬送る　冬四〇七
ふゆおしむ　冬惜しむ　冬四〇七
＊ふゆおわる　冬終る　冬四〇七
ふゆか　冬蚊　冬四八八
ふゆがこい　冬囲　冬四四一
ふゆがこいとる　冬囲とる　春四一
＊ふゆかしわ　冬柏　冬四九一
＊ふゆがすみ　冬霞　冬四一三
ふゆかすむ　冬霞む　冬四一三
ふゆかぜ　冬風　冬四〇九
＊ふゆがまえ　冬構　冬四四一
ふゆがまえとく　冬構解く　春四一
ふゆかみなり　冬かみなり　冬四一三
＊ふゆかもめ　冬鷗　冬四八三
ふゆがらす　冬鴉　冬四八一
ふゆがる　冬枯る　冬四九二
＊ふゆがれ　冬枯　冬四九二
ふゆがれみち　冬枯道　冬四九二
ふゆかわ　冬川　冬四一五
ふゆかわら　冬川原　冬四一五

＊ふゆき冬木　冬四九一
＊ふゆぎ冬着　冬四二七
ふゆきかげ冬木影　冬四九一
ふゆぎく冬菊　冬四九三
ふゆきたる冬来る　冬三九八
ふゆきなか冬木中　冬四九一
＊ふゆきのさくら冬木の桜　冬四八九
ふゆきのめ冬木の芽　冬四九二
ふゆきばら冬木原　冬四九一
ふゆきみち冬木道　冬四九一
ふゆきやど冬木宿　冬四九一
＊ふゆぎり冬霧　冬四一三
＊ふゆぎんが冬銀河　冬四〇八
ふゆく冬来　冬三九八
＊ふゆくさ冬草　冬四九六
ふゆぐも冬雲　冬四〇八
＊ふゆげしき冬景色　冬四一五
ふゆこだち冬木立　冬四九一
＊ふゆごもり冬籠　冬四四一
ふゆごもる冬ごもる　冬四四一
ふゆごろも冬衣　冬四二七
＊ふゆさぎ冬鷺　冬四八一
ふゆざくら冬桜　冬四八九
＊ふゆざしき冬座敷　冬四四三
ふゆさぶ冬さぶ　冬四〇六
ふゆさる冬去る　冬四〇七
ふゆざる冬ざる　冬三九九
ふゆされ冬され　冬三九九
＊ふゆざれ冬ざれ　冬三九九
＊ふゆさんご冬珊瑚　冬四九三
＊ふゆざんしょう冬山椒　冬四九三
ふゆじお冬潮　冬四一六
ふゆじお冬汐　冬四一六
＊ふゆじたく冬支度　秋三一三
ふゆしのぶ冬忍　冬四九八
＊ふゆしゃつ冬シャツ　冬四二七
ふゆしゃつ冬襯衣　冬四二七
ふゆしょうぐん冬将軍　冬三九八
ふゆすすき冬芒　冬四九七
ふゆすすき冬薄　冬四九八
ふゆすずめ冬雀　冬四八一
ふゆすばる冬昴　冬四〇八
＊ふゆすみれ冬菫　冬四九七
ふゆせいざ冬星座　冬四〇八
ふゆぜり冬芹　冬四九六
＊ふゆそうび冬薔薇　冬四八九
＊ふゆそま冬杣　冬四五三
ふゆぞら冬空　冬四〇八
＊ふゆた冬田　冬四一五
ふゆたうち冬田打　冬四四九
ふゆたき冬滝　冬四一六
ふゆたけふゆたけ　冬四九八
ふゆたけなわ冬たけなは　冬四〇六
ふゆたつ冬立つ　冬三九八
ふゆたのも冬田面　冬四一五
ふゆたみち冬田道　冬四一五
＊ふゆたんぽぽ冬蒲公英　冬四九七
＊ふゆちかし冬近し　秋二八四
ふゆちょう冬蝶　冬四八七
ふゆつく冬尽く　冬四〇七
＊ふゆづた冬蔦　冬四九三
ふゆつばき冬椿　冬四八九
ふゆてん冬天　冬四〇八
ふゆとざん冬登山　冬四一四
ふゆどとう冬怒濤　冬四一六
ふゆどなり冬隣　秋二八四
ふゆとなる冬隣る　秋二八四
ふゆともし冬ともし　冬四四三
ふゆどり冬鳥　冬四八一
＊ふゆな冬菜　冬四九四
ふゆなうり冬菜売　冬四九四
ふゆなかば冬半ば　冬四〇〇
＊ふゆなぎ冬凪　冬四〇九
ふゆなぎさ冬渚　冬四一六
ふゆなばた冬菜畑　冬四九四
ふゆなみ冬波　冬四一六
ふゆなみ冬浪　冬四一六
ふゆなみ冬濤　冬四一六
ふゆなめし冬菜飯　冬四九四
ふゆにいる冬に入る　冬三九八
ふゆにじ冬虹　冬四一四
ふゆにわ冬庭　冬四一五
ふゆぬくし冬ぬくし　冬四〇〇
＊ふゆの冬野　冬四一四
＊ふゆのあさ冬の朝　冬四〇五
＊ふゆのあぶ冬の虻　冬四八七
＊ふゆのあめ冬の雨　冬四一一
＊ふゆのいずみ冬の泉　冬四一五
＊ふゆのいなご冬の蝗　冬四八八
ふゆのいろ冬の色　冬四一五
＊ふゆのうぐいす冬の鶯　冬四八一
＊ふゆのうみ冬の海　冬四一五
＊ふゆのうめ冬の梅　冬四八八
＊ふゆのか冬の蚊　冬四八八
ふゆのかぎり冬の限り　冬四〇七
ふゆのかすみ冬の霞　冬四一三
ふゆのかぜ冬の風　冬四〇九
ふゆのかもめ冬の鷗　冬四八三
＊ふゆのかり冬の雁　冬四八一
＊ふゆのかわ冬の川　冬四一五
ふゆのきり冬の霧　冬四一三

ふゆのくさ冬の草　冬四九六
＊ふゆのくも冬の雲　冬四〇八
＊ふゆのくれ冬の暮　冬四〇五
ふゆのけい冬の景　冬四一五
＊ふゆのころもがえ冬の更衣　冬四六〇
ふゆのさぎ冬の鷺　冬四八一
ふゆのしお冬の潮　冬四一六
＊ふゆのしか冬の鹿　冬四七九
ふゆのすみれ冬の菫　冬四九七
ふゆのその冬の園　冬四一五
＊ふゆのそら冬の空　冬四〇八
ふゆのた冬の田　冬四一五
ふゆのたい冬の鯛　冬四八四
＊ふゆのたき冬の滝　冬四一六
＊ふゆのちょう冬の蝶　冬四八七
＊ふゆのつき冬の月　冬四〇八
＊ふゆのとり冬の鳥　冬四八一
ふゆのなぎさ冬の渚　冬四一六
ふゆのなごり冬の名残　冬四〇七
ふゆのなし冬の梨　冬四九〇
＊ふゆのなみ冬の波　冬四一六
＊ふゆのにじ冬の虹　冬四一四
ふゆのにわ冬の庭　冬四一五
ふゆのの冬の野　冬四一四
＊ふゆののみ冬の蚤　冬四八八
＊ふゆのはえ冬の蠅　冬四八七
ふゆのはじめ冬の始　冬三九八
＊ふゆのはち冬の蜂　冬四八七
ふゆのはなわらび冬の花蕨　冬四九七
＊ふゆのはま冬の浜　冬四一六
ふゆのはる冬の春　春七
＊ふゆのひ冬の日　冬四〇五
ふゆのひ冬の日(冬日)　冬四〇七
＊ふゆのひ冬の灯　冬四四三
ふゆのふく冬の服　冬四二七
＊ふゆのほし冬の星　冬四〇八
ふゆのみさき冬の岬　冬四一五
＊ふゆのみず冬の水　冬四一五
ふゆのみずうみ冬の湖　冬四一六
＊ふゆのむし冬の虫　冬四八八
＊ふゆのもず冬の鵙　冬四八一
ふゆのもや冬の靄　冬四一四
＊ふゆのやま冬の山　冬四一四
ふゆのゆう冬の夕　冬四〇五
ふゆのゆうべ冬の夕べ　冬四〇五
＊ふゆのゆうやけ冬の夕焼　冬四一四
＊ふゆのよ冬の夜　冬四〇五
ふゆのよい冬の宵　冬四〇五
＊ふゆのらい冬の雷　冬四一三
ふゆのわかれ冬の別れ　冬四〇七
ふゆばえ冬蠅　冬四八七
＊ふゆばおり冬羽織　冬四二七
ふゆはじめ冬初め　冬三九八
ふゆはだ冬肌　冬四五八
ふゆばち冬蜂　冬四八七
ふゆはつ冬果つ　冬四〇七
ふゆはま冬浜　冬四一六
ふゆばら冬薔薇　冬四八九
＊ふゆばれ冬晴　冬四〇七
＊ふゆひ冬日　冬四〇七
ふゆびいる冬日没る　冬四〇七
ふゆひかげ冬日影　冬四〇七
ふゆひがた冬干潟　冬四一六
ふゆひこき冬彦忌　冬四七五
ふゆひざし冬日差　冬四〇七
＊ふゆひでり冬旱　冬四〇七
ふゆひなた冬日向　冬四〇七
＊ふゆひばり冬雲雀　冬四八一
ふゆびより冬日和　冬四〇七
＊ふゆふかし冬深し　冬四〇六
ふゆふかむ冬深む　冬四〇六
＊ふゆふく冬服　冬四二七
ふゆぶすま冬衾　冬四二七
ふゆぶすま冬襖　冬四四三
ふゆぼう冬帽　冬四三〇
ふゆぼうこうにん冬奉公人　冬四一八
＊ふゆぼうし冬帽子　冬四三〇
＊ふゆほくと冬北斗　冬四〇八
ふゆぼけ冬木瓜　冬四九〇
ふゆぼたん冬牡丹　冬四八九
ふゆまつり冬祭　冬四六七
ふゆまんげつ冬満月　冬四〇八
＊ふゆみかづき冬三日月　冬四〇八
ふゆみね冬嶺　冬四一四
＊ふゆめ冬芽　冬四九二
＊ふゆめく冬めく　冬四〇〇
＊ふゆもえ冬萌　冬四九八
ふゆもず冬鵙　冬四八一
ふゆもなか冬最中　冬四〇〇
ふゆもの冬物　冬四二七
＊ふゆもみじ冬紅葉　冬四九〇
＊ふゆもや冬靄　冬四一四
＊ふゆやかた冬館　冬四四一
＊ふゆやすみ冬休　冬四二五
ふゆやなぎ冬柳　冬四九二
ふゆやま冬山　冬四一四
ふゆやまじ冬山路　冬四一四
ふゆやまはだ冬山肌　冬四一四

ふゆゆうべ冬夕べ　冬四〇五
ふゆゆうやけ冬夕焼　冬四一四
ふゆゆく冬行く　冬四〇七
ふゆよ冬夜　冬四〇五
ふゆようい冬用意　秋三一三
ふゆらっき冬落暉　冬四〇七
*ふゆりんご冬林檎　冬四九〇
*ふゆわらび冬蕨　冬四九七
ふゆをとなる冬を隣る　秋二八四
ふゆをまつ冬を待つ　秋二八四
*ぶよ蚋　夏二三三
ぶよぶよ　夏二三三
*ふよう芙蓉　秋三六六
ふようかる芙蓉枯る　冬四九〇
*ふようのみ芙蓉の実　秋三七二
*ふらき普羅忌　秋三四四
ふらここふらここ　春五六
ぷらたなすのはなプラタナスの花　春一〇四
*ぶらっくばすブラックバス　夏二二六
ぶらんこぶらんこ　春五六
ふらんどふらんど　春五六
ふらんねるそうフランネル草　夏二五二
*ぶり鰤　冬四八四
*ぶりあみ鰤網　冬四五三
*ふりいじあフリージア　春一〇七
ふりいじやフリージヤ　春一〇七
*ぶりおこし鰤起し　冬四一三
ぶりだいこん鰤大根　冬四三七
ぶりつる鰤釣る　冬四五三
ぶりば鰤場　冬四八四
ぶりぶね鰤船　冬四五三
*ぶりぶり振振　新五三五
ぶりぶりぎっちょう振振毬打　新五三五
ぷりむらプリムラ　春一一六
*ふりゅう浮立　秋三一三
ぷりんすめろんプリンスメロン　夏二五八
ふるあわせ古袷　夏一五二
ふるうちわ古団扇　夏一六八
ふるうつあんみつフルーツ餡蜜　夏一六〇
ふるうつみつまめフルーツ蜜豆　夏一六〇
ふるえぐさ古枝草　秋三八七
ふるおうぎ古扇　夏一六八
ふるがや古蚊帳　夏一六六
*ふるくさ古草　春一一四
*ふるごよみ古暦　冬四四八
ふるざけふるざけ　秋三〇七
*ふるす古巣　春八七
ふるすだれ古簾　夏一六五
ふるせふるせ　秋三五九
ふるづけ古漬　冬四三八
ふるとし旧年　新五〇一
ふるとし古年　新五〇一
*ふるにっき古日記　冬四四八
ふるびな古雛　春二八
ふるぶすま古衾　冬四二七
ふるぶすま古襖　冬四四三
*ふるまいみず振舞水　夏一六〇
ふるまつりふる祭　秋三三六
ふるゆかた古浴衣　夏一五三
ふれえむフレーム　冬四五一
ふれっぷフレップ　秋三六八
ふろ風炉　夏一六九
ふろさきびょうぶ風炉先屏風　冬四四三
*ふろちゃ風炉茶　夏一六九
*ふろっくすフロックス　夏二五二
*ぶろっこりいブロッコリー　冬四九五
ふろてまえ風炉点前　夏一六九
ふろなごり風炉名残　秋三一三
*ふろのなごり風炉の名残　秋三一三
*ふろふき風呂吹　冬四三七
ふろふきだいこん風呂吹大根　冬四三七
ぶんかさい文化祭　秋三一九
*ぶんかのひ文化の日　秋三一九
ぶんごうめ豊後梅　春九五
ぶんしぼく蚊子木　秋三七四
*ふんすい噴水　夏一六三
ふんせっか噴雪花　春九九
ふんせん噴泉　夏一六三
ぶんだいゆりぶんだいゆり　春一二〇
ぶんたん文旦　冬四九〇
ぶんたんのはな文旦の花　夏二三九
*ぶんどう緑豆　秋三八五
ぶんどう文豆　秋三八五
ぶんどうひく緑豆引く　秋三一九
ぶんぶんぶんぶん　夏二三〇

へ

へいあんまつり平安祭　秋三三八

へいけぼたる平家蛍　夏二三九
へいこくさい平国祭　春六二
べいこくどくりつさい米国独立祭　夏一九三
べいごまべい独楽　秋三一四
*へいそくしてふゆをなす閉塞して冬を成す　冬三九九
へいちぼく平地木　冬四九七
へいわさい平和祭　夏一九一
*ぺえちかペーチカ　冬四四四
*ぺえろんペーロン　夏一九一
ぺえろんせんペーロン船　夏一九一
ぺがさすペガサス　秋二八八
*へきごとうき碧梧桐忌　冬四七六
へきろ壁炉　冬四四四
へくそかずら屁糞葛　夏二六六
*へごへご　春一〇五
へこきむしへこきむし　秋三六四
へそみかん臍蜜柑　春一〇一
ぺちかペチカ　冬四四四
*へちま糸瓜　秋三八〇
へちま縑瓜　秋三八〇
へちま蛮瓜　秋三八〇
へちま布瓜　秋三八〇
へちまき糸瓜忌　秋三四六
へちまだな糸瓜棚　秋三八〇
*へちまなえ糸瓜苗　夏二五五
*へちまのはな糸瓜の花　夏二五六
へちまのみず糸瓜の水　秋三一七
*へちまのみずとる糸瓜の水取る　秋三一七
へちまひく糸瓜引く　秋三一七
*へちままく糸瓜蒔く　春四五
*ぺちゅにあペチュニア　夏二五四
べっこうばえ鼈甲蠅　夏二三三
べっこうばち鼈甲蜂　春九四
べっさい別歳　冬四三三
べつじねんぶつ別時念仏　冬四七〇
*べったらいちべったら市　秋三〇五
べったらづけべったら漬　秋三〇五
へっついねこへっつひ猫　冬四八〇
*べっとうべつとう　冬四一〇
へっぴりむしへっぴりむし　秋三六四
べとゆきべと雪　冬四一二
べにいたどり紅虎杖　夏二六五
べにがい紅貝　春九二
べにくさ紅草　秋三七九
べにざけべにざけ　夏二二六
べにしだれ紅枝垂　春九六
べにぞめづき紅染月　秋二七八
*べにたけ紅茸　秋三九五
べにたで紅蓼　夏二六〇
べにつばき紅椿　春九五
べにてまり紅手毬　夏二四八
べにのはな紅の花　夏二五五
べにはぎ紅萩　秋三八七
べにはす紅蓮　夏二六〇
*べにばな紅花　夏二五五
べにばな紅粉花　夏二五五
べにばな紅藍花　夏二五五
べにばなおきなぐさ紅花翁草　春一〇七
べにばなさかう紅花栄ふ　夏二二八
べにばら紅薔薇　夏二三五
べにひわ紅鶸　秋三五五
べにふよう紅芙蓉　秋三六六
べにましこ紅猿子　秋三五五
べにます紅鱒　春八九
べにみかん紅蜜柑　冬四九〇
べにむくげ紅木槿　秋三六六
べにゆり紅百合　夏二五三
*へび蛇　夏二二五
*へびあなにいる蛇穴に入る　秋三三三
*へびあなをいず蛇穴を出づ　春八二
へびいず蛇出づ　春八二
*へびいちご蛇苺　夏二五五
へびいちごのはな蛇苺の花　春一一〇
へびかわをぬぐ蛇皮を脱ぐ　夏二二五
*へびきぬをぬぐ蛇衣を脱ぐ　夏二二五
へびのから蛇の殻　夏二二五
へびのきぬ蛇の衣　夏二二五
へびのだいはち蛇の大八　春一一〇
へびのぬけがら蛇の脱け殻　夏二二五
へびのもぬけ蛇の蛻　夏二二五
へびぶどう蛇葡萄　秋三七六
*へひりむし放屁虫　秋三六四
へみへみ　夏二二五
*べらべら　夏二三四
へらうち箆打　冬四五六

*べらつりべら釣 夏一七九
べらんだベランダ 夏一六三
ぺりいさいペリー祭 夏一九二
*へりおとろおぷヘリオトロープ 春一〇八
へりぷてらむヘリプテラム 春一〇六
*べんけいそう弁慶草 秋三八〇
*へんじょうき遍昭忌 新五五八
ぺんてこすてペンテコステ 夏二〇八
べんとうおさめ弁当納 冬四七七
べんとうはじめ弁当始 春七〇
ぺんぺんぐさぺんぺん草 春一一五
*へんろ遍路 春三〇
へんろがさ遍路笠 春三〇
へんろづえ遍路杖 春三〇
へんろみち遍路道 春三〇
へんろやど遍路宿 春三〇

ほ

ほあかほあか 夏二二一
ほいかごほい駕 新五一六
ほいたけぼうほいたけ棒 新五一八
ほいろ焙炉 春四九
ほいろし焙炉師 春四九
ほいろば焙炉場 春四九
*ぽいんせちあポインセチア 冬四九〇
ぼううつなみ暴雨津波 秋二九五
*ほうおんこう報恩講 冬四七一
ほうおんこういんじょうえ報恩講引上会 秋三四二
ほうおんじまないたびらき報恩寺俎開 新五五五
ぼうかんぞうり防寒草履 冬四四九
*ぼうかんぼう防寒帽 冬四三〇
ほうきぎ箒木 夏二六一
ほうきぎはうきぎ 夏二六一
ほうきぐさ箒草 夏二六一
ほうきけいとう箒鶏頭 秋三七八
ほうきょうしょししゃさい奉教諸死者祭 秋三四四
ほうこはうこ 春一一九
ほうこぐさ鼠麴草 春一一九
ほうこくさい豊国祭 秋三三四
ほうこくまつり封国祭 夏一九九
ほうさい芳歳 新五〇〇
ほうさい方歳 新五〇〇
*ほうさいき放哉忌 春七七
ぼうさいのひ防災の日 秋三一八
ほうさく豊作 秋三一六
*ほうさくき鳳作忌 秋三四六
*ほうしぜみ法師蟬 秋三六一
ぼうしばな帽子花 秋三九三
*ぼうしゃき茅舎忌 夏二二〇
*ぼうしゅ芒種 夏一二八
ぼうしゅく昴宿 冬四〇八
ぼうしゅのせつ芒種の節 夏一二八
ほうしゅん芳春 春六
ほうじょうえ放生会 秋三三三
ほうじょうえ豊穣会 秋三三四
ほうじょうがわ放生川 秋三三三
ほうすい豊水 秋三六六
*ほうせんか鳳仙花 秋三七九
ほうそ柞 秋三七〇
ほうそう芳草 春一一三
ほうそののいごもり祝園の居籠 新五四八
ぼうだら棒鱈 春三六
ほうたるほうたる 夏二二九
ぼうたんぼうたん 夏二二六
ほうちゃくそう宝鐸草 夏二六七
*ほうちゃくそうのはな宝鐸草の花 夏二六七
ほうちゃくのはな宝鐸の花 夏二六七
ほうちょうはじめ庖丁始 新五二八
ほうちょうはじめ包丁始 新五二八
ほうとうえ法灯会 秋三三九
*ほうとうえ奉灯会 秋三四一
*ほうねん豊年 秋三一六
ぼうねん忘年 冬四二三
ほうねんおどり豊年踊 秋三三三
ぼうねんかい忘年会 冬四二三
ほうねんき法然忌 春七〇
ほうねんだな豊年棚 新五四四
ほうねんまつり豊年祭 秋三三五
*ほうびき宝引 新五三六
ほうびきぜに宝引銭 新五三六
ほうびきなわ宝引縄 新五三六

ほうびそう鳳尾草　新五六一
*ぼうふう防風　春一二三
ぼうふうつみ防風摘　春一二三
ぼうふうとる防風採る　春一二三
ぼうふうのはな防風の花　春一二三
ぼうふうほる防風掘る　春一二三
*ぼうふら孑孒　夏三三三
ぼうふら子子　夏三三三
ぼうぶらぼうぶら　秋三八〇
ぼうぶらまくぼうぶら蒔く　春四五
ぼうふりぼうふり　夏三三三
ぼうふりむし棒振虫　夏三三三
*ほうぼう魴鮄　冬四八三
ほうぼう竹麦魚　冬四八三
ほうよう放鷹　冬四五二
*ほうらい蓬萊　新五〇七
ほうらいかざり蓬萊飾　新五〇七
ほうらいかん蓬萊柑　春一〇一
ほうらいさん蓬萊山　新五〇七
ほうらいだい蓬萊台　新五〇七
ほうらいぼん蓬萊盆　新五〇七
ほうらんき抱卵季　春八六
ほうらんき抱卵期　春八七
ほうり鳳梨　夏二四〇
*ほうりゅうじゆめどののひぶつかいひ法隆寺夢殿秘仏開扉　秋三四二
ほうりょうだいこん方領大根　冬四九五
*ほうれんそう菠薐草　春一一〇
ほうれんそう法蓮草　春一一〇
ほうれんそう鳳蓮草　春一一〇
ほうろくきゅう焙烙灸　夏一五〇
ほうろくずきん焙烙頭巾　冬四三〇
*ほえかご宝恵駕　新五一六
ほえかご宝恵籠　新五一六
ほえかごぎょうれつ宝恵駕行列　新五一六
*ほおあか頰赤　夏二二一
ほおう蒲黄　夏二六五
*ほおおちば朴落葉　冬四九一
ほおかぶりほほかぶり　冬四三〇
*ほおかむり頰被　冬四三〇
ほおざし頰刺　春三六
ほおざしほほざし　春三六
*ほおじろ頰白　春八四
*ほおずき鬼灯　秋三七八
ほおずき酸漿　秋三七八
*ほおずきいち鬼灯市　夏二〇六
ほおずきいち酸漿市　夏二〇六
*ほおずきのはな鬼灯の花　夏二五四
ほおずきのはな酸漿の花　夏二五四
ほおちる朴散る　冬四九一
*ぼおとボート　夏一八〇
ぼおとごやボート小屋　夏一八〇
ぼおとばんボート番　夏一八〇
*ぼおとれえすボートレース　春五四
ぼおなすボーナス　冬四一八
*ほおのはな朴の花　夏二四三
ほおのはな厚朴の花　夏二四三
*ほおのみ朴の実　秋三七二
ほおのめ朴の芽　春一〇一
ほおばずし朴葉鮓　夏一五六
ほおばなき朴花忌　夏二〇九
ほおわかば朴若葉　夏二四一
*ほかけ穂懸　秋三三〇
ほぎ穂木　新五一八
*ほきいちき保己一忌　秋三五一
ほぐさ穂草　秋三八七
ほぐし火串　夏一七七
*ほくしき北枝忌　夏二二二
ほぐしふる火串振る　夏一七七
*ぼくすいき牧水忌　秋三四六
ぼくそうかる牧草刈る　夏一七六
ほくふう北風　冬四〇九
ほくりほくり　春一一八
ほくろほくろ　春一一八
*ほげい捕鯨　冬四五三
ほげいせん捕鯨船　冬四五三
*ぼけのはな木瓜の花　春一〇〇
*ぼけのみ木瓜の実　秋三七二
ほこ鉾　夏二〇一
ほこだて鉾立　夏二〇一
ほこながしのしんじ鉾流の神事　夏二〇二
ほこのちご鉾の稚児　夏二〇一
ほこのちまき鉾の粽　夏二〇一
ほこまつり鉾祭　夏二〇一
ほこまち鉾町　夏二〇一
ぽこんぽこんぽこんぽこん　新五三六
ぼさおどり菩薩踊　秋三四二
ほざしほざし　春三六
ぼさつばなぼさつばな　夏二三七

*ぼさまつり　菩薩祭　秋三四二
ぼさん　墓参　秋三〇〇
*ほしあい　星合　秋二九七
ほしあいのそら　星合の空　秋二九七
ほしあいのはま　星合の浜　秋二九七
ほしあうよ　星逢ふ夜　秋二九七
ほしあかり　星明り　秋二八八
ほしあたらし　星新し　新五〇四
*ほしいい　乾飯　夏一五六
ほしいい　糒　夏一五六
ほしいい　干飯　夏一五六
ほしいね　干稲　秋三二五
ほしいも　干藷　秋三八四
ほしいわい　星祝　秋二九七
ほしうめ　干梅　夏一五七
*ほしうり　乾瓜　夏一五七
ほしうり　干瓜　夏一五七
ほしおぼろ　星朧　春一六
*ほしがき　干柿　秋三〇九
ほしがきかざる　乾柿飾る　新五〇九
ほしかぶ　ほしかぶ　冬四五〇
ほしかぶら　干蕪　冬四三七
*ほしがらす　星鴉　夏二一九
*ほしがれい　干鰈　春三六
*ほしくさ　干草　夏一七六
ほしくさ　乾草　夏一七六
*ほしくさ　星草　秋三九二
ほしこまい　乾氷下魚　冬四八六
ほしこよい　星今宵　秋二九七
ほしざけ　干鮭　冬四三八
ほしざめ　星鮫　冬四八三
ほしさゆ　星冴ゆ　冬四〇八
ほししいたけ　干椎茸　秋三三五
ほしすずし　星涼し　夏一二四
*ほしぜんまい　干薇　春二八
ほじそ　穂紫蘇　秋三八二
ほしだいこん　干大根　冬四五〇
*ほしたけ　干茸　秋三三五
ほしだら　乾鱈　春三六
*ほしづきよ　星月夜　秋二八八
ほしづくよ　星月夜　秋二八八
ほしとぶ　星飛ぶ　秋二八九
*ほしな　干菜　冬四五一
ほしながる　星流る　秋二八九
*ほしなじる　干菜汁　冬四三五
ほしなつる　干菜吊る　冬四五一
ほしなぶろ　干菜風呂　冬四四七
*ほしなゆ　干菜湯　冬四四七
ほしのあき　星の秋　秋二九七
ほしのいもせ　星の妹背　秋二九七
*ほしのいりごち　星の入東風　冬四〇九
ほしのうた　星の歌　秋二九七
ほしのかおり　星の薫　秋三一七
ほしのかしもの　星の貸物　秋二九八
ほしのこい　星の恋　秋二九七
*ほしのたきもの　星の薫物　秋三一七
ほしのたむけ　星の手向け　秋二九七
ほしのちぎり　星の契　秋二九七
ほしのつま　星の妻　秋二九七
ほしのねや　星の閨　秋二九七
ほしのはし　星の橋　秋二九八
ほしのみやまつり　星宮祭　秋二九七
ほしのわかれ　星の別れ　秋二九七
ほしはしる　星走る　秋二八九
ほしはじろ　星羽白　冬四八二
ほしふぐ　干河豚　夏一六二
*ほしふぐ　乾河豚　夏一六二
ほしぶとん　干蒲団　冬四二八
ほしぼとけ　星仏　新五三八
ほしまつり　星祭　秋二九七
ほしまつる　星祭る　秋二九七
ほしみせ　干見世　夏一八二
ほしむかえ　星迎　秋二九七
ほしゃ　祝者　冬四六七
ぼしゅう　暮秋　秋二八四
ぼしゅん　暮春　春一四
*ほしょく　補植　夏一七三
*ほしわらび　干蕨　春二八
ほしをとなう　星を唱ふ　新五三八
ほじん　蒲人　夏一四六
ほすすき　穂芒　秋三八八
ぼせつ　暮雪　冬四一二
ほぜまつり　豊穣祭　秋三三四
ほそい　細藺　夏一六五
ほそずみ　細炭　冬四四四
ほそねだいこん　細根大根　春一一
ほぞり　帆橇　冬四四九
*ほた　榾　冬四四五
ほだほだ　冬四四五
ほたあかり　榾明り　冬四四五
*ぼだいし　菩提子　秋三七四
*ぼだいじゅのはな　菩提樹の花　夏二四六
ぼだいじゅのみ　菩提樹の実　秋三七四
ぼだいのはな　菩提の花

夏二四六
ぼだいのみ菩提の実　秋三五四
ほたで穂蓼　秋三九三
*ほたてがい帆立貝　夏二二七
ほたてづか帆立塚　夏一七九
ほたてとる海扇猟る　夏一七九
*ほたてひき海扇曳　夏一七九
ほたのぬし榾の主　冬四四五
ほたのやど榾の宿　冬四四五
ほたび榾火　冬四四五
ぼたもちえしき牡丹餅会式　秋三四一
*ほたる蛍　夏二三九
*ほたるいか蛍烏賊　春九一
*ほたるうり蛍売　夏一八二
*ほたるかご蛍籠　夏一八六
*ほたるかずら蛍蔓　夏二六八
ほたるがっせん蛍合戦　夏二三九
*ほたるがり蛍狩　夏一八五
ほたるぐさ蛍草　秋三九三
ほたるけんぶつ蛍見物　夏一八五
ほたるさいこ蛍柴胡　夏二六七
*ほたるそう蛍草　夏二六七
ほたるび蛍火　夏二三九
*ほたるぶくろ蛍袋　夏二六八
ほたるぶね蛍舟　夏一八五
ほたるみ蛍見　夏一八五
ほたれ穂垂れ　新五一八
*ほだわら穂俵　新五六一
*ほだわらかざる穂俵飾る　新五〇九
*ぼたん牡丹　夏二三六
ぼたんいちげ牡丹一華　春一〇七
ぼたんうう牡丹植う　秋三一八
ぼたんえん牡丹園　夏二三六
ぼたんかき牡丹花忌　夏二二二
ぼたんき牡丹忌　夏二〇九
ぼたんきょう牡丹杏　夏二四〇
ぼたんきょうのはなぼたんきやうの花　春一〇〇
ぼたんくよう牡丹供養　冬四六五
ぼたんざくら牡丹桜　春九六
ぼたんそだ牡丹粗朶　冬四六五
*ぼたんたきび牡丹焚火　冬四六五
ぼたんたく牡丹焚く　冬四六五
ぼたんつぎき牡丹接木　秋三一八
ぼたんな牡丹菜　冬四九三
*ぼたんなべ牡丹鍋　冬四三六
*ぼたんねわけ牡丹根分　秋三一八
ぼたんのおき牡丹の燠　冬四六五
ぼたんのきのはな釦の木の花　春一〇四
*ぼたんのめ牡丹の芽　春九七
ぼたんはなさく牡丹華さく　春一四
ぼたんゆき牡丹雪　春一九
ぼたんゆり牡丹百合　春一〇七
*ほちゅうあみ捕虫網　夏一八五
ほちゅうき捕虫器　夏一八五
ぼっか歩荷　夏一八〇
ほっきほつき　春九三
ほっきうりほつき売　春九三
*ほっきがい北寄貝　春九三
*ほっきなべほつき鍋　春三八
ほっきひくほつき曳く　春九三
ほっきめしほつき飯　春三八
ほっきょくぎつね北極狐　冬四七九
ほっきょくぐま北極熊　冬四七九
ほっけほつけ　夏二二五
ほっけえ法華会　秋三三一
ほっこりほつこり　冬四三三
ぼっち稲棒　秋三一五
ほっとういすきいホットウイスキー　冬四三三
ほっとかあぺっとホットカーペット　冬四四三
*ほっとどりんくすホットドリンクス　冬四三三
ほっとれもんホットレモン　冬四三三
ほっとわいんホットワイン　冬四三三
*ほっぷホップ　秋三八六
ほっぷつむホップ摘む　秋三八六
ほっぷのはなホップの花　秋三八六
*ぽっぺんぽつぺん　新五三六
*ほていあおい布袋葵　夏二五〇
ほていそう布袋草(熊谷草)　春一一八
ほていそう布袋草(布袋葵)　夏二五〇
ほていな布袋菜　冬四九四
*ほてまつり帆手祭　春六一
*ほとけしょうがつ仏正月　新五〇三

ほとけのうぶゆ仏の産湯 春六九
ほとけのくちあけ仏の口明 新五〇三
*ほとけのざ仏の座 新五六二
ほとけのつめほとけのつめ 秋三九二
ほとけのとしこし仏の年越 新五〇三
ほとけのひ仏の日 新五〇三
ほとけのわかれ仏の別れ 春六五
*ほととぎす時鳥 夏二二六
ほととぎす郭公 夏二二六
ほととぎす杜鵑 夏二二六
ほととぎす子規 夏二二六
ほととぎす不如帰 夏二二六
ほととぎす蜀魂 夏二二六
ほととぎす杜宇 夏二二六
*ほととぎす杜鵑草 秋三九二
ほととぎす時鳥草 秋三九二
ほととぎすそうほととぎすさう 秋三九二
ほととぎすのおとしぶみ時鳥の落し文 夏二三〇
*ほとほとほとほと 新五二一
ほどまつり火床祭 冬四六四
ほながほなが穂長(樵初) 新五三二
ほなが穂長(歯朶) 新五六一
ほねしょうがつ骨正月 新五〇三
ほねん甫年 新五〇〇
ぽぴいポピー 夏二五一
ぽぺんぽぺん 新五三六
ほむぎ穂麦 夏二六〇
*ほや海鞘 夏二二七
ほや保夜 夏二二七
ほや穂屋 秋三三二
ぼや小火 冬四四八
ほやどりほや鳥 秋三五五
ほやのすすき穂屋の芒 秋三三二
ほやのまつり穂屋の祭 秋三三二
ほやるほやる 春九〇
*ぼら鯔 秋三五九
ほらがいそう法螺貝草 秋三九二
ぼらつり鯔釣 秋三五九
ぼらとぶ鯔飛ぶ 秋三五九
ほりごたつ掘炬燵 冬四四五
ほりぞめ掘初 新五三二
ほりぞめ彫初 新五三三
ほろ蒲蘆 秋三八〇
*ぼろいちぼろ市 冬四二〇
ほろかけぐさほろかけぐさ 春一一八
ほろがや母衣蚊帳 夏一六六
ほろし鬼目 秋三八九
ほろぞり幌橇 冬四四九
ぼろんかずらぼろんかづら 夏二三八
ほわたとぶ穂絮飛ぶ 秋三八七
ぼん盆 秋二九九
ぼんあれ盆荒 秋二九五
ぼんいち盆市 秋三〇一
ぼんうた盆唄 秋三三三
ぼんえ盆会 秋二九九
ぼんおどり盆踊 秋三三三
*ぼんがま盆竈 秋三〇二
ぼんがわり盆替り 秋三一四
*ぽんかん椪柑 冬四九〇
ぽんかん凸柑 冬四九〇
*ほんがんじのかごはな本願寺の籠花 秋三一九
ぼんかんじょう盆勘定 秋三〇三
ほんがんじりっか本願寺立花 秋三一九
ぼんかんじん盆勧進 秋三〇二
*ぼんきせい盆帰省 秋三〇六
ぼんぎた盆北風 秋二九〇
*ぼんきょうげん盆狂言 秋三一四
ぼんく盆供 秋二九九
ぼんぐながし盆供流 秋三〇一
*ぼんごち盆東風 秋二九〇
ほんごよみ本暦 新五三九
ぼんさまながし盆様流 秋三〇一
ぼんじたく盆支度 秋三〇二
ぼんしばい盆芝居 秋三一四
ほんしめじほんしめぢ 秋三五五
ぼんすぎ盆過 秋二九九
ぼんせっき盆節季 秋三〇三
*ほんせんじかねくよう品川寺鐘供養 春七一
ぼんそう盆僧 秋二九九
ほんたで本蓼 夏二六〇
ぼんだな盆棚 秋二九九
ほんだら本鱈 冬四八四
ほんだるほんだる 新五一八
ほんだれほんだれ 新五一八
ほんだわらほんだはら 新五六一
ほんだわらかざるほんだはら飾る 新五〇九

ぼんたんぼんたん　冬四九〇
ほんちぬ本ちぬ　夏二三三
ぼんぢょうちん盆提灯　秋三〇二
ぼんづな盆綱　秋三〇二
＊ぼんつなひき盆綱引　秋三〇二
＊ぼんてん梵天　新五二一
ぼんでん梵天　新五二一
ぼんてんほうのうさい梵天奉納祭　新五二一
ぼんどうろう盆灯籠　秋三〇二
＊ぼんなみ盆波　秋二九五
ぼんのいち盆の市　秋三〇一
ぼんのおくりもの盆の贈物　秋三〇三
ぼんのかいれい盆の廻礼　秋三〇三
＊ぼんのかけごい盆の掛乞　秋三〇三
＊ぼんのつき盆の月　秋二八六
ぼんのつといり盆のつと入　秋三〇三
ぼんのつなひき盆の綱引　秋三〇二
ぼんのやぶいり盆の藪入　秋三〇三
＊ぼんばい盆梅　春九五
ぼんはじめ盆始め　秋三〇二
＊ぼんばな盆花　秋三〇二
ぼんばないち盆花市　秋三〇二
ぼんばなうり盆花売　秋三〇二
ぼんばなおり盆花折　秋三〇二
ぼんばなむかえ盆花迎へ　秋三〇二
ぼんばらい盆払　秋三〇三
ぼんび盆火　秋三〇〇
ぼんぶね盆舟　秋三〇一
ぽんぽんだりあポンポンダリア　夏二五〇
ぼんまえ盆前　秋二九九
ほんまぐろ本鮪　冬四八三
ほんます本鱒　春八九
ほんまつり本祭　夏一九三
ぼんまつり盆祭　秋二九九
＊ぼんみち盆路　秋三〇二
ぼんみち盆道　秋三〇二
ぼんみちづくり盆路作り　秋三〇二
ぼんみっか盆三日　秋二九九
ぼんみまい盆見舞　秋三〇三
ほんむつ本むつ　春八九
ぼんめし盆飯　秋三〇二
ぼんもうえ梵網会　夏二〇五
ほんもろこ本諸子　春九〇
＊ぼんやすみ盆休　秋三〇三
ほんやどかり本やどかり　春九三
ぼんやま盆山　夏一八五
＊ぼんようい盆用意　秋三〇二
ほんらいはいこう本礼拝講　夏二〇五
ぼんれい盆礼　秋三〇三

ま

＊まあがれっとマーガレット　夏二五二
まあざみ真薊　秋三九一
まあじ真鰺　夏二三四
まあなご真穴子　夏二三六
まいか真烏賊　夏二二七
＊まいごらん舞御覧　新五四二
まいざる舞猿　新五三四
＊まいぞめ舞初　新五三六
まいだいまひだひ　冬四八四
＊まいたけ舞茸　秋三九五
まいはじめ舞始　新五三六
＊まいひばり舞雲雀　春八四
まいまい鼓虫　夏二三一
まいまいまひまひ　夏二三五
まいまいむしまひまひ虫　夏二三一
まいるか真海豚　冬四八〇
まいわし真鰯　秋三六〇
まえだれしめ前垂注連　新五〇七
まえづゆ前梅雨　夏二三七
まえなぬか前七日　秋二七八
まお真苧　夏二六二
＊まがき間垣　冬四四一
まがき真牡蠣　冬四八七
まがきのきく籬の菊　秋三七九
まがも真鴨　冬四八二
まがん真雁　秋三五七
まきうり槇売　秋三四〇
まきがえり牧帰り　秋三三〇
まきかしわ巻柏　夏二六八
まきくさ真木草　夏二六一
まきごよみ巻暦　新五三九
まきささ巻笹　夏一五五
まきささうり巻笹売り　夏一五五
まきずし巻鮓　夏一五六
まきどこ播床　春四四
＊まきとざす牧閉す　秋三三〇
まきのせんにゅう牧野仙入　秋三五六
＊まきびらき牧開　春四七

まきぶり巻鰤　冬四八四
まくず真葛　秋三八八
まくずはら真葛原　秋三八八
*まくなぎ蠛蠓　夏二三二
まくらがや枕蚊帳　夏一六六
まくらびょうぶ枕屏風　冬四四三
*まぐろ鮪　冬四八三
まぐろあみ鮪網　冬四八三
まぐろせん鮪船　冬四八三
まぐろつり鮪釣　冬四八三
まぐろなべ鮪鍋　冬四三五
まくわ真瓜　夏二五八
*まくわうり甜瓜　夏二五八
まくわうり真桑瓜　夏二五八
*まくわまく甜瓜蒔く　春四五
まけうま負馬　夏一九四
まけぎく負菊　秋三二四
まけごま負独楽　新五二五
まけずもう負相撲　秋三二三
まけどり負鶏　春二九
まけばい負海螺　秋三二四
まごいねまごいね　秋三八四
*まごたろうむし孫太郎虫　夏二二四
まごち正東風　春一七
*まこも真菰　夏二六五
まこもうり真菰売　秋三〇一
まこもおう真菰生ふ　春一二三
*まこもかり真菰刈　夏一七五
まこもかる真菰刈る　夏一七五
まこもかる真菰枯る　冬四九七
まこもぐさ真菰草　夏二六五
*まこものうま真菰の馬　秋二九八
*まこものはな真菰の花　秋三八八
*まこものめ真菰の芽　春一二三
まこもぶね真菰舟　夏一七五
まこもむしろ真菰蓆　秋三〇一
まさかきのはなまさかきの花　春一〇五
まさきのかずら真拆の葛　夏二四五
*まさきのかずら正木の葛　秋三七六
まさきのかずら柾の葛　秋三七六
*まさきのはな柾の花　夏二四八
*まさきのみ柾の実　秋三七三
*まさじょき真砂女忌　春七六
*まじまじ　夏一二五
ましこ猿子　秋三五五
*ましこどり猿子鳥　秋三五五
ましこどり増子鳥　秋三五五
ましじみ真蜆　冬四八七
ましみず真清水　夏一四四
ましらざけましら酒　秋三〇七
ましらたけ猿茸　秋三九五
*ましん麻疹　春五六
*ます鱒　春八九
ますいち升市　秋三三七
ますかっとマスカット　秋三六七
*ますくマスク　冬四二一
ますくめろんマスクメロン　夏二五八
ますつり鱒釣　春八九
ますのすけますのすけ　春八九
ますのぼる鱒上る　春八九
ますほのすすき十寸穂の芒　秋三八七
まぜまぜ　夏一二五
まそえ媽祖会　秋三四二
まそおのすすき真赭の芒　秋三八七
まそこうしょうえ媽祖降生会　秋三四二
まそさい媽祖祭　秋三四二
まそしょうえ媽祖勝会　秋三四二
またかじめまたかぢめ　夏一七三
またぎマタギ　冬四五一
まだけのこ真竹の子　夏二五七
*またたび木天蓼　秋三七五
*またたびのはな木天蓼の花　夏二四六
またたびのはな天蓼の花　夏二四六
またで真蓼　夏二六〇
まだら真鱈　冬四八四
まだらごい斑鯉　夏二二二
まだらじん摩多羅神　秋三四一
まだらちょう斑蝶　夏二二七
まだらとんぼ斑蜻蛉　秋三六二
まだらゆきまだら雪　春二〇
まちあがけ待網掛　秋三二一
まつあかし松明し　冬四六三
まつあがり松上り　新五一五
まつあけ松明　新五〇二
*まつあげ松上げ　秋三三三
まついかまついか　春九一
*まつえまつり松江祭　秋三二八
まつえまつりどうぎょうれつ松江祭甍行列　秋三二八
まつおくり松送り　新五一五

＊まつおさめ松納　新五一五
＊まつおちば松落葉　夏二四二
まつおろし松下し　新五一五
まつがさね松がさね　新五一五
まつかざり松飾　新五〇六
まつかざる松飾る　冬四三三
まつかぜのしぐれ松風の時雨　冬四一〇
まつかふん松花粉　春一〇二
まつくぐりまつくぐり　春八三
まっこうくじら抹香鯨　冬四八〇
＊まつすぎ松過　新五〇二
＊まつぜみ松蟬　夏二三一
まつたおし松倒し　新五一五
＊まつたけ松茸　秋三九五
まつたけがり松茸狩　秋三三五
まつたけのどびんむし松茸の土瓶蒸し　秋三三五
＊まつたけめし松茸飯　秋三〇八
＊まつていれ松手入　秋三二二
まっとう末冬　冬四〇二
まつとる松取る　新五一五
＊まつな松菜　春一二〇
まつなおし松直し　新五一五
まつなぬか松七日　新五〇二
＊まつのうち松の内　新五〇二
まつのおしんこうさい松尾神幸祭　春六四
＊まつのおしんじすもう松尾神事相撲　秋三三一
まつのおちば松の落葉　夏二四二
＊まつのおまつりおいで松尾祭御出　春六四
まつのかふん松の花粉　春一〇二
まつのしん松の芯　春一〇一
＊まつのはな松の花　春一〇二
まつのみどり松の緑　春一〇一
＊まつのみどりつむ松の緑摘む　春四二
まつばうど松葉独活　春一二二
まつばがに松葉蟹　冬四八六
まつばかんざしまつばかんざし　春一〇六
＊まつばぎく松葉菊　夏二五一
＊まつばざけ松葉酒　冬四三三
まっぱだか真裸　夏一八六
まつばちる松葉散る　夏二四二
＊まつばぼたん松葉牡丹　夏二五三
まつばも松葉藻　夏二七二
まつばやし松囃子（どんたく）　春五九
まつばやし松ばやし　冬四二一
＊まつばやし松囃子　新五四三
まつばやし松拍子　新五四三
まつひき松引　新五〇六
まつびき松引　新五一五
＊まっふマッフ　冬四三一
まっぷく末伏　夏一三三
まつぼうき松箒　新五一六
＊まつまえかえる松前帰る　秋三一二
まつまえのぼる松前上る　秋三一二
＊まつまえわたる松前渡る　夏一七七
＊まつむかえ松迎　冬四二一
＊まつむし松虫　秋三六二
＊まつむしそう松虫草　秋三九三
まつむしそう山蘿蔔　秋三九三
＊まつむしり松毟鳥　春八三
まつも松藻（金魚藻）　夏二七二
＊まつも松藻　冬四九八
＊まつもとのしおいち松本の塩市　新五一七
＊まつもとまつり松本祭　夏一九五
＊まつもむし松藻虫　夏二三一
＊まつゆきそう松雪草　春一〇八
＊まつよい待宵　秋二八七
まつよいぐさ待宵草　夏二六四
まつよいのつき待宵の月　秋二八七
＊まつり祭　夏一九三
まつりあと祭後　夏一九三
＊まつりか茉莉花　夏二三八
まつりがさ祭笠　夏一九三
まつりがね祭鉦　夏一九三
まつりがみ祭髪　夏一九三
＊まつりごとはじめ政始　新五三九
まつりごろも祭衣　夏一九三
まつりじし祭獅子　夏一九三
まつりだいこ祭太鼓　夏一九三
まつりちょうちん祭提灯　夏一九三
まつりはも祭鱧　夏二二六
まつりばやし祭囃子　夏一九三
まつりぶえ祭笛　夏一九三
まつりぶね祭舟　夏一九三
まつりまえ祭前　夏一九三
まて馬刀　春九二
まて竹蟶　春九二
＊まてがい馬蛤貝　春九二

まてがい馬刀貝　春九二
まてがい蟶貝　春九二
*まてつき馬蛤突　春四九
まてほり馬刀掘　春四九
まとはじめ的始　新五四四
まなまな　冬四八四
*まないたはじめ俎始　新五二八
*まないたびらき俎開　新五五五
まながたまながた　冬四八四
*まながつお鯧　冬四八四
まながつお真魚鰹　冬四八四
まなつ真夏　夏一三三
まなつび真夏日　夏一三三
まなづる真鶴　冬四八三
まはえ正南風　夏一三四
まはぎ真萩　秋三八七
まはぜ真鯊　秋三五九
*まびきな間引菜　秋三八二
まひわ真鶸　秋三五五
まふマフ　冬四三一
まふぐ真河豚　冬四八六
まぶし蚕簿　夏一七七
まふゆ真冬　冬四〇六
まふゆび真冬日　冬四〇六
まふらあマフラー　冬四三〇
まぼやまぼや　夏二二七
まぼら真鯔　秋三五九
ままこのしりぬぐいままこのしりぬぐひ　秋三九三
ままっこままつこ　春一〇五
まみ貒　冬四七九
まみまみ　冬四七九
*まみじろ眉白　夏二二〇
まみだぬきまみ狸　冬四七九
まみなみ正南風　夏一三四
*まむし蝮　夏二二五
まむし蝮蛇　夏二二五
まむし真蒸し　夏二二六
*まむしぐさ蝮蛇草　春一二〇
まむしぐさ蝮草　春一二〇
まむしざけ蝮酒　夏二二五
まむしとり蝮捕　夏二二五
まめいり豆炒　春三七
まめうう豆植う　夏一七三
まめうち豆打　冬四二六
まめうつ豆打つ　秋三一九
まめがきまめ柿　秋三六六
まめがら豆殻　秋三一九
まめがらさす豆殻挿す　冬四二六
まめごはん豆御飯　夏一五六
まめざくら豆桜　春九六
まめたたく豆叩く　秋三一九
まめたにし豆田螺　春九三
まめたん豆炭　冬四四五
*まめのはな豆の花　春一〇九
まめはざ豆稲架　秋三一九
まめはやす豆はやす　冬四二六
*まめひく豆引く　秋三一九
まめほす豆干す　秋三一九
*まめまき豆撒　冬四二六
*まめまく豆蒔く　夏一七三
まめまわし豆回し　夏二二〇
まめむしろ豆莚　秋三一九
まめめいげつ豆名月　秋二八八
*まめめし豆飯　夏一五六
まやこんぶ摩耶昆布　春六八
まやだしまやだし　春四一
まやまいり摩耶参　春六八
*まやもうで摩耶詣　春六八
*まゆ繭　夏一七七
まゆいち繭市　夏一七七
まゆかい繭買　夏一七七
まゆかき繭掻　夏一七七
まゆかきづき眉書月　秋二八六
まゆかご繭籠　夏一七七
まゆそうば繭相場　夏一七七
まゆたてあかね眉立茜　秋三六二
*まゆだま繭玉　新五一八
まゆだまいわう繭玉祝ふ　新五一八
まゆだんご繭団子　新五一八
まゆちょう繭蝶　夏二二八
まゆづき眉月　秋二八六
まゆつくり眉つくり　春一一九
まゆどんや繭問屋　夏一七七
まゆにる繭煮る　夏一七七
まゆのが繭の蛾　夏二二八
まゆのちょう繭の蝶　夏二二八
まゆはき眉はき　春一一九
まゆはきそう眉掃草　春一一九
まゆほす繭干す　夏一七七
*まゆみのはな檀の花　夏二四六
まゆみのはな真弓の花　夏二四六
*まゆみのみ檀の実　秋三七三
まゆみのみ真弓の実　秋三七三
まゆもち繭餅　新五一八
まよなかのつき真夜中の月　秋二八八
まらりあマラリア　夏一八八
まりあのつきマリアの月　夏二〇七
*まりいごおるどマリーゴールド　夏二五一
まりうた毬唄　新五三五
まりしてんまいり摩利支天

諧　新五三三
＊まりはじめ鞠始　新五四三
まるがま丸蒲　夏二六二
まるこ丸子　夏二二三
まるずきん丸頭巾　冬四三〇
まるすげ丸菅　夏二六二
まるそうだ丸宗太　秋三五九
まるただし丸太出し　冬四五四
まるたにし丸田螺　春九三
＊まるたひき丸太曳　冬四五四
まるなす丸茄子　夏二五八
まるなべ丸鍋　冬四三六
まるはだか丸裸　夏一八六
まるめいらまるめいら　秋三六八
＊まるめろ榲桲　秋三六八
＊まるめろのはな榲桲の花　春一〇〇
まれすけき希典忌　秋三四六
＊まろにえのはなマロニエの花　夏二二七
まわしまはし　冬四二九
まわた真綿　冬四二七
まわたとり真綿取　夏一七
まわりすごろく廻り双六　新五三三
まわりどうろう回り灯籠　夏一六八
まわりどうろう廻り灯籠　夏一六八
まんげつ満月　秋二八七
＊まんごおマンゴー　夏二四一
＊まんごおのはなマンゴーの花　春二二
＊まんざい万歳　新五三三
まんざいだいふ万歳太夫　新五三三
まんざいらく万歳楽　新五三三
まんざき万座忌　夏二一二
＊まんさく金縷梅　春一〇二
まんさく満作　春一〇二
まんさくのはな金縷梅の花　春一〇二
まんじゅぎく万寿菊　夏二五一
まんじゅさげまんじゅさげ　秋三九一
＊まんじゅしゃげ曼珠沙華　秋三九一
まんじゅらく万秋楽　新五四〇
まんだらえ曼荼羅会　夏二〇五
まんだらげ曼荼羅華　夏二六三
＊まんたろうき万太郎忌　夏二〇八
まんてんせい満天星　夏二三六
＊まんとマント　冬四二九
まんどう万灯　冬四六一
まんとうえ万灯会　秋三四一
まんとうか万桃花　夏二六三
まんとうび万灯日　春一〇
まんとうまんげえ万灯万華会　秋三四一
まんとぬぐマント脱ぐ　春三三
まんねんあわび万年鮑　春九二
まんねんがい万年貝　春九二
まんねんたけ万年茸　秋三九五
まんりきおとこ万力男　新五一〇
＊まんりょう万両　冬四九四
まんりょう硃砂根　冬四九四
まんりょうき万両忌　冬四七五

み

みあさみあさ　夏二六一
みあれぎ御生木　夏一九六
みあれまつり御生祭　夏一九六
＊みいでらおんなもうで三井寺女詣　秋三四〇
みいでらごみむし三井寺ごみむし　秋三六四
＊みいでらのふだやき三井寺の札焼　夏二〇七
みうめ実梅　夏二三九
みうめもぐ実梅もぐ　夏二三九
みうらだいこん三浦大根　冬四九五
＊みえいく御影供　春六七
みえいこう御影講（御影供）　春六七
みえいこう御影講（御命講）　冬四六一
みえくみえく　春六七
みおさめ箕納　冬四一八
みおそてぃすミオソティス　春一〇七
＊みがきにしん身欠鰊　夏二六三
みがきぼん磨き盆　秋三〇二
みかぐら御神楽　冬四六七
みかげまつり御蔭祭　夏一九六
みかさのやまやき三笠の山焼　新五五一
＊みかづき三日月　秋二八六
みかづきまゆ三日月眉　秋二八六
みかどあげは帝揚羽　夏二三八
みかのつき三日の月　秋二八六

＊みかまぎ御薪　新五四一
みかまぎたてまつる御薪奉る　新五四一
みかわはなまつり三河花祭　冬四六四
みかわまんざい三河万歳　新五三三
＊みかん蜜柑　冬四九〇
＊みかんかざる蜜柑飾る　新五〇八
＊みかんのはな蜜柑の花　夏三三八
みかんばたけ蜜柑畑　冬四九〇
みかんまき蜜柑撒　冬四六四
みかんやま蜜柑山　冬四九〇
みきくさみきくさ　春一一五
＊みくさおう水草生ふ　春一二三
みぐさかる水草枯る　冬四九六
みくささいみくさ祭　夏二〇〇
＊みぐしあげ御髪上　冬四六一
みくじうばい御籤奪　冬四六六
＊みくすりをくうず御薬を供ず　新五三九
みくにち三九日　秋三六八
みくるまやま御車山　夏一九四
みくるまやままつり御車山祭　夏一九四
みこころさいみこころ祭　夏二〇八
みこし神輿　夏一九三
みこしあらい神輿洗　夏二〇一
みこしぐさ神輿草　夏二六六
みこしぶね神輿舟　夏二〇二
みさいえ御斎会　新五四一
みざくら実桜　夏二三五
みざけ身酒　冬四三二
みさご鶚　冬四八〇
みさはじめ弥撒始　新五五七
みさやまがり御射山狩　秋三三二
＊みさやままつり御射山祭　秋三三二
みざんしょう実山椒　秋三七五
＊みじかよ短夜　夏一三一
＊みしまおおまつり三嶋大祭　秋三三一
＊みしまおたうちまつり三島御田打祭　新五四七
＊みしまき三島忌　冬四七四
みしまとりのいち三島酉の市　冬四六五
みしらずがき身不知柿　秋三六六
みす御簾　夏一六五
＊みずあおい水葵　夏二六五
みずあさがお水朝顔　夏二六九
＊みずあそび水遊　夏一八四
＊みずあたり水中　夏一八七
みずあび水浴　夏一八一
みずあびせ水浴せ　新五一九
みずあらそい水争　夏一七二
みずあわせ水合　夏一四五
＊みずあわせのはらえ水合の祓　夏一四五
みずいくさ水戦　夏一八四
＊みずいわい水祝　新五一九
みずうちわ水団扇　夏一六八
みずうつ水打つ　夏一七〇
みずうみこおる湖凍る　冬四一六
＊みずうり水売　夏一七〇
みすえどり見すゑ鳥　春二六
みずおおばこ水大葉子　夏二六九
＊みずおおばこのはな水車前の花　夏二六九
みずおとす水落す　秋三一四
＊みずがい水貝　夏一六二
みずがい水介　夏一六二
みずかえしんじ水替神事　夏二〇一
みずかけあい水掛合　夏一八四
みずかけいわい水掛祝　新五一九
みずかけぐさ水掛草　秋三九一
みずかけぐさ水懸草　秋三九一
みずかげぐさ水影草　秋三八三
＊みずかけな水灌菜　春一一〇
みずかけな水掛菜　春一一〇
みずかけぶるまい水掛振舞　新五一九
みずがたき水敵　夏一七二
みずがっせん水合戦　夏一八四
＊みずからくり水機関　夏一八四
みずからくり水からくり　夏一八四
みずがらしみづがらし　春一一一
＊みずかる水涸る　冬四一五
＊みずぎ水着　夏一五四
＊みずきのはな水木の花　夏二四三
＊みずきのみ水木の実　秋三七二
＊みずきょうげん水狂言　夏一八三
みずくぐり水潜り　夏一八一
みずくさおいそむ水草生ひ初む　春一二三

みずくさおう水草生ふ　春一三
*みずくさのはな水草の花　夏二七二
*みずくさもみじ水草紅葉　秋三五四
みずぐも水蜘蛛　夏三三一
みずくらげ水海月　夏二二七
みずぐり水栗　夏二六五
みずげい水芸　夏一八三
みずげた水下駄　夏一七二
みすげのはらえ御菅の祓　秋三三四
みずけむる水煙る　冬四二五
*みずげんか水喧嘩　夏一七二
みずごいどり水恋鳥　夏二一八
みずじあい水試合　夏一八四
みずしも水霜　秋二九二
みずしょうぶ水菖蒲　夏二四九
*みすずきみすゞ忌　春七六
みずすまし水澄　夏三三一
みずすましみづすまし　夏三三一
*みずすむ水澄む　秋二五四
みずせったい水接待　夏一六〇
みずぜり水芹　春一一七
みずた水田　夏一四三
みずたで水蓼　夏二六〇
*みずたま水玉　夏一八五
みずたまそう水玉草　秋三九二
みずたれまつり水垂祭　秋三三九
みずづけ水漬　夏一五六
みずっぱなみづつぱな　冬四五八
*みずでっぽう水鉄砲　夏一八四
みずどうふ水豆腐　夏一五七
みずどの水殿　夏一六三
みずとり水取　春六七
*みずどり水鳥　冬四八二
*みずとりのす水鳥の巣　夏二一八
*みずな水菜　春一一〇
みずなみづな　春一一七
*みずなぎどり水薙鳥　夏二一九
みずなぎどり水凪鳥　夏二一九
みずならのみ水楢の実　秋三七三
みずぬすびと水盗人　夏一七三
*みずぬすむ水盗む　夏一七三
*みずぬるむ水温む　春三三
みずのあき水の秋　秋二五四
みずのこ水の粉　夏一六一
みずのはる水の春　春三三
みずはぎ水萩　秋三九一
*みずはじめてかるる水始めて涸る　秋二七九
みずはじめてかるる水始めて涸るる　秋二七九
*みずはじめてこおる水始めて氷る　冬三九八
*みずばしょう水芭蕉　夏二六四
*みずばな水洟　冬四五八
みずはむ水鱧　夏二二六
*みずはも水鱧　夏二二六
みずばん水番　夏一七三
みずばんごや水番小屋　夏一七三
みずびえ水稗　秋三五四
みずひき水引　秋三九一
*みずひきのはな水引の花　秋三九一
みずぶき水蕗　夏二七三
みずふるまい水振舞　夏一六〇
みずほう御修法　新五四一
みずまき水撒　夏一七〇
みずまのかしせん水間の貸銭　春六五
*みずままつり水間祭　春六五
みずまもる水守る　夏一七三
みずまんじゅう水饅頭　夏一六〇
みすみそう三角草　春一一六
*みずみまい水見舞　夏一七六
みずむけ水向け　秋二九九
*みずむし水虫　夏一八八
みずむしみづむし　夏三三一
みずめがね水眼鏡　夏一七八
みずめし水飯　夏一五六
*みずもち水餅　冬四三一
みずもちつくる水餅作る　冬四三一
みずや水屋　夏一七〇
みずやかぐら水谷神楽　春六九
*みずやのう水屋の能　春六九
みずゆき水雪　冬四二二
*みずようかん水羊羹　夏一六〇
*みせばやみせばや　秋三九二
みせばや見せばや　秋三九二
みせんりょう実千両　冬四九四
みぞおごのりみぞおごのり　春一二四
みそかしょうがつ晦日正月　新五〇三
*みそかそば晦日蕎麦　冬四二四
みそかだんご晦日団子

みそかよい晦日宵　新五〇三
*みそぎ御祓　夏二〇〇
みそぎ禊　夏二〇〇
みそぎがわ御祓川　夏二〇〇
*みぞごい溝五位　夏二一九
*みそさざい鷦鷯　冬四八二
みそさざい三十三才　冬四八二
みぞさらい溝浚ひ　夏一七一
*みぞさらえ溝浚へ　夏一七一
みそしこむ味噌仕込む　冬四五五
みそぞうすい味噌雑炊　冬四一三
*みぞそば溝蕎麦　秋三九四
みそたき味噌焚　冬四五五
みそだま味噌玉　春三九
*みそつき味噌搗　冬四五五
みそつく味噌搗く　冬四五五
みそつくる味噌作る　冬四五五
みそどんどみそどんど　新五二二
みそのまつり御衣祭　夏一九六
*みそはぎ千屈菜　秋三九一
みそはぎ鼠尾草　秋三九一
みぞはぎ溝萩　秋三九一
みぞひばり溝雲雀　秋三五六
みそふみつまご味噌踏みつまご　春三九
*みそまめにる味噌豆煮る　春三九
みぞる霙る　冬四二一
みぞれみぞれ　夏一五九
*みぞれ霙　冬四二一
みぞれざけ霙酒　冬四一三
みたまのふゆ御魂の冬　冬四七二
みたらしだんご御手洗団子　夏二〇三
みたらしまつり御手洗祭　秋三一〇
*みたらしもうで御手洗詣　夏二〇三
みだれぐさ乱れ草　秋三八七
みだれはぎ乱れ萩　秋三八七
*みちあえのまつり道饗の祭　夏一九〇
みちおしえ道をしへ　夏二三〇
みちかり路刈り　秋三〇二
みちざねき道真忌　春六一
みちしるべみちしるべ　夏二三〇
みちとせぐさ三千歳草　春九九
みちなぎ路薙ぎ　秋三〇二
*みちのくこざくら陸奥小桜　夏二七一
みちょうとじ御帳綴　新五一七
みちよぐさ三千世草　春九九
みつえ御杖　新五四〇
*みっか三日　新五〇一
みっかぎ三日着　新五三七
みつかどこおろぎ三角蟋蟀　秋三六二
みっかのつき三日の月　秋二八六
みつぐり三つ栗　秋三六七
みつすい蜜水　夏一五九
みつでかえで三つ手かへで　秋三六九
みつのはじめ三の始　新五〇一
みつばみつば　春一一一
みつばあけび三葉通草　春一〇五
みつばかいどう三葉海棠　夏二四四
*みつばぜり三葉芹　春一一一
みつばち蜜蜂　春九四
みつばつつじ三葉躑躅　春九九
みつぼし三つ星　冬四〇八
みつまたかる三椏刈る　冬四五五
みつまたのかわはぐ三椏の皮剝ぐ　冬四五五
*みつまたのはな三椏の花　春九七
*みつまたむす三椏蒸す　冬四五五
*みつまめ蜜豆　夏一六〇
みつもの三つ物　新五一四
みつものうり三つ物売　新五一四
みつものはいかい三つ物俳諧　新五一四
みつものれんが三つ物連歌　新五一四
みとしろしんじ御戸代神事　新五四九
みとびらき御戸開　夏一九三
みとまつりみと祭　春三〇
みどりさす緑さす　夏二四一
*みどりじょきみどり女忌　秋三四六
みどりたつ緑立つ　春一〇一
みどりつむ緑摘む　春四二
*みどりのげっかんみどりの月間　春五八

みどりのはね緑の羽根　春五八
*みどりのひみどりの日　春五九
みどりのひ緑の日　春五九
みどりのふゆみどりの冬　夏一三一
*みどりのよ緑の夜　夏一三一
みどりはなやさい緑花椰菜　冬四九五
みなみな　春九三
みなくちのぬさ水口の幣　春三〇
*みなくちまつり水口祭　春三〇
みなくちまつる水口まつる　春三〇
みなしぐり虚栗　秋三六〇
みなしごみなし子　秋三六四
*みなづき水無月　夏二一九
みなづきえ六月会　夏二〇六
*みなづきじんみなづき尽　夏二一三
みなづきのう水無月能　夏二〇一
みなづきはらえ水無月祓　夏二〇〇

*みなみ南風　夏一二四
みなみかぜ南風　夏一二四
*みなみじゅうじせい南十字星　夏一二四
みなみふく南吹く　夏一二四
みなみまつり南祭(石清水臨時祭)　春六二
みなみまつり南祭(八幡放生会)　秋三三三
みなもとのよりともき源頼朝忌　新五八
みなんてん実南天　秋三七一
*みにしむ身に入む　秋二八一
みにしむ身に沁む　秋二八一
*みねいり峰入　春七一
みねぐも峰雲　夏一二四
*みねざくら嶺桜　春九六
みのおざんべんざいてんまいり箕面山弁才天参　秋三三五
みのおとみつき箕面富突　秋三三五
*みのおのとみ箕面の富　秋三三五
みのが蓑蛾　夏二二八
みのがも蓑鴨　冬四八二
*みのひのはらえ巳の日の祓　春六一

みのぼうし蓑帽子　冬四三〇
*みのむし蓑虫　秋三六四
みのむしなく蓑虫鳴く　秋三六四
みのよし蓑葭　冬四八二
みのりだ稔り田　秋二九四
みのわた蓑腸　冬四三九
みばしょう実芭蕉　夏二四〇
みはまなす実玫瑰　秋三七五
みぶおどり壬生踊　春七〇
みぶきょうげん壬生狂言　春七〇
みぶくわい壬生慈姑　春一二
みぶさい壬生祭　春七〇
*みぶな壬生菜　春一一〇
みぶねぶつ壬生念仏　春七〇
*みふねまつり三船祭　夏一九七
*みぶねんぶつ壬生念仏　春七〇
みぶのかね壬生の鉦　春七〇
みぶのめん壬生の面　春七〇
みふゆづき三冬月　冬四〇二
みふゆつく三冬尽く　冬四〇七
みほまいり三保参　新五五〇
*みほまつり三保祭　新五五〇
*みまつり箕祭　冬四一八
みまんりょう実万両　冬四九四

みみあて耳当　冬四三〇
みみかいつぶり耳かいつぶり　冬四八二
みみかけ耳掛　冬四三〇
*みみず蚯蚓　夏二三五
みみずいず蚯蚓出づ　夏二三五
*みみずく木菟　冬四八一
*みみずなく蚯蚓鳴く　秋三六三
*みみなぐさ耳菜草　春一一五
*みみぶくろ耳袋　冬四三〇
みむらさき実紫　秋三七四
*みもざミモザ　春九八
みやかぐら宮神楽　冬四六七
みやぎのはぎ宮城野萩　秋三八七
*みやこおどり都をどり　春五三
みやこおどり都踊　春五三
*みやこぐさ都草　夏二六七
みやこじょうふ宮古上布　夏一五三
*みやこどり都鳥　冬四八二
みやこばな都花　夏二六七
*みやこわすれ都忘れ　春一〇九
*みやざきまつり宮崎祭　秋三三九
みやずもう宮相撲　秋三三三

みやつこぎ**みやつこぎ**　春一〇四
みやまあかね**深山茜**　秋三六二
みやまいたどり**みやまいたどり**　春一一六
みやまきりしま**深山霧島**　春九九
みやまざくら**深山桜**　春九六
＊みやましきみ**深山樒**　冬四九三
みやましきみ**太山樒**　冬四九三
＊みやましきみのはな**深山樒の花**　夏二四四
みやましょうびん**深山翡翠**　夏二一八
みやまぜみ**深山蟬**　夏二三一
＊みやまつり**三谷祭**　秋三三八
みやまねこめそう**深山猫眼草**　春一二〇
みやまはこべ**深山はこべ**　春一一五
みやまほおじろ**深山頬白**　春八四
みやまりんどう**深山竜胆**　秋三九二
みやまれんげ**深山蓮花**　夏二四四
みゆき**深雪**　冬四二二
みゆきばれ**深雪晴**　冬四二二
みゆびげら**三趾げら**　秋三五七
＊みょうえき**明恵忌**　新五五八
＊みょうえしょうにんけんちゃしき**明恵上人献茶式**　秋三四二
みょうがじる**茗荷汁**　夏二五九
＊みょうがだけ**茗荷竹**　春一二二
＊みょうがのこ**茗荷の子**　夏二五九
＊みょうがのはな**茗荷の花**　秋三八三
＊みょうがまつり**茗荷祭**　冬四六九
＊みょうしんじかいさんき**妙心寺開山忌**　冬四七八
みょうとびな**女夫雛**　春六八
みょうほうのひ**妙法の火**　秋三三九
みよしき**三好忌**　春七七
みよしながし**神葭流し**　夏二〇二
みらみら**みら**　春一二二
＊みる**海松**　春一二三
みるがい**海松貝**　春九二
＊みるくい**海松食**　春九二
みるくい**西施舌**　春九二
＊みるくせえき**ミルクセーキ**　夏二五九
みるぶさ**海松房**　春一二三
みるめ**みるめ**　春一二三
みるめかる**みるめ刈る**　春一二三
みわたり**御渡り**　冬四一七
みんとのはな**ミントの花**　秋三八六
みんみん**みんみん**　夏二三一
みんみんぜみ**みんみん蟬**　夏二三一

む

＊むいか**六日**　新五〇一
むいかしょうぶ**六日しやうぶ**　夏一四八
むいかづめ**六日爪**　新五一五
むいかどし**六日年**　新五〇一
＊むいかとしこし**六日年越**　新五一四
＊むいかのあやめ**六日の菖蒲**　夏一四八
むうちい**鬼餅**　冬四一九
むうちいびいさあ**鬼餅寒**　冬四一九
＊むかいのみょうじんまつり**向日明神祭**　夏一九六
むかうるとし**迎ふる年**　新五〇〇
むかえうま**迎馬**　秋三〇〇
むかえがね**迎鐘**　秋三四〇
むかえついたち**迎へ朔日**　新五〇三
むかえづゆ**迎へ梅雨**　夏一三七
＊むかえび**迎火**　秋三〇〇
むかえぼん**迎盆**　秋二九九
＊むかご**零余子**　秋三八二
むかごとり**零余子とり**　秋三八二
＊むかごめし**零余子飯**　秋三〇八
むかしとんぼ**昔蜻蛉**　秋三六一
＊むかで**蜈蚣**　夏二三四
むかで**百足虫**　夏二三四
むかで**百足**　夏二三四
むかでこばん**百足小判**　新五五四
むかでのり**むかで海苔**　春一二四
むかぶ**珠芽**　秋三八二
＊むぎ**麦**　夏二六〇
むぎあおむ**麦青む**　春一二二
むぎあき**むぎあき**　夏一二七

*むぎあらし麦嵐　夏一三六
むぎいり麦焦　夏一六一
むぎいりこ麦炒粉　夏一六一
*むぎうずら麦鶉　春八四
*むぎうち麦打　夏一七一
むぎうちうた麦打歌　夏一七一
むぎうらし麦熟らし　夏一一七
むぎうる麦熟る　夏二六〇
むぎうれぼし麦熟れ星　夏一三四
むぎかち麦搗　夏一七一
むぎから麦稈　夏一七一
むぎがら麦稈　夏一七一
むぎがらかご麦稈籠　夏一八六
むぎがらぶえ麦稈笛　夏一八六
むぎがらぶね麦殻舟　秋三〇一
むぎがらやき麦殻焼　夏一七一
*むぎかり麦刈　夏一七一
むぎかる麦刈る　夏一七一
むぎぐるま麦車　夏一七一
むぎこうせん麦香煎　夏一六一
むぎこがし麦こがし　夏一六一
*むぎこき麦扱　夏一七一
むぎこききき麦扱機　夏一七一
むぎじょうちゅう麦焼酎　夏一五八
むぎたたき麦叩　夏一七一
*むぎちゃ麦茶　夏一五八
むぎつき麦つき　夏一七一
むぎとろ麦とろ　秋三一一
むぎなわむぎなは　秋二九五
*むぎのあき麦の秋　夏一一七
むぎのあきかぜ麦の秋風　夏一三六
むぎのかぜ麦の風　夏一三六
むぎのからさお麦の殻竿　夏一七一
*むぎのくろほ麦の黒穂　夏二六〇
むぎのこ麦の粉　夏一六一
むぎのときいたる麦秋至る　夏一一八
むぎのなみ麦の波　夏二六〇
むぎのふたば麦の二葉　冬四九六
むぎのほ麦の穂　夏二六〇
*むぎのめ麦の芽　冬四九六
むぎばたけ麦畑　夏二六〇
むぎふ麦生　夏二六〇
*むぎぶえ麦笛　夏一八六
*むぎふみ麦踏　春四二
むぎぼこり麦埃　夏一七一
むぎぼし麦星　夏一三四
*むぎほまつり麦穂祭　春六二
*むぎまき麦蒔　冬四五〇
むぎまく麦蒔く　冬四五〇
*むぎめし麦飯　夏一五六
むぎやき麦焼き　夏一七一
むぎゆ麦湯　夏一五八
むぎらくがん麦落雁　夏一六一
*むぎわら麦藁　夏一七一
*むぎわらかご麦藁籠　夏一八六
*むぎわらぎく麦藁菊　夏二五一
むぎわらぎく麦稈菊　夏二五一
*むぎわらだい麦藁鯛　夏二三三
*むぎわらだこ麦藁章魚　夏二三六
むぎわらだこ麦藁蛸　夏二三六
むぎわらとんぼ麦藁蜻蛉　秋三六一
むぎわらのへび麦藁の蛇　夏二〇一
*むぎわらはぜ麦藁鯊　夏二三三
むぎわらぶえ麦藁笛　夏一八六
むぎわらぼうし麦稈帽子　夏一五五
むぎわらぼうし麦藁帽子　夏一五五
むぎをふむ麦を踏む　春四二
むくむく　秋三五六
*むくげ木槿　秋三六六
むくげがき木槿垣　秋三六六
*むくどり椋鳥　秋三五六
*むくのみ椋の実　秋三七一
*むぐら葎　夏二六三
むぐらう葎生　夏二六三
むぐらぐさ葎草　夏二六三
*むぐらしげる葎茂る　夏二六三
むぐらのかど葎の門　夏二六三
むぐらのやど葎の宿　夏二六三
*むぐらわかば葎若葉　春一一四
むぐりむぐり　冬四八二
むくれついたちむくれ朔日　夏一九二
*むくろじ無患子　秋三七四
むくろじ木患子　秋三七四
むくろじのみ無患子の実　秋三七四
むくろじのみ無患樹の実　秋三七四
むけかえりついたちむけかへり朔日　夏一九二
むけせっくむけ節供　夏一九二
*むげつ無月　秋二八七
*むけついたち六月朔日　夏一九二
むげんざいのせいまりあさいじつ無原罪の聖マリア

の祭日　冬四七三
むこぎむこぎ　春一〇二
むごんもうで無言詣　夏二〇一
＊むささび鼯鼠　冬四八〇
むささびむささび　冬四八〇
むさし武蔵　新五三四
むさしさすかりむさし八道　新五三四
＊むし虫　秋三六二
むしあつし蒸暑し　夏二三一
むしあなにいる虫穴に入る　秋二八三
むしあわせ虫合　秋二九六
＊むしうり虫売　秋三二五
＊むしえらび虫選　秋二九六
むしおい虫追　秋三一四
＊むしおくり虫送　秋三一四
むしおゆ虫老ゆ　冬四八八
＊むしかがり虫篝　夏一五六
むしかくれてとをふさぐ蟄虫戸を坏ぐ　秋二七九
＊むしかご虫籠　秋三二五
むしがり虫狩　秋二九六
むしかる虫嗄る　冬四八八
＊むしがれい蒸鰈　春三六
むしきき虫聞　秋三六二
むしくさのはなむしくさの花　春一〇五
むしくよう虫供養　秋三一四
むしこむしこ　秋三二五
むしごむしご　秋三二五
むししぐれ虫時雨　秋三六二
＊むしずし蒸鮓　冬四三三
むしすだく虫集く　秋三六二
むしだし虫出し　春二〇
むしだしのらい虫出しの雷　春二〇
むしたゆ虫絶ゆ　冬四八八
むしづくし虫尽　秋二九六
むしつじるむしつ汁(事始)　春二七
むしつじるむしつ汁(事納)　冬四一九
むじつじるむじつ汁　夏一五六
むしとり虫採　秋二九六
＊むしとりすみれ虫取菫　夏二六九
＊むしとりなでしこ虫取撫子　夏二五二
むじな貉　冬四七九
むしながし虫流　秋三一四
むしなく虫鳴く　秋三六二
むしのあき虫の秋　秋三六二
むしのこえ虫の声　秋三六二
むしのね虫の音　秋三六二
むしのやみ虫の闇　秋三六二
むしはまぐり蒸蛤　春三八
むしばらい虫払　夏一六九
むしふく虫吹く　秋二九六
むしほおずき虫鬼灯　秋三七八
＊むしぼし虫干　夏一六九
むしほっき蒸ほつき　春三八
＊むしまんじゅう蒸饅頭　冬四三三
むしめし蒸し飯　冬四三三
むしや虫屋　秋三一五
＊むしゃにんぎょう武者人形　夏一四六
むしろおる筵織る　冬四五五
むしろたたき蓆たたき　秋三一五
むしをえらぶ虫を選ぶ　秋二九六
＊むすかりムスカリ　春一〇七
むすびきのはな結香の花　春九七
むすびこぶ結昆布　新五二六
＊むすびこんぶ結昆布　新五二六
むすびこんぶいわう結昆布祝ふ　新五〇九
＊むすびば結葉　夏二四一
むすびやなぎ結柳　新五三二
むせつ霧雪　冬四二一
＊むそうき夢窓忌　秋三五二
むそうき無相忌　冬四七八
むだばしり空走り　夏一九四
むつむつ　春八九
＊むつ鯥　冬四八四
むつかけ鯥掛　春八九
＊むつき睦月　春六
＊むつごろう鯥五郎　春八九
むつとぶむつ飛ぶ　春八九
むつのこ鯥の子　冬四八四
むつのはな六花　冬四二二
むつひきあみ鯥曳網　春八九
むつふくろあみ鯥袋網　春八九
むつほる鯥掘る　春八九
むつみこんぶ睦昆布　新五二六
むつらぼし六連星　冬四〇八
むてき霧笛　秋二九一
＊むなかたまつり宗像祭　冬四六六
むなぐろ胸黒　冬四八二
むねたたき胸叩　冬四二三
むねのつき胸の月　秋二八五
＊むひょう霧氷　冬四二一
むひょうりん霧氷林　冬四二一

＊むべ郁子　秋三八九
＊むべのはな郁子の花　春一〇五
むべのはな野木瓜の花　春一〇五
むべのみ郁子の実　秋三八九
むらおばな村尾花　秋三八八
むらがすみ叢霞　春一一
むらかぶき村歌舞伎　秋三三四
＊むらさき紫草　夏二六三
むらさきうまごやし紫うまごやし　春一二五
むらさきえのころ紫ゑのころ　秋三九〇
むらさきけまん紫華鬘　春一〇七
むらさきさぎごけ紫鷺苔　春一二
＊むらさきしきぶ紫式部　秋三五四
むらさきしきぶのみ紫式部の実　秋三五四
むらさきしじみ紫蜆　春九三
むらさきつりふね紫釣船　秋三九二
むらさきのはな紫の花　夏二六三
むらさきのり紫海苔　春一二三
むらさきはしどい紫丁香花　春九八
むらさきはななむらさきはなな　春一〇六
むらさきまつり紫茉莉　秋三七八
むらさきわらび紫蕨　春一一七
むらさめ村雨　夏二三八
むらしぐれ村時雨　冬四一〇
むらしばい村芝居　秋三三四
むらすすきむら芒　秋三八七
むらつばめ群燕　春八五
むらまつり村祭　秋三三〇
＊むれすずめ群雀　春一〇八
むれちどり群千鳥　冬四八二
むれなでしこ群撫子　春一〇九
むろあじ室鰺　夏二三四
＊むろざき室咲　冬四八九
むろざきのうめ室咲の梅　冬四八九
むろのうめ室の梅　冬四八九
むろのおしね室のおしね　秋三八三
むろのはな室の花　冬四八九
むろのはやわせ室のはや早稲　秋三八三

め

めあさ雌麻　夏二六一
めいが明河　秋二八九
＊めいきゅうそのはねをはらう鳴鳩其羽を払ふ　春一四
＊めいげつ名月　秋二八七
めいげつ明月　秋二八七
めいげつそうのはな明月草の花　夏二六五
＊めいしうけ名刺受　新五一一
めいしこうかんかい名刺交換会　新五一一
めいじせつ明治節　秋三三九
めいじそう明治草　秋三八九
めいすいだて名水点　夏一六九
＊めいせつき鳴雪忌　春七四
めいぶつすごろく名物双六　新五三三
めいふらわあメイフラワー　春九九
めうど芽独活　春一二
めえくいんメークイン　秋三八一
＊めえでえメーデー　春三
めえでえかメーデー歌　春三
めおこし芽起こし　春三
めおとだき夫婦滝　夏一四
めかぶ布株　春一三
めかぶとろろめかぶとろろ　春一三
めかりめかり　春四七
めかりがま若布刈鎌　春四七
めかりざお若布刈竿　春四七
めかりどきめかり時　春一三
めかりどき目借時　春一三
めかりねぎ和布刈禰宜　冬四六八
＊めかりのしんじ和布刈神事　冬四六八
めかりぶね若布刈舟　春四七
めがるかや雌刈萱　秋三八八
めかるかわずめかる蛙　春三
めぎ雌木　夏二六一
＊めきゃべつ芽キャベツ　冬四九四
めぐさめぐさ　秋三八六
めくされいち目くされ市　秋三三三
めぐむ芽組む　春一〇一
めくわ芽桑　春一〇二

*めごちめごち 夏二三五
めごち雌鯒 夏二三五
めころしめころし 春二三三
めざさ芽笹 夏二四九
*めざし目刺 春三六
めざしいわし目刺鰯 春三六
めざんしょう芽山椒 春一〇一
*めじめじ 春八九
めじか牝鹿 秋三五二
めしかご飯籠 夏一五六
*めしざる飯笊 夏一五六
*めしすえる飯饐える 夏一五六
めしすゆ飯饐ゆ 夏一五六
めしのあせ飯の汗 夏一五六
めしふかし飯ふかし 冬四三三
めじまぐろめじまぐろ 春八九
めしょうがつ女正月 新五〇三
*めじろ目白 夏二二二
めじろ眼白 夏二二二
めじろかご目白籠 夏二二二
めじろざくら目白桜 春九六
めじろとり目白捕り 夏二二二
めじろぼら目白鯔 秋三五九
めだいちどり目大千鳥 冬四八二
*めだか目高 夏二二三
めだき女滝 夏一四四
めたたきめたたき 夏一三三
*めだち芽立ち 春一〇一
めだちどき芽立時 春一三
めだちまえ芽立前 春一三
めたなばた女七夕 秋二九七
めつぎ芽接 春四七
めつきしば目突柴 冬四二六
めであいづきめであひ月 秋二七六
めどらあメドラー 春一〇〇
めなだめなだ 秋三五九
*めなもみ豨薟 秋三九〇
めなもみそう気連草 秋三九〇
めぬきめぬき 冬四八五
*めぬけ眼抜 冬四八五
*めはじきめはじき 秋三九〇
めはじきぐさめはじきぐさ 秋三九〇
めばちめばち 冬四八三
めはなやさい芽花椰菜 冬四九五
*めばり目貼 冬四四一
*めばりはぐ目貼剝ぐ 春四一
めばりやなぎ芽ばり柳 春一〇一
*めばる眼張 春八八
めばるめばる 春八八
めばるかつみ芽張るかつみ 春一三
めびな女雛 春二八
めぶく芽吹く 春一〇一
めぼし女星 秋二九七
*めぼそ眼細 夏二三〇
めぼそ目細 夏二三〇
めぼそむしくい目細虫喰 夏二三〇
めまといめまとひ 夏二三二
めまわりめまはり 夏二三二
めむぎ芽麦 冬四九六
めやなぎ芽柳 春一〇一
*めろんメロン 夏二五八
めんたいぎょ明太魚 冬四八四
めんたいぎょらん明太魚卵 冬四八四

も

もうか孟夏 夏一二六
*もうかのしゅん孟夏の旬 夏一八八
もうこかぜ蒙古風 春一八
もうこん毛茛 春一一九
もうじゃおくり亡者送り 新五五六
もうしゅう孟秋 秋二七六
もうしゅん孟春 春五六
もうしょ猛暑 夏一三
もうすう孟陬 新五〇〇
もうそうちくのこ孟宗竹の子 夏二五七
もうとう孟冬 冬三九八
*もうとうのしゅん孟冬の旬 冬四五九
*もうふ毛布 冬四二九
もうよう孟陽 新五〇〇
もえ萌 春一一三
もえづけ萌え漬 春三四
*もかり藻刈 夏一七五
もかりがま藻刈鎌 夏一七五
もかりごろも藻刈衣 夏一七五
もかりざお藻刈棹 夏一七五
*もがりぶえ虎落笛 冬四一〇
もかりぶね藻刈舟 夏一七五
もかる藻刈る 夏一七五
*もきちき茂吉忌 春一七五
もくげもくげ 秋三六六
もぐさ艾草 春一一九
もぐさおう藻草生ふ 春一二三
もくしゅく苜蓿 春一二五
もくしゅんぎく木春菊

夏二五二
もくずもくづ　春一一三
＊もくせい木犀　秋三六六
もくせいのはな木犀の花　秋三六六
もくたん木炭　冬四四四
もくふよう木芙蓉　秋三六六
もくぼじだいねんぶつ木母寺大念仏　春九九
もぐらもぐら　夏二六三
＊もぐらうち土竜打　新五二二
もぐらおいもぐら追　新五二二
もぐらおくり土竜送り　新五二二
もぐらおどしもぐらおどし　新五二二
もくらにもくらに　春九九
もぐりもぐり　春五〇
もぐり潜り　夏一八一
＊もくれん木蓮　春九九
もくれん木蘭　春九九
もくれんき木蓮忌　春七七
もくれんげもくれんげ　春九九
もしおやきしんじ藻塩焼神事　夏二〇一
＊もじしょうじ綟障子　夏一六五
もじずり文字摺　夏二六七
もじずりそう文字摺草　夏二六七
もじばなもぢばな　夏二六七
もじびょうぶ綟屛風　夏一六五
＊もず鵙　秋三五五
もず百舌鳥　秋三五五
もず伯労鳥　秋三五五
＊もずおとし鵙落し　秋三三一
＊もずく海雲　春一一三
もずく水雲　春一一三
もずく海蘊　春一一三
もずくおけ海雲桶　春一一三
もずくじる海雲汁　春一一三
もずくとり海雲採　春一一三
もずたける鵙猛る　秋三五五
もずのくさぐき鵙の草茎　秋三五五
もずのこえ鵙の声　秋三五五
もずのたかね鵙の高音　秋三五五
＊もずのにえ鵙の贄　秋三五五
もずのにえさし鵙の贄刺　秋三五五
もずのはやにえ鵙の速贄　秋三五五
もずのはりつけえ鵙の磔刑餌　秋三五五
もずのはれ鵙の晴　秋三五五
＊もずはじめてなく鵙始めて鳴く　夏二一八
もずびより鵙日和　秋三五五
もすふろっくすモスフロックス　春一〇八
もぞくもぞく　春一一三
もぞこもぞこ　春一一三
もち糯　秋三八三
＊もち餅　冬四三三
＊もちあい餅間　新五〇二
もちあわい餅間　新五〇二
もちいかがみ餅鏡　新五〇七
もちいね糯稲　秋三八三
もちおちば冬青落葉　夏二四二
もちがつお餅鰹　夏二二四
もちぎ餅木　新五一八
もちきびもちきび　秋三八四
もちぐさ餅草　春一一九
もちくだり望くだり　秋二八六
＊もちくばり餅配　冬四三三
もちごめもちごめ　秋三八三
もちごめあらう餅米洗ふ　冬四三三
もちしょうがつ望正月　新五〇二
もちぞうすい餅雑炊　冬四三三
もちぞめ持初　新五三三
＊もちつき餅搗　冬四三三
もちづき望月　秋二八七
もちつきうた餅搗唄　冬四三三
もちつきき餅搗機　冬四三三
もちづきのこま望月の駒　秋三一七
もちつつじもち躑躅　春一一三
もちつつじ羊躑躅　春九九
もちでまり餅手鞠　新五一八
もちどし望年　新五〇二
もちなか餅中　新五〇二
もちながし黐流し　冬四五二
もちなもみもちなもみ　秋三九〇
もちのおと餅の音　冬四三三
もちのかゆ望の粥　新五一九
もちのきのみもちの木の実　秋三七三
もちのしお望の潮　秋二九五
＊もちのはな黐の花　夏二四五
もちのはな冬青の花　夏二四五
もちのはな餅の花　新五一八
＊もちのふだ餅の札　冬四三三
＊もちのみ黐の実　秋三七三
もちのよ望の夜　秋二八七

もちばし餅箸 新五一〇
*もちばな餅花 新五一八
もちばないり餅花煎 春六五
*もちばないる餅花煎る 春六五
もちほ餅穂 新五一八
*もちむしろ餅筵 冬四二三
もちやく餅焼く 冬四三一
もちゆき餅雪 冬四一二
もっこくおちば木槲落葉 夏二四二
*もっこくのはな木斛の花 夏二四五
もってのほかもつてのほか 秋三〇九
もっぺもつぺ 冬四二九
*もっぽき木歩忌 秋三四五
もとあらのはぎもとあらの萩 秋三八七
もどりがつお戻り鰹 秋三五九
*もどりしぎ戻り鴫 春八五
もどりづゆ戻り梅雨 夏一三七
もにすむむし藻に住む虫 秋三六五
もにすむむしのねになく藻に住む虫の音に鳴く 秋三六五
もになくむし藻に鳴く虫 秋三六五
ものだね物種 春四四
*ものだねまく物種蒔く 春四五
*もののめものの芽 春一一三
ものはなものはな 春一一三
*ものはな藻の花 夏二七二
ものむし藻の虫 秋三六五
*もみ籾 秋三一五
もみいず紅葉出づ 秋三六八
もみうす籾臼 秋三一五
もみうり揉瓜 夏二五七
もみおちば樅落葉 夏二四二
もみおとし籾落し 秋二九〇
もみおろす籾おろす 春四四
もみがら籾殻 秋三一五
もみがらやく籾殻焼く 秋三一五
*もみじ紅葉 秋三六八
もみじ黄葉 秋三六九
もみじあおいもみぢあふひ 夏二五〇
もみじいちごもみぢ苺 春一〇四
もみじがさね紅葉襲 秋三〇七
*もみじかつちる紅葉且つ散る 秋三六九
*もみじがり紅葉狩 秋三一五
もみじがわ紅葉川 秋三六八
もみじこ紅葉子 冬四八四
*もみじごろも紅葉衣 秋三〇七
もみじさくもみぢ咲く 春一〇三
もみじざけ紅葉酒 秋三一五
もみじたく紅葉焚く 秋三一五
*もみじたなご紅葉鱮 秋三五八
もみじぢゃや紅葉茶屋 秋三一五
*もみじちる紅葉散る 冬四九〇
もみじづき紅葉月 秋二八〇
もみじつたきばむ楓蔦黄ばむ 秋二八三
もみじどり紅葉鳥 秋三五二
*もみじなべ紅葉鍋 冬四三六
もみじのいかだ紅葉の筏 秋三六八
*もみじのが紅葉の賀 秋三三六
もみじのかさ紅葉の笠 秋三六八
もみじのかわ紅葉の川 秋三六八
もみじのとばり紅葉の帳 秋三一七
もみじのにしき紅葉の錦 秋三六八
もみじのはし紅葉の橋 秋二九八
もみじのふち紅葉の淵 秋三六八
もみじばもみぢ葉 秋三六八
*もみじぶな紅葉鮒 秋三五八
もみじぶね紅葉舟 秋三一五
もみじふむ紅葉踏む 秋三一五
もみじみ紅葉見 秋三一五
もみじやま紅葉山 秋三六八
もみず紅葉づ 秋三六八
*もみすり籾摺 秋三一五
もみすり籾磨 秋三一五
もみすりうす籾摺臼 秋三一五
もみすりうた籾摺唄 秋三一五
もみすりき籾摺機 秋三一五
もみつける籾つける 春四四
もみのめ樅の芽 春一〇一
もみひき籾引 秋三一五
もみぼこり籾埃 秋三一五
もみほす籾干す 秋三一五
もみまく籾蒔く 春四四
もみむしろ籾筵 秋三一五
もめんわた木綿わた 冬四二七
*もも桃 秋三六六
ももいろすいせん桃色水仙

春一〇六
ももいろたんぽぽ桃色たんぽぽ　春一一五
ももうう桃植う　春四六
ももかわももかは　夏三四〇
ももこのいけ百子の池　秋二九八
ももこひめ百子姫　秋二九七
ももぞの桃園　春一〇〇
＊ももちどり百千鳥　春八三
ももてまつり百手祭　新五二二
＊もものさけ桃の酒　春三九
＊もものせっく桃の節句　春二八
もものせっく桃の節供　春二八
＊もものはな桃の花　春九九
もものひ桃の日　春二八
もものみ桃の実　秋三六六
もものむら桃の村　春一〇〇
もものやど桃の宿　春一〇〇
ももはじめてさく桃始めて笑く　春九
＊ももはじめてはなさく桃始めて華さく　春九
ももばたけ桃畑　春九九
＊ももひき股引　冬四二九
＊ももふく桃吹く　秋三八六
ももみ桃見　春一〇〇
ももんがももんが　冬四八〇
もやしうどもやし独活　春一二三
もやのだいきょう母屋の大饗　新五三九
＊もゆ炎ゆ　夏一三三
＊もようびゅ模様莧　秋三七八
もりあおがえる森青蛙　夏二一四
もりあざみ森薊　秋三九一
もりぐちだいこん守口大根　冬四九五
＊もりたけき守武忌　秋三四九
もろうずら諸鶉　秋三五七
もろがえり蒼鷹　冬四八〇
もろかずら諸鬘　夏一九六
もろかたかえり両片鵤　秋三五三
＊もろこ諸子　春九〇
もろこ諸子魚　春九〇
もろこしもろこし　秋三八四
もろこし蜀黍　秋三八四
もろこしきびもろこしきび　秋三八四
もろこつる諸子釣る　春九〇
もろこはえ諸子鮠　春九〇
もろこぶね諸子舟　春九〇
もろたぶね諸手船　冬四六六
＊もろたぶねしんじ諸手船神事　冬四六六
もろつばめ諸燕　春八五
もろとや両鳥屋　秋三五三
もろはあおい双葉葵　夏一九六
もろはぐさ両葉草　夏二六三
もろはだぬぎ諸肌脱　夏一八六
もろひばり諸雲雀　春八四
もろみ醅　秋三〇七
もろみ醪　秋三〇七
もろみ諸味　秋三〇七
もろみ諸醪　秋三〇七
もろむき諸向　新五六一
＊もんがくき文覚忌　秋三四九
もんかげろう紋蜉蝣　秋三六二
もんきちょう紋黄蝶　春九四
もんしゅ聞酒　秋三〇七
もんじゅらんのみ文珠蘭の実　秋三九四
もんしろちょう紋白蝶　春九四
もんびたき紋鶲　秋三五六
＊もんぺもんぺ　冬四二九

や

やいかがしやい嗅がし　冬四二六
やいごめやいごめ　秋三〇八
＊やいとばな灸花　夏二六六
やいとびやいと日　春一二七
やえがすみ八重霞　春一二一
やえぎく八重菊　秋三七九
＊やえざくら八重桜　春九六
やえつばき八重椿　春九五
やえなりやへなり　秋三八五
やえふじ八重藤　春九九
やえむぐら八重葎　夏二六三
やえやまぶき八重山吹　春九九
やおとめのたまい八乙女の田舞　夏一九九
やがいえいが野外映画　夏一八四
＊やがいえんそう野外演奏　夏一八四
やがいおぺら野外オペラ　夏一八四
やがいげき野外劇　夏一八四
やかいそう夜会草　秋三七八

やかいそう夜開草　秋三七八
＊やがく夜学　秋三〇六
やがくし夜学子　秋三〇六
やがくせい夜学生　秋三〇六
やかず矢数　夏一九二
やかたのちご屋形の稚児　夏一九五
やがっこう夜学校　秋三〇六
やかんがっこう夜間学校　秋三〇六
＊やきあなご焼穴子　夏一六一
やきいし焼石　冬四四六
＊やきいも焼藷　冬四三三
やきいも焼芋　冬四三三
やきいもや焼藷屋　冬四三三
やきかん焼燗　冬四三三
やきぐさやき草　春一一九
やきぐり焼栗　秋三六七
やきご焼子　冬四五三
＊やきごめ焼米　秋三〇八
やきさざえ焼栄螺　春三六
＊やきしめ焼帛　秋三一四
やきづり焼吊　秋三一四
やきとうきび焼唐黍　秋三八四
＊やきとり焼鳥　冬四三三
やきなす焼茄子　夏一五七
やぎのけかる山羊の毛刈る　春四八
やきはまぐり焼蛤　春三八
やぎょう夜業　秋三一六
＊やく灼く　夏一三三
やくおとこ役男　新五一〇
やくおとし厄落し　冬四二六
＊やくしじさいしょうえ薬師寺最勝会　春七一
＊やくしじぞうかえ薬師寺造華会　春六八
やくしそう薬師草　秋三九三
やくしゃすごろく役者双六　新五一三
＊やくじんまいり厄神詣　新五一一
やくそうかる薬草刈る　夏一四八
やくそうつみ薬草摘　夏一四八
やくそうとうず薬草闘ず　夏一四八
やくそうほる薬草掘る　秋三一八
やくづか厄塚　冬四六九
やくづかたてる厄塚立てる　冬四六九
やくづかてっす厄塚撤す　冬四六九
やくのたきぎ厄の薪　冬四二六
＊やくはらい厄払　冬四二六
やくはらい厄祓　冬四二六
やくび厄日　秋二七八
やくまいり厄参　新五一一
やくみがき厄身欠　夏一六二
やくもうで厄詣(厄払)　冬四二六
やくもうで厄詣(厄神詣)　新五一一
やくもそう益母草　秋三九〇
やぐらざくら楼桜　春一一六
やぐらだいこ櫓太鼓　秋三三三
やぐらねぎ楼子葱　夏二五九
＊やぐるま矢車　夏一四六
やぐるまぎく矢車菊　夏二五一
＊やぐるまそう矢車草　夏二五一
やぐわた夜具綿　冬四二七
やけい夜警　冬四四八
＊やけいたいすいにいりおおはまぐりとなる野鶏大水に入り蜃と為る　冬三九
＊やけいはじめてなく野鶏始めて雊く　冬四〇四
やけいわ灼岩　夏一三三
やけすな灼け砂　夏一四三
やけた焼け田　夏一四三
＊やけの焼野　春三三
やけののきぎす焼野の雉子　春八三
やけののすすき焼野の芒　春一一三
やけのはら焼野原　春三三
やけばたやけばた　春四三
やけはら焼原　春三三
＊やけやま焼山　春三三
やごやご　夏二二一
＊やこうちゅう夜光虫　夏二二五
やこうらん夜香蘭　春一〇八
やしおつつじ八塩躑躅　春九九
やしこ野茨菰　夏二六五
＊やしゃびしゃく夜叉柄杓　夏二四六
やじゅうろう弥十郎　新五二〇
＊やしょく夜食　秋三〇八
＊やすくにじんじゃしゅうきたいさい靖国神社秋季大祭　秋三一七
＊やすくにまつり靖国祭　春六四
＊やすで馬陸　夏二三四
＊やすなりき康成忌　春七七
やすめ安女　新五二〇

やすめた休め田　冬四三五
やすらい安良居　春六三
やすらい夜須礼　春六三
やすらいばな安良居花　春六三
*やすらいまつり安良居祭　春六三
やすらいまつりやすらひ祭　春六三
やせねぎ痩葱　冬四九五
*やせまつり八瀬祭　夏一九五
やせむぎ痩麦　夏二六〇
やちぐさ八千草　秋三八六
やちさんご谷地珊瑚　秋三八八
*やちぶき谷地蕗　春一二二
*やちぼうず谷地坊主　春一二三
やちぼうず野地坊主　春一二三
やちよ八千代　夏二六八
やつおのまわりぼん八尾の廻り盆　秋三三三
やつがしら八頭　秋三八一
やつかほ八束穂　秋三八三
やつけヤッケ　冬四三〇
*やっこえ焼肥　春四三
やっこだこ奴凧　春五四
*やつでのはな八手の花　冬四八九
やつでのはな八つ手の花　冬四八九
やつめ八目　冬四八六
*やつめうなぎ八目鰻　冬四八六
*やつめうなぎとる八目鰻取る　冬四五三
やつめらんやつめ蘭　秋三九三
やどいり宿入　新五三三
やとうやたう　夏二三九
*やどかり寄居虫　春九三
やどかり宿借り　春九三
やどかりうりやどかり売　春九三
やどさがり宿下り　新五三三
*やどりぎ宿木　冬四九二
やどりぎ寄生木　冬四九二
やとりのしんじ矢取の神事　夏二〇四
*やな簗　夏一七八
やな魚簗　夏一七八
やなうつ簗打つ　夏一七八
やなかく簗かく　夏一七八
やながわすいてんぐうまつり柳川水天宮祭　夏一九四
やながわなべ柳川鍋　夏一六一
*やなぎ柳　春一〇三
やなぎかく柳掛く　新五三二
やなぎかげ柳陰　春一〇二
やなぎかげ柳影　春一〇二
*やなぎがさね柳重　春三三
やなぎかずら柳鬘　春二九
やなぎかる柳枯る　冬四九二
やなぎきばむ柳黄ばむ　秋三七一
やなぎごろも柳衣　春三三
やなぎざくらやなぎざくら　夏二三六
やなぎそう柳草　夏二七一
やなぎたで柳蓼　夏二六〇
*やなぎちる柳散る　秋三七一
やなぎとうろう柳灯籠　秋三〇二
やなぎのあめ柳の雨　春一〇二
やなぎのいと柳の糸　春一〇二
*やなぎのかずら柳の鬘　春二九
やなぎのかぜ柳の風　春一〇二
やなぎのきぬ柳のきぬ　春三三
やなぎのつき柳の月　春一〇二
やなぎのはな柳の花　春一〇三
*やなぎのめ柳の芽　春一〇一
やなぎのわた柳の絮　春一〇三
*やなぎはえ柳鮠　春九〇
やなぎばし柳箸　新五一〇
やなぎはら柳原　春一〇二
やなぎむしやなぎむし　春三六
やなぎむしがれい柳むしがれひ　春三六
やなぎもろこ柳諸子　春九〇
*やなぎらん柳蘭　夏二七一
やなさす簗さす　夏一七八
やなす簗簀　夏一七八
やなせ簗瀬　夏一七八
やなばん簗番　夏一七八
やなもり簗守　夏一七八
*やねかえ屋根替　春四二
やねつくろう屋根繕ふ　春四二
やねふく屋根葺く　春四二
やのねかずら矢の根蔓　秋三九二
*やのねぐさ矢の根草　秋三九二
やばい野梅　春九五
*やばき野坡忌　新五五七
*やはんき夜半忌　秋三四五
やはんていき夜半亭忌　冬四七八
*やひことうろうまつり弥彦灯籠祭　夏二〇二

やぶいちご藪苺 夏二五五
*やぶいり藪入 新五二二
やぶいり家父入 新五二三
やぶいり養父入 新五二三
やぶうぐいす藪鶯 冬四八一
やぶえびね藪えびね 春一一八
やぶか藪蚊 夏二三三
やぶからしやぶからし 秋三八九
*やぶがらし藪枯らし 秋三八九
*やぶこうじ藪柑子 冬四九七
*やぶこうじかざる藪柑子飾る 新五〇八
*やぶさめ藪雨 春八三
やぶさめ流鏑馬 夏一八九
*やぶしょうぶ藪菖蒲 夏二六五
*やぶじらみ藪虱 秋三九〇
*やぶじらみのはな藪虱の花 夏二六八
やぶだし藪出し 冬四五四
やぶたちばな藪たちばな 冬四九七
やぶつばき藪椿 春九五
やぶつばきやぶつばき 夏二四七
*やぶまき藪巻 冬四四二
やぶもぐりやぶもぐり 夏二二一
*やぶれがさ破れ傘 夏二六八
やぶれすげがさやぶれすげがさ 夏二六八
*やまあざみ山薊 秋三九一
やまあすぱら山アスパラ 春一二三
やまあそび山遊 春五一
やまあららぎやまあららぎ 春九七
やまあり山蟻 夏二三三
やまいぬ山犬 冬四八〇
やまいぬ豺 冬四八〇
やまいぬけものをまつる豺獣を祭る 秋二八三
やまいも山芋 秋三八一
やまいろどる山彩る 秋三九三
やまうこぎ山五加 春一〇二
やまうつぎ山うつぎ 夏二四三
やまうど山独活 春一一三
やまうばら山うばら 春一一八
やまうめやまうめ 夏二四〇
やまがいこ山蚕 夏二二八
やまがえり山帰り 秋三五三
やまかがし赤棟蛇 夏二二五
やまかがし山棟蛇 夏二二五
やまがき山柿 秋三六六
やまかさ山笠 夏二〇一
やまかじ山火事 冬四四八
やまがに山蟹 夏二二七
やまかぶと山兜 秋三九三
*やまかます山叺 夏二二八
*やまがら山雀 夏二二一
やまかる山枯る 冬四一四
やまかわざけ山川酒 春一三七
やまかわず山蛙 春八二
やまぎつねのぼたん山狐の牡丹 春一一九
やまぎり山桐 夏二四三
やまぎり山霧 秋二九一
やまぐさ山草 新五六一
やまくじら山鯨 冬四三六
やまぐちとじのまつり山口閉の祭 冬四六三
やまぐみやまぐみ 秋三七一
やまぐり山栗 秋三六七
やまくるみ山胡桃 秋三六七
やまぐわ山桑 春一〇二
やまくわいのはな山慈姑の花 春一二〇
やまぐわのはな山桑の花（桑の花） 春一〇四
やまぐわのはな山桑の花（山法師の花） 夏二四四
やまげら山げら 秋三五七
*やまごぼうのはな山牛蒡の花 夏二六九
やまごや山小屋 夏一八〇
やまこんにゃく山蒟蒻 春一二〇
*やまざきまつり山崎祭 夏一九五
*やまざくら山桜 春九六
*やまじやまじ 秋二九〇
やましぎ山鴫 秋三五七
*やましたたる山滴る 夏一四一
やましみず山清水 夏一四四
やましめじ山しめぢ 秋三九五
やますむ山澄む 秋二九三
*やませやませ 夏一五五
やまぜやまぜ 秋二九〇
やませかぜ山瀬風 夏一五五
やませかぜ山背風 夏一五五
*やませみ山翡翠 夏二一七
やまぞめ山初 新五三三
やまだ山田 秋二九四
やまたちばな山橘 冬四九七
やまたにし山田螺 春九三
やまだのおたうえ山田の御田植 夏一九六
やまだのつといり山田のつ

と入　秋三〇三
やまだもる山田守る　秋三一四
やまぢさのはな山苣の花　夏二四六
やまついもやまついも　秋三八一
やまつつじ山躑躅　春九九
やまつばき山椿　春九五
やまとしじみ大和蜆　春九三
やまとなでしこ大和撫子　秋三八九
やまとまんざい大和万歳　新五三三
＊やまどり山鳥　春八三
＊やまなし山梨　秋三七五
やまなし棠梨　秋三七五
＊やまなしのはな山梨の花　春一〇二
やまなしのはな棠梨の花　春一〇二
やまならしやまならし　春一〇二
やまにしきぎ山錦木　秋三七三
やまねぐさ山根草　春一一七
やまねこまわし山猫廻し　新五三四
やまねこめそう山猫眼草　春一二〇
＊やまねむる山眠る　冬四一四
やまのあき山の秋　秋二九三
やまのいえ山の家　夏一八一
やまのいも山の芋　秋三八一
やまのいろ山の色　秋二九三
やまのかみこう山の神講　冬四六五
＊やまのかみまつり山の神祭　冬四六五
やまのこう山の講　冬四六五
やまのこまつり山の講祭　冬四六五
やまのにしき山の錦　秋二九三
やまのぼり山登り　夏一八〇
やまはぎ山萩　秋三八七
＊やまはじめ山始　新五三二
やまはぜのはな山はぜの花　夏二四五
やまばち山蜂　春九四
やまび山火　春四二
やまひめ山女　秋三七六
やまひめのはな山姫の花　春一〇五
＊やまびらき山開　夏一九三
やまびる山蒜　春一一七
やまびる山蛭　夏二三五
やまびわ山枇杷　夏二四七
＊やまぶき山吹　春九九
＊やまぶきごろも山吹衣　春三三
＊やまぶきそう山吹草　春一一七
やまぶきなます山吹膾　春三五
やまふじ山藤　春九九
やまぶしかぐら山伏神楽　冬四六七
＊やまぶどう山葡萄　秋三七六
＊やまべやまべ　夏二二六
やまぼうき山箒　秋三九〇
やまぼうし山法師　夏二四四
＊やまぼうしのはな山法師の花　夏二四四
やまほうせんか山鳳仙花　秋三九二
やまほおずき山酸漿(赤草)　夏二七二
やまほおずき山酸漿(狗酸漿)　秋三九〇
やまほこ山鉾　夏二〇一
やまほめ山誉め　新五三三
＊やままゆ天蚕　夏二二八
やままゆ山繭　夏二二八
やままゆが山蚕蛾　夏二二八
＊やまめ山女　夏二三三
やまめ山女魚　夏二三三
やまめやまめ　夏二三一
やまめつり山女釣　夏二三三
やまもくれん山木蘭　春九七
やまもみじ山紅葉　秋三六九
＊やまもも楊梅　夏二四〇
やまもも山桃　夏二四〇
＊やまもものはな楊梅の花　春一〇三
やまもものはな山桃の花　春一〇三
やまやき山焼　春四二
＊やまやく山焼く　春四二
やまゆきげ山雪解　春三五
やまゆり山百合　夏二五三
やまよそう山粧ふ　秋二九三
＊やまよそおう山粧ふ　秋二九三
やまわかば山若葉　夏二四一
やまわかれ山別れ　秋三五三
やまわさび山山葵　春一一二
＊やまわらう山笑ふ　春三三
＊やみじる闇汁　冬四三六
やみじるえ闇汁会　冬四三六
やみなべ闇鍋　冬四三六
やみほたる病蛍　秋三六〇
やみよじる闇夜汁　冬四三六

やむかり病雁　秋三五七
＊やもり守宮　夏二二五
やもり屋守　夏二二五
やもり壁虎　夏二二五
やもり家守　夏二二五
やもりつく守宮搗く　夏一四九
＊ややさむやや寒　秋二八二
ややさむ漸寒　秋二八二
＊ややまつりややまつり　新五一
＊やよい弥生　春一一
やよいきょうげん弥生狂言　春五四
＊やよいじん弥生尽　春二五
やよいの弥生野　春一三
やよいのせっく弥生の節句　春二八
＊やよいやま弥生山　春一三
やらくきんせん夜落金銭　夏二五四
やりいかやり烏賊　夏二二七
やりくさ槍草　春一二〇
やりずいせん槍水仙　春一〇八
やりばね遣羽子　新五三五
やりみずやり水　夏一四四
やりょう夜涼　夏一三三
＊やればしょう破芭蕉　秋三七七
＊やれはす敗荷　秋三八〇
やれはす破蓮　秋三八〇
やれはす敗蓮　秋三八〇
やれはちす敗荷　秋三八〇
やれはちす破蓮　秋三八〇
やれはちす敗蓮　秋三八〇
やわたごい八幡鯉　新五一
＊やわたはつうのかぐら八幡初卯神楽　春六〇
＊やわたはなのとう八幡花の頭　秋三三四
＊やわたほうじょうえ八幡放生会　秋三三三
やわたまいり八幡参　新五一
やわたみやげ八幡土産　新五一
やわたやくじんもうで八幡疫神詣　新五一
やわらずみ軟炭　冬四四四
やんしゅうきたるヤン衆来る　春三〇
やんまやんま　秋二六一

ゆ

ゆいきょうえ遺教会　春六五
＊ゆいきょうぎょうえ遺教経会　春六五
ゆいずみ結炭　新五〇八
ゆいぞめ結初　新五三〇
＊ゆいまえ維摩会　冬四七〇
ゆうあじ夕鰺　夏一七九
ゆうあられ夕霰　冬四二一
ゆうえい遊泳　夏一八一
＊ゆうがお夕顔　夏二五六
ゆうがおだな夕顔棚　夏二五六
ゆうがおのはな夕顔の花　夏二五六
＊ゆうがおのみ夕顔の実　秋三八〇
＊ゆうがおべっとう夕顔別当　夏二二九
＊ゆうがおまく夕顔蒔く　春四五
＊ゆうがし夕河岸　夏一七九
ゆうがすみ夕霞　春二二
＊ゆうがとう誘蛾灯　夏一七六
＊ゆーかりのはなユーカリの花　夏二四八
ゆうかわず夕蛙　春八二
ゆうきぬた夕砧　秋三一六
ゆうぎり夕霧　秋二九一
＊ゆうぎりき夕霧忌　新五五八
ゆうげしょう夕化粧　秋三七八
ゆうこくき憂国忌　冬四五四
ゆうごち夕東風　春一七
ゆうざくら夕桜　春九六
ゆうし遊糸（陽炎）　春二一
ゆうし遊糸（雪迎へ）　秋三六五
＊ゆうじき夕爾忌　夏二一一
ゆうしぐれ夕時雨　冬四一〇
ゆうしょうあんき幽松庵忌　夏二二三
ゆうじんちん幽人枕　秋三〇五
ゆうずうねんぶつ融通念仏　春六八
＊ゆうすげ夕菅　夏二七〇
ゆうすず夕涼　夏一三三
ゆうすずみ夕涼み　夏一七九
ゆうせち夕節　新五一三
ゆうぜみ夕蟬　夏二三一
ゆうせん遊船　夏一八〇
ゆうたきび夕焚火　冬四四八
＊ゆうだち夕立　夏一三八
ゆうだちかぜ夕立風　夏一三八
ゆうだちぐも夕立雲　夏一三八
ゆうだちばれ夕立晴　夏一三八
ゆうちどり夕千鳥　冬四八二
ゆうちょうか遊蝶花　春一〇六
ゆうづき夕月　秋二八七
ゆうつきひ夕月日　秋二八五

ゆうづきよ夕月夜　秋二八七
＊ゆうづくよ夕月夜　秋二八七
ゆうつばめ夕燕　春八五
ゆうづゆ夕露　秋二九二
ゆうてん幽天　冬四〇八
＊ゆうてんじせんぶ祐天寺千部　秋三四〇
＊ゆうなゆうな　夏二四八
ゆうながし夕永し　春二三
＊ゆうなぎ夕凪　夏一二七
ゆうなぐ夕凪ぐ　夏一二七
ゆうにじ夕虹　夏一三九
ゆうのわき夕野分　秋二八九
ゆうはしい夕端居　夏一八六
ゆうばらえ夕祓　夏二〇〇
ゆうばりめろん夕張メロン　夏二五八
ゆうひばり夕雲雀　春八四
ゆうびんぞり郵便橇　冬四四九
ゆうぼたる夕蛍　夏一三九
ゆうもみじ夕紅葉　秋三六八
＊ゆうやけ夕焼　夏一四〇
ゆうやけぐも夕焼雲　夏一四〇
ゆうやけぞら夕焼空　夏一四〇
ゆうれいくらげ幽霊海月　夏二三七
ゆうれいそう幽霊草　夏二七一
ゆうれいだけ幽霊茸　夏二七一
ゆうれいばな幽霊花　秋三九一
＊ゆか川床　夏一八〇
ゆか床　夏一八〇
ゆかざしき川床座敷　夏一八〇
ゆかすずみ床涼み　夏一八〇
＊ゆかた浴衣　夏一五三
ゆかたがけ浴衣掛　夏一五三
ゆかたじ浴衣地　夏一五三
ゆかたびら湯帷子　夏一五三
ゆかだんぼう床暖房　冬四四三
ゆがま柚釜　秋三〇九
ゆかりょうり川床料理　夏一八〇
＊ゆき雪　冬四一二
ゆきあいのはし行合の橋　秋二九八
ゆきあか雪垢　春二四
ゆきあかり雪明り　冬四一二
＊ゆきあそび雪遊　冬四五七
ゆきあられ雪あられ　冬四一一
ゆきあんご雪安居　冬四七一
＊ゆきうさぎ雪兎　冬四五七
ゆきうさぎ雪兎(兎)　冬四八〇
ゆきおき由紀夫忌　冬四七四
＊ゆきおこし雪起し　冬四一三
ゆきおとこ雪男　冬四一二
ゆきおに雪鬼　冬四一二
＊ゆきおれ雪折　冬四九三
＊ゆきおろし雪下　冬四四三
ゆきおろし雪卸　冬四四三
ゆきおんな雪女　冬四一二
＊ゆきがえし雪返し　冬四四二
＊ゆきかき雪掻　冬四四二
ゆきがき雪垣　冬四四二
ゆきがきとく雪垣解く　春四一
ゆきかきべら雪掻篦　冬四四二
＊ゆきがこい雪囲　冬四四二
＊ゆきがこいとる雪囲とる　春四一
ゆきかぜ雪風　冬四一二
ゆきがた雪形　春二四
ゆきがっせん雪合戦　冬四五七
＊ゆきがっぱ雪合羽　冬四三〇
ゆきがまえ雪構　冬四四二
ゆきがみなり雪雷　冬四一三
ゆききりふ雪切夫　春四一
ゆきくずれ雪くづれ　春二五
ゆきくだりてむぎのびる雪下りて麦出びる　冬四〇一
＊ゆきぐつ雪沓　冬四四八
ゆきぐに雪国　冬四一二
ゆきぐも雪雲　冬四一二
ゆきぐもり雪曇　冬四一二
ゆきぐれ雪暗　冬四一二
ゆきげ雪解　春二五
ゆきげ雪消　春二五
ゆきげ雪気　冬四一二
ゆきげかぜ雪解風　春二五
ゆきげがわ雪解川　春二五
ゆきげこう雪解光　春二五
ゆきけし雪消し(雪割)　春四一
ゆきけし雪消し(雪見舞)　冬四六六
ゆきげしき雪景色　冬四一二
ゆきげしずく雪解雫　春二五
ゆきげた雪解田　春二五
＊ゆきげた雪下駄　冬四四九
ゆきげづき雪解月　春九
ゆきげの雪解野　春二五
ゆきげふじ雪解富士　夏一四一
ゆきけぶり雪煙　四一三
ゆきげみず雪解水　春二五
ゆきげみち雪解道　春二五
ゆきけむり雪煙　冬四一三
ゆきげもや雪解靄　春二五
ゆきこかし雪こかし　冬四五七
ゆきごも雪菰　冬四四二
ゆきごもり雪籠　冬四四一
ゆきころばし雪ころばし

冬四五七
ゆきざいく雪細工　冬四五七
*ゆきざお雪棹　冬四四三
ゆきざお雪竿　冬四四三
*ゆきざらし雪晒　春四八
*ゆきしぐれ雪時雨　冬四一三
ゆきしぐれ雪しぐれ　冬四一三
ゆきじし雪獅子　冬四五七
ゆきしずく雪雫　春二五
ゆきじたく雪支度　秋三一三
*ゆきしまき雪しまき　冬四一三
ゆきしまく雪しまく　冬四一三
ゆきじゃく雪尺　冬四四三
ゆきじょろう雪女郎　冬四一二
ゆきじる雪汁　春二五
*ゆきしろ雪しろ　春二五
ゆきしろいわな雪代岩魚　春九一
ゆきしろます雪代鱒　春九一
ゆきしろみず雪しろ水　春二五
*ゆきしろやまめ雪代山女　春九一
ゆきすき雪鋤　冬四四二
ゆきすつ雪捨つ　冬四四二
ゆきぞら雪空　冬四一二
ゆきだいみょうじんまつり靫大明神祭　秋三一八
*ゆきだるま雪達磨　冬四五七
ゆきづきよ雪月夜　冬四一二
ゆきつばき雪椿　春九五
ゆきつぶて雪礫　冬四五七
*ゆきつり雪吊　冬四四二
ゆきつり雪釣　冬四五七
ゆきつりとく雪吊解く　春四一
*ゆぎとう湯祈禱　春六二
*ゆきどけ雪解　春二五
ゆきな雪菜　冬四九四
ゆきなげ雪投　冬四五七
ゆきなずな雪薺　新五一五
ゆきなだれ雪なだれ　春二五
ゆきなみ雪浪　冬四一三
ゆきにごり雪濁り　春二五
ゆきねあき雪根開き　春二五
ゆきねはん雪涅槃　春二〇
ゆきねぶり雪ねぶり　春二五
ゆきの雪野　冬四一五
ゆきのおわり雪の終　春二〇
ゆきのこえ雪の声　冬四一二
ゆきのこる雪残る　春二四
*ゆきのした虎耳草　夏二七〇
ゆきのした雪の下　夏二七〇
ゆきのした鴨足草　夏二七〇
ゆきのせい雪の精　冬四一二
ゆきのせち悠紀の節　冬四六〇
ゆきのた雪の田　冬四一五
ゆきのたえま雪の絶間　春二四
ゆきのとも雪の友　冬四五六
ゆきのなごり雪の名残　春二〇
ゆきのの雪の野　冬四一五
*ゆきのはて雪の果　春二〇
ゆきのはなゆきのはな　春一〇八
ゆきのはな雪の花　冬四一二
ゆきのはら雪の原　冬四一五
ゆきのひと雪の人　冬四五六
ゆきのひま雪のひま　春二四
ゆきのやど雪の宿　冬四一二
ゆきのらい雪の雷　冬四一三
ゆきのり雪海苔　春一二四
ゆきのわかれ雪の別れ　春二〇
*ゆきばれ雪晴　冬四一二
ゆきばんば雪婆　冬四八七
ゆきひも雪紐　冬四一二
*ゆきふみ雪踏　冬四四二
ゆきぼうき雪箒　冬四四二
*ゆきぼうし雪帽子　冬四三〇
ゆきぼうず雪坊主　冬四一二
ゆきぼたる雪蛍　冬四八七
ゆきほてい雪布袋　冬四五七
ゆきぼとけ雪仏　冬四五七
ゆきほり雪掘　冬四四三
*ゆきま雪間　春二四
*ゆきまぐさ雪間草　春一二四
ゆきまじり雪雑り　冬四一一
ゆきまぜ雪交ぜ　冬四一一
ゆきまちづき雪待月　冬四〇〇
ゆきまつり雪祭　新五四九
ゆきまるげ雪まるげ　冬四五七
ゆきまろげ雪丸げ　冬四五七
ゆきまろばし雪まろばし　冬四五七
ゆきまんと雪マント　冬四三〇
*ゆきみ雪見　冬四五六
ゆきみがさ雪見笠　冬四五六
ゆきみぐさ雪見草　冬四九三
ゆきみこう雪見行　冬四五六
ゆきみざけ雪見酒　冬四五六
ゆきみしょうじ雪見障子　冬四四三
ゆきみづき雪見月　冬四〇〇
ゆきみの雪蓑　冬四三〇
ゆきみのえん雪見の宴　冬四五六

ゆきみぶね雪見船　冬四五六
*ゆきみまい雪見舞　冬四二六
*ゆきむかえ雪迎へ　秋三六五
*ゆきむし雪虫　春九三
ゆきむし雪虫(綿虫)　冬四八七
*ゆきめ雪眼　冬四五九
*ゆきめがね雪眼鏡　冬四三〇
*ゆきもよい雪催　冬四二二
ゆきもよう雪模様　冬四二二
*ゆきやけ雪焼　冬四五九
*ゆきやなぎ雪柳　春九九
*ゆきやま雪山　冬四一四
*ゆぎょうき遊行忌　秋三五〇
*ゆぎょうじのふだきり遊行寺の札切　新五五五
ゆぎょうのひとつび遊行の一ツ火　冬四七〇
ゆきよけ雪除　冬四四二
ゆきよけとる雪除とる　春四一
*ゆきわり雪割　春四一
ゆきわりそう雪割草(州浜草)　春一一六
*ゆきわりそう雪割草　夏二六四
ゆきわりふ雪割夫　春四一
ゆきをかく雪を掻く　冬四四二
ゆきをはく雪を掃く　冬四四二
*ゆくあき行く秋　秋二八四
ゆくあき逝く秋　秋二八四
ゆくかも行く鴨　春八五
ゆくかり行く雁　春八五
*ゆくとし行く年　冬四〇三
ゆくなつゆく夏　夏一三三
*ゆくはる行く春　春一五
ゆくはる逝く春　春一五
ゆげたつ湯気立つ　冬四四七
*ゆげたて湯気立て　冬四四七
*ゆこう柚柑　新五六〇
*ゆこうかざる柚柑飾る　新五〇八
*ゆざめ湯ざめ　冬四五八
ゆさわりゆさはり　春五六
ゆさんぶね遊山船　夏一八〇
*ゆず柚子　秋三六七
ゆずかざる柚子飾る　新五〇八
ゆずがま柚子釜　秋三〇九
ゆすのきのはなゆすのきの花　春一〇五
*ゆずのはな柚子の花　夏二三八
ゆずのみ柚子の実　秋三六七
ゆずぶろ柚子風呂　冬四二一
ゆずぼう柚子坊　秋三六四
ゆずみそ柚子味噌　秋三〇九
*ゆずゆ柚子湯　冬四二一
ゆずゆ柚湯　冬四二一
ゆすらゆすら　夏二四〇
ゆすらうめ山桜桃　夏二四〇
ゆすらうめ英桃　夏二四〇
ゆすらうめのはな山桜梅の花　春九八
ゆすらうめのはな梅桃の花　春九八
ゆすらうめのはな英桃の花　春九八
*ゆすらのはな山桜桃の花　春九八
*ゆすらのみ山桜桃の実　夏二四〇
ゆすりか揺蚊　夏二三二
*ゆずりは楪　新五六〇
ゆずりは交譲葉　新五六〇
ゆずりは杠　新五六〇
ゆずりは楒　新五六〇
ゆずりは譲り葉　新五六〇
ゆずりはうり楪葉売　冬四二〇
*ゆずりはかざる楪飾る　新五〇八
*ゆずりはのはな楪の花　夏二四五
ゆだちゆだち　夏一三八
ゆだちまい湯立舞　冬四六四
ゆだてかぐら湯立神楽　冬四六七
*ゆだてじし湯立獅子　春六二
ゆだねまく斎種まく　春四四
ゆたんぽ湯たんぽ　冬四四六
ゆっかユッカ　夏二五〇
*ゆっかのはなユッカの花　夏二五〇
ゆづるは弓弦葉　新五六〇
*ゆであずき茹小豆　夏一六〇
ゆでぐりゆで栗　秋三六七
ゆでなゆで菜　冬四九四
ゆでひし茹菱　秋三三〇
ゆてんそう油点草　秋三九二
*ゆどうふ湯豆腐　冬四三三
ゆどのぎょう湯殿行　夏二〇二
ゆどのごり湯殿垢離　夏二〇二
ゆどのぞめ湯殿初　新五二九
*ゆどのもうで湯殿詣　夏二〇二
*ゆとん油団　夏一六四
ゆのはな柚の花　夏二三八
ゆばはじめ弓場始　冬四六〇
ゆびきはも湯びき鱧　夏一六二
*ゆびしお柚醤　秋三〇九
ゆびはめぐさゆびはめぐさ　秋三九二
*ゆべし柚餅子　秋三〇八

*ゆみそ柚味噌　秋三〇九
ゆみそがま柚味噌釜　秋三〇九
ゆみのてんか弓の天下　夏一九二
*ゆみはじめ弓始　新五四四
ゆみはり弓弦　秋二八六
*ゆみはりづき弓張月　秋二八六
ゆみやはじめ弓矢始　新五四四
ゆめいわい夢祝　新五二二
*ゆめじき夢二忌　秋三四五
ゆめどののきょうくよう夢殿の経供養　春六七
ゆめながし夢流し　新五二二
ゆめみづき夢見月　春一一
ゆやくねんぶつ踊躍念仏　冬四七九
ゆやけゆやけ　夏一四〇
ゆやっこ湯奴　冬四三三
*ゆり百合　夏二五三
ゆりうう百合植う　春四六
ゆりかもめ百合鷗　冬四八二
*ゆりのきのはなゆりの木の花　夏二四三
ゆりのはな百合の花　夏二五三
ゆりのめ百合の芽　春一一三
ゆりまつり百合祭　夏二〇〇

よ

よあみ夜網　夏一七八
よあみぶね夜網舟　夏一七八
よいえびす宵戎　新五四八
よいかざり宵飾(祇園祭)　夏二〇一
よいかざり宵飾(門松立つ)　冬四三三
よいきぬた宵砧　秋三一六
よいこうぼう宵弘法　秋三四一
よいさつき宵皐月　新五二〇
よいさむ宵寒　秋二八二
よいすずし宵涼し　夏一三三
よいすずみ宵涼み　夏一七九
よいせっく宵節句　春二八
よいづき宵月　秋二八七
よいづきよ宵月夜　秋二八七
よいてんじん宵天神　新五五二
よいなずな宵薺　新五一四
よいのあき宵の秋　秋二八〇
よいのとし宵の年　新五〇一
よいのなつ宵の夏　夏一三一
よいのはる宵の春　春二二
よいぼたる宵蛍　夏二三九
よいまつり宵祭　夏一九三
よいみや宵宮　夏一九三
よいやま宵山　夏二〇一
*よいやみ宵闇　秋二八八
よういびのきんよう用意日の金曜　春七三
ようえん陽焔　春二二
ようかしゅく楊花粥　春二八
ようかづき八日月　秋二八五
ようかてん養花天　春二二
*ようかぶき八日吹　冬四一〇
ようきひざくら楊貴妃桜　春九六
ようさん養蚕　春四八
ようじつ羊日　新五〇一
ようしゅん陽春　春六
*ようずようず　春一八
ようだこ洋凧　春五五
ようなし洋梨　秋三六六
ようばい楊梅　夏二四〇
ようもうきる羊毛剪る　春四八
ようようさむし漸寒し　秋二八二
ようらくぼたん瓔珞牡丹　春一〇七
ようりゅう楊柳　春一〇二
*よか余花　夏二三五
*よかぐら夜神楽　冬四六七
よがり夜刈　秋三一四
よかわず夜蛙　春八二
*よかん余寒　春八
*よぎ夜着　冬四二七
よぎり夜霧　秋二九二
よくかさい浴化斎　春六九
よぐそみねばりのはなよぐそみねばりの花　春一〇三
よくび欲日　秋三四一
よくぶつ浴仏　春六九
よくぶつえ浴仏会　春六九
よくぶつせつ浴仏節　春六九
よぐわつむ夜桑摘む　春四八
よこおよぎ横泳ぎ　夏一八一
よこがすみ横霞　春二二
よこしぐれ横時雨　冬四一〇
よごと賀詞　新五一一
*よこばい横這　秋三六三
*よこびき夜興引　冬四五一
よこひく夜興引く　冬四五一
よこぶよよこぶよ　秋三六三
*よこみつき横光忌　冬四七五
よこやまずみ横山炭　冬四四四
*よざくら夜桜　春九六
*よさむ夜寒　秋二八二
よさむさ夜寒さ　秋二八二

よしがも　葭鴨　冬四八二
よしかる　葭枯る　冬四九六
＊よしきり　葭切　夏二一七
よしきりざめ　葭切鮫　冬四八三
＊よしごい　葭五位　夏二一九
よしごと　夜仕事　秋三一六
よしざきもうで　吉崎詣　春八〇
よししょうじ　葭障子　夏一六五
＊よしず　葭簀　夏一六五
よしずがけ　葭簀掛　夏一六五
よしすずめ　葭雀　夏二一七
よしすだれ　葭簾　夏一六五
よしずぢゃや　葭簀茶屋　夏一六五
よしずばり　葭簀張　夏一六五
よしだせんげんまつり　吉田浅間祭　秋三一二
よしだのおおはらえ　吉田大祓　冬四六九
よしだのおにまつり　吉田の鬼祭　春六〇
＊よしだのきよはらえ　吉田清祓　冬四六九
＊よしだひまつり　吉田火祭　秋三一二
＊よしつねき　義経忌　夏二一二
＊よしど　葭戸　夏一六五
よしどしまう　葭戸しまふ　秋三一二
＊よしともき　義朝忌　新五五七
＊よしなかき　義仲忌　春七八
よしのあき　葭の秋　秋三八八
よしのきき　吉野忌　秋三五〇
よしのざくら　吉野桜　春九六
よしのしずか　吉野静　春一一九
＊よしのだゆうき　吉野太夫忌　秋三五〇
よしのえしき　吉野の会式　春六九
＊よしののかわずとび　吉野の蛙飛　夏二〇六
＊よしののはなえしき　吉野の花会式　春六九
＊よしののもちくばり　吉野の餅配　春六九
よしのはな　葭の花　秋三八八
よしのびな　吉野雛　春二八
＊よしのまつり　吉野祭　秋三三四
よしはら　葭原　秋三八八
よしびょうぶ　葭屏風　夏一六五
＊よしまさき　義政忌　新五五八
よしも　夜霜　冬四一一
＊よしわらのよざくら　吉原の夜桜　春五三
＊よしわらゆうじょねんれい　吉原遊女年礼　新五二一
よしわらゆうじょふつかれい　吉原遊女二日礼　新五二一
＊よすすぎ　夜濯　夏一七〇
よすずみ　夜涼み　夏一七九
よずもう　夜相撲　秋三三三
＊よせなべ　寄鍋　冬四三七
よせびらき　寄席開　新五三七
よぜみ　夜蟬　夏二三一
よそおうやま　粧ふ山　秋二九三
＊よたか　夜鷹　夏二二六
よたか　怪鴟　夏二二六
＊よたかそば　夜鷹蕎麦　冬四三四
よだかり　夜田刈　秋三一四
＊よたき　夜焚　夏一七八
よたきつり　夜焚釣　夏一七八
よたきび　夜焚火　冬四四八
よたきぶね　夜焚舟　夏一七八
よだち　よだち　夏一三八
＊よっか　四日　新五〇一
よつかがし　よつ嗅がし　冬四二六
よっかづき　四日月　秋二八五
＊よつぎほだ　世継榾　冬四三四
＊よっと　ヨット　夏一八〇
よっとれえす　ヨットレース　夏一八〇
よつゆ　夜露　秋二九二
＊よづり　夜釣　夏一八二
よづりび　夜釣火　夏一八二
よづりびと　夜釣人　夏一八二
よづりぶね　夜釣舟　夏一八二
＊よとう　夜盗虫　夏二三九
よとうむし　よたうむし　夏二三九
よどのぐさ　淀殿草　夏二六七
＊よどまつり　淀祭　秋三三九
＊よなが　夜長　秋二八一
よなが　夜永　秋二八一
よなきうどん　夜鳴饂飩　冬四三四
よなきそば　夜鳴蕎麦　冬四三四
よなぐもり　霾晦　春一八
＊よなべ　夜なべ　秋三一六
よなぼこり　よなぼこり　春一八
よなむし　よなむし　夏二三〇
よならい　夜習　秋三〇六
よなんそう　よなんそう　新五一〇
＊よにわ　夜庭　秋三一五
＊よねこぼす　米こぼす　新五三〇

よねぼ よねぼ　新五二〇
よねほう よねほう　新五二〇
よのあき 夜の秋　夏一三三
*よのう 夜能　夏一八四
よばいぼし 夜這星　秋二八九
*よばなし 夜咄　冬四四七
よばなしちゃじ 夜咄茶事　冬四四七
*よはまぐり 夜蛤　秋三一〇
よばん 夜番　冬四四八
よばんごや 夜番小屋　冬四四八
よばんちゃ 四番茶　春四九
よひき 夜引　冬四五一
よひら 四葩　夏二三六
よひらのはな 四葩の花　夏二三六
*よぶこどり 呼子鳥　春八二
*よぶり 夜振　夏一七六
よぶりび 夜振火　夏一七六
よぶりびと 夜振人　夏一七六
よぼしのうめ 夜干の梅　夏一五七
よまきうり 夜蒔き瓜　秋三八一
*よまききゅうり 夜蒔胡瓜　秋三八一
よまききゅうり 余蒔胡瓜　秋三八一
よまわり 夜廻　冬四四八
よみずばん 夜水番　夏一七三
*よみせ 夜店　夏一八二
よみせ 夜見世　夏一八二
*よみぞめ 読初　新五一二
よみはじめ 読始　新五一二
よみふだ 読札　新五三三
よみや 夜宮　夏一九三
*よめがきみ 嫁が君　新五五九
よめがはぎ よめがはぎ　春一一九
よめだいこん 嫁大根　冬四六四
よめたたき 嫁叩　新五二九
*よめな 嫁菜　春一一九
よめな 嫁菜（野菊）　秋三八九
*よめなつむ 嫁菜摘む　春三九
*よめなめし 嫁菜飯　春三八
*よもぎ 蓬　春一一九
よもぎう 蓬生　春一一九
よもぎかご 蓬籠　春五一
よもぎたく 蓬長く　夏二六二
よもぎつむ 蓬摘む　春五一
よもぎとる 艾採る　夏二四七
よもぎふく 蓬葺く　夏二四七
よもぎもち 蓬餅　春三七
よもぎもゆ 蓬萌ゆ　春一一九
よもぎをおぶ 艾を佩ぶ　夏一四八
よものはる 四方の春　新五〇〇
よりきとり 寄木取り　秋三一三
よりきひろう 寄木拾ふ　秋三一三
よりぞめ 縒初　新五三二
*よりともき 頼朝忌　新五五八
よりばのはし 寄羽の橋　秋二九八
*よりまさき 頼政忌　夏二一三
*よるがお 夜顔　秋三七八
よるかじ 夜火事　冬四四八
*よるのあき 夜の秋　夏一三三
よるのうめ 夜の梅　春九五
よろいもち 鎧餅　新五四三
よろずかけ 万懸け　新五〇七
よわのあき 夜半の秋　秋二八〇
よわのつき 夜半の月　秋二八五
よわのなつ 夜半の夏　夏一三三
よわのはる 夜半の春　春二二
よわのふゆ 夜半の冬　冬四〇五
よをさむみ 夜を寒み　秋二八二

ら

らい 雷　夏一三九
らいう 雷雨　夏一三九
らいうん 雷雲　夏一三四
らいか 雷火　夏一三九
らいきょう 雷響　夏一三九
らいけい 雷鶏　夏二一七
らいごうえ 来迎会　夏二〇五
らいこえをおさむ 雷声を収む　秋二七九
*らいざんき 来山忌　冬四六六
*らいすなわちこえをおさむ 雷乃ち声を収む　秋二七九
らいせい 雷声　夏一三九
*らいちょう 雷鳥　夏二一七
*らいちょうき らいてう忌　夏二〇九
らいてい 雷霆　夏一三九
らいのつぼ 雷の壺　夏一八九
*らいはいこう 礼拝講　夏二〇五
らいめい 雷鳴　夏一三九
*らいらっく ライラック　春九八
らがあ ラガー　冬四五七
らがあまん ラガーマン　冬四五七
らくがん 落雁　秋三五七
*らくだい 落第　春三一
らくだいも 駱駝薯　秋三八二
らくだます 駱駝鱒　春八九

らくとう落灯　新五五六
*らぐびいラグビー　冬四五七
らくよう落葉　冬四九一
らくようき落葉期　冬四九一
らくらい落雷　夏一三九
*らざんき羅山忌　新五五九
*らしょうもんかずら羅生門蔓　春一一八
らしん裸身　夏一八六
*らっか落花　春九七
*らっかせい落花生　秋三八五
らっきょらつきよ　夏二五九
*らっきょう辣韮　夏二五九
らっきょう辣薤　夏二五九
らっきょう薤　夏二五九
*らっきょうのはな辣韮の花　秋三八二
らっきょうのはな薤の花　秋三八二
らっせるしゃラッセル車　冬四四二
らっぱか喇叭花　夏二六三
*らっぱずいせん喇叭水仙　春一〇六
ら・ふらんすラ・フランス　秋三六六
*らべんだあラベンダー
らみいラミー　夏二四九
*らむねラムネ　夏二六二
*らん蘭　秋三七七
らんおう乱鶯　夏二一七
らんぎく乱菊　秋三七九
*らんせつき嵐雪忌　冬四七七
らんそう蘭草　秋三九〇
らんちゅう蘭鋳　夏二三三
*らんとう蘭湯　夏一四七
らんのあき蘭の秋　秋三七七
らんのか蘭の香　秋三七七
らんのはな蘭の花　秋三七七
らんぼん蘭盆　秋三四二
らんぼんえ蘭盆会　秋三四二
*らんぼんしょうえ蘭盆勝会　秋三四二

り

りいちき利一忌　冬四七五
りか李花　春一〇〇
りか梨花　春一〇〇
りきし力士　秋三三三
*りきゅうき利休忌　春七九
りきゅうき利久忌　春七九
*りきゅうばい利休梅　夏二三六
りきゅうまつり離宮祭　夏一九五
りくじゅんさい陸じゅんさい　春一一六
りくとう陸稲　秋三八三
りそうだいこん理想大根　冬四九五
りちのかぜ律の風　秋二八〇
*りちのしらべ律の調　秋二八〇
りっか六花　冬四一二
*りっか立夏　夏一二六
*りっしゅう立秋　秋二七六
りっしゅうき立秋忌　秋三四四
*りっしゅん立春　春七
りっしゅんだいきち立春大吉　春七
*りっとう立冬　冬三九八
りゅうおう流鶯　春八三
りゅうかん流感　冬四五七
*りゅうき李由忌　夏二二三
りゅうきゅういも琉球藷　秋三八四
りゅうきゅうつつじ琉球躑躅　春九九
りゅうきゅうむくげ琉球木槿　夏二三七
りゅうきん琉金　夏二二三
りゅうけい流蛍　夏二三九
りゅうげえ竜華会　春六九
りゅうじゅう柳絨　春一〇三
*りゅうじょ柳絮　春一〇三
りゅうしょう流觴　春五七
りゅうじょとぶ柳絮飛ぶ　春一〇三
*りゅうせい流星　秋二八九
*りゅうぜつらん竜舌蘭　夏二五二
りゅうそうき柳叟忌　秋三四四
*りゅうたき龍太忌　春七五
りゅうだのしんじ竜蛇の神事　冬四六二
*りゅうてんにのぼる竜天に登る　春二〇
りゅうとう竜灯　秋二九五
りゅうとう流灯　秋三〇一
りゅうとうえ流灯会　秋三〇一
りゅうどうえ竜灯会　秋三三九
りゅうのうぎく竜脳菊　秋三八九
りゅうのすけき龍之介忌　夏二二一
*りゅうのたま竜の玉　冬四九八
りゅうのひげ竜の髭　夏二七〇
りゅうのひげのみ竜の鬚の

実　冬四九八
*りゅうひょう流氷　春二六
りゅうひょうき流氷期　春二六
りゅうひょうばん流氷盤　春二六
*りゅうふちにひそむ竜淵に潜む　秋二六九
りょう涼　夏一二三
りょう猟　冬四五一
りょうあらた涼新た　秋二六七
りょうい涼意　夏一二三
*りょういき了以忌　秋三四八
りょうかいきん猟解禁　冬四五一
*りょうかんき良寛忌　春七八
りょうき涼気　夏一二三
りょうき猟期　冬四五一
*りょうきおわる猟期終る　春五四
りょうきはつ猟期果つ　春五四
りょうぐうき亮隅忌　夏二二三
りょうげつ涼月　秋二七六
りょうけん猟犬　冬四五一
りょうごくのかわびらき両国の川開　夏一九三
りょうごくのはなび両国の花火　夏一九三
りょうし猟師　冬四五一
りょうしゃまつり両社祭　夏一九四
りょうじゅう猟銃　冬四五一
りょうしょう料峭　春八
りょうしょう良宵　秋二八七
りょうじん猟人　冬四五一
*りょうだいしまいり両大師詣　新五五四
りょうだいしまわり両大師廻り　新五五四
*りょうたき蓼太忌　秋三五一
りょうづつ猟筒　冬四五一
りょうなごり猟名残　春五四
*りょうのもの両の物　新五二六
りょうのもの料の物　新五二六
りょうはじめ猟初　冬四五一
りょうはじめ漁始　新五三三
*りょうぶ令法　春一〇二
りょうふう涼風　夏一三六
*りょうふういたる涼風至る　秋二七六
りょうぶちゃ令法茶　春一〇二
りょうぶつむ令法摘む　春一〇二
りょうぶめし令法飯　春一〇二
りょうみ涼味　夏一二三
りょうや涼夜　夏一二三
*りょうや良夜　秋二八七
りょうら綾羅　夏一五三
りょうりょう蔆蔆　夏一六五
*りょくいん緑蔭　夏一四一
りょくう緑雨　夏一三七
りょくとう緑豆　秋三八五
りょくひ緑肥　夏一七一
りょくや緑夜　夏一二三
りょこうはじめ旅行始　新五一四
りょっかしゅうかん緑化週間　春五八
りらリラ　春九八
りらのはなリラの花　春九八
りらびえリラ冷　春九八
りりいリリー　夏一六四
りんかいがくえん臨海学園　夏一五一
りんかいがっこう臨海学校　夏一五一
*りんかき林火忌　秋三四五
りんかんがくえん林間学園　夏一五一
りんかんがくしゃ林間学舎　夏一五一
*りんかんがっこう林間学校　夏一五一
*りんご林檎　秋三六七
りんごえん林檎園　秋三六七
りんごがり林檎狩　秋三六七
*りんごのはな林檎の花　春一〇〇
*りんじきゃく臨時客　新五三九
*りんどう竜胆　秋三九二
りんどうかる竜胆枯る　冬四九六
りんどうき竜胆忌　秋三四七
りんのうじごうはんしき輪王寺強飯式　春六八
りんぼうぎく輪鋒菊　秋三九三

る

*るいべるいべ　冬四三八
るうむくうらあルームクーラー　夏一六七
*るこうそう縷紅草　夏二五三
るこうそう留紅草　夏二五三
るすいまつ留守居松　新五一六
るすのみや留守の宮　冬四六二
るすもうで留守詣　冬四六二

*るぴなすルピナス　夏二五四
るり瑠璃　夏二一九
るりぎく瑠璃菊　夏二五三
*るりそう瑠璃草　夏二六四
るりたてはちょう瑠璃蛺蝶　春九四
るりちょう瑠璃鳥　夏二一九
るりちょうちょう瑠璃蝶々　春一〇八
るりとかげ瑠璃蜥蜴　夏二三五
*るりびたき瑠璃鶲　夏二三〇
るりぼしかみきり瑠璃星天牛　夏二三〇

れ

*れいうけ礼受　新五二一
れいうけちょう礼受帳　新五二一
れいえんせつ冷烟節　春六八
れいおうぎ礼扇　新五二一
*れいか冷夏　夏一三三
*れいがい冷害　夏一七六
*れいし茘枝　秋三八一
れいし霊芝　秋三九五
れいじつ麗日　春二三
*れいじゃ礼者　新五二一
れいしゅ冷酒　夏一五八
れいしゅ醴酒　夏一五八
れいしゅんか麗春花　夏二五一
れいしょう冷床　春四四
れいしん霊辰　新五〇二
*れいぞうこ冷蔵庫　夏一六八
*れいちょう礼帳　新五二一
*れいていいず茘挺出づ　冬四〇一
*れいへい例幣　秋三三三
*れいぼう冷房　夏一六七
れいぼうしゃ冷房車　夏一六七
れいぼうそうち冷房装置　夏一六七
*れえすレース　夏一五四
れえすあむレース編む　夏一五四
れがったレガッタ　春五四
れきそう暦奏　冬四六〇
れけん列見　春七七
れたすレタス　春一一〇
*れっけん列見　春七七
*れもん檸檬　秋三六八
れもんレモン　秋三六八
*れもんすいレモン水　夏一五九
れもんすかっしゅレモンスカッシュ　夏一五九
れもんそおだレモンソーダ　夏一五九
*れんぎょう連翹　春九八
れんぎょうき連翹忌　春七六
れんげれんげ　春一一五
れんげ蓮華　夏二六〇
れんげえ蓮華会　夏二〇六
れんげそう蓮華草　春一一五
れんげそうまく紫雲英蒔く　秋三一八
れんげつつじ蓮華躑躅　春九九
れんこん蓮根　冬四九五
れんこんほる蓮根掘る　冬四五〇
*れんじゃく連雀　秋三五五
れんせんそう連銭草　春一一八
れんだこ連凧　春五四
*れんたん練炭　冬四四五
れんたんひばち練炭火鉢　冬四四五
れんとレント　春七二
*れんにょき蓮如忌　春八〇
れんにょごし蓮如輿　春八〇
*れんりそう連理草　夏二六七

ろ

ろ絽　夏一五二
*ろ炉　冬四四五
ろあかり炉明り　冬四四五
*ろうおう老鶯　夏二一七
*ろうかき浪化忌　冬四七七
ろうげつ臘月　冬四〇二
*ろうこくなく螻蛄鳴く　夏二一七
ろうさい臘祭　冬四三三
*ろうじつ臘日　冬四三三
ろうじょまい老女舞　新五五七
ろうじんのひ老人の日　秋三一九
ろうせい狼星　冬四〇八
ろうどうか労働歌　春三三
ろうどうさい労働祭　春三三
ろうどうせつ労働節　春三三
ろうばい老梅　春九五
*ろうばい蠟梅　冬四八九
ろうばい臘梅　冬四八九
ろうばいき老梅忌　春七四
ろうばぎょ老婆魚　冬四八五
ろうはそう狼把草　秋三九〇
ろうはち臘八　冬四七一

＊ろうはちえ臘八会　冬四七一
ろうはちがゆ臘八粥　冬四七一
ろうはちせっしん臘八接心　冬四七一
ろうはちせっしん臘八摂心　冬四七一
ろうべんか蠟弁花　春九八
＊ろうべんき良弁忌　冬四七八
ろおずひっぷローズヒップ　秋三七六
ろおたりいしゃロータリー車　冬四四二
ろおだんせローダンセ　春一〇六
ろがたり炉語　冬四四五
ろくあみだ六阿弥陀　春六七
ろくあみだまいり六阿弥陀参　春六七
＊ろくあみだもうで六阿弥陀詣　春六七
ろくいり六入　新五二二
ろくうり鹿売　冬四三三
＊ろくがつ六月　夏一二八
ろくがつのかぎり六月の限り　夏一三三
ろくさい六斎　秋三四〇
ろくさいえ六斎会　秋三四〇
ろくさいおどり六斎踊　秋三四〇
ろくさいかんじん六斎勧進　秋三四〇
ろくさいこう六斎講　秋三四〇
ろくさいだいこ六斎太鼓　秋三四〇
＊ろくさいねんぶつ六斎念仏　秋三四〇
ろくさん六讃　秋三四〇
ろくじぞうまいり六地蔵詣　秋三〇一
ろくじょう鹿茸　夏二一四
ろくせんにちさま六千日さま　夏二〇六
＊ろくどうまいり六道参　秋三四〇
ろくのもち六の餅　新五二二
ろくやまち六夜待　秋三三〇
＊ろげつき露月忌　秋三四六
＊ろざりおさいロザリオ祭　秋三四四
ろざりおのつきロザリオの月　秋三四四
ろしあひまわりロシアひまはり　夏二五〇
＊ろだい露台　夏一六三
＊ろたんをたてまつる炉炭を奉る　冬四六〇
ろっかくだこ六角凧　春五四
ろてまえ炉点前　冬四四五
ろのなごり炉の名残　春四〇
ろのわかれ炉の別れ　春四〇
ろばおり絽羽織　夏一五三
ろばかま絽袴　夏一五三
ろばなし炉話　冬四四五
＊ろはんき露伴忌　夏二一一
ろび炉火　冬四四五
＊ろびらき炉開　冬四四七
＊ろふさぎ炉塞　春四〇
ろぶた炉蓋　春四〇
＊ろべりあロベリア　春一〇八
ろんぐぶうつロングブーツ　冬四三一

わ

わいんまつりワイン祭　秋三〇七
わかあし若蘆　春一三三
＊わかあゆ若鮎　春九〇
わかい若井　新五〇六
＊わかえびす若夷　新五二五
わかえびすむかえ若夷迎　新五二五
わかおぎ若荻　春一二三
わかおとこ若男　新五一〇
＊わかかえで若楓　夏二四二
わかがえるくさ若返る草　春一一三
わかぎ若木　新五一八
わかきとし若き年　新五〇〇
＊わかくさ若草　春一一四
わかくさ嫩草　春一一四
わかくさごろも若草衣　新五二五
わかくさしんじ若草神事　新五四七
わかくさの若草野　春一一四
わかごかいはじめ和歌御会始　新五四二
＊わかごぼう若牛蒡　夏二五九
わかごま若駒　春八一
＊わかこも若菰　春一二三
＊わかさぎ公魚　春九〇
わかさぎ鰙　春九〇
わかさぎつり公魚釣　春九〇
わかさぎぶね公魚舟　春九〇
わかさぎりょう公魚漁　春九〇
わかざくら若桜　春九六

わかさのい若狭の井　春六七
＊わかさのおみずおくり若狭のお水送り　春六六
わかざり輪飾　新五〇七
わかざりす輪飾りす　冬四三三
わかしわかし　夏二二五
＊わかしお若潮　新五〇九
わかしおいわい若塩祝　新五〇九
わかしおうり若塩売　新五〇九
わかしおくむ若潮汲む　新五〇九
わかしおむかえ若潮迎　新五〇九
＊わかしば若芝　春二一四
わかしょうがつ若正月　新五〇二
＊わかたけ若竹　夏二四九
わかたばこ若煙草　秋三一七
わかとし若年　新五〇二
わかどしさま若年様　新五四四
＊わかな若菜　新五六一
わかなうり若菜売　新五一五
わかなえ若苗　夏二六一
わかなかご若菜籠　新五一五
わかながゆ若菜粥　新五一四
わかながり若菜狩　新五一五
わかなしんじ若菜神事　新五四七
＊わかなつ若夏　夏一二七
＊わかなつみ若菜摘　新五一五
わかなつむ若菜摘む　新五一五
＊わかなの若菜野　新五〇五
わかなのせちえ若菜節会　新五四〇
わかなのひ若菜の日　新五一四
わかなのよ若菜の夜　新五一四
わかなはやす若菜はやす　新五一五
わかなぶね若菜舟　新五一五
＊わかなまつり若菜祭　新五四七
わかなむかえ若菜迎　新五一五
＊わかなをくうず若菜を供ず　新五四〇
わかのうらまつり和歌浦祭　夏一九七
＊わかば若葉　夏二四一
わかばあめ若葉雨　夏二四一
わかばかぜ若葉風　夏二四一
わかはぎ若萩　春二一四
わかばさむ若葉寒　夏二四一
わかばどき若葉時　夏二四一
わかばのかえで若葉の楓　夏二四二
わかばのはな若葉の花　夏二三五
わかばひえ若葉冷　夏二四一
わかばやま若葉山　夏二四一
わかび若日　新五〇四
わかぶろ若風呂　新五二九
わかまつ若松　春一〇一
＊わかまつり和歌祭　夏一九七
＊わかみず若水　新五〇六
わかみずあぐ若水あぐ　新五三〇
わかみずおけ若水桶　新五〇六
わかみずくみ若水汲　新五〇六
わかみずむかえ若水迎　新五〇六
＊わかみどり若緑　春一〇一
わかみどりつむ若緑摘む　春四二
わかみやのう若宮能　夏一九二
＊わかむらさき若紫　春一一六
＊わかめ若布　春一二三
わかめ和布　春一二三
＊わかめあえ若布和　春三五
わかめうり若布売り　春一二三
わかめかり若布刈　春四七
＊わかめかる若布刈る　春四七
わかめころしわかめころし　春一二三
わかめし若飯　新五一八
＊わかめじる和布汁　春一三八
わかめとる若布採る　春四七
わかめほす若布干す　春四七
＊わかもち若餅　新五一七
わかやぎ若柳　春一〇二
わかやなぎ若柳　春一〇二
わかやまふみ若山踏　新五三三
わかゆ若湯　新五二九
わかれか別れ蚊　秋三六〇
わかれがや別れ蚊帳　秋三一一
＊わかれがらす別れ鳥　秋三五三
＊わかれじも別れ霜　春二〇
わかれどり別れ鳥　秋三五三
わかれのみぐし別の御櫛　秋三三八
わかれぼし別れ星　秋一九七
わかれゆき別れ雪　春二〇
わかんじき輪樏　冬四四八
わきん和金　夏二三三
＊わくらば病葉　夏二四三
＊わけぎ分葱　春一一三
わごえのはらえ輪越の祓　夏二〇〇
＊わさうりをくうず早瓜を供ず　夏一八九

わさのぼるわさのぼる　夏一七三
*わさび山葵　春一一三
わさびざわ山葵沢　春一一三
わさびだ山葵田　春一一三
*わさびづけ山葵漬　春三四
*わさびのはな山葵の花　夏二五七
わさびのめ山葵の芽　春一一三
わさびほり山葵掘　春一一三
*わし鷲　冬四八〇
*わしのす鷲の巣　春八七
わじめ輪注連　新五〇七
わするなぐさわするな草　春一〇七
わすれうちわ忘れ団扇　秋三一一
わすれおうぎ忘れ扇　秋三一一
わすれぐさ忘草　夏二六六
わすれざき忘れ咲き　冬四八九
わすれじお忘れ潮　春二四
わすれじも忘れ霜　春二〇
わすれづの忘れ角　春八一
*わすれなぐさ勿忘草　春一〇七
わすればな忘れ花　冬四八九
わすれゆき忘れ雪　春二〇
*わせ早稲　秋三八三
わせいちご早生苺　夏二五五
わせいのてん和清の天　夏一一六
わせかる早稲刈る　秋三一四
わせくちべに早生口紅　春一〇六
わせざけ早稲酒　秋三〇七
わせだ早稲田　秋二九四
わせのか早稲の香　秋三八三
わせのはな早稲の花　秋三八三
わせのほ早稲の穂　秋三八三
わせのめし早稲の飯　秋三〇七
*わせみかん早生蜜柑　秋三六七
わせりんご早生林檎　夏二四〇
*わた棉　秋三八六
わた草棉　秋三八六
*わた綿　冬四二七
*わたいれ綿入　冬四二七
わたいればおり綿入羽織　冬四二七
わたうおわたうを　春八九
わたうち綿打　秋三一七
*わたうちぞめ綿打初　新五三三
わたうちゆみ綿打弓　秋三一七
わたうるか臓うるか　秋三一〇
わたかわたか　春八九
わだかわだか　春八九
わたくり綿繰　秋三一七
わたぐるま綿車　秋三一七
*わたこ黄鯝魚　春八九
わたこ黄鯝子　春八九
わたこ綿子　冬四二七
わたごおり綿氷　冬四一六
*わたすげ綿菅　夏二七一
わたつみ綿摘　秋三一七
わたつみ棉摘　秋三一七
わたつむ綿摘む　秋三一七
*わたとり綿取　秋三一七
わたとる綿取る　秋三一七
わたぬき綿抜　夏二五三
*わたのはな棉の花　夏二六一
わたのはな綿の花　夏二六一
わたのはなしべひらく綿柎開く　秋二七七
わたのみ棉の実　秋三八六
わたのもも綿の桃　秋三一七
わたのもも棉の桃　秋三八六
わたはつほ綿初穂　秋三一七
わたふく棉吹く　秋三八六
*わたぼうし綿帽子　冬四三〇
わたほす綿干す　秋三一七
*わたまき棉蒔　夏一七四
わたまく棉蒔く　夏一七四
わたみのる棉実る　秋三八六
*わたむし綿虫　冬四八七
わたゆき綿雪　春一九
わたゆみ綿弓　秋三一七
わたらえのにいなめのまつり度会新嘗祭　秋三三七
わたりがにわたり蟹　夏三一七
*わたりぎょふ渡り漁夫　春三〇
*わたりどり渡り鳥　秋三五四
*わなかく罠掛く　冬四五一
*わびすけ侘助　冬四八九
わびすけ侘介　冬四八九
わびすけ佗助　冬四八九
わらいくじ笑籤　新五三六
*わらいぞめ笑初　新五三〇
わらいたけ笑ひ茸　秋三九五
わらうちいし藁打石　秋三一六
わらうつ藁打つ　冬四五五
*わらうまひき藁馬曳き　春五八
わらうまひく藁馬曳く　春五八
わらうやま笑ふ山　春二三
わらぎぬた藁砧　秋三一六
わらぐつ藁沓　冬四四八
わらぐつあむ藁沓編む　冬四五五

わらぐろ藁ぐろ　秋三一六
＊わらごうし藁盒子　新五〇七
わらこづみ藁こづみ　秋三一六
＊わらさわらさ　秋三六〇
わらさ稚鰤　秋三六〇
＊わらしごと藁仕事　冬四五五
＊わらづか藁塚　秋三一六
わらにお藁にほ　秋三一六
＊わらび蕨　春一一七
＊わらびがり蕨狩　春五一
わらびじる蕨汁　春三八
わらびたく蕨長く　春一一七
わらびつみ蕨摘　春五一
わらびで蕨手　春一一七
わらびとり蕨採　春五一
わらびほす蕨干す　春三八
＊わらびめし蕨飯　春三八
＊わらびもち蕨餅　春三七
わらびやま蕨山　春一一七
わらぶとん藁蒲団　冬四二八
わらわごらん童女御覧　冬四六〇
わらわずもう童相撲　秋三三三
わらわやみわらはやみ　夏一八八
＊われからわれから　秋三六五
＊われもこう吾亦紅　秋三九一

われもこう吾木香　秋三九一
われもこう我毛香　秋三九一

新版《しんぱん》　角川《かどかわ》季《き》寄《よ》せ

2024年1月24日　初版発行

編／角川書店《かどかわしょてん》

発行者／山下直久

発行／株式会社KADOKAWA
〒102-8177　東京都千代田区富士見2-13-3
電話　0570-002-301（ナビダイヤル）

装丁／高柳雅人

印刷所／旭印刷株式会社

製本所／本間製本株式会社

Printed in Japan
ISBN 978-4-04-400786-7　C0092